José De Nicola

Painel da literatura em língua portuguesa

Brasil • Portugal • África

Nova edição	Traz questões atualizadas do **Enem** e dos **vestibulares** das principais universidades.

José De Nicola

Licenciado em Letras, com especialização em ensino de língua e literatura, foi professor de cursinhos e escolas particulares, lecionando para turmas de Ensino Médio.

Autor de várias obras dedicadas ao ensino de língua, literatura e produção de textos para o Ensino Médio, entre as quais se destacam:

- *Literatura brasileira: das origens aos nossos dias*;
- *Gramática: palavra, frase, texto* (volume único);
- *Língua, literatura e produção de textos* (três volumes);
- *Práticas de linguagem: leitura e produção de textos* (volume único, em parceria com Ernani Terra).

Colaboração

Lorena Mariel Menón

Formada em Letras pela Fundação Municipal de Ensino Superior de Bragança Paulista, pós-graduada pela Pontifícia Universidade Católica de São Paulo e mestra em Letras pela Universidade de São Paulo.

Lucas Santiago Rodrigues De Nicola

Bacharel e licenciado em História pela USP e mestrando no Instituto de Estudos Brasileiros da Universidade de São Paulo (IEB/USP).

editora scipione

editora scipione

Diretora-Geral Editoras Ática e Scipione
Vera Balhestero
Diretora Editorial Editoras Ática e Scipione
Angela Marsiaj
Gerente Editorial Didáticos Editoras Ática e Scipione
Teresa Porto
Gerente de Qualidade e Suporte Editoras Ática e Scipione
Beatriz Mendes
Gerente Editorial Didáticos Scipione
Elizabeth Soares

Responsável Editorial: Roberta Vaiano
Assistente Editorial: Renato Luiz Tresolavy e Nathalia de Oliveira Matsumoto (Estagiária)
Gerente de Revisão: Hélia de Jesus Gonsaga
Equipe de Revisão: Kátia Scaff Marques (Coord.), Claudia Virgilio, Ana Beatriz da Costa Moreira, Maiza Prande Bernardello, Sandra Regina de Souza, Vanessa de Paula Santos
Supervisor de Arte: Sérgio Yutaka Suwaki
Equipe de Arte: Didier D. C. Dias de Moraes (Programação Visual), Eber Alexandre de Souza (Produção de Arte), Josias Silva (Coordenação de Editoração Eletrônica)
Supervisor de Iconografia: Sílvio Kligin
Equipe de Iconografia: Vanessa Manna (Pesquisa), Nadiane Santos (Assistência)
Tratamento de Imagem: Cesar Wolf e Fernanda Crevin
Colaboração: Sandra Cristina Fernandez e Regina Braz da Silva Santos Rocha; Nova Parceria e Nilza Shizue Yoshida (Editoração Eletrônica)
Programação Visual de Capa e Miolo: Homem de Melo & Troia Design
Ilustrações: Joubert Lancha, Rafael Fonseca, Rogério Soud e Vera Basile (miolo) e Mario Yoshida (Cartografia)

Direitos desta edição cedidos à Editora Scipione S.A.
Av. Otaviano Alves de Lima, 4400
6.º andar e andar intermediário ala "B"
Freguesia do Ó – CEP 02909-900 – São Paulo – SP
Tel.: 0800 161700
www.scipione.com.br / atendimento@scipione.com.br

Dados Internacionais de Catalogação na Publicação (CIP)
(Câmara Brasileira do Livro, SP, Brasil)

De Nicola, José
Painel da literatura em língua portuguesa: Brasil, Portugal, África / José De Nicola; colaboração Lorena Mariel Menón, Lucas Santiago Rodrigues De Nicola. – 2. ed. – São Paulo: Scipione, 2011.

1. Literatura brasileira (Ensino médio) 2. Literatura portuguesa (Ensino médio) I. Menón, Lorena Mariel. II. De Nicola, Lucas Santiago Rodrigues. III. Título.

11-05904 CDD-869.907
-869.07

Índices para catálogo sistemático:
1. Literatura brasileira: Ensino médio 869.907
2. Literatura portuguesa: Ensino médio 869.07

2013
ISBN 978-852628478-4 (AL)
ISBN 978-852628479-1 (PR)
Cód. da obra CL 737080
2.ª edição
3.ª impressão

Impressão e acabamento: **Lis Gráfica**

Uma Publicação Abril EDUCAÇÃO

Conforme a nova ortografia da Língua Portuguesa

Apresentação

O artista é um ser social que busca exprimir seu modo de estar no mundo na companhia dos outros seres humanos, reflete sobre a sociedade, volta-se para ela, seja pra criticá-la, seja para afirmá-la, seja para superá-la.

CHAUI, Marilena. *Convite à filosofia*. 3. ed. São Paulo: Ática, 1995.

Ninguém é escritor por haver decidido dizer certas coisas, mas por haver decidido dizê-las de determinado modo.

SARTRE, Jean Paul. *Que é a literatura?* 3. ed. São Paulo: Ática, 2004.

Os trechos citados ressaltam duas características fundamentais da obra literária: a leitura de mundo que o artista faz e o especial trabalho com a linguagem, característica de todo texto literário.

Por isso, pode-se concluir que o leitor das obras literárias é um ser privilegiado por tomar contato com essas diferentes leituras de mundo, podendo vivenciar, em seu imaginário, as mais diversas situações e refletir sobre elas. Não para apropriar-se da leitura de mundo deste ou daquele escritor, mas para formar a sua própria leitura de mundo.

E, como as obras literárias também se caracterizam pelo especial trabalho realizado com a linguagem, nós, leitores, desfrutamos do prazer estético que essa leitura nos provoca.

Somos, portanto, seres duplamente privilegiados.

Mas o leitor tem de colaborar, fazer sua parte. Considerando que o texto literário é a materialização de uma ideia e se expressa por um arranjo especial da linguagem – o que nos permite afirmar que a obra de arte "significa", ou seja, fala, comunica –, podemos concluir que o sentido de uma obra é construído pelo artista, que a produz, e pelo leitor, que a lê, analisa, interpreta e, ao longo do tempo, faz suas escolhas, elege suas obras e seus autores preferidos.

O escritor Italo Calvino, em um texto famoso – *Por que ler os clássicos* –, afirma que "a escola deve fazer com que o aluno conheça bem ou mal um certo número de clássicos dentre os quais (ou em relação aos quais) ele poderá depois reconhecer os 'seus' clássicos. A escola é obrigada a dar-lhe instrumentos para efetuar uma opção: mas as escolhas que contam são aquelas que ocorrem fora e depois de cada escola".

Neste livro, intentamos oferecer-lhe instrumentos que o auxiliem em suas escolhas. Eles são seus, faça bom uso deles.

Um abraço do Autor

Primavera de 2011

P.S.: Um livro, notadamente o didático, é fruto de um trabalho coletivo. O que é muito bom e gratificante. Este livro não se realizaria como objeto sem o trabalho da Roberta, do Didier, do Eber, da Vanessa e, principalmente, da Sandra, que, além de editar os originais, muito contribuiu com comentários e sugestões. A vocês, editores, programadores visuais, ilustradores, revisores, a todos os envolvidos na produção gráfica, o Autor agradece.

Sumário

The Bridgeman/ Keystone

▶ PARTE 1

Mona Lisa, de Fernando Botero, 1978. Óleo sobre tela, 187 cm x 166 cm. Coleção particular.

A Melodia, de William Godward, 1904. Óleo sobre tela, 71 x 44 cm/Fine Art Photographic Library/Corbis/Latinstock.

Dom Quixote e Sancho Pança saindo para suas aventuras, de Candido Portinari (1956). Desenho a lápis de cor sobre cartão, 28,5 x 21,5 cm. Museus Castro Maya, Rio de Janeiro/Reprodução autorizada por João Candido Portinari/Imagem do acervo do Projeto Portinari.

Paz, de Candido Portinari (1952-1956). Painel a óleo sobre madeira compensada, 1400 x 953 cm. Reprodução autorizada por João Candido Portinari/Imagem do acervo do Projeto Portinari/Nações Unidas, Nova York.

As artes e a arte literária

Poesia, pintura, arquitetura, teatro, dança, música, escultura — essas são algumas dentre as várias manifestações da arte. Há, entre essas expressões artísticas, pontos em comum e pontos específicos ou particulares. Dentre os pontos comuns, o principal é a própria essência da arte, ou seja, a possibilidade de o artista recriar a realidade, transformando-se em criador de mundos, sonhos, ilusões, verdades. O artista tem, dessa forma, um poder mágico em suas mãos: o de moldar a realidade segundo suas convicções, seus ideais, sua vivência.

Mas os artistas fazem uma leitura de mundo e a manifestam numa obra de arte segundo **valores estéticos** de determinado momento histórico, independentemente do material que será trabalhado (palavras, sons, barro, mármore, madeira, formas, cores, etc.) e, portanto, da linguagem em que se expressará. Chegamos, assim, a um outro aspecto essencial da arte: o **estético**, que se relaciona com nossa capacidade de percepção, de apreensão pelos nossos sentidos, com nossa sensibilidade, enfim...

capítulo 1

Intertextualidade: o diálogo entre os textos

Objetivos gerais do capítulo

O aluno, ao final do capítulo, deverá ser capaz de:

- conhecer o conceito de intertextualidade;
- refletir sobre o diálogo entre os textos;
- reconhecer as relações intertextuais mais comuns;
- refletir sobre a intertextualidade nos textos literários.

*Todo texto se constrói como mosaico de citações,
todo texto é absorção e transformação de um outro texto.*

KRISTEVA, Julia. *Introdução à semanálise*. 2. ed. São Paulo: Perspectiva, 2005.

Mona Lisa, de Leonardo da Vinci, 1503-1506. Óleo sobre madeira, 77 cm x 53 cm. Museu do Louvre, Paris.

L.H.O.O.Q (*Mona Lisa com bigode*), de Marcel Duchamp, 1930. Litografia. Coleção particular/akg-images/Ipress.

Mona Lisa, de Fernando Botero, 1978. Óleo sobre tela, 187 cm x 166 cm. Coleção particular.

Mona Lisa, de Jean-Michel Basquiat, 1983. Acrílico e tinta a óleo em barra sobre tela, 169,5 x 154,5 cm. Coleção particular.

São comuns, notadamente na literatura e na pintura, obras que dialogam com outras já consagradas, seja para reafirmar suas ideias, seja para questioná-las ou parodiá-las, como se percebe nos trabalhos de Botero, Duchamp e Basquiat, que retomam a famosa Mona Lisa, *de Leonardo da Vinci.*

Todo texto é um hipertexto?

A produção de textos está intimamente ligada à leitura, pois encontra nela sua fonte e seu objetivo, já que um texto só cumpre sua função se alguém o lê. Assim, o círculo que envolve a interação pela linguagem se constrói apoiado no já dito, no já lido e no já conhecido, podendo reiterá-los, reafirmá-los, reformulá-los, refutá-los.

Não é possível pensar, portanto, na produção de um texto totalmente inédito, criado a partir do nada. É como se todo texto fosse um hipertexto que possui *links* explícitos ou implícitos com outros. E isso não acontece apenas na modalidade escrita da língua, mas também na oralidade. Quantas vezes você já não empregou ou ouviu as expressões "Pode tirar o cavalinho da chuva!" ou "O que os olhos não veem o coração não sente"? Quando empregamos ditos populares ou frases feitas, temos casos de intertextualidade.

O fenômeno da intertextualidade pode se dar entre diferentes tipos de textos de uma mesma linguagem (como um artigo e uma poesia) e entre textos de diferentes linguagens (um romance e um filme, por exemplo).

Vejamos um caso muito interessante: Cartola (1908-1980), um dos fundadores da Escola de Samba Estação Primeira de Mangueira, em 1928, de nome e cores (verde e rosa) escolhidos pelo sambista carioca, lançou em 1977 a música *Verde que te quero rosa*, que deu título ao CD.

Divulgação.

Capa do CD Verde que te quero rosa, *de Cartola.*

Verde como o céu azul, a esperança
branco como a cor da paz a se encontrar
rubro como o rosto fica
junto à rosa mais querida
É negra toda tristeza
se há despedida na avenida
É negra toda tristeza desta vida
É branco o sorriso das crianças
São verdes os campos, as matas
e o corpo das mulatas
Quando vestem verde e rosa é Mangueira
É verde o mar que me banha a vida inteira

Verde que te quero rosa, é a Mangueira
Rosa que te quero verde, é a Mangueira

"Verde que te quero rosa" remete a um conhecido verso de Federico García Lorca. É uma marca de intertextualidade. Leia:

Verde que te quero verde.
Verde vento. Verdes ramas.
O barco vai sobre o mar
e o cavalo na montanha.
Com a sombra pela cintura
ela sonha na varanda,
verde carne, tranças verdes,
com olhos de fria prata.
Verde que te quero verde.
Por sob a lua gitana*,
as coisas estão mirando-a
e ela não pode mirá-las.

LORCA, Federico García. *Antologia poética*. Rio de Janeiro: Leitura, 1966. p. 53.

Coleção particular.

O espanhol Federico García Lorca (1898-1936) foi poeta, escritor e dramaturgo. Militante político, denunciou em seus escritos a miséria e o autoritarismo. Em 1936, durante a Guerra Civil Espanhola, foi preso e fuzilado por simpatizantes do regime totalitário do General Francisco Franco.

Como você percebeu, "Verde que te quero verde" é o primeiro verso desse poema e a reiteração da palavra **verde** dá o tom que vai contaminar, "tingir", as imagens subsequentes: verde vento, verdes ramas, verde carne, tranças verdes.

Cartola não só se apropria do verso de Lorca, da cor verde tingindo tudo, como lhe acrescenta o rosa. O sambista sugere então um "tingimento" verde e rosa, fazendo alusão à Estação Primeira de Mangueira.

***gitana:** cigana

Coleção particular.

Picasso, Dom Quixote, *1955.*

Veja a seguir mais três interessantes trabalhos de intertextualidade realizados por dois grandes artistas brasileiros – Portinari e Carlos Drummond de Andrade – e um espanhol – Pablo Picasso – a partir do texto-mãe *Dom Quixote de la Mancha*, de Miguel de Cervantes. Observe que Cervantes trabalha com a linguagem literária em prosa, Drummond explora os recursos da poesia, Picasso e Portinari expressam-se pela pintura.

Dom Quixote, Rocinante, Sancho Pança e o asno

Quatro dias levou a cismar que nome lhe poria, porque (segundo ele a si próprio se dizia) não era razão que um cavalo de tão famoso cavaleiro, e ele mesmo de si tão bom, ficasse sem nome aparatoso; [...] e assim, depois de escrever, riscar, e trocar muitos nomes, ajuntou, desfez, e refez na própria lembrança outros, até que acertou em o apelidar "Rocinante"...

Posto a seu cavalo nome tanto a contento, quis também arranjar outro para si; nisso gastou mais oito dias; e ao cabo deparou em chamar-se Dom Quixote. [...]

Neste meio tempo, solicitou Dom Quixote a um lavrador seu vizinho, homem de bem (se tal título se pode dar a um pobre), e de pouco sal na moleira; tanto em suma lhe disse, tanto lhe martelou, que o pobre rústico se determinou em sair com ele, servindo-lhe de escudeiro. [...] Sancho Pança, que assim se chamava o lavrador, deixou mulher e filhos, e se assoldadou por escudeiro do fidalgo. [...] pensava em levar um asno que tinha muito bom, porque não estava acostumado a andar muito a pé. [...] Feito e cumprido tudo, sem se despedir Pança dos filhos e mulher, nem Dom Quixote da ama e da sobrinha, saíram uma noite do lugar sem os ver alma viva, e tão de levada se foram, que ao amanhecer já se iam seguros de que os não encontrariam, por mais que os rastejassem.

CERVANTES, Miguel de. *Dom Quixote de la Mancha*. Porto: Lello & Irmão, [s.d.].

O poema e o desenho desta página fazem parte da obra D. Quixote – Cervantes/Portinari/Drummond, *da Editora Fontana, composta de 21 desenhos de Portinari e 21 poemas de Drummond que remetem a passagens do* Dom Quixote *de Miguel de Cervantes.*

Um em quatro

A Z
b y
A&b Z&y
Ab yZ
AbyZ
quadrigeminados
quadrimembra jornada
quadripartito anelo
quadrivalente busca
unificado anseio
umcavaleiroumcavaloumjumentoumescudeiro

Carlos Drummond de Andrade

Dom Quixote e Sancho Pança saindo para suas aventuras, de Candido Portinari (1956). Desenho a lápis de cor sobre cartão, 28,5 x 21,5 cm. Museus Castro Maya, Rio de Janeiro/ Reprodução autorizada por João Candido Portinari/Imagem do acervo do Projeto Portinari.

Antes de mais nada, pensemos nesses quatro artistas: Cervantes e Drummond trabalhando as palavras; Picasso e Portinari, as formas e as cores. Um único tema: D. Quixote, um dos personagens mais fascinantes da literatura universal. No entanto, quatro estilos, quatro maneiras particulares de expressão.

Observe como Drummond explora ao máximo os significados e a disposição das palavras no papel (seria um poema-desenho?):

A é o cavaleiro D. Quixote;
b é Rocinante, cavalo de Quixote;
Z é Sancho Pança, escudeiro de Quixote;
y é o jumento de Sancho;

A sobre **b** = Quixote montado em Rocinante;
Z sobre **y** = Sancho montado no jumento;
A&b é o conjunto cavaleiro/cavalo;
Z&y é o conjunto escudeiro/jumento.

Belíssima é a unidade do grupo **AbyZ**, insana irmandade (quadrigêmeos que iniciam louca jornada em busca do sonhado); o anseio unifica os quatro, unificação essa representada graficamente por uma única palavra: **umcavaleiroumcavaloumjumentoumescudeiro**, ou seja, **AbyZ**.

Nas tramas do texto

Pai João

(fragmento)

A filha de Pai João tinha um peito de
Turina para os filhos de ioiô mamar:
Quando o peito secou a filha de Pai João
Também secou agarrada num
Ferro de engomar.
A pele do Pai João ficou na ponta
Dos chicotes.
A força de Pai João ficou no cabo
Da enxada e da foice.
A mulher de Pai João o branco
A roubou para fazer mucamas.

LIMA, Jorge de. *Poesia completa*. 2. ed. Rio de Janeiro: Nova Fronteira, 1980. v. I, p. 110.

Esboço para *A Negra*, de Tarsila do Amaral, 1923. Lápis e aquarela sobre papel, 24 cm x 18 cm. Coleção Mário de Andrade, IEB, USP.

A Negra, de Tarsila do Amaral, 1923. Óleo sobre tela, 100 cm x 80 cm. MAC, USP.

atividades

1. Observe atentamente as duas pinturas, os títulos e as datas e responda:

a) Como se dá a intertextualidade entre elas?

b) Como se dá a intertextualidade entre as telas e o poema?

2. Em relação às telas:

a) Qual a provável atividade da negra retratada por Tarsila do Amaral?

b) Como poderíamos interpretar as pernas cruzadas da negra?

c) *A Negra* é considerada a primeira pintura efetivamente moderna realizada por um artista brasileiro. Foi esboçada e concluída em 1923, quando Tarsila do Amaral estudava pintura em Paris. No entanto, é uma obra tipicamente tropical. Que elemento da tela reforça essa ideia?

3. Considerando que **turina** é denominação da fêmea de uma espécie de gado bovino leiteiro, que **ioiô** era o tratamento que os escravos davam ao senhor branco e que **mucama** designava a escrava jovem, ama de leite, que denúncia faz o poema do alagoano Jorge de Lima?

4. Considerando que o texto literário é fruto de uma especial seleção e arrumação das palavras, releia os dois últimos versos e:

a) Reescreva-os colocando os termos na ordem direta.

b) Comente o efeito obtido pelo poeta com a ordem escolhida por ele.

A intertextualidade e os signos

Imagine a seguinte situação: uma sala escura com um único ponto de luz ao centro, com foco dirigido para uma cadeira. Seja em um filme, seja em uma peça de teatro ou mesmo em um desenho, essa situação é um signo e remete o leitor imediatamente à ideia de interrogatório.

Caulos. *Errar é humano*. Porto Alegre: L&PM, 1977.

Na linguagem das artes plásticas, a mãe ajoelhada ou sentada segurando o filho morto transformou-se em um signo, que remete a uma passagem bíblica e dialoga com diversas obras de arte, que poderíamos nomear genericamente de *Pietás* (fenômeno semelhante ocorre, por exemplo, com "sabiá" e "palmeira" na literatura brasileira: são signos que não nos remetem ao conceito de um pássaro e de uma árvore e sim a toda uma proposta romântica de nacionalismo e exílio, intensamente reiterada ou subvertida ao longo do tempo).

Michelângelo, *Pietá*. c. 1500. Basílica de São Pedro, Vaticano.

Michelângelo, *Pietá Palestrina*. c. 155. Academia, Florença.

*Nestas duas obras, Michelângelo trabalhou a mesma matéria-prima (o mármore), o mesmo tema (*Pietá*) e explorou basicamente o mesmo sentimento. Entretanto o efeito das obras sobre o apreciador é bastante distinto, uma vez que o artista se expressa de maneira diferente em cada uma delas. Na* Pietá *do Vaticano, Michelângelo buscava a perfeição formal, e por isso seu acabamento é mais refinado; o rosto da Virgem é jovem e sereno, o gesto de sua mão é largo; ao observá-la, somos tomados por um estado de melancolia contida: apiedamo-nos, sem no entanto chegar ao desespero. Já na* Pietá Palestrina*, o acabamento é menos refinado (em alguns pontos o mármore está em estado natural), as expressões faciais da Virgem estão apenas sugeridas, mas a sensação de sofrimento é muito mais intensa: a Mãe faz enorme esforço para sustentar o corpo do Filho; a posição do corpo de Cristo, sua cabeça pendida e a expressão facial sugerem sofrimento; apiedamo-nos e ficamos angustiados. A* Pietá Palestrina *foi produzida cerca de 50 anos depois da* Pietá *do Vaticano.*

A tela de Botticelli revela uma visão mística, com o artista fixando a dor, o sofrimento, a fé do mundo cristão (a arte era entendida, pelos cristãos, como uma forma de Revelação). Com base nos conceitos clássicos de composição (observe a distribuição das figuras pelo espaço da tela, notadamente a pirâmide que se ergue a partir das duas mulheres ajoelhadas), esta Pietá é marcada por muita dramaticidade: no espaço bidimensional da tela, o artista cria a sensação de estarmos diante de uma escultura (tridimensional) ou de um palco onde se encena um forte drama (há nove personagens, todos de corpo inteiro, em plena ação – observe os gestos, repare como eles "falam"). Numa profusão de tons que vai do amarelo ao vermelho, do azul-claro ao preto, destaca-se a alvura do corpo de Cristo e do rosto da Virgem, marcado por um profundo sentimento de dor.

Sandro Botticelli, *Pietá*. c. 1490. Óleo sobre tela, 140 × 207 cm. Velha Pinacoteca, Munique.

Vicente do Rego Monteiro, *Pietá*. 1924. Óleo sobre tela, 110 × 134 cm.

A Pietá de Vicente do Rego Monteiro, artista pernambucano que teve trabalhos expostos na Semana de Arte Moderna, em 1922, é representada com uma linguagem muito característica, de inspiração cubista, geometrizada, que cria a sensação de volume.

Guerra, de Candido Portinari (1952-1956). Painel a óleo sobre madeira compensada, 1400 x 953 cm. Reprodução autorizada por João Candido Portinari/Imagem do acervo do Projeto Portinari/Nações Unidas, Nova York.

Paz, de Candido Portinari (1952-1956). Painel a óleo sobre madeira compensada, 1400 x 953 cm. Reprodução autorizada por João Candido Portinari/Imagem do acervo do Projeto Portinari/Nações Unidas, Nova York.

Picasso, *Guernica*. 1937. (Detalhe) Óleo sobre tela, 349,3 × 776,6 cm. Museu Rainha Sofia, Madri, Espanha.

A morte de crianças foi um dos aspectos que mais horrorizaram Pablo Picasso, no bombardeio da cidade de Guernica, durante a Guerra Civil Espanhola, e Candido Portinari, na Segunda Guerra Mundial. Para representá-la, ambos também recorreram ao signo da mulher ajoelhada que ampara o filho morto, estabelecendo diálogo com as várias "pietás".

atividade

- O poeta Carlos Drummond de Andrade, em seu último livro – *Farewell* –, manifesta sua admiração pelas artes plásticas, oferecendo-nos, em linguagem verbal, leituras instigantes sobre algumas obras, como no texto a seguir:

Pietá *(Miguel Ângelo)*

Dor é incomunicável.
O mármore comunica-se,
acusa-nos a todos.

a) A obra de arte pode ser analisada e/ou apreciada sob dois aspectos: o estético, voltado para o "sentir", para a fruição da beleza artística; e o comunicacional, voltado para aquilo que a obra "significa". Com base nessa informação, qual aspecto da obra de arte é realçado por Drummond?

b) A que acusação se refere o texto?

A intertextualidade e a literatura

O termo **intertextualidade** foi cunhado na década de 1960, no âmbito da teoria literária, por Julia Kristeva e referia-se ao universo dos textos literários e do diálogo entre esses textos ao longo da história da literatura. Quando a intertextualidade se dá entre dois textos literários efetivamente escritos e se manifesta de forma direta, clara, explícita, podemos dizer que se trata de intertextualidade em sentido restrito. Na literatura brasileira temos um exemplo significativo. O poeta romântico Gonçalves Dias escreveu, em meados do século XIX, a famosa *Canção do exílio*; desde então, vários outros poetas produziram intertextos, por simples imitação ou para repensá-lo. Observe primeiro o trecho do poema-matriz de Gonçalves Dias:

Minha terra tem palmeiras,
Onde canta o sabiá

Gonçalves Dias

Observe agora alguns dos intertextos produzidos por outro poetas em diferentes momentos de nossa literatura:

Eu quero ouvir na laranjeira, à tarde,
Cantar o sabiá!

Casimiro de Abreu

Minha terra não tem palmeiras...

Mário Quintana

Ainda um grito de vida e
voltar
para onde tudo é belo
e fantástico:
a palmeira, o sabiá,
o longe.

Carlos Drummond de Andrade

Rafael Fonseca/Arquivo da editora.

Quando um determinado autor recorre a outros textos para compor os próprios, certamente tem um motivo muito claro — fazer uma crítica, uma reflexão ou uma releitura desses textos, por exemplo. Percorrer o caminho inverso, ou seja, buscar esse motivo e reconstruir o processo de produção desses textos leva a desvendar seus significados específicos. Assim, o conhecimento das relações entre os textos é um poderoso recurso de produção e apreensão de significados.

Esse conhecimento, porém, não se dá por acaso nem por obra da intuição, mas por meio de um trabalho bastante específico: o exercício da leitura. Quanto mais experiente for o leitor (entenda-se como leitor experiente aquele que leu muito e bem) mais possibilidades terá de compreender os caminhos percorridos (e os textos visitados) por um outro autor em sua produção e de percorrer o próprio caminho em suas criações.

Portanto, nossos processos de leitura podem ser mais proveitosos quanto mais caminhos de leitura tivermos percorrido. Nossas produções podem aprimorar-se na medida em que incorporamos essas leituras a nossos textos. E não é exagero dizer que esses procedimentos ampliam-se de tal forma que atingem uma outra área, bem mais ampla — a que diz respeito à própria leitura do mundo.

Rafael Fonseca/Arquivo da editora.

Conhecimentos prévios

Leia a seguinte tira de Luis Fernando Verissimo, centrada em uma releitura.

by Luis Fernando Verissimo.

VERISSIMO, Luis Fernando. As cobras. In: *Se Deus existe que eu seja atingido por um raio.* Porto Alegre: L&PM, 1997.

Podemos dizer que o texto acima dialoga com outro texto porque, ao lê-lo, automaticamente acionamos conhecimentos prévios sobre outro texto: *A lenda de Robin Hood, o príncipe dos ladrões* (seja porque nos contaram a história, seja porque assistimos a um filme, seja porque lemos sobre a lenda, etc.). No entanto, a tirinha não só faz a ponte com o texto (ou textos) sobre Robin Hood, mas também o transfigura: trata-se de um Robin Hood às avessas! O Robin Hood da tira, ao contrário do "original", rouba dos pobres para dar aos ricos, provocando estranhamento e humor (por isso o título da série: ***Neo**-Robin Hood*).

Se não conseguíssemos fazer a ligação dessa tira com outro texto, poderíamos lê-la, mas nossa leitura seria limitada. O reconhecimento dessas interconexões entre os textos possibilita uma leitura mais ágil, efetiva e rica.

As relações intertextuais mais comuns

> Todo texto é um intertexto; outros textos estão presentes nele, em níveis variáveis, sob formas mais ou menos reconhecíveis.
>
> BARTHES, Roland. In: CHARAUDEAU, P.; MAINGUENEAU, D. *Dicionário de análise do discurso*. São Paulo: Contexto, 2004.

São inúmeras as relações de intertextualidade. Dentre elas, temos:

- a **intertextualidade estrutural**, que consiste no emprego de modelos de estrutura preexistentes para a produção de textos. Por exemplo:
  - receita → enumeração de ingredientes + preparação;
  - carta pessoal → local e data + saudação + corpo da carta + despedida + assinatura + P.S.;
  - gibi → sequência de quadrinhos com as falas dos personagens em balões.
- a **intertextualidade temática**, que consiste na abordagem de um mesmo assunto. Por exemplo:
  - duas telas que retratem uma paisagem marinha; uma tela que retrate uma paisagem marinha e um texto que descreva essa paisagem;
  - um filme e a crítica do filme;
  - uma propaganda de prevenção contra a dengue e um artigo sobre a dengue em uma revista especializada.
- a **intertextualidade referencial**, que consiste na citação de outros textos ou na alusão a eles. Por exemplo:
  - depoimento de um cientista num artigo sobre descobertas em sua área de pesquisa;
  - Freud denominando a inclinação erótica de um filho pela mãe de "Complexo de Édipo", numa referência ao mito grego.

Vamos nos deter um pouco neste último caso.

A intertextualidade referencial

Como já vimos, na intertextualidade referencial, podemos destacar a alusão e a citação. **Alusão** é uma referência que pode ser evidente ou sutil.

Leia o fragmento abaixo, retirado de um artigo que comenta o romance *Fogo morto*, de José Lins do Rego; o artigo foi publicado na versão *on-line* do *Diário do Nordeste*:

Rafael Fonseca/Arquivo da editora.

> Vitorino é apresentado como verdadeiro herói quixotesco, que vivia lutando e brigando por justiça e igualdade, sempre em defesa dos humildes contra os poderosos da terra. [...] Vitorino Carneiro da Cunha representa o herói pícaro, aquele que, por seu humor e lirismo, desperta a simpatia do leitor. Idealista, sonhador, o que enfrenta os moinhos. Vitorino lembra os cavaleiros andantes da Idade Média, em sua errância pelos sertões, sem uma ocupação definida, em luta quixotesca contra as injustiças sociais. É o eterno oposicionista, corajoso, simplório, aceita todas as lutas.
>
> Disponível em: <http://diariodonordeste.globo.com/materia.asp?codigo=500919>. Acesso em: 13 dez. 2010.

Tanto o adjetivo **quixotesco** quanto a expressão "que enfrenta os moinhos" estabelecem um *link* imediato com o romance de Miguel de Cervantes, *Dom Quixote de La Mancha*, publicado em 1605. Assim, para compreendermos melhor o que quer dizer o trecho citado, temos de estabelecer uma relação entre ele e o texto de Cervantes:

- "enfrentar os moinhos" refere-se a uma das cenas mais famosas de *Dom Quixote*, em que o herói, em uma de suas alucinações, luta contra moinhos de vento, achando que são gigantes;
- **quixotesco** é um adjetivo derivado do nome do personagem de Cervantes, carregando suas características principais (D. Quixote, em pleno Renascimento, acreditava nos ideais dos cavaleiros medievais, que lutavam pela honra de uma donzela; montado em seu cavalo Rocinante e acompanhado pelo escudeiro Sancho Pança, levado por sua inocência e seus devaneios, via em cada objeto, em cada ser, um inimigo a ser derrotado). Os dicionários apontam os termos "ingênuo" e "sonhador" como sinônimos de **quixotesco**.

Depois de estabelecer essa ponte com o texto de Cervantes, releia o texto e observe como é possível construir novos sentidos para ele.

Citação é uma referência explícita, direta, em que o produtor do texto abre espaço para outras vozes, seja pelo discurso direto, seja pelo indireto.

Leia o fragmento abaixo, retirado de uma tese acadêmica:

> Atualmente muitos críticos, educadores e escritores consideram que, tanto num sentido positivo quanto negativo, a literatura, bem como outras manifestações artísticas em geral, pode ser construída ou compreendida levando em conta a forma como o escritor/artista vê e sente o mundo que o cerca. Vemos confirmado este postulado nas assertivas do escritor Carlos Reis, quando ele diz: "Deste modo, a obra literária, privilegiando embora modos de representação sinuosos, não perde, por isso, a sua ligação com a sociedade e com a História. De facto, vivendo num tempo e num espaço concretos, dialogando de diversas formas com a cultura e com o imaginário em que se acha inscrito, o escritor representa uma cosmovisão que de certa forma traduz essa sua relação com o seu tempo e espaço históricos; uma relação que envolve uma reação emocional perante temas, valores e soluções expressivas".
>
> Disponível em: <www.ppgletras.furg.br/disserta/carlosperes.pdf>. Acesso em: 13 dez. 2010.

Rafael Fonseca/Arquivo da editora.

A citação é um recurso muito comum em textos científicos e argumentativos, introduzindo a opinião de uma autoridade no assunto para reafirmar ou refutar posições. No texto que você acabou de ler, ela é introduzida por meio da expressão "quando ele diz".

Agora, leia mais uma vez o fragmento e reflita: por que o autor do artigo introduziu citações em seu texto?

Com certeza, você percebeu que o autor do texto citou um escritor (a voz de uma "autoridade") para comprovar o que foi dito no primeiro período que compõe o postulado: "Vemos confirmado este postulado nas assertivas do escritor Carlos Reis, quando ele diz:".

A intertextualidade como reiteração ou como subversão

A intertextualidade, assim como outros elementos que constituem um texto, deve ser analisada a partir da intenção de quem o produz: quando se constrói a ponte entre dois textos, desloca-se a significação de um contexto para outro e acrescenta-se algo, como você já sabe, para reiterar, reafirmar, negar ou subverter uma ideia, um conceito ou uma posição ideológica.

É o que ocorre, por exemplo, com Édouard Manet, um dos mestres do impressionismo francês, que chocou grande parte dos espectadores de sua época ao reelaborar um dos quadros clássicos do Renascimento: a *Vênus de Urbino*, do mestre veneziano Ticiano.

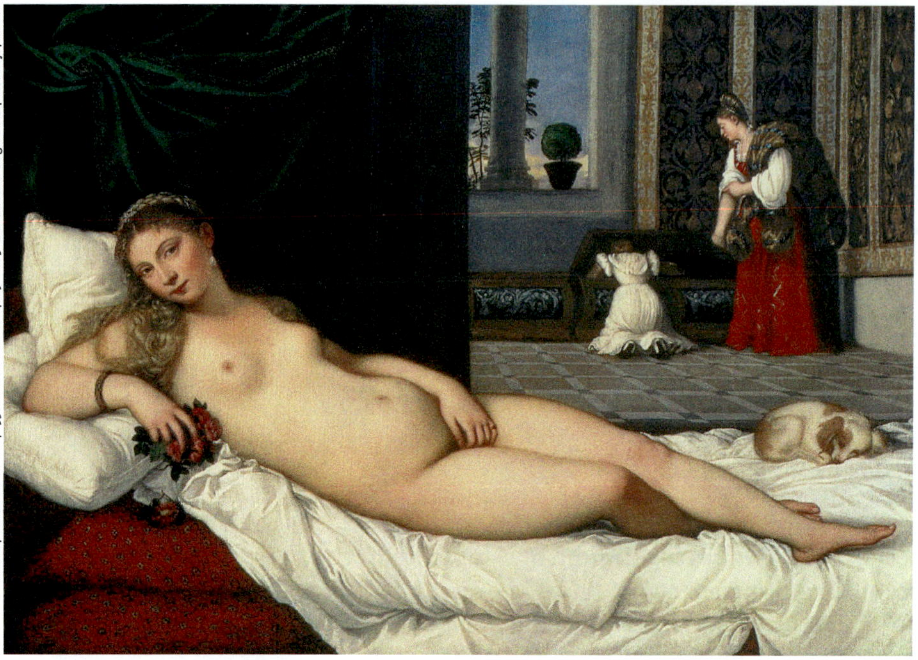

Ticiano, *Vênus de Urbino*, 1538. Óleo sobre tela, 119 × 165 cm. Galleria degli Uffizi, Florença, Itália.

A tela de Ticiano apresenta ao espectador as conquistas renascentistas: o motivo que retoma a cultura mitológica greco-romana, o equilíbrio formal, a idealização, os vários planos (a perspectiva está intimamente ligada a outra conquista do período renascentista: o recurso da tinta a óleo). No primeiro plano, Vênus, e, na sucessão, o cachorro, as duas mulheres, a coluna grega, a paisagem além da janela. A pose de Vênus, na horizontal (geralmente era representada na vertical, reproduzindo as estátuas gregas), tornou-se um signo das artes plásticas.

Olímpia, de Édouard Manet, pintada em 1863 e exposta ao público em 1865 no Salão Oficial de Paris, provocou escândalo e discussões acirradas; foi reconhecida como marco inicial da modernidade na pintura apenas tempos depois. Nessa tela, podemos perceber alguns aspectos fundamentais da linguagem da pintura: a composição (repare no equilíbrio dos elementos distribuídos no espaço da tela), as formas, as cores (note o jogo de claro e escuro, de luz e sombra, as diferentes tonalidades do preto).

Compare *Olímpia* à *Vênus* de Ticiano: a pose é a mesma; o cachorro é substituído por um gato; a mulher branca de ar nobre é substituída por uma empregada negra; a mancha clara do lençol e do travesseiro continua lá, assim como o fundo escuro à esquerda. Manet retoma a mitologia ao associar sua Olímpia às representações da Vênus que, ao despertar, anuncia a primavera — as flores estão presentes no buquê e no xale estendido sobre o leito.

Édouard Manet, *Olímpia*, 1863. Óleo sobre tela, 103,5 × 190 cm, Musée d'Orsay, Paris, França.

No entanto, as intenções são absolutamente distintas: já foi dito que os artistas "corrigem a natureza" (ou seja, idealizam) quando pintam uma Vênus. Não foi essa a intenção de Manet: ele escolheu para ser Olímpia um tipo de moça comum, que poderia ser encontrada andando pelas ruas. É nessa escolha e na linguagem utilizada por Manet que reside a modernidade da tela.

atividade

Édouard Manet, como vimos, reelaborou telas clássicas; da mesma forma, teve suas telas reelaboradas por artistas de vanguarda ao longo do século XX, como é o caso de René Magritte. Observe as duas telas a seguir e escreva um pequeno texto crítico realçando a relação entre as obras, as intenções dos artistas e a sensação que as telas lhe causam.

O balcão, de Édouard Manet, 1868-1969. Óleo sobre tela, 170 cm x 124,5 cm. Musée d' Orsay, Paris (França).

O balcão de Manet, de René Magritte, 1950. Óleo sobre tela, 81 cm x 60 cm.

Intertextualidade: uma ponte reconstruída ou criada pelo leitor?

[...] desde que ficara só, não olhara uma só vez para o espelho. [...] era um impulso inconsciente, um receio de achar-me um e dois, ao mesmo tempo, naquela casa solitária; e se tal explicação é verdadeira, nada prova melhor a contradição humana, porque no fim de oito dias deu-me na veneta de olhar para o espelho com o fim justamente de achar-me dois.

ASSIS, Machado de. *Machado de Assis: contos*. Rio de Janeiro: Agir, [s.d.].

Museu Boijmans-van Beuningen, Roterdã.

Ao espelho

Por que persistes, incessante espelho?
Por que repetes, misterioso irmão,
O menor movimento da minha mão?
Por que na sombra o súbito reflexo?
És o outro eu sobre qual fala o grego
E desde sempre espreitas. Na brunidura
Da água incerta ou do cristal que dura
Me buscas e é inútil estar cego.
O fato de não te ver e saber-te
Te agrega horror, coisa de magia que ousas
Multiplicar a cifra dessas coisas
Que somos e que abarcam nossa sorte.
Quando eu estiver morto, copiarás outro
E depois outro, e outro, e outro, e outro...

BORGES, Jorge Luis. *Obras completas de Jorge Luis Borges.* São Paulo: Globo, 1999. v. 2.

Reprodução proibida *ou* Retrato de Edward James *(1937), tela do surrealista René Magritte.*

Ao ler os textos anteriores, percebemos que há entre eles uma ligação temática: o espelho; e mais: o espelho como multiplicador. Mas será que os autores dos textos tinham consciência disso? Vamos começar por fazer um levantamento dos dados de ambos e de seus textos:

- Machado de Assis (1839-1908), escritor brasileiro. O fragmento pertence ao conto "O espelho – Esboço de uma teoria da alma humana", de 1882.
- Jorge Luis Borges (1899-1986), escritor argentino. O poema "Ao espelho" pertence ao livro *O ouro dos tigres*, publicado em 1972.

Com base nos dados acima, podemos concluir que:

- Machado de Assis não chegou a conhecer a obra de Jorge Luis Borges, portanto não houve intertextualidade intencional da parte dele;
- Borges teve condições temporais de conhecer a obra do escritor brasileiro, no entanto não faz referência explícita a Machado.

Não temos como afirmar que tal relação foi construída de caso pensado. Então, há ou não intertextualidade?

Quando a intertextualidade é construída de caso pensado pelo produtor de textos, via de regra, temos indicadores disso (percebe-se pelo contexto, por outras referências, por citações). Mas a intertextualidade também pode ser criada pelo leitor ao ler um texto e estabelecer uma ponte com outro texto já lido, independentemente de o autor ter ou não pensado nisso na hora de escrever.

No caso de Machado e Borges, podemos afirmar que a intertextualidade é criada pelo leitor, que, ao ler um dos textos, lembra-se imediatamente do outro, que dormia no grande baú da memória, junto com todas as suas outras experiências de leitura.

Esse mesmo tipo de intertextualidade pode ser estabelecido entre os textos e a tela de Magritte.

E você, criou alguma ponte a partir dos textos apresentados?

atividades

Leia os textos abaixo.

Texto 1

Semana que vem

Pitty

[...]
Esse pode ser o último dia de nossas vidas
Última chance de fazer tudo ter valido a pena
Diga sempre tudo o que precisa dizer
Arrisque mais pra não se arrepender
Nós não temos todo o tempo do mundo
E esse mundo já faz muito tempo
O futuro é o presente, e o presente já passou
O futuro é o presente, e o presente já passou

Não deixe nada pra depois, não deixe o tempo passar
Não deixe nada pra semana que vem
Porque semana que vem pode nem chegar
Pra depois, o tempo passar
Não deixe nada pra semana que vem
Porque semana que vem pode nem chegar
[...]

Disponível em: <http://vagalume.uol.com.br/pitty/semana-que-vem.html>. Acesso em: 21 fev. 2010.

Texto 2

Carpe diem ("Aproveite o dia")

Sê prudente, começa a apurar teu vinho, e nesse curto espaço
Abrevia as remotas expectativas. Mesmo enquanto falamos, o tempo,
Malvado, nos escapa: aproveita o dia de hoje, e não te fies no amanhã.

Horácio (65 a.C.–8 a.C.), poeta latino, *Odes*, Livro 1, ode 11, versos 6-8.

1. Que tipo de intertextualidade podemos estabelecer entre os dois fragmentos? Justifique.

2. Pensando nos dois extremos da intertextualidade – **reiteração** (afirmação) ou **subversão** (negação) –, responda: na música da roqueira, o texto horaciano é afirmado ou refutado? Justifique citando trechos dos textos.

3. Você acha que *Carpe diem* seria um bom título para a música? Por quê?

4. A música "Semana que vem" está inserida no álbum *Admirável chip novo*, cujo título remete ao livro *Admirável mundo novo*, de Aldous Huxley, publicado em 1932. Nessa obra de ficção científica, Huxley desenvolve uma perspectiva de futuro bem pouco otimista sobre a convivência entre humanos e máquinas.

a) Em que consiste a intertextualidade entre os títulos?

b) De que maneira o reconhecimento dessa intertextualidade pode modificar a leitura que se faz do álbum da roqueira?

na **ESTANTE**

Não deixe de ler *Admirável mundo novo*, de Aldous Huxley, que trata de um futuro em que as pessoas são programadas para viver em harmonia com as leis e as regras sociais, em uma sociedade muito diferente da nossa.

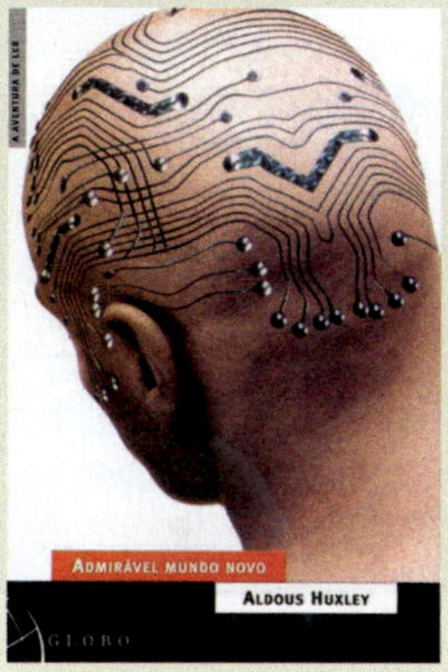

Editora Globo.

Divulgação.

Capa do CD Admirável chip novo, *da artista Pitty.*

*Questões de exames sobre este capítulo encontram-se na página **620**.*

capítulo 2

A arte e suas linguagens

Objetivos gerais do capítulo

O aluno, ao final do capítulo, deverá ser capaz de:

- **refletir sobre o papel social da arte;**
- **conhecer o conceito básico de estética e belas-artes;**
- **reconhecer as diferentes linguagens das manifestações artísticas;**
- **refletir sobre o papel do artista e da obra de arte;**
- **refletir sobre a intertextualidade que se estabelece entre as diferentes linguagens;**
- **ler e apreciar obras de arte.**

O que pensa que é um artista? Um idiota, que só tem olhos quando pintor, só ouvidos, quando músico, ou apenas uma lira para todos os estados de alma, quando poeta, ou só músculos quando lavrador? Pelo contrário! Ele é simultaneamente um ente político que vive constantemente com a consciência dos acontecimentos mundiais destruidores, ardentes ou alegres e que se formam completamente segundo a imagem destes. Como seria possível não ter interesse pelos outros homens e afastar-se numa indiferença de marfim de uma vida que se nos apresenta tão rica? Não, a pintura não foi inventada para decorar casas. Ela é uma arma de ataque e defesa contra o inimigo.

Pablo Picasso. In: WALTHER, Ingo F. *Picasso*. Colônia: Taschen, [s.d.].

Guernica, de Pablo Picasso, 1937 (detalhe). Óleo sobre tela, 349,3 cm x 776,6 cm. Museu Nacional Centro de Arte Rainha Sofia, Madri, Espanha.

Pablo Picasso produziu a tela Guernica *em Paris, durante os meses de maio e junho de 1937, sob o forte impacto de notícias que chegavam da Espanha sobre uma violenta guerra civil entre monarquistas e republicanos. Um dos episódios mais marcantes dessa guerra foi a destruição da cidade basca de Guernica, bombardeada na tarde de 26 de abril de 1937 (era uma tarde de feira e as pessoas passeavam pelas ruas) pela aviação alemã após um acordo entre Franco e Hitler. O republicano Picasso, ao pintar* Guernica*, gigantesco painel de 7,80 m x 3,50 m, oferece um verdadeiro testemunho desse episódio à posteridade.*

Arte e sociedade

> Quando se fala da sociologia da arte, costuma-se pensar antes na influência da arte sobre a sociedade do que na influência originada na sociedade e expressada na arte. Costuma-se pensar isso apesar de a arte ser tanto produto como instrumento da influência e introduzir mudanças sociais, modificando-se, por sua vez, com elas. Arte e sociedade não mantêm nenhuma relação unilateral de sujeito-objeto; tanto uma como outra podem desempenhar a função de sujeito ou de objeto.
>
> HAUSER, Arnold. *Sociología del arte*. Madrid: Guadarrama, 1975. (Trecho traduzido pelo autor.)

O texto acima aponta para um aspecto muito importante em um início de conversa sobre arte: a obra de arte é um produto social e, como tal, é produzida em determinado momento e lugar, ou seja, em uma determinada sociedade; por isso, expressa uma forma de ler essa sociedade, reafirmando ou contestando seus valores. Isso resulta num jogo em que tanto a obra de arte como a sociedade são motores que acionam mudanças: a sociedade muda e gera uma obra de arte com diferente leitura dessa sociedade; a obra de arte, ao reafirmar ou questionar valores, gera mudanças na sociedade. Arnold Hauser, comentando esse aspecto, utiliza uma imagem muito didática: a de uma sala de espelhos onde um reflete o outro, infinitamente.

Ao falarmos em arte e sociedade, não podemos deixar de lado dois atores fundamentais: o artista e o apreciador da obra de arte. O artista deve ser visto como um ser talentoso, com absoluto domínio de uma determinada linguagem e uma sensibilidade apurada que o leva a perceber o mundo à sua volta de maneira especial, e, ao mesmo tempo, como um cidadão, um trabalhador, com todos os compromissos sociais de alguém que vive em uma sociedade organizada, com inúmeros direitos e deveres. Ou, como afirma Marilena Chaui, em seu livro *Convite à Filosofia*: "O artista é um ser social que busca exprimir seu modo de estar no mundo na companhia dos outros seres humanos, reflete sobre a sociedade, volta-se para ela, seja para criticá-la, seja para afirmá-la, seja para superá-la".

Finalmente, é preciso salientar o papel do apreciador da obra de arte, que deve promover uma leitura interativa. Ou seja, ele também deve entrar na sala de espelhos e estabelecer uma relação de dependência mútua e ininterrupta com a obra de arte, lembrando sempre que ela é a materialização de uma ideia e se expressa por uma linguagem, o que nos permite afirmar que ela "**significa**", ou seja, fala, comunica, pode e deve ser lida pelo outro. Assim, o sentido de uma obra é construído pelo artista, que a produz, e pelo apreciador da arte, que a lê, analisa, interpreta.

Salvador Dalí, *A persistência da memória* (1931). Óleo sobre tela, 24 x 33 cm. Coleção do Museu de Arte Moderna, Nova York.

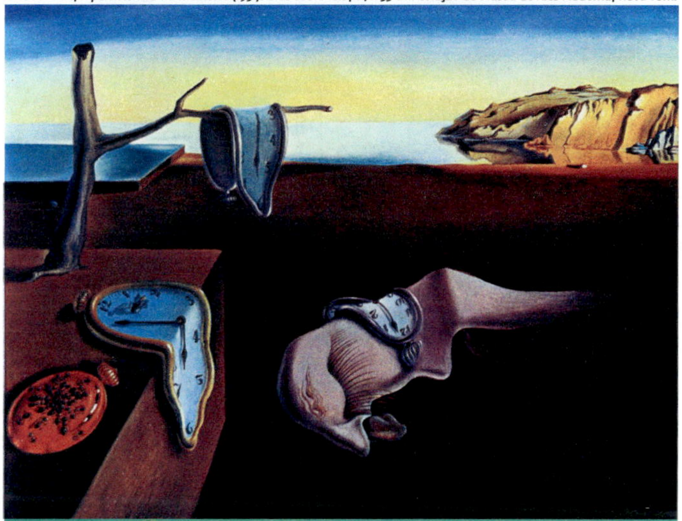

Shawn Sapp, *Dissentigration of Salvadorian Bryce* (1998). Coleção particular.

As telas acima mostram como uma obra de arte é produto de uma determinada sociedade: a pintura de Salvador Dalí foi produzida em 1931, sob o impacto do Surrealismo e das ideias de Freud; a composição de Shawn Sapp, uma releitura da obra de Dalí, foi feita em 1998, sob o impacto da sociedade tecnológica, utilizando um programa de criação de imagens em 3D chamado Bryce – daí a brincadeira com o título do desenho: Desintegração da tela de Salvador Dalí por Salvadorian Bryce *(o nome do programa).*

Confrontando ideias

Observe atentamente a releitura que o artista plástico brasileiro Waltercio Caldas fez da famosa obra *As meninas*, do espanhol Velázquez, utilizando recursos de computação gráfica:

Diego Velázquez, *As meninas* (1656). Óleo sobre tela, 318 x 276 cm. Museu do Prado, Madri, Espanha.

Waltercio Caldas, *Os Velázquez* (1994). Óleo e vidro, 129,5 x 110,2 x 6,4 cm. Coleção particular.

Agora, discuta com seus colegas e seu(sua) professor(a) as seguintes questões:

a) O trabalho de reelaboração de uma obra de arte apresenta duas motivações básicas: **reiteração** (ou seja, afirmação do modelo) ou **subversão** (desqualificação, negação). Qual teria sido a motivação de Waltercio Caldas?

b) Após observar e comparar as duas obras, discuta: qual é a leitura de mundo de Velázquez? E a de Waltercio Caldas? Qual a importância que cada um deles dá à figura do artista e à obra de arte?

Estética e belas-artes

No século XVIII, com a Revolução Industrial e a decadência do velho modelo monárquico, forma-se um novo público consumidor de arte e surgem novos conceitos. Dois, em particular, interessam-nos: estética e belas-artes.

O conceito de **estética** (do grego *aisthetikos*, "o que pode ser percebido pelos sentidos") foi criado pelo filósofo alemão Alexander Baumgarten, na metade do século XVIII. Para a filosofia, é a reflexão sobre o belo e a criação artística; em seu uso informal, é tudo o que diz respeito à beleza, à beleza física, plástica.

O termo **belas-artes** surgiu em oposição às artes utilitárias ou decorativas (as artes e ofícios). O filósofo Immanuel Kant afirmava, em 1790, que "as belas-artes são as artes do gênio". Outro filósofo do século XVIII, D'Alembert, um dos responsáveis pela *Enciclopédia* iluminista, relacionou as cinco manifestações artísticas que formavam as belas-artes: pintura, escultura, arquitetura, poesia e música (embora todos reconhecessem que arquitetura misturava beleza e utilidade). A partir do século XIX, o termo **poesia** passou a ser substituído por **literatura**. No século XX, duas outras manifestações foram incorporadas: dança e cinema (por isso o cinema é considerado "a sétima arte").

sessão de **CINEMA**

Bodas de sangue (1981). Direção: Carlos Saura. Com: Antonio Gades e Cristina Hoyos.

Companhia de dança encena coreografia baseada em peça teatral do escritor modernista espanhol Federico García Lorca (1898-1936).

Divulgação.

As belas-artes, seus materiais e suas linguagens

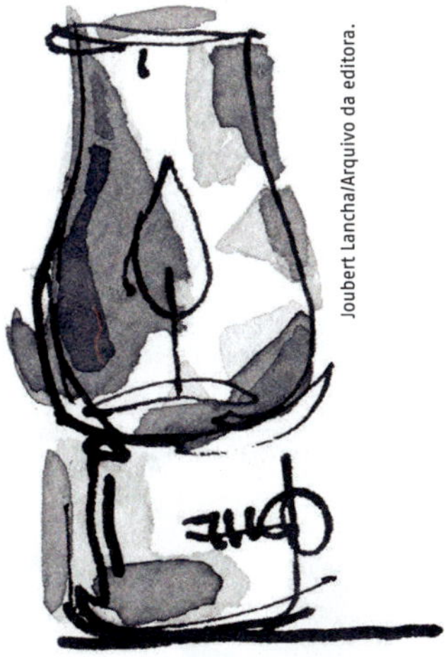

Joubert Lancha/Arquivo da editora.

> A unidade da arte reside no fato de que, não importa se com palavras, sons melódicos, cores ou massas, o artista cria imagens que exprimem seu sentimento profundo do mundo. [...] Certo número de atividades humanas — como a poesia, a pintura, a arquitetura, o teatro, a música, a escultura — cria imagens que exprimem um modo de sentir, o qual, por sua vez, se traduz numa forma correspondente [a obra de arte].
>
> MANUEL, Pedro. In: *Arte no Brasil*. São Paulo: Abril Cultural, 1979.

O texto acima nos coloca outra questão fundamental, ou seja, as belas-artes têm em comum o fato de exprimirem a leitura de mundo que o artista faz, mas têm como característica particular as diferentes **linguagens** que utilizam. Assim, o artista literário se exprime pela palavra oral ou escrita; o pintor, pelas cores e formas; o escultor, pelas formas obtidas pela exploração das três dimensões (comprimento, largura e altura); o músico, pelo som e pelo ritmo; o dançarino, pelos movimentos corporais; o cineasta, pela imagem em movimento.

O pintor Candido Portinari, comentando seu processo de criação, afirmou:

> Eu sempre parto de uma composição abstrata para chegar a uma arte figurativa. Penso primeiro em linhas, planos e cores, mas em função de um tema que tenho em mente — é claro, portanto, que estes dois atos têm íntima relação.
>
> BENTO, Antonio. *Portinari*. Rio de Janeiro: Léo Christiano Editorial, [s.d.].

Ao falar em composição, linhas, planos, cores, o pintor se refere à **linguagem**, à forma pela qual se expressará; mas isso tudo casado com o tema, numa união indissociável.

Para ilustrar o trabalho com a linguagem específica de cada manifestação artística e, em uma única manifestação, de cada momento histórico (por exemplo, a pintura trabalha com formas, planos, cores, que constituem a "linguagem da pintura"; ao mesmo tempo, a linguagem da pintura clássica é distinta da linguagem da pintura impressionista, que, por sua vez, difere da linguagem da pintura cubista, etc.), voltamos, mais uma vez, à tela *Guernica*, reproduzindo um comentário do crítico de arte Giulio Carlo Argan:

> *Guernica* tem o esqueleto do quadro histórico clássico; o esqueleto, justamente, porque a arte clássica, com a plenitude de suas formas e o brilho de suas cores, foi como que soprada, destruída pela brutalidade do acontecimento. [...] Há simetria, perspectiva, gradação de valores, ritmo crescente de tons. Simetria: o eixo médio do muro branco, as "pilastras" verticais do touro à esquerda e da figura com os braços erguidos à direita. Perspectiva: as figuras dos caídos em primeiro plano, os planos perspectivos do fundo, a abertura da janela. Gradação de valores: a alternância dos planos brancos, negros, cinzentos. Ritmo crescente: do tom nobremente oratório do caído que aperta o punho da espada quebrada ao relinchar dilacerante do cavalo mortalmente ferido. Mas à ordem clássica sobrepõe-se uma decomposição formal de tipo manifestamente cubista: uma **linguagem**, portanto, nitidamente moderna, que o próprio Picasso criara trinta anos antes.
>
> ARGAN, Giulio Carlo. *Arte Moderna: do Iluminismo aos movimentos contemporâneos*. São Paulo: Companhia das Letras, 1996.

Guernica, de Pablo Picasso, 1937 (detalhe). Óleo sobre tela, 349,3 x 776,6 cm. Museu Nacional Centro de Arte Rainha Sofia, Madri, Espanha.

A arte como representação

Na linguagem visual, o signo é a imagem. Assim como acontece com a linguagem verbal, há inúmeras maneiras de organizar os signos visuais, decorrentes da relação que o homem estabelece entre a realidade e sua representação. Os artistas procuram fazer com que o apreciador reaja diante dessa representação e levante questionamentos sobre o que é de fato real, o que é fantasia e, indo mais além, sobre a própria ordenação do real.

O Surrealismo, na primeira metade do século XX, levou a extremos a questão da representação do real, como bem ilustram os dois trabalhos (ao lado), do belga René Magritte (1898-1967).

A traição das imagens (Isso não é um cachimbo), de René Magritte, 1928-1929. Museu de Arte da cidade de Los Angeles.

A condição humana, de René Magritte, 1935. Galeria Isy Brochet, Bruxelas.

De fato, o desenho ou a foto de um cachimbo — ou a palavra **cachimbo** — não são o objeto cachimbo (uma pessoa não pode fumar o desenho, a foto ou a palavra). O objeto é a coisa; o desenho, a foto, a palavra são representações.

Na outra tela, que compõe a série *A condição humana*, René Magritte mais uma vez questiona a relação entre a realidade e sua representação pictórica. O observador, colocado no interior do aposento, de frente para a janela, vê a imagem marinha real continuar na imagem criada pelo artista (ou seria o contrário?!); mas, se o observador da tela se afastar um pouco e "sair do aposento", perceberá que foi iludido e tomará ciência de que a imagem dita real, vislumbrada pelo vão da janela, não passa, ela também, de uma criação do artista, ou seja, de uma representação da realidade (isso porque temos uma tela dentro da tela, num jogo de ilusões — ou, como no caso do cachimbo, somos vítimas da "traição das imagens").

O crítico Giulio Carlo Argan comenta:

> Eis o contraste entre coisas e signos na vida cotidiana. [Magritte] representa um interior com um arco aberto para o mar: no aposento, há um cavalete e sobre o cavalete uma tela, onde está pintada uma marinha que dá continuidade à figura da praia, das ondas, do céu. No chão, uma bola; e o plano do pavimento continua na praia. Ambiguidade entre uma imagem da realidade (o quadro) e uma imagem de uma imagem da realidade (o quadro no quadro).

Arte Moderna: do Iluminismo aos movimentos contemporâneos. São Paulo: Companhia das Letras, 1996. p. 480.

Confrontando ideias

Em grupos, leiam atentamente o poema 10 da série "Nasce o poeta", de Ferreira Gullar:

a boca não fala
o ser (que está fora
de toda linguagem):
só o ser diz o ser

a folha diz folha
sem nada dizer

o poema não diz
o que a coisa é

mas diz outra coisa
que a coisa quer ser

pois nada se basta
contente de si

o poeta empresta
às coisas
sua voz — dialeto —

e o mundo
no poema
se sonha completo

GULLAR, Ferreira. *Toda poesia (1950-1999).* 9. ed. Rio de Janeiro: J. Olympio, 2000.

Relacionem o poema ao que acabamos de ver no item "A arte como representação". Depois, apresentem suas conclusões aos demais grupos.

A recriação da realidade

A poeta Cecília Meireles, em um de seus belos poemas, apresenta ao leitor um verso que soa como um refrão: "A vida só é possível reinventada". De fato, é da própria essência da arte a possibilidade de o artista recriar a realidade, transformando-se em criador de mundos, sonhos, ilusões, verdades. O artista tem, dessa forma, um poder mágico em suas mãos: o de moldar a realidade segundo suas convicções, seus ideais, sua vivência.

O poeta e crítico de arte Ferreira Gullar assim se manifesta sobre essa transformação simbólica do mundo:

> A arte é muitas coisas. Uma das coisas que a arte é, parece, é uma transformação simbólica do mundo. Quer dizer: o artista cria um mundo outro — mais bonito ou mais intenso ou mais significativo ou mais ordenado — por cima da realidade imediata.
>
> Naturalmente, esse mundo outro que o artista cria ou inventa nasce de sua cultura, de sua experiência de vida, das ideias que ele tem na cabeça, enfim, de sua visão de mundo.
>
> GULLAR, Ferreira. *Sobre arte*. Rio de Janeiro: Avenir/ São Paulo: Palavra e Imagem, 1982.

Um caso que ilustra bem esse poder mágico é o do pintor Candido Portinari, que sempre demonstrou um profundo carinho pelos meninos de Brodósqui, sua cidade natal, no interior de São Paulo, e, ao desenhá-los, colocava-os em balanços e gangorras. Quando perguntavam ao pintor por que a insistência com crianças em pleno voo, respondia: "Gosto de vê-los assim, no ar, feito anjos".

Candido Portinari, *Meninos na gangorra*, 1944. Óleo sobre tela, 45 × 56 cm. Coleção particular/Reprodução autorizada por João Candido Portinari/ Imagem do Acervo do Projeto Portinari.

Portinari, entretanto, foi muito criticado por "deformar" suas figuras humanas; no início da década de 1940, sob o Estado Novo de Getúlio Vargas, era acusado de antinacionalista por retratar os trabalhadores com braços e pernas desproporcionais, como se sofressem de elefantíase. Na verdade, as telas de Portinari são verdadeiro hino de louvor àquelas pessoas, como nos explica o pintor:

> Impressionavam-me os pés dos trabalhadores das fazendas de café. Pés disformes. Pés que podem contar uma história. Confundiam-se com as pedras e os espinhos. Pés sofridos com muitos e muitos quilômetros de marcha. Pés que só os santos têm. Sobre a terra, difícil era distingui-los. Os pés e a terra tinham a mesma moldagem variada. Raros tinham dez dedos, pelo menos dez unhas. Pés que inspiravam piedade e respeito. Agarrados ao solo, eram como os alicerces, muitas vezes suportavam apenas um corpo franzino e doente. Pés cheios de nós que expressavam alguma coisa de força, terríveis e pacientes.
>
> In: *Portinari: retrospectiva*. São Paulo: Masp, 1997.

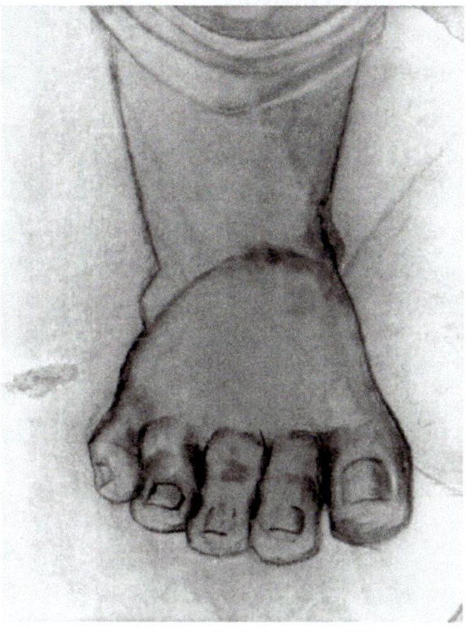

Candido Portinari, *Pé* (1944). Desenho a carvão sobre papel kraft, 40 × 31 cm. Coleção particular/Reprodução autorizada por João Candido Portinari/ Imagem do Acervo do Projeto Portinari.

Essa possibilidade de recriar a realidade, potencializando uma maneira particular de ler o mundo ou mesmo dando corpo a uma outra verdade, é que levou o pintor espanhol Pablo Picasso a afirmar: "A arte é uma mentira que revela a verdade".

Aleijadinho, seus materiais, suas "mentiras"

Os materiais de Aleijadinho

Fabio Colombini.

"*Nos Passos, as figuras talhadas em madeira refletem as características do trabalho nesse material; têm algo de primitivo, atingindo por vezes o expressionismo e até o caricatural – sobretudo as personagens cruéis. Por outro lado, da figura de Cristo, assim como de Maria Madalena, emanam um divino ar de graça, um acabamento sublimado, como se o sobrenatural estivesse presente.*

Nos Profetas, apesar de a pedra-sabão possibilitar modelado naturalista, as expressões das figuras têm tanta força que parecem ultrapassar os traços humanos: imprecam, testemunham, talvez protestem, possivelmente oram, e deixam cair cartelas com inscrições latinas."

KELLY, Celso. In: *Arte no Brasil*. São Paulo: Abril Cultural, 1979.

Carol do Vale/Arquivo da editora.

na ESTANTE

Lendo imagens: uma história de amor e ódio, de Alberto Manguel. São Paulo: Companhia das Letras, 2001.

Alberto Manguel tem verdadeiro fascínio pela leitura (escreveu também *Uma história da leitura*), tanto a leitura de textos verbais como a de textos não verbais. Nesse livro, analisa onze obras de diferentes artistas, contando suas histórias e realçando aspectos que poderiam passar despercebidos pelo leitor menos atento.

Editora Companhia das Letras

As "mentiras" de Aleijadinho

Haroldo Faria Castro/kino.com.br.

Observe que Cristo traz, além das marcas tradicionais (a coroa de espinhos, as marcas das quedas), uma outra criada pelo artista, de "mentira": a marca da forca no pescoço. É o poder mágico do artista: Cristo é Cristo, mas também Tiradentes, enforcado em 1792 (as imagens dos Passos foram esculpidas entre 1796 e 1799). Aliás, muitas figuras de Aleijadinho, nas obras de Congonhas do Campo, foram inspiradas em pessoas que participaram da Inconfidência Mineira.

Nas tramas dos textos

Texto 1

Construção

Amou daquela vez como se fosse a última
Beijou sua mulher como se fosse a última
E cada filho seu como se fosse o único
E atravessou a rua com seu passo tímido

Subiu a construção como se fosse máquina
Ergueu no patamar quatro paredes sólidas
Tijolo com tijolo num desenho mágico
Seus olhos embotados de cimento e lágrima

Sentou pra descansar como se fosse sábado
Comeu feijão com arroz como se fosse um príncipe
Bebeu e soluçou como se fosse um náufrago
Dançou e gargalhou como se ouvisse música

E tropeçou no céu como se fosse um bêbado
E flutuou no ar como se fosse um pássaro
E se acabou no chão feito um pacote flácido
Agonizou no meio do passeio público

Morreu na contramão atrapalhando o tráfego

Amou daquela vez como se fosse o último
Beijou sua mulher como se fosse a única
E cada filho seu como se fosse o pródigo
E atravessou a rua com seu passo bêbado

Subiu a construção como se fosse sólido
Ergueu no patamar quatro paredes mágicas
Tijolo com tijolo num desenho lógico
Seus olhos embotados de cimento e tráfego

Sentou pra descansar como se fosse um príncipe
Comeu feijão com arroz como se fosse o máximo
Bebeu e soluçou como se fosse máquina
Dançou e gargalhou como se fosse o próximo

E tropeçou no céu como se ouvisse música
E flutuou no ar como se fosse sábado
E se acabou no chão feito um pacote tímido
Agonizou no meio do passeio náufrago

Morreu na contramão atrapalhando o público

Amou daquela vez como se fosse máquina
Beijou sua mulher como se fosse lógico
Ergueu no patamar quatro paredes flácidas
Sentou pra descansar como se fosse um pássaro
E flutuou no ar como se fosse um príncipe
E se acabou no chão feito um pacote bêbado

Morreu na contramão atrapalhando o sábado

HOLANDA, Chico Buarque de. Disponível em: <www.chicobuarque.com.br/construcao/index.html>. Acesso em: 24 fev. 2010.

Texto 2

Acidente de trabalho, de Eugênio Sigaud, 1944. Encáustica sobre tela, 132 x 95 cm. Museu Nacional de Belas Artes – IPHAN/MINC, Rio de Janeiro.

Wagner Santos/Editora Abril.

O cantor e compositor Chico Buarque de Holanda.

Proença Sigaud (1899-1979)

Eugênio Proença Sigaud nasceu em Santo Antônio de Carangola, RJ, em 1899, e faleceu na cidade do Rio de Janeiro, em 1979. Pintor e gravador, Sigaud participou de um grupo de artistas plásticos conhecido como Núcleo Bernardelli, que procurou novos caminhos para a arte moderna na década de 1930, no Rio de Janeiro.

atividades

1. A tela da página anterior retrata uma cena urbana ou rural? Justifique.
2. É sempre interessante perceber o ângulo pelo qual o artista retrata uma cena (na pintura e na fotografia, por exemplo) ou posiciona o narrador num texto literário (primeira ou terceira pessoa), pois esse será, também, o **nosso** ângulo. No caso da tela de Sigaud, onde o artista nos posiciona, isto é, de qual ângulo enxergamos a cena?
3. E, na canção de Chico Buarque, como é posicionado o narrador?
4. Observe bem o trabalho de luz e sombra realizado pelo pintor e comente a localização do corpo estendido no chão.
5. No canto superior esquerdo da tela percebemos alguns pássaros voando. Com qual verso da canção "Construção" você relacionaria essa imagem?
6. Observe que os corpos dos trabalhadores (canto superior direito da tela) são desproporcionais, se compararmos os membros à cabeça. Como você interpreta essa desproporcionalidade?
7. Pense na estrutura das doze estrofes que compõem a letra da canção, nas palavras proparoxítonas que encerram os versos e responda: poderíamos dizer que Chico Buarque "construiu" seu texto "tijolo com tijolo num desenho mágico", lógico? Por quê?
8. Poderíamos, ainda, afirmar que o texto de Chico Buarque apresenta um refrão. Qual é ele?

Confrontando ideias

Discuta com seus colegas e seu(sua) professor(a):

- Como você percebeu, os dois artistas – Sigaud e Chico Buarque – retratam realidades semelhantes. No entanto, cada um se expressou de uma forma, utilizou uma linguagem distinta. Comente a maneira pela qual cada artista se expressou.
- Se esse trabalhador da canção tivesse morrido numa segunda-feira e "na mão", as pessoas o notariam? O que você acha?

Questões de exames sobre este capítulo encontram-se na página 622.

Joubert Lancha/Arquivo da editora

capítulo 3

Literatura: a arte da palavra

Objetivos gerais do capítulo

O aluno, ao final do capítulo, deverá ser capaz de:

- conhecer o conceito de literatura;
- conhecer o conceito de história da literatura;
- conhecer a noção de escola literária;
- refletir sobre a função poética da linguagem;
- conhecer as diferentes possibilidades de exploração da matéria--prima – a palavra – no texto literário.

A literatura é uma arte, a arte da palavra, isto é, um produto da imaginação criadora, cujo meio específico é a palavra, e cuja finalidade é despertar no leitor ou ouvinte o prazer estético.

COUTINHO, Afrânio. *Introdução à literatura no Brasil.* Rio de Janeiro: Civilização Brasileira, 1980.

Grande literatura é simplesmente linguagem carregada de significado até o máximo grau possível. A literatura não existe no vácuo. Os escritores, como tais, têm uma função social definida, exatamente proporcional à sua competência como escritores. Essa é a sua principal utilidade.

Um povo que cresce habituado à má literatura é um povo que está em vias de perder o pulso de seu país e o de si próprio.

POUND, Ezra. *ABC da literatura.* São Paulo: Cultrix, 1977. p. 32, 36 e 38.

O único impossível

para Baltazar Lopes

Mordaças
A um Poeta?

Loucura!

E por que não
Fechar na mão uma estrela
O Universo num dedal?
Era mais fácil
Engolir o mar
Extinguir o brilho aos astros

Ovídio Martins (1928-1999), poeta cabo-verdiano.
In: DÁSCALOS, Maria Alexandre; APA, Lívia; BARBEITOS, Arlindo. *Poesia africana de língua portuguesa.* Rio de Janeiro: Lacerda Editores, 2003.

Rogério Soud/Arquivo da editora.

A função poética da linguagem

A literatura é uma manifestação artística. Difere das demais manifestações pela maneira como se expressa, pela matéria-prima com que trabalha: a linguagem verbal, a palavra. A esse respeito, assim se manifestou o crítico Alceu Amoroso Lima:

> A distinção entre literatura e demais artes vai operar-se nos seus elementos intrínsecos, a matéria e a forma do verbo.
>
> De que se serve o homem de letras para realizar seu gênio inventivo? Não é, por natureza, nem do movimento como o dançarino, nem da linha como o escultor ou o arquiteto, nem do som como o músico, nem da cor como o pintor. E sim — da palavra.
>
> A palavra é, pois, o elemento material intrínseco do homem de letras para realizar sua natureza e alcançar seu objetivo artístico.
>
> LIMA, Alceu Amoroso. *A estética literária e o crítico*. Rio de Janeiro: Agir, 1954.

Entretanto, não é apenas por utilizar a linguagem verbal que um texto é considerado obra literária. O texto literário se caracteriza pelo especial trabalho com a palavra, pelo evidente predomínio da função poética da linguagem.

A **função poética** da linguagem ocorre quando a intenção do produtor do texto está voltada para a própria mensagem, quer na sua estrutura, quer na seleção e combinação das palavras, para "alcançar seu objetivo artístico". Dessa forma, a construção do texto tem o foco voltado para o trabalho com o aspecto material e concreto da mensagem, com a materialidade linguística do texto. Como afirma Roman Jakobson, a função poética "coloca em evidência o lado palpável, material dos signos". Por tal motivo, ela tem a característica de provocar estranhamento e, ao mesmo tempo, interesse pela mensagem por meio de um arranjo que visa ao estético, fruto de uma especial seleção e combinação dos termos, do emprego de palavras em sentido figurado, da combinação de sons numa disposição melódica, etc.

Os clássicos afirmavam que "a arte literária é a realização do belo literário", ou seja, trabalhando a palavra, o artista literário busca uma expressão formal — o ritmo, o estilo, a forma, as figuras de linguagem — que nos proporcione prazer estético. Mas o poeta norte-americano Ezra Pound, analisando a relação entre a literatura e a linguagem, lembra que "a literatura não existe no vácuo. Os escritores, como tais, têm uma função social definida, exatamente proporcional à sua competência como escritores".

O poeta Cassiano Ricardo nos faz refletir sobre o que é literatura e o que é ser artista da palavra por meio de duas interrogações/respostas essenciais:

Rogério Soud/Arquivo da editora.

Poética

I

Que é a Poesia?
uma ilha
cercada
de palavras
por todos
os lados.

II

Que é o Poeta?
um homem
que trabalha o poema
com o suor do seu rosto.
Um homem
que tem fome
como qualquer outro
homem.

RICARDO, Cassiano. *Jeremias sem-chorar*. Rio de Janeiro: J. Olympio, 1976. p. 11.

Na **primeira estrofe**, aparecem a Poesia e sua matéria-prima – a palavra. Repare que a imagem é forte: "a Poesia é uma ilha cercada de palavras por todos os lados". Isso significa que, tanto para aquele que produz poesia como para aquele que a lê, o fundamental é saber bracejar, é saber sobreviver, vencer os obstáculos desse mar de palavras; caso contrário, não se chega à ilha.

Na **segunda estrofe**, estamos diante da figura do poeta/ser humano, que trabalha, transpira e tem necessidades básicas como qualquer outro ser humano.

Ampliando as reflexões sobre o trabalho que o poeta realiza com a palavra, temos este belo poema do moçambicano Eduardo White:

A palavra

A palavra renova-se no poema.
Ganha cor,
ganha corpo,
ganha mensagem.
A palavra no poema não é estática,
pois, inteira e nua se assume
no perfeito,
no perpétuo movimento
da incógnita que a adoça.

A palavra madura é espectáculo.
Canta.
Vive.
E respira. Para tudo isso
basta
uma mão inteligente que a trabalhe,
lhe dê a dimensão do necessário
e do sentido
e lhe amaine sobre o dorso
o animal que nela dorme destemido.

A palavra é ave
migratória,
é cabo de enxada,
é fuzil, é torno de operário,
a palavra é ferida que sangra,
é navalha que mata,
é sonho que se dissipa,
visão de vidente.

A palavra é assim tantas vezes
dia claro,
sinal de paisagem
e por isso é que à palavra se dá,
inteiramente,
um bom poeta
com os seus sonhos,
com os seus fantasmas,
com os seus medos
e as suas coragens,
porque é na palavra que muitas vezes está,
perdido ou escondido,
o outro homem que no poema reside.

Eduardo White. "A palavra". In: SAÚTE, Nelson. *Nunca mais é sábado: antologia de poesia moçambicana.* Lisboa: Dom Quixote, 2004. p. 559-61.

Rogério Soud/Arquivo da editora.

na **ESTANTE**

Poesia crítica, de João Cabral de Melo Neto. Rio de Janeiro: J. Olympio, 1982.

Nessa antologia, João Cabral reuniu poemas cujo tema é a criação poética – a obra ou a personalidade de criadores, poetas ou não. É o artista refletindo sobre a Arte e sobre seu próprio trabalho, consciente de seu ofício.

José Olympio Editora.

Nas tramas dos textos

Rogério Soud/Arquivo da editora.

Texto 1

Barulho

Todo poema é feito de ar
apenas:
a mão do poeta
não rasga a madeira
não fere
o metal
a pedra
não tinge de azul
os dedos
quando escreve manhã
ou brisa
ou blusa
de mulher.

O poema
é sem matéria palpável
tudo
o que há nele
é barulho
quando rumoreja
ao sopro da leitura.

Texto 2

Meu povo, meu poema

Meu povo e meu poema crescem juntos
como cresce no fruto
a árvore nova

No povo meu poema vai nascendo
como no canavial
nasce verde o açúcar

No povo meu poema está maduro
como o sol
na garganta do futuro

Meu povo em meu poema
se reflete
como a espiga se funde em terra fértil

Ao povo seu poema aqui devolvo
menos como quem canta
do que planta

GULLAR, Ferreira. *Toda poesia (1950-1999)*. 9. ed. Rio de Janeiro: J. Olympio, 2000. p. 155 e 373.

atividades

Sobre "Barulho":

1. No poema, Ferreira Gullar compara o trabalho realizado por artistas de diferentes manifestações. Quais são os artistas? Qual a matéria-prima de cada um?

2. Os advérbios de negação que iniciam três versos determinam uma oposição no poema. Explique-a.

3. Sabemos que o signo linguístico se constitui da união entre um **significante** (os sinais sonoros ou gráficos) e um **significado** (o conceito). Ao comentar de que é feito o poema, a ênfase recai sobre qual das duas partes?

4. Considerando que o significante se realiza oralmente (sequência de fonemas) ou na escrita (sequência de letras), destaque palavras ou expressões selecionadas pelo poeta que nos remetem a uma e outra realização.

5. O que podemos entender por "matéria palpável"? Que matérias palpáveis são citadas no poema? Quais de nossos sentidos percebem o que "é sem matéria palpável"?

Sobre "Meu povo, meu poema":

6. O texto é estruturado com base em uma comparação: o poema se desenvolve **como** um vegetal, o que vai determinar a seleção de palavras desse campo semântico. Destaque essas palavras e expressões.

7. Ao contrário do que acontece no texto "Barulho", em "Meu povo, meu poema" o enunciador se mostra, o que pode ser comprovado com palavras do texto. Aponte-as e comente a importância delas para o entendimento do texto.

8. Comente o jogo **meu poema** (quatro primeiras estrofes)/**seu poema** (última estrofe).

9. Qual é a única palavra do texto que nos remete ao aspecto sonoro do poema?

Comparando e somando os textos

- Compare a última estrofe dos dois poemas e comente-as.

O trabalho poético com o signo linguístico

Para você perceber mais claramente o trabalho poético com o signo linguístico, analisaremos alguns poemas que exploram de diversas maneiras a relação entre o significado e o significante.

Homenagem

Jack London
René Crevel
Stefan Zweig
Vachel Lindsay
Walter Benjamin
Virgínia Woolf
Sá-Carneiro
Hart Crane
Cesare Pavese
Raul Pompeia

e disse apenas alguns
de tantos que escolheram
o dia a hora o gesto
          o meio
          a dis-
          solução

ANDRADE, Carlos Drummond de. *As impurezas do branco*. 9. ed. Rio de Janeiro: Record, 2005.

Jack London
Bettmann/Corbis/LatinStock.

René Crevel
Collection Roger-Viollet/AFP.

Stefan Zweig
Bettmann/Corbis/LatinStock.

Vachel Lindsay
Collections Princeton University Library.

Cesare Pavese
Arquivo Histórico, Torino.

Nesse poema, Drummond presta homenagem a alguns escritores "que escolheram o dia a hora o gesto o meio" de suas mortes. O suicídio: dissolução/solução. O final do poema tem seu grande recurso expressivo na decomposição (ou "dissolução") do significante da palavra **dissolução** (cujos significados são "ato ou efeito de dissolver"; "decomposição de um organismo pela separação dos elementos constituintes"; "rompimento ou extinção de um contrato, de uma sociedade"), resultando num novo signo linguístico: **solução** (cujos significados são "ato ou efeito de solver"; "meio de superar ou resolver uma dificuldade, um problema").

Sugerimos a releitura do poema, atribuindo às palavras **dissolução/solução** os vários significados apresentados.

Walter Benjamin
akg-images/ Intercontinental Press.

Virgínia Woolf
Hulton-Deutsch Collection/Corbis/Stock Photos.

Raul Pompeia
Acervo ABL.

Mário de Sá-Carneiro
www.cfh.ufsc.br.

Hart Crane
TopFoto/Keystone.

Viagem em círculo

(Repetição)

a esperança me O
briga a caminhar
em círculo em tor-
no do globo em tor-
no de mim mesmo em
torno de uma mesa
de jogO

a esperança é um
círculo no zodía-
co na ciranda na
roleta na rosa do
circo na roda do
moinho
amanhã recomeçO

RICARDO, Cassiano. *Jeremias sem-chorar*. Rio de Janeiro: José Olympio, 1976.

Essas duas estrofes do poema de Cassiano Ricardo falam da viagem circular em busca da esperança. Observe que os elementos citados nos remetem à ideia de círculo: círculo, globo, mesa de jogo (primeira estrofe); círculo, zodíaco, ciranda, roleta, rosa, circo, roda, moinho (segunda estrofe).

Esses elementos circulares funcionam como reiteração do próprio título – "Viagem em círculo" –, do tema, do ritmo e da estrutura do poema. No entanto, a reiteração maior ocorre com a exploração do significante das últimas palavras de cada estrofe, que terminam com a letra **O** (realçada em maiúscula), imagem perfeita do círculo.

Epitáfio para um banqueiro

Rogério Soud/Arquivo da editora.

n e g ó c i o
e g o
ó c i o
c i o
0

PAES, José Paulo. *Um por todos*. São Paulo: Brasiliense, 1986.

O poema de José Paulo Paes explora, ao máximo, a decomposição do significante da palavra **negócio** em **ego**, **ócio**, **cio**, **0** (zero).

Podemos entender que os **negócios** de um banqueiro são formados pelo **ego** (o individualismo do mundo dos negócios, em que o ideal é a superação do outro), pelo **ócio** (típico daqueles que especulam e não produzem e se fartam nas inutilidades), pelo **cio** (a libertinagem sexual) e pelo **0** (o zero, isto é, o nada; uma outra leitura possível para o zero – considerando o título "Epitáfio para um banqueiro" – seria a do valor do capital do banqueiro, o valor de sua fortuna após a morte).

Ainda considerando o poema como epitáfio (inscrição fúnebre), teríamos uma leitura aritmética da vida do banqueiro, como se ela não passasse de uma grande soma (afinal, a conta de somar deve ter sido a mais comum na vida desse homem):

negócios +
individualismo +
ociosidade +
sexo +
ZERO

Nos três exemplos anteriores, analisamos a exploração do significante no texto poético. Mas, em todos eles, realçamos o trabalho realizado com um dos aspectos materiais do significante: a grafia da palavra.

Mostraremos, a seguir, um texto em que o som (outro aspecto material do significante) é explorado poeticamente.

Canção de Garoa

Em cima do meu telhado,
Pirulin lulin lulin,
Um anjo, todo molhado,
Soluça no seu flautim.

O relógio vai bater:
As molas rangem sem fim.
O retrato na parede
Fica olhando para mim.

E chove sem saber por quê...
E tudo foi sempre assim!
Parece que vou sofrer:
Pirulin lulin lulin...

QUINTANA, Mario. *Quintanares*. 4. ed. Porto Alege: Editora Globo, 1976. p. 48.

Observe como o poeta explorou, principalmente, a sonoridade dos fonemas representados pela letra **i** (uma vogal aguda) e pelos dígrafos **in/im** (uma vogal nasal que se alonga), reproduzindo o toque do flautim que contamina todo o texto. Num poema de extrema carga subjetiva, impressionista, a sonoridade dessas vogais é responsável pelo seu clima triste, melancólico, de sofrimento (clima este reiterado pela onomatopeia *pirulin lulin lulin*). Além da chuva fina que provoca barulho no telhado, existe referência a dois outros elementos produtores de som: o relógio (que vai bater) e as molas (que rangem).

Nas tramas do texto

solitário
solitário
solidário
solidário

solidário
solitário
solitário
solidário

soli ário
soli ário
soli ário
soli ário

AZEREDO, Ronaldo. *Poetas do Modernismo: antologia crítica*. Brasília: INL, 1972. p. 196.

atividades

1. Com relação ao significante, qual é a distinção entre solitário e solidário?

2. Com relação ao significado, que tipo de relação se estabelece entre solitário e solidário?

3. No contexto em que aparecem as duas palavras, quais acepções dos verbetes do dicionário podemos atribuir a elas? Leia os verbetes para responder.

solidário
[De *sólido* + *-ário*.] *Adj.* **1.** Que responsabiliza cada um de muitos devedores pelo pagamento total de uma dívida. **2.** Que concede a cada um de vários credores o direito de receber a totalidade da dívida. **3.** *P. ext.* Que se encontra ligado por um ato solidário (1 e 2): *credor solidário.* **4.** Diz-se daqueles que têm responsabilidade ou interesse recíproco. **5.** Aderido a causa, empresa, opinião, etc., de outro(s) [...]. **6.** Que partilha o sofrimento alheio, ou se propõe mitigá-lo [...].

solitário
[Do lat. *solitariu.*] *Adj.* **1.** Desacompanhado, isolado. [...] **2.** Que decorre em solidão. [...] **3.** Que gosta de estar só; que se sente impelido à solidão. [...] **4.** Que não se adapta à sociedade; misantrópico. [...] **5.** Que não convive com seus semelhantes. [...] **6.** Situado em lugar ermo, despovoado. [...] **7.** Abandonado de todos; reduzido à solidão. [...]

FERREIRA, Aurélio Buarque de Holanda. *Novo dicionário Aurélio da língua portuguesa*. 4. ed. Curitiba: Editora Positivo, 2009. p. 1870-1.

4. O espaço em branco nas palavras da terceira coluna leva o leitor a ter efetiva participação na construção do poema (caberá a ele optar pelo fonema **t** ou pelo fonema **d**). Transformar o leitor em coautor é uma das características da poesia moderna. No entanto, pode-se afirmar que o autor, de forma sutil, explicita sua opção. Como ele faz isso?

sessão de **CINEMA**

Sociedade dos poetas mortos (1989). Direção: Peter Weir. Com: Robin Williams, Robert Sean Leonard, Ethan Hawke.

Alunos de escola conservadora dos Estados Unidos dos anos 1950 são influenciados por professor de literatura que, lançando mão das obras de poetas clássicos, tenta estimulá-los a pensar por si próprios.

Divulgação.

*Questões de exames sobre este capítulo encontram-se na página **625**.*

capítulo 4

A linguagem figurada: metáforas e metonímias

Objetivos gerais do capítulo

O aluno, ao final do capítulo, deverá ser capaz de:

- conceituar figuras de palavra, figuras de pensamento e figuras de sintaxe;
- conceituar metáfora e metonímia;
- trabalhar os conceitos de contiguidade e similaridade;
- reconhecer o valor estilístico das figuras de palavra.

Num mundo como o de hoje, de raciocínios algébricos, e onde os valores supremos são a máquina e a automação; e onde o pensamento ameaça converter-se em atividade cibernética de robô, é preciso saudar tudo aquilo que contribua para destruir as unidades ideológicas, para manter o homem no mundo passional do homem, no espaço dos saberes problemáticos, da dialética, da argumentação e do debate, da intuição e do sentimento, das probabilidades e das crenças, da ficção, do mito e do sonho; esse é o mundo humano; e esse ainda é — felizmente — o mundo das figuras, um mundo metafórico.

LOPES, Edward. *Metáfora: da retórica à semiótica*. São Paulo: Atual, 1987.

O mundo humano é o mundo das figuras, o mundo metafórico... É interessante pensar que esse universo metafórico, complexo pelas relações e associações de significado e característico da linguagem poética, está presente nas realizações humanas mais triviais da interação por meio da linguagem: "Trabalhei feito um cavalo!", "Ela é um docinho.", "Ele é um gato.", "O Bola faltou hoje.", e por aí vai...

Figuras de linguagem

Leia, com toda a sua sensibilidade, os textos seguintes; eles são belos exemplos de linguagem poética:

Poema perto do fim

A morte é indolor.
O que dói nela é o nada
que a vida faz do amor.
Sopro a flauta encantada
e não dá nenhum som.
Levo uma pena leve
de não ter sido bom.
E no coração, neve.

MELLO, Thiago de. *Faz escuro mas eu canto*. Rio de Janeiro: Bertrand Brasil, 2009. p. 77.

Ilustrações: Rafael Fonseca/Arquivo da editora.

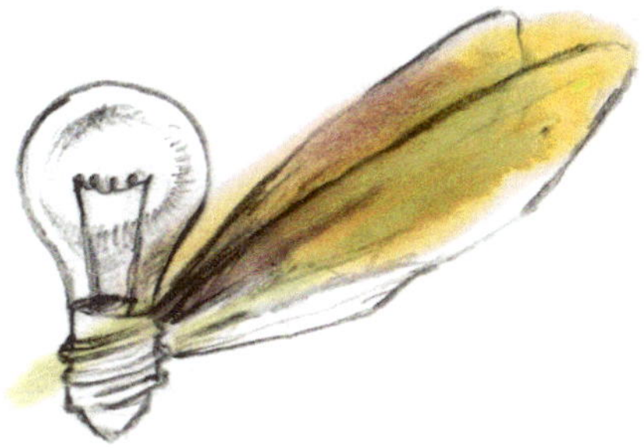

Uma ideia

palavras não matam
nem provocam inverno atômico
e na voz do poeta
(abelhas na colmeia)
podem até conter uma ideia

BONVICINO, Régis. *Más companhias*. São Paulo: Olavobrás, 1987. p. 15.

eu
quando olho nos olhos
sei quando uma pessoa
está por dentro
ou está por fora
quem está por fora
não segura
um olhar que demora
de dentro do meu centro
este poema me olha

LEMINSKI, Paulo. *Caprichos & relaxos*. São Paulo: Brasiliense, 1983. p. 15.

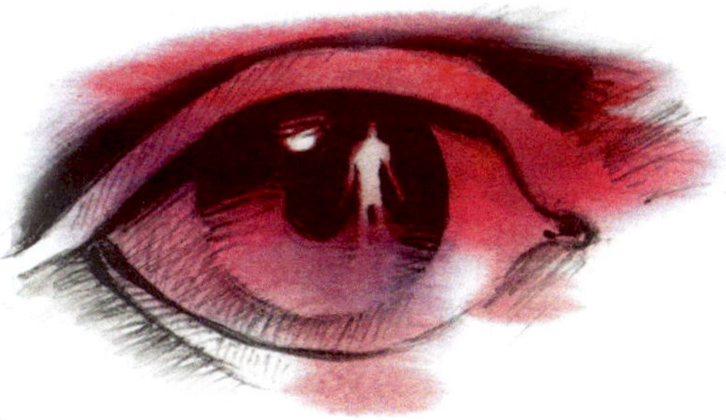

No primeiro poema, Thiago de Mello faz uso de uma construção sintética, deixando alguns termos subentendidos: o sujeito (no caso o pronome de primeira pessoa **eu**) dos verbos **soprar** (quarto verso) e **levar** (sexto verso); o sujeito (**a flauta**) do verbo **dar** (quinto verso) e a forma verbal **levo** no último verso ("E no coração, **[levo]** neve.").

O segundo poema é um belo exemplo de palavras que adquirem, em certo contexto, um novo significado, uma nova dimensão. É o que ocorre no verso "(abelhas na colmeia)": **abelhas** significa, no contexto do poema (e só nele), **palavras** e **colmeia** significa **poeta**; "abelhas na colmeia" é uma forma figurada de referir-se às palavras que ficam "zunindo" (e produzindo algo doce) no íntimo do poeta.

No terceiro poema, a ideia central reside num jogo conceitual entre o "estar por dentro" e o "estar por fora", palavras de significados opostos.

Confrontando ideias

Ao compor um texto, podemos fazer uso da criatividade, manifestando novas e inusitadas relações entre palavras e significados e, ainda, articulando algumas "brincadeiras" na estrutura gramatical. Tudo isso para atingir efeitos estilísticos que chamamos de **figuras de linguagem**.

Podemos distinguir três tipos de figuras de linguagem. Leia os verbetes do *Dicionário Houaiss*:

- **figura de palavra**
  Rubrica: estilística, retórica.
  a que está relacionada com a mudança de sentido das palavras (p. ex.: a *metáfora*, a *metonímia*, a *sinédoque*, a *hipérbole*); figura de significação
- **figura de pensamento**
  Rubrica: estilística, retórica.
  figura que se posiciona no plano das ideias; faz-se por imaginação (p. ex.: a *prosopopeia*), por raciocínio (p. ex.: a *deliberação* ou a *concessão*), por desenvolvimento (p. ex.: a *descrição*), por significação simbólica (p. ex.: a *alegoria*, a *lítotes*, a *ironia*)
- **figura de sintaxe**
  Rubrica: estilística, retórica.
  figura pela qual a construção da frase se afasta, de algum modo, do modelo de uma estrutura gramatical, para dar destaque significativo, como processo estilístico, a algum membro da frase (p. ex.: a *elipse*, o *zeugma*, o *anacoluto*, o *pleonasmo*, o *hipérbato*, a *silepse*, o *assíndeto*, o *polissíndeto*); figura de construção

A partir dessas definições, identifique a que tipo pertencem as figuras de linguagem destacadas nos poemas da página anterior. Justifique sua resposta.

A metáfora

A **figura de palavra** consiste no emprego figurado, simbólico, de uma palavra por outra, quer por uma relação de proximidade (**contiguidade**), quer por uma associação, uma comparação, uma **similaridade**. Esses dois conceitos básicos – contiguidade e similaridade – permitem-nos reconhecer dois tipos de figuras de palavras: a **metonímia** e a **metáfora**. É para essas duas principais figuras de palavras que nossa atenção estará voltada neste capítulo. Ao longo dos demais, ao trabalharmos os textos, comentaremos as outras figuras de linguagem.

Para iniciarmos o trabalho de conceituação de metáfora, vamos ler um fragmento da novela intitulada *Ardente paciência*, escrita pelo chileno Antonio Skármeta (o cinema fez uma bela adaptação dessa obra, embora tivesse alterado algumas situações e o título: *O carteiro e o poeta*). Numa mistura de ficção e realidade, a novela trata dos últimos anos do poeta Pablo Neruda, recolhido em uma ilha chilena, partindo de um imaginário contato do poeta com um jovem carteiro:

Rafael Fonseca/Arquivo da editora.

— É que fiquei pensando...

Neruda apertou os dedos no cotovelo do carteiro e o foi conduzindo até o poste onde havia estacionado a bicicleta.

— E você fica sentado para pensar? Se quer ser poeta, começa por pensar caminhando. Ou você é como John Wayne, que não podia caminhar e mascar chicletes ao mesmo tempo? Agora vai para a enseada pela praia e, enquanto você observa o movimento do mar, pode ir inventando metáforas.

— Me dê um exemplo!...

— Olha este poema: "Aqui na Ilha, o mar, e quanto mar. Sai de si mesmo a cada momento. Diz que sim, que não, que não. Diz que sim, em azul, em espuma, em galope. Diz que não, que não. Não pode sossegar. Me chamo mar, repete se atirando contra uma pedra sem convencê-la. E então, com sete línguas verdes, de sete tigres verdes, de sete cães verdes, percorre-a, beija-a, umedece-a e golpeia-se o peito repetindo o seu nome".

Fez uma pausa satisfeita.

— O que você acha?

— Estranho.
— "Estranho." Mas que crítico mais severo!
— Não, dom Pablo. Estranho não é o poema. Estranho é como eu me sentia quando o senhor recitava o poema.
— Querido Mário, vamos ver se te desenredas um pouco porque eu não posso passar toda a manhã desfrutando o papo.
— Como se explica? Quando o senhor dizia o poema, as palavras iam daqui pr'ali.
— Como o mar, ora!
— Pois é, moviam-se exatamente como o mar.
— Isso é ritmo.
— Eu me senti estranho, porque com tanto movimento, fiquei enjoado.
— Você ficou enjoado...
— Claro! Eu ia como um barco tremendo em suas palavras.
As pálpebras do poeta se despregaram lentamente.
— "Como um barco tremendo em minhas palavras."
— Claro!
— Sabe o que você fez, Mário?
— O quê?
— Uma metáfora.
— Mas não vale porque saiu só por um puro acaso.
— Não há imagem que não seja casual, filho.

SKÁRMETA, Antonio. *Ardente paciência*. São Paulo: Brasiliense, 1987.
(Atualmente, publicado com o título de *O carteiro e o poeta*, pela Editora Record.)

Segundo o professor Mattoso Camara, **metáfora** "é a figura de linguagem que consiste na transferência de um termo para um âmbito de significação que não é o seu e fundamenta-se numa relação toda subjetiva, criada no trabalho mental de apreensão".

No exemplo do texto temos:

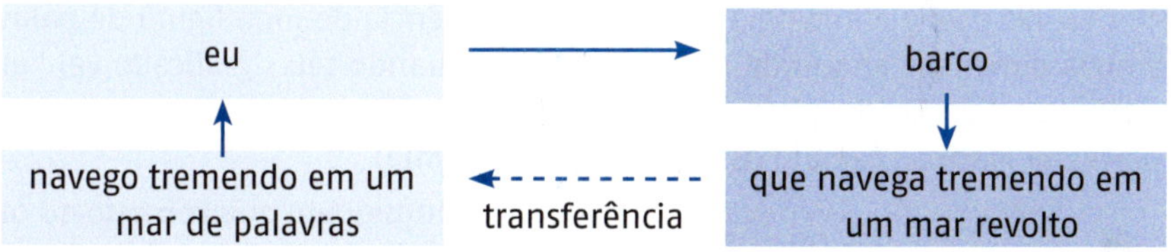

É importante perceber que a metáfora tem um caráter **subjetivo e momentâneo** (daí a afirmação de que "toda imagem é casual"); se a metáfora se cristalizar, deixará de ser metáfora e passará a ser **catacrese** (é o que ocorre, por exemplo, quando falamos em "pernas da mesa", "pé de café", "braços da cadeira"). Uma das ocorrências mais comuns de catacrese é a do verbo **embarcar**: o radical já indica que **embarcar** significa "pôr ou entrar num **barco**"; no entanto, hoje **embarca-se** num ônibus, num avião, num táxi...

Voltemos ao texto. Em:

Eu ia como um barco tremendo em suas palavras.

temos, na verdade, o primeiro passo de uma metáfora, que nada mais é do que uma comparação. Num segundo passo, dispensa-se a partícula comparativa **como**:

Eu sou um barco tremendo em suas palavras.
(eu) Barco tremendo em suas palavras.

Uma metáfora sempre dá outra dimensão a um texto, seja porque exige do leitor todas as possíveis transferências, seja porque propõe uma leitura metafórica ao texto todo. O fragmento apresentado, por exemplo, gira em torno da metáfora, sua definição, seu emprego, mas vai além: sugere uma leitura metafórica integral, ou seja, o fragmento apresentado é uma **grande metáfora** da sensibilidade do poeta despertando a sensibilidade do ouvinte-leitor, a ponto de transformá-lo (ele, ouvinte-leitor) em **criador** de uma metáfora.

sessão de CINEMA

O carteiro e o poeta (1994). Direção: Michael Radford. Com: Massimo Troisi, Philippe Noiret, Maria Grazia Cucinotta, Renato Scarpa, Linda Moretti.

Por razões políticas, o poeta Pablo Neruda (Philippe Noiret) se exila em uma ilha na Itália. Lá, um desempregado (Massimo Troisi) quase analfabeto é contratado como carteiro, encarregado de cuidar da correspondência do poeta, e gradativamente se desenvolve uma sólida amizade entre os dois.

Divulgação.

Confrontando ideias

Leia a tira abaixo:

Fernando Gonsales.

Níquel Náusea, de Fernando Gonsales. *Folha de S.Paulo*, São Paulo, 23 mar. 2005.

Discuta com os colegas:

a) Por que o personagem diz que as metáforas são "perigosas"?
b) Considerando a sutil diferença entre comparação e metáfora, na tirinha temos exemplo de quê?
c) Em sua opinião, um texto se enriquece com o emprego de metáforas? Por quê?

A metonímia

A palavra **metonímia** vem do grego e significa "além do nome", "mudança de nome". Observe que a etimologia já nos passa a essência de uma figura de palavra, ou seja, a nova dimensão adquirida por uma palavra quando seu significado vai "além do nome, além do significado cristalizado pelo dicionário".

O professor Mattoso Camara assim define **metonímia**:

Rafael Fonseca/Arquivo da editora.

> [...] figura de linguagem que consiste na ampliação do âmbito de significação de uma palavra ou expressão, partindo de uma relação objetiva entre a significação própria e a figurada. Com esta definição, a metonímia abrange a sinédoque. [...]
>
> A **metonímia** destaca o elemento que, no momento, é essencial no conceito designado. Dizer, por exemplo, **vela** ou **vapor**, em vez de navio, é frisar logo o tipo de embarcação a que me refiro.
>
> Para ver, exemplificadamente, as suas vantagens, basta atentar na famosa enumeração — "suor, sangue e lágrimas" — com que Winston Churchill sintetizou a situação crítica de seu povo, na guerra de 39, depois da queda da França. A frase decorre de três metonímias, em que três tipos de acontecimentos são expressos pelos nomes das manifestações físicas que eles, respectivamente, provocam no corpo humano.

CAMARA JR., J. Mattoso. *Dicionário de linguística e gramática*. Petrópolis: Vozes, 1985.

Em linguagem não figurada teríamos: suor = luta, esforço físico; sangue = mortos e feridos; lágrimas = sofrimento decorrente da guerra.

Luis Fernando Verissimo. *As cobras*. In: *O Estado de S. Paulo*, São Paulo, 14 jan. 1992.

O humor da tirinha está no jogo denotativo/conotativo do sentido da fala do treinador: este emprega metonímias, ou seja, uma linguagem figurada, simbólica (portanto conotativa), mas um dos jogadores interpreta a fala do treinador em sentido literal, não figurado (portanto denotativo).

Já o professor Wolfgang Kayser afirma:

> Entre **sinédoque** e **metonímia** não é costume estabelecer hoje grande diferença. Em ambos os casos se trata de um desvio, tomando a parte pelo todo (lar, em vez de casa de família), a matéria pelo produto (uva por vinho), o autor pela obra (ler Homero), a causa ou meio pelo efeito (língua em vez de idioma, letra em vez de caligrafia), etc. Pode dar-se também o caso contrário, e termos, então, de partir da generalidade para o caso especial (mortais em vez de homens).

São exemplos de metonímia:

O bonde passa **cheio de pernas**:
pernas brancas pretas amarelas.
(pernas = mulheres: foi empregada a parte pelo todo)

ANDRADE, Carlos Drummond de. Poema de sete faces. In: *Reunião: 10 livros de poesia*. Rio de Janeiro: J. Olympio, 1977. p. 3.

Mas ser planta, ser rosa, nau vistosa
De que importa, se aguarda sem defesa
Penha a nau, **ferro** a planta, tarde a rosa?
(ferro = machado: foi empregada a matéria pelo objeto.)

MATOS, Gregório de. *Poemas escolhidos*. Coletânea e notas de José Miguel Wisnik. São Paulo: Cultrix, 1976. p. 321.

Aliás
Aceite uma ajuda do seu futuro amor
Pro aluguel
Devolva o Neruda que você me tomou
E nunca leu
Eu bato o portão sem fazer alarde
Eu levo a carteira de identidade
Uma saideira, muita saudade
E a leve impressão de que já vou tarde.
(Neruda = Pablo Neruda: foi empregado o autor pela obra)

HOLANDA, Chico Buarque de; HIME, Francis. Trocando em miúdos. In: *Chico Buarque, letra e música*. São Paulo: Companhia das Letras, 1989. p. 173.

Contrapondo metáfora e metonímia

Numa comparação entre a **metáfora** e a **metonímia**, vamos perceber que a metáfora fundamenta-se em uma relação subjetiva ("eu sou um barco") ao passo que a metonímia fundamenta-se em uma relação objetiva ("vela" por "barco a vela").

O linguista Roman Jakobson analisou a relação entre o emprego da metáfora e da metonímia e as escolas literárias:

> O primado do processo metafórico nas escolas romântica e simbolista foi sublinhado várias vezes, mas ainda não se compreendeu suficientemente que é a predominância da metonímia que governa e define efetivamente a corrente literária chamada de "realista", que pertence a um período intermediário entre o declínio do Romantismo e o aparecimento do Simbolismo, e que se opõe a ambos. Seguindo a linha de relações de contiguidade, o autor realista realiza digressões metonímicas, indo da intriga à atmosfera e das personagens ao quadro espaço-temporal.

Para exemplificar as afirmações de Jakobson, reproduzimos um fragmento memorável do romance *Dom Casmurro*, de Machado de Assis.

Trata-se do capítulo em que brota em Bentinho a semente da desconfiança em sua mulher, Capitu; esta chora diante do cadáver de Escobar, amigo do casal, e Bentinho interpreta aquelas lágrimas como se fossem as da viúva. Preste atenção na brilhante narrativa: Machado de Assis parte do choro coletivo para o choro individualizado (o de Capitu); do choro para as lágrimas.

Olhos de ressaca

Enfim chegou a hora da encomendação e da partida. Sancha quis despedir-se do marido, e o desespero daquele lance consternou a todos. Muitos homens choravam também, as mulheres todas. Só Capitu, amparando a viúva, parecia vencer-se a si mesma. Consolava a outra, queria arrancá-la dali. A confusão era geral. No meio dela, Capitu olhou alguns instantes para o cadáver tão fixa, tão apaixonadamente fixa, que não admira lhe saltassem algumas lágrimas poucas e caladas...

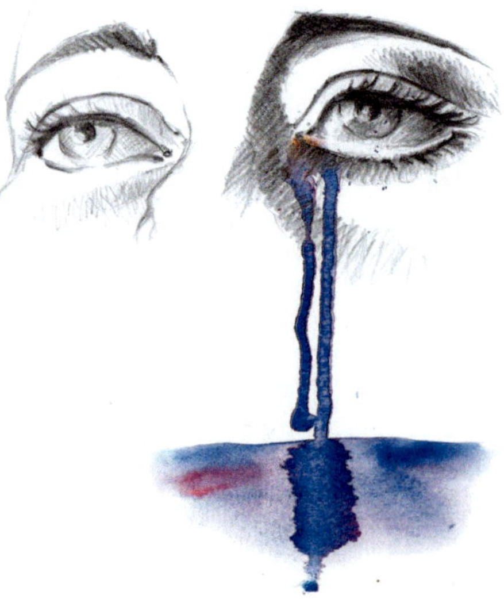
Rafael Fonseca/Arquivo da editora.

As minhas cessaram logo. Fiquei a ver as dela; Capitu enxugou-as depressa, olhando a furto para a gente que estava na sala. Redobrou de carícias para a amiga, e quis levá-la; mas o cadáver parece que a retinha também. Momento houve em que os olhos de Capitu fitaram o defunto, quais os da viúva, sem o pranto e nem palavras desta, mas grandes e abertos, como a vaga do mar lá fora, como se se quisesse tragar também o nadador da manhã.

Você percebeu como a mudança de parágrafo foi determinada pela narração metonímica? O início do segundo parágrafo está todo centrado nas lágrimas ("As minhas [lágrimas] cessaram logo. Fiquei a ver as [lágrimas] dela; Capitu enxugou-as [lágrimas] depressa..."). Num segundo momento, a narração está centrada nos olhos (de ressaca de mar; foi o mar agitado que tragou o marido de Sancha).

Nas tramas do texto

Amar!

Eu quero amar, amar perdidamente!
Amar só por amar: Aqui... além...
Mais Este e Aquele, o Outro e toda a gente...
Amar! Amar! E não amar ninguém!

Recordar? Esquecer? Indiferente!...
Prender ou desprender? É mal? É bem?
Quem disser que se pode amar alguém
Durante a vida inteira é porque mente!

Há uma Primavera em cada vida:
É preciso cantá-la assim florida,
Pois se Deus nos deu voz, foi pra cantar!

E se um dia hei-de ser pó, cinza e nada
Que seja a minha noite uma alvorada,
Que me saiba perder... pra me encontrar...

Rafael Fonseca/Arquivo da editora.

ESPANCA, Florbela. In: *Obras completas de Florbela Espanca: poesia (1918-1930).* Lisboa: Dom Quixote, 1985. v. 2. p. 189.

atividades

1. Florbela de Alma da Conceição Espanca, considerada o maior nome feminino da poesia portuguesa, viveu entre 1894 e 1930. Portanto, cronologicamente, pertenceu ao movimento modernista português. Considerando as ideias expostas no poema "Amar!", como o eu poético se relaciona com o sentimento amoroso? Justifique sua resposta.

2. Observe o interessante trabalho que a poeta realiza com os pronomes nos dois últimos versos da primeira estrofe.

a) Como você classificaria os pronomes **este**, **aquele** e **outro** no contexto do poema? Justifique o emprego das iniciais maiúsculas.

b) Que pronome se opõe aos pronomes citados no item **a**?

3. O eu poético universaliza seu sentimento. Que palavras expressam isso?

4. Em "Que seja a minha noite uma alvorada" temos metáfora ou metonímia? Justifique.

5. *Antítese* – do grego *anti*, "contra", + *thesis*, "afirmação" – é a figura pela qual se evidencia a oposição entre duas ou mais palavras ou ideias. Aponte três antíteses presentes no texto.

6. **Gradação** consiste em dispor as ideias em ordem crescente ou decrescente. Assinale o verso em que a autora utiliza o recurso da gradação. Trata-se de uma gradação crescente ou decrescente?

7. Observe atentamente a pontuação do texto de Florbela Espanca. O que chama a sua atenção? O que a pontuação revela?

*Questões de exames sobre este capítulo encontram-se na página **628**.*

PARTE 2

Museu do Louvre, Paris/The Art Archive/Other Images.

Sherazade, de Hermann Emil Sprengel, 1881. Óleo sobre tela, 95 cm x 110 cm. Coleção particular/The Bridgeman/Keystone.

Dom Quixote em sua biblioteca, de Gustave Doré, c. 1868. Gravura. Coleção particular/The Bridgeman/Keystone.

Romeu e Julieta, de Sir Frank Dickser, 1884. Óleo sobre tela, 413 x 600 cm. Galeria de Arte da cidade de Southampton, Hampshire, Reino Unido/The Bridgeman/Keystone.

Os gêneros literários

Desde Platão e Aristóteles, na Grécia clássica, percebe-se a preocupação de categorizar as obras literárias com base na forma, no tema ou, no dizer de Aristóteles, nos **meios** (ritmo, metro), nos **objetos** (homens e ações), nos **modos** (narrativa, drama). Pelo caráter didático deste livro, prendemo-nos à tradição aristotélica dos três gêneros: épico, dramático e lírico, com suas características gerais.

No entanto, é preciso destacar que a modernidade rompeu com as barreiras sólidas dos gêneros, sendo possível perceber obras que podem ser consideradas "híbridas", ou seja, exploram características que, em tese, pertenceriam a um ou outro gênero. E esse é mais um (saboroso) desafio para o leitor contemporâneo.

capítulo 5

Os gêneros literários

Objetivos gerais do capítulo

O aluno, ao final do capítulo, deverá ser capaz de:

- conhecer os gêneros literários;
- reconhecer as principais características do gênero épico, do gênero dramático e do gênero lírico;
- conhecer alguns dos principais autores da literatura universal que produziram obras épicas, dramáticas e líricas;
- reconhecer manifestações dos gêneros literários na literatura contemporânea.

A arte, que se faz com a ideia, e portanto com a palavra, tem duas formas — a poesia e a prosa. Poesia e prosa não se distinguem senão pelo ritmo.

PESSOA, Fernando. Poesia e prosa. In: *Fernando Pessoa: obras em prosa.* 4. ed. Rio de Janeiro: Nova Aguilar, 1985. p. 273.

Gustave Clarence Rodolphe. *Poesia*. Óleo sobre tela, séc. XIX/The Bridgeman/Keystone.

O que são gêneros literários

Partindo da significação etimológica da palavra **gênero** (do latim *gènus, èris*, "nascimento, descendência, origem; raça, tronco"), o professor Massaud Moisés conclui que "em Literatura, [gênero] deve designar famílias de obras dotadas de atributos iguais ou semelhantes". E acrescenta:

> [...] os gêneros não são espartilhos sufocantes nem moldes fixos, mas estruturas que a tradição milenar ensina serem básicas para a expressão do pensamento e de certas formas de ver a realidade circundante. Sua função é orientadora, guiadora e simplificadora.
>
> MOISÉS, Massaud. *A criação literária*. São Paulo: Melhoramentos, 1971. p. 38.

Desde a Grécia clássica (cerca de 350 a.C.), a classificação das obras literárias em gêneros tem sido um desafio para os estudiosos. O filósofo grego Aristóteles distinguiu três gêneros com base nas diferentes "maneiras da imitação": o **épico**, o **dramático** e o **lírico**. Desde essa época, sempre que os conceitos de arte e sua representação do mundo passam por questionamentos, rupturas, estabelecimento de uma nova ordem, o enquadramento da produção literária em gêneros volta a ser discutido. Foi o que ocorreu, por exemplo, na Roma de Horácio (cerca de 30 a.C.), no Renascimento (início do século XVI), no Romantismo (passagem do século XVIII para o XIX) e ao longo do século XX, com seus movimentos de ruptura.

Rafael Fonseca/Arquivo da editora.

Assim, chegamos ao século XXI muito contaminados pela herança do que se convencionou chamar de arte moderna, que rompeu as barreiras que definiam as fronteiras entre um gênero e outro.

No entanto, ao longo dos séculos, sempre houve uma constante: quer seja para reafirmar, quer seja para contestar, a base para todas as reflexões tem sido a classificação aristotélica, e o tempo todo falamos em gênero lírico, épico e dramático.

A divisão aristotélica

Na Grécia clássica, os textos literários eram escritos em verso e, dependendo de suas estruturas e temas, dividiam-se em três gêneros, que representavam as manifestações literárias da época:

Poesia

- **Gênero épico:** narrações de fatos grandiosos, centrados na figura de um herói. Segundo Aristóteles, a **palavra narrada**.
- **Gênero dramático:** textos destinados para a representação cênica, ora na forma de tragédia, ora na forma de comédia. Segundo Aristóteles, a **palavra representada**.
- **Gênero lírico:** textos de caráter emocional, centrados na subjetividade dos sentimentos da alma. Segundo Aristóteles, a **palavra cantada**.

Nas tramas dos textos

Texto 1

Nel mezzo del cammin di nostra vita
mi ritrovai per una selva oscura
ché la diritta via era smarrita.

Primeiro terceto do poema *A divina comédia*, de Dante Alighieri (no original).

Observação: o primeiro verso do terceto será retomado, na literatura brasileira, por Olavo Bilac no soneto "Nel mezzo del cammin" e por Carlos Drummond de Andrade no famoso poema "No meio do caminho".

Catedral do Duomo, Florença/Dagli Orti/The Art Archive/Other Images.

Tradução literal

No meio do caminho de nossa vida
me reencontrei numa selva escura
já que o caminho certo havia perdido.

A divina comédia *é um longo poema que consumiu os últimos vinte anos da vida de Dante Alighieri, poeta que viveu na Florença pré-renascentista entre 1265 e 1321. Resgatando a matéria das epopeias, o poema, escrito em primeira pessoa e obedecendo a uma simetria perfeita, narra a viagem de um eu poético (projeção do próprio Dante) pelo Inferno, Purgatório e Paraíso. São três livros, cada um composto de 33 cantos (no Inferno há um canto a mais, que funciona como introdução), formados por estrofes de três versos (tercetos). Como assinala Manuel Bandeira, "o místico número 3 domina o poema". Esse misticismo do número 3 a que se refere Bandeira liga-se ao dogma cristão medieval. Esse número representa a essência divina, dividida nas 3 pessoas da Santíssima Trindade: Pai, Filho e Espírito Santo. Mais informações sobre o poeta e o poema você obtém em: <www.stelle.com.br/pt/index_dante.html>. Acesso em: 15 fev. 2011.*

Texto 2

A meio caminhar de nossa vida
fui me encontrar em uma selva escura:
estava a reta minha via perdida.

Ah! que a tarefa de narrar é dura
essa selva selvagem, rude e forte,
que volve o medo à mente que a figura.

De tão amarga, pouco mais lhe é a morte,
mas, pra tratar do bem que enfim lá achei,
direi do mais que me guardava a sorte.

Como lá fui parar dizer não sei;
tão tolhido de sono me encontrava,
que a verdadeira via abandonei.

ALIGHIERI, Dante. *A divina comédia: inferno* (ed. bilíngue). Trad. Italo Eugenio Mauro. São Paulo: Editora 34, 1998. (Quatro primeiros tercetos do poema.)

Texto 3

Ao meio da jornada da vida, tendo perdido o caminho verdadeiro, achei-me embrenhado em selva tenebrosa. Descrever qual fosse essa selva selvagem é tarefa assim dorida que na memória o pavor renova. Tão triste que na própria morte não haverá maior tristeza. Mas, para celebrar o bem ali encontrado, direi a verdade sobre as outras coisas vistas.

Não posso dizer como ali chegara, pois quando deixei — inadvertidamente — o caminho certo, trazia entorpecida a consciência.

ALIGHIERI, Dante. *A divina comédia*. Trad. Hernâni Donato. São Paulo: Abril Cultural, 1981. (Texto em prosa equivalente aos quatro primeiros tercetos reproduzidos no texto 2.)

Rafael Fonseca/Arquivo da editora.

atividades

1. Após a leitura atenta dos três textos, responda: sob a perspectiva de que pessoa do discurso os textos foram construídos?

2. Pensando apenas no aspecto formal dos textos, responda: em que o texto 3 difere dos demais?

3. Sobre o texto 1.

a) Considerando que **rima** é identidade de som na terminação de duas ou mais palavras, aponte os casos de rima no terceto transcrito.

b) Entendendo o termo "la diritta via" como "a via reta", "o caminho correto", que expressão se opõe a ele, quer pelo significado, quer pela sonoridade? Considerando ainda que o caminho correto estava perdido, o que simbolizaria essa outra expressão?

4. Sobre o texto 2.

a) Qual é o esquema de rima desse texto?

b) Que palavra denuncia, no segundo terceto, a forte emoção que domina o falante? Qual é a causa imediata dessa emoção?

5. Compare a estrutura sintática do primeiro terceto do texto 2 à estrutura do primeiro período do texto 3 e comente-as.

6. A intertextualidade pode se manifestar de várias maneiras, ora de forma mais explícita, evidente, ora de forma mais implícita, sutil; ora apenas no aspecto formal, ora na retomada de uma frase, de uma ideia; ora como recriação, ora como reelaboração. Comente a intertextualidade que há entre os textos 2 e 3 em relação ao texto 1.

7. E para você, o que aconteceu, acontece ou poderá acontecer **no meio do caminho**? Escreva um pequeno texto, em prosa ou poesia, em primeira pessoa, iniciado com essa célebre expressão.

O gênero épico

Epopeia é uma narrativa de caráter sublime, em forma de poesia, que tem como eixo central a figura de um herói e façanhas grandiosas, misturando elementos da vida terrena com elementos lendários e mitológicos.

Características temáticas

- Aventura de um herói e suas façanhas guerreiras, tendo como pano de fundo a história de povos e civilizações.
- "[...] imitação de homens superiores, em verso", segundo Aristóteles.
- Presença do maravilhoso: interferência dos deuses da mitologia greco-romana.

Características de estilo/estrutura

- Poema narrativo (narração em terceira pessoa de fatos passados), dividido em Cantos (ou Livros), marcado pela objetividade. A épica já foi definida como a poesia da "terceira pessoa do tempo passado".
- Via de regra, apresenta as seguintes partes: Introdução, Invocação, Narração, Epílogo.

Rafael Fonseca/Arquivo da editora.

Com o Romantismo, no final do século XVIII e no início do século XIX, atendendo às expectativas de um novo público leitor, o gênero épico ganha novos contornos e resulta na **narrativa de ficção** (sendo o romance sua manifestação mais exemplar).

Homero e Virgílio

Homero

A Homero é atribuída a autoria de duas obras que influenciaram a literatura universal: *Ilíada* e *Odisseia*, poemas épicos por excelência, que têm as lendárias histórias da Guerra de Troia como pano de fundo. Os heróis homéricos são agressivos e ferozes nas batalhas, mas pacíficos e justos na vida cotidiana. A propósito da *Odisseia*, o crítico literário Otto Maria Carpeaux considerava-a "a bíblia estética, religiosa e política dos gregos que se transformou na bíblia literária da civilização ocidental inteira".

Os textos homéricos foram criados por volta do ano 750 a.C. e sobreviveram durante dois séculos graças aos aedos, poetas-cantores que os reproduziam oralmente; só ganharam registro escrito por volta do ano 500 a.C.

Ilíada (do grego *Ilias*, relativo a Ílion ou Troia)

- **herói:** Aquiles, o mais valoroso guerreiro grego, filho de Peleu e da deusa Tétis.
- **argumento:** narrativa dos episódios do último ano da Guerra de Troia, centrados na cólera de Aquiles (o exército grego era comandado por Agamêmnon, irmão de Menelau; Agamêmnon se desentende com Aquiles, que abandona as lutas; ante várias derrotas sofridas pelos gregos, Aquiles retoma os combates e mata Heitor, filho mais velho de Príamo e principal guerreiro troiano).
- **estrutura:** 15 693 versos distribuídos em 24 Cantos.

Museu do Louvre, Paris/The Bridgeman/Keystone.

Os amores de Páris e Helena *(c. 1788)*, *tela de Jacques-Louis David. O pintor francês retrata o casal Páris e Helena; ela, a famosa esposa de Menelau, rei de Esparta, considerada a mulher mais bela do mundo; ele, filho mais novo de Príamo, rei de Troia. O rapto de Helena por Páris durante a ausência de Menelau deu origem à Guerra de Troia e inspirou a* Ilíada, *de Homero.*

Leia, a seguir, a primeira estrofe da *Ilíada*:

Invocação

Canta, ó deusa, a cólera de Aquiles, filho de Peleu,
funesta, que inumeráveis dores aos Aqueus[1] causou
e muitas valorosas almas de heróis ao Hades[2]
lançou, e a eles tornou presa de cães
e de todas as aves de rapina; cumpriu-se o desígnio de Zeus,
o qual desde o princípio separou em discórdia
o filho de Atreu[3], senhor de guerreiros, e o divino Aquiles

Disponível em: <http://greciantiga.org/arquivo.asp?num=0387>. Acesso em: 30 maio 2011.

1. **Aqueus:** uma das denominações que Homero dava aos gregos que sitiaram Troia.
2. **Hades:** deus do mundo subterrâneo, para onde iam os mortos.
3. **Atreu:** pai de Menelau e Agamêmnon; no verso, referência a Agamêmnon.

Odisseia (do grego *odusseia*, de Odusseus; em latim, *Ullyxes*; em português, *Ulisses*)

- **herói:** Ulisses, rei de Ítaca, ilha grega no Mar Jônio.
- **argumento:** o poema está dividido em duas partes: a primeira retrata o distanciamento do herói Ulisses de seu lar, as angústias de Telêmaco, o filho, e de Penélope, a esposa, que se via às voltas com inúmeros pretendentes; a segunda, a longa volta de Ulisses para casa. O herói ficou vinte anos longe de Ítaca: dez anos participando da Guerra de Troia e dez anos enfrentando os mais diversos obstáculos em sua viagem de volta a Ítaca.
- **estrutura:** 12110 versos distribuídos em 24 Cantos.

Galeria de Arte e Museu de Aberdeem, Reino Unido.

A tela retrata Penélope assediada por inúmeros pretendentes, que se aproveitam da longa ausência de Ulisses para cortejar sua bela esposa.

sessão de CINEMA

A Odisseia (1997). Direção: Andrei Konchalovsky. Com: Isabella Rosselini.

Contando com diversos efeitos especiais, essa produção cinematográfica baseou-se na epopeia de Homero.

Divulgação.

A seguir, leia a estrofe da *Odisseia* em que Penélope discorre sobre a natureza dos sonhos; o Estrangeiro com quem ela dialoga é Ulisses, que acabara de retornar a Ítaca e se disfarçara de mendigo.

> E então a sábia Penélope respondeu-lhe novamente:
> "Estrangeiro, os sonhos são verdadeiramente confusos,
> ambíguos e, para os homens, nem tudo se cumpre.
> Pois são dois os portões dos tênues sonhos:
> um é feito de chifre, e o outro de marfim.
> Os sonhos que passam através do cerrado portão de marfim
> enganam, trazendo promessas que não se cumprem;
> mas, os que saem pelo polido portão de chifre,
> esses se cumprem, para os mortais que os veem".

Disponível em: <http://greciantiga.org/arquivo.asp?num=0094>. Acesso em: 15 jan. 2011.

Virgílio

Com evidente inspiração em Homero, Virgílio foi um dos mais importantes poetas latinos eruditos. Entre suas obras, destaca-se o poema épico *Eneida*, que narra a lenda da fundação de Roma e exalta a grandeza do Império Romano.

Os heróis virgilianos são corajosos e especialmente piedosos. Costuma-se dizer que os versos de Virgílio apresentam três palavras de ordem: virtude, justiça, piedade.

Eneida (de Eneias, príncipe troiano, figura central na lenda sobre a fundação da cidade de Roma)

- **herói:** Eneias, troiano, filho de Anquises e da deusa Vênus, pai de Ascânio, fundador de Alba Longa, onde nasceram Remo e Rômulo.
- **argumento:** Eneias, após combater ao lado de Heitor na Guerra de Troia e ver sua cidade arrasada pelos gregos, empreende longa viagem que termina nas margens do Rio Tibre. Aí é recebido por Latino, rei da região que mais tarde ficaria conhecida como Lácio, e desposa sua filha Lavínia. Após a morte do sogro, Eneias torna-se rei do Lácio. De sua descendência sairão os fundadores da cidade de Roma.
- **estrutura:** 9 826 versos distribuídos em 12 Cantos.

Leia, a seguir, o trecho correspondente aos sete primeiros versos da *Eneida*, que funcionam como apresentação do tema a ser desenvolvido (note que o início do poema será retomado por Camões na abertura de *Os lusíadas*: "As armas e os barões assinalados").

Pelas evidentes dificuldades de adaptar os versos latinos, o mais comum é encontrarmos o poema em prosa:

> Canto as armas e o varão[1] que, proveniente das praias de Troia, fugindo por força de seu próprio destino, foi o primeiro a chegar à Itália e aos litorais lavínios[2]; foi ele atirado de um lado para outro, nas terras e no mar, pela força dos deuses, pela ira memorável da cruel Juno[3], e sofreu muito na guerra até que construísse uma cidade e introduzisse os deuses no Lácio[4], de onde procedem a geração latina, os velhos albanos e os muros da altiva Roma.

Disponível em: <www.paideuma.net/zelia2.htm>. Acesso em: 15 fev. 2011.

1. **varão:** o homem destemido, venerável; herói.
2. **lavínios:** adjetivo derivado de Lavínio, cidade fundada por Eneias em homenagem à sua esposa, filha de Latino.
3. **Juno:** deusa do casamento, corresponde à grega Hera.
4. **Lácio:** região central da Itália, onde se ergue Roma.

O gênero dramático

O gênero dramático abrange os textos literários destinados à representação. O drama teve sua origem nas festas religiosas em homenagem ao deus grego Dionísio (na mitologia romana, Baco).

Características de estilo/estrutura

- Atores, num espaço peculiar, apresentam, por meio de palavras e gestos, um acontecimento.
- Texto em forma de diálogos, dividido em atos e cenas.
- Ocultamento do "eu" (ou seja, não temos a voz do narrador que introduz as falas; temos apenas as falas, os gestos dos personagens; a cada fala, um personagem assume a primeira pessoa).
- Descrição do ambiente/situação antes de cada ato.
- Sequência da ação dramática constituída de exposição, conflito, complicação, clímax, desfecho.
- Para Aristóteles, a **tragédia** é a "imitação de uma ação de caráter elevado que suscita o terror e a piedade e tem por efeito a purificação dessas emoções"; a **comédia** era a "imitação de homens inferiores; não, todavia, quanto a toda a espécie de vícios, mas só quanto àquela parte do torpe que é o ridículo".

Elementos da poesia dramática

- **Protagonista:** personagem central da ação dramática.
- **Antagonista:** personagem que se opõe ao protagonista.
- **Coro:** conjunto de atores que comentam a ação ao longo da peça.

A **catarse**, vocábulo que vem do grego *katharsis* ("purificação", "purgação"), era a marca do teatro clássico. Acreditava-se que, por meio das emoções que as cenas passavam e das situações que apresentavam, o espectador poderia apaziguar suas angústias íntimas. O espectador purificaria seu espírito pela purgação, pelo alívio de suas paixões, seus medos, seus sentimentos de terror ou de piedade vivenciados na contemplação do espetáculo dramático.

Rafael Fonseca/Arquivo da editora.

Tragédia	Comédia
> De caráter sério, solene.	> De caráter cômico, ridículo.
> Temática singular em que o protagonista tem de enfrentar a desgraça.	> Temática do cotidiano, centrada na sátira da sociedade e dos defeitos humanos.
> Registro mais formal.	> Registro mais coloquial.
> A estrutura interna da ação dramática consiste em uma situação inicial feliz, mas que acaba em um desfecho fatal.	> A estrutura interna da ação dramática consiste em uma situação complicada inicial, mas que acaba num final feliz.
> Os personagens são humanos, pertencentes às classes nobres – reis, príncipes – e sofrem nas mãos dos deuses e do Destino.	> Os personagens são estereótipos das debilidades humanas: o rabugento, o avaro, o mesquinho, o apaixonado, etc.

Sófocles

O poeta ateniense Sófocles foi, ao lado de Ésquilo e Eurípedes, um importante dramaturgo grego. Escreveu mais de cem peças, entre as quais *Édipo Rei*, *Antígona* e *Electra*.

Édipo Rei

Laio, rei de Tebas, e sua esposa, Jocasta, temendo a realização de um oráculo (o filho mataria o pai, casaria com a mãe e provocaria muito luto e sangue), abandonam o filho recém-nascido em uma mata. O menino, Édipo, é criado pelo rei de Corinto.

Adulto, sabendo-se adotivo, Édipo vai em busca da verdade e sofre as desgraças inevitáveis de seu destino: encontra Laio em uma encruzilhada e o mata; ao chegar a Tebas, desposa Jocasta e passa a ocupar o lugar de Laio como rei de Tebas. Quando a verdade vem à tona, Jocasta, desesperada, se mata; Édipo cega a si mesmo e parte para o exílio.

Leia, no fragmento a seguir, as ações que se seguiram logo após Jocasta e Édipo, mãe e filho, descobrirem que o oráculo havia realmente se realizado, ou seja, Édipo matou o pai e se casou com a própria mãe. O diálogo abaixo se dá entre o Corifeu, líder do coro, e um emissário que acabara de presenciar a morte de Jocasta.

Emissário — Uma coisa fácil de dizer, como de ouvir: Jocasta, a nossa rainha, já não vive!

Corifeu — Oh! Que infeliz! Qual foi a causa de sua morte?

Emissário — Ela resolveu matar-se... E o mais doloroso vos foi poupado: vós não vistes o quadro horrendo de sua morte. Dir-vos-ei, no entanto, como sofreu a infeliz. Alucinada, depois de transpor o vestíbulo, atirou-se em seu leito nupcial, arrancando os cabelos em desespero. Em seguida, fechou violentamente as portas, e pôs-se a chamar em altos brados por Laio, recordando a imagem do filho que ela teve há tantos anos, o filho sob cujos golpes deveria o pai morrer, para que ela tivesse novos filhos, se é que estes merecem tal nome! Presa da maior angústia, ela se lastimava em seu leito, onde, conforme dizia tivera uma dupla e criminosa geração. Como teria morrido, não sei dizer, pois Édipo, aos gritos, precipitou-se com tal fúria, que não pude ver a morte da rainha.

Museu do Louvre, Paris/The Art Archive/Other Images.

Todos os nossos olhares voltaram-se para o rei, que, desatinado, corria ao acaso, ora pedindo um punhal, ora reclamando notícias da rainha, não sua esposa, mas sua mãe, a que deu à luz a ele, e a seus filhos. No seu furor invocou um deus, — não sei dizer qual, pois isto foi longe de mim! Então, proferindo imprecações horríveis, como se alguém lhe indicasse um caminho, atirou-se no quarto. Vimos então, ali, a rainha, suspensa ainda pela corda que a estrangulava... Diante dessa visão horrenda, o desgraçado solta novos e lancinantes brados, desprende o laço que a sustinha, e a mísera mulher caiu por terra. A nosso olhar se apresenta, logo em seguida, um quadro ainda mais atroz: Édipo toma seu manto, retira dele os colchetes de ouro com que o prendia, e com a ponta recurva arranca das órbitas os olhos, gritando: "Não quero mais ser testemunha de minhas desgraças, nem de meus crimes! Na treva, agora, não mais verei aqueles a quem nunca deveria ter visto, nem reconhecerei aqueles que não quero mais reconhecer!" Soltando novos gritos, continua a revolver e macerar suas pálpebras sangrentas, de cuja cavidade o sangue rolava até o queixo e não em gotas, apenas, mas num jorro abundante. Assim confundiram, marido e mulher, numa só desgraça, as suas desgraças! Outrora gozaram uma herança de felicidade; mas agora nada mais resta senão a maldição, a morte, a vergonha, não lhes faltando um só dos males que podem ferir os mortais.

Corifeu — E o desgraçado rei está mais tranquilo agora?

Emissário — Ele grita que lhe abram as portas; que mostrem a todos os tebanos o parricida, o filho que... nem posso repetir-vos, cidadãos, as palavras sacrílegas que ele pronuncia... Quer sair, em rumo do exílio; não quer continuar no palácio depois da maldição terrível que ele mesmo proferiu. No entanto, ele precisa de um guia, e de um apoio, pois seu mal é grande demais para que sozinho o suporte. Ele aí vem, e vo-lo mostrará. Ides ver um espetáculo que comoveria o mais feroz inimigo...

(Entra Édipo, ensanguentado, e com os olhos vazados)

Corifeu — Ó sofrimento horrível de *ver-se! Eis* o quadro mais horripilante que jamais tenho presenciado em minha vida! Que loucura — ó infeliz! — caiu sobre ti? Que divindade levou ao cúmulo o teu destino sinistro, esmagando-te ao peso de males que ultrapassam a dor humana? Oh! Como és infeliz! Não tenho coragem, sequer, para volver meus olhos e contemplar-te assim; no entanto, eu quereria ouvir-te, interrogar-te, e ver-te! Tal é o arrepio de horror que tu me causas!

Édipo — *(Caminhando sem rumo certo.)* Pobre de mim! Para onde irei? Para que país? Onde se fará ouvir a minha voz? Ó meu destino, quando acabarás de uma vez?!...

Corifeu — Numa miséria extrema, que não poderemos ver, nem imaginar!

Disponível em: <www.dominiopublico.gov.br/download/texto/cv000024.pdf>. Acesso em: 15 fev. 2011.

na ESTANTE

Édipo Rei* e *Antígona

Não deixe de ler o texto integral dessas duas tragédias de Sófocles, fundamentais para a compreensão da tragédia e da própria sociedade grega. Há inúmeras edições disponíveis da obra de Sófocles.

Confrontando ideias

Freud, no final do século XIX, desenvolveu uma teoria sobre o Complexo de Édipo. Discuta com seus colegas e seu(sua) professor(a) os pontos de contato entre a teoria freudiana e a tragédia de Sófocles.

James Steidl/Shutterstock/Glowimages.

*A palavra **lírico** vem de **lira**, o instrumento de cordas dedilháveis mais popular na Antiguidade Clássica.*

O gênero lírico

Pertence ao gênero lírico o poema que extravasa as emoções íntimas pela expressão verbal rítmica e melodiosa. Originalmente destinada ao canto e acompanhada do som de uma lira, essa forma literária encontrava sua inspiração nos sentimentos reais ou imaginários e na própria musicalidade. Para os antigos, o valor de uma poesia lírica estava em sua capacidade não só de expressar emoções, mas também de despertá-las.

Elementos da poesia lírica

- **Eu lírico:** voz que expressa suas emoções no poema, um eu poético, simulado, inventado pelo poeta e que não pode ser confundido com o próprio poeta.
- A subjetividade é a marca do lirismo.
- Se a poesia épica é a poesia da terceira pessoa do tempo passado, a lírica é a poesia da primeira pessoa do tempo presente.

Horácio

Como exemplo da lírica clássica, transcrevemos a seguir um texto de Horácio, poeta latino que viveu entre 65 a.C. e 8 a.C., cuja obra se caracteriza pela valorização da vida simples, bucólica e pelo princípio do *carpe diem*, ou seja, aproveitar o dia presente, pois o tempo corre célere.

A neve espessa já pesa nos píncaros,
A mata mal suporta o fardo branco:
Gelam os ribeirões,
Paralisam-se os córregos.

Ó Taliarca do festim, apague o frio
Com achas[1] no fogão. Pródigo, verse
De uma ânfora sabina de duas ansas[2]
Um vinho de quatro anos!

O resto, amigo, entregue aos deuses. Mal
Morram os ventos guerreiros no mar,
Não chacoalhem ciprestes,
Nem cabeceiem freixos[3].

Não queira saber nada do amanhã:
Credite à sua conta o dia de hoje.
Não se esquive, menino, dos namoros
E nem das contradanças;

Bem longe os anos velhos, aproveite,
Antes da idade trôpega e grisalha,
Dos risos abafados
Nos cantos escondidos,

Quando o dia se vai, da namorada,
E roube dela anéis e braceletes
De amor, depois de uns queixumes, após
Alguma resistência.

In: PIGNATARI, Décio. *31 poetas, 214 poemas*. São Paulo: Companhia das Letras, 1997.

1. **achas:** pedaço de madeira, normalmente usado para fazer fogo.
2. **ânfora sabina de duas ansas:** vaso cerâmico feito pelo povo sabino, de duas asas, que os romanos usavam para armazenar azeite, vinho.
3. **freixo:** certo tipo de árvore cuja madeira é elástica.

Rafael Fonseca/Arquivo da editora.

Nas tramas do texto

Calabar, o elogio da traição

Apresentamos, a seguir, um fragmento de *Calabar, o elogio da traição*, com texto de Chico Buarque e Ruy Guerra e música de Chico Buarque. O musical reconta um episódio do Brasil Colônia: quando da invasão holandesa, o pernambucano Domingos Fernandes Calabar, após lutar ao lado das tropas fiéis ao rei de Portugal, bandeou-se para o lado dos holandeses para lutar contra a dominação portuguesa. Com o auxílio de Calabar, "que vivia amancebado com uma mameluca chamada Bárbara", os holandeses alcançaram significativas vitórias. Calabar foi executado em 22 de julho de 1635, a mando de Mathias de Albuquerque.

Luz em Mathias e Frei Manoel — Frei Manoel, amanhã já não estarei mais aqui. É provável que nunca mais nos vejamos nestas terras. Portanto, antes de partir quero lhe fazer uma confissão (*ajoelha-se*): Eu, Mathias, de sangue e nome português, mas brasileiro por nascimento e afeição, às vezes tenho pensado neste meu país...

Frei — Que Deus o perdoe...

Mathias — Sim, Padre, tenho sofrido esta tentação. Às vezes tenho hesitado em deixar o meu país à sua sorte, o que não é sorte sua... Padre, às vezes, peco em pensamento, e as palavras quase me traem. E eu quase me surpreendo a contestar as ordens que me chegam não sei de onde ou em nome de quem...

Frei — Que Deus o perdoe.

Mathias — Oh, pecado infame, a infame traição de colocar o amor à terra em que nasci acima dos interesses do rei!

Frei — Que Deus...

Mathias — Me perdoe. Caso contrário eu não seria digno de enforcar um homem, brasileiro como eu, que se atreve a pensar e agir por conta própria.

Frei — Que Deus o perdoe.

Mathias — Sim, Padre, suplico a Deus que me perdoe a desgraça de ter sido fraco e hesitado, ainda que por instantes, em seguir as regras do jogo. Pois Deus sabe que...

Frei e Mathias — O que é bom para Portugal é bom para o Brasil.

Mathias (aliviado) — Obrigado, Padre. A penitência.

Frei — Sua Excelência já me deu provas de extrema dedicação à sua terra natal e à metrópole. Deixar o Brasil já lhe é suficiente penitência.

Oficial (entrando) — Excelência.

Mathias (levantando-se) — Hum... sim... Bem, vamos abandonar Porto Calvo dentro de poucas horas. Calabar será executado sem a presença do povo, na calada da noite, para que não diga coisas que não devem ser escutadas. E que Deus e os homens nos perdoem dos nossos caminhos se terem cruzado assim.

Frei — Deus certamente perdoa.

Mathias (para o oficial) — Podem dar início à execução. (*sai*)

Rafael Fonseca/Arquivo da editora.

Subitamente iluminada, Bárbara canta Tatuagem

Bárbara — Quero ficar no teu corpo feito tatuagem
Que é pra te dar coragem
Pra seguir viagem
Quando a noite vem.
E também pra me perpetuar
Em tua escrava
Que você pega, esfrega, nega
Mas não lava.
Quero brincar no teu corpo feito bailarina
Que logo se alucina,
Salta e te ilumina
Quando a noite vem.
E nos músculos exaustos
Do teu braço
Repousar frouxa, murcha, farta
Morta de cansaço.
Quero pesar feito cruz nas tuas costas
Que te retalha em postas
Mas no fundo gostas
Quando a noite vem.
Quero ser a cicatriz risonha e corrosiva,
Marcada a frio
A ferro e fogo
Em carne viva.
Corações de mãe, arpões,
Sereias e serpentes
Que te rabiscam o corpo todo mas não sentes.

Rufar de tambores. Em claro-escuro, soldados trazem um homem num cerimonial de execução. Oficial lê a sentença entrecortada por rufos de tambor.

Oficial — ... por traidor e aleivoso à sua Pátria e ao Rei e Senhor... (*rufos*)... que seja morto de morte natural para sempre na forca... (*rufos*)... e seu corpo esquartejado, salgado e jogado aos quatro cantos... (*rufos*)... para que sirva de exemplo... (*rufos*)... e a sua casa derrubada pedra por pedra e salgado o seu chão para que nele não cresçam mais ervas daninhas... (*rufos*)... e os seus bens confiscados e seus descendentes declarados infames até a quinta geração... (*rufos*)... para que não perdurem na memória... (*rufos*)...

BUARQUE, Chico; GUERRA, Ruy. *Calabar, o elogio da traição*. 5. ed. Rio de Janeiro: Civilização Brasileira, 1974.

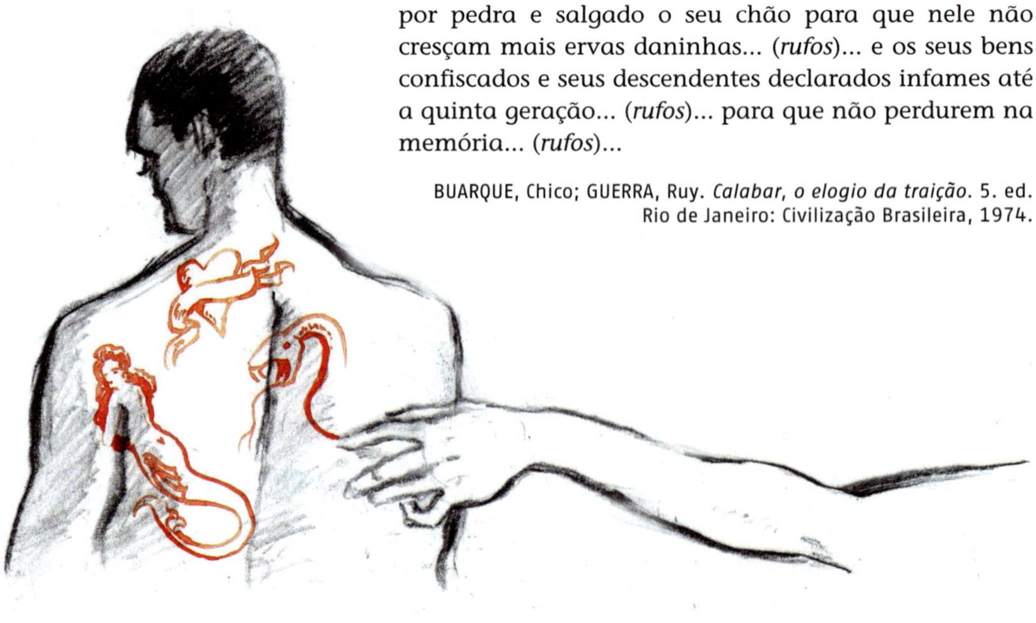

Rafael Fonseca/Arquivo da editora.

atividades

1. A que gênero literário pertence o fragmento transcrito? Justifique a resposta apontando características do gênero.

2. Sobre as várias vozes presentes no fragmento:

a) Quantos personagens temos na cena transcrita?

b) De quem é a voz que está por trás da segunda fala do Oficial?

c) Qual discurso está por trás das falas do Frei?

3. Fernando Pessoa, poeta português, afirmava que a grande marca da poesia dramática era o alto grau de despersonalização que o poeta atingia. Assim, o poeta não só sentia, mas **vivia** os estados de alma dos personagens.

a) Quais personagens têm seus "estados de alma" bem caracterizados na cena transcrita?

b) Mathias manifesta uma evidente contradição que o atormenta. Qual é a contradição? Como ele a classifica?

c) Essa contradição vivida por Mathias contamina o conceito que ele faz de Calabar. Que frase denuncia essa quase absolvição de Calabar?

d) Que pensamento justifica o ato de Mathias (execução de Calabar) e suprime sua contradição?

e) Que sentimento domina Bárbara? De que forma ela tenta superar esse sentimento?

4. "Às vezes tenho hesitado em deixar o meu país **à sua sorte**, o que não é **sorte sua**..." Explique a diferença de significado que há entre as expressões destacadas.

5. "Tatuagem", a música cantada por Bárbara, pertence a que gênero literário? Justifique sua resposta.

6. Sobre a música "Tatuagem":

a) Aponte indicadores gramaticais de primeira pessoa.

b) Que palavras permitem identificar o eu poético como masculino ou feminino?

c) Que palavras identificam o interlocutor do eu poético?

d) Comente a relação existente entre o eu poético e seu interlocutor.

Confrontando ideias

- Comente com seus colegas o fato de os autores serem homens e o eu poético ser uma mulher. Você conhece outros textos com essas características? Quais?
- Discutam o subtítulo da peça: *Calabar, o elogio da traição.*

Questões de exames sobre este capítulo encontram-se na página 630.

na linguagem DOS SONS

As músicas da peça *Calabar* foram gravadas em dois discos: *Chico Canta* e *Calabar*, além de formarem o repertório de inúmeros outros discos de Chico Buarque e de serem gravadas pelos principais intérpretes da MPB. Entre as músicas da peça, merecem destaque: "Tatuagem", "Cala a boca, Bárbara", "Ana de Amsterdam", "Não existe pecado ao sul do Equador", "Fado tropical", "Tire as mãos de mim".

Divulgação.

capítulo 6

O gênero lírico: métricas, formas e temas recorrentes

Objetivos gerais do capítulo

O aluno, ao final do capítulo, deverá ser capaz de:

- **reconhecer as principais características do gênero lírico;**
- **conhecer alguns recursos do trabalho com a linguagem predominantes na poesia;**
- **refletir sobre o papel do ritmo, da métrica e da rima nos textos poéticos;**
- **reconhecer algumas formas fixas de textos poéticos;**
- **reconhecer os temas recorrentes nas obras do gênero lírico;**
- **reconhecer manifestações do gênero lírico na literatura contemporânea.**

Quando sinto a impulsão lírica escrevo sem pensar tudo o que meu inconsciente me grita. Penso depois: não só para corrigir, como para justificar o que escrevi. [...]

Lirismo: estado afetivo sublime — vizinho da sublime loucura. Preocupação de métrica e de rima prejudica a naturalidade livre do lirismo objetivado.

Mário de Andrade no prefácio ao livro Pauliceia desvairada. *In*: ANDRADE, Mário de. *Poesias completas*. Belo Horizonte: Villa Rica, 1993.

Nesta obra do veneziano Antonio Canova (1757-1822), maior artista do neoclassicismo italiano, vemos Erato e Píndaro. Ela, uma das nove musas gregas, exatamente a musa da poesia lírico-amorosa; ele, o mais brilhante poeta grego do século V a.C., que ficou famoso com suas odes (cantos líricos, de estrofes simétricas, em geral de caráter laudatório).

Archivo Iconografico, S.A./Corbis/LatinStock.

Eu poético e autor

Como vimos no capítulo anterior, o gênero lírico é caracterizado por centrar-se na **subjetividade** e, por esse critério, opõe-se ao gênero épico, centrado na objetividade. Se a poesia épica é uma narrativa em que o enunciador mantém distância do fato narrado, a lírica é a manifestação do mundo interior, que, para os antigos, se fazia pelo canto suave e era mais do que expressar emoções, era uma possibilidade de despertá-las, com um menor distanciamento entre o enunciador e o objeto cantado.

Assim, segundo o crítico Yves Stalloni:

> No sentido moderno do termo, o **lirismo** será definido como a expressão pessoal de uma emoção demonstrada por vias ritmadas e musicais. [...] Mas convém acrescentar a essa particularidade uma outra: o lirismo é a emanação de um **eu** — que o romantismo gostava de confundir com a pessoa do poeta, mas que pode se apagar por detrás de uma de suas personagens.

STALLONI, Yves. *Os gêneros literários.*
Rio de Janeiro: Difel, 2001. p. 151.

Por isso, reafirmamos uma ideia básica: não podemos confundir o enunciador de um poema (o eu poético) com o próprio poeta (o autor). Embora possa ocorrer, nem sempre a voz do enunciador mantém ponto de contato com o poeta, como já vimos no capítulo anterior, ao analisarmos a canção "Tatuagem", em que temos eu poético feminino – ou seja, a voz enunciadora é de uma mulher –, mas autoria masculina.

Confrontando ideias

Leia o poema seguinte.

Confidência do itabirano

Alguns anos vivi em Itabira.
Principalmente nasci em Itabira.
Por isso sou triste, orgulhoso: de ferro.
Noventa por cento de ferro nas calçadas.
Oitenta por cento de ferro nas almas.
E esse alheamento do que na vida é porosidade e
[comunicação.

A vontade de amar, que me paralisa o trabalho
vem de Itabira, de suas noites brancas, sem
[mulheres e sem horizontes.
E o hábito de sofrer, que tanto me diverte,
É doce herança itabirana.

De Itabira trouxe prendas diversas que ora te
[ofereço:
esta pedra de ferro, futuro aço do Brasil;
este São Benedito do velho santeiro Alfredo
[Duval;
este couro de anta, estendido no sofá da sala
[de visitas;
este orgulho, esta cabeça baixa...

Tive ouro, tive gado, tive fazendas.
Hoje sou funcionário público.
Itabira é apenas uma fotografia na parede.
Mas como dói!

ANDRADE, Carlos Drummond de. *Antologia poética.*
Rio de Janeiro: J. Olympio, 1962.

Em pequenos grupos, procurem informações sobre o homem Carlos Drummond de Andrade. Obtidas essas informações, releiam "Confidência do itabirano" e discutam com seus colegas e seu(sua) professor(a) a relação entre o eu poético e o autor nesse poema.

na linguagem DOS SONS

Carlos Drummond de Andrade por Paulo Autran. (Coleção Poesia Falada, vol. 13). CD do selo Luz da Cidade.

O ator Paulo Autran declama 29 poemas de Carlos Drummond de Andrade, precedidos de uma apresentação na voz do próprio poeta.

Divulgação.

O ritmo poético

A poesia – ou seja, os textos escritos em versos, sejam eles do gênero lírico, épico ou dramático – caracteriza-se pelo ritmo, a tal ponto que podemos afirmar que ele é sua "alma". Esse ritmo é obtido quando, com um trabalho especial com a linguagem, o foco recai na seleção e na combinação de palavras e sons, numa disposição melódica, com a predominância da função poética da linguagem, como já vimos anteriormente.

Se voltarmos à Grécia clássica, veremos que a poesia, em sua origem, já apresentava versos estruturados em sílabas longas e breves, que resultavam em textos melódicos, próprios para serem cantados. E de fato eram acompanhados por vezes de instrumentos, por vezes apenas de coro de vozes. Assim, tínhamos o canto suave das composições subjetivas, acompanhadas pelo som de liras e flautas; o canto forte e guerreiro das narrativas épicas, acompanhadas de tubas e tambores; o canto dos coros em textos dramáticos.

Até o final da Idade Média, a poesia era acompanhada de instrumentos. Quando isso deixou de acontecer, os poetas passaram a se preocupar mais com a métrica, o ritmo das palavras, a divisão em estrofes, a rima, as figuras de linguagem que exploram o som.

No entanto, mesmo depois da separação entre poesia e música, permaneceu a tradição de fazer referência a alguns instrumentos característicos da épica e da lírica. Observe como Camões, em *Os lusíadas* (século XVI), trabalha esses conceitos ao pedir inspiração às Musas:

Dai-me uma fúria grande e sonorosa,
E não de agreste avena ou frauta ruda,
Mas de tuba canora e belicosa,
Que o peito acende e a cor ao gesto muda;

Dai-me igual canto aos feitos da famosa
Gente vossa, que a Marte tanto ajuda;
Que se espalhe e se cante no universo,
Se tão sublime preço cabe em verso.

CAMÕES, Luís Vaz de. *Os lusíadas*. São Paulo: Saraiva, 1960. p. 91 (estrofe 5, Canto I).

Para compor um canto épico, o poeta não quer o som suave da avena (antiga flauta pastoril feita, em geral, do talo da aveia) ou de qualquer outra "frauta ruda" (flauta rude, no sentido de rústica, simples), instrumentos associados ao canto lírico; ele pede a fúria, o som forte, belicoso da tuba (na tradição latina, trombeta de metal, formada por um simples tubo reto), instrumento associado aos poemas épicos.

Orpheus (1891), tela de Franz von Stuck. Coleção particular.

Tomás Antônio Gonzaga, nas suas sugestivas *Liras – Marília de Dirceu* (século XVIII), também explora a relação poesia/ritmo/instrumentos: nos versos abaixo, Dirceu (o dono da voz, o eu poético) dirige-se à mulher amada, Marília, e incita-a a vencer Cupido, que "a tudo faz tirana guerra":

Lira XI

Não toques, minha Musa, não, não toques
Na sonorosa lira,
Que às almas, como a minha, namoradas,
Doces canções inspira;
Assopra no clarim, que, apenas soa,
Enche de assombro a terra;
Naquele, a cujo som cantou Homero,
Cantou Virgílio a guerra.
Busquemos, ó Musa,
Empresa maior;
Deixemos as ternas
Fadigas de Amor.

A POESIA dos inconfidentes: poesia completa de Cláudio Manuel da Costa, Tomás Antônio Gonzaga e Alvarenga Peixoto. Rio de Janeiro: Nova Aguilar, 1996. p. 589.

Observe como o poeta relaciona a lira às doces canções e às almas enamoradas e o clarim (como a tuba, feito de metal) aos poemas épicos de Homero e Virgílio.

Neste capítulo, analisaremos algumas características estruturais da poesia, como métrica, rima, refrão. Mas cuidado! Isso não significa que poesia, para ser poesia, tenha de apresentar rima, métrica, estrofe. Grande parte da poesia do Modernismo, por exemplo, desprezou esses conceitos e cultivou o verso livre (abandono da métrica), as estrofes irregulares e o verso branco, ou seja, sem rima. O que, também, não impede que "subitamente na esquina do poema, duas rimas se encontrem, como duas irmãs desconhecidas", como nos ensina o poeta Mário Quintana.

Leia, em voz alta, a belíssima estrofe de Carlos Drummond de Andrade na abertura do poema intitulado "Consideração do poema". Observe a plasticidade do texto; é como se as palavras executassem um balé mágico:

Não rimarei a palavra sono
com a incorrespondente palavra outono.
Rimarei com a palavra carne
ou qualquer outra, que todas me convêm.
As palavras não nascem amarradas,
elas saltam, se beijam, se dissolvem,
no céu livre por vezes um desenho,
são puras, largas, autênticas, indevassáveis.

Joubert Lancha/Arquivo da editora.

Você percebeu o ritmo dessa estrofe? Pois é esse ritmo — o chamado **ritmo poético** — a grande marca da poesia. Uma poesia pode abrir mão de tudo — rima, estrofe, métrica —, menos do ritmo.

Métrica

Métrica é a medida de um verso, definida pelo número de sílabas poéticas. A **sílaba poética** nem sempre corresponde a uma sílaba gramatical, pois a divisão silábica de um verso leva em conta as emissões de voz do verso como um todo; além disso, conta-se até a última sílaba tônica do verso, desprezando-se as últimas sílabas pós-tônicas. Vamos fazer a escansão (ou seja, decompor as sílabas de um verso) dos seguintes versos de Vinicius de Moraes, do *Soneto de devoção*:

Essa mulher que a cada amor proclama
A miséria e a grandeza de quem ama
E guarda a marca dos meus dentes nela

Es / sa / mu / lher / que a / ca / da a / mor / pro / cla [ma]

1 2 3 4 5 6 7 8 9 10

A / mi / sé / ria e a / gran / de / za / de / quem / a [ma]

1 2 3 4 5 6 7 8 9 10

E / guar / da a / mar / ca / dos / meus / den / tes / ne [la]

1 2 3 4 5 6 7 8 9 10

Cada um dos versos tem 10 sílabas poéticas: são versos decassílabos.

akg-images/Intercontinental Press.

Edgar Allan Poe (1809-1849).

Refrão

Refrão ou **estribilho** é um verso (ou agrupamento de versos) que se repete ao final das estrofes. O refrão é responsável pelo ritmo marcado que o poema assume e, ao mesmo tempo, enfatiza uma determinada ideia. Na literatura universal, talvez o refrão mais famoso seja o empregado pelo norte-americano Edgar Allan Poe no poema "O corvo". O próprio Poe, ao explicar a composição de seu poema, diz que:

> [...] definido o tom de tristeza, fui levado a procurar uma curiosidade artística e empolgante que fosse chave na construção do poema. Passando em demorada revista todos os efeitos de arte conhecidos, não poderia deixar de ver logo que o **estribilho** é, entre todos, o mais empregado. [...] Decidido que estava a usar um estribilho, pareceu-me inevitável dividir o poema em estrofes para esse estribilho concluir cada estrofe. E para ser conclusão, remate forte, teria de ser sonoro e suscetível de ênfase prolongada.

POE, Edgar Allan. *Três poemas e uma gênese com traduções de Fernando Pessoa*. Lisboa: & etc. p. 40.

Transcrevemos, a seguir, as duas primeiras e as quatro últimas estrofes do poema, em tradução de Fernando Pessoa:

Numa meia-noite agreste, quando eu lia, lento e triste,
Vagos, curiosos tomos de ciências ancestrais,
E já quase adormecia, ouvi o que parecia
O som de alguém que batia levemente a meus umbrais
"Uma visita", eu me disse, "está batendo a meus umbrais.
É só isso e nada mais."

Ah, que bem disso me lembro! Era no frio dezembro,
E o fogo, morrendo negro, urdia sombras desiguais.
Como eu qu'ria a madrugada, toda a noite aos livros dada
P'ra esquecer (em vão) a amada, hoje entre hostes celestiais —
Essa cujo nome sabem as hostes celestiais,
Mas sem nome aqui jamais!

[...]

Fez-me então o ar mais denso, como cheio dum incenso
Que anjos dessem, cujos leves passos soam musicais.
"Maldito!", a mim disse, "deu-te Deus, por anjos concedeu-te
O esquecimento; valeu-te. Toma-o, esquece, com teus ais,
O nome da que não esqueces, e que faz esses teus ais!"
Disse o corvo, "Nunca mais".

"Profeta", disse eu, "profeta — ou demônio ou ave preta!
Pelo Deus ante quem ambos somos fracos e mortais,
Dize a esta alma entristecida se no Éden de outra vida
Verá essa hoje perdida entre hostes celestiais,
Essa cujo nome sabem as hostes celestiais!"
Disse o corvo, "Nunca mais".

"Que esse grito nos aparte, ave ou diabo!", eu disse. "Parte!
Torna à noite e à tempestade! Torna às trevas infernais!
Não deixes pena que ateste a mentira que disseste!
Minha solidão me reste! Tira-te de meus umbrais!"
Disse o corvo, "Nunca mais".

E o corvo, na noite infinda, está ainda, está ainda
No alvo busto de Atena que há por sobre os meus umbrais.
Seu olhar tem a medonha dor de um demônio que sonha,
E a luz lança-lhe a tristonha sombra no chão mais e mais,
E a minh'alma dessa sombra, que no chão há mais e mais,
Libertar-se-á... nunca mais!

Joubert Lancha/Arquivo da editora.

POE, Edgar Allan. *Três poemas e uma gênese com traduções de Fernando Pessoa*. Lisboa: & etc. p. 29.

Confrontando ideias

O poema "O corvo", no original em língua inglesa, se sustenta a partir do refrão: *Nothing more / Never more* (Allan Poe fundiu essa última expressão, empregando uma única palavra *nevermore*). As traduções, em língua portuguesa, apresentam o estribilho "Nada mais / Nunca mais".

Como Poe afirma que o tom do poema é de tristeza, comparando o refrão em inglês e em português, você acredita que o efeito é o mesmo? Houve perda ou houve ganho?

Discuta com seus colegas e seu(sua) professor(a).

Formas fixas

O soneto

O soneto é um pequeno poema de forma fixa que teve origem no século XIII, no início do Humanismo. A conformação que conhecemos (catorze versos dispostos em dois quartetos e dois tercetos) é atribuída a Giacomo da Lentini. Dante Alighieri, Petrarca e os mais importantes poetas do Renascimento cultivaram e difundiram o soneto. Sua limitação estrutural é um desafio para o poeta.

A palavra **soneto** vem do provençal *sonet* = "poema-canção", "cançoneta", e este do francês antigo *sonet*, diminutivo de *son* (som, composição melódica de um verso).

Características particulares

- Composição com catorze versos, dispostos em dois quartetos e dois tercetos.
- Versos metrificados e rimados; em sua versão clássica, os versos são decassílabos ou alexandrinos.
- Estrutura interna: introdução ou exposição (nas duas quadras), um ponto central (no primeiro terceto) e um remate (no último terceto), especialmente marcado pelo último verso chamado de "chave de ouro".

Transcrevemos, a seguir, um soneto do poeta piauiense Da Costa e Silva (1885-1950); originalmente publicado em 1919, nesse soneto podemos perceber um interessante trabalho de intertextualidade com a Carta de Caminha, além de brincadeiras com as rimas e a métrica:

À margem de um pergaminho

De Pero Vaz Caminha, ei-la tal qual
A letra neste trecho exato e fiel
Da carta dirigida a D. Manuel,
— O Venturoso, Rei de Portugal.

"Pola manhã, Pedr'Alvares Cabral,
Ao longe... (Aqui a traça fez cruel
E terrível estrago no papel)
... que houve por bem denominar Paschoal"

1500. 22 de abril.
Aos primeiros rubores do arrebol,
Veem-se as altas palmeiras do Brasil.

E reza a Carta: "o céo he mais azul,
O mar mais verde, mais brilhante o sol"...
No coração da América do Sul.

DA COSTA E SILVA. In: *A literatura piauiense em curso: Da Costa e Silva*. Teresina: Corisco, 1997. p. 102.

Joubert Lancha/Arquivo da editora.

Observe que o esquema de rima do soneto é ABBA ABBA CDC EDE; todos os seus versos são decassílabos, até mesmo o verso "1500. 22 de abril", que, por extenso, mantém as dez sílabas poéticas:

1	2	3	4	5	6	7	8	9	10
mil /	e /	qui /	nhen /	tos, /	vin /	te e /	dois /	de /	abril

O haicai

Haicai é um poema mínimo, de origem japonesa, que tenta captar, com sua concisão e simplicidade, um momento da natureza e o passar do tempo. Há uma estreita relação entre o haicai e o zen-budismo, uma vez que o poema nasce da observação da natureza, de uma profunda meditação; o grande desafio do poeta é captar um flagrante da natureza, perpetuar um instante fugidio em apenas 17 sílabas poéticas, "fixar a realidade das coisas, a essência pura das coisas", como nos ensina Octavio Paz, crítico mexicano, que assim se manifesta sobre o haicai:

> Todos os elementos do haicai tendem a despertar uma emoção estética através da sugestão. Sugerir e aproximar a emoção seriam as formas mais acertadas para uma aproximação desta poesia que oferece elementos da realidade com grande economia de descrição, chegando a propor uma visão incompleta que o leitor desenvolverá livremente. Nesse sentido se aproxima do processo da poesia ocidental contemporânea, embora nós não tenhamos atingido jamais uma síntese tão breve e conceitual.

PAZ, Octavio. In: *O livro dos hai-kais*. Trad. Olga Savary. São Paulo: Aliança Cultural Brasil-Japão/Massao Ohno, 1987. p. 7.

A palavra **haicai** (e suas variantes: **haicu**, **haiku**, **haikai**) vem do japonês *haikai*, vocábulo composto de: *hai* = "brincadeira, gracejo" + *kai* = "harmonia, realização".

Características particulares

- Composição com três versos.
- No haicai clássico, composto de 17 sílabas poéticas, o primeiro e o terceiro versos são pentassílabos (cinco sílabas poéticas), enquanto o segundo é heptassílabo (sete sílabas poéticas).

Tibor Bognar/Corbis/Latinstock.

Estátua de Matsuo Bashô (1644-1694), em Hiraizumi, no Japão.

Os dois haicais a seguir são de Bashô (1644-1694), considerado o melhor poeta japonês.

O azeite de minha lâmpada
consumido. Na noite,
pela minha janela, a lua.

Este caminho
ninguém já o percorre,
salvo o crepúsculo.

BASHÔ. In: *O livro dos hai-kais*. Trad. Olga Savary. São Paulo: Aliança Cultural Brasil-Japão/Massao Ohno, 1987. p. 45 e 20.

O haicai seguinte é do poeta curitibano Paulo Leminski (1944-1989):

Esta vida é uma viagem
pena eu estar
só de passagem

LEMINSKI, Paulo. *Melhores poemas de Paulo Leminski*. São Paulo: Global, 1996. p. 201.

Os dois haicais abaixo são de poetas africanos que escrevem em língua portuguesa:

Adormecem as aves da tarde
e as acácias, como eu,
aguardam o instante das coisas.

Valdemar Valentino Velhinho (1961-), poeta cabo-verdiano.

Haicai agridoce

Ao Mito

a flor de lótus, o mel de abelha, a borboleta exótica...
ainda que cuidemos do nosso jardim de sonhos
no vinagre dos dias haverá sol para o cravo do amanhecer?

Filinto Elísio (1961-), poeta cabo-verdiano. In: DÁSKALOS, Maria. A.; APA, Lívia; BARBEITOS, Arlindo. *Poesia africana de Língua Portuguesa (antologia)*. Rio de Janeiro: Lacerda, 2003.

Nas tramas dos textos

Texto 1

Soneto de fidelidade

De tudo, ao meu amor serei atento
Antes, e com tal zelo, e sempre, e tanto
Que mesmo em face do maior encanto
Dele se encante mais meu pensamento.

Quero vivê-lo em cada vão momento
E em seu louvor hei de espalhar meu canto
E rir meu riso e derramar meu pranto
Ao seu pesar ou seu contentamento.

E assim quando mais tarde me procure
Quem sabe a morte, angústia de quem vive
Quem sabe a solidão, fim de quem ama

Eu possa me dizer do amor (que tive):
Que não seja imortal, posto que é chama
Mas que seja infinito enquanto dure.

Joubert Lancha/Arquivo da editora.

MORAES, Vinicius de. *Poesia completa e prosa*. 3. ed. Rio de Janeiro: Nova Aguilar, 1998. p. 247.

Texto 2

Soneto de separação

De repente do riso fez-se o pranto
Silencioso e branco como a bruma
E das bocas unidas fez-se a espuma
E das mãos espalmadas fez-se o espanto.

De repente da calma fez-se o vento
Que dos olhos desfez a última chama
E da paixão fez-se o pressentimento
E do momento imóvel fez-se o drama.

De repente, não mais que de repente
Fez-se de triste o que se fez amante
E de sozinho o que se fez contente.

Fez-se do amigo próximo o distante
Fez-se da vida uma aventura errante
De repente, não mais que de repente.

MORAES, Vinicius de. *Poesia completa e prosa*. 3. ed. Rio de Janeiro: Nova Aguilar, 1998. p. 300.

Joubert Lancha/Arquivo da editora.

atividades

Sobre "Soneto de fidelidade":

1. Faça a escansão (ou seja, a divisão das sílabas poéticas) dos dois primeiros versos do segundo quarteto e responda: qual é a métrica dos versos?
2. Qual é o esquema de rima empregado por Vinicius de Moraes?
3. O último terceto está centrado em qual figura de linguagem?
4. Leia os dois verbetes a seguir, do *Dicionário Aurélio eletrônico* e responda: como se dá o jogo transitório/permanente no poema de Vinicius de Moraes?

transitório
(zi). [Do lat. *transitoriu*.] *Adj.* **1.** De pouca duração; que passa; passageiro, efêmero, transitivo. **2.** Sujeito à morte; mortal.

permanente
[Do lat. permanente.] *Adj. 2g.* **1.** Que permanece; contínuo, ininterrupto; constante: *uma dor permanente; sessão permanente*. **2.** Duradouro, durável: *As pregas desta saia são permanentes*. [...]

Sobre "Soneto de separação":

5. O soneto está centrado em uma figura de linguagem. Qual é essa figura? Aponte três exemplos retirados do texto.
6. Vinicius de Moraes foi um poeta que, apesar de integrado ao Modernismo, sempre cultivou o soneto. No "Soneto de separação", qual a metrificação utilizada pelo poeta?

Comparando os dois textos:

7. Aponte características comuns aos dois poemas e comente-as.
8. Você concorda com a ideia defendida nos dois sonetos? Por quê?

Os temas recorrentes da lírica

Atendendo a projeto de antiga editora que pretendia publicar antologias poéticas organizadas pelos próprios autores, Carlos Drummond de Andrade elaborou uma seleção, dividindo seus poemas em nove grupos temáticos. A seguir está um trecho do prefácio, em que ele relata os motivos de sua escolha:

> O texto foi distribuído em nove seções, cada uma contendo material extraído de diferentes obras, e disposto segundo uma ordem interna. O leitor encontrará assim, como pontos de partida ou matéria de poesia: 1. O indivíduo ("um eu todo retorcido"); 2. A terra natal ("uma província: esta"); 3. A família ("a família que me dei"); 4. Amigos ("cantar de amigos"); 5. O choque social ("na praça de convites"); 6. O conhecimento amoroso ("amar-amaro"); 7. A própria poesia ("a poesia contemplada"); 8. Exercícios lúdicos ("uma, duas argolinhas"); 9. Uma visão, ou tentativa de, da existência ("tentativa de exploração e de interpretação do estar-no-mundo").

Dessa relação de nove temas, podemos perceber que alguns são **recorrentes**, ou seja, vêm se repetindo ao longo do tempo e que, dependendo do momento em que são produzidos, do estilo de época a que se filiam, um ou outro se destaca: **o indivíduo**; **o choque social**; **o amor**; **o estar-no-mundo**; **a própria poesia**.

Lembramos, no entanto, como afirma Drummond, que alguns poemas poderiam se encaixar em mais de um tema, assim como poderíamos ampliar essa nossa relação. De qualquer forma, é apenas "um toque", uma tentativa de organizar caminhos de leitura.

Nas tramas do texto

Ao desconcerto do mundo

Os bons vi sempre passar
no mundo graves tormentos;
e, para mais me espantar,
os maus vi sempre nadar
em mar de contentamentos.

Cuidando alcançar assim
o bem tão mal ordenado,
fui mau, mas fui castigado:
Assim que só para mim
anda o mundo concertado.

CAMÕES, Luís de. *Rimas*. Coimbra: Atlântida, 1973.

Luís Vaz de Camões (Portugal, 1524-1580).

Retrato de Camões pintado em Goa, 1851 (anônimo). Coleção dos Herdeiros do mar, Lisboa.

atividades

1. **Parônimos** são vocábulos que têm grafia e pronúncia muito semelhantes e **paronomásia** é a figura de linguagem que consiste na aproximação de palavras semelhantes no som, mas distintas na significação.

a) **Consertar** e **concertar** são parônimos. Dê o significado de cada vocábulo.

b) Aponte exemplo de paronomásia no poema de Camões.

2. Trabalhando a linguagem poética, Camões explora outra figura de linguagem: a antítese (figura que evidencia a oposição entre duas ou mais palavras ou ideias).

a) Aponte exemplos no poema.

b) Justifique o emprego que o poeta faz da antítese.

3. Nos três últimos versos, o poeta emprega duas conjunções fundamentais na construção do texto. Quais são e que ideias elas introduzem?

4. Entre os temas relacionados nesta página, em qual você encaixaria o poema de Camões?

Oscar Cabral/Editora Abril.

João Cabral de Melo Neto (Brasil, 1920-1999).

Nas tramas do texto

O ferrageiro de Carmona

Um ferrageiro de Carmona[1]
que me informava de um balcão:
"Aquilo? É de ferro fundido,
foi a fôrma que fez, não a mão.

Só trabalho em ferro forjado
que é quando se trabalha ferro;
então, corpo a corpo com ele,
domo-o, dobro-o, até o onde quero.

O ferro fundido é sem luta,
é só derramá-lo na fôrma.
Não há nele a queda de braço
e o cara a cara de uma forja.

Existe grande diferença
do ferro forjado ao fundido;
é uma distância tão enorme
que não pode medir-se a gritos.

Conhece a Giralda[2] em Sevilha[1]?
De certo subiu lá em cima.
Reparou nas flores de ferro
dos quatro jarros das esquinas?

Pois aquilo é ferro forjado.
Flores criadas numa outra língua.
Nada têm das flores de fôrma
moldadas pelas das campinas.

Dou-lhe aqui humilde receita,
ao senhor que dizem ser poeta:
o ferro não deve fundir-se
nem deve a voz ter diarreia.

Forjar: domar o ferro à força,
não até uma flor já sabida,
mas ao que pode até ser flor
se flor parece a quem o diga".

MELO NETO, João Cabral de. *Museu de tudo e depois (1967-1987)*. Rio de Janeiro: Nova Fronteira, 1988.

Jose Luis Mesa/Shutterstock/Glowimages.

Torre da Giralda, em Sevilha, na Espanha.

1. **Carmona e Sevilha:** são duas cidades espanholas. Carmona é uma cidade próxima de Sevilha, capital da província de mesmo nome. Sevilha situa-se na Andaluzia, sul da Espanha, região que esteve sob domínio árabe de 712 a 1248. A influência árabe é fortíssima na arquitetura andaluz.
2. **Giralda:** é o minarete da antiga mesquita (templo muçulmano) de Sevilha, construído em 1184, hoje considerado um dos mais belos monumentos históricos da Espanha. Minarete é uma pequena torre de mesquita, de balcões salientes, de onde se anuncia aos muçulmanos a hora das orações. A Giralda tem balcão retangular, daí a referência aos jarros que enfeitam as quatro esquinas, isto é, os quatro cantos do balcão.

atividades

1. O texto é escrito em primeira pessoa. Caracterize-a. Caracterize também a terceira pessoa do discurso.
2. No poema, o que importa é a palavra do ferrageiro. Que recurso o poeta utilizou para evidenciar isso?
3. Explique com suas palavras a diferença entre o "ferro fundido" e o "ferro forjado".
4. A diferença do produto industrializado ao artesanato ("uma distância tão enorme que não pode medir-se a gritos") é praticamente a mesma que há de que ferro a que ferro?
5. Entre os temas relacionados na página 73, em qual você encaixaria o poema de João Cabral?

Confrontando ideias

Em pequenos grupos, discutam as seguintes questões:

1. O ferrageiro nos passa a seguinte receita de poesia:

   o ferro não deve fundir-se
   nem deve a voz ter diarreia.

   Como vocês entendem essa receita?

2. Observe a tela ao lado, de Joan Miró (pintor espanhol, 1893-1983), intitulada *Sol vermelho*. Pode não ser o sol vermelho que estamos habituados a apreciar em alguns nascentes ou poentes. Mas é o sol! O sol de Miró. A que versos do poema vocês relacionam o que foi dito no trecho acima?

Joan Miró, Sol vermelho.

Sol vermelho, de Joan Miró (1948). Coleção particular.

Nas tramas do texto

Os inimigos

Eles aqui trouxeram os fuzis repletos
de pólvora, eles ordenaram o cruel extermínio,
eles aqui encontraram um povo que cantava,
um povo por dever e por amor reunido,
e a frágil menina caiu com sua bandeira,
e o jovem sorridente rodou a seu lado ferido,
e o estupor do povo viu cair os mortos
com fúria e com dor.
Então, no lugar
onde caíram os assassinados,
desceram as bandeiras a empapar-se de sangue
para alçar-se de novo perante os assassinos.

Por esses mortos, nossos mortos,
peço castigo.

Para os que de sangue salpicaram a pátria,
peço castigo.

Para o verdugo que ordenou essa morte,
peço castigo.

Para o traidor que ascendeu sobre o crime,
peço castigo.

Para aquele que deu a ordem de agonia,
peço castigo.

Para aqueles que defenderam esse crime,
peço castigo.

Não quero que me deem a mão
empapada com nosso sangue.
Peço castigo.

Não os quero de Embaixadores,
tampouco em suas casas tranquilos,
quero vê-los aqui julgados,
nesta praça, neste lugar.

Quero castigo.

NERUDA, Pablo. *Canto general*.
Buenos Aires: Seix Barral, 2003.

Keystone/Getty Images.

Pablo Neruda (Chile, 1904-1973). O poema "Os inimigos" é um dos 231 poemas que fazem parte de Canto geral, *um tributo à América Latina, uma homenagem a sua história, a suas lutas, e também um grito de resistência e de denúncia contra todo tipo de violência (fome, miséria, opressão).*

na ESTANTE

História natural de Pablo Neruda, de Vinicius de Moraes. São Paulo: Companhia das Letras.

A obra é uma singela homenagem de Vinicius de Moraes ao poeta e amigo Pablo Neruda. Em poemas, Vinicius recorda acontecimentos da vida de Neruda e da amizade entre os dois.

Editora Companhia das Letras.

atividades

1. Ao construirmos um texto, para torná-lo elegante, coeso, trabalhamos com a seleção lexical (relativo ao léxico, ao vocabulário). Assim, a seleção vocabular nunca é aleatória – revela intencionalidade. Pensando nisso, responda:
   a) Como **os inimigos** do título são relacionados ao longo do poema?
   b) No final do poema, o verbo **pedir** é trocado pelo verbo **querer**. Qual a força expressiva dessa troca?
2. Destaque passagens em que o eu poético explicita total identidade com os assassinados. Qual o indicador gramatical disso?
3. **Anáfora** é uma figura de linguagem que consiste na repetição de uma ou mais palavras no início de vários versos. Aponte exemplos de anáfora no texto.
4. Entre os temas relacionados na página 73, em qual você encaixaria o poema de Pablo Neruda?

Confrontando ideias

Para ler de manhã e à noite

Aquele que amo
Disse-me
Que precisa de mim.

Por isso
Cuido de mim
Olho meu caminho
E receio ser morta
Por uma só gota de chuva.

BRECHT, Bertolt. *Poemas 1913-1956*. São Paulo: Editora 34, 2000.

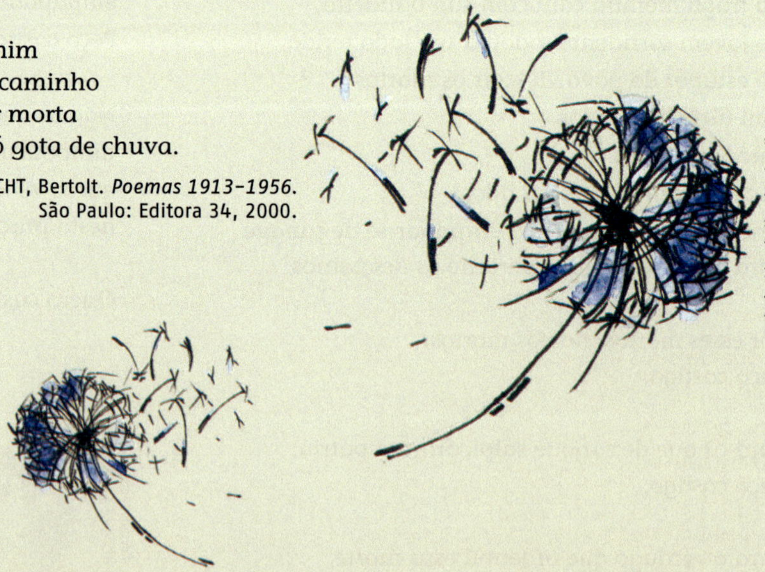

Joubert Lancha/Arquivo da editora.

Lipnitzki/Roger Viollet/Getty Images.

Bertolt Brecht (Alemanha, 1898-1956).

Em pequenos grupos, discutam com seus colegas e seu(sua) professor(a):

1. A relação entre o eu poético e o autor nesse poema.
2. Entre os temas relacionados na página 73, em qual vocês encaixariam o poema de Bertolt Brecht?

Nas tramas do texto

Tahar Ben Jelloun (Marrocos, 1946).

Eu era profeta da sabedoria e da verdade

Eu era profeta da sabedoria e da verdade. Eu possuía as chaves da cidade. Mestre dos mares e dos pescadores. Hoje eu sou um cemitério de terracota. O mais belo dos cemitérios onde a loucura vem se desatar, onde dormem homens loucos de bondade, doentes de amor, doentes da razão.
Eu sou o louco de Aïcha
mais bela que a lua
pura como minha loucura
tivemos filhos que morreram com as flores
eles estão lá
suspensos em minha barba
sou o louco da Rahma
boa como o pão
fértil como a terra
pássaro nos meus olhos
dizem que sou louco
não é verdade
eu grito, eu choro e me calo
eu danço sobre a chama
e falo com os mortos
sou uma chave que treme
um livro aberto para as crianças que têm medo
eu sou o cemitério dos pobres
mas não sou uma aparição
dizem
desde que dormi entre os seios de Rouhania
ele é filho da solidão
sabe quando Nachoude, o velho pescador, morreu, levado pela espuma cinza
fizemos um funeral grandioso
os gatos choraram
o mar se retirou do canto e a lua velou longamente seu túmulo
eu sou o sono culpado e o exílio dos cachorros
tenho a amizade dos gatos e dos pobres
todas minhas esposas foram infiéis
afundadas em uma loucura fria
imagens e não almas
dizem que sou louco
mas sou apenas sozinho
um pouco triste
me escute
vou te contar...
eu dei a ele uma cabra...
não
não sou louco
me dê um cigarro e eu continuo a história...

JELLOUN, Tahar Ben. *As cicatrizes do Atlas*. Brasília: Universidade de Brasília, 2003. (Coleção Poetas do Mundo).

atividades

1. Qual é a principal ideia do trecho inicial em prosa?
2. O eu poético conversa com um interlocutor. Quais são os indicadores gramaticais que se referem ao interlocutor?
3. Em algumas passagens, o eu poético abre espaço para a fala de outros lançando mão do discurso indireto. Cite uma dessas passagens. Como o eu poético recebe essas falas?
4. Entre os temas relacionados na página 73, em qual você encaixaria o poema de Tahar Ben Jelloun?

Confrontando ideias

O poema se inicia com um trecho em prosa. No entanto, podemos afirmar que é uma prosa marcada pelo ritmo poético.

Então, releia o fragmento em prosa, perceba seu ritmo e reescreva-o em versos. Em seguida, leia para seus colegas e seu(sua) professor(a) e discuta com eles a sua divisão.

Nas tramas do texto

Trinta e nove anos

É um bem que me roubem e explorem;
um bem que saibam quanto valho (nada);
um bem que espreitem, que circulem
incólumes, que amedrontem e persigam;
um bem que me desprezem e destruam
e um bem maior ainda que me ignorem,
porque é preciso pagar, e caro, a vida.

OSÓRIO, António. In: NEJAR, Carlos (Org.). *Antologia da poesia portuguesa contemporânea*. São Paulo: Massao Ono/Roswitha Kempf, [s.d.].

atividades

1. O poema apresenta dez formas verbais na terceira pessoa do plural. Qual é o sujeito dessas formas verbais? Por que o poeta teria optado por esse tipo de sujeito?
2. O que o poeta pretende destacar ao explorar o recurso da anáfora?
3. Que tipo de relação o último verso estabelece com os demais?
4. Entre os temas relacionados na página 73, em qual você encaixaria o poema de António Osório?

Nas tramas do texto

Se eu quiser falar com Deus

Se eu quiser falar com Deus
Tenho que ficar a sós
Tenho que apagar a luz
Tenho que calar a voz
Tenho que encontrar a paz
Tenho que folgar os nós
Dos sapatos, da gravata
Dos desejos, dos receios
Tenho que esquecer a data
Tenho que perder a conta
Tenho que ter mãos vazias
Ter a alma e o corpo nus

Se eu quiser falar com Deus
Tenho que aceitar a dor
Tenho que comer o pão
Que o diabo amassou
Tenho que virar um cão
Tenho que lamber o chão
Dos palácios, dos castelos
Suntuosos do meu sonho
Tenho que me ver tristonho
Tenho que me achar medonho
E apesar de um mal tamanho
Alegrar meu coração

Se eu quiser falar com Deus
Tenho que me aventurar
Tenho que subir aos céus
Sem cordas pra segurar
Tenho que dizer adeus
Dar as costas, caminhar
Decidido, pela estrada
Que ao findar vai dar em nada
Nada, nada, nada, nada
Nada, nada, nada, nada
Nada, nada, nada, nada
Do que eu pensava encontrar

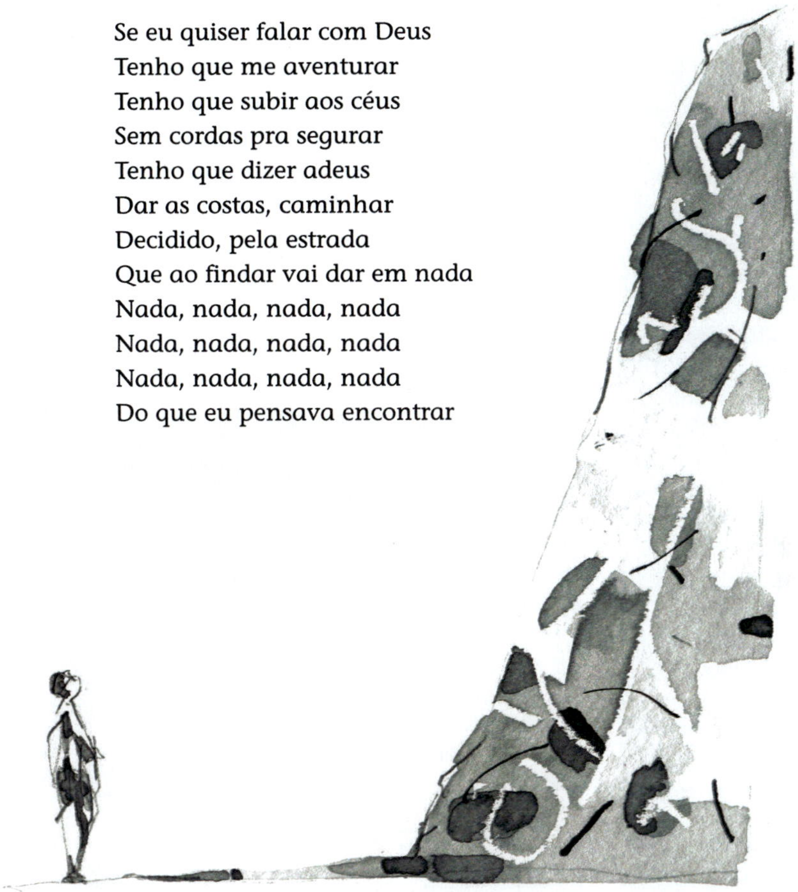

Joubert Lancha/Arquivo da editora.

Gilberto Gil, 1980. Disponível em:
<www.gilbertogil.com.br/sec_musica.php?>. Acesso em: 16 jan. 2011.

atividades

1. A que gênero pertence "Se eu quiser falar com Deus", de Gilberto Gil?
2. Destaque os aspectos formais (métrica, rima, estrofação, etc.) da canção "Se eu quiser falar com Deus".
3. Além da métrica e de algumas rimas, Gilberto Gil lança mão de uma figura de linguagem para marcar o ritmo da canção. Qual? Exemplifique.
4. Pense no significado geral do texto e explique que tipo de relação sintática e semântica (ou seja, gramatical e de sentido) se estabelece entre o primeiro verso de cada estrofe e os versos iniciados por "tenho que...".
5. Você diria que o texto de Gilberto Gil é objetivo ou subjetivo? Justifique.
6. Coerente com o tema, o autor explora imagens que eliminam a fronteira entre o que é material e o que é espiritual. Aponte uma dessas imagens.

Questões de exames sobre este capítulo encontram-se na página 631.

capítulo 7

A narrativa ficcional

Objetivos gerais do capítulo

O aluno, ao final do capítulo, deverá ser capaz de:

- reconhecer textos narrativos;
- conhecer as características de um texto ficcional;
- distinguir narrativa não ficcional de narrativa ficcional;
- dominar o processo do ciclo narrativo para reconhecê-lo nos textos narrativos;
- distinguir o papel do autor e do narrador em um texto narrativo;
- refletir sobre o papel do narrador;
- reconhecer as várias vozes presentes numa narrativa;
- refletir sobre o papel das vozes na narrativa;
- conhecer os elementos da narrativa;
- identificar os elementos da narrativa em textos ficcionais;
- refletir sobre o papel desses elementos na construção do texto narrativo.

[...] não é ofício de poeta narrar o que aconteceu; é, sim, o de representar o que poderia acontecer, quer dizer: o que é possível segundo a verossimilhança e a necessidade. Com efeito, não diferem o historiador e o poeta, por escreverem verso ou prosa (pois que bem poderiam ser postas em verso as obras de Heródoto, e nem por isso deixariam de ser história, se fossem em verso o que eram em prosa) — diferem, sim, em que diz um as coisas que sucederam, e outro as que poderiam suceder.

ARISTÓTELES. *Poética*. 4. ed. Lisboa: Imprensa Nacional/Casa da Moeda, 1994.

Sherazade, de Hermann Emil Sprengel, 1881. Óleo sobre tela, 95 cm x 110 cm. Coleção particular/The Bridgeman/Keystone.

As narrativas de As mil e uma noites *são metalinguísticas: são narrativas sobre a narrativa e a criatividade do personagem-narrador. Contam que o sultão Chahriar, após matar sua infiel esposa, para aplacar seu desgosto, passou a dormir cada noite com uma moça virgem, que matava assim que raiava o dia. Até que entrou em seu quarto Sherazade, que, para fugir da morte, passou a contar histórias ao sultão, que sempre terminavam de forma instigante, deixando uma próxima narrativa anunciada. Envolvido pela criatividade de Sherazade, o sultão adiava a morte da jovem narradora.*

A narrativa

A narrativa, ou melhor, todo texto que apresenta a predominância de sequências narrativas é um relato centrado em um fato ou acontecimento, em que há personagem(ns) atuando e um narrador que relata a ação num espaço e tempo determinados.

Está presente nos mais variados gêneros textuais: em textos baseados em acontecimentos reais, como uma notícia de jornal, a narração de um evento esportivo (lembre-se de que o profissional é chamado de "narrador"); em relatos cotidianos sobre como ocorreu um fato, uma anedota, uma biografia, etc.; e também em gêneros baseados em acontecimentos imaginários, como os contos de fada, os romances, as lendas, um conto policial, um poema épico, uma fábula, um mito, etc.

Podemos dividir as narrativas em dois grandes grupos: as narrativas não ficcionais e as narrativas ficcionais; em outras palavras, as que narram fatos acontecidos no mundo real e as que narram fatos de um mundo imaginário.

Neste capítulo, vamos focar nossa atenção na **narrativa ficcional**, que, segundo Salvatore D'Onofrio, é:

> [...] todo discurso que nos apresenta uma história imaginária como se fosse real, constituída por uma pluralidade de personagens cujos episódios de vida se entrelaçam num tempo e num espaço determinados.

D'ONOFRIO, Salvatore. *Teoria do texto*. São Paulo: Ática, 2004. v. 1. (Prolegômenos e teoria da narrativa).

O ciclo narrativo

Nos textos essencialmente narrativos, predominam as frases verbais, que indicam um processo, uma ação. Ora, se falamos em processo, estamos nos referindo a uma sucessão de estados ou de mudanças. É exatamente isso que acontece num texto narrativo: uma sequência de acontecimentos (portanto, há uma progressão temporal) que levam a uma transformação, a uma mudança.

Dessa forma, a narrativa tem como ponto de partida uma **situação inicial**, que se **desenvolve** para chegar a uma **situação final**, diferente da inicial:

- **situação inicial** – o(s) personagem(ns) é (são) apresentado(s) numa determinada situação temporal e espacial;
- **desenvolvimento** – apresenta-se um conflito, e a ação se desenvolve até chegar ao **clímax** e, em seguida, a um desfecho;
- **situação final** – passado o conflito, o(s) personagem(ns) é (são) apresentado(s) em uma nova situação – há claros indícios de transformação, de mudança em relação ao início da narrativa.

Importante

O clímax é o ponto culminante da narrativa; é quando ela alcança seu ponto de tensão máxima, a partir do qual se define o desfecho da trama. Etimologicamente, a palavra, de origem grega (*klîmaks*), significa "escada, degrau, gradação".

Graficamente:

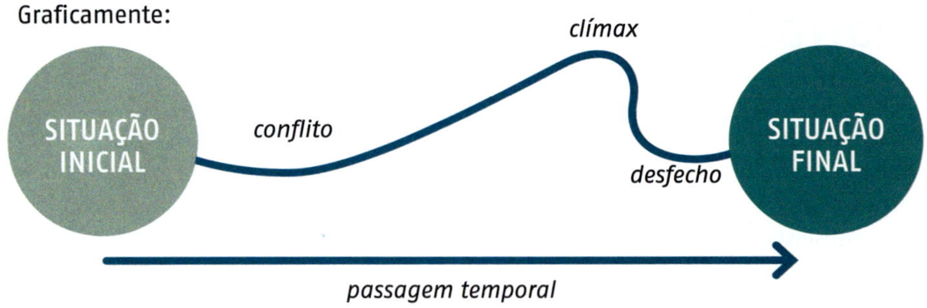

2011 Waterson/Dist. by Atlantic Syndication/Universal Uclick.

WATTERSON, Bill. Calvin e Haroldo. *O Estado de S. Paulo*, 7 dez. 1996, p. D2.

Em sua imaginação infantil, Calvin instala um narrador em terceira pessoa que passa, junto com Haroldo, a narrar suas ações dentro do carro. Todo o segmento da ação aponta para um crescimento, que tem seu clímax no momento em que Haroldo toca a buzina e a mãe de Calvin chega, interrompendo a brincadeira. Calvin assume o papel de "autor", "narrador" e "personagem" de uma narrativa de ficção, tema deste capítulo.

Confrontando ideias

Pense em alguns textos narrativos (lenda, conto de fadas, romance, etc.) que você tenha lido e tente recuperar o ciclo narrativo deles.

Comente-os com seus colegas, destacando a situação inicial, o conflito, o clímax, o desfecho e a situação final.

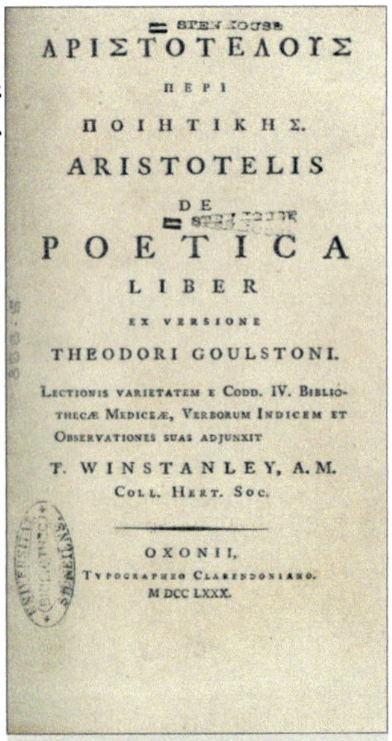
ΑΡΙΣΤΟΤΕΛΟΥΣ

ΠΕΡΙ

ΠΟΙΗΤΙΚΗΣ.

ARISTOTELIS

DE

POETICA

LIBER

EX VERSIONE

THEODORI GOULSTONI.

LECTIONIS VARIETATEM E CODD. IV. BIBLIOTHECÆ MEDICEÆ, VERBORUM INDICEM ET OBSERVATIONES SUAS ADJUNXIT

T. WINSTANLEY, A.M.

COLL. HERT. SOC.

OXONII,

TYPOGRAPHEO CLARENDONIANO.

M DCC LXXX.

Biblioteca da Universidade de Sydney, Austrália.

Reprodução do frontispício Poética, *de Aristóteles.*

A ficção – do realismo ao fantástico

Um dos textos mais antigos sobre o conceito de arte literária é a *Poética*, de Aristóteles. Nesse texto clássico – até hoje lido, relido e discutido –, o filósofo grego afirma que "arte é imitação". E justifica: "o imitar é congênito no homem (e nisso difere dos outros viventes, pois, de todos, é ele o mais imitador e, por imitação, apreende as primeiras noções), e os homens se comprazem no imitado". Ou seja, o imitar faz parte da natureza humana e as pessoas sentem prazer nisso.

Como você percebeu no texto que abre este capítulo, para Aristóteles o historiador (Heródoto é considerado o primeiro deles) escreve sobre o que aconteceu, sobre fatos e pessoas reais, num tempo datado e num espaço localizado. Já o artista (podemos entender, na fala de Aristóteles, *poeta* como sinônimo de *artista*) recria a vida, mostrando-nos não como ela é, e sim como poderia ser. Daí o artista criar **obras de ficção.**

A palavra **ficção** vem do latim *fictio*, que deriva do verbo *fingere*: modelar, criar, inventar. Quando identificamos uma narrativa como ficcional, observamos nela uma realidade criada, imaginária, não real. Dessa forma, os acontecimentos nesse tipo de narrativa simulam uma situação possível, inventada ou recriada pelo autor a partir da realidade.

A ficção é uma das características da **obra literária**, pois ela sempre apresenta uma interpretação particular, original e subjetiva da realidade. Toda narrativa ficcional é construída a partir de elementos da realidade (universo real onde o autor está inserido), algumas vezes recheada de elementos fantasiosos, muitas outras com alguns elementos inusitados, outras, ainda, com situações e personagens retratados com muita fidelidade; portanto, o universo imaginário pode ser mais ou menos "real". Podemos dizer que o ficcionismo abrange narrativas que vão desde o universo mais fantástico até o mais realista.

Na narrativa de ficção o autor trabalha o conjunto de seus elementos (narrador, personagens, tempo, espaço) no sentido de simular, fingir uma história que reflita uma dada realidade, "sem tirar nem pôr, sem mentira nenhuma", como afirma o narrador do conto "A hora e vez de Augusto Matraga", de Guimarães Rosa. O universo da ficção apresenta uma realidade que, embora não seja verdadeira, é possível, e por isso a aceitamos como real.

Segundo Afrânio Coutinho:

> A ficção distingue-se da história e da biografia, por estas serem narrativas de fatos reais. A ficção é produto da imaginação criadora, embora, como toda arte, suas raízes mergulhem na experiência humana. Mas o que a distingue das outras formas de narrativa é que ela é uma transfiguração ou transmutação da realidade, feita pelo espírito do artista, este imprevisível e inesgotável laboratório. A ficção não pretende fornecer um simples retrato da realidade, mas antes criar uma imagem da realidade, uma reinterpretação, uma revisão. É o espetáculo da vida através do olhar interpretativo do artista, a interpretação artística da realidade.
>
> COUTINHO, Afrânio. *Notas de teoria literária*. 2. ed. Rio de Janeiro: Civilização Brasileira, 1978.

Rogério Soud/Arquivo da editora.

Quando lemos um conto ou um romance, assistimos a um filme ou a uma novela, sabemos que, na maioria dos casos, os acontecimentos narrados não ocorreram de fato. A história não é, pois, verdadeira, mas nos identificamos com ela e a aceitamos como tal. Ou seja, os fatos narrados não são reais, mas parecem sê-lo. Quando isso ocorre, dizemos que a história narrada é verossímil.

Por outro lado, quando lemos uma história e percebemos que os fatos jamais poderiam ter acontecido da forma como foram narrados, dizemos que a história é inverossímil.

Precisamos, no entanto, observar que o mundo ficcional cria uma realidade mais ampla que a realidade concreta e palpável que conhecemos. Por meio da ficção podemos, por exemplo, nos transportar para um mundo futuro no qual certas situações que hoje podem parecer absurdas são perfeitamente plausíveis. Você já deve ter lido histórias ou visto filmes de ficção científica em que personagens realizam ações impossíveis, considerados os conhecimentos atuais. Também os contos de fada, as fábulas, os desenhos animados, as narrativas fantásticas, em que tudo pode acontecer, remetem-nos a uma outra realidade, diferente daquela que vivemos. Nesses casos, os textos narrativos apresentam uma lógica interna que o leitor acaba aceitando como verdade no universo ficcional. É o que alguns teóricos chamam de "suspensão voluntária da descrença", que funciona como uma espécie de acordo entre o autor e o leitor.

Para citar dois exemplos: em *A metamorfose*, o tcheco Franz Kafka inicia a narrativa com o personagem Gregor Samsa transformado em um inseto (metáfora da condição humana em um mundo adverso, desumano):

> Certa manhã, ao despertar de sonhos intranquilos, Gregor Samsa viu-se em sua cama metamorfoseado num inseto monstruoso. Estava deitado sobre suas costas duras como couraça, e ao erguer um pouco a cabeça viu o seu ventre marrom, abaulado, dividido em saliências arqueadas, em cima do qual o cobertor, quase escorregando, mal se mantinha. As suas muitas pernas, lastimavelmente finas em comparação com a largura do seu corpo, tremulavam desamparadas diante de seus olhos.

KAFKA, Franz. *A metamorfose*. São Paulo: Estação Liberdade, 1989.

Já Machado de Assis, em *Memórias póstumas de Brás Cubas*, dá voz a um defunto, que narra, logo no primeiro capítulo, seu óbito.

Para o leitor prosseguir na leitura das duas narrativas é necessário que ele suspenda temporária e voluntariamente a sua descrença e aceite, como um dado da realidade, um personagem transformado em um inseto horroroso e um defunto que resolve contar as suas memórias.

Já a inverossimilhança se manifesta quando o clima criado pela narrativa pretende ser verossímil, aproximar-se da realidade, mas apresenta uma sucessão de fatos, ações e comportamentos absurdos. É por isso que situações absurdas são perfeitamente aceitas em desenhos animados ou filmes do Batman ou do Superman, mas são repudiadas em filmes em que os personagens representam seres humanos normais, portanto mortais.

Nas tramas dos textos

Texto 1

A hora e vez de Augusto Matraga

E assim se deu que, lá no povoado do Tombador, — onde, às vezes, pouco às vezes e somente quando transviados da boa rota, passavam uns bruaqueiros tangendo tropa, ou uns baianos corajosos migrando rumo sul, — apareceu, um dia, um homem esquisito, que ninguém não podia entender.

Mas todos gostaram logo dele, porque era meio doido e meio santo; e compreender deixaram para depois.

Trabalhava que nem um afadigado por dinheiro, mas, no feito, não tinha nenhuma ganância e nem se importava com acrescentes: o que vivia era querendo ajudar os outros. Capinava para si e para os vizinhos do seu fogo, no querer de repartir, dando de amor o que possuísse. E só pedia, pois, serviço para fazer, e pouca ou nenhuma conversa.

O casal de pretos, que moravam junto com ele, era quem mandava e desmandava na casa, não trabalhando um nada e vivendo no estadão. Mas ele, tinham-no visto mourejar até dentro da noite de Deus, quando havia luar claro.

Nos domingos, tinha o seu gosto de tomar descanso: batendo mato, o dia inteiro, sem sossego, sem espingarda nenhuma e nem nenhuma arma para caçar; e, de tardinha, fazendo parte com as velhas corocas que rezavam terço ou os meses dos santos. Mas fugia às léguas de viola ou sanfona, ou de qualquer outra qualidade de música que escuma tristezas no coração.

Quase sempre estava conversando sozinho, e isso também era de maluco, diziam; porque eles ignoravam que o que fazia era apenas repetir, sempre que achava preciso, a fala final do padre: — "Cada um tem a sua hora e a sua vez: você há-de ter a sua". E era só.

E assim se passaram pelo menos seis ou seis anos e meio, direitinho deste jeito, sem tirar e nem pôr, sem mentira nenhuma, porque esta aqui é uma estória inventada, e não é um caso acontecido, não senhor.

Rogério Soud/Arquivo da editora.

ROSA, João Guimarães. *Ficção completa, em dois volumes*. Rio de Janeiro: Nova Aguilar, 1994.

Texto 2

Relato de ocorrência em que qualquer semelhança não é mera coincidência

Rogério Soud/Arquivo da editora.

Na madrugada do dia 3 de maio, uma vaca marrom caminha na ponte do Rio Coroado, no quilômetro 53, em direção ao Rio de Janeiro.

Um ônibus de passageiros da empresa Única Auto Ônibus, chapa RF 80-07-83 e JR 81-12-27, trafega na ponte do Rio Coroado em direção a São Paulo.

Quando vê a vaca, o motorista Plínio Sérgio tenta se desviar. Bate na vaca, bate no muro da ponte, o ônibus se precipita no rio.

Em cima da ponte a vaca está morta.

Debaixo da ponte estão mortos: uma mulher vestida de calça comprida e blusa amarela, de vinte anos presumíveis e que nunca será identificada; Ovídia Monteiro, de trinta e quatro anos; Manuel dos Santos Pinhal, português, de trinta e cinco anos, que usava uma carteira de sócio do Sindicato de Empregados em Fábricas de Bebidas; o menino Reinaldo de um ano, filho de Manuel; Eduardo Varela, casado, quarenta e três anos.

O desastre foi presenciado por Elias Gentil dos Santos e sua mulher Lucília, residentes nas cercanias. Elias manda a mulher apanhar um facão em casa. Um facão?, pergunta Lucília. Um facão depressa sua besta, diz Elias. Ele está preocupado. Ah! percebe Lucília. Lucília corre.

Surge Marcílio da Conceição. Elias olha com ódio para ele. Aparece também Ivonildo de Moura Júnior. E aquela besta que não traz o facão!, pensa Elias. Ele está com raiva de todo mundo, suas mãos tremem. Elias cospe no chão várias vezes, com força, até que sua boca seca.

Bom dia, seu Elias, diz Marcílio. Bom dia, diz Elias entredentes, olhando pros lados. Esse mulato!, pensa Elias.

Que coisa, diz Ivonildo, depois de se debruçar na amurada da ponte e olhar os bombeiros e os policiais embaixo. Em cima da ponte, além do motorista de um carro da Polícia Rodoviária, estão apenas Elias, Marcílio e Ivonildo.

A situação não anda boa não, diz Elias olhando para a vaca. Ele não consegue tirar os olhos da vaca.

É verdade, diz Marcílio.

Os três olham para a vaca.

Ao longe vê-se o vulto de Lucília, correndo.

Elias recomeçou a cuspir. Se eu pudesse eu também era rico, diz Elias. Marcílio e Ivonildo balançam a cabeça, olham para a vaca e para Lucília, que se aproxima correndo. Lucília também não gosta de ver os dois homens. Bom dia, dona Lucília, diz Marcílio. Lucília responde balançando a cabeça. Demorei muito?, pergunta, sem fôlego, ao marido.

Elias segura o facão na mão, como se fosse um punhal; olha com ódio para Marcílio e Ivonildo. Cospe no chão. Corre para cima da vaca.

No lombo é onde fica o filé, diz Lucília. Elias corta a vaca.

Marcílio se aproxima. O senhor depois me empresta a sua faca, seu Elias?, pergunta Marcílio. Não, responde Elias.

Marcílio se afasta, andando apressadamente. Ivonildo corre em grande velocidade.

Eles vão apanhar facas, diz Elias com raiva, aquele mulato, aquele corno. Suas mãos, sua camisa e sua calça estão cheias de sangue. Você devia ter trazido uma bolsa, uma saca, duas sacas, imbecil. Vai buscar duas sacas, ordena Elias.

Lucília corre.

Elias já cortou dois pedaços grandes de carne quando surgem, correndo, Marcílio e sua mulher Dalva, Ivonildo e sua sogra Aurélia e Erandir Medrado com seu irmão Valfrido Medrado. Todos carregam facas e facões. Atiram-se sobre a vaca.

Lucília chega correndo. Ela mal pode falar. Está grávida de oito meses, sofre de verminose e sua casa fica no alto de um morro, a ponte no alto de outro morro. Lucília trouxe uma segunda faca com ela. Lucília corta a vaca.

Alguém me empresta uma faca senão eu apreendo tudo, diz o motorista do carro da polícia. Os irmãos Medrado, que trouxeram vários facões, emprestam um ao motorista.

Com uma serra, um facão e uma machadinha aparece João Leitão, o açougueiro, acompanhado de dois ajudantes.

O senhor não pode, grita Elias.

João Leitão se ajoelha perto da vaca.

Não pode, diz Elias dando um empurrão em João. João cai sentado.

Não pode, gritam os irmãos Medrado.

Não pode, gritam todos, com exceção do motorista da polícia.

João se afasta; a dez metros de distância, para; com os seus ajudantes, fica observando.

A vaca está semidescarnada. Não foi fácil cortar o rabo. A cabeça e as patas ninguém conseguiu cortar. As tripas ninguém quis.

Elias encheu as duas sacas. Os outros homens usam as camisas como se fossem sacos.

Quem primeiro se retira é Elias com a mulher. Faz um bifão pra mim, diz ele sorrindo para Lucília. Vou pedir umas batatas a dona Dalva, vou fazer também umas batatas fritas para você, responde Lucília.

Os despojos da vaca estão estendidos numa poça de sangue. João chama com um assobio os seus dois auxiliares. Um deles traz um carrinho de mão. Os restos da vaca são colocados no carro. Na ponte fica apenas a poça de sangue.

FONSECA, Rubem. *Lúcia McCartney*. 6. ed. São Paulo: Companhia das Letras, 1992.

atividades

Sobre "A hora e vez de Augusto Matraga":

1. A expressão "E assim se deu que..." define que tipo de texto?
2. No primeiro parágrafo transcrito temos quatro elementos característicos desse tipo de texto: onde, quando, o quê, quem. Defina-os de acordo com o texto.
3. "Mas todos gostaram logo dele, porque era meio doido e meio santo; e compreender deixaram para depois."
   a) No princípio da oração, a conjunção **mas** indica relação com ideia anterior. Com qual ideia ela estabelece oposição?
   b) Explique que tipo de relação se estabelece entre **gostar** e **compreender**.
   c) Cite uma atitude do personagem que permite classificá-lo como doido.
   d) Cite uma atitude do personagem que permite classificá-lo como santo.

Sobre "Relato de ocorrência em que qualquer semelhança não é mera coincidência":

4. Sabendo que **relato** pode ser definido como "descrição, notícia, informação, relação, relatório", que **relato de ocorrência** nos remete tanto ao "boletim de ocorrência" das delegacias quanto às páginas policialescas de jornais, e que o texto de Rubem Fonseca é um conto, um texto literário, uma "história inventada", aponte passagens que o caracterizem como um relato e como uma "história inventada".
5. Caracterize o narrador (se é personagem-narrador ou se é narrador onisciente, que sabe tudo; se interfere ou não nos acontecimentos, etc.)

6. Que recurso o autor do texto utilizou para marcar as falas dos personagens? Que efeito ele obteve com esse recurso?

7. O livro *Lúcia McCartney*, de que faz parte o conto transcrito, foi publicado pela primeira vez em 1967. Sobre esse período e a narrativa de Rubem Fonseca, assim se manifestou o crítico Alfredo Bosi no livro *O conto brasileiro contemporâneo*: "O adjetivo brutalista caberia melhor a um modo de escrever que se formou nos anos de 1960, tempo em que o Brasil passou a viver uma nova explosão de capitalismo selvagem, tempo de massas, tempo de renovadas opressões [...]. A sociedade de consumo é, a um só tempo, sofisticada e bárbara. Imagem do caos e da agonia de valores que a tecnocracia produz num país do Terceiro Mundo é a narrativa brutalista de Rubem Fonseca".
   a) Que palavras de Elias justificam seu ato?
   b) Que passagem da narrativa apresenta um dado que comprova a justificativa de Elias?
   c) Há um parágrafo no texto que pode ser entendido como a comprovação da tese de Alfredo Bosi: "A sociedade de consumo é, a um só tempo, sofisticada e bárbara". Transcreva-o.
   d) Sabemos que, num texto literário, tanto a seleção e a combinação das palavras como a organização sintática da frase têm objetivos comunicacionais (obter maior expressividade e, portanto, significar "mais") e estéticos. Pensando nisso, comente a última frase do texto e, em particular, o emprego da palavra **apenas**.

8. "Tempo de renovadas opressões..." No texto, temos diferentes manifestações de poder e de opressão. No entanto, temos também formas primitivas de organização social, com regras próprias, que não estão escritas, mas ganham força de lei.
   a) Comente duas diferentes manifestações de poder presentes no texto.
   b) Que personagem simboliza a opressão do poder constituído?
   c) Cite uma passagem do texto que exemplifica uma forma primitiva de organização social.

9. No conto de Guimarães Rosa, o narrador afirma que tudo se passou "direitinho deste jeito, sem tirar e nem pôr, sem mentira nenhuma, porque esta aqui é uma estória inventada, e não é um caso acontecido"; Rubem Fonseca explicita, no título que "qualquer semelhança não é mera coincidência". O que pretendem os autores com isso?

Verossimilhança interna e externa

A narrativa ficcional, criação da imaginação inventiva de um autor, tem de apresentar **verossimilhança**. A palavra **verossimilhança** deriva de **verossímil**, que vem do latim *verisimilis*: "provável", ou seja, a narrativa ficcional tem de apresentar um universo possível, passando a sensação de que pode existir e/ou acontecer.

Quanto à capacidade de parecer plausível, a narrativa ficcional pode apresentar:

- **verossimilhança externa:** pela identificação com a realidade, com aquilo que o senso comum aceita como possível, provável;
- **verossimilhança interna:** pela coerência interna dos fatos ficcionais dentro da própria narrativa.

Dessa forma, uma narrativa ficcional pode ser considerada **inverossímil** se seu universo imaginário for improvável e/ou absurdo em relação à realidade ou se seu universo imaginário não apresentar coerência e lógica internas.

Confrontando ideias

Podemos afirmar que, em certos casos, pode faltar à narrativa ficcional verossimilhança externa, mas nunca verossimilhança interna.

Em pequenos grupos, discutam essa afirmação e, na voz de um representante, exponham suas conclusões, tendo exemplos como argumentos.

Autor *versus* narrador

Rogério Soud/Arquivo da editora.

Assim como na poesia podemos distinguir o eu poético e o poeta – aquele, a voz da enunciação criada no poema; este, o responsável pela criação e construção do poema –, reconhecemos na narrativa ficcional o narrador e o autor – aquele, a voz que relata os acontecimentos; este, o responsável pela criação e construção da narrativa.

O narrador (ser ficcional) é, portanto, uma criação do autor (ser real), com o qual pode se assemelhar em menor ou maior escala, ou mesmo não se assemelhar em nada. Como diz Salvatore D'Onofrio:

> [...] o autor pertence ao mundo da realidade histórica, o narrador a um universo imaginário: entre os dois mundos há analogias e não identidades.

D'ONOFRIO, Salvatore. *Teoria do texto*. São Paulo: Ática, 2004. v. 1. (Prolegômenos e teoria da narrativa).

Pensemos, por exemplo, no personagem-narrador Brás Cubas (*Memórias póstumas de Brás Cubas*, de Machado de Assis), que narra suas memórias na condição de morto, enterrado e... comido pelos vermes. Ou seja, o narrador é pura obra de ficção!

O escritor e o narrador tanto não se confundem que, muitas vezes, o primeiro pode criar narradores com caráter e pensamento completamente diferentes dos seus. Poderíamos citar vários exemplos em que o ponto de vista do narrador é diametralmente oposto ao do escritor. Um dos casos mais emblemáticos ocorre no romance *São Bernardo*, de Graciliano Ramos: o personagem-narrador Paulo Honório "lê" o mundo à sua volta segundo os valores de um capitalismo primitivo, exatamente o que o escritor Graciliano Ramos mais negava. Finalmente, convém lembrar que o narrador pode viver em outro espaço e outro tempo, em tudo diferentes do tempo e do espaço do escritor.

O narrador – um personagem?

Se o narrador é uma criação do autor, podemos entendê-lo como um personagem que tem como função primeira o relato dos acontecimentos. Agora, observando suas características como personagem, podemos distinguir três grandes tipos de narrador:

- o **narrador-protagonista**: o eu que narra os acontecimentos, vivencia-os, ou seja, o narrador é personagem principal da ação (é o que ocorre, por exemplo, em romances como *Dom Casmurro*, de Machado de Assis; *São Bernardo*, de Graciliano Ramos; *O Ateneu*, de Raul Pompeia). Nesse caso, a narratividade está marcada pelo subjetivismo e nós, leitores, temos de ter consciência de que a "verdade" que nos é contada está sendo filtrada pelo protagonista, que tem interesses em jogo; a narração é feita em primeira pessoa.
- o **narrador-coadjuvante**: o eu que narra os acontecimentos participa deles na qualidade de personagem secundário da ação; a narração é feita em primeira pessoa.
- o **narrador-espectador**: o eu que narra os acontecimentos não participa deles; nesse caso, a narratividade está marcada por uma maior objetividade; a narração é feita em terceira pessoa.

Nas tramas do texto

Os músculos

[...]

Os fatos

Todos os domingos, pela manhã, enquanto os outros homens se reuniam no bar da esquina, ou iam para a várzea, ele ficava no quintal, remexendo a terra. O quintal media 4 metros quadrados, o máximo que a administração do conjunto residencial fornecia. Ali, ele tinha alface, beterraba e couve.

Naquela manhã, ao passar o rastelo sentiu alguma coisa prendendo os dentes da ferramenta. Forçou, era resistente. Abaixou-se e notou fios prateados que saíam da terra. Era arame, novo. Quando tinha revirado a terra para adubar, tinha cavado fundo sem encontrar nada. Além disso, arame velho estaria enferrujado. Tentou puxar o fio, estava bem preso. Buscou um alicate, conseguiu pouca coisa. Cavou. O arame penetrava na terra alguns metros. Cavou mais. Como é que tinham feito uma coisa dessas, da noite para o dia? Preocupado com a horta, parou a pesquisa. Regou um pouco as sementes, pensando se o arame não ia prejudicar a germinação.

No dia seguinte, levantou-se bem cedo, para observar. O arame tinha crescido. Nos três canteiros, havia brotos de dez centímetros de altura. Um araminho espigado, vivo, forte. Teria sido um pacote errado de sementes? Não, era loucura. Semente de arame?

À noite, o arame parecia estacionado. Também no dia seguinte. As semanas se passaram, as sementes de verdura não germinaram. Só o arame cresceu, espalhou. Havia brotos pelo quintal inteiro. A mulher reclamava, não podia estender roupas no varal, os arames espetavam.

Numa casa de semente, ele pediu um técnico. Demorou meses. Quando o técnico apareceu, o arame estava alto. Os arbustos se enrolavam uns nos outros. O técnico nunca tinha visto nada igual. Aconselhou que o homem plantasse varetas, junto a cada pé. Senão, a colheita ia ser difícil. "Mas quem é que quer colher arame?", disse o homem. "Eu quero acabar com ele." "Para isso não temos veneno", garantiu o técnico. "Podemos matar saúvas, broca, pulgão, mil tipos de larvas, mas arame, não", disse ele, anotando numa caderneta preta. "Arame, não. O senhor vai ter que colher. E eu gostaria de saber como foi a safra."

O arame se enrolou nas varetas e no fim de dois meses o homem pôde colher rolos e rolos de um tipo especial, de aço inoxidável. "Vai ter boa saída no mercado", disseram os amigos.

Ele amontoou a safra num canto da sala. A mulher, reclamando. Principalmente quando ele não conseguiu vender nada, apesar de ter corrido todas as casas. Um mês depois, o arame crescia outra vez, no quintal.

Veio outra safra. Amontoada na sala. A mulher ameaçava: "Jogo tudo isso fora". Não jogou. As safras se amontoaram. O arame era fértil, produzia mensalmente. A casa se encheu.

Na casa pequena, 50 metros quadrados, o máximo permitido, não havia lugar para o estoque. O homem passou a distribuir pelo bairro, à tarde, quando largava o serviço. Estendeu a distribuição a toda cidade, de porta em porta. Ofereceu, pelos jornais. Fazendeiros mandavam buscar. Centenas de caminhões congestionavam a rua. O bairro não suportava. Fazia abaixo-assinados.

As prefeituras aceitaram, para cercar os municípios. O governo do estado também. E o governo federal consumiu a safra de meses. Até que chegou o dia em que o país estava bem cercado.

Cercas de dezoito fios, impenetráveis. As casas vendedoras de arame reclamaram. Abriram processos. Em seguida, vieram os fiscais da prefeitura. Com notas e notificações.

E os impostos, disto e daquilo. O Ministério da Fazenda falando em saturação do mercado, exportação. Baixa no preço mundial. No quintal, o arame crescia, se enrolava. Os lixeiros se recusavam a levar os rolos, não havia onde colocar.

Rogério Soud/Arquivo da editora.

A prefeitura proibiu a fabricação. Ele disse que não podia, que o arame crescia sozinho. Os fiscais riram, nem quiseram ver. "Nada cresce sozinho." Começaram a aplicar multas, e multas.

Multas por fabricação ilegal, por falta de registros, por venda sem nota. As casas no ramo (as boas) ganharam nos tribunais. Ele fazia concorrência desleal. Devia pagar indenizações. Notificações para cessar a produção. O preço do arame caiu a zero no mercado. O homem saía à noite, sozinho, para jogar o arame nos terrenos baldios, nos bairros mais distantes. A mulher nem queria saber. Queria o quintal, de volta.

O homem parou de colher o arame. Ele cresceu, se enroscou todo. Caiu para o lado do vizinho. Cresceu por todo lado, pegando nos muros e paredes das outras casas.

Os vizinhos reclamaram. O arame estragava as paredes. Era preciso intervenção da polícia. Ele cortou o arame. Chamou benzedeiras. Duas semanas depois, o arame crescia viçoso.

Crescia por baixo da casa. Subia como trepadeira. Aparecia na calçada. Rachava o asfalto. Certa manhã, ao sair para o quintal, o homem compreendeu. Com um cabo de vassoura forçou a passagem.

Foi penetrando através dos fios de arame. Eles cediam facilmente, eram novos ainda. E o homem se deixou envolver pela floresta de fios. Andando. Cada vez mais para o meio. Até um ponto em que era impossível voltar.

Estava perdido, e contente. Ali não o encontrariam. Os outros teriam medo de penetrar naquela floresta, onde à tarde o calor era sufocante, mas a noite era fresca e agradável. Também não morreria de fome.

Logo no primeiro dia, descobriu pequenos insetos prateados, de aspecto não repulsivo. Verificou também que os brotos novos de arame eram macios e delgados. Descobriu que no centro daquela floresta havia um tipo de arame grosso. E que ao pé deles havia bulbos de água. Percebeu que durante o dia o sol penetrando pela densa vegetação de fios inoxidáveis produzia reflexos, desenhos. O vento, agitando os arames, roçando uns nos outros, produzia sons.

Sons e formas que distrairiam Danilo na longa viagem que começava.

Rogério Soud/Arquivo da editora.

BRANDÃO, Ignácio de Loyola. In: *Contos brasileiros contemporâneos*. São Paulo: Moderna, 1991.

atividades

1. José Paulo Paes, na introdução do livro *Histórias fantásticas* (Editora Ática), escreve: "Quando uma narrativa explora a oposição entre o real e o fantástico, diz-se que é uma narrativa fantástica. [...] Nos contos de fadas, esse contraste nem parece existir: é como se o maravilhoso fizesse parte do real. Daí ele não surpreender o leitor, já bem acostumado aos poderes miraculosos das varinhas de condão.

Num conto fantástico, em nenhum momento o leitor perde a noção da realidade. Por não perdê-la é que lhe causa surpresa o acontecimento ou acontecimentos estranhos, fora do comum ou aparentemente sobrenaturais que de repente parecem desmentir a solidez do mundo real até então descrito no conto".

O texto que você leu é uma narrativa ficcional e nele podemos observar situações que nos remetem ao universo imaginário e à realidade. Explique como a oposição entre o real e o fantástico produz o efeito de surpresa ou de não surpresa.

2. Explique os momentos que formam o ciclo narrativo (situação inicial, conflito, clímax, situação final).

3. Que tipo de narrador-personagem apresenta o texto? Explicite as marcas linguísticas que justificam sua resposta.

Recursos da narrativa

Técnicas de cinema?

Rogério Soud/Arquivo da editora.

O cinema nos proporciona o contato com narrativas em uma linguagem baseada em imagem e som. Na linguagem cinematográfica, o olhar da câmera equivale à fala do narrador (cabe destacar que no cinema podemos conferir a imagem da câmera e a voz de um narrador ao mesmo tempo).

Muitos dos efeitos criados com a câmera podem ser identificados com recursos linguísticos usados pelo narrador de um texto escrito. (Ou será que é o contrário?)

Leia o seguinte fragmento:

> O homem da caixa registradora estava olhando o movimento do bar, tomando conta de maneira meio preguiçosa, sem fixar muito os olhos no que o rapaz do balcão já havia servido aos dois fregueses silenciosos, demorando-os mais no bêbado que balançava-se à porta do botequim ameaçando entrar e afinal parando-os no recheio da blusinha preta sem mangas que estava à sua frente, o que o fez despertar completamente com um e a senhora o que é?

ÂNGELO, Ivan. Bar. In: *Os cem melhores contos brasileiros do século.* Rio de Janeiro: Objetiva, 2000.

O narrador descreve o olhar do personagem "o homem da caixa registradora", à maneira de passeio de câmera, que vai do mais geral ("o movimento do bar"), passando gradativamente por cenas ("no que o rapaz do balcão tinha servido..." e "no bêbado que balançava-se à porta..."), até chegar a um ponto específico ("o recheio da blusinha preta sem mangas..."). Destaca-se, assim, uma imagem metonímica (o colo da moça pela moça), que na linguagem de cinema poderia ser um *close*.

Faça um teste: leia o fragmento acima novamente, tentando imaginar tudo o que o narrador está relatando.

As vozes

Como vimos, na narrativa ficcional temos um narrador que conta uma história; ele é o dono da voz. No entanto, pode abrir espaço para outras vozes, seja a de outros personagens, seja a de elementos de fora da narrativa. Vamos reler um trecho do conto de Loyola Brandão:

> O Ministério da Fazenda falando em saturação do mercado, exportação. Baixa no preço mundial. No quintal, o arame crescia, se enrolava. Os lixeiros se recusavam a levar os rolos, não havia onde colocar.
>
> A prefeitura proibiu a fabricação. Ele disse que não podia, que o arame crescia sozinho. Os fiscais riram, nem quiseram ver. "Nada cresce sozinho". Começaram a aplicar multas, e multas.

Nesse fragmento, várias vozes se misturam com a do narrador:

- a do Ministério da Fazenda ([o Ministério fala em:] "saturação do mercado", "exportação", "baixa no preço mundial");
- a dos lixeiros ("[os lixeiros dizem:] não há onde colocar o lixo");
- a do personagem ("Ele disse que não podia, que o arame crescia sozinho");
- a dos fiscais ([os fiscais disseram:] "Nada cresce sozinho").

Essas outras vozes podem ser introduzidas de duas formas básicas: **discurso direto** e **discurso indireto**.

O **discurso direto** é caracterizado pela reprodução fiel da fala do personagem, que é reproduzida integralmente e, via de regra, introduzida por travessão. Numa estrutura tradicional de discurso direto, a fala do personagem é acompanhada por um **verbo de elocução** (verbo que indica a fala do personagem: **dizer**, **falar**, **responder**, **indagar**, **perguntar**, **retrucar**, **afirmar**, etc.), seguido de dois-pontos. Alguns autores modernos dispensam o emprego dos verbos de elocução em favor de um ritmo mais veloz da narrativa, assim como também os sinais de pontuação que introduzem e delimitam as falas (dois-pontos, travessão, aspas, etc.).

SCHULZ, Charles. Snoopy. *Jornal da Tarde*, 3 dez. 1996. p. 6C.

A fala nos quadrinhos geralmente é apresentada de forma direta, nos balões, sem interferência de narrador. No caso desta tira, Snoopy vira autor de uma narrativa, em que o narrador abre espaço para a fala dos personagens, que é reproduzida fielmente, entre aspas.

O **discurso indireto** tem como característica o fato de o narrador se apropriar da fala do personagem, ou seja, a fala do personagem vem pelas palavras do narrador. Nesse tipo de discurso, observamos a seguinte estrutura: verbo de elocução (que é o núcleo do predicado da oração principal) seguido de oração subordinada (a fala do personagem complementa o significado do verbo de elocução: **disse** que...; **pensou** que..., desempenhando a função de objeto direto ou indireto) introduzida por uma conjunção integrante (**que**, **se**).

Confrontando ideias

Discuta com seus colegas se há alguma diferença entre o emprego do discurso direto e o do discurso indireto para abrir espaço para outras vozes numa narrativa.

Justifiquem seus pontos de vista e identifiquem, em caso afirmativo, qual (ou quais) seriam essas diferenças.

Nas tramas do texto

Voltemos mais uma vez ao texto "Os músculos", que apresenta outras vozes além da voz do narrador. Releia-o para responder às perguntas a seguir.

atividades

1. **Discurso indireto livre** é uma forma "mista" de reproduzir as falas; ocorre quando temos expressões do discurso direto intercaladas na fala do narrador. Aponte exemplos de discurso indireto livre no fragmento abaixo.

   O arame penetrava na terra alguns metros. Cavou mais. Como é que tinham feito uma coisa dessas, da noite para o dia? Preocupado com a horta, parou a pesquisa. Regou um pouco as sementes, pensando se o arame não ia prejudicar a germinação. No dia seguinte, levantou-se bem cedo, para observar. O arame tinha crescido. Nos três canteiros, havia brotos de dez centímetros de altura. Um araminho espigado, vivo, forte. Teria sido um pacote errado de sementes? Não, era loucura. Semente de arame?

2. Destaque um trecho do texto em que o discurso direto é privilegiado, dando ao texto um efeito de cena teatral.

3. Em alguns momentos, o narrador abre espaço para o diálogo entre algumas vozes, sendo uma no discurso indireto, outra no discurso direto. Aponte-as e comente o efeito.

4. A quem pertence a fala: "Ele fazia concorrência desleal. Devia pagar indenizações"?

5. Observe os seguintes trechos:

   I. A mulher reclamava, **não podia estender roupas no varal, os arames espetavam.**

   II. Regou um pouco as sementes, pensando **se o arame não ia prejudicar a germinação.**

   III. Os vizinhos reclamaram. **O arame estragava as paredes. Era preciso intervenção da polícia.**

   De que tipo de discurso se trata? Justifique e comente suas estruturas.

6. O conto apresenta como característica o emprego de períodos simples e períodos compostos assindéticos, ou seja, sem conjunções. Qual é o efeito do emprego de tal tipo de estruturação textual?

7. Observe alguns dos casos "assindéticos" apresentados abaixo e proponha possíveis nexos que liguem as orações, considerando o sentido no texto.

   I. O quintal media 4 metros quadrados, o máximo que a administração do conjunto residencial fornecia.

   II. As semanas se passaram, as sementes de verdura não germinaram. Só o arame cresceu, espalhou.

   III. O arame era fértil, produzia mensalmente.

   IV. Os lixeiros se recusavam a levar os rolos, não havia onde colocar.

Elementos da narrativa

Leia o fragmento inicial do conto "As babas do diabo", de Julio Cortázar.

Rogério Soud/Arquivo da editora.

> E já que vamos contar, é melhor pôr um pouco de ordem, descer pela escada desta casa até o domingo sete de novembro, exatamente há um mês. A gente desce cinco andares e já está no domingo, com um sol inesperado para novembro em Paris, com muitíssima vontade de andar por aí, de ver coisas, de tirar fotos (porque éramos fotógrafos, sou fotógrafo). Já sei que o mais difícil vai ser encontrar a maneira de contar, e não tenho medo de me repetir. Vai ser difícil porque ninguém sabe direito quem é que verdadeiramente está contando, se sou eu ou isso que aconteceu, ou o que estou vendo (nuvens, às vezes uma pomba) ou se simplesmente conto uma verdade que é somente minha verdade, e então não é a verdade a não ser para meu estômago, para esta vontade de sair correndo e acabar com aquilo de alguma forma, seja lá o que for.

CORTÁZAR, Julio. As babas do diabo. In: *As armas secretas*. Rio de Janeiro: José Olympio, 2001.

No início do conto do escritor argentino, o narrador explicita a montagem da narrativa, ressaltando a necessidade de "pôr um pouco de ordem", pois, na hora de montar um texto narrativo, é necessário trabalhar com alguns elementos básicos para sua construção: o quê, o como, o quem, o onde, o quando.

Assim, nas narrativas, podemos perceber, além do narrador, alguns outros elementos fundamentais: enredo, foco narrativo, personagens, espaço, tempo.

Adão Iturrusgarai. *Aline*. *Folha de S.Paulo*, 10 out. 2003.

As histórias em quadrinhos são, via de regra, uma micronarrativa, com personagens atuando num determinado espaço, numa sequência temporal (cada quadrinho corresponde a um momento). Na tira acima, há um narrador (observe a legenda no canto superior do primeiro quadrinho), a personagem Aline e o cenário (o cativeiro), desempenhando papel relevante.

Foco narrativo

Voltemos às angústias do narrador do conto "As babas do diabo":

> Nunca se saberá como isto deve ser contado, se na primeira ou na segunda pessoa, usando a terceira do plural ou inventando constantemente formas que não servirão para nada. Se fosse possível dizer: eu viram subir a lua, ou: em mim nos dói o fundo dos olhos, e principalmente assim: tu mulher loura eram as nuvens que continuavam correndo diante de meus teus seus nossos vossos seus rostos. Que diabo.

CORTÁZAR, Julio. As babas do diabo. In: *As armas secretas*. Rio de Janeiro: José Olympio, 2001.

Foco narrativo é a perspectiva por meio da qual o narrador relata os acontecimentos da narrativa. Podemos afirmar que é, ao lado do enredo, a principal definição que o autor faz antes de iniciar a narração.

De modo geral, a narrativa é escrita em primeira ou em terceira pessoa. Daí, falar-se em foco narrativo de terceira pessoa e foco narrativo de primeira pessoa.

Quando temos **foco narrativo de terceira pessoa**, o narrador não participa ativamente dos acontecimentos, o que faz a narração ganhar maior objetividade. Nas narrativas em terceira pessoa, o narrador pode ser **onisciente** ou **observador**.

O **narrador onisciente** conhece toda a história que relata e até os pensamentos dos personagens envolvidos nela; o **narrador observador**, ao contrário, não conhece toda a história, apenas relata os fatos à medida que eles vão acontecendo; não pode, portanto, fazer antecipações nem variações no relato da história.

Leia este pequeno fragmento do romance *Quincas Borba*, de Machado de Assis.

> Um criado trouxe o café. Rubião pegou na xícara e, enquanto lhe deitava açúcar, ia disfarçadamente mirando a bandeja, que era de prata lavrada. Prata, ouro, eram os metais que amava de coração; não gostava de bronze, mas o amigo Palha disse-lhe que era matéria de preço, e assim se explica este par de figuras que aqui está na sala, um Mefistófeles e um Fausto. Tivesse, porém, de escolher, escolheria a bandeja — primor de argentaria, execução fina e acabada. O criado esperava teso e sério. Era espanhol; e não foi sem

resistência que Rubião o aceitou das mãos de Cristiano; por mais que lhe dissesse que estava acostumado aos seus crioulos de Minas, e não queria línguas estrangeiras em casa, o amigo Palha insistiu, demonstrando-lhe a necessidade de ter criados brancos. Rubião cedeu com pena. O seu bom pajem, que ele queria pôr na sala, como um pedaço da província, nem o pôde deixar na cozinha, onde reinava um francês, Jean; foi degradado a outros serviços.

ASSIS, Machado de. *Quincas Borba*. São Paulo: Scipione, 2004.

Temos um caso de foco narrativo em terceira pessoa com narrador onisciente: observe como ele, além de contar o acontecimento, retrata os sentimentos, os desejos e mesmo o jogo de cena do personagem; sabemos, por exemplo, que Rubião mirava **disfarçadamente** a bandeja, que **amava de coração** os metais nobres. O narrador conhece até as prováveis opções de Rubião: a preferência pela bandeja **de prata** em detrimento dos bustos de bronze ou mesmo sua nova inclinação por criados estrangeiros em detrimento dos nativos de sua terra, no caso, os crioulos de Minas.

Quando temos **foco narrativo de primeira pessoa**, entra em cena o narrador-protagonista ou o narrador-coadjuvante; nas narrativas em primeira pessoa, a narração ganha mais subjetividade, pois o narrador está envolvido na ação relatada.

Leia este pequeno fragmento do romance *O Ateneu*, de Raul Pompeia.

Uma hora mais tarde, na cama de ferro do salão azul, compenetrado da tristeza de hospital dos dormitórios, fundos na sombra do gás mortiço, trincando a colcha branca, eu meditava o retrospecto do meu dia.

Era assim o colégio. Que fazer da matalotagem dos meus planos?

Onde meter a máquina dos meus ideais naquele mundo de brutalidade, que me intimidava com os obscuros detalhes e as perspectivas informes, escapando à investigação da minha inexperiência? Qual o meu destino, naquela sociedade que o Rebelo descrevera horrorizado, com as meias frases de mistério, suscitando temores indefinidos, recomendando energia, como se coleguismo fosse hostilidade? De que modo alinhar a norma generosa e sobranceira de proceder com a obsessão pertinaz do Barbalho? Inutilmente buscara reconhecer no rosto dos rapazes o nobre aspecto da solenidade dos prêmios, dando-me ideia da legião dos soldados do trabalho, que fraternizavam no empenho comum, unidos pelo coração e pela vantagem do coletivo esforço. Individualizados na debandada do receio, com as observações ainda mais da crítica do Rebelo, bem diverso sentimento inspiravam-me. A reação do contraste induzia-me a um conceito de repugnância que o hábito havia de esmorecer, que me tirava lágrimas àquela noite. Ao mesmo tempo oprimia-me o pressentimento da solidão moral, fazendo adivinhar que as preocupações mínimas e as concomitantes surpresas inconfessáveis dariam pouco para as efusões de alívio, a que corresponde o conselho, a consolação.

Nada de protetor, dissera Rebelo. Era o ermo. E, na solidão, conspiradas, as adversidades de toda a espécie, falsidade traiçoeira dos afetos, perseguição da malevolência, espionagem da vigilância; por cima de tudo, céu de trovões sobre os desalentos, a fúria tonante de Júpiter-diretor, o tremendo Aristarco dos momentos graves.

POMPEIA, Raul. *O Ateneu*. São Paulo: Scipione, 1995.

Raul Pompeia/Arquivo da editora.

Alunos do Ateneu, em desenho de Raul Pompeia.

O fragmento da página anterior exemplifica a subjetividade de um personagem--narrador: observe como ele, Sérgio, fala sobre sua visão em relação ao colégio e à vida que leva nele, sempre valorizando seus sentimentos e emoções, resultando numa narrativa de tom impressionista.

Enredo

O **enredo** é a própria estrutura narrativa, ou seja, o desenrolar dos acontecimentos. Como o próprio nome indica, **enredar** significa "tecer, entrelaçar os fatos".

Segundo René Wellek e Austin Warren:

> É habitual dizer-se que todos os enredos envolvem um conflito: o homem contra a natureza, ou o homem contra os outros homens, ou o homem lutando contra si próprio. Por isso, poderíamos afirmar que a "alma" da narrativa é justamente esse conflito, que surge em meio ao enredo, à trama narrativa.

WELLEK, René; WARREN, Austin. *Teoria da literatura*. Lisboa: Europa-América, 1976.

Personagens

A palavra **personagem** deriva do vocábulo latino *persona*, que significa "máscara" (no teatro greco-latino os atores utilizavam máscaras para representar os personagens que interpretavam).

O personagem na narrativa pode ser uma pessoa com características reais ou imaginárias, ou a personificação de animais, ideias, forças da natureza. Quanto à sua importância na trama, os personagens podem ser principais e secundários.

O personagem principal de uma narrativa é chamado de **protagonista** (o principal ator ou lutador) e, dependendo do escritor e do estilo de época, pode ser apresentado de maneira mais idealizada (como os heróis românticos) ou mais próxima do real. O protagonista, via de regra, vai se defrontar com o **antagonista** — o que luta contra algo ou alguém. Observe que as palavras protagonista/antagonista já denunciam, em sua significação, o conflito.

Além de um ser em particular, os personagens também podem representar um determinado tipo humano, identificado por características sociais, econômicas, étnicas, profissionais, comportamentais, etc. Muitas vezes, esse tipo de personagem apresenta alguns traços ou comportamentos extremamente realçados, tornando-se um **personagem caricatural**. Leia o texto:

Rogério Soud/Arquivo da editora.

Os destroços de um bigode

> E quando Miguel Pereda, cantor de tango argentino, desceu a bigodeira e o olhar de acordeão na Praça do Rosário, foi um rebuliço em tom maior. O empresário do cantante, Juquinha de Andrade, arrendatário do Parque Pequim, em conversa na Associação Comercial de Penedos, avisou:
>
> — Quem tiver mulher duvidosa que mande para longe do olhar arrancatramela de Miguel Pereda. É o maior abridor de quarto de moça solteira e dama casada que já vi.

CARVALHO, José Cândido de. In: *Os mágicos municipais*. Rio de Janeiro: J. Olympio, 1984.

A caracterização de Miguel Pereda nos permite classificá-lo como um personagem caricatural. A seleção vocabular empregada para descrever o bigode, o olhar, o comportamento do personagem o colocam como caricatura do cantor de tango, pretenso sedutor, boêmio.

Espaço

Espaço da narrativa é o lugar onde decorre a ação do enredo, onde se movimentam os personagens. Geralmente, a apresentação do espaço é marcada por sequências descritivas no meio da narrativa.

Em algumas narrativas, o espaço ganha importância por assumir o papel de personagem ou por se identificar com um personagem específico, seja por suas características, seja por seu estado emocional.

No romance naturalista *O cortiço*, de Aluísio Azevedo, encontramos exemplos de como o espaço pode ter destaque. Nessa narrativa, o enredo está ambientado em um local específico, tão importante quanto os personagens que circulam nele – é como se o cortiço tivesse vida própria; há também um mimetismo entre o espaço e os personagens, ou pelo menos com algumas de suas características comportamentais. Assim, podemos entender o espaço em sentido estrito (geográfico) ou em sentido conotativo, translato, que vai além do sentido original, como afirmam Carlos Reis e Ana Cristina Lopes:

> O espaço constitui uma das mais importantes categorias da narrativa, não só pelas articulações funcionais que estabelece com as categorias restantes, mas também pelas incidências semânticas que o caracterizam. Entendido como domínio específico da história, o espaço integra, em primeira instância, os componentes físicos que servem de cenário ao desenrolar da ação e à movimentação das personagens: cenários geográficos, interiores, decorações, objetos etc.; em segunda instância, o conceito de espaço pode ser entendido em sentido translato, abarcando então tanto as atmosferas sociais (espaço social) como até as psicológicas (espaço psicológico).

REIS, Carlos; LOPES, Ana C. M.
Dicionário de teoria da narrativa. São Paulo: Ática, 1988.

Secretaria do Turismo do Ceará/Divulgação.

Desde a publicação de Os sertões*, de Euclides da Cunha, em 1902, e com grande destaque nas décadas de 1930-1940, com o romance regionalista, o sertão nordestino transformou-se em elemento fundamental de romances, peças de teatro, poesias e letras de canções. Na foto, sertanejo em Quixeramobim, sertão do Ceará.*

Confrontando ideias

Em pequenos grupos, a partir da leitura de fragmentos do capítulo XVI de *O Cortiço*, apresentados a seguir, discutam as seguintes questões:

1. Em que passagem fica evidente o caráter de personagem do espaço (o cortiço)?
2. Em que momentos há mimetismo entre espaço e personagem? Apontem pelo menos dois e expliquem em que consiste tal fenômeno em cada caso.

Apresentem suas conclusões aos colegas e seu(sua) professor(a).

XVI

[...] Não conseguiu dormir: trabalhava-lhe a cabeça, afastando para longe o sono. Começou a imaginar perigos, rolos, em que o seu homem recebia novas navalhadas; Firmo figurava em todas as cenas do delírio; em todas elas havia sangue. Afinal, quando, depois de muito virar de um para outro lado do colchão, a infeliz ia caindo em modorra, o mais leve rumor lá fora a fazia erguer-se de pulo e correr à rótula da janela. Mas não era o cavouqueiro, da primeira, nem da segunda, nem de nenhuma das vezes.

Quando principiou a chover, Piedade ficou ainda mais aflita; na sua sobre-excitação afigurava-se-lhe agora que o marido estava sobre as águas do mar, embarcado, entregue unicamente à proteção da Virgem, em meio de um temporal medonho. Ajoelhou-se defronte do oratório e rezou com a voz emaranhada por uma agonia sufocadora. A cada trovão redobrava o seu sobressalto. E ela, de joelhos, os olhos fitos na imagem de Nossa Senhora, sem consciência do tempo que corria, arfava soluçando. De repente, ergueu-se, muito admirada de se ver sozinha, como se só naquele instante dera pela falta do marido a seu lado. Olhou em torno de si, espavorida, com vontade de chorar, de pedir socorro; as sombras espichadas em volta do candeeiro, tracejando trêmulas pelas paredes e pelo teto, pareciam querer dizer-lhe alguma coisa misteriosa. Um par de calças, dependurado à porta do quarto, com um paletó e um chapéu por cima, representou-lhe de relance o vulto de um enforcado, a mexer com as pernas. Benzeu-se. Quis saber que horas eram e não pôde; afigurava-se-lhe terem decorrido já três dias pelo menos durante aquela aflição. Calculou que não tardaria a amanhecer, se é que ainda amanheceria: se é que aquela noite infernal não se fosse prolongando infinitamente, sem nunca mais aparecer o sol! Bebeu um copo d'água, bem cheio, apesar de haver pouco antes tomado outro, e ficou imóvel, de ouvido atento, na expectativa de escutar as horas de algum relógio da vizinhança. [...]

Às cinco horas levantou-se de novo com um salto. "Já havia gente lá fora com certeza!..." Ouvira ranger a primeira porta; abriu a janela, mas ainda estava tão escuro que se não distinguia patavina. Era uma preguiçosa madrugada de agosto, nebulosa, úmida; parecia disposta a resistir ao dia. "Ó senhores! aquela noite dos diachos não acabaria nunca mais?..." Entretanto, adivinhava-se que ia amanhecer. Piedade ouviu dentro do pátio, do lado contrário à sua casa, um zunzum de duas vozes cochichando com interesse. "Virgem do céu! dir-se-ia a voz do seu homem! e a outra era voz de mulher, credo! Ilusão sua com certeza! ela essa noite estava para ouvir o que não se dava..." Mas aqueles cochichos dialogados na escuridão causavam-lhe extremo alvoroço. "Não! Como poderia ser ele?... Que loucura! Se o homem estivesse ali teria sem dúvida procurado a casa!..." E os cochichos persistiam, enquanto Piedade, toda ouvidos, estalava de agonia.

— Jeromo! gritou ela.

As vozes calaram-se logo, fazendo o silêncio completo: depois nada mais se ouviu.

Rogério Soud/Arquivo da editora.

Piedade ficou à janela. As trevas dissolveram-se afinal; uma claridade triste formou-se no nascente e foi, a pouco e pouco, se derramando pelo espaço. O céu era uma argamassa cinzenta e gorda. O cortiço acordava com o remancho das segundas-feiras; ouviam-se os pigarros das ressacas de parati. As casinhas abriam-se; vultos espreguiçados vinham bocejando fazer a sua lavagem à bica; as chaminés principiavam a fumegar; recendia o cheiro do café torrado. [...]

E Jerônimo não aparecia.

Ela ergueu-se finalmente, foi lá fora ao capinzal, pôs-se a andar agitada, falando sozinha, a gesticular forte. E nos seus movimentos de desespero, quando levantava para o céu os punhos fechados, dir-se-ia que não era contra o marido que se revoltava, mas sim contra aquela amaldiçoada luz alucinadora, contra aquele sol crapuloso, que fazia ferver o sangue aos homens e metia-lhes no corpo luxúrias de bode. Parecia rebelar-se contra aquela natureza alcoviteira, que lhe roubara o seu homem para dá-lo a outra, porque a outra era gente do seu peito e ela não.

E maldizia soluçando a hora em que saíra da sua terra; essa boa terra cansada, velha, como que enferma; essa boa terra tranquila, sem sobressaltos nem desvarios de juventude. Sim, lá os campos eram frios e melancólicos, de um verde alourado e quieto, e não ardentes e esmeraldinos e afogados em tanto sol e em tanto perfume como o deste inferno, onde em cada folha que se pisa há debaixo um réptil venenoso, como em cada flor que desabotoa e em cada moscardo que adeja há um vírus de lascívia. Lá, nos saudosos campos da sua terra, não se ouvia em noites de lua clara roncar a onça e o maracajá, nem pela manhã, ao romper do dia, rilhava o bando truculento dos queixadas; lá não varava pelas florestas a anta feia e terrível, quebrando árvores; lá a sucuruju não chocalhava a sua campainha fúnebre, anunciando a morte, nem a coral esperava traidora o viajante descuidado para lhe dar o bote certeiro e decisivo; lá o seu homem não seria anavalhado pelo ciúme de um capoeira; lá Jerônimo seria ainda o mesmo esposo casto, silencioso e meigo; seria o mesmo lavrador triste e contemplativo, como o gado que à tarde levanta para o céu de opala o seu olhar humilde, compungido e bíblico.

Maldita a hora em que ela veio! Maldita! mil vezes maldita! [...]

AZEVEDO, Aluísio. *O cortiço*. São Paulo: Scipione, 2004.

Rogério Soud/Arquivo da editora.

Tempo

Se a narrativa está baseada numa progressão temporal, sem dúvida o elemento tempo é de suma importância para indicar a sucessão das horas, dos dias, dos anos, assim como a noção de presente, passado e futuro.

As narrativas podem basear-se num **tempo cronológico**, ou seja, aquele medido ora pela natureza (a passagem do dia para a noite), ora por mecanismos de medição temporal (como o relógio ou a divisão em anos, meses, semanas, etc.). O tempo cronológico marca a noção temporal mensurável do enredo.

Mas também podemos observar o **tempo psicológico**, que não é racionalmente mensurável, já que se trata de um tempo que pertence ao mundo interior do personagem. O tempo psicológico é marcado pelas sensações vivenciadas pelo personagem em relação a um determinado momento temporal: um minuto pode ter uma duração de dez anos ou dez anos podem ter a duração de um minuto. Observe o tempo psicológico numa passagem do fragmento de *O cortiço* que acabamos de ler:

> Quis saber que horas eram e não pôde; afigurava-se-lhe terem decorrido já três dias pelo menos durante aquela aflição. Calculou que não tardaria a amanhecer, se é que ainda amanheceria: se é que aquela noite infernal não se fosse prolongando infinitamente, sem nunca mais aparecer o sol!

Galeria de Arte da cidade de Southampton, Hampshire, Reino Unido/The Bridgeman/Keystone.

Na famosa cena do Jardim de Capuleto, de Romeu e Julieta, *de Shakespeare, temos, numa fala de Julieta, um excelente exemplo explícito de tempo psicológico:*

Ama – *A senhora vossa mãe está vindo para aqui. Já despontou o dia! Sede prudente, atenção!*

Julieta – *Então, janela, deixa entrar o dia, deixa sair a vida!*

Romeu – *Adeus, adeus! Um beijo e descerei.* (desce)

Julieta – *Partes assim? Meu senhor, meu amor, meu amigo! Necessito saber notícias tuas a todo dia e toda hora!...* ***Porque num minuto há muitos dias! Oh! segundo esta conta, terei envelhecido antes que torne a ver meu Romeu!***

Dependendo da valorização ou do trabalho com o tempo na construção da narrativa, podemos encontrar **brincadeiras temporais**. Mas, para comentar algumas delas, além de entender o que é o tempo cronológico e o psicológico, temos de diferenciar duas noções:

história: os acontecimentos em ordem cronológica, base do enredo

relato: forma de apresentar os acontecimentos, base da narrativa

Vejamos agora algumas brincadeiras temporais:

- **Relato em ordem cronológica:** história e relato coincidem, cria-se a expectativa em relação ao final.
- **Relato não cronológico:** história e relato não coincidem, cria-se a expectativa em relação às outras partes da narrativa.

> No dia em que o matariam, Santiago Nasar levantou-se às 5h30m da manhã para esperar o navio em que chegava o bispo. Tinha sonhado que atravessava um bosque de grandes figueiras onde caía uma chuva branda, e por um instante foi feliz no sonho, mas ao acordar sentiu-se completamente salpicado de cagada de pássaros. "Sempre sonhava com árvores", disse-me sua mãe 27 anos depois, evocando pormenores daquela segunda-feira ingrata. "Na semana anterior tinha sonhado que ia sozinho em um avião de papel aluminizado que voava sem tropeçar entre as amendoeiras", disse-me. Tinha uma reputação muito bem merecida de intérprete certeira dos sonhos alheios, desde que fossem contados em jejum, mas não percebera qualquer augúrio aziago nesses dois sonhos do filho, nem nos outros sonhos com árvores que ele lhe contara nas manhãs que precederam sua morte.

MÁRQUEZ, Gabriel García. *Crônica de uma morte anunciada*. 25. ed. Rio de Janeiro: Record, 1999.

Observe que, na construção da narrativa do escritor colombiano, o final está explícito: Santiago Nasar foi assassinado. O trecho da página 100 é o primeiro parágrafo do romance, em que o final da história está escancarado. É interessante comentar que o narrador em terceira pessoa é um jornalista que, 27 anos depois do assassinato, como está explícito no fragmento, tenta reconstruir a história partindo de trás para a frente. A expectativa, então, fica por conta da descrição do próprio Nasar, da descrição do(s) assassino(s), da motivação para o crime.

- **Retrospectivas ou antecipações:** personagens ou o próprio narrador se remetem a momentos passados (*flashback*) ou a momentos futuros em relação ao momento presente do relato.
- **Aceleração ou duração temporal:** a manipulação do tempo cronológico no relato, segundo as impressões dos personagens (tempo psicológico) ou as valorizações do narrador, que pode dar maior ou menor destaque a um determinado momento da história.

> O lugar todo, com a descida da trilha e com o seguimento de uma curva fechada disfarçada por rochas e mato, parecia precipitar-se para baixo e tornar-se uma "vista" pura e simples, uma vista de grande extensão e beleza, mas projetada e vertiginosa. Milly, diante da promessa daquilo lá de cima, descera direto, sem parar, até tê-la inteira diante de si: e ali, no que à amiga pareceu a estonteante borda, sentava-se à vontade. A trilha de algum modo cuidava de si mesma e de seu objetivo final, mas o assento da moça era uma laje ao fim de um curto promontório ou excrescência que simplesmente apontava para abismos de ar à direita, e colocada pela boa sorte, senão pela má, de modo a acabar sendo inteiramente visível. Pois a Sra. Stringham abafou um grito ao perceber o que julgava ser o perigo de um tal posto para uma simples mocinha; o risco de escorregar, resvalar, saltar, precipitar-se com um único movimento em falso, uma virada de cabeça — quem iria saber? — no que quer estivesse embaixo. Mil ideias, naquele minuto, rugiram nos ouvidos da pobre senhora, mas sem chegar, na verdade, a Milly. [...] Observou por mais um instante, conteve a respiração, e jamais soube depois quanto tempo se passara.
>
> Não muitos minutos, provavelmente, mas não pareceram poucos, e tinham-lhe dado tanto que pensar, não apenas enquanto se esgueirava para casa, mas enquanto esperava depois na hospedaria, que ainda se achava ocupada com isso quando, mais tarde, Milly reapareceu. [...]
>
> Durante os minutos de respiração presa de sua observação, vira a companheira em nova luz: seu tipo, aspecto, sinais, sua história, seu estado, sua beleza, seu mistério, tudo inconscientemente se traía ao ar alpino, e tudo se juntara de novo para alimentar a chama da Sra. Stringham. São coisas que ficarão mais claras para nós, e enquanto isso brevemente representadas pelo entusiasmo, mais forte na nossa amiga que qualquer dúvida.

JAMES, Henry. *As asas da pomba*. Rio de Janeiro: Ediouro, 1998.

No fragmento acima, do romance do escritor norte-americano, naturalizado inglês, Henry James, temos um narrador onisciente que comenta o tempo psicológico do personagem Sra. Stringham ao deparar com uma situação que lhe provoca certo pavor: ver o personagem Milly à beira de um precipício. Poucos minutos parecem se intensificar tanto que se perde a noção do tempo transcorrido.

Há ainda uma outra característica interessante desse narrador: além de envolver totalmente o leitor com o enredo (observe o emprego da primeira pessoa do plural nos pronomes pessoais e possessivos referindo-se a ele, narrador, e ao leitor), provoca-o e instiga-o dizendo "São coisas que ficarão mais claras", ou seja, antecipa a sensação de "o que será que isso quer dizer?" do leitor e de que outros acontecimentos estarão relacionados a essa passagem.

sessão de CINEMA

Amnésia (2001). Direção: Christopher Nolan. Com: Guy Pearce e Carrie-Anne Moss.

Divulgação.

Homem que sofre de amnésia marca o próprio corpo na tentativa de descobrir quem matou sua esposa. Narrativa cinematográfica que quebra completamente a linha temporal, estabelecendo uma nova leitura.

As asas do amor (1997). Direção: Iain Softley. EUA/Reino Unido. Com: Helena Bonham Carter, Linus Roache, Alison Elliott, Elizabeth McGovern.

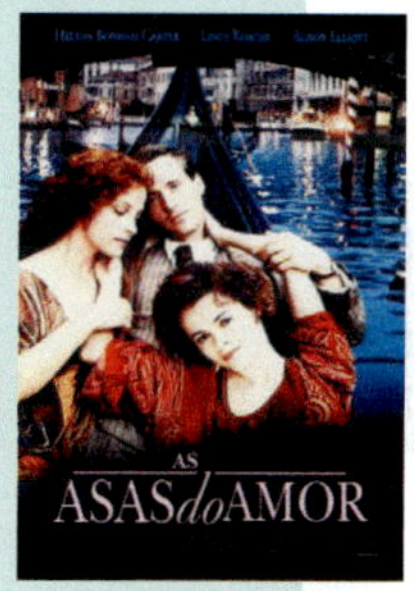

Divulgação.

Nesta adaptação do romance *As asas da pomba*, de Henry James, Kate Croy vive na Londres de 1910, sob a proteção econômica da sua tia Maude, que gostaria de vê-la casada com Lord Mark. Kate, porém, mantém uma relação com o jornalista Merton Densher. Mas ela não poderia ir contra a vontade da tia, pois, se isso acontecesse, seria deserdada. No meio dessa situação, Kate conhece uma norte-americana rica, Milly Theale, com quem inicia uma profunda amizade.

Confrontando ideias

Para uma melhor análise dos elementos da narrativa, transcrevemos a seguir dois pequenos contos - um de Rubem Fonseca, outro de Marina Colasanti — com características distintas quanto a narrador, personagem, espaço, enredo.

Após a leitura dos textos, reúnam-se em pequenos grupos e discutam o trabalho realizado pelos autores com os elementos da narrativa.

Corrente

Após meses de sofrimento e solidão chega o correio:

esta corrente veio da Venezuela escrita por Salomão Fuais
para correr mundo
faça vinte e quatro cópias e mande a amigos em lugares distantes:
antes de nove dias terá surpresa, graças a santo Antônio.
Tem vinte e quatro cópias, mas não tem amigos distantes.
José Edouard, Exército venezuelano, esqueceu de distribuir cópias
perdeu o emprego.

Lupin Gobery incendiou cópia, casa pegou fogo,
metade da família morreu.

Mandar então a amigos em lugares próximos.
Também não tem amigos em lugares próximos.

Fecha a casa.
Deitado na cama, espera surpresa.

FONSECA, Rubem. *Lúcia McCartney*.
São Paulo: Companhia das Letras, 1992.

A honra passada a limpo

Sou compulsiva, eu sei. Limpeza e arrumação.

Todos os dias boto a mesa, tiro a mesa. Café, almoço, jantar. E pilhas de louça na pia, e espumas redentoras.

Todos os dias entro nos quartos, desfaço camas, desarrumo berços, lençóis ao alto como velas. Para tudo arrumar depois, alisando colchas de crochê.

Sou caprichosa, eu sei. Desce o pó sobre o móveis. Que eu colho na flanela. Escurecem-se as pratas. Que eu esfrego com a camurça. A aranha tece. Que eu enxoto. A traça rói. Que eu esmago. O cupim voa. Que eu afogo na água da tigela sob a luz.

E de vassoura em punho gasto tapetes persas.

Sou perseverante, eu sei. À mesa que ponho ninguém senta. Nas camas que arrumo ninguém dorme. Não há ninguém nesta casa, vazia há tanto tempo.

Mas sem tarefas domésticas, como preencher de feminina honradez a minha vida?

COLASANTI, Marina. *Contos de amor rasgados*.
Rio de Janeiro: Rocco, 1986.

Nas tramas do texto

Eduardo e Mônica

Quem um dia irá dizer
Que existe razão
Nas coisas feitas pelo coração?
E quem irá dizer
Que não existe razão?

Eduardo abriu os olhos mas não quis se levantar:
Ficou deitado e viu que horas eram
Enquanto Mônica tomava um conhaque,
Noutro canto da cidade,
Como eles disseram.

Eduardo e Mônica um dia se encontraram sem querer
E conversaram muito mesmo pra tentar se conhecer.
Foi um carinha do cursinho do Eduardo que disse:
— Tem uma festa legal e a gente quer se divertir.
Festa estranha, com gente esquisita:
— Eu não estou legal. Não aguento mais birita.
E a Mônica riu e quis saber um pouco mais
Sobre o *boyzinho* que tentava impressionar
E o Eduardo, meio tonto, só pensava em ir pra casa:
— É quase duas, eu vou me ferrar.

Eduardo e Mônica trocaram telefone
Depois telefonaram e decidiram se encontrar.
O Eduardo sugeriu uma lanchonete
Mas a Mônica queria ver o filme do Godard.
Se encontraram então no parque da cidade
A Mônica de moto e o Eduardo de camelo.
O Eduardo achou estranho e melhor não comentar
Mas a menina tinha tinta no cabelo.
Eduardo e Mônica eram nada parecidos —
Ela era de Leão e ele tinha dezesseis.
Ela fazia Medicina e falava alemão
E ele ainda nas aulinhas de inglês.
Ela gostava do Bandeira e do Bauhaus,
De Van Gogh e dos Mutantes,
De Caetano e de Rimbaud
E o Eduardo gostava de novela
E jogava futebol de botão com seu avô.

Ela falava coisas sobre o Planalto Central,
Também magia e meditação.
E o Eduardo ainda estava
No esquema "escola, cinema, clube, televisão".

E, mesmo com tudo diferente,
Veio mesmo, de repente,
Uma vontade de se ver
E os dois se encontravam todo dia
E a vontade crescia,
Como tinha de ser.

Rogério Soud/Arquivo da editora.

Eduardo e Mônica fizeram natação, fotografia,
Teatro e artesanato e foram viajar.
A Mônica explicava pro Eduardo
Coisas sobre o céu, a terra, a água e o ar.
Ele aprendeu a beber, deixou o cabelo crescer
E decidiu trabalhar;
E ela se formou no mesmo mês
Em que ele passou no vestibular
E os dois comemoraram juntos
E também brigaram juntos, muitas vezes depois.
E todo mundo diz que ele completa ela e vice-versa,
Que nem feijão com arroz.
Construíram uma casa uns dois anos atrás,
Mais ou menos quando os gêmeos vieram —
Batalharam grana e seguraram legal
A barra mais pesada que tiveram.

Eduardo e Mônica voltaram pra Brasília
E a nossa amizade dá saudade no verão.
Só que nessas férias não vão viajar
Porque o filhinho do Eduardo
Tá de recuperação.

E quem um dia irá dizer
Que existe razão
Nas coisas feitas pelo coração?
E quem irá dizer
Que não existe razão?

RUSSO, Renato. Eduardo e Mônica.
In: *Legião Urbana*, CD Emi/Odeon.

Rogério Soud/Arquivo da editora.

atividades

1. O que sabemos sobre Eduardo e Mônica nos é contado por um narrador; ele é o responsável pela organização dos fatos, pela seleção das informações que caracterizam os personagens, etc. Ou seja, há um ponto de vista do narrador (foco narrativo). Caracterize o ponto de vista do narrador do texto.

2. Os fatos narrados obedecem a uma progressão temporal. Daquela festinha legal em que Mônica e Eduardo se conheceram até o filhinho de recuperação, quantos anos você diria que se passaram?

3. Ao reproduzir literalmente uma fala de Eduardo, o narrador registra "— É quase duas, eu vou me ferrar". Comente a passagem levando em conta a norma considerada padrão e o conceito de adequação.

4. Agora, um teste de conhecimentos gerais (para o caso de você encontrar uma pessoa parecida com a Mônica): a que campo das artes podemos relacionar Godard, Bandeira, Bauhaus, Van Gogh, Mutantes, Caetano e Rimbaud?

5. A estrofe que abre e fecha o texto dá o tom do enredo e nos coloca diante de duas interrogações.

a) Justifique a presença dessa estrofe, a partir dos personagens.

b) Dê sua resposta às interrogações.

Questões de exames sobre este capítulo encontram-se na página 635.

capítulo 8

Objetivos gerais do capítulo

O aluno, ao final do capítulo, deverá ser capaz de:

- reconhecer diversos tipos de textos narrativos ficcionais ao longo da história;
- conhecer os principais tipos de narrativas modernas;
- reconhecer um conto e suas características;
- refletir sobre a força expressiva do conto;
- reconhecer uma crônica e suas características.

A narrativa moderna

À narrativa do mundo total (em tom elevado) chamamos-lhe ***epopeia****; a narrativa do mundo particular num tom particular e feita a um leitor particular chama-se* ***romance****.*

KAYSER, Wolfgang. *Análise e interpretação da obra literária.* Coimbra: Arménio Amado, 1976.

Dom Quixote de la Mancha, *de Miguel de Cervantes, publicado há quatro séculos, é o fundador da moderna narrativa. E, curiosamente, o engenhoso fidalgo tem sua imaginação alimentada (até a perda total da razão) pela leitura incessante de antigas narrativas medievais: as novelas de cavalaria. "Em suma, tanto naquelas leituras se enfrascou, que as noites se lhe passavam a ler desde o Sol-posto até a alvorada, e os dias, desde o amanhecer até o fim da tarde. E assim, do pouco dormir e do muito ler, se lhe secou o cérebro, de maneira que chegou a perder o juízo." (Capítulo I).*

Dom Quixote em sua biblioteca, de Gustave Doré, c. 1868. Gravura. Coleção particular/The Bridgeman/Keystone.

O ser humano, inventor de histórias

Em tempos primordiais, tentando explicar o sentido do mundo e das coisas, o ser humano criou o **mito**. Como explica Marilena Chaui:

> [Mito é] uma narrativa sobre alguma coisa (origem dos astros, da Terra, dos homens, das plantas, dos animais, do fogo, da água, dos ventos, do bem e do mal, da saúde e da doença, da morte, dos instrumentos de trabalho, das raças, das guerras, do poder, etc.). Para os gregos, mito é um discurso pronunciado ou proferido para ouvintes que recebem como verdadeira a narrativa, porque confiam naquele que narra — o poeta-rapsodo —; é uma narrativa feita em público, baseada, portanto, na autoridade e confiabilidade da pessoa do narrador. E essa autoridade vem do fato de que o poeta-rapsodo é um escolhido dos deuses, que lhe permitem que veja a origem de todos os seres e de todas as coisas para que possa transmiti-las aos ouvintes.

CHAUI, Marilena. *Convite à Filosofia*. São Paulo: Ática, 1995. p. 28.

Confrontando ideias

No livro *Convite à Filosofia*, de Marilena Chaui, há um exemplo de narrativa mítica que conta a origem de Eros (deus do Amor; Cupido, para os latinos):

Fine Art Photographic Library/Corbis/LatinStock.

Houve uma grande festa entre os deuses. Todos foram convidados, menos a deusa Penúria, sempre miserável e faminta. Quando a festa acabou, Penúria veio, comeu os restos e dormiu com o deus Poros (o astuto engenhoso). Dessa relação sexual, nasceu Eros (ou Cupido), que, como sua mãe, está sempre faminto, sedento e miserável, mas, como seu pai, tem mil astúcias para se satisfazer e se fazer amado.

Considerando que as narrativas míticas nos dão as origens de alguma coisa, mas são criadas pelas pessoas e refletem comportamentos humanos, discuta com seus colegas: a narrativa acima explica realmente o comportamento típico de uma pessoa tomada pelo Amor?

Os mitos foram a principal fonte dos poetas épicos. Como já vimos, a epopeia é uma narrativa de caráter sublime, escrita em versos, que tem como eixo central a figura de um herói e façanhas grandiosas, misturando elementos da vida terrena com elementos mitológicos.

Paralelamente, na Antiguidade, o ser humano criou outras formas de narrativa, como as **lendas**, que exaltam feitos e atitudes exemplares de heróis humanos, e as **fábulas**, que têm caráter moralizante. Passou, assim, a ouvir narrativas "verdadeiras" (os mitos, incontestáveis e inquestionáveis, porque são uma revelação divina) e narrativas "falsas" (as lendas e fábulas, inventadas pelos homens).

Na Idade Média, com algumas características da narrativa épica e heróis lendários, surgem as **canções de gesta** (narrativas em versos sobre guerras e conquistas de um povo). Com o ideal dos cavaleiros medievais, surgiram as **novelas de cavalaria** (entre as quais, em língua portuguesa, fizeram sucesso as novelas do ciclo bretão, narrando as aventuras dos cavaleiros da Távola Redonda).

Nessa época, surge a palavra **romanço** (do latim *romanice*, que significa "falar à maneira dos romanos"), denominação genérica das línguas derivadas do latim vulgar, e daí a palavra **romance**, com sentido literário. Vítor Manuel de Aguiar e Silva, em sua obra *Teoria da literatura*, explica que:

> [...] embora relacionado com as canções de gesta, o romance medieval distingue-se destas composições épicas tanto por elementos formais como por elementos de conteúdo: a canção de gesta era cantada, ao passo que o romance se destinava a ser lido e recitado; a canção de gesta ocupa-se da empresa ou das façanhas de um herói que personifica uma ação coletiva, enraizada na memória de uma comunidade, ao passo que o romance se ocupa das aventuras de uma personagem, criatura de ficção, através do vário e misterioso mundo, apresentando um caráter descritivo-narrativo.

AGUIAR E SILVA, Vítor Manuel de. *Teoria da literatura*. Coimbra: Almedina, 1986. p. 672.

Ao longo dos séculos que formam a Era Clássica (XVI, XVII e XVIII), percebe-se o desenvolvimento das novelas e romances medievais, com características formais e de conteúdo que se aproximam e se misturam. Caminha-se, assim, para a definição de um gênero moderno — o **romance**, tal como é conhecido hoje —, fruto da ascensão da burguesia ao poder político e econômico, no final do século XVIII e início do século XIX. Segundo Aguiar e Silva:

> [...] alargando continuamente o domínio de sua temática, interessando-se pela psicologia, pelos conflitos sociais e políticos, ensaiando constantemente novas técnicas narrativas e estilísticas, o romance se transformou, no decorrer dos últimos séculos, mas sobretudo a partir do século XIX, na mais importante e mais complexa forma de expressão literária dos tempos modernos.

Op. cit. p. 671.

Dom Quixote, de Cervantes

Já vimos que o romance se define a partir do século XIX, dando novos rumos à narrativa de ficção. Mas, curiosamente, aquele que é considerado o melhor texto ficcional já escrito é uma narrativa publicada em 1605: o *Dom Quixote de la Mancha*, de Miguel de Cervantes.

Segundo Ferreira Gullar, tradutor e adaptador do texto:

> Quando Cervantes concebeu e escreveu sua obra-prima, a novela de cavalaria, na Espanha, tornara-se mania da quase totalidade dos leitores. Esta literatura caracterizava-se pela romantização exagerada da figura do cavaleiro andante, que protagonizava aventuras inverossímeis e se comportava como o mais puro, destemido e invencível herói, defensor dos fracos e oprimidos, especialmente das donzelas e das viúvas desamparadas. Enfim, uma subliteratura que explorava a boa índole e a ingenuidade do leitor. Cervantes, imbuído de espírito crítico e identificado com a verdade da condição humana, via com horror aquela falsificação dos sentimentos e dos valores literários. Por isso mesmo, no final do seu livro, afirma que não tinha, ao escrevê-lo, outra intenção que "levar os homens a desprezarem as mentirosas e disparatadas histórias dos livros de cavalarias".

CERVANTES, Miguel de. *Dom Quixote de la Mancha*. Trad. Ferreira Gullar. Rio de Janeiro: Revan, 2005. p. 7.

Joubert Lancha/Arquivo da editora.

na ESTANTE

Dom Quixote de la Mancha, de Miguel de Cervantes.

Há várias edições disponíveis em língua portuguesa, com o texto integral. Há, também, uma interessante adaptação de Ferreira Gullar, em que o poeta maranhense "evita trair as intenções do autor e busca preservar ao máximo a essência dos diálogos e dos personagens". O *Dom Quixote* traduzido e adaptado por Ferreira Gullar, com as famosas ilustrações de Gustave Doré, é publicado pela Editora Revan. A edição em 2 volumes, com o texto integral, cuja capa reproduzimos abaixo, é da Editora 34.

Editora 34.

As narrativas modernas

Dependendo da estrutura, da forma e da extensão, as principais manifestações narrativas são o **romance**, a **novela** e o **conto**. Em qualquer dessas três modalidades, ocorrem representações da vida comum, de um mundo mais individualizado e particularizado, ao contrário da universalidade das grandiosas narrativas épicas, marcadas pela representação de um mundo maravilhoso, povoado de heróis e mediado por deuses.

Como afirma Georg Lukács em seu livro *Teoria do romance*: "O romance é a epopeia do mundo abandonado por deus".

Segundo Massaud Moisés (*A criação literária*), a faculdade essencial do romance é "reconstruir, recriar o mundo. Não o fotografa, mas recria; não demonstra ou repete, reconstrói, a seu modo, o fluxo da vida e do mundo, uma vida **sua**, um mundo **seu**, recriados com meios próprios e intransferíveis, conforme uma visão particular, única, original". Dependendo da importância dada ao personagem ou à ação ou, ainda, ao espaço, podemos ter romance de costumes, romance psicológico, romance policial, romance regionalista, romance indianista, romance de cavalaria, romance histórico, etc.

Ao longo dos capítulos, tomaremos contato com a produção em prosa mais significativa dos séculos XIX e XX.

Johann Wolfgang Goethe (1740-1832).

Tela de Heinnich Kolb, 1822/akg-images/Intercontinental Press.

Biblioteca Nacional, Paris/akg-images/Joseph Martin/IPress.

O ficcionista Walter Scott (1771-1832) inaugurou o romance histórico com a publicação de Ivanhoé *(1819), ambientado na Idade Média.*

Johann Wolfgang Goethe (1749-1832) publicou, em 1774, o romance Os sofrimentos do jovem Werther, *verdadeiro marco do romance moderno. Narrado em primeira pessoa, como um monólogo, trata-se de um romance epistolar, ou seja, é um romance estruturado na troca de cartas entre o protagonista, Werther, e seu amigo, Guilherme (Wilhelm, no alemão). O amor não correspondido por Carlota, a amada do jovem protagonista, e que a rigor não mostrou em nenhum momento alimentar as expectativas apaixonadas de Werther, provoca o suicídio do amante. Segundo Manuel Bandeira, esse é um "romance passional, de cor violentamente romântica".*

na ESTANTE

Não deixe de ler!

A morte e a morte de Quincas Berro d'Água, de Jorge Amado.

O alienista, de Machado de Assis.

São duas narrativas curtas exemplares, duas pequenas obras-primas de nossa ficção. Chamamos a atenção para um ponto em comum: os narradores são contadores de um fato passado. Transcrevemos, a seguir, o início das histórias, a fim de despertar seu interesse para a leitura completa das obras:

A morte e a morte de Quincas Berro D'Água

Até hoje permanece certa confusão em torno da morte de Quincas Berro D'Água. Dúvidas por explicar, detalhes absurdos, contradições no depoimento das testemunhas, lacunas diversas. Não há clareza sobre hora, local e frase derradeira. A família, apoiada por vizinhos e conhecidos, mantém-se intransigente na versão da tranquila morte matinal, sem testemunhas, sem aparato, sem frase, acontecida quase vinte horas antes daquela outra propalada e comentada morte na agonia da noite, quando a Lua se desfez sobre o mar e aconteceram mistérios na orla do cais da Bahia. Presenciada, no entanto, por testemunhas idôneas, largamente falada nas ladeiras e becos escusos, a frase final, repetida de boca em boca, representou, na opinião daquela gente, mais que uma simples despedida do mundo, um testemunho profético, mensagem de profundo conteúdo (como escreveria um jovem autor de nosso tempo).

AMADO, Jorge. *A morte e a morte de Quincas Berro D'Água.* Rio de Janeiro: Record, 1995. p. 15.

Você acabou de ler o primeiro parágrafo da interessante história das vidas e das mortes de Quincas Berro D'Água. Observe atentamente certas características da narração dessa novela: há a preocupação em datar os acontecimentos como fatos passados ("Até hoje...", o que significa que algum tempo já transcorreu desde o acontecimento); o narrador se caracteriza como contador de um caso e procura se posicionar da forma mais imparcial possível, passando ao ouvinte/leitor todas as dúvidas e contradições geradas pelas diferentes versões dos fatos, como se ele, simples narrador, **não os tivesse presenciado** e se limitasse a contar o que ouviu.

Leia, agora, o primeiro parágrafo de *O alienista*, uma narrativa de trinta e poucas páginas, dividida em 13 microcapítulos e um narrador que reproduz uma história contada por antigos cronistas:

O alienista

As crônicas da Vila de Itaguaí dizem que em tempos remotos vivera ali um certo médico, o Dr. Simão Bacamarte, filho da nobreza da terra e o maior médico do Brasil, de Portugal e das Espanhas.

ASSIS, Machado de. *O alienista*. São Paulo: Scipione, 2004.

Depois disso, segue a história do Dr. Bacamarte e sua tentativa de abrir um asilo na pequena vila e estudar a loucura, num desenrolar de fatos cada vez mais surpreendentes.

Dr. Simão Bacamarte no traço de Candido Portinari.

O conto

O conto é a mais breve das narrativas, centrada em um episódio da vida. O crítico Alfredo Bosi afirma que:

> [o caráter múltiplo do conto] já desnorteou mais de um teórico da literatura ansioso por encaixar a forma-conto no interior de um quadro fixo de gêneros. Na verdade, se comparada à novela e ao romance, a narrativa curta condensa e potencia no seu espaço todas as possibilidades da ficção.

BOSI, Alfredo. *O conto brasileiro contemporâneo*. São Paulo: Cultrix/Edusp, 1975.

Por conta da brevidade característica do conto, pode-se chegar à concisão extrema, em que a narrativa se apresenta mínina, sem deixar de lado os elementos necessários para a sua construção. Veja como o escritor guatemalteco Augusto Monterroso cria um microconto (considerado o "menor" conto até hoje escrito) que tem como principal característica uma concisão narrativa que cresce (ou evolui) na imaginação do leitor:

AFP

Augusto Monterroso (1921-2003).

O dinossauro

> Quando acordou, o dinossauro ainda estava lá.

O recorte na realidade ficcional desse conto nos permite saber que um personagem que estava adormecido acorda e que o outro, o dinossauro, estava lá antes do adormecimento e ainda está. O que houve antes ou o que haverá depois, isso é com o leitor. O que você imagina que aconteceu e/ou acontecerá?

O curitibano Dalton Trevisan também produz contos extremamente concisos, como este:

> De repente a mosca salta e pousa na toalha branca. Você a espanta, sem que voe — uma semente negra de mamão.

TREVISAN, Dalton. *Dinorá: novos mistérios*. Rio de Janeiro: Record, 1994. p. 60.

Amilton Vieira/Editora Abril.

Dalton Jérson Trevisan (1925-).

Esse texto aparece em uma página, acompanhado de outros com a mesma concisão, sob o título *Nove haikais*. No entanto, podemos observar nele todas as características do conto (um conto, claro, à maneira de haicai: brevíssimo!).

Observe que o leitor é transformado em personagem que vive uma cena do cotidiano; com ligeira conotação surrealista, é surpreendido pela revelação: a mosca não passa de uma semente de mamão.

Em suma, como nos ensina o professor Afrânio Coutinho:

> [...] o contista oferece uma amostra, através de um episódio, um flagrante ou um instantâneo, um momento singular e representativo. Procura obter a unidade de impressão rapidamente, à custa da máxima concentração e economia de meios.

COUTINHO, Afrânio. *Notas de teoria literária*. Rio de Janeiro: Civilização Brasileira, 1978.

na ESTANTE

Augusto Monterroso, contista genial, conseguiu reciclar e recriar o gênero fábula, acrescentando-lhe pitadas de ironia e sarcasmo.

Não deixe de ler o único livro dele publicado no Brasil, com tradução de Millôr Fernandes. São pequenas fábulas que, no mínimo, irão surpreendê-lo.

Os dados bibliográficos: MONTERROSO, Augusto. *A ovelha negra e outras fábulas*. Rio de Janeiro: Record, 1983.

No *site* <http://www.literaturaguatemalteca.org/monterroso.htm>, em espanhol, você encontra textos, dados biográficos e entrevistas.

No *site* <http://www.releituras.com/amonterroso_menu.asp>, em português, você encontra alguns textos de Monterroso. (Acessos em: 30 maio 2011.)

Editora Record.

A unidade de impressão: o ponto-chave do conto

No conto, deparamos com uma narrativa condensada. Mas em que consiste essa condensação? Ao falar em condensação, fazemos referência mais uma vez a seu caráter sintético, revelado pela sua unidade dramática, isto é, pelo fato de estar centrado num único conflito.

No entanto, o que norteia toda a construção narrativa do conto é a **unidade de impressão**. Um conto, *a priori*, tenta criar um efeito em seu leitor: surpresa, encanto, medo, desconcerto, etc. Assim, podemos afirmar que todos os elementos da narrativa, os recursos linguísticos e até o tipo de compactação estão a serviço desse efeito.

Leia o conto a seguir:

Porque Lulu Bergantim não atravessou o Rubicon

Arquivo/Agência Estado.

José Cândido de Carvalho (1914-1989).

Lulu Bergantim veio de longe, fez dois discursos, explicou por que não atravessou o Rubicon, coisa que ninguém entendeu, expediu dois socos na Tomada da Bastilha, o que também ninguém entendeu, entrou na política e foi eleito na ponta dos votos de Curralzinho Novo. No dia da posse, depois dos dobrados da Banda Carlos Gomes e dos versos atirados no rosto de Lulu Bergantim pela professora Andrelina Tupinambá, o novo prefeito de Curralzinho sacou do paletó na vista de todo mundo, arregaçou as mangas e disse:

— Já falaram, já comeram biscoitinhos de araruta e licor de jenipapo. Agora é trabalhar!

E sem mais aquela, atravessou a sala da posse, ganhou a porta e caiu de enxada nos matos que infestavam a Rua do Cais. O povo, de boca aberta, não lembrava em cem anos de ter acontecido um prefeito desse porte. Cajuca Viana, presidente da Câmara de Vereadores, para não ficar por baixo, pegou também no instrumento e foi concorrer com Lulu Bergantim nos trabalhos da limpeza. Com pouco mais, toda a cidade de Curralzinho estava no pau da enxada. Era um enxadar de possessos! Até a professora Andrelina Tupinambá, de óculos, entrou no serviço da faxina. E assim, de limpeza em limpeza, as ruas de Curralzinho ficaram novinhas em folha, saltando na ponta das pedras. E uma tarde, de brocha na mão, Lulu caiu no trabalho de caiação. Era assobiando "O teu-cabelo-não-nega, mulata, porque-és-mulata-na-cor" que o ilustre sujeito público comandava as brochas de sua jurisdição. Lambuzada de cal, Curralzinho pulava nos sapatos, branquinha mais do que asa de anjo. E de melhoria em melhoria, a cidade foi andando na frente dos safanões de Lulu Bergantim. Às vezes, na sacada do casarão da prefeitura, Lulu ameaçava:

— O vai ou racha!

E uma noite, trepado no coreto da Praça das Acácias, gritou:

— Agora a gente vai fazer serviço de tatu!

O povo todo, uma picareta só, começou a esburacar as ruas e becos de modo a deixar passar o encanamento de água. Em um quarto de ano Curralzinho já gozava, como dizia cheio de vírgulas e crases o *Sentinela Municipal*, do "salutar benefício do chamado precioso líquido". Por força de uma proposta de Cazuza Militão, dentista prático e grão-mestre da Loja Maçônica José Bonifácio, fizeram correr o pires da subscrição de modo a montar Lulu Bergantim em forma de estátua, na Praça das Acácias. E andava o bronze no meio do trabalho de fundição, quando Lulu Bergantim, de repente, resolveu deixar o ofício de prefeito. Correu todo mundo com pedidos e apelações. O promotor público Belinho Santos fez discurso. E discurso fez, com a faixa de provedor-mor da Santa Casa no peito, o Major Penelão de Aguiar. E Lulu firme:

— Não abro mão! Vou embora para Ponte Nova. Já remeti telegrama avisativo de minha chegada.

Em verdade Lulu Bergantim não foi por conta própria. Vieram buscar Lulu em viagem especial, uma vez que era fugido do hospício Santa Isabel de Inhangapi de Lavras. Na despedida de Lulu Bergantim pingava tristeza dos olhos e dos telhados de Curralzinho Novo. E ao dobrar a última rua da cidade, estendeu o braço e afirmou:

— Por estas e por outras é que não atravessei o Rubicon!

Lulu foi embora embarcado em nunca-mais. Sua estátua ficou no melhor pedestal da praça das Acácias. Lulu em mangas de camisa, de enxada na mão. Para sempre Lulu Bergantim!

CARVALHO, José Cândido. *Os mágicos municipais: contados, astuciados, sucedidos e acontecidos do povinho do Brasil*. Rio de Janeiro: José Olympio, 1984. p. 120-2.

Confrontando ideias

Debata com seus colegas e seu(sua) professor(a):

- Qual é o efeito ou impressão do conto "Porque Lulu Bergantim não atravessou o Rubicon"?
- Esse efeito ou impressão é construído ao longo da narrativa, mas só se revela no desfecho. Como isso se dá no conto de José Cândido?
- O conto faz parte de um livro intitulado *Os mágicos municipais: contados, astuciados, sucedidos e acontecidos do povinho do Brasil*. Segundo Gilberto Amado, em artigo publicado no livro de José Cândido, "O primeiro requisito do burlesco – o absurdo, a surpresa espontaneamente espoucando inesperados – revela no autor conhecimento do seu mister, capacidade de prever e de medir o alcance de seus achados e desígnios". De que maneira o escritor consegue montar esse caráter burlesco, típico das farsas, no conto?

Contos e contistas clássicos da literatura mundial – bases do conto moderno

O conto, como gênero narrativo, tem uma história. Em sua origem, destacam-se os contos da Pérsia do século X: *As mil e uma noites*, transmitidos oralmente (a primeira versão escrita da obra para o ocidente foi realizada no fim do século XVII). Até hoje, os contos que salvaram Sherazade da morte e cativaram o sultão Chahriar estão presentes entre nós, rompendo as barreiras temporais e culturais.

O conto se consolidou como gênero literário no Humanismo europeu (séculos XV e XVI). Dois autores merecem destaque: o florentino **Giovanni Boccaccio** (1313-1375), com *Decameron* (literalmente, "dez dias"), uma coletânea de cem relatos contados durante dez dias por dez jovens ricos (sete moças e três rapazes), tendo como pano de fundo o período em que a Europa foi assolada pela peste, e o inglês **Geoffrey Chaucer** (1340-1400), com *Os contos de Canterbury*, uma coletânea de contos na voz de viajantes peregrinos. As duas obras representam uma ruptura com os valores, a moral e a tradição literária da Idade Média.

na ESTANTE

As mil e uma noites é um clássico cativante e delicioso. Não deixe de ler! Envolva-se com a arte de contar de Sherazade e a magia dos contos que trazem histórias como as de *Ali Babá e os quarenta ladrões* e *Aladim e a lâmpada maravilhosa*. Há várias edições em português.

Afresco sobre madeira (1450) – Galleria degli Uffizi, Florence.

Giovanni Boccaccio (1313-1375).

Geoffrey Chaucer (1340-1400).

Retrato de Geoffrey Chaucer extraído de Chaucer's Canterbury Tales, Biblioteca da Universidade de Cambridge, Reino Unido.

O conto moderno começou a se configurar no século XIX, com intensa publicação em revistas e jornais. Foi nessa época que o escritor norte-americano Edgar Allan Poe, contista e teórico do conto, revolucionou o estudo literário e inovou o gênero, trazendo aos contos o efeito de suspense e de horror.

Bettmann/Corbis/LatinStock.

Edgar Allan Poe (1809-1849).

na ESTANTE

Se você gosta de contos inquietantes, não deixe de ler os textos de Edgar Allan Poe. Algumas sugestões:

Contos de terror, de mistério e de morte. Rio de Janeiro: Nova Fronteira.
O escaravelho de ouro e outras histórias. São Paulo: Ática.
A carta roubada e outras histórias de crime e mistério. Porto Alegre: L&PM.
Outra sugestão: *Contos de horror do século XIX*, escolhidos por Alberto Manguel.

Editora Companhia das Letras.

Nas tramas do texto

Solidariedade

Parei para olhá-los.

Trabalhavam assim, de noite, naquela rua afastada, diante da grade metálica de uma loja.

Era uma grade pesada: usavam uma barra de ferro como alavanca, mas ela não se levantava.

Eu passeava por ali, sozinho e ao léu. Também peguei na barra, para fazer força. Eles abriram espaço para mim.

Não acertavam o ritmo; falei "Ooh-op!". O companheiro da direita me deu uma cotovelada e me disse baixinho: — Cale a boca! Você está maluco! Quer que nos ouçam?

Sacudi a cabeça como dizendo que tinha me escapado.

Atacamos de novo e suamos, mas no final tínhamos levantado tanto a grade metálica que já se podia passar. Olhamo-nos no rosto, contentes. Depois entramos. Mandaram-me segurar um saco. Os outros levavam umas coisas e botavam ali dentro.

— Tomara que esses velhacos da polícia não cheguem! — diziam.

— De fato — eu respondia. — Velhacos mesmo, é o que eles são!

— Silêncio. Não está ouvindo barulho de passos? — diziam de vez em quando. Eu ficava atento, com um pouco de medo.

— Que nada, não são eles! — respondia.

— Eles sempre chegam quando menos se espera! — um me dizia.

Eu balançava a cabeça. — Matar todos eles, é o que se devia fazer — eu falava.

Depois me disseram para ir um pouco lá fora, até a esquina, e ver se estava chegando alguém. Eu fui.

— Uns ruídos lá longe, perto daquelas lojas — disse o meu vizinho.

Fiquei à espreita.

— Ponha a cabeça para dentro, imbecil, porque se nos virem vão escapar de novo — sussurrou.

— Eu estava olhando... — desculpei-me e fiquei grudado no muro.

— Se a gente conseguir cercá-los sem que eles percebam — disse o outro —, vamos pegá-los numa armadilha, todos eles.

Nós nos mexíamos aos pulos, na ponta dos pés, prendendo a respiração: a toda hora olhávamos um para o outro, com os olhos brilhando.

— Não vão mais escapar — disse eu.

— Finalmente vamos conseguir pegá-los com a mão na massa — disse um.

— Já era hora — disse eu.

— Esses delinquentes canalhas, roubar assim as lojas! — disse o outro.

Joubert Lancha/Arquivo da editora.

Joubert Lancha/Arquivo da editora.

— Canalhas, canalhas! — repeti, com raiva.

Mandaram-me um pouco para a frente, para ver. Fui parar dentro da loja.

— Agora — dizia um deles, pondo um saco no ombro — eles não nos pegam mais.

— Depressa — disse outro —, vamos dar no pé pelos fundos! Assim a gente escapa, nas barbas deles.

Todos nós tínhamos um sorriso de triunfo nos lábios. — Vão ficar a ver navios — disse. E escapuliu pelos fundos.

— Conseguimos tapeá-los de novo, esses trouxas! — diziam. Nisso, ouviu-se: — Alto lá, quem está aí! — e as luzes se acenderam. Nós nos metemos num canto escondido, pálidos, e nos seguramos pela mão. Eles entraram ali também, não nos viram, voltaram para trás. Pulamos para fora, e pernas, para que te quero!

— Enganamos eles! — gritamos.

Tropecei duas ou três vezes e fiquei para trás. E me vi no meio dos outros que também corriam.

— Corra — me disseram —, que nós vamos pegá-los.

E todos galopavam pelos becos, perseguindo-os. — Corra por aqui, corte por ali — diziam, e agora os outros só estavam um pouco na nossa frente, e eles gritavam: — Depressa, para que eles não escapem.

Consegui grudar nos calcanhares de um. Ele me disse: — Parabéns, você conseguiu escapar. Rápido, por aqui, que eles vão perder a nossa pista! — e me encostei nele. Um pouco depois vi que eu estava sozinho, num beco. Um deles passou pertinho de mim e disse, correndo: — Corra, por ali, eu os vi ali, não podem estar muito longe.

Corri um pouco, atrás dele. Depois parei, suando. Não havia mais ninguém, não se ouviam mais gritos. Pus as mãos nos bolsos e recomecei a passear, sozinho e ao léu.

CALVINO, Ítalo. *Um general na biblioteca*. São Paulo: Companhia das Letras, 2001. p. 28-30.

atividades

1. O escritor Italo Calvino criou um personagem-narrador, ou seja, optou por uma narrativa em primeira pessoa. Justifique a opção feita pelo autor.
2. Ao longo do conto, observamos a presença de "outros" (outros em contraste com o protagonista). Quem são eles?
3. Percebemos no texto marcas de primeira pessoa do plural (nós) e de terceira do plural (eles). No entanto, podemos afirmar que há **alternância** quanto à referência dessas marcas de pessoa. Explique e exemplifique com passagens do conto.
4. Dê uma explicação para a escolha do título.
5. As sequências descritivas não são recorrentes na narrativa de contos e, quando presentes, são curtas e objetivas. Aponte uma passagem descritiva no conto e justifique-a.
6. No conto, a marcação das falas é predominantemente em discurso direto tradicional: uso de travessão e verbos de elocução. Em grande parte da narrativa, cada fala corresponde a um parágrafo; no final, nota-se que as falas se sucedem num mesmo parágrafo, agrupadas. Comente o efeito provocado por isso.
7. Diz-se que o conto é um recorte, um momento.
   a) Em quanto tempo cronológico você acha que ocorre o conto?
   b) O momento dramático desse conto está delimitado; podemos dizer que há uma situação inicial, a ação propriamente dita e uma situação final. Explicite tal delimitação e comente o emprego de tempos verbais.

A crônica

O que é uma crônica? A palavra **crônica** deriva do radical grego *crono*, que significa "tempo". Daí seu caráter contemporâneo: relato de acontecimentos do tempo de hoje, ou seja, relato de fatos do cotidiano. Nos primórdios da literatura portuguesa e no Brasil-Colônia, **crônica** designava a narração de fatos históricos segundo a ordem cronológica ou relatos de viagens.

Desde o Romantismo (início do século XIX), com a consolidação da imprensa, a crônica se caracterizou por ser uma seção de jornal ou revista, escrita sempre numa linguagem leve, em que se comentam acontecimentos do dia a dia. Na definição do jornalista Nilson Lage:

> **Crônica** é um texto desenvolvido de forma livre e pessoal, a partir de acontecimentos de atualidade ou situações de permanente interesse humano. É gênero literário que busca ultrapassar, pelo tratamento artístico, o que é racionalmente deduzido dos fatos.

LAGE, Nilson. *Estrutura da notícia*. São Paulo: Ática, 1993.

Joubert Lancha/Arquivo da editora.

Segundo Antonio Candido, a crônica

> é filha do jornal e da era da máquina, onde tudo acaba tão depressa. Ela não foi feita originariamente para o livro, mas para essa publicação efêmera que se compra num dia e no dia seguinte é usada para embrulhar um par de sapatos ou forrar o chão da cozinha.

CANDIDO, Antonio. A vida ao rés do chão (prefácio). In: ANDRADE, Carlos Drummond de et al. *Para gostar de ler*: São Paulo: Ática, 1979. v. 5. p. 6.

Por essas características, a crônica foi considerada um "gênero menor", e muito se discute sobre a tênue fronteira que separa o jornalismo da literatura (ou vice-versa). O crítico Eduardo Portella, por sua vez, percebe nessa ambiguidade típica da crônica a sua principal virtude:

> A estrutura da crônica é uma desestrutura; a ambiguidade é a sua lei. A crônica tanto pode ser um conto, como um poema em prosa, um pequeno ensaio, como as três coisas simultaneamente. Os gêneros literários não se excluem: incluem-se. O que interessa é que a crônica, acusada injustamente como um desdobramento marginal ou periférico do fazer literário, é o próprio fazer literário. E quando não o é, não é por causa dela, a crônica, mas por culpa dele, o cronista. Aquele que se apega à notícia, que não é capaz de construir uma existência além do cotidiano, este se perde no dia a dia e tem apenas a vida efêmera do jornal. Os outros, esses transcendem e permanecem.

In: *Vocabulário técnico da literatura brasileira*. Rio de Janeiro: Tecnoprint, 1979.

Na estrutura da crônica, destaca-se a predominância de sequências narrativas, como no caso das notícias. Porém, a montagem textual é muito diferente: a narrativa da crônica não tenta ser objetiva nem forjar um distanciamento entre o fato narrado e o produtor do texto; ao contrário, na crônica, o fato narrado traz marcas subjetivas do produtor do texto: no trabalho com a linguagem, na introdução de comentários, na evidência do leitor em perguntas retóricas, no acréscimo de pitadas de ficção.

No Brasil, desde meados do século XIX, destacaram-se cronistas importantes, como José de Alencar, Machado de Assis e Olavo Bilac. Na segunda metade do século XX, aderiram à crônica escritores de primeira linha, como Carlos Drummond de Andrade, Fernando Sabino, Rubem Braga, Paulo Mendes Campos, Stanislaw Ponte Preta (Sérgio Porto), Rachel de Queiroz, Luis Fernando Verissimo, Lourenço Diaféria, entre outros.

Nas tramas dos textos

Para entender melhor o que vem a ser crônica, você vai ler agora o que Drummond, Fernando Sabino, Paulo Mendes Campos e Rubem Braga escreveram na abertura do primeiro volume da coleção Para gostar de ler *(uma coletânea de crônicas). Na sequência, reproduzimos uma crônica de Rubem Braga.*

Texto 1

Experimente abrir este livro em qualquer página onde começa uma crônica. Crônica é um escrito de jornal que procura contar ou comentar histórias da vida de hoje. Histórias que podem ter acontecido com todo mundo: até com você mesmo, com pessoas de sua família ou com seus amigos. Mas uma coisa é acontecer, outra coisa é escrever aquilo que aconteceu. Então você notará, ao ler a narração do fato, como ele ganha um interesse especial, produzido pela escolha e arrumação das palavras. E aí começa a alegria da leitura, que vai longe. Ela nos faz conferir, pensar, entender melhor o que se passa dentro e fora da gente. Daí por diante a leitura ficará sendo um hábito, e esse hábito leva a novas descobertas. Uma **curtição**.

As crônicas serão apenas um começo. Há um infinito de coisas deliciosas que só a leitura oferece, e que você irá encontrando sozinho, pela vida afora, na leitura dos bons livros.

Texto 2

Recado ao senhor 903

Vizinho —

Quem fala aqui é o homem do 1003. Recebi outro dia, a visita do zelador, que me mostrou a carta em que o senhor reclamava contra o barulho em meu apartamento. Recebi depois a sua própria visita pessoal — devia ser meia-noite — e a sua veemente reclamação verbal. Devo dizer que estou desolado com tudo isso, e lhe dou inteira razão. O regulamento do prédio é explícito e, se não o fosse, o senhor ainda teria ao seu lado a Lei e a Polícia. Quem trabalha o dia inteiro tem direito ao repouso noturno e é impossível repousar no 903 quando há vozes, passos e músicas no 1003. Ou melhor: é impossível ao 903 dormir quando o 1003 se agita; pois como não sei o seu nome nem o senhor sabe o meu, ficamos reduzidos a ser dois números, dois números empilhados entre dezenas de outros. Eu, 1003, me limito a Leste pelo 1005, a Oeste pelo 1001, ao Sul pelo Oceano Atlântico, ao Norte pelo 1004, ao alto pelo 1103 e embaixo pelo 903 — que é o senhor. Todos esses números são comportados e silenciosos; apenas eu e o Oceano Atlântico fazemos algum ruído e funcionamos fora dos horários civis; nós dois apenas nos agitamos e bramimos ao sabor da maré, dos ventos e da lua. Prometo sinceramente adotar, depois das 22 horas, de hoje em diante, um comportamento de manso lago azul. Prometo. Quem vier à minha casa (perdão; ao meu número) será convidado a se retirar às 21:45, e explicarei: o 903 precisa repousar das 22 às 7 pois às 8:15 deve deixar o 783 para tomar o 109 que o levará até o 527 de outra rua, onde ele trabalha na sala 305. Nossa vida, vizinho,

Joubert Lancha/Arquivo da editora.

está toda numerada; e reconheço que ela só pode ser tolerável quando um número não incomoda outro número, mas o respeita, ficando dentro dos limites de seus algarismos. Peço-lhe desculpas — e prometo silêncio.

Mas que me seja permitido sonhar com outra vida e outro mundo, em que um homem batesse à porta do outro e dissesse: "Vizinho, são três horas da manhã e ouvi música em tua casa. Aqui estou". E o outro respondesse: "Entra, vizinho, e come de meu pão e bebe de meu vinho. Aqui estamos todos a bailar e cantar, pois descobrimos que a vida é curta e a lua é bela".

E o homem trouxesse sua mulher, e os dois ficassem entre os amigos e amigas do vizinho entoando canções para agradecer a Deus o brilho das estrelas e o murmúrio da brisa nas árvores, e o dom da vida, e a amizade entre os humanos, e o amor e a paz.

BRAGA, Rubem. *Para gostar de ler*. São Paulo: Ática, 1977. v. 1. p. 74-5.

atividades

1. Como os cronistas definem crônica?

2. "Uma coisa é acontecer, outra coisa é escrever aquilo que aconteceu." Segundo os cronistas, o que dá à narrativa um colorido especial?

3. Qual a intenção do cronista ao escrever regularmente sua crônica?

4. Já foi dito que uma das características da moderna sociedade industrial é aquela que "transforma o homem em um simples número: a relação humana desaparece". Em que trecho de sua crônica Rubem Braga ironiza ao máximo essa característica do moderno sistema industrial? Comente-o.

5. Na crônica de Rubem Braga, não há personagens com nomes próprios (o nome próprio é traço de individualidade); eles são tratados por "senhor 903", "senhor 1003" ou "é impossível ao 903 dormir quando o 1003 se agita". Num processo crescente, chega-se à substituição da palavra pessoa ou senhor pela palavra número. Em que trecho isso ocorre? O que isso simboliza?

6. Para os valores da moderna e acelerada sociedade, quem é o transgressor? Por quê?

7. Como se estabeleceu o primeiro contato entre o 903 e o 1003? E o segundo? E o terceiro?

8. O 903 defende, no fundo, valores que não são apenas dele e sim da sociedade como um todo. Que passagem comprova essa afirmação?

9. Na verdade, o 1003 não está sozinho. Quem lhe é solidário?

10. Um comportamento de "manso lago azul" se opõe ao comportamento de quem?

11. Poderíamos dividir a carta do 1003 em dois planos: o da realidade e o do sonho. Que palavra marca a passagem de um plano para o outro?

12. No plano da realidade, qual a atitude do 1003 diante das reclamações do 903?

13. E no plano do sonho, quais são as atitudes do 1003?

14. Nilson Lage falou em crônicas escritas "a partir de acontecimentos de atualidade ou situações de permanente interesse humano". Em qual dos dois casos você enquadraria a crônica de Rubem Braga?

Questões de exames sobre este capítulo encontram-se na página 638.

PARTE 3

Lavrador de café, de Candido Portinari, 1934. Óleo sobre tela, 100 x 81 cm. Museu de Arte de São Paulo Assis Chateaubriand, São Paulo/Reprodução autorizada por João Candido Portinari/Imagem do acervo do Projeto Portinari.

Desembarque de Pedro Álvares Cabral em Porto Seguro em 1500, de Oscar Pereira da Silva, 1922. Óleo sobre tela, 330 x 190 cm. José Rafael/Museu Paulista da SP, São Paulo.

A greve, de Robert Koehler, 1886. Óleo sobre tela, 182 x 276 cm. Museu Histórico Alemão, Berlim.

Miniatura de homem cortejando dama. *Codex Manesse*, de Rudiger Manesse e seu filho Johannes, 1300. Pergaminho. Biblioteca da Universidade de Heidelberg, Alemanha.

Os estilos de época

Partindo do princípio de que "o texto só existe na sociedade e é produto de uma história social e cultural" e que "os poemas escritos em diferentes épocas apresentam especificidades próprias"*, estudar a história de uma literatura é fundamental para compreender o momento histórico, os componentes sociais que geraram os **textos**, os **poemas**.

Não se trata de memorizar nomes de autores, livros, personagens, resumos e características de época, mas sim estabelecer relações entre o texto literário e o momento de sua produção, situando aspectos do contexto histórico, social e político, além de relacionar informações sobre concepções artísticas e procedimentos de construção do texto literário.

* *Parâmetros Curriculares Nacionais para o Ensino Médio* (Pcnem).

capítulo 9

Periodização das literaturas portuguesa e brasileira

Objetivos gerais do capítulo

O aluno, ao final do capítulo, deverá ser capaz de:

- conhecer os principais movimentos da história da literatura portuguesa;
- localizar os períodos em que ocorrem os principais movimentos da história da literatura portuguesa;
- conhecer os principais movimentos da história da literatura brasileira;
- localizar os períodos em que ocorrem os principais movimentos da história da literatura brasileira;
- discutir a importância relativa das datas;
- conhecer noções básicas sobre as manifestações de cada movimento literário, bem como o contexto histórico de cada período.

Conquanto um período seja, assim, uma secção de tempo à qual se atribui uma certa espécie de unidade, é óbvio que essa unidade só pode ser relativa. Ela significa apenas que durante esse período foi um certo número de normas realizado mais plenamente. Se a unidade de cada período fosse absoluta, os períodos estariam jacentes, colocados uns ao lado dos outros como blocos de pedra, sem continuidade ou desenvolvimento.

WELLEK, René; WARREN, Austin. *Teoria da literatura*. Lisboa: Europa-América, 1976. p. 332.

Sinal de Combate, de Jean-Baptiste Debret, 1834-1839. Litografia colorida à mão, 34 x 39 cm. Coleção particular.

O índio é tema recorrente em toda a história da literatura brasileira, desde a Carta de Caminha *até o modernismo do século XX, ora como o selvagem a ser catequizado, ora como o homem edênico, ora como bom selvagem, ora como herói nacional, ora como herói sem nenhum caráter. Na tela* Sinal de combate, *de Jean-Baptiste Debret, vemos um índio sinalizando o início de um combate. Índios como esse retratado por Debret, que ostentavam imponentes cocares, foram chamados pelos portugueses de Coroados. Na imagem do chefe, percebe-se o olhar europeizado do artista.*

História da literatura, períodos e estilos

Antes de prosseguir os estudos de literatura, é necessário estabelecer uma rápida diferenciação entre **arte literária**, a linguagem carregada de significado, no dizer do poeta inglês Ezra Pound, e **história da literatura**. Vamos partir das primeiras acepções do verbete **literatura** do *Dicionário Aurélio eletrônico – século XXI*:

> **literatura** [Do lat. *litteratura*.] *S.f.* **1.** Arte de compor ou escrever trabalhos artísticos em prosa ou verso. **2.** O conjunto de trabalhos literários dum país ou duma época.

A primeira definição de literatura – "arte de compor ou escrever trabalhos artísticos em prosa ou verso" – refere-se à arte literária; a segunda acepção – "o conjunto de trabalhos literários dum país ou duma época" – refere-se ao objeto de estudo da história da literatura.

José Veríssimo afirma:

> Obras e não livros, movimentos e manifestações literárias sérias e consequentes e não modas e rodas literárias, são, a meu ver, o imediato objeto da história da literatura.

Cumpre ao historiador da literatura destacar esses movimentos sérios e consequentes, relacionando-os a determinado momento histórico, ou seja, a um momento econômico, político e social. Seria impossível isolar, por exemplo, o Romantismo da revolução burguesa e da Revolução Francesa; o Realismo das lutas proletárias, das transformações econômicas, políticas e sociais da segunda metade do século XIX; *Os lusíadas* da estética renascentista e da política expansionista do império português.

Esses movimentos, em determinado contexto histórico-cultural, apresentam características genéricas tanto no plano formal como no plano das ideias, resultando assim em **estilos de época** ou **escolas literárias**, pano de fundo para as produções artísticas. A escola literária, segundo o professor Soares Amora, "é um grupo de escritores com uma determinada teoria literária, com uma determinada concepção de belo literário e com a preferência por uns tantos gêneros e espécies literárias". Ou seja, cada escola literária representa as tendências estético-temáticas das obras literárias produzidas em uma determinada época, sob determinadas condições socio-históricas. Dessa forma, embora cada obra produzida por um artista constitua uma experiência única, com marcas próprias e inconfundíveis, ela sempre será produto de uma determinada época.

O Romantismo, por exemplo, é marcado por uma visão de mundo subjetiva, não raro egocêntrica, por um forte nacionalismo, um exagerado sentimentalismo, uma postura rebelde, etc. Dificilmente encontraremos um autor que dê conta de todas essas marcas, o que nos permite concluir que um período se define, como afirma René Wellek, como um "sistema de normas, convenções e padrões literários", e nunca apenas por esta ou aquela característica.

Estilo individual

Como já afirmamos, cada obra é única, uma vez que cada autor imprime um tratamento particular, muito pessoal, às características genéricas de um período literário, resultando disso um **estilo individual**. Citemos um exemplo: fruto do contexto histórico-cultural do Romantismo brasileiro, o índio foi tema de vários escritores (trata-se de uma característica genérica desse período); no entanto, a abordagem de Gonçalves Dias difere da abordagem de José de Alencar (trata-se, agora, de uma questão de estilo individual). Isso se manifesta não só na forma de interpretar um tema (que reflete uma determinada leitura de mundo), mas também no trabalho com a linguagem.

Joubert Lancha/Arquivo da editora.

Manuel Moura/Lusa.

António José Saraiva (1917-1993)

Segundo os críticos portugueses António José Saraiva e Óscar Lopes:

> É nas boas obras de ficção que os recursos linguísticos melhor se estruturam, e com mais evidência nos apercebemos de uma forma ou um estilo. A evidência de uma forma ou estilo próprio de certa obra ou autor tanto resulta, numa obra de ficção, da ordem ou organização dos temas como, por exemplo, dos ritmos das frases.

História da literatura portuguesa. 9. ed. Porto: Porto Ed., 1976. p. 8.

Divulgação.

Óscar Lopes (1917-)

Antônio Soares Amora didaticamente explica o que é estilo:

> E que vem a ser o estilo?
>
> Estilo é a própria compreensão, o que equivale a dizer, é o modo de ser do espírito do artista: sua constituição psicológica, sua atitude perante a vida, sua cultura, suas inclinações e preferências, tudo isto expresso nas imagens que esse espírito forma da realidade.

Teoria da literatura. São Paulo: Ed. Clássico-científica, 1944. p. 236.

Arquivo/AE.

Manuel Bandeira (1886-1968)

Para Manuel Bandeira:

> O estilo não é o enfeite: o estilo nasce do caráter mesmo do escritor e é a marca da sua personalidade.

Manuel Bandeira: poesia completa e prosa. 4. ed. Rio de Janeiro: Nova Aguilar, 1985.

E no dizer do escritor russo Tolstoi:

> O estilo nem por sombra corresponde a um simples culto da forma, mas, muito longe disso, a uma particular concepção da arte e, mais em geral, a uma particular concepção da vida.

In: RÓNAI, Paulo. *Dicionário universal Nova Fronteira de citações*. Rio de Janeiro: Nova Fronteira, 1985.

Adoc-photos/Album/Latinstock.

Leon Tolstoi (1828-1910)

Joubert Lancha/Arquivo da editora.

Periodização da literatura portuguesa

A literatura portuguesa, que abrange oito séculos de produção, pode ser dividida em três longos espaços de tempo, acompanhando as grandes transformações vividas pela Europa: **Era Medieval**, **Era Clássica**, **Era Romântica** ou **Moderna**. Essas três grandes eras apresentam-se subdivididas em fases menores, chamadas de **escolas literárias** ou **estilos de época**.

Era Medieval

Essa época se inicia com o texto mais antigo da literatura portuguesa, segundo a tese de Carolina Michaëlis: a *Canção da Ribeirinha* (também conhecida como *Canção de Guarvaia*), de Paio Soares de Taveirós. Divide-se em dois períodos:

- **Trovadorismo** – compreendido entre os anos 1189, data provável da *Canção da Ribeirinha*, e 1434, quando Fernão Lopes é nomeado para o cargo de cronista-mor da Torre do Tombo.
- **Humanismo** – estende-se de 1434 até 1527, quando Sá de Miranda retorna da Itália e introduz em Portugal características da estética renascentista. O Humanismo foi um período de transição da cultura medieval para a cultura clássica.

Monastério Real, Escorial, Espanha/Laurie Platt Winfrey/The Picture Desk/Other Images.

Iluminura datada do século XIII que retrata dois trovadores das cantigas do rei Alfonso X.

Era Clássica

Em Portugal, a Era Clássica compreende os séculos XVI, XVII e XVIII, apresentando como característica genérica o predomínio dos valores clássicos. Divide-se em três períodos:

- **Quinhentismo** ou **Classicismo** – estende-se de 1527 a 1580, ano em que Portugal passa para o domínio espanhol (coincidentemente, é o ano da morte de Camões, o maior poeta renascentista português).
- **Seiscentismo** ou **Barroco** – de 1580 a 1756, ano da fundação da Arcádia Lusitana.
- **Setecentismo** ou **Arcadismo** ou **Neoclassicismo** – de 1756 a 1825, ano inicial do Romantismo.

Francesco Venturi/Corbis/Latinstock.

O Palácio da Fronteira, em Lisboa, é considerado um exemplar da azulejaria portuguesa do século XVII.

Era Romântica ou Moderna

Estende-se de 1825 até nossos dias, dividindo-se em quatro períodos:

- **Romantismo** – inicia-se em 1825, com o poema "Camões", de Almeida Garrett, e estende-se até 1865, ano da Questão Coimbrã.
- **Realismo** – compreende o período que vai de 1865 a 1890, ano de publicação do livro *Oaristos*, de Eugênio de Castro.
- **Simbolismo** – vai da publicação de *Oaristos*, em 1890, até 1915, ano em que se lança a revista *Orpheu*, marco inicial do Modernismo.
- **Modernismo** – de 1915 aos nossos dias. Há quem reconheça, a partir de 1945, um novo período, chamado Neorrealismo.

Painel histórico-literário português

	Era Medieval		Era Clássica			Era Romântica			
Estilos de época	**Trovadorismo**	**Humanismo**	**Quinhentismo** ou **Classicismo**	**Seiscentismo** ou **Barroco**	**Setecentismo** ou **Arcadismo**	**Romantismo**	**Realismo**	**Simbolismo**	**Modernismo**
Produção literária	• Cantigas de amor, de amigo, de escárnio, de maldizer	• Historiografia de Fernão Lopes • Teatro de Gil Vicente	• Sá de Miranda • Camões	• Literatura dos padres • Pe. Antônio Vieira	• Literatura neoclássica • Arcádias • Bocage	• Almeida Garrett • Alexandre Herculano • Camilo Castelo Branco	• Questão Coimbrã • Antero de Quental • Eça de Queirós	• Decadentismo • Eugênio de Castro • Antônio Nobre • Camilo Pessanha	• Revista *Orpheu* • Fernando Pessoa • Mário de Sá-Carneiro
Panorama português	• Consolidação do Estado Português	• Revolução de Avis • Grandes Navegações	• Império português no Oriente • Comércio de especiarias	• Domínio espanhol • Jesuitismo	• Despotismo esclarecido • Governo de Pombal • Expulsão dos jesuítas	• Revolução do Porto • Independência do Brasil • Guerra civil	• Sentimento anticlerical • Decadência da monarquia • Primeiras greves organizadas	• Evolução do pensamento republicano • A República • Crise econômica	• Estado Novo • Ditadura salazarista • Revolução de 25 de abril
Panorama mundial	• Feudalismo • Teocentrismo • Primeiras universidades	• Crise do feudalismo • Comércio • Antropocentrismo	• Renascimento • Capitalismo mercantil • Reforma protestante	• Mercantilismo • Contrarreforma	• Iluminismo • Revolução Industrial • Revolução Francesa	• Liberalismo burguês • Guerras napoleônicas	• Socialismo • Positivismo • Evolucionismo • 2ª Revolução Industrial	• Pré-Guerra • Freud e a psicanálise • Vanguardas artísticas	• 1ª Guerra Mundial • Revolução Russa • Nazifascismo • 2ª Guerra Mundial • Guerra Fria

1889(?) — 1434 — 1527 — 1580 — 1756 — 1825 — 1865 — 1890 — 1915 — Nossos dias

Eras & Idades

Observe que as eras literárias portuguesas praticamente coincidem com os grandes períodos da História chamados idades:

- Idade Média (até 1453) → Era Medieval (até 1502)
- Idade Moderna (de 1453 a 1789) → Era Clássica (1527 a 1825)
- Idade Contemporânea (a partir de 1789) → Era Romântica (a partir de 1825)

Na verdade, essa quase "coincidência" não é casual. Como você terá oportunidade de perceber ao longo de seus estudos literários, a produção cultural de um povo está estreitamente relacionada ao momento histórico por ele vivido.

No caso da literatura francesa, por exemplo, as datas que registram o início e o término das eras literárias se aproximam ainda mais das datas que marcam os períodos da História.

Periodização da literatura brasileira

A literatura brasileira tem sua história dividida em duas grandes eras, que acompanham a evolução política e econômica do país, a Era Colonial e a Era Nacional, separadas por um curto período que corresponde à emancipação política do Brasil. As eras apresentam subdivisões chamadas escolas literárias ou estilos de época. Dessa forma, temos:

Era Colonial (de 1500 a 1808)

- **Quinhentismo** (século XVI) – denominação genérica de um conjunto de textos sobre o Brasil, que evidenciam a condição brasileira de terra nova a ser conquistada.
- **Seiscentismo** ou **Barroco** – longo período que se estende de 1601 (com a publicação do poema "Prosopopeia", de Bento Teixeira) a 1768, com a fundação da Arcádia Ultramarina, em Vila Rica, Minas Gerais. O barroco literário brasileiro desenvolve-se na Bahia, tendo como pano de fundo a economia açucareira.
- **Setecentismo** ou **Arcadismo** – período que abrange de 1768 a 1808 e cujos principais autores estão intimamente ligados ao movimento da Inconfidência, em Minas Gerais. Nesse momento, o pano de fundo é a economia ligada à exploração de ouro e pedras preciosas e o relevante papel desempenhado pela cidade de Vila Rica (atual Ouro Preto).

Coleção particular.

Lavagem de minério de ouro *(c. 1835), de Johann Moritz Rugendas.*

De Colônia a país independente (de 1808 a 1836)

Pode-se afirmar que a turbulência dos acontecimentos políticos dominou a cena a ponto de não se encontrar, nesse período, uma única obra literária significativa. O fato cultural mais importante dessas primeiras décadas do século XIX foi a chegada da Missão Artística Francesa, em 1816, contratada por iniciativa do príncipe regente D. João. Entre outros artistas, fixaram-se na cidade do Rio de Janeiro (então centro das decisões políticas) os pintores Jean-Baptiste Debret e Nicolas Antoine Taunay (avô do Visconde de Taunay).

Era Nacional (de 1836 até nossos dias)

- **Romantismo** – a primeira escola literária com traços genuinamente nacionais inicia-se em 1836, com a publicação de *Suspiros poéticos e saudades*, de Gonçalves de Magalhães, e estende-se até o ano de 1881, quando surgem os primeiros textos de inspiração realista/naturalista, com Machado de Assis e Aluísio Azevedo.
- **Realismo** – o que denominamos de época realista constitui um amplo movimento literário que envolve três tendências distintas: romance realista, romance naturalista e poesia parnasiana. A época realista se inicia em 1881, com a publicação de *Memórias póstumas de Brás Cubas* e *O alienista*, ambos de Machado de Assis, e do romance *O mulato*, de Aluísio Azevedo. Esse período se estende até, praticamente, as duas primeiras décadas do século XX.
- **Simbolismo** – período que se inicia no ano de 1893, com a publicação dos livros *Missal* e *Broquéis*, de Cruz e Sousa; estende-se até as primeiras décadas do século XX, projetando algumas das principais características da poesia moderna.

Como você pode perceber, na virada do século XIX para o século XX abre-se um leque de tendências estéticas (algumas antagônicas) que se estendem até a realização da Semana de Arte Moderna de 1922.

- **Modernismo** – a Semana de Arte Moderna, realizada em fevereiro de 1922, em São Paulo, constituiu o grande divisor de águas da literatura brasileira, estabelecendo os limites entre o velho e o novo, entre o ultrapassado Brasil rural e o novo modelo de um país industrial e urbano. O que se convencionou chamar de Modernismo se estende por duas gerações de artistas (de 1922 a 1945), com intensa produção tanto na prosa como na poesia.
- **Pós-Modernismo** – a partir de 1945, quando o fim da Segunda Guerra Mundial resulta numa nova ordem (com reflexos no Brasil, que, depois de 15 anos, assiste ao fim do primeiro governo Vargas), tem início um período que, sustentado pelas conquistas estéticas do Modernismo, busca novas formas de expressão, tanto na poesia como na prosa. Esse período perdura até nossos dias, com as chamadas produções contemporâneas.

Fundação José e Paulina Nemirovsky, São Paulo/Tarsila do Amaral Empreendimentos.

Antropofagia, *de Tarsila do Amaral, uma das mais famosas telas da artista, caracteriza-se pela "desarticulação da forma construtiva".*

Painel histórico-literário brasileiro

	Era Colonial				Era Nacional			
Estilos de época	**Quinhentismo**	**Seiscentismo** ou **Barroco**	**Setecentismo** ou **Arcadismo**	**Período de transição**	**Romantismo**	**Realismo/ Naturalismo**	**Simbolismo/ Pré-Modernismo**	**Modernismo**
Panorama mundial	• Grandes Navegações • Companhia de Jesus	• Contrarreforma • Portugal sob domínio espanhol	• Iluminismo • Revolução Industrial • Revolução Francesa • Independência dos Estados Unidos	• Guerras napoleônicas	• Burguesia no poder	• Socialismo • Evolucionismo • Positivismo • Lutas antiburguesas • 2ª Revolução Industrial	• Pré-Guerra • 1ª Guerra Mundial • Freud e a psicanálise • Revolução Russa • Vanguardas artísticas	• Nazismo • Fascismo • 2ª Guerra Mundial • Guerra Fria
Panorama brasileiro	• Literatura informativa • Literatura dos jesuítas	• Invasões holandesas • Grupo Baiano	• Ciclo da mineração • Inconfidência Mineira • Grupo Mineiro	• Corte portuguesa no Rio de Janeiro • Independência • Regências	• 2º Império • Guerra do Paraguai • Lutas abolicionistas • Literatura nacional	• Abolição • República • Romance realista • Romance naturalista • Poesia parnasiana	• Governo de Floriano • Revolta da Armada • Revolta de Canudos	• Ditadura de Vargas • Semana de Arte Moderna • As gerações modernistas

1500 — 1601 — 1768 — 1808 — 1836 — 1881 — 1893 — 1922 — Nossos dias

As datas, meros marcos

As datas que indicam o início e o fim de cada época têm de ser entendidas apenas como marcos. Toda época apresenta um período de ascensão, um ponto máximo e um período de decadência (que coincide com o período de ascensão da época seguinte). Dessa forma, pode-se perceber, ao final do Arcadismo, um período de Pré-Romantismo; ao final do Romantismo um Pré-Realismo; e assim por diante. O crítico português Vítor Manuel de Aguiar e Silva comenta o caráter dinâmico dos movimentos literários:

> Os períodos literários não se sucedem de modo rígido e abrupto, como se fossem entidades discretas, blocos monolíticos linearmente justapostos, mas sucedem-se através de zonas difusas de imbricação e de interpenetração. Como fenômenos históricos, os períodos literários transformam-se continuamente, podendo afirmar-se, com alguma razão, que é incorreta a designação de "períodos de transição", uma vez que todos os períodos são de transição. Todavia, também há fundamento para afirmar que, em certos segmentos do tempo histórico, se verifica uma acentuada estabilidade das convenções do sistema literário e que, mesmo em fases de célere alteração deste sistema — como no modernismo e vanguardas —, é possível detectar uma curta estabilização do código literário. Ora um código literário não se extingue abruptamente, num determinado ano ou num determinado mês, como também não se constitui de um jacto, subitamente.
>
> *Teoria da literatura*. 7. ed. Coimbra: Almedina, 1986.

De todos esses momentos de transformação, caracterizados pela quebra das velhas estruturas (apesar de "o novo sempre pagar tributo ao velho"), o mais significativo para a literatura brasileira foi o Pré-Modernismo (entre 1902 e 1922), em que se destacaram Euclides da Cunha, Monteiro Lobato, Augusto dos Anjos e Lima Barreto.

Joubert Lancha/Arquivo da editora.

Nas tramas dos textos

Texto 1

Prefácio aos Suspiros poéticos e saudades

O fim deste Livro, ao menos aquele a que nos propusemos, que ignoramos se o atingimos, é o de elevar a Poesia à sublime fonte donde ela emana, como o eflúvio d'água, que da rocha se precipita, e ao seu cume remonta, ou como a reflexão da luz ao corpo luminoso; vingar ao mesmo tempo a Poesia das profanações do vulgo, indicando apenas no Brasil uma nova estrada aos futuros engenhos.

A Poesia, este aroma d'alma, deve de contínuo subir ao Senhor; som acorde da inteligência deve santificar as virtudes, e amaldiçoar os vícios. [...]

Seja qual for o lugar em que se ache o poeta, ou apunhalado pelas dores, ou ao lado de sua bela, embalado pelos prazeres; no cárcere, como no palácio; na paz, como sobre o campo da batalha, se ele é verdadeiro poeta, jamais deve esquecer-se de sua missão, e acha sempre o segredo de encantar os sentidos, vibrar as cordas do coração, e elevar o pensamento nas asas da harmonia até às ideias arquétipas.

O poeta sem religião, e sem moral, é como o veneno derramado na fonte, onde morrem quantos aí procuram aplacar a sede.

MAGALHÃES, Gonçalves de. Disponível em: <www.cce.ufsc.br/~nupill/literatura/suspiros.html>. Acesso em: 23 jan. 2011.

Texto 2

O poema

Uma formiguinha atravessa, em diagonal, a página ainda em branco. Mas ele, aquela noite, não escreveu nada. Para quê? Se por ali já havia passado o frêmito e o mistério da vida...

QUINTANA, Mário. *Sapato florido*. Porto Alegre: Ed. da Universidade/UFRGS, 1994. p. 42.

atividades

1. O primeiro texto é parte do prefácio do livro *Suspiros poéticos e saudades*, publicado em Paris, em 1836, e que passou a marcar o início do movimento romântico no Brasil. Nesse prefácio, Gonçalves de Magalhães tem consciência de que seu *prefácio* tem caráter inovador. Transcreva em seu caderno uma passagem que comprove essa afirmação.

2. Também nesse prefácio o poeta nos dá um conceito de poesia. Aponte pelo menos duas características temáticas que prevaleceriam no Romantismo brasileiro.

3. Em outro trecho, Gonçalves de Magalhães afirma que alguns poetas "apenas curaram de falar aos sentidos; outros em quebrar todas as leis da decência!". Em oposição a isso, qual é a proposta de Magalhães?

4. "O poema" pertence ao livro *Sapato florido*, publicado por Mário Quintana em 1948.

a) Qual é o tema do poema?

b) Comente a forma do poema.

c) Quem é o "dono da voz" no poema?

5. Transcreva passagens do texto do romântico Gonçalves de Magalhães que se acham em oposição à teoria do modernista Mário Quintana.

*Questões de exames sobre este capítulo encontram-se na página **641**.*

capítulo 10

Os estilos de época na Era Medieval: Trovadorismo

Objetivos gerais do capítulo

O aluno, ao final do capítulo, deverá ser capaz de:

- discutir as manifestações do estilo gótico nas artes plásticas;
- conhecer as principais características do Trovadorismo português e suas relações com o contexto histórico;
- conhecer os principais autores desse período, ler seus textos e refletir sobre eles.

Cantigas de portugueses
São como barcos no mar —
Vão de uma alma para outra
Com riscos de naufragar.
[...]

PESSOA, Fernando. Disponível em: <www.revista.agulha.nom.br/fpesso46.html>. Acesso em: 23 jan. 2011.

A pintura

Díptico Wilton, de autoria anônima, c. 1395-1399. Têmpera com ovo em carvalho, 53 x 37 cm. Galeria Nacional, Londres.

Díptico Wilton, *de autoria anônima. Este díptico (duas placas ligadas por dobradiças formando um painel) nos dá a dimensão do espírito religioso medieval. Seu tema é a coroação de Ricardo II da Inglaterra, que, ajoelhado, é assistido por seus patronos: Santo Edmundo, Santo Eduardo e São João Batista (placa à esquerda do observador) e abençoado pelo próprio Cristo menino (placa à direita do observador). Em pleno século XIV, que mortal questionará o poder de um rei que tem santos e Cristo por patronos?*

Saltério de Henry de Blois, c. 1121-1161. Pergaminho vegetal, Biblioteca Britânica, Londres. The Bridgeman/Keystone.

Inscrição existente no alto desta pintura inglesa, de meados do século XII, diz: "Eis aqui o inferno e o anjo que fecha a porta". Trata-se de uma representação literalmente monstruosa. Nela, percebemos tanto os pecadores com suas expressões de angústia quanto as diabólicas figuras com suas expressões de gozo. À esquerda, fora da boca (e mesmo fora do retângulo que representa o espaço do inferno), um calmo anjo gótico tranca a porta do inferno. Observe ainda o fundo negro da boca do inferno contrastando com o colorido exterior.

As iluminuras

***Iluminura** é a arte decorativa medieval que consiste principalmente em ornamentar as letras capitulares ou as margens do texto com arabescos, ramagens, flores, sempre empregando cores vivas. Nesta iluminura, detalhe de um manuscrito do século XII, vê-se a letra **R** decorada com cena religiosa em que cavaleiros matam um dragão (símbolo da maldade e do pecado).*

Moralia in Job, do Papa Gregório, O Grande, Século XII. Pergaminho vegetal. Biblioteca Dijon, França. Erich Lessing/Album/Latinstock.

A arquitetura

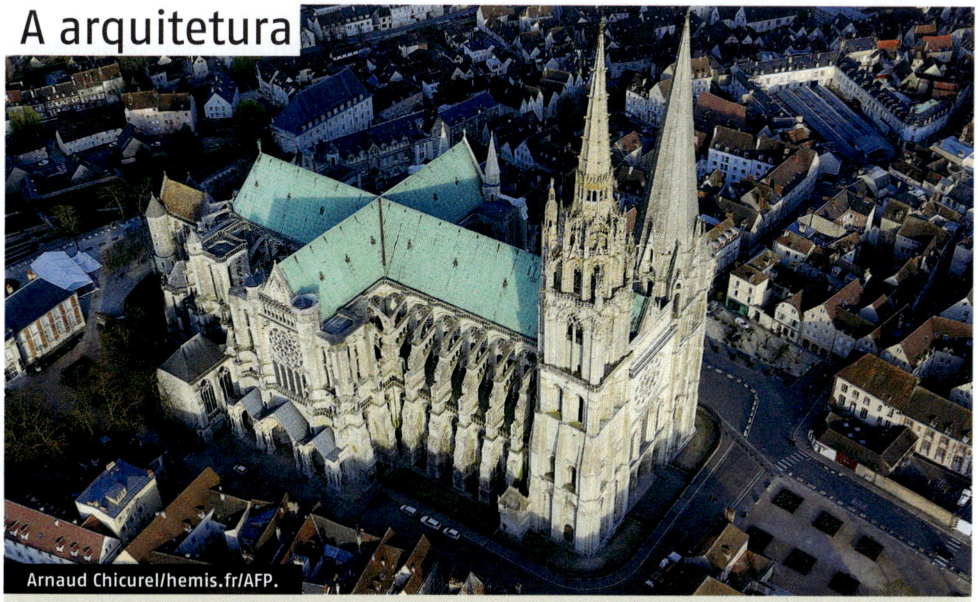

Arnaud Chicurel/hemis.fr/AFP.

Vista aérea da catedral de Chartres (norte da França, cerca de 80 km de Paris), símbolo do apogeu gótico. Construída no século XIII (consagrada em 1260) sobre os escombros da antiga catedral, destruída por um incêndio, apresenta alguns elementos inovadores, como os arcobotantes (arcos erguidos na parte externa, que dão sustentação às paredes). Observando a linha dos telhados, podemos perceber uma das características marcantes das plantas das igrejas góticas: a nave do templo em forma de cruz; nas extremidades do braço maior, situam-se a porta e o altar principal; nas extremidades do braço menor, dois altares laterais. Os arcos ogivais possibilitam a construção de paredes mais finas e altas, com a abertura de grandes janelas, através das quais entra luz abundante, filtrada pelos vitrais multicoloridos.

NA WEB

Para conhecer mais sobre o projeto da catedral e ver detalhes da arquitetura, visite a página do Departamento de História da Arte e Arqueologia da Universidade de Columbia. Disponível em: <www.learn.columbia.edu/Mcahweb/index-frame.html>. Acesso em: 23 jan. 2011.

A Era Medieval

O que se convencionou denominar Era Medieval, na literatura portuguesa, corresponde ao período histórico conhecido por *Baixa Idade Média*, que se estende do século XI ao XV. Assiste-se, na Europa cristã, à substituição do modo de produção feudal pelas atividades mercantis; os traços dominantes da cultura medieval vão sendo questionados e gradativamente substituídos por valores da cultura clássica greco-romana.

Portugal forma-se como estado independente exatamente nesse período e vive sob o governo de duas dinastias: de 1143 a 1383, reinou a Dinastia de Borgonha; em 1385, começa a Dinastia de Avis, que levaria Portugal à grande aventura marítima.

Nas palavras de António José Saraiva e Óscar Lopes:

> Na época em que Portugal se constitui como Estado independente, em meados do século XII, encerra-se a chamada "Idade das Trevas", isto é, a idade em que a economia, a sociedade, a vida política e a cultura estiveram dominadas pela economia rural de autossubsistência. Começa a desenvolver-se a economia mercantil; em face dos castelos brotam as vilas e cidades povoadas de "burgueses". Os produtos da terra começam a ser lançados e procurados nos mercados pela gente citadina. Entre o senhor, que usufrui do rendimento da terra, e o servo, que o produz, novas classes se instituem, quer ligadas ao trabalho rural, como os pequenos proprietários e os rendeiros livres, quer a novas atividades econômicas, como os mercadores e os negociantes de dinheiro.

SARAIVA, A. J.; LOPES, Ó. *História da literatura portuguesa*. Porto: Porto Ed., 1976. p. 33.

Para fins didáticos, dividimos a Era Medieval em dois grandes períodos literários: **Trovadorismo**, que caracteriza os séculos XIII e XIV, e **Humanismo**, que caracteriza o século XV e o início do XVI (principalmente os anos 1400, daí ser chamado de **Quatrocentismo**).

Um pouco de História

Rogério Soud/Arquivo da editora.

Portugal assume a condição de Estado independente em 1143 quando o rei da Espanha, Afonso VII, reconhece Afonso Henriques, filho de D. Henrique de Borgonha, como rei de Portugal. Essa situação se consolida com a bula papal de 1179, em que a Santa Sé reconhece a monarquia portuguesa.

A primeira manifestação documentada da literatura portuguesa data de 1189 (ou 1198): a *Canção da Ribeirinha*, escrita por Paio Soares de Taveirós. Assim, do final do século XII até o início do século XVI ocorrem, em Portugal, manifestações literárias presas, com maior ou menor intensidade, a modelos medievais.

A língua

A língua falada nas regiões romanizadas era o latim vulgar, e foi dele que se originou a língua portuguesa. Entretanto, não se pode desprezar a influência das diversas línguas pré-romanas faladas na região sobre o latim vulgar. Em consequência de seu caráter oral, que o tornava mais aberto a transformações e diversificações, o latim vulgar foi sendo modificado pelos falares regionais e deu origem a vários dialetos, que receberam a denominação genérica de **romanço** (do latim *romanice*, que significa "falar à maneira dos romanos").

No século V, com as invasões germânicas e a queda do Império Romano do Ocidente, intensificou-se o aparecimento desses vários dialetos. No caso particular da Península Ibérica, várias línguas e dialetos se formaram, entre eles o **galego-português**.

Na época da independência de Portugal, o galego-português limitava-se à região noroeste da Península Ibérica, correspondendo ao atual território da Galícia e ao norte de Portugal, entre os rios Douro e Minho. Na região que hoje corresponde ao centro-sul de Portugal predominava o moçárabe (dialeto românico falado nas regiões ocupadas pelos árabes).

Nas manifestações literárias dos séculos XII ao XIV, predominou o galego-português. A partir do século XV, com a consolidação política de Portugal, o português vai lentamente se diferenciando do galego para, no século XVI, consagrar-se como língua oficial da nação.

Confrontando ideias

Para que você estabeleça comparações, reproduzimos a seguir um texto da página <www.xacobeo.es/> (*site* sobre o Caminho de Santiago), em três versões: galego contemporâneo, espanhol e português lusitano.

A primeira conciencia común de Europa

A multisecular peregrinación xacobea a Compostela, a través do camiño de Santiago, xerou desde o principio unha extraordinaria vitalidade espiritual, cultural e económica; creou literatura, música, arte e historia, e pola súa causa naceron cidades e vilas que elevaron a arte románica a un esplendor non acadado por outros estilos.

La primera conciencia común de Europa

La multisecular peregrinación jacobea a Compostela, a través del camino de Santiago, generó desde el principio una extraordinaria vitalidad espiritual, cultural y económica; engendró literatura, música, arte e historia, y por su causa nacieron ciudades y villas que elevaron el arte románico a un esplendor no alcanzado por otros estilos.

A primeira consciência comum da Europa

A multissecular peregrinação jacobeia a Compostela, através do caminho de Santiago, gerou desde os começos uma extraordinária vitalidade espiritual, cultural e económica; engendrou literatura, música, arte e história, e pela sua causa nasceram cidades e vilas que elevaram a arte românica a um esplendor nunca conseguido por outros estilos.

Em pequenos grupos, analisem os três textos e respondam:

1. O galego contemporâneo está mais próximo do espanhol ou do português? Por quê?
2. É possível perceber alguma característica linguística bem típica do galego? Apresentem suas conclusões aos colegas e ao(à) professor(a).

O Trovadorismo

O período denominado **Trovadorismo** se estende do final do século XII ao início do século XV, quando Portugal inicia sua aventura marítima. Esse período, tipicamente medieval, reflete uma sociedade feudal organizada com base em relações de vassalagem, extremada religiosidade (em que prevalece o pensamento de que Deus é o centro de tudo – teocentrismo) e lutas da Reconquista (forças cristãs tentavam retomar o território ocupado pelos árabes).

Terra *versus* dinheiro

Nos primórdios do feudalismo, a terra, sozinha, constituía a medida da riqueza do homem. Com a expansão do comércio, surgiu um novo tipo de riqueza – a riqueza em dinheiro. No início da era feudal, o dinheiro era inativo, fixo, imóvel; agora tornara-se ativo, vivo, fluido. No período feudal, a posse da terra, a única fonte de riqueza, implicava o poder de governar para o clero e a nobreza. Agora, a posse do dinheiro, uma nova fonte de riqueza, trouxera consigo a partilha do governo, para a nascente classe média.

HUBERMAN, Leo. *História da riqueza do homem*. Rio de Janeiro: Zahar, 1984.

Retrato de D. João I. Museu Nacional de Arte Antiga, Lisboa.

D. João, o Mestre de Avis (1357-1433), deu início à expansão marítima, que apoiou durante os seus 48 anos de reinado.

o momento
HISTÓRICO

Economia, política e sociedade

Para resumir o contexto social, econômico e político do período, elaboramos o infográfico que você lerá a seguir. Na página ao lado, estão resumidos os principais acontecimentos artísticos, científicos e filosóficos do período.

1128 — Afonso Henriques destrona sua mãe, Dª Teresa, derrotando-a na Batalha de São Mamede (Dª Teresa pretendia anexar o Condado Portucalense ao Reino da Galícia); Afonso Henriques assume o controle de Portugal.

1139 a 1250 — Período mais intenso das lutas da Reconquista em território português; as vitórias sobre os árabes uniram o norte cristão ao sul islâmico, dando os contornos territoriais de Portugal.

1143 — Na Conferência de Samora, Afonso VII, "imperador de toda a Espanha", reconhece Afonso Henriques como rei de Portugal.

1189 a 1270 — Período mais intenso das Cruzadas, expedições cristãs que tentavam barrar o avanço muçulmano e retomar locais sagrados; com o passar do tempo, as Cruzadas foram se revestindo de interesses mercantis.

El Greco/Novo Colégio, Oxford. The Bridgeman/Keystone.

São Tiago, patrono da Espanha, cujo templo tornou-se centro de peregrinação em Compostela, é o símbolo das lutas de Reconquista, sendo chamado de Santiago Matamouros.

1337 a 1453 — Guerra dos Cem Anos – lutas travadas entre ingleses e franceses; do lado francês, surge a figura heroica de Joana D'Arc; os combates terminam com os franceses recuperando seus territórios e criando as bases para o moderno Estado francês.

Dante Rossetti/Museu Fitzwilliam, Cambridge/The Bridgeman/Keystone.

Joana D'Arc.

1347 — Inicia-se o surto da Peste Negra na Europa. Em Portugal, a Peste entrou no outono de 1348 e dizimou entre um terço e metade da população.

1355 — Inês de Castro é assassinada em Coimbra por causa de seu relacionamento amoroso com o príncipe herdeiro de Portugal, D. Pedro. Por trás desse crime, desenvolvia-se intensa disputa entre portugueses e espanhóis.

Museu Nacional Russo, São Petersburgo.

1383 a 1385 — Em Portugal, a Revolução de Avis marca o fim da Dinastia de Borgonha e o início da Dinastia de Avis, que levaria o país à aventura das Grandes Navegações.

Arte, ciência e filosofia

1096

É fundada a Universidade de Oxford (Inglaterra).

1222

É fundada a Universidade de Pádua (Itália).

1274

Morre Santo Tomás de Aquino, deixando inacabada a "Suma Teológica".

1288

O papa Nicolau IV autoriza a criação da Universidade de Lisboa (Portugal).

1294

Morre Roger Bacon, franciscano inglês, considerado um dos precursores do método científico; condenado pela Inquisição, passou os últimos quinze anos de sua vida no cárcere.

1298

Aprisionado em Gênova, Marco Polo dita suas crônicas da viagem ao Oriente.

Biblioteca Nacional, Paris/Erich Lessing/Album/Latinstock.

Ilustração do atlas catalão, de aproximadamente 1375, que mostra uma caravana de Marco Polo.

1305

Giotto pinta os afrescos da igreja de Santa Maria de Pádua, um dos marcos iniciais do Humanismo nas artes plásticas.

Fotos: The Bridgeman/Keystone.

A lamentação, *obra de 1305.*

1317

Vêm a público os primeiros manuscritos do Inferno, a primeira das três partes que formam *A divina comédia*, de Dante Alighieri. Os últimos versos do Paraíso foram escritos pouco antes de sua morte, em 1321.

Coleção particular.

Dante Alighieri retratado por Sandro Botticelli.

1348

Vem a público *Cancioneiro*, a obra mais famosa de Francesco Petrarca, tido como o criador do soneto.

1348 a 1353

Giovanni Boccaccio escreve *Decameron*, uma coletânea de cem relatos contados durante dez dias por dez jovens ricos (sete moças e três rapazes), tendo como pano de fundo o período em que a Europa foi assolada pela peste.

Andrea del Castagno/Villa Carducci/akg-images/Intercontinental Press.

Giovanni Boccaccio.

As cantigas trovadorescas

Todos os textos poéticos desta primeira época medieval eram acompanhados por música e normalmente cantados em coro, daí serem chamados de **cantigas**.

Os trovadores eram geralmente nobres. Compunham ou, pelo menos, escreviam as palavras para as canções que os jograis – homens do povo, mouros, judeus e alguns nobres de condição inferior – cantavam depois. Era igualmente de nobres, na sua grande maioria, o público ouvinte. Reis e outros membros da família real partilhavam este dom da composição poética: tal foi o caso de Sancho I e, especialmente, de D. Dinis, a quem se creditam umas cento e trinta e nove canções.

MARQUES, Oliveira. *História de Portugal*. Lisboa: Palas, 1978. v. 1. p. 146.

Nas tramas dos textos

Texto 1

— Ai, flores, ai flores do verde pinheiro,
sabeis notícias do meu amigo?
Ai, Deus, onde ele está?

Ai, flores, ai flores do verde ramo,
sabeis notícias do meu amado?
Ai, Deus, onde ele está?

Sabeis notícias do meu amigo,
aquele que mentiu ao que me prometeu?
Ai, Deus, onde ele está?

Sabeis notícias do meu amado,
aquele que mentiu ao que me jurou?
Ai, Deus, onde ele está?

— Vós perguntais pelo vosso amigo?
E eu bem vos digo que é são e vivo.
Ai, Deus, onde ele está?

— Vós perguntais pelo vosso amado?
E eu bem vos digo que é vivo e são.
Ai, Deus, onde ele está?

E eu bem vos digo que é são e vivo,
e estará convosco quando o prazo findar.
Ai, Deus, onde ele está?

E eu bem vos digo que é vivo e são,
e estará convosco quando o prazo passar.
Ai, Deus, onde ele está?

Texto 2

Um tal homem sei eu, ó mulher formosa,
que por vós tem a sua morte chegada;
vede quem é e não vos esqueçais:
eu, minha dona.

Um tal homem sei eu que perto sente
a sua morte chegada certamente;
vede quem é e tende em mente:
eu, minha dona.

Um tal homem sei eu — ouvi isto! —
que por vós morre e vós o afastai de vós;
vede quem é e não vos esqueçais dele:
eu, minha dona.

Cantigas de D. Dinis, rei de Portugal entre 1279 e 1325 (adaptadas para o português moderno).

Rogério Soud/Arquivo da editora.

atividades

1. Eu poético (ou eu lírico) é o sujeito da enunciação num texto poético, ou seja, é o "dono" da voz, a voz que nos fala. Caracterize o eu poético de cada texto.

2. Fernando Pessoa, poeta português do século XX, afirmava que o poeta alcança um degrau mais elevado dependendo do grau de despersonalização que atinge. Em outras palavras, o poeta não só deve sentir, mas **viver** os estados de alma dos personagens. Em qual dos dois textos se percebe que o poeta atingiu um certo grau de despersonalização? Justifique sua resposta em seu caderno.

3. Releia o primeiro texto e responda: quantas vozes ele apresenta de forma marcada, explícita?

4. Ainda em relação ao primeiro texto, responda:
   a) **refrão** ou **estribilho** é um verso (ou mais de um verso) que se repete ao final de cada estrofe. Qual é o refrão do poema? Qual é sua função no texto?
   b) o **paralelismo** é fruto de um apurado trabalho formal e se manifesta nos pares de estrofes e na repetição de um mesmo verso em diferentes estrofes, alterando a sua posição. Quantos pares temos nesse poema? O que se modifica de uma estrofe para outra? E de um par para outro?

5. O crítico português Alexandre Pinheiro Torres, ao refletir sobre a sociedade medieval e o amor, assim se manifestou: "Em sociedade tão fechada, de estrutura medieval, o amor – o grande e eterno tema – vai ser uma manifestação de vassalagem feudal, já que as formas de vida e de pensamento também são feudais. O que significa que o feudalismo engendra uma maneira de pensar feudal, como hoje o capitalismo engendra uma maneira de pensar capitalista".

   Considerando que apenas os nobres recebiam o tratamento de **dom** e **senhor** ("dono, proprietário, senhorio, pessoa a quem se presta vassalagem"), como se reflete o modo de pensar feudal no texto 2?

Tipos de cantigas

É possível distinguir dois grandes grupos de cantigas: as **cantigas líricas** e as **cantigas satíricas**. As cantigas líricas se subdividem em **cantigas de amor** e **cantigas de amigo**; as cantigas satíricas, em **cantigas de escárnio** e **cantigas de maldizer**.

Biblioteca Real, Madri.

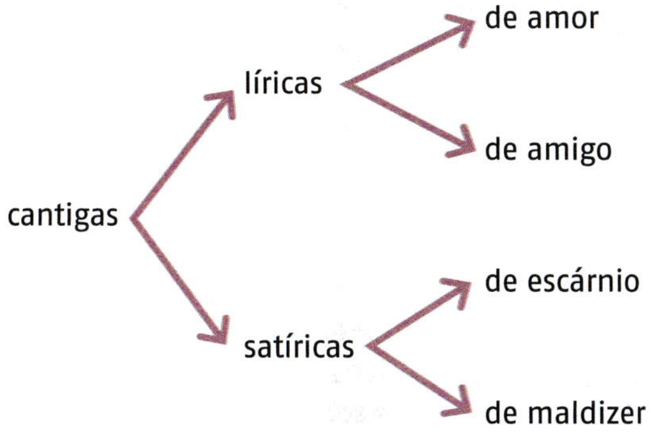

Miniatura de homem cortejando dama. *Codex Manesse*, de Rudiger Manesse e seu filho Johannes, 1300. Pergaminho. Biblioteca da Universidade de Heidelberg, Alemanha.

A posição típica do homem ajoelhado jurando servidão à mulher amada (tão ao gosto dos autores românticos do século XIX) é herança do contrato feudo-vassálico.

Cantigas de amor

No período compreendido entre os séculos XI e XIII, desenvolveu-se na Provença, região do sul da França, a arte dos trovadores e o "amor cortês" que tanto influenciou as cantigas de amor em Portugal. Dom Dinis, sexto rei de Portugal e famoso trovador, assim inicia uma de suas cantigas:

Quer' eu en maneira de proençal
fazer agora un cantar d'amor

Entretanto, isso não significa que os trovadores portugueses se limitaram à mera imitação; ao contrário, as cantigas de amor ganham nova dimensão e maior sinceridade nas terras da Galícia e de Portugal; D. Dinis afirmava que os trovadores provençais não tinham a mesma paixão que ele pela mulher amada e que o seu sofrimento amoroso era mais sincero e, portanto, mais doído.

Várias são as causas do surgimento do lirismo provençal nas terras ocidentais da Península Ibérica: a chegada de colonos franceses; as peregrinações a Santiago de Compostela, na Galícia; a vinda de cavaleiros franceses para lutar contra os mouros; o casamento de nobres portugueses com damas ligadas à Provença; o intenso comércio entre a França e a região ocidental da Península, alcançando o Atlântico Norte.

As cantigas de amor são sempre escritas em primeira pessoa e o eu poético declara seu amor a uma dama, tendo como pano de fundo o ambiente palaciano. Daí a forma respeitosa, cortês, com que se dirige a ela (chamada de "senhor", isto é, senhora), mostrando uma servidão amorosa dentro dos mais puros padrões medievais de vassalagem. Dessa forma, a mulher é vista como um ser inatingível, uma figura idealizada, a quem é dedicado um amor sublimado, igualmente idealizado. Essas características justificam a presença de um forte lirismo representado pela "coita d'amor" (o sofrimento amoroso; *coita*, em galego-português, significava "dor, aflição, desgosto" – especialmente por motivo de amor); para os trovadores, esse sofrimento é pior que a morte, e o amor é a única razão de viver.

Cantigas de amigo

As cantigas de amigo originaram-se do sentimento popular, na própria Península Ibérica. Também escritas em primeira pessoa, apresentam um grande diferencial: o eu poético é **feminino**, apesar de escritas por homens. Temos, agora, a expressão do sentimento feminino: a mulher sofre por se ver separada do amigo (amante ou namorado) e vive angustiada por não saber se o amigo voltará ou não, se a trocará por outra etc. O ambiente descrito nas cantigas de amigo não é mais a corte, mas o campo; a mulher é sempre uma camponesa (como se observa, as cantigas de amigo refletem a relação idealizada dos nobres com as plebeias e o marcante patriarcalismo da sociedade portuguesa).

Outro aspecto interessante a destacar é que, além da mulher que sofre, as cantigas de amigo normalmente apresentam outros personagens, que servem de confidentes (a mãe, uma amiga ou mesmo um elemento da natureza que aparece personificado), montando-se uma estrutura de diálogo, o que resulta num trabalho formal mais apurado em relação às cantigas de amor.

Na *Arte de trovar*, texto anônimo do século XIV, está explicitada a distinção entre as cantigas de amor e de amigo:

> E porque algũas cantigas hi há en que falan eles e elas outrossi, por en he bem entenderdes se son d'amor se d'amigo, porque sabede que se elles falam he d'amor e se ellas falam he outrossi d'amigo.

TAVANI, Giuseppe. *Arte de trovar do cancioneiro da Biblioteca Nacional de Lisboa*. Lisboa: Edições Colibri, 1999.

Cantigas satíricas

Rogério Soud/Arquivo da editora.

Muitos eram os temas das cantigas satíricas: os costumes, notadamente do clero e dos vilões (camponeses livres); a covardia; a decadência da nobreza, que perdia espaço para a burguesia ascendente; o adultério feminino.

As **cantigas de escárnio** eram sátiras indiretas, que exploravam palavras e construções ambíguas, expressões irônicas, sem, contudo, revelar o nome da pessoa satirizada. Na obra anônima do século XIV, *A arte de trovar*, encontramos a seguinte definição:

> Som aquelas que os trobadores fazem querendo dizer mal d'alguém em elas, e dizen-lho por palavras cubertas, que ajam dous entendimentos, para que lhe lo nom entenderem ligeiramente.

As **cantigas de maldizer** eram sátiras diretas, com citação nominal da pessoa ironizada. Seus temas prediletos eram o adultério e os amores interesseiros ou ilícitos (como no caso dos padres). Marcadas pela maledicência, usavam um vocabulário carregado de palavras obscenas e de erotismo. Eram definidas como "aquelas que fazem os trobadores mais descubertamente; en elas entram palavras que queren dizer mal e nom averão outro entendimento senom aquel que querem dizer chaãmente".

Maria Ema T. Ferreira explica a importância da poesia satírica como testemunho sobre a sociedade da época:

> A poesia satírica galego-portuguesa oferece-nos um precioso testemunho sobre a Idade Média portuguesa e peninsular, na medida em que documenta os seus costumes, sem a idealização da cantiga de amor, e nos informa sobre os fatos históricos e sociais mais relevantes.

FERREIRA, Maria Ema Tarracha. *Poesia e prosa medievais.* Lisboa: Ulisseia, 1981.

Linguagem e sociedade

Nas **cantigas de amor**, a postura do homem diante da mulher e a seleção vocabular realizada pelo trovador reproduzem, em sua "servidão amorosa", os mais puros padrões da vassalagem feudal: assim como o cavaleiro jurava fidelidade e submissão a seu suserano, também o homem apaixonado jurava solenemente "servir" à mulher amada, que se elevava, desse modo, à condição de "senhor" (ou seja, proprietária, dona de seus sentimentos).

Observe como o trovador Afonso Eanes de Coton escreveu à sua "senhor", como se fosse um vassalo feudal dirigindo-se a seu suserano:

> E que quería eu melhor
> De seer seu vassalo
> E ela mia senhor?

Disponível em: <http://pt.wikisource.org/wiki/A_gran_dereito_lazerei>. Acesso em: 24 jan. 2011.

Biblioteca da Universidade de Heidelberg, Holanda.

Iluminura do século XIV que retrata um cavalheiro e sua dama.

Portanto, a mulher é vista de modo idealizado, e a ela é dedicado um amor sublimado, igualmente idealizado. Essa idealização, expressa com forte lirismo, produz a *coita d'amor*, ou dor do amor (em galego-português, *coitado* significava "apaixonado", "aflito", "sofrido"): como a dama é inatingível, só resta ao trovador sofrer por ela. E o sofrimento amoroso era tão intenso que podia levá-lo a desejar a morte!

Mais uma vez, com a palavra D. Dinis:

En gran coita, senhor,
que peior que mort'é,
vivo, per bõa fé,
e polo vosso amor
esta coita sofr'eu
por vós, senhor, que eu
vi pelo meu gran mal

Já as **cantigas de amigo** refletem uma outra faceta da sociedade medieval: o patriarcalismo. Agora é a mulher quem sofre por se ver separada do amigo (amante ou namorado); ele foi à caça ou ao "fossado" (lutar na Guerra Santa) e a mulher vive angustiada por não saber se voltará, se a trocará por outra, se a abandonará. O ambiente descrito nas cantigas de amigo é o campo e não mais a corte; a mulher é sempre uma camponesa.

Nas tramas dos textos

Texto 1

Canção da Ribeirinha

Segundo consta, esta cantiga teria sido inspirada em dona Maria Pais Ribeiro, a Ribeirinha, mulher muito cobiçada e que se tornou amante de D. Sancho, o segundo rei de Portugal.

A seguir, transcrevemos a cantiga da forma como foi escrita. Veja, à direita, uma interpretação verso a verso.

No mundo non me sei parelha,
mentre me for' como me vai,
ca ja moiro por vós — e ai
mia senhor branca e vermelha,
queredes que vos retraia
quando vos eu vi en saia!
Mao dia me levantei,
que vos enton non vi fea!

E, mia senhor, des aquel di', ai!
me foi a mi muin mal,
e vós, filha de don Paai
Moniz, e ben vos semelha
d'aver eu por vós guarvaia,
pois eu, mia senhor, d'alfaia
nunca de vós ouve nem ei
valia d'ũ correa.

No mundo ninguém se assemelha a mim (parelha: semelhante)
enquanto a minha vida continuar como vai
porque morro por vós, e ai
minha senhora de pele alva e faces rosadas,
quereis que vos descreva (retrate)
quando vos eu vi sem manto (saia: roupa íntima)
Maldito dia! me levantei
que não vos vi feia (ou seja, a viu mais bela)

E, minha senhora, desde aquele dia, ai
tudo me foi muito mal
e vós, filha de don Pai
Moniz, e bem vos parece
de ter eu por vós guarvaia (guarvaia: roupa luxuosa)
pois eu, minha senhora, como mimo (ou prova de amor)
de vós nunca recebi
algo, mesmo que sem valor. (correa: coisa sem valor)

TAVEIRÓS, Paio Soares de. In: *Antologia da poesia portuguesa (séc. XII-séc. XX)*. Introdução, seleção e notas de Alexandre Pinheiro Torres. Porto: Lello & Irmão, 1977. v. 1. p. 500.

atividade

- Como se classifica a "Canção da Ribeirinha"? Percebe-se a vassalagem amorosa? Em caso afirmativo, justifique a resposta. Destaque uma passagem que caracterize a sociedade como patriarcal.

Texto 2

Leia atentamente a cantiga a seguir, de autoria de Fernando Esguio.

Vaiamos, irmana, vaiamos dormir
nas ribas do lago, u eu andar vi
à las aves meu amigo.

Vaiamos, irmana, vaiamos folgar
nas ribas do lago, u eu vi andar
à las aves meu amigo.

Nas ribas do lago, u eu andar vi
seu arco na mão as aves ferir
à las aves meu amigo.

Nas ribas do lago, u eu vi andar
seu arco na mão à las aves tirar
à las aves meu amigo.

Seu arco na mão à las aves ferir
à las que cantavan leixa-las guarir
à las aves meu amigo.

Seu arco na mão à las aves tirar
à las que cantavan non nas quer matar
à las aves meu amigo.

FERREIRA, Maria Ema Tarracha. *Poesia e prosa medievais*. Lisboa: Ulisseia, 1981.

Rogério Soud/Arquivo da editora.

atividades

1. Classifique a cantiga acima como de amor, de amigo ou de escárnio ou maldizer. Justifique sua resposta no caderno.
2. Essa cantiga apresenta um apurado trabalho formal, com a utilização de **paralelismo** e de **refrão** ou **estribilho**. Qual é o refrão e qual a sua função no texto?
3. O paralelismo se manifesta nos pares de estrofes e na repetição de um mesmo verso em diferentes estrofes, alterando a sua posição. Quantos pares temos nessa cantiga? O que se modifica de uma estrofe para outra? E de um par para outro?
4. A moça sofre porque o amigo está ausente. Qual o motivo da ausência? Quem a moça pega como confidente?
5. Considerando o seguinte vocabulário: **dormir** = descansar, repousar; **ribas** = margens; **u** = onde; **à las aves** = a caçar aves; **tirar** = atirar; **leixa-las guarir** = deixa-as viver, reescreva a cantiga em português moderno.
6. Nessa cantiga percebemos a idealização da figura masculina. Que verso comprova isso?

Texto 3

Don Foão[1], que eu sei que á preço de livão[2],
vedes que fez en guerra[3] — daquesto soo certão[4]:
sol que viu os genetes[5], come boi que fer tavão[6],
sacudiu-se e revolveu-se, al-
çou rab'e foi sa via a Portugal[7].

Don Foão, que eu sei que á preço de ligeiro[8],
vedes que fez en a guerra — daquesto sou verdadeiro[9]:
sol que viu os genetes, come bezerro tenreiro[10]
sacudiu-se e revolveu-se, al-
çou rab' e foi sa via a Portugal.

Don Foão, que eu sei que á prez de liveldade[11],
vedes que fez e na guerra — sabede-o per verdade:
sol que viu os genetes, come can que sal de grade[12]
sacudiu-se e revolveu-se, al-
çou rab'e foi sa via a Portugal.

D. Afonso Mendes de Besteiros. In *Antologia da poesia portuguesa (séc. XII–séc. XX)*. Introdução, seleção e notas de Alexandre Pinheiro Torres. Porto: Lello & Irmão, 1977. v. 1. p. 74.

1. **Don Foão:** dom Fulano; dessa forma, o trovador não nomeia a pessoa satirizada; sabe-se apenas que se trata de um fidalgo.
2. **á preço de livão:** tem fama de covarde.
3. **vedes que fez en guerra:** vede o que fez durante a guerra.
4. **daquesto soo certão:** disto estou certo.
5. **sol que viu os genetes:** logo que viu os cavaleiros (mouros).
6. **come boi que fer tavão:** como boi aferroado por um moscão (**tavão**: moscão, mosca-da-madeira).
7. **alçou rab' e foi sa via a Portugal:** levantou o rabo e fugiu para Portugal. Note a brilhante rima utilizada pelo poeta nesse refrão: ele dividiu a palavra alçou, de modo que a sílaba **al-** encerra um verso e a sílaba **-çou** inicia outro. Dessa forma, o poeta obteve a rima **al-** / Portu**gal**.
8. **á preço de ligeiro:** tem fama de leviano.
9. **daquesto sou verdadeiro = daquesto soo certão:** disso estou certo.
10. **come bezerro tenreiro:** como um bezerro novo.
11. **á prez de liveldade:** tem fama de medroso; leviano (**liveldade**: ligeireza ao fugir).
12. **come can que sal de grade:** como cão que sai da prisão, da corrente.

atividade

- Comente os recursos poéticos empregados na cantiga acima (rima, forma). Classifique a cantiga, justificando a resposta com elementos tirados do texto.

Texto 4

Atrás da porta

Quando olhaste bem nos olhos meus
E o teu olhar era de adeus
Juro que não acreditei
Eu te estranhei
Me debrucei sobre o teu corpo e duvidei
E me arrastei e te arranhei
E me agarrei nos teus cabelos
Nos teus pelos
Teu pijama
Nos teus pés
Ao pé da cama
Sem carinho, sem coberta
No tapete atrás da porta
Reclamei baixinho

Dei pra maldizer o nosso lar
Pra sujar teu nome, te humilhar
E me entregar a qualquer preço
Te adorando pelo avesso
Pra mostrar que inda sou tua
Só pra provar que inda sou tua...

BUARQUE, Chico; HIME, Francis. *Chico Buarque, letra e música, 1*. São Paulo: Companhia das Letras, 1989, p. 98. ou *Caetano & Chico – juntos e ao vivo*. Polygram, 1972. Disponível em: <www.chicobuarque.com.br/construcao/mestre.asp?pg=atrasda_72.htm>. Acesso em: 23 jan. 2011.

atividades

1. Relacionando a letra de "Atrás da porta" com as cantigas medievais, como você a classificaria? Justifique a resposta.
2. Como você interpretaria o verso: "Te adorando pelo avesso"?

A prosa medieval (séculos XIII e XIV)

A transição de uma estrutura feudal para uma economia mercantil, com a consequente valorização da vida cortês (notadamente durante o reinado de D. Dinis, 1279-1325), a criação das primeiras universidades, a permanência do espírito guerreiro e aventureiro da época das lutas da Reconquista, a forte influência ainda exercida pelo clero: esse conjunto de situações apresenta as condições ideais para o aparecimento e desenvolvimento da prosa em Portugal, nos séculos XIII e XIV.

A mais importante manifestação em prosa foram as **novelas de cavalaria**. Originárias da Inglaterra e da França, derivam de poemas medievais cantados em linguagem popular e que celebravam feitos guerreiros.

No final do século XIII, foram traduzidas em Portugal três novelas, todas pertencentes ao chamado ciclo bretão ou arturiano (tinham como cenário o reino de Camelot e por heróis o rei Artur e os cavaleiros da Távola Redonda): *História de Merlim*, *José de Arimateia* e ***Demanda do Santo Graal***, a mais famosa e popular delas.

Cavaleiro medieval sendo armado pelas damas com clava e escudo e representando a cavalaria em sua forma mais elaborada: o cavaleiro servia a seu sustento, à religião cristã e a uma dama escolhida segundo ideais românticos.

Miniatura do *Saltério de Luttrell*, início do século XIV. Museu Britânico, Londres.

A origem e a importância de A Demanda do Santo Graal

Novela de cavalaria das mais importantes, gira em torno das aventuras dos cavaleiros da Távola Redonda, presidida pelo rei Artur, os quais saem em demanda do Santo Vaso, isto é, o cálice em que José de Arimateia teria recolhido o sangue que Cristo derramou na Cruz. [...] A lenda, até então pagã, é cristianizada, passando os seus símbolos (o Vaso, a Espada e outros) a ter valor místico. A Demanda torna-se, pois, uma novela de cavalaria mística e simbólica. Fazendo dos cavaleiros, na sua maioria, homens voltados para o símbolo da Comunhão, propicia a apenas um deles, Galaaz, a sua realização. O cavaleiro escolhido, cujo nome bíblico se liga a Galaad ("puro dos puros"; o próprio Messias), simboliza um novo Cristo, atingindo o fim almejado depois de penosa *via crucis* de aventuras que põem à prova todas as suas virtudes.

COELHO, Jacinto do Prado (Org.). *Dicionário das literaturas portuguesa, brasileira e galega*. 3. ed. Porto: Figueirinhas, 1978. p. 251.

Nas tramas do texto

Transcrevemos, a seguir, duas passagens de A Demanda: na primeira, Galaaz arranca a espada que aparecera encravada numa pedra (todos os demais cavaleiros da Távola Redonda já haviam tentado arrancá-la, sem sucesso); na segunda, narra-se a aparição do Santo Graal.

Capítulo III

Galaaz e a aventura da espada

[...] Então veio el-rei a Galaaz e disse-lhe:

— Senhor, vós sejades bem-vindo, ca muito tempo há que vos desejei a ver; e graças a Deus e a vós, que quisestes aqui vir.

— Senhor, disse ele, eu vim aqui, ca me convinha a fazer; ca daqui mover haverão ora todos aqueles[1] que à demanda do Santo Graal queiram ir. E bem sei que cedo será começada.

— Senhor, disse el-rei, vossa vinda nos é mui mester[2] por muitas aventuras maravilhosas a que nom podemos dar cima[3]. E digo-vo-lo por uma que nos hoje aveio[4]: ide-a ver, se vos aprouver.

E Galaaz disse que iria mui de grado[5].

Então o filhou[6] el-rei pela mão e levou-o à ribeira do rio u[7] o padrão[8] estava. E os do paço forom todos com eles, por verem o que poderia ser. E quando a rainha viu que el-rei levava Galaaz pola mão ao padrão, saiu ela com grã companha[9] de donas e de donzelas. E el-rei disse a Galaaz:

— Queredes sacar esta espada deste padrão, ca a nom quer nenhum provar de quantos aqui som, ca dizem que a aventura nom é sua. Provade-a, se vos aprouver; ca, se a vós nom provades, nom acharemos cavaleiro que a prove.

Então filhou Galaaz a espada pelo mogorão[10] e tirou-a tão ligeiramente como se não tevesse em nada. E depois filhou a bainha e meteu-a dentro e cingiu-a[11] logo e disse a el-rei:

— Senhor, ora hei já a espada, mais o escudo nom hei.

— Amigo, disse el-rei, pois Deus e a ventura vos a espada deu, nom tardará muito o escudo.

Numa festa que se realiza no salão do rei Artur, com todos os cavaleiros sentados ao redor da mesa, o mago Merlim, de pé, apresenta seu jovem pupilo, Galaaz.

Ilustração de Walter Crane, 1911. Biblioteca Newberry, Chicago.

1. **ca daqui mover haverão ora todos aqueles:** porque agora terão de partir daqui todos aqueles.
2. **mui mester:** muito necessária.
3. **dar cima:** realizar, concluir.
4. **aveio:** aconteceu, ocorreu.
5. **de grado:** de boa vontade.
6. **filhou:** pegou, tomou.
7. **u:** onde.
8. **padrão:** pedra grande; no texto, é uma referência à pedra de mármore em que estava cravada a espada.
9. **companha:** comitiva.
10. **mogorão:** punho.
11. **cingiu-a:** prendeu-a.

Capítulo IV

Aparição do Santo Graal

Grande foi a ledice[1] e o prazer que os cavaleiros da Távola Redonda houverom aquele dia, quando se virom todos juntos. E sabede que, depois que a Távola Redonda foi começada, que nunca todos assi forom reunidos; mas, aquele dia, sem falha, aveio que forom i[2] todos, mas depois nunca i er[3] forom.

Contra a noite[4], depois de vésperas, quando se assentarom às mesas, ouvirom vir um torvão[5], tão grande e tão espantoso, que lhes semelhou que todo o paço[6] caía. E logo depois que o torvão deu, entrou uma tão grande claridade que fez o paço dois tanto[7] mais claro ca era ante[8]. E quantos no paço estavam, logo todos foram compridos[9] da graça do Espírito Santo e começarom-se a catar[10] uns aos outros, e virom-se mui mais fremosos[11] mui grã peça[12] que soíam[13] a ser, e maravilharom-se ende[14] muito desto que aveio, e non houve i tal que pudesse falar por uma grã peça[15], ante estavam calados e catavam-se uns aos outros.

E eles assi sendo, entrou no paço o Santo Graal, coberto de um eixamete[16] branco, mas nom houve i tal que visse quem no tragia[17]. E, tanto que entrou i, foi o paço todo comprido de bom odor, como se tôdalas espécias do mundo i fossem. E ele foi por meio do paço de uma parte e da outra e arredor das mesas. E por u passava, logo tôdalas mesas eram compridas de tal manjar[18], qual em seu coraçom desejava cada um. E depois houve cada um o que houve mester[19] a seu prazer.

Saiu-se o Santo Graal do paço, que nenhum nom soube que fora dele nem por qual porta saíra. E os que ante nom podiam falar falarom então. E derom graças a Nosso Senhor, que lhes fazia tão grande honra e que os assi confortara e avondara[20] da graça do Santo Vaso. Mas sobre todos aqueles que ledos[21] eram, mais o era rei Artur, porque maior mercê[22] lhe mostrara Nosso Senhor que a nenhum rei, que ante reinasse em Logres[23].

FERREIRA, Maria Ema Tarracha. *Poesia e prosa medievais – selecção, introdução e notas.* Lisboa: Editora Ulisseia, [s.d.]. p. 143-4.

1. **ledice:** alegria.
2. **i:** aí.
3. **er:** de novo, novamente.
4. **contra a noite:** ao anoitecer.
5. **torvão:** trovão.
6. **paço:** palácio.
7. **dois tanto:** duas vezes.
8. **ante:** antes.
9. **compridos:** cheios.
10. **catar:** olhar.
11. **fremosos:** formosos, bonitos.
12. **mui grã peça:** muito mais.
13. **soíam:** costumavam.
14. **ende:** a respeito de.
15. **uma grã peça:** muito tempo.
16. **eixamete:** manto de veludo.
17. **mas nom houve i tal que visse quem no tragia:** mas não houve aí alguém que visse quem o trazia.
18. **manjar:** comida, alimento.
19. **mester:** necessidade.
20. **avondara:** enchera.
21. **ledos:** alegres.
22. **mercê:** graça.
23. **Logres:** designação que se aplica à Grã-Bretanha, onde o rei Artur teria organizado a resistência celta contra os saxões, no fim do século V e princípio do século VI.

atividade

- A lenda sobre a demanda do Santo Graal era, originariamente, pagã. Por volta de 1220, por influência do clero, surgiu uma versão cristianizada.
  - **a)** Aponte, nos dois fragmentos apresentados, passagens que comprovem a cristianização da lenda.
  - **b)** Por que só Galaaz consegue retirar a espada do padrão?
  - **c)** Comente a aparição do Santo Graal, destacando sua simbologia.

Cálice de prata dourada, final do século XV. Museu de Aveiro, Aveiro.

Na Idade Média, muitos cavaleiros partiam em busca do Santo Graal, cálice sagrado da Última Ceia, onde fora recolhido o sangue de Cristo depois que o retiraram da cruz. Até hoje esse tipo de taça é usado, durante a missa católica, como recipiente para o vinho, que simboliza o sangue de Jesus.

sessão de CINEMA

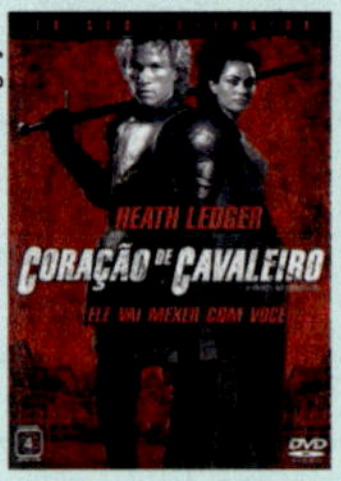

Divulgação.

Coração de cavaleiro (2001). Direção: Brian Helgeland. Com Heath Ledger, Mark Addy, Rufus Sewell e Paul Bettany.

Jovem escudeiro consegue forjar falsos documentos que lhe permitem ser considerado um cavaleiro autêntico e participar de torneios. Pode-se ter uma boa noção dos costumes europeus da Idade Média.

Cruzada (2005). Direção: Ridley Scott. Com Orlando Bloom, Liam Neeson, Evan Green, Michael Sheen e Natalie Cox.

Divulgação.

Balian é um jovem ferreiro francês que guarda luto pela morte de sua esposa e filho. Ele recebe a visita de Godfrey de Ibelin (Liam Neeson), seu pai, que é também um conceituado barão do rei de Jerusalém e dedica sua vida a manter a paz na Terra Santa. Balian decide se dedicar também a essa meta, mas após a morte de Godfrey ele herda terras e um título de nobreza em Jerusalém. Determinado a manter seu juramento, Balian decide permanecer no local e servir a um rei amaldiçoado como cavaleiro. Paralelamente ele se apaixona pela princesa Sibylla (Eva Green), a irmã do rei.

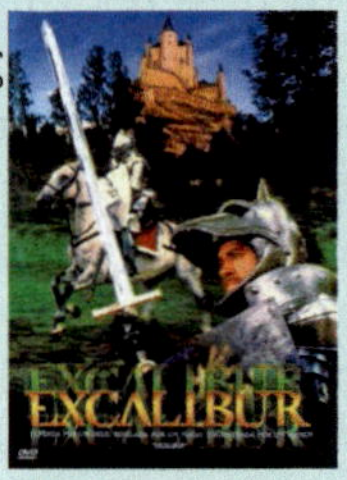

Divulgação.

Excalibur (1981). Direção: John Boorman. Com Nigel Terry, Helen Mirren e Nicol Williamson.

Bem-sucedida adaptação da narrativa medieval britânica sobre o rei Artur, Lancelote e os cavaleiros da Távola Redonda.

Joana D'Arc (1999). Direção: Luc Besson. Com Milla Jovovich, Dustin Hoffman, Faye Dunaway, John Malkovich, Tchéky Karyo.

Divulgação.

Conta a história de Joana D' Arc, a heroína mais famosa da França, que foi queimada como bruxa.

Divulgação.

O incrível exército de Brancaleone (1966). Direção: Mário Monicelli. Com Vitório Gassman, Gian Maria Volonté e Catherine Spaak.

Parodiando *Dom Quixote*, de Cervantes, o filme mostra, de forma satírica, a decadência das relações sociais no mundo medieval. Brancaleone é um cavaleiro nada exemplar e seu exército se resume a um bando de maltrapilhos que sonha possuir seu próprio feudo.

O nome da rosa (1986). Direção: Jean-Jacques Annaud. Com Sean Connery, Christian Slater e F. Murray Abraham.

Divulgação.

Baseado no *best-seller* do escritor italiano Umberto Ecco, o filme se passa na Itália medieval. O monge franciscano William de Baskerville é chamado para investigar uma série de assassinatos dentro de uma abadia. O filme não contém a erudição e a intriga complexa do livro que lhe deu origem, mas realiza excelente reconstituição de época.

*Questões de exames sobre este capítulo encontram-se na página **642**.*

capítulo 11

Os estilos de época na Era Medieval: Humanismo

Objetivos gerais do capítulo

O aluno, ao final do capítulo, deverá ser capaz de:

- discutir as principais manifestações do pensamento humanista;
- conhecer a grande virada cultural que marcou a passagem do pensamento medieval para o modo humanista de compreender o mundo;
- entender as principais características do Humanismo e suas relações com o contexto histórico;
- conhecer os principais autores desse período, ler seus textos e refletir sobre eles.

BERZEBU	*Esta é boa experiência!* *Dinato, escreve isto bem.*
DINATO	*Que escreverei, companheiro?*
BERZEBU	*Que Ninguém busca consciência,* *e Todo o Mundo dinheiro.*

VICENTE, Gil. Auto da Lusitânia. In: *Obras completas*. 5. ed. Lisboa: Sá da Costa, 1974. v. 6. p. 84.

Arquivo da editora.

A escultura

Haydn Hansell /Alamy/Other Images.

Teatro Nacional Dona Maria II, em Lisboa. No detalhe, estátua de Gil Vicente, tido como o precursor da dramaturgia popular portuguesa.

A pintura

O retiro de São Joaquim entre os pastores, de Giotto di Bondone, 1304-1306. Afresco, 200 x 185 cm. Capela Scrovegni, Pádua, Itália.

O crítico de arte Lionello Venturi comenta sobre esta tela: "Giotto pinta os seus homens maiores do que os carneiros a fim de chamar a atenção para os homens. Tendo mais significado, os homens devem ser maiores [...] um princípio se mantém firme: a proporção das imagens não depende da aparência das coisas na natureza, mas da sua importância no pensamento humano". Mais adiante, o crítico afirma: "Giotto (1266-1337) encerra uma civilização pictural que se ocupa sobretudo de Deus e abre uma outra que se ocupa sobretudo do homem".

Arte e ciência

As medidas do corpo humano *(1492), desenho de Leonardo da Vinci, é um marco do Humanismo e foi inspirado nas teorias do arquiteto romano Marcus Vitruvius Pollio, que viveu na época de Cristo. Vitruvius afirmava que a forma de um homem deitado de barriga para cima com as mãos e as pernas abertas poderia ser circunscrita num círculo e teria o umbigo como centro. Essa mesma forma poderia, também, estar contida num quadrado. Vitruvius faz uma longa relação das proporções do corpo humano (por exemplo: a altura de um homem é quatro antebraços; a distância entre o nascimento do cabelo e o queixo é um décimo da altura de um homem; a distância do topo da cabeça para o fundo do queixo é um oitavo da altura de um homem; a distância do topo da cabeça para os mamilos é um quarto da altura de um homem etc. Esse padrão ficou conhecido como* O homem vitruviano*).*
A descoberta do Tratado de Vitrúvio*, em 1415, foi fundamental para o desenvolvimento do pensamento humanista do século XV e do Renascimento.*

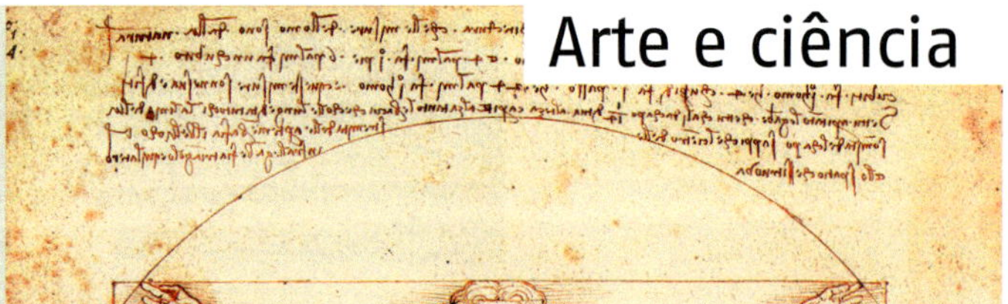

Ilustração para o *Livro de Architectura*, de Marco Vitruvio Pollione, 1492. Lápis e tinta, 34,3 x 24,5 cm. Galeria da Academia, Veneza.

O Campanário de Santa Maria del Fiore, em Florença, foi projetado por Giotto em 1334, e rompe com os padrões da arte gótica.

A arquitetura

Hübert Stadler/Corbis/Latinstock.

O Humanismo

O período conhecido na literatura portuguesa como **Humanismo** se estende do início do século XV ao início do século XVI, quando Portugal passa a cultivar os modelos renascentistas. Esse período representa uma ruptura parcial dos modelos medievais e uma transição para o Renascimento; como sua denominação indica, uma de suas principais marcas é a gradual substituição do pensamento teocêntrico pelo antropocentrismo.

No plano político, Portugal vive um momento especial com a Revolução de Avis. A consequente aliança entre o rei e a nascente burguesia mercantil resulta em uma nova ordem social; a partir de 1415, com a Tomada de Ceuta, primeira conquista ultramarina, Portugal inicia uma longa caminhada de um século até seu apogeu; a economia de subsistência feudal é substituída pelas atividades comerciais; inicia-se uma retomada da cultura clássica, esquecida durante a maior parte da Idade Média.

O momento histórico precisa de registros e faz surgir a historiografia portuguesa; desenvolve-se um teatro de caráter popular; a poesia ganha novas características: é um momento fértil para as artes. Confira nos quadros a seguir.

o momento **HISTÓRICO**

Economia, política e sociedade

Para resumir o contexto social, econômico e político do período, elaboramos o infográfico que você lerá a seguir. Na página ao lado, estão resumidos os principais acontecimentos artísticos, científicos e filosóficos do período.

1385

D. João I, Mestre de Avis, é aclamado rei de Portugal.

1399

Henrique IV assume o trono da Inglaterra como primeiro rei da Casa Lancaster.

Henrique IV

Galeria Nacional de Retrato, Londres.

1411

É assinado o **tratado de paz** entre Portugal e Castela.

1415

Sob o comando de D. João I, e uma forte aliança entre o rei e a burguesia, Portugal inicia a sua expansão ultramarina com a **conquista de Ceuta**, na costa do Marrocos.

1420-1

Sob o comando do Infante D. Henrique, Portugal desenvolve técnicas náuticas; entre elas, o aperfeiçoamento de antigas embarcações até chegar à criação das **caravelas**; intensifica-se a exploração da costa atlântica da África.

Coleção Itaú.

Caravelas.

1431

Guerra dos Cem Anos: **Joana d'Arc**, com 19 anos, é presa, julgada, condenada e queimada viva.

1434

Expedição comandada por Gil Eanes passa além do **Cabo Bojador** (na época, ponto extremo sul da então conhecida costa atlântica da África); ir além do Bojador era entrar no mar desconhecido.

1453

> Fim da **Guerra dos Cem Anos**.
> Os turcos otomanos, chefiados por Maomé II, tomam **Constantinopla** (esse fato é considerado o marco final da Idade Média; a partir daí tem início a Idade Moderna).

Museu dos Augustins, Toulouse, França.

Entrada de Maomé II em Constantinopla.

1469

> Na Espanha, casamento dos Reis Católicos: Fernando de Aragão com Isabel de Castela.
> Em Florença, sobe ao poder **Lourenço de Médicis**, o Magnífico.

Coleção particular.

Carta della Catena, *que mostra um panorama de Florença em 1490. Autoria anônima.*

1487

Expedição comandada por Bartolomeu Dias ultrapassa o Cabo da Boa Esperança, entrando em águas do Oceano Índico.

1492

> **Cristóvão Colombo** descobre a **América**.
> Depois de dez anos de batalhas, os Reis Católicos de Espanha tomam **Granada**, último reduto muçulmano na Península Ibérica.

Cristóvão Colombo.

Pegli Maritime Museum.

1494

Os procuradores de D. João II, rei de Portugal, e de Fernando e Isabel, reis de Aragão e Castela, assinaram na vila de **Tordesilhas** um tratado em que se regulava a expansão para além do território peninsular; assim, seria traçada uma linha divisória de polo a polo distante 370 léguas do arquipélago de Cabo Verde, para oeste, pertencendo a parte ocidental à Espanha e a oriental a Portugal.

1498

Expedição comandada por Vasco da Gama chega às Índias, dando início a intensa atividade mercantil.

Vasco da Gama.

Museu Marítimo Nacional, Londres.

1500

Expedição comandada por Pedro Álvares Cabral chega à costa brasileira.

Arte, ciência e filosofia

1402

Início da construção da **Catedral de Sevilha**, em arquitetura gótica.

aguilarphoto/Shutterstock/Glowimages.

Vista lateral da Catedral de Sevilha em foto de 2010.

1434-1492

Florença é governada pelos **Médicis**, de 1434 a 1492. Nesse período, Florença assistiu ao esplendor das artes renascentistas.

1436

Filippo Brunelleschi termina o projeto da cúpula da igreja de Santa Maria del Fiore, em Florença, rompendo definitivamente com o modelo gótico medieval.

Galeria degli Uffizi, Florença.

Projeto da cúpula da igreja de Santa Maria del Fiore, em Florença, feito por Filippo Brunelleschi.

1456

A tipografia de **Johann Gutenberg**, utilizando caracteres tipográficos móveis, imprime a *Bíblia de 42 linhas e 642 páginas*, o primeiro livro impresso; sua tiragem foi de aproximadamente 200 exemplares.

Austrian Archives/ Corbis/LatinStock.

Johann Gutenberg.

1464

Johann Müller, astrônomo e matemático alemão, viveu grande parte de sua vida em Roma, onde era conhecido como **Regiomontano**; autor de *De triangulis omnimodis*, considerada a primeira obra moderna de trigonometria.

1452-1459

Piero della Francesca pinta os afrescos da igreja de San Francesco, em Arezzo. Pintor e matemático, redigiu um tratado sobre perspectiva, no qual utiliza noções de geometria espacial; consolidou e tornou rigorosas as técnicas e os princípios até então desenvolvidos.

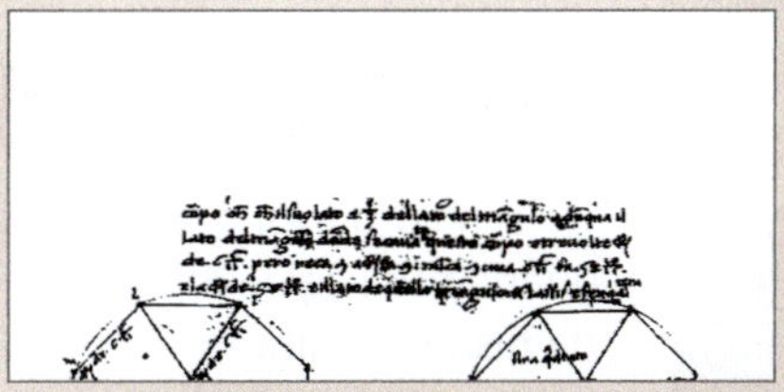

Reprodução.

Rosca desenhada por Piero della Francesca em seu tratado sobre perspectiva.

1481-1485

Sandro Botticelli pinta três afrescos na Capela Sistina. Logo depois, pinta a tela *O nascimento de Vênus*.

akg-images/Intercontinental Press.

O nascimento de Vênus, *Sandro Botticelli.*

1487-1489

Impressão do primeiro livro em Portugal: uma bíblia em hebraico, trabalho do tipógrafo Samuel Porteiro, na cidade de Faro. Logo depois, foi impresso o primeiro livro em Lisboa, também em hebraico. Em 1489, surge o primeiro livro em língua portuguesa.

Fernão Lopes

Pouco se pode afirmar, com precisão, acerca da vida de Fernão Lopes: acredita-se que tenha nascido entre 1380 e 1390, em uma família de mestres de ofício lisboetas (provavelmente era ourives), o que indica sua ascendência humilde. Tampouco se conhece a data de seu falecimento, mas o último documento oficial que lhe faz referência é de 1459. Sabe-se que era guardador das escrituras da Torre do Tombo, o arquivo do reino, onde passava certidões e autenticava cópias de testamentos e contratos. Foi nomeado pelo rei D. Duarte para o cargo de cronista-mor do reino; sua tarefa era a de "poer em carônica as estórias dos reis que antigamente em Portugal foram" (carta de D. Duarte a Fernão Lopes, de 19 de março de 1434).

A crônica histórica de Fernão Lopes

As principais crônicas escritas por Fernão Lopes foram sobre os reis D. Pedro (1357-1367), D. Fernando (1367-1383) e D. João I (1385-1433), em cujas narrativas mesclou o saber erudito e a cultura popular. Em seus textos há traços de oralidade, com interjeições e constantes diálogos com o leitor, assim como influências de suas leituras de autores clássicos. A crônica de Fernão Lopes, segundo suas próprias palavras, buscava estabelecer a "verdade" dos fatos passados, o que seria alcançado ao se fazer um rigoroso trabalho com a documentação existente na Torre do Tombo. O cronista acreditava que as informações contidas nos documentos garantiriam a necessária isenção ao seu trabalho, impedindo-o de se deixar influenciar pelos interesses da casa real. É fundamental perceber como a escrita de Fernão Lopes está, a um só tempo, em contato com a cultura medieval e com o humanismo, situação paralela à de Portugal no século XV, período em que viveu denso e duradouro conflito entre uma mentalidade aristocrática e rural e uma política de expansão marítima e comercial. A esse respeito, assim se manifesta António José Saraiva:

> Fernão Lopes sai fora desta regra geral [...] pela audácia com que arranca as máscaras e os mantos enganadores para nos dar, em vez de reis, príncipes ou cavaleiros, homens de carne e osso. Várias classes sociais, múltiplos aspectos da vida atraíram a sua penetrante observação e, mais do que a observação, a compreensão.
>
> Fernão Lopes oferece-nos o retrato soberbo de uma sociedade em transformação, retrato multifacetado, em que são evidenciados os fatores dinamizadores; retrato em que não há só indivíduos, mas massas; em que não há só ditos e feitos de heróis, mas vozes da opinião pública e grandes movimentos que se propagam como ondas.

SARAIVA, António José. *Para a história da cultura em Portugal*. 4. ed. Lisboa: Europa-América, 1972.

Assim, o cronista nos dá uma visão de conjunto da sociedade portuguesa da época, analisando os mais variados setores que a compunham e ressaltando principalmente a importância dos fatores econômicos e a participação do povo, a quem tratava de "arraia-miúda" ou "barrigas ao sol".

Coleção particular.

Na tela do pintor Costa Pinheiro (1966), o sofrimento de Inês de Castro é simbolizado por duas solitárias lágrimas, que escorrem de seus olhos, corações invertidos.

Nas tramas do texto

D. Pedro I foi o oitavo rei de Portugal, tendo governado por 10 anos (1357-1367). Quando seu pai – Afonso IV – ainda reinava, viveu talvez o mais famoso drama de amor da história lusitana.

Casado com D. Constança, D. Pedro apaixonou-se por Inês de Castro, dama pertencente à poderosa família de Castela. Após a morte da esposa, ele decide marcar núpcias com Inês de Castro. Contudo, o rei Afonso IV e os nobres portugueses, temerosos da influência castelhana, não aceitam o casamento do futuro rei com Inês. Afonso IV ordena, então, que ela seja assassinada.

Segundo a lenda, D. Pedro, inconformado, manda vestir a noiva com as roupas nupciais, senta o cadáver no trono e faz os nobres lhe beijarem a mão. Daí a afirmação de que a infeliz foi "rainha depois de morta". Na realidade, foi apenas seis anos após o assassinato que D. Pedro, então rei de Portugal, mandou trasladar os restos mortais de Inês, com pompas de rainha.

Esse romance e a figura de Inês de Castro transformaram-se em verdadeiro mito. Desde o século XV até nossos dias, Inês foi homenageada por inúmeros poetas, entre eles Camões, que lhe dedicou um episódio em *Os lusíadas*, assim iniciado:

"O caso triste e dino da memória
Que do sepulcro os homens desenterra,
Aconteceu da mísera e mesquinha
Que despois de ser morta foi rainha."

Transcrevemos a seguir um trecho do capítulo XXXI da Crônica del-Rei D. Pedro I, no qual Fernão Lopes narra a morte dos assassinos de Inês de Castro: Alvoro Gonçalvez, Pero Coelho e Diego Lopes. Os dois primeiros foram aprisionados e mortos cruelmente a mando de D. Pedro I; o terceiro conseguiu escapar, fato que deixou el-Rei completamente desolado.

Crônica del-Rei D. Pedro I

A Purtugal forom tragidos[1] Alvoro Gonçalvez e Pero Coelho, e chegarom a Santarem onde elRei Dom Pedro era[2]; e elRei, com prazer de sua viinda, porem mal magoado[3] por que Diego Lopes fugira, os sahiu fora arreceber, e sanha[4] cruel sem piedade lhos fez per sua maão meter a tromento[5] querendo que lhe confessassem quaaes forom da morte de Dona Enes[6] culpados, e que era o que seu padre[7] trautava[8] contreele[9], quando andavom desaviindos[10] por aazo[11] da morte dela; e nenhuum deles respondeo a taaes preguntas cousa que a elRei prouvesse[12]; e elRei com queixume dizem que deu huum açoute[13] no rostro[14] a Pero Coelho, e ele se soltou entom contra elRei, em desonestas e feas palavras, chamando-lhe treedor[15], fe prejuro[16], algoz e carneceiro dos homeens; e elRei dizendo que lhe trouxessem cebola e vinagre pera o coelho, enfadousse[17] deles e mandouhos matar. A maneira de su morte, seendo dita pelo meudo[18], seria mui estranha e crua de contar, ca mandou tirar o coraçom pelos peitos a Pero Coelho, e a Alvoro Gonçalvez pelas espadoas[19]; e quaaes palavras ouve, e aquel que lho tirava que tal oficio avia pouco em costume, seeria bem doorida[20] cousa douvir[21]; emfim mandouhos queimar; e todo feito ante os paaços[22] onde el pousava, de guisa[23] que comendo oolhava quanto mandava fazer. Muito perdeo elRei de sua boa fama por tal escambo como este, o qual foi avudo[24] em Purtugal e em Castela por mui grande mal, dizendo todo-los boons que o ouviam, que os Reis erravom mui muito hindu contra suas verdades, pois que estes cavaleiros estavom sobre segurança acoutados[25] em seus reinos.

LOPES, Fernão. In: *Fernão Lopes: crônicas*. Rio de Janeiro: Agir, 1968. p. 23.

1. **tragidos:** trazidos.
2. **era:** estava.
3. **mal magoado:** muito magoado.
4. **sanha:** fúria, ódio.
5. **meter a tromento:** torturar, infligir tormento.
6. **Enes:** Inês.
7. **padre:** pai.
8. **trautava:** tratava, acertava, combinava.
9. **contreele:** contra ele.
10. **desaviindos:** desavindos (do verbo *desavir*), em desavença, em desacordo.
11. **aazo:** ocasião.
12. **prouvesse:** agradasse, aprouvesse (do verbo *aprazer*).
13. **huum açoute:** um açoite, uma chicotada.
14. **rostro:** rosto.
15. **treedor:** traidor.
16. **fe prejuro:** aquele que falta à fé jurada, que jurou falso; perjuro.
17. **enfadousse:** aborreceu-se, enfadou-se.
18. **dita pelo meudo:** contada em detalhes, em miúdos, em minúcias.
19. **espadoas:** espáduas, costas.
20. **doorida:** dolorida.
21. **douvir:** de ouvir.
22. **os paaços:** o palácio real, o paço.
23. **guisa:** modo, maneira.
24. **avudo:** havido, tido (no sentido de "considerado").
25. **acoutados:** asilados, abrigados, acoitados.

atividades

1. Atente para a narrativa de Fernão Lopes e suas interessantes construções, como no trecho em que narra a morte dos assassinos. Observe que o autor sugere que não irá contar em detalhes "a maneira das mortes". O que de fato ocorre? Justifique sua resposta com trechos do texto.
2. O que fazia el-Rei enquanto os dois homens eram assassinados? Justifique com uma passagem do texto.
3. A palavra **coelho** foi utilizada como substantivo próprio e também como substantivo comum. Que significados tem essa palavra no texto? Seu uso foi intencional? Justifique sua resposta.
4. Você concorda com a crítica que Fernão Lopes faz aos reis nas últimas linhas do texto? Por quê?
5. Cite e comente uma característica das crônicas de Fernão Lopes presente no texto.

A poesia do *Cancioneiro geral*

O que de melhor se produziu na poesia portuguesa dos anos de 1400 foi compilado por Garcia de Resende em seu *Cancioneiro geral*, publicado em 1516. São cerca de 1000 poemas de 286 autores (dos quais 29 escreveram em castelhano).

O acentuado foco na vida palaciana, que experimentava uma nova ordem social com a dinastia de Avis, o início das navegações e o espírito mercantilista, acabou por restringir a poesia à pobreza dos temas palacianos (os modismos, as festas, os tipos de vestidos e de chapéus etc.). No entanto, um aspecto merece realce: essa poesia, em que se percebe nítida influência de Petrarca, foi prenunciadora do Renascimento Quinhentista, um dos mais exuberantes momentos da literatura portuguesa.

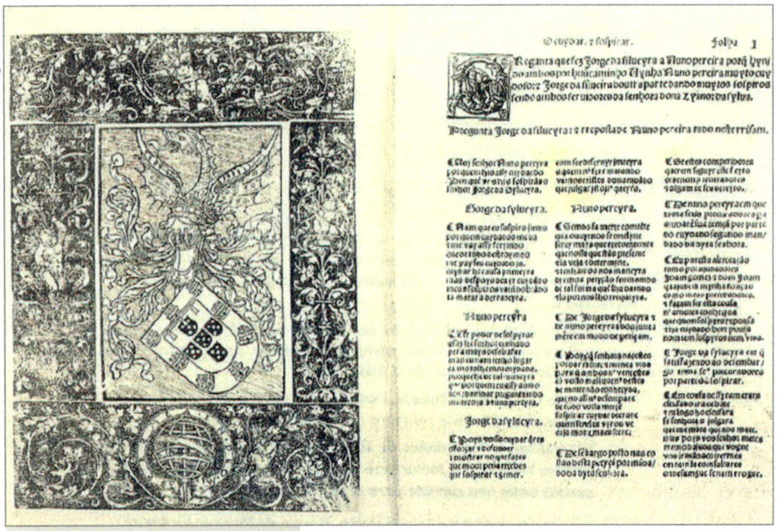

Biblioteca Nacional de Portugal, Lisboa.

Reprodução de páginas internas do Cancioneiro geral *de Garcia de Resende.*

Apesar de manterem o nome "cantiga", as poesias do *Cancioneiro geral* não eram feitas necessariamente para serem acompanhadas por instrumentos musicais. Essa separação entre a música e o texto resultou num maior apuro formal: os textos passaram a apresentar ritmo e melodia próprios, obtidos a partir da métrica, da rima, das sílabas tônicas e átonas; desenvolveram-se as **redondilhas**, tanto a **redondilha maior** (verso de sete sílabas poéticas) quanto a **redondilha menor** (verso de cinco sílabas poéticas).

Os temas eram os mais variados, resultando em textos que iam da poesia religiosa à satírica, passando pela dramática, didática, heroica e lírica. O ambiente em que essa poesia se desenvolveu fez com que nela se encontrasse ainda a tradição das cantigas de amor medievais: o homem declara seu amor a uma dama profundamente idealizada e inatingível. Entretanto, seguindo o modelo italiano de Petrarca, a mulher passa a ser idealizada não apenas moralmente, mas também em seus atributos físicos: tem longos cabelos louros, olhos azuis ou verdes, lábios vermelhos, a pele alva, as maçãs do rosto róseas, a postura discreta, serena e elegante.

D. João, o Mestre de Avis (1357-1433), era filho bastardo de D. Pedro I de Portugal e portanto era irmão bastardo de D. Fernando. Tendo assumido o trono, D. João deu início à expansão marítima, que apoiou durante seus 48 anos de reinado. Esta miniatura do século XV ilustra um banquete oferecido por D. João (no centro) ao duque de Lancaster (à direita do rei), irmão de Filipa de Lancaster com quem D. João viria a se casar.

Crônica da Inglaterra, de Jean de Wavrin, Museu Britânico, Londres.

Nas tramas dos textos

Texto 1

Cantiga

Senhora, partem tam tristes
meus olhos por vós, meu bem,
que nunca tam tristes vistes
outros nenhuns por ninguém.

Tam tristes, tam saudosos,
tam doentes da partida,
tam cansados, tam chorosos,
da morte mais desejosos,
cem mil vezes que da vida.

Partem tam tristes os tristes,
tam fora d'esperar bem,
que nunca tam tristes vistes
outros nenhuns por ninguém.

CASTELO-BRANCO, João Roiz de. In: *Antologia da poesia portuguesa (séc. XII-séc. XX)*. Introdução, seleção e notas de Alexandre Pinheiro Torres. Porto: Lello & Irmão, 1977. v. 1. p. 742.

Texto 2

Cantiga

Acho que me deu Deus tudo
para mais meu padecer:
os olhos — para vos ver,
coração — para sofrer,
e língua — para ser mudo.

Olhos com que vos olhasse,
coração que consentisse,
língua que me condenasse:
mas não já que me salvasse
de quantos males sentisse.

Assi que me deu Deus tudo
para mais meu padecer:
os olhos — para vos ver,
coração — para sofrer,
e língua — para ser mudo.

SOUSA, Francisco de. In: SPINA, Segismundo. *Presença da literatura portuguesa: Era Medieval*. 4. ed. São Paulo: Difusão Europeia do Livro, 1971. p. 136.

atividades

1. Os dois textos apresentados caracterizam-se por uma melodia bem própria. Os poetas (notadamente o autor do texto 1) trabalham o ritmo das palavras, a rima, a métrica. Faça a contagem de sílabas poéticas do primeiro verso de cada texto. Qual a métrica utilizada?

Se tiver dúvida para fazer a escansão, consulte o capítulo 6, na página 67.

2. Você diria que, por sua temática, o texto 1 se aproxima mais das cantigas de amigo ou das de amor? Justifique.

3. Nas cantigas do *Cancioneiro geral* há uma constante que chama a atenção do leitor: os olhos do homem apaixonado. Nos dois textos apresentados, qual o significado dos "olhos"? O que eles representam? Qual o papel desempenhado pelos "olhos" em relação ao sofrimento amoroso?

4. Explique o verso "língua que me condenasse" no contexto da cantiga de Francisco de Sousa (texto 2).

O teatro de Gil Vicente

O teatro vicentino é basicamente caracterizado pela **sátira** ao comportamento de todas as camadas sociais: a nobreza, o clero e o povo. Apesar de sua profunda religiosidade, o tipo mais comumente criticado por Gil Vicente é o frade, que se entrega a amores proibidos (chegando a enlouquecer de amor), à ganância na venda de indulgências, ao exagerado misticismo, ao mundanismo, à depravação dos costumes. Não poupou também bispos, cardeais e mesmo o papa. Satirizou ainda aqueles que rezavam mecanicamente, os que, invocando Deus, solicitavam favores pessoais e os que assistiam à missa por obrigação social.

Gil Vicente (1465[?]-1537[?])

É considerado o criador do teatro popular português com a apresentação, em 1502, de seu *Monólogo do vaqueiro* (por ter sido apresentado nos aposentos da rainha D. Maria, esposa do rei D. Manuel, quando do nascimento de seu primogênito, o futuro rei D. João III, ficou conhecido como *Auto da visitação*).

A baixa nobreza, representada pelo fidalgo decadente e pelo escudeiro, é outra classe social insistentemente criticada pelo autor. O teatro vicentino satiriza ainda o povo que abandona o campo em direção à cidade ou mesmo aqueles que sempre viveram na cidade, mas que, como os provenientes do campo, se deixam corromper pela perspectiva do lucro fácil.

Dessa forma, os personagens do teatro vicentino formam uma riquíssima galeria de **tipos humanos**: o velho apaixonado que se deixa roubar, a alcoviteira, a velha beata, o sapateiro que rouba o povo, o escudeiro fanfarrão, o médico incompetente, o judeu ganancioso, o fidalgo decadente, a mulher adúltera, o padre corrupto. Gil Vicente não se preocupa em fixar tipos psicológicos, mas tipos sociais.

António José Saraiva, na apresentação ao *Teatro de Gil Vicente*, observa que a psicologia do teatro de Gil Vicente é "uma psicologia de grupo social, e não uma psicologia individual" e que "os tipos vicentinos abrangem o conjunto da sociedade portuguesa da sua época. Na base está o camponês 'pelado' por fidalgos e clérigos, a cuja voz Gil Vicente dá acentos comoventes. No cume estão os clérigos de vida folgada e os fidalgos presunçosos e vãos, que vivem, uns e outros, de confiscar o trabalho alheio, ajudados pelos homens de leis e pelos altos funcionários, que fabricam 'alvarás' em benefício de seus afilhados".

Observe a crítica de Gil Vicente àqueles que faziam da missa um compromisso social, de aparências (cena do *Auto da barca do Inferno*, com o Sapateiro sendo julgado pelo Diabo):

SAPATEIRO: Quantas missas eu ouvi,
nom me hão elas de prestar?

DIABO: Ouvir missa, então roubar —
é caminho para aqui.

Neste outro fragmento, percebe-se o carinho de Gil Vicente para com um tipo: o Lavrador, talvez o verdadeiro povo, vítima da exploração de toda a sociedade. No *Auto da barca do Purgatório*, o Lavrador assim se manifesta:

Rafael Fonseca/Arquivo da editora.

Sempre é morto quem do arado
há-de viver.
Nós somos vida das gentes,
e morte de nossas vidas;
a tiranos — pacientes
que a unhas e a dentes
nos tem as almas roídas.
[...]
o lavrador
não tem tempo nem lugar
nem somente d'alimpar
as gotas do seu suor.

Curioso é o fato de que o Diabo nunca força ninguém ao pecado: ele apenas estimula as pessoas a desenvolverem suas próprias tendências pecaminosas. Na peça *Auto da feira*, o Diabo, ao montar sua banca para oferecer os pecados, é interpelado por um serafim e argumenta:

E há de homens ruins,
mais mil vezes que não bons,
como vós mui bem sentis.
E estes hão-de-comprar
disto que trago a vender,
que são artes de enganar,
e cousas para esquecer
o que deviam lembrar.
[...]

Toda a glória de viver
das gentes é ter dinheiro,
e quem muito quiser ter
cumpre-lhe de ser primeiro
o mais ruim que puder.
[...]

mas cada um veja o que faz,
porque eu não forço ninguém.
Se me vem comprar qualquer
clérigo, ou leigo, ou frade
falsas manhas de viver,
muito por sua vontade,
senhor, que lhe hei-de-fazer?

Quanto à **forma**, à utilização de cenários e montagens, o teatro vicentino é extremamente simples: não chega a obedecer às três unidades do teatro clássico — ação, lugar e tempo. Seu texto apresenta estrutura poética, com o predomínio da redondilha maior, havendo mesmo várias cantigas no corpo de suas peças.

Outro aspecto a salientar no teatro de Gil Vicente, consequência natural do momento histórico, é que, ao lado de algumas características tipicamente medievais (religiosidade, uso de alegorias, de redondilhas, não obediência às três unidades do teatro clássico), percebem-se outras humanistas, como a presença de figuras mitológicas, a condenação à perseguição aos judeus e cristãos-novos, a crítica social.

No *Auto da barca do Inferno*, sua mais famosa peça, percebemos a galeria de tipos humanos satirizados por Gil Vicente. Esses tipos são os passageiros de duas barcas: uma delas comandada pelo Diabo, e a outra, por um Anjo. Os passageiros, que estão mortos, são submetidos a um interrogatório, após o qual embarcarão rumo ao Inferno ou ao Paraíso (simulando, assim, o Juízo Final).

A maioria deles, condenada por seu comportamento, vai para a barca do Diabo, superlotando-a. São eles: um fidalgo, um sapateiro, uma alcoviteira, um padre e sua amante, um judeu, um enforcado, um agiota, um corregedor e um procurador.

Apenas cinco passageiros — um parvo (indivíduo tolo, simplório) e quatro cavaleiros (representando um único tipo) — embarcam em companhia do Anjo. O parvo foi aceito pelo Anjo porque, se pecou em vida, o fez sem consciência, sem maldade. Já os quatro cavaleiros irão para o Paraíso porque morreram "pelejando por Cristo", conforme as palavras do próprio Anjo:

Ó cavaleiros de Deus,
a vós estou esperando,
que morrestes pelejando
por Cristo, Senhor dos Céus!
Sois livres de todo o mal,
santos, por certo, sem falha:
que, quem morre em tal batalha,
merece paz eternal.

Naquela época, "pelejar por Cristo" significava lutar contra os "infiéis", ou seja, contra aqueles que não professavam o catolicismo. Dessa forma, por meio do discurso do Anjo, Gil Vicente demonstra que, embora criticasse ferrenhamente o clero, era um fervoroso defensor da fé católica.

Arquivo da editora.

O Auto da barca do Inferno *é a mais famosa peça da trilogia das barcas, formada ainda pelo* Auto da barca do Purgatório *e pelo* Auto da barca da Glória.

NA WEB

Você poderá acessar as principais obras de Gil Vicente nos seguintes endereços:
<http://www.bibvirt.futuro.usp.br>.
<http://www.dominiopublico.gov.br>.
Acesso em: 4 mar. 2011.

O auto – de Gil Vicente a João Cabral

Cena de Morte e vida severina, *em montagem do Revivendo, grupo de terceira idade dirigido pela atriz Cristina Pereira.*

Adriana Corete/AJB.

Auto é uma designação genérica para textos poéticos (normalmente em redondilhas) criados no final da Idade Média para representações teatrais.

A maioria dos autos tem caráter predominantemente religioso, embora a obra de Gil Vicente ofereça vários exemplos de temática profana e satírica (as farsas), sempre com preocupações moralizantes.

No Brasil, especialmente no Nordeste, em pleno século XX, encontramos textos notáveis que revelam influência medieval. São exemplos o *Auto da compadecida*, de Ariano Suassuna, o *Auto de Natal pernambucano* (mais conhecido como *Morte e vida severina*) e o *Auto do frade*, ambos de João Cabral de Melo Neto. Poderíamos citar ainda, no campo da música popular, o *Auto da catingueira*, de Elomar Figueira Melo.

Morte e vida severina, de João Cabral, é um auto em versos curtos, com predomínio de redondilhas, apresentando vários diálogos, o que resulta num texto propício à encenação ou à leitura em voz alta. A religiosidade se manifesta nos nomes de alguns personagens (Maria e José, o carpinteiro) e na exaltação da vida, a partir do nascimento de uma criança nos mangues de Recife. Por essa razão, o poema traz como subtítulo *Auto de Natal pernambucano*.

Divulgação.

Cartaz da encenação da "Farsa de Inês Pereira" pela Companhia Municipal de Teatro da cidade de Mafra, Portugal.

Nas tramas do texto

Farsa de Inês Pereira

Farsa de Gil Vicente representada no convento de Tomar em 1523. O tema é dado pelo seguinte provérbio: 'Mais quero asno que me leve, que cavalo que me derrube'. A heroína, Inês Pereira, embora pertença à classe popular, sonha com um marido 'discreto'. Repele Pêro Marques, filho dum camponês rico, e casa com um escudeiro pelintra que a maltrata. O marido, porém, morre em África, e Inês, ensinada desta vez pela dura experiência, desposa Pêro Marques e depressa aceita a corte dum falso ermitão. Para cúmulo do embuste, é o novo marido que a leva ao eremitério e atravessa um rio com ela às costas. A comadre Lianor Vaz, dois judeus casamenteiros e moças e mancebos, amigos de Inês, animam o auto — sem dúvida a melhor farsa vicentina.

COELHO, Jacinto do Prado (Org.). *Dicionário das literaturas portuguesa, brasileira e galega*. Porto: Figueirinhas, 1978. p. 77.

A seguinte farsa de folgar foi representada ao muito alto e mui poderoso rei D. João o terceiro em Portugal, no seu Convento de Tomar. Era do Senhor de MDXXIII. O seu argumento é que, por quanto duvidavam certos homens de bom saber se o autor fazia de si mesmo estas obras, ou se as furtava de outros autores, lhe deram este tema sobre que fizesse, a saber, um exemplo comum que dizem "mais quero asno que me leve, que cavalo que me derrube". E sobre este motivo se fez esta farsa. Finge-se, na introdução, que Inês Pereira, filha de uma mulher de baixa sorte, muito fantesiosa, está lavrando em casa, e sua mãe é a ouvir missa, e ela diz:

INÊS Renego deste lavrar
e do primeiro que o usou
ao diabo que o eu dou,
que tão mau é de aturar;
ó Jesus! Que enfadamento,
e que raiva, e que tormento,
que cegueira e que canseira!
Eu hei de buscar maneira
de viver a meu contento.
Coitada, assim hei de estar
encerrada nesta casa
como panela sem asa
que sempre está num lugar?
Isto é vida que se viva?
Hei de estar sempre cativa
desta maldita costura?
Com dois dias de amargura
haverá quem sobreviva?
Hei de ir para os diabos
se continuo a coser.
Oh! como cansa viver
sozinha, no mesmo lugar.
Todas folgam, e eu não.
Todas vêm e todas vão
onde querem, menos eu.
Hui! que pecado é o meu,
ou que dor de coração?

Vem a Mãe da Igreja, e não a achando lavrando diz:

Logo eu adivinhei
lá na missa onde eu estava,
como a minha Inês lavrava
a tarefa que eu lhe dei.
Acaba esse travesseiro!
Hui! Nasceu-te algum unheiro?
Ou cuidas que é dia santo?

INÊS Praza a Deus que algum quebranto
me tire do cativeiro.

MÃE Tu estás mal-humorada?
Choram-te os filhos por pão?

INÊS Possa Deus me dar razão,
que é tempo de estar casada...

MÃE Olhade lá o mau pesar!
Como queres tu casar
com fama de preguiçosa?

INÊS Mas eu, mãe, sou prestimosa,
e vós sempre a demorar.

MÃE Ora espera, assim vejamos...

INÊS Quem já visse esse prazer!

VICENTE, Gil. *A farsa de Inês Pereira*. (Estabelecimento de texto: Segismundo Spina). 6. ed. São Paulo: Brasiliense, 1973.

atividades

1. A que gênero pertence o texto acima?

2. Comente os aspectos formais do texto.

3. Rubrica, numa peça de teatro, é a indicação escrita de como deve ser uma fala, uma mudança de cenário, um movimento cênico, um gesto do ator etc. Na rubrica inicial, temos algumas informações importantes: o local e a data da primeira encenação, a quem foi dedicada e a classificação ("farsa de folgar", que pode ser entendida como uma comédia de costumes). Há também uma explicação sobre a sua motivação. Qual teria sido ela?

4. Ainda na rubrica inicial, temos o emprego de uma palavra que caracteriza o caráter ficcional do texto. Qual?

5. De que se queixa Inês? Por que é definida na rubrica inicial como uma moça fantasiosa?

6. Como espera Inês mudar de vida?

sessão de CINEMA

Divulgação.

1492 – A conquista do Paraíso. Direção: Ridley Scott, 1992. Com: Gérard Depardieu e Sigourney Weaver.

Produzido em homenagem aos 500 anos da chegada de Cristóvão Colombo à América, o filme conta a história do navegador genovês, apresentando-o como um homem idealista em confronto com a intolerância da Espanha de seu tempo.

*Questões de exames sobre este capítulo encontram-se na página **643**.*

capítulo 12

Objetivos gerais do capítulo

O aluno, ao final do capítulo, deverá ser capaz de:

- discutir as manifestações renascentistas nas artes plásticas e na literatura;
- conhecer as principais características desse estilo e suas relações com o contexto histórico;
- conhecer os principais autores desse estilo, ler seus textos e refletir sobre eles.

Os estilos de época na Era Clássica: Classicismo português

E ao imenso e possível oceano
Ensinam estas Quinas, que aqui vês,
Que o mar com fim será grego ou romano:
O mar sem fim é português.

PESSOA, Fernando. Poema "Padrão", do livro *Mensagem*.

Mapa-múndi. Insularium Illustratum, de Henricus Martellus, c. 1489. Pergaminho, 30 x 47 cm. Museu Britânico, Londres.

Henricus Martellus Germanus foi um cartógrafo alemão que trabalhou em Florença na segunda metade do século XV. O mapa acima é de 1489 e revela a influência de cartógrafos portugueses e a importância das navegações lusas para a nova configuração do mapa-múndi. No mapa de Martellus percebem-se legendas que fazem referência às navegações de Bartolomeu Dias e Diogo Cão, que desbravaram a costa atlântica da África.

A arquitetura

Mirec/Shutterstock/Glowimages.

A cúpula da catedral de Florença, projetada por Filippo Brunelleschi entre 1420 e 1436, com suas formas arredondadas clássicas, iria servir como padrão arquitetônico durante toda a Renascença.

Sobre o papel desempenhado pela cidade de Florença, como berço do Renascimento, assim escreve o crítico de arte E. H. Gombrich:

"Os italianos do século XIV acreditavam que a arte, ciência e erudição tinham florescido no período clássico, que todas essas coisas tinham sido destruídas pelos bárbaros do Norte e que lhes cumpria a missão de ajudar a reviver o glorioso passado e, portanto, a inaugurar uma nova era.

Em nenhuma cidade esse sentimento de confiança e esperança era mais intenso do que em Florença, berço de Dante e de Giotto. Foi nessa próspera cidade de mercadores, nas primeiras décadas do século XV, que um grupo de artistas se dispôs deliberadamente a criar uma nova arte e a romper com as ideias do passado".

A escultura

Davi, mármore, 4,24 m de altura, de Michelangelo Buonarroti. Academia, Florença.

As obras pertencem a diferentes períodos da história da arte: o Discóbolo *é uma escultura da Grécia Antiga (cerca de 450 a.C.); o famoso* Davi, *de Michelangelo, é uma obra tipicamente renascentista (1504). Comparando-as, é fácil perceber como a estética renascentista se aproxima do ideal de arte da Antiguidade Clássica, representada pelo atleta grego, embora quase dois mil anos as separem! De fato, o Renascimento italiano representou a restauração dos valores da cultura clássica de Grécia e Roma, que exaltavam o indivíduo, suas qualidades físicas e espirituais, sua vocação natural para a ação e para a glória (em nítida oposição aos valores teocêntricos da Idade Média, que não reconheciam a individualidade).* Davi, *herói bíblico que derrotou o gigante Golias com uma pedra lançada por sua funda, constitui um modelo de coragem. Para Michelangelo e para os florentinos,* Davi, *feito sob encomenda e esculpido num gigantesco bloco de mármore de 5,49 metros, simbolizava a própria Florença, que atravessava um período difícil, obrigada a estar sempre atenta contra ameaças externas. Com* Davi, *Michelangelo superou os próprios gregos e romanos da Antiguidade, pois, além da beleza formal e do vigor dos clássicos, imprimiu em seu herói uma poderosa expressividade e um grande significado.*

Discóbolo, cópia em mármore do bronze original de Myron. Museu Nacional, Roma.

A pintura

Mona Lisa, de Leonardo da Vinci, 1503-1506. Óleo sobre madeira, 77 x 58 cm. Museu do Louvre, Paris.

Monalisa, *um óleo sobre madeira de apenas 77 cm x 53 cm, retrato da jovem esposa do rico florentino Francesco del Giocondo (daí ser conhecida como* La Gioconda*), transformou-se na mais emblemática pintura do Renascimento. Nela, percebemos algumas características que consagraram a pintura da época: a perspectiva, verdadeira revolução na arte de retratar, aumentando a ilusão de realidade; o novíssimo recurso da tinta a óleo; a técnica do* sfumato *(esfumaçado), num jogo de claro-escuro que cria zonas ambíguas no retrato, assim sintetizada por Leonardo: "a luz demasiado viva torna as coisas cruas, o demasiado sombrio não deixa ver, o médio é bom"; a valorização do indivíduo:* Monalisa *é considerado o primeiro estudo psicológico de um modelo (daí o realce aos olhos — "janelas da alma", segundo Leonardo — e ao sorriso enigmático).*

A imprensa

Bettmann/Corbis/LatinStock.

O impressor alemão Johann Gensfleish (1397-1468), conhecido como Gutenberg, não inventou a imprensa, que já era conhecida antes de ele nascer. Entretanto, foi ele o inventor da tipografia, isto é, do sistema de tipos móveis que tornou possível o desenvolvimento da imprensa. A ilustração retrata Gutenberg e seus auxiliares, ao lado de uma prensa, examinando uma folha que acabara de ser impressa.

A Era Clássica

O que se convencionou denominar Era Clássica, na literatura europeia, corresponde a uma nova ordem socioeconômica que marca os séculos XVI, XVII e XVIII. A crise do feudalismo, a tomada de Constantinopla pelos turcos (1453), a expansão marítima e a revolução comercial, o desenvolvimento do capitalismo mercantil, as monarquias absolutistas formam o pano de fundo desse período. Assiste-se a uma retomada dos valores da Antiguidade Clássica (daí a denominação), que passam a conviver com heranças esparsas dos modelos medievais. O período se estende até o estabelecimento de uma nova ordem socioeconômica, agora ditada pela Revolução Industrial e pelas conquistas políticas e sociais da Revolução Francesa.

Na Era Clássica predomina a poesia, tanto a lírica como a épica; musas ganham contornos e nomes que remetem à mitologia; Homero, Virgílio e Horácio são revisitados; exalta-se o bucolismo, o homem em seu estado natural, a vida pastoril.

Ecos dessas manifestações podem ser percebidos, com maior ou menor intensidade, na literatura produzida no Brasil dos séculos XVII e XVIII.

Para fins didáticos, dividimos a Era Clássica em três grandes estilos de época:

- **Classicismo**, que caracteriza a maior parte do século XVI (os anos de 1500, daí ser chamado de **Quinhentismo**);
- **Barroco**, que caracteriza o fim do século XVI e praticamente todo o século XVII (os anos de 1600, daí ser chamado de **Seiscentismo**);
- **Arcadismo** ou **Neoclassicismo**, que caracteriza o século XVIII (os anos de 1700, daí ser chamado de **Setecentismo**).

Joubert Lancha/Arquivo da editora.

O Classicismo português

A expansão marítima e a intensificação do comércio iniciadas em meados do século XV ampliaram os contatos dos portugueses para além de Castela; nota-se uma migração, notadamente para os grandes centros da Península Itálica, não só de comerciantes, mas também de estudantes. Esse contato permite a introdução em Portugal de novas formas de pensar, que caracterizaram o Renascimento. Ao mesmo tempo, como consequência do Humanismo, há uma reestruturação do ensino em Portugal; por iniciativa de D. Manuel ou de particulares, vários colégios são fundados; a partir de 1498 desenvolve-se a imprensa nacional.

A pujança econômica do reinado de D. Manuel e a introdução de novos conceitos de arte acabaram por gerar um estilo tipicamente lusitano, conhecido como *Manuelino*; sua principal característica é o acentuado caráter decorativo que associa elementos góticos a elementos mouriscos e renascentistas: ao lado de arcos e abóbadas, colunas retorcidas e um intenso rendilhado, como se percebe no conjunto arquitetônico formado pelo Mosteiro dos Jerônimos (1502) e pela Torre de Belém (1515), construído na praia de onde partiram as caravelas portuguesas, na beira do Rio Tejo.

NA WEB

Para saber mais sobre a história do Mosteiro, visite o *site* <www.mosteirojeronimos.pt>. Acesso em: 25 jan. 2011.

Tito Wong/Shutterstock/Glowimages.

Pátio interno do Mosteiro dos Jerônimos, em Lisboa.

Jorg Hackemann/Shutterstock/Glowimages.

Dmitriy Yakovlev/Shutterstock/Glowimages.

Torre de Belém.

A linguagem do Classicismo

A revolução cultural renascentista e suas características temáticas e formais determinam a linguagem do Classicismo: seus campos lexicais, a forte presença dos adjetivos e mesmo a estruturação das frases. Em primeiro lugar, é preciso relembrar que a língua portuguesa se uniformiza e adquire as características do português atual exatamente no século XVI, com a rica literatura renascentista (em particular, com a produzida por Camões). As duas primeiras gramáticas da língua portuguesa (1536 e 1540) refletem a filosofia renascentista; daí a latinização sintática dos textos literários, com Camões afirmando, na estrofe 33 do canto I de *Os lusíadas*, que a deusa Vênus se identificava com o povo português em função da língua: "E na língua, na qual quando imagina, / Com pouca corrupção crê que é a Latina".

Já que falamos em Vênus, percebam como a retomada da mitologia pagã define um dos campos lexicais da poesia do Classicismo: raros são os textos renascentistas que não fazem referência aos deuses pagãos, empregando denominações romanas (Baco, Júpiter, Vênus, por exemplo) ou gregas (Dioniso, Zeus, Afrodite). Da mesma forma, a busca do sublime, da perfeição formal, do ideal de beleza leva os autores clássicos a recorrer, em suas descrições, a uma constante adjetivação: a mulher, por exemplo, é vista como um ser superior, angelical, perfeito.

Sá de Miranda

Francisco Sá de Miranda (1481-1558), após viver alguns anos na Itália, introduziu a poesia classicizante em Portugal, sendo típico representante da poesia quinhentista lusitana. Em sua obra, convivem as heranças medievais e o humanismo renascentista, a medida velha (redondilha) e a medida nova (decassílabo). Reproduzimos, a seguir, uma famosa cantiga sua, primeira a apresentar o tema do **homem dividido** na literatura portuguesa:

Comigo me desavim,
Sou posto em todo perigo:
Não posso viver comigo
Nem posso fugir de mim.

Com dor da gente fugia,
Antes que esta assi crecesse:
Agora já fugiria
De mim, se de mim pudesse.
Que meio espero ou que fim
Do vão trabalho que sigo,
Pois que trago a mim comigo
Tamanho imigo de mim?

In: TORRES, Alexandre Pinheiro.
Antologia da poesia portuguesa.
Porto: Lello & Irmão, 1977. v. 1. p. 901.

o momento
HISTÓRICO

Economia, política e sociedade

Para resumir o contexto social, econômico e político do período, elaboramos o infográfico que você lerá a seguir. Na página ao lado, estão resumidos os principais acontecimentos artísticos, científicos e filosóficos do período.

1506

> **A questão judaica em Lisboa**: motins resultam na morte de cerca de dois mil cristãos-novos.

> Monopólio do Estado português sobre o **comércio de especiarias**.

1509

Henrique VIII assume o trono da Inglaterra.

1510

O português **Afonso de Albuquerque** conquista Goa (Índia) e consolida o império português na Ásia.

1514

Início da publicação das **Ordenações Manuelinas**, severas normas jurídicas impostas pelo Estado português no governo de D. Manuel.

1517

Museu e Galeria de Arte de Bristol, Reino Unido.

Martinho Lutero.

Lutero publica as 95 teses contra as Bulas de Indulgência; tem início a Reforma Protestante.

1519

> O português **Fernão de Magalhães** dá início à primeira viagem de circum-navegação.

> O espanhol Hernan Cortés inicia a conquista do México.

The Bridgeman/Getty Images.

Mapa com o traçado da primeira viagem de Fernão de Magalhães.

1531

O rei D. João III pede licença ao papa para organizar a **Inquisição** em Portugal.

1532

Fundação de **São Vicente**, primeira vila no Brasil.

1534

> Henrique VIII rompe definitivamente com a Igreja romana e funda a **Igreja protestante inglesa.**

> Na Espanha, Ignácio de Loyola funda a **Companhia de Jesus**, o braço mais importante do movimento de **Contrarreforma**.

Igreja Del Gesu, Roma/Alfredo Dagli Orti/The Art Archive/Other Images.

O Papa Paulo III recebendo as regras da Ordem dos Jesuítas de Santo Inácio de Loyola.

1545

Início do **Concílio de Trento**, reação da Igreja Católica ao movimento de Reforma Protestante.

1549

No Brasil, criação do **Governo--Geral** e fundação da cidade de **Salvador**, primeira cidade brasileira e sede de governo; chegam os primeiros jesuítas.

1555

Os franceses ocupam o Rio de Janeiro e fundam a **França Antártica**.

1572

Noite de São Bartolomeu (24 de agosto): lutas envolvendo as lideranças católicas e protestantes na França resultam na morte de milhares de huguenotes (protestantes franceses).

Museu Cantonal de Belas Artes, Lausanne/akg-images/Intercontinental Press.

A noite de São Bartolomeu.

1578

Museu Nacional de Arte Antiga, Lisboa.

Dom Sebastião.

Em **Alcácer-Quibir** (Marrocos), os portugueses são derrotados pelos mouros; na batalha, morre o **rei D. Sebastião.**

1580

Unificação da Península Ibérica sob o domínio espanhol.

Galeria de Arte e Museu de Glasgow, Escócia.

Felipe II, que consolidou a unificação da Península Ibérica.

Arte, ciência e filosofia

1503 Período provável em que **Leonardo da Vinci** pinta a tela *Monalisa*.

1508
> **Michelangelo** inicia a pintura da ***Capela Sistina***.
> É publicado o *Amadis de Gaula*, romance de cavalaria, de autor anônimo.

Erich Lessing/Album/LatinStock.

Capela Sistina.

1509 **Erasmo de Rotterdam**, considerado um dos principais pensadores do humanismo, publica *O elogio da loucura*, em que critica o autoritarismo da Igreja e defende o livre-arbítrio.

1516
> **Nicolau Maquiavel** publica *O príncipe*, importante tratado político que ainda hoje gera polêmicas, discorrendo sobre os meios pelos quais os governantes atingiriam seus fins.
> **Tomas Morus** publica *Utopia*: baseado em *A República*, de Platão, o pensador inglês apresenta uma ilha imaginária onde todos vivem em harmonia e trabalham em favor do bem comum.
> **Ludovico Ariosto** publica o épico *Orlando Furioso*.

Archivo Iconografico, S.A./Corbis/LatinStock.

Maquiavel.

1543
> Sai uma edição da obra *De revolutionibus orbium caelestium* (*Sobre as revoluções dos orbes celestes*), de **Nicolau Copérnico**; nela, o astrônomo polonês defende a teoria heliocêntrica.
> **Andrea Vesalio** publica *De Humanis Corporis fabrica*, primeiro tratado de anatomia humana.

1552 De autor anônimo espanhol, é publicado o romance *Lazarillo de Tormes*, criando-se o modelo de herói picaresco.

Grupo Anaya.

1569 O cartógrafo flamengo **Gerhardus Mercator** apresenta sua concepção de *Planisfério*.

Divulgação.

1572 Luís de Camões publica *Os lusíadas*, a mais importante epopeia em língua portuguesa.

1590-1597 Encenação das primeiras peças de **William Shakespeare**, entre elas *O mercador de Veneza*, *Romeu e Julieta*, *Sonho de uma noite de verão*, *A megera domada*.

1600 O pensador italiano **Giordano Bruno** é queimado em praça pública a mando da Inquisição; Bruno defendia a ideia de que o Universo é infinito e que os astros estão em constante movimento; no campo religioso, criticava a intolerância e o sectarismo.

photopalace/Shutterstock/Glowimages.

Giordano Bruno.

A lírica camoniana

A ilustração, uma ingênua representação de Camões em sua cela, evoca tanto seu trabalho intelectual (observe os papéis e o tinteiro sobre a mesa, a pequena estante de livros, o mapa de navegação) quanto sua infeliz condição (note as correntes no chão, as barras na janela e a fachada da prisão, ilustrada num "pergaminho" no canto superior esquerdo).

Camões na prisão. Coleção Camoniana do Centro de Profilaxia, Lisboa.

Luís Vaz de Camões

A vida de Camões permanece pontilhada de dúvidas. Admite-se como data mais provável de seu nascimento o ano de 1524. Descendente de uma família de fidalgos decadentes, teria frequentado por algum tempo a Universidade de Coimbra. Serviu como militar no norte da África, onde, ferido em combate, perdeu o olho direito. Em 1552 foi preso em Lisboa por ter agredido um oficial do rei e só foi posto em liberdade em 1553, indo direto para o exílio, que durou 17 anos. Durante esse período, viveu nas colônias portuguesas da África e da Ásia, chegando a morar em Macau, colônia portuguesa na China. Foram anos de dificuldades econômicas e algumas passagens pela cadeia. Camões só retornou a Portugal em 1570, já com os versos de *Os lusíadas*, cuja primeira edição seria publicada dois anos depois. D. Sebastião, rei de Portugal a quem havia sido dedicado o poema, concede-lhe uma pensão de 15 mil réis por ano, quantia que o poeta recebeu sem regularidade.

Morreu na miséria em 10 de junho de 1580, sendo enterrado como indigente, em vala comum. Sua obra é composta de poesias líricas, uma poesia épica, três peças para teatro e algumas cartas.

O tempo de Camões

Mas na vastidão do império estavam implícitas as causas da ruína. O pequeno reino português, nascido entre brados de guerra e fortalecido no meio do estrondo das armas, sabia conquistar; mas o mesmo pequeno reino, de recursos diminutos e pobre de gente, pela continuação da peleja, não pôde conservar as suas conquistas. As riquezas do além-mar, o ouro do novo mundo, tornaram-se a perdição da pátria. As virtudes cívicas do velho Luso não resistiam às novas condições de vida. Todos queriam gozar e chegar rapidamente ao ócio que a fortuna proporciona. O arado e a enxada não bastavam para alcançar este fim; só os serviços ultramarinos, na frota e nas colônias. As grandes armadas exigiam um pessoal numeroso de marinheiros e de soldados. Naufrágios e guerras, os climas inóspitos, os cansaços das viagens, febres e pestes, a vida desregrada dizimavam anualmente as legiões de emigrantes que saíam do Continente. Muitos deixavam-se estar nas terras estrangeiras, porque não tinham com que pagar a volta.

Assim foram escasseando pouco a pouco em Portugal os braços robustos. A indústria e o comércio definhavam; os campos jaziam incultos e maninhos. Portugal adoecera de anemia, resultante da sua grandeza colonial.

STORCK, Wilhelm. *Vida e obras de Luís de Camões*. Lisboa: Imprensa Nacional/Casa da Moeda, 1987. p. 86.

NA WEB

No *site* <www.institutocamoes.pt/escritores/camoes/vida.htm>, você pode pesquisar sobre a vida e a obra do poeta e ler toda a sua produção.

Apresentamos, a seguir, as principais características da poesia lírica camoniana:

- **Poesia tradicional** – A herança das cantigas trovadorescas em Camões aparece principalmente nas redondilhas. O mar, a fonte, a natureza surgem constantemente em diálogos, lembrando as cantigas de amigo.
- **As ideias platônicas em Camões** – A filosofia de Platão marcou fortemente toda a produção literária do Renascimento. Assim, há uma constante busca do ideal, que não é mais do que uma tentativa de ascensão do mundo sensível (das realidades concretas, meras imitações particulares) ao mundo inteligível (da essência, a verdade universal). A partir do século XV, percebe-se uma tentativa de aproximar a filosofia platônica dos princípios do cristianismo.
- **O Amor** – Um dos temas mais ricos da lírica camoniana, o Amor é visto como ideia e como manifestação de carnalidade. Assim, Camões retrata a mulher amada tanto de forma idealizada, recorrendo, para descrevê-la, a uma constante adjetivação – um ser superior, angelical, perfeito (como a Laura de Petrarca e a Beatriz de Dante Alighieri) – quanto de maneira mais concreta (diríamos, do mundo sensível), cantando não mais um amor espiritualizado, mas um amor terreno, carnal, erótico (é a Vênus que aparece em inúmeras poesias líricas e em *Os lusíadas*). A impossibilidade de obter uma síntese desses dois amores se revela na poesia camoniana algumas vezes pelo uso intenso de antíteses.
- **O "desconcerto do mundo"** – Esse foi um dos temas que mais perturbaram o poeta português; está presente em poemas que tratam das injustiças, do prêmio aos maus e do castigo aos bons; da ambição e da tentativa de guardar bens que acabam no nada da morte; dos sofrimentos constantes que aniquilam as prováveis conquistas; enfim, de um **conflito violento entre o ser e o dever ser**.

Nas tramas dos textos

Texto 1

Voltas a cantiga alheia

Na fonte está Lianor
Lavando a talha e chorando.
Às amigas perguntando:
— Vistes lá o meu amor?

Posto o pensamento nele,
Porque a tudo o Amor obriga,
Cantava, mas a cantiga
Eram suspiros por ele.
Nisto estava Lianor
O seu desejo enganando,
Às amigas perguntando:
— Vistes lá o meu amor?

O rosto sobre ũa mão,
Os olhos no chão pregados,
Que, do chorar já cansados,
Algum descanso lhe dão.
Desta sorte Lianor
Suspende de quando em quando
Sua dor e, em si tornando,
Mais pesada sente a dor.

Não deita dos olhos água,
Que não quer que a dor se abrande
Amor, porque em mágoa grande,
Seca as lágrimas a mágoa.
Depois que de seu amor
Soube, novas perguntando,
De improviso a vi chorando.
Olhai que extremos de dor!

CAMÕES, Luís de. *Lírica*. São Paulo: Cultrix, 1968. p. 91.

atividades

1. Comente os aspectos **formais** do poema.
2. O poema retoma um tipo de cantiga do Trovadorismo, mas introduz uma importante alteração. Releia-o atentamente e responda:
   a) Pela temática, retoma qual tipo de cantiga?
   b) Qual é a principal alteração promovida por Camões?
3. Há um único verso em que o dono da voz se mostra. Qual é o verso? A quem o enunciador se dirige?

Ilustrações: Joubert Lancha/Arquivo da editora.

Texto 2

Voltas a mote alheio

Perdigão perdeu a pena,
Não há mal que lhe não venha.

Perdigão que o pensamento
Subiu a um alto lugar,
Perde a pena do voar,
Ganha a pena do tormento.
Não tem no ar nem no vento
Asas com que se sustenha:
Não há mal que lhe não venha.

Quis voar a ũa alta torre,
Mas achou-se desasado;
E, vendo-se depenado,
De puro penado morre.
Se a queixumes se socorre,
Lança no fogo mais lenha:
Não há mal que lhe não venha.

CAMÕES, Luís de. op. cit. p. 87.

atividades

1. No texto, Camões trabalha com várias palavras de duplo significado. Cite dois exemplos.
2. O texto pode ser relacionado a um famoso provérbio. Qual?
3. Releia o texto "O tempo de Camões" e responda: seria possível relacionar Perdigão com Portugal? Justifique sua resposta.

Texto 3

Busque Amor novas artes, novo engenho
Pera matar-me, e novas esquivanças,
Que não pode tirar-me as esperanças,
Que mal me tirará o que eu não tenho.

Olhai de que esperanças me mantenho!
Vede que perigosas seguranças!
Que não temo contrastes nem mudanças,
Andando em bravo mar, perdido o lenho.

Mas, conquanto não pode haver desgosto
Onde esperança falta, lá me esconde
Amor um mal, que mata e não se vê,

Que dias há que na alma me tem posto
Um não sei quê, que nasce não sei onde,
Vem não sei como e dói não sei porquê.

CAMÕES, Luís de. op. cit. p. 112.

atividades

1. Comente os aspectos **formais** do poema.
2. Podemos dividir o poema em duas partes distintas. Qual a palavra responsável pela mudança de tom do poema? Considerando o embate entre razão e sentimento, o que prevalece em cada parte?
3. Para sintetizar a luta do amante com o Amor, qual a imagem lançada pelo poeta?

Confrontando ideias

A quase totalidade dos poetas, em todos os tempos, escreveu sobre o amor. Declame para seus colegas algumas palavras escritas por um poeta ou por um compositor popular, relacionadas a esse tema, que tenham impressionado você. Justifique a escolha.

A épica camoniana

Os lusíadas

O termo **lusíadas** significa "lusitanos" e, como afirma Hernâni Cidade, é um "nome que logo nos anuncia a história heroica de todo um povo. *Os lusíadas* são os próprios lusos, em sua alma como em sua ação".

Seguem algumas informações sobre a obra:

- **herói:** Vasco da Gama, comandante da expedição marítima que "descobriu" o caminho para as Índias em 1498.
- **argumento:** as façanhas dos navegantes portugueses, suas lutas, os perigos enfrentados durante a viagem de Portugal às Índias; no meio da narrativa, pela voz de Vasco da Gama, o leitor toma contato com a história de Portugal, desde a independência capitaneada por Afonso Henriques até o governo de D. Manuel, o Venturoso.
- **presença do maravilhoso pagão:** o destino dos navegadores é decidido pelos deuses no Concílio do Monte Olimpo.
- **estrutura:** 8 816 versos distribuídos em 10 cantos. Divisão clássica em cinco partes: proposição, invocação, dedicatória, narração e epílogo.

Frontispício da edição de Os lusíadas, *de 1584.*

Arquivo Nacional da Torre do Tombo, Lisboa, Portugal.

O concílio dos deuses

Ao iniciar a narração, Camões apresenta o Concílio no Olimpo, monte situado na região centro-norte da Grécia, que, segundo a mitologia, os deuses habitavam.

- **Júpiter** é o pai dos deuses e soberano do Olimpo.
- **Vênus** é a deusa do amor, filha e amante de Júpiter. É a grande defensora dos lusitanos no Olimpo e protetora de Vasco da Gama durante toda a viagem. Segundo Hernâni Cidade, Vênus representa o espírito latino.
- **Baco** é o deus do vinho. É contrário à viagem de Vasco da Gama, pois não quer perder seus domínios em terras africanas e asiáticas; incita as forças da Natureza a lutar contra os portugueses.
- **Netuno**, deus dos mares, também se manifesta contra os portugueses por se sentir invadido em seus domínios.
- **Marte**, deus da guerra, defende os portugueses por duas razões: deseja agradar a Vênus, por quem nutre um profundo amor, e admira os navegadores, considerando-os nobres guerreiros.

Olimpo, *afresco de Luigi Sabatelli, 1850.*

Olimpo, de Luigi Sabatelli, 1819. Afresco. Palácio Pitti, Galeria Palatina, Florença.

Nas tramas dos textos

Texto 1

Reproduzimos, a seguir, as três primeiras estrofes de *Os lusíadas*, que formam a proposição.

1 As armas[1] e os Barões[2] assinalados[3]
Que, da Ocidental praia Lusitana,
Por mares nunca dantes navegados,
Passaram ainda além da Taprobana[4],
Em perigos e guerras esforçados,
Mais do que prometia a força humana,
E entre gente remota[5] edificaram
Novo Reino[6], que tanto sublimaram;

2 E também[7] as memórias gloriosas
Daqueles Reis[8] que foram dilatando
A Fé, o Império, e as terras viciosas[9]
De África e de Ásia andaram devastando,
E aqueles[10] que por obras valerosas
Se vão da lei da Morte libertando;
Cantando espalharei por toda parte,
Se a tanto me ajudar o engenho e arte.

3 Cessem do sábio Grego[11] e do Troiano[12]
As navegações grandes que fizeram;
Cale-se de Alexandre[13] e de Trajano[14]
A fama das vitórias que tiveram;
Que eu canto o peito ilustre Lusitano
A quem Netuno[15] e Marte[16] obedeceram.
Cesse tudo o que a Musa antiga canta,
Que outro valor mais alto se alevanta.

1. **armas:** forças militares.
2. **Barões:** o mesmo que varões, homens.
3. **assinalados:** famosos, célebres. Há também uma conotação religiosa: assinalados seriam aqueles com o "sinal divino". Camões sempre associou os feitos marítimos à expansão da fé cristã.
4. **Taprobana:** ilha localizada no Oceano Índico, a sudeste da Índia; atual Sri Lanka.
5. **gente remota:** povos de lugares remotos, distantes (referência aos povos asiáticos).
6. **Novo Reino:** referência ao Império Português na Ásia.
7. **E também...:** atentar para o verbo subentendido – **cantar** –, que aparece no sétimo verso desta mesma estrofe e no quinto verso da estrofe seguinte.
8. **daqueles Reis:** os reis da história de Portugal, que serão celebrados nos cantos III e IV.
9. **terras viciosas:** as terras da África e da Ásia, não cristianizadas e, portanto, tidas como "viciosas". Formavam os domínios do deus Baco.
10. **e aqueles...:** também aqui está subentendido o verbo **cantar** – "e (cantarei) aqueles...".
11. **sábio Grego:** referência a Ulisses, personagem do poema *Odisseia*, de Homero.
12. **Troiano:** referência a Eneias, personagem do poema *Eneida*, de Virgílio.
13. **Alexandre:** Alexandre, o Grande, imperador da Macedônia entre 336 e 323 a.C., conquistador de terras orientais.
14. **Trajano:** imperador romano responsável por grandes conquistas no Oriente. Nos quatro versos iniciais da estrofe 3, o poeta cita personagens épicos e grandes conquistadores para, em seguida, cantar um herói superior aos que o antecederam.
15. **Netuno:** deus dos mares e dos oceanos.
16. **Marte:** deus da guerra.

atividades

1. Comente os aspectos formais das três estrofes.

2. Para os poetas clássicos, a poesia era fruto da combinação de duas virtudes. Em que verso isso está explicitado?

3. O crítico português António José Saraiva afirma que "as epopeias são narrativas de fundo histórico em que se registram poeticamente as tradições e os ideais de um grupo étnico sob a forma de aventuras de um ou alguns heróis".

Na proposição, Camões evidencia o "grupo étnico" e as "aventuras" que serão cantados. Aponte versos em que isso ocorre.

4. O professor Hernâni Cidade, na abertura de seu livro *A literatura portuguesa e a expansão ultramarina*, narra o seguinte episódio:

"Quando os nautas do Gama desembarcaram em Calecute, foi um deles interrogado sobre os motivos da viagem, e consta que respondeu:

– Viemos buscar cristãos e especiarias.

Dava o marinheiro, na singeleza da resposta, a completa finalidade dos objetivos: a mistura, bem humana, da ganância comercial com o proselitismo religioso".

Destaque versos que sintetizam essa duplicidade que caracterizou os séculos XV e XVI na Península Ibérica.

5. Em *Os lusíadas* percebemos uma contradição: os portugueses navegavam para dilatar a fé cristã, mas o destino dos navegadores estava nas mãos dos deuses pagãos. Explique-a.

Texto 2

Nos cantos III e IV, Vasco da Gama narra ao rei de Melinde (cidade na costa índica da África) a história de Portugal. No canto III, é relatada a história da primeira dinastia portuguesa — desde a formação do Estado independente até a Revolução de Avis (afinal, o rei de Melinde desejava conhecer a "antiga geração" e "o princípio do Reino"). No relato sobre o governo de D. Pedro, está a mais bela passagem lírica do poema: o episódio de **Inês de Castro**, cuja história você conheceu no capítulo anterior. Leia agora alguns versos que imortalizaram Inês.

119 "Tu, só tu, puro Amor, com força crua[1],
Que os corações humanos tanto obriga,
Deste causa à molesta morte sua[2],
Como se fora pérfida inimiga.
Se dizem, fero[3] Amor, que a sede tua
Nem com lágrimas tristes se mitiga[4],
É porque queres, áspero e tirano,
Tuas aras[5] banhar em sangue humano."

120 "Estavas, linda Inês, posta em sossego,
De teus anos colhendo doce fruito[6],
Naquele engano da alma, ledo e cego,
Que a Fortuna[7] não deixa durar muito;
Nos saudosos campos do Mondego[8],
De teus fermosos[9] olhos nunca enxuito,
Aos montes ensinando e às ervinhas
O nome que no peito escrito tinhas."

1. **força crua:** força cruel, capaz de exigir o sacrifício extremo dos apaixonados (relacionar com o último verso da estrofe).
2. **morte sua:** referência à morte de Inês de Castro.
3. **fero:** feroz, cruento.
4. **se mitiga:** se abranda, se suaviza; ou seja, o Amor quer mais do que lágrimas, quer a própria vida.
5. **aras:** altares onde se praticavam sacrifícios.
6. **fruito:** fruto; conservou-se a forma arcaica em função da rima. O mesmo ocorrerá com **enxuito** (enxuto), no sexto verso.
7. **Fortuna:** sorte, destino.
8. **Mondego:** rio que banha a cidade de Coimbra, às margens do qual, segundo consta, Inês foi enterrada logo após ser assassinada.
9. **fermosos:** formosos, belos.

Joubert Lancha/Arquivo da editora.

atividades

1. Como está caracterizado o Amor nessas estrofes?
2. Eufemismo é uma figura de linguagem que consiste em suavizar a expressão duma ideia substituindo a palavra ou expressão própria por outra mais agradável, mais polida.

   Transcreva o verso em que ocorre um eufemismo e explique-o

Texto 3

Episódio do Velho do Restelo

(estrofes 88-93 do canto IV)

Na passagem transcrita, é narrado, pela voz de Vasco da Gama, o embarque dos marinheiros e religiosos que empreenderiam a viagem às Índias. A frota partiu da praia do Restelo, às margens do Rio Tejo, no dia 8 de julho de 1497, e navegou em direção ao sul da África. Vasco da Gama aportou na Índia no dia 20 de maio de 1498. O retorno ao Tejo se deu em setembro de 1499; nessa aventura marítima, metade dos homens que partiram não suportou as diferentes adversidades e faleceu.

88 "A gente da cidade, aquele dia,
(Uns por amigos, outros por parentes,
Outros por ver somente) concorria,
Saudosos na vista e descontentes.
E nós, co'a virtuosa companhia
De mil religiosos diligentes,
Em procissão solene, a Deus orando,
Para os batéis viemos caminhando.

89 Em tão longo caminho e duvidoso,
Por perdidos as gentes nos julgavam;
As mulheres c'um choro piedoso,
Os homens com suspiros que arrancavam;
Mães, esposas, irmãs, que o temeroso
Amor mais desconfia, acrescentavam
A desesperação e frio medo
De já nos não tornar a ver tão cedo.

90 Qual vai dizendo: — "Ó filho, a quem eu tinha
Só para refrigério, e doce amparo
Desta cansada já velhice minha,
Que em choro acabará, penoso e amaro,
Por que me deixas, mísera e mesquinha?
Por que de mim te vás, ó filho caro,
A fazer o funéreo enterramento,
Onde sejas de peixes mantimento?"

91 Qual em cabelo: —"Ó doce e amado esposo,
Sem quem não quis Amor que viver possa,
Por que is aventurar ao mar iroso
Essa vida que é minha, e não é vossa?
Como, por um caminho duvidoso,
Vos esquece a afeição tão doce nossa?
Nosso amor, nosso vão contentamento,
Quereis que com as velas leve o vento?"

92 Nestas e outras palavras que diziam
De amor e de piedosa humanidade,
Os velhos e os meninos os seguiam,
Em quem menos esforço põe a idade.
Os montes de mais perto respondiam,
Quase movidos de alta piedade;
A branca areia as lágrimas banhavam,
Que em multidão com elas se igualavam.

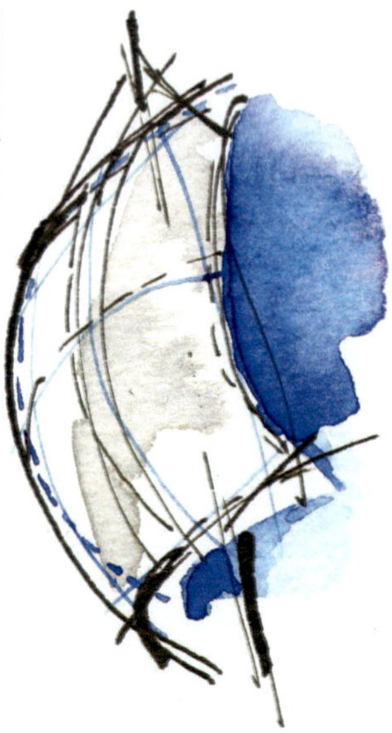
Joubert Lancha/Arquivo da editora.

93 Nós outros, sem a vista alevantarmos
Nem a mãe, nem a esposa, neste estado,
Por nos não magoarmos, ou mudarmos
Do propósito firme começado,
Determinei de assim nos embarcarmos
Sem o despedimento costumado,
Que, posto que é de amor usança boa,
A quem se aparta, ou fica, mais magoa.

CAMÕES, Luís de. *Os lusíadas*. São Paulo: Saraiva, 1960. v. 1. p. 377-80.

Jose Fuste Raga/Corbis/Latinstock

Monumento em homenagem aos Descobrimentos, em Lisboa, foto de 2010.

atividades

1. A frota de Vasco da Gama era composta apenas de três navios e um barco de mantimentos; era, portanto, estrategicamente pequena para a tarefa a ser realizada (Cabral, em 1500, comandou uma frota de 13 navios). Com base nessas informações, responda: que figura de linguagem utilizou Camões no verso "De mil religiosos diligentes"?

2. Camões foi um poeta que trabalhou, como poucos, a adjetivação, obtendo com isso uma força expressiva extraordinária. Analise a importância dos adjetivos **saudosos**, **descontentes**, **virtuosa**, **diligentes**, **solene** na construção de sentido da estrofe.

3. Diziam que as mães, as esposas, as namoradas, quando iam se despedir dos navegadores, vestiam luto antecipado. Que versos justificam essa postura das mulheres?

4. Sobre os versos "A branca areia as lágrimas banhavam, / Que em multidão com elas se igualavam".
   a) Coloque a frase na ordem direta.
   b) Que sentido podemos dar à palavra **multidão** nesse contexto?
   c) Com que termo a forma verbal **igualavam** estabelece concordância? Por que o poeta teria optado por essa forma?
   d) Considerando que a palavra **lágrimas** está sendo usada para representar o sofrimento do povo português, que figura de linguagem Camões está empregando?
   e) **Paráfrase** é um "modo diverso de expressar frase ou texto, sem que se altere o significado da primeira versão". Faça uma paráfrase dos versos.

5. Qual a razão invocada por Vasco da Gama para que os navegadores não se despedissem de seus parentes e amigos?

Camões hoje

De todos os poetas que escreveram em língua portuguesa, Camões foi o que deixou a herança mais rica e um exército de seguidores, a tal ponto que seria muito difícil encontrarmos um poeta português ou brasileiro, de 1600 para cá, que não tenha sorvido do mel da poesia camoniana.

Para ficarmos apenas no século XX e em alguns autores extremamente significativos, impossível comentar a obra de Fernando Pessoa e de José Saramago sem relacioná-las a Camões: Fernando Pessoa, que se dizia um "supra-Camões", faz uma releitura de passagens de *Os lusíadas* em seu livro *Mensagem*, num trabalho de intertextualidade explícita; Saramago retoma, num recorrente trabalho de intertextualidade, o simbolismo do Velho do Restelo (seja no romance *Memorial do convento*, seja em poesia); Saramago é autor de um texto dramático – *Que farei com este livro?* – que retrata a luta de Camões, após retornar das Índias, para publicar *Os lusíadas*, tendo de enfrentar a mediocridade da Inquisição e da corte de Lisboa.

No Brasil, a influência camoniana pode ser constatada em páginas de *Macunaíma*, de Mário de Andrade, em sonetos de Vinícius de Moraes e em inúmeras poesias de Manuel Bandeira e Murilo Mendes (que, referindo-se a Camões, confessa humilde: "Desde meninos mamamos / Nos rudes peitos da Lírica"), para citar alguns exemplos. No entanto, talvez a maior influência do poeta português se faça notar na obra de Carlos Drummond de Andrade e, em particular, naquele que é considerado um dos mais importantes poemas de nossa literatura: "A máquina do mundo", inspirado em uma passagem do canto X de *Os lusíadas*, em que o poeta português descreve a máquina do mundo.

Na estrofe 80 do canto X de *Os lusíadas*, Tétis leva o Gama ao alto de um monte e de lá se descortina a máquina do Mundo:

"Vês aqui a grande máquina do Mundo,
Etérea e elemental, que fabricada
Assi foi do Saber, alto e profundo,
Que é sem princípio e meta limitada.
Quem cerca em derredor este rotundo
Globo e sua superfície tão limada,
É Deus: mas o que é Deus ninguém o entende,
que a tanto o engenho humano não se estende."

A seguir, reproduzimos as primeiras estrofes do poema de Drummond:

Joubert Lancha/Arquivo da editora.

"E como eu palmilhasse vagamente
uma estrada de Minas, pedregosa,
e no fecho da tarde um sino rouco

se misturasse ao som de meus sapatos
que era pausado e seco; e aves pairassem
no céu de chumbo, e suas formas pretas

lentamente se fossem diluindo
na escuridão maior, vinda dos montes
e de meu próprio ser desenganado,

a máquina do mundo se entreabriu
para quem de a romper já se esquivava
e só de o ter pensado se carpia."

ANDRADE, Carlos Drummond de. *Obra completa*. Rio de Janeiro: José Aguilar, 1967.

sessão de CINEMA

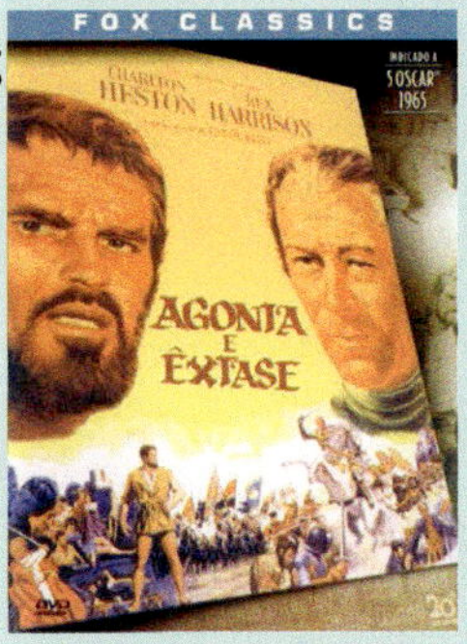

Divulgação.

Agonia e êxtase (1965). Direção: Carol Reed. Com: Charlton Heston, Rex Harrison, Diane Cilento, Alberto Lupo.

Baseado em obra de Irving Stone, o filme mostra as dificuldades enfrentadas por Michelangelo para pintar o teto da Capela Sistina. A pintura, encomendada pelo Papa Júlio II, gera conflitos, divergências, alegrias e amarguras.

Divulgação.

O mercador de Veneza (2004). Direção: Michael Radford. Com: Al Pacino, Lynn Collins, Joseph Fiennes e Jeremy Irons.

No século XVI, em Veneza, um mercador, para ajudar um amigo, pede um empréstimo a um judeu (que quer vingar-se dele), concordando com a condição absurda de dar um pedaço de sua própria carne caso não saldasse a dívida em três meses. O mercador conta com investimentos no exterior, mas tudo se complica com o naufrágio de seus navios.

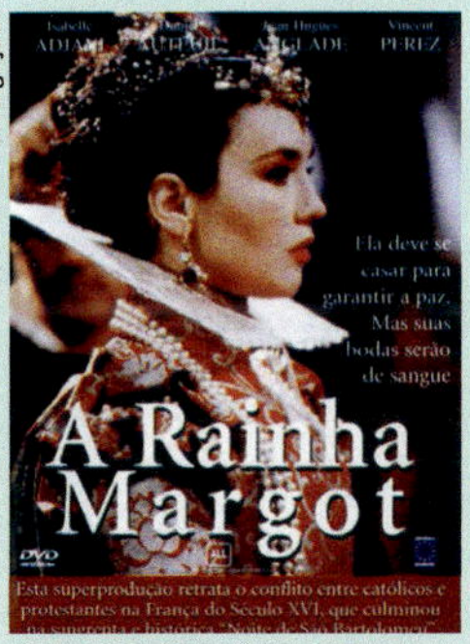

Divulgação.

A rainha Margot (1994). Direção: Patrice Chéreau. Com: Isabele Adjani, Daniel Auteuil, Jean-Claude Brialy.

Baseado em romance de Alexandre Dumas, o filme mostra o casamento forçado de Margot, irmã de Carlos IX (rei da França), com o protestante Henrique de Navarra (Bourbon) e as lutas religiosas que se intensificam a partir do enlace. Destaca-se a noite de São Bartolomeu (em 24 de agosto de 1572) em que mais de três mil protestantes foram massacrados com a conivência do rei.

Divulgação.

Henrique IV, o grande rei da França (2010). Direção: Jo Baier. Com: Julien Boisselier, Joachim Król, Roger Casamajor.
Conta a história de Henrique de Navarra, que conduziu seu exército protestante contra a poderosa rainha da França, Catarina de Médici (a maior inimiga da mãe dele), numa França em que católicos e protestantes justificavam suas ambições por meio da religião. Depois de batalhas sangrentas, Henrique pode ser considerado um dos primeiros humanistas da História, apesar de recorrer a qualquer recurso para tornar-se rei.

Divulgação.

Aguirre, a cólera dos deuses (1972). Direção: Werner Herzog. Com: Klaus Kinski, Ruy Guerra, Heler Rojo, Peter Berling, Eduardo Roland.

O filme relata o cotidiano da expedição comandada por Francisco Pizarro, em busca da lendária Eldorado, na América. Os conquistadores espanhóis enfrentam os perigos da selva (doenças, feras, índios) juntamente com os perigos que rondam o caráter do homem, como a ambição desmedida, a sede de poder, a violência. A selva, contudo, mostra-se ainda mais voraz.

*Questões de exames sobre este capítulo encontram-se na página **645**.*

capítulo 13

Quinhentismo brasileiro

Objetivos gerais do capítulo

O aluno, ao final do capítulo, deverá ser capaz de:

- discutir a distinção entre a literatura feita no Brasil e a literatura efetivamente brasileira;
- relacionar a literatura feita no Brasil no início da colonização ao contexto histórico das navegações portuguesas e dos movimentos religiosos do século XVI;
- refletir sobre textos de diferentes épocas que tratam do tema indianista;
- ler textos de Caminha e José de Anchieta e refletir sobre eles.

Antes dos portugueses descobrirem o Brasil,
o Brasil tinha descoberto a felicidade.

Oswald de Andrade, no *Manifesto Antropófago*, em 1928.

A tela Desembarque de Pedro Álvares Cabral em Porto Seguro em 1500, *pintada por Oscar Pereira da Silva em 1922, retrata a atracação da esquadra do comandante português da perspectiva de um observador que está em terra.*

Museu Paulista da Universidade de São Paulo (SP).

O olhar estrangeiro sobre o Brasil

Museu Nacional de Arte Antigua, Lisboa (Portugal)/The Bridgeman/Keystone.

Muito se tem discutido sobre essa representação do inferno: os indígenas americanos seriam vistos de dois prismas antagônicos – de um lado, como a materialização do mítico "bom selvagem", o homem em estado puro, habitante do Éden terrestre; de outro, como figuras demoníacas que viviam em pecado, entregues aos vícios, com práticas antropofágicas e que, por isso mesmo, deveriam ser "salvos" pelos conquistadores europeus –; a pintura quinhentista portuguesa reproduzida acima representaria essa segunda imagem do índio brasileiro. É de notar que as figuras demoníacas são pardas (como foram descritos os índios por Caminha e outros viajantes) e algumas são hermafroditas (de Hermes e Afrodite, ou seja, com características masculinas e femininas), outras zoomórficas. Os torturados são todos brancos europeus.

Biblioteca Municipal Mário de Andrade, São Paulo (SP).

Biblioteca Municipal Mário de Andrade, São Paulo (SP).

As gravuras do holandês Theodore de Bry (nascido em 1528) retratam rituais de canibalismo dos Tupinambá. Era costume, entre vários povos indígenas, comer seus adversários; acreditavam que, com isso, o espírito guerreiro do inimigo se incorporaria ao deles. O homem branco que acompanha horrorizado as cenas em que os índios comem pedaços de carne humana seria o alemão Hans Staden, que, em 1554, foi feito prisioneiro pelos Tupinambá no litoral de São Paulo.

Museu Nacional da Dinamarca, Copenhague.

O holandês Eckhout (nascido em 1610) veio para o Brasil a convite de Maurício de Nassau, na época em que este governou a região do atual estado do Pernambuco. Na tela está retratada uma mulher do grupo dos Tarairiú, indígenas que habitavam no Rio Grande do Norte. Eckhout, em seus retratos, valoriza tanto o elemento humano como a paisagem tropical que o envolve. Observe nessa índia alguns acréscimos e traços europeizantes, como as sandálias, e a ênfase à prática antropofágica: no cesto que carrega às costas, como se fosse um fruto tropical, está um pé humano.

Ana Maria Beluzzo, em texto para o catálogo da XXIV Bienal de São Paulo, cujo tema foi "Antropofagia e histórias de canibalismo", comenta: "Na fabulação desencadeada com o ciclo das descobertas, o homem sonha com míticos Eldorados ao sul do Equador. O Éden encontra-se na América, onde vive o bom selvagem. Em contrapartida, a quarta parte do universo recentemente descoberta corresponde aos mundos inferiores – inferus *em grego, raiz da palavra inferno –, com seus monstros marinhos, abismos povoados de criaturas insólitas e tribos de comedores de carne humana. O bom selvagem e o canibal, a visão paradisíaca e a visão infernal são efetivamente as metáforas mais frequentes reproduzidas pelos europeus sobre o homem e a terra americana ao longo dos séculos XVI e XVII".*

O olhar brasileiro sobre o estrangeiro

Banco Central do Brasil, Brasília (DF)/Reprodução autorizada por João Candido Portinari.

Candido Portinari inverte o jogo do século XVI: se nos textos e desenhos aos viajantes mostra-se o ponto de vista do homem europeu, na tela do pintor brasileiro conhece-se o ponto de vista dos nativos. Note que o observador se encontra no continente, ao lado dos índios, que formam o primeiro plano, e os navios estão mais afastados (segundo plano); por isso, os índios estão de costas ou de perfil e vemos a proa dos navios. É o ponto de vista do conquistado, do brasileiro.

Na tela de Portinari, podemos perceber a reação dos indígenas à chegada das caravelas: os nativos apresentam um misto de espanto, medo e curiosidade; um aponta o dedo indicador para as caravelas; outro cobre os olhos; num sugestivo tom de azul, a criança parece aterrorizada, de frente para o observador. Outro detalhe que merece um comentário: a primeira caravela, de proporções gigantescas, ameaçadora, dirige-se em alta velocidade à terra (repare na proa cortando a água).

A expansão ultramarina e o Brasil

"... houvemos vista de terra..."

[Quarta-feira, 22 de abril] [...] E à quarta feira seguinte, pela manhã, topamos aves, a que chamam fura-buchos. E neste dia, a horas de véspera, houvemos vista de terra, isto é, primeiramente d'um grande monte, mui alto e redondo, e d'outras serras mais baixas a sul dele e de terra chã com grandes arvoredos, ao qual monte alto o capitão pôs o nome o Monte Pascoal e à terra a Terra de Vera Cruz.

Esse trecho da *Carta a El-Rei Dom Manuel sobre o achamento do Brasil*, de Pero Vaz de Caminha, escrivão da armada de Pedro Álvares Cabral, pode ser considerado o marco inicial da história da literatura brasileira. Embora seja um texto capaz de despertar mais entusiasmo em historiadores do que em estudiosos da literatura, não se podem negar qualidades literárias marcantes nessa narrativa de Caminha.

De qualquer maneira, é indiscutível que a *Carta* reflete a visão de mundo do homem português, o que bastaria para colocá-la como mais um texto-documento da literatura portuguesa ligada à expansão ultramarina. Mas é essa visão de mundo do europeu que vai dominar, com maior ou menor intensidade, os três primeiros séculos de nossa literatura, em que o Brasil é colocado na condição de "objeto de uma cultura, o outro em relação à Metrópole", como salienta Alfredo Bosi. Só a partir do século XIX, com o Romantismo, encontramos manifestações literárias genuinamente nacionais.

Como já vimos, em 1500, sob o governo de D. Manuel, Portugal vivia o momento mais glorioso de sua história: colhia os frutos da descoberta do caminho marítimo às Índias (1498); era o "empório comercial" da Europa; levava sua bandeira aos quatro cantos então conhecidos do mundo (Europa, África, América e Ásia); compartilhava da grande revolução cultural que foi o Renascimento e desenvolvia uma arte com características próprias (o "estilo manuelino"). Se no século XVI não tivemos ecos significativos do Renascimento em terras brasileiras, isso se deveu à política da Metrópole em relação à Colônia. O mesmo não se pode afirmar sobre o século XVII, em que houve primorosas manifestações da literatura barroca em terras tropicais.

Dessa forma, pode-se concluir que a literatura brasileira teve seu início em meio a um longo processo vivenciado por Portugal (desde o século XII), que, por sua vez, começou a se formar em meio a um longo processo vivenciado pela literatura do mundo ocidental (desde as mais remotas manifestações literárias dos gregos). Assim, no poema *Caramuru*, do mineiro Santa Rita Durão, há uma nítida herança camoniana, da mesma forma que em *Os lusíadas* há uma nítida herança de Homero e Virgílio.

Nas tramas dos textos

Texto 1

Fragmento da Carta a El-Rei Dom Manuel sobre o achamento do Brasil, *em que Pero Vaz de Caminha narra a primeira missa rezada em terras brasileiras, numa sexta-feira, 1º de maio de 1500.*

E, segundo que a mim e a todos pareceu, esta gente não lhes falece* outra coisa para ser toda cristã, senão entender-nos, porque assim tomavam aquilo que nos viam fazer, como nós mesmos; por onde nos pareceu a todos que nenhuma idolatria, nem adoração têm. E bem creio que, se Vossa Alteza aqui mandar quem entre eles mais devagar ande, que todos serão tornados ao desejo de Vossa Alteza. E por isso, se alguém vier, não deixe logo de vir clérigo para os batizar; porque já então terão mais conhecimento de nossa fé, pelos dois degredados que aqui entre eles ficam, os quais hoje também comungaram ambos.

Entre todos estes que hoje vieram, não veio mais que uma mulher moça, a qual esteve sempre à missa e a quem deram um pano com que se cobrisse. Puseram-lho a redor de si. Porém, ao assentar, não fazia grande memória de o estender bem, para se cobrir. Assim, Senhor, a inocência desta gente é tal, que a de Adão não seria maior — quanto a vergonha.

Ora veja Vossa Alteza quem em tal inocência vive se convertera ou não, ensinando-lhes o que pertence à sua salvação.

CORTESÃO, Jaime. *A Carta de Pêro Vaz de Caminha*. Lisboa: Imprensa Nacional-Casa da Moeda, 1994.

* **falece:** no português do século XVI, o verbo **falecer** era muito empregado no sentido de "faltar, carecer"; nessa acepção, é transitivo indireto.

Texto 2

O Guarani (1857)

Fragmento do capítulo "Cristão", do romance O guarani, *de José de Alencar. A passagem relata o momento em que os Aimoré cercam a casa de D. Antônio de Mariz (pai de Ceci) e o fidalgo português propõe a Peri que salve sua filha.*

D. Antônio, vendo a resolução que se pintava no rosto do selvagem, tornou-se ainda mais pensativo; quando, passado esse momento de reflexão, ergueu a cabeça, seus olhos brilhavam com um raio de esperança.

Coleção particular.

Desenho de autoria desconhecida que ilustrou uma edição carioca fasciculada do romance O guarani, *publicada em 1887 e 1888. Nele, Peri é representado como um herói grego no físico e na roupa.*

Atravessou o espaço que o separava de sua filha, e, tomando a mão de Peri, disse-lhe com uma voz profunda e solene:

— Se tu fosses cristão, Peri!...

O índio voltou-se extremamente admirado daquelas palavras.

— Por quê?... perguntou ele.

— Por quê?... disse lentamente o fidalgo. Porque se tu fosses cristão, eu te confiaria a salvação de minha Cecília, e estou convencido de que a levarias ao Rio de Janeiro, à minha irmã.

O rosto do selvagem iluminou-se; seu peito arquejou de felicidade; seus lábios trêmulos mal podiam articular o turbilhão de palavras que lhe vinham do íntimo d'alma.

— Peri quer ser cristão! exclamou ele.

D. Antônio lançou-lhe um olhar úmido de reconhecimento.

— A nossa religião permite, disse o fidalgo, que na hora extrema todo o homem possa dar o batismo. Nós estamos com o pé sobre o túmulo. Ajoelha, Peri!

O índio caiu aos pés do velho cavalheiro, que impôs-lhe as mãos sobre a cabeça.

— Sê cristão! Dou-te o meu nome.

Peri beijou a cruz da espada que o fidalgo lhe apresentou, e ergueu-se altivo e sobranceiro, pronto a afrontar todos os perigos para salvar sua senhora.

— Escuso exigir de ti a promessa de respeitares e defenderes minha filha. Conheço a tua alma nobre, conheço o teu heroísmo e a tua sublime dedicação por Cecília, mas quero que me faças um outro juramento.

— Qual? Peri está pronto para tudo.

— Jura que, se não puderes salvar minha filha, ela não cairá nas mãos do inimigo?

— Peri te jura que ele levará a senhora à tua irmã; e que se o Senhor do céu não deixar que Peri cumpra a sua promessa, nenhum inimigo tocará em tua filha; ainda que para isso seja preciso queimar uma floresta inteira.

— Bem; estou tranquilo. Ponho minha Cecília, sob tua guarda; e morro satisfeito. Podes partir.

ALENCAR, José de. *O guarani*. Disponível em: <http://www.dominiopublico.gov.br>. Acesso em: 30 jan. 2011.

Texto 3

Erro de português (1925)

Quando o português chegou
Debaixo duma bruta chuva
Vestiu o índio
Que pena!
Fosse uma manhã de sol
O índio tinha despido
O português

ANDRADE, Oswald de. *O Santeiro do Mangue e outros poemas*. São Paulo: Globo, Secretaria de Estado da Cultura, 1991. p. 95.

atividades

Sobre o fragmento da *Carta* de Caminha:

1. Em 1549, desembarcava no Brasil a primeira missão jesuítica, liderada pelo padre Manuel da Nóbrega, que, meio século depois de Caminha, comparou os nativos a uma folha de papel em branco: "... aqui poucas letras bastam, porque tudo é papel branco, e não há que fazer outra coisa, senão escrever à vontade as virtudes mais necessárias e ter zelo em que estas criaturas conheçam o seu Criador, a Jesus Cristo seu Redentor...".

a) Em que trecho da *Carta*, Caminha já apresentava semelhante conceito?

b) Tanto para Caminha como para Nóbrega, o que era necessário para a cristianização dos índios?

2. Os dicionários nos explicam que **conversão** é o ato de passar dum grupo religioso para outro, duma para outra seita ou religião. Segundo Caminha, haveria conversão dos nossos indígenas? Por quê?

3. Após a partida da esquadra de Cabral, quem ampliaria o conhecimento que os índios tinham da fé cristã?

Sobre o fragmento de *O guarani*:

4. O professor Alfredo Bosi, no artigo "Um mito sacrificial: o indianismo de Alencar" (In: *Dialética da colonização*, São Paulo: Companhia das Letras, 2000), afirma que "o esperável seria que o índio ocupasse, no imaginário pós-colonial, o lugar que lhe competia, o papel de rebelde. Era, afinal, o nativo por excelência em face do invasor; o americano, como se chamava, metonimicamente, *versus* o europeu. Mas não foi precisamente o que se passou em nossa ficção romântica mais significativa", como é o caso de *O guarani*.

Baseado na leitura do fragmento de *O guarani*, explique como Alencar "vê" a relação nativo/europeu.

Sobre o poema de Oswald de Andrade:

5. O poema pode ser dividido em duas partes distintas: os três primeiros versos formam um bloco, os três últimos, outro, separados pelo quarto verso. Esses dois blocos foram construídos a partir de uma figura de linguagem. Qual é ela? Transcreva palavras que justifiquem sua resposta.

6. Quais as funções sintáticas desempenhadas pelas palavras **português** e **índio** em cada bloco? Isso reforça o que foi visto no item **a** da questão 1?

7. No primeiro bloco, os fatos são narrados como se deram; no segundo, como poderiam ter sido na hipótese de uma bela e calorenta manhã de sol. Que aspecto gramatical sustenta essas ideias?

8. O quarto verso, que separa os dois blocos, permite uma dupla leitura. Explique.

Sobre a *Carta* e o poema:

9. Que passagem da *Carta* de Caminha está em nítida oposição à ideia central do poema de Oswald de Andrade?

Sobre Alencar e Oswald:

10. Tanto Alencar, no século XIX, como Oswald, no século XX, voltam seus olhares para o primeiro contato dos nativos com os europeus (lembrando que as fontes são os textos dos cronistas e jesuítas do século XVI). Que diferença se observa na interpretação que os dois autores fazem desse contato?

11. Suponha que você desconhecesse as datas de produção dos três textos. Ainda assim, você seria capaz de descobrir a época em que eles foram produzidos? Por quê?

O Quinhentismo brasileiro

Quinhentismo é a denominação genérica de todas as manifestações literárias ocorridas no Brasil durante o século XVI e corresponde à introdução da cultura europeia em terras brasileiras. Ainda não se pode falar em literatura do Brasil, aquela que reflete a cosmovisão do homem brasileiro, e sim em uma **literatura no Brasil**, ou seja, uma literatura relacionada ao Brasil, mas que reflete a visão de mundo, as ambições e as intenções do homem europeu.

Nessa época, a Europa vive o auge do Renascimento, com a cultura humanística desmantelando os quadros rígidos da cultura medieval; o capitalismo mercantil avança com o desenvolvimento da manufatura e do comércio internacional; o êxodo rural provoca um surto de urbanização.

Em consequência dessa nova realidade econômica e social, o século XVI também marca uma crise na Igreja: de um lado, as novas forças burguesas rompendo com o medievalismo católico no movimento da Reforma Protestante; de outro, as forças tradicionais ligadas à cultura medieval e aos dogmas católicos — reafirmados no Concílio de Trento (1545), nos tribunais da Inquisição e em seu Índex (relação de livros proibidos) — no movimento conhecido como Contrarreforma.

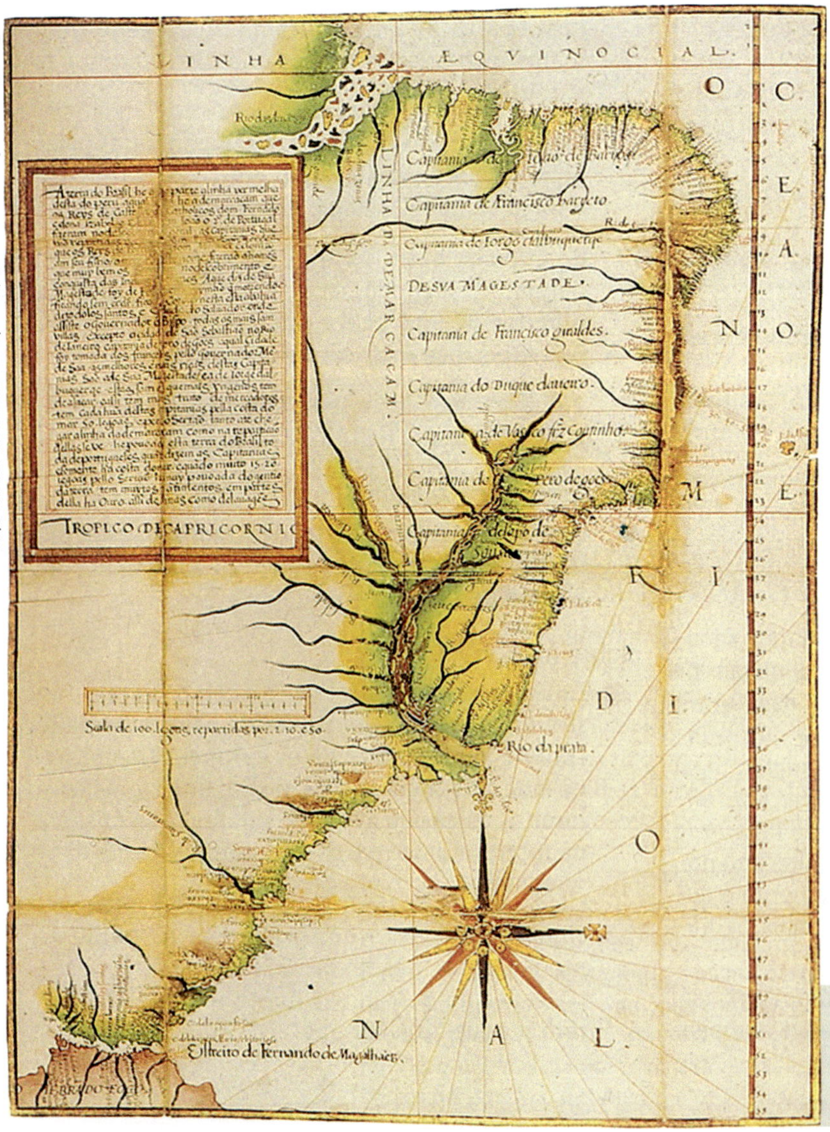

Mapa do Brasil com a divisão em capitanias, 1586. Biblioteca da Ajuda, Lisboa, Portugal.

Mapa do Brasil com a divisão em capitanias, atribuído a Luís Teixeira, c. 1586, que está na Biblioteca da Ajuda, em Lisboa.

Assim é que o homem europeu, especificamente o ibérico, apresenta em pleno século XVI duas preocupações distintas: a **conquista material**, resultante da política das Grandes Navegações, e a **conquista espiritual**, resultante, no caso português, do movimento de Contrarreforma. Essas preocupações determinaram as duas manifestações literárias do Quinhentismo brasileiro: a **literatura informativa**, com os olhos voltados para as riquezas materiais (ouro, prata, ferro, madeira, etc.), e a **literatura dos jesuítas**, voltada para o trabalho de catequese.

Com exceção da *Carta* de Pero Vaz de Caminha, considerada o primeiro documento da literatura no Brasil, as principais crônicas da literatura informativa datam da segunda metade do século XVI, fato compreensível, uma vez que a colonização só pode ser contada a partir de 1530. Também a literatura dos jesuítas só teve início no final do Quinhentismo, época em que esses religiosos se fixaram em solo brasileiro.

A carta de Caminha

Nas tramas do texto

Carta a El-Rei Dom Manuel sobre o achamento do Brasil

(fragmentos)

E dali houvemos vista d' homens, que andavam pela praia, de 7 ou 8, segundo os navios pequenos disseram, por chegarem primeiro. [...] A feição deles é serem pardos, maneira d'avermelhados, de bons rostos e bons narizes, bem feitos. Andam nus, sem nenhuma cobertura, nem estimam[1] nenhuma cousa cobrir nem mostrar suas vergonhas[2]. E estão acerca disso com tanta inocência como têm em mostrar o rosto. [...]

Ali andavam entre eles três ou quatro moças, bem moças e bem gentis, com cabelos muito pretos, compridos, pelas espáduas; e suas vergonhas tão altas e tão çarradinhas[3] e tão limpas das cabeleiras que de as nós muito bem olharmos não tínhamos nenhuma vergonha. [...]

E uma daquelas moças era toda tinta[4], de fundo a cima, daquela tintura[5], a qual, certo, era tão bem feita e tão redonda e sua vergonha[6], que ela não tinha, tão graciosa, que a muitas mulheres de nossa terra, vendo-lhe tais feições, fizera vergonha, por não terem a sua como ela. [...]

O capitão [Cabral], quando eles vieram, estava assentado em uma cadeira e uma alcatifa[7] aos pés por estrado, e bem-vestido, com um colar d'ouro mui grande ao pescoço. Acenderam tochas e entraram e não fizeram nenhuma menção de cortesia nem de falar ao capitão nem a ninguém. Um deles, porém, pôs olho no colar do capitão e começou d'acenar com a mão para a terra e despois para o colar, como que nos dizia que havia em terra ouro. E também viu um castiçal de prata e assim mesmo acenava para a terra e então para o castiçal, como que havia também prata. Mostraram-lhes um papagaio pardo, que aqui o capitão traz, tomaram-no logo na mão e acenaram para a terra, como que os havia aí. Mostraram-lhes um carneiro, não fizeram dele menção. Mostraram-lhes uma galinha, quase haviam medo dela e não lhe queriam pôr a mão, e despois a tomaram como espantados. [...]

Nela até agora não pudemos saber que haja ouro, nem prata, nem nenhuma cousa de metal, nem de ferro; nem lho vimos. A terra, porém, em si, é de muito bons ares. [...]

Parece-me gente de tal inocência que, se nós entendêssemos a sua fala e eles a nossa, seriam logo cristãos, visto que não têm nem entendem crença alguma, segundo as aparências. E portanto se os degredados que aqui hão de ficar aprenderem bem a sua fala e os entenderem, não duvido que eles, segundo a santa tenção de Vossa Alteza, se farão cristãos e hão de crer na nossa santa fé, à qual praza a Nosso Senhor que os traga, porque certamente esta gente é boa e de bela simplicidade. E imprimir-se-á facilmente neles qualquer cunho que lhe quiserem dar, uma vez que Nosso Senhor lhes deu bons corpos e bons rostos, como a homens bons. E o Ele nos para aqui trazer creio que não foi sem causa. E portanto Vossa Alteza, pois tanto deseja acrescentar a santa fé católica, deve cuidar da salvação deles. E prazerá a Deus que com pouco trabalho seja assim! [...]

Mas o melhor fruto que nela se pode fazer me parece que será salvar esta gente. E esta deve ser a principal semente que Vossa Alteza em ela deve lançar. E que aí não houvesse mais que ter aqui esta pousada para esta navegação de Calecute, bastaria, quanto mais disposição para se nela cumprir e fazer o que Vossa Alteza tanto deseja, a saber, acrescentamento de nossa santa fé.

CAMINHA, Pero Vaz de. *Carta a El-Rei Dom Manuel*. Introdução, atualização do texto e notas de N. Viegas Guerreiro. Lisboa: Imprensa Nacional, 1974.

Rogerio Soud/Arquivo da editora.

Pero Vaz de Caminha

Escrivão da armada de Cabral, Pero Vaz de Caminha nasceu por volta de 1437, provavelmente na cidade do Porto; teve fim trágico na Índia (Calecute), ainda no ano de 1500, assassinado pelos árabes. Sua *Carta a El-Rei Dom Manuel sobre o achamento do Brasil*, além do inestimável valor histórico, é um trabalho de bom nível literário.

1. **nem estimam:** nem se importam; nem se preocupam.
2. **vergonhas:** no plural, os órgãos sexuais.
3. **çarradinhas:** os estudiosos divergem sobre o significado dessa palavra (no original de Caminha, grafada *çaradinhas*): uns a traduzem por saradinhas, ou seja, sem doença (esta é a leitura que o modernista Oswald de Andrade faz); outros, como Jaime Cortesão, por cerradinhas, ou seja, densas.
4. **tinta:** tingida.
5. **tintura:** Caminha parece ter ficado impressionado com o fato de os índios pintarem seus corpos; em outras passagens, refere-se à tinta vermelha (provavelmente, uma tintura extraída do urucum) utilizada pelos nativos: "... trazia seu arco e setas, e andava tinto de tintura vermelha pelos peitos, espáduas, quadris, coxas e pernas até baixo, mas os vazios com a barriga e estômago eram de sua própria cor. E a tintura era assim que a água a não comia nem desfazia, antes, quando saía da água, parecia mais vermelha".
6. **vergonha:** no singular é vergonha mesmo.
7. **alcatifa:** tapete.

atividades

1. Como Caminha vê o nativo brasileiro em seu aspecto físico e em sua relação com a natureza?
2. Nos fragmentos apresentados, há indícios da preocupação portuguesa com a exploração material da nova terra?
3. Sérgio Buarque de Holanda, no livro *Visão do Paraíso*, fala dos motivos edênicos (ou seja, a busca do Éden) no descobrimento e colonização do Brasil. Destaque um trecho que revele a visão edênica que os portugueses tinham do Brasil.
4. Destaque um aspecto do texto que o caracterize como literatura informativa.

A mão de obra indígena

Após a ascensão de D. João III ao trono português, em 1521, a relação da Metrópole com a Colônia passaria por mudanças significativas. A organização econômica rudimentar de até então, baseada em trocas comerciais simples, na exploração do pau-brasil e no cultivo pouco significativo da terra a partir da iniciativa privada, daria lugar à centralização política nas mãos de um governador-geral, cujo poder era delegado pelo próprio rei, à burocracia colonial, à exploração sistemática da terra, com delimitação de propriedades e produção de açúcar, e à punição aos excessos cometidos por colonos. Os indígenas, desse momento em diante, deveriam ser convencidos a viver em aldeamentos formados próximos das povoações portuguesas. Lá seriam convertidos à fé cristã, seriam livres e trabalhariam em serviços internos do próprio aldeamento, para os colonos ou para a Coroa.

Os indígenas "bravios", que não se sujeitassem a fazer alianças com os colonos e nem a viver nos aldeamentos e se converter à fé cristã, seriam combatidos nas chamadas "guerras justas" e escravizados legalmente, com o aval da Coroa e da Igreja. A questão da mão de obra indígena era fundamental para a administração colonial no século XVI, daí toda a preocupação em organizar os aldeamentos; as guerras contra os indígenas, assim como epidemias de sarampo e varíola, causavam problemas de fornecimento da mão de obra, o que passou, a partir da década de 1570, a ser resolvido com o lucrativo tráfico de escravos negros vindos da África.

A mão de obra

São bons de porte e finos de feição
E logo sabem o que se lhes ensina,
Mas têm o grave defeito de ser livres.

PAES, José Paulo. *Um por todos: poesia reunida*. São Paulo: Brasiliense, 1986. p. 150.

Museu Paulista da Universidade de São Paulo (SP).

No início do século XVI, o litoral paulista já tinha sido visitado por navegadores portugueses e espanhóis, mas apenas em 1532 se dá a fundação da primeira vila do Brasil, São Vicente, por Martim Afonso de Sousa. Na imagem, Fundação de São Vicente, óleo sobre tela de Benedito Calixto, datada de 1900.

Confrontando ideias

- Discuta com seus colegas e professor(a): Passados mais de 500 anos, a visão edênica persiste? E a visão de que o nosso índio é um "bom selvagem"?

A literatura jesuítica de José de Anchieta

José de Anchieta

O *grande piahy* ("supremo pajé branco"), como era chamado pelos indígenas, nasceu na Ilha de Tenerife, Canárias, em 1534. Veio para o Brasil em 1553 e fundou, no ano seguinte, um colégio em pleno planalto paulista, embrião da cidade de São Paulo. Faleceu no litoral do Espírito Santo, na atual cidade de Anchieta, em 1597.

Anchieta nos legou, sempre como parte de um exaustivo trabalho de catequese, a primeira gramática do tupi-guarani, verdadeira cartilha para o ensino da língua dos nativos (*Arte da gramática da língua mais usada na costa do Brasil*); também deixou vários poemas, seguindo a tradição do verso medieval, e vários autos, seguindo o modelo deixado por Gil Vicente, misturando a moral religiosa católica aos costumes dos indígenas, com a preocupação de caracterizar os extremos, como o Bem e o Mal, o Anjo e o Diabo.

Biblioteca Nacional/Rio de Janeiro.

Frontispício de Arte de grammatica da lingoa mais vsada na costa do Brasil, *editada em Coimbra, em 1595.*

Coleção Brasiliana/Biblioteca Nacional, Rio de Janeiro.

Litografia anônima retratando José de Anchieta.

Nas tramas do texto

Quando, no Espírito Santo, se recebeu uma relíquia das onze mil virgens

Anjo: Ó peçonhento dragão
e pai de toda a mentira,
que procuras perdição,
com mui furiosa ira,
contra a humana geração!
Tu, nesta povoação,
não tens mando nem poder,
pois todos pretendem ser,
de todo seu coração
inimigos de Lúcifer.
Diabo: Ó que valentes soldados!
Agora me quero rir!...
Mal me podem resistir
os que fracos, com pecados,
não fazem senão cair!
Anjo: Se caem, logo se levantam,
e outros ficam em pé.
Os quais, com armas da fé,
te resistem e te espantam,
porque Deus com eles é.
Que com excessivo amor
lhes manda suas esposas,
— onze mil virgens formosas, —
cujo contínuo favor
dará palmas gloriosas.
E para te dar maior pena,
a tua soberba inchada
quer que seja derribada
por u'a mulher pequena.
Diabo: Ó que cruel estocada
m'atiraste
quando a mulher nomeaste!
Porque mulher me matou,
mulher meu poder tirou,
e, dando comigo ao traste,
a cabeça me quebrou.
Anjo: Pois agora essa mulher
traz consigo estas mulheres,
que nesta terra hão de ser
as que lhe alcançam poder
para vencer teus poderes.
Diabo: Ai de mim, desventurado!"

ANCHIETA, José de. In: *José de Anchieta*: poesia. 3. ed. Rio de Janeiro: Agir, 1977. p. 33-4.

sessão de CINEMA

Como era gostoso o meu francês (1971). Direção: Nelson Pereira dos Santos. Com: Ana Maria Magalhães e Arduíno Colasanti.

No século XVI, francês é capturado por índios tamoios na costa brasileira. Depois de conviver com eles e se envolver com uma índia, acaba destinado a ser o prato principal de uma comemoração antropofágica. A abertura do filme apresenta textos quinhentistas que serviram como base histórica para o enredo.

atividades

1. O crítico Eduardo Portella assim se manifesta sobre a poesia de José de Anchieta: "Mas acredito que, em certo sentido, Anchieta deve ser entendido como uma manifestação da cultura medieval no Brasil. E medieval não somente pelo seu comportamento, ao realizar uma poesia simples, de timbre didático, porém medieval também pela sua forma poética, seus ritmos, sua métrica".

a) Qual a métrica utilizada por Anchieta?

b) Qual o esquema de rima?

c) O poema de José de Anchieta enquadra-se no gênero lírico. No entanto, sua estrutura permite aproximá-lo de qual outro gênero literário?

2. Pensando um pouco na estrutura gramatical do texto:

a) Os cinco primeiros versos (fala inicial do Anjo) formam um período. Qual é sua função sintática? Que palavra retoma esses versos?

b) Morfologicamente, como pode ser classificada a última fala do Diabo?

c) Na fala do Diabo: "Ó que valentes soldados!", que figura de linguagem prevalece?

d) A organização sintática e as figuras de linguagem reforçam qual característica do texto?

*Questões de exames sobre este capítulo encontram-se na página **647**.*

capítulo 14

Os estilos de época na Era Clássica: Barroco

Objetivos gerais do capítulo

O aluno, ao final do capítulo, deverá ser capaz de:

- **discutir as manifestações do estilo barroco nas artes plásticas e na literatura;**
- **conhecer as principais características desse estilo e suas relações com o contexto histórico;**
- **conhecer os principais autores desse estilo, ler seus textos e refletir sobre eles.**

A ideologia barroca foi fornecida pela Contrarreforma e pelo Concílio de Trento, a que se deve o colorido peculiar da época, em arte, pensamento, religião, concepções sociais e políticas. Se encararmos a Renascença como um movimento de rebelião na arte, filosofia, ciências, literatura, — contra os ideais da civilização medieval, ao lado de uma revalorização da Antiguidade Clássica, não somente quanto às suas formas de arte, mas também no que concerne a sua filosofia racionalista e a sua concepção pagã e humanista do mundo, que instalou o antropocentrismo moderno, — podemos compreender o Barroco como uma contrarreação a essas tendências sob a direção da Contrarreforma católica, numa tentativa de reencontrar o fio perdido da tradição cristã, procurando exprimi-la sob novos moldes intelectuais e artísticos.

COUTINHO, Afrânio. *Introdução à literatura no Brasil*. Rio de Janeiro: Civilização Brasileira, 1976. p. 98.

Nosssa Senhora da Porciúncula, de Manuel da Costa Athayde, 1801-1812. Afresco sobre madeira. Igreja de São Francisco de Assis, Ouro Preto/Werner Hudhart/kino.com.br

Na pintura de Mestre Athayde, no teto da nave central da igreja de São Francisco de Assis, em Ouro Preto (MG), percebe-se a máxima expressão da arte pictórica do Barroco, com seu intenso cromatismo, valorização dos detalhes e profunda religiosidade.

A pintura

Caravaggio (1571-1610) é considerado um dos artistas que definiram a estética da arte barroca. Seu nome de batismo é Michelangelo Merisi. O nome Caravaggio é uma homenagem do artista a sua cidade natal, de mesmo nome, localizada na Lombardia, região norte da Itália. Na tela A morte da Virgem, *vemos sintetizados temas fundamentalmente excludentes, como a união entre o sagrado e o profano. O pintor se afasta de qualquer idealização ao retratar Maria, mãe de Jesus, despida de qualquer traço divino. Ela aparece morta em um cenário tenebroso, como um ser humano qualquer. Maria Madalena chora ao seu lado, desesperada; ao redor da Virgem os 11 discípulos lançam olhares consternados. Segundo o crítico Lionello Venturi, Caravaggio estabelece uma nova relação entre as figuras e o espaço em que aparecem; ao mesmo tempo, explora ao máximo os volumes, as cores, a luminosidade, delimitando as formas por meio de violentos contrastes de luz e sombra, valorizando alguns detalhes, escondendo outros.*

A morte da virgem, de Caravaggio, 1606. Óleo sobre tela, 369 x 245 cm. Museu do Louvre, Paris/The Bridgeman/Keystone.

A arquitetura

Fabio Colombini.

A fachada de uma das entradas da Igreja da Ordem Terceira de São Francisco, em Salvador, Bahia, é representativa da ostentação e do rebuscamento típicos da arte barroca.

Altar lateral da Igreja de São Francisco, 1708-1723. Jacarandá e ouro. Pelourinho, Salvador/Fernando Vivas/Editora Abril.

O altar da igreja é um exemplo do detalhamento, da valorização das minúcias, aliados ao ideal estético da "igreja toda de ouro" surgido em Lisboa e possível na Colônia graças à abundância de ouro.

A escultura

Altar-Mor da Igreja Matriz Paroquial de Santiago Maior, Camarate, Portugal/Paulo Gonçalves/Wikipédia.

*A **talha dourada** constituiu um dos principais recursos decorativos das igrejas barrocas de Portugal. A técnica consiste em talhar a madeira, produzindo grandes volumes, que serão, posteriormente, revestidos de ouro. O resultado é um conjunto de forte apelo sensorial, quer pelas curvas, quer pelo esplendor do dourado, quer pelo jogo de claro-escuro, de luz e sombra, como no altar em questão, da igreja de Camarate, Lisboa. Manifestações da talha dourada também podem ser percebidas em várias igrejas barrocas brasileiras, notadamente na Bahia e em Minas Gerais.*

Na figura do pastor ajoelhado (a peça seria parte de um presépio incompleto), traços marcantes da escultura de Antônio Francisco Lisboa, o Aleijadinho: o corpo disforme, o nariz pontiagudo, os olhos esgarçados e a expressividade da pose.

Pastor ajoelhado, de Aleijadinho. Madeira policromada, 36 x 25 x 29 cm. Museu da Inconfidência, Ouro Preto.

Barroco mineiro do século XVIII

No Brasil, as manifestações artísticas barrocas na arquitetura, na pintura e na música surgem com todo esplendor com um século de atraso, tanto na Bahia (a Igreja da Ordem Terceira de São Francisco, em Salvador, é de 1702) como, principalmente, na região de Minas, graças à exploração do ouro. Alguns representantes daquela época: na arquitetura e na pintura, Antônio Francisco Lisboa, o Aleijadinho; na pintura, Manuel da Costa Ataíde, o Mestre Ataíde; na música, José Joaquim Emérico Lobo de Mesquita.

O Barroco

Como estilo de época, **Barroco** designa o conjunto de manifestações artísticas (literatura, pintura, arquitetura, música) produzidas desde o final do século XVI até o início do século XVIII e que representaram uma sensível transformação do conceito renascentista de arte.

O estilo barroco desenvolve-se, na Península Ibérica, a partir da crise dos valores renascentistas ocasionada pelas lutas religiosas, pela importância de que se reveste a Companhia de Jesus e, no caso português, pela tragédia de Alcácer-Quibir. Afloram heranças da cultura medieval; no entanto, persistem conquistas renascentistas do início do século anterior. Assim, o homem seiscentista vivia um estado de tensão e desequilíbrio, do qual tentou evadir-se pelo culto exagerado da forma, produzindo textos extremamente torneados e sobrecarregando a poesia de figuras de linguagem, como a metáfora, a antítese, a hipérbole e a alegoria.

No caso específico da literatura, isso resulta no chamado "discurso engenhoso". Segundo António José Saraiva, trata-se de um discurso em que "interessava menos a representação do real do que a arte criada pelo puro engenho" (entendendo engenho como "habilidade, sutileza, argúcia").

Portugal e Brasil sob domínio espanhol

O comércio e a expansão do império ultramarino levaram os portugueses a conhecer uma grandeza aparente. Ao mesmo tempo que Lisboa se tornava a capital mundial da pimenta, a agricultura lusa era abandonada. Além disso, as colônias, principalmente o Brasil, não deram a Portugal riquezas imediatas. Assim, com a decadência do comércio das especiarias orientais, observou-se o declínio da economia portuguesa.

Paralelamente, havia em Portugal uma crise dinástica: em 1578, levando adiante o sonho megalomaníaco de transformar o país novamente em um grande império, D. Sebastião aventurou-se em Alcácer-Quibir (Marrocos), onde desapareceu, junto com a nata da aristocracia portuguesa; dois anos depois, Filipe II, da Espanha, consolidou a unificação da Península Ibérica. Tal situação manteve-se até 1640, quando ocorreu a Restauração (Portugal recuperou sua autonomia).

A perda da autonomia e o desaparecimento de D. Sebastião originaram em Portugal o mito do Sebastianismo (crença segundo a qual D. Sebastião voltaria e transformaria Portugal em um grande império). O mais ilustre sebastianista foi, sem dúvida, o Padre Antônio Vieira, que aproveitou a crença manifestada nas "trovas" de um sapateiro chamado Gonçalo Anes Bandarra.

A unificação da Península veio favorecer a luta conduzida pela Companhia de Jesus em nome da Contrarreforma: o ensino tornou-se quase um monopólio dos jesuítas, e a censura eclesiástica, um obstáculo a qualquer avanço no campo científico-cultural.

Enquanto a Europa vivia um período de efervescência no campo científico, com as pesquisas e descobertas de Francis Bacon, Galileu, Kepler e Newton, a Península Ibérica permanecia um reduto da cultura medieval.

O domínio espanhol respingou na vida política e econômica do Brasil. Isso porque, como as relações comerciais entre Espanha e Holanda eram tensas, os holandeses, na tentativa de defender seus interesses ligados à comercialização do açúcar, invadiram a área produtora do Nordeste. Ao mesmo tempo, intensificou-se a influência dos padres jesuítas na vida brasileira.

O desaparecimento de D. Sebastião em Alcácer-Quibir ocasionou uma crise sucessória, resolvida com a invasão de Portugal por tropas espanholas e a tomada do trono lusitano pelo rei da Espanha, D. Filipe II. O mapa ao lado, do século XVI, representa a união dessas duas coroas, que durou de 1580 a 1640.

Mapa portulano da península da Espanha e Norte da África, de Diogo Homem, século XVI. Pergaminho. Museu Naval/Ministério da Marinha, Madri.

Os holandeses em Pernambuco e em Angola

Na primeira metade do século XVII, deu-se um episódio dos mais marcantes da história brasileira: a invasão do Nordeste pelos holandeses. Grande parte do capital que financiava a produção de açúcar na colônia americana de Portugal vinha da Holanda, assim como era lá que se fazia o refino e a distribuição do açúcar na Europa. Em guerra com a Espanha, que na época tinha uma monarquia unificada com Portugal, os holandeses, não dispostos a perder o rico negócio do açúcar, tentam invadir a região canavieira nordestina, o que conseguem em 1630, com a conquista de Olinda. A presença holandesa vai perdurar até 1654. Fato muito importante foi que, além do nordeste brasileiro, os holandeses conquistaram também Angola (1641-1648) e ocuparam outros centros fornecedores de escravos na África. Na lógica do comércio colonial mercantilista, não fazia sentido controlar o centro de produção de açúcar sem ter o necessário suprimento de mão de obra escrava.

o momento
HISTÓRICO

Economia, política e sociedade

Para resumir o contexto social, econômico e político do período, elaboramos o infográfico que você lerá a seguir. Na página ao lado, estão resumidos os principais acontecimentos artísticos, científicos e filosóficos do período.

1580-1640 Portugal sob o **domínio espanhol**.

1618-1648 **Guerra dos Trinta Anos** – a França derrota a poderosa Casa de Habsburgo, que dominava Áustria e Espanha.

Biblioteca Nacional, Paris/Erich Lessing/Album/LatinStock.

Iluminura do século XIV das Crônicas de Jean Froissart, *uma das principais fontes a respeito da Guerra dos Cem Anos.*

1624-1625 Os **holandeses dominam a cidade de Salvador** (BA).

1630-1635 Os **holandeses dominam Recife e Olinda** (PE) e, em cinco anos, estendem seus domínios por vasta faixa do litoral nordestino (de Sergipe ao Maranhão).

ADS.

Bandeira das Províncias Unidas da Holanda, tendo ao centro um monograma da Companhia das Índias Ocidentais, empresa fundada em 1621 e que monopolizou o comércio de açúcar.

1640 A **Restauração portuguesa**: Portugal recupera sua autonomia; início da dinastia de Bragança.

1654 **Insurreição Pernambucana** – expulsão definitiva dos holandeses.

Museu Nacional de Belas Artes – IPHAN/MinC, Rio de Janeiro.

A Batalha dos Guararapes, *de Victor Meirelles.*

1661 Consolidação do absolutismo com **Luís XIV**, na França: *"L'état c'est moi"* (**"O Estado sou eu"**)

1668 A **Revolução Gloriosa**, na Inglaterra, cria a monarquia parlamentar.

1695 Em Alagoas, destruição do **Quilombo dos Palmares** e morte do líder **Zumbi**.

Governo do Estado do Rio de Janeiro.

Zumbi, *de Antônio Parreiras.*

Arte, ciência e filosofia

1600-1613

Shakespeare escreve *Hamlet*, *Otelo*, *Rei Lear*, *Macbeth*, *Henrique VIII*.

William Shakespeare.

Museu William Shakespeare, Reino Unido.

1605

Cervantes publica *Dom Quixote*.

Miguel de Cervantes.

Coleção particular. The Bridgeman/Keystone.

1609

Kepler elabora a **Lei das Órbitas**.

1632

Gustavo Tomsich/Corbis/LatinStock.

Galileu Galilei comprova a teoria heliocêntrica de Copérnico; em 1633 é julgado pela Inquisição e obrigado a renegar suas ideias.

1637

René Descartes publica *Discurso sobre o método*, obra fundadora do moderno racionalismo.

1644

O físico e matemático **Torricelli** realiza vários experimentos relativos à **pressão atmosférica**; inventa o barômetro.

1651

O pensador inglês **Thomas Hobbes** publica *Leviatã*, obra em que defende o absolutismo.

1666

Isaac Newton elabora a **teoria da atração gravitacional**.

Coleção particular. Bettmann/Corbis/LatinStock.

1667

O poeta inglês **John Milton** publica *O paraíso perdido*, epopeia de caráter puritano, escrita a partir do texto bíblico de Gênese.

1668

La Fontaine publica os primeiros volumes de suas *Fábulas*.

1669

As preciosas ridículas, de **Molière**, ridiculariza a burguesia francesa e os hábitos aristocráticos, ironizando o requinte e os meneios falsamente elegantes dos fúteis salões de Paris. Pela afetação de maneiras e linguagens, pelo rebuscamento, **preciosismo** foi uma das denominações do estilo barroco.

A atriz Cláudia Missura e o ator Paulo Autran em cena da peça O Avarento, *em foto de 2006.*

Priscila Prade/Editora Abril.

1675

O astrônomo dinamarquês **Ole Christensen Romer** publica estudo sobre a **velocidade da luz**.

1690

John Locke pode ser considerado o primeiro filósofo do Iluminismo. A sua principal obra – *Dois tratados sobre o governo* – tinha dois objetivos: refutar a doutrina do direito divino dos reis e do absolutismo régio e criar uma teoria que conciliasse a liberdade dos cidadãos com a manutenção da ordem política.

John Locke.

Coleção particular.

O estilo barroco: linguagem, influências

A palavra *barroco*

A origem da palavra **barroco** é controvertida. Alguns etimologistas afirmam que está ligada a um processo mnemônico (relativo à memória) que designava um silogismo aristotélico com conclusão falsa (num silogismo, a partir de duas premissas infere-se uma conclusão lógica; nesse caso, a conclusão seria falsa). Segundo outros, designaria um tipo de pérola de forma irregular, ou mesmo um terreno desigual, assimétrico. Em qualquer das hipóteses, é possível perceber relações com a estética barroca: jogo de ideias, rebuscamento, assimetria.

Linguagem

Todo o rebuscamento que aflora na arte barroca é reflexo de um dilema que muito atormenta o homem do século XVII: o conflito entre o terreno e o celestial, o homem e Deus (antropocentrismo e teocentrismo), o pecado e o perdão, o paganismo renascentista e a religiosidade medieval, o material e o espiritual. A arte assume, então, uma tendência sensorial, ligada ao mundo físico, ao mundo das percepções (daí o apelo às figuras de linguagem, a um vocabulário rico e raro, aos jogos sonoros; daí, na pintura, a profusão de linhas, planos e cores, o jogo do claro-escuro, do alto e baixo-relevo, a busca do detalhe, a valorização do ornamento, etc.), que resulta num exagerado rebuscamento formal.

As influências

Confira as características dos dois estilos que convivem no período sob a influência dos espanhóis Góngora e Quevedo.

Museu de Belas Artes, Boston.

*Luís de **Góngora** y Argote (1561-1627).*

Instituto de Valencia de Don Juan, Madri/The Bridgeman/Keystone.

*Francisco de **Quevedo** y Villegas (1580-1645).*

Cultismo ou gongorismo	Conceptismo ou quevedismo
> a poesia é sua melhor forma de expressão;	> a prosa é sua melhor forma de expressão;
> intenção moralizante por meio dos sentidos;	> intenção educativa pelo convencimento e raciocínio lógico;
> teor descritivo;	> teor argumentativo, conceptual;
> valorização da forma de expressão;	> valorização do conteúdo; relações lógicas das ideias;
> estilo opulento e suntuoso;	> estilo conciso e ordenado;
> rebuscamento vocabular (neologismos forçados e latinismos), figuras de sintaxe (hipérbatos, anacolutos) e figuras de linguagem (metáforas, antíteses, sinestesias).	> aproveitamento das nuances semânticas: duplo sentido, associações inesperadas e engenhosas, paradoxos, comparações inusitadas.

Leia a seguir um poema que é exemplo de poesia cultista.

*Ao braço do Menino Jesus de Nossa Senhora das Maravilhas, a quem infiéis despedaçaram**

O todo sem a parte não é todo;
A parte sem o todo não é parte;
Mas se a parte o faz todo, sendo parte,
Não se diga que é parte, sendo o todo.

Em todo o Sacramento está Deus todo,
E todo assiste inteiro em qualquer parte,
E feito em partes todo em toda a parte,
Em qualquer parte sempre fica o todo.

O braço de Jesus não seja parte,
Pois que feito Jesus em partes todo,
Assiste cada parte em sua parte.

Não se sabendo parte deste todo,
Um braço que lhe acharam, sendo parte,
Nos diz as partes todas deste todo.

Rafael Fonseca/Arquivo da editora.

MATOS, Gregório de. In: AMADO, James (Org.). *Gregório de Matos: obra poética*. Rio de Janeiro: Record, 1992. v. 1. p. 67.

* Os poemas barrocos têm, normalmente, longos títulos explicativos.

Agora, leia a crítica conceptista do Padre Antônio Vieira ao estilo cultista:

> Se gostas da afetação e pompa de palavras e do estilo que chamam **culto**, não me leias. Quando este estilo florescia, nasceram as primeiras verduras do meu; mas valeu-me tanto sempre a clareza, que só porque me entendiam comecei a ser ouvido. [...] Este desventurado estilo que hoje se usa, os que o querem honrar chamam-lhe **culto**, os que o condenam chamam-lhe **escuro**, mas ainda lhe fazem muita honra. O estilo culto não é escuro, é negro, e negro boçal e muito cerrado. É possível que somos portugueses, e havemos de ouvir um pregador em português, e não havemos de entender o que diz?!

VIEIRA, Padre Antônio. *Vieira: sermões*. Rio de Janeiro: Agir, 1960. p. 110.

Um poema barroco e suas principais características

A autoria desse soneto tem gerado polêmica: tradicionalmente, Gregório de Matos é apontado como autor e assim consta em várias antologias; alguns historiadores a atribuem a Fonseca Soares; outros, a frei Antônio das Chagas.

Rafael Fonseca/Arquivo da editora.

Desenganos da vida humana, metaforicamente

É a vaidade, Fábio, nesta vida,
Rosa, que da manhã lisonjeada,
Púrpuras mil, com ambição dourada,
Airosa rompe, arrasta presumida.

É planta, que de abril favorecida,
Por mares de soberba desatada,
Florida galeota empavesada,
Sulca ufana, navega destemida.

É nau enfim, que em breve ligeireza
Com presunção de Fênix generosa,
Galhardias apresta, alentos preza:

Mas ser planta, ser rosa, nau vistosa
De que importa, se aguarda sem defesa
Penha a nau, ferro a planta, tarde a rosa?

In: *Gregório de Matos: poemas escolhidos*. Seleção de José Miguel Wisnik. São Paulo: Cultrix, 1976. p. 321.

O soneto acima é exemplo da melhor poesia barroca. Quer na forma, quer na temática desenvolvida, este poema, de complexa arquitetura, nos permite um intenso contato com as preocupações humanas do século XVII.

Na forma percebe-se toda a herança do Renascimento: um soneto clássico de versos decassílabos (a "medida nova" dos renascentistas servindo de pano de fundo para o tema de reflexão moral), com rima em ABBA ABBA CDC DCD, no melhor estilo petrarquiano. Evidente é o trabalho com a seleção de palavras, que resulta no rebuscamento característico dos textos barrocos.

O rebuscamento do texto é obtido, ainda, com um elaborado trabalho no uso de várias figuras de linguagem:

- **Metáfora** – o próprio título do poema, longo e explicativo, adianta que o poeta fará uma reflexão sobre os "desenganos da vida humana" (a vaidade, em particular) "metaforicamente", isto é, por meio de metáforas, de símiles. As três metáforas principais são:
  a vaidade é rosa / a vaidade é planta / a vaidade é nau
- **Hipérbato** – inversão da ordem direta dos termos da oração:
  "É a vaidade, Fábio, nesta vida
  Rosa..."
  Esta seria a ordem direta:
  "Fábio, nesta vida, a vaidade é
  Rosa..."
- **Hipérbole** – o exagero, como no caso de "púrpuras mil".
- **Metonímia** – o emprego de ferro por **machado**, isto é, a matéria (ferro) pelo objeto (machado).

Finalmente, outro aspecto da arquitetura do poema barroco que, no caso do soneto analisado, é de fundamental importância é a técnica da "**disseminação e recolha**" ou "**semeadura e colheita**". Trata-se da forma como alguns conceitos e/ou palavras são apresentados no texto: inicialmente, esses conceitos e/ou palavras são disseminados, isto é, espalhados, semeados, plantados ao longo do poema (como é o caso de **rosa**, **planta**, **nau** no soneto apresentado) para, ao final, realizar-se a recolha, a colheita (o que é feito no último verso do soneto).

Principais características da estética barroca

> os dualismos: paganismo renascentista × religiosidade medieval;
razão × fé;
antropocentrismo × teocentrismo;
matéria × espírito;
efêmero × eterno;
vida terrena × vida celestial;
vida × morte;
pecado × perdão

> o jogo dos contrastes: claro × escuro;
luz × sombra

> valorização do detalhe, rebuscamento formal

> sensualismo: apelo aos sentidos do leitor/espectador

> principais figuras de linguagem presentes no texto barroco: metáfora, antítese, hipérbato, hipérbole, paradoxo

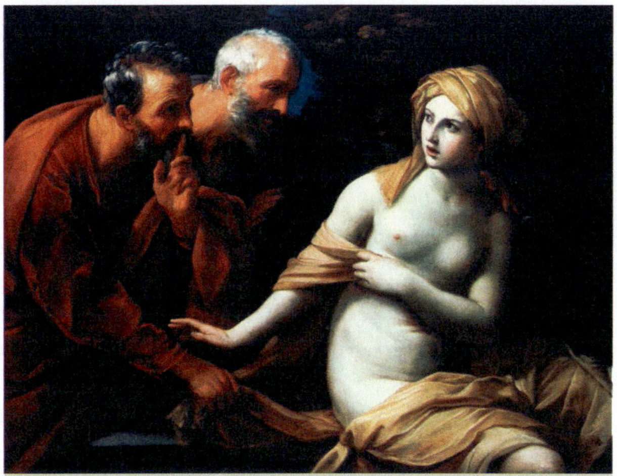

Galeria Nacional, Londres/Corbis/LatinStock.

Susana e os velhos, *tela do pintor italiano Guido Reni (1575-1642), retrata uma passagem bíblica: uma jovem judia é surpreendida por dois anciãos ao banhar-se; acusando-a de imoralidade, os homens tentam chantageá-la, ao que ela reage com indignação. A obra é um excelente exemplo do chiaro--oscuro (o contraste entre luz e sombra), recurso muito explorado na pintura barroca. A alvura do corpo de Susana, que representa a pureza em contraste com o fundo negro; o vermelho intenso da roupa do primeiro velho, que remete à paixão, à volúpia, ao pecado; a expressão de malícia dos dois homens, em oposição à inocência de Susana — todos esses elementos criam uma tensão que é própria da estética barroca.*

A lírica de Gregório de Matos

Um poeta versátil

Apesar de ser conhecido como poeta satírico, Gregório de Matos também praticou, e com esmero, a poesia religiosa e a lírica. Cultivou tanto o estilo cultista quanto o conceptista, apresentando jogos de palavras ao lado de raciocínios sutis, sempre com o uso abusivo de figuras de linguagem.

Na poesia lírica e na religiosa, transparecem certo idealismo renascentista, bem como o conflito entre o pecado e o perdão: busca a pureza da fé, ao mesmo tempo que precisa viver a vida mundana. São essas contradições que o situam perfeitamente na escola barroca.

Segundo o professor Segismundo Spina:

> Gregório, como toda a massa devota de sua época, parece que trazia Deus mais nos lábios que no coração. Condenou acerrimamente a vaidade humana, o dinheiro, a irreligiosidade dos senhores da Igreja e muitas outras misérias terrenas, mas sua existência foi um rosário de culpas; o meio envolvente, social e religioso, era a própria personificação do Pecado.

SPINA, Segismundo. *A poesia de Gregório de Matos*. São Paulo: Edusp, 1995. p. 67.

Sua obra permaneceu inédita até o século XX, quando a Academia Brasileira de Letras, entre 1923 e 1933, publicou seis volumes, assim distribuídos: *I. Poesia sacra*; *II. Poesia lírica*; *III. Poesia graciosa*; *IV* e *V. Poesia satírica*; *VI. Últimas*.

Arquivo da editora.

Gregório de Matos, o Boca do Inferno

Eu sou aquele, que os [passados anos
Cantei na minha lira [maldizente
Torpezas do Brasil, vícios e [enganos.

Assim se define Gregório no início do poema "Aos vícios". E, realmente, sua poesia satírica procura criticar o brasileiro, o administrador português, El-Rei, o clero e, numa postura moralista, os costumes da sociedade baiana do século XVII (o que explica sua alcunha "Boca do Inferno"). É patente um sentimento nativista quando ele separa o que é brasileiro do que é exploração lusitana.

Nas tramas dos textos

Texto 1

A Jesus Cristo Nosso Senhor

Pequei, Senhor; mas não porque hei pecado,
Da vossa alta clemência me despido[1];
Porque, quanto mais tenho delinquido,
Vos tenho a perdoar mais empenhado.

Se basta a vos irar tanto pecado,
A abrandar-vos sobeja[2] um só gemido:
Que a mesma culpa, que vos há ofendido,
Vos tem para o perdão lisonjeado.

Se uma ovelha perdida e já cobrada[3]
Glória tal e prazer tão repentino
Vos deu, como afirmais na Sacra História[4]:

Eu sou, Senhor, a ovelha desgarrada,
Cobrai-a; e não queirais, Pastor divino,
Perder na vossa ovelha a vossa glória.

MATOS, Gregório de. In: AMADO, James (Org.). *Gregório de Matos: obra poética.* Rio de Janeiro: Record, 1992. v. 1. p. 69.

1. **despido:** despeço.
2. **sobeja:** é necessário.
3. **cobrada:** recuperada.
4. **Sacra História:** as Sagradas Escrituras.

atividades

1. Considerando os aspectos formais do texto, responda:

a) Qual é o nome desse tipo de composição poética?

b) Qual é o esquema de rima utilizado pelo poeta?

c) Quantas sílabas poéticas tem cada verso? Faça a divisão silábica dos dois primeiros versos.

2. Aponte três antíteses usadas por Gregório de Matos no poema. Elas se concentram em que estrofes?

3. **Delinquido**, no texto, aparece como sinônimo de qual palavra?

4. Percebe-se nitidamente que o texto teve origem num conflito vivido pelo eu poético. Explique esse conflito.

5. O eu poético faz seu discurso para um interlocutor específico: Cristo. Quais os indicadores gramaticais que justificam a afirmação?

6. O poema é construído a partir de um diálogo (intertextualidade) com uma passagem bíblica (Mateus, 18 v. 12-13):

O que vocês acham? Se um homem tem cem ovelhas, e uma delas se perde, será que ele não vai deixar as noventa e nove nas montanhas, para procurar aquela que se perdeu? Eu garanto a vocês: quando ele a encontra, fica muito mais feliz com ela, do que com as noventa e nove que não se perderam.

Gregório de Matos faz uma interpretação muito curiosa dessa passagem bíblica. Comente-a.

7. **Silogismo**, palavra de origem grega, significa "argumento" e consiste em uma dedução formal estruturada a partir de duas proposições, que conduzem a uma conclusão lógica. Por exemplo:

Todo homem é mortal; (proposição geral)
Sócrates é homem; (proposição particular)
Logo, Sócrates é mortal. (conclusão)

Nos dois tercetos, o poeta monta um silogismo. A primeira proposição seria: "A recuperação da ovelha perdida deu glória e prazer ao Senhor.". Qual seria a segunda proposição? E a conclusão?

Texto 2

Juízo anatômico da Bahia

Que falta nesta cidade? .... *Verdade.*
Que mais por sua desonra? .... *Honra.*
Falta mais que se lhe ponha? .... *Vergonha.*
O demo a viver se exponha,
por mais que a fama a exalta,
numa cidade, onde falta
Verdade, Honra, Vergonha.

Quem a pôs neste socrócio[1]? .... *Negócio.*
Quem causa tal perdição? .... *Ambição.*
E o maior desta loucura? .... *Usura*[2].
Notável desaventura
de um povo néscio[3], e sandeu[4],
que não sabe, que o perdeu
Negócio, Ambição, Usura.

Quais são os seus doces objetos? .... *Pretos.*
Tem outros bens mais maciços? .... *Mestiços.*
Quais destes lhe são mais gratos? .... *Mulatos.*
Dou ao demo os insensatos,
dou ao demo a gente asnal,
que estima por cabedal[5]
Pretos, Mestiços, Mulatos.

Quem faz os círios[6] mesquinhos? .... *Meirinhos*[7].
Quem faz as farinhas tardas? .... *Guardas.*
Quem as tem nos aposentos? .... *Sargentos.*
Os círios lá vêm aos centos,
e a terra fica esfaimando[8],
porque os vão atravessando
Meirinhos, Guardas, Sargentos.

E que justiça a resguarda? .... *Bastarda.*
É grátis distribuída? .... *Vendida.*
Que tem, que a todos assusta? .... *Injusta.*
Valha-nos Deus, o que custa.
o que El-Rei nos dá de graça,
que anda a justiça na praça
Bastarda, Vendida, Injusta.

MATOS, Gregório de. Disponível em: <http://www.dominiopublico.gov.br/download/texto/ua00123a.pdf>. Acesso em: 5 fev. 2011.

1. **socrócio:** segundo Antonio Soares Amora, **socrócio** é uma palavra criada pelo poeta para fazer eco com **negócio**, derivada do verbo socrestar (roubar, furtar, rapinar); portanto, **socrócio** seria "roubalheira", "negócios ilícitos", "bandalheira".
2. **usura:** lucro exagerado, exorbitante.
3. **néscio:** ignorante, estúpido.
4. **sandeu:** idiota, tolo.
5. **cabedal:** o conjunto de bens que alguém possui; o que é objeto de comércio.
6. **círios:** vela utilizada na procissão.
7. **meirinhos:** antigo funcionário judicial da Corte; equivale a oficial de justiça.
8. **esfaimando:** passando fome.

Rafael Fonseca/Arquivo da editora.

atividade

- É possível afirmar que o poema acima foi construído empregando a técnica da "**disseminação e recolha**" ou "**semeadura e colheita**"? Como isso se dá?

Confrontando ideias

Gregório de Matos faz um retrato irônico da sociedade baiana do século XVII e aponta alguns "vícios" que acabaram incorporados pela sociedade brasileira ao longo do tempo.

Discuta com seus colegas e professor(a): Esses "vícios" ainda estão presentes em nossa sociedade ou já foram superados? Argumente e exemplifique.

Texto 3

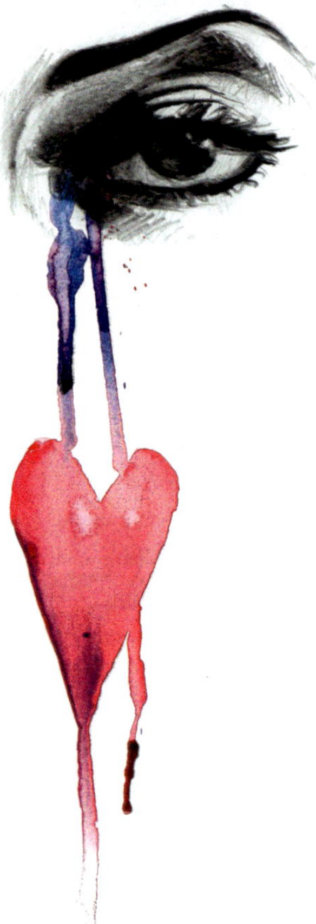

Rafael Fonseca/Arquivo da editora.

Quis o poeta embarcar-se para a cidade e antecipando a notícia à sua senhora, lhe viu umas derretidas mostras de sentimento em verdadeiras lágrimas de amor.

Ardor em coração firme nascido!
Pranto por belos olhos derramado!
Incêndio em mares de água disfarçado!
Rio de neve em fogo convertido!

Tu, que um peito abrasas escondido,
Tu, que em um rosto corres desatado,
Quando fogo em cristais aprisionado,
Quando cristal em chamas derretido.

Se és fogo, como passas brandamente?
Se és neve, como queimas com porfia?
Mas ai! que andou Amor em ti prudente!

Pois para temperar a tirania,
Como quis que aqui fosse a neve ardente,
Permitiu parecesse a chama fria.

MATOS, Gregório de. In: AMADO, James (Org.). *Gregório de Matos: obra poética*. Rio de Janeiro: Record, 1992. v. 1. p. 514.

atividades

1. Nesse poema, Gregório de Matos constrói uma antítese com elementos do mundo exterior, relacionando-os ao mundo interior, numa relação metafórica (ou seja, de semelhança).
   a) Quais são os elementos antitéticos do mundo exterior?
   b) A que elementos do mundo interior eles são relacionados?
   c) Entre as características da poesia barroca, pode-se dizer que há uma tendência a transformar toda a diferença em oposição (antíteses, paradoxos), toda a oposição em simetria (correspondências; a relação que há entre A e B vale para B e A) e a simetria em identidade. Aponte versos em que isso ocorre.
2. Quais são os antecedentes do pronome **tu**, que abre os versos 5 e 6?
3. O verso 11 afirma que o Amor teve uma providência prudente e o último terceto explica qual foi essa providência. Comente-a com suas próprias palavras.

A oratória de Vieira

Um conceptista nato

A produção literária de Vieira se compõe de profecias, cartas e sermões. Nas três obras proféticas que deixou, defendia o Sebastianismo e as esperanças de Portugal em se tornar o Quinto Império do Mundo, fato que estaria profetizado na Bíblia. Isso demonstra o caráter alegórico de sua interpretação da Bíblia, um nacionalismo megalomaníaco e uma servidão incomum, própria dos jesuítas. As cartas versam sobre o relacionamento entre Portugal e Holanda, sobre a Inquisição e os cristãos-novos e sobre a situação da Colônia. Constituem importantes documentos históricos.

O melhor da produção de Vieira são os sermões (cerca de 200), em estilo barroco conceptista. O pregador português usou a retórica jesuítica para trabalhar ideias e conceitos, defendendo as posições da Companhia de Jesus.

Óleo de Pe. Geraldes/Coleção Antônio Vieira, Salvador.

Antônio Vieira

A biografia de Antônio Vieira confunde-se com a história de Portugal e do Brasil no século XVII. Nascido em Lisboa (1608), Vieira veio para o Brasil com sete anos e, com quinze, ingressou no Colégio dos Jesuítas de Salvador (BA). Ordenado padre, vivenciando a unificação ibérica, as invasões holandesas, o trabalho escravo, a catequese dos índios e as disputas comerciais com a Companhia das Índias Ocidentais, fez importantes e exaltados sermões em que discutia questões políticas, econômicas e sociais.

Com o fim do domínio espanhol, tornou-se confessor do rei D. João IV; propôs ao rei um plano de recuperação econômica e defendeu o capital dos cristãos-novos. A partir daí, sua vida dividiu-se entre Portugal e Brasil. Faleceu na Bahia (1697).

Cuia Guimarães

Arquivo Ultramarino, Lisboa.

Nas imagens, os dois espaços da ação de Vieira: a mata, palco de sua missão de catequese dos indígenas, e o púlpito, tribuna para seus comentários políticos. Segundo o crítico português Hernâni Cidade, "o púlpito, no tempo de Vieira, era mais de uma vez a válvula de escape do comentário político, sendo com frequência o sermão equivalente aos editoriais da imprensa do nosso tempo, de defesa ou ataque em face da situação, do fato, da providência governativa".

Doce inferno

No Sermão XIV, pregado na Bahia, em 1633, à irmandade dos pretos de um engenho de açúcar, o Padre Antônio Vieira expressava sua opinião de que a vinda dos negros escravos para o Brasil era a operação de um milagre de Deus. Os negros seriam resgatados de seu passado de "idolatria" e "gentilidade" para serem introduzidos na fé cristã; para purgar-se, eles teriam que trilhar seu calvário e levantar sua cruz. Para Vieira, "não há trabalho, nem gênero de vida no mundo mais parecido à Cruz e Paixão de Cristo, que o vosso em um destes Engenhos [...]. Em um Engenho sois imitadores de Cristo crucificado [...], porque padeceis em um modo muito semelhante o que o mesmo Senhor padeceu na sua Cruz, e em toda a sua Paixão. [...] Por isso foi bem recebida aquela breve e discreta definição de quem chamou a um Engenho de açúcar doce inferno".

A íntegra do sermão está disponível em: <http://www.dominiopublico.gov.br/download/texto/fs000032pdf.pdf>. Acesso em: 5 fev. 2011.

Nas tramas dos textos

Texto 1

O Sermão da sexagésima

Um dos principais sermões de Vieira é o Sermão da sexagésima, *pregado na Capela Real de Lisboa em 1655 e conhecido também como* A palavra de Deus. *Polêmico, esse sermão resume a arte de pregar. Ao analisar "por que não frutificava a Palavra de Deus na terra", visava a seus adversários católicos – os gongóricos dominicanos. Leia neste trecho alguns de seus questionamentos.*

[...] Será por ventura o estilo que hoje se usa nos púlpitos? Um estilo tão dificultoso, um estilo tão afetado, um estilo tão encontrado a toda a arte e a toda natureza? Boa razão é também esta. O estilo há de ser muito fácil e muito natural. Por isso, Cristo comparou o pregar ao semear. Compara Cristo o pregar ao semear, porque o semear é uma arte que tem mais de natureza que de arte. [...]

Já que falo contra os estilos modernos, quero alegar por mim o estilo do mais antigo pregador que houve no Mundo. E qual foi ele? O mais antigo pregador que houve no Mundo foi o Céu. Suposto que o Céu é pregador, deve ter sermões e deve ter palavras. E quais são estes sermões e estas palavras do Céu? [...]

— As palavras são as estrelas, os sermões são a composição, a ordem, a harmonia e o curso delas. O pregar há de ser como quem semeia, e não como quem ladrilha ou azuleja. Não fez Deus o céu em xadrez de estrelas, como os pregadores fazem o sermão em xadrez de palavras. Se de uma parte está branco, de outra há de estar negro; se de uma parte está dia, de outra há de estar noite? Se de uma parte dizem luz, da outra hão de dizer sombra; se de uma parte dizem desceu, da outra hão de dizer subiu. Basta que não havemos de ver num sermão duas palavras em paz? Todas hão de estar sempre em fronteira com o seu contrário? [...]

Mas dir-me-eis: Padre, os pregadores de hoje não pregam do Evangelho, não pregam das Sagradas Escrituras? Pois como não pregam a palavra de Deus? — Esse é o mal. Pregam palavras de Deus, mas não pregam a Palavra de Deus. [...]

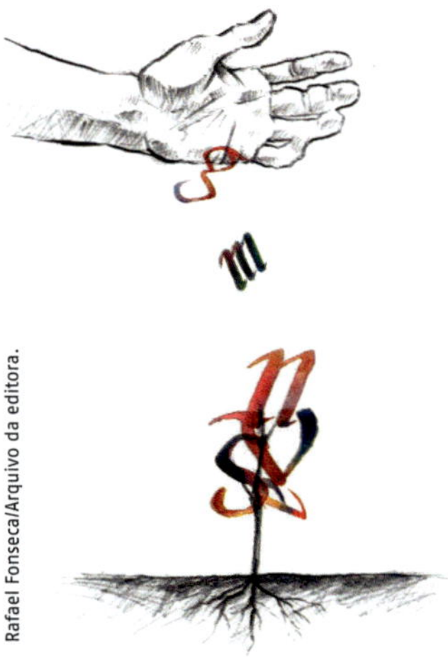

Rafael Fonseca/Arquivo da editora.

VIEIRA, Padre Antônio. Disponível em: <www.cce.ufsc.br/~nupill/literatura/sexagesi.html>. Acesso em: 4 mar. 2011.

atividades

1. Observe o estilo utilizado pelo Padre Vieira no desenvolvimento de seu sermão: um constante perguntar e responder que lhe permite encadear ideias; adequação de passagens bíblicas ao tema do sermão; retórica aprimorada. Como era chamado esse estilo no período barroco?

2. "Não fez Deus o céu em xadrez de estrelas, como os pregadores fazem o sermão em xadrez de palavras."
   a) A palavra **como** assume o papel de importante operador linguístico, responsável por uma figura de retórica muito comum nos sermões de Vieira. Que tipo de relação ela estabelece entre os dois membros da frase? Qual é a figura?
   b) Qual o estilo criticado por Vieira na frase acima? Justifique sua resposta.

3. "Se de uma parte está branco, de outra há de estar negro; se de uma parte está dia, de outra há de estar noite? Se de uma parte dizem luz, da outra hão de dizer sombra; se de uma parte dizem desceu, da outra hão de dizer subiu. Basta que não havemos de ver duas palavras em paz?"
   a) A passagem transcrita apresenta um ritmo que se aproxima do ritmo poético. Releia-a em voz alta e responda: Que recurso utilizou Vieira para obter esse ritmo?
   b) Em "Basta que não havemos de ver duas palavras em paz?", qual a crítica feita por Vieira? Que figura ele utiliza para realçar sua crítica?

4. Observa-se que, em todo o fragmento apresentado, Vieira critica o jogo de palavras, mas, ao final, quando mais contundente é sua crítica, ele faz um jogo com a palavra **palavra** (usada com maiúscula e com minúscula). Explique.

5. Seria correto afirmar que Vieira faz duras críticas ao cultismo, mas, ao mesmo tempo, usa recursos do estilo culto para firmar sua estratégia de convencimento?

Texto 2

Sermão a Santo Antônio

O Sermão a Santo Antônio, *também conhecido como* Sermão aos peixes, *foi proferido em São Luís do Maranhão, em 1654, para a aristocracia colonial.*

[...] Antes, porém, que vos vades, assim como ouvistes os vossos louvores, ouvi também agora as vossas repreensões. Servir-vos-ão de confusão, já que não seja de emenda. A primeira cousa que me desedifica, peixes, de vós, é que vos comeis uns aos outros. Grande escândalo é este, mas a circunstância o faz ainda maior. Não só vos comeis uns aos outros, senão que os grandes comem os pequenos. Se fora pelo contrário, era menos mal. Se os pequenos comeram os grandes, bastara um grande para muitos pequenos; mas como os grandes comem os pequenos, não bastam cem pequenos, nem mil, para um só grande. Olhai como estranha isto Santo Agostinho: *Homines pravis, praeversisque cupiditatibus facti sunt, sicut pisces invicem se devorantes*: "Os homens com suas más e perversas cobiças vêm a ser como os peixes, que se comem uns aos outros." Tão alheia cousa é, não só da razão, mas da mesma natureza, que sendo todos criados no mesmo elemento, todos cidadãos da mesma pátria e todos finalmente irmãos, vivais de vos comer! Santo Agostinho, que pregava aos homens, para encarecer a fealdade deste escândalo, mostrou-lho nos peixes; e eu, que prego aos peixes, para que vejais quão feio e abominável é, quero que o vejais nos homens.

Olhai, peixes, lá do mar para a terra. Não, não: não é isso o que vos digo. Vós virais os olhos para os matos e para o sertão? Para cá, para cá; para a cidade é que haveis de olhar. Cuidais que só os Tapuias se comem uns aos outros? Muito maior açougue é o de cá, muito mais se comem os Brancos. Vedes vós todo aquele bulir, vedes todo aquele andar, vedes aquele concorrer às praças e cruzar as ruas; vedes aquele subir e descer as calçadas, vedes aquele entrar e sair sem quietação nem sossego? Pois tudo aquilo é andarem buscando os homens como hão-de comer e como se hão-de comer. Morreu algum deles, vereis logo tantos sobre o miserável a despedaçá-lo e comê-lo. Comem-no os herdeiros, comem-no os testamenteiros, comem-no os legatários, comem-no os acredores; comem-no os oficiais dos órfãos e os dos defuntos e ausentes; come-o o médico, que o curou ou ajudou a morrer; come-o o sangrador que lhe tirou o sangue; come-o a mesma mulher, que de má vontade lhe dá para a mortalha o lençol mais velho da casa; come-o o que lhe abre a cova, o que lhe tange os sinos, e os que, cantando, o levam a enterrar; enfim, ainda o pobre defunto o não comeu a terra, e já o tem comido toda a terra. [...]

Disponível em: <http://www.dominiopublico.gov.br/download/texto/ua000257.pdf>. Acesso em: 5 fev. 2011.

atividades

1. O sermão apresenta um interlocutor, um público-alvo bem delimitado (indicado, gramaticalmente, pelo pronome de segunda pessoa do plural). Defina esse público.
2. Num determinado momento, Vieira remete o ouvinte à constituição da pirâmide social maranhense, marcada pela desigualdade: uma base muito larga e um topo muito estreito. Transcreva o trecho.
3. No capítulo sobre intertextualidade, vimos que a referência pode se dar por alusão ou citação. Qual das duas formas Vieira emprega?
4. Sabemos que metáfora é uma figura de linguagem que consiste em designar um objeto ou qualidade mediante uma palavra que designa outro objeto ou qualidade que tem com o primeiro uma relação de semelhança. Tanto a fala de Santo Agostinho como a de Vieira se sustentam na metáfora; no entanto, Vieira inverte a estratégia discursiva empregada por Santo Agostinho. Como ele faz isso? Qual teria sido a sua motivação?
5. Vieira, como autor exemplar do Barroco, brinca com palavras e estruturas sintáticas, como na seguinte passagem: "ainda o pobre defunto o não comeu a terra, e já o tem comido toda a terra.".
   a) Coloque a frase na ordem direta.
   b) Comente o jogo feito com a palavra **terra**.
6. Os sermões de Padre Vieira podem ser considerados atuais? Por quê?

Sóror Mariana Alcoforado: o "drama do amor feminino enclausurado"

Coleção particular.

Sóror Mariana Alcoforado retratada por Henry Matisse. O pintor francês ilustrou, em 1946, uma edição das Lettres portugaises.

Mariana Alcoforado

Em 1669, surgia na França a obra *Lettres portugaises traduites en français* (*Cartas portuguesas traduzidas para o francês*), que reunia cinco cartas de amor escritas por uma religiosa portuguesa e endereçadas a um conde francês. Na primeira edição da obra, não constavam os nomes da religiosa e do nobre a quem eram dirigidas as cartas. Apesar do grande êxito, foi apenas no século XIX que se comprovou a autoria das *Cartas*: a religiosa portuguesa realmente havia existido; seu nome era Sóror Mariana Alcoforado, e viveu entre 1640 e 1723, na cidade de Beja. Consta que ela teria se apaixonado por Noël-Bouton de Chamilly, conde de Saint-Léger, general francês que serviu em Portugal.

Alguns estudiosos lusitanos não aceitam a tese da autoria portuguesa; acreditam que a obra tenha sido escrita por um francês e que a religiosa seria apenas uma simulação. De qualquer forma, as *Cartas* apresentam-nos dois pontos de interesse: de um lado, o conflito característico do Barroco, representado pela luta entre a vida espiritual e a vida profana; de outro, a luta pela emancipação das mulheres, assim comentada por António José Saraiva e Óscar Lopes:

"É de notar que a marcha para a emancipação intelectual e social das mulheres conheceu na fase final do Barroco um dos seus momentos mais dramáticos, na aristocracia e alta burguesia. Nos reinados de D. Pedro II e D. João V, plenos de famosos escândalos conventuais, travou-se uma luta difícil entre as freiras, que procuravam por todas as formas iludir a clausura, e as autoridades".

Mais adiante, os críticos portugueses afirmam que as *Lettres portugaises* são o símbolo maior desse "drama do amor feminino enclausurado".

Nas tramas do texto

Terceira Carta
(fragmentos)

Oh! triste de mim! Quanta compaixão mereço, visto não sermos ambos participantes das penas, mas eu só a desgraçada!... Este pensamento mata-me, e morro de susto de que jamais tenhas sido extremamente sensível a todos os nossos prazeres. Agora sim, conheço a má fé de todos os teus afetos... Enganavas-me todas as vezes que me dizias ter sumo gosto de estar só comigo... Às minhas importunações devo somente os teus desvelos e transportes... De sangue frio formaste a tenção de me abraçar, e consideraste a minha paixão como um troféu, sem que o teu coração jamais fosse comovido entranhavelmente... Não deves tu ser bem infeliz, e ter bem pouca delicadeza, para nunca haver sabido colher outro fruto dos meus enlevamentos?... E como é possível que com tanto Amor eu não tenha podido fazer-te completamente venturoso? Lamento, por Amor de ti somente, as deleitações infinitas que perdeste... Por que fatalidade não quiseste desfrutá-las?... Ah! se as conhecesses, acharias sem dúvida que são mais sensíveis do que a satisfação de me ter seduzido, e terias experimentado que somos mais felizes, e sentimos qualquer coisa de mais fino mimo em amar ardentemente, do que em ser amados.

Não sei nem o que sou, nem o que faço, nem o que desejo... Mil tormentos contrários me despedaçam!... Quem poderá imaginar um estado mais deplorável?... Amo-te como uma perdida, e modero-me ainda assim contigo, até não ousar talvez desejar-te as mesmas tribulações, os mesmos transportes que me agitam... Matar-me-ia, ou a não fazê-lo, morreria de dor, se estivesse certa de que nunca tinhas repouso, que a tua vida era uma contínua desordem e perturbação, que não cessavas de derramar lágrimas, e que tudo aborrecias... Eu não me sinto com forças para os meus males, como poderia suportar a dor que me causariam os teus, mil vezes mais penetrantes?...

Contudo não posso do mesmo modo resolver-me a desejar que não me tragas no pensamento, e para falar-te sinceramente, sinto com furor ciúmes de tudo quanto possa causar-te alegria; comover a teu coração, e dar-te gosto em França.

Ignoro por que motivo te escrevo... Vejo que apenas terás dó de mim, e eu rejeito a tua compaixão, e nada quero dela; enfado-me contra mim mesma, quando faço reflexão sobre tudo o que te sacrifiquei... Perdi a minha reputação; expus-me aos furores de meus pais e parentes, às severas leis deste Reino contra as religiosas... e à tua ingratidão, que me parece a maior de todas as desgraças...

Ainda assim eu sinto que os meus remorsos não são verdadeiros, e que do íntimo do meu coração quisera ter corrido muito maiores perigos por Amor de ti, e provo um funesto prazer de ter arriscado por ti vida e honra.

ALCOFORADO, Sóror Mariana. In: Projecto Vercial.
Disponível em: <http://alfarrabio.di.uminho.pt/vercial/alcofora.htm>.
Acesso em: 4 mar. 2011.

Rafael Fonseca/Arquivo da editora.

atividade

Aponte, no fragmento acima:

a) uma passagem em que se perceba o conflito típico do Barroco;

b) uma passagem em que a religiosa faça referência à conduta social ou ao código moral da época.

Confrontando ideias

Como se poderia explicar que, passados mais de 300 anos, as cartas de Sóror Mariana ainda despertem no leitor da atualidade vivo interesse e grande envolvimento afetivo?

O Barroco hoje

Os dicionários registram duas acepções para o emprego contemporâneo da palavra **barroco**, nos dois casos, com o sentido figurado, ampliado: como adjetivo, é empregado como sinônimo de "irregular, extravagante, estrambótico"; como substantivo, designa "tendência do espírito, que se manifesta nas atividades culturais e/ou artísticas, tendo como constantes os traços característicos desse período", ou seja, que se manifesta em obra rebuscada, exagerada, extravagante. Caetano Veloso, em uma composição em que brinca com as palavras, escreve os seguintes versos: "muito bem mas barroco como eu / cérebro máquina palavras sentidos corações" (*Outras palavras*).

Já o poeta gaúcho Mário Quintana escreve:

Da riqueza de estilo

O estilo muito ornado lembra aqueles antigos altares barrocos, tão cheios de anjinhos que a gente mal conseguia enxergar o santo.

QUINTANA, Mário. *Caderno H*. Porto Alegre: Globo, 1983. p. 96.

Outro gaúcho, Luis Fernando Verissimo, brinca com a palavra **gongórico** em uma de suas tirinhas:

by Luis Fernando Verissimo

Tirinha de Luis Fernando Verissimo publicada em As cobras 2, *pela Salamandra.*

*Questões de exames sobre este capítulo encontram-se na página **649**.*

capítulo 15

Os estilos de época na Era Clássica: Arcadismo

Objetivos gerais do capítulo

O aluno, ao final do capítulo, deverá ser capaz de:

- discutir as manifestações do estilo neoclássico nas artes plásticas e na literatura;
- conhecer as principais características desse estilo e suas relações com o contexto histórico;
- conhecer os principais autores desse estilo, ler seus textos e refletir sobre eles.

A partir do último quartel do século XVII, verificou-se nas literaturas europeias uma generalizada e forte reação antibarroca [...]. Verifica-se assim uma crescente difusão e aceitação da doutrina do classicismo francês, primeiro de modo disperso, depois sob a forma de correntes arcádicas ou neoclássicas.

AGUIAR E SILVA, Vítor Manuel de. *Teoria da literatura*. Coimbra: Livraria Almedina, 1986. p. 511.

Vista através das árvores no Parque Pierre Crozat (A perspectiva), de Jean Antoine Watteau, c. 1715. Óleo sobre tela. Museu de Belas Artes, Boston/The Bridgeman/Keystone

Na primeira metade do século XVIII, fugindo do estilo e dos temas barrocos, os artistas voltam-se para os temas bucólicos; a natureza passa a ser companheira e mestra.

A pintura

O juramento dos Horácios, de Jacques-Louis David, 1784. Óleo sobre tela, 330 x 425 cm. Museu do Louvre, Paris/akg-images/Album/Latinstock.

O francês Jacques-Louis David (1748-1825) é considerado o maior nome da pintura neoclássica. Jovem ainda, viaja a Roma e estuda a Antiguidade Clássica. Suas atitudes e sua obra são declarados manifestos contra o rebuscamento barroco e a favor dos ideais da Revolução Francesa. A tela reproduzida, mais do que a retomada da estética clássica, é a valorização de um ideal de vida marcado pela honra; na antiga Roma, a disputa entre dois clãs pelo domínio da região do Lácio – os Horácios e os Curiácios – termina em um duelo em que se defrontariam três irmãos Horácios e três irmãos Curiácios. A cena reproduz o juramento que os três irmãos Horácios fazem a seu pai.

É importante observar o perfeito equilíbrio da composição com o pai ao centro, os três irmãos à direita e as mulheres e as crianças formando um bloco à esquerda; ao fundo, colunas e arcos romanos; o jogo de luz e sombra, com a luz entrando em diagonal, por trás dos irmãos, destaca as figuras que estão em primeiro plano. Merecem destaque especial os três braços prestando o juramento e as três espadas, no ponto central da tela.

O Rapto das Sabinas, de Jacques-Louis David, 1799. Óleo sobre tela, 385 x 522 cm. Museu do Louvre, Paris.

Em As sabinas, *David retrata outro episódio que remonta à origem lendária de Roma e a seu fundador, Rômulo. No início, Roma era habitada apenas por homens. Com o intuito de dar continuidade à raça romana que surgia, Rômulo orquestrou o seguinte plano: convidou os sabinos, homens e mulheres das cidades vizinhas, para um festival em homenagem a Netuno, deus dos mares para os latinos. Só que o convite escondia um propósito obscuro e perverso: raptar as jovens mulheres sabinas. Ao descobrirem o plano de Rômulo, os sabinos declaram guerra aos romanos. E a guerra só foi interrompida em um lance dramático: com os filhos nos braços, as sabinas investem contra as linhas de batalha suplicando pelo fim dos combates.*

A arquitetura

Monticello, palácio residencial desenhado por Thomas Jefferson, 1768-1809. Charlottesville, Virginia/Grupo Keystone.

Refletindo a influência do pensamento liberal europeu e da estética neoclássica, a arquitetura predominante nas regiões que serviram de cenário à independência dos Estados Unidos retoma a simplicidade e as colunas das construções gregas, como bem exemplifica a residência de campo construída por Thomas Jefferson, seguidor dos iluministas franceses, autor da Declaração de Independência, publicada em 4 de julho de 1776, e terceiro presidente norte-americano.

A escultura

O veneziano Antonio Canova (1757-1822) produziu as melhores obras da escultura neoclássica, recuperando a simplicidade, a pureza e o equilíbrio das estátuas da Antiguidade. Em Adônis e Vênus, *em que retoma a mitologia, podemos perceber o absoluto domínio da estética clássica, com destaque para a textura que imprimiu à pele dos modelos e para a suavidade e idealização dos traços das figuras humanas.*

Vênus e Adônis, de Antonio Conova, 1794. Mármore, 185 x 80 x 60 cm. Museu Villa La Grange, Genebra, Suíça/Mimmo Jodice/Corbis/Latinstock.

O Arcadismo

O **Arcadismo**, **Setecentismo** (a estética dos anos 1700) ou **Neoclassicismo** é o período que caracteriza principalmente a segunda metade do século XVIII, tingindo as artes de uma nova tonalidade burguesa. Vive-se, agora, o **Século das Luzes**, o **Iluminismo** burguês que prepara o caminho para a Revolução Francesa.

O Arcadismo tem espírito nitidamente reformista, pretendendo reformular o ensino, os hábitos, as atitudes sociais, uma vez que é a manifestação artística de um novo tempo e de uma nova ideologia. Se no século XVI a literatura em língua portuguesa esteve influenciada pela cultura italiana, e no século XVII pela cultura espanhola, no século XVIII a influência vem da França.

A primeira metade do século XVIII marcou a decadência do pensamento barroco, para a qual colaboraram vários fatores: a burguesia ascendente, voltada para as questões mundanas, deixava em segundo plano a religiosidade que permeava o pensamento barroco; além disso, o exagero da expressão barroca havia cansado o público, e a chamada arte cortesã, que se desenvolvera desde a Renascença, atingia um estágio estacionário e apresentava sinais de declínio, perdendo terreno para a arte burguesa, marcada pelo subjetivismo.

Em meados do século XVIII, na Inglaterra e na França, a burguesia passou a dominar a economia do Estado, por meio do intenso comércio ultramarino e da multiplicação de estabelecimentos bancários, assenhoreando-se mesmo de uma parte da agricultura. A velha nobreza arruinou-se; os religiosos, com suas polêmicas, levaram os problemas teológicos ao descrédito. Em toda a Europa as circunstâncias são semelhantes, e a influência do pensamento burguês se alastra. Nesse momento, geram-se duas manifestações distintas, mas complementares, como muito bem observou o crítico Alfredo Bosi:

> Importa, porém, distinguir dois momentos ideais na literatura dos Setecentos para não se incorrer no equívoco de apontar contraste onde houve apenas **justaposição**:
>
> a) o momento poético que nasce de um encontro, embora ainda amaneirado, com a natureza e os afetos comuns do homem, refletidos através da tradição clássica e de formas bem definidas, julgadas dignas de imitação (Arcadismo);
>
> b) o momento ideológico, que se impõe no meio do século, e traduz a crítica da burguesia culta aos abusos da nobreza e do clero (Ilustração).
>
> BOSI, Alfredo. *História concisa da literatura brasileira*. 3. ed. São Paulo: Cultrix, 1989. p. 61.

Em 1748, Montesquieu publica *O espírito das leis*, obra na qual propõe a divisão do governo em três poderes (executivo, legislativo e judiciário). Voltaire, como Montesquieu, relacionado com a alta burguesia, defende uma monarquia esclarecida. Em 1751, dirigido por Diderot e D'Alembert, surge o *Discours préliminaires de l'Encyclopédie*, cultuando a razão, o progresso e as ciências. Importante papel desempenhou Jean-Jacques Rousseau (*O contrato social*; *Emílio*), defensor de um governo burguês e do ideal do "bom selvagem" ("o homem nasce bom, a sociedade é que o corrompe"; portanto, o homem deveria voltar-se para o refúgio da natureza pura). É dentro desse quadro que se desenvolve o **Iluminismo** europeu, marcado pelo **racionalismo** e pela defesa do **despotismo esclarecido**: um governo forte que daria segurança ao capitalismo mercantil da burguesia.

Ao mesmo tempo em que se volta contra os abusos cometidos pela nobreza e pelo clero, a burguesia mostra-se conservadora e reticente quanto à ideia de promover e distribuir seus próprios privilégios às classes menos favorecidas. O despotismo esclarecido manifesta-se, em Portugal, durante o governo de D. José I (1750-77), tendo como figura máxima o ministro Marquês de Pombal, que realizou profunda reforma no ensino e expulsou a Companhia de Jesus de Portugal e das colônias.

Frontispício de *Emílio*, de Jean-Jacques Rousseau, gravura de Robert Delaunay, 1780. Arquivos Charmet, Paris.

O pensador Rousseau defendia o retorno à natureza e salientava a importância da educação das crianças para o progresso da sociedade. Acima, fronstispício de sua obra Emílio.

A dissolução da arte cortesã

"É fato bem conhecido que o desenvolvimento da arte cortesã, desde o fim da Renascença, chegara no século XVIII a um ponto morto e fora superado pelo subjetivismo burguês, que, de uma maneira geral, domina ainda hoje a nossa concepção de arte."

HAUSER, Arnold. *História social da literatura e da arte.* São Paulo: Mestre Jou, 1972. v. 2. p. 645.

Rousseau dá samba

Paulinho da Viola canta um samba intitulado "Chico Brito", de Wilson Batista e Afonso Teixeira, que incorpora o pensamento rousseauniano:

Chico Brito
Quando menino esteve na escola
era aplicado, tinha religião
quando jogava bola
era escolhido para capitão
mas a vida tem os seus reveses
diz sempre, Chico, defendendo teses
se o homem nasceu bom
e bom não se conservou
a culpa é da sociedade
que o transformou

In: *O talento de Paulinho da Viola.* CD Emi Odeon, 1995. Faixa 21.

Rafael Fonseca/Arquivo da editora.

Portugal e Brasil no século XVIII

Em Portugal, os primeiros sintomas da nova maneira de pensar aparecem já no reinado de D. João V (de 1707 a 1750), com o apoio a uma proposta de modernização do ensino superior segundo os ideais iluministas. Após 1750, governa o país o rei D. José I, cujo mandato estendeu-se até 1777; tem como ministro o Marquês de Pombal, representante do despotismo esclarecido em Portugal. Em 1759, Pombal expulsa os jesuítas dos domínios portugueses. Tal fato acelera a marginalização do clero na vida lusitana e estabelece o fim da influência jesuítica na educação.

Em terras americanas, no ano de 1776 ocorre a Independência dos Estados Unidos, seguida da independência de vários países da América Latina, num processo que se arrastaria até meados do século XIX.

Biblioteca do Congresso, Washington.

Dia 9 de julho de 1776, depois de ouvir a primeira leitura pública da Declaração de Independência, nova-iorquinos exaltados correm para o Parque Bowling Green e derrubam a estátua do rei inglês, Jorge III, que, depois de derretida, foi transformada em 1800 quilos de balas de chumbo.

No Brasil, os últimos cinco anos do século XVII assistem à morte de Vieira e de Gregório, as duas figuras máximas do Seiscentismo, que não encontram substitutos no século XVIII. A cultura jesuítica começa a ceder lugar ao Neoclassicismo; o pensamento iluminista francês encontra ampla repercussão no crescente sentimento de nativismo e na nova mentalidade dominante, provinda da área de mineração. De fato, o século XVIII registra uma importante mudança na vida brasileira: o centro econômico transfere-se do Nordeste para a região das Minas Gerais e do Rio de Janeiro. Na esteira da economia vem a vida política, social e cultural. Minas Gerais, em particular Vila Rica, é o cenário dos acontecimentos mais significativos e dos personagens mais importantes dos anos Setecentos: a mineração, a Inconfidência, Tiradentes, os poetas do Arcadismo e Aleijadinho (daí o Arcadismo brasileiro receber também a denominação de **Escola Mineira**).

A Inconfidência Mineira

A Inconfidência Mineira, ao contrário das rebeliões anteriores, prendia-se à conjuntura histórica ocidental e revelava a corrosão, pelas novas ideias e pelas transformações econômicas e sociais, das instituições vigentes na época. Desmoronavam-se, com efeito, em fins do século XVIII, o Antigo Regime e o Sistema Colonial por ele engendrado. Este já recebera um forte abalo com a Independência dos Estados Unidos da América do Norte, enquanto aquele vivia, na França, os seus últimos momentos.

As ideias e acontecimentos que abalavam assim a ordem política e social do Ocidente não podiam deixar de repercutir nas colônias portuguesas da América. Os motivos de descontentamento aqui não faltavam e eram cada vez mais numerosos os brasileiros que frequentavam as universidades europeias onde se expunham, naturalmente, à influência das tendências renovadoras. [...]

Enquanto os estudantes alimentavam esperanças de independência, sentia-se cada vez mais, na colônia, a opressão do regime.

HOLANDA, Sérgio Buarque de (Org.). *História geral da civilização brasileira.* São Paulo: Difel, 1960. v. 2. p. 394-5.

Rafael Fonseca/Arquivo da editora.

Economia, política e sociedade

Para resumir o contexto social, econômico e político do período, elaboramos o infográfico que você lerá a seguir. Na página ao lado, estão resumidos os principais acontecimentos artísticos, científicos e filosóficos do período.

1713

É assinado o **Tratado de Utrecht**, que põe fim à Guerra da Sucessão da Espanha; artigos desse Tratado e de negociações posteriores definiram as fronteiras do norte do Brasil.

1718-1720

Guerra da Quádrupla Aliança – França, Inglaterra, Áustria e Holanda lutam contra a Espanha.

1750

> É assinado o **Tratado de Madrid**, que define as fronteiras entre as possessões portuguesas e espanholas na América do Sul.
> Sobe ao trono português D. José I, que concede plenos poderes ao **Marquês de Pombal**.

Biblioteca Pública Municipal do Porto, Portugal.

1755

Violento **terremoto destrói grande parte de Lisboa**; o Marquês de Pombal toma rápidas e enérgicas medidas para a reconstrução da capital e de várias cidades ao sul de Portugal, afetadas pelo terremoto.

1756-1763

Guerra dos Sete Anos: Inglaterra e França lutam pela posse de territórios coloniais; a Inglaterra, vitoriosa, impõe pesadas tributações, principalmente às colônias americanas.

1759

O **Marquês de Pombal expulsa os jesuítas** e executa membros da alta nobreza lusitana; ao mesmo tempo, inicia profundas reformas no ensino.

Câmara Municipal de Oeiras, Portugal.

1776

> Thomas Jefferson elabora a **Declaração de Independência dos Estados Unidos.**
> **Adam Smith** publica *Uma Investigação sobre a natureza e as causas da riqueza das nações*, obra que define o liberalismo econômico.

1777

Com a morte de D. José I, assume o trono português D. Maria I; **Pombal deixa o poder**.

1785

A empresa Boulton & Watt, desenvolvendo projeto do engenheiro James Watt, produz os primeiros **motores a vapor**, fundamentais para a **Revolução Industrial**.

Coleção particular/The Bridgeman/Keystone.

1789

> **George Washington** é eleito o primeiro presidente dos Estados Unidos.
> **Revolução Francesa** (evento que marca o fim da Idade Moderna e o início da Idade Contemporânea).
> No Brasil, eclode a **Inconfidência Mineira**.

Vila Militar, Rio de Janeiro.

Tiradentes.

Arte, ciência e filosofia

1717

Johann Sebastian Bach compõe os seis *Concertos Brandeburgueses* e *Cravo bem temperado*.

Johann Sebastian Bach.

Museum der Bildenden Kuenste, Leipzig, Alemanha.

1719

O escritor inglês **Daniel Defoe** publica *Robinson Crusoé*.

1725

O italiano **Antonio Vivaldi** compõe *As quatro estações*.

1726

Editora L&PM Pocket.

O escritor irlandês **Jonathan Swift** publica *As viagens de Gulliver*.

Em As viagens de Gulliver, Swift tece ferina sátira à humanidade; sobre a obra, o autor disse que "pretendia agredir o mundo, não diverti-lo".

1748

Montesquieu publica *O espírito das leis*, obra em que propõe a divisão dos três poderes (executivo, legislativo e judiciário).

1749

O inglês **Henry Fielding** publica a narrativa picaresca *A história de Tom Jones, um enjeitado*.

1751

Diderot e **D'Alembert** iniciam a publicação da *Enciclopédia*, obra que cultua a razão, as ciências, as artes e os ofícios, ponto alto do Iluminismo francês.

1759

Voltaire publica *Cândido*.

1762

Jean-Jacques Rousseau publica *Emílio*, obra em que defende a "educação natural" e o "bom selvagem", e *O contrato social*, em que discute as relações entre Estado e sociedade.

Editora Martins Fontes.

1774

Antoine Laurent Lavoisier elabora a *Lei da Conservação das Massas*, concluindo que "na Natureza, nada se cria, nada se perde, tudo se transforma".

Antoine Laurent Lavoisier.

Museu Carnavalet, Paris/The Bridgeman/Keystone.

1787

Wolfgang Amadeus Mozart compõe a ópera *D. Giovanni*, marco da música lírica do século XVIII; o personagem do título é uma recriação da figura lendária de D. Juan.

Divulgação.

O estilo neoclássico: influências, linguagem

A influência de Horácio: *carpe diem*, *locus amoenus*, *fugere urbem*, *aurea mediocritas*

Um dos maiores influenciadores do pensamento e das atitudes do Arcadismo foi Horácio, poeta latino do qual já falamos no capítulo 5. O *carpe diem* horaciano, que consiste no princípio de viver o presente, "gozar o dia", foi uma postura comumente assumida durante o Arcadismo. Sua filosofia é aproveitar ao máximo o momento presente, pois o tempo corre célere. Em várias passagens das liras de Dirceu nota-se a adoção dessa postura, como, por exemplo, nos seguintes versos:

Prendamo-nos, Marília, em laço estreito,
Gozemos do prazer de sãos amores.
Sobre as nossas cabeças,
Sem que o possam deter, o tempo corre:
E para nós o tempo que se passa
Também, Marília, morre.

A poesia dos inconfidentes: poesia completa de Cláudio Manuel da Costa, Tomás Antônio Gonzaga e Alvarenga Peixoto. Rio de Janeiro: Nova Aguilar, 1996. p. 597.

Também por influência de Horácio, os árcades adotam a *aurea mediocritas* ("mediocridade dourada"), que consiste na exaltação do meio-termo, da simplicidade. Essa posição de equidistância entre dois polos opostos era buscada no contato com a natureza. Daí a proposta de fugir da cidade (*fugere urbem*) e a procura do *locus amoenus*, de um refúgio ameno, de uma vida simples, bucólica, do homem vivendo como os pastores, em oposição aos centros urbanos monárquicos; a luta do burguês culto contra a aristocracia se manifesta nessa busca da natureza. Observe como essa postura se manifesta nos versos de Cláudio Manuel da Costa:

Rafael Fonseca/Arquivo da editora.

Se sou pobre pastor, se não governo
Reinos, nações, províncias, mundo, e gentes;
Se em frio, calma, e chuvas inclementes
Passo o verão, outono, estio, inverno;
Nem por isso trocara o abrigo terno
Desta choça, em que vivo, co'as enchentes
Dessa grande fortuna: assaz presentes
Tenho as paixões desse tormento eterno.

A poesia dos inconfidentes: poesia completa de Cláudio Manuel da Costa, Tomás Antônio Gonzaga e Alvarenga Peixoto. Rio de Janeiro: Nova Aguilar, 1996. p. 53.

Mas é preciso salientar que esse objetivo configurava apenas um estado de espírito, uma posição política e ideológica, uma vez que todos os árcades viviam nos centros urbanos e, burgueses que eram, lá estavam seus interesses econômicos. Havia, portanto, uma contradição entre a realidade do progresso urbano e o mundo bucólico por eles idealizado. Por isso se justifica falar em **fingimento poético** no Arcadismo, fato que transparece no uso dos pseudônimos pastoris. São exemplos o pobre pastor **Dirceu**, pseudônimo adotado pelo Dr. Tomás Antônio Gonzaga, e o guardador de rebanhos **Glauceste Satúrnio**, pseudônimo do Dr. Cláudio Manuel da Costa.

Os pastores da arcádia (ou Et in Arcadia ego), de Nicolas Poussin, cerca de 1640. Museu do Louvre, Paris.

O francês Nicolas Poussin é considerado um dos grandes mestres do Neoclassicismo e seu trabalho é fruto de um profundo estudo das estátuas e dos temas clássicos. Nessa tela observa-se uma paisagem bucólica e, no primeiro plano, três pastores com seus cajados e uma jovem (observe o perfil da jovem e sua semelhança com as estátuas gregas). No centro da tela, alvo de todas as atenções, um túmulo com a inscrição latina "Et in Arcadia ego", que pode ser assim traduzida: "Eu, que estou morto, também já estive na Arcádia", ou ainda "Eu, a Morte, também estou na Arcádia". Os pastores meditam sobre o significado da frase e, num misto de temor reverente e surpresa, parecem ter encontrado a primeira evidência de que a morte é um fato inevitável, de que nossa vida é breve e, por isso mesmo, é preciso desfrutá-la. Portanto, o espírito árcade está presente não apenas na placidez da paisagem e nos personagens idílicos que a compõem, mas também na reflexão que ela suscita sobre a morte, a vida e a necessidade de "aproveitar o dia".

A linguagem do Arcadismo

Rafael Fonseca/Arquivo da editora.

A visão de mundo dos poetas árcades e a estética neoclássica se manifestam num "estilo simples", em nítida oposição ao estilo barroco. A linguagem da nova poesia do Arcadismo perde o rebuscamento e os torneios verbais típicos do século XVII; agora prevalece a ordem direta, a expressão clara, inteligível; as frases adquirem uma suave melodia (a mesma melodia, simplicidade e ordenamento lógico encontrados na natureza, a grande mestra). Predominam os adjetivos que expressam suavidade e harmonia: tudo é **ameno**, **suave**, **calmo**, **alegre**, **aprazível**...

A seleção vocabular prende-se, fundamentalmente, a alguns campos lexicais:

- palavras, termos e expressões que retomam a Antiguidade Clássica: mitologia, musas, conceitos; além de *locus amoenus*, *fugere urbem*, *inutilia truncat* (cortar as inutilidades), o próprio lema da bandeira de Minas Gerais, escolhido pelos poetas inconfidentes, reflete essa postura neoclássica: *Libertas quae sera tamen*;
- a exaltação da natureza: árvores, riachos, prados, fontes, pastores e pastoras, montes de feno;
- o Amor idealizado e convencional.

O passado sempre presente

O Arcadismo brasileiro, como já vimos, deve ser pensado a partir da conjunção de alguns fatores fundamentais: a exploração do ouro e o consequente deslocamento da vida econômica e política para a região de Minas Gerais, o pensamento liberal europeu, a independência dos Estados Unidos, o esgotamento do modelo colonial. Disso resulta um casamento interessante: poesia e movimento conspiratório; fingimento poético e realidade; pobres pastores convencionais e ilustrados burgueses; Arcadismo e Inconfidência Mineira.

Ao longo dos séculos, essa química mineira contaminou e inspirou outros artistas que pensaram e repensaram o papel dos poetas inconfidentes. Cecília Meireles, em *Romanceiro da Inconfidência*, reconstruiu em pleno século XX o episódio da Inconfidência Mineira, extraindo de um fato passado, limitado geográfica e cronologicamente, valores que são eternos e significativos para a formação da consciência de um povo. A respeito do episódio, a própria autora afirma que é "uma história feita de coisas eternas e irredutíveis: de ouro, amor, liberdade, traições...". Enfatizando a relação entre poesia e conspiração, Cecília Meireles escreve:

> Doces invenções da Arcádia!
> Delicada primavera:
> pastoras, sonetos, liras,
> — entre as ameaças austeras
> de mais impostos e taxas
> que uns protelam e outros negam.

Já o poeta contemporâneo José Paulo Paes, num poema intitulado *Os inconfidentes*, escreve:

> Na tranquila varanda de Gonzaga,
> Sob os livros de Cláudio Manuel,
> Solenes se reúnem, proclamando
> A revolta do sonho e do papel.
> [...]
>
> Guardam as armas sob o travesseiro.
> Vestem capas do roxo mais poético.
> Convertem curas, mascates, sapateiros.
> São generosos, líricos, patéticos.

Principais características da estética árcade

- Antigongorismo: cortar os exageros, o rebuscamento e a extravagância característicos do Barroco, retornando a um estilo literário mais simples, em que prevalecesse o realismo burguês.
- Neoclassicismo: os modelos seguidos eram os clássicos greco-latinos e os renascentistas; a mitologia pagã foi retomada como elemento estético.
- Valorização da natureza em busca de uma vida simples, bucólica, pastoril.
- Fingimento poético, fato que transparece no uso dos pseudônimos pastoris.
- Aspecto formal: sonetos, versos decassílabos, rima optativa, poesia épica.

sessão de CINEMA

Os inconfidentes (1972). Direção: Joaquim Pedro de Andrade. Com: José Wilker, Paulo César Pereio, Fernando Torres.

O filme narra a história da Inconfidência Mineira, conjuração do fim do século XVIII que visava à independência do Brasil e que resultou no enforcamento de Tiradentes. Novamente, uma tentativa de paralelo com a situação da época em que o filme foi feito – o Brasil do regime militar. Os diálogos reproduzem literalmente passagens das *Cartas chilenas* e de *Marília de Dirceu* (Tomás Antônio Gonzaga), do *Romanceiro da Inconfidência* (Cecília Meireles) e dos *Autos da devassa*.

Divulgação.

Xica da Silva (1976). Direção: Cacá Diegues. Com: Zezé Motta, Walmor Chagas, José Wilker.

História recentemente exibida em novela de tevê sobre um contratador de diamantes enviado a Minas no século XVIII para explorar pedras preciosas. Ele se apaixona pela escrava Xica, concede-lhe alforria e a trata como rainha, provocando escândalo na cidade.

Divulgação.

Nas tramas dos textos

Texto 1

Marília de Dirceu

Rafael Fonseca/Arquivo da editora.

LIRA XIV

Minha bela Marília, tudo passa;
A sorte deste mundo é mal segura;
Se vem depois dos males a ventura,
Vem depois dos prazeres a desgraça.
[...]

Ah! enquanto os Destinos impiedosos
Não voltam contra nós a face irada,
Façamos, sim, façamos, doce amada,
Os nossos breves dias mais ditosos.
[...]

Ornemos nossas testas com as flores
E façamos de feno um brando leito;
Prendamo-nos, Marília, em laço estreito,
Gozemos do prazer de sãos Amores.
Sobre as nossas cabeças,
Sem que o possam deter, o tempo corre;
E para nós o tempo, que se passa,
Também, Marília, morre.
[...]

Que havemos d'esperar, Marília bela?
Que vão passando os florescentes dias?
As glórias, que vêm tarde, já vêm frias;
E pode enfim mudar-se a nossa estrela.
Ah! não, minha Marília,
Aproveite-se o tempo, antes que faça
O estrago de roubar ao corpo as forças,
E ao semblante a graça.

GONZAGA, Tomás Antônio. In: *A poesia dos inconfidentes*: poesia completa de Cláudio Manuel da Costa, Tomás Antônio Gonzaga e Alvarenga Peixoto. Rio de Janeiro: Nova Aguilar, 1996. p. 597-8.

Texto 2

Uns, com os olhos postos no passado,
Veem o que não veem; outros, fitos
Os mesmos olhos no futuro, veem
O que não pode ver-se.

Por que tão longe ir pôr o que está perto —
A segurança nossa? Este é o dia,
Esta é a hora, este o momento, isto
É quem somos, e é tudo.

Perene flui a interminável hora
Que nos confessa nulos. No mesmo hausto[1]
Em que vivemos, morreremos. Colhe
O dia, porque és ele.

PESSOA, Fernando. *Fernando Pessoa: obra poética*. 9. ed. Rio de Janeiro: Nova Aguilar, 1984. p. 224.

1. **hausto:** sopro; momento muito breve, como o tempo de um rápido perpassar do ar; instante.

atividades

1. Os textos apresentados pertencem, respectivamente, às *Liras – Marília de Dirceu*, de Tomás Antônio Gonzaga, poeta do século XVIII, e às *Odes*, de Ricardo Reis, um dos heterônimos de Fernando Pessoa, poeta português do século XX. Embora vivendo realidades distintas, os poetas têm conceitos semelhantes sobre a vida e a passagem do tempo. Em linhas gerais, que posição eles assumem em relação a isso?

2. Nos dois textos percebe-se o *carpe diem*, ou seja, "aproveita o dia". Transcreva os versos em que se percebe essa postura.

3. Os versos de Gonzaga apresentam a estrutura de diálogo. Há, de fato, uma interlocução, uma conversação? Comente.

4. No *Dicionário Eletrônico Houaiss da língua portuguesa*, encontramos as seguintes acepções para o adjetivo bucólico:

"**1.** relativo aos pastores de qualquer tipo de rebanho e seus animais. **2.** relativo à vida e costumes do campo; campestre. **3.** *p.ext.* relativo à natureza, à vida natural. **4.** *fig.* sem malícia; puro, ingênuo".

Transcreva versos de Gonzaga que podem ser considerados bucólicos.

5. Ao pregar o *carpe diem*, Ricardo Reis dá um passo além. Que aspecto ele acrescenta a essa temática?

A poesia lírica em Minas Gerais

Arquivo da editora.

Cláudio Manuel da Costa

Cláudio Manuel da Costa nasceu nas proximidades de Mariana, Minas Gerais, em 1729. Após seus primeiros estudos com os jesuítas no Brasil, vai para Coimbra estudar Direito (1749). Por essa época, toma contato com os ideais iluministas, absorve o clima das primeiras manifestações árcades e adota o pseudônimo pastoril de Glauceste Satúrnio.

Segundo o brasilianista Kenneth Maxwell: "Cláudio Manuel da Costa era, realmente, homem muito rico – tinha clientela importante, muitos escravos e sociedade em minas de ouro, possuindo uma fazenda de criação de gado e de porcos, além de um negócio de grandes proporções de concessão de créditos. Sua espaçosa mansão em Vila Rica era ponto de reunião da intelectualidade da capitania".

Participou da Inconfidência Mineira, foi preso e encontrado morto (enforcado) na cadeia, em 4 de julho de 1789.

A natureza como refúgio

A obra de Cláudio Manuel da Costa anterior a 1768 compõe-se de algumas poesias no estilo gongórico, escritas sob a influência jesuítica. Depois desse período, procurou trabalhar de acordo com o pensamento árcade. Seus sonetos, perfeitos na forma e na linguagem, merecem destaque. Refletiam sobre questões morais, sobre as contradições da vida, tão ao gosto dos poetas quinhentistas, percebendo-se neles uma marcante influência camoniana.

Como já vimos, Cláudio Manuel da Costa cultivou a poesia bucólica, pastoril, na qual menciona a natureza como refúgio:

"Sou pastor; não te nego; os meus montados
São esses, que aí vês; vivo contente
Ao trazer entre a relva florescente
A doce companhia dos meus gados"

e o sofrimento amoroso, as musas:

"Parece, que estes prados, e estas fontes
Já sabem, que é o assunto da porfia
Nise, a melhor pastora destes montes."

Deixou-nos também o poema épico *Vila Rica*, no qual exalta os bandeirantes, fundadores de inúmeras cidades na região mineradora, e narra a história dessa antiga cidade, atual Ouro Preto, desde a sua fundação.

Nas tramas dos textos

Texto 1

Destes penhascos fez a natureza
O berço, em que nasci: oh! quem cuidara,
Que entre penhas tão duras se criara
Uma alma terna, um peito sem dureza!

Amor, que vence os tigres, por empresa
Tomou logo render-me; ele declara
Contra o meu coração guerra tão rara,
Que não me foi bastante a fortaleza.

Por mais que eu mesmo conhecesse o dano,
A que dava ocasião minha brandura,
Nunca pude fugir ao cego engano:

Vós, que ostentais a condição mais dura,
Temei, penhas, temei, que Amor tirano,
Onde há mais resistência, mais se apura.

Rafael Fonseca/Arquivo da editora.

COSTA, Cláudio Manuel da. *A poesia dos inconfidentes*: *poesia completa de Cláudio Manuel da Costa, Tomás Antônio Gonzaga e Alvarenga Peixoto*. Rio de Janeiro: Nova Aguilar, 1996. p. 95.

atividades

1. Considerando forma e conteúdo, comente os aspectos clássicos do poema.

2. Em que se baseia a antítese que marca o primeiro quarteto?

3. Quem seriam "os tigres" citados no quinto verso?

4. Observando os indicadores gramaticais, pode-se dividir o poema em duas partes: as três primeiras estrofes se distinguem da última. Comente as características de cada parte.

5. Qual é o "consolo" do eu poético, expresso na última estrofe?

Rafael Fonseca/Arquivo da editora.

Texto 2

Quem deixa o trato[1] pastoril, amado,
Pela ingrata, civil correspondência[2],
Ou desconhece o rosto da violência,
Ou do retiro a paz não tem provado.

Que bem é ver nos campos, trasladado[3]
No gênio do Pastor, o da inocência!
E que mal é no trato, e na aparência
Ver sempre o cortesão[4] dissimulado!

Ali respira amor sinceridade;
Aqui sempre a traição seu rosto encobre:
Um só trata a mentira, outro a verdade.

Ali não há fortuna que soçobre[5];
Aqui quanto se observa é variedade[6]:
Oh! ventura[7] do rico! Oh! bem do pobre!

1. **trato** (do latim *tractu*): região; também pode ser entendido como comportamento, maneiras.
2. **civil correspondência:** o comportamento urbano; a cidade.
3. **trasladado:** transportado, transformado.
4. **cortesão:** homem que vive na Corte; aqui, o homem urbano.
5. **soçobre:** naufrague, afunde; perca-se; reduza-se a nada.
6. **variedade:** raridade.
7. **ventura:** destino, sorte.

COSTA, Cláudio Manuel da. *A poesia dos inconfidentes: poesia completa* de Cláudio Manuel da Costa, Tomás Antônio Gonzaga e Alvarenga Peixoto. Rio de Janeiro: Nova Aguilar, 1996.

atividade

- Analise o soneto acima a partir das antíteses apresentadas. Como sugestão, faça uma lista das palavras que caracterizam o campo e outra das que caracterizam a cidade. Comente todas as oposições.

Tomás Antônio Gonzaga

Tomás Antônio Gonzaga nasceu na cidade do Porto, Portugal, em 1744. Bacharel em Direito por Coimbra, vai para Minas Gerais com os cargos de ouvidor e juiz. Mantém relação amorosa com Maria Doroteia Joaquina de Seixas Brandão, a **Marília**. Por participar da Inconfidência Mineira, foi preso e condenado ao degredo em Moçambique. Lá se casou com Juliana de Sousa Mascarenhas, "pessoa de muitas posses e poucas letras", vindo a falecer em 1810.

Acervo Iconographia.

Tomás Antônio Gonzaga.

Coleção particular.

Maria Doroteia, a Marília, retratada por Alberto Guignard.

Entre pastores e ovelhas, uma arguta defesa dos valores burgueses

A concepção burguesa de vida e de amor está presente no principal trabalho de Tomás Antônio Gonzaga: as liras de *Marília de Dirceu*. Essa obra, inspirada em seu romance com Maria Doroteia, apresenta duas partes distintas. Na primeira, Gonzaga se posiciona como um abastado pastor que cultiva o ideal da vida campestre, vive intensamente o momento (*carpe diem*) e pinta, por meio de palavras, a natureza e Marília, a mulher amada. No entanto, o tom do discurso poético sofre sensível alteração ao longo da obra, tendo como divisor de águas a prisão do poeta. Se antes da cadeia Gonzaga discorre sobre a iniciação amorosa, o namoro, a felicidade do amante, os sonhos de uma família, a defesa da tradição e da propriedade, sempre com postura patriarcalista, depois da prisão faz uma série de reflexões que tratam tanto da justiça da sociedade (ele se considera inocente, portanto, injustiçado) quanto dos caminhos do destino e da eterna consolação no amor que sente por Marília.

As *Cartas chilenas* completam a obra de Gonzaga. São poemas satíricos, escritos em linguagem bastante agressiva, que circularam anonimamente em Vila Rica pouco antes da Inconfidência Mineira. Têm a estrutura de uma carta, assinada por Critilo (mais tarde identificado como Gonzaga) e endereçada a Doroteu (Cláudio Manuel da Costa). Nessas cartas, Critilo, habitante de Santiago do Chile (na verdade, Vila Rica), narra os desmandos e as arbitrariedades do governador chileno, um político sem moral, despótico e narcisista, o Fanfarrão Minésio (na realidade, Luís da Cunha Meneses, governador de Minas Gerais até pouco antes da Inconfidência).

Nas tramas dos textos

Marília de Dirceu

Rafael Fonseca/Arquivo da editora.

A relação amorosa de Gonzaga com Marília (que se inicia em 1787 e termina com a prisão do poeta, em maio de 1789, uma semana antes da data prevista para o casamento) é o pano de fundo das liras que formam as três partes de Marília de Dirceu (é entre a primeira e a segunda parte que ocorre a prisão do poeta, o que faz mudar sensivelmente o tom das liras). De acordo com o professor Rodrigues Lapa, a obra, escrita nos últimos anos do século XVIII, "documenta bem a passagem do classicismo para o romantismo"; de fato, as *Liras* são marcadas ora pelos conceitos poéticos do Arcadismo, com um pastor exaltando a convivência com a natureza e invocando musas e deuses da mitologia pagã, ora pelos derramamentos sentimentais de um homem que vive em função do seu amor.

No entanto, uma leitura atenta revela alguns outros aspectos da obra de Gonzaga. Embora Marília seja quase sempre um vocativo e a obra tenha a estrutura de um diálogo, na verdade trata-se de um monólogo – só Gonzaga fala, raciocina; Marília é apenas um pretexto: o centro do poema é o próprio Gonzaga. Como bem lembra o crítico Antonio Candido, o melhor título para a obra seria Dirceu de Marília, mas o patriarcalismo de Gonzaga jamais lhe permitiria colocar-se como a coisa possuída. Outro aspecto curioso é o fato de o poeta cair constantemente em contradição, ora assumindo a postura de pastor, ora sua condição de burguês. Compare os trechos seguintes:

Eu vi o meu semblante numa fonte,
Dos anos inda não está cortado:
Os Pastores, que habitam este monte
Respeitam o poder do meu cajado"

"Verás em cima da espaçosa mesa
Altos volumes de enredados feitos;
Ver-me-ás folhear os grandes livros,
E decidir os pleitos.

É patente a oposição entre Dirceu, o pobre pastor que cuida de ovelhinhas brancas e vive numa choça no alto do monte, e o burguês Dr. Tomás Antônio Gonzaga, juiz que lê altos volumes instalado em espaçosa mesa...

Texto 1

Lira XIX (1ª parte)

Enquanto pasta alegre o manso gado,
Minha bela Marília, nos sentemos
À sombra deste cedro levantado.
Um pouco meditemos
na regular beleza,
Que em tudo quanto vive nos descobre
A sábia Natureza.

Atende como aquela vaca preta
O novilhinho seu dos mais separa,
E o lambe, enquanto chupa a lisa teta.
Atende mais, ó cara,
Como a ruiva cadela
Suporta que lhe morda o filho o corpo,
E salte em cima dela.

Repara como, cheia de ternura,
Entre as asas ao filho essa ave aquenta,
Como aquela esgravata a terra dura,
E os seus assim sustenta;
Como se encoleriza,
E salta sem receio a todo o vulto,
Que junto deles pisa.

Que gosto não terá a esposa amante,
Quando der ao filhinho o peito brando,
E refletir então no seu semblante!
Quando, Marília, quando
Disser consigo: *"É esta*
De teu querido pai a mesma barba,
A mesma boca, e testa."

Rafael Fonseca/Arquivo da editora.

A tradição da poesia épica

A influência clássica e, particularmente, a camoniana não se revela apenas na poesia lírica: os autores neoclássicos brasileiros também retomaram o modelo da poesia épica. Foi, como já vimos, o caso de Cláudio Manuel da Costa, cujo poema *Vila Rica* narra a fundação da cidade de Vila Rica, atual Ouro Preto, pelos bandeirantes, e também de Santa Rita Durão (1722-1784), autor de *Caramuru*, e Basílio da Gama (1741-1795), autor de *O Uraguai*.

Santa Rita Durão

O padre mineiro José de Santa Rita Durão (1722-1784) escreveu *Caramuru – poema épico do descobrimento da Bahia*, em versos decassílabos e oitava rima camoniana. O título já antecipa o tema: o descobrimento e a conquista da Bahia pelo português Diogo Álvares Correia, o Caramuru, vítima de um naufrágio no litoral baiano. O poema caracteriza-se pela exaltação da terra brasileira, incorrendo o autor em descrições de paisagem que lembram a literatura informativa do Quinhentismo. O elemento indígena é visto sob o prisma informativo e é realçada sua condição de objeto de catequese (Paraguaçu, a heroína indígena, é batizada e casa-se com Diogo, em cerimônia religiosa na Europa).

O Caramuru, *escultura em bronze entalhada por Eduardo de Sá (1866-1940).*

Museu Histórico Nacional, Rio de Janeiro.

Caramuru – poema épico do descobrimento da Bahia

- **herói:** o português Diogo Álvares Correia, vítima de naufrágio no litoral da Bahia; ficou conhecido pela alcunha de Caramuru (filho do trovão), por possuir uma arma de fogo.
- **argumento:** as façanhas de Diogo Álvares Correia entre os índios e seus amores com Paraguaçu (com quem se casa e viaja para Paris) e Moema (que morre ao tentar acompanhar o navio em que viajava Diogo).
- **presença de forte religiosidade** (Santa Rita Durão era padre agostiniano).
- **marcas árcades:** exaltação da natureza, o índio visto como bom selvagem.
- **estrutura:** 6.672 versos distribuídos em 10 cantos. Divisão clássica em cinco partes: proposição, invocação, dedicatória, narração e epílogo.

Nas tramas dos textos

Caramuru

Transcrevemos a estrofe em que é apresentado o herói Diogo:

De um varão em mil casos agitado,
Que as praias decorrendo do Ocidente,
Descobriu o recôncavo afamado
Da capital brasílica potente;
De *Filho do Trovão* denominado,
Que o peito domar soube à fera gente,
O valor cantarei da adversa sorte,
Pois só conheço herói que nela é forte.

Trechos do canto VI, onde é narrada a morte de Moema. Diogo Álvares, após definir-se por Paraguaçu, embarca com a esposa em um navio francês rumo à Europa. Várias índias nadam atrás do navio, mas uma se destaca: Moema.

Copiosa multidão da nau francesa
Corre a ver o espetáculo, assombrada;
E ignorando a ocasião da estranha empresa,
Pasma da turba feminil, que nada.
Uma que às mais precede em gentileza,
Não vinha menos bela, do que irada;
Era Moema, que de inveja geme,
E já vizinha à nau se apega ao leme.

[...]

— "Bárbaro (a bela diz:) tigre e não homem...
Porém o tigre, por cruel que brame,
Acha forças no amor, que enfim o domem;
Só a ti não domou, por mais que eu te ame.
Fúrias, raios, coriscos, que o ar consomem,
Como não consumis aquele infame?
Mas pagar tanto amor com tédio e asco...
Ah! que corisco és tu... raio... penhasco!

[...]

Enfim, tens coração de ver-me aflita,
Flutuar, moribunda, entre estas ondas;
A um ai somente, com que aos meus respondas.
Bárbaro, se esta fé teu peito irrita,
Nem o passado amor teu peito incita
(Disse, vendo-o fugir) ah! não te escondas
Dispara sobre mim teu cruel raio..."
E indo a dizer o mais, cai num desmaio.

[...]

Perde o lume dos olhos, pasma e treme,
Pálida a cor, o aspecto moribundo;
Com mão já sem vigor, soltando o leme,
Entre as salsas escumas desce ao fundo.
Mas na onda do mar, que, irado, freme,
Tornando a aparecer desde o profundo,
— Ah! Diogo cruel! — disse com mágoa, —
E sem mais vista ser, sorveu-se na água.

DURÃO, Santa Rita. *Caramuru*. Rio de Janeiro: Agir, 1977. p. 17 e 84-6.

Moema (1866), de Victor Meirelles.

Museu de Arte de São Paulo Assis Chateaubriand.

atividades

1. Analisando a forma do poema:

a) Faça a divisão silábica poética do verso "Pasma da turba feminil, que nada".

b) Qual é o esquema rimático das estrofes do texto?

c) Qual a fonte de Santa Rita Durão, ou seja, em que obra ele se inspirou para escrever?

2. Moema morre pelo homem amado. Esse tema, comum no Arcadismo, antecipa um novo estilo de época. Identifique-o.

Coleção particular.

Basílio da Gama

O poema épico "O Uraguai", do também mineiro Basílio da Gama (1741-1795), tem dois objetivos básicos: defender e exaltar a política pombalina e criticar os jesuítas, seus antigos mestres. São palavras de Basílio da Gama nas notas ao poema: "Os jesuítas nunca declamaram contra o cativeiro destes miseráveis racionais [os índios], senão porque pretendiam ser só eles os seus senhores". Encontramos ainda referências aos "jesuítas, com suas restrições mentais".

O tema histórico do poema é a luta empreendida pelas tropas portuguesas, auxiliadas pelos espanhóis, contra os indígenas dos Sete Povos das Missões, instigados pelos jesuítas; portanto, a culpa caberia aos jesuítas e não aos índios. Em consequência do Tratado de Madri (1750), a missão dos Sete Povos passaria aos portugueses, enquanto a de Sacramento, em terras uruguaias, seria concedida aos espanhóis. A partir de um tema não adequado ao gênero épico, por ser pouco grandioso e contemporâneo do autor, Basílio da Gama conseguiu, entretanto, criar uma obra de fôlego e de certa elegância poética, além de quebrar a estrutura camoniana. Embora fizesse a exaltação da natureza e do "bom selvagem", soube fugir aos lugares-comuns do bucolismo vigente.

A política pombalina e a expulsão dos jesuítas

No campo da cultura e da educação, a política pombalina visava formar uma elite administrativa e ilustrada para o império, daí a criação do moderno Colégio dos Nobres, em 1761. Essas medidas centralistas criaram sérias rusgas entre a política pombalina e a Companhia de Jesus, até então bastante influente na educação e na mentalidade lusitanas. Em 1759, chegou-se ao limite: os jesuítas foram expulsos de Portugal e de seus domínios, e suas propriedades foram confiscadas pela Coroa. No Brasil, a ação contra os religiosos esteve bastante ligada à consolidação das fronteiras da Colônia, porque se acreditava que os indígenas, muitos até então reunidos em aldeamentos controlados pelos jesuítas, eram fundamentais para povoar as regiões distantes e fronteiriças. Em 1757 foram extintas de vez as possibilidades de escravizar indígenas; na região norte, muitas aldeias viraram vilas, e os aldeamentos passaram a ser controlados por civis. No sul, acusados de instigar uma rebelião indígena, os jesuítas de Sete Povos das Missões foram duramente atacados, o que gerou uma guerra, entre 1754 e 1756, que envolveu forças coloniais, expedições bandeirantes e os Guarani.

Biblioteca Nacional, Rio de Janeiro.

Exemplares antigos de O Uraguai.

O Uraguai – A palavra **Uraguai** é uma corruptela de Uruguai, já que o tema gira em torno das disputas de Sete Povos das Missões do Uruguai.

- **herói:** Gomes Freire de Andrade, comandante das tropas portuguesas.
- **argumento:** pelo Tratado de Madri, assinado pelos governos de Portugal e Espanha em 1750, os padres portugueses deveriam abandonar missões em território espanhol, e os espanhóis deveriam abandonar colônias em território português. Ocorre que padres jesuítas espanhóis não quiseram sair de Sete Povos das Missões, região banhada pelo Rio Uruguai. Os índios catequizados pelos espanhóis se rebelam. Tropas portuguesas, comandadas por Andrade, combatem os índios e os padres espanhóis.
- **presença** do maravilhoso pagão.
- **personagens indígenas:** Cacambo, Sepé, Caitutu, Tanajura e Lindoia.
- o **vilão:** Balda, padre jesuíta.
- **marcas árcades:** exaltação da política de Marquês de Pombal e crítica aos jesuítas.
- **estrutura:** 1 380 versos distribuídos em 5 cantos.

Nas tramas do texto

O Uraguai

Trecho do canto IV, em que é narrada a morte de Lindoia. A índia, angustiada com a morte de Cacambo, "entrara no jardim triste e chorosa", "cansada de viver"; seu irmão, Caitutu, a encontra adormecida; enrolada em seu corpo, uma serpente venenosa.

... Mais de perto
Descobrem que se enrola no seu corpo
Verde serpente, e lhe passeia, e cinge
Pescoço e braços, e lhe lambe o seio.
Fogem de a ver assim, sobressaltados,
E param cheios de temor ao longe;
E nem se atrevem a chamá-la, e temem
Que desperte assustada, e irrite o monstro,
E fuja, e apresse no fugir a morte.
Porém o destro Caitutu, que treme
Do perigo da irmã, sem mais demora
Dobrou as pontas do arco, e quis três vezes
Soltar o tiro, e vacilou três vezes
Entre a ira e o temor. Enfim sacode
O arco e faz voar a aguda seta,
Que toca o peito de Lindoia, e fere
A serpente na testa, e a boca e os dentes
Deixou cravados no vizinho tronco.
Açouta o campo coa ligeira cauda
O irado monstro, e em tortuosos giros
Se enrosca no cipreste, e verte envolto
Em negro sangue o lívido veneno.
Leva nos braços a infeliz Lindoia
O desgraçado irmão, que ao despertá-la
Conhece, com que dor! no frio rosto
Os sinais do veneno, e vê ferido
Pelo dente sutil o brando peito.
Os olhos, em que Amor reinava, um dia,
Cheios de morte; e muda aquela língua
Que ao surdo vento e aos ecos tantas vezes
Contou a larga história de seus males.
Nos olhos Caitutu não sofre o pranto,
E rompe em profundíssimos suspiros,
Lendo na testa da fronteira gruta
De sua mão já trêmula gravado
O alheio crime e a voluntária morte.
E por todas as partes repetido
O suspirado nome de Cacambo.
Inda conserva o pálido semblante
Um não sei quê de magoado e triste,
Que os corações mais duros enternece.
Tanto era bela no seu rosto a morte!

GAMA, Basílio da. *O Uraguai*.
Rio de Janeiro: Agir, 1972. p 82-4.

atividade

- A partir dos textos lidos, faça um quadro comparativo entre *Caramuru* e *O Uraguai*, salientando as semelhanças e as diferenças entre essas obras.

Bocage: a passagem do Neoclassicismo para o Romantismo

Bocage

Ao falarmos de Bocage (1765-1805), é preciso considerar que houve "dois Bocages": o lírico e o satírico. A poesia satírica de Bocage, às vezes ácida, às vezes extremamente erotizada (para alguns, chula, pornográfica), é um retrato da falsa moral e de certos comportamentos da sociedade lusitana.

Já o Bocage lírico deve ser entendido como representante de um momento literário em que ocorre um progressivo abandono da postura árcade para a adoção de um modo romântico de se relacionar com o mundo. O subjetivismo, a valorização da vida interior, a autocomiseração, o tom confessional – são essas as novidades introduzidas por um Bocage já totalmente absorvido pelos ideais consolidados com a Revolução Francesa, como se percebe neste quarteto:

"Liberdade, onde estás? Quem te demora?
Quem te faz que o teu influxo em nós não caia?
Porque (triste de mim!) porque não raia
Já na esfera de Lísia a tua aurora?"

Acervo Iconographia.

Nas tramas dos textos

Texto 1

Meu ser evaporei[1] na lida[2] insana[3]
Do tropel[4] de paixões, que me arrastava;
Ah! Cego eu cria, ah! mísero eu sonhava
Em mim quase imortal a essência humana.

De que inúmeros sóis a mente ufana[5]
Existência falaz[6] me não dourava!
Mas eis sucumbe Natureza escrava
Ao mal que a vida em sua origem dana.

Prazeres, sócios meus e meus tiranos!
Esta alma, que sedenta em si não coube,
No abismo vos sumiu dos desenganos.

Deus, oh! Deus!... Quando a morte à luz me roube,
Ganhe um momento o que perderam anos.
Saiba morrer o que viver não soube.

BOCAGE, M. M. Barbosa du. *Sonetos*. Lisboa: Livraria Bertrand, [s.d]. p. 207.

1. **evaporei:** neste contexto, **evaporar** foi usado no sentido de "consumir", "gastar", "destruir".
2. **lida:** luta, esforço, trabalho; **lida** pode ser interpretada como o desgaste provocado pelas paixões.
3. **insana:** insensata, louca.
4. **tropel:** grande confusão, tumulto.
5. **ufana:** vaidosa; que se vangloria.
6. **falaz:** enganadora, ilusória.

Nota:
Segundo vários estudiosos da vida e da obra de Bocage, este soneto foi composto momentos antes de sua morte, tendo sido o último texto escrito pelo poeta. Dizem ainda esses biógrafos que outro soneto foi elaborado nessas circunstâncias, formando par com o texto apresentado; que assim se inicia: "Já Bocage não sou!...".

Texto 2

Camões, grande Camões, quão semelhante
Acho teu fado[1] ao meu, quando os cotejo[2]!
Igual causa nos fez, perdendo o Tejo[3],
Arrostar[4] co'o sacrílego gigante;

Como tu, junto ao Ganges[5] sussurrante,
Da penúria[6] cruel no horror me vejo;
Como tu, gostos vãos, que em vão desejo,
Também carpindo[7] estou, saudoso amante.

Ludíbrio[8] como tu, da Sorte dura
Meu fim demando[9] ao Céu, pela certeza
De que só terei paz na sepultura.

Modelo meu tu és... Mas, oh tristeza!...
Se te imito nos transes da Ventura[10],
Não te imito nos dons da Natureza.

Bocage, M. M. Barbosa du. *Sonetos*. Lisboa: Livraria Bertrand, [s/d.].

1. **fado:** destino.
2. **cotejo:** comparo.
3. **Tejo:** O Rio Tejo é constantemente evocado na lírica portuguesa, muitas vezes simbolizando Portugal, como neste soneto de Bocage.
4. **arrostar:** defrontar, encarar, olhar de frente.
5. **Ganges:** rio considerado sagrado pelos hindus. Benares, cidade da Índia cortada por esse rio, atrai diariamente milhares de peregrinos, em sua maioria doentes e extremamente pobres.
6. **penúria:** miséria, pobreza extremada.
7. **carpindo:** queixando-se, lamentando-se, lastimando-se.
8. **ludíbrio:** objeto de zombaria, desprezo.
9. **demando:** demandar tem, aqui, o sentido de "pedir", "rogar".
10. **Ventura:** destino, sorte.

Sobre este soneto e a relação Camões/Bocage, assim escreve Eloy do Amaral, em seu livro *Bocage*: "Camões e Bocage. Neste soneto o Poeta faz o paralelo das suas vidas. Na realidade podemos encontrar nelas uma curiosa semelhança: gênio, infortúnio e miséria. Foram soldados, entraram numa batalha, tiveram nos seus amores uma Natércia. Sofreram por muito amar. Foram à Índia, a Macau, conheceram a prisão e o terrível Adamastor. Sofreram um naufrágio, salvaram a nado os seus versos... Também paralelos podemos encontrar os dois maiores Poetas quanto à sua morte".

atividades

1. No soneto, Bocage cita um certo "sacrílego gigante". Que gigante é esse?
2. Que comparações ele faz entre seu destino e o de Camões?
3. Ao longo do soneto, Bocage estabelece vários paralelos entre sua vida e a de Camões. No entanto, no último terceto, depois de afirmar que Camões é o seu modelo, ele se lamenta: "... Mas, oh tristeza!". Explique o motivo de sua lamentação.

Nicolau Tolentino e a sátira à sociedade lisboeta

Nicolau Tolentino

A obra de Nicolau Tolentino (1740-1811) apresenta como ponto alto a sátira. Com os olhos voltados para a realidade, em poemas marcados por uma profunda ironia, Tolentino analisa sarcasticamente o cotidiano, realçando a futilidade dos costumes da burguesia a que ele próprio pertencia (percebem-se, mesmo, momentos de autoironia). Uma das preocupações do poeta era realçar o valor da sátira:

"Não me acovarda o nome de sátira, só odioso ao vulgo ignorante: V. Exª sabe que, quando ela fere nos costumes, sem assinalar os homens, é a espécie de poesia em que mais vezes se dão as mãos os seus dois fins, a utilidade e o recreio."

Entre suas sátiras, destacam-se: *O bilhar*, em que ironiza a jogatina (ele próprio um inveterado jogador), denuncia a corrupção e critica o estilo poético gongórico; *Os amantes*, em que nos oferece "uma visão da vida amorosa da Lisboa do seu tempo"; e *A guerra*, em que defende o pacifismo segundo os moldes iluministas.

Seu valor foi reconhecido por Fidelino de Figueiredo em sua *História da literatura clássica*:

"Para a história da sociedade lisboeta no fim do século XVIII, história superficial de modas e predileções, jogos e passatempos, preconceitos e juízos, principalmente da pequena burguesia e da plebe, contém a obra de Nicolau Tolentino muitos elementos de valor".

Nas tramas do texto

O colchão dentro do toucado

Chaves na mão, melena desgrenhada,
Batendo o pé na casa, a mãe ordena,
Que o furtado colchão, fofo, e de pena,
A filha o ponha ali, ou a criada.

A filha, moça esbelta, e aperaltada,
Lhe diz co'a doce voz, que o ar serena:
"Sumiu-se-lhe um colchão, é forte pena;
Olhe não fique a casa arruinada!"

"Tu respondes assim? tu zombas disto?
Tu cuidas que por ter pai embarcado[1],
Já a mãe não tem mãos?" E dizendo isto,

Arremete-lhe à cara e ao penteado;
Eis senão quando (caso nunca visto!)
Sai-lhe o colchão de dentro do toucado[2].

TOLENTINO, Nicolau. In *Antologia da poesia portuguesa (séc. XII-séc. XX)*. Introdução, seleção e notas de Alexandre Pinheiro Torres. Porto: Lello & Irmão, 1977. v. 2. p. 505.

1. **pai embarcado:** expressão que designava os pais de família que iam tentar a sorte em outro país.
2. **toucado:** penteado.

Rafael Fonseca/Arquivo da editora.

atividades

1. O autor faz uma brincadeira explorando a palavra **pena**, que aparece no texto com dois significados. Explique-os.

2. A que classe social podemos relacionar a moça do penteado extravagante? Justifique sua resposta com elementos do próprio texto.

3. Leia com atenção. *Endecha* é um tipo de composição poética e *gâmbia* significa perna.

Cantemos todos lúgubres endechas,
Que a Rita, capataz de fêmeas chochas,
Ao descarnado pai de gâmbias frouxas
As sacrílegas mãos pôs nas bochechas.

O quarteto acima é o início de um soneto em que Bocage ironiza a Sra. D. Rita, que batera no pai. Podemos afirmar que o texto de Bocage apresenta pontos de contato com a obra de Nicolau Tolentino? Justifique sua resposta.

sessão de CINEMA

Caramuru – a invenção do Brasil (2001). Direção: Guel Arraes. Com: Deborah Secco, Camila Pitanga, Selton Mello.

Este filme é uma versão bem-humorada do contato de Caramuru (Diogo Álvares Correia) com os índios brasileiros, dentre os quais Paraguaçu e Moema. Fique atento ao modo como os personagens fazem uso da linguagem, em diferentes contextos.

Divulgação.

A missão (1986). Direção: Roland Joffé. Com: Robert de Niro e Jeremy Irons. Caçador de índios converte-se e passa a fazer parte de uma missão jesuíta em Sete Povos das Missões, na América do Sul. Mais tarde, entra em conflito com outro jesuíta, por defender o uso das armas na luta contra a extinção da missão (a obediência ao Tratado de Madri significaria a perda do trabalho de muitas gerações e a deportação de 30 mil pessoas).

Divulgação.

*Questões de exames sobre este capítulo encontram-se na página **651**.*

capítulo 16

Objetivos gerais do capítulo

O aluno, ao final do capítulo, deverá ser capaz de:

- conhecer e discutir as manifestações românticas nas artes plásticas e na literatura;
- refletir sobre as transformações políticas, sociais e culturais na virada do século XVIII para o XIX, em consequência da Revolução Industrial, do Liberalismo e da Revolução Francesa;
- conhecer as manifestações do estilo romântico nas artes plásticas e na literatura;
- conhecer as principais características do estilo romântico e relacioná-las ao contexto histórico;
- conhecer os temas recorrentes da poética romântica e os principais poetas desse estilo, ler seus textos e refletir sobre eles.

Os estilos de época da Revolução Industrial à Primeira Guerra: Romantismo

Burguesia e Romantismo, pois, são como sinônimos, o segundo é a expressão literária da plena dominação da primeira. [...] O advento do Romantismo, pois, só tem uma explicação clara e profunda, a explicação objetiva quando subordinada ao quadro histórico em que se processou.

SODRÉ, Nelson Werneck. *História da literatura brasileira: seus fundamentos econômicos.* Rio de Janeiro: Civilização Brasileira, 1969. p. 189.

A jangada do Medusa, *de Géricault, pintada em 1819, é considerada marco inicial da pintura romântica. A tela retrata um acontecimento contemporâneo trágico: o naufrágio do navio francês Medusa, comandado por um incompetente capitão monarquista; no naufrágio, o capitão e a tripulação abandonaram o barco e deixaram 150 pessoas à deriva numa jangada por vários dias. Em incrível luta pela sobrevivência, que incluiu atos de canibalismo, apenas 15 sobreviveram.*

A jangada da Medusa, de Théodore Géricault, 1818-1819. Óleo sobre tela, 60 x 73 cm. Museu de Belas Artes, Rouen/Erich Lessing/Album/Latinstock.

A arquitetura

c./Shutterstock/Glowimages.

Divulgação.

Dois exemplos da arquitetura neogótica na Inglaterra: o conjunto arquitetônico do Parlamento Inglês e o Castelo de Strawberry Hill. A retomada dos valores e da estética medievais ocorre não apenas na literatura, mas em praticamente todas as manifestações artísticas. No final do século XVIII e início do século XIX proliferam as construções que recuperam o estilo das catedrais góticas da Idade Média. O Castelo de Strawberry Hill foi projetado por Horace Walpole, por volta de 1770. O conjunto do Parlamento Inglês, no estilo neogótico, data de 1835, quando o edifício foi reconstruído. Um incêndio destruiu o antigo edifício, em 1834; no ano seguinte, uma comissão elegeu o projeto de Sir *Charles Barry. Segundo Gombrich (*A história da arte*), Barry era um especialista em estilo renascentista, mas a comissão entendia "que as liberdades civis da Inglaterra assentavam nas realizações da Idade Média, pelo que seria correto e adequado erigir o santuário da Liberdade Britânica no estilo gótico". Foi então contratado A. W. N. Pugin, um dos mais intransigentes defensores da ressurreição gótica. Barry cuidou do formato do edifício e Pugin, da decoração da fachada e do interior.*

A música

O compositor alemão Ludwig van Beethoven (1770-1827) foi um dos principais concertistas de seu tempo e considerado um dos gênios do Romantismo. Criou muitas inovações na técnica clássica, exprimindo-se com liberdade e vigor, num estilo vibrante e incisivo, e utilizando sequências harmônicas inusitadas, que causaram grande impacto no público. Sua Quinta Sinfonia, *principalmente o segundo e o quarto movimentos, pode ser considerada a trilha sonora da Revolução Francesa.*

*Segundo Arnold Hauser (*História social da literatura e da arte*), "o Romantismo é a culminação da evolução que teve o seu início na segunda metade do século XVIII: a música passa agora a ser propriedade exclusiva da classe média. Não só as orquestras passam dos salões de banquetes, dos castelos e palácios para as salas de concertos, cheias de membros da classe média, mas também a música de câmara passa a ser acolhida, não nos salões aristocráticos, mas nas salas de recepção burguesas. As massas mais vastas, que professam pelas distrações musicais um interesse crescente, procuram, porém, uma música mais ligeira, mais atraente e popular, menos complicada".*

Alegoria do gênio de Beethoven, pastel de Sigmund Walter Hampel. Casa de Beethoven, Viena, Áustria.

A pintura

A Liberdade guiando o povo, de Eugène Delacroix, 1831. Óleo sobre tela, 260 x 325 cm. Museu do Louvre, Paris, França.

A tela A Liberdade guiando o povo, *de Ferdinand-Victor--Eugène Delacroix (1798-1863), foi pintada em 1831, no início do governo de Luís Felipe, na França. Ela retrata os desdobramentos da Revolução de julho de 1830 em Paris, também chamada pelos franceses de "Os Três Dias Gloriosos", que depôs Carlos X, da família Bourbon, e alçou ao poder o filho do duque de Orléans, Luís Felipe, que tinha em seu currículo a participação na Revolução Francesa. É considerada uma das telas mais emblemáticas do movimento romântico, tanto na defesa de ideias revolucionárias como na composição do quadro.*

Delacroix não é um pintor "descritivo" e sim prioritariamente "narrativo"; como outros românticos, retrata episódios históricos contemporâneos, carregados de dramaticidade e um certo caráter épico. Em termos formais, carrega nas cores intensas, na composição piramidal dos elementos e nos gestos largos e heroicos dos personagens (merecem especial atenção a figura que personifica a Liberdade – uma bela e robusta mulher, com perfil clássico, seios à mostra, carregando em uma das mãos um fuzil com baioneta calada e na outra, no vértice da pirâmide, a bandeira francesa – e a base da pirâmide, formada por anônimos heróis que tombaram em defesa dos ideais revolucionários).

Da Revolução Industrial à Primeira Guerra

O período que se estende da Revolução Industrial (e da posterior Revolução Francesa), no final do século XVIII, à Primeira Guerra Mundial, em 1914, corresponde a uma nova ordem socioeconômica, com profundos reflexos nos campos da arte, que se manifestam não só no papel dos produtores, ou seja, dos artistas, mas também na nova dimensão dos receptores, ou seja, do público.

Arquivos Charmet, Paris/akg-images/Intercontinental Press.

A pintura mostra a decapitação de Luís XVI, guilhotinado em 21 de janeiro de 1793. Na França, era o fim do direito divino dos reis, que até então concentravam todo o poder, e a ascensão de uma nova classe social, a burguesia.

Na segunda metade do século XVIII, o processo de industrialização havia modificado as antigas relações econômicas, criando na Europa uma nova forma de organização política e social, que muito influenciaria os tempos modernos. O grande marco dessas mudanças foi a Revolução Francesa, tão exaltada pelos românticos de primeira hora. "O nivelamento das classes foi uma das consequências da Revolução Francesa; dela resultou que o predomínio da aristocracia sobre a literatura, que lhe atribuiu espírito de casta, cessou", escreve Fidelino de Figueiredo.

Arnold Hauser assim comenta as transformações vividas pela arte e pelos artistas:

> A Revolução [Francesa] e o movimento romântico marcam o fim de uma época cultural em que o artista se dirigia a uma "sociedade", a um grupo mais ou menos homogêneo, a um público cuja autoridade, em princípio, reconhecia absolutamente. A arte deixa, porém, agora, de ser uma atividade social orientada por critérios objetivos e convencionais, e transforma-se numa forma de autoexpressão que cria os seus próprios padrões; numa palavra: torna-se o meio empregado pelo indivíduo singular para se comunicar com indivíduos singulares.

HAUSER, Arnold. *História social da literatura e da arte*. 2. ed. São Paulo: Mestre Jou, 1972. v. 2. p. 804.

Almeida Garrett, romântico português de primeira hora, entendeu claramente o papel do escritor nesses novos tempos:

> Este é um século democrático; tudo o que se fizer há-de ser pelo povo e com o povo... ou não se faz. Os príncipes deixaram de ser, nem podem ser, Augustos. Os poetas fizeram-se cidadãos, tomaram parte na coisa pública como sua; querem ir, como Eurípedes e Sófocles, solicitar na praça os sufrágios populares, não, como Horácio e Virgílio, cortejar no paço as simpatias de reais corações. As cortes deixaram de ter Mecenas; os Médicis, Leão X, D. Manuel e Luís XIV já não são possíveis; não tinham favores que dar nem tesouros que abrir ao poeta e ao artista.

Disponível em: <http://www.ipv.pt/millenium/ect8_vaness.htm>. Acesso em: 6 fev. 2011.

Estabelece-se, assim, a nítida distinção entre um conceito de arte, de artista e de público, segundo os valores clássicos, que marcou os séculos XVI, XVII e parte do XVIII, e um novo conceito burguês, romântico, marcado pelo individualismo, pelo apelo à imaginação, pelo nacionalismo, por uma liberdade formal e temática.

No período compreendido entre a Revolução Industrial e a Primeira Guerra, destacamos quatro grandes estilos de época:

- **Romantismo**, que caracteriza a primeira metade do século XIX;
- **Realismo/Naturalismo**, que caracteriza a segunda metade do século XIX;
- **Parnasianismo**, que caracteriza a virada do século XIX para o século XX;
- **Simbolismo**, que também caracteriza a virada do século XIX para o século XX, desenvolvendo-se paralelamente ao Parnasianismo.

A Primeira Guerra Mundial, a Revolução Russa (1917) e um intenso e multifacetado movimento artístico que buscava a renovação das artes abrem as portas para a modernidade do século XX.

O quarteirão Conti, em Paris, de William Parrott, 1846. Óleo sobre tela, 320 x 510 cm. Museu Carnavalet, Paris/Scala Archives/Other Images.

Uma nova sociedade, um novo gosto, um novo público

Ao lado, O quarteirão Conti, *tela de William Parrott, que destaca a popularização da literatura, agora vendida em praça pública. Abaixo,* Senhora lendo um livro num jardim, *de Frank Dicey, que exalta o livro como elemento do cotidiano, companheiro de todas as horas, e evidencia a mulher como parcela importante de um novo público leitor.*

Senhora lendo um livro num jardim, de Frank Dicey. Óleo sobre tela, séc. XIX. Christopher Wood Gallery, Londres, Reino Unido/The Bridgeman/Keystone.

O triunfo do Romantismo, como escola, assinala, no mundo ocidental, a plenitude do desenvolvimento burguês. Suas origens, nos fins do século XVIII, indicam o progresso da ascensão da classe que vai, dentro em pouco, destruir os últimos vestígios da dominação medieval.

Demais, criando os instrumentos de que necessita, a burguesia, no amplo quadro da vida urbana, a que dera fisionomia, generaliza a curiosidade pelas criações artísticas, particularmente através da imprensa e do teatro. Sua aliança com o povo, na luta contra os remanescentes do feudalismo, permite levar-lhe o conhecimento dos novos tipos de arte, associando-o à difusão, fazendo dele participante do grande espetáculo literário que começa a se desenrolar. Cria-se, com isso, o público, isto é, a plateia indiscriminada, que assiste às peças ou lê os folhetins e os livros, cujo gosto é necessário atender e cujas preferências geram notoriedade.

SODRÉ, Nelson Werneck. *História da literatura brasileira: seus fundamentos econômicos*. Rio de Janeiro: Civilização Brasileira, 1969. p. 189-90.

Bruno de Nogues/Keystone.

A criação do Museu do Louvre, em Paris, foi proposta da Convenção de 1792, para incentivar as artes no período pós-Revolução Francesa.

No primeiro quartel do século XIX esboçaram-se no Brasil condições para definir tanto o público quanto o papel social do escritor em conexão estreita com o nacionalismo.

Decorre que os escritores, pela primeira vez, conscientes da sua realidade como grupo graças ao papel desempenhado no processo da Independência e ao reconhecimento da sua liderança no setor espiritual, vão procurar, como tarefa patriótica, definir conscientemente uma literatura mais ajustada às aspirações da jovem pátria, favorecendo entre criador e público, relações vivas e adequadas à nova fase.

A posição do escritor e a receptividade do público serão decisivamente influenciadas pelo fato da [sic] literatura ser então encarada como algo a criar-se voluntariamente para exprimir a sensibilidade nacional, manifestando-se como ato de brasilidade. [...] Se as edições dos livros eram parcas, e lentamente esgotadas, a revista, o jornal, a tribuna, o recitativo, a cópia volante, conduziam as suas ideias ao público de homens livres, dispostos a vibrar na grande emoção do tempo.

CANDIDO, Antonio. *Literatura e sociedade*. São Paulo: Companhia Editora Nacional, 1965. p. 95.

> O Romantismo foi mais que um programa de ação de um grupo de poetas, romancistas, filósofos ou músicos. Tratou-se de um vasto movimento onde se abrigaram o conservadorismo e o desejo libertário, a inovação formal e a repetição de fórmulas consagradas, o namoro com o poder e a revolta radical [...] Talvez fosse possível pensar, num esforço didático, que o Romantismo foi marcado por algumas preocupações recorrentes, às quais poderíamos aliar um certo anticlassicismo, uma visão individualista, um desejo de romper com a normatividade e com os excessos do racionalismo. Liberdade, paixão e emoção constituem um tripé sobre o qual se assenta boa parte do romantismo.
>
> CITELLI, Adilson. *Romantismo*. São Paulo: Ática, 2007. (Série Princípios).

O Romantismo

Ecos da Revolução Francesa em Portugal e no Brasil

A produção cultural e científica da segunda metade do século XVIII foi tão importante que ele ficou conhecido como o Século das Luzes, numa referência ao conhecimento desenvolvido pelos intelectuais iluministas. Os filósofos e artistas passaram a atacar o modelo monárquico feudal e a defender a liberdade e a igualdade civil. Foi nesse ambiente que se preparou o terreno para a Revolução Francesa, ocorrida no final desse mesmo século.

O liberalismo europeu ecoou por toda a Europa, balançando os governos absolutistas, e pela América, influenciando os processos de independência ocorridos entre 1776 e 1825.

No caso de Portugal e Brasil, o momento histórico que antecede a introdução do Romantismo é determinado pelos valores da Revolução Francesa e pela expansão napoleônica, decisiva para a história dos dois países: as tropas francesas invadiram Portugal em novembro de 1807, o que levou a Família Real a transferir-se para o Brasil, aqui chegando no início de 1808. Os anos que seguiram, em Portugal, foram de crise monitorada ora pelos franceses invasores, ora pelos aliados ingleses, ora pela realeza instalada no Rio de Janeiro. Com a derrocada do império napoleônico, em 1815, os liberais portugueses se organizam em busca de uma nova ordem e promovem a Revolução Liberal do Porto, em 1820. Nas eleições que seguiram, a burguesia obteve maioria e exigiu a volta da Família Real, o que de fato ocorreu em 1821.

Os fuzilamentos de 3 de maio de 1808, de Francisco de Goya, 1814. Óleo sobre tela, 268 x 347 cm. Museu do Prado, Madri.

Em fins de 1807, Napoleão Bonaparte estende seu império na direção da Península Ibérica. Em Portugal não há resistência, com a Família Real dirigindo-se para o Brasil; na Espanha, Napoleão depõe o rei D. Fernando VII e coroa seu irmão, José Bonaparte. Mas a dominação não é pacífica: a população civil espanhola resiste e inicia intensa luta de guerrilhas, reprimida violentamente pelos franceses. A noite de 3 de maio de 1808 é a mais trágica, com o fuzilamento de centenas de pessoas.

Os marcos

Em Portugal

Considera-se o marco inicial do Romantismo português a publicação, em 1825, do poema *Camões*, escrito por Almeida Garrett durante seu exílio em Paris; portanto, sob o impacto da vitória do liberalismo, do regresso de D. João VI e da perda do Brasil, a maior e mais produtiva colônia portuguesa. O Romantismo se estende até 1865, quando eclode a famosa Questão Coimbrã, iniciando o Realismo.

No Brasil

O Romantismo inicia-se no Brasil em 1836, quando Gonçalves de Magalhães publica, na França, a *Niterói – Revista Brasiliense* e lança, no mesmo ano, um livro de poemas românticos intitulado *Suspiros poéticos e saudades*. Portanto, os novos conceitos românticos são introduzidos no Brasil por um exilado, quando o país vivia o período regencial, ainda sob o impacto da abdicação de D. Pedro I.

O ano de 1881 é considerado marco final do Romantismo, quando são lançados os primeiros romances de tendência naturalista e realista (*O mulato*, de Aluísio Azevedo, e *Memórias póstumas de Brás Cubas*, de Machado de Assis), embora desde 1870 já ocorressem manifestações do pensamento realista na Escola de Recife, em movimento liderado por Tobias Barreto.

As influências

Retrato de Goethe, de H. Christoph. Museu de Goethe, Frankfurt.

Goethe (1749-1832)

Johann Wolfgang Goethe foi um dos mais importantes autores do Romantismo alemão. Seu romance *Werther* (1774) tornou-se um verdadeiro marco do novo movimento literário.

Sobre essa obra, assim se manifesta Manuel Bandeira: "... romance passional, de cor violentamente romântica, documento eloquente do chamado 'mal do século'. Esta obra, escrita aos 24 anos, em parte autobiográfica, teve enorme repercussão em toda a Europa e diz-se que provocou verdadeira mania de suicídio".

Hulton Archive/Getty Images.

Lord Byron (1788-1824)

A obra do poeta inglês Lord George Gordon Byron serviu como modelo de ultrarromantismo – daí falar-se em inspiração byroniana, geração byroniana. Filho de família aristocrata em ruínas, sua curta vida (morreu aos 36 anos), cheia de sobressaltos, turbulências e contradições, é refletida em sua obra, que vai de um lirismo delicado a um cinismo mordaz.

Time Life Pictures/Mansell/Getty Images.

Victor Hugo (1802-1885)

A obra do poeta, romancista e escritor francês Victor Hugo, voltada para as questões políticas e sociais de seu tempo, inspirou a última geração de românticos – daí falar-se em geração hugoana. Republicano convicto, defensor da liberdade e das massas oprimidas, escreveu *Notre-Dame de Paris* (O corcunda de Notre-Dame), *Os miseráveis*, *Hernani* e *Cromwell*.

NA WEB

A poesia de Lord Byron é de leitura quase obrigatória. Porém, é muito difícil encontrar livros em português com a obra do poeta. Para informações biográficas e leitura de alguns poemas e contos, sugerimos o *site* <http://www.spectrumgothic.com.br/literatura/autores/byron.htm>. Acesso em: 6 fev. 2011.

sessão de CINEMA

Danton, o processo da revolução (1982). Direção: Andrzej Wajda. Com Gérard Depardieu.

Em 1791, no clima revolucionário francês, o líder popular Danton prega o fim do regime do Terror, que ajudara a criar, e entra em choque com outro líder, Robespierre.

Divulgação.

Carlota Joaquina, a princesa do Brazil (1995). Direção: Carla Camurati. Com Marieta Severo e Marco Nanini.

Narrativa bastante caricatural sobre a instalação da Corte portuguesa no Brasil, em 1808, após a entrada das tropas de Napoleão em Portugal. Boas interpretações de Nanini, como D. João VI, e de Marieta, como sua mulher, Carlota Joaquina. Filme interessante como contraponto a *Memórias de um sargento de milícias*, romance que mostra a vida cotidiana do "povão" na mesma época.

Economia, política e sociedade

Para resumir o contexto social, econômico e político do período, elaboramos o infográfico que você lerá a seguir. Na página ao lado, estão resumidos os principais acontecimentos artísticos, científicos e filosóficos do período.

1789-1799

Revolução Francesa: extinção dos privilégios feudais; Declaração dos Direitos do Homem e do Cidadão; proclamação da República; expropriação dos bens do clero; abolição da escravidão nas colônias francesas. Em 1799 (em 18 brumário, pelo calendário revolucionário), Napoleão Bonaparte assume o poder na França.

Museu Carnavalet, Paris.

A tomada da Bastilha, em 14 de julho de 1789.

1811-1812

Napoleão Bonaparte invade a Rússia; derrotado, tem seu prestígio fortemente abalado na Europa.

Coleção particular/The Bridgeman/Keystone.

Os franceses entram em Moscou, *por Louis François Couche.*

1813-1828

Independência na América espanhola: Colômbia, Paraguai, Argentina, Peru, Chile, Bolívia e Uruguai proclamam a independência, em movimentos liderados por Bolívar, San Martín e O'Higgins.

1815

> O **Brasil é elevado à condição de Reino-Unido.**
> Napoleão Bonaparte é definitivamente derrotado na **Batalha de Waterloo.**
> **Congresso de Viena**: é formada a "Santa Aliança", que, centrada nos princípios de Fé, Autoridade e Tradição, tenta restabelecer o Antigo Regime nos países europeus.

San Martín proclama a independência do Peru em 1821.

Museu Nacional de Arqueologia, Antropologia e História do Peru, Lima.

1820

A **Revolução Liberal do Porto** exige a volta de D. João VI a Portugal e a recolonização do Brasil.

1822

Independência política do Brasil.

1824

É proclamada, em Pernambuco, a **Confederação do Equador**, movimento republicano e liberal que tinha, entre suas lideranças, Joaquim do Amor Divino Caneca, o Frei Caneca.

Instituto de Estudos Brasileiros da USP, São Paulo.

Bandeira da Confederação do Equador.

1831

D. Pedro I abdica ao trono brasileiro em favor de seu filho, Pedro II, então com 5 anos de idade.

1832-1834

Guerra Civil em Portugal: de um lado, os absolutistas, liderados por D. Miguel; de outro, os liberais, comandados por D. Pedro IV (no Brasil, D. Pedro I). Depois de dois anos de batalhas, D. Miguel rende-se às tropas liberais.

1839-1842

Guerra do Ópio entre Inglaterra e China; Hong Kong passa ao domínio inglês.

Museu Marítimo Nacional, Londres.

Embarcações chinesas – juncos – sob bombardeio inglês na Guerra do Ópio.

1848

Fim da guerra entre os Estados Unidos e o México: Texas, Novo México e Califórnia, somando cerca de 2 milhões de km², são anexados aos Estados Unidos.

Arte, ciência e filosofia

1798 O britânico **Thomas Malthus** publica *Ensaio sobre a população*, no qual defende a tese de que a população cresce em progressão geométrica, enquanto a produção de alimentos aumenta em progressão aritmética.

1802 René de **Chateaubriand**, um dos pioneiros do Romantismo, publica *O gênio do Cristianismo*, obra em que defende a religião cristã como a mais poética e a mais favorável à liberdade e às artes.

1804 **Friedrich Schiller** publica *Guilherme Tell*, drama que exalta o heroísmo e a luta pela liberdade e independência.

Arquivo da editora.

1808 **Goethe** publica *Fausto*, a história de um homem angustiado que faz um pacto com Mefistófeles: entrega sua alma ao demônio em troca dos prazeres da vida.

1812 George Gordon Noel Byron, o **Lord Byron**, publica *Peregrinação de Childe Harold*, poema que narra as viagens e os desencantos de Childe Harold, personagem que caracterizaria o herói byroniano.

1816 *O barbeiro de Sevilha*, de Gioacchino Antonio **Rossini**, estreia em Roma. Ao lado, encenação da ópera em Londres (2008).

Robbie Jack/Corbis/Latinstock.

1820 O escocês **Walter Scott** publica *Ivanhoé*, modelo da narrativa histórica do Romantismo.

O ator Steven Waddington como Ivanhoé.

Divulgação.

1822 **Champollion** decifra hieróglifos egípcios.

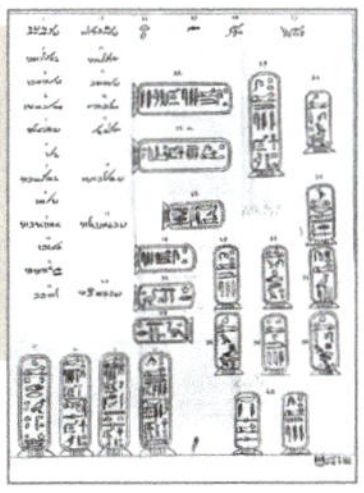

Anotações manuscritas de Champollion.

The Bridgeman/Keystone.

1829
> **Honoré de Balzac** começa a escrever *A comédia humana*.
> Louis **Braille** divulga o sistema de escrita para cegos.

1830
> **Victor Hugo** faz representar seu drama *Hernani*, considerado um marco do movimento romântico; no ano seguinte, publica *Nossa Senhora de Paris* (*O Corcunda de Notre-Dame*).
> **Stendhal**, pseudônimo literário de Henri Beyle, publica *O vermelho e o negro*, narrativa que enfoca a sociedade francesa pós-Revolução.

1839
> O francês Louis **Daguerre** produz uma imagem fixa pela ação direta da luz, dando início à história da **fotografia**; o aparelho criado por ele ficou conhecido como daguerreótipo.
> **Chopin** compõe os seus *Prelúdios*.

Daguerreótipo.

akg-images/Intercontinental Press.

1844 **Alexandre Dumas**, seguindo a linha das narrativas históricas, publica *Os três mosqueteiros*.

Foto de divulgação do filme Os três mosqueteiros *(2011).*

Album/Latinstock.

Acervo Iconographia.

Gonçalves de Magalhães

O médico carioca Domingos José Gonçalves de Magalhães (1811-1882) viveu alguns anos em Paris, onde entrou em contato com os novos conceitos românticos. Cultivou a poesia indianista de caráter nacionalista no poema épico *A Confederação dos Tamoios*, que lhe valeu agitada polêmica com José de Alencar, relativa à visão que cada um tinha do índio. Sua importância advém do fato de ter sido o introdutor do Romantismo no Brasil.

Gonçalves de Magalhães e a introdução do Romantismo no Brasil

Após a independência política, no período que vai de 1823 a 1831, o Brasil viveu um momento conturbado, reflexo do autoritarismo de D. Pedro I: a dissolução da Assembleia Constituinte, a Constituição outorgada, a Confederação do Equador, a luta pelo trono português contra seu irmão D. Miguel, a acusação de ter mandado assassinar Líbero Badaró e, finalmente, a abdicação. Segue o período regencial e a maioridade prematura de Pedro II. É nesse ambiente confuso e inseguro que surge o Romantismo brasileiro, marcado pelo nacionalismo e carregado de lusofobia.

Gonçalves de Magalhães comenta os abalos sofridos pela velha estrutura monárquica em toda a Europa, particularmente o caso português, agravado com a invasão das tropas napoleônicas, e suas consequências para o Brasil. Ao se referir à transferência da Corte portuguesa, comandada por D. João VI, escreve:

> Ele foge e com ele toda a sua corte; deixam o natal país, atravessam o Oceano e trazem ao solo brasileiro o aspecto novo de um rei, e os restos de uma grandeza sem brilho. Eis aqui como o Brasil deixou de ser colônia e foi depois elevado à categoria de Reino Unido. Sem a Revolução Francesa, que tanto esclareceu os povos, esse passo tão cedo se não daria...

E continua exaltando a Revolução:

> Hoje o Brasil é filho da Civilização francesa, e como Nação é filho dessa revolução famosa que abalou todos os tronos da Europa, e repartiu com os homens a púrpura e o cetro dos reis...

Ataca a herança recebida e exalta a noção de pátria:

> O Brasil, descoberto em 1500, jazeu três séculos esmagado debaixo da cadeira de ferro em que se recostava um Governador colonial com todo o peso de sua insuficiência e de seu orgulho. Mesquinhas intenções políticas, por não dizer outra coisa, ditavam leis absurdas e iníquas que entorpeciam o progresso da civilização e da indústria. Os melhores engenhos em flor morriam, faltos desse orvalho protetor que os desabrocha. Um ferrete ignominioso de desaprovação, gravado na fronte dos nascidos no Brasil, indignos os tornava dos altos e civis empregos.
>
> Não se pode lisonjear muito o Brasil de dever a Portugal sua primeira educação, tão mesquinha foi ela que bem parece ter sido dada por mãos avaras e pobres.
>
> No começo do século atual, com as mudanças e reformas que tem experimentado o Brasil, novo aspecto apresenta a sua literatura. Uma só ideia absorve todos os pensamentos, uma ideia até então desconhecida; é a ideia da pátria; ela domina tudo, e tudo se faz por ela, ou em seu nome. Independência, liberdade, instituições sociais, reformas políticas, todas as criações necessárias em uma nova Nação, tais são os objetos que ocupam as inteligências, que atraem a atenção de todos, e os únicos que ao povo interessam.

Para, finalmente, dar o rumo que o país precisava trilhar:

> Não, oh! Brasil! no meio do geral merecimento tu não deves ficar imóvel e tranquilo, como o colono sem ambição e sem esperança. O germe da civilização, depositado em teu seio pela Europa, não tem dado ainda todos os frutos que deveria dar, vícios radicais têm tolhido o seu desenvolvimento. Tu afastaste do teu colo a mão estranha que te sufocava, respira livremente, respira e cultiva as ciências, as artes, as letras, as indústrias, e combate tudo o que entrevá-las pode.

Discurso sobre a História da Literatura do Brasil. Manifesto publicado na *Revista Niterói*, 1836.
Disponível em: <www.nead.unama.br/site/bibdigital/pdf/oliteraria/124.pdf>.
Acesso em: 14 fev. 2011.

As características românticas

O primeiro passo para tentar estabelecer as características românticas é entender o Romantismo como um estilo de época delimitado no tempo, ou seja, como o período que se inicia nos últimos anos do século XVIII e se estende até meados do século XIX. Nesse espaço de tempo, percebe-se nitidamente uma evolução no comportamento dos autores românticos; a comparação entre os primeiros e os últimos representantes dessa escola revela traços peculiares a cada fase, mas discrepantes entre si, como veremos nos textos reproduzidos adiante.

Inicialmente, romântico era tudo aquilo que se opunha a clássico. Os modelos da Antiguidade Clássica são então substituídos pelos da Idade Média (notadamente de seus últimos séculos, que coincidem com o surgimento da burguesia); a uma arte de caráter erudito e nobre opõe-se uma arte de caráter popular, que valoriza o folclórico e o nacional; o indivíduo passa a ser o centro das atenções, voltando-se para a imaginação e para os sentimentos, do que resulta uma interpretação subjetiva da realidade.

A arte romântica, ao romper as muralhas da Corte e ganhar as ruas, liberta-se das exigências dos nobres que financiavam a produção artística. As obras deixam de ter o caráter prático dos trabalhos de encomenda; o público agora é amplo e anônimo, o que leva a uma nova linguagem na literatura, na pintura, na música, na arquitetura.

Um dos acontecimentos mais importantes relacionados ao Romantismo foi o surgimento de um novo público consumidor, representado pelas mulheres e pelos estudantes; com isso, a literatura tornou-se mais popular, o que não havia acontecido nos períodos anteriores. Surge o romance, forma mais acessível de expressão literária; o teatro ganha novo impulso, abandonando as formas clássicas e se inspirando em temas nacionais (o teatro de Almeida Garrett, em Portugal, e o de Martins Pena, no Brasil, são bons exemplos). A prosa artística ganha um espaço que sempre lhe fora negado nas manifestações clássicas.

Quanto ao aspecto formal, a literatura romântica se desvincula dos padrões e das normas estéticas do Classicismo; prevalece o "acento da inspiração", como afirma Gonçalves de Magalhães. Repare como o "acento da inspiração" pregado pelo poeta casa-se perfeitamente ao ideal romântico do individualismo, da expressão subjetiva, do primado da emoção.

Quanto ao conteúdo, os românticos cultivavam o nacionalismo, que se manifestava na exaltação da natureza pátria, no retorno ao passado histórico e na criação do herói nacional. Da exaltação do passado histórico nasce o culto à Idade Média, que, além de representar as glórias e tradições do passado, assume o papel de negar os valores da Antiguidade Clássica, como o paganismo. Os heróis nacionais das literaturas europeias são belos e valentes cavaleiros medievais, que lutam por uma donzela, por Deus e pela pátria. Na literatura brasileira, os heróis são os índios, não menos belos, valentes e civilizados, como se pode observar em poemas de Gonçalves Dias e nos romances de José de Alencar.

A natureza assume múltiplos significados: ora é uma extensão da pátria, ora é um refúgio à vida atribulada dos centros urbanos do século XIX, ora é um prolongamento do próprio poeta e de seu estado emocional.

Outra característica marcante do Romantismo, e verdadeiro "cartão de visita" de todo o movimento, é o sentimentalismo, a supervalorização das emoções pessoais: é o mundo interior que conta, o subjetivismo. E à medida que essa busca dos valores pessoais se intensifica, com o culto do individualismo, perde-se a consciência do todo, do coletivo, do social. A excessiva valorização do "eu" gera o egocentrismo: o ego como centro do Universo. Evidentemente, surge aí um choque entre a realidade objetiva e o mundo interior do poeta. A derrota inevitável do ego produz um estado de frustração e tédio, que leva à evasão romântica. Seguem constantes e múltiplas fugas da realidade: o álcool, o ópio, as "casas de aluguel" (os prostíbulos), a saudade da infância, as constan-

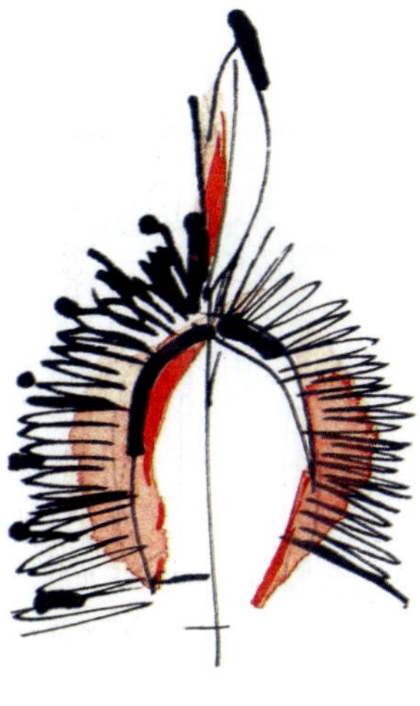

Joubert Lancha/Arquivo da editora.

tes idealizações da sociedade, do amor, da mulher. O romântico, enfim, foge no tempo e no espaço. No entanto, essas fugas têm ida e volta, exceção feita à maior de todas as fugas românticas: a morte.

Já no final do Romantismo, desenvolve-se uma literatura de caráter mais social, a partir das transformações econômicas, políticas e sociais que atingem toda a Europa (Segunda Revolução Industrial, publicação do *Manifesto do Partido Comunista*, movimentos populares), como bem atesta o romance *Os miseráveis*, de Victor Hugo, publicado em 1862. A literatura passa a refletir as grandes agitações, que, em Portugal, explodem na famosa Questão Coimbrã; no Brasil, a luta abolicionista, a Guerra do Paraguai e o ideal republicano resultam na poesia social de Castro Alves e em agitações nos centros acadêmicos (Faculdades de Direito de Recife e de São Paulo). No fundo, era uma transição para o Realismo.

Observe, no quadro, as principais diferenças entre o movimento clássico e o romântico.

Quadro comparativo entre o Classicismo e o Romantismo

Classicismo	Romantismo
> Modelo clássico	> Não há modelos
> Geral, universal	> Particular, individual
> Impessoal, objetivo	> Pessoal, subjetivo
> Antiguidade Clássica	> Idade Média
> Paganismo	> Cristianismo
> Apelo à inteligência	> Apelo à imaginação
> Razão	> Sensibilidade
> Erudição	> Folclore
> Elitização	> Motivos populares
> Disciplina	> Libertação
> Imagem racional do amor e da mulher	> Imagem sentimental e subjetiva do amor e da mulher
> Formas poéticas fixas	> Versificação livre

Confrontando ideias

Em pequenos grupos, leiam atentamente os fragmentos teóricos de Gonçalves de Magalhães e de Gonçalves Dias, dois poetas que marcaram o início do estilo no Brasil. Assumam a postura de um historiador e crítico literário que se debruça sobre documentos e obras.

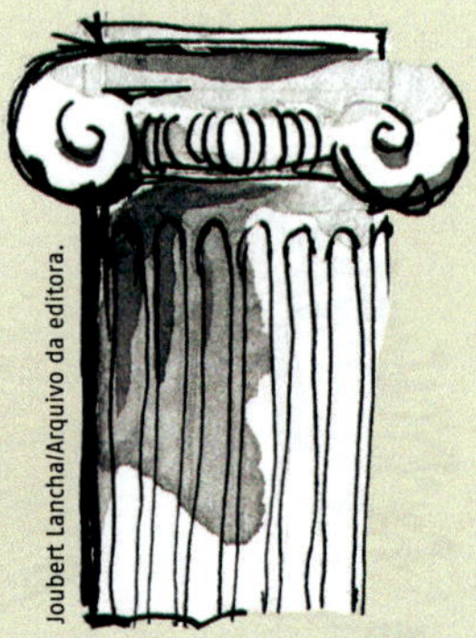
Joubert Lancha/Arquivo da editora.

Lede

É um livro de poesias escritas segundo as impressões dos lugares; ora sentado entre as ruínas da antiga Roma, meditando sobre a sorte dos impérios; ora no cimo dos Alpes, a imaginação vagando no infinito como um átomo no espaço; ora na gótica catedral, admirando a grandeza de Deus e os prodígios do cristianismo; ora entre os ciprestes que espalham sua sombra sobre túmulos; ora, enfim, refletindo sobre a sorte da pátria, sobre as paixões dos homens, sobre o nada da vida. São poesias de um peregrino, variadas como as cenas da natureza, diversas como as fases da vida, mas que se harmonizam pela unidade do pensamento e se ligam como os anéis de uma cadeia; poesias d'alma e do coração, e que só pela alma e o coração devem ser julgadas.

Quanto à forma, isto é, à construção, por assim dizer, material das estrofes e de cada cântico em particular, nenhuma ordem seguimos, exprimindo as ideias como elas se apresentaram, para não destruir o acento da inspiração; além de que a igualdade dos versos, a regularidade das rimas e a simetria das estâncias produzem uma tal monotonia e dão certa feição de concertado artifício que jamais podem agradar. Ora, não se compõe uma orquestra só com sons doces e frautados; cada paixão requer sua linguagem própria, seus sons imitativos, e períodos explicativos.

Algumas palavras acharão neste livro que nos dicionários portugueses se não deparam; mas as línguas vivas se enriquecem com o progresso da civilização e das ciências, e uma nova ideia pede um novo termo.

Tu vais, ó livro, ao meio do turbilhão em que se debate nossa pátria; onde a trombeta da mediocridade abala todos os ossos, e desperta todas as ambições; onde tudo está gelado, exceto o egoísmo: tu vais, como uma folha no meio da floresta batida pelos ventos do inverno, e talvez tenhas de perder-te antes de ser ouvido, como um grito no meio da tempestade.

Vai; nós te enviamos cheios de amor pela pátria, de entusiasmo por tudo o que é grande e de esperanças em Deus e no futuro.

Adeus!

Paris, julho de 1836

MAGALHÃES, Gonçalves de. *Lede* (prefácio do livro de poesias *Suspiros poéticos e saudades*). Disponível em: <www.cce.ufsc.br/~nupill/literatura/suspiros.html>. Acesso em: 14 fev. 2011.

Prólogo

Dei o nome de Primeiros Cantos às poesias que agora publico, porque espero que não serão as últimas.

Muitas delas não têm uniformidade nas estrofes, porque menosprezo regras de mera convenção; adotei todos os ritmos da metrificação portuguesa, e usei deles como me pareceram quadrar melhor com o que eu pretendia exprimir.

Não têm unidade de pensamento entre si, porque foram compostas em épocas diversas — debaixo de céu diverso — e sob a influência de impressões momentâneas.

Com a vida isolada que vivo, gosto de afastar os olhos de sobre a nossa arena política para ler em minha alma, reduzindo à linguagem harmoniosa e cadente o pensamento que me vem de improviso, e as ideias que em mim desperta a vista de uma paisagem ou do oceano — o aspecto enfim da natureza. Casar assim o pensamento com o sentimento — o coração com o entendimento — a ideia com a paixão — cobrir tudo isto com a imaginação, fundir tudo isto com a vida e com a natureza, purificar tudo com o sentimento da religião e da divindade, eis a Poesia — a Poesia grande e santa — a Poesia como eu a compreendo sem a poder definir, como eu a sinto sem a poder traduzir.

DIAS, Gonçalves. *Prólogo aos Primeiros Cantos*. Disponível em: <www.dominiopublico.gov.br/download/texto/bn000097.pdf>. Acesso em: 14 fev. 2011.

A tarefa é a seguinte: buscar, na concepção dos dois poetas, as principais características temáticas e formais das primeiras gerações românticas. Por exemplo: "sentado entre as ruínas da antiga Roma, meditando sobre a sorte dos impérios" pode ser interpretado como a **negação do modelo clássico de cultura e de dominação imperial** (note o peso da palavra ruínas); "na gótica catedral, admirando a grandeza de Deus e os prodígios do cristianismo" aponta para duas características: a **religiosidade** (observe a seleção vocabular: grandeza, prodígios) e o **medievalismo** (note o valor do adjetivo **gótica**, que remete à Idade Média).

Apresentem para os colegas e professor(a) suas conclusões e comparem-nas com as características encontradas pelos demais grupos.

Depois, quando chegarem a um consenso, relacionem as características no quadro e anotem-nas no caderno.

Joubert Lancha/Arquivo da editora.

A poesia romântica – Temas recorrentes

O amor

O amor na poética de Almeida Garrett

Arquivo da editora.

Almeida Garret

João Batista de Almeida Garrett (1799-1854) desempenhou dois papéis pioneiros na literatura portuguesa: foi o introdutor da poesia romântica e o iniciador do teatro nacional português.

Garrett teve uma intensa e atribulada vida sentimental, que se reflete ora no trecho de um romance, ora em uma cena dramática, ora em um poema. Sua obra poética da maturidade, tipicamente romântica, encontra-se nos volumes *Flores sem fruto* e *Folhas caídas*.

Nas tramas dos textos

Texto 1

Não te amo

Não te amo, quero-te: o amar vem d'alma.
E eu n'alma — tenho a calma,
A calma — do jazigo.
Ai!, não te amo, não.

Não te amo, quero-te: o amor é vida.
E a vida — nem sentida
A trago eu já comigo.
Ai!, não te amo, não.

Ai!, não te amo, não; e só te quero
De um querer bruto e fero
Que o sangue me devora,
Não chega ao coração.

Não te amo. És bela, e eu não te amo, ó bela.
Quem ama a aziaga[1] estrela
Que lhe luz na má hora
Da sua perdição?

E quero-te, e não te amo, que é forçado,
De mau feitiço azado[2]
Este indigno furor.
Mas oh!, não te amo, não.

E infame sou, porque te quero; e tanto
Que de mim tenho espanto,
De ti medo e terror ...
Mas amar... não te amo, não.

GARRETT, Almeida. Disponível em:<http://www.mundocultural.com.br/index.asp?url=http://www.mundocultural.com.br/literatura1/romantismo/garret.htm>. Acesso em: 7 fev. 2011.

1. **aziaga:** de mau agouro; azarenta; infeliz.
2. **azado:** propício, oportuno, próprio.

atividades

1. O poema de Garrett apresenta um elaborado trabalho formal. Comente-o.
2. Uma das características do lirismo é o pouco (ou nenhum) distanciamento entre o enunciador (eu poético) e o objeto cantado. Como se dá essa relação no poema de Garrett?
3. No poema há uma antítese: amar × querer. Como o eu poético caracteriza cada um dos sentimentos? Como se pode, de forma mais explícita, definir o querer?

Texto 2

Este inferno de amar

Este inferno de amar — como eu amo!
Quem mo pôs aqui n'alma... quem foi?
Esta chama que alenta e consome,
Que é a vida — e que a vida destrói —
Como é que se veio a atear,
Quando — ai quando se há-de ela apagar?

Eu não sei, não me lembra: o passado,
A outra vida que dantes vivi
Era um sonho talvez... — foi um sonho —
Em que paz tão serena a dormi!
Oh! que doce era aquele sonhar...
Quem me veio, ai de mim! despertar?

Só me lembra que um dia formoso
Eu passei... dava o Sol tanta luz!
E os meus olhos, que vagos giravam,
Em seus olhos ardentes os pus.
Que fez ela? eu que fiz? — Não no sei;
Mas nessa hora a viver comecei...

GARRETT, Almeida. GARRETT, J. B. Almeida. *Lírica completa*. Lisboa: Arcádia, 1971.

Joubert Lancha/Arquivo da editora.

atividades

1. Aponte três características românticas do texto; exemplifique com palavras ou expressões nele presentes.
2. Mencione uma antítese presente no texto.
3. O texto trabalha com o presente e o passado.
   a) Que estrofe(s) você relacionaria ao presente?
   b) Que estrofe(s) você relacionaria ao passado?
   c) Apenas um verso faz referência ao futuro; transcreva-o.
4. Como é caracterizada a vida no passado?
5. E o momento presente?
6. A que grande conclusão nos leva o texto?
7. Você concorda que à ideia de amor está sempre ligada a ideia de sofrimento? Justifique sua resposta.

O amor na poética de Gonçalves Dias

Nas tramas do texto

Se se morre de amor

(fragmento)

Se se morre de amor! — Não, não se morre,
Quando é fascinação que nos surpreende
De ruidoso sarau[1] entre os festejos;
Quando luzes, calor, orquestra e flores
Assomos de prazer nos raiam n'alma,
Que embelezada e solta em tal ambiente
No que ouve, e no que vê prazer alcança!

Simpáticas feições, cintura breve,
Graciosa postura, porte airoso[2],
Uma fita, uma flor entre os cabelos,
Um quê mal definido, acaso podem
Num engano d'amor arrebatar-nos.
Mas isso amor não é; isso é delírio
Devaneio, ilusão, que se esvaece[3]
Ao som final da orquestra, ao derradeiro
Clarão, que as luzes no morrer despedem:
Se outro nome lhe dão, se amor o chamam,
D'amor igual ninguém sucumbe à perda.

Amor é vida; é ter constantemente
Alma, sentidos, coração — abertos
Ao grande, ao belo; é ser capaz d'extremos,
D'altas virtudes, té capaz de crimes!
Compreender o infinito, a imensidade,
E a natureza e Deus; gostar dos campos,
D'aves, flores, murmúrios solitários;
Buscar tristeza, a soledade[4], o ermo[5],
E ter o coração em riso e festa;
E à branda festa, ao riso da nossa alma
Fontes de pranto intercalar sem custo;
Conhecer o prazer e a desventura
No mesmo tempo, e ser no mesmo ponto
O ditoso, o misérrimo[6] dos entes:
Isso é amor, e desse amor se morre!

DIAS, Gonçalves. *Obras poéticas de Antônio Gonçalves Dias*. São Paulo: Nacional, 1944. v. 1. p. 358.

Joubert Lancha/Arquivo da editora.

1. **sarau:** festa noturna.
2. **airoso:** esbelto, elegante, delicado.
3. **esvaece:** do verbo **esvaecer**; apaga, dissipa.
4. **soledade:** solidão.
5. **ermo:** lugar deserto.
6. **misérrimo:** superlativo absoluto sintético de **mísero**.

atividades

1. Pode-se separar o texto em duas partes distintas: de um lado, as duas primeiras estrofes; de outro, a terceira. Que tipo de sentimento distingue cada parte? Como o poeta as caracteriza? Utilize o texto para comprovar sua resposta.
2. Em qual das estrofes o poeta usa antíteses? Aponte no texto três exemplos de antíteses.
3. Num dos famosos sonetos de Camões é dito que o Amor "é um contentamento descontente". Destaque os versos do poema em que se faz colocação semelhante.
4. O comportamento contraditório caracteriza a fascinação ou o amor? O que justifica esse comportamento evidenciado em vários poemas românticos?
5. Você concorda com a ideia contida na expressão "buscar tristeza"? Vale a pena?

   (**Pena** – do grego *poiné*: "castigo", "punição", "sofrimento", "padecimento".)
6. Afinal, segundo o poeta, o que mata e o que não mata? Morre-se ou não se morre de amor?

O amor na poética de Castro Alves

Nas tramas do texto

Boa-Noite

Veux-tu donc partir? Le jour est encore éloigné;
C'était le rossignol et non pas l'alouette,
Dont le chant a frappé ton oreille inquiète :
Il chante la nuit sur les branches de ce grenadier,
Crois-moi, cher ami, c'était le rossignol.

Shakespeare

Boa-noite, Maria! Eu vou-me embora.
A lua nas janelas bate em cheio.
Boa-noite, Maria! É tarde... é tarde...
Não me apertes assim contra teu seio.

Boa-noite!... E tu dizes — Boa-noite.
Mas não digas assim por entre beijos...
Mas não mo digas descobrindo o peito
— Mar de amor onde vagam meus desejos.

Julieta do céu! Ouve... a calhandra[1]
Já rumoreja o canto da matina.
Tu dizes que eu menti?... pois foi mentira...
... Quem cantou foi teu hálito, divina!

Se a estrela-d'alva os derradeiros raios
Derrama nos jardins do Capuleto[2],
Eu direi, me esquecendo d'alvorada:
"É noite ainda em teu cabelo preto..."

É noite ainda! Brilha na cambraia[3]
— Desmanchado o roupão, a espádua nua —
O globo de teu peito entre os arminhos[4]
Como entre as névoas se balouça a lua...

É noite, pois! Durmamos, Julieta!
Recende a alcova ao trescalar das flores,
Fechemos sobre nós estas cortinas...
— São as asas do arcanjo dos amores.

A frouxa luz da alabastrina[5] lâmpada
Lambe voluptuosa os teus contornos...
Oh! Deixa-me aquecer teus pés divinos
Ao doudo afago de meus lábios mornos.

Mulher do meu amor! Quando aos meus beijos
Treme tua alma, como a lira ao vento,
Das teclas de teu seio que harmonias,
Que escalas de suspiros, bebo atento!

Ai! Canta a cavatina[6] do delírio,
Ri, suspira, soluça, anseia e chora...
Marion! Marion!... É noite ainda.
Que importa os raios de uma nova aurora?!...

Como um negro e sombrio firmamento,
Sobre mim desenrola teu cabelo...
E deixa-me dormir balbuciando:
— Boa-noite! —, formosa Consuelo!...

ALVES, Castro. *Castro Alves: obra completa.* Rio de Janeiro: José Aguilar, 1966. p. 123.

1. **calhandra:** cotovia.
2. **Capuleto:** nome de família de Julieta; os Capuleto eram inimigos dos Montecchio, família de Romeu.
3. **cambraia:** fino tecido com que se faz roupa de cama.
4. **arminho:** pelo macio, fino e muito alvo com que se enfeitam peças de vestuário.
5. **alabastrina:** adjetivo derivado de alabastro, rocha translúcida usada em luminárias e em peças ornamentais.
6. **cavatina:** pequena peça musical para um só instrumento ou uma só voz.

Castro Alves usa como epígrafe a fonte de sua inspiração: a cena V de *Romeu e Julieta*, em que os amantes passam a primeira noite juntos.

"Julieta: Quereis ir embora?... O dia ainda não está próximo... Era do rouxinol e não da cotovia a voz que feriu o fundo receoso de teu ouvido... Todas as noites canta naquela romãzeira. Acredita, meu amor, era o rouxinol."

SHAKESPEARE, William. *Obra completa.* Rio de Janeiro: Nova Aguilar, 1995.

atividades

1. Comente o trabalho formal realizado por Castro Alves.
2. Nesse poema, ocorre um caso de intertextualidade explícita. Como ela se dá e como o poeta a explora?
3. A noite e o amanhecer desempenham papel fundamental no poema; daí o poeta empregar palavras e expressões que pertencem ao campo semântico de um e outro momento, construindo o clima, dando as cores do cenário. Outras vezes, relaciona partes do corpo da mulher a elementos naturais. Destaque todas essas palavras e expressões.
4. Os poemas de Castro Alves são marcados mais pelos verbos de ação que pelos verbos de estado. "Boa-noite" é um belo exemplo disso, em verso de muita melodia. Transcreva-o.
5. Como se pode explicar a presença de quatro nomes femininos no poema?
6. Castro Alves pertence à última geração de românticos brasileiros. Gonçalves Dias e o português Almeida Garrett são românticos de primeira hora. Você percebe diferenças entre eles no modo de cantar o amor?

A volta ao passado

O saudosismo na poética de Casimiro de Abreu

Arquivo da editora.

Casimiro de Abreu

Casimiro José Marques de Abreu (1839-1860) alcançou grande popularidade graças a seus versos de ritmo fácil e linguagem simples. Cantou o saudosismo nacionalista, seguindo os passos de Gonçalves Dias, a saudade nostálgica da infância pura. De toda a sua produção poética, reunida no volume *As primaveras*, o poema mais emblemático é "Meus oito anos", muito revisitado pelos modernistas.

Nas tramas do texto

Meus oito anos

Oh! que saudades que tenho
Da aurora da minha vida,
Da minha infância querida
Que os anos não trazem mais!
Que amor, que sonhos, que flores,
Naquelas tardes fagueiras
À sombra das bananeiras,
Debaixo dos laranjais!

Como são belos os dias
Do despontar da existência!
— Respira a alma inocência
Como perfumes a flor;
O mar é — lago sereno,
O céu — um manto azulado,
O mundo — um sonho dourado,
A vida — um hino d'amor!

Que auroras, que sol, que vida,
Que noites de melodia

Joubert Lancha/Arquivo da editora.

Naquela doce alegria,
Naquele ingênuo folgar!
O céu bordado d'estrelas,
A terra de aromas cheia,
As ondas beijando a areia
E a lua beijando o mar!

Oh! dias da minha infância!
Oh! meu céu de primavera!
Que doce a vida não era
Nessa risonha manhã!
Em vez das mágoas de agora,
Eu tinha nessas delícias
De minha mãe as carícias
E beijos de minha irmã!

[...]

Oh! que saudades que tenho
Da aurora da minha vida,
Da minha infância querida
Que os anos não trazem mais!
Que amor, que sonhos, que flores,
Naquelas tardes fagueiras
À sombra das bananeiras,
Debaixo dos laranjais!
(Lisboa, 1857)

Joubert Lancha/Arquivo da editora.

ABREU, Casimiro de.
Disponível em: <http://www.revista.agulha.nom.br/casi.html#meus>.
Acesso em: 12 fev. 2011.

atividades

1. Das dez classes de palavras, qual o poeta usa com mais insistência e ênfase? Por quê?

2. No livro *Cancioneiro*, Fernando Pessoa, poeta moderno, faz algumas reflexões sobre a infância e o passado:

Pobre velha música!
Não sei por que agrado,
Enche-se de lágrimas
Meu olhar parado.

Recordo outro ouvir-te.
Não sei se te ouvi
Nessa minha infância
Que me lembra em ti.

Com que ânsia tão raiva
Quero aquele outrora!
E eu era feliz? Não sei:
Fui-o outrora agora.

PESSOA, Fernando. *Fernando Pessoa: obra poética*. 3. ed. Rio de Janeiro: José Aguilar, 1969. p. 140.

Explique os dois últimos versos.

3. Compare o texto de Casimiro de Abreu ("Meus oito anos") com o de Fernando Pessoa (questão 2). Qual a visão de cada um sobre o passado e a infância? Como cada poeta constrói seus versos?

O indianismo e o nacionalismo

O indianismo na poética de Gonçalves Dias

A representação romântica do índio

Durante o período colonial, a relação entre os povos indígenas e os colonizadores portugueses foi desastrosa para os primeiros. Na época da Independência do Brasil, a população nativa já caíra drasticamente em número. Muitos grupos haviam se acabado, abatidos por doenças ou exterminados por serem "bravios"; a escravidão dos nativos, contida desde o século XVI e proibida em meados do XVIII, era uma mácula difícil de apagar. Para grande parte da população brasileira que vivia nas regiões litorâneas no século XIX, os indígenas eram espectros que pairavam distantes, embrenhados no sertão alto. No campo literário, apesar disso, ou exatamente por isso, foi a imagem do indígena – após passar por um trato civilizatório, ser enobrecido e aproximado da figura do branco e da cultura europeia – que passou a simbolizar a nacionalidade brasileira. Além de ser marca da originalidade nacional, representação das raízes exóticas e da pujança da natureza do Brasil, esse ser fictício transformado em herói era uma alternativa de identidade nacional às elites luso-brasileiras; afinal, em um país independente e estruturado sob o regime de trabalho escravocrata, era preciso se diferenciar tanto do português colonizador como do negro cativo. O indígena romântico, a alegoria do Império brasileiro e a memória inventada vêm à frente de todo um conjunto de representações acadêmicas que vão marcar o Brasil independente.

Arquivo da editora.

Gonçalves Dias

Antônio Gonçalves Dias (1823-1864) é o mais importante poeta da primeira geração romântica. Por considerar-se uma espécie de síntese do brasileiro (seu pai era português e sua mãe era uma maranhense filha de negro e índio), em sua obra há poemas que exaltam os negros, o homem medieval português e, com especial destaque, os indígenas.

Nas tramas dos textos

Texto 1

Leito de folhas verdes

Por que tardas, Jatir, que tanto a custo
À voz do meu amor moves teus passos?
Da noite a viração[1], movendo as folhas,
Já nos cimos do bosque rumoreja.

Eu sob a copa da mangueira altiva
Nosso leito gentil cobri zelosa
Com mimoso tapiz[2] de folhas brandas,
Onde o frouxo luar brinca entre flores.

Do tamarindo a flor abriu-se, há pouco,
Já solta o bogari[3] mais doce aroma!
Como prece de amor, como estas preces,
No silêncio da noite o bosque exala.

Brilha a lua no céu, brilham estrelas,
Correm perfumes no correr da brisa,
A cujo influxo mágico respira-se
Um quebranto[4] de amor, melhor que a vida!

Joubert Lancha/Arquivo da editora.

1. **viração:** vento fresco e suave, brisa marinha.
2. **tapiz:** tapete.
3. **bogari:** arbusto da família dos jasmins; produz flores brancas e muito perfumadas.
4. **quebranto:** feitiço; estado de relaxamento, de calma.

A flor que desabrocha ao romper d'alva
Um só giro do sol, não mais, vegeta:
Eu sou aquela flor que espero ainda
Doce raio do sol que me dê vida.

Sejam vales ou montes, lago ou terra,
Onde quer que tu vás, ou dia ou noite,
Vai seguindo após ti meu pensamento;
Outro amor nunca tive: és meu, sou tua!

Meus olhos outros olhos nunca viram,
Não sentiram meus lábios outros lábios,
Nem outras mãos, Jatir, que não as tuas
A arazoia[5] na cinta me apertaram.

Do tamarindo a flor jaz entreaberta,
Já solta o bogari mais doce aroma
Também meu coração, como estas flores,
Melhor perfume ao pé da noite exala!

Não me escutas, Jatir! nem tardo acodes
À voz do meu amor, que em vão te chama!
Tupã[6]! lá rompe o sol! do leito inútil
A brisa da manhã sacuda as folhas!

DIAS, Gonçalves.
Obras poéticas de Antônio Gonçalves Dias.
São Paulo: Nacional, 1944. v. 2. p. 16.

5. **arazoia:** saiote de penas usado pelas mulheres indígenas.

6. **Tupã:** divindade suprema na mitologia dos índios tupis.

atividades

1. Comente o aspecto formal do poema.
2. Caracterize o eu poético e seu interlocutor.
3. Comente como os elementos **tempo** e **espaço** são trabalhados no poema.
4. A natureza desempenha papel fundamental na poética romântica: o eu poético ora vê a paisagem como extensão de seu estado emocional, ora deixa-se influenciar pelo aspecto do ambiente. São comuns as metáforas com elementos da natureza, como ocorre no poema de Gonçalves Dias. Identifique a principal metáfora relacionando personagem e natureza.
5. Uma das marcas da poesia de Gonçalves Dias é o medievalismo temático (no Romantismo, o indígena heroico correspondia ao cavaleiro medieval da literatura europeia) e formal (o poeta escreveu um poema em português medieval). Como se manifesta o medievalismo no poema "Leito de folhas verdes"?

Apresentamos, a seguir, dois textos que dialogam e que já foram citados no capítulo 1: a "Canção do exílio", escrita no século XIX pelo romântico Gonçalves Dias, e "Uma canção", escrita na segunda metade do século XX por Mário Quintana.

Texto 2

Canção do exílio

Minha terra tem palmeiras,
Onde canta o sabiá;
As aves que aqui gorjeiam,
Não gorjeiam como lá.

Nosso céu tem mais estrelas,
Nossas várzeas têm mais flores,
Nossas flores têm mais vida,
Nossa vida mais amores.

Em cismar sozinho, à noite,
Mais prazer encontro eu lá;
Minha terra tem palmeiras,
Onde canta o Sabiá.

Minha terra tem primores,
Que tais não encontro eu cá;
Em cismar — sozinho, à noite —
Mais prazer encontro eu lá;
Minha terra tem palmeiras,
Onde canta o sabiá.

Não permita Deus que eu morra
Sem que eu volte para lá;
Sem que desfrute os primores
Que não encontro por cá;
Sem qu'inda aviste as palmeiras,
Onde canta o sabiá.

Coimbra, julho,1843

Joubert Lancha/Arquivo da editora.

DIAS, Gonçalves. *Obras poéticas de Antônio Gonçalves Dias*. São Paulo: Nacional, 1944. t. I. p. 21-2.

Joubert Lancha/Arquivo da editora.

Texto 3

Uma canção

Minha terra não tem palmeiras...
E em vez de um mero sabiá,
Cantam aves invisíveis
Nas palmeiras que não há.

Minha terra tem relógios,
Cada qual com a sua hora
Nos mais diversos instantes...
Mas onde o instante de agora?

Mas onde a palavra "onde"?
Terra ingrata, ingrato filho,
Sob os céus da minha terra
Eu canto a Canção do Exílio!

QUINTANA, Mário. *Apontamentos de história sobrenatural*. Porto Alegre: Globo; IEL/SEC: Rio Grande do Sul, 1976. p. 117.

atividades

1. Faça a escansão dos seguintes versos: "Minha terra tem palmeiras" e "Cantam aves invisíveis". Que relação podemos estabelecer entre a métrica utilizada e o título dos poemas?

2. Sobre a *Canção do Exílio*:

a) Aponte um aspecto temático da poesia lírica de Gonçalves Dias que ressalta no texto.

b) Onde é **lá**? E **cá**?

3. Sobre *Uma canção*:

a) Onde se encontra o eu poético?

b) O que está sendo relativizado nas duas interrogações introduzidas pela conjunção adversativa **mas**?

4. Os poemas apresentam duas noções de exílio distintas. Relacione-as às acepções encontradas no *Dicionário Eletrônico Houaiss da língua portuguesa*:

"**Exílio** /z/ *s.m.* **1.** ato ou efeito de exilar **2.** expatriação forçada ou por livre escolha; degredo **3.** *por metonímia* lugar em que vive o exilado **4.** *sentido figurado* lugar longínquo, afastado, remoto **5.** *sentido figurado* isolamento do convívio social; solidão.

Idealização, escapismo e autoironia

O byronismo na poética de Álvares de Azevedo

Nas tramas dos textos

Texto 1

Ideias íntimas

(*fragmento*)

Oh! ter vinte anos sem gozar de leve
A ventura de uma alma de donzela!
E sem na vida ter sentido nunca
Na suave atração de um róseo corpo
Meus olhos turvos se fechar de gozo!
Oh! nos meus sonhos, pelas noites minhas
Passam tantas visões sobre meu peito!
Palor[1] de febre meu semblante cobre,
Bate meu coração com tanto fogo!
Um doce nome os lábios meus suspiram,
Um nome de mulher... e vejo lânguida[2]
No véu suave de amorosas sombras
Seminua, abatida, a mão no seio,
Perfumada visão romper a nuvem,
Sentar-se junto a mim, nas minhas pálpebras
O alento fresco e leve como a vida
Passar delicioso... Que delírios!
Acordo palpitante... inda a procuro;
Embalde[3] a chamo, embalde as minhas lágrimas
Banham meus olhos, e suspiro e gemo...
Imploro uma ilusão... tudo é silêncio!
Só o leito deserto, a sala muda!
Amorosa visão, mulher dos sonhos,
Eu sou tão infeliz, eu sofro tanto!
Nunca virás iluminar meu peito
Com um raio de luz desses teus olhos?

AZEVEDO, Álvares de. *Poesias escolhidas*. Rio de Janeiro: José Aguilar, 1971. p. 129.

Acervo Iconographia.

Álvares de Azevedo

Manuel Antônio Álvares de Azevedo (1831-1852) representa o ponto alto da segunda geração romântica no Brasil, produzindo uma obra influenciada por Byron – de quem foi leitor assíduo – e por Musset – de quem herdou a característica do *spleen* (o sarcasmo, a autoironia). Desenvolveu intensa produção literária; por causa de sua morte prematura, aos 20 anos, a maior parte dessa produção foi publicada postumamente.

1. **palor:** palidez.
2. **lânguida:** sem força, sem energia, fraca.
3. **embalde:** inutilmente, em vão.

atividades

1. O texto apresenta basicamente três partes: a realidade, o sonho, novamente a realidade. Aponte o início e o fim de cada uma das partes.
2. Assinale todas as palavras que têm sentido de negação. Elas caracterizam quais partes?
3. Compare as duas partes relativas à realidade com a parte relacionada ao sonho.
4. Caracterize a mulher com que sonha o poeta.
5. A partir do texto "Ideias íntimas", comente a trajetória típica do autor byroniano, da idealização à frustração.
6. No poema "Lembrança de morrer", Álvares de Azevedo escreve:

   Descansem o meu leito solitário
   Na floresta dos homens esquecida,
   À sombra de uma cruz, e escrevam nela
   — Foi poeta — sonhou — e amou na vida.

   Você concorda com o epitáfio (inscrição fúnebre) sugerido pelo poeta para ele mesmo? Justifique sua resposta.

Texto 2

É ela! É ela!

É ela! é ela! — murmurei tremendo,
E o eco ao longe murmurou — é ela!...
Eu a vi... minha fada aérea e pura,
A minha lavadeira na janela!

Dessas águas-furtadas onde eu moro
Eu a vejo estendendo no telhado
Os vestidos de chita, as saias brancas...
Eu a vejo e suspiro enamorado!

Esta noite eu ousei mais atrevido
Nas telhas que estalavam nos meus passos
Ir espiar seu venturoso sono,
Vê-la mais bela de Morfeu nos braços!

Como dormia! que profundo sono!...
Tinha na mão o ferro do engomado...
Como roncava maviosa e pura!
Quase caí na rua desmaiado!

Afastei a janela, entrei medroso:
Palpitava-lhe o seio adormecido...
Fui beijá-la... roubei do seio dela
Um bilhete que estava ali metido...

Oh! De certo ... (pensei) é doce página
Onde a alma derramou gentis amores!...
São versos dela... que amanhã decerto
Ela me enviará cheios de flores...

Tremo de febre! Venturosa folha!
Quem pousasse contigo neste seio!
Como Otelo beijando a sua esposa,
Eu beijei-a a tremer de devaneio...

É ela! é ela! — repeti tremendo,
Mas cantou nesse instante uma coruja...
Abri cioso a página secreta...
Oh! meu Deus! era um rol de roupa suja!

Mas se Werther morreu por ver Carlota
Dando pão com manteiga às criancinhas,
Se achou-a assim mais bela... eu mais te adoro
Sonhando-te a lavar as camisinhas!

É ela! é ela! meu amor, minh'alma,
A Laura, a Beatriz que o céu revela...
É ela! é ela! — murmurei tremendo,
E o eco ao longe suspirou — é ela!

AZEVEDO, Álvares de. Disponível em: <http://www.revista.agulha.nom.br/avz3.html#eela>. Acesso em: 12 fev. 2011.

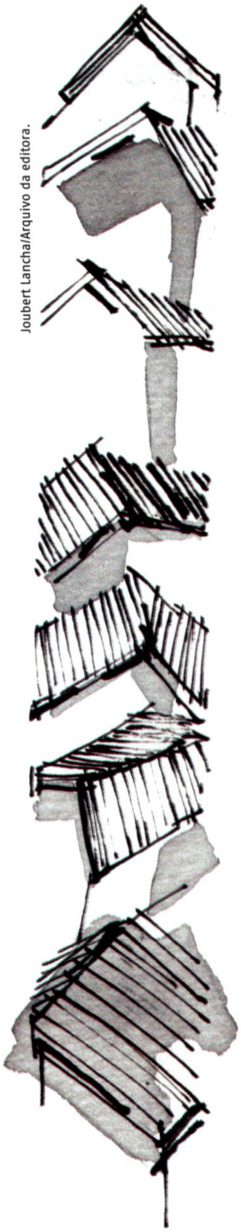

Joubert Lancha/Arquivo da editora.

atividades

1. Carlota é o grande amor de Werther, personagens do romance de Goethe; Laura é a musa idealizada de Petrarca, poeta humanista tido como o criador do soneto; Beatriz é a insuperável musa do eu poético da *Divina comédia*, de Dante Alighieri; Otelo, personagem de Shakespeare, é apaixonadíssimo pela esposa Desdêmona, símbolo de fidelidade. Como você definiria a musa do poema "É ela! É ela!"?
2. Qual é a principal característica desse poema?

A poesia social

As ideias abolicionistas e republicanas na poética de Castro Alves

Nas tramas dos textos

Texto 1

Vozes d'África

(*fragmentos*)

Deus! ó Deus! onde estás que não respondes?
Em que mundo, em qu'estrela tu t'escondes
Embuçado nos céus?
Há dois mil anos te mandei meu grito,
Que embalde desde então corre o infinito...
Onde estás, Senhor Deus?...

Qual Prometeu[1] tu me amarraste um dia
Do deserto na rubra penedia[2]
— Infinito: galé[3]!...
Por abutre — me deste o sol candente,
E a terra de Suez[4] — foi a corrente
Que me ligaste ao pé...

[...]

Cristo! embalde morreste sobre um monte...
Teu sangue não lavou de minha fronte
A mancha original.
Ainda hoje são, por fado adverso,
Meus filhos — alimária[5] do universo,
Eu — pasto universal...

Hoje em meu sangue a América se nutre
— Condor que transformara-se em abutre,
Ave da escravidão,
Ela juntou-se às mais... irmã traidora
Qual de José os vis irmãos outrora
Venderam seu irmão.

Basta, Senhor! De teu potente braço
Role através dos astros e do espaço
Perdão p'ra os crimes meus!...
Há dois mil anos... eu soluço um grito...
Escuta o brado meu lá no infinito,
Meu Deus! Senhor, meu Deus!!...

ALVES, Castro.
Castro Alves: obra completa. Rio de Janeiro:
José Aguilar, 1966. p. 255.

1. **Prometeu:** personagem mitológico ao qual coube a incumbência de criar o homem; por dar ao homem o domínio do fogo, foi castigado: por ordem de Zeus, foi acorrentado e levado ao Monte Cáucaso. Uma águia deveria bicar-lhe o fígado eternamente; devorado durante o dia, à noite o fígado se reconstituiria.
2. **penedia:** rocha, penedo.
3. **galé:** no contexto, indivíduo sentenciado a trabalhos forçados.
4. **Suez:** região a nordeste do Egito, que une o continente africano ao Oriente Próximo (local onde, hoje, existe o Canal de Suez).
5. **alimária:** animal de carga, besta.

Arquivo Nacional, Rio de Janeiro.

Castro Alves

Antônio Frederico de Castro Alves (1847-1871) é o mais representativo poeta da terceira geração romântica. Fortemente influenciado por Victor Hugo, cultiva a poesia social; republicano de primeira hora, combateu a escravidão, um dos pilares em que se sustentava a monarquia brasileira. O condor, ave que plana no alto dos Andes, foi metáfora marcante da liberdade a ser alcançada (daí falar-se em "poesia condoreira", "condoreirismo").

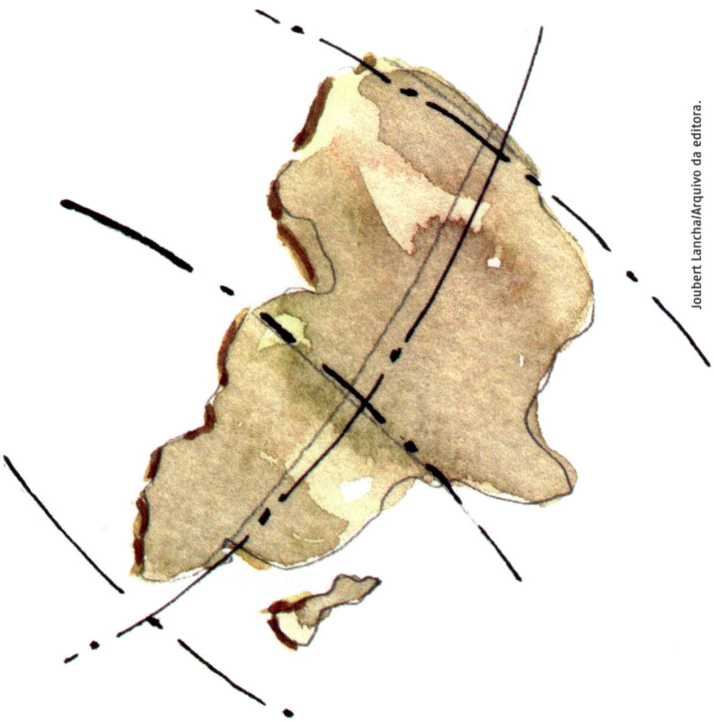

Joubert Lancha/Arquivo da editora.

atividades

1. Os versos de "Vozes d'África" apresentam uma interessante regularidade formal. Comente-a.
2. O poema é construído a partir de uma estrutura de diálogo: de quem é a voz enunciadora? Quem é o interlocutor? Ouve-se a voz desse interlocutor?
3. O grito lançado pela voz enunciadora foi ouvido? Que palavra do texto justifica sua resposta.
4. "Há dois mil anos" remonta à época do nascimento de Cristo. Que passagem do texto faz referência a essa época? Que relação tem com o assunto do poema?
5. Justifique a referência a Prometeu. Que tipo de relação se estabelece?
6. Como podemos entender o verso "Meus filhos – **alimária** do universo"?
7. Que tipo de relação se estabelece entre **abutre** e **condor**? Que figura de linguagem se constitui?
8. Explique o verso "Hoje em meu sangue a América se nutre".

O navio negreiro

Por fazer a exaltação do povo africano e narrar um episódio de sua história, "Navio negreiro" é considerado um poemeto épico, forma de composição muito em moda no Romantismo. Mais particularmente, um poemeto épico condoreiro, segundo o modelo de Victor Hugo. Eloquente, verborrágico, marcado por imagens grandiosas, o poema foi escrito em 18 de abril de 1868, mas tornado público apenas (e não por acaso) no dia 7 de setembro daquele ano, quando foi declamado durante a sessão magna comemorativa da Independência, no auditório da Faculdade de Direito do Largo de São Francisco, em São Paulo.

Se o tema do tráfico negreiro já estava superado (afinal, o último desembarque de escravos negros datava de 1855), o mesmo não se pode afirmar da campanha abolicionista e do clima nacionalista: em 1868 o Brasil vivia o auge da Guerra do Paraguai.

O poema divide-se em seis partes, ou cantos, na linguagem épica.

1ª parte: O poeta faz uma descrição do cenário, exaltando o belo natural: "Stamos em pleno mar... Doudo no espaço / Brinca o luar".

2ª parte: O poeta faz um elogio aos marinheiros, identificados pela nacionalidade; é a exaltação do belo humano: "... Nautas de todas as plagas! / Vós sabeis achar nas vagas / As melodias do céu...".

3ª parte: Em franca oposição às estrofes anteriores, temos a visão do navio negreiro; ao belo do cenário e das figuras humanas dos marinheiros opõe-se um quadro de horror: "Que cena infame e vil!... Meu Deus! meu Deus! Que horror!".

4ª parte: Aqui o poeta faz a descrição do navio negreiro e do sofrimento dos escravos: "Era um sonho dantesco...".

5ª parte: Em oposição à desgraça dos negros aprisionados, a imagem desse povo livre em sua terra: "Ontem plena liberdade, / A vontade por poder... / Hoje... cúmulo de maldade / Nem são livres p'ra... morrer...".

6ª parte: Aqui o poeta trabalha mais uma vez com a antítese: em oposição à África livre, a imagem de um país que se beneficia com a escravidão.

A seguir, a transcrição, na íntegra, da sexta parte do poema.

Texto 2

E existe um povo que a bandeira empresta

P'ra cobrir tanta infâmia e cobardia!...
E deixa-a transformar-se nessa festa
Em manto impuro de bacante[1] fria!...
Meu Deus! meu Deus! mas que bandeira é esta,
Que impudente[2] na gávea[3] tripudia[4]?!...
Silêncio!... Musa! chora, chora tanto
Que o pavilhão se lave no teu pranto...

Auriverde pendão[5] de minha terra,
Que a brisa do Brasil beija e balança,
Estandarte que a luz do sol encerra,
E as promessas divinas da esperança...
Tu, que da liberdade após a guerra,
Foste hasteado dos heróis na lança,
Antes te houvessem roto na batalha,
Que servires a um povo de mortalha[6]!...

Fatalidade atroz que a mente esmaga!
Extingue nesta hora o brigue[7] imundo
O trilho que Colombo abriu na vaga,
Como um íris no pélago[8] profundo!...
...Mas é infâmia de mais... Da etérea[9] plaga[10]
Levantai-vos, heróis do Novo Mundo...
Andrada[11]! arranca este pendão dos ares!
Colombo[12]! fecha a porta de teus mares!

ALVES, Castro. Disponível em: <www.projetomemoria.art.br/CastroAlves/antologia/castro_anto_navio_negreiro.html>. Acesso em: 14 fev. 2011.

1. **bacante:** sacerdotisa de Baco (deus do vinho, na mitologia romana); mulher devassa, libertina.
2. **impudente:** cínico, sem pudor.
3. **gávea:** o ponto mais alto do mastro principal do navio.
4. **tripudia:** diverte-se; humilha.
5. **pendão:** bandeira
6. **mortalha:** manto em que se envolve o cadáver.
7. **brigue:** antigo navio à vela; **brigue imundo:** navio negreiro.
8. **pélago:** mar alto, oceano, profundezas.
9. **etérea:** celeste, sublime, pura, elevada.
10. **plaga:** região, país, extensão de terra; **etérea plaga** é uma referência à região onde vivem os heróis mortos.
11. **Andrada:** referência a José Bonifácio de Andrada e Silva (1763-1838), o "Patriarca da Independência".
12. **Colombo:** referência a Cristóvão Colombo (1451-1506), descobridor da América.

atividades

1. Em "O navio negreiro", o poeta baiano, consciente do caráter épico de seu poema, presta uma homenagem a *Os lusíadas*, de Camões. Essa homenagem se concretiza no plano formal (releia estrofes de *Os lusíadas* reproduzidas no capítulo 5). Aponte as semelhanças formais entre o fragmento apresentado e a epopeia lusitana.

2. O que sugere a sonoridade do verso: "Que a brisa do Brasil beija e balança"?

3. A bandeira auriverde é peça fundamental no poema. Por quais outros nomes o poeta faz referência à bandeira?

4. A que povo o estandarte serve de mortalha?

5. Os dois últimos versos, de extremo vigor poético, são iniciados por vocativos: Andrada e Colombo. Explique a referência a essas figuras históricas.

6. Você afirmaria que esse texto é nacionalista? Justifique a resposta.

7. Qual a relação com o abolicionismo nos versos "Extingue nesta hora o brigue imundo / O trilho que Colombo abriu na vaga"?

8. Após ler poemas de Gonçalves Dias (primeira geração), Álvares de Azevedo (segunda geração) e Castro Alves (terceira geração), escreva um breve texto comentando a linguagem de cada um (seleção vocabular, estrutura sintática, ritmo poético, figuras de linguagem, pontuação etc.) e as sensações que provocaram em você.

A original poesia de Sousândrade

Arquivo da editora.

Sousândrade

Joaquim de Sousa Andrade (1833-1902) nasceu no Maranhão, filho de grandes proprietários rurais, o que não o impediu de, desde jovem, questionar a aristocracia rural, abraçando as causas abolicionista e republicana. Abandona a terra natal em constantes viagens: Amazônia, França (onde se formou em Letras, pela Universidade de Sorbonne), Inglaterra, países latino-americanos e Estados Unidos, fixando residência em Nova York por algum tempo. Sua poesia é, em grande parte, fruto das experiências vividas nessas viagens, que lhe permitiram um contato direto não só com o índio amazônico, mas também com uma realidade bastante diversa da brasileira, como a crescente industrialização europeia e norte-americana e os avanços do capitalismo.

Com a proclamação da República, voltou a fixar residência no Maranhão, onde morreu na miséria e completamente isolado.

Ousadia redescoberta

Na produção de Sousândrade, o primeiro aspecto a destacar é a originalidade de sua poesia, revolucionária para o padrão romântico, e por isso difícil de ser enquadrada nesse movimento. Sousândrade iniciou sua produção artística no período romântico, mas atravessou toda a segunda metade do século XIX; por suas preocupações sociais, aproxima-se da terceira geração.

Sua obra foi esquecida até a década de 1960, quando parte da crítica literária se dedicou a uma revisão de sua poesia, destacando o valor de seu estilo e a originalidade de seus versos. De fato, em seus poemas percebe-se um vocabulário ousado – termos indígenas, palavras inglesas, neologismos – e também uma exploração de sonoridade que rompe com a métrica e o ritmo tradicionais.

Merece destaque seu longo poema narrativo "Guesa errante", construído a partir de uma lenda dos indígenas andinos: Guesa era o adolescente sacrificado pelos sacerdotes em oferenda aos deuses. No poema, Guesa (com o qual Sousândrade se identifica) escapa dos sacerdotes e foge para Wall Street; agora, os sacerdotes são os capitalistas de Nova Iorque, os quais querem o sangue de Guesa. No dizer de Augusto e Haroldo de Campos, "Sousândrade identifica o seu destino pessoal de poeta com o fadário de um novo 'Guesa' no plano histórico-social, assimila a esse destino o do selvagem americano, sacrificado pelo conquistador branco".

Nas tramas do texto

Guesa errante

(fragmento inicial do poema)

Eia, imaginação divina!
Os Andes
Vulcânicos elevam cumes calvos,
Circundados de gelos, mudos, alvos,
Nuvens flutuando — que espetác'los grandes!
Lá, onde o ponto do condor negreja,
Cintilando no espaço como brilhos
D'olhos, e cai a prumo sobre os filhos
Do lhama descuidado; onde lampeja
Da tempestade o raio; onde deserto,
O azul sertão, formoso e deslumbrante,
Arde do sol o incêndio, delirante
Coração vivo em céu profundo aberto!
Nos áureos tempos, nos jardins da América
Infante adoração dobrando a crença
Ante o belo sinal, nuvem ibérica
Em sua noite a envolveu ruidosa e densa.

Joubert Lancha/Arquivo da editora.

SOUSÂNDRADE. *Sousândrade: poesia*. 2. ed. Rio de Janeiro: Agir, 1979. p. 30.

atividades

1. No fragmento inicial do poema "Guesa errante", Sousândrade identifica a origem do personagem Guesa. Qual é ela? O que representa esse personagem?
2. No trecho apresentado, há um símbolo característico da terceira geração romântica; aponte-o.
3. Observe que o poeta caracteriza a América como a terra ensolarada; essa imagem é modificada com a chegada dos conquistadores europeus. Destaque os versos em que há referência à chegada dos estrangeiros. Que expressão marca a oposição à América ensolarada?

O Romantismo hoje

Não tenho nada com isso nem vem falar
eu não consigo entender sua lógica
minha palavra cantada pode espantar
e a seus ouvidos parecer exótica [...]
canto somente o que não pode mais se calar
noutras palavras sou muito romântico.

Disponível em: <www.mpbnet.com.br/musicos/caetano.veloso/letras/muito_romantico.html>. Acesso em: 14 fev. 2011.

Nesses versos de Caetano Veloso, da música "Muito romântico", observa-se um exemplo do uso que hoje se faz dos termos **romantismo/romântico**. Distanciados 200 anos do estilo artístico que se convencionou chamar de Romantismo, utilizamos esses termos para designar comportamentos e reações que nos parecem de alguma forma associados àquela época: o predomínio da imaginação, dos sentimentos e das paixões humanas sobre a razão; a liberdade individual; a ruptura das tradições; o exotismo.

Permanecem, assim, as acepções que os termos **romantismo/romântico** ganharam nos séculos XVII e XVIII: quimérico, ridículo, absurdo, pitoresco; o que agrada à imaginação, o que desperta o sonho e a comoção da alma; a melancolia, a languidez, a morbidez.

Questões de exames sobre este capítulo encontram-se na página 655.

capítulo 17

Os estilos de época da Revolução Industrial à Primeira Guerra: a narrativa romântica

Objetivos gerais do capítulo

O aluno, ao final do capítulo, deverá ser capaz de:

- refletir sobre a situação sociocultural que cria condições para o desenvolvimento da narrativa ficcional em Portugal e no Brasil;
- conhecer as principais características e os principais temas da narrativa romântica em Portugal;
- conhecer as principais características e os principais temas da narrativa romântica no Brasil;
- conhecer os principais romancistas do Romantismo português, ler seus textos e refletir sobre eles;
- conhecer os principais romancistas do Romantismo brasileiro, ler seus textos e refletir sobre eles.

O romance foi, a partir do Romantismo, um excelente índice dos interesses da sociedade culta e semiculta do Ocidente. A sua relevância no século XIX se compararia, hoje, à do cinema e da televisão.

BOSI, Alfredo. *História concisa da literatura brasileira.* São Paulo: Cultrix, 1999. p. 106.

A tela Arrufos, *de Belmiro Barbosa de Almeida, retrata uma cena tipicamente romântica (arrufos são pequenos desentendimentos entre pessoas que se amam). Merecem destaque o ambiente burguês da sala e as poses, que refletem a estrutura patriarcal da sociedade.*

Arrufos, de Belmiro Barbosa de Almeida, 1887. Óleo sobre tela, 89,1 x 116,1 cm. Museu Nacional de Belas Artes /IPHAN-MinC, Rio de Janeiro.

O romance romântico em Portugal

O romance histórico de Herculano: a defesa da Pátria, do Cristianismo e do Amor

Nas tramas do texto

Eurico, o presbítero[1]

O romance "relata a história de Eurico, nobre visigodo[2], que, enamorado de Hermengarda, não pudera desposá-la, pois os preconceitos aristocráticos do pai dela tinham impedido essa união. Eurico professa, e na humilde e solitária paróquia de Carteia sublima o desespero amoroso [...]. Instruído por uma visão, Eurico pressente que está próximo o dia em que Deus enviará contra o 'povo criminoso' um 'anjo de extermínio'. As profecias do presbítero tornam-se terríveis realidades: os árabes desbarataram os exércitos visigóticos junto do Críssus, apesar dos esforços sobre-humanos dum misterioso guerreiro, o Cavaleiro Negro. Enquanto Pelágio (irmão de Hermengarda) organiza a resistência cristã nas Astúrias, o Cavaleiro Negro, que é o presbítero Eurico, decide libertar Hermengarda, aprisionada pelos invasores árabes; ela, fortuitamente, descobre a identidade do seu libertador, é salva e conduzida a uma gruta de Covadonga. Nesse cenário selvagem, ambos recordam o passado e sentem renascer com violência o amor. Mas essa situação sacrílega não pode manter-se: a dignidade augusta do sacerdócio exige que os dois amantes se separem".

COELHO, Jacinto do Prado (Org.). *Dicionário de literatura*. Porto: Figueirinhas, 1978. v. 1. p. 317.

Arquivo da editora.

Alexandre Herculano

Alexandre Herculano (1810-1877) participou ativamente das lutas liberais ao lado de Almeida Garrett durante a Guerra Civil portuguesa; em 1831 e 1832 esteve exilado na Inglaterra e na França. Com a posterior vitória dos liberais, fundou, em 1836, a revista *Panorama* e publicou suas primeiras narrativas históricas, consolidando o Romantismo em Portugal. A partir de então, dedicou-se, com igual fervor, à literatura e à história.

1. **presbítero:** sacerdote, padre.
2. **visigodo:** godo (antigo povo da Germânia) do Oeste.

Transcrevemos, a seguir, o "Prólogo do Autor", que abre a narrativa, e o final do romance ("Conclusão").

Eurico, o presbítero

Prólogo do Autor

Para as almas, não sei se diga demasiadamente positivas, se demasiadamente grosseiras, o celibato do sacerdócio não passa de uma condição, de uma fórmula social aplicada a certa classe de indivíduos cuja existência ela modifica vantajosamente por um lado e desfavoravelmente por outro. A filosofia do celibato para os espíritos vulgares acaba aqui. Aos olhos dos que avaliam as coisas e os homens só pela sua utilidade social, essa espécie de insulação doméstica do sacerdote, essa indireta abjuração dos afetos mais puros e santos, os da família, é condenada por uns como contrária ao interesse das nações, como danosa em moral e em política, e defendida por outros como útil e moral. Deus me livre de debater matéria tantas vezes disputada, tantas vezes exaurida pelos que sabem a ciência do mundo e pelos que sabem a ciência do céu! Eu, por minha parte, fraco argumentador, só tenho pensado no celibato à luz do sentimento e sob a influência da impressão singular que desde verdes anos fez em mim a ideia da irremediável solidão da alma a que a igreja condenou os seus ministros, espécie de amputação espiritual, em que para o sacerdote morre a esperança de completar a sua existência na terra. Suponde todos os contentamentos,

Rogério Soud/Arquivo da editora.

todas as consolações que as imagens celestiais e a crença viva podem gerar, e achareis que estas não suprem o triste vácuo da soledade do coração. Dai às paixões todo o ardor que puderdes, aos prazeres mil vezes mais intensidade, aos sentidos a máxima energia e convertei o mundo em paraíso, mas tirai dele a mulher, e o mundo será um ermo melancólico, os deleites serão apenas o prelúdio do tédio. [...]

Conclusão

Em frente da tosca ponte de pedras brutas lançadas sobre o rio, uma senda estreita e tortuosa atravessava a selva e, passando pela clareira, continuava por meio dos outeiros vizinhos, dirigindo-se, nas suas mil voltas, para as bandas da Galécia[1]. Quatro cavaleiros, a pé e em fio, caminhavam por aquele apertado carreiro. Pelos trajos e armas, conhecia-se que eram três cristãos e um sarraceno. Chegados à clareira, este parou de repente e, voltando-se com aspecto carregado para um dos três, disse-lhe:

— Nazareno, ofereceste-nos a salvação, se te seguíssemos: fiamo-nos em ti, porque não precisavas de trair-nos. Estávamos nas mãos dos soldados de Pelágio[2], e foi a um aceno teu que eles cessaram de perseguir-nos. Porém o silêncio tenaz que tens guardado gera em mim graves suspeitas. — Quem és tu? Cumpre que sejas sincero, como nós. Sabes que tens diante de ti Muguite[3], o amir da cavalaria árabe, Juliano[4], o conde de Septum, e Opas[5], o bispo de Híspalis.

— Sabia-o — respondeu o cavaleiro: — por isso vos trouxe aqui. Queres saber quem sou? Um soldado e um sacerdote de Cristo!

— Aqui!?... — atalhou o amir, levando a mão ao punho da espada e lançando os olhos em roda. — Para que fim?

— A ti, que não eras nosso irmão pelo berço; que tens combatido lealmente conosco, inimigos da tua fé; a ti, que nos oprimes, porque nos venceste com esforço e à luz do dia, foi para te ensinar um caminho que te conduza em salvo às tendas dos teus soldados. É por ali!... A estes, que venderam a terra da pátria, que cuspiram no altar do seu Deus, sem ousarem francamente renegá-lo, que ganharam nas trevas a vitória maldita da sua perfídia, é para lhes ensinar o caminho do inferno... Ide, miseráveis, segui-o!

E quase a um tempo dois pesados golpes de franquisque[6] assinalaram profundamente os elmos[7] de Opas e Juliano. No mesmo momento mais três ferros reluziram.

Um contra três! — Era um combate calado e temeroso. O cavaleiro da Cruz parecia desprezar Muguite: os seus golpes retiniam só nas armaduras dos dois godos. Primeiro o velho Opas, depois Juliano caíram.

Então, recuando, o guerreiro cristão exclamou:

— Meu Deus! Meu Deus! — Possa o sangue do mártir remir[8] o crime do presbítero!

E, largando o franquisque levou as mãos ao capacete de bronze e arrojou-o para longe de si.

Muguite, cego de cólera, vibrara a espada: o crânio do seu adversário rangeu, e um jorro de sangue salpicou as faces do sarraceno.

Como tomba o abeto[9] solitário da encosta ao passar do furacão, assim o guerreiro misterioso do Críssus[10] caía para não mais se erguer!...

Nessa noite, quando Pelágio voltou à caverna, Hermengarda, deitada sobre o seu leito, parecia dormir. Cansado do combate e vendo-a tranquila, o mancebo adormeceu, também, perto dela, sobre o duro pavimento da gruta. Ao romper da manhã, acordou ao som de cântico suavíssimo.

Era sua irmã que cantava um dos hinos sagrados que muitas vezes ele ouvira entoar na catedral de Tárraco[11]. Dizia-se que seu autor fora um presbítero da diocese de Híspalis, chamado Eurico.

1. **Galécia:** embora Herculano afirme que não há rigor cronológico, a ação se passa no momento das primeiras incursões árabes abalando o Reino Visigótico em terras da Península Ibérica; portanto, em época anterior à formação de Portugal como Estado independente, daí as referências à Lusitânia e Galécia (Galícia, ao norte do atual território português).
2. **Pelágio:** na realidade, governou entre 718 e 737 e participou da Batalha de Covadonga, região das Astúrias, ao lado da Galícia. Na narrativa, é filho de Fávila e irmão de Hermengarda.
3. **Muguite:** em árabe, Mugueiz, chefe muçulmano (amir) a quem Eurico se entrega para o supremo sacrifício.
4. **Juliano:** foi governador de Ceuta, norte da África; ficou marcado por seus atos de traição.
5. **Opas:** foi arcebispo de Sevilha (Híspalis); na narrativa, é considerado traidor, assim como Juliano.
6. **franquisque:** arma que se assemelha a um machado.
7. **elmo:** nas armaduras, a parte que protegia a cabeça.
8. **remir:** salvar, livrar das penas do inferno.
9. **abeto:** árvore, espécie de pinheiro.
10. **Críssus:** antigo nome do atual Rio Guadalete, que corta a Andaluzia (sul da Espanha).
11. **Tárraco:** hoje, Tarragona, cidade na Catalunha, ao sul de Barcelona.

Quando Hermengarda acabou de cantar, ficou um momento pensando. Depois, repentinamente, soltou uma destas risadas que fazem eriçar os cabelos, tão tristes, soturnas e dolorosas são elas: tão completamente exprimem irremediável alienação de espírito.

A desgraçada tinha, de feito, enlouquecido.

HERCULANO, Alexandre. *Eurico, o presbítero*. Disponível em: <http://www.ebooksbrasil.org/eLibris/eurico.html>. Acesso em: 12 fev. 2011.

atividades

1. Como é analisado o problema do celibato clerical? Justifique com palavras do próprio texto.
2. Para o autor, como se completa a existência na Terra?
3. Aponte e comente três características românticas presentes no *Prólogo*.
4. Depois de narrar a morte de Eurico, Herculano, à maneira dos românticos, explora uma metáfora e um eufemismo. Identifique-as e comente a expressividade das duas figuras de linguagem.

A novela passional

Nas tramas dos textos

Amor de perdição

Amor de perdição, publicado em 1862, tem como subtítulo *Memórias duma família*. De fato, Camilo narra episódios da família Correia Botelho, ou seja, de sua própria família. O protagonista é Simão Botelho, apresentado como tio do autor. A novela foi escrita durante quinze dias, em uma das celas da cadeia da cidade do Porto (Camilo e sua amante, Ana Plácido, estavam presos sob a acusação de adultério). A ação pode ser assim resumida: os jovens Simão Botelho e Teresa Albuquerque, ambos com quinze anos, apaixonam-se, mas as famílias são inimigas. Teresa está prometida para um primo seu, Baltasar Coutinho. Este, acompanhado de dois criados, arma uma tocaia para Simão, que mata os criados e fere Baltasar. O pai de Teresa a interna num convento da cidade do Porto; Simão refugia-se na casa de um ferreiro, João da Cruz, pai de Mariana, que se apaixona perdidamente por Simão. Num encontro, Simão mata Baltasar e é preso; Mariana, agora órfã, passa a viver em função de Simão. Teresa, interna e muito doente, e Simão, preso, trocam cartas. Simão é condenado ao degredo na Índia, Mariana o acompanha; na partida, Simão observa Teresa no mirante do convento. No meio da viagem, após ler a última carta de Teresa, Simão morre e seu corpo é lançado ao mar; Mariana também se joga e morre abraçada ao cadáver de Simão.

Arquivo da editora.

Camilo Castelo Branco

Camilo Castelo Branco (1825-1890) consolidou um gênero narrativo na literatura de língua portuguesa: a **novela passional**, que, nas palavras de António José Saraiva, promove "o amor à categoria do sagrado, do incomensurável com a razão e com as normas morais correntes. [...] Há sempre uma grandeza trágica de paixões e situações, os personagens são penitentes do amor".

Muitas das situações vividas pelos personagens refletem experiências efetivamente vividas pelo escritor, a ponto de um crítico literário, José-Augusto França, afirmar que o autor "Camilo e os seus heróis vivem no mesmo universo dramático, de cores intensas, ao mesmo tempo sublime e sórdido".

Transcrevemos, a seguir, a Introdução, em que o narrador se posiciona em relação aos fatos que serão narrados.

Texto 1

Introdução

Folheando os livros de antigos assentamentos, no cartório das cadeias da Relação do Porto, li, no das entradas dos presos desde 1803 a 1805, a folhas 232, o seguinte:

Simão Antônio Botelho, que assim disse chamar-se, ser solteiro, e estudante na Universidade de Coimbra, natural da cidade de Lisboa, e assistente na ocasião de sua prisão na cidade de Viseu, idade de dezoito anos, filho de Domingos José Correia Botelho e de D. Rita Preciosa Caldeirão Castelo Branco; estatura ordinária, cara redonda, olhos castanhos, cabelo e barba preta, vestido com jaqueta de baetão azul, colete de fustão pintado e calça de pano pedrês. E fiz este assento, que assinei — Filipe Moreira Dias.

À margem esquerda deste assento está escrito:

Foi para a Índia em 17 de março de 1807.

Não seria fiar demasiadamente na sensibilidade do leitor, se cuido que o degredo de um moço de dezoito anos lhe há de fazer dó.

Dezoito anos! O arrebol dourado e escarlate da manhã da vida! As louçanias do coração que ainda não sonha em frutos, e todo se embalsama no perfume das flores! Dezoito anos! O amor daquela idade! A passagem do seio da família, dos braços de mãe, dos beijos das irmãs para as carícias mais doces da virgem, que se lhe abre ao lado como flor da mesma sazão e dos mesmos aromas, e à mesma hora da vida! Dezoito anos!... E degredado da pátria, do amor e da família! Nunca mais o céu de Portugal, nem liberdade, nem irmãos, nem mãe, nem reabilitação, nem dignidade, nem um amigo!... É triste!

O leitor decerto se compungiria; e a leitora, se lhe dissessem em menos de uma linha a história daqueles dezoito anos, choraria!

Amou, perdeu-se, e morreu amando.

É a história. E história assim poderá ouvi-la a olhos enxutos a mulher, a criatura mais bem formada das branduras da piedade, a que por vezes traz consigo do céu um reflexo da divina misericórdia?! Essa, a minha leitora, a carinhosa amiga de todos os infelizes, não choraria se lhe dissessem que o pobre moço perdera honra, reabilitação, pátria, liberdade, irmãs, mãe, vida, tudo, por amor da primeira mulher que o despertou do seu dormir de inocentes desejos?!

Chorava, chorava! Assim eu lhe soubesse dizer o doloroso sobressalto que me causaram aquelas linhas, de propósito procuradas, e lidas com amargura e respeito e, ao mesmo tempo, ódio. Ódio, sim... A tempo verão se é perdoável o ódio, ou se antes me não fora melhor abrir mão desde já de uma história que me pode acarear enojos dos frios julgadores do coração, e das sentenças que eu aqui lavrar contra a falsa virtude de homens, feitos bárbaros, em nome da sua honra.

CASTELO BRANCO, Camilo. *Amor de perdição*. São Paulo: Scipione, 2004. p. 9.

atividades

1. Como se posiciona o narrador da novela?
2. Quem é o interlocutor preferencial do narrador?
3. Podemos dizer que os personagens de Camilo vivem sob as leis da "religião do amor" e se transformam em "mártires do amor". Que frase do texto sintetiza isso?
4. Por trás das palavras do narrador, temos valores defendidos por Camilo Castelo Branco. Cite ao menos dois.
5. Com certeza, você conhece a história de Romeu e Julieta. Que pontos em comum você percebe entre o texto de Shakespeare e as narrativas de *Eurico, o presbítero* e *Amor de perdição*?

Ilustrações: Rogério Soud/Arquivo da editora.

O último capítulo de *Amor de perdição* é um típico exemplo do "grande final romântico" camiliano: em poucas páginas, assiste-se à morte dos três personagens que formam o triângulo amoroso — Simão, Teresa e Mariana. No trecho a seguir, Mariana acompanha os últimos momentos de seu amado, suicidando-se logo depois.

Texto 2

Ao romper da manhã apagara-se a lâmpada. Mariana saíra a pedir luz e ouvira um gemido estertoroso. Voltando às escuras, com os braços estendidos para tatear a face do agonizante, encontrou a mão convulsa, que lhe apertou uma das suas, e relaxou de súbito a pressão dos dedos.

Entrou o comandante com uma lâmpada, e aproximou-lhe da respiração, que não embaciou levemente o vidro.

— Está morto! — disse ele.

Mariana curvou-se sobre o cadáver, e beijou-lhe a face. Era o primeiro beijo. Ajoelhou depois ao pé do beliche com as mãos erguidas, e não orava nem chorava.

Algumas horas volvidas, o comandante disse a Mariana:

— Agora é tempo de dar sepultura ao nosso venturoso amigo... É ventura morrer quando se vem a este mundo com tal estrela. Passe a senhora Mariana ali para a câmara, que vai ser levado daqui o defunto.

Mariana tirou o maço das cartas debaixo do travesseiro, e foi a uma caixa buscar os papéis de Simão. Atou o rolo no avental, que ele tinha daquelas lágrimas dela, choradas no dia da sua demência, e cingiu o embrulho à cintura.

Foi o cadáver envolto num lençol, e transportado ao convés.

Mariana seguiu-o.

Do porão da nau foi trazida uma pedra, que um marujo lhe atou às pernas com um pedaço de cabo. O comandante contemplava a cena triste com os olhos úmidos, e os soldados que guarneciam a nau, tão funeral respeito os impressionara, que insensivelmente se descobriram.

Rogério Soud/Arquivo da editora.

Mariana estava, no entanto, encostada ao flanco da nau, e parecia estupidamente encarar aqueles empuxões que o marujo dava ao cadáver, para segurar a pedra na cintura.

Dois homens ergueram o morto ao alto sobre a amurada. Deram-lhe o balanço para o arremessarem longe. E, antes que o baque do cadáver se fizesse ouvir na água, todos viram, e ninguém já pôde segurar Mariana, que se atirara ao mar.

À voz do comandante desamarraram rapidamente o bote e saltaram homens para salvar Mariana.

Salvá-la!...

Viram-na, um momento, bracejar, não para resistir à morte, mas para abraçar-se ao cadáver de Simão, que uma onda lhe atirou aos braços. O comandante olhou para o sítio donde Mariana se atirara, e viu, enleado no cordame, o avental, e à flor da água, um rolo de papéis, que os marujos recolheram na lancha. Eram, como sabem, a correspondência de Teresa e Simão.

CASTELO BRANCO, Camilo. *Amor de perdição*. 2. ed. São Paulo: Scipione, 2004. p. 111-2.

atividades

1. Aponte, no texto, duas características típicas do Ultrarromantismo.
2. É interessante notar que, no último parágrafo, temos a representação plena dos amores de Teresa/Simão e Mariana/Simão. Que recursos Camilo Castelo Branco utiliza para demonstrar isso?
3. Para um romântico, é possível viver sem a pessoa amada? E você, também acredita que "se morre de amor"?

Confrontando ideias

Em pequenos grupos, releiam atentamente o texto do professor Alfredo Bosi na epígrafe deste capítulo. Em seguida:

a) Montem um quadro comparativo entre as características do romance romântico e as das atuais telenovelas. Qual era o público dos romances do século XIX? Qual é o público das atuais telenovelas? Em geral, em que se centra o conflito? Como são trabalhadas as questões sociais nos romances românticos e nas telenovelas? Apresentem suas conclusões aos colegas e professor(a).

b) Individualmente, escreva um parágrafo argumentativo expondo sua opinião sobre as atuais telenovelas e sua influência junto ao público espectador.

O romance burguês

Arquivo da editora.

Júlio Dinis

Júlio Dinis é o pseudônimo do médico Joaquim Guilherme Gomes Coelho, descendente de uma família burguesa da cidade do Porto. Nascido em 1839, morreu tuberculoso em 1871, aos 32 anos de idade. Reagindo ao modismo dos romances históricos do Romantismo, Júlio Dinis retratou, em seus romances, cenas da vida portuguesa da segunda metade do século XIX. Surgiu, assim, o "romance contemporâneo", tendência que vingou no período realista (notadamente, na produção de Eça de Queirós). No entanto, um forte traço romântico ainda esteve presente nos romances de Júlio Dinis: a otimista visão de mundo da burguesia liberal portuguesa.

Nas tramas do texto

Cenas da vida do Porto

Uma família inglesa, publicado em 1868, tem como subtítulo *Cenas da vida do Porto*. A partir do mundo dos negócios de Mr. Richard Whitestone, abastado negociante inglês residente na cidade do Porto, o autor constrói interessante retrato da cidade que absorvia o ritmo capitalista da segunda metade do século XIX. António José Saraiva e Óscar Lopes comentam que "Júlio Dinis, utilizando os processos do romance realista inglês e balzaquiano, é quem, pela primeira vez, descrevendo interiores ou cenas ao ar livre, cria entre nós ambientes integrados com as personagens, verdadeiras atmosferas que fazem corpo com elas". Nesse mundo dos negócios há espaço para a realização amorosa: Carlos, filho de Mr. Whitestone, apaixona-se por Cecília, filha do guarda-livros do pai; as marchas e contramarchas do amor, as desigualdades sociais são superadas com a intervenção de Jenny, irmã de Carlos, e definida como "o anjo bom da família". No final, superadas todas as dificuldades, Carlos e Cecília se casam ("Preciso acrescentar que Carlos e Cecília viveram felizes?", pergunta o narrador nas últimas linhas do romance), e o pai de Cecília passa a ter participação nos negócios do antigo patrão. Um final feliz que revela o otimismo burguês de Júlio Dinis.

Uma família inglesa

Esta nossa cidade — seja dito para aquelas pessoas, que porventura a conhecem menos — divide-se naturalmente em três regiões, distintas por fisionomias particulares.

A região oriental, a central e a ocidental.

O bairro central é o portuense propriamente dito; o oriental, o brasileiro; o ocidental, o inglês.

No primeiro predominam a loja, o balcão, o escritório, a casa de muitas janelas e de extensas varandas, as crueldades arquitetônicas, a que se sujeitam velhos casarões, com o intento de os modernizar; o saguão, a viela independentes das posturas municipais e à absoluta disposição dos moradores das vizinhanças; a rua estreita muito vigiada de polícias; as ruas, em cujas esquinas estacionam galegos armados de pau e corda e os cadeirinhas com o capote clássico; as ruas ameaçadas de procissões, e as mais propensas a lama; aquelas onde mais se compra e vende; onde mais se trabalha de dia, onde mais se dorme de noite. Há ainda neste bairro muitos ares do velho burgo do Bispo, não obstante as aparências modernas que revestiu.

O bairro oriental é principalmente brasileiro, por mais procurado pelos capitalistas, que recolhem da América. Predominam neste umas enormes moles graníticas, a que chamam palacetes; o portal largo, as paredes de azulejo — azul, verde ou amarelo, liso ou de relevo; o telhado de beira azul; as varandas azuis e douradas; os jardins, cuja planta se descreve com termos geométricos e se mede a compasso e escala, adornados de estatuetas de louça, representando as quatro estações; portões de ferro, com o nome do proprietário e a era da edificação em letras também douradas; abunda a casa com janelas góticas e portas retangulares, e as janelas retangulares e portas góticas, alguma com ameias, e o mirante chinês. As ruas são mais sujeitas à poeira. Pelas janelas quase sempre algum capitalista ocioso.

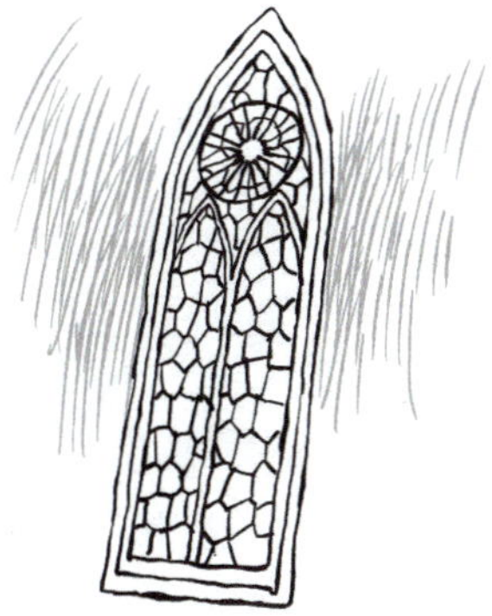
Rogério Soud/Arquivo da editora.

O bairro ocidental é o inglês, por ser especialmente aí o hábitat destes nossos hóspedes. Predomina a casa pintada de verde-escuro, de roxo-terra, de cor de café, de cinzento, de preto... até de preto! — Arquitetura despretensiosa, mas elegante, janelas retangulares; o peitoril mais usado do que a sacada. — Já uma manifestação de um viver mais recolhido, mais íntimo, porque o peitoril tem muito menos de indiscreto do que a varanda. Algumas casas ao fundo dos jardins, jardins assombrados de acácias, tílias e magnólias e cortados de avenidas tortuosas; as portas da rua sempre fechadas. Chaminés fumegando quase constantemente. Persianas e transparentes de fazerem desesperar curiosidades. Ninguém pelas janelas. Nas ruas encontra-se com frequência uma inglesa de cachos e um bando de crianças de cabelos loiros e de babeiros brancos.

Tais são nos seus principais caracteres as três regiões do Porto, sendo desnecessário acrescentar que nesta, como em qualquer outra classificação, nada há de absoluto. Desenhando o tipo específico, nem estabelecemos demarcações bem definidas, nem recusamos admitir algumas, e até numerosas exceções, hoje mais numerosas ainda do que então, em 1855.

DINIS, Júlio. *Uma família inglesa*. Disponível em: <www.espan.edu.pt/biblioteca/bibliodocs/Uma_Familia_Inglesa.pdf>. Acesso em: 12 fev. 2011.

atividades

1. De acordo com as informações do texto, tente caracterizar cada um dos bairros, descrevendo seus aspectos arquitetônicos, o tipo de uso (comercial, residencial, etc.) e o tipo de usuário ou habitante.
2. Explique por que o bairro oriental é chamado de **brasileiro**.

O romance romântico no Brasil

Rio de Janeiro, o palco ideal

A urbanização da cidade do Rio de Janeiro, transformada em Corte, gerava uma sociedade consumidora representada pela aristocracia rural, pelos profissionais liberais e jovens estudantes, todos em busca de "entretenimento"; o espírito nacionalista exigia uma "cor local" para os romances, e não a mera importação ou tradução de obras estrangeiras; o jornalismo vivia seu primeiro grande impulso e crescia a divulgação em massa de folhetins; o teatro nacional avançava: esses foram alguns dos fatores que explicaram o aparecimento e o desenvolvimento do romance no Brasil.

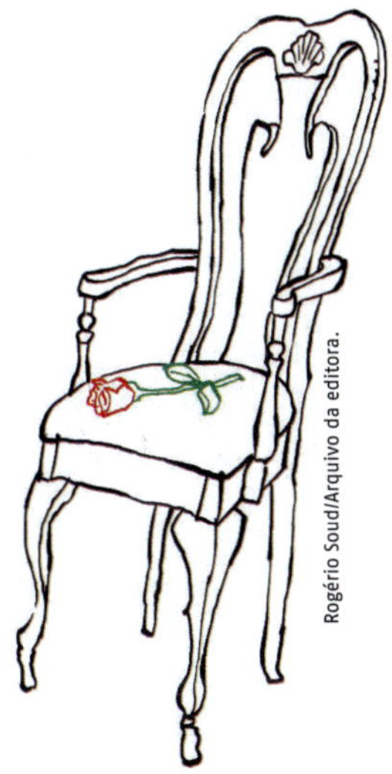
Rogério Soud/Arquivo da editora.

Respondendo às exigências do público leitor, surgiram romances cujo enredo girava em torno da descrição dos costumes urbanos e de amenidades do campo, ou que apresentavam imponentes selvagens, personagens concebidos pela imaginação

Coleção particular.

A gravura de Debret, com negros escravos transportando o produto a ser comercializado, registra a transição por que passava a cidade do Rio de Janeiro em meados do século XIX: uma sociedade estruturada a partir das grandes propriedades rurais e do regime escravocrata passa a conviver com o modelo capitalista mercantil.

Acervo Iconographia.

Rua do Ouvidor, em 1890.

e ideologia românticas, com os quais o leitor se identificava, pois retratavam uma "realidade" que lhe convinha. Apenas poucas obras fugiram desse esquema, como *Memórias de um sargento de milícias*, de Manuel Antônio de Almeida, e *Inocência*, do Visconde de Taunay.

José de Alencar, ao comentar seus romances urbanos, afirmava que seus personagens eram talhados "no tamanho da sociedade fluminense" e reconhecer isso era "o maior elogio" que lhe poderia ser feito. É importante observar, no entanto, que a sociedade fluminense vivia em estado de ebulição, matéria-prima dos romancistas do século XIX.

A Rua do Ouvidor, símbolo maior do comércio do Rio de Janeiro, tornou-se o cenário ideal das narrativas do século XIX; da mesma forma, percebe-se a preocupação em citar o nome da modista, do alfaiate, do restaurante da moda. Segundo um levantamento feito pelo historiador Pedro Calmon:

> A Rua do Ouvidor renova-se, engalana-se, resplandece. Havia naquele ano [1850], 23 casas de modistas, 4 de floristas, 77 de ourives, 33 de relojoeiros, 66 de sapateiros, 25 de tipógrafos, 8 de retratistas, 24 de fabricantes de carruagens... a aparelhagem de uma cidade grande, de hábitos complicados e nobres.

O historiador só não citou um outro tipo de comércio: o mercado matrimonial, cujo endereço comercial estendia-se a todos os salões e a todas as residências ricas. Para um filho da classe média, com diploma na mão, o casamento era, na maioria das vezes, o único caminho de ascensão social e, com certeza, o mais curto para uma promissora carreira política.

O romance urbano

Nas tramas do texto

A Moreninha

Um grupo de rapazes combina um fim de semana festivo, na casa da avó de um deles. Augusto, considerado pelos colegas extremamente volúvel em questões de amor, aposta que não se apaixonará por nenhuma das belas jovens que, certamente, encontraria na festa. Apesar de seus firmes propósitos, não resiste à graça feiticeira de Carolina, a inteligente e brejeira Moreninha. Justificando seu comportamento leviano, Augusto confessa a Dona Ana, avó de Carolina, ser apenas uma atitude de defesa o juramento de amor eterno, feito na infância a uma menina, que, desde então, perdera de vista. Depois de muitas peripécias, algumas até cômicas, Augusto descobre ser a Moreninha o seu primeiro amor. Cumpria-se o destino e o protagonista, muito feliz, perdia a aposta, cujo prêmio era escrever seu próprio romance.

PAES, José Paulo; MOISÉS, Massaud (Org.). *Pequeno dicionário de Literatura Brasileira.* São Paulo: Cultrix, 1969. p. 168.

Arquivo da editora.

Joaquim Manuel de Macedo

Joaquim Manuel de Macedo (1820-1882) foi o primeiro romancista brasileiro a alcançar sucesso junto ao novo público romântico formado por jovens senhoras e estudantes. Em 1844, ano em que se forma em Medicina pela Faculdade do Rio de Janeiro, publica seu primeiro romance – *A Moreninha* –, ambientado na Corte carioca e tendo por personagens jovens estudantes de Medicina.

Transcrevemos, a seguir, fragmento do primeiro capítulo e o epílogo.

A Moreninha

Capítulo I — Aposta imprudente

[...]

— Que vaidoso! ... te digo eu, exclamou Filipe.

— Ora, esta não é má!... Então vocês querem governar meu coração?...

— Não; porém, eu torno a afirmar que tu amarás uma de minhas primas durante todo o tempo que for da vontade dela.

— Que mimos de amor que são as primas deste senhor!...

— Eu te mostrarei.

— Juro que não.

— Aposto que sim.

— Aposto que não.

— Papel e tinta, escreva-se a aposta.

— Mas tu me dás muita vantagem e eu rejeitaria a menor. Tens apenas duas primas; é um número de feiticeiras muito limitado. Não sejam só elas as únicas magas que em teu favor invoquem para me encantar. Meus sentimentos ofendem, talvez, a vaidade de todas as belas e todas as belas, pois, tenham o direito de te fazer ganhar a aposta, meu valente campeão do amor constante!

— Como quiseres, mas escreve.

— E quem perder?...

— Pagarás a todos nós um almoço no Pharoux, disse Fabrício.

— Qual almoço! acudiu Leopoldo. Pagará um camarote no primeiro drama novo que representar o nosso João Caetano.

— Nem almoço, nem camarote, concluiu Filipe; se perderes, escreverás a história da tua derrota, e se ganhares, escreverei o triunfo da tua inconstância.

— Bem, escrever-se-á um romance, e um de nós dois, o infeliz, será o autor.

Augusto escreveu primeira, segunda e terceira vez o termo da aposta, mas depois de longa e vigorosa discussão, em que qualquer dos quatro falou duas vezes sobre

Rogério Soud/Arquivo da editora.

a matéria, uma para responder e dez ou doze pela ordem; depois de se oferecerem quinze emendas e vinte artigos aditivos, caiu tudo por grande maioria, e entre bravos, apoiados e aplausos, foi aprovado, salva a redação, o seguinte termo:

"No dia 20 de julho de 18... na sala parlamentar da casa nº... da rua de..., sendo testemunhas os seguintes estudantes Fabrício e Leopoldo, acordaram Filipe e Augusto, também estudantes, que, se até o dia 20 de agosto do corrente ano, o segundo acordante tiver amado a uma só mulher durante quinze dias ou mais, será obrigado a escrever um romance em que tal acontecimento confesse; e, no caso contrário, igual pena sofrerá o primeiro acordante. Sala parlamentar, 20 de julho de 18... Salva a redação".

Como testemunhas: Fabrício e Leopoldo.

Acordantes: Filipe e Augusto.

E eram oito horas da noite quando se levantou a sessão.

Epílogo

A chegada de Filipe, Fabrício e Leopoldo veio dar ainda mais viveza ao prazer que reinava na gruta. O projeto de casamento de Augusto e D. Carolina não podia ser um mistério para eles, tendo sido, como foi, elaborado por Filipe, de acordo com o pai do noivo, que fizera a proposta, e com o velho amigo, que ainda no dia antecedente viera concluir os ajustes com a senhora D. Ana; e, portanto, o tempo que se gastaria em explicações, passou-se em abraços.

— Muito bem! muito bem! disse por fim Filipe; quem pôs o fogo ao pé da pólvora fui eu, eu que obriguei Augusto a vir passar o dia de Sant'Ana conosco.

— Então estás arrependido?...

— Não, por certo, apesar de me roubares minha irmã. Finalmente para este tesouro sempre teria de haver um ladrão; ainda bem que foste tu que o ganhaste.

— Mas, meu maninho, ele perdeu ganhando...

— Como?...

— Estamos no dia 20 de agosto: um mês!

— É verdade! um mês!... exclamou Filipe.

— Um mês!... gritaram Fabrício e Leopoldo.

— Eu não entendo isto! disse a senhora D. Ana.

— Minha boa avó, acudiu a noiva, isto quer dizer que, finalmente, está presa a borboleta.

— Minha boa avó, exclamou Filipe, isto quer dizer que Augusto deve-me um romance.

— Já está pronto, respondeu o noivo.

— Como se intitula?

— "A Moreninha".

MACEDO, Joaquim Manuel de. *A Moreninha*. Disponível em: <http://www.dominiopublico.gov.br/download/texto/bn000008.pdf>. Acesso em: 13 fev. 2011.

sessão de CINEMA

A Moreninha (1971). Direção: Glauco Mirko Laurelli. Com Sonia Braga, David Cardoso, Carlos Alberto Riccelli.

Fraca transposição do livro homônimo de Joaquim Manuel de Macedo para musical. Sonia Braga, que interpreta Carolina, em seu primeiro filme, é dublada nas canções. Vale a pena assistir pela beleza do local onde se passa a história, a linda ilha de Paquetá.

Divulgação.

atividades

1. *A Moreninha* apresenta uma descrição dos costumes do Rio de Janeiro imperial (à semelhança da maioria dos romances românticos urbanos, é o Rio de D. Pedro II). Aponte duas passagens do texto em que isso ocorre.

2. Observe que, entre o primeiro capítulo e o epílogo, o tempo transcorrido foi de apenas um mês (20 de julho a 20 de agosto de 18...); nesse curto espaço de tempo, o par romântico se conheceu, apaixonou-se e marcou o casamento. Você diria que A *Moreninha* está perfeitamente dentro dos valores românticos? Justifique a resposta.

O romance indianista de Alencar

Os romances indianistas

São três os romances do gênero que o popularizou: *O guarani*, *Iracema* e *Ubirajara*. Além do indianismo, que reflete o nacionalismo e a exaltação da natureza pátria, essas obras revelam uma preocupação histórica. Para *O guarani*, por exemplo, o autor pesquisou documentos quinhentistas, neles encontrando referências à família de D. Antônio de Mariz, transformado em personagem do livro. Há, no início do livro, uma preocupação muito grande em tudo definir em termos temporais e espaciais. A natureza pátria aparece exaltada e nela vive o super-herói, um índio de cultura, fala e modo de agir europeizados. Em *O guarani*, o indígena, individualizado em Peri, é civilizado, cristianizado, vive em contato com os brancos. Em *Iracema*, romance baseado em uma lenda do período de formação do Ceará, o nativo brasileiro – no caso, a índia – experimenta seu primeiro contato com o branco colonizador. *Ubirajara – lenda tupi* representa o índio em seu estado mais puro, pré-cabralino; a ação se desenvolve às margens do Tocantins-Araguaia e relata a formação da "grande nação Ubirajara".

Museu Histórico Nacional, RJ.

José Martiniano de Alencar

José Martiniano de Alencar (1829-1877), em seus romances indianistas, defende o "consórcio" entre o nativo e o europeu colonizador, como uma troca de favores: uns ofereciam a natureza virgem, o solo esplêndido; outros, a cultura. Da soma desses fatores resultaria um Brasil independente. Isso se percebe claramente no romance *O guarani*, na relação entre Peri e a família de D. Antônio de Mariz, e no romance *Iracema*, na relação da índia com o português Martim: Moacir, filho de Iracema e Martim, é o primeiro brasileiro, fruto desse casamento de colonizadores e colonizados.

Nas tramas dos textos

Iracema é um livro cearense; aliás, seu título completo é *Iracema – lenda do Ceará*. A dedicatória é coerente: "À Terra Natal – um filho ausente". No prólogo da primeira edição, o autor afirma: "O livro é cearense. Foi imaginado aí, na limpidez desse céu de cristalino azul, e depois vazado no coração cheio de recordações vivazes de uma imaginação virgem. Escrevi-o para ser lido lá, na varanda da casa rústica ou na fresca sombra do pomar, ao doce embalo da rede, entre os murmúrios do vento que crepita na areia ou farfalha nas palmas dos coqueiros".

Texto 1

Iracema

Capítulo II

Além, muito além daquela serra, que ainda azula no horizonte, nasceu Iracema[1].

Iracema, a virgem dos lábios de mel, que tinha os cabelos mais negros que a asa da graúna, e mais longos que seu talhe de palmeira.

O favo da jati[2] não era doce como seu sorriso; nem a baunilha recendia no bosque como seu hálito perfumado.

Mais rápida que a ema selvagem, a morena virgem corria o sertão e as matas do Ipu[3], onde campeava sua guerreira tribo, da grande nação tabajara[4]. O pé grácil e nu, mal roçando, alisava apenas a verde pelúcia que vestia a terra com as primeiras águas.

Um dia, ao pino do sol, ela repousava em um claro da floresta. Banhava-lhe o corpo a sombra da oiticica[5], mais fresca do que o orvalho da noite. Os ramos da acácia silvestre esparziam[6] flores sobre os úmidos cabelos. Escondidos na folhagem, os pássaros ameigavam o canto.

1. **Iracema:** em guarani significa "lábios de mel" – de *ira*, "mel", e *tembe*, "lábios". *Tembe* na composição altera-se em *ceme*. **Iracema** é também anagrama da palavra **América** (notar que Iracema é a personificação do Novo Mundo americano; Martim, o guerreiro branco, é a personificação do conquistador europeu).
2. **jati:** pequena abelha que fabrica delicioso mel.
3. **Ipu:** assim chamam ainda hoje no Ceará a certa qualidade de terra muito fértil, que forma grandes coroas ou ilhas no meio dos tabuleiros e sertões, e é de preferência procurada para a cultura.
4. **tabajara:** senhor das aldeias; de *taba*, "aldeia", e *jara*, "senhor".
5. **oiticica:** árvore frondosa, apreciada pela deliciosa frescura que derrama sua sombra.
6. **esparziam:** espalhavam, derramavam, difundiam.

Iracema saiu do banho; o aljôfar[7] d'água ainda a roreja[8], como à doce mangaba[9] que corou em manhã de chuva. Enquanto repousa, empluma das penas do gará[10] as flechas de seu arco; e concerta com o sabiá da mata, pousado no galho próximo, o canto agreste.

A graciosa ará[11], sua companheira e amiga, brinca junto dela. Às vezes sobe aos ramos da árvore e de lá chama a virgem pelo nome; outras, remexe o uru[12] de palha matizada, onde traz a selvagem seus perfumes, os alvos fios de crautá[13], as agulhas da juçara[14] com que tece a renda, e as tintas de que matiza o algodão.

Rumor suspeito quebra a doce harmonia da sesta[15]. Ergue a virgem os olhos, que o sol não deslumbra; sua vista perturba-se.

Diante dela e todo a contemplá-la, está um guerreiro estranho, se é guerreiro e não algum mau espírito da floresta. Tem nas faces o branco das areias que bordam o mar, nos olhos o azul triste das águas profundas. Ignotas[16] armas e tecidos ignotos cobrem-lhe o corpo.

Foi rápido, como o olhar, o gesto de Iracema. A flecha embebida no arco partiu. Gotas de sangue borbulham na face do desconhecido.

De primeiro ímpeto, a mão lesta[17] caiu sobre a cruz da espada; mas logo sorriu. O moço guerreiro aprendeu na religião de sua mãe, onde a mulher é símbolo de ternura e amor. Sofreu mais d'alma que da ferida.

O sentimento que ele pôs nos olhos e no rosto, não o sei eu. Porém a virgem lançou de si o arco e a uiraçaba[18], e correu para o guerreiro, sentida da mágoa que causara. A mão que rápida ferira, estancou mais rápida e compassiva o sangue que gotejava. Depois Iracema quebrou a flecha[19] homicida; deu a haste ao desconhecido, guardando consigo a ponta farpada.

O guerreiro falou:

— Quebras comigo a flecha da paz?

— Quem te ensinou, guerreiro branco, a linguagem de meus irmãos? Donde vieste a estas matas, que nunca viram outro guerreiro como tu?

— Venho de bem longe, filha das florestas. Venho das terras que teus irmãos já possuíram, e hoje têm os meus.

— Bem-vindo seja o estrangeiro aos campos dos tabajaras, senhores das aldeias, e à cabana de Araquém, pai de Iracema.

ALENCAR, José de. *Iracema*. São Paulo: Scipione, 2004. p. 10-1.

José Maria de Medeiros. Iracema, 1881. Óleo sobre tela, Museu Nacional de Belas Artes, RJ.

7. **aljôfar:** orvalho da manhã; gotas d'água; pérola miúda.
8. **roreja:** molha com pequenas gotas.
9. **mangaba:** o fruto da mangabeira.
10. **gará:** ave aquática, de penas avermelhadas, mais conhecida pelo nome de guará.
11. **ará:** periquito; os indígenas, como aumentativo, usavam repetir a última sílaba da palavra e às vezes toda a palavra, como **murémuré**. *Muré*, "frauta", *murémuré*, "frauta grande". **Arara** vinha a ser, pois, o aumentativo de **ará**, e significaria a espécie maior do gênero.
12. **uru:** cestinho que servia de cofre às selvagens para guardar seus objetos de mais preço e valor.
13. **crautá:** bromélia vulgar de que se tiram fibras tão ou mais finas que as de linho.
14. **juçara:** palmeira de grandes espinhos, dos quais se servem ainda hoje para dividir os fios da renda.
15. **sesta:** hora em que se descansa ou dorme após o almoço.
16. **ignotas:** desconhecidas, ignoradas.
17. **lesta:** rápida, ligeira, ágil.
18. **uiraçaba:** o mesmo que **aljava**; pequeno estojo para guardar as flechas.
19. **quebrar a flecha:** era entre os indígenas a maneira simbólica de estabelecerem a paz entre as diversas tribos, ou mesmo entre dois guerreiros inimigos. Desde já advertimos que não se estranhe a maneira por que o estrangeiro se exprime falando com os selvagens; ao seu perfeito conhecimento dos usos e da língua dos indígenas, e sobretudo a ter-se conformado com eles a ponto de deixar os trajes europeus e pintar-se, deveu Martins Soares Moreno a influência que adquiriu entre os índios do Ceará.

Nota: Os verbetes sublinhados são do próprio José de Alencar, nas *Notas* ao romance *Iracema*.

atividades

1. A descrição de Iracema caracteriza um personagem romântico? Por quê?
2. Que tipo de relação Alencar estabelece entre Iracema e a natureza?
3. Comente a linguagem utilizada pelo autor no fragmento apresentado.
4. Destaque do texto uma passagem caracterizada pela exaltação da natureza pátria.
5. O ato de quebrar a flecha, além de simbolizar a paz entre Iracema e o guerreiro, adquire um outro significado. Qual?

Um perfil de mulher na obra de Alencar

O enredo de *Senhora*

Aurélia Camargo, moça pobre e órfã de pai, fica noiva de Fernando Seixas, rapaz de boa índole, mas desfibrado pelo desejo de carreira fácil e brilhante. Em parte pelo fato de ser pobre, em parte pela esperança de conseguir um bom partido, Fernando abandona a noiva, que se desilude dos homens.

Inesperadamente, morre o avô de Aurélia, deixando-a milionária. Movida por vários impulsos e motivos, manda propor a Fernando que a despose mediante o dote de cem contos, quantia avultadíssima na época. Envolvido em dificuldades financeiras, o rapaz aceita; mas, na noite do casamento, Aurélia, manifestando desprezo profundo, comunica-lhe que deverão viver lado a lado, como estranhos, embora unidos ante a opinião pública. Fernando compreende o sentido da compra a que se sujeitara e toma consciência de sua leviandade.

Numa espécie de longo duelo, marido e mulher se põem à prova, até que Fernando consegue a soma necessária para devolver o que recebera e propõe a separação. Entrementes o seu caráter se forjara, enquanto se abrandava a dureza de Aurélia. O desenlace é a reconciliação de ambos, cujo amor havia crescido com a experiência.

Rogério Soud/Arquivo da editora.

Texto 2

O texto a seguir é um fragmento do capítulo IV de Senhora, *em que Alencar descreve a "revolução" que se opera no espírito de Aurélia Camargo ao tratar de negócios. Observe que a jovem heroína assume comportamentos "masculinos" ao realizar tarefas que só competiam aos homens. Esse trecho nos oferece uma amostra do conceito de sociedade de José de Alencar.*

Quem observasse Aurélia naquele momento, não deixaria de notar a nova fisionomia que tomara o seu belo semblante e que influía em toda a sua pessoa.

Era uma expressão fria, pausada, inflexível, que jaspeava sua beleza, dando-lhe quase a gelidez da estátua. Mas no lampejo de seus grandes olhos pardos brilhavam as irradiações da inteligência. Operava-se nela uma revolução. O princípio vital da mulher abandonava seu foco natural, o coração, para concentrar-se no cérebro, onde residem as faculdades especulativas do homem.

Nessas ocasiões seu espírito adquiria tal lucidez que fazia correr um calafrio pela medula do Lemos, apesar do lombo maciço de que a natureza havia forrado no roliço velhinho o tronco do sistema nervoso.

Era realmente de causar pasmo aos estranhos e susto a um tutor, a perspicácia com que essa moça de dezoito anos apreciava as questões mais complicadas; o perfeito conhecimento que mostrava dos negócios, e a facilidade com que fazia, muitas vezes de memória, qualquer operação aritmética por muito difícil e intrincada que fosse.

Não havia porém em Aurélia nem sombra do ridículo pedantismo de certas moças que, tendo colhido em leituras superficiais algumas noções vagas, se metem a tagarelar de tudo.

Bem ao contrário, ela recatava sua experiência, de que só fazia uso, quando o exigiam seus próprios interesses. Fora daí ninguém lhe ouvia falar de negócios e emitir opinião acerca de coisas que não pertencessem à sua especialidade de moça solteira.

ALENCAR, José de. *Senhora*. São Paulo: Scipione, 2004. p. 15.

Rogério Soud/Arquivo da editora.

atividades

1. Comente a "revolução" que se operou em Aurélia.

2. Releia o penúltimo parágrafo e, a partir da expressividade dos adjetivos, estabeleça um paralelo entre Aurélia e certas moças da sociedade.

3. Em outro trecho do mesmo romance, assim se manifesta o narrador:

Aurélia era órfã; tinha em sua companhia uma velha parenta, viúva, D. Firmina Mascarenhas, que sempre a acompanhava na sociedade.

Mas essa parenta não passava de mãe de encomenda, para condescender com os escrúpulos da sociedade brasileira, que naquele tempo não tinha admitido ainda certa emancipação feminina.

a) Pelos trechos lidos, como o narrador vê a emancipação da mulher?

b) E como o narrador vê a sociedade brasileira?

4. Num exercício de imaginação, cite três assuntos que pertençam à "especialidade de moça solteira".

O romance picaresco de Manuel Antônio de Almeida

Um verdadeiro romance de costumes

Memórias de um sargento de milícias é uma obra totalmente inovadora para sua época e pode ser considerada o verdadeiro romance de costumes do Romantismo brasileiro, pois abandona a visão da burguesia urbana para retratar o povo em toda a sua simplicidade. O romance é o documento de uma época, descrita com malícia, humor e sátira: o período de D. João VI no Brasil, justamente o momento das maiores transformações, da mudança da mentalidade colonial para a vida da Corte.

As *Memórias* ferem a "sensibilidade romântica" já na figura de seu herói. Comparado aos modelos românticos, Leonardinho é um anti-herói; melhor seria dizer um **herói picaresco**, aquele que está à margem da sociedade, que a vê sob outro ângulo, de baixo para cima.

Arquivo da editora.

Manuel Antônio de Almeida

Manuel Antônio de Almeida (1831-1861) é autor de um único romance: *Memórias de um sargento de milícias*, uma das narrativas mais interessantes da literatura brasileira, publicada em folhetins semanais do suplemento *Pacotilha*, do jornal *Correio Mercantil*. Segundo Mário de Andrade, "um dos grandes méritos das *Memórias de um sargento de milícias* é serem um tesouro muito rico das coisas e costumes das vésperas da Independência".

Nas tramas do texto

Divirta-se lendo estes dois trechos da obra de Manuel Antonio de Almeida.

Memórias de um sargento de milícias

Capítulo I — Origem, nascimento e batizado

(fragmento)

Eduardo Albarello/Editora Abril.

Jofre Soares em montagem teatral de Memórias de um sargento de milícias.

Sua história tem pouca cousa de notável. Fora Leonardo algibebe[1] em Lisboa, sua pátria; aborrecera-se porém do negócio, e viera ao Brasil. Aqui chegando, não se sabe por proteção de quem, alcançou o emprego de que o vemos empossado, e que exercia, como dissemos, desde tempos remotos. Mas viera com ele no mesmo navio, não sei fazer o que, uma certa Maria-da-Hortaliça, quitandeira das praças de Lisboa, saloia[2] rechonchuda e bonitona. O Leonardo, fazendo-se-lhe justiça, não era nesse tempo de sua mocidade mal apessoado, e sobretudo era maganão[3]. Ao sair do Tejo, estando a Maria encostada à borda do navio, o Leonardo fingiu que passava distraído por junto dela, e com o ferrado sapatão assentou-lhe uma valente pisadela no pé direito. A Maria, como se já esperasse por aquilo, sorriu-se como envergonhada do gracejo, e deu-lhe também em ar de disfarce um tremendo beliscão nas costas da mão esquerda. Era isto uma declaração em forma, segundo os usos da terra; levaram o resto do dia de namoro cerrado; ao anoitecer passou-se a mesma cena de pisadela e beliscão, com diferença de serem desta vez um pouco mais fortes; e no dia seguinte estavam os dois amantes tão extremosos e familiares, que pareciam sê-lo de muitos anos.

Quando saltaram em terra começou a Maria a sentir certos enojos[4]; foram os dois morar juntos; e daí a um mês manifestaram-se claramente os efeitos da pisadela e do beliscão; sete meses depois teve Maria um filho, formidável menino de quase três palmos de comprido, gordo e vermelho, cabeludo, esperneador e chorão; o qual, logo depois que nasceu, mamou duas horas seguidas sem largar o peito. E este nascimento é certamente de tudo o que temos dito o que mais nos interessa, porque o menino de quem falamos é o herói desta história.

1. **algibebe:** aquele que vende roupas baratas. O autor nos dá, assim, algumas informações sobre o passado de Leonardo.
2. **saloia:** empregada como substantivo, **saloia** é a camponesa dos arredores de Lisboa, mulher rústica; como adjetivo, significa "mulher ardilosa", "finória", "velhaca". Manuel A. de Almeida trabalha a palavra **saloia** nos seus dois sentidos: "saloia (camponesa) rechonchuda e bonitona"; "Afinal de contas a Maria sempre era saloia (ardilosa)".
3. **maganão:** espertalhão, malicioso, conquistador.
4. **enojos:** náusea, enjoo. O autor inicia, assim, a sequência de fatos que indicam os "efeitos da pisadela e do beliscão" – a gravidez de Maria e o nascimento do herói.

Montagem do livro Memórias de sargento de milícias *sobre a caricatura de Belmonte.*

Capítulo II — Primeiros infortúnios
(fragmento)

Logo que pôde andar e falar tornou-se um flagelo[5]; quebrava e rasgava tudo que lhe vinha à mão. Tinha uma paixão decidida pelo chapéu armado do Leonardo; se este o deixava por esquecimento em algum lugar ao seu alcance, tomava-o imediatamente, espanava com ele todos os móveis, punha-lhe dentro tudo que encontrava, esfregava-o em uma parede, e acabava por varrer com ele a casa; até que a Maria, exasperada pelo que aquilo lhe havia de custar aos ouvidos, e talvez às costas, arrancava-lhe das mãos a vítima infeliz. Era, além de traquinas[6], guloso; quando não traquinava, comia. A Maria não lhe perdoava; trazia-lhe bem maltratada uma região do corpo; porém ele não se emendava, que era também teimoso, e as travessuras recomeçavam mal acabava a dor das palmadas.

Assim chegou aos sete anos.

Afinal de contas a Maria sempre era saloia, e o Leonardo começava a arrepender-se seriamente de tudo que tinha feito por ela e com ela. E tinha razão, porque, digamos depressa e sem mais cerimônia, havia ele desde certo tempo concebido fundadas suspeitas de que era atraiçoado. Havia alguns meses atrás tinha notado que um certo sargento passava-lhe muitas vezes pela porta, e enfiava olhares curiosos através das rótulas[7]: uma ocasião, recolhendo-se, parecera-lhe que o vira encostado à janela. Isto porém passou sem mais novidade.

Depois começou a estranhar que um certo colega seu o procurasse em casa, para tratar de negócios do ofício, sempre em horas desencontradas: porém isto também passou breve. Finalmente aconteceu por três ou quatro vezes esbarrar-se junto de casa com o capitão do navio em que tinha vindo de Lisboa, e isto causou-lhe sérios cuidados. Um dia de manhã entrou sem ser esperado pela porta adentro; alguém que estava na sala abriu precipitadamente a janela, saltou por ela para a rua, e desapareceu.

À vista disso nada a duvidar: o pobre homem perdeu, como se costumava dizer, as estribeiras[8]; ficou cego de ciúme. Largou apressado sobre um banco uns autos[9] que trazia embaixo do braço, e endireitou para Maria com os punhos cerrados.

— Grandessíssima!...

E a injúria que ia soltar era tão grande que o engasgou... e pôs-se a tremer com todo o corpo.

A Maria recuou dous passos e pôs-se em guarda, pois também não era das que se receava com qualquer cousa.

— Tira-te lá, ó Leonardo!

— Não chames mais pelo meu nome, não chames... que tranco-te esta boca a socos...

— Safe-se daí[10]! quem lhe mandou pôr-se aos namoricos comigo a bordo?

Isto exasperou o Leonardo; a lembrança do amor aumentou-lhe a dor da traição e o ciúme e a raiva de que se achava possuído transbordaram em socos sobre a Maria, que depois de uma tentativa inútil de resistência, desatou a correr, a chorar e a gritar:

— Ai... ai... acuda, Senhor Compadre... Senhor Compadre!...

Porém o compadre ensaboava nesse momento a cara de um freguês e não podia largá-lo. Portanto a Maria pagou caro e por junto todas as contas. Encolheu-se a choramingar em um canto.

5. **flagelo:** pessoa que provoca desastres, que causa calamidades.
6. **traquinas:** travesso, irrequieto.
7. **rótulas:** grades feitas com sarrafos de madeira cruzados, que se colocavam nas aberturas das janelas (modernamente seriam as venezianas).
8. **perder as estribeiras:** expressão popular que significa "perder o controle da situação", ou seja, perder a paciência, cometer despropósitos.
9. **autos:** papéis, documentos, peças de um processo. Aqui cabe uma explicação: Leonardo, o pai, era meirinho, isto é, oficial de Justiça, responsável pela entrega de documentos.
10. **safe-se daí:** essa expressão tem valor de interjeição; normalmente exprime repugnância; **safar-se de** significa "livrar-se de um perigo"; "escapar".

O menino assistira a toda essa cena com imperturbável sangue-frio: enquanto a Maria apanhava e o Leonardo esbravejava, ele ocupava-se tranquilamente em rasgar as folhas dos autos que este tinha largado ao entrar, e em fazer delas uma grande coleção de cartuchos.

Quando, esmorecida a raiva, o Leonardo pôde ver alguma cousa mais do que ciúme, reparou então na obra meritória em que se ocupava o pequeno. Enfureceu-se de novo: suspendeu o menino pelas orelhas, fê-lo dar no ar uma meia-volta, ergue o pé direito, assenta-lhe em cheio sobre os glúteos, atirando-o sentado a quatro braças[11] de distância.

— És filho de uma pisadela e de um beliscão; mereces que um pontapé te acabe a casta[12].

ALMEIDA, Manuel Antônio de. *Memórias de um sargento de milícias*. Disponível em: <www.dominiopublico.gov.br/download/texto/bn000022.pdf>. Acesso em: 13 fev. 2011.

11. **quatro braças:** cerca de oito metros; braça é uma antiga unidade de medida, equivalente a aproximadamente dois metros.

12. **casta:** raça.

Biblioteca José Mindlin, São Paulo, SP.

Ilustração para a obra Memórias de um sargento de milícias.

atividades

1. A partir da leitura dos fragmentos apresentados, comente o papel do narrador em *Memórias de um sargento de milícias*. Transcreva uma passagem da narrativa para justificar a resposta.

2. "... o menino de quem falamos é o herói desta história." A partir dos fragmentos apresentados, caracterize o herói Leonardinho.

3. Você observou que Manuel A. de Almeida coloca Leonardinho, literalmente, como filho de uma brincadeira (pisadela e beliscão) e filho de uma... senhora de hábitos extraconjugais pouco ortodoxos. O nosso herói se relaciona com gente que vivia à margem da sociedade bem posta do Rio de Janeiro que acabava de receber D. João VI e a Corte lusitana, aproximando-se de um tipo de personagem que fez sucesso na novelística espanhola: o **herói picaresco**.

Você diria que essa caracterização está perfeitamente de acordo com os valores românticos? Justifique sua resposta.

4. "... arrancava-lhe das mãos a vítima infeliz." (primeiro parágrafo do capítulo II)

Esta passagem nos oferece um bom exemplo do estilo leve do autor. Quem é a "vítima infeliz" da passagem acima?

5. Cite outros momentos hilariantes do texto.

6. Destaque uma passagem do texto que comprove ser a narrativa uma crônica de costumes.

*Questões de exames sobre este capítulo encontram-se na página **660**.*

capítulo 18

Objetivos gerais do capítulo

O aluno, ao final do capítulo, deverá ser capaz de:

- discutir as manifestações do Realismo nas artes plásticas e na literatura;
- ter noção das principais características desse estilo e suas relações com o contexto histórico;
- discutir as diferenças e semelhanças entre a prosa realista e a naturalista;
- conhecer os temas recorrentes da poesia realista e os principais autores desse estilo, ler seus textos e refletir sobre eles.

Os estilos de época da Revolução Industrial à Primeira Guerra: Realismo/Naturalismo

O Realismo é uma reação contra o Romantismo: o Romantismo era a apoteose do sentimento; o Realismo é a anatomia do caráter. É a crítica do homem. É a arte que nos pinta a nossos próprios olhos — para condenar o que houver de mau na nossa sociedade.

Eça de Queirós, escritor português, na Conferência "O Realismo como nova expressão da arte".

Madame Bovary, *de Gustave Flaubert, publicado em 1857, é considerado o primeiro romance realista da literatura universal. O personagem que dá nome ao romance tornou-se símbolo trágico do confronto entre as ilusões românticas e a crueza da realidade.*

O leito de morte de Madame Bovary, de Albert-Auguste Fourier, 1854. Óleo sobre tela. Museu de Belas Artes, Rouen/The Bridgeman/Keystone.

A pintura

Os quebradores de pedra, de Gustave Courbet, 1849. Óleo sobre tela, 56 x 65 cm. Coleção Oskar Reinhart, Suíça/The Bridgeman/Keystone.

Gustave Courbet (1819-1877) não só foi o principal representante francês do Realismo na pintura, mas também foi o artista que deu nome ao movimento: em 1855 realizou uma exposição individual em Paris e a intitulou **Le Réalisme**. O quebra-pedras, *reproduzida ao lado, foi uma de suas primeiras telas realistas.*

Numa época em que o avanço tecnológico resultou na invenção da máquina fotográfica e deu novas características às tintas, os pintores realistas precisaram aprimorar suas técnicas e buscar, longe dos estúdios, motivação no contato direto com os temas.

Segundo Lionello Venturi, "Courbet proclamou-se inimigo do ideal, da poesia e da religião. Não que ele não tivesse um ideal, mas esse ideal era o oposto do que os seus contemporâneos consideravam como ideal. Contra a beleza total, contra a escolha na natureza, com uma fé absoluta na sua ciência de reproduzir os objetos físicos como ele os via, contra as classes elevadas da sociedade, o esnobismo e a pretensão à cultura que as caracterizavam, Courbet apega-se à terra, à gente do povo e à sua verdadeira maneira de viver. [...]"

A greve *(1886), de Robert Koehler, traduz a atmosfera criada pela agressiva industrialização por que passaram os Estados Unidos no final do século XIX. A tela reproduz uma das inúmeras manifestações de trabalhadores ocorridas em Chicago durante o ano de 1886 e que culminaram na criação do Dia do Trabalho, comemorado mundialmente em 1º de maio. Os reflexos provocados pela Segunda Revolução Industrial e pelos movimentos de inspiração marxista estão evidentes no quadro desse pintor alemão. O que imediatamente salta ao olhar é o confronto entre patrão e operários. Em um cenário envolvido por um mar de chaminés fumegantes (ao fundo), avizinha-se um conflito iminente. Em primeiro plano, vemos uma mulher com dois filhos, simbolizando a pobreza e a exploração a que eram submetidos os trabalhadores, e, ao lado, ainda em primeiro plano, um homem recolhe pedras do chão, sugerindo que o conflito pode ganhar contornos violentos.*

A greve, de Robert Koehler, 1886. Óleo sobre tela, 182 x 276 cm. Museu Histórico da Alemanha, Berlim.

A pintura

O pagamento dos ceifeiros, de Léon Lhermitte, 1882. Museu D'Orsay, Paris.

As telas desta página exemplificam a mudança de foco ocorrida na concepção estética em meados do século XIX, tanto na temática – no objeto retratado – como na forma – os enquadramentos, os planos, as cores. Se, na primeira metade do século, a pintura valorizou as figuras idealizadas, ditadas pelo imaginário romântico, na segunda metade os artistas vão para as ruas, para o campo e retratam trabalhadores em plena atividade. Saem de cena as figuras mitológicas personificando a Liberdade, as jovens burguesas, o ambiente cortês, a natureza idealizada; entram os operários urbanos, os estivadores, os ceifeiros, os mineiros, homens e mulheres explorados, trabalhando como animais ou viajando como carga em vagões de terceira classe.

Os lenhadores, Jean-François Millet, 1848. Museu Victoria Albert, Londres/The Bridgeman/Keystone.

Carro de terceira classe, de Honoré Daumier, 1864. Museu de Arte Walters, Baltimore/The Bridgeman/Keystone.

A escultura

O forjador, de Constantin Emile Meunier, 1886. Bronze, 117,5 x 60 x 44 cm. Museu Nacional de Arte da Catalunha, Barcelona/Oronoz/Album/Latinstock.

O belga Constantin Meunier (1831-1905) pode ser considerado o grande mestre do realismo social na escultura. Seguindo a mesma orientação dos pintores realistas, Meunier transforma a classe trabalhadora em protagonista de sua obra, destacando a força física e moral de seus personagens.
Na escultura, a revolução realista se dá muito mais na seleção temática que na inovação formal.

O ceifeiro, de Constantin Emile Meunier, 1895. Bronze. Instituto de Arte de Chicago.

A filosofia

Karl Marx e Friedrich Engels no 2º Congresso da Liga dos Comunistas em Londres entre 29 de novembro e 8 de dezembro de 1847, de H. Mocznay, 1961. Óleo sobre tela. Museu Histórico da Alemanha, Berlim/akg-images/Album/Latinstock.

Na tela ao lado, o alemão Hans Mocznay retrata a participação de Marx (em pé, discursando) e Engels (sentado à esquerda de Marx), no II Congresso da Liga dos Comunistas, realizado de 29 de novembro a 8 de dezembro de 1847, em Londres; por decisão desse Congresso, Marx e Engels ficaram encarregados da redação do programa da Liga, que resultou no Manifesto do Partido Comunista.

Marx e Engels em uma gráfica, de E. Shapiro, s/d. Coleção particular/Oronoz/Album/Latinstock.

Marx e Engels acompanham a impressão do Manifesto do Partido Comunista. O Manifesto conclamava os operários industriais a lutar contra o modo de produção capitalista burguês, considerado pelos filósofos altamente explorador e causador de pobreza e desigualdade irreversíveis.

As utopias revolucionárias

"No século XIX, em decorrência do otimismo trazido pelas ideias de progresso, desenvolvimento técnico-científico, poderio humano para construir uma vida justa e feliz, a Filosofia apostou nas utopias revolucionárias — anarquismo, socialismo, comunismo —, que criariam, graças à ação política consciente dos explorados e oprimidos, uma sociedade nova, justa e feliz."

CHAUI, Marilena. *Convite à filosofia*. 3. ed. São Paulo: Ática, 1995.

A Revolução Industrial e o Cientificismo

A Revolução Industrial, iniciada no século XVIII, entra numa nova fase em meados do século XIX (a chamada Segunda Revolução Industrial), caracterizada pela utilização do aço, do petróleo e da eletricidade; ao mesmo tempo, o avanço científico leva a novas descobertas no campo da Física e da Química. O capitalismo se estrutura em moldes modernos, com o surgimento de grandes complexos industriais; por outro lado, a massa operária urbana avoluma-se, formando uma população marginalizada que não partilha os benefícios gerados pelo progresso industrial, mas, ao contrário, é explorada e sujeita a condições sub-humanas de trabalho.

Rafael Fonseca/Arquivo da editora.

Esse momento histórico contamina a leitura de mundo realizada pelos artistas e resulta em novas linguagens, novas formas de expressão.

Em 1865, as cidades de Coimbra e Lisboa, em Portugal, foram abaladas por uma polêmica literária conhecida como "Questão Coimbrã", que extrapolava os temas artísticos, como se percebe nas palavras pronunciadas por Antero de Quental, um dos líderes dos jovens realistas:

> Todavia, quem pensa e sabe hoje na Europa, não é Portugal, não é Lisboa, cuido eu: é Paris, é Londres, é Berlim. Não é a nossa divertida Academia de Ciências que resolve, decompõe, classifica e explica o mundo dos fatos e das ideias. É o Instituto de França, é a Academia Científica de Berlim, são as escolas de Filosofia, de História, de Matemática, de Física, de Biologia, de todas as ciências e de todas as artes, em França, Inglaterra, em Alemanha.

Nota-se que, para o poeta português, o que importava era "resolver, decompor, classificar e explicar o mundo dos fatos e das ideias". Em outras palavras, ele defendia o pensamento científico. Essa postura intelectual é chamada de **cientificismo**.

Os variados "ismos"

O contexto histórico de meados do século XIX serve de pano de fundo para uma reinterpretação da realidade, que gera teorias de variadas posturas ideológicas. Numa sequência cronológica, surgem:

- o **positivismo** de Augusto Comte, preocupado com o real-sensível, com o fato, defendendo o cientificismo no pensamento filosófico e a conciliação entre "ordem e progresso" (a expressão, utilizada na bandeira republicana do Brasil, é de inspiração positivista);
- o **socialismo científico** de Karl Marx e Friedrich Engels, a partir da publicação do *Manifesto comunista*, em 1848, que define o **materialismo histórico** e a luta de classes ("O modo de produção da vida material condiciona o processo de vida social, político e intelectual em geral", K. Marx);
- o **evolucionismo** de Charles Darwin, a partir da publicação, em 1859, de *A origem das espécies*, livro em que são expostos os estudos sobre a evolução das espécies pelo processo de seleção natural, negando, portanto, a origem divina defendida pelo Cristianismo.

o momento
HISTÓRICO

Economia, política e sociedade

Para resumir o contexto social, econômico e político do período, elaboramos o infográfico que você lerá a seguir. Na página ao lado, estão resumidos os principais acontecimentos artísticos, científicos e filosóficos do período.

1859 – Exploração do **primeiro poço de petróleo** nos Estados Unidos. Petróleo, aço, energia elétrica, carvão mineral são as molas propulsoras da **Segunda Revolução Industrial**.

1865 – > Fim da **Guerra de Secessão** nos Estados Unidos, com a vitória dos estados do Norte; assassinato do presidente Abraham Lincoln.
> **Guerra do Paraguai**: é formada a Tríplice Aliança com Brasil, Uruguai e Argentina contra o Paraguai.

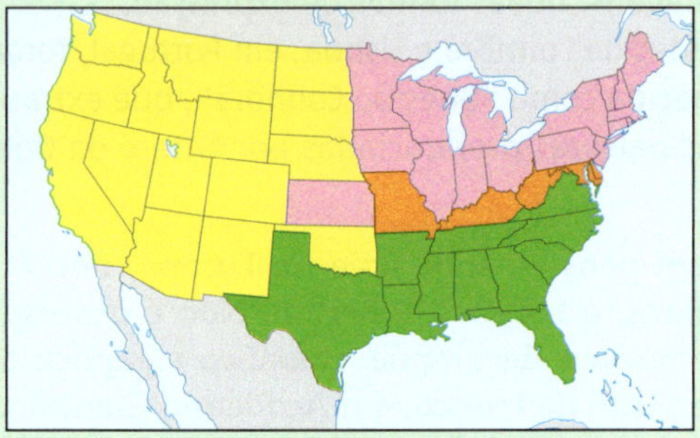

Mapa dos Estados Unidos durante a Guerra de Secessão: em rosa, os estados do Norte que formavam a União; em verde, os estados sulistas que formavam a Confederação; em amarelo, os estados constituídos após a Guerra de Secessão; em laranja os estados escravagistas não confederados.

1867 – **Karl Marx** publica o primeiro volume de sua principal obra, *O Capital*.

1868 – No **Japão**, início da **Era Meiji** (1868-1912), que marca a entrada do país na economia industrial.

1869 – Inauguração do **Canal do Suez**.

Hulton Archive/Getty Images.

1870 – No **Brasil**, é fundado o **Partido Republicano**. Bernadino de Campos (foto) fundou o Partido Republicano Paulista, em 1873.

Acervo da Pinacoteca Municipal de São Paulo.

1871 – > **Unificação da Itália**, em movimento que teve a participação destacada de Giuseppe Garibaldi.
> **Unificação da Alemanha**, em movimento que teve a participação destacada de Otto von Bismark.
> Durante 72 dias, a capital francesa vive a experiência de um governo popular, democrático e socialista com a **Comuna de Paris**.

Museu do Ressurgimento, Milão.

A batalha de Calatafimi, *tela que retrata a Garibaldi.*

1878 – Congresso do **Partido dos Operários Socialistas em Portugal**, com o objetivo de juntar todas as associações operárias.

1879 – É fundado em Madri, clandestinamente, o **Partido Socialista Operário Espanhol**.

PSOE

Reprodução.

1884 – Início da **Conferência de Berlim**, na qual se discute a **partilha da África** pelas potências europeias.

1885 – > Gottlieb **Daimler**, após vários testes, constrói um **motor a gasolina** que gerava 1 HP a 600 rpm e o coloca em uma motocicleta.
> O alemão Karl **Benz** constrói um **automóvel a gasolina**.

Hulton Archive/Getty Images.

Triciclo com motor a gasolina construído por Benz em 1885.

1888 – **Abolição da escravatura no Brasil.**

1889 – **Proclamação da República no Brasil.**

Arte, ciência e filosofia

1830-1842 **Auguste Comte** publica os seis volumes de seu *Curso de filosofia positiva*.

Pierre-Joseph Proudhon publica *O que é a propriedade?*, declarando-se anarquista. Nessa obra, critica a propriedade privada e afirma que o fato de um homem explorar a força de trabalho de outro homem se caracteriza como roubo (daí a famosa frase "A propriedade é o roubo").

Erich Lessing/Album/Latinstock.

Gustave Courbet: Retrato de Pierre-Joseph Proudhon em 1853.

1840 **Edgar Allan Poe** publica o poema *O corvo*.

1845 **George Boole** publica *Análise matemática da lógica*, em que introduz os conceitos de **lógica simbólica**, demonstrando que a lógica podia ser representada por equações algébricas. Esse trabalho é considerado a base sobre a qual foram construídos os computadores eletrônicos, um século depois.

1847 **Júlio Verne** publica uma série de **narrativas fantásticas**, segundo o conceito de verossimilhança científica; em suas obras visionárias, antecipou inventos como o submarino, o helicóptero, o fax e viagens à Lua. Dentre as narrativas, merecem destaque *Viagem ao centro da Terra*, *A volta ao mundo em 80 dias*, *Vinte mil léguas submarinas*.

1863-1869

Divulgação.

- **Wagner** compõe a ópera *Tristão e Isolda*.
- **Lewis Carrol** publica *As aventuras de Alice no País das Maravilhas*. Ao lado, cartaz do filme lançado em 2010.
- Após realizar experiências com ervilhas, **Mendel** apresenta seu trabalho *Experiments in plant-hybridization*, em que formula a **Lei da transmissão dos caracteres hereditários**.
- **Fiódor Dostoiévski** publica *Crime e castigo*. Dostoiévski afirmava: "Chamam-me de psicólogo; não é verdade, sou apenas um realista no mais alto sentido, ou seja, retrato todas as profundezas da alma humana".

1865

1865-1869 **Tolstoi** publica *Guerra e paz*.

akg-images/IPress.

Leon Tolstoi.

1869 **Dmitri Ivanovich Mendeleyev** organiza os elementos químicos em uma **tabela periódica**.

1870 O compositor brasileiro **Carlos Gomes** apresenta, no Teatro Alla Scalla de Milão, a ópera *O guarani*, baseada no romance homônimo de José de Alencar.

1870-1893 **Émile Zola**, considerado o iniciador do **movimento naturalista**, publica os 20 volumes de *A saga dos Rougon-Macquart*.

1871 **Nietzsche** publica sua primeira grande obra: *A origem da tragédia*.

Museu Munch, Oslo/akg-images/IPress.

Nietzsche retratado por Edvard Munch.

1876 **Graham Bell** registra a patente do **telefone**.

1876-1879 **Tomas Edison** inventa o **fonógrafo** e a **lâmpada elétrica**.

1880 **Tchaikóvski** compõe a *Abertura 1812*.

Coleção particular.

Piotr Ilitch Tchaikóvski.

1885 **Pasteur** aplica a **vacina antirrábica** num ser humano.

Coleção particular/akg-images/Album/Latinstock.

Louis Pasteur.

As influências

Dr. Jeremy Burgess/Science Photo Library.

Charles Darwin (1809-1882)

"A evolução é a ideia mais profunda e abrangente dos últimos dois séculos. Esse evento talvez represente a maior revolução intelectual experimentada pela humanidade. Foi descrita em detalhes pela primeira vez em 1859, no livro *A origem das espécies*, de Charles Darwin. Ele questionou não só a crença na constância do mundo, mas também a causa da notável adaptação dos organismos e, de forma ainda mais chocante, a posição única do homem no mundo dos seres vivos. Ele também propôs uma explicação para a evolução que não se apoiava em poderes ou forças sobrenaturais.

O pensamento evolucionista se disseminou durante a segunda metade do século XVIII e a primeira metade do século XIX, não apenas na biologia, mas na linguística, na filosofia, na sociologia, na economia e em outros ramos do pensamento. Mesmo assim, permaneceu por um longo tempo como um ponto de vista minoritário."

MAYR, Ernst. *O que é a evolução*. Rio de Janeiro: Rocco, 2009.

Fotos: akg-images/Intercontinental Press.

Karl Marx (1818-1883)

Friedrich Engels (1820-1895)

Por burguesia compreende-se a classe dos capitalistas modernos, proprietários dos meios de produção social, que empregam o trabalho assalariado. Por proletariado compreende-se a classe dos trabalhadores assalariados modernos que, privados de meios de produção próprios, se veem obrigados a vender sua força de trabalho para poder existir.

Nota de F. Engels à edição inglesa de 1888 do *Manifesto do Partido Comunista*.

As ideias dominantes de uma época sempre foram as ideias da classe dominante.

(Karl Marx e Friedrich Engels)

Nas tramas dos textos

Texto 1

A corrente naturalista

(*fragmento de* O mundo de Sofia)

— (...) Vamos falar agora de Marx, Darwin ou Freud?

— Em termos bem gerais, podemos falar de uma *corrente naturalista*, que se estende de meados do século XIX até bem recentemente. Por "naturalismo" entende-se uma concepção de realidade que não aceita qualquer outra realidade a não ser a natureza e o mundo fenomenológico. Consequentemente, o naturalista considera o homem parte da natureza e o pesquisador natural parte exclusivamente de dados concretos da natureza, e não de especulações racionalistas ou de alguma outra forma de revelação divina.

— E isto vale tanto para Marx quanto Darwin e Freud?

— Exatamente. As palavras-chave da filosofia e da ciência em meados do século XIX eram "natureza", "meio ambiente", "história", "evolução" e "crescimento". Marx havia dito que a consciência humana era um produto da base material de uma sociedade. Darwin mostrou que o homem era o produto de uma longa evolução biológica e o estudo de Freud sobre o inconsciente deixou claro que as ações dos homens frequentemente são devidas a certos impulsos ou instintos "animais", próprios de sua natureza.

— Acho que estou entendendo mais ou menos o que você está chamando de naturalismo. [...]

— Vamos falar agora sobre Darwin. [...]

— Mas ele foi realmente um filósofo?

— Darwin era biólogo e pesquisador natural. Mas ele foi o cientista que, mais do que qualquer outro em tempos mais modernos, questionou e colocou em dúvida a visão bíblica sobre o lugar do homem na criação.

— Então seria bom você falar um pouco sobre a teoria da evolução de Darwin.

— [...] Em *A origem das espécies*, Darwin defendia duas teorias ou teses principais: em primeiro lugar, ele dizia que todas as espécies de plantas e animais que vivem hoje descendem de formas mais primitivas, que viveram em tempos passados. Ele pressupõe, portanto, uma evolução biológica. Em segundo, Darwin explica que esta evolução se deve à "seleção natural".

— Só os mais fortes sobrevivem, não é isto?

GAARDER, Jostein. *O mundo de Sofia*. São Paulo: Companhia das Letras. 1998. p. 432-5.

Texto 2

O crime do padre Amaro

Reproduzimos, a seguir, uma passagem do romance de Eça de Queirós, considerado o primeiro romance realista de Portugal, publicado em 1875. Neste trecho, o jovem João Eduardo, ex-noivo de Amélia, vai ao consultório do Dr. Gouveia, médico afinado com as mais recentes conquistas das ciências, queixar-se do comportamento do padre Amaro.

— Olá! és tu, rapaz! Há novidade na Rua da Misericórdia? João Eduardo corou.

— Não senhor, senhor doutor, queria falar-lhe em particular.

Seguiu-o ao gabinete — o conhecido gabinete do doutor Gouveia que, com o seu caos de livros, o seu tom poeirento, uma panóplia de flechas selvagens e duas cegonhas empalhadas, tinha na cidade a reputação duma "Cela de Alquimista".

O doutor puxou o seu *cebolão*.

— Um quarto para as duas. Sê breve.

A face do escrevente exprimiu o embaraço de condensar uma narração tão complicada.

— Está bom, disse o doutor, explica-te como puderes. Não há nada mais difícil que ser claro e breve; é necessário ter gênio. Que é?

João Eduardo então tartamudeou a sua história, insistindo sobretudo na perfídia do padre, exagerando a inocência de Amélia...

O doutor escutava-o, cofiando a barba.

— Vejo o que é. Tu e o padre, disse ele, quereis ambos a rapariga. Como ele é o mais esperto e o mais decidido, apanhou-a ele. É *lei natural*: o mais forte despoja, elimina o mais fraco; a fêmea e a presa pertencem-lhe.

Aquilo pareceu a João Eduardo um gracejo. Disse, com a voz perturbada:

— Vossa excelência está a caçoar, senhor doutor, mas a mim retalhasse-me o coração!

— Homem, acudiu o doutor com bondade, estou a filosofar, não estou a caçoar...

QUEIRÓS, Eça de. *O crime do padre Amaro*. Disponível em: <www.dominiopublico.gov.br/download/texto/bv000082.pdf>. Acesso em: 13 fev. 2011.

sessão de **CINEMA**

O crime do padre Amaro (2002). Direção: Carlos Carrera. Com: Gael García Bernal, Ana Claudia Talancón. Vicente Leñero fez uma adaptação livre do romance de Eça, situando a ação no México de 2002.

Divulgação.

O jovem padre Amaro acaba de ser ordenado e vai para Roma continuar seus estudos graças a seu bom relacionamento com o bispo. Antes, porém, deverá trabalhar em uma paróquia em seu próprio país, o México. É enviado para Los Reyes para atuar sob as ordens do padre Benito, e lá depara com uma realidade corrupta e contraditória.

atividades

1. Marx, Darwin e Freud, diferentes "elos" de uma **corrente naturalista**, apresentam concepções que revelam o campo de atuação de cada um. Quais são esses campos? Releia o quarto parágrafo do texto 1 e cite uma palavra ou expressão que pertença ao campo lexical dessas áreas de atuação.

2. Segundo o texto 1, qual é a atitude básica do pesquisador natural? Ela se opõe radicalmente às atitudes típicas dos românticos? Por quê?

3. Sofia, a personagem destinatária do curso de Filosofia do livro *O mundo de Sofia*, acha que está "entendendo mais ou menos" o que se chama de Naturalismo. E você? Escreva com suas próprias palavras uma definição de Naturalismo.

4. Pode-se afirmar que o Dr. Gouveia, do texto 2, é naturalista? Justifique sua resposta.

5. O romance *O crime do padre Amaro* apresenta como cenário a provinciana, conservadora e clerical cidade de Leiria. Segundo o povo da cidade, o consultório do Dr. Gouveia era uma "Cela de Alquimista". Considerando que alquimia é definida nos dicionários como a química da Idade Média, que procurava descobrir a panaceia universal, ou remédio contra todos os males físicos e morais, e a pedra filosofal, que deveria transformar os metais em ouro, responda: É justo esse rótulo que a população colava no Dr. Gouveia?

O Realismo/Naturalismo

Os marcos

Em Portugal

O início do Realismo português está ligado à Questão Coimbrã, de 1865, às Conferências Democráticas do Casino Lisbonense, em 1871, e à publicação do romance *O crime do Padre Amaro*, em 1875.

O fim da chamada Escola Realista em Portugal está relacionado ao ano de 1890, data em que Eugênio de Castro publica *Oaristos*, um livro de poesias inspiradas no Simbolismo francês.

No Brasil

A poesia do final da década de 1860 já anunciava o fim do Romantismo; Castro Alves, Sousândrade e Tobias Barreto mantinham-se românticos na forma e na expressão, mas os temas estavam voltados para uma realidade político-social. O mesmo se pode afirmar de algumas produções do romance romântico, notadamente a de Manuel Antônio de Almeida, Franklin Távora e Visconde de Taunay. Era o Pré-Realismo que se manifestava.

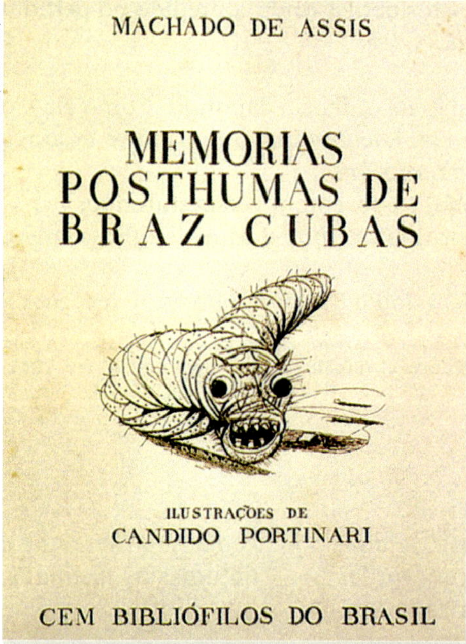

Biblioteca José Mindlin, São Paulo, SP.

Capa que traz ilustração de Portinari para Memórias Póstumas de Brás Cubas.

Na década de 1870 surge a chamada Escola de Recife, com Tobias Barreto, Sílvio Romero e outros, cujas ideias se aproximavam do pensamento europeu. O positivismo, o evolucionismo e, principalmente, a filosofia alemã inspiraram o Realismo, encontrando ressonância no conturbado momento histórico vivido pelo Brasil, sob o signo do abolicionismo, do ideal republicano e da crise da monarquia.

Considera-se 1881 o ano inaugural do Realismo no Brasil. De fato, esse foi um ano fértil para a literatura brasileira, com a publicação de três narrativas fundamentais, que modificaram o curso de nossas letras: *O mulato*, de Aluísio Azevedo, considerado o primeiro romance naturalista brasileiro; *Memórias póstumas de Brás Cubas*, de Machado de Assis, o primeiro romance realista de nossa literatura, e *O alienista*, uma novela exemplar, publicada em capítulos em *A Estação*, de outubro de 1881 a março de 1882.

Na divisão tradicional da história da literatura brasileira, considera-se 1893 o ano final do Realismo, quando foram publicados *Missal* e *Broquéis*, ambos de Cruz e Sousa. É importante salientar que essas obras registram o início do Simbolismo, mas não o término do Realismo e suas manifestações na prosa, com os romances realistas e naturalistas, e na poesia, com o Parnasianismo. Basta lembrar que *D. Casmurro*, de Machado de Assis, é de 1900; *Esaú e Jacó*, do mesmo autor, é de 1904. Olavo Bilac foi eleito "príncipe dos poetas" em 1907. A Academia Brasileira de Letras, templo do Realismo, foi fundada em 1897. Na realidade, nos últimos vinte anos do século XIX e nos primeiros vinte anos do século XX, três estéticas se desenvolvem paralelamente — o Realismo e suas manifestações, o Simbolismo e o Pré-Modernismo — até o advento da Semana de Arte Moderna, em 1922.

Rafael Fonseca/Arquivo da editora.

O significado do termo *Realismo*

Termo empregado em diversos sentidos na história e na crítica das artes. Numa acepção mais ampla a palavra tem um significado tão vago quanto o termo **naturalismo**, implicando uma intenção de representar as coisas de modo preciso e objetivo. Frequentemente, porém, o vocábulo vincula-se a um repúdio pela idealização e pela adoção de temas convencionalmente belos em favor de uma abordagem mais terra a terra, muitas vezes enfatizando temas ligados à vida ou às atividades do homem comum.

Num sentido mais específico, o termo designa um movimento de arte (sobretudo francesa) do século XIX caracterizado por uma revolta contra os temas históricos, mitológicos e religiosos tradicionais em prol de cenas não idealizadas da vida moderna. O líder do movimento realista foi Courbet, que afirmou: 'pintura é essencialmente uma arte concreta e deve aplicar-se aos objetos reais e existentes'.

CHILVERS, Ian. *Dicionário Oxford de Arte*. São Paulo: Martins Fontes, 1996. p. 438.

Rafael Fonseca/Arquivo da editora.

O *Realismo* e o *Naturalismo*

O *Realismo* é a tendência literária que procura representar, acima de tudo, a verdade, isto é, a vida tal como é, utilizando-se para isso da técnica da documentação e da observação contrariamente à invenção romântica. Interessado na análise dos caracteres, encara o homem e o mundo objetivamente, para interpretar a vida. A estética realista procura atingir a beleza sob os disfarces do comum e do familiar, no ambiente local e na cena contemporânea.

Quanto ao *Naturalismo* é um Realismo a que se acrescentam certos elementos, que o distinguem e tornam inconfundível sua fisionomia em relação a ele. É um Realismo fortalecido por uma teoria peculiar, de cunho científico, uma visão materialista do homem, da vida e da sociedade.

COUTINHO, Afrânio. *Introdução à literatura no Brasil*. Rio de Janeiro: Bertrand Brasil, 2001. p. 188-9.

Quadro comparativo do Realismo e do Naturalismo brasileiros

Narrativa realista (Machado de Assis)	Narrativa naturalista (Aluísio Azevedo)
> Análise do indivíduo	> Análise dos agrupamentos
> Valorização do indivíduo	> Valorização do coletivo
> Vê a sociedade "de cima para baixo"	> Vê a sociedade "de baixo para cima"
> Documental	> Experimental
> O homem é um ser social	> O homem é um ser natural (valorização dos instintos)
> Critica a falsa moral, a excessiva religiosidade	> Critica a falsa moral, a excessiva religiosidade
> Temas contemporâneos	> Temas contemporâneos

A Questão Coimbrã e as Conferências Democráticas

A Questão Coimbrã

Desde o início da década de 1860, os jovens estudantes de Coimbra já estavam atentos a tudo o que acontecia de novo nos principais centros culturais da Europa. O acesso a essas informações tornou-os mais críticos em relação à literatura da chamada Escola de Lisboa, cuja romântica visão de mundo consideravam ultrapassada.

A partir de 1864, aprofundam-se as divergências entre os velhos mestres românticos de Lisboa e os estudantes de Coimbra. Nesse ano, Teófilo Braga publica *Visão dos tempos* e *Tempestades sonoras*, e Antero de Quental, *Odes modernas*. São poesias revolucionárias, preocupadas com o momento histórico, com nítida função social, como afirma o próprio Antero em *Nota* às *Odes modernas*:

> A Poesia Moderna é a voz da Revolução — porque Revolução é o nome que o sacerdote da história, o tempo, deixou cair sobre a fronte fatídica do nosso século. A Poesia que quiser corresponder ao sentimento mais fundo de seu tempo, hoje, tem forçosamente de ser uma poesia revolucionária. Que importa que a palavra não pareça poética às vestais literárias do culto da arte pela arte?

In: MOISÉS, Massaud. *A literatura portuguesa*. 3. ed. São Paulo: Cultrix, 1965. p. 262.

A palavra **vestais** é empregada, ironicamente, para designar pessoas que se consideram muito puras, no caso, os consagrados autores românticos, que acusam o golpe: em 1865, o romântico Pinheiro Chagas publica *Poema da mocidade*, obra dedicada a Antônio Feliciano de Castilho, velho professor e mentor da Escola de Lisboa. Numa carta ao editor, inserida nesse livro, Castilho critica duramente a poesia de Teófilo Braga e de Antero de Quental. A partir de então, tem início a série de discussões literárias que ficou conhecida como Questão Coimbrã.

Rafael Fonseca/Arquivo da editora.

Antero responde imediatamente com um opúsculo intitulado *Bom senso e bom gosto*, em que defende o papel revolucionário da nova poesia realista e a independência dos realistas em relação aos velhos mestres.

As polêmicas prosseguem. Teófilo Braga lança seu folheto *Teocracias literárias*, em que critica a influência dos velhos românticos. Mais tarde, Camilo Castelo Branco defende a posição de Castilho no folheto *Vaidades irritadas e irritantes*. Inúmeros folhetos circulam em Portugal, ora defendendo as novas ideias realistas, ora defendendo o passadismo.

As Conferências Democráticas

A polêmica iniciada em 1865 só terminaria, de fato, em 1871, com o ciclo das Conferências Democráticas realizado no Casino Lisbonense. O programa dessas conferências foi publicado na edição de 18 de maio de 1871 do jornal *Revolução de Setembro*:

> Abrir uma tribuna onde tenham voz as ideias e os trabalhos que caracterizam esse movimento do século, preocupando-nos sobretudo com a transformação social, moral e política dos povos;
>
> Ligar Portugal com o movimento moderno, fazendo-o assim nutrir-se dos elementos vitais de que vive a humanidade civilizada;
>
> Procurar adquirir a consciência dos fatos que nos rodeiam na Europa;
>
> Agitar na opinião pública as grandes questões da Filosofia e da Ciência moderna;
>
> Estudar as condições da transformação política, econômica e religiosa da sociedade portuguesa;
>
> Tal é o fim das Conferências Democráticas.

Disponível em: <http://www.citi.pt/cultura/literatura/romance/eca_queiroz/manifesto.html>. Acesso em: 14 fev. 2011.

Das dez conferências previstas inicialmente, apenas cinco foram pronunciadas: por abordarem temas como "Os historiadores críticos de Jesus", "O socialismo", "A república", "A instrução primária", "Dedução positiva da ideia democrática", cinco delas foram proibidas pelo governo; segundo as autoridades, "atacavam a religião e as instituições políticas do Estado".

A quarta conferência, intitulada "O Realismo como nova expressão da arte", foi pronunciada por Eça de Queirós. Nela, o escritor atacava o Romantismo e expunha os valores realistas, ressaltando o caráter social da literatura e seu valor como agente de transformação de uma sociedade obsoleta.

Machado de Assis e Eça de Queirós, críticos do Romantismo

Machado de Assis

Memórias póstumas de Brás Cubas, ao lado de inúmeras outras qualidades, apresenta uma narrativa absolutamente inovadora, além de uma interessante revisão crítica do Romantismo.

Uma das críticas mais eficazes, e que nos interessa particularmente por opor o Realismo nascente à escola anterior, está no capítulo XIV, em que Brás Cubas, o personagem-narrador, se descreve aos dezessete anos de idade:

> Ao cabo, era um lindo garção, lindo e audaz, que entrava na vida de botas e esporas, chicote na mão e sangue nas veias, cavalgando um corcel nervoso, rijo, veloz, como o corcel das antigas baladas, que o romantismo foi buscar ao castelo medieval, para dar com ele nas ruas do nosso século. O pior é que o estafaram a tal ponto, que foi preciso deitá-lo à margem, onde o realismo o veio achar, comido de lazeira e vermes e, por compaixão, o transportou para os seus livros.

ASSIS, Machado de. *Memórias póstumas de Brás Cubas*. São Paulo: Scipione, 2004. p. 27.

Pacheco/Casa Imperial.

"*Estás sempre aí, bruxo alusivo e zombeteiro, que revolves em mim tantos enigmas.*" *Carlos Drummond de Andrade no poema "A um bruxo, com amor", sobre Machado de Assis e sua obra.*

Em outro momento, o narrador descreve Virgília, sua amante:

> Era isto Virgília, e era clara, muito clara, faceira, ignorante, pueril, cheia de uns ímpetos misteriosos; muita preguiça e alguma devoção, — devoção, ou talvez medo; creio que medo. (capítulo XXVIII)

ASSIS, Machado de. *Memórias póstumas de Brás Cubas*. São Paulo: Scipione, 2004. p. 45.

Para não chocar os leitores, o narrador já advertira que "isto não é romance em que o autor sobredoura a realidade e fecha os olhos às sardas e espinhas".

Uma outra passagem desse romance ainda merece destaque. No capítulo CXIV, Virgília se despede de Brás e parte para o Norte; no capítulo seguinte, o narrador confessa que não sentiu grandes emoções e aproveita para desferir outra estocada no cambaleante romantismo e seus seguidores:

> Não se irrite o leitor com esta confissão. Eu bem sei que, para titilar-lhe os nervos da fantasia, devia padecer um grande desespero, derramar algumas lágrimas, e não almoçar. Seria romanesco; mas não seria biográfico. A realidade pura é que almocei, como nos demais dias...

ASSIS, Machado de. *Memórias póstumas de Brás Cubas*. São Paulo: Scipione, 2004. p. 114.

Eça de Queirós

Maior nome da narrativa realista portuguesa, Eça de Queirós também se posicionou em relação à passagem do espírito romântico para os novos ventos realistas. Em cartas e comentários sobre seus romances, assim escreve:

> O que queremos nós com o Realismo? Fazer o quadro do mundo moderno, nas feições em que ele é mau, por persistir em se educar segundo o passado; queremos fazer a fotografia, ia quase a dizer a caricatura do velho mundo burguês, sentimental, devoto, católico, explorador, aristocrático etc.
>
> A minha ambição seria pintar a sociedade portuguesa, e mostrar-lhe, como num espelho, que triste país eles formam — eles e elas. É necessário acutilar o mundo oficial, o mundo sentimental, o mundo literário, o mundo agrícola, o mundo supersticioso — e, com todo respeito pelas instituições de origem eterna, destruir as falsas interpretações e falsas realizações que lhe dá uma sociedade podre. Não lhe parece você que um tal trabalho é justo?"

QUEIRÓS, Eça de. *O primo Basílio*. São Paulo: Scipione, 2004. p. 290.

Desenho de João Abel Manta, retratando Eça de Queirós e seus personagens; em primeiro plano, os protagonistas de O crime do padre Amaro, *com destaque para a gravidez de Amélia.*

Confrontando ideias

Em pequenos grupos, releiam atentamente os fragmentos de *Memórias póstumas de Brás Cubas*, mais uma vez com a postura de um historiador e crítico da literatura que se debruça sobre documentos e obras.

A tarefa é a seguinte: buscar, nas passagens transcritas, as oposições entre a narrativa romântica e a nova narrativa realista proposta por Machado de Assis.

Compartilhem os resultados, para que cada um complete suas anotações.

Os temas recorrentes da poesia realista

A poesia social de Antero de Quental

Nas tramas do texto

A um poeta

Tu que dormes, espírito sereno,
Posto à sombra dos cedros seculares,
Como um levita à sombra dos altares,
Longe da luta e do fragor terreno,

Acorda! é tempo! O sol, já alto e pleno,
Afugentou as larvas tumulares...
Para surgir do seio desses mares,
Um mundo novo espera só um aceno...

Escuta! é a grande voz das multidões!
São teus irmãos, que se erguem! são canções...
Mas de guerra... e são vozes de rebate!

Ergue-te, pois, soldado do Futuro,
E dos raios de luz do sonho puro,
Sonhador, faze espada de combate!

QUENTAL, Antero de. *Sonetos*.
Lisboa: Sá da Costa, 1979. p. 52.

Rafael Fonseca/Arquivo da editora.

Arquivo da editora.

Antero de Quental (1842-1891)

Antero Tarquínio de Quental, principal participante da Questão Coimbrã, teve vida atribulada em razão do conflito entre os valores de uma educação tradicional, profundamente arraigados em seu espírito, e os novos valores, assimilados nos anos agitados de Coimbra (essa crise teve desfecho trágico: Antero suicidou-se).

Seus sonetos refletem ora seu posicionamento político-social, ora as crises pessoais, resultando em poesia de caráter metafísico.

atividades

1. O soneto está centrado na segunda pessoa do discurso (tu). Como essa pessoa é caracterizada?
2. Há no soneto um jogo de claro/escuro. Destaque do texto as palavras que indicam esse jogo. O que representa o claro? E o escuro?
3. Segundo o soneto "A um poeta", como deve ser a poesia? Qual o papel desempenhado pelo poeta?

Confrontando ideias

Discuta com seus colegas e professor(a) a seguinte questão:
Qual deve ser a função do poeta na sociedade em que vive?

A poesia do cotidiano de Cesário Verde

Nas tramas do texto

Arquivo da editora.

Cesário Verde (1855-1886)

José Joaquim Cesário Verde, poeta que teve seu valor reconhecido ao longo do século XX, cantou o cotidiano das ruas de Lisboa. Fernando Pessoa o reconhecia como um de seus mestres.

O sentimento dum ocidental

III

Ao gás

E saio. A noite pesa, esmaga. Nos
Passeios de lajedo[1] arrastam-se as impuras.
Ó moles hospitais! Sai das embocaduras
Um sopro que arrepia os ombros quase nus.

Cercam-me as lojas, tépidas[2]. Eu penso
Ver círios[3] laterais, ver filas de capelas,
Com santos e fiéis, andores, ramos, velas,
Em uma catedral de um comprimento imenso.

As burguesinhas do Catolicismo
Resvalam pelo chão minado pelos canos;
E lembram-me, ao chorar doente dos pianos,
As freiras que os jejuns matavam de histerismo.

Num cuteleiro[4], de avental, ao torno,
Um forjador maneja um malho, rubramente;
E de uma padaria exala-se, inda quente,
Um cheiro salutar e honesto a pão no forno.

E eu que medito um livro que exacerbe,
Quisera que o real e análise mo dessem;
Casas de confecções e modas resplandecem;
Pelas *vitrines* olha um ratoneiro[5] imberbe[6].

Longas descidas! Não poder pintar
Com versos magistrais, salubres e sinceros,
A esguia difusão dos vossos reverberos[7],

E a vossa palidez romântica e lunar!
Que grande cobra, a lúbrica[8] pessoa
Que espartilhada[9] escolhe uns xales com debuxo[10]!
Sua excelência atrai, magnética, entre luxo
Que ao longo dos balcões de mogno se amontoa

E aquela velha, de bandós[11]! Por vezes,
A sua *traîne*[12] imita um leque antigo, aberto,
Nas barras verticais, a duas tintas[13]. Perto,
Escarvam[14], à vitória, os seus meclemburgueses[15].

Desdobram-se tecidos estrangeiros;
Plantas ornamentais secam nos mostradores;
Flocos de pós de arroz pairam sufocadores,
E em nuvens de cetins requebram-se os caixeiros.

Mas tudo cansa! Apagam-se nas frentes
Os candelabros, como estrelas, pouco a pouco;
Da solidão regouga[16] um cauteleiro[17] rouco;
Tornam-se mausoléus as armações fulgentes.

"Dó da miséria!... Compaixão de mim!..."
E, nas esquinas, calvo, eterno, sem repouso,
Pede-me sempre esmola um homenzinho idoso,
Meu velho, professor nas aulas de latim!

VERDE, Cesário. *O livro de Cesário Verde*. 14. ed. Lisboa: Minerva, [s.d.].

1. **passeios de lajedo:** calçadas.
2. **tépidas:** que têm pouco calor, mornas; fracas.
3. **círios:** velas (particularmente aquelas usadas nas procissões).
4. **cuteleiro:** local onde se fabricam cutelos, facas.
5. **ratoneiro:** ladrão que comete pequenos furtos.
6. **imberbe:** sem barba; jovem.
7. **reverberos:** reflexos.
8. **lúbrica:** sensual.
9. **espartilhada:** apertada por espartilho, colete que era usado por mulheres para comprimir a região do tórax e a cintura.
10. **debuxo:** desenho; esboço.
11. **bandós:** duas mechas de cabelo que, em certos penteados, assentam cada uma de um lado da testa.
12. ***traîne*:** do francês, designa a cauda do vestido.
13. **tintas:** cores.
14. **escarvam:** cavam, procuram, catam.
15. **meclemburgueses:** palavra provavelmente derivada de *Mecklemburg*, dinastia que governou a Suécia no século XIII. No texto, seriam cães pertencentes a essa raça.
16. **regouga:** fala ou grita com voz áspera.
17. **cauteleiro:** vendedor de bilhetes de loteria.

atividades

1. O texto de Cesário Verde está escrito na primeira pessoa do singular. O enunciador da poesia participa das ações ou é mero espectador? Justifique sua resposta.

2. Sobre a poesia de Cesário Verde assim se manifesta o crítico António José Saraiva:

> Como ninguém, conseguiu dar expressão poética à realidade objetiva e cotidiana. Na sua obra ganham beleza e sentido as ruas de Lisboa, as vitrinas das lojas, as manhãs de trabalho e as noites alumiadas a candeeiros a gás. Tudo isto é dado de forma impressionantemente exata, sem véus de retórica, com aparente impassibilidade, numa linguagem que consegue ser corrente e comum. O poeta detesta as abstrações e sente-se feliz quando encontra 'materiais', formas que os seus olhos, o seu olfato ou as suas mãos apalpam, que tangem os seus sentidos.

a) Aponte uma passagem em que o poeta torna explícita a sua procura de "materiais".

b) Aponte passagens em que o poeta percebe o mundo pela visão, pelo olfato, pela audição.

c) Explique o título "Ao gás".

3. O poeta nos apresenta diferentes tipos humanos. Aponte-os e agrupe-os segundo suas condições sociais.

A poesia filosófica de Machado de Assis

Nas tramas do texto

Círculo vicioso

Bailando no ar, gemia inquieto vaga-lume:
— "Quem me dera que fosse aquela loura estrela,
Que arde no eterno azul, como uma eterna vela!"
Mas a estrela, fitando a lua, com ciúme:

— "Pudesse eu copiar o transparente lume[1],
Que, da grega coluna à gótica[2] janela,
Contemplou, suspirosa, a fronte amada e bela!"
Mas a Lua, fitando o Sol, com azedume:

— "Mísera! tivesse eu aquela enorme, aquela
Claridade imortal, que toda a luz resume!"
Mas o Sol, inclinando a rútila[3] capela[4]:

— "Pesa-me esta brilhante auréola[5] de nume[6]...
Enfara-me[7] esta azul e desmedida umbela[8]...
Por que não nasci eu um simples vaga-lume?"

ASSIS, Machado de. Disponível em: <http://machado.mec.gov.br/>. Acesso em: 13 fev. 2011.

Rafael Fonseca/Arquivo da editora.

1. **lume:** brilho.
2. **gótica:** designação de um tipo de arte (a arte dos godos), que marcou a arquitetura essencialmente religiosa da Idade Média. "Da grega coluna à gótica janela" nos leva a entender que a Lua contemplou rostos apaixonados de pagãos (Grécia clássica) e cristãos (gótico medieval).
3. **rútila:** muito brilhante.
4. **capela:** aqui empregada em seu sentido original, ou seja, "pequena capa" (na forma masculina, **capelo**, nomeia o capuz de certos frades ou qualquer tipo de envoltório para a cabeça).
5. **auréola:** qualquer círculo luminoso que rodeia um objeto.
6. **nume:** relativo aos deuses, às divindades; **auréola de nume:** auréola divina.
7. **enfara-me:** aborrece-me, enfada-me.
8. **umbela:** qualquer objeto com a forma semelhante à de um guarda-chuva; no caso, trata-se de uma referência à "azul e desmedida" abóbada celeste.

atividades

1. Faça a contagem de sílabas poéticas do segundo e do terceiro verso do soneto (lembre-se de que contamos as emissões de sons; desprezamos as sílabas pós-tônicas da última palavra de cada verso).
2. Qual é o esquema de rima do soneto?
3. Quais são os quatro momentos do "círculo vicioso"?
4. Esse soneto é citado como exemplo do pessimismo machadiano. Você concorda com isso? Por quê?
5. Esse soneto apresenta características de uma fábula. Nesse caso, qual seria a moral?
6. Pense nos seres humanos e responda: você concorda com esse círculo vicioso?

As características do Realismo/Naturalismo

As características do Realismo/Naturalismo estão intimamente ligadas ao momento histórico em que se insere esse movimento literário, refletindo, dessa forma, a postura do positivismo, do socialismo e do evolucionismo, com todas as suas variantes.

Principais características do Realismo/Naturalismo
> O **objetivismo** aparece como negação do subjetivismo romântico e mostra o ser humano voltado para aquilo que está diante e fora dele, o "**não eu**"; o personalismo cede terreno ao **universalismo**.
> O **materialismo** leva à negação do sentimentalismo e da metafísica.
> O nacionalismo e a volta ao passado histórico são deixados de lado; o Realismo só se preocupa com o **presente**, com o **contemporâneo**.
> **Determinismo**: a obra de arte seria determinada por três fatores: meio, momento e raça – esta, no que se refere à hereditariedade.
> Ideologicamente, os autores desse período são **antimonárquicos**, assumindo uma defesa clara do ideal republicano; **negam a burguesia** a partir da célula-mãe da sociedade: a família; eis o porquê da presença constante dos triângulos amorosos, formados pelo marido traído, pela mulher adúltera e pelo amante; são **anticlericais**.

*Questões de exames sobre este capítulo encontram-se na página **662**.*

capítulo 19

Os estilos de época da Revolução Industrial à Primeira Guerra: a narrativa realista/naturalista

Objetivos gerais do capítulo

O aluno, ao final do capítulo, deverá ser capaz de:

- **discutir as principais manifestações da prosa realista e naturalista em Portugal e no Brasil;**
- **conhecer as principais características da prosa de Eça de Queirós;**
- **conhecer as principais características da prosa de Machado de Assis;**
- **conhecer as principais características da prosa de Raul Pompeia;**
- **conhecer as principais características da prosa naturalista de Aluísio Azevedo;**
- **ler textos dos autores citados e refletir sobre eles.**

"A vida é uma ópera", dizia-me um velho tenor italiano que aqui viveu e morreu... E explicou-me um dia a definição, em tal maneira que me fez crer nela.

Machado de Assis, no romance *Dom Casmurro*.

O Realismo é bem outra coisa: é a negação da arte pela arte; é a proscrição do convencional, do enfático e do piegas. É a abolição da retórica considerada como arte de promover a comoção usando a inchação do período, da epilepsia da palavra, da congestão dos tropos. É a análise com o fito na verdade absoluta.

Eça de Queirós, na conferência "O Realismo como nova expressão de arte".

Interior italiano, de Henrique Bernadelli, c. 1887. Óleo sobre tela, 64 x 46 cm. Coleção particular.

Considerado um representante do Realismo/Naturalismo na pintura brasileira, Antonio Parreiras (1860-1945) trabalhou, principalmente, três temáticas: as pinturas históricas, as paisagens e os nus femininos, como as telas acima e ao lado reproduzidas. Segundo Teixeira Leite, os nus de Parreiras foram mal recebidos no Brasil, mas lhe valeram sólida reputação na Europa.

Dolorida, de Antonio Parreiras, 1909. Óleo sobre tela, 108 x 223,5 cm. Museu Antonio Parreiras, Niterói.

O romance realista/naturalista em Portugal

A crítica corrosiva de Eça de Queirós

Arquivo da editora.

Eça de Queirós (1845-1900)

José Maria Eça de Queirós pintou o mais cruel retrato da sociedade portuguesa da segunda metade do século XIX ao escrever, em sua fase realista, as *Cenas da vida portuguesa*, formadas por suas três grandes obras: *O crime do padre Amaro – cenas da vida devota*; *O primo Basílio – episódios da vida doméstica*; *Os Maias – episódios da vida romântica*. Na famosa conferência sobre o Realismo, Eça sintetizava: "A norma agora são as narrativas a frio, deslizando como as imagens na superfície de um espelho, sem intromissão do narrador. O romance tem de nos transmitir a natureza em quadros exatíssimos, flagrantes, reais".

Nas tramas dos textos

Fragmento do capítulo I do romance *O primo Basílio*, em que se delineia o perfil da protagonista Luísa, casada com o engenheiro Jorge.

Texto 1

Luísa

Luísa espreguiçou-se. Que seca[1] ter de se ir vestir! Desejaria estar numa banheira de mármore cor-de-rosa, em água tépida, perfumada, e adormecer! Ou numa rede de seda, com as janelas cerradas, embalar-se, ouvindo música! Sacudiu a chinelinha; esteve a olhar muito amorosamente o seu pé pequeno, branco como leite, com veias azuis, pensando numa infinidade de coisinhas: — em meias de seda que queria comprar, no farnel[2] que faria a Jorge para a jornada, em três guardanapos que a lavadeira perdera...

Tornou a espreguiçar-se. E saltando na ponta do pé descalço, foi buscar ao aparador por detrás de uma compota um livro um pouco enxovalhado, veio estender-se na *voltaire*[3], quase deitada, e, com o gesto acariciador e amoroso dos dedos sobre a orelha, começou a ler, toda interessada.

Era a *Dama das camélias*[4]. Lia muitos romances; tinha uma assinatura, na Baixa[5], ao mês. Em solteira, aos dezoito anos entusiasmara-se por Walter Scott e pela Escócia; desejara então viver num daqueles castelos escoceses, que têm sobre as ogivas os brasões do clã, mobilados com arcas góticas e troféus de armas, forrados de largas tapeçarias, onde estão bordadas legendas heroicas, que o vento do lago agita e faz viver; e amara Ervandalo, Morton e Ivanhoé,[6] ternos e graves, tendo sobre o gorro a pena de águia, presa ao lado pelo cardo de Escócia de esmeraldas e diamantes. Mas agora era o *moderno* que a cativava: Paris, as suas mobílias, as suas sentimentalidades. Ria-se dos trovadores, exaltara-se por Mr. de Camors[7]; e os homens ideais apareciam-lhe de gravata branca, nas ombreiras das salas de baile, com um magnetismo no olhar, devorados de paixão, tendo palavras sublimes. Havia uma semana que se interessava por Margarida Gautier[8]; o seu amor infeliz dava-lhe uma melancolia enevoada; via-a alta e magra, com o seu longo xale de caxemira, os olhos negros cheios de avidez da paixão e dos ardores da tísica[9]; nos nomes mesmo do livro — Júlia Duprat, Armando, Prudência[10], achava o sabor poético de uma vida intensamente amorosa; e todo aquele destino se agitava, como numa música triste, com ceias, noites delirantes, aflições de dinheiro, e dias de melancolia no fundo de um cupê quando nas avenidas do Bois, sob um céu pardo e elegante, silenciosamente caem as primeiras neves.

— Até logo, Zizi — gritou Jorge do corredor, ao sair.

— Olha!

Ele veio com a bengala debaixo do braço, apertando as luvas.

— Não apareças muito tarde, hem? Escuta, traze-me uns bolos do Baltresqui[11] para a D. Felicidade. Ouve. Vê se passas pela Mme François que me mande o chapéu. Escuta.

— Que mais, bom Deus?

— Ah! Não! Era para ires pelo livreiro que me mande mais romances... Mas está fechado!

Foi com duas lágrimas a tremer-lhe nas pálpebras que acabou as páginas da *Dama das camélias*.

QUEIRÓS, Eça de. *O primo Basílio*. São Paulo: Scipione, 2010. p. 5.

Joubert Lancha/Arquivo da editora.

1. **seca:** na expressão "que seca (ê)", significa chateação, amolação.
2. **farnel:** saco para provisões (o marido, Jorge, preparava-se para uma viagem).
3. ***voltaire*:** palavra francesa que designa um tipo de poltrona, de assento baixo.
4. ***Dama das camélias*:** romance do francês Alexandre Dumas Filho (1824-1895).
5. **Baixa:** centro comercial de Lisboa, onde os elegantes passeavam e faziam compras.
6. **Ervandalo, Morton e Ivanhoé:** personagens de romances históricos de Walter Scott.
7. **Mr. de Camors:** protagonista do romance *Monsieur de Camors*, do francês Octave Feuillet (1821-1890); Camors representa um aristocrata inteligente, poderoso e muito sedutor.
8. **Margarida Gautier:** protagonista do romance *A dama das camélias*.
9. **tísica:** tuberculose.
10. **Júlia Duprat, Armando, Prudência:** personagens do romance *A dama das camélias*; Júlia e Prudência são amigas de Margarida; Armando, seu amante.
11. **Baltresqui:** famosa e finíssima confeitaria de Lisboa.

atividades

1. Eça de Queirós era um artista das palavras e, como tal, selecionava-as e combinava-as brilhantemente, segundo suas intenções. Releia os dois primeiros parágrafos e responda:

a) No primeiro parágrafo, Eça explora a força expressiva dos diminutivos para caracterizar o personagem e seu mundinho, mesquinho, sem perspectivas. Aponte esses diminutivos e comente-os.

b) A ironia é um recurso expressivo muito utilizado pelos escritores realistas. Há uma passagem muito irônica no primeiro parágrafo. Comente-a.

c) Ainda no primeiro parágrafo, Luísa imagina-se vivendo uma situação ideal. Aponte alguns adjetivos ou locuções adjetivas empregados pelo autor para realçar o clima de idealização.

d) No segundo parágrafo, qual adjetivo é atribuído ao livro que Luísa lê? O que ele significa?

2. Eça, em uma carta em que comenta o romance, afirma que o enredo gira em torno "do encontro de uma mulher educada sentimentalmente com um maganão [conquistador] educado libertinamente: toda a desgraça provém dessas duas educações falsas".
Pela leitura do fragmento apresentado, em que se sustenta a educação de Luísa?

3. Em certa passagem do romance, o narrador afirma que Luísa "sentira essa felicidade, que dão os amores ilegítimos, de que tanto se fala nos romances e nas óperas". Em que condição é colocada Luísa nessa passagem?

4. As heroínas românticas são descritas como pessoas muito ternas, delicadas, lânguidas, sentimentais.

a) Destaque passagens do texto em que Luísa é descrita com essas qualidades.

b) Qual é o modelo de homem com que sonha Luísa? Quem a desperta do sonho?

5. Eça afirma que *O primo Basílio* é um quadro doméstico da burguesia de Lisboa e que Luísa tem seu temperamento marcado pela ociosidade. Eça emprega duas vezes um verbo para realçar a ociosidade em que vive Luísa. Destaque-o.

6. Em certo momento da narrativa, há o seguinte diálogo:

> Sebastião chamou-a, aplacou-a:
> — Mas quem fala, tia Joana?
> — Quem? — E muito enfaticamente: — Toda a rua! Toda a rua! Toda a rua!

Na passagem acima fica exposta uma das maiores preocupações da burguesia, tão criticada por Eça de Queirós. Comente-a.

1. **quinta:** propriedade rústica; no Brasil, seria equivalente a sítio.
2. **Marquesa de Alegros:** personagem na casa da qual serviam os pais de Amaro; quando este fica órfão, é a marquesa que decide colocar Amaro no seminário.
3. **celibato:** é o estado de uma pessoa que se mantém solteira, sem vida sexual.
4. ***accedo:*** palavra latina que os jovens seminaristas deveriam pronunciar, aceitando as imposições da Igreja; o mesmo que "aprovo, concordo".
5. **eunuco:** homem castrado que, no Oriente, era guarda de harém.
6. **Conde de Ribamar:** caracterizado como "o homem do Governo, estadista ilustre", símbolo do poder, é um nacionalista conservador, reacionário.

sessão de CINEMA

Amor & Cia (1998). Direção: Helvécio Ratton. Com: Marco Nanini, Patrícia Pillar.

Godofredo Alves sofre uma grande decepção ao voltar para casa mais cedo e encontrar sua esposa nos braços de seu sócio. Ele manda a esposa para o litoral e desafia seu sócio para um duelo mortal. Mas a solidão longe da esposa e da companhia de seu ex-melhor amigo começa a mexer com sua cabeça. Baseado em conto "Alves & Cia," de Eça de Queirós.

Robson Moreira/Arquivo da editora.

Texto 2

Leia agora um trecho do romance *O crime do Padre Amaro*, em que Eça de Queirós aborda o tema do celibato:

Mas na sua paixão havia às vezes grandes impaciências. Quando tinha estado, durante três horas da noite, recebendo o seu olhar, absorvendo a voluptuosidade que se exalava de todos os seus movimentos, — ficava tão carregado de desejos que necessitava conter-se "para não fazer um disparate ali mesmo na sala, ao pé da mãe". Mas depois, em casa, só torcia os braços de desespero: queria-a ali de repente, oferecendo-se ao seu desejo; fazia então combinações — escrever-lhe-ia, arranjariam uma casinha discreta para se amarem, planeariam um passeio a alguma quinta[1]! Mas todos aqueles meios lhe pareciam incompletos e perigosos, ao recordar o olho finório da irmã do cônego, as Gansosos tão mexeriqueiras! E diante daquelas dificuldades que se erguiam como as muralhas sucessivas duma cidadela, voltavam as antigas lamentações: não ser livre! não poder entrar claramente naquela casa, pedi-la à mãe, possuí-la sem pecado, comodamente! Por que o tinham feito padre? Fora "a velha pega" da Marquesa de Alegros[2]! Ele não abdicava voluntariamente a virilidade do seu peito! Tinham-no impelido para o sacerdócio como um boi para o curral!

Joubert Lancha/Arquivo da editora.

Então, passeando excitado pelo quarto, levava as suas acusações mais longe, contra o celibato[3] e a Igreja: por que proibia ela aos seus sacerdotes, homens vivendo entre homens, a satisfação mais natural, que até têm os animais? Quem imagina que desde que um velho bispo diz — *serás casto* — a um homem novo e forte, o seu sangue vai subitamente esfriar-se? e que uma palavra latina — *accedo*[4] — dita a tremer pelo seminarista assustado, será o bastante para conter para sempre a rebelião formidável do corpo? E quem inventou isto? Um concílio de bispos decrépitos, vindos do fundo dos seus claustros, da paz das suas escolas, mirrados como pergaminhos, inúteis como eunucos[5]! Que sabiam eles da Natureza e das suas tentações? Que viessem ali duas, três horas para o pé da Ameliazinha, e veriam, sob a sua capa de santidade, começar a revoltar-se-lhe o desejo! Tudo se ilude e se evita, menos o amor! E se ele é fatal, por que impediram então que o padre o sinta, o realize com pureza e com dignidade? É melhor talvez que o vá procurar pelas vielas obscenas! — Porque a carne é fraca!

A carne! Punha-se então a pensar nos três inimigos da alma — MUNDO, DIABO e CARNE. E apareciam à sua imaginação em três figuras vivas: uma mulher muito formosa; uma figura negra de olho de brasa e pé de cabra; e o **mundo**, coisa vaga e maravilhosa (riquezas, cavalos, palacetes) — de que lhe parecia uma personificação suficiente o Sr. Conde de Ribamar[6]!

QUEIRÓS, Eça de. *O crime do padre Amaro*. Disponível em: <http://www.dominiopublico.gov.br/download/texto/bv000082.pdf>. Acesso em: 20 fev. 2011.

atividades

1. Com base na leitura do texto, é possível saber qual o conceito de amor defendido por Eça de Queirós?
2. "Não ser livre!", lamenta-se Amaro. A que se opõe a ideia de liberdade?
3. Numa determinada passagem, estabelece-se uma verdadeira antítese entre os bispos e a Natureza. Identifique o trecho e comente a seleção vocabular feita por Eça para caracterizar os bispos. Como essa seleção vocabular se opõe à Natureza?
4. Releia o penúltimo parágrafo e perceba em que situação o autor faz referência a Ameliazinha. Nesse contexto, o que ela personifica?
5. Em Portugal, tendências realistas aparecem ao lado de tendências naturalistas. Aponte, no fragmento apresentado, algumas passagens que você considera naturalistas e comente-as.
6. A crítica ao materialismo da velha aristocracia ou da emergente burguesia é uma característica típica do Realismo. Em que passagem podemos percebê-la?
7. Releia o *Prólogo do Autor* que Alexandre Herculano escreveu para *Eurico, o presbítero* e compare-o à passagem acima. Como é visto o celibato?

O romance realista no Brasil

Psicologia, ironia e crítica na obra de Machado de Assis

Coleção particular.

Capitu, *tela de J. da Rocha Ferreira.*

Arquivo da editora.

Machado de Assis (1839-1908)

Joaquim Maria Machado de Assis foi, sem dúvida, a figura mais importante de nossas letras na virada do século XIX para o século XX: escritor respeitado por seus contemporâneos, primeiro presidente da Academia Brasileira de Letras, sua figura pairava acima dos acontecimentos. Assistiu à passagem da Monarquia para a República, ora manifestando ligeiro saudosismo dos tempos do Império, ora ironizando a República, ora exaltando os novos tempos. Romancista, contista, poeta, cronista, publicou seus primeiros textos ainda seguindo o modelo romântico e, a partir de 1881, filiou-se ao Realismo e passou a escrever com "a pena da galhofa e a tinta da melancolia".

Mais informações sobre Machado podem ser pesquisadas em <www.machadodeassis.org.br/>. Acesso em: 20 fev. 2011.

Nas tramas dos textos

Memórias póstumas de Brás Cubas

A franqueza de um narrador-defunto

Para se ter uma ideia das posições e características de Machado de Assis, nada melhor que selecionar alguns trechos das *Memórias póstumas de Brás Cubas*, aproveitando as palavras do próprio autor:

Texto 1

A vida

Talvez espante ao leitor a franqueza com que lhe exponho e realço a minha mediocridade; advirto que a franqueza é a primeira virtude de um defunto. Na vida, o olhar da opinião, o contraste dos interesses, a luta das cobiças obrigam a gente a calar os trapos velhos, a disfarçar os rasgões e os remendos, a não estender ao mundo as revelações que faz à consciência; e o melhor da obrigação é quando, à força de embaçar os outros, embaça-se um homem a si mesmo. Porque em tal caso poupa-se o vexame, que é uma sensação penosa, e a hipocrisia, que é um vício hediondo. Mas, na morte, que diferença! que desabafo! que liberdade! Como a gente pode sacudir fora a capa, deitar ao fosso as lantejoulas, despregar-se, despintar-se, desafeitar-se, confessar lisamente o que foi e o que deixou de ser! Porque, em suma, já não há vizinhos, nem amigos, nem inimigos, nem conhecidos, nem estranhos; não há plateia. O olhar da opinião, esse olhar agudo e judicial, perde a virtude, logo que pisamos o território da morte; não digo que ele se não estenda para cá, e nos não examine e julgue; mas a nós é que não se nos dá do exame nem do julgamento. Senhores vivos, não há nada tão incomensurável como o desdém dos finados. [Capítulo XXIV]

O amor

Marcela amou-me durante quinze meses e onze contos de réis, nada menos. [Capítulo XVII]

Esse foi, cuido eu, o ponto máximo do nosso amor, o cimo da montanha, donde por algum tempo divisamos os vales de leste a oeste, e por cima de nós o céu tranquilo e azul. Repousado esse tempo, começamos a descer a encosta, com as mãos presas ou soltas, mas a descer, a descer... [Capítulo LXXXV]

Joubert Lancha/Arquivo da editora.

O Humanitismo

O Humanitismo é um sistema filosófico elaborado pelo ex-mendigo Quincas Borba (personagem que aparece em Memórias póstumas de Brás Cubas *e que dará título a outro romance de Machado). Para tentar compreender a visão de mundo do filósofo-louco, transcrevemos uma de suas curiosas argumentações, cujo tema é o frango que Brás Cubas e Quincas Borba filosoficamente almoçavam. Diz o ex-mendigo:*

[... este mesmo frango...] Nutriu-se de milho, que foi plantado por um africano, suponhamos, importado de Angola. Nasceu esse africano, cresceu, foi vendido; um navio o trouxe, um navio construído de madeira cortada no mato por dez ou doze homens, levado por velas, que oito ou dez homens teceram, sem contar a cordoalha e outras partes do aparelho náutico. Assim, este frango, que eu almocei agora mesmo, é o resultado de uma multidão de esforços e lutas, executados com o único fim de dar mate ao meu apetite. [Capítulo CXVII]

Leia, a seguir, o último parágrafo do romance, significativamente intitulado "Das negativas".

Das negativas

Este último capítulo é todo de negativas. Não alcancei a celebridade do emplastro, não fui ministro, não fui califa, não conheci o casamento. Verdade é que, ao lado dessas faltas, coube-me a boa fortuna de não comprar o pão com o suor do meu rosto. Mais; não padeci a morte de D. Plácida, nem a semidemência do Quincas Borba. Somadas umas cousas e outras, qualquer pessoa imaginará que não houve míngua nem sobra, e conseguintemente que saí quite com a vida. E imaginará mal; porque ao chegar a este outro lado do mistério, achei-me com um pequeno saldo, que é a derradeira negativa deste capítulo de negativas: — Não tive filhos, não transmiti a nenhuma criatura o legado da nossa miséria.

ASSIS, Machado de. *Memórias póstumas de Brás Cubas.* São Paulo: Scipione, 2004. p. 142-3.

atividade

- Considerando que o personagem Quincas Borba e seu Humanitismo aparecem nas *Memórias póstumas*, como pode ser relacionado o "saldo" de Brás Cubas — a derradeira negativa — à filosofia de Quincas Borba?

Texto 2

Quincas Borba

Quincas Borba, personagem de dois romances

O romance *Quincas Borba* ganhou versão definitiva, em forma de livro, em 1891, dez anos após a publicação das *Memórias póstumas de Brás Cubas*, de onde provêm alguns de seus principais elementos: o bizarro filósofo Quincas Borba, a sua filosofia do Humanitismo e um certo capital herdado por Quincas Borba. O narrador do romance *Quincas Borba* estabelece a intertextualidade logo no início da narrativa:

"Este Quincas Borba, se acaso me fizeste o favor de ler as *Memórias póstumas de Brás Cubas*, é aquele mesmo náufrago da existência, que ali aparece, mendigo, herdeiro inopinado, e inventor de uma filosofia. Aqui o tens agora em Barbacena".

Vale lembrar que Joaquim Borba dos Santos, o Quincas, fora colega de escola de Brás Cubas; aliás, um brilhante aluno. E que anos mais tarde os dois se encontram vivendo situações diversas: Brás Cubas é um capitalista; Quincas Borba, um mendigo. Tempos depois, Quincas reaparece rico: havia herdado, inesperadamente, uma fabulosa quantia de um parente que vivia em Minas Gerais.

Pois é exatamente em Minas Gerais, mais precisamente em Barbacena, que vamos encontrá-lo agora, no romance que leva seu nome. Rico, filósofo e demente.

Joubert Lancha/Arquivo da editora.

Reproduzimos, a seguir, o trecho do capítulo VI do romance *Quincas Borba*, justamente aquele em que o filósofo explica a seu discípulo Rubião o que é o Humanitismo.

— E que *Humanitas* é esse?

— *Humanitas* é o princípio. Mas não, não digo nada, tu não és capaz de entender isto, meu caro Rubião; falemos de outra cousa.

— Diga sempre.

Quincas Borba, que não deixara de andar, parou alguns instantes.

— Queres ser meu discípulo?

— Quero.

— Bem, irás entendendo aos poucos a minha filosofia; no dia em que a houveres penetrado inteiramente, ah! nesse dia terás o maior prazer da vida, porque não há vinho que embriague como a verdade. Crê-me, o Humanitismo é o remate das cousas; e eu que o formulei, sou o maior homem do mundo. Olha, vês como o meu bom Quincas Borba[1] está olhando para mim? Não é ele, é *Humanitas*...

— Mas que *Humanitas* é esse?

1. **Quincas Borba:** nessa passagem, o filósofo faz referência a seu cão, também nomeado Quincas Borba. O filósofo assim se justifica: "se eu morrer antes, como presumo, sobreviverei no nome do meu bom cachorro" (o que, de fato, acontece, com o cão assumindo "o mesmo olhar meditativo do filósofo, quando examinava negócios humanos").

sessão de
CINEMA

Memórias póstumas de Brás Cubas (2000).
Direção: André Klotzel.
Com: Reginaldo Faria.

Uma bela adaptação do romance *Memórias póstumas de Brás Cubas*, de Machado de Assis. Brás Cubas morto relata suas memórias e aventuras. Seu amigo Quincas Borba é personagem importante. Um filme irreverente e surpreendente. Vale a pena assistir.

Divulgação.

— *Humanitas* é o princípio. Há nas cousas todas certa substância recôndita e idêntica, um princípio único, universal, eterno, comum, indivisível e indestrutível, — ou, para usar a linguagem do grande Camões:

Uma verdade que nas cousas anda
Que mora no visíbil e invisíbil.

Pois essa substância ou verdade, esse princípio indestrutível é que é *Humanitas*. Assim lhe chamo, porque resume o universo, e o universo é o homem. Vais entendendo?

— Pouco, mas, ainda assim, como é que a morte de sua avó...

— Não há morte. O encontro de duas expansões, ou a expansão de duas formas, pode determinar a supressão de uma delas; mas, rigorosamente, não há morte, há vida, porque a supressão de uma é princípio universal e comum. Daí o caráter conservador e benéfico da guerra. Supõe tu um campo de batatas e duas tribos famintas. As batatas apenas chegam para alimentar uma das tribos, que assim adquire forças para transpor a montanha e ir à outra vertente, onde há batatas em abundância; mas, se as duas tribos dividirem em paz as batatas do campo, não chegam a nutrir-se suficientemente e morrem de inanição. A paz nesse caso, é a destruição; a guerra é a conservação. Uma das tribos extermina a outra e recolhe os despojos.

Daí a alegria da vitória, os hinos, aclamações, recompensas públicas e todos os demais efeitos das ações bélicas. Se a guerra não fosse isso, tais demonstrações não chegariam a dar-se, pelo motivo real de que o homem só comemora e ama o que lhe é aprazível ou vantajoso, e pelo motivo racional de que nenhuma pessoa canoniza uma ação que virtualmente a destrói. Ao vencido, ódio ou compaixão; ao vencedor, as batatas.

— Mas a opinião do exterminado?

— Não há exterminado. Desaparece o fenômeno; a substância é a mesma. Nunca viste ferver água? Hás de lembrar-te que as bolhas fazem-se e desfazem-se de contínuo, e tudo fica na mesma água. Os indivíduos são essas bolhas transitórias.

— Bem; a opinião da bolha...

— Bolha não tem opinião. Aparentemente, há nada mais contristador[2] que uma dessas terríveis pestes que devastam um ponto do globo? E, todavia, esse suposto mal é um benefício, não só porque elimina os organismos fracos, incapazes de resistência, como porque dá lugar à observação, à descoberta da droga curativa. A higiene é filha de podridões seculares; devemo-la a milhões de corrompidos e infectos. Nada se perde, tudo é ganho. Repito, as bolhas ficam na água. Vês este livro? É D. Quixote. Se eu destruir o meu exemplar, não elimino a obra que continua eterna nos exemplares subsistentes e nas edições posteriores. Eterna e bela, belamente eterna, como este mundo divino e supradivino.

ASSIS, Machado de. *Quincas Borba*. São Paulo: Scipione, 1994. p. 9-11.

2. **contristador:** que causa tristeza, compaixão.

atividades

1. *Humanitas* é palavra latina (pronuncia-se Humânitas) que dá origem à palavra humanidade. Transcrevemos, a seguir, o verbete do *Dicionário Eletrônico Houaiss da língua portuguesa*:

humanidade

S. f. **1.** conjunto de características específicas à natureza humana. Ex.: *a animalidade e a h. residem igualmente no homem.* **2.** sentimento de bondade, benevolência, em relação aos semelhantes, ou de compaixão, piedade, em relação aos desfavorecidos. **3.** o conjunto dos seres humanos. **4.** qualidade de quem realiza plenamente a natureza humana. Ex.: *adquiriu mais h. ao tornar-se mãe.*

A ironia machadiana se mostra mais ferina se considerarmos qual das acepções listadas pelo dicionário?

2. Para o professor Antonio Candido o mais atraente nos livros de Machado de Assis é "a transformação do homem em objeto do homem, que é uma das maldições ligadas à falta de liberdade verdadeira, econômica e espiritual". Como essa afirmação aparece na teoria de Quincas Borba?

O casamento, o adultério e a alma humana em um conto de Machado de Assis

Nas tramas do texto

A cartomante

Hamlet observa a Horácio que há mais coisas no céu e na terra do que sonha a nossa filosofia. Era a mesma explicação que dava a bela Rita ao moço Camilo, numa sexta-feira de novembro de 1869, quando este ria dela, por ter ido na véspera consultar uma cartomante; a diferença é que o fazia por outras palavras.

Hamlet e Horácio no cemitério, de Eugène Delacroix, 1859. Óleo sobre tela, 29,5 cm x 36 cm. Louvre, Paris/Bridgeman Art Library/Keystone.

— Ria, ria. Os homens são assim; não acreditam em nada. Pois saiba que eu fui, e que ela adivinhou o motivo da consulta, antes mesmo que eu lhe dissesse o que era. Apenas começou a botar as cartas, disse-me: "A senhora gosta de uma pessoa...". Confessei que sim, e então ela continuou a botar as cartas, combinou-as, e no fim declarou-me que eu tinha medo de que você me esquecesse, mas que não era verdade...

— Errou! Interrompeu Camilo rindo.

— Não diga isso, Camilo. Se você soubesse como eu tenho andado, por sua causa. Você sabe; já lhe disse. Não ria de mim, não ria...

Camilo pegou-lhe nas mãos, e olhou para ela sério e fixo. Jurou que lhe queira muito, que os seus sustos pareciam de criança; em todo o caso, quando tivesse algum receio, a melhor cartomante era ele mesmo. Depois, repreendeu-a; disse-lhe que era imprudente andar por essas casas. Vilela podia sabê-lo, e depois...

— Qual saber! tive muita cautela, ao entrar na casa.

— Onde é a casa?

— Aqui perto, na Rua da Guarda Velha; não passava ninguém nessa ocasião. Descansa; eu não sou maluca.

Camilo riu outra vez.

— Tu crês deveras nessas coisas? Perguntou-lhe.

Foi então que ela, sem saber que traduzia Hamlet em vulgar, disse-lhe que havia muita coisa misteriosa e verdadeira neste mundo. Se ele não acreditava, paciência; mas o certo é que a cartomante adivinhara tudo. Que mais? A prova é que ela agora estava tranquila e satisfeita.

Cuido que ele ia falar, mas reprimiu-se. Não queria arrancar-lhe as ilusões. Também ele, em criança, e ainda depois, foi supersticioso, teve um arsenal inteiro de crendices, que a mãe lhe incutiu e que aos vinte anos desapareceram. No dia em que deixou cair toda essa vegetação parasita, e ficou só o tronco da religião, ele, como tivesse recebido da mãe ambos os ensinos, envolveu-os na mesma dúvida, e logo depois em uma só negação total. Camilo não acreditava em nada. Por quê? Não poderia dizê-lo, não possuía um só argumento; limitava-se a negar tudo. E digo mal, porque negar é ainda afirmar, e ele não formulava incredulidade; diante do mistério, contentou-se em levantar os ombros, e foi andando.

Joubert Lancha/Arquivo da editora.

Separaram-se contentes, ele ainda mais que ela. Rita estava certa de ser amada; Camilo, não só o estava, mas via-a estremecer e arriscar-se por ele, correr às carto-

Joubert Lancha/Arquivo da editora.

mantes, e, por mais que a repreendesse, não podia deixar de sentir-se lisonjeado. A casa do encontro era na antiga Rua dos Barbonos, onde morava uma comprovinciana de Rita. Esta desceu pela Rua das Mangueiras, na direção do Botafogo, onde residia; Camilo desceu pela da Guarda Velha, olhando de passagem para a casa da cartomante.

Vilela, Camilo e Rita, três nomes, uma aventura e nenhuma explicação das origens. Vamos a ela. Os dois primeiros eram amigos de infância. Vilela seguiu a carreira de magistrado. Camilo entrou no funcionalismo, contra a vontade do pai, que queria vê-lo médico; mas o pai morreu, e Camilo preferiu não ser nada, até que a mãe lhe arranjou um emprego público. No princípio de 1869, voltou Vilela da província, onde casara com uma dama formosa e tonta; abandonou a magistratura e veio abrir banca de advogado. Camilo arranjou-lhe casa para os lados do Botafogo, e foi a bordo recebê-lo.

— É o senhor? Exclamou Rita, estendendo-lhe a mão. Não imagina como meu marido é seu amigo; falava sempre do senhor.

Camilo e Vilela olharam-se com ternura. Eram amigos deveras. Depois, Camilo confessou de si para si que a mulher do Vilela não desmentia as cartas do marido. Realmente, era graciosa e viva nos gestos, boca fina e interrogativa. Era um pouco mais velha que ambos: contava trinta anos, Vilela vinte e nove, e Camilo vinte e seis. Entretanto, o porte grave de Vilela fazia-o parecer mais velho que a mulher, enquanto Camilo era um ingênuo na vida moral e prática. Faltava-lhe tanto a ação do tempo, como os óculos de cristal, que a natureza põe no berço de alguns para adiantar os anos. Nem experiência, nem intuição.

Uniram-se os três. Convivência trouxe intimidade. Pouco depois morreu a mãe de Camilo, e nesse desastre, que o foi, os dois mostraram-se grandes amigos dele. Vilela cuidou do enterro, dos sufrágios e do inventário. Rita tratou especialmente do coração, e ninguém o faria melhor.

Como daí chegaram ao amor, não soube ele nunca. A verdade é que gostava de passar as horas ao lado dela; era a sua enfermeira moral, quase uma irmã, mas principalmente era mulher e bonita. *Odor di femina*: eis o que ele aspirava nela, e em volta dela, para incorporá-lo em si próprio. Liam os mesmos livros, iam juntos a teatros e passeios. Camilo ensinou-lhe as damas e o xadrez e jogavam às noites; — ela mal — ele, para lhe ser agradável, pouco menos mal. Até aí as coisas. Agora a ação da pessoa, os olhos teimosos de Rita, que procuravam muita vez os dele, que os consultavam antes de o fazer ao marido, as mãos frias, as atitudes insólitas. Um dia, fazendo ele anos, recebeu de Vilela uma rica bengala de presente, e de Rita apenas um cartão com um vulgar cumprimento a lápis, e foi então que ele pôde ler no próprio coração; não conseguiu arrancar os olhos do bilhetinho. Palavras vulgares; mas há vulgaridades sublimes, ou pelo menos, deleitosas. A velha caleça de praça, em que pela primeira vez passeaste com a mulher amada, fechadinhos ambos, vale o carro de Apolo. Assim é o homem, assim são as coisas que o cercam.

Camilo quis sinceramente fugir, mas já não pôde. Rita, como uma serpente, foi-se acercando dele, envolveu-o todo, fez-lhe estalar os ossos num espasmo, e pingou-lhe o veneno na boca. Ele ficou atordoado e subjugado. Vexame, sustos, remorsos, desejos, tudo sentiu de mistura; mas a batalha foi curta e a vitória delirante. Adeus, escrúpulos! Não tardou que o sapato se acomodasse no pé, e aí foram ambos, estrada fora, braços dados, pisando folgadamente por cima de ervas e pedregulhos, sem padecer nada mais que algumas saudades, quando estavam ausentes um do outro. A confiança e estima de Vilela continuavam a ser as mesmas.

Um dia, porém, recebeu Camilo uma carta anônima, que lhe chamava imoral e pérfido, e dizia que a aventura era sabida de todos. Camilo teve medo, e, para desviar as suspeitas, começou a rarear as visitas à casa de Vilela. Este notou-lhe as ausências. Camilo respondeu que o motivo era uma paixão frívola de rapaz. Candura gerou astúcia. As ausências prolongaram-se e as visitas cessaram inteiramente. Pode ser que entrasse também nisso um pouco de amor-próprio, uma intenção de diminuir os obséquios do marido para tornar menos dura a aleivosia do ato.

Foi por esse tempo que Rita, desconfiada e medrosa, correu à cartomante para consultá-la sobre a verdadeira causa do procedimento de Camilo. Vimos que a cartomante restituiu-lhe a confiança, e que o rapaz repreendeu-a por ter feito o que fez. Correram ainda algumas semanas. Camilo recebeu mais duas ou três cartas anônimas, tão apaixonadas, que não podiam ser advertência da virtude, mas despeito de algum pretendente; tal foi a opinião de Rita, que, por outras palavras mal compostas, formulou este pensamento: — a virtude é preguiçosa e avara, não gasta tempo nem papel; só o interesse é ativo e pródigo.

Nem por isso Camilo ficou mais sossegado; temia que o anônimo fosse ter com Vilela, e a catástrofe viria então sem remédio. Rita concordou que era possível.

— Bem, disse ela; eu levo os sobrescritos para comparar a letra com as das cartas que lá aparecerem; se alguma for igual, guardo-a e rasgo-a...

Joubert Lancha/Arquivo da editora.

Nenhuma apareceu, mas daí a algum tempo Vilela começou a mostrar-se sombrio, falando pouco, como desconfiado. Rita deu-se pressa em dizê-lo ao outro, e sobre isso deliberaram. A opinião dela é que Camilo devia tornar à casa deles, tatear o marido, e pode ser até que ouvisse a confidência de algum negócio particular. Camilo divergia; aparecer depois de tantos meses era confirmar a suspeita ou a denúncia. Mas valia acautelarem-se, sacrificando-se por algumas semanas. Combinaram os meios de se corresponderem, em caso de necessidade, e separaram-se com lágrimas.

No dia seguinte, estando na repartição, recebeu Camilo este bilhete de Vilela: "Vem já, já, à nossa casa; preciso falar-te sem demora." Era mais de meio-dia. Camilo saiu logo; na rua, advertiu que teria sido mais natural chamá-lo ao escritório; por que em casa? Tudo indicava matéria especial, e a letra, fosse realidade ou ilusão, afigurou-se-lhe trêmula. Ele combinou todas essas coisas com a notícia da véspera.

— Vem já, já, à nossa casa; preciso falar-te sem demora — repetia ele, com os olhos no papel.

Imaginariamente, viu a ponta da orelha de um drama, Rita subjugada e lacrimosa, Vilela indignado, pegando da pena e escrevendo o bilhete, certo de que ele acudiria, e esperando-o para matá-lo. Camilo estremeceu, tinha medo: depois sorriu amarelo, e em todo caso repugnava-lhe a ideia de recuar, e foi andando. De caminho, lembrou-se de ir a casa; podia achar algum recado de Rita, que lhe explicasse tudo. Não achou nada, nem ninguém. Voltou à rua, a ideia de estarem descobertos parecia-lhe cada vez mais verossímil; era uma denúncia anônima, até da própria pessoa que o ameaçara antes, podia ser que Vilela conhecesse agora tudo. A mesma suspensão de suas visitas, sem motivo aparente, apenas com um pretexto fútil, viria confirmar o resto.

Camilo ia andando inquieto e nervoso. Não relia o bilhete, mas as palavras estavam decoradas, diante dos olhos, fixas; ou então — o que era ainda pior — eram-lhe murmuradas ao ouvido, com a própria voz de Vilela. "Vem já, já, à nossa casa; preciso falar-te sem demora." Ditas, assim, pela voz do outro, tinham um tom de mistério e ameaça. Vem, já, já, para quê? Era perto de uma hora da tarde. A comoção crescia de minuto a minuto. Tanto imaginou o que se iria passar, que chegou a crê-lo e vê-lo. Positivamente, tinha medo. Entrou a cogitar em ir armado, considerando que, se nada houvesse, nada perdia, e a precaução era útil. Logo depois rejeitava a ideia, vexado de si mesmo, e seguia, picando o passo, na direção do Largo da Carioca, para entrar num tílburi. Chegou, entrou e mandou seguir a trote largo.

— Quanto antes, melhor, pensou ele; não posso estar assim...

Mas o mesmo trote do cavalo veio agravar-lhe a comoção. O tempo voava, e ele não tardaria a entestar com o perigo. Quase no fim da Rua da Guarda Velha, o tílburi teve de parar; a rua estava atravancada com uma carroça, que caíra. Camilo, em si mesmo, estimou o obstáculo, e esperou. No fim de cinco minutos, reparou que ao lado, à esquerda, ao pé do tílburi, ficava a casa da cartomante, a quem Rita consultara uma vez, e nunca ele desejou tanto crer na lição das cartas. Olhou, viu as janelas fechadas, quando todas as outras estavam abertas e pejadas de curiosos do incidente da rua. Dir-se-ia a morada do indiferente Destino.

Camilo reclinou-se no tílburi, para não ver nada. A agitação dele era grande, extraordinária, e do fundo das camadas morais emergiam alguns fantasmas de outro tempo, as velhas crenças, as superstições antigas. O cocheiro propôs-lhe voltar à primeira travessa e ir por outro caminho; ele respondeu que não, que esperasse. E inclinava-se para fitar a casa... Depois fez um gesto incrédulo; era a ideia de ouvir a cartomante, que lhe passava ao longe, muito longe, com vastas asas cinzentas; desapareceu, reapareceu, e tornou a esvair-se no cérebro; mas daí a pouco moveu outra vez as asas, mais perto, fazendo uns giros concêntricos... Na rua, gritavam os homens, safando a carroça:

— Anda! Agora! Empurra! Vá! Vá!

Daí a pouco estaria removido o obstáculo. Camilo fechava os olhos, pensava em outras coisas; mas a voz do marido sussurrava-lhe às orelhas as palavras da carta: "Vem já, já..." E ele via as contorções do drama e tremia. A casa olhava para ele. As pernas queriam descer e entrar... Camilo achou-se diante de um longo véu opaco... pensou rapidamente no inexplicável de tantas coisas. A voz da mãe repetia-lhe uma porção de casos extraordinários, e a mesma frase do príncipe de Dinamarca reboava-lhe dentro: "Há mais coisas no céu e na terra do que sonha a nossa filosofia..." Que perdia ele, se...?

Deu por si na calçada, ao pé da porta; disse ao cocheiro que esperasse, e rápido enfiou pelo corredor, e subiu a escada. A luz era pouca, os degraus comidos dos pés, o corrimão pegajoso; mas ele não viu nem sentiu nada. Trepou e bateu. Não apareceu ninguém, teve ideia de descer; mas era tarde, a curiosidade fustigava-lhe o sangue, as fontes latejavam-lhe; ele tornou a bater uma, duas, três pancadas. Veio uma mulher; era a cartomante. Camilo disse que ia consultá-la, ela fê-lo entrar.

Joubert Lancha/Arquivo da editora.

Dali subiram ao sótão, por uma escada ainda pior que a primeira e mais escura. Em cima, havia uma salinha, mal alumiada por uma janela, que dava para o telhado dos fundos. Velhos trastes, paredes sombrias, um ar de pobreza, que antes aumentava do que destruía o prestígio.

A cartomante fê-lo sentar diante da mesa, e sentou-se do lado oposto, com as costas para a janela, de maneira que a pouca luz de fora batia em cheio no rosto de Camilo. Abriu uma gaveta e tirou um baralho de cartas compridas e enxovalhadas. Enquanto as baralhava, rapidamente, olhava para ele, não de rosto, mas por baixo dos olhos. Era uma mulher de quarenta anos, morena e magra, olhos sonsos e agudos. Voltou três cartas sobre a mesa, e disse-lhe:

— Vejamos primeiro o que é que o traz aqui. O senhor tem um grande susto...

Camilo, maravilhado, fez gesto afirmativo.

— E quer saber, continuou ela, se lhe acontecerá alguma coisa ou não...

— A mim e a ela, explicou vivamente ele.

A cartomante não sorriu; disse-lhe só que esperasse. Rapidamente pegou outra vez das cartas e baralhou-as, com os longos dedos finos; de unhas descuradas; baralhou-as bem, transpôs os maços, uma, duas, três vezes; depois começou a estendê-las. Camilo tinha os olhos nela, curioso e ansioso.

— As cartas dizem-me...

Camilo inclinou-se para beber uma a uma as palavras. Então ela declarou-lhe que não tivesse medo de nada. Nada aconteceria nem a um nem a outro; ele, o terceiro, ignorava tudo. Não obstante, era indispensável muita cautela; ferviam invejas e despeitos. Falou-lhe do amor que os ligava, da beleza de Rita... Camilo estava deslumbrado. A cartomante acabou, recolheu as cartas e fechou-as na gaveta.

— A senhora restituiu-me a paz ao espírito, disse ele estendendo a mão por cima da mesa e apertando a da cartomante.

Esta levantou-se, rindo.

— Vá, disse ela; vá, *ragazzo innamorato*...

E de pé, com o dedo indicador, tocou-lhe na testa. Camilo estremeceu, como se fosse a mão da própria sibila, e levantou-se também. A cartomante foi à cômoda, sobre a qual estava um prato com passas, tirou um cacho destas e começou a comê-las, mostrando duas fileiras de dentes, que desmentiam as unhas. Nessa mesma ação comum, a mulher tinha um ar particular. Camilo, ansioso por sair, não sabia como pagasse; ignorava o preço.

— Passas custam dinheiro, disse ele afinal, tirando a carteira. Quantas quer mandar buscar?

— Pergunte ao seu coração, respondeu ela.

Camilo tirou uma nota de dez mil-réis e deu-lha. Os olhos da cartomante fuzilaram. O preço usual era dois mil-réis.

— Vejo bem que o senhor gosta muito dela... E faz bem; ela gosta muito do senhor. Vá, vá tranquilo. Olhe a escada, é escura; ponha o chapéu...

A cartomante tinha já guardado a nota na algibeira, e descia com ele, falando, com um leve sotaque. Camilo despediu-se dela embaixo, e desceu a escada que levava à rua, enquanto a cartomante, alegre com a paga, tornava acima, cantarolando uma barcarola. Camilo achou o tílburi esperando; a rua estava livre. Entrou e seguiu a trote largo.

Tudo lhe parecia agora melhor, as outras coisas traziam outro aspecto, o céu estava límpido e as caras joviais. Chegou a rir dos seus receios, que chamou pueris; recordou os termos da carta de Vilela e reconheceu que eram íntimos e familiares. Onde é que ele lhe descobrira a ameaça? Advertiu também que eram urgentes, e que fizera mal em demorar-se tanto; podia ser algum negócio grave e gravíssimo.

— Vamos, vamos depressa, repetia ele ao cocheiro.

E consigo, para explicar a demora ao amigo, engenhou qualquer coisa; parece que formou também o plano de aproveitar o incidente para tornar à antiga assiduidade. De volta com os planos, reboavam-lhe na alma as palavras da cartomante. Em verdade, ela adivinhara o objeto da consulta, o estado dele, a existência de um terceiro; por que não adivinharia o resto? O presente que se ignora vale o futuro. Era assim, lentas e contínuas, que as velhas crenças do rapaz iam tornando ao de cima, e o mistério empolgava-o com as unhas de ferro. Às vezes queria rir, e ria de si mesmo, algo vexado; mas a mulher, as cartas, as palavras secas e afirmativas, a exortação: — Vá, vá, *ragazzo innamorato*; e no fim, ao longe, a barcarola da despedida, lenta e graciosa, tais eram os elementos recentes, que formavam, com os antigos, uma fé nova e vivaz.

A verdade é que o coração ia alegre e impaciente, pensando nas horas felizes de outrora e nas que haviam de vir. Ao passar pela Glória, Camilo olhou para o mar, estendeu os olhos para fora, até onde a água e o céu dão um abraço infinito, e teve assim uma sensação do futuro, longo, longo, interminável.

Daí a pouco chegou à casa de Vilela. Apeou-se, empurrou a porta de ferro do jardim e entrou. A casa estava silenciosa. Subiu os seis degraus de pedra, e mal teve tempo de bater, a porta abriu-se, e apareceu-lhe Vilela.

— Desculpa, não pude vir mais cedo; que há?

Vilela não lhe respondeu; tinha as feições decompostas; fez-lhe sinal e foram para uma saleta interior. Entrando, Camilo não pôde sufocar um grito de terror: — ao fundo, sobre o canapé, estava Rita morta e ensanguentada. Vilela pegou-o pela gola, e, com dois tiros de revólver, estirou-o morto no chão.

ASSIS, Machado de. *Machado de Assis: obra completa*. Rio de Janeiro: Nova Aguilar, 1986. v. 2.

atividades

1. Em "A cartomante", está presente um dos temas mais comuns a todos os autores do Realismo/Naturalismo: o adultério. Quais as principais características dessa relação adúltera apresentada por Machado de Assis?

2. Caracterize o tipo de narrador do conto, exemplificando com trechos do texto.

3. Do ponto de vista das interferências do narrador, a narração fica mais objetiva, mais "seca", na parte final do conto. Justifique e comente o efeito.

4. História e relato não coincidem na ordem temporal dos acontecimentos.
   a) Justifique a afirmação e comente a sequência temporal do conto.
   b) Como você justificaria tal sequência no conto?

5. Geralmente, o conto apresenta o chamado "efeito surpresa". Como isso é trabalhado nesse texto?

6. No encontro entre Camilo e a cartomante, há uma passagem "visual", típica da linguagem da pintura, da fotografia, do cinema, que consiste no emprego do jogo de luz e sombra. Destaque-o.

7. Camilo, incrédulo assumido e indiferente a todo tipo de crenças, sofre uma mudança radical em relação à sua descrença.
   a) Explicite em que consiste essa mudança e relacione-a com a própria natureza humana.
   b) Destaque trechos do conto que exemplifiquem um momento de incredulidade, um momento de dúvida e um momento de credulidade do personagem.

8. No conto há intertextualidade explícita com a tragédia de Shakespeare *Hamlet, príncipe da Dinamarca.* Baseada num mito escandinavo, essa tragédia está centrada no conflito de Hamlet, que descobre que seu pai, o rei, fora morto pelo seu tio, que assumira o reino e casara com a viúva, sua mãe. A descoberta da traição e do assassinato dá-se num encontro entre o espectro do rei morto e seu filho. A fala de Hamlet citada no conto é dirigida a seu amigo e confidente Horácio após a aparição do espectro, no final do primeiro ato da peça:

   > HORÁCIO: — Oh! Dia e noite! Mas isto é prodigiosamente estranho!
   >
   > HAMLET: — Ora, a qualquer estranho, daí um bom acolhimento! Há mais coisas no céu e na terra, Horácio, do que pode sonhar tua filosofia.

   a) Qual a relação da temática do conto com as citações shakespearianas?
   b) No conto, há um lugar – entre o céu e a terra – que representa, de forma irônica, o espaço do mistério. Qual é?

sessão de CINEMA

A cartomante (2004). Direção: Wagner de Assis. Com: Deborah Secco, Luigi Baricelli, Giovanna Antonelli.

Essa adaptação livre do conto de Machado de Assis transfere a trama para os tempos atuais, buscando preservar a questão do sobrenatural agindo sobre as pessoas em momentos de desespero, transformando-se em verdadeira armadilha.

Divulgação.

O romance de formação de Raul Pompeia

O Ateneu consiste, inegavelmente, em uma narrativa de caráter autobiográfico: impossível não estabelecer paralelismos entre Sérgio, o personagem-narrador, e Raul Pompeia; entre o internato Ateneu e o Colégio Abílio; entre o diretor Aristarco Argolo de Ramos e Abílio César Borges, o renomado pedagogo responsável pela educação dos filhos homens de boa parte da elite brasileira do Segundo Império.

No entanto, em sua dimensão de obra-prima, a narrativa de Raul Pompeia vai além dos limites de um texto personalista. Trata-se de um profundo corte no pernicioso modelo pedagógico do internato, agravado pela figura onipotente de seu diretor, que assume múltiplas facetas: ora autoritário, ora manso; ora pai, ora carrasco; ora professor, ora comerciante.

Mais ainda: trata-se de um corte na decadente sociedade monárquica brasileira. Em várias passagens da narrativa, Raul Pompeia se refere ao internato como um microcosmo, ou seja, um pequeno espaço onde se reproduzem comportamentos, regras, atitudes que são característicos de uma sociedade mais ampla ou, como se dizia no Ateneu, "o grande mundo lá fora".

A "lei da selva" prevalece no internato

Num colégio interno onde só estudam meninos, prevalece a "lei da selva", o homossexualismo e a "proteção" dos meninos mais fortes aos mais fracos. Eis algumas palavras do veterano Rebelo ao calouro Sérgio:

> [...] Este que passou por nós, olhando muito, é o Cândido, com aqueles modos de mulher... ali vem o Ribas, está vendo? Primeira voz no orfeão, uma vozinha de moça...
>
> Um tropel de rapazes atravessou-nos a frente, provocando-me com surriadas.
>
> Viu aquele da frente, que gritou "calouro"? Se eu dissesse o que se conta dele... aqueles olhinhos úmidos de Senhora das Dores... Olhe; um conselho; faça-se forte aqui, faça-se homem. Os fracos perdem-se.
>
> Isto é uma multidão; é preciso força de cotovelos para romper. Não sou criança, nem idiota; vivo só e vejo de longe; mas vejo. Não pode imaginar. Os gênios fazem aqui dois sexos como se fosse uma escola mista. Os rapazes tímidos, ingênuos, sem sangue, são brandamente impelidos para o sexo da fraqueza; são dominados, festejados, pervertidos como meninas ao desamparo. Quando, em segredo dos pais, pensam que o colégio é a melhor das vidas, com o acolhimento dos mais velhos, entre brejeiro e afetuoso, estão perdidos... Faça-se homem, meu amigo! Comece por não admitir protetores.
>
> POMPEIA, Raul. *O Ateneu: crônica de saudades*. São Paulo, Scipione, 1995.

Para os meninos submetidos à "lei da selva", o Ateneu é "um mundo de brutalidades"; Sérgio, levado pela necessidade, acaba aceitando as regras do microcosmo; os avisos de Rebelo não são suficientes:

> Perdeu-se a lição viril de Rebelo: prescindir de protetores. Eu desejei um protetor, alguém que me valesse, naquele meio hostil e desconhecido, e um valimento direto mais forte do que palavras.
>
> [...] eu notaria talvez que pouco a pouco me ia invadindo, como ele observara, a efeminação mórbida das escolas.

Sérgio encontra o mundo no microcosmo do Ateneu, como lhe dissera o pai. Um mundo com regras e leis próprias: o normal, no Ateneu, é ser frustrado, complexado, homossexual. Se os meninos vivessem eternamente naquele mundo, não teriam consciência de seus problemas. Mas um dia abandonam o colégio e sentem o choque com o macrocosmo, o grande mundo, e aí percebem o mundo sórdido, degradante, que é o regime de internato. Raul Pompeia, depois do Colégio Abílio, estudou na Faculdade de Direito do Largo São Francisco: da sociedade mais fechada à sociedade mais aberta da época.

Para os internos só há uma solução: a eternidade do Ateneu, nunca abandonar aquele mundo e sua "normalidade". No entanto, ao final do livro, Raul Pompeia destrói o Ateneu: um dos meninos, Américo, provoca um incêndio; é a "vingança" de Raul Pompeia, a destruição daquele mundo e de seu criador, Aristarco.

Raul Pompeia/Arquivo da editora.

O menino Sérgio e seu pai à porta do Ateneu em desenho de Raul Pompeia.

Arquivo da editora.

Raul Pompeia (1863-1895)

Aos 10 anos de idade, Raul d'Ávila Pompeia mudou-se com a família para a cidade do Rio de Janeiro, onde foi matriculado como interno no Colégio Abílio, dirigido pelo Dr. Abílio César Borges, Barão de Macaúbas. Mais tarde, cursando Direito em São Paulo, participou ativamente da campanha abolicionista e engajou-se na causa republicana.

Teve uma vida agitada, envolvendo-se em várias polêmicas, criando inimizades e atravessando crises depressivas. Abandonado pelos amigos, caluniado nos meios jornalísticos e intelectuais, suicidou-se aos 32 anos, no dia do Natal.

Raul Pompeia, a exemplo de Manuel Antônio de Almeida, pertence a um grupo de autores que entraram para a história da literatura graças a um único livro: *O Ateneu*.

Nas tramas do texto

O Ateneu

Transcrevemos, a seguir, duas passagens em que estão frente a frente o menino Sérgio e Ema, esposa de Aristarco.

Raul Pompeia/Arquivo da editora.

Alunos do Ateneu, em desenho de Raul Pompeia.

Aristarco, o diretor do Colégio Ateneu, em desenho de Raul Pompeia.

Ema, mulher de Aristarco, em desenho de Raul Pompeia.

Sérgio e Ema

Capítulo I

— Como se chama o amiguinho? — perguntou-me o diretor.

— Sérgio... dei o nome todo, baixando os olhos e sem esquecer o "seu criado" da estrita cortesia.

— Pois, meu caro Sr. Sérgio, o amigo há de ter a bondade de ir ao cabeleireiro deitar fora estes cachinhos...

Eu tinha ainda os cabelos compridos, por um capricho amoroso de minha mãe. O conselho era visivelmente salgado de censura. O diretor, explicando a meu pai, acrescentou com o risinho nasal que sabia fazer:

— Sim, senhor, os meninos bonitos não provam bem no meu colégio...

— Peço licença para defender os meninos bonitos...

Surpreendendo-nos com esta frase, untuosamente escoada por um sorriso, chegou a senhora do diretor, D. Ema. Bela mulher em plena prosperidade dos trinta anos de Balzac[1], formas alongadas por graciosa magreza, erigindo, porém, o tronco sobre quadris amplos, fortes como a maternidade; olhos negros, pupilas retintas, de uma cor só, que pareciam encher o talho folgado das pálpebras; de um moreno rosa que algumas formosuras possuem, e que seria também a cor do jambo, se jambo fosse rigorosamente o fruto proibido. Adiantava-se por movimentos oscilados, cadência de minueto harmonioso e mole que o corpo alternava. Vestia cetim preto justo sobre as formas, reluzente como pano molhado; e o cetim vivia com ousada transparência a vida oculta da carne. Esta aparição maravilhou-me.

Houve as apresentações de cerimônia, e a senhora com um nadinha de excessivo desembaraço sentou-se no divã perto de mim.

— Quantos anos tem? perguntou-me.

— Onze anos...

— Parece ter seis, com estes lindos cabelos.

Eu não era realmente desenvolvido. A senhora colhia-me o cabelo nos dedos:

1. **Balzac:** Honoré de Balzac (1799-1850), escritor francês de muito sucesso, é autor de *A mulher de trinta anos*, a que faz referência a passagem.

— Corte e ofereça à mamãe, aconselhou com uma carícia —; é a infância que ali fica, nos cabelos louros... Depois, os filhos nada mais têm para as mães.

O poemeto de amor materno deliciou-me como uma divina música. Olhei furtivamente para a senhora. Ela conservava sobre mim as grandes pupilas negras, lúcidas, numa expressão de infinda bondade! Que boa mãe para os meninos, pensava eu. Depois, voltada para meu pai, formulou sentidamente observações a respeito da solidão das crianças no internato.

— Mas o Sérgio é dos fortes — disse Aristarco, apoderando-se da palavra. — Demais, o meu colégio é apenas maior que o lar doméstico. O amor não é precisamente o mesmo, mas os cuidados de vigilância são mais ativos. São as crianças os meus prediletos. Os meus esforços mais desvelados são para os pequenos. Se adoecem e a família está fora, não os confio a um correspondente... Trato-os aqui, em minha casa. Minha senhora é a enfermeira. Queria que o vissem os detratores...

Enveredando pelo tema querido do elogio próprio e do Ateneu, ninguém mais pôde falar...

[...]

Capítulo IX

Uma atenção absorveu-me exclusiva e única. D. Ema reconheceu-me: era aquele pequeno das madeixas compridas! Conversou muito comigo. Um fiapo branco pousava-me ao ombro do uniforme; a boa senhora tomou-o finamente entre os dedos, soltou-o e mostrou-me, sorrindo, o fio levíssimo a cair lentamente no ar calmo... Estava desenvolvido! Que diferença do que era há dois anos. Tinha ideia de haver estado comigo rapidamente, no dia da exposição artística...

— Um peraltinha! interrompeu Aristarco, entre mordaz e condescendente, de uma janela a cujo vão conversava com o Professor Crisóstomo.

Eu quis inventar uma boa réplica sem grosseria, mas a senhora me prendia a mão nas dela, maternalmente, suavemente, de tal modo que me prendia a vivacidade também, prendia me todo, como se eu existisse apenas naquela mão retida.

Depois da interrupção de Aristarco, não sei mais nada precisamente do que se passou na tarde.

Miragem sedutora de branco, fartos cabelos negros colhidos para o alto com infinita graça, uma rosa nos cabelos, vermelha como são vermelhos os lábios e os corações, vermelha como um grito de triunfo. Nada mais. Ramalhetes à mesa, um caldo ardente, e sempre a obsessão adorável do branco e a rosa vermelha.

Estava a meu lado, pertinho, deslumbrante, o vestuário de neve. Serviam-me alguns pratos, muitas carícias; eu devorava as carícias; Não ousava erguer a vista. Uma vez ensaiei. Havia sobre mim dois olhos perturbadores, vertendo a noite.

POMPEIA, Raul. *O Ateneu: crônica de saudades*. São Paulo: Scipione, 1995.

atividades

1. **Anagrama** é a transposição de letras de uma palavra para formar outra palavra (já vimos que Iracema é anagrama de América). Que anagramas podemos formar com a palavra Ema?

2. Que tipo de impressão causa D. Ema no menino de 11 anos? E no menino de 13?

3. "Bela mulher em plena prosperidade dos trinta anos de Balzac." Essa reflexão é feita pelo menino Sérgio de 11 anos? Justifique sua resposta.

4. O internato é um mundo à parte, com suas próprias regras. E um mundo homossexual: só estudavam meninos. Mas nas palavras de um interno, "os gênios fazem aqui dois sexos, como se fosse uma escola mista". No primeiro capítulo do livro, ao receber o menino Sérgio, Aristarco torna explícita essa situação. Destaque a passagem em que isso ocorre.

O romance naturalista no Brasil

Arquivo da editora.

Aluísio Azevedo (1857-1913)

Aluísio Tancredo Gonçalves de Azevedo chocou a tradicional sociedade de São Luís do Maranhão, sua terra natal, ao escrever seus primeiros artigos de jornal criticando os conservadores, o clero. Após publicar *O mulato*, ambientado em São Luís, com personagens preconceituosos e padres libertinos e assassinos, muda-se para o Rio de Janeiro, cenário de seus dois melhores romances: *O cortiço* e *Casa de pensão*.

O evolucionismo social de Aluísio Azevedo

O mulato, marco inicial do Naturalismo brasileiro, teve relativa aceitação no Sul, mas foi violentamente combatido no Nordeste. Vejamos uma crítica publicada em São Luís, transcrita por Aluísio na segunda edição do romance:

> (...) a *Civilização* no seu número de 23 de julho de 1881 publicou um longo artigo de um dos seus redatores mais ilustres, o sr. Euclides Faria, no qual, entre muitas coisas, há o seguinte: "Eis aí um romance realista, o primeiro pepino que brota no Brasil. É muita audácia, ou muita ignorância, ou ambas as coisas ao mesmo tempo!... melhor seria fechar os livros, ir plantar batatas... Vá para a foice e o machado! Ele, que tanto ama a natureza, que não crê na metafísica, nem respeita a religião, que só tem entusiasmo pela saúde do corpo e pelo real sensível e material, devia abandonar essa vidinha de vadio escrivinhador e ir cultivar as nossas ubérrimas terras. À lavoura, meu estúpido! à lavoura! precisamos de braços e não de prosas em romances!"

Apesar de todo o conservadorismo do autor do artigo, não se pode negar sua capacidade de crítica. Ele capta, logo no romance de estreia da nova tendência, suas principais características: o amor pela natureza, a negação da metafísica, o "desrespeito" pela religião, o entusiasmo pela saúde do corpo, o real-sensível e o materialismo.

Os ladrões e o asno, de Honoré Daumier, 1858-1860. Óleo sobre tela, 58,5 x 56 cm. Museu D'Orsay, Paris/The Bridgeman/Keystone.

Ao compararem seus personagens a animais, os autores naturalistas são bem diferentes dos românticos. O romântico José de Alencar, por exemplo, escrevia que Iracema tinha "os cabelos mais negros que a asa da graúna..." e era "mais rápida que a ema selvagem...", invocando os animais para realçar a beleza da heroína. Já os naturalistas, em suas comparações, enfatizam a animalidade do ser humano: "satisfação de animal no cio..."; "... estorceu-se toda, rangendo os dentes, grunhindo..." (trechos de O cortiço*, de Aluísio Azevedo). Na tela* Os ladrões e o asno*, de Honoré Daumier, os seres humanos também lembram animais, pela postura dos corpos e pela expressão facial.*

Nas tramas do texto

Apresentamos a seguir alguns trechos de *O cortiço*, com a recomendação de que se faça a leitura integral da obra.

O cortiço

Capítulo I

João Romão não saía nunca a passeio, nem ia à missa aos domingos; tudo que rendia a sua venda e mais a quitanda seguia direitinho para a caixa econômica e daí então para o banco. Tanto assim que, um ano depois da aquisição da crioula, indo em hasta pública algumas braças de terra situadas ao fundo da taverna, arrematou-as logo e tratou, sem perda de tempo, de construir três casinhas de porta e janela.

Que milagres de esperteza e de economia não realizou ele nessa construção! Servia de pedreiro, amassava e carregava barro, quebrava pedra; pedra, que o velhaco, fora de horas, junto com a amiga, furtavam à pedreira do fundo, da mesma forma que subtraíam o material das casas em obra que havia por ali perto.

[...]

"Estalagem de São Romão. Alugam-se casinhas e tinas para lavadeiras".

As casinhas eram alugadas por mês e as tinas por dia; tudo pago adiantado. O preço de cada tina, metendo a água, quinhentos réis; sabão à parte. As moradoras do cortiço tinham preferência e não pagavam nada para lavar.

Graças à abundância da água que lá havia, como em nenhuma outra parte, e graças ao muito espaço de que se dispunha no cortiço para estender a roupa, a concorrência às tinas não se fez esperar; acudiram lavadeiras de todos os pontos da cidade, entre elas algumas vindas de bem longe. E, mal vagava uma das casinhas, ou um quarto, um canto onde coubesse um colchão, surgia uma nuvem de pretendentes a disputá-los.

E naquela terra encharcada e fumegante, naquela umidade quente e lodosa, começou a minhocar, a esfervilhar, a crescer, um mundo, uma coisa viva, uma geração, que parecia brotar espontânea, ali mesmo, daquele lameiro, e multiplicar-se como larvas no esterco.

Capítulo XIX

Daí a dias, com efeito, a estalagem metia-se em obras. À desordem do desentulho do incêndio sucedia a do trabalho dos pedreiros; martelava-se ali de pela manhã até à noite, o que aliás não impedia que as lavadeiras continuassem a bater roupa e as engomadeiras reunissem ao barulho das ferramentas o choroso falsete das suas eternas cantigas.

[...]

João Romão, agora sempre de paletó, engravatado, calças brancas, colete e corrente de relógio, já não parava na venda, e só acompanhava as obras na folga das ocupações da rua. Principiava a tomar tino no jogo da Bolsa; comia em hotéis caros e bebia cerveja em larga camaradagem com capitalistas nos cafés do comércio.

Capítulo XX

Logo adiante era o quarto de um empregado do correio, pessoa muito calada, bem vestida e pontual no pagamento; saía todas as manhãs e voltava às dez da noite invariavelmente; aos domingos só ia à rua para comer, e depois fechava-se em casa e, houvesse o que houvesse no cortiço, não punha mais o nariz de fora. E, assim como este, notavam-se por último na estalagem muitos inquilinos novos, que já não eram gente sem gravata e sem meias. A feroz engrenagem daquela máquina terrível, que nunca parava, ia já lançando os dentes a uma nova camada social que, pouco a pouco, se deixaria arrastar inteira lá para dentro. Começavam a vir estudantes pobres, com os seus chapéus desabados, uma pontinha de cigarro a queimar-lhes a penugem do buço, e as algibeiras muito cheias, mas só de versos e jornais; surgiram contínuos de repartições públicas, caixeiros de botequim, artistas de teatro, condutores de bondes, e vendedores de bilhetes de loteria. Do lado esquerdo, toda a parte em que havia varanda foi monopolizada pelos italianos; habitavam cinco a cinco, seis a seis no mesmo quarto, e notava-se que nesse ponto a estalagem estava já muito mais suja que nos outros. Por melhor que João Romão reclamasse, formava-se aí todos os dias uma esterqueira de cascas de melancia e laranja. Era uma comuna ruidosa e porca a dos demônios dos mascates!

[...]

João Romão conseguira meter o sobrado do vizinho no chinelo; o seu era mais alto e mais nobre, e então com as cortinas e com a mobília nova impunha respeito. Foi abaixo aquele grosso e velho muro da frente com o seu largo portão de cocheira, e a entrada da estalagem era agora dez braças mais para dentro, tendo entre ela e a rua um pequeno jardim com bancos e um modesto repuxo ao meio, de cimento, imitando pedra. Fora-se a pitoresca lanterna de vidros vermelhos; foram-se as iscas de fígado e as sardinhas preparadas ali mesmo à porta da venda sobre as brasas; e na tabuleta nova, muito maior que a primeira, em vez de "Estalagem de São Romão" lia-se em letras caprichosas: *Capítulo I*

"AVENIDA SÃO ROMÃO"

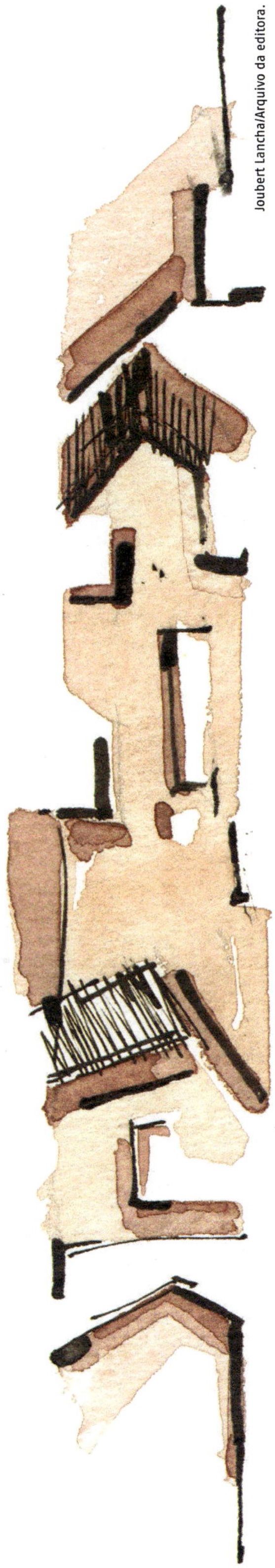

Joubert Lancha/Arquivo da editora.

Editora Martins Fontes.

Capa do artista plástico Clóvis Graciano para O cortiço.

Capítulo XXII

E, como a casa comercial de João Romão, prosperava igualmente a sua avenida. Já lá se não admitia assim qualquer pé-rapado: para entrar era preciso carta de fiança e uma recomendação especial. Os preços dos cômodos subiam, e muitos dos antigos hóspedes, italianos principalmente, iam, por economia, desertando para o "Cabeça de Gato" e sendo substituídos por gente mais limpa. Decrescia também o número das lavadeiras, e a maior parte das casinhas eram ocupadas agora por pequenas famílias de operários, artistas e praticantes de secretaria. O cortiço aristocratizava-se.

AZEVEDO, Aluísio. *O cortiço*. São Paulo: Scipione, 2004.

atividades

1. Destaque uma passagem em que a caracterização do ambiente fornece ao leitor elementos para a caracterização das figuras humanas.
2. O narrador não interfere nos acontecimentos, mas se dá o direito de emitir juízos de valor e mostrar ao leitor de que lado está. Destaque uma passagem em que isso ocorre.
3. Em *O cortiço*, percebe-se nitidamente que Aluísio Azevedo rende-se aos princípios que nortearam a segunda metade do século XIX: o positivismo de Augusto Comte, o determinismo de Hypolite Taine, o evolucionismo biológico de Charles Darwin, do qual derivou o **evolucionismo social** de Herbert Spencer. Para Spencer, a sociedade assemelha-se a um organismo biológico em constante processo de evolução, de estágios mais primitivos para estágios mais complexos. O grande motor dessa evolução seria o conflito originado na luta pela sobrevivência. As leis são as mesmas da teoria da evolução: seleção natural; a lei do mais forte, do mais apto, do mais capaz. Como isso se dá nos trechos lidos?
4. Que frase sintetiza a voracidade social do cortiço?

sessão de CINEMA

O cortiço (1977). Direção: Francisco Ramalho. Com: Betty Faria, Armando Bógus, Mário Gomes.

Adaptação do romance naturalista de Aluísio Azevedo. Num cortiço do Rio de Janeiro, no século XIX, um português e uma jovem brasileira se envolvem tendo como pano de fundo a luta de classes e suas duras consequências: a ganância, a exploração, a sordidez.

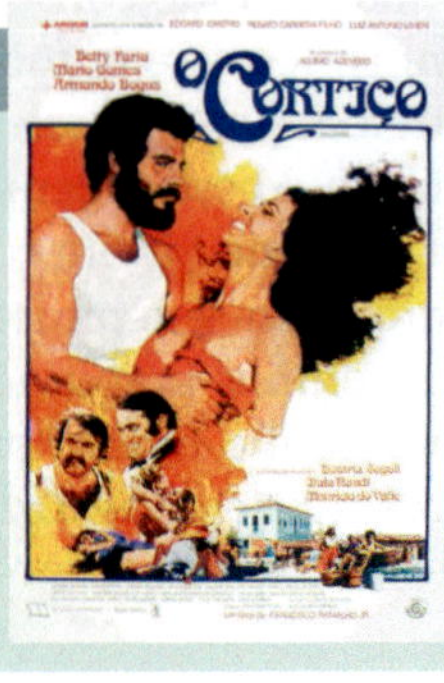

Divulgação.

*Questões de exames sobre este capítulo encontram-se na página **664**.*

capítulo 20

Objetivos gerais do capítulo

O aluno, ao final do capítulo, deverá ser capaz de:

- conhecer as principais características do teatro romântico português e suas relações com o contexto histórico;
- conhecer o teatro de caráter nacional, a partir da obra de Almeida Garrett;
- conhecer as principais características do teatro romântico brasileiro e suas relações com o contexto histórico;
- conhecer as principais características das comédias de costume de Martins Pena;
- conhecer as principais características do teatro realista brasileiro e suas relações com o contexto histórico;
- conhecer Artur Azevedo, o principal autor de teatro de costumes do final do século XIX, ler seus textos e refletir sobre eles.

O teatro no século XIX

Sou um homem de teatro. Sempre fui e serei um homem de teatro. Quem é capaz de dedicar toda a sua vida à humanidade e à paixão existentes nestes metros de tablado, esse é um homem de teatro.

Millôr Fernandes e Flávio Rangel, na abertura da peça *Liberdade, Liberdade*.

O Real Theatro de São João, primeiro teatro construído no local, foi inaugurado em 13 de outubro de 1813. A praça chamava-se, naquela ocasião, Campo de Santana, depois Campo da Aclamação (a partir de 1822) e Largo do Rocio. Daquela época até a atual Praça Tiradentes (a partir de 1889), também recebeu nome de Praça da Constituição. O teatro também recebeu vários nomes: Real Theatro de São João (em 1813), Imperial Theatro São Pedro de Alcântara (em 1826 e em 1839), Theatro Constitucional (em 1831) e Teatro João Caetano (a partir de 1923). Disponível em <www.ctac.gov.br/centrohistorico/TEMAHistorico.asp?cod=14>. Acesso em: 21 fev. 2011.

Fachada do Real Teatro de São João, de autoria anônima, c. 1820. Gravura colorida. Iconographia.

O teatro romântico em Portugal

Almeida Garrett e o teatro nacional português

A Almeida Garrett, introdutor da poesia romântica em Portugal, deve-se outro fato pioneiro: foi ele quem iniciou o **teatro nacional** português, escrito em prosa e voltado ao passado histórico, exaltando, redimindo, mistificando figuras que ajudaram a construir a pátria lusitana. A partir de 1836, com os liberais no poder, Garrett participa de um programa para a criação e o desenvolvimento de um teatro renovado, de caráter nacional; participa da criação do Conservatório Nacional de Teatro e, por conta disso, escreve a peça *Um auto de Gil Vicente*, encenada em 1838, não por acaso uma homenagem ao dramaturgo humanista (lembramos que Gil Vicente inaugurou o **teatro popular**; Garrett inicia o **teatro nacional**) e uma volta ao período áureo do início do século XVI. No palco, entre outros personagens, encontramos o dramaturgo Gil Vicente, o rei D. Manuel e o poeta Bernardim Ribeiro.

Nas tramas do texto

Frei Luís de Sousa

Drama em três atos

Frei Luís de Sousa é considerada a melhor produção do teatro romântico português. Garrett, dando continuidade a seu projeto de teatro nacional, volta-se ao período do desaparecimento de D. Sebastião em Alcácer-Quibir e ao posterior domínio espanhol. Centrado em figuras reais – D. Madalena de Vilhena, esposa de D. João de Portugal, e Manuel de Sousa Coutinho –, o drama defende o mito sebastianista, exalta a luta dos portugueses ante a dominação espanhola, fala-nos de honra, amor e religiosidade.

Os fatos verídicos: D. João de Portugal acompanhou D. Sebastião na empreitada de Alcácer-Quibir e foi dado como morto, deixando viúva D. Madalena de Vilhena, que nutria secreto amor por Manuel de Sousa Coutinho (1555-1632). Após sete anos de viuvez, Madalena e Manuel casam-se; do matrimônio nascem um filho e duas filhas. Em 1604, com o falecimento de uma filha e boatos que diziam estar D. João vivo, Manuel e Madalena resolvem entrar para a vida religiosa: ele, com o nome de Frei Luís de Sousa; ela, como Sóror Madalena das Chagas.

A passagem que reproduzimos a seguir ocorreu um pouco antes, em 1599. Com Lisboa tomada pela peste, os governantes que representavam Filipe III, da Espanha, resolvem se abrigar no castelo de Manuel, localizado em Almada (proximidades de Lisboa); para Manuel, abrigar os espanhóis seria uma ofensa e ele resolveu incendiar seu próprio castelo.

Batalha de Aljubarrota, de Alberto de Sousa/Arquivo da editora.

Desenho retratando a batalha de Alcácer-Quibir, norte de Marrocos, travada em 4 de agosto de 1578 e que resultou na morte de D. Sebastião, rei de Portugal, e de toda a nobreza que o acompanhava.

Primeiro ato

Cena IX

Manuel de Sousa, Madalena, Telmo, Miranda e outros criados entrando apressadamente

Telmo — Senhor, desembarcaram agora grande comitiva de fidalgos, escudeiros e soldados, que vêm de Lisboa e sobem a encosta para a vila. O arcebispo não é decerto, que já está há muito no convento; diz-se por aí...

Manuel — Que são os governadores? *(Telmo faz um sinal afirmativo.)* Quiseram-me enganar, e apressam-se a vir hoje... parece que adivinharam... Mas não me colheram desapercebido. *(Chama à porta da esquerda.)* Jorge, Maria! *(Volta para a cena.)* Madalena, já, já, sem mais demora.

Cena X

Manuel de Sousa, Madalena, Telmo, Miranda e outros criados; Jorge e Maria, entrando

Manuel — Jorge, acompanha estas damas. Telmo, ide, ide com elas. (*Para os outros criados.*) Partiu já tudo, as arcas, os meus cavalos, armas e tudo o mais?

Miranda — Quase tudo foi já; o pouco que falta está pronto e sairá num instante... pela porta de trás, se quereis.

Manuel — Bom; que saia. (*A um sinal de Miranda saem dois criados.*) Madalena, Maria: não vos quero ver aqui mais. Já, ide; serei convosco em pouco tempo.

Cena XI

Manuel de Sousa, Miranda e os outros criados

Manuel — Meu pai morreu desastrosamente caindo sobre a sua própria espada. Quem sabe se eu morrerei nas chamas ateadas por minhas mãos? Seja. Mas fique-se aprendendo em Portugal como *um homem* de honra e coração, por mais poderosa que seja a tirania, sempre lhe pode resistir, em perdendo o amor a coisas tão vis e precárias como são esses haveres que duas faíscas destroem num momento... como é esta vida miserável que um sopro pode apagar em menos tempo ainda! (*Arrebata duas tochas das mãos dos criados, corre à porta da esquerda, atira com uma para dentro; e vê-se atear logo uma labareda imensa. Vai ao fundo, atira a outra tocha, e sucede o mesmo. Ouve-se alarido de fora.*)

Cena XII

Manuel de Sousa e criados; Madalena, Maria, Jorge e Telmo, acudindo

Madalena — Que fazes? Que fizeste? Que é isto, oh meu Deus!

Manuel (*tranquilamente*) — Ilumino a minha casa para receber os muito poderosos e excelentes senhores *governadores* destes reinos. Suas Excelências podem vir, quando quiserem.

Madalena — Meu Deus, meu Deus!... Ai, e o retrato de meu marido!... Salvem-me aquele retrato! *(Miranda e outro criado vão para tirar o painel: uma coluna de fogo salta nas tapeçarias e os afugenta.)*

Manuel — Parti! parti! As matérias inflamáveis que eu tinha disposto vão-se ateando com espantosa velocidade. Fugi!

Madalena (*cingindo-se ao braço do marido*) — Sim, sim, fujamos.

Maria (*tomando-o do outro braço*) — Meu pai, nós não fugimos sem vós.

Todos — Fujamos! Fujamos!

(Redobram os gritos de fora. Ouve-se rebate de sinos: cai o pano. Fim do primeiro ato.)

Segundo ato

Cena I

Maria e Telmo

Maria — Há oito dias que aqui estamos nesta casa, e é a primeira noite que dorme com sossego. Aquele palácio a arder, aquele povo a gritar, o rebate dos sinos, aquela cena toda... oh! tão grandiosa e sublime, que a mim me encheu de maravilha, que foi um espetáculo como nunca vi outro de igual majestade!... A minha pobre mãe aterrou-a, não se lhe tira dos olhos; vai a fechá-los para dormir e diz que vê aquelas chamas enoveladas em fumo a rodear-lhe a casa, a crescer para o ar e a devorar tudo com fúria infernal. O retrato de meu pai, aquele do quarto de lavor, tão seu favorito, em que ele estava tão gentil homem, vestido de cavaleiro de Malta com a sua cruz branca no peito, aquele retrato não se pode consolar de que lho não salvassem, que se queimasse ali. Vês tu? Ela, que não cria em agouros, que sempre me estava a repreender pelas minhas cismas, agora não lhe sai da cabeça que a perda do retrato é prognóstico fatal de outra perda maior, que está perto, de alguma desgraça inesperada, mas certa, que a tem de separar de meu pai. E eu agora é que faço de forte e assisada, que zombo de agouros e de sinas... para a animar, coitada!... que aqui entre nós, Telmo, nunca tive tanta fé neles. Creio, oh, se creio! que são avisos que Deus nos manda para nos preparar. E há... oh! há grande desgraça a cair sobre meu pai... decerto! e sobre minha mãe também, que é o mesmo.

Telmo (*disfarçando o terror de que está tomado*) — Não digais isso... Deus há-de fazê-lo por melhor, que lho merecem ambos (*cobrando ânimo e exaltando-se*). Vosso pai, D. Maria, é um português às direitas. Eu sempre o tive em boa conta; mas agora, depois que lhe vi fazer aquela ação, que o vi, com aquela alma de português velho, deitar as mãos às tochas e lançar ele mesmo o fogo à sua própria casa; queimar e destruir numa hora tanto de seu haver, tanta coisa de seu gosto, para dar um exemplo de liberdade, uma lição tremenda a estes nossos tiranos... Oh, minha querida filha, aquilo é um homem! A minha vida, que ele queira, é sua. E a minha pena, toda a minha pena é que o não conheci, que o não estimei sempre no que ele valia.

Maria (*com as lágrimas nos olhos, e tomando-lhe as mãos*) — Meu Telmo, meu bom Telmo, é uma glória ser filha de tal pai, não é? Dize!

Telmo — Sim, é; Deus o defenda!

GARRETT, Almeida. *Frei Luís de Sousa*. Disponível em: <www.eca.usp.br/miroel/4888B.pdf>. Acesso em: 27 jan. 2011.

atividades

1. O crítico português Vitor Manuel de Aguiar e Silva assim comenta o texto de teatro: "No texto dramático fala um **eu** sempre em discurso direto, dialogando com um **tu** (com múltiplos **tus**).". Considerando apenas a cena XII do primeiro ato, transcreva passagens em que um **eu** dialoga com um **tu**, e passagens em que um **eu** dialoga com vários **tus**.

2. Segundo o Dicionário Aurélio, uma das acepções de **rubrica** é "indicação escrita de como deve ser executado um trecho musical, uma mudança de cenário, um movimento cênico, uma fala, um gesto do ator, etc.". Nos trechos apresentados, há rubricas para indicar basicamente duas situações da representação. Quais?
3. Releia atentamente a primeira frase da fala de Maria na cena I do segundo ato. Qual a importância dessa frase para a encenação?
4. Pela voz de Manuel de Sousa Coutinho apresenta-se um conceito de comportamento e atitude que deveria prevalecer em Portugal, notadamente após a dominação francesa e, em meados do século XIX, sob a influência econômica da Inglaterra. Quais são esses conceitos?
5. No fragmento reproduzido, há uma fala marcada por extrema ironia. Transcreva-a.
6. Telmo é personagem destacado na peça (na primeira apresentação pública, em 1844, o próprio Garrett o representou): fora fiel escudeiro de D. João e agora servia a Manuel de Sousa Coutinho. Transcreva falas de Telmo que simbolizam um resgate do passado e suas estruturas sociais.

O teatro romântico no Brasil

Martins Pena e a comédia de costumes

Também foi na época romântica que se definiu no Brasil o teatro nacional. Deve-se, mais uma vez, a Gonçalves de Magalhães o papel de pioneiro: em 1838 era representado seu drama *Antônio José* ou *O poeta e a Inquisição*, considerado o marco inicial do teatro brasileiro. E, novamente, repete-se o fenômeno: a Magalhães resta a glória de ter iniciado o teatro, mas a consolidação (como acontecera com Gonçalves Dias na poesia) se atribui a Martins Pena e suas comédias de costumes, bem como ao importante trabalho do ator João Caetano.

Arquivo da editora.

Martins Pena (1815-1848)

Luís Carlos Martins Pena foi o primeiro autor de teatro no Brasil a alcançar popularidade, graças a suas comédias de costumes. Segundo Décio de Almeida Prado ("A evolução da literatura dramática", em *A literatura no Brasil*, Rio de Janeiro: Editorial Sul Americana, 1971. v. 6), "não se sabe em que modelos se inspirou, onde foi buscar os seus processos cômicos. Mas o problema da filiação estética não tem maior significação, porque a sua obra, pela natureza e intenções, é por assim dizer a literária, desenvolvendo-se à margem das discussões teóricas [...] Nas pecinhas em um ato de Martins Pena sobressai o realismo ingênuo, natural, alterado aqui e ali pelo dom da sátira, pelo gosto da deformação cômica".

Nas tramas do texto

Os dois ou O inglês maquinista

Comédia em 1 ato

PERSONAGENS

Clemência
Mariquinha, sua filha
Júlia, irmã de Mariquinha (10 anos)
Felício, sobrinho de Clemência
Gainer, inglês
Negreiro, negociante de negros novos

A cena passa-se no Rio de Janeiro, no ano de 1842.

TRAJOS PARA AS PERSONAGENS

Clemência — Vestido de chita rosa, lenço de seda preto, sapatos pretos e penteado de tranças.
Mariquinha — Vestido branco de escócia, de mangas justas, sapatos pretos, penteado de bandó e uma rosa natural no cabelo.
Júlia — Vestido branco de mangas compridas e afogado, avental verde e os cabelos caídos em cachos pelas costas.
Negreiro — Calças brancas sem presilhas, um pouco curtas, colete preto, casaca azul com botões amarelos lisos, chapéu de castor branco, guarda-sol encarnado, cabelos arrepiados e suíças pelas faces até junto dos olhos.
Felício — Calças de casimira cor de flor de alecrim, colete branco, sobrecasaca, botins envernizados, chapéu preto, luvas brancas, gravata de seda de cor, alfinete de peito, cabelos compridos e suíças inteiras.
Gainer — Calças de casimira de cor, casaca, colete, gravata preta, chapéu branco de copa baixa e abas largas, luvas brancas, cabelos louros e suíças até o meio das faces.

Rogério Soud/Arquivo da editora.

Ato único

O teatro representa uma sala. No fundo, porta de entrada; à esquerda, duas janelas de sacadas, e à direita, duas portas que dão para o interior. Todas as portas e janelas terão cortinas de cassa branca. À direita, entre as duas portas, um sofá, cadeiras, uma mesa redonda com um candeeiro francês aceso, duas jarras com flores naturais, alguns bonecos de porcelana; à esquerda, entre as janelas, mesas pequenas com castiçais de mangas de vidro e jarras com flores. Cadeiras pelos vazios das paredes. Todos estes móveis devem ser ricos.

Cena I

Clemência, Negreiro, Mariquinha, Felício. Ao levantar o pano, ver-se-á Clemência e Mariquinha sentadas no sofá; em uma cadeira junto destas Negreiro, e recostado sobre a mesa Felício que lê o *Jornal do Comércio*[1] e levanta às vezes os olhos, como observando a Negreiro.

Clemência — Muito custa viver-se no Rio de Janeiro! É tudo tão caro!

Negreiro — Mas o que quer a senhora em suma? Os direitos são tão sobrecarregados! Veja só os gêneros de primeira necessidade. Quanto pagam? O vinho, por exemplo, cinquenta por cento!

Clemência — Boto as mãos na cabeça todas as vezes que recebo as contas do armazém e da loja de fazendas2.

Negreiro — Porém as mais puxadinhas são as das modistas, não é assim?

Clemência — Nisto não se fala! Na última que recebi vieram dois vestidos que já tinha pago, um que não tinha mandado fazer, e uma quantidade tal de linhas, colchetes, cadarços e retroses, que fazia horror.

Felício, *largando o Jornal sobre a mesa com impaciência* — Irra, já aborrece!

Clemência — O que é?

Felício — Todas as vezes que pego neste jornal, a primeira coisa que vejo é: "Chapas medicinais e Unguento3 Durand". Que embirração4!

Negreiro, rindo-se — Oh, oh, oh!

Clemência — Tens razão, eu mesmo já fiz este reparo.

Negreiro — As pílulas vegetais não ficam atrás, oh, oh, oh!

Clemência — Por mim, se não fossem os folhetins, não lia o *Jornal*. O último era bem bonito; o senhor não leu?

Negreiro — Eu? Nada. Não gasto o meu tempo com essas ninharias, que são só boas para as moças.

Voz na rua — Manuê[5] quentinho! (*Entra Júlia pela direita, correndo.*)

1. ***Jornal do Comércio:*** o *Jornal do Commercio* é um diário tradicional do Rio de Janeiro, fundado em 1827 pelo francês Pierre Plancher.
2. **loja de fazendas:** loja de tecidos.
3. **unguento:** medicamento pastoso que se usa sobre a pele; também usado para perfumar.
4. **embirração:** tanto pode significar "antipatia, aversão" como "insistência, teimosia".

CLEMÊNCIA — Aonde vai, aonde vai?

JÚLIA, *parando no meio da sala* — Vou chamar o preto dos manuês.

CLEMÊNCIA — E pra isso precisa correr? Vá, mas não caia. (*Júlia vai para janela e chama para rua dando psius.*)

NEGREIRO — A pecurrucha gosta dos doces.

JÚLIA, *da janela* — Sim, aí mesmo. (*Sai da janela e vai para a porta, aonde momentos depois chega um preto com um tabuleiro com manuês, e descansando-o no chão, vende-os a Júlia. Os demais continuam a conversar.*)

FELÍCIO — Sr. Negreiro, a quem pertence o brigue *Veloz Espadarte*, aprisionado ontem junto quase da Fortaleza de Santa Cruz pelo cruzeiro inglês, por ter a seu bordo trezentos africanos?

NEGREIRO — A um pobre diabo que está quase maluco... Mas é bem feito, para não ser tolo. Quem é que neste tempo manda entrar pela barra um navio com semelhante carregação? Só um pedaço de asno. Há por aí além uma costa tão longa e algumas autoridades tão condescendentes!...

FELÍCIO — Condescendentes porque se esquecem de seu dever!

NEGREIRO — Dever? Perdoe que lhe diga: ainda está muito moço... Ora, suponha que chega um navio carregado de africanos e deriva em uma dessas praias, e que o capitão vai dar disso parte ao juiz do lugar. O que há de este fazer, se for homem cordato e de juízo? Responder do modo seguinte: Sim senhor, sr. capitão, pode contar com a minha proteção, contanto que V. S.ª... Não sei se me entende? Suponha agora que este juiz é um homem esturrado[6], destes que não sabem aonde têm a cara e que vivem no mundo por ver os outros viverem, e que ouvindo o capitão, responda-lhe com quatro pedras na mão: Não senhor, não consinto! Isto é uma infame infração da lei e o senhor insulta-me fazendo semelhante proposta! — E que depois deste aranzel[7] de asneiras pega na pena e oficie ao Governo. O que lhe acontece? Responda.

FELÍCIO — Acontece o ficar na conta de íntegro juiz e homem de bem.

NEGREIRO — Engana-se; fica na conta de pobre, que é menos que pouca coisa. E no entanto vão os negrinhos para um depósito, a fim de serem ao depois distribuídos por aqueles de quem mais se depende, ou que têm maiores empenhos. Calemo-nos, porém, que isto vai longe.

FELÍCIO — Tem razão! (*Passeia pela sala.*)

NEGREIRO, *para Clemência* — Daqui a alguns anos mais falará de outro modo.

CLEMÊNCIA — Deixe-o falar. A propósito, já lhe mostrei o meu meia-cara[8], que recebi ontem na Casa da Correção?

NEGREIRO — Pois recebeu um?

CLEMÊNCIA — Recebi, sim. Empenhei-me com minha comadre, minha comadre empenhou-se com a mulher do desembargador, a mulher do desembargador pediu ao marido, este pediu a um deputado, o deputado ao ministro e fui servida.

NEGREIRO — Oh, oh, chama-se isto transação! Oh, oh!

CLEMÊNCIA — Seja lá o que for; agora que tenho em casa, ninguém mo arrancará. Morrendo-me algum outro escravo, digo que foi ele.

FELÍCIO — E minha tia precisava deste escravo, tendo já tantos?

CLEMÊNCIA — Tantos? Quanto mais, melhor. Ainda eu tomei um só. E os que tomam aos vinte e aos trinta? Deixa-te disso, rapaz. Venha vê-lo, sr. Negreiro. (*Saem.*)

5. **manuê:** doce da culinária afro-brasileira feito à base de fubá de milho e mel.

6. **esturrado:** intransigente.

7. **aranzel:** discurso enfadonho, palavrório.

8. **meia-cara:** escravo que, depois de proibido o tráfico, era importado por contrabando, sem se pagarem direitos aduaneiros.

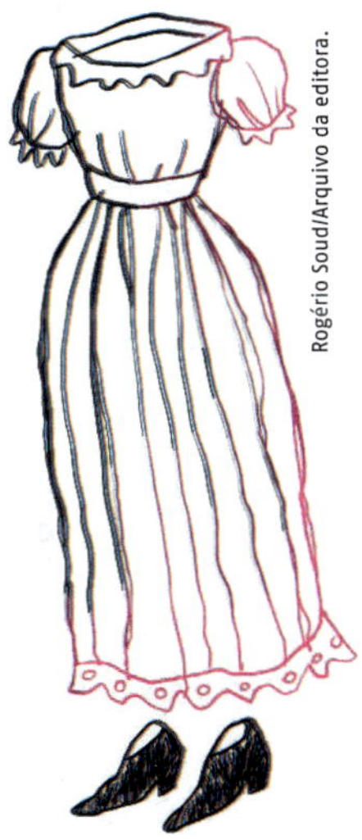

Rogério Soud/Arquivo da editora.

Cena II

Felício e Mariquinha.

Felício — Ouviste, prima, como pensa este homem com quem tua mãe pretende casar-te?

Mariquinha — Casar-me com ele? Oh, não, morrerei antes!

Felício — No entanto é um casamento vantajoso. Ele é imensamente rico... Atropelando as leis, é verdade; mas que importa? Quando fores sua mulher...

Mariquinha — E é você quem me diz isto? Quem me faz essa injustiça? Assim são os homens, sempre ingratos!

Felício — Meu amor, perdoa. O temor de perder-te faz-me injusto. Bem sabes quanto eu te adoro; mas tu és rica, e eu um pobre empregado público; e tua mãe jamais consentirá em nosso casamento, pois supõe fazer-te feliz dando-te um marido rico.

Mariquinha — Meu Deus!

Felício — Tão bela e tão sensível como és, seres a esposa de um homem para quem o dinheiro é tudo! Ah, não, ele terá ainda que lutar comigo! Se supõe que a fortuna que tem adquirido com o contrabando de africanos há de tudo vencer, engana-se! A inteligência e o ardil às vezes podem mais que a riqueza.

Mariquinha — O que pode você fazer? Seremos sempre infelizes.

Felício — Talvez que não. Sei que a empresa é difícil. Se ele te amasse, ser-me-ia mais fácil afastá-lo de ti; porém ele ama o teu dote, e desta qualidade de gente arrancar um vintém é o mesmo que arrancar a alma do corpo... Mas não importa.

Mariquinha — Não vá você fazer alguma coisa com que mamã se zangue e fique mal com você...

Felício — Não, descansa. A luta há de ser longa, pois que não é este o único inimigo. As assiduidades daquele maldito Gainer já também inquietam-me. Veremos... E se for preciso... Mas não; eles se entredestruirão; o meu plano não pode falhar.

Mariquinha — Veja o que faz. Eu lhe amo, não me envergonho de o dizer; porém se for preciso para nossa união que você faça alguma ação que... *(Hesita.)*

Felício — Compreendo o que queres dizer... Tranquiliza-te.

Júlia, *entrando* — Mana, mamã chama.

Mariquinha — Já vou. Tuas palavras animaram-me.

Júlia — Ande, mana.

Mariquinha — Que impertinência! *(Para Felício, à parte:)* Logo conversaremos...

Felício — Sim, e não te aflijas mais, que tudo se arranjará. *(Saem Mariquinha e Júlia.)*

PENA, Martins. *Os dois ou O inglês maquinista*. Disponível em: <www.bdteatro.ufu.br/download.php?pid=TT00169>. Acesso em: 27 jan. 2011.

Rogério Soud/Arquivo da editora.

atividades

1. Como o processo de aburguesamento do Rio de Janeiro se manifesta na peça?
2. Pela caracterização de Clemência, podemos dizer que ela representa a mentalidade gananciosa de uma burguesia nascente do Rio de Janeiro. Que elementos do texto comprovam isso?
3. Sobre o papel da mulher na época romântica, comenta Nelson Werneck Sodré: "Começava a receber a mulher uma educação em que apareciam certas prendas que predispunham a demonstração, a apresentação às visitas. Começava a figurar nos salões, a receber e a tratar com os convidados, a conviver com estranhos, a frequentar modistas, a visitar, a ler figurinos e, também, a ler romances.".
   Como isso está retratado na peça?
4. O conflito entre Negreiro e Felício não se estabelece apenas no campo amoroso; ele se dá também na visão de mundo de cada um. Caracterize os dois personagens.
5. Qual a estratégia de Felício para afastar os pretendentes de Mariquinha?

Confrontando ideias

Vamos realizar, em pequenos grupos, duas atividades:

1. Pesquisar, em livros de História, qual o estágio do processo abolicionista no Brasil em 1842 e relacionar essas informações com a conversa entre Negreiro e Felício sobre o tráfico negreiro.
2. Martins Pena faz um retrato dos costumes da sociedade brasileira de meados do século XIX. Vocês diriam que as peças dele são muito datadas, isto é, devem ser lidas (e vistas) levando-se em conta a época em que foram escritas?
   Apresentem para os colegas e professor(a) suas conclusões.

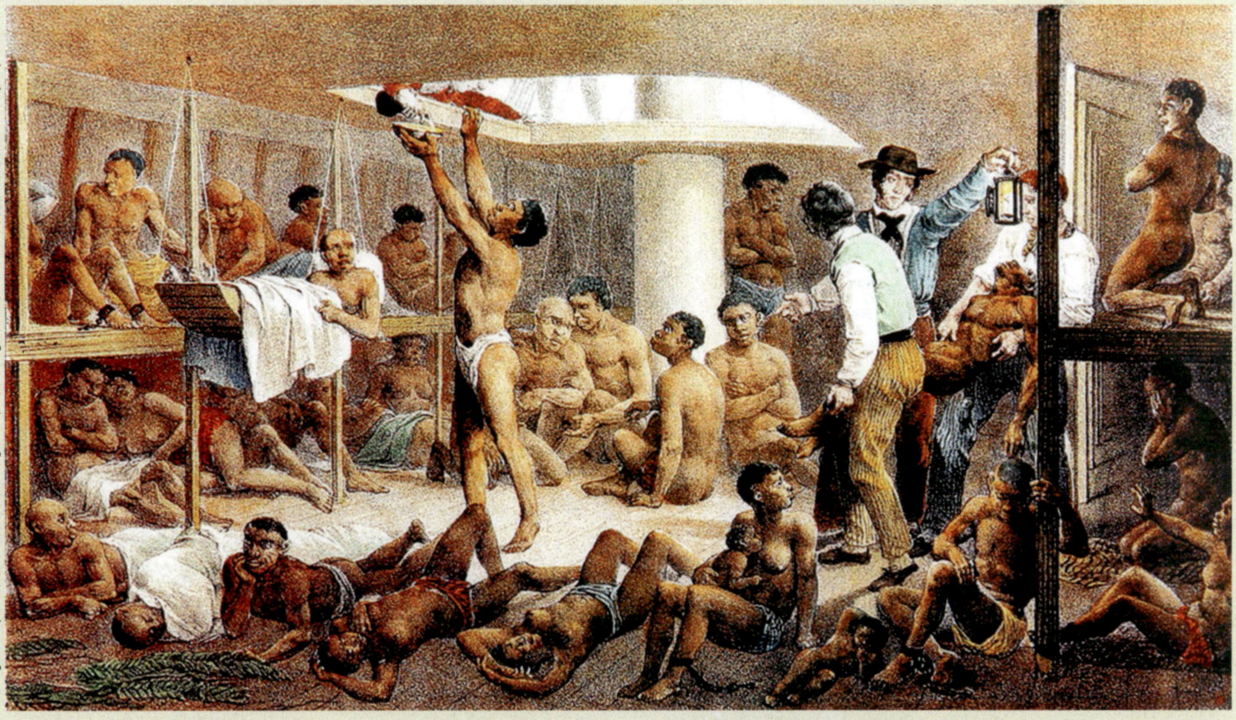

Negros no porão, de Johann Moritz Rugendas, 1835. Litografia colorida à mão, 35,5 x 3 51,3 cm. Coleção particular.

Negros no porão, *de Rugendas.*

O teatro realista no Brasil

Artur Azevedo e os costumes da capital federal

Arquivo da editora.

Artur Azevedo (1855-1908)

Artur Azevedo e seu irmão Aluísio participaram da fundação da Academia Brasileira de Letras; Artur ocupou a cadeira 29 e escolheu como patrono Martins Pena. Jornalista (ferrenho abolicionista), contista, frequentador das rodas literárias dos poetas parnasianos, foi, contudo, no teatro que Artur Azevedo ganhou maior notoriedade, seguindo a trilha aberta por Martins Pena. O Rio de Janeiro imperial transformado depois em capital federal da jovem República, sua sociedade e seus costumes são retratados em suas principais peças.

Nas tramas do texto

A capital federal

Comédia Opereta de costumes brasileiros, em 3 atos e 12 quadros

Ação: *no Rio de Janeiro, no fim do século XIX.*

A capital federal é uma comédia opereta – peça de teatro de caráter burlesco que apresenta trechos em verso para serem cantados – que retrata a capital da República no final do século XIX (a primeira encenação data de 1897), uma sociedade urbana em ascensão política, adequando-se a novos hábitos, costumes.

Entre os personagens que desfilam pelos ambientes cariocas (notadamente pelo Grande Hotel), destacam-se uma família do interior de Minas Gerais (a típica mentalidade rural) que vem para o Rio de Janeiro atrás do noivo que prometeu casamento à filha do fazendeiro, cocotes (prostitutas), pseudopoetas, jogadores, os mais diversos serviçais. Décio de Almeida Prado afirma que "*A capital federal* é o fecho de um período do nosso teatro – o fecho do século dezenove, para falar a verdade". Até porque, a partir do século XX, o teatro enfrentaria a concorrência do cinema.

Reproduzimos, a seguir, a visita de um jovem com pretensões poéticas à casa de Lola, cocote espanhola.

Revista *O Cruzeiro*/Arquivo da editora.

Olavo Bilac, após assistir à estreia da peça, escreveu num jornal: "E há uma pancada seca no bombo e nos timbales da orquestra, e abre-se o fundo da cena, e, por uma tarde batida de sol, aparecem os arcos da Carioca, e, sobre eles, o bonde elétrico voando – numa esplêndida cenografia de Carrancini... E o pano cai, ao reboar dos aplausos.".

Ato III

Cena IV

Duquinha, Lourenço
cenário: A saleta de Lola
[(Duquinha tem dezoito anos e é muito tímido.)]

DUQUINHA — A senhora dona Lola está em casa?

LOURENÇO *(muito respeitoso.)* — Sim, meu senhor... e pede a V. Ex.ª que tenha o obséquio de esperar alguns instantes.

DUQUINHA — Muito obrigado. (*À parte.*) É o cocheiro... não sei se deva...

LOURENÇO — Como diz V. Ex.ª?

DUQUINHA — Se não fosse ofendê-lo, pedia-lhe que aceitasse... (*Tira a carteira.*)

LOURENÇO — Oh! não!... Perdoe V. Ex.ª... não é orgulho; mas que diria a patroa se soubesse que eu...

DUQUINHA — Ah! nesse caso... (*Guarda a carteira.*)

LOURENÇO (*Que ia sair, voltando.*) — Se bem que eu estou certo que V. Ex.ª não diria nada à senhora dona Lola...

DUQUINHA (*Tirando de novo a carteira.*) — Ela nunca o saberá. (*Dá-lhe dinheiro.*)

LOURENÇO — Beijo as mãos de V. Ex.ª. A senhora dona Lola é tão escrupulosa! (*À parte.*) Uma de trinta! O franguinho promete... (*Sai com muitas mesuras, levando o sobretudo e demais objetos.*)

Cena V

DUQUINHA — Estou trêmulo e nervoso... É a primeira vez que entro em casa de uma destas mulheres... Não pude resistir!... A Lola é tão bonita, e o outro dia, no Braço de Ouro, me lançou uns olhares tão meigos, tão provocadores, que tenho sonhado todas as noites com ela! Até versos lhe fiz, e aqui lhos trago... Quis comprar-lhe uma joia, mas receoso de ofendê-la, comprei apenas estas flores... Ai, Jesus! ela aí vem! Que lhe vou dizer?...

Rogério Soud/Arquivo da editora.

Cena VI

Duquinha e Lola

LOLA — Não me engano: é o meu namorado do Braço de Ouro! (*Estendendo-lhe a mão.*) Como tem passado?

DUQUINHA — Eu... sim... bem, obrigado; e a senhora?

LOLA — Como tem as mãos frias!

DUQUINHA — Estou muito impressionado. É uma coisa esquisita: todas as vezes que fico impressionado... fico também com as mãos frias...

LOLA — Mas não se impressione! Esteja à sua vontade! Parece que não lhe devo meter medo!

DUQUINHA — Pelo contrário!

LOLA (*Arremedando-o.*) — Pelo contrário! (*Outro som.*) São minhas essas flores?

DUQUINHA — Sim... eu não me atrevia... (*Dá-lhe as flores.*)

LOLA — Ora essa! Por quê? (*Depois de aspirá-las.*) Que lindas são!

DUQUINHA — Trago-lhe também umas flores... poéticas.

LOLA — Umas quê?...

DUQUINHA — Uns versos.

LOLA — Versos? Bravo! Não sabia que era poeta!

DUQUINHA — Sou poeta, sim, senhora... mas poeta moderno, decadente...

LOLA — Decadente? Nessa idade?

DUQUINHA — Nós somos todos muito novos.

LOLA — Nós quem?

DUQUINHA — Nós, os decadentes. E só podemos ser compreendidos por gente da nossa idade. As pessoas de mais de trinta anos não nos entendem.

LOLA — Se o senhor se demorasse mais algum tempo, arriscava-se a não ser compreendido por mim.

DUQUINHA — Se dá licença, leio os meus versos. (*Tirando um papel da algibeira.*) Quer ouvi-los?

LOLA — Com todo o prazer.

DUQUINHA — (*Lendo.*) Ó flor das flores, linda espanhola,
Como eu te adoro, como eu te adoro!
Pelos teus olhos, ó Lola! ó Lola!
De dia canto, de noite choro,
Linda espanhola, linda espanhola!

LOLA — Dir-se-ia que o trago de canto chorado!

DUQUINHA — Ouça a segunda estrofe:
És uma santa, santa das santas!
Como eu te adoro, como eu te adoro!
Meu peito enlevas, minh'alma encantas!
Ouve o meu triste canto sonoro,
Santa das santas, santa das santas!

LOLA — Santa? Eu!... Isto é que é liberdade poética!

DUQUINHA — A mulher amada pelo poeta é sempre santa para ele! Terceira e última estrofe...

LOLA — Só três? Que pena!

DUQUINHA (*Lendo.*) Ó flor das flores! bela andaluza!
Como eu te adoro, como eu te adoro!
Tu és a minha pálida musa!
Desses teus lábios um beijo imploro,
Bela andaluza, bela andaluza!

LOLA — Perdão, mas eu não sou da Andaluzia: sou de Valladolid.

DUQUINHA — Pois há espanholas bonitas que não sejam andaluzas?

LOLA — Pois não! O que não há são andaluzas bonitas que não sejam espanholas.

DUQUINHA — Hei de fazer uma emenda.

LOLA — E que mais?

DUQUINHA — Como?

LOLA — O senhor trouxe-me flores... trouxe-me versos... e... não me trouxe mais nada?

DUQUINHA — Eu?

LOLA — Sim... Os versos são bonitos... as flores são cheirosas... mas há outras coisas de que as mulheres gostam muito.

DUQUINHA — Uma caixinha de *marrons glacés*?

LOLA — Sim, não digo que não... é uma boa gulodice... mas não é isso...

DUQUINHA — Então que é?

LOLA — Faça favor de me dizer para que se inventaram os ourives.

DUQUINHA — Ah! já percebo... Eu devia trazer-lhe uma joia!

LOLA — Naturalmente. As joias são o "Sésamo, abre-te" destas cavernas de amor.

DUQUINHA — Eu quis trazer-lhe uma joia, quis; mas receei que a senhora se ofendesse...

LOLA — Que me ofendesse?... Oh! santa ingenuidade!... Em que é que uma joia poderia ofender? Querem ver que o meu amiguinho me toma por uma respeitável mãe de família? Creia que um simples grampo de chapéu, com um bonito brilhante, produziria mais efeito que todo esse:

Como te adoro, como te adoro!
Linda espanhola, linda espanhola,
Santa das santas, santa das santas!

DUQUINHA — Vejo que lhe não agrada a escola decadente...

LOLA — Confesso que as joias exercem sobre mim uma fascinação maior que a literatura. E demais, não sou mulher a quem se ofereçam versos... Vejo que o senhor não é de opinião de Bocage...

DUQUINHA — Oh! Não me fale em Bocage!

LOLA — Que mania essa de não nos tomarem pelo que somos realmente! Guarde os seus versos para as donzelinhas sentimentais, e, ande, vá buscar o "Sésamo, abre-te" e volte amanhã. (*Empurra-o para o lado da porta. Entra Lourenço.*)

DUQUINHA — Mas...

LOLA — Vá, vá! Não me apareça aqui sem uma joia. (*A Lourenço.*) Lourenço, conduza este senhor até a porta. (*Sai pela direita.*)

DUQUINHA — Não, não é preciso, não se incomode. (*À parte.*) Vou pedir dinheiro a mamãe. (*Sai.*)

AZEVEDO, Artur. *A capital federal*. Disponível em: <www.biblio.com.br/defaultz.asp?link=http://www.biblio.com.br/conteudo/arturazevedo/ACapitalFederal.htm >. Acesso em: 27 jan. 2011.

atividades

1. Duquinha, na flor de seus dezoito anos, se coloca como um poeta moderno e "decadente". O Decadentismo, segundo o *Pequeno dicionário de literatura brasileira*, designou, na França, "o movimento precursor do Simbolismo (o termo deriva de um artigo de jornal, de 1882, que chamava a atenção para a ideia de decadência perceptível na poesia de Baudelaire e Paul Verlaine. Os "decadentes" pregavam a anarquia, o satanismo, as perversões, a morbidez, o pessimismo, a histeria, o horror da realidade banal, ao mesmo tempo que cultuavam os neologismos e os vocábulos raros ("abscôndito", "hiemal", "lactescente")".

a) Tomando por base as três estrofes declamadas por Duquinha, você diria que ele é "realmente" um poeta decadente?

b) Os versos de Duquinha têm características que os aproximam de que escola literária?

c) Que características do texto justificam sua resposta à questão anterior?

2. Qual é a reação de Lola ao ouvir os versos de Duquinha? Era a reação esperada por ele? Aponte a fala dele que demonstra seu sentimento em relação à reação de Lola.

3. Bocage (1765-1805), poeta português, apresentou três facetas distintas em sua obra: árcade, pré-romântica e satírico-erótica. Lola não conhece o movimento decadentista, mas cita Bocage, o que horroriza Duquinha. O que justifica a aversão de Duquinha?

4. Duquinha e Lola representam dois polos de visão de mundo. Explicite-os e exemplifique-os com trechos do texto.

na ESTANTE

No século XIX, o teatro nacional marcou a vida cultural apresentando textos divertidos e críticos. A comédia de costumes instalou-se e, ainda hoje, peças de Martins Pena (*O noviço*, *Judas em sábado de Aleluia*, *A família e a festa na roça*) e Artur Azevedo (*A capital federal*, *O mambembe*) ganham seguidas montagens nos palcos brasileiros. O mesmo ocorre com obras dramáticas de José de Alencar (*Verso e reverso*, *As asas de um anjo*, *O demônio familiar*), Gonçalves Dias (*Leonor de Mendonça*) e Álvares de Azevedo (*Macário*). Se você tiver oportunidade, não deixe de assistir a um desses espetáculos.

Questões de exames sobre este capítulo encontram-se na página 670.

capítulo 21

Os estilos de época da Revolução Industrial à Primeira Guerra: Parnasianismo

Objetivos gerais do capítulo

O aluno, ao final do capítulo, deverá ser capaz de:

- discutir as manifestações do Parnasianismo na literatura;
- conhecer as principais características desse estilo e suas relações com o contexto histórico;
- conhecer os principais autores desse estilo, ler seus textos e refletir sobre eles.

Só não se inventou uma máquina de fazer versos — já havia o poeta parnasiano.

ANDRADE, Oswald de. Manifesto Pau-Brasil. In: ANDRADE, Oswald de. *A utopia antropofágica*. São Paulo: Globo/Secretaria do Estado da Cultura, 1990. p. 41.

A herança clássica nas artes brasileiras

A pintura

Paz e concórdia, de Pedro Américo, 1902. Óleo sobre tela, 100 x 431 cm. Museu de Arte de São Paulo Assis Chateaubriand, São Paulo.

Pedro Américo (1843-1905), consagrado pintor de temas históricos do Segundo Império, viveu uma temporada em Florença e, na virada do século, dedicou-se a algumas alegorias de tendência clássica, como Paz e concórdia *ou* Alegoria da civilização*, de 1895. Na pintura, diante de uma imensa construção neoclássica, vemos uma figura de mulher que representa a jovem República brasileira sendo saudada pelas principais nações do mundo, num clima de paz e concórdia.*

A arquitetura

Teatro Amazonas (Manaus), inaugurado em 1896.

Hart Preston/Time Life Pictures/Getty Images.

Theatro Municipal do Rio de Janeiro, inaugurado em 1909.

Acervo Iconographia.

Theatro Municipal de São Paulo, inaugurado em 1911.

Acervo Iconographia.

*O ciclo da borracha, na região Norte, e o do café, no Vale do Paraíba, no eixo Rio-São Paulo, criam as condições materiais para a construção de imponentes teatros na virada do século, como bem exemplificam o **Teatro Amazonas**, inaugurado em 1896, em estilo neoclássico; o **Theatro Municipal do Rio de Janeiro** e o **Theatro Municipal de São Paulo**, projetados no final do século XIX e inaugurados, respectivamente, em 1909 e 1911, que seguem um estilo eclético com predomínio de linhas neoclássicas em suas fachadas.*

Esses verdadeiros templos projetados para o culto das óperas e da música clássica tiveram como referência os teatros Ópera de Paris *e* Scala de Milão.

Para conhecer mais, acesse: <www.culturamazonas.am.gov.br/programas_02.php?cod=0255>; <www.theatromunicipal.rj.gov.br>; <www.prefeitura.sp.gov.br>. Acessos em: 20 fev. 2011.

A virada do século

O momento histórico que marca a transição do século XIX para o século XX e a definição de um novo ordenamento mundial é extremamente complexo e se prolonga até a Primeira Guerra Mundial (1914-1918) e as agitações sociais na Rússia (1917-1921).

O processo burguês industrial evoluía a passos largos, gerando a luta das grandes potências pelos mercados consumidores e fornecedores de matéria-prima. A unificação da Alemanha (1870) e a da Itália (1871) alavancara o processo de industrialização desses países (chamados países de capitalismo tardio) e os colocava na disputa por novos mercados. Isso provocou a fragmentação da África e o crescimento da influência sobre os territórios asiáticos; desenvolveu-se, assim, a política do neocolonialismo (na África) e do imperialismo (na Ásia) e tomou corpo o fantasma de uma guerra envolvendo os países europeus.

Como consequência, ocorrem duas situações distintas:

- de um lado, um clima de euforia motivado pelo progresso industrial e pela expansão do capitalismo, pelo aumento do consumo, pela moderna urbanização (Paris tornou-se símbolo desse novo mundo); era a consagração das soluções racionalistas e a vitória definitiva do pensamento científico, que sustentavam o avanço tecnológico (essa agitação eufórica da sociedade burguesa seria batizada, no início do século, como ***belle époque***);
- de outro, um clima de insatisfação, insegurança e pessimismo motivado pelo acirramento dos conflitos sociais; o mesmo progresso industrial que levava ao consumismo criava massas de excluídos; o movimento operário se organiza, eclodem greves. Uma parte da intelectualidade começa a questionar o "paraíso" prometido pela Revolução Industrial e a crença de que a razão e a ciência teriam respostas para tudo.

Refletindo essa ambiguidade, a literatura, particularmente a poesia, percorre diferentes caminhos, daí resultando os movimentos **parnasiano**, que analisaremos neste capítulo, e **simbolista**, tema do próximo capítulo.

Joubert Lancha/Arquivo da editora.

O culto da forma

O estilo poético que marcou a elite literária brasileira do final do século XIX (entre os fundadores da Academia Brasileira de Letras, em 1897, a maioria absoluta dos poetas se filiava ao Parnasianismo) apresenta nítida influência francesa, como se percebe na própria denominação do movimento, que não passava de uma alusão às antologias publicadas na França, com o título de *Parnasse Contemporain* (foram publicadas três antologias, em 1866, 1871 e 1876).

A principal característica da poesia parnasiana é a valorização da forma (o soneto, a métrica, a rima), o culto da arte pela arte, como bem define Olavo Bilac no poema a seguir.

Profissão de fé[1]

(fragmentos)

Invejo o ourives[2] quando escrevo:
Imito o amor
Com que ele, em ouro, o alto relevo
Faz de uma flor.

Imito-o. E, pois, nem de Carrara[3]
A pedra firo:
O alvo cristal, a pedra rara,
O ônix[4] prefiro.

Por isso, corre, por servir-me,
Sobre o papel
A pena, como em prata firme
Corre o cinzel[5].

Corre; desenha, enfeita a imagem,
A ideia veste:
Cinge-lhe ao corpo a ampla roupagem
Azul-celeste.

Torce, aprimora, alteia, lima
A frase; e, enfim,
No verso de ouro[6] engasta a rima,
Como um rubim[7].

Quero que a estrofe cristalina,
Dobrada ao jeito
Do ourives, saia da oficina[8]
Sem um defeito:

E que o lavor do verso, acaso,
Por tão sutil,
Possa o lavor lembrar de um vaso
De Becerril[9].

E horas sem conto passo, mudo,
O olhar atento,
A trabalhar, longe de tudo,
O pensamento.

Porque o escrever — tanta perícia,
Tanta requer,
Que ofício tal... nem há notícia
De outro qualquer.

Assim procedo. Minha pena
Segue esta norma,
Por te servir, Deusa serena,
Serena Forma[10]!

Celebrarei o teu ofício
No altar: porém,
Se inda é pequeno o sacrifício,
Morra eu também!

Caia eu também, sem esperança,
Porém tranquilo,
Inda, ao cair, vibrando a lança,
Em prol do Estilo!

BILAC, Olavo. *Olavo Bilac: obra reunida*. Rio de Janeiro: Nova Aguilar, 1996. p. 89.

1. **profissão de fé:** declaração pública de uma crença; no caso, de um conceito sobre poesia.
2. **ourives:** aquele que trabalha com ouro, burilando a forma; por extensão, joalheiro.
3. **Carrara:** cidade italiana famosa pela qualidade de seu mármore.
4. **ônix:** pedra preciosa. O poeta diz preferir as pedras raras ao mármore.
5. **cinzel:** instrumento de aço, cortante, usado por escultores e joalheiros.
6. **verso de ouro:** o último verso de cada estrofe; para os parnasianos, a expressão mais comum era "chave de ouro": o poeta se esmerava em obter uma imagem de efeito.
7. **rubim:** variante, por nasalação, de **rubi**. Observe a rima **enfim/rubim**, utilizando a forma menos usual da palavra **rubi**.
8. **oficina:** aqui, o local de trabalho do poeta/ourives.
9. **Becerril:** artesão romano.
10. **Deusa Forma:** a divinização da forma como objetivo da postura do poeta parnasiano, da sua fé. Nas duas últimas estrofes, o trabalho do poeta é visto como um sacrifício religioso.

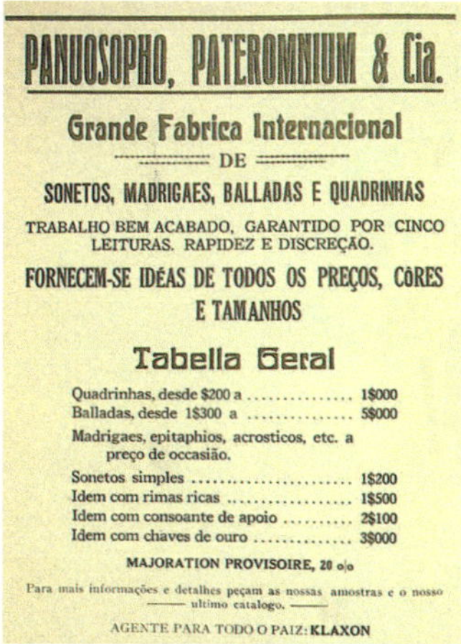

Arquivo da editora.

Quarta capa do número 7 da revista Klaxon, *porta-voz da Semana de Arte Moderna, ironizando a produção dos poetas parnasianos. Para os poetas do Modernismo, o modelo parnasiano era comparado a uma prisão, que resumia a arte a modelos, a formas.*

Confrontando ideias

a) Em pequenos grupos, releiam atentamente o poema de Olavo Bilac e relacionem as principais características da poética parnasiana. Em seguida, apresentem-nas aos colegas e ao(à) professor(a).

b) Expliquem a afirmação de Oswald de Andrade (citada na abertura do capítulo) segundo a qual os parnasianos eram "máquinas de fazer versos".

Principais características da poética parnasiana

> A poética parnasiana baseia-se no binômio **objetividade temática / culto da forma**, numa postura totalmente antirromântica.

> **Perfeição formal:** forma fixa dos sonetos, a métrica dos versos alexandrinos (12 sílabas poéticas) e decassílabos perfeitos, a rima rica, rara e perfeita.

> A objetividade temática surge como negação ao sentimentalismo romântico, numa tentativa de atingir a **impassibilidade** e a **impessoalidade**.

> Opunha ao subjetivismo decadente o **universalismo** – daí resultar numa poesia carregada de descrições objetivas e impessoais.

> Retomada dos conceitos da Antiguidade Clássica: **racionalismo** e **formas perfeitas**.

> Poesia de meditação; filosófica, mas artificial.

Nas tramas dos textos

A um poeta

Longe do estéril turbilhão da rua,
Beneditino, escreve! No aconchego
Do claustro, na paciência e no sossego,
Trabalha, e teima, e lima, e sofre, e sua!

Mas que na forma se disfarce o emprego
Do esforço; e a trama viva se construa
De tal modo, que a imagem fique nua,
Rica mas sóbria, como um templo grego.

Não se mostre na fábrica o suplício
Do mestre. E, natural, o efeito agrade,
Sem lembrar os andaimes do edifício:

Porque a Beleza, gêmea da Verdade,
Arte pura, inimiga do artifício,
É a força e a graça na simplicidade.

BILAC, Olavo. "A um poeta". Disponível em: <www.dominiopublico.gov.br/download/texto/bv000288.pdf>. Acesso em: 20 fev. 2011.

Joubert Lancha/Arquivo da editora.

Oficina irritada

Eu quero compor um soneto duro
como poeta algum ousara escrever.
Eu quero pintar um soneto escuro,
seco, abafado, difícil de ler.

Quero que meu soneto, no futuro,
não desperte em ninguém nenhum prazer.
E que, no seu maligno ar imaturo,
ao mesmo tempo saiba ser, não ser.

Esse meu verbo antipático e impuro
há de pungir, há de fazer sofrer,
tendão de Vênus sob o pedicuro.

Ninguém o lembrará: tiro no muro,
cão mijando no caos, enquanto Arcturo*,
claro enigma, se deixa surpreender.

ANDRADE, Carlos Drummond de. *Carlos Drummond de Andrade: obra completa*. 2. ed. Rio de Janeiro: José Aguilar, 1967. p. 245.

* **Arcturo:** estrela gigante, de diâmetro 26 vezes superior ao do Sol, situada a 35 anos-luz da Terra. É conhecida como a Guarda da constelação da Ursa Maior. No livro *Claro enigma*, do qual faz parte "Oficina irritada", vários poemas fazem referência à noite e às estrelas. No primeiro poema do livro, encontramos o seguinte: "aceito a noite. / E com ela aceito que brote / uma ordem outra de seres / e coisas não figuradas".

atividades

Sobre "A um poeta":

1. Comente os aspectos formais do poema (estrofação, esquema de rima, métrica).

2. Qual é o significado de **claustro**?

3. Sabemos que beneditino é o monge da ordem de São Bento. No entanto, Olavo Bilac não se refere a um monge no texto; a palavra **beneditino** foi empregada em sentido figurado. No contexto do poema, qual o significado de **beneditino**?

4. O poema está centrado em que pessoa do discurso? Justifique com indicadores gramaticais. Esses indicadores estão presentes em todas as estrofes?

5. Num poema, podemos ter o eu poético, o dono da voz, e um "tu", suposto interlocutor. Caracterize-os no poema de Bilac.

6. Qual é a mensagem subjetiva do autor para seus leitores, ou seja, qual seria o discurso de Olavo Bilac a seus leitores? Comente-o.

7. **Polissíndeto** é uma figura de construção que se caracteriza pela repetição de conjunções (ou síndetos).

a) Destaque um verso que apresenta polissíndeto.

b) O uso dessa figura produz que efeito no texto?

8. Destaque um verso em que se defende um ideal clássico de arte.

Sobre "Oficina irritada":

9. Comente os aspectos formais do poema (estrofação, esquema de rima, métrica).

10. **Paradoxo** é uma figura de linguagem em que uma afirmação aparentemente contraditória é, no entanto, verdadeira. Aponte um paradoxo no poema e comente-o.

11. Destaque uma passagem em que o eu poético rejeita o preciosismo vocabular dos poetas parnasianos. Transcreva uma palavra que comprove essa postura.

Sobre os dois poemas:

12. "A um poeta" faz parte do livro *Tarde*, que Olavo Bilac terminou de compor em outubro de 1918, dois meses antes de falecer (e cerca de três anos e meio antes da realização da Semana de Arte Moderna). O soneto "Oficina irritada" faz parte do livro *Claro enigma*, que Carlos Drummond de Andrade publicou em 1951.

a) É possível afirmar que o soneto de Drummond estabelece um diálogo com o de Bilac. Quais são os elementos que fazem a ponte entre os sonetos?

b) Como Drummond se posiciona em relação ao conceito de arte defendido por Bilac?

c) Podemos afirmar que os dois textos são metalinguísticos? Por quê?

Confrontando ideias

O polêmico dramaturgo, poeta e diretor de cinema francês Jean Cocteau (França, 1889-1963) dizia: "A poesia é indispensável. Se eu ao menos soubesse para quê...".

Discuta com seu grupo e com o(a) professor(a): deve o poeta debruçar-se sobre o texto e cultivar a "arte pela arte" como propunha Bilac ou, como afirma Drummond, escrever palavras "duras", que façam o leitor "sofrer"?

Compartilhe com os demais grupos os resultados da discussão.

Os temas recorrentes

O descritivismo de Alberto de Oliveira

Arquivo da editora.

Alberto de Oliveira (1857-1937)

Antônio Mariano Alberto de Oliveira travou amizade com Olavo Bilac e Raimundo Correia em 1883, todos já cultivando a estética parnasiana. Foi um dos fundadores da Academia Brasileira de Letras e, curiosamente, foi eleito "Príncipe dos Poetas" em 1924, sob o impacto dos acontecimentos da Semana de Arte Moderna de 1922.

Nas tramas do texto

Vaso grego

Esta, de áureos relevos, trabalhada
De divas mãos, brilhante copa, um dia,
Já de aos deuses servir como cansada,
Vinda do Olimpo[1], a um novo deus servia.

Era o poeta de Teos[2] que a suspendia
Então e, ora repleta ora, esvazada[3],
A taça amiga aos dedos seus tinia
Toda de roxas pétalas colmada[4].

Depois... Mas o lavor da taça admira,
Toca-a, e, do ouvido aproximando-a, às bordas
Finas hás de lhe ouvir, canora e doce,

Ignota[5] voz, qual se da antiga lira
Fosse a encantada música das cordas,
Qual se essa a voz de Anacreonte[2] fosse.

OLIVEIRA, Alberto de. *Alberto de Oliveira: poesia*. 2. ed. Rio de Janeiro: Agir, 1969. p. 22.

1. **Olimpo:** segundo a mitologia grega, morada dos deuses.
2. **poeta de Teos:** referência a Anacreonte, poeta grego natural de Teos (século VI a.C.), famoso por suas canções de amor irônicas e melancólicas.
3. **esvazada:** esvaziada.
4. **colmada:** coberta, cheia.
5. **ignota:** ignorada, desconhecida.

Joubert Lancha/Arquivo da editora.

atividades

1. Comente os aspetos formais do poema.
2. Como se posiciona a voz enunciadora? Como essa voz se relaciona com o motivo do poema?
3. Comente a seleção vocabular e a sintaxe do texto.
4. Releia o texto e explique a mudança de curso promovida pelo "Depois...", que inicia a terceira estrofe.

A reflexão filosófica de Raimundo Correia

Nas tramas dos textos

Texto 1

As pombas

Vai-se a primeira pomba despertada...
Vai-se outra mais... mais outra... enfim dezenas
De pombas vão-se dos pombais, apenas
Raia sanguínea e fresca a madrugada...

E à tarde, quando a rígida nortada
Sopra, aos pombais de novo elas, serenas,
Ruflando as asas, sacudindo as penas,
Voltam todas em bando e em revoada...

Também dos corações onde abotoam,
Os sonhos, um por um, céleres voam,
Como voam as pombas dos pombais;

No azul da adolescência as asas soltam,
Fogem... Mas aos pombais as pombas voltam,
E eles aos corações não voltam mais...

CORREIA, Raimundo. *Raimundo Correia: poesia.* Rio de Janeiro: Agir, 1958. p. 22.

atividades

1. O poema é construído a partir de relações de semelhança. Identifique-as e comente-as.

2. O eu poético se mostra? É possível identificá-lo? O que isso revela?

Arquivo da editora.

Raimundo Correia (1859-1911)

Raimundo da Mota de Azevedo Correia foi acusado de se apropriar de alguns temas de poetas europeus. É o caso do soneto "As pombas", uma repetição literal das ideias apresentadas pelo francês Théophile Gautier (1811-1872) em "Mademoiselle de Maupin", ou do soneto "Mal secreto", "recriação" de um poema do italiano Pietro Metastásio (1698-1782).

Texto 2

Mal secreto

Se a cólera que espuma, a dor que mora
N'alma, e destrói cada ilusão que nasce,
Tudo o que punge, tudo o que devora
O coração, no rosto se estampasse;

Se se pudesse o espírito que chora
Ver através da máscara da face,
Quanta gente, talvez, que inveja agora
Nos causa, então piedade nos causasse!

Quanta gente que ri, talvez, consigo
Guarda um atroz, recôndito inimigo,
Como invisível chaga cancerosa!

Quanta gente que ri, talvez existe,
Cuja ventura única consiste
Em parecer aos outros venturosa!

CORREIA, Raimundo. *Raimundo Correia: poesia.* Rio de Janeiro: Agir, 1958.

atividades

1. Um dos recursos construtivos muito utilizados pelos poetas parnasianos era o ***enjambement***, que pode ser entendido como "prolongamento de um verso no verso seguinte". Segundo o *Dicionário Houaiss da Língua Portuguesa*, tal recurso "cria um efeito de coesão entre os versos, pois aquele onde começa o *enjambement* não pode ser lido com a habitual pausa descendente no final, e sim com entonação ascendente, que indica continuação da frase, e com uma pausa mais curta ou sem pausa". Aponte um exemplo de *enjambement* no soneto ao lado.

2. Qual o esquema de rima adotado pelo poeta?

3. Depois de ler "As pombas" e "Mal secreto", você concorda com a caracterização de Raimundo Correia como "poeta filósofo"? Justifique sua resposta.

O lirismo amoroso de Olavo Bilac

Arquivo da editora.

Olavo Bilac (1865-1918)

Olavo Brás Martins dos Guimarães Bilac, o mais popular dos parnasianos, participou ativamente da vida política do final do século. Republicano e nacionalista, escreveu, em 1889, a letra do Hino à Bandeira; mais tarde, por fazer oposição ao governo de Floriano Peixoto, foi exilado em Ouro Preto, Minas Gerais. Em 1907 foi eleito o primeiro "Príncipe dos Poetas"; em 1915 iniciou suas campanhas cívicas: alfabetização e serviço militar obrigatório; no ano seguinte fundou a Liga de Defesa Nacional.

Essa militância não contaminou sua poesia parnasiana. No entanto, fora dela podemos perceber manifestações de uma outra faceta de Bilac. Os poemas em que ironiza o então ditador Floriano Peixoto são excelentes (Floriano é satirizado como "Hamleto, o príncipe das Alagoas"); as crônicas publicadas em jornais cariocas revelam seu lado galhofeiro e insolente (segundo o professor Antônio Dimas, suas crônicas são "ideologicamente irregulares e ora apontam para soluções reacionárias, identificadas com o sistema vigente, ora para sua contestação").

Nas tramas dos textos

Texto 1

Via láctea

"Ora (direis) ouvir estrelas! Certo
Perdeste o senso!" Eu vos direi, no entanto,
Que, para ouvi-las, muita vez desperto
E abro as janelas, pálido de espanto...

E conversamos toda a noite, enquanto
A via láctea, como um pálio aberto,
Cintila. E, ao vir do sol, saudoso e em pranto,
Inda as procuro pelo céu deserto.

Direis agora: "Tresloucado amigo!
Que conversas com elas? Que sentido
Tem o que dizem, quando estão contigo?"

E eu vos direi: "Amai para entendê-las!
Pois só quem ama pode ter ouvido
Capaz de ouvir e de entender estrelas."

BILAC, Olavo. "Via láctea". Disponível em: <www.dominiopublico.gov.br/download/texto/bv000289.pdf>. Acesso em: 20 fev. 2011.

atividades

1. O poema "Via láctea" apresenta estrutura de diálogo. Quem são os interlocutores? Que tipo de postura cada um evidencia?

2. O poeta trabalhou tanto o discurso direto como o discurso indireto. Dê um exemplo de cada um e identifique o dono da fala reproduzida.

3. O interlocutor é um adepto do racionalismo. Aponte, na seleção vocabular da fala do interlocutor, indicadores dessa postura.

4. Aponte uma passagem em que Bilac faz uso do ***enjambement***.

5. Considera-se **rima pobre** aquela que é feita entre palavras da mesma categoria gramatical, notadamente as que apresentam os mesmos sufixos ou terminações verbais. **Rima rica** é a rima entre palavras de categorias gramaticais diferentes, sem auxílio de sufixos. Quando a rima resulta de uma combinação muito especial, diz-se que é **rica e rara**. Aponte um exemplo de rima rica e rara no soneto de Bilac.

6. Embora os poetas parnasianos sejam considerados "impassíveis", objetivos, declaradamente antirromânticos, observam-se na poética de Olavo Bilac certos traços do Romantismo. O próprio poeta afirmou: "Aos chamados poetas parnasianos também se deu outro nome: 'impassíveis'. Quem pode conceber um poeta que não seja suscetível de padecimento? Ninguém e nada é impassível: nem sei se as pedras podem viver sem alma. Uma estátua, quando é verdadeiramente bela, tem sangue e nervos".

Comprove essas afirmações com base nos elementos presentes no soneto "Ora (direis) ouvir estrelas".

Texto 2

In Extremis

Nunca morrer assim! Nunca morrer num dia
Assim! de um sol assim!
Tu, desgrenhada e fria,
Fria! postos nos meus os teus olhos molhados,
E apertando nos teus os meus dedos gelados...

E um dia assim! de um sol assim! E assim a esfera
Toda azul, no esplendor do fim da primavera!
Asas, tontas de luz, cortando o firmamento!
Ninhos cantando! Em flor a terra toda! O vento
Despencando os rosais, sacudindo o arvoredo...

E, aqui dentro, o silêncio... E este espanto! E este medo!
Nós dois... e, entre nós dois, implacável e forte,
A arredar-me de ti, cada vez mais a morte...
Eu com o frio a crescer no coração, — tão cheio
De ti, até no horror do verdadeiro anseio!
Tu, vendo retorcer-se amarguradamente,
A boca que beijava a tua boca ardente,
A boca que foi tua!
E eu morrendo! E eu morrendo,
Vendo-te, e vendo o sol, e vendo o céu, e vendo
Tão bela palpitar nos teus olhos, querida,
A delícia da vida! a delícia da vida!

BILAC, Olavo. *Olavo Bilac: obra reunida*. Rio de Janeiro: Nova Aguilar, 1996.

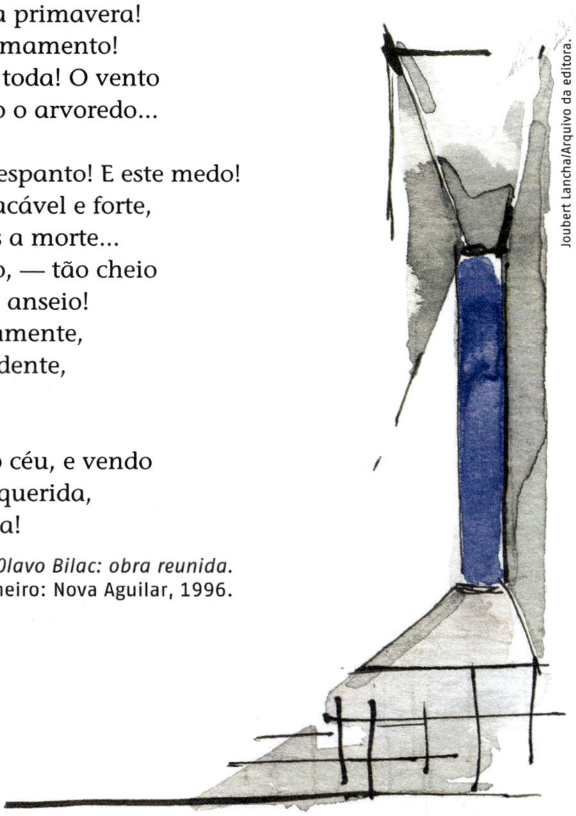

Joubert Lancha/Arquivo da editora.

na **ESTANTE**

Melhores poemas de Olavo Bilac. Marisa Lajolo. São Paulo: Global.

Nesta edição você poderá ler e apreciar os poemas mais significativos da produção de Olavo Bilac, que, segundo João do Rio, "chegou à perfeição — é sagrado".

Editora Global.

atividades

1. O gerúndio anda muito malfalado nesses últimos tempos... Há até quem defenda o seu fim!... Mas o gerúndio é imprescindível (como as demais formas verbais). O crítico Ivan Teixeira afirma que Olavo Bilac consegue, em vários poemas, "tirar extraordinário partido do fluxo gerundial". Comente o efeito do uso contínuo de gerúndios no poema.
2. Aponte uma passagem em que ocorre polissíndeto.
3. **Anáfora** é uma figura que consiste na repetição de uma palavra ou de um grupo de palavras ao longo de um texto. Aponte passagens em que ocorre anáfora.
4. Relacione o que foi visto nas questões anteriores ao assunto do poema.

*Questões de exames sobre este capítulo encontram-se na página **671**.*

capítulo 22

Os estilos de época da Revolução Industrial à Primeira Guerra: Simbolismo

Objetivos gerais do capítulo

O aluno, ao final do capítulo, deverá ser capaz de:

- discutir as manifestações do Simbolismo nas artes plásticas e na literatura;
- discutir as manifestações do Simbolismo na literatura portuguesa;
- conhecer as principais características desse estilo e suas relações com o contexto histórico;
- discutir as manifestações do Simbolismo na literatura brasileira;
- conhecer as principais características desse estilo e suas relações com o contexto histórico;
- conhecer os principais autores desse estilo, ler seus textos e refletir sobre eles.

Nomear um objeto é suprimir três quartos do prazer do poema, que consiste em ir adivinhando pouco a pouco: sugerir, eis o sonho. É a perfeita utilização desse mistério que constitui o símbolo: evocar pouco a pouco um objeto para mostrar um estado de alma, ou inversamente, escolher um objeto e extrair dele um estado de alma, através de uma série de adivinhas.

Stéphane Mallarmé (1842-1898), poeta simbolista francês.

Várias telas de Gauguin, notadamente as que retratam as paisagens e o povo do Taiti, apresentam características simbolistas. Sobre a tela reproduzida, em que vemos um cachorro vermelho e um rio amarelo-alaranjado, que provocou os mais diversos comentários da crítica europeia, Gauguin explicou que o uso das cores era intencional e calculado, como se fosse um tipo de música: "eu crio os arranjos de linhas e cores e, como um pretexto, acrescento algum tema da natureza, da vida, de sinfonias ou harmonias". (In: MANNERING, Douglas. Vida e obra de Gauguin. *Rio de Janeiro: Ediouro, 1996.)*

Arearea, de Paul Gauguin, 1892. Óleo sobre tela, 75 cm x 94 cm. Museu d'Orsay, Paris/The Bridgeman/Keystone.

As artes plásticas na virada do século

A pintura

Impressão: nascer do sol, de Claude Monet, 1872. Óleo sobre tela, 48 cm × 3 63 cm. Museu Marmottan, Paris.

Esta tela, pintada em 1872 e apresentada ao público em 1874, mostra o sol nascendo no horizonte, ainda envolto em névoa, no porto de Le Havre. Em pinceladas rápidas, o artista, em pleno contato com a natureza, pintando ao ar livre, registra o intenso cromatismo natural da cena.

A revolução impressionista

A "natureza" ou o "motivo" muda de minuto a minuto, quando uma nuvem passa sob o sol ou o vento quebra o reflexo na água. O pintor que espera captar um aspecto característico não dispõe de tempo para misturar e combinar suas cores; ele tem que fixá-las imediatamente em sua tela, em pinceladas rápidas, cuidando menos de detalhes do que do efeito geral do todo. [...]

Assim, resolveram [alguns jovens pintores] reunir-se em 1874 e organizar uma exposição. Continha uma tela de Monet que o catálogo descrevia como *Impressão: nascer do sol*; era a pintura de um porto visto através das névoas matinais. Um dos críticos achou esse título particularmente ridículo e referiu-se a todo o grupo de artistas como "os impressionistas". O rótulo pegou.

GOMBRICH, E. H. *História da arte*. Rio de Janeiro: Zahar, 1979. p. 410.

A pintura simbolista

O impressionismo foi, acima de tudo, a tentativa de integrar a arte num mundo em que a multiplicidade de informações e imagens era cada vez maior, por meio da exploração de todos os efeitos visuais que o homem pudesse captar. Alguns artistas, entretanto, pretenderam desenvolver as conquistas impressionistas, acrescentando-lhes a representação do que há de irracional e espiritual no ser humano. Mais uma vez o subjetivo e o enigmático entram em cena: começa a fase dos simbolistas.

No dizer de seus adeptos, simbolismo seria a arte baseada na representação das imagens do mundo das ideias.

Eles propõem uma expressão, na pintura, que corresponda à usada na linguagem, ou seja, livre para misturar o concreto e o abstrato, o material e o ideal dentro de um todo único. Para os simbolistas, definir de forma absoluta o objeto é destruir o prazer do conhecimento gradativo e intuitivo de sua verdadeira natureza. As coisas devem, portanto, ser apresentadas não através de uma nomeação direta e definitiva, mas por meio de símbolos. Pois o símbolo é, em si mesmo, inesgotável.

Arte nos séculos. São Paulo: Abril Cultural, 1971. Fascículo 83.

Trigal com corvos, de Vincent van Gogh, 1890. Óleo sobre tela, 50,5 x 103 cm. Museu Van Gogh, Amsterdã.

Vincent van Gogh não se preocupava em usar as cores de modo convencional; ao contrário, ele as escolhia de acordo com as emoções que queria transmitir. Em Trigal com corvos *(1890), uma de suas últimas telas, aves sinistras planam sob um céu turbulento e ameaçador. Observe o colorido vibrante e as fortes pinceladas, que dão movimento à cena e intensificam a atmosfera dramática. Dias depois de concluí-la, Van Gogh suicidou-se com um tiro no peito.*

Salomé dançando diante de Herodes, de Gustave Moreau, 1876. Óleo sobre tela, 92 x 60 cm. Museu Hammer, Califórnia.

Os temas bíblicos e mitológicos são uma constante na pintura simbolista. A tela ao lado retrata Salomé tatuada dançando diante de Herodes, num templo tenuamente iluminado. A figura de Salomé, com toda sua carga simbólica, foi tema recorrente na obra de Moreau. O crítico Alastair Mackintosh, no livro O Simbolismo e o Art Nouveau *(Rio de Janeiro: Editorial Labor do Brasil, [s.d.]), afirma que a personagem bíblica tornara-se o "símbolo central da época simbolista. Ao mesmo tempo perversa e inocente, exótica e sensual, sedutora mas perigosa, ela exemplificava a visão simbolista de mulher, distinta da visão que se tinha tornado um clichê literário na poesia romântica".*

sessão de CINEMA

Van Gogh (1991). Direção: Maurice Pialat. Com: Jacques Dutronc e Alexandra London.

O filme se prende nos últimos dias de vida do grande pintor, deixando de lado propositalmente sua biografia. Pela tela desfilam eventos, impressões e imagens avulsas, cuja finalidade é retratar Van Gogh de maneira realista.

Van Gogh: vida e obra de um gênio (*Vincent & Theo*) (1990). Direção: Robert Altman. Com: Tim Roth, Paul Rhys e Adrian Brine.

A partir das cartas escritas por Van Gogh a seu irmão Theo, Altman reconstitui passagens significativas da vida do pintor, com grande apuro estético. O filme retrata com propriedade as crises de angústia vividas pelo gênio que pintou 80 telas em seus últimos cinco anos de vida.

Divulgação.

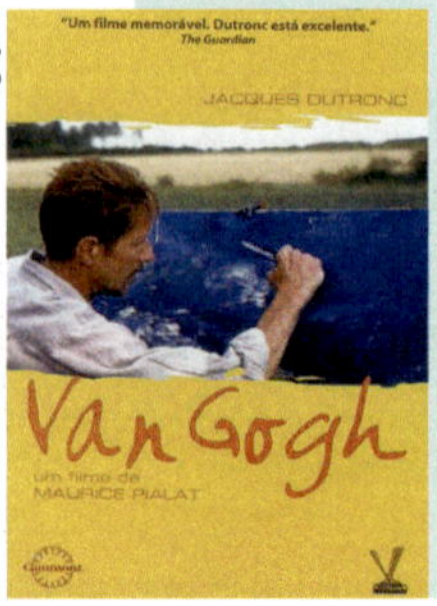

A escultura

Auguste Rodin (1840-1917) foi o revolucionário escultor da virada do século XIX para o século XX, estabelecendo uma nova linguagem. Numa época em que prevaleciam as descrições realistas e a fotografia se desenvolvia rapidamente, Rodin cria figuras que emergem da pedra ou do barro, ora com detalhes impressionantes, ora com formas apenas sugeridas. Em 1880, iniciou a sua Porta do inferno, *inspirada na* Divina comédia, *de Dante Alighieri; esse projeto se alongou por mais de vinte anos e deixou obras como* O pensador, Ugolino e seus filhos, O beijo, A sombra *e* A grande sombra, Paolo e Francesca. *As figuras de Rodin — ao contrário das figuras renascentistas, de gestos largos, expansivos, "para fora" — são introspectivas, angustiadas, com gestos "para dentro".*

Porta do inferno, de Auguste Rodin, 1880-1917. Gesso, 635 x 400 cm. Museu d'Orsay, Paris.

A sombra, de Auguste Rodin, 1880-1898. Bronze, 191,8 x 112,1 x 50,2 cm. Museu Petit Palais, Paris/Gian Berto Vanni/Corbis/Latinstock

Impressionistas

Procure conhecer as obras de alguns impressionistas para entender por que esse movimento artístico representou uma mudança na forma de representar a realidade: manchas imprecisas de cores básicas sobrepostas podem sugerir uma impressão efêmera, uma vez que nada é eterno, tudo se transforma continuamente. Procure em livros ou pesquise na internet obras de Monet, Degas, Renoir, Van Gogh, Cézanne, Sisley, entre outros.

O mundo fora dos eixos

O Simbolismo reflete um momento histórico extremamente complexo, marcando a transição para o século XX e a definição de um novo mundo, que se consolidaria a partir da segunda década desse século; basta lembrar que as últimas manifestações simbolistas e as primeiras produções das vanguardas modernistas são contemporâneas da Primeira Guerra Mundial e da Revolução Russa.

Nas duas últimas décadas do século XIX, já se percebe, em boa parte dos autores realistas, uma postura de desilusão e mesmo de frustração em consequência das infrutíferas tentativas de transformar a sociedade burguesa industrial. O crítico Alfredo Bosi sintetiza esse clima:

> Do âmago da inteligência europeia surge uma oposição vigorosa ao triunfo da coisa e do fato sobre o sujeito — aquele sujeito a quem o otimismo do século prometera o paraíso mas não dera senão um purgatório de contrastes e frustrações.
>
> *História concisa da literatura brasileira*. 36. ed. São Paulo: Cultrix, 1999. p. 264.

Portugal oferece vários e significativos exemplos. Um deles é o de Antero de Quental, que, em meio a profundas crises existenciais, acabou por se suicidar. Curiosa também foi a trajetória de Oliveira Martins, escritor contemporâneo de Antero de Quental e militante socialista na década de 1870, que em uma de suas últimas páginas, pouco antes de sua morte (1894), escreveu:

> Quem nos diz a nós que, apesar de toda a vaidade que pomos na descoberta de molas e mecanismos novos para agenciar a vida, não estejamos preparando o descalabro final de um mundo desquiciado ["desengonçado", "fora dos eixos"] e o prólogo da catástrofe inevitável que para além vemos lugubremente, quando o nosso planeta girar nu e frio na noite eterna do espaço?
>
> In: SARAIVA, António José; LOPES, Óscar. *História da literatura portuguesa*. 6. ed. Porto: Porto Ed., [s.d.]. p. 947.

Outro exemplo interessante é a sociedade *Vencidos da vida*, formada por antigos militantes do Realismo (Eça, Ramalho Ortigão, Guerra Junqueiro, Oliveira Martins), que se reuniam frequentemente em jantares. Esses intelectuais, antes defensores dos ideais realistas, passaram a defender (1888-1889) a família, a propriedade, a Monarquia e um nacionalismo ufanista.

O artista, oprimido pelo mundo material, vê-se abalado em meio a crises existenciais. Impotente para modificar o mundo exterior, a tendência natural é negá-lo e voltar-se para uma **realidade subjetiva**; as tendências espiritualistas renascem; o subconsciente e o inconsciente são valorizados, segundo a lição freudiana.

Museu de Belas Artes, Boston.

Na tela de Toulouse-Lautrec, o ar deprimido e entediado do casal denuncia sintomas característicos de um mundo fora dos eixos.

O crítico Henri Peyre afirma:

> A literatura simbolista dos dois últimos decênios do século XIX prezou tudo o que era langor, cansaço de viver, isolamento de um público que ela queria manter afastado de seus arcanos, oposição à civilização tecnológica acusada de materialista.
>
> *A literatura simbolista*. São Paulo: Cultrix/Edusp, 1983. p. 65.

Na Europa, as origens do Simbolismo devem ser buscadas na França, com a publicação de *As flores do mal*, de Charles Baudelaire, em 1857. A denominação foi usada pela primeira vez em 1886, por Jean Moréas, em seu manifesto literário no *Figaro Littéraire*, quando afirmou:

> Inimiga do ensinamento, da declamação, da falsa sensibilidade, da descrição objetiva, a poesia simbolista procura vestir a Ideia duma forma sensível.

Três grandes poetas franceses produziram o que a Europa conheceu de melhor na estética simbolista: Stéphane Mallarmé, Paul Verlaine e Arthur Rimbaud.

As influências

Hans Casparius/Hulton Archive/Getty Images.

Sigmund Freud (1856-1939)

Sigmund Freud é considerado o "pai" da psicanálise, método de investigação que consiste essencialmente em evidenciar o significado inconsciente das palavras, das ações, das produções imaginárias (sonhos, fantasias, delírios) de um sujeito.

Freud confessava que "em nenhum momento sentia uma inclinação especial pela carreira de médico, e era movido, antes, por uma espécie de curiosidade dirigida para o gênero humano do que para os objetos naturais".

Etienne Carjat/Getty Images.

Charles Baudelaire (1821-1867)

Charles Baudelaire, descendente direto do *romantismo mal do século*, apresenta uma nova visão subjetiva do mundo. Segundo Manuel Bandeira, "sua poética se caracteriza pela inteligência crítica do destino humano e do seu próprio destino, pelo sentimento agudo da vida moderna, da vida de Paris de seu tempo".

Em 1857 publica *As flores do mal*, o que lhe valeu um processo pelo delito de ultraje à moral pública; condenado, teve de pagar uma multa e retirar seis poemas do livro, considerados imorais.

Para o poeta francês Paul Valéry,: "não há nelas [*As flores do mal*] nenhum discurso filosófico. A política está ausente por completo. As descrições, escassas, são sempre densas de significado. Mas no livro tudo é fascinação, música, sensualidade abstrata e poderosa".

sessão de CINEMA

Freud, além da alma (1962). Direção: John Huston. Estados Unidos: Universal.

Com roteiro elaborado por Jean-Paul Sartre, o filme relaciona as descobertas de Freud com os acontecimentos de sua vida pessoal.

Sigmund Freud: a invenção da psicanálise (1977).

Documentário sobre o psicanalista organizado por Elisabeth Roudinesco e Elisabeth Kapnist.

Divulgação

na ESTANTE

As flores do mal, de Charles Baudelaire.

Há algumas edições nacionais disponíveis.

No caso de poetas que realizam um especialíssimo trabalho com a linguagem (como Baudelaire e os simbolistas franceses), é fundamental atentar para o trabalho de tradução.

Na internet, vários *sites* disponibilizam poemas de Baudelaire.

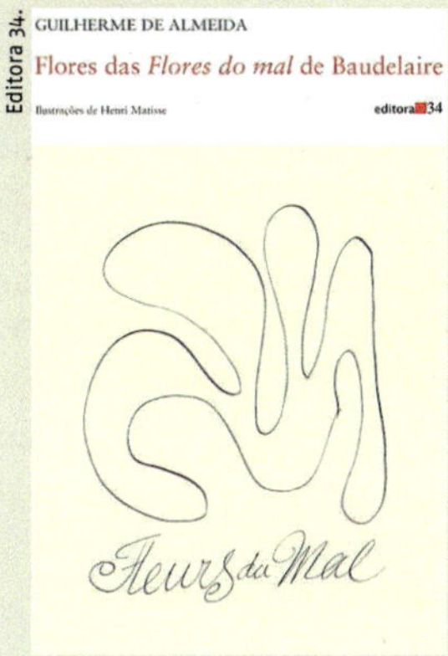

Editora 34.

Para resumir o contexto social, econômico e político do período, elaboramos este infográfico, em que estão resumidos os principais acontecimentos artísticos, científicos e filosóficos do período.

1885

> Término da **Conferência Colonial de Berlim**, em que as potências europeias, os Estados Unidos e a Rússia delinearam as fronteiras coloniais, notadamente das colônias africanas.
> A Inglaterra funda a Nigéria e inicia seu projeto de dominar o continente africano de sul a norte ou "*do Cabo* [África do Sul] *ao Cairo* [Egito]".
> Criação do estado do **Congo sob o domínio belga** (o Congo foi declarado propriedade pessoal do rei Leopoldo II, da Bélgica).

1886-1890

Portugal tenta ampliar seus territórios no continente africano e idealiza o **"mapa cor-de-rosa"**, caracterizado por uma faixa territorial de costa a costa sob domínio português. Em contrapartida, em 1890, o governo inglês dá um **ultimato**, exigindo a retirada das tropas portuguesas; os lusos retrocedem e abandonam os territórios.

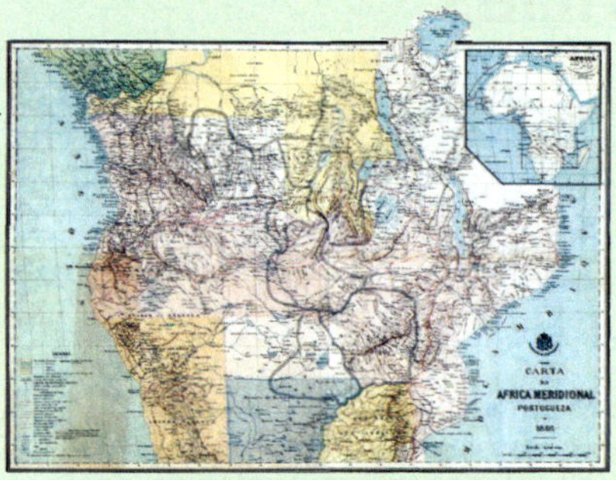

Biblioteca Nacional, Lisboa.

O mapa acima ficou conhecido como "cor-de-rosa", cor em que os territórios que uniam a costa angolana à costa moçambicana aparecem pintados.

1889

Comemorando os 100 anos da Revolução Francesa, é inaugurada a **Torre Eiffel**, em Paris.

Domen Colja/Shutterstock/Glowimages.

Torre Eiffel, Paris em foto de 2010.

1889-1904

Arquivo da editora.

No **Brasil**, inicia-se a primeira fase do período republicano, conhecida como **República da Espada**, com o governo dos marechais Deodoro da Fonseca e Floriano Peixoto. Ao lado, Bandeira Provisória da República, que foi adotada durante quatro dias apenas.

1891

> É elaborada a primeira Constituição republicana do Brasil.
> O papa Leão XIII publica a **encíclica *Rerum Novarum*** ("coisas novas"), sobre a condição dos operários. Trata-se do posicionamento da Igreja católica ante a sociedade gerada pela Revolução Industrial. Na encíclica, o papa discute o sofrimento dos trabalhadores, apoia a organização da classe, mas rejeita as teorias socialistas e a luta de classes ("as duas classes estão destinadas pela natureza a unirem-se harmoniosamente e a conservarem-se mutuamente em perfeito equilíbrio"); defende a propriedade privada e a aceitação da condição de cada um ("O primeiro princípio a pôr em evidência é que o homem deve aceitar com paciência a sua condição: é impossível que na sociedade civil todos sejam elevados ao mesmo nível").

Iconographia.

A Assembleia Constituinte de 1891.

Arte, ciência e filosofia

1855

O poeta norte-americano **Walt Whitman** publica *Folhas da relva*.

Edward Gooch/Getty Images.

Walt Whitman.

1874

> Exposição coletiva dos impressionistas, em Paris.
> O jovem poeta francês **Arthur Rimbaud** publica *Iluminações*.

Un coin de table *(Um canto de mesa), tela de Henri Fantin-Latour, 1872. Sentados, da esquerda para a direita, os poetas simbolistas Paul Verlaine (1844-1896) e Arthur Rimbaud (1854-1891). Musée d'Orsay, Paris.*

Erich Lessing/Album/Latinstock.

1886

Coleção particular/akg-images/Album/Latinstock.

Caricatura de Jean Moréas do artista Émile Cohl de 1880.

> **Jean Moréas** publica, no suplemento literário do jornal *Le Figaro*, o *Manifesto do Simbolismo*; nesse texto, evidencia a oposição ao Realismo, ao Naturalismo, ao Parnasianismo e ao positivismo, ao mesmo tempo em que defende uma arte transcendente, idealista, simbólica.
> Sob a forma de um xarope, em uma farmácia de Atlanta, é inventada a fórmula que daria origem à **Coca-Cola**.

1888

> **George Eastman** lança a primeira máquina fotográfica **Kodak com filme de rolo**.
> **Van Gogh** se estabelece em Arles, sul da França, e produz algumas de suas obras-primas, com destaque para *Os girassóis*.

Os girassóis *(1888), de Vincent van Gogh.*

Galeria Nacional, Londres.

1889

A pianista **Chiquinha Gonzaga** compõe a marcha carnavalesca *Ô abre alas* para o Cordão Rosa de Ouro, do Andaraí (RJ); estava criada, assim, a primeira música de Carnaval no Brasil.

Chiquinha Gonzaga.

Coleção particular.

O Simbolismo

Os marcos

Considera-se que, em Portugal e no Brasil, o Simbolismo tenha sido uma estética importada da França; argumenta-se que os países mais afastados da luta imediata pelos mercados consumidores ou fornecedores de matéria-prima, não sentindo na própria pele a aproximação de um grande conflito, não apresentavam o clima ideal para o desenvolvimento dessa escola. Verdade é que Portugal vivia a luta imperialista na África, com graves consequências: 1890 foi o ano do Ultimato Inglês, que mergulhou a sociedade portuguesa em um clima de frustração e pessimismo (isso sem contar a violenta crise econômica dos anos 1890-1891 e o consequente descrédito no governo monarquista). Essa situação vem alimentar um saudosismo nacionalista e uma mentalidade colonialista.

No Brasil, o Simbolismo surge na região Sul (Cruz e Sousa era catarinense), exatamente a região que mais combateu a jovem República brasileira, que, em sua fase inicial, foi dirigida por militares do Exército (a "república da capa e da espada").

The Bridgeman/Keystone.

Autorretrato, *do poeta simbolista francês Charles Baudelaire (1821-1897).*

Em Portugal

Desde a repercussão de *As flores do mal*, de Baudelaire, jovens poetas portugueses, manifestando a influência francesa, passam a seguir tendências decadentistas, pré-simbolistas. Em 1889, no agitado ambiente de Coimbra, duas revistas acadêmicas, com sugestivos nomes, apontam para a estética simbolista: *Os Insubmissos* (apresentando um poema de Eugênio de Castro) e *Boêmia Nova*. No ano seguinte, 1890, Eugênio de Castro publica, em Paris, o livro *Oaristos*, cujo prefácio constitui um verdadeiro programa da estética simbolista, passando a ser considerado o marco inicial do Simbolismo em Portugal.

Em 1915, ainda sob o impacto da proclamação da República, no campo interno, do início da Primeira Guerra Mundial e dos movimentos de vanguarda, no campo externo, é publicado o primeiro número da Revista *Orpheu*, inaugurando o Modernismo em Portugal.

No Brasil

No Brasil, duas publicações de 1893, ambas de **Cruz e Sousa**, são consideradas o marco inicial da estética simbolista: *Missal*, com seus textos em prosa, e *Broquéis*, com seus poemas. Estende-se até o ano de 1922, data da Semana de Arte Moderna.

O início do Simbolismo não pode, no entanto, ser identificado com o término da escola antecedente, o Realismo. Na realidade, no final do século XIX e início do século XX três tendências caminhavam paralelamente: o Realismo e suas manifestações (romance realista, romance naturalista e poesia parnasiana); o Simbolismo, situado à margem da literatura acadêmica da época; e o Pré-Modernismo, com o aparecimento de alguns autores preocupados em denunciar a realidade brasileira, como Euclides da Cunha, Lima Barreto e Monteiro Lobato, entre outros.

Só mesmo um movimento com a amplitude da Semana de Arte Moderna poderia neutralizar todas essas estéticas e traçar novos e definitivos rumos para a nossa literatura.

Arquivo da editora.

Capa de Broquéis, *que marcou o início do Simbolismo no Brasil.*

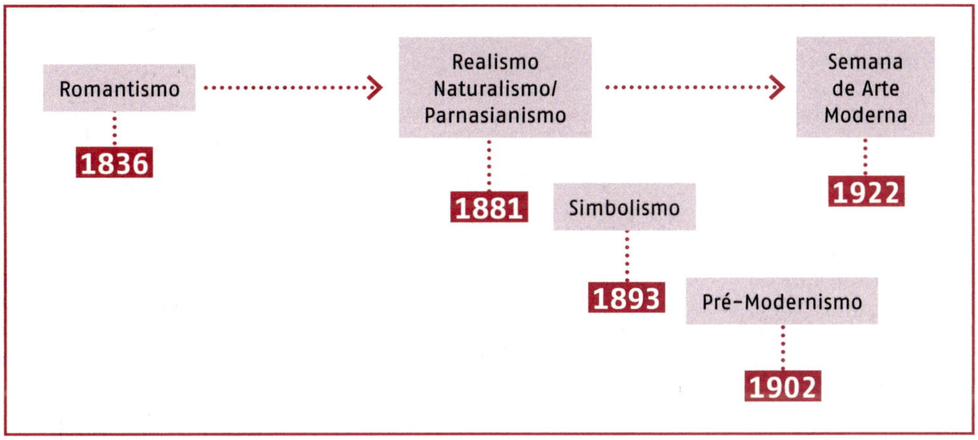

Principais características da estética simbolista

> Rejeição ao cientificismo, ao materialismo, ao racionalismo, e valorização das **manifestações metafísicas e espirituais**.

> **Realidade subjetiva**.

> **Sublimação:** oposição entre matéria e espírito, purificação, por meio da qual o espírito atinge as regiões etéreas, o espaço infinito.

> Busca da essência do ser humano, daquilo que ele tem de mais profundo e universal – a **alma**, que só se liberta quando se rompem as correntes que a aprisionam ao corpo, ou seja, com a morte.

> Valorização do inconsciente e do subconsciente, dos estados da alma, da busca do vago, do diáfano, do sonho e da loucura.

> **Linguagem carregada de símbolos** (o *trópos*, isto é, o "desvio", a mudança de significado de uma palavra ou expressão), em clara oposição a uma linguagem literária mais seca e impessoal. **"Sugerir, eis o sonho"** era a palavra de ordem dos poetas simbolistas.

> Emprego de figuras como **sinestesia** e **aliteração**.

> **Musicalidade:** *"De la musique avant toute chose..."* ("A música acima de tudo..."), escreveu o poeta francês Paul Verlaine.

O Simbolismo em Portugal

Eugênio de Castro: a tentativa de conciliar teoria e prática

Iconographia.

Eugênio de Castro

Eugênio de Castro e Almeida (1869-1944) nasceu, estudou e, formado, lecionou em Coimbra, na Faculdade de Letras. Conceituado na Europa (foi membro da Royal Academia da Bélgica), foi o introdutor do Simbolismo em Portugal. Após 1910, abandonou os princípios simbolistas e voltou-se para uma poesia neoclássica marcada pelo nacionalismo.

Nas tramas do texto

Oaristos

Poema XI
(fragmentos)

Um sonho

Na messe[1], que enlourece, estremece a quermesse...
O sol, o celestial girassol, esmorece...
E as cantilenas[2] de serenos sons amenos
Fogem fluidas, fluindo à fina flor dos fenos...

As estrelas em seus halos[3]
Brilham com brilhos sinistros...
Cornamusas[4] e crotalos[5],
Cítolas[6], cítaras, sistros[7],
Soam suaves, sonolentos,
Sonolentos e suaves,
Em suaves,
Suaves, lentos lamentos
De acentos
Graves,
Suaves.

Flor! enquanto na messe estremece a quermesse
E o sol, o celestial girassol esmorece,
Deixemos estes sons tão serenos e amenos,
Fujamos, Flor! à flor destes floridos fenos...
[...]

Como aqui se está bem! Além freme[8] a quermesse...
— Não sentes um gemer dolente que esmorece?
São os amantes delirantes que em amenos
Beijos se beijam, Flor! à flor dos frescos fenos...
[...]

Esmaece[9] na messe o rumor da quermesse...
— Não ouves este ai que esmaece e esmorece?
É um noivo a quem fugiu a Flor de olhos amenos,
E chora a sua morta, absorto, à flor dos fenos...
[...]

Três da manhã. Desperto incerto... E essa quermesse?
E a Flor que sonho? e o sonho? Ah! tudo isso esmorece!
No meu quarto uma luz, luz com lumes amenos,
Chora o vento lá fora, à flor dos flóreos fenos...

CASTRO, Eugênio de. In: TORRES, Alexandre Pinheiro. *Antologia da poesia portuguesa*. Porto: Lello & Irmão, 1977. v. 2. p. 1357-8.

1. **messe:** plantação em época de colheita.
2. **cantilena:** cantiga suave.
3. **halo:** coroa luminosa; disco luminoso que envolve alguns astros (principalmente as estrelas e a lua).
4. **cornamusa:** gaita de fole.
5. **crotalo:** antigo instrumento musical, semelhante às castanholas (os dicionários registram apenas a forma proparoxítona **crótalo**).
6. **cítola:** o mesmo que cítara, instrumento musical de cordas.
7. **sistro:** antigo instrumento de percussão.
8. **freme:** do verbo **fremir**, "soar ruidosamente, retumbar".
9. **esmaece:** do verbo **esmaecer**, "perder a cor, desmaiar".

Rafael Fonseca/Arquivo da editora.

atividades

1. No poema de Eugênio de Castro percebe-se a musicalidade e o mundo transcendental. Como essas duas características se manifestam no texto?
2. O eu poético emprega advérbios para situar campos diversos: "Como **aqui** se está bem! **Além** freme a quermesse...". Quais são esses campos?
3. Segundo os biógrafos de Eugênio de Castro, a paixão fatal e o amor não correspondido que predominam nos poemas de *Oaristos* ("diálogos íntimos entre esposos ou amantes") refletem a paixão do poeta por Helena Bordalo Pinheiro. Transcreva versos em que se percebe o amor não correspondido.
4. Quais são as principais características das duas primeiras estrofes? Dê exemplos retirados do texto.

Confrontando ideias

Em pequenos grupos, leiam atentamente os seguintes fragmentos do prefácio de *Oaristos* (**Oaristos** significa "diálogos íntimos entre amantes"), mais uma vez com a postura de um historiador e crítico da literatura que se debruça sobre documentos e obras.

Depois, busquem, nas passagens transcritas, algumas das características da nova estética introduzida por Eugênio de Castro.

Oaristos

Prefácio da primeira edição
(1899)

[...] Com duas ou três luminosas exceções, a Poesia portuguesa contemporânea assenta sobre algumas dezenas de coçados e esmaiados lugares-comuns.

Tais são: olhos cor do céu, olhos comparados a estrelas, lábios de rosa, cabelos de ouro e de sol, crianças tímidas, tímidas gazelas, brancura de luar e de neve, etc.

No tocante a rimas, uma pobreza franciscana: *lábios* rimando sempre com *sábios, pérolas* com *cérulas, sol* com *rouxinol, caminhos* com *ninhos,* etc.

No tocante a vocabulário, uma não menos franciscana pobreza.

Os *Oaristos* são as primícias dessa nova maneira do Poeta.

Registrando:

Este livro é o primeiro que em Portugal aparece defendendo a liberdade do Ritmo contra os dogmáticos e estultos decretos dos velhos prosodistas. Introduz-se o desconhecido processo da *aliteração.* Ao contrário do que por aí se faz, ornaram-se os versos de rimas raras, rutilantes.

O vocabulário dos *Oaristos* é escolhido e variado. Algumas palavras menos vulgares darão certamente lugar aos comentários cáusticos da *crítica.* O Poeta empregou esses raros vocábulos: em primeiro lugar, porque às fastidiosas perífrases prefere o termo preciso; em segundo lugar, porque pensa, como Baudelaire, que as palavras, independentemente da ideia que representam, têm a sua beleza própria. Assim: *gomil* é mais belo que *jarro, cerusa* mais belo que *alvaiade,* etc.

[...]

Tais são, sumariamente, as capitais inovações que este livro apresenta.

CASTRO, Eugênio de. Extraído de: <http://alfarrabio.di.uminho.pt/vercial/ecastro.htm>. Acesso em: 28 fev. 2011.

Camilo Pessanha: a mais pura expressão do Simbolismo português

Arquivo da editora.

Camilo Pessanha

Camilo de Almeida Pessanha (1867-1926) produziu a melhor poesia simbolista de Portugal.

Após se formar em Coimbra, vai para Macau (então colônia portuguesa encravada na China), onde vive em companhia de uma chinesa e enfrenta vários problemas de saúde física e mental (ao que tudo indica, ambos eram viciados em ópio).

Seu único livro publicado levou o título de *Clepsidra* ("relógio de água"), e seus poemas refletem profunda melancolia e busca da transcendência: "Tenho sonhos cruéis; n'alma doente / sinto um vago receio prematuro. / Vou a medo na aresta do futuro / embebido em saudades do presente...".

Nas tramas do texto

Ao longe os barcos de flores

Só, incessante, um som de flauta chora,
Viúva, grácil[1], na escuridão tranquila,
— Perdida voz que de entre as mais se exila,
— Festões[2] de som dissimulando a hora.

Na orgia, ao longe, que em clarões cintila
E os lábios, branca, do carmim[3] desflora...
Só, incessante, um som de flauta chora,
Viúva, grácil, na escuridão tranquila.

E a orquestra? E os beijos? Tudo a noite, fora,
Cauta[4], detém. Só modulada[5] trila
A flauta flébil[6]... Quem há-de remi-la[7]?
Quem sabe a dor que sem razão deplora[8]?

Só, incessante, um som de flauta chora...

PESSANHA, Camilo. *Clepsidra*. 6. ed. Lisboa: Edições Ática, 1983.

1. **grácil:** delgada, delicada, fina, sutil.
2. **festões:** ramalhetes de flores, grinaldas.
3. **carmim:** vermelho muito vivo.
4. **cauta:** cautelosa.
5. **modulada:** melodiosa, harmoniosa.
6. **flébil:** lastimosa, lacrimosa, débil.
7. **remi-la:** tirá-la do cativeiro, livrá-la dos sofrimentos.
8. **deplora:** lastima, chora.

atividades

1. Considerando que **aliteração** é uma figura de linguagem que consiste na repetição de fonemas para sugerir um som, transcreva um verso em que esse recurso é utilizado.
2. Rima rica é a rima obtida pela combinação de palavras de classes gramaticais diferentes, "combinação muito especial" é característica de "rima rica e rara". Transcreva um exemplo do segundo caso.
3. Podemos afirmar que o poema centra-se numa oposição. Comente-a.
4. Podemos afirmar que o poema de Camilo Pessanha tem uma subida de tom até atingir um clímax? Comente.
5. A musicalidade é tema e recurso poético. No entanto, é muito provável que provoque distintas emoções nos leitores. Considerando que o *Dicionário Aurélio* define emoção como "perturbação ou variação do espírito advinda de situações diversas, e que se manifesta como alegria, tristeza, raiva, etc.", que tipo de emoção o texto provoca em você?

O Simbolismo no Brasil

Linguagem e musicalidade no mundo transcendental de Cruz e Sousa

Nas tramas dos textos

Texto 1

Antífona

Ó Formas alvas, brancas, Formas claras
De luares, de neves, de neblinas!...
Ó Formas vagas, fluidas, cristalinas...
Incensos dos turíbulos[1] das aras[2]...

Formas do Amor, constelarmente puras,
De Virgens e Santas vaporosas...
Brilhos errantes, mádidas[3] frescuras
E dolências[4] de lírios e de rosas...

Indefiníveis músicas supremas,
Harmonias da Cor e do Perfume...
Horas do Ocaso, trêmulas, extremas,
Réquiem[5] do Sol que a Dor da Luz resume...

Visões, salmos e cânticos serenos,
Surdinas[6] de órgãos flébeis[7], soluçantes...
Dormências de volúpicos[8] venenos
Sutis e suaves, mórbidos, radiantes...

Infinitos espíritos dispersos,
Inefáveis[9], edênicos[10], aéreos,
Fecundai o Mistério destes versos
Com a chama ideal de todos os mistérios.

Do Sonho as mais azuis diafaneidades[11]
Que fuljam[12], que na Estrofe se levantem
E as emoções, todas as castidades
Da alma do Verso, pelos versos cantem.

Que o pólen de ouro dos mais finos astros
Fecunde e inflame a rima clara e ardente...
Que brilhe a correção dos alabastros[13]
Sonoramente, luminosamente.

Forças originais, essência, graça
De carnes de mulher, delicadezas...
Todo esse eflúvio[14] que por ondas passa
Do Éter[15] nas róseas e áureas correntezas

Cristais diluídos de clarões álacres[16],
Desejos, vibrações, ânsias, alentos,
Fulvas[17] vitórias, triunfamentos acres,
Os mais estranhos estremecimentos...

Flores negras do tédio e flores vagas
De amores vãos, tantálicos[18], doentios...
Fundas vermelhidões de velhas chagas
Em sangue, abertas, escorrendo em rios...

Tudo! vivo e nervoso e quente e forte,
Nos turbilhões[19] quiméricos do Sonho,
Passe, cantando, ante o perfil medonho
E o tropel cabalístico[20] da Morte...

CRUZ E SOUSA. *Cruz e Sousa: obra completa.* Rio de Janeiro: José Aguilar, 1961. p. 69.

Arquivo da editora.

Cruz e Sousa (1861-1898)

João da Cruz era filho de escravos na Ilha do Desterro (atual Florianópolis); ele mesmo nasceu escravo.

O sobrenome Sousa foi herdado do proprietário de seus pais, que alforriou toda a família após a Guerra do Paraguai. Sua vida pessoal foi muito trágica: casou-se com Gavita, que também fora escrava; o casal teve quatro filhos, todos falecidos prematuramente; Gavita enlouqueceu e passou um longo tempo internada; por seus escritos abolicionistas, Cruz e Sousa sofreu perseguições; o poeta, tuberculoso, morreu aos 37 anos, absolutamente abandonado.

1. **turíbulo:** vaso onde se queima incenso.
2. **ara:** pedra de altar, o próprio altar.
3. **mádida:** úmida, molhada pelo orvalho.
4. **dolência:** mágoa, lástima, lamento, dor.
5. **réquiem:** descanso, repouso; parte do ofício fúnebre; música desse ofício.
6. **surdina:** pequena peça que se adapta a um instrumento para abafar a sonoridade ou alterar o timbre.
7. **flébil:** choroso, lacrimoso.
8. **volúpico:** o mesmo que **voluptuoso**; neologismo criado pelo autor.
9. **inefável:** encantador; que não se pode exprimir por palavras.
10. **edênico:** relativo a Éden, paradisíaco.
11. **diafaneidade:** qualidade do que é diáfano, isto é, translúcido, transparente.
12. **fulgir:** resplandecer, sobressair, ter fulgor.
13. **alabastro:** rocha branca e translúcida.
14. **eflúvio:** emanação invisível, exalação.
15. **Éter:** o espaço celeste.
16. **álacre:** alegre, jovial.
17. **fulva:** amarelada, dourada.
18. **tantálico:** relativo a Tântalo, figura lendária condenada pelos deuses a jamais alcançar a água e os alimentos, os quais se afastavam à medida que ele se aproximava; por extensão, desejado e inacessível.
19. **turbilhão:** remoinho de vento; aquilo que impele violentamente.
20. **cabalístico:** misterioso; místico; secreto.

atividades

Antífona é o versículo recitado ou cantado antes ou depois de um salmo. De maneira significativa, é a poesia que abre o livro *Broquéis* (versos cantados antes da obra) transformando-se numa espécie de síntese da poética de Cruz e Sousa.

Nesse poema percebem-se várias características da construção de suas poesias e seus temas prediletos. As questões que seguem pretendem destacar essas características e esses temas.

1. Transcreva passagens do texto que exemplifiquem a fixação do poeta pelo branco.

2. Há referências, embora leves, à questão sexual. Localize-as e comente a visão do poeta.

3. "... Mistério... mistérios..." (quinta estrofe); "... Verso... versos..." (sexta estrofe). Comente o uso das maiúsculas.

4. **Sinestesia** é uma figura muito comum na poética simbolista. Sinestesia, literalmente, significa "mistura de sensações"; consiste numa relação subjetiva que apela a mais de um de nossos sentidos, como: "Tem cheiro a luz, a manhã nasce... / Oh sonora audição colorida do aroma!" (Alphonsus de Guimaraens), em que o poeta apela à audição, à visão e ao olfato. Ou: "Corre por toda ela um suor de pedrarias, / um murmúrio de cores" (Eugênio de Castro), em que se fundem as sensações tátil, auditiva e visual.

Aponte, no poema, versos em que ocorre sinestesia.

5. Transcreva uma passagem caracterizada pela aliteração.

6. Transcreva um verso caracterizado pelo polissíndeto (figura de sintaxe caracterizada pela repetição de conjunções).

7. Quanto à forma:

a) Qual é a métrica empregada por Cruz e Sousa? Escolha um verso e faça a escansão (divisão das sílabas poéticas).

b) Qual é o esquema de rima?

8. Quanto à linguagem:

a) Transcreva palavras ou expressões que remetam à noção de música, som.

b) Transcreva palavras ou expressões que remetam a um mundo transcendental, etéreo, diáfano.

9. Como já afirmamos, "Antífona" apresenta temas recorrentes na obra de Cruz e Sousa. Tomando por base a última estrofe, destaque alguns desses temas.

Texto 2

Música da morte

A Música da morte, a nebulosa,
estranha, imensa música sombria,
passa a tremer pela minh'alma e fria
gela, fica a tremer, maravilhosa...

Onda nervosa e atroz, onda nervosa,
letes[1] sinistro e torvo da agonia,
recresce a lancinante sinfonia,
sobe, numa volúpia dolorosa...

Sobe, recresce, tumultuando e amarga,
tremenda, absurda, imponderada e larga,
de pavores e trevas alucina...

E alucinando e em trevas delirando,
como um ópio letal[2], vertiginando,
os meus nervos, letárgica[3], fascina...

CRUZ E SOUSA. *Obra poética*. Rio de Janeiro José Aguilar, 1961.

Rafael Fonseca/Arquivo da editora.

1. **letes:** na mitologia grega, nome do rio que separa o mundo dos vivos do mundo dos mortos: as almas que transpõem esse rio esquecem-se do passado, perdem a memória da vida que viveram. Esse substantivo vem do grego *lethe*, que significa "esquecimento".
2. **letal:** mortal.
3. **letárgica:** deriva do mesmo *lethe* grego; letargia é um profundo estado de inconsciência, de sono profundo; o adjetivo letárgico é relativo a esse estado mórbido.

atividades

1. Os poemas do Simbolismo refletem o fluir de imagens do inconsciente, são extremamente subjetivos, mas revelam apurado trabalho formal, aproximando-se, nesse aspecto, dos poemas parnasianos. Isso pode ser comprovado em "Música da morte"? Justifique.
2. Lendo em voz alta o poema (de preferência diante de um espelho), perceberemos um intenso movimento dos lábios e da língua. A que se deve isso?
3. Qual é a métrica e o esquema de rima utilizado pelo poeta?
4. Considerando **apenas** os dois primeiros versos, comente alguns recursos explorados na poesia.
5. Considere, agora, **todo** o poema e analise os recursos explorados pelo poeta.
6. A "sinfonia" que caracteriza o poema de Cruz e Sousa apresenta um crescimento que atinge um clímax, para depois morrer suavemente. Você apontaria a estrofe em que esse clímax é atingido?

Misticismo, amor e morte na poética de Alphonsus de Guimaraens

Nas tramas dos textos

Texto 1

Quando Ismália enlouqueceu,
Pôs-se na torre a sonhar...
Viu uma lua no céu,
Viu outra lua no mar.

No sonho em que se perdeu,
Banhou-se toda em luar...
Queria subir ao céu,
Queria descer ao mar...

E, no desvario seu,
Na torre pôs-se a cantar...
Estava perto do céu,
Estava longe do mar...

E como um anjo pendeu
As asas para voar...
Queria a lua do céu,
Queria a lua do mar...

As asas que Deus lhe deu
Ruflaram de par em par...
Sua alma subiu ao céu,
Seu corpo desceu ao mar...

Disponível em: <http://www.dominiopublico.gov.br/download/texto/bv000013.pdf>. Acesso em: 26 fev. 2011.

Iconographia.

Alphonsus de Guimaraens (1870-1921)

Afonso Henriques da Costa Guimarães, o poeta simbolista Alphonsus de Guimaraens, teve sua vida marcada pela morte prematura da noiva, Constança. Esse amor irrealizado, bem como um forte misticismo religioso, está presente em toda sua obra. O poeta mineiro viveu os últimos anos isolado na cidade de Mariana, em Minas Gerais.

atividades

1. Em todas as estrofes aparecem antíteses. Destaque-as. Elas culminam na oposição mais representativa. Qual é ela?
2. Como é tratada a loucura no texto? E o sonho? Qual é a relação entre eles?
3. Recordando o neoplatonismo: Platão concebia dois mundos — o mundo sensível em que habitamos e o mundo inteligível, das ideias puras. Neste, encontramos as divinas essências, as verdades; no mundo sensível, as realidades concretas são simples sombras ou reflexos das ideias puras. A constante busca do ideal não é mais do que uma tentativa de ascensão do mundo sensível ao mundo inteligível. A partir do século XV, percebe-se uma tentativa de aproximar a filosofia platônica dos princípios do cristianismo. Dessa forma, o mundo inteligível, as essências, as verdades corresponderiam, segundo a tradição cristã, ao Céu e às criações divinas.

   Com base no que foi dito acima, explique a última estrofe do poema.

Fotos: Museu d'Orsay, Paris.

A catedral de Rouen, pintada por Claude Monet em 1894, sob o impacto da luz natural em três diferentes momentos.

Texto 2

A catedral

Entre brumas ao longe surge a aurora,
O hialino[1] orvalho aos poucos se evapora,
Agoniza o arrebol[2].
A catedral ebúrnea[3] do meu sonho
Aparece na paz do céu risonho
Toda branca de sol.

E o sino canta em lúgubres[4] responsos[5]:
"Pobre Alphonsus! Pobre Alphonsus!

O astro glorioso segue a eterna estrada.
Uma áurea seta lhe cintila em cada
Refulgente raio de luz.
A catedral ebúrnea do meu sonho,
Onde os meus olhos tão cansados ponho,
Recebe a bênção de Jesus.

E o sino clama em lúgubres responsos:
"Pobre Alphonsus! Pobre Alphonsus!"

Por entre lírios e lilases desce
A tarde esquiva: amargurada prece
Põe-se a lua a rezar.
A catedral ebúrnea do meu sonho
Aparece na paz do céu tristonho
Toda branca de luar.

E o sino chora em lúgubres responsos:
"Pobre Alphonsus! Pobre Alphonsus!"

O céu é todo trevas: o vento uiva.
Do relâmpago a cabeleira ruiva
Vem açoitar o rosto meu.
A catedral ebúrnea do meu sonho
Afunda-se no caos do céu medonho.
Como um astro que já morreu.

E o sino geme em lúgubres responsos:
"Pobre Alphonsus! Pobre Alphonsus!"

GUIMARAENS, Alphonsus de.
Alphonsus de Guimaraens: poesia.
Rio de Janeiro: Agir, 1963. p. 82.

1. **hialino:** que se assemelha a vidro; transparente; translúcido.
2. **arrebol:** a cor avermelhada do crepúsculo.
3. **ebúrnea:** de marfim; que tem a aparência do marfim.
4. **lúgubre:** que evoca a morte, funéreo, sinistro.
5. **responso:** conjunto de palavras pronunciadas ou cantadas nos ofícios da Igreja católica, alternadamente por uma ou mais vozes, de uma parte, e pelo coro, de outra parte.

Rafael Fonseca/Arquivo da editora.

atividades

1. Quais são as principais características do poema quanto à forma (rima, métrica, estrofação)?
2. Há no poema quatro instantes. Quais são? Justifique a resposta com elementos do texto.
3. Qual é a relação entre o eu poético e a mudança do cenário que o envolve?
4. Como a relação mencionada na questão anterior se manifesta no badalar do sino?

sessão de CINEMA

Titanic (1997). Direção: James Cameron. Estados Unidos: 20th Century Fox. Com: Leonardo DiCaprio e Kate Winslet.

Ficção construída em torno dos fatos reais do naufrágio do Titanic, conta o romance entre um aventureiro que ganhou a passagem numa mesa de jogo e a jovem noiva de um homem rico e arrogante. Num jogo de tempo e espaço, presente e passado se reúnem em torno do navio. O filme apresenta a reconstrução de ambientes, roupas, música e hábitos da *belle époque*.

Divulgação.

Um sonho de domingo (1984). Direção: Bertrand Tavernier. França: Films A2. Com: Louis Ducreux e Sabine Azéma.

Velho pintor impressionista amargura-se por se julgar incapaz de criar obras da mesma qualidade das de Renoir e Monet. Sensibilíssimo hino de amor à pintura e ao cinema, com deslumbrante fotografia e ótimo elenco.

Sangue sobre a Índia (1959). Direção: J. Lee Thompson. Inglaterra: NBO. Com: Lauren Bacall e Kenneth Moore.

Na Índia do século XIX, um oficial inglês é incumbido de levar um marajá para uma cidade a salvo dos ódios raciais.

*Questões de exames sobre este capítulo encontram-se na página **674**.*

capítulo 23

As vanguardas: a revolução artística do início do século XX

Objetivos gerais do capítulo

O aluno, ao final do capítulo, deverá ser capaz de:
- conhecer os movimentos de vanguarda do início do século XX e suas principais características;
- relacionar esses movimentos às transformações políticas, econômicas e sociais do período;
- refletir sobre esses movimentos.

*Entende-se, com este termo — **vanguarda** —, um movimento que investe um interesse ideológico na arte, preparando e anunciando deliberadamente uma subversão radical da cultura e até dos costumes sociais, negando em bloco todo o passado e substituindo a pesquisa metódica por uma ousada experimentação na ordem estilística e técnica.*

Giulio Carlo Argan, crítico de arte italiano.

A Dança, de Henri Matisse, 1909-1910. Óleo sobre tela, 260 cm × 391 cm. Museu Ermitage, São Petersburgo.

A Dança, *de Henri Matisse, é uma das obras fundadoras da modernidade. Pintado em 1909-1910, contemporâneo dos manifestos do Futurismo e do Cubismo, o grande painel apresenta poucas cores, uma impressionante harmonia, uma surpreendente noção espacial e muita dinâmica, muito movimento, com as cinco dançarinas girando no sentido horário.*

Às portas da guerra

Les demoiselles d'Avignon, de Pablo Picasso, 1907. Óleo sobre tela, 243,9 cm × 233,7 cm. Museu de Arte Moderna de Nova York.

"O contato com trabalhos anteriores de Picasso ou de outros artistas radicais da época pouco há de ter preparado os que depararam com Les demoiselles d'Avignon *em Paris, no ano de 1907. Tratava-se de uma obra chocante e nada convencional. O quinteto de impudentes prostitutas nuas – duas delas monstruosamente deformadas e outras duas de implacáveis olhos arregalados – alinhava-se para defrontar o observador num espaço angular claustrofobicamente achatado. Mesmo depois de quase um século, esse quadro continua sendo perturbador tanto em sua sexualidade crua quanto na violência que perpetra contra as convenções da ilusão espacial, da integridade figural e da unidade compositiva."*
COTTINGTON, David. Cubismo. *São Paulo: Cosac Naify, 1999. p. 12.*

O momento histórico que marca a transição do século XIX para o século XX e a definição de um novo ordenamento mundial culminariam com a eclosão da Primeira Guerra Mundial (1914-1918) e as agitações sociais na Rússia (1917-1921).

O avanço tecnológico da sociedade burguesa industrial (luz e motores elétricos, o petróleo como fonte de energia e matéria-prima, os avanços das ciências) e a entrada da Alemanha e da Itália – países de capitalismo tardio – no processo industrial, disputando mercados com Inglaterra e França – países pioneiros –, são fatores que estimularam a luta neocolonial e imperialista (com a consequente partilha da Ásia e da África) e resultaram no chamado choque de imperialismo, que levaria o mundo à Primeira Guerra.

Ao mesmo tempo, significativas parcelas da população viviam cada vez mais à margem de todo esse processo, o que fez acirrarem-se as lutas proletárias e avançarem o socialismo, o anarquismo e o comunismo.

A Europa vivia, assim, um momento ambíguo: de um lado, havia um clima de euforia motivado pelo progresso industrial e pela expansão do capitalismo, pelo aumento do consumo, pela moderna urbanização (Paris tornou-se símbolo desse período de agitação eufórica da sociedade burguesa, batizado de ***belle époque***); de outro, um clima de insatisfação, insegurança e pessimismo motivado pelo acirramento dos conflitos sociais; o mesmo progresso industrial que levava ao consumismo criava massas de excluídos; o movimento operário se organizava, eclodiam greves.

Com esse pano de fundo, surgiam movimentos artísticos que questionavam o passado e buscavam novos caminhos. Costuma-se afirmar que o século XIX, na realidade, se prolongou até 1914; a afirmação pode valer para o campo da ordenação política e econômica, mas não vale para as artes, que se anteciparam: entre 1907 e 1910, obras e manifestos já anunciavam o que seria a modernidade artística. Surgiam, dessa forma, as **vanguardas**.

O francês Marcel Duchamp radicalizou, em 1913, quando apresentou uma roda de bicicleta montada num banquinho: criou a contra-arte, instituiu o conceito de instalação e de ready-made *(expressão criada pelo próprio Duchamp para nomear o processo pelo qual um objeto de consumo – por exemplo, uma velha roda de bicicleta, um suporte de garrafas ou de bengalas, um urinol – é transformado em obra de arte pelo artista). Simples deslocamentos espaciais dos objetos e a respectiva "renomeação" atribuem novos significados, permitem novas leituras. Como exemplo, vê-se um urinol de banheiro público que Duchamp instalou invertendo a posição original: o cano de entrada da água, que deveria ficar na parte superior e voltado para dentro da parede, foi deslocado para a parte inferior, virado para fora, para o observador: daí o nome –* Fonte.

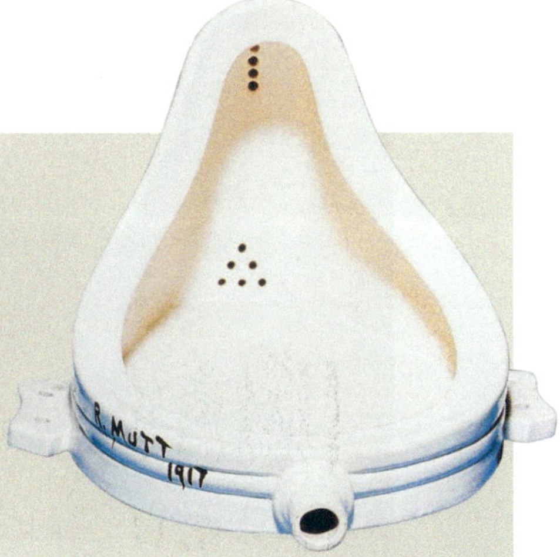

Urinol de porcelana, de Marcel Duchamp, 1917. Porcelana, 25,5 cm x 18 cm. Coleção particular.

Lendo a pintura

O grito, Edvard Munch

O grito, de Edvard Munch, 1893. Óleo, têmpera e pastel em cartão, 91 cm × 73 cm. Galeria Nacional, Oslo.

atividades

1. Edvard Munch (1863-1944), pintor norueguês, foi um dos artistas mais importantes da virada do século, tendo colaborado de maneira decisiva na construção do conceito de arte moderna. A tela *O grito* transformou-se em verdadeiro marco de um processo de ruptura, promovido por alguns artistas, que desaguaria nas tendências de vanguarda do início do século XX.

Um crítico assim analisou a obra de Munch: "Ele teve como objetivo estabelecer valores universais através dos individuais, pela cristalização das imagens das emoções mais profundas do homem – **amor**, **morte** e **angústia**, que retiveram suas propriedades primitivas evidentemente esquecidas pela civilização burguesa do seu tempo".

Das três emoções profundas citadas pelo crítico, qual predomina na tela *O grito*?

2. Munch afirmava: "Não devemos pintar interiores com pessoas lendo e mulheres tricotando; devemos pintar pessoas que vivem, respiram, sentem, sofrem e amam"; "Uma obra de arte só pode provir do interior do homem. A arte é a forma da imagem formada dos nervos, do coração, do cérebro e do olho do homem". Comente alguns detalhes da tela que comprovam a proposta de Munch.

3. "Passeava pela estrada com dois amigos, olhando o pôr do sol, quando o céu de repente se tornou vermelho como sangue. Parei, recostei-me na cerca, extremamente cansado – sobre o fiorde preto azulado e a cidade estendiam-se sangue e línguas de fogo. Meus amigos foram andando e eu fiquei, tremendo de medo – podia sentir um grito infinito atravessando a paisagem."

Munch escreveu esse texto para explicar a tela, tornando público o exato momento da apreensão de uma realidade depois transformada em objeto de arte. A partir desse testemunho, como podemos entender a figura que aparece em primeiro plano?

Confrontando ideias

Reúnam-se em grupos de cinco alunos, atribuindo a cada integrante uma das letras A, B, C, D ou E.

Discutam sobre esta questão: a arte deve sempre retratar as coisas belas, o mundo organizado e equilibrado? Por quê?

Após a discussão, reorganizem-se, formando cinco novos grupos, compostos de um integrante de cada grupo anterior, A, B, C, D ou E, para que cada aluno possa relatar as ideias surgidas anteriormente e conhecer as demais opiniões.

O Cubismo

Nascido com base em experiências de Pablo Picasso e de Georges Braque, o Cubismo desenvolveu-se inicialmente na pintura, valorizando as formas geométricas (cones, esferas, cilindros, etc.) ao revelar um objeto em seus múltiplos ângulos. A pintura cubista surgiu em 1907 e conheceu seu declínio com a Primeira Guerra Mundial. Sua proposta centrava-se na liberdade que o artista deveria ter para decompor e recompor a realidade a partir de seus elementos geométricos; segundo Picasso, "o trabalho do artista não é cópia nem ilustração do mundo real, mas um acréscimo novo e autônomo" (o que teria levado o pintor espanhol a afirmar que "a arte é uma mentira que nos faz perceber a verdade").

O lanche (mulher com colher de chá), de Jean Metzinger, 1911. Óleo sobre madeira, 75,5 cm × 69,5 cm. Museu de Arte da Filadélfia.

Neste quadro, batizado por alguns de "A Monalisa do Cubismo", observam-se a geometrização do corpo nu da moça e a perspectiva simultânea da xícara e do pires (o conjunto aparece cortado ao meio, visto de dois ângulos distintos).

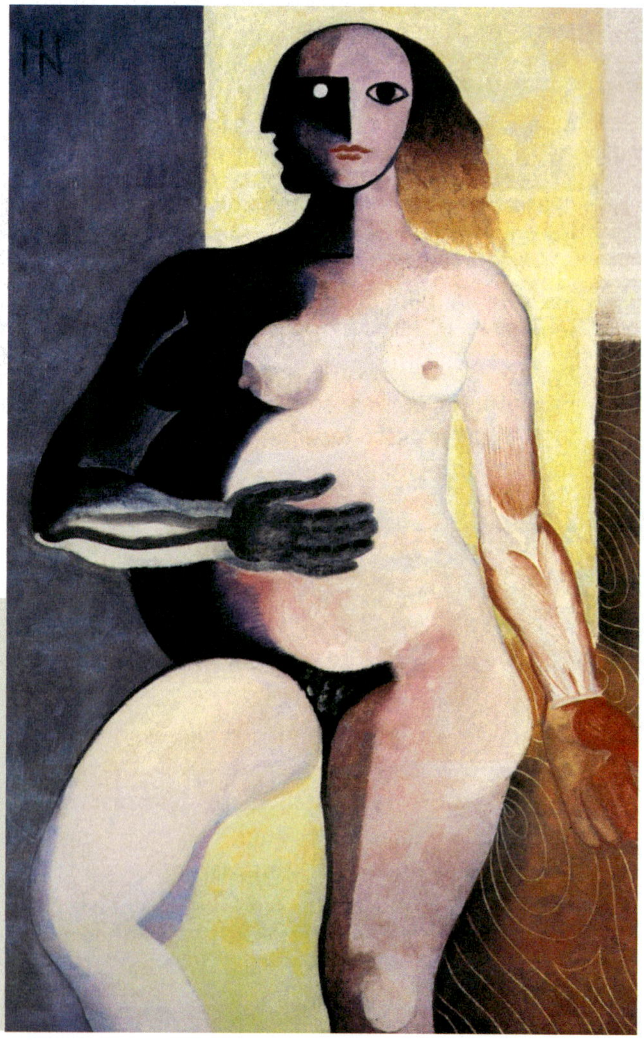

Figura, de Ismael Nery, 1927-1928. Óleo sobre tela, 105,0 cm × 69,2 cm. Museu de Arte Contemporânea da USP, São Paulo.

A obra do paraense Ismael Nery (1900-1934) está toda centrada na figura humana e revela influências das vanguardas europeias: facilmente percebemos elementos expressionistas (choque de cores vibrantes), surrealistas (sondagens do mundo interior) e cubistas, como ocorre na tela ao lado, em que prevalecem a perspectiva simultânea (há dois planos: o rosto é mostrado de frente e de perfil) e a geometrização.

O movimento cubista foi, nas artes visuais, uma revolução tão completa que os meios pelos quais as imagens podiam ser formalizadas na pintura modificaram-se mais durante os anos de 1907 a 1914 do que se haviam modificado desde o Renascimento. Suas invenções corresponderam tão diretamente aos problemas artísticos críticos do início do século XX que o próprio Cubismo mal havia aparecido quando seus recursos formais começaram a influenciar as outras artes, em particular a arquitetura e as artes aplicadas, mas também a poesia e a música.

CHIPP, Herschel B. *Teorias da arte moderna*. São Paulo: Martins Fontes, 1999. p. 195.

Mulher chorando, de Pablo Picasso, 1937. Óleo sobre tela, 55 cm × 46 cm. Tate Modern, Londres.

Mulher chorando, *de Pablo Picasso, principal representante do Cubismo, escola que valorizava as formas geométricas e explorava diferentes maneiras de representar a profundidade no plano. Ao mesmo tempo, questionava a leitura de mundo a partir de uma única perspectiva; assim, vários aspectos do que estava sendo retratado eram mostrados simultaneamente: a mulher está de perfil, mas o observador vê os seus dois olhos, como se ela estivesse de frente.*

Visão simultânea

Durante 500 anos, desde o início da Renascença italiana, os artistas tinham sido guiados pelos princípios da perspectiva matemática e científica, de acordo com os quais o artista via o seu modelo ou objeto de um único ponto de vista estacionário. Agora, é como se Picasso tivesse andado 180 graus em redor do seu modelo e tivesse sintetizado suas sucessivas impressões numa única imagem. O rompimento com a perspectiva tradicional resultaria, nos anos seguintes, no que os críticos da época chamaram visão "simultânea" – a fusão de várias vistas de uma figura ou objeto numa única imagem.

GOLDING, John. In: *Conceitos de arte moderna*. [Org. Nikos Stangos]. Rio de Janeiro: Jorge Zahar, 2000. p. 40.

Rogério Soud/Arquivo da editora.

O Cubismo na literatura

Na literatura, o Cubismo viveu seu primeiro momento com um manifesto-síntese assinado por Guillaume Apollinaire (1880-1918) e publicado em 1913. A literatura cubista valoriza a proposta da vanguarda europeia de aproximar ao máximo as várias manifestações artísticas (pintura, música, literatura, escultura), preocupando-se com a construção do texto e ressaltando a importância dos espaços em branco e em preto da folha de papel e da impressão tipográfica. Essa característica viria a influenciar Oswald de Andrade, na década de 1920, e a chamada poesia concreta da década de 1960 no Brasil.

Apollinaire defendia as "palavras em liberdade" e a "invenção de palavras" e propunha a "destruição das sintaxes já condenadas pelo uso", criando um texto marcado pelos substantivos soltos, aparentemente jogados de forma anárquica, e pelo menosprezo por verbos, adjetivos e pontuação. Pregava ainda a utilização do verso livre e a consequente negação da estrofe, da rima e da harmonia. Assim como na pintura, as colagens e o reaproveitamento de outros materiais passaram a ser incorporados pelos textos poéticos.

Como exemplo de texto cubista, reproduzimos a seguir um famoso poema de Apollinaire, "La colombe poignardée et le jet d'eau" (A pomba apunhalada e o jato d'água). Ao lado, está a tradução realizada por Patrícia Galvão, a Pagu, no jornal *Diário de São Paulo*, edição de 18 de maio de 1947.

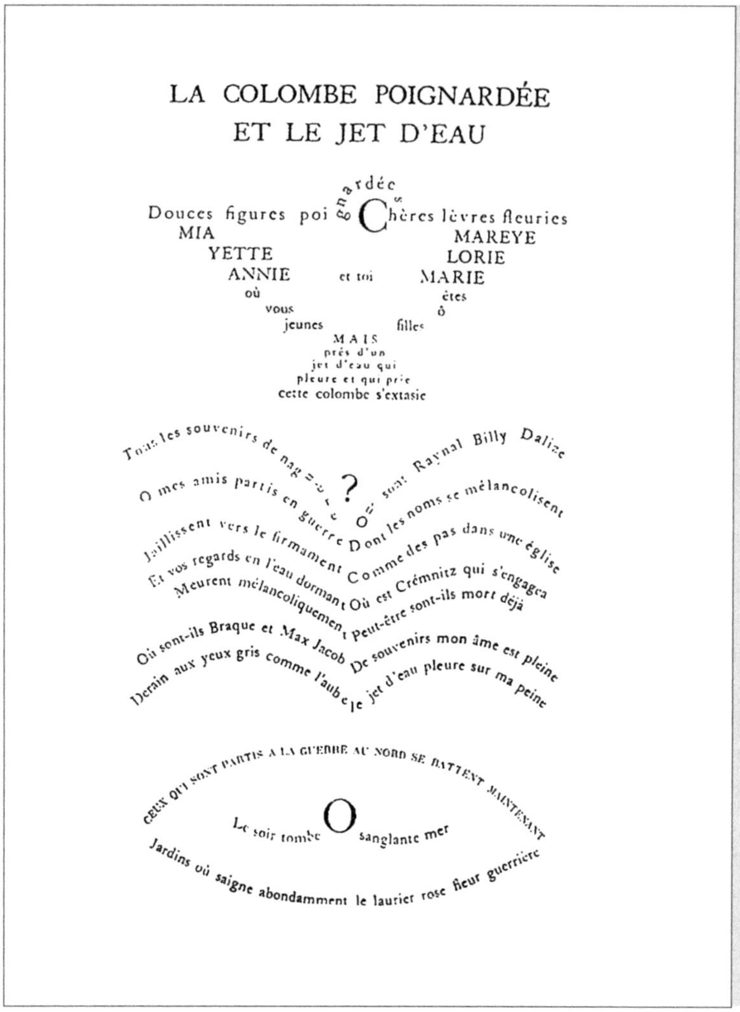

In: CAMPOS, Augusto de (Org.). *Pagu – vida – obra*. 2. ed. São Paulo: Brasiliense, 1982. p. 156.

É a seguinte a tradução deste poema:
Doces figuras apunhaladas – Caros lábios em flor – Mia Mareye – Yette Lorie – Annie e você Marie – onde estão – vocês ó – meninas – Mas – junto a um –jacto de água que – chora e que suplica – esta pomba se extasia – Todas as recordações de outrora? – Onde estão Raynal Billy Dalize – Os meus amigos foram para a guerra – Os seus nomes se melancolizam – Esguicham para o firmamento – Como os passos numa igreja – E os seus olhares na água parada – Onde está Crémnitz que se alistou – Morrem melancolicamente – Pode ser que já estejam mortos – Onde estão Braque e Max Jacob – Minha alma está cheia de lembranças – Derain de olhos cinzentos como a aurora – O jacto de água chora sobre a minha pena – OS QUE PARTIRAM PARA A GUERRA AO NORTE SE BATEM AGORA – A NOITE CAI O SANGRENTO MAR – JARDINS ONDE SANGRA ABUNDANTEMENTE O LOURO ROSA FLOR GUERREIRA

No Brasil, o movimento da poesia concreta explora alguns conceitos da estética cubista, como se percebe no poema "AMORTEMOR", de Augusto de Campos.

CAMPOS, Augusto de. *Poesia 1949-1979*. São Paulo: Brasiliense, 1986. p. 193.

Nas tramas dos textos

Poeminhas cinéticos

Era um homem bem vestido
Foi beber no botequim
Bebeu muito, bebeu tanto
Que
saiu
de
lá
assim.

As casas passavam em volta
Numa procissão sem fim
As coisas todas rodando

Assim assim assim assim assim assim assim assim assim assim assim assim

Apertados no balanço
Margarida e Serafim
Se beijam com tanto ardor
Que acabam ficando assim.

O moço entra apressado
Para ver a namorada
E é da seguinte forma
escada.
a
sobe
ele
Que
Mas lá em cima está o pai
Da pequena que ele adora
E por isso pela escada
Assim
ele
vem
embora.

FERNANDES, Millôr. In: *Millôr Fernandes*. São Paulo: Abril Educação, 1980. p. 44-5. (Literatura Comentada).

atividades

1. Justifique o título dado aos "poeminhas".

2. O Cubismo defendia, entre outras propostas, o "aspecto construtivo, as palavras em liberdade, a plástica pura (os cinco sentidos), a fonocinematografia". Você identifica essas características nos "Poeminhas cinéticos"? Exemplifique.

3. Em seu caderno, crie um "poeminha cinético".

Rogério Soud/Arquivo da editora.

O Futurismo

Em 20 de fevereiro de 1909 era publicado, na primeira página do jornal *Le Figaro*, de Paris, o manifesto de um movimento denominado Futurismo, assinado pelo italiano Filippo Marinetti. O Futurismo pregava uma absoluta sintonia entre a arte e o mundo moderno, regido pela eletricidade, pelas máquinas, pelos motores, pelos grandes aglomerados urbano-industriais, pela velocidade, enfim.

De 1909 a 1914, oriundos de grupos radicados na França e na Itália, vários manifestos futuristas foram publicados, apresentando propostas para a pintura, a poesia, a arquitetura, a música. O movimento perdeu força em 1915, quando Marinetti, que exercia forte liderança sobre os grupos, defendeu a entrada da Itália na Guerra. Nos anos 1920, as propostas de Marinetti foram assimiladas pelo fascismo italiano, gerando a dispersão dos grupos de artistas.

Assim, pode-se entender a repugnância dos principais modernistas brasileiros pelo movimento de Marinetti, apesar de apresentarem uma série de pontos comuns com seus seguidores; aceitavam suas ideias artísticas, mas repudiavam seu posicionamento político. Oswald de Andrade tomou conhecimento do Futurismo em suas viagens à Europa, anteriores a 1919, não relacionando, portanto, o movimento com o fascismo. Por outro lado, a palavra Futurismo passou a designar qualquer postura inovadora na arte, levando Oswald a saudar, em 1921, o jovem poeta Mário de Andrade com um artigo intitulado "O meu poeta futurista". Temendo uma identificação com o fascismo, Mário de Andrade vem a público negar, mais do que o movimento futurista, a figura de seu líder. No prefácio ao livro *Pauliceia desvairada*, afirma:

> Não sou futurista (de Marinetti). Disse e repito-o. Tenho pontos de contacto com o futurismo. Oswald de Andrade, chamando-me de futurista, errou.

O barulho da rua invade a casa, de Umberto Boccioni, 1911. Óleo sobre tela, 100 x 100 cm. Museu Sprengel, Hanover, Alemanha.

Umberto Boccioni (1882-1916), um dos principais teóricos do Futurismo, retrata, em suas telas e esculturas, a vida moderna plena de movimento, dinamismo e força. "Desejo pintar a novidade, o fruto da nossa idade industrial", anotou o artista em seu diário. Na tela O barulho da rua invade a casa, *as formas tornam-se transparentes, interiores e exteriores interpenetram-se, são pintados em sobreposições simultâneas, tal como os acontecimentos que se desenrolam no edifício e na rua. O nervosismo febril da vida urbana, com seu ritmo alucinante, compõe o cenário tumultuoso da obra de Boccioni.*

Fundação e manifesto do Futurismo, de F. T. Marinetti, publicado em 1909

(fragmentos)

[...]

Então, com o vulto coberto pela boa lama das fábricas – empaste de escórias metálicas, de suores inúteis, de fuligens celestes –, contundidos e enfaixados os braços, mas impávidos, ditamos nossas primeiras vontades a todos os homens vivos da terra:

1. Queremos cantar o amor do perigo, o hábito da energia e da temeridade.

2. A coragem, a audácia e a rebelião serão elementos essenciais da nossa poesia.

3. Até hoje a literatura tem exaltado a imobilidade pensativa, o êxtase e o sono. Queremos exaltar o movimento agressivo, a insônia febril, a velocidade, o salto mortal, a bofetada e o murro.

4. Afirmamos que a magnificência do mundo se enriqueceu de uma beleza nova: a beleza da velocidade. [...]

[...]

7. Já não há beleza senão na luta. Nenhuma obra que não tenha um caráter agressivo pode ser uma obra-prima. A poesia deve ser concebida como um violento assalto contra as forças ignotas para obrigá-las a prostrar-se ante o homem.

8. Estamos no promontório extremo dos séculos!... Por que haveremos de olhar para trás, se queremos arrombar as misteriosas portas do Impossível? O Tempo e o Espaço morreram ontem. Vivemos já o absoluto, pois criamos a eterna velocidade onipresente.

9. Queremos glorificar a guerra – única higiene do mundo –, o militarismo, o patriotismo, o gesto destruidor dos anarquistas, as belas ideias pelas quais se morre e o desprezo da mulher.

10. Queremos destruir os museus, as bibliotecas, as academias de todo tipo, e combater o moralismo, o feminismo e toda vileza oportunista e utilitária.

11. Cantaremos as grandes multidões agitadas pelo trabalho, pelo prazer ou pela sublevação; cantaremos a maré multicor e polifônica das revoluções nas capitais modernas; cantaremos o vibrante fervor noturno dos arsenais e dos estaleiros incendiados por violentas luas elétricas: as estações insaciáveis, devoradoras de serpentes fumegantes: as fábricas suspensas das nuvens pelos contorcidos fios de suas fumaças; as pontes semelhantes a ginastas gigantes que transpõem as fumaças, cintilantes ao sol com um fulgor de facas; os navios a vapor aventurosos que farejam o horizonte, as locomotivas de amplo peito que se empertigam sobre os trilhos como enormes cavalos de aço refreados por tubos e o voo deslizante dos aeroplanos, cujas hélices se agitam ao vento como bandeiras e parecem aplaudir como uma multidão entusiasta. [...]

Em verdade eu vos digo que a frequentação cotidiana dos museus, das bibliotecas e das academias (cemitérios de esforços vãos, calvários de sonhos crucificados, registros de lances truncados!...) é, para os artistas, tão ruinosa quanto a tutela prolongada dos pais para certos jovens embriagados por seu engenho e vontade ambiciosa. Para os moribundos, para os doentes, para os prisioneiros, vá lá: o admirável passado é talvez um bálsamo para tantos os seus males, já que para eles o futuro está barrado... Mas nós não queremos saber dele, do passado, nós, jovens e fortes futuristas!

Bem-vindos, pois, os alegres incendiários com seus dedos carbonizados! Ei-los!... Aqui!... Ponham fogo nas estantes das bibliotecas!... Desviem o curso dos canais para inundar os museus!... Oh, a alegria de ver flutuar à deriva, rasgadas e descoradas sobre as águas, as velhas telas gloriosas!... Empunhem as picaretas, os machados, os martelos e destruam sem piedade as cidades veneradas!

[...]

In: CHIPP, H. B. *Teorias da arte moderna*. São Paulo: Martins Fontes, 1999. p. 290-1.

Ecos no Brasil

O poeta brasileiro Ronaldo Azeredo, do movimento da poesia concreta, também cantou a "beleza da velocidade":

V V V V V V V V V V
V V V V V V V V V E
V V V V V V V V E L
V V V V V V V E L O
V V V V V V E L O C
V V V V V E L O C I
V V V V E L O C I D
V V V E L O C I D A
V V E L O C I D A D
V E L O C I D A D E

Ronaldo Azeredo. In: AZEVEDO FILHO, Leodegário A. de. *Poetas do Modernismo: antologia crítica*. Brasília: INL, 1972. p. 195.

Nas tramas do texto

Leia atentamente a estrofe a seguir, do poema "Ode triunfal", assinado pelo engenheiro Álvaro de Campos, um dos heterônimos do poeta modernista português Fernando Pessoa:

Ode triunfal
(fragmento)

À dolorosa luz das grandes lâmpadas elétricas da fábrica
Tenho febre e escrevo.
Escrevo rangendo os dentes, fera para a beleza disto,
Para a beleza disto totalmente desconhecida dos antigos.
Ó rodas, ó engrenagens, r-r-r-r-r-r eterno!
Forte espasmo retido dos maquinismos em fúria!
Em fúria fora e dentro de mim,
Por todos os meus nervos dissecados fora,
Por todas as papilas fora de tudo com que eu sinto!
Tenho os lábios secos, ó grandes ruídos modernos,
De vos ouvir demasiadamente de perto,
E arde-me a cabeça de vos querer cantar com um excesso
De expressão de todas as minhas sensações,
Com um excesso contemporâneo de vós, ó máquinas!

Ah, poder exprimir-me todo como um motor se exprime
Ser completo como uma máquina!
Poder ir na vida triunfante como um automóvel último-modelo!
Poder ao menos penetrar-me fisicamente de tudo isto,
Rasgar-me todo, abrir-me completamente, tornar-me passento
A todos os perfumes de óleos e calores e carvões
Desta flora estupenda, negra, artificial e insaciável!

PESSOA, Fernando. *Fernando Pessoa: obra poética*. Rio de Janeiro: Nova Aguilar, 1977. p. 306.

atividades

1. O poeta explora a força de alguns vocativos, invocando seres superiores. Destaque três desses vocativos.

2. O poeta afirma que quer cantar as máquinas com a força "de todas as minhas sensações". Destaque os versos que expressam isso.

3. Aponte alguns aspectos característicos do movimento futurista.

4. Que tipo de relação se estabelece entre o enunciador e a máquina?

O Expressionismo

O movimento expressionista surgiu em 1910, na Alemanha, trazendo uma forte herança da arte do final do século XIX, preocupada com as manifestações do mundo interior e com a forma de expressá-las. Daí a importância da **expressão**, ou seja, da materialização, numa tela ou numa folha de papel, de imagens nascidas em nosso mundo interior, pouco importando os conceitos então vigentes de belo e feio.

O crítico e historiador de arte Dietmar Elger assim abre seu volume sobre o Expressionismo:

> O termo Expressionismo é, em todos os sentidos, multifacetado e vasto, sendo quase impossível defini-lo de forma precisa. Além disso parece ter várias origens. [...] não é possível falar de um estilo expressionista uniforme, com características típicas. [...] o Expressionismo parece ser mais a expressão da forma de vida de uma geração jovem, a qual somente tinha um ponto em comum: a rejeição das estruturas políticas e sociais vigentes.
>
> In: *Expressionismo: uma revolução alemã na arte*. Colônia: Taschen, 1998. p. 7.

O que parece ser consensual é que o Expressionismo moderno já se manifestara em obras de Edvard Munch, Gauguin e Van Gogh, floresceu na Alemanha e teve seu melhor momento entre os anos 1905 e 1920 (um crítico de arte, ao se referir à tela *O grito* e contrapô-la às obras impressionistas, teria empregado o termo "expressionismo" pela primeira vez; como já vimos na abertura deste capítulo, *O grito* foi pintada em 1893). Esses artistas já manifestavam emoções de medo, angústia, dor e ansiedade por meio do choque provocado pelas cores vibrantes, distorções e exageros de formas. Desse modo, as figuras humanas retratadas nas telas expressionistas não têm os traços bem definidos; pelo contrário, apresentam rostos e corpos distorcidos, assemelham-se a máscaras, a caricaturas. Exatamente por isso, a partir de 1933, acentua-se o declínio da estética expressionista com a ascensão de Hitler na Alemanha: segundo as novas diretrizes, buscava-se uma arte "pura", "limpa", que retratasse a "superioridade" germânica, jamais uma caricatura.

Numa rua de Berlim, de Ernst Ludwig Kirchner, 1913. Óleo sobre tela, 121 x 95 cm. Coleção particular.

Em Numa rua de Berlim, *Ernst Ludwig Kirchner apresenta sua visão do mundo moderno, às portas da Primeira Guerra: olhares perdidos e feições distorcidas contrastando com a ostentação das vestimentas; cores vibrantes das figuras em primeiro plano contrastando com a dispersão sombria da multidão em segundo plano.*

Autorretrato com o filho Luca, 1º janeiro de 1920, de Conrad Felixmüller, 1920. Óleo sobre tela, 100 cm × 89 cm. Coleção particular.

A tela do pintor expressionista alemão Felixmüller registra o momento em que operários voltam para casa após uma jornada de trabalho nas minas de carvão. O sol próximo à linha do horizonte sugerindo a transição dia/noite; o contraste entre a luminosidade amarelo-avermelhada do canto direito superior e o escuro que domina a parte inferior da tela; a luminosidade fria da luz azulada do farol da locomotiva que se desloca no pátio da estação; a luminosidade do interior das cabines do trem que se desloca (e corta a tela) da direita para a esquerda do observador; o cheiro que exala do fumo queimando no cachimbo: são apelos às sensações do observador (que sente frio e calor, cheiros, ouve o barulho dos trens), que o envolvem e o tornam participante da cena.

sessão de CINEMA

O gabinete do Dr. Caligari. Direção: Robert Wiene. Alemanha: Continental, 1919.
Com: Werner Krauss e Conrad Veidt. Um dos principais filmes do Expressionismo alemão. A história narra o domínio do doutor Caligari sobre o sonâmbulo Cesare, que mata pessoas sob suas ordens. Hoje, o filme é entendido como uma antevisão do período nazista.

Nosferatu. Direção: F. W. Murnau. Alemanha: Continental, 1922.
Com: Max Schreck. Clássico do cinema expressionista alemão, o filme conta a história não autorizada do conde Drácula. Em 1979, o diretor Werner Herzog fez uma refilmagem, com Klaus Kinski e Isabelle Adjani.

A sombra do vampiro. Direção: Elias Merhige. Inglaterra/Estados Unidos/Luxemburgo, 2000.
Com: John Malkovich, Willien Dafoe. Interessante recriação do célebre *Nosferatu*, realizada em 2000. Assista primeiro ao *Nosferatu* de Murnau e depois divirta-se com este filme.

Divulgação.

O Expressionismo no Brasil

Em 1912, Anita Malfatti, uma jovem paulista de 16 anos, parte para a Alemanha, já matriculada na Escola de Belas Artes de Berlim. Lá, entra em contato com o Expressionismo alemão, retornando, maravilhada, em 1914, quando realiza sua primeira exposição, em São Paulo. Sua segunda exposição, em 1917, desencadeou uma série de reações e acabou sendo o fato gerador da mostra de arte moderna que se concretizaria em 1922.

A boba, de Anita Malfatti, 1917. Óleo sobre tela, 61 × 50,6 cm. Museu de Arte Contemporânea da USP, São Paulo.

Van Gogh, comentando as primeiras telas com características expressionistas, chegou a afirmar que, ao distorcer uma imagem para expressar a visão do artista, elas se assemelhavam à caricatura. É o que se pode perceber, por exemplo, no óleo sobre tela acima, A boba *(1915-1916), de Anita Malfatti, que havia estudado na Escola de Belas Artes de Berlim e que, em 1917, realizou uma exposição que chocou a elite tradicional da cidade de São Paulo. E. H. Gombrich, em sua* História da arte *(Rio de Janeiro: Jorge Zahar Editor, 1979), comenta que "o que perturba o público a respeito da arte expressionista talvez seja menos o fato de a natureza ter sido distorcida do que o resultado implicar o distanciamento da beleza. Eles queriam enfrentar os fatos nus e crus da nossa existência, e expressar sua compaixão pelos deserdados e os feios. Tornou-se quase um ponto de honra dos expressionistas evitar qualquer coisa que cheirasse a 'boniteza' e 'polimento', e chocar o 'burguês' em sua complacência real ou imaginada".*

Na literatura brasileira, são esporádicas as manifestações de Expressionismo; o único caso em que elas são mais recorrentes é o da poesia de **Augusto dos Anjos**, pré-modernista que publicou apenas um livro, em 1912. Curiosamente, sua obra apresenta traços do Expressionismo alemão sem que, no entanto, ele tenha conhecido a teoria dessa tendência de vanguarda. Reproduzimos, abaixo, o soneto "Budismo moderno":

Tome, Dr., essa tesoura, e... corte
Minha singularíssima pessoa.
Que importa a mim que a bicharia roa
Todo meu coração, depois da morte?!

Ah! Um urubu pousou na minha sorte!
Também, das diatomáceas[1] da lagoa
A criptógama[2] cápsula se esbroa[3]
Ao contacto de bronca[4] destra[5] forte!

Dissolva-se, portanto, minha vida
Igualmente a uma célula caída
Na aberração de um óvulo infecundo;

Mas o agregado abstrato das saudades
Fique batendo nas perpétuas grades
Do último verso que eu fizer no mundo!

ANJOS, Augusto dos. *Toda a poesia de Augusto dos Anjos*. 2. ed. Rio de Janeiro: Paz e Terra, 1978. p. 87.

1. **diatomáceas:** microrganismos que fabricam o próprio alimento.
2. **criptógama:** espécie de vegetal que não se reproduz por meio de flores; a palavra aqui está adjetivada.
3. **esbroa:** desmancha-se, defaz-se.
4. **bronca:** rude, rústica.
5. **destra:** mão direita.

O Dadaísmo

Em fevereiro de 1916, sob os ruídos da guerra, o alemão Hugo Ball, poeta e filósofo, fundou uma sociedade artística denominada "Cabaré Voltaire", que funcionava num bar localizado em um bairro marginal da cidade de Zurique, na neutra Suíça. Ali reuniram-se, entre outros, o francês Jean Arp e o romeno Tristan Tzara e iniciaram o movimento dadaísta, de caráter anárquico, antirracional, antiburguês, anti-imperialista. Segundo a versão dadaísta, a escolha do nome do movimento reflete seu caráter ilógico e aleatório: enfiaram um estilete ao acaso entre as páginas de um dicionário e a palavra mais estranha daquela página seria a escolhida — o estilete entrou numa das páginas da letra D e lá estava a palavra *dada* (em francês, cavalinho de pau, brinquedo de criança). Nos Estados Unidos, encontrou eco num grupo de artistas que já procuravam novas expressões e conceitos no campo das artes, como Marcel Duchamp.

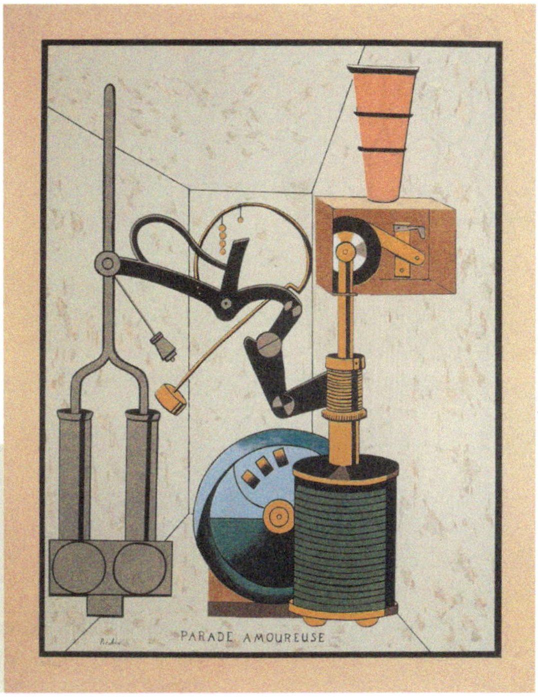

Parade Amoureuse, de Francis Picabia, 1917. Óleo sobre tela, 70 cm × 54 cm. Coleção particular/akg-images/IPress.

Francis Picabia é um dos nomes mais importantes do movimento dadaísta; nascido na França, na época da guerra viveu um tempo nos Estados Unidos, relacionando-se com o grupo dadaísta de Nova Iorque. Suas obras mais polêmicas reaproveitavam desenhos técnicos, que ganhavam contornos antropomórficos, em geral com conotações sexuais. Esses trabalhos receberam a denominação genérica de "mecanomórficos".

Fruto de uma longa experiência, de Max Ernst, 1919. Relevos, madeira e arame de ferro pintados, 45,7 cm × 38 cm. Coleção particular.

O alemão Max Ernst tomou contato com o grupo dadaísta em 1916; em 1920, participou da Exposição Dadaísta da Cervejaria Winter, em Colônia, Alemanha, com a obra Fruto de uma longa experiência. *A exposição foi fechada pela polícia sob o pretexto de ser obscena; Max Ernst e outro expositor foram acusados de fraude por terem exigido dinheiro para que as pessoas entrassem em um local onde haveria uma exposição de arte, mas que as coisas apresentadas nada tinham a ver com arte.*

Slogans *Dada*
(lançados em Berlim, 1919)

Rogério Soud/Arquivo da editora.

DADA
está ao lado
do Proletariado revolucionário
Abra finalmente sua cabeça
Deixe-a livre
para as exigências
de nossa época
Abaixo a arte
Abaixo o
intelectualismo burguês
A arte morreu
Viva
a arte-máquina
de Tatlin*
DADA
é a destruição voluntária
do
mundo burguês das ideias

* Vladimir Tatlin, artista russo engajado na Revolução de 1917, projetou uma imensa estrutura de vidro e ferro, com um cilindro central giratório, mais alta que a Torre Eiffel, que seria construída no centro de Moscou. O projeto não se concretizou.

Manifesto DADÁ, 1918

(fragmentos)

Eu escrevo um manifesto e não quero nada, eu digo portanto certas coisas e sou por princípio contra os manifestos, como sou também contra os princípios [...].

DADÁ – eis uma palavra que conduz as ideias à caça; cada burguês é um pequeno dramaturgo, inventa conversações diferentes, em lugar de colocar as personagens convenientes ao nível de sua inteligência [...].

DADÁ NÃO SIGNIFICA NADA

Que cada homem grite: há um grande trabalho destrutivo, negativo, a executar. Varrer, limpar. A propriedade do indivíduo se afirma após o estado de loucura, de loucura agressiva, completa, de um mundo abandonado entre as mãos dos bandidos que rasgam e destroem os séculos. Sem objetivo nem plano, sem organização: a loucura indomável, a decomposição. [...]

Abolição da lógica, dança dos impotentes da criação: DADÁ; cada objeto, todos os objetos, os sentimentos e as obscuridades, as aparições e o choque preciso das linhas paralelas são meios para o combate: DADÁ; abolição da memória: DADÁ; abolição da arqueologia: DADÁ; abolição dos profetas: DADÁ; abolição do futuro: DADÁ.

Liberdade: DADÁ DADÁ DADÁ, uivos das dores crispadas, entrelaçamento dos contrários e de todas as contradições, dos grotescos, das inconsequências: A VIDA.

Tristan Tzara. In: TELES, Gilberto Mendonça. *Vanguarda europeia e Modernismo brasileiro*. Petrópolis: Vozes, 1972. p. 108-16.

Para fazer um poema dadaísta

Pegue um jornal.
Pegue a tesoura.
Escolha no jornal um artigo do tamanho que você deseja dar a seu poema.
Recorte o artigo.
Recorte em seguida com atenção algumas palavras que formam esse artigo e meta-as num saco.
Agite suavemente.
Tire em seguida cada pedaço um após o outro.
Copie conscienciosamente na ordem em que elas são tiradas do saco.
O poema se parecerá com você.
E ei-lo um escritor infinitamente original e de uma sensibilidade graciosa, ainda que incompreendido do público.

Tristan Tzara. In: TELES, Gilberto Mendonça. *Vanguarda europeia e Modernismo brasileiro*. Petrópolis: Vozes, 1972.

Merzpicture 26,41. okola, de Kurt Schwitters, 1926. Colagem, 29 x 22,5 cm. Coleção particular.

Merzpicture 26,41. okola *(1926) é uma colagem do dadaísta Kurt Schwitters, que utilizava em seu trabalho restos de materiais, como madeira, corda, trapos, jornal, passagens de ônibus. Note a analogia dessa técnica com os procedimentos recomendados por Tzara no texto* "Para fazer um poema dadaísta". *Observados tais procedimentos, resultou um poema de feição casual e aleatória, como esta colagem.*

Filosofia no Boudoir, de René Magritte, 1947. Óleo sobre tela. Coleção particular.

"Os surrealistas ficaram altamente impressionados com os escritos de Sigmund Freud, os quais demonstraram que, quando os nossos pensamentos em estado de vigília são entorpecidos, a criança e o selvagem que existem em nós passam a dominar. Foi essa ideia que fez os surrealistas proclamarem que a arte nunca pode ser produzida pela razão inteiramente desperta. Admitem que a razão pode dar-nos a ciência mas afirmam que só a não razão pode dar-nos a arte." (GOMBRICH, E. H. História da arte. Rio de Janeiro: Jorge Zahar Editor, 1979.)

O Surrealismo

No período que seguiu a Primeira Grande Guerra, surgiu, em grande parte derivado do Dadaísmo, o último dos grandes movimentos de vanguarda: o Surrealismo. O primeiro manifesto surrealista aparece em 1924, assinado por André Breton, que havia participado das últimas rodas dadaístas. O crítico Dawn Ades afirma que:

> o Surrealismo nasceu de um desejo de ação positiva, de começar a reconstruir a partir das ruínas do Dadá. Pois, ao negar tudo, o Dadá tinha que terminar negando a si mesmo ("O verdadeiro dadaísta é contra o Dadá"), e isso levou a um círculo vicioso que era necessário romper.

In: *Conceitos de arte moderna*. Rio de Janeiro: Zahar, 2000. p. 89.

André Breton era médico e tomara contato com os ensinamentos de Freud. Na conferência *Que é Surrealismo*, em 1934, explica:

> Ocupado como estava com Freud, nessa época, e familiarizado com seus métodos de exame, que eu tivera ocasião de praticar sobre doentes durante a guerra, resolvi obter de mim aquilo que se procura obter deles, ou seja, um monólogo que fluísse o mais rapidamente possível, sobre o qual o espírito crítico do sujeito não emita nenhum julgamento, que não se embarace, por conseguinte, com nenhuma reticência e que seja, tão exatamente quanto possível, o *pensamento falado*. [...]
>
> Como a palavra "surrealismo" nos foi imposta, julguei indispensável, em 1924, defini-la de uma vez por todas:
>
> SURREALISMO, *s.m.* Automatismo psíquico puro pelo qual se pretende exprimir, quer verbalmente, quer por escrito, quer por qualquer outra maneira, o funcionamento real do pensamento. Ditado do pensamento, na ausência de qualquer controle exercido pela razão, fora de qualquer preocupação estética ou moral.
>
> ENCICL. *FILOS.* O surrealismo repousa na crença na realidade superior de certas formas de associações antes negligenciadas, na onipotência do sonho, no jogo desinteressado do pensamento. Tende a arruinar definitivamente todos os outros mecanismos psíquicos e substituí-los na resolução dos principais problemas da vida.

In: CHIPP, Herschel B. *Teorias da arte moderna*. São Paulo: Martins Fontes, 1999. p. 417.

Em Salvador Dalí, o mais extravagante dos surrealistas, a influência de Freud é marcante. São temas recorrentes nas suas obras: o sexo (e todas as suas atribuições: angústias, medos, frustrações, traumas), a memória (sua permanência ou dissipação, representada por relógios que se diluem), o sono e o sonho. Reproduzimos a tela intitulada *Sonho provocado pelo voo de uma abelha em torno de uma romã, um segundo antes de acordar*, datada de 1944.

A romã e a abelha em pleno voo aparecem reduzidas na parte inferior da tela; no entanto, da projeção da romã, à esquerda, salta um peixe, expelindo dois tigres, que se projetam agressivos sobre a mulher, a qual dorme (e sonha). A mulher (um retrato de Gala, esposa do artista) levita, tendo ao fundo o mar azul da inconsciência; a baioneta calada, o elefante com longas pernas de pau e a pirâmide de cristal, que aprisiona uma mulher, são outros elementos freudianos que completam a cena.

O Surrealismo conhece uma ruptura interna quando Breton faz uma opção pela arte revolucionária, influenciado que estava pelo marxismo. Muitos dos seguidores do movimento não admitiam o engajamento da arte, criando assim uma divisão entre os surrealistas comunistas e os não comunistas.

Sonho provocado pelo voo de uma abelha em torno de uma romã, um segundo antes de acordar, de Salvador Dalí, 1944. Óleo sobre tela, 51 x 41 cm. Museu Thyssen-Bornemisza, Madri.

sessão de CINEMA

Um cão andaluz / A Idade do ouro (1928). Direção: Luís Buñuel & Salvador Dalí. França: Versátil Home Vídeo. Com: Mareuil, Pierre Batcheff, Luis Buñuel, Gaston Modot, Max Ernst.

Dois clássicos do cinema surrealista; como curiosidades, Max Ernst atuando e roteiro e direção com participação de Salvador Dalí. O DVD apresenta ainda a biografia de Buñuel e Dalí e um documentário sobre o movimento surrealista.

A bela da tarde (1967). Direção: Luís Buñuel. França/Itália: Silver Screen. Com: Catherine Deneuve.

Obra-prima de Buñuel e maior expressão do cinema surrealista.

Frida (2002). Direção: Julie Taymor. Estados Unidos: Imagens Filmes. Com: Salma Hayek, Alfred Molina.

Biografia da pintora surrealista Frida Kahlo, com destaque para o seu conturbado casamento com o famoso muralista mexicano Diego Rivera.

Divulgação.

Nas tramas dos textos

Poeminha surrealista

Gostaria, querida,
De ser inesperado
Como uma madrugada amanhecendo
À noite
E engraçado, também,
Como um pato num trem.

FERNANDES, Millôr. In: *Millôr Fernandes*. São Paulo: Abril Educação, 1980. p. 38. (Literatura Comentada).

Botafogo

Desfilam algas sereias peixes e galeras
E legiões de homens desde a pré-história
Diante do Pão de Açúcar impassível.
Um aeroplano bica a pedra amorosamente
A filha do português debruçou-se à janela
Os anúncios luminosos leem seu busto
A enseada encerrou-se num arranha-céu.

MENDES, Murilo. *Murilo Mendes: poesia completa & prosa*. Rio de Janeiro: Nova Aguilar, 1994. p. 280.

atividades

1. Destaque uma característica surrealista de cada um dos textos.

2. Assim como Millôr Fernandes ilustrou seu "Poeminha surrealista", em seu caderno, faça uma ilustração para o poema "Botafogo", de Murilo Mendes.

3. ***Noturno***

O mar soprava sinos
os sinos secavam as flores
as flores eram cabeças de santos.

Minha memória cheia de palavras
meus pensamentos procurando fantasmas
meus pesadelos atrasados de muitas noites.

De madrugada, meus pensamentos soltos
voaram como telegramas
e as janelas acesas toda a noite
o retrato da morta
fez esforços desesperados para fugir.

MELO NETO, João Cabral de. *João Cabral de Melo Neto: obra completa*, Rio de Janeiro: Nova Aguilar, 1994. p. 45.

Você relacionaria o poema de João Cabral a qual das tendências de vanguarda que surgiram na Europa entre 1909 e 1924? Por quê?

4. Leia atentamente o texto abaixo.

O modernismo ou a vanguarda dos franceses é aqui apresentado sob o nome de ..., ou mais exatamente o de ... literário. Evita-se assim o problema da "exatidão terminológica". Não importa, porém, saber se o termo, nascido da observação de Matisse sobre um quadro de Braque, em 1908, deva ou não ser aplicado à literatura, como se, de direito, pertencesse apenas à pintura. Uma das características das artes neste século é justamente a da aproximação de todas elas, uma influenciando a outra e concorrendo todas para a popularização de novas técnicas e linguagens. Na época dos -ismos, pelo menos pintura, música, literatura e escultura estiveram juntas nas pesquisas de suas novas formas de expressão.

TELES, Gilberto Mendonça. *Vanguarda europeia e Modernismo brasileiro*. Petrópolis: Vozes, 1972.

a) O texto refere-se a qual tendência de vanguarda?

b) O texto trata de um dos mais importantes aspectos da arte moderna. Qual é ele?

c) Você diria que, nestes primeiros anos do século XXI, as artes ainda apresentam essa característica? Justifique.

*Questões de exames sobre este capítulo encontram-se na página **676**.*

capítulo 24

Objetivos gerais do capítulo

O aluno, ao final do capítulo, deverá ser capaz de:

- discutir as manifestações dos movimentos artísticos de vanguarda na literatura portuguesa;
- conhecer as principais características do Modernismo português e suas relações com o contexto histórico;
- conhecer Fernando Pessoa e seu processo de criação heteronímica, ler os textos assinados pelos heterônimos e refletir sobre eles;
- conhecer outros autores da primeira geração de modernistas, ler seus textos e refletir sobre eles.

O Modernismo em Portugal: a Geração de *Orpheu*

Navegadores antigos tinham uma frase gloriosa:

"Navegar é preciso; viver não é preciso."

Quero para mim o espírito desta frase, transformada a forma para casar com o que sou:

"Viver não é necessário; o que é necessário é criar."

Fernando Pessoa, poeta português, em *Palavras de pórtico*.

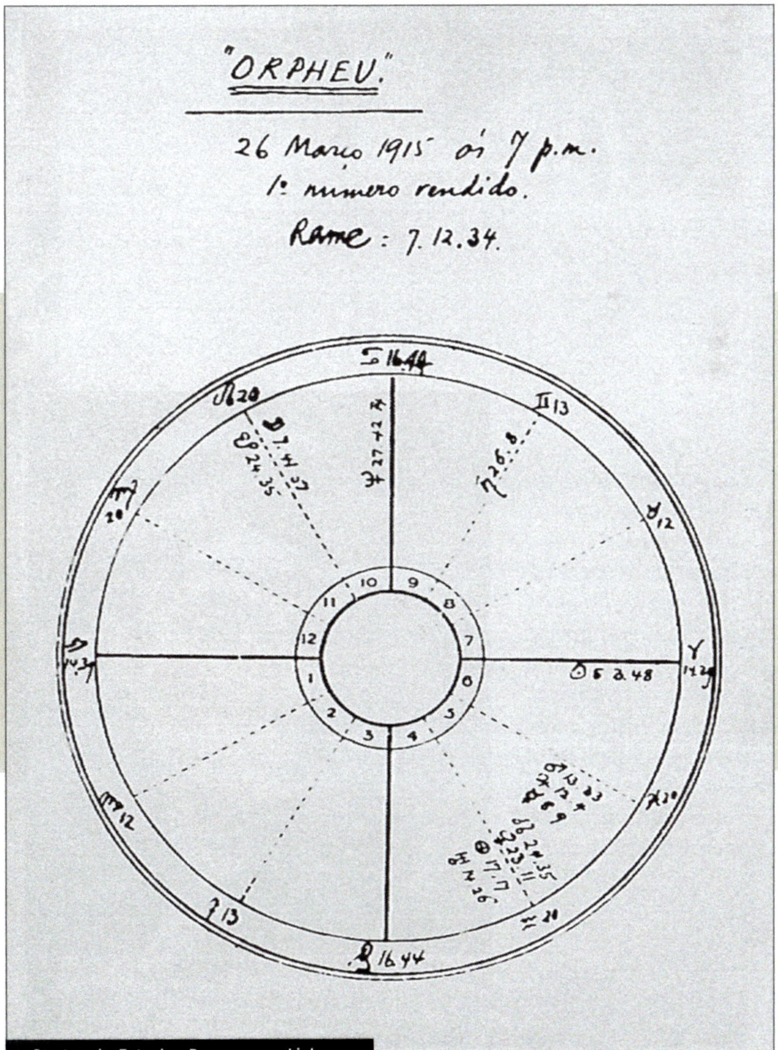

Centro de Estudos Pessoanos, Lisboa.

Horóscopo da revista Orpheu, *feito por Fernando Pessoa, com base na data da venda do primeiro exemplar. Entre os colaboradores da revista, merece destaque o brasileiro Ronald de Carvalho, que participaria, em 1922, da Semana de Arte Moderna, em São Paulo.*

Os movimentos de vanguarda em Portugal

Cabeça cubo-futurista, de Santa-Rita Pintor, 1912. Museu do Chiado, Lisboa.

Santa-Rita Pintor, nome artístico de Guilherme Cau da Costa Santa Rita (1889-1918), estudava em Paris, em 1910, época em que entrou em contato com Marinetti e Picasso, inteirando-se das propostas e das técnicas do Futurismo e do Cubismo, como se pode perceber em sua Cabeça cubo-futurista*, em que alia a noção de movimento típica dos futuristas à decomposição geométrica dos cubistas. Santa-Rita Pintor foi um dos colaboradores da revista* Orpheu*, marco inicial do Modernismo português.*

Painel da Gare Marítima de Alcântara, de Almada Negreiros, Lisboa.

José de Almada Negreiros (1893-1970) foi, ao lado de Fernando Pessoa e Mário de Sá-Carneiro, um dos idealizadores da revista Orpheu*. Pronunciou a primeira conferência futurista em Portugal. Pintor, desenhista, poeta e romancista, escreveu os mais polêmicos manifestos dos anos iniciais do Modernismo português.*

Autorretrato, de Almada Negreiros. Coleção particular.

Amadeo de Souza Cardoso (1887-1918) teve uma trajetória muito semelhante a Santa-Rita Pintor: estudava artes em Paris quando estourou a Primeira Guerra; retornou a Portugal e divulgou as propostas das vanguardas, período em que desempenhou papel fundamental no Modernismo português; faleceu prematuramente. A tela A máscara do olho verde *revela influências do Cubismo e do Expressionismo e se aproxima muito de algumas que Anita Malfatti apresentou em suas primeiras exposições no Brasil.*

A máscara do olho verde, de Amadeo de Souza Cardoso, 1915. Coleção particular.

A Geração de *Orpheu*

A primeira geração modernista portuguesa desponta em 1915, com a publicação do primeiro número da revista *Orpheu*, em meio à Primeira Guerra Mundial. Contemporânea dos principais manifestos da vanguarda europeia, a Geração de *Orpheu* (o Orfismo) foi a primeira a sacudir as artes portuguesas no século XX. Como os movimentos vanguardistas europeus que a inspiraram ofereciam um variado leque de opções estéticas, essa geração não apresentou uniformidade, tendo talvez se firmado mais pelos valores individuais de seus integrantes do que por um programa estético bem definido.

Nos dias atuais, o interesse despertado pela obra de Fernando Pessoa domina quase totalmente os estudos sobre essa geração. Entretanto, além de Fernando Pessoa, também merecem destaque Mário de Sá-Carneiro e Almada Negreiros.

No plano interno, o Orfismo coincide com os anos iniciais da República e com uma volta ao passado, num movimento nacionalista-saudosista. Para compreender melhor esse momento por que passa Portugal, é importante relembrar que, desde 1890, com o Ultimato Inglês, o país enfrentava sérios problemas para manter suas colônias, notadamente as africanas. O fato de o país ter se sujeitado às condições inglesas, ao mesmo tempo que passava por séria crise econômica e financeira, levou os governantes monarquistas ao descrédito. Em consequência, em janeiro de 1891, eclodiu a primeira revolta republicana, na cidade do Porto. A monarquia conseguiu sustentar-se dando amplos poderes ao Conselho de Ministros, o que resultou numa ditadura. Seguiu-se, então, uma onda de insatisfação generalizada e, em contrapartida, um período de violenta repressão.

Em 1º de fevereiro de 1908, num ato isolado, um popular republicano assassinou o rei D. Carlos e o príncipe D. Luís Felipe. Assumiu o trono D. Manuel II, um jovem de 18 anos. Dois anos depois, em 1910, era proclamada a República.

Na década de 1920, o nacionalismo português fez coro com as campanhas nacionalistas do fascismo italiano e do nazismo alemão. Em 1926, uma revolta colocou no poder um governo de direita, comandado pelo presidente Salazar. Em 1928, Salazar estabeleceu as diretrizes do chamado Estado Novo, o que representou a vitória definitiva do Integralismo lusitano.

Biblioteca Nacional de Portugal, Lisboa.

Espreitando o redil, *charge de Rafael Bordalo, publicada em 7 de fevereiro de 1900 no jornal* A paródia, *ilustra a situação das colônias portuguesas no final do século XIX. Os inocentes cordeiros (colônias como Angola e Moçambique, entre outras) são espreitados por lobos famintos (as nações europeias que cobiçavam esses territórios portugueses).*

A República portuguesa: da frustração ao governo fascista

Desde o final do século XIX, já se fomentara em Portugal um sentimento de esperança em torno da República; o republicanismo era, por muitos, vivido como uma crença messiânica, a redenção lusitana, o abandono do arcaico. O historiador A. H. de Oliveira Marques tem uma visão bastante crítica sobre o que era ser, para a maioria das pessoas, republicano em Portugal: "Ser republicano, por 1890, 1900 e 1910, queria dizer ser contra a Monarquia, contra a Igreja e os Jesuítas, contra a corrupção política e os partidos monárquicos. Mas a favor de quê? [...] a tendência geral era antes para se conceber à palavra 'República' algo de carismático e místico, e para acreditar que bastaria a sua proclamação para libertar o país de toda a injustiça e de todos os males". O novo regime governamental fora, portanto, inserido dentro de todo um conjunto de representações míticas do imaginário imperial lusitano, ganhando tons de sebastianismo, e não é de causar admiração o fato de ele ter frustrado muitas expectativas. O golpe de Estado de 1926 abre o caminho para a implementação de um governo autoritário e de bases fascistas a partir da década seguinte. O novo governo soube se aproveitar da mitologia imperial e instaurar as bases de um longo regime conservador, sustentando seu discurso e poder, principalmente, na posse dos domínios coloniais em território africano.

As revistas da Primeira Geração

O período de 1910 a 1926 (em termos políticos, o período que vai da proclamação da República à consolidação do governo de direita) foi muito rico em publicações de revistas, a maioria de duração efêmera.

A Águia – Órgão da Renascença Portuguesa. Revista quinzenal ilustrada de literatura e crítica. Diretor: Teixeira de Pascoaes Porto, 2.ª série, n. 4, abr. 1912. Coleção particular.

Revista *Orpheu*, n. 1, Lisboa, jan./mar. 1915. Centro de Estudos Pessoanos, Lisboa.

A Águia, revista lançada em 1910 pelo movimento Renascença Portuguesa, exerceu forte influência sobre Fernando Pessoa e Mário de Sá-Carneiro. Amparada no saudosismo, tentava "ressuscitar a Pátria Portuguesa, arrancá-la do túmulo onde a sepultaram alguns séculos de escuridade física e moral".

Quanto à *Orpheu*, que circulou em 1915, há testemunhos de violentas reações da opinião pública lusitana, tendo seus colaboradores sido chamados de "loucos, insanos" e apontados ameaçadoramente nas ruas de Lisboa. Circularam dois números da revista *Orpheu*; o terceiro já estava projetado, mas não foi publicado em função do suicídio de Mário de Sá-Carneiro.

A herança de *Orpheu* sobreviveu à sua extinção, com o surgimento de várias outras revistas, *grosso modo* seguidoras do Orfismo: *Centauro* (1916), *Exílio* (1916), *Ícaro* (1916), *Portugal futurista* (1917), *Contemporânea* (1922-1926), *Athena* (1924-1925).

Fernando Pessoa, criador de poetas

Nas tramas dos textos

Na "Nota preliminar", reproduzida abaixo, com que Fernando Pessoa abre as *Ficções do interlúdio* – título geral sob o qual foram publicadas as poesias dos três principais heterônimos –, o poeta discorre sobre a criação de "um poeta que seja vários poetas". É justamente esta a mais rica, densa e intrigante faceta de Pessoa: sua capacidade de despersonalizar-se e reconstruir-se em outros personagens, todos eles igualmente poetas. E a esses "vários poetas" Fernando Pessoa deu uma biografia, caracteres físicos, traços de personalidade, formação cultural... Assim é que, além de Fernando Pessoa ele-mesmo, "nasceram" seus heterônimos: os poetas Alberto Caeiro, Ricardo Reis e Álvaro de Campos. É importante não confundir ***heterônimo*** com ***pseudônimo***. Pseudônimo é um nome falso, sob o qual alguém se oculta. O heterônimo vai além: é um outro nome, uma outra personalidade, uma outra individualidade – diferente, portanto, do criador.

Nota preliminar

O primeiro grau da poesia lírica é aquele em que o poeta, concentrado no seu sentimento, exprime esse sentimento. Se ele, porém, for uma criatura de sentimentos variáveis e vários, exprimirá como que uma multiplicidade de personagens, unificadas somente pelo temperamento e o estilo. Um passo mais, na escala poética, e temos o poeta que é uma criatura de sentimentos vários e fictícios, mais imaginativo do que sentimental, e vivendo cada estado de alma antes pela inteligência que pela emoção. Este poeta exprimir-se-á como uma multiplicidade de personagens, unificadas, não já pelo temperamento e o estilo, pois que o temperamento está substituído pela imaginação, e o sentimento pela inteligência, mas tão-somente pelo simples estilo. Outro passo, na mesma escala de despersonalização, ou seja, de imaginação, e temos o poeta que em cada um dos seus estados mentais vários se integra de tal modo nele que de todo se despersonaliza, de sorte que, vivendo analiticamente esse estado da alma, faz dele como que a expressão de um outro personagem, e, sendo assim, o mesmo estilo tende a variar. Dê-se o passo final, e teremos um poeta que seja vários poetas. Um poeta dramático escrevendo em poesia lírica. Cada grupo de estados de alma mais aproximados insensivelmente se tornará uma personagem, com estilo próprio, com sentimentos porventura diferentes, até opostos, aos típicos do poeta na sua pessoa viva. [...]

Por qualquer motivo temperamental que me não proponho analisar, nem importa que analise, construí dentro de mim várias personagens distintas entre si e de mim, personagens essas a que atribuí poemas vários que não são como eu, nos meus sentimentos e ideias, os escreveria.

Assim têm estes poemas de Caeiro, os de Ricardo Reis e os de Álvaro de Campos que ser considerados. Não há que buscar em quaisquer deles ideias ou sentimentos meus, pois muitos deles exprimem ideias que não aceito, sentimentos que nunca tive. Há simplesmente que os ler como estão, que é aliás como se deve ler.

Rogério Soud/Arquivo da editora.

Todos os textos de Fernando Pessoa reproduzidos neste capítulo foram retirados de *Fernando Pessoa: obra poética*. Rio de Janeiro: Nova Aguilar, 1977.

Arquivo da editora.

Fernando Pessoa

Fernando Antônio Nogueira Pessoa (1888-1935) ficou órfão de pai aos cinco anos. Por conta disso, teve de acompanhar sua mãe, que foi viver em Durban, África do Sul. Só retornou definitivamente a Lisboa em 1905, matriculando-se no Curso Superior de Letras, que em breve abandonaria. Na década de 1910, colaborou em várias revistas de caráter nacionalista, ao mesmo tempo em que entrava em contato com as vanguardas europeias. Em 1915, quando do lançamento da revista *Orpheu*, sua produção literária já era intensa, notadamente no que se refere à criação dos heterônimos. Sua vida pessoal foi marcada por crises nervosas, excessos alcoólicos, solidão, melancolia; faleceu aos 47 anos, vítima de cirrose hepática.

Em carta a João Gaspar Simões, Fernando Pessoa se explica: "O ponto central de minha personalidade como artista é que sou um poeta dramático; tendo continuamente, em tudo quanto escrevo, a exaltação íntima do poeta e a despersonalização do dramaturgo. Voo outro – eis tudo".

atividades

1. No texto da página anterior, Fernando Pessoa fala sobre o processo de despersonalização do poeta. Para tanto, estabelece uma escala de quatro graus.

Para melhor compreender o texto, responda:

a) A partir de que grau o poeta passa a substituir o sentimento pela inteligência?

b) A partir de que grau se concretiza o processo de despersonalização, variando, até mesmo, o estilo do poeta?

c) No quarto e último grau dessa escala, dado o passo final, temos a completa despersonalização, que não é apenas a variação do estilo: o poeta "cria" outros poetas. Esses "outros poetas" têm a mesma visão de mundo do poeta-criador?

d) Considerando a escala proposta por Fernando Pessoa, faça as relações em seu caderno:

(1) 1º grau	**(a)** o temperamento varia, o estilo permanece único
(2) 2º grau	**(b)** o poeta se multiplica em outros poetas
(3) 3º grau	**(c)** a produção poética é unificada pelo temperamento e pelo estilo
(4) 4º grau	**(d)** o estilo e o temperamento variam

2. Quando um autor de teatro ou de romances cria personagens que pensam, agem, defendem suas ideias, enfim, têm uma vida própria (que não pode ser confundida com a do autor), você diria que ele está mais próximo de que grau, na escala estabelecida por Fernando Pessoa?

3. Em várias de suas composições, Chico Buarque assume uma *persona* feminina; são exemplos "Atrás da porta", "Tatuagem", "Com açúcar e com afeto", "Olhos nos olhos", entre outras. Nessas composições, por meio de um trabalho de imaginação e intelecto, o autor expressa sentimentos que não são os seus, mas de variadas personagens femininas. Entretanto, em todas elas podemos reconhecer o estilo inconfundível de seu autor. Em que grau dessa escala você situaria Chico Buarque?

4. "... assim este tipo de poeta lírico é em geral monocórdio, e os seus poemas giram em torno de determinado número, em geral pequeno, de emoções. Por isso, neste gênero de poetas, é vulgar dizer-se, porque com razão, que um é 'um poeta do amor', outro 'um poeta da saudade', um terceiro 'um poeta da tristeza'." (Fernando Pessoa)

A que grau dessa escala se refere o texto acima?

5. No último parágrafo do texto, Fernando Pessoa situa sua obra poética em relação a essa escala. Em qual grau? Justifique.

Para entender melhor ainda o fenômeno da heteronímia, transcrevemos a seguir trechos de uma carta enviada por Fernando Pessoa a seu amigo e crítico literário Adolfo Casais Monteiro, datada de 13 de janeiro de 1935. Nessa carta, o próprio Fernando Pessoa nos conta a origem dos heterônimos, bem como as características de cada um. Acreditamos que, apesar de um pouco extensa, sua leitura é fundamental.

Passo agora a responder à sua pergunta sobre a gênese dos meus heterônimos. Vou ver se consigo responder-lhe completamente.

Começo pela parte psiquiátrica. A origem dos meus heterônimos é o fundo traço de histeria que existe em mim. Não sei se sou simplesmente histérico, se sou, mais propriamente, um histero-neurastênico. Tendo para esta segunda hipótese, porque há em mim fenômenos de abulia que a histeria, propriamente dita, não enquadra no registro dos seus sintomas. Seja como for, a origem mental dos meus heterônimos está na minha tendência orgânica e constante para a despersonalização e para a simulação. [...]

[...] Vou agora fazer-lhe a história direta dos meus heterônimos. Começo por aqueles que morreram, e de alguns dos quais já me não lembro — os que jazem perdidos no passado remoto da minha infância quase esquecida.

Desde criança que tive a tendência para criar em meu torno um mundo fictício, de me cercar de amigos e conhecidos que nunca existiram. (Não sei, bem entendido, se realmente não existiram, ou se sou eu que não existo. Nestas coisas, como em todas, não devemos ser dogmáticos.) Desde que me conheço como sendo aquilo a que chamo eu, me lembro de precisar mentalmente, em figura, movimentos, caráter e história, várias figuras irreais que eram para mim tão visíveis e minhas como as coisas daquilo a que chamamos, porventura abusivamente, a vida real. [...]

Lembro, assim, o que me parece ter sido o meu primeiro heterônimo, ou, antes, o meu primeiro conhecido inexistente — um certo Chevalier de Pas dos meus seis anos, por quem escrevia cartas dele a mim mesmo, e cuja figura, não inteiramente vaga, ainda conquista aquela parte da minha afeição que confina com a saudade. [...]

Museu da Cidade, Lisboa.

Retrato de Fernando Pessoa *(1964), óleo de Almada Negreiros.*

Esta tendência para criar em mim um outro mundo, igual a este mas com outra gente, nunca me saiu da imaginação. Teve várias fases, entre as quais esta, sucedida já em maioridade. Ocorria-me um dito de espírito, absolutamente alheio, por um motivo ou outro, a quem eu sou ou a quem suponho que sou. Dizia-o, imediatamente, espontaneamente, como sendo de certo amigo meu, cujo nome inventava, cuja história acrescentava, e cuja figura — cara, estatura, traje e gesto — imediatamente eu via diante de mim. E assim arranjei, e propaguei, vários amigos e conhecidos que nunca existiram, mas que ainda hoje, a perto de trinta anos de distância, oiço, sinto, vejo. Repito: oiço, sinto, vejo... E tenho saudades deles.

[...] Basta de maçada para si, Casais Monteiro! Vou entrar na gênese dos meus heterônimos literários, que é afinal o que V. quer saber. Em todo o caso, o que vai dito acima dá-lhe a história da mãe que os deu à luz.

Aí por 1912, salvo erro (que nunca pode ser grande), veio-me à ideia escrever uns poemas de índole pagã. Esbocei umas coisas em verso irregular (não no estilo Álvaro de Campos, mas num estilo de meia regularidade), e abandonei o caso. Esboçara-se-me, contudo, numa penumbra mal urdida, um vago retrato da pessoa que estava a fazer aquilo. (Tinha nascido, sem que eu soubesse, o Ricardo Reis.)

Ano e meio, ou dois anos depois, lembrei-me um dia de fazer uma partida ao Sá-Carneiro — de inventar um poeta bucólico, de espécie complicada, e apresentar-lho, já me não lembro como, em qualquer espécie de realidade. Levei uns dias a elaborar o poeta mas nada consegui. Num dia em que finalmente desistira — foi em 8 de março de 1914 — acerquei-me de uma cômoda alta, e, tomando um papel, comecei a escrever, de pé, como escrevo sempre que posso. E escrevi trinta e tantos poemas a fio, numa espécie de êxtase cuja natureza não conseguirei definir. Foi o dia triunfal da minha vida, e nunca poderei ter outro assim. Abri com um título — "O Guardador de Rebanhos". E o que se seguiu foi o aparecimento de alguém em mim, a quem dei desde logo o nome de Alberto Caeiro. Desculpe-me o absurdo da frase: aparecera em mim o meu mestre. Foi essa a sensação imediata que tive. E tanto assim que, escritos que foram esses trinta e tantos poemas, imediatamente peguei noutro papel e escrevi, a fio, também, os seis poemas que constituem a "Chuva Oblíqua", de Fernando Pessoa. Imediatamente e totalmente... Foi o regresso de Fernando Pessoa Alberto Caeiro a Fernando Pessoa ele só. Ou melhor, foi a reação de Fernando Pessoa contra a sua inexistência como Alberto Caeiro.

Centro de Estudos Pessoanos, Lisboa.

Alberto Caeiro, por Mário Botas.

Centro de Estudos Pessoanos, Lisboa.

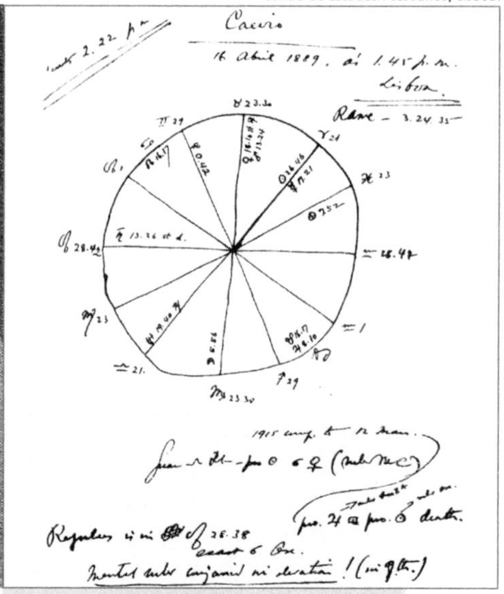

Horóscopo de Caeiro, feito por Fernando Pessoa.

Aparecido Alberto Caeiro, tratei logo de lhe descobrir — instintiva e subconscientemente — uns discípulos. Arranquei do seu falso paganismo o Ricardo Reis latente, descobri-lhe o nome, e ajustei-o a si mesmo, porque nessa altura já o via. E, de repente, em derivação oposta à de Ricardo Reis, surgiu-me impetuosamente um novo indivíduo. Num jato, e à máquina de escrever, sem interrupção nem emenda, surgiu a "Ode Triunfal" de Álvaro de Campos — a Ode com esse nome e o homem com o nome que tem.

[...]

Mais uns apontamentos nesta matéria... Eu vejo diante de mim, no espaço incolor mas real do sonho, as caras, os gestos de Caeiro, Ricardo Reis e Álvaro de Campos. Construí-lhes as idades e as vidas. Ricardo Reis nasceu em 1887 (não me lembro do dia e mês, mas tenho-os algures), no Porto, é médico e está presentemente no Brasil. Alberto Caeiro nasceu em 1889 e morreu em 1915; nasceu em Lisboa, mas viveu quase toda a sua vida no campo. Não teve profissão nem educação quase alguma. Álvaro de Campos nasceu em Tavira, no dia 15 de outubro de 1890 (à 1:30 da tarde, diz-me o Ferreira Gomes; e é verdade, pois, feito o horóscopo para essa hora, está certo). Este, como sabe, é engenheiro naval (por Glasgow), mas agora está aqui em Lisboa em inatividade. Caeiro era de estatura média, e, embora realmente frágil (morreu tuberculoso), não parecia tão frágil como era. Ricardo Reis é um pouco, mas muito pouco, mais baixo, mais forte, mais seco. Álvaro de Campos é alto (1,75 de altura, mais dois centímetros do que eu), magro e um pouco tendente a curvar-se. Cara rapada todos — o Caeiro louro, sem cor, olhos azuis; Reis, de um vago moreno mate; Campos, entre branco e moreno, tipo vagamente de judeu português, cabelo, porém, liso e normalmente apartado ao lado, monóculo. Caeiro, como disse, não teve mais educação que quase nenhuma — só instrução primária; morreram-lhe cedo o pai e a mãe, e deixou-se ficar em casa, vivendo de uns pequenos rendimentos. Vivia com uma tia velha, tia-avó. Ricardo Reis, educado num colégio de jesuítas, é, como disse, médico; vive no Brasil desde 1919, pois se expatriou espontaneamente por ser monárquico; é um latinista por educação alheia e um semi-helenista por educação própria. Álvaro de Campos teve uma educação

Centro de Estudos Pessoanos, Lisboa.

Álvaro de Campos, por Mário Botas.

vulgar de liceu; depois foi mandado para a Escócia estudar engenharia, primeiro mecânica e depois naval. Numas férias, fez a viagem ao Oriente de onde resultou o "Opiário". Ensinou-lhe latim um tio beirão que era padre.

Centro de Estudos Pessoanos, Lisboa.

Ricardo Reis, por Mário Botas.

Centro de Estudos Pessoanos, Lisboa.

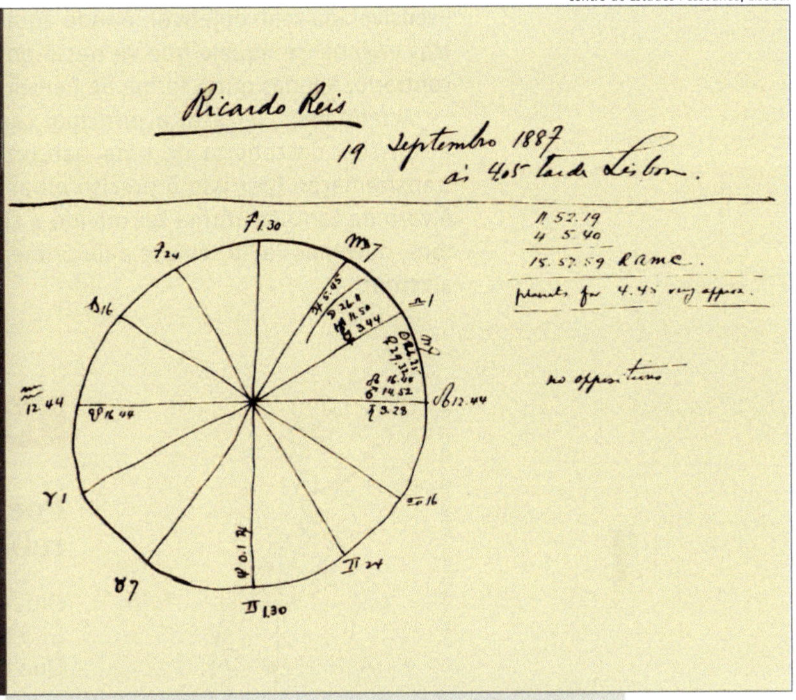

Horóscopo de Ricardo Reis, feito por Fernando Pessoa.

Como escrevo em nome desses três?... Caeiro por pura e inesperada inspiração, sem saber ou sequer calcular que iria escrever. Ricardo Reis, depois de uma deliberação abstrata, que subitamente se concretiza numa ode. Campos quando sinto um súbito impulso para escrever e não sei o quê. [...] Caeiro escrevia mal o português. Campos razoavelmente, mas com lapsos como dizer "eu próprio" em vez de "eu mesmo", etc. Reis melhor do que eu, mas com um purismo que considero exagerado.

A íntegra dessa carta está disponível em: <www.pessoa.art.br/?p=24>. Acesso em: 11 fev. 2011.

Confrontando ideias

Incrível, não é?! Como diz o próprio Fernando Pessoa na continuação da carta, parece que estamos "em meio a um manicômio". Mas acrescentaríamos: extremamente sadio, lógico e coerente. Difícil é acreditar que esses heterônimos de fato não existiram, já que são individualidades distintas: têm nome, profissão, escolaridade, parentes, ideologia que se materializa em distintos discursos e leituras de mundo. Aliás, é isso que nos permite classificar Caeiro, Reis e Campos como heterônimos e não simples pseudônimos (nomes falsos).

Em pequenos grupos, releiam atentamente a carta e levantem características físicas, ideológicas e poéticas de cada um desses três heterônimos.

Apresentem para os colegas e professor(a) as conclusões e comparem-nas com as características apresentadas pelos demais grupos.

Depois, quando chegarem a um consenso, relacionem as características no quadro e copiem-nas no caderno.

NA WEB

Existem inúmeras publicações da obra de Fernando Pessoa disponíveis nas livrarias. Sua obra poética também pode ser acessada em pelo menos quatro endereços eletrônicos: <www.pessoa.art.br>; <www.cfh.ufsc.br/~magno/>; <www.revista.agulha.nom.br/pessoa.html>; <www.insite.com.br/art/pessoa/> Acessos em: 27 fev. 2011.

Alberto Caeiro, o conceito direto das coisas

Para Caeiro, as coisas são como são. É o que Álvaro de Campos, recordando seu mestre, afirmava ser "o conceito direto das coisas". Por isso, seu mundo é o mundo do real-sensível (ou real-objetivo), é tudo aquilo que existe e que percebemos pelos sentidos. Mas engana-se aquele que vê nessa postura de Caeiro ausência de reflexão; ela é, ao contrário, apenas outra forma de pensar.

Acreditamos ser esta a principal característica da obra de Caeiro: a incessante e incansável descoberta de uma natureza em que tudo flui, tudo está em constante transformação (por isso é preciso olhar para as coisas como se fosse a primeira vez). Álvaro de Campos afirma ter ouvido a seguinte frase de Caeiro: "Toda a coisa que vemos, devemos vê-la sempre pela primeira vez, porque realmente é a primeira vez que a vemos".

Centro de Estudos Pessoanos, Lisboa.

Alberto Caeiro, em desenho de Almada Negreiros.

Nas tramas dos textos

Poema X, de O guardador de rebanhos

Olá, guardador de rebanhos,
Aí à beira da estrada,
Que te diz o vento que passa?

Que é vento, e que passa,
E que já passou antes,
E que passará depois,
E a ti o que te diz?

Muita cousa mais do que isso.
Fala-me de muitas outras cousas.
De memórias e de saudades
E de cousas que nunca foram.

Nunca ouviste passar o vento.
O vento só fala do vento.
O que lhe ouviste foi mentira,
E a mentira está em ti.

atividades

1. O poema tem a estrutura de um diálogo. Caracterize os interlocutores e identifique a fala de cada um.

2. Caeiro era o mestre dos demais heterônimos e a Natureza era sua mestra. Daí a valorização da ordem natural, dos sentidos e sua relação direta com as coisas ("O que nós vemos das cousas são as cousas. Por que veríamos nós uma cousa se houvesse outra?" nos ensina o poeta). Destaque um verso do poema que comprove essa afirmação.

Leia com atenção este poema; em seguida, prepare-se para uma discussão.

Poema V, de O guardador de rebanhos

Há metafísica bastante em não pensar em nada.

O que penso eu do mundo?
Sei lá o que penso do mundo!
Se eu adoecesse pensaria nisso.

Que ideia tenho eu das cousas?
Que opinião tenho sobre as causas e os efeitos?
Que tenho eu meditado sobre Deus e a alma
E sobre a criação do Mundo?

Não sei. Para mim pensar nisso é fechar os olhos
E não pensar. É correr as cortinas
Da minha janela (mas ela não tem cortinas).

O mistério das cousas? Sei lá o que é mistério!
O único mistério é haver quem pense no mistério.
Quem está ao sol e fecha os olhos,
Começa a não saber o que é o sol
E a pensar muitas cousas cheias de calor.
Mas abre os olhos e vê o sol,
E já não pode pensar em nada,
Porque a luz do sol vale mais que os pensamentos
De todos os filósofos e de todos os poetas.
A luz do sol não sabe o que faz
E por isso não erra e é comum e boa.

Metafísica? Que metafísica têm aquelas árvores?
A de serem verdes e copadas e de terem ramos
E a de dar fruto na sua hora, o que não nos faz pensar,
A nós, que não sabemos dar por elas.
Mas que melhor metafísica que a delas,
Que é a de não saber para que vivem
Nem saber que o não sabem?

"Constituição íntima das cousas"...
"Sentido íntimo do Universo"...
Tudo isto é falso, tudo isto não quer dizer nada.
É incrível que se possa pensar em cousas dessas.
É como pensar em razões e fins
Quando o começo da manhã está raiando, e pelos lados das árvores
Um vago ouro lustroso vai perdendo a escuridão.

Pensar no sentido íntimo das cousas
É acrescentado, como pensar na saúde
Ou levar um copo à água das fontes.

O único sentido íntimo das cousas
É elas não terem sentido íntimo nenhum.

Não acredito em Deus porque nunca o vi
Se ele quisesse que eu acreditasse nele,
Sem dúvida que viria falar comigo
E entraria pela minha porta dentro
Dizendo-me, Aqui estou!

(Isto é talvez ridículo aos ouvidos
De quem, por não saber o que é olhar para as cousas,
Não compreende quem fala delas
Com o modo de falar que reparar para elas ensina.)

Mas se Deus é as flores e as árvores
E os montes e sol e o luar,
Então acredito nele,
Então acredito nele a toda a hora,
E a minha vida é toda uma oração e uma missa,
E uma comunhão com os olhos e pelos ouvidos.

Mas se Deus é as árvores e as flores
E os montes e o luar e o sol,
Para que lhe chamo eu Deus?
Chamo-lhe flores e árvores e montes e sol e luar;
Porque, se ele se fez, para eu o ver,
Sol e luar e flores e árvores e montes,
Se ele me aparece como sendo árvores e montes
E luar e sol e flores,
É que ele quer que eu o conheça
Como árvores e montes e flores e luar e sol.

E por isso eu obedeço-lhe,
(Que mais sei eu de Deus que Deus de si próprio?)
Obedeço-lhe a viver, espontaneamente,
Como quem abre os olhos e vê,
E chamo-lhe luar e sol e flores e árvores e montes,
E amo-o sem pensar nele,
E penso-o vendo e ouvindo,
E ando com ele a toda a hora.

Rogério Soud/Arquivo da editora.

Confrontando ideias

Após ler o poema "V", discutam em pequenos grupos as seguintes questões:

a) O crítico português Jacinto do Prado Coelho, escrevendo sobre Alberto Caeiro, afirma que "seus pensamentos não passam de sensações". Isso pode ser comprovado no poema? Que passagens justificariam a afirmação?

b) Fala-se do paganismo de Caeiro. Pela leitura do poema, vocês diriam que Caeiro acredita ou não acredita em Deus? Por quê?

Apresentem para os colegas e o(a) professor(a) as conclusões do grupo.

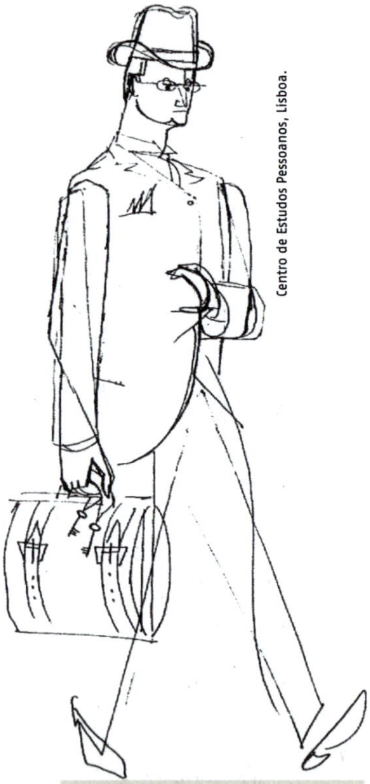

Centro de Estudos Pessoanos, Lisboa.

Álvaro de Campos, em desenho de Almada Negreiros.

Álvaro de Campos, um futurista inadaptado

Campos é um poeta futurista, um homem do século XX, das fábricas, da energia elétrica, das máquinas, da velocidade; é um inadaptado, vive à margem de qualquer conduta social. Daí ser o poeta do não, "histericamente histérico" no dizer de Fernando Pessoa, que ainda acrescenta: "pus em Álvaro de Campos toda a emoção". Mas engana-se quem pensar que Campos é só emoção, sistema nervoso, febre; ele é, principalmente, lucidez.

Nas tramas dos textos

Lisbon revisited

(1923)

Não: não quero nada.
Já disse que não quero nada.

Não me venham com conclusões!
A única conclusão é morrer.

Não me tragam estéticas!
Não me falem em moral!

Tirem-me daqui a metafísica!
Não me apregoem sistemas completos, não me enfileirem conquistas
Das ciências (das ciências, Deus meu, das ciências!) —
Das ciências, das artes, da civilização moderna!

Que mal fiz eu aos deuses todos?

Se têm a verdade, guardem-a!

Sou um técnico, mas tenho técnica só dentro da técnica.
Fora disso sou doido, com todo o direito a sê-lo.
Com todo o direito a sê-lo, ouviram?

Não me macem, por amor de Deus!

Queriam-me casado, fútil, quotidiano e tributável?
Queriam-me o contrário disto, o contrário de qualquer coisa?
Se eu fosse outra pessoa, fazia-lhes, a todos, a vontade.
Assim, como sou, tenham paciência!
Vão para o diabo sem mim,
Ou deixem-me ir sozinho para o diabo!
Para que havemos de ir juntos?

Não me peguem no braço!
Não gosto que me peguem no braço. Quero ser sozinho.
Já disse que sou sozinho!
Ah, que maçada quererem que eu seja de companhia!

Ó céu azul — o mesmo da minha infância —
Eterna verdade vazia e perfeita!
Ó macio Tejo ancestral e mudo,
Pequena verdade onde o céu se reflete!
Ó mágoa revisitada, Lisboa de outrora de hoje!
Nada me dais, nada me tirais, nada sois que eu me sinta.

Deixem-me em paz! Não tardo, que eu nunca tardo...
E enquanto tarda o Abismo e o Silêncio quero estar sozinho!

atividades

1. Destaque um verso no qual Álvaro de Campos demonstra sua revolta contra os padrões sociais.
2. Destaque um verso em que Álvaro de Campos explicita sua profissão.
3. Observe que as frases de Campos, no texto, são curtas e, em sua maioria, exclamativas ou interrogativas. Justifique o uso desses sinais de pontuação no texto, relacionando-os ao conteúdo do poema.
4. Vários textos de Álvaro de Campos evocam uma melancólica saudade da infância, de tempos remotos, destruídos e irrecuperáveis. Destaque um verso do texto em que esse tipo de saudade se manifesta.

Ricardo Reis, a cultura clássica revisitada

Ricardo Reis é um poeta de inspiração neoclássica, horaciano na constante preocupação de "gozar o momento". A vida se resume a breves momentos, a instantes volúveis; e "gozar o momento" significa, aqui, estar atento a tudo o que ela nos oferece, mas viver serenamente, sem excessos, "com o mínimo de dor ou gozo":

> Mas tal como é, gozemos o momento,
> Solenes na alegria levemente,
> E aguardando a morte
> Como quem a conhece.

Centro de Estudos Pessoanos, Lisboa.

Ricardo Reis, em desenho de Almada Negreiros.

Nas tramas dos textos

Texto 1

Uns, com os olhos postos no passado,
Veem o que não veem; outros, fitos
os mesmos olhos no futuro, veem
O que não pode ver-se.

Por que tão longe ir pôr o que está perto —
A segurança nossa? Este é o dia,
Esta é a hora, este o momento, isto
É quem somos, e é tudo.

Perene flui a interminável hora
Que nos confessa nulos. No mesmo hausto
Em que vivemos, morreremos. Colhe
O dia, porque és ele.

Rogério Soud/Arquivo da editora.

atividades

1. São versos do poeta latino Horácio, que estudamos anteriormente: "Mesmo enquanto falamos, o tempo, / Malvado, nos escapa: aproveita o dia de hoje, e não te fies no amanhã". Por qual expressão latina ficou conhecida essa preocupação de viver o momento presente?
2. O que se entende por "a interminável hora que nos confessa nulos"?
3. Justifique o emprego dos demonstrativos na segunda estrofe.
4. Observe as formas pronominais e verbais e comente o percurso que o enunciador faz em seu discurso.
5. Considerando que hausto significa "sopro", qual o argumento que o enunciador utiliza para justificar que "tu és o dia, colhe-o"?

Texto 2

Vem sentar-te comigo, Lídia, à beira do rio.
Sossegadamente fitemos o seu curso e aprendamos
Que a vida passa, e não estamos de mãos enlaçadas.
(Enlacemos as mãos.)

Depois pensemos, crianças adultas, que a vida
Passa e não fica, nada deixa e nunca regressa,
Vai para um mar muito longe, para ao pé do Fado,
Mais longe que os deuses.

Desenlacemos as mãos, porque não vale a pena cansarmo-nos.
Quer gozemos, quer não gozemos, passamos como o rio.
Mais vale saber passar silenciosamente
E sem desassossegos grandes.

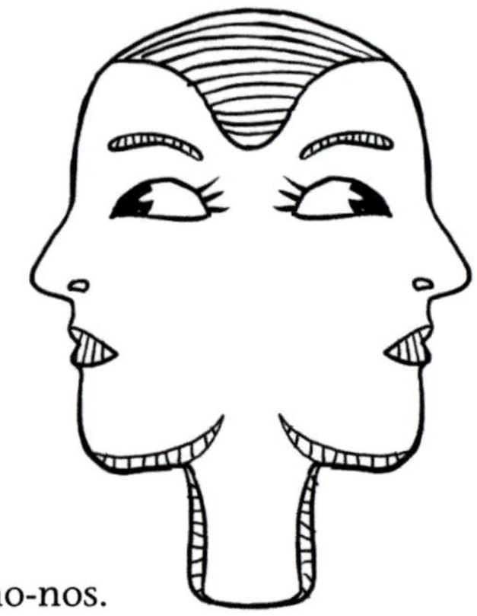
Rogério Soud/Arquivo da editora.

Sem amores, nem ódios, nem paixões que levantam a voz,
Nem invejas que dão movimento demais aos olhos,
Nem cuidados, porque se os tivesse o rio sempre correria,
E sempre iria ter ao mar.

Amemo-nos tranquilamente, pensando que podíamos,
Se quiséssemos, trocar beijos e abraços e carícias,
Mas que mais vale estarmos sentados ao pé um do outro
Ouvindo correr o rio e vendo-o.

Colhamos flores, pega tu nelas e deixa-as
No colo, e que o seu perfume suavize o momento —
Este momento em que sossegadamente não cremos em nada,
Pagãos inocentes da decadência.

Ao menos, se for sombra antes, lembrar-te-ás de mim depois
Sem que a minha lembrança te arda ou te fira ou te mova,
Porque nunca enlaçamos as mãos, nem nos beijamos
Nem fomos mais do que crianças.

E se antes do que eu levares o óbolo ao barqueiro sombrio*,
Eu nada terei que sofrer ao lembrar-me de ti.
Ser-me-ás suave à memória lembrando-te assim — à beira-rio.
Pagã triste e com flores no regaço.

* **barqueiro sombrio:** segundo a mitologia grega, quando alguém morria, era levado pelo deus Hermes até o Hades, onde bebia a água do Rio Lete, que trazia o esquecimento da vida terrena, e atravessava o Rio Estige em uma barca, conduzida pelo severo **Caronte**, o **barqueiro sombrio**. Como pagamento, o barqueiro recebia um **óbolo**, a moeda de menor valor, que os parentes colocavam na boca do falecido. O morto atravessava então os portões monumentais, eternamente guardados por Cérbero, cão de três cabeças e cauda de serpente, que permitia a entrada de todos, porém não deixava ninguém sair.

atividades

1. Epicuro, filósofo grego que viveu entre 341 e 270 a.C., pregava que o homem devia procurar sobretudo uma vida calma e tranquila, sem prazeres violentos nem dependência dos outros. Você diria que Ricardo Reis é epicurista? Justifique a resposta com elementos do texto.
2. Percebe-se bucolismo na poesia de Ricardo Reis? Em caso positivo, justifique.
3. Nas duas últimas estrofes há, de forma eufemística, referências à morte. Aponte um eufemismo em cada estrofe citada.
4. Após a morte de um dos parceiros (duas últimas estrofes), a lembrança não resultará em grande sofrimento. Por quê?
5. O crítico português Lino Moreira da Silva, comentando esse poema, afirma: "É integrado nesse cenário que o poeta se ocupa em esboçar a sua *filosofia de vida*. E fá-lo (instituindo como adjuvante a figura de Lídia) em quatro momentos distintos, que poderemos sintetizar do modo seguinte:
   - 1º momento – a vida é fugaz
   - 2º momento – (por isso) qualquer compromisso é inútil
   - 3º momento – deverá procurar-se a serenidade
   - 4º momento – (e assim) a morte não causará perturbação".

   O poema estrutura-se em oito estrofes; relacione-as a cada um dos quatro momentos citados.

Fernando Pessoa, ele-mesmo, e a tradição da poesia lírica

A produção ortônima ("nome correto") apresenta-se multifacetada, aspecto reconhecido pelo próprio poeta, que dizia, sobre o *Cancioneiro*, título de tal produção: "*Cancioneiro* (ou outro título igualmente inexpressivo) reuniria vários dos muitos poemas soltos que tenho, e que são por natureza inclassificáveis".

Podem os poemas ser inclassificáveis, mas o título do livro não é tão inexpressivo, pois realça duas características da poesia ortônima: a tradição lírica lusitana (*cancioneiro* nos remete às cantigas medievais); a musicalidade.

Nas tramas dos textos

Texto 1

Isto

Dizem que finjo ou minto
Tudo que escrevo. Não.
Eu simplesmente sinto
Com a imaginação.
Não uso o coração.

Tudo o que sonho ou passo,
O que me falha ou finda,
É como que um terraço
Sobre outra coisa ainda.
Essa coisa é que é linda.

Por isso escrevo em meio
Do que não está ao pé,
Livre do meu enleio,
Sério do que não é.
Sentir? Sinta quem lê!

Centro de Estudos Pessoanos, Lisboa.

Fernando Pessoa, em desenho de Almada Negreiros.

atividades

1. Como você percebeu, o poema apresenta um tom discursivo. A partir dessa observação, responda:

a) A quem o eu poético dirige a sua fala? Podemos identificar a voz do interlocutor? Qual é o principal indicador gramatical da fala do interlocutor?

b) Em que sentido o eu poético nega o fingimento?

c) Podemos afirmar que o eu poético trabalha com as ideias e não com o sentimento. Que passagem comprova isso?

2. O eu poético está sempre em busca de algo mais sublime, algo superior (o que é sonhado). Que imagem é utilizada para representar esse algo a mais?

3. Após apresentar uma tese e discuti-la, o falante explicita uma conclusão. Que expressão introduz a conclusão?

4. Releia o último verso e comente o emprego da forma verbal do infinitivo. A que maneira de sentir o eu poético se refere? A quem é dirigida a última fala?

5. Além da estrutura discursiva, o trabalho formal também revela uma postura cerebral do poeta. Destaque aspectos formais que comprovem a afirmação.

Texto 2

Autopsicografia[1]

O poeta é um fingidor.
Finge tão completamente
Que chega a fingir que é dor
A dor que deveras[2] sente.

E os que leem o que escreve,
Na dor lida sentem bem,
Não as duas que ele teve,
Mas só a que eles não têm.

E assim nas calhas de roda[3]
Gira, a entreter a razão,
Esse comboio[4] de corda
Que se chama o coração.

1. **auto** (do grego *autós*): "de si mesmo", "por si próprio" (usado sempre como elemento de composição); **psicografia** (do grego *psyché*, "intelecto", "espírito", "alma", "mente" + *graphein*, "escrita", "registro"): descrição da mente, análise psicológica.
2. **deveras:** realmente, verdadeiramente.
3. **calhas de roda:** trilhos.
4. **comboio:** trem; comboio de corda: trenzinho movido a corda.

atividades

1. Na primeira estrofe do poema, Fernando Pessoa trabalha com um jogo de palavras. Quais são essas palavras? Que ideia o autor transmite?
2. O poema afirma que o poeta sente duas dores (terceiro verso da segunda estrofe). Explique quais são e como se manifestam.
3. Na segunda estrofe aparecem vários verbos, alguns no singular, outros no plural (leem, escreve, sentem, teve, têm). Interprete os vários sujeitos, substituindo os pronomes por substantivos.
4. Qual a relação estabelecida entre o poeta e os leitores?
5. Explique a relação estabelecida entre coração e razão, na última estrofe.

Fundação Calouste Gulbenkian, Lisboa.

No detalhe dos óculos, a leitura de mundo de cada heterônimo: Álvaro de Campos, o eterno viajante, tem um navio estampado; Ricardo Reis, o neoclássico, tem uma escultura clássica; Alberto Caeiro, o bucólico pastor, tem uma árvore. Fernando Pessoa, em primeiro plano, tem um pássaro em pleno voo: "voo outro – eis tudo".

na ESTANTE

Livro do desassossego, de Fernando Pessoa. São Paulo: Companhia das Letras, 2006.

Bernardo Soares, semi-heterônimo de Fernando Pessoa, é o principal narrador dos vários fragmentos que compõem este livro. Foi nesta obra que Fernando Pessoa aproximou-se mais fortemente do gênero romance. Vale a pena ler!

Editora Companhia das Letras

http://www.presidenciarepublica.pt

Brasão português.

Fernando Pessoa, ele-mesmo, revisitando Camões

Mensagem, único livro do poeta em língua portuguesa publicado em vida, é constituído de 44 poemas, divididos em três partes: I – Brasão; II – Mar portuguez; III – O encoberto, e escrito em linguagem que alterna construções contemporâneas com vocabulário e sintaxe quinhentistas.

Na primeira parte, o poeta toma como referencial o brasão português, representado por dois campos (espaços): sete castelos amarelos no campo vermelho e cinco quinas azuis no campo branco. A cada castelo corresponde um personagem ligado à formação do Estado português, desde Ulisses (o fundador, segundo a lenda) até D. João I, o Mestre de Avis. A cada quina corresponde um personagem ligado às navegações, desde D. Duarte até D. Sebastião.

Na segunda parte, Pessoa exalta os navegadores e seus esforços na conquista dos mares; essa conquista é encarada como uma missão que Portugal deveria cumprir.

Na terceira, o poeta manifesta sentimentos ambíguos: de um lado, a melancolia, a tristeza advinda do fato de Portugal ainda não ter cumprido sua missão; de outro, a esperança da realização dessa missão e da edificação do Quinto Império, sempre respaldada no mito sebastianista.

Nas tramas dos textos

Texto 1

O mostrengo

(em Mensagem, *II parte)*

O mostrengo que está no fim do mar
Na noite de breu ergueu-se a voar;
À roda da nau voou trez vezes,
Voou trez vezes a chiar,
E disse, "Quem é que ousou entrar
Nas minhas cavernas que não desvendo,
Meus tectos negros do fim do mundo?"
E o homem do leme disse, tremendo,
"El-Rei D. João Segundo!"

"De quem são as velas onde me roço?
De quem as quilhas que vejo e ouço?"
Disse o mostrengo, e rodou trez vezes,
Trez vezes rodou immundo e grosso,
"Quem vem poder o que só eu posso,
Que moro onde nunca ninguém me visse
E escorro os medos do mar sem fundo?"
E o homem do leme tremeu, e disse,
"El-Rei D. João Segundo!"

Trez vezes do leme as mãos ergueu,
Trez vezes ao leme as reprendeu,
E disse no fim de tremer trez vezes,
"Aqui ao leme sou mais do que eu:
Sou um Povo que quere o mar que é teu;
E mais que o mostrengo, que me a alma teme
E roda nas trevas do fim do mundo,
Manda a vontade, que me ata ao leme,
De El-Rei D. João Segundo!"

Texto 2

Mar portuguez

(em Mensagem, *II parte)*

Ó mar salgado, quanto do teu sal
São lagrimas de Portugal!
Por te cruzarmos, quantas mães choraram,
Quantos filhos em vão resaram!
Quantas noivas ficaram por casar
Para que fosses nosso, ó mar!

Valeu a pena? Tudo vale a pena
Se a alma não é pequena.
Quem quere passar além do Bojador
Tem que passar além da dor.
Deus ao mar o perigo e o abysmo deu,
Mas nelle é que espelhou o céu.

Rogério Soud/Arquivo da editora.

atividades

1. O poema "O mostrengo" remete imediatamente a um famoso episódio de *Os lusíadas*: no canto V, Vasco da Gama descreve a passagem pelo **Cabo das Tormentas**, personificado na figura do **Gigante Adamastor**.

Não acabava, quando uma figura
Se nos mostra no ar, robusta e válida,
De disforme e grandíssima estatura,
O rosto carregado, a barba esquálida,
Os olhos encovados, e a postura
Medonha e má, e a cor terrena e pálida,
Cheios de terra e crespos os cabelos,
A boca negra, os dentes amarelos.

a) O que representam o mostrengo e o Gigante Adamastor?

b) O que representa o homem que está ao leme? Justifique a resposta com palavras do texto.

2. Em *Palavras de Pórtico*, Fernando Pessoa recupera antiga frase que insuflava coragem aos marinheiros: "Navegar é preciso; viver não é preciso". Você diria que o espírito dessa frase está presente no poema? Justifique sua resposta.

3. "O mostrengo" integra o livro *Mensagem*. Fernando Pessoa afirmava que as várias poesias desse livro deveriam ser lidas em conjunto, como se fossem um único poema. Associando essa afirmação à temática da obra (que, originalmente, se intitularia *Portugal*), você diria que o livro *Mensagem* se aproxima de que gênero literário?

4. Em *Os lusíadas*, tendo Vasco da Gama como enunciador, escreve Camões:

Eis aqui, quase cume da cabeça,
De Europa toda, o Reino Lusitano,
Onde a terra se acaba e o mar começa

Em *Mensagem*, escreve Fernando Pessoa:

Primeiro/O dos castelos

A Europa jaz, posta nos cotovelos:
De Oriente a Ocidente jaz, fitando,
E toldam-lhe românticos cabelos
Olhos gregos, lembrando.

O cotovelo esquerdo é recuado;
O direito é em ângulo disposto.
Aquele diz Itália onde é pousado;
Este diz Inglaterra onde, afastado,

A Europa jaz... (1943), desenho de Almada Negreiros/ Coleção particular.

A mão sustenta, em que se apoia o rosto.
Fita, com olhar sphyngico e fatal,
O Ocidente, futuro do passado.

O rosto com que fita é Portugal.

a) O que se percebe em comum na descrição que os dois poetas fazem da Europa?

b) Os poemas de *Mensagem* promovem uma retomada da época áurea do Império Português, carregada de misticismo, mas terminam sempre com certa melancolia porque "não se cumpriu o destino de Portugal". Que verso revela essa frustração?

na linguagem DOS SONS

Mensagem de Fernando Pessoa.

O cineasta e compositor André Luiz de Oliveira musicou poemas de *Mensagem* e convidou renomados artistas para interpretá-los. O resultado é maravilhoso. Um primeiro CD foi lançado pela Eldorado (a gravação original, em LP, saiu em 1986), com interpretações magníficas de Caetano Veloso, Gilberto Gil, Gal Costa, entre outros. Em 2005, foi lançado o segundo CD, pela Trama, com gravações não menos brilhantes de Milton Nascimento, Ná Ozetti, Zeca Baleiro, entre outros. Não deixe de ouvi-los, de preferência acompanhando com os poemas.

sessão de CINEMA

Réquiem: um encontro marcado com Fernando Pessoa (1997). Direção: Alain Tanner. Com: Francis Frappat, André Marcon, Alexandre Zloto.

Em Lisboa, um encontro marcado acaba fazendo com que um estrangeiro mergulhe no passado e reviva, com Fernando Pessoa, a eterna luta entre o sonho e a realidade.

Divulgação.

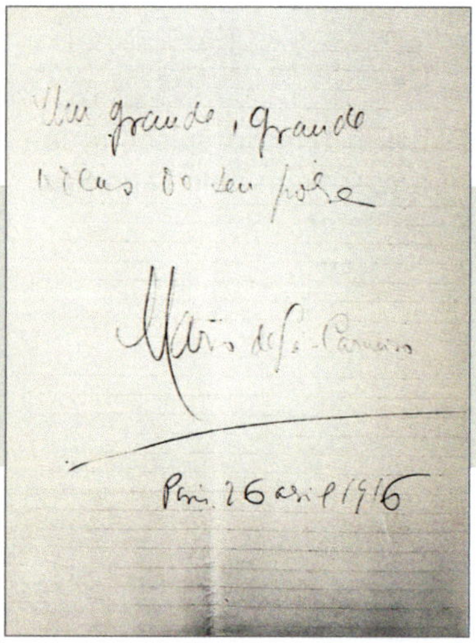

Coleção particular.

Bilhete de Sá-Carneiro a Fernando Pessoa, escrito no dia de seu suicídio, com as palavras: "Um grande, grande adeus do seu pobre Mário de Sá-Carneiro".

Mário de Sá-Carneiro, um inadaptado de fina sensibilidade

Para compreendermos a poesia de Mário de Sá-Carneiro, é fundamental entendermos sua angústia existencial: inadaptado, jamais encontrou seu lugar no mundo. Podemos perceber isso, por exemplo, neste trecho de carta, endereçada a Fernando Pessoa e datada de 16 de novembro de 1912: "E eu cada vez mais me convenço de que não saberei resistir ao temporal desfeito – à vida, em suma, onde nunca terei lugar... Em suma, não creio em mim, nem no meu curso, nem no meu futuro. E sofro ainda também, meu querido amigo, por coisas mais estranhas e requintadas – pelas coisas que não foram".

Arquivo da editora.

Mário de Sá-Carneiro

Mário de Sá-Carneiro (1890-1916) é uma das mais finas sensibilidades da poética lusitana. Órfão de mãe desde os dois anos, teve infância marcada pela solidão e tristeza.

Em 1912, cursando Direito na Universidade de Paris, passou por graves crises depressivas e teve como grande amigo Fernando Pessoa. Em 1914 publicou seus primeiros livros e, no ano seguinte, participou como idealizador e financiador da revista *Orpheu*. Em 1916, vivendo em Paris, atravessou crises nervosas e financeiras; escreveu a Fernando Pessoa anunciando sua intenção de suicidar-se, o que de fato ocorreu, num quarto de hotel da capital francesa.

Nas tramas dos textos

Texto 1

7

(em Indícios de ouro)

Eu não sou eu nem sou o outro,
Sou qualquer coisa de intermédio:
Pilar da ponte de tédio
Que vai de mim para o Outro.

SÁ-CARNEIRO, Mário de. *Poemas*. São Paulo: Companhia das Letras, 2004.

Texto 2

Escavação

(em Dispersão)

Numa ânsia de ter alguma coisa,
Divago por mim mesmo a procurar,
Desço-me todo, em vão, sem nada achar
E a minh'alma perdida não repousa.

Nada tendo, decido-me a criar:
Brando a espada: sou luz harmoniosa
E chama genial que tudo ousa
Unicamente à força de sonhar...

Mas a vitória fulva esvai-se logo...
E cinzas, cinzas só, em vez de fogo...
Onde existo que não existo em mim?
(...)
Um cemitério falso sem ossadas,
Noites d'amor sem bocas esmagadas —
Tudo outro espasmo que princípio ou fim...

SÁ-CARNEIRO, Mário de. *Poemas*. São Paulo: Companhia das Letras, 2004.

atividades

1. No texto "7", aparece uma das temáticas fundamentais da obra de Sá-Carneiro. Comente-a.
2. Destaque uma passagem de um dos poemas em que se manifesta o egocentrismo do poeta.
3. Em determinada passagem do texto "Escavação", percebe-se a eterna luta entre a realidade e o sonho. Qual é o resultado desse confronto? Justifique com palavras do próprio texto.
4. Destaque um verso do poema "Escavação" que contenha a mesma ideia exposta no poema "7".
5. Justifique o título do poema "Escavação".

Questões de exames sobre este capítulo encontram-se na página 680.

capítulo 25

Objetivos gerais do capítulo

O aluno, ao final do capítulo, deverá ser capaz de:

- conhecer as manifestações nas artes plásticas e na literatura nas duas primeiras décadas do século XX;
- refletir sobre as transformações políticas, sociais e culturais no início do século XX;
- conhecer a temática e as características dos principais autores que produziram obras literárias nas primeiras décadas do século XX;
- ler seus textos e refletir sobre eles.

O Brasil antes da Semana de Arte Moderna

A pátria que quisera ter era um mito; era um fantasma criado por ele no silêncio do seu gabinete. Nem a física, nem a moral, nem a intelectual, nem a política que julgava existir, havia. [...]

E, bem pensando, mesmo na sua pureza, o que vinha a ser a Pátria? Não teria levado toda a sua vida norteado por uma ilusão?

Reflexões de Policarpo Quaresma, personagem do romance homônimo de Lima Barreto.

A proclamação da República foi saudada, na última década do século XIX e nas duas primeiras do século XX, como a solução de todos os problemas nacionais. Na tela de Pedro Bruno, a jovem República está metonimicamente representada pela bandeira nacional; é interessante observar como a construção da bandeira (ou seja, da República, da Pátria) se dá pelo trabalho coletivo das mães e a noção de futuro é sugerida pela presença das crianças.

A Pátria, de Pedro Bruno, 1919. Óleo sobre tela, 1,90 cm x 2,78 m. Salão Ministerial do Museu da República, Palácio do Catete, Rio de Janeiro.

Retratos do Brasil: revistas e caricaturas no início do século

Charge de Leônidas que ilustra episódio da Revolta da Vacina, publicada na Revista *O malho*, Anno III, nº 111, de 29 de outubro de 1904. Coleção particular.

Esta charge, publicada na Revista da semana *em 1904, ironiza os confrontos entre a polícia e os populares que se opunham à vacinação obrigatória. Na linguagem ferina da charge, vemos, de um lado, o médico sanitarista Oswaldo Cruz "montado" em uma bomba mata-mosquito; de outro, a população e suas armas: garfo, colher, machado, serrote, penico, vassoura, panelas. Observe que a linha de frente dos opositores é formada de pessoas do povo, mas logo atrás há representantes da elite, seguidores do marechal Floriano, que tentavam derrubar o governo de Rodrigues Alves.*

J. Carlos/Acervo da Biblioteca Mário de Andrade, São Paulo.

Esta charge, que ilustrou a capa da revista Careta *de 27 de novembro de 1915, retrata Olavo Bilac montado em fogoso cavalo branco tendo ao fundo um céu azul estrelado, lembrando as imagens de São Jorge. A revista* Careta *ironizava as campanhas nacionalistas de Olavo Bilac: em 1915, o poeta iniciou sua cruzada cívica defendendo o serviço militar obrigatório, além de proferir palestras em defesa da língua portuguesa e dos símbolos nacionais (lembramos que Bilac é o autor da letra do Hino à Bandeira Nacional).*

Belmonte/Biblioteca Nacional, Rio de Janeiro.

Belmonte ironizava as vanguardas europeias e seus seguidores no Brasil. Na charge, o pintor pede à modelo: "– Senhorita, não se mexa tanto, senão o retrato não sai parecido!". Note que a modelo segue uma linha clássica, mas é retratada à moda dos cubistas. Benedito Bastos Barreto, o Belmonte (1896-1947), foi um dos principais chargistas da primeira metade do século XX e ilustrou vários livros de Monteiro Lobato.

Desde 14 de fevereiro de 1837, quando foi publicada a primeira charge na imprensa brasileira (que, curiosamente, fazia referência a corrupção e propina), muitos homens públicos perderam o sono. Charges e caricaturas fizeram história ao longo do Segundo Império, ganharam fôlego com a proclamação da República e consolidaram-se definitivamente com os acontecimentos políticos e sociais das primeiras décadas do século XX.

A trajetória das charges está, como não poderia deixar de ser, intimamente ligada ao desenvolvimento da imprensa no Brasil. Com o advento da República, surgiram alguns jornais que se tornariam grandes (o *Jornal do Brasil*, do Rio de Janeiro, e *O Estado de S. Paulo*, que foram fundados em 1891), mas principalmente inúmeras revistas e semanários, alguns de vida efêmera, outros mais duradouros. Assim, a vida brasileira no início do século foi retratada nas páginas de ***Dom Quixote***, ***Revista da semana***, ***O malho***, ***Fon-Fon***, ***Careta***, ***O pirralho***, em desenhos de Agostini, K. Lixto, J. Carlos, Voltolino, Di Cavalcanti, Belmonte, entre tantos outros chargistas e caricaturistas.

O PIRRALHO

S. Paulo, 12 de Agosto de 1911

NUMERO 1

Assignatura por Anno 10$000

Director-Proprietario: JOSÉ OSWALD N. DE ANDRADE

Secretario: OSWALD JUNIOR

Representante no Rio: RENATO LOPES

Redacção: Rua 15 Novembro, 50 b

Biblioteca Mario de Andrade, São Paulo.

O semanário O pirralho *foi fundado por Oswald de Andrade em 1911 e circulou até 1917. O caricaturista Voltolino, um dos principais colaboradores do jornal humorístico, criou Juó Bananére, um personagem que falava num dialeto ítalo-paulista (mais tarde, o personagem foi assumido por Alexandre Ribeiro Marcondes Machado, que produziu curiosa obra poética).* O pirralho *foi também o primeiro local de trabalho de Di Cavalcanti em São Paulo.*

Que país é este?

Foi a busca de uma resposta a essa pergunta que marcou a arte brasileira do século XX e que perdura até hoje. Já no Pré-Modernismo – período que antecede a realização da Semana de Arte Moderna e que se estendeu de 1902 a 1922 –, percebia-se a preocupação de alguns autores em denunciar a realidade brasileira, descortinando um Brasil não oficial, dos marginalizados, desde o sertão nordestino até os subúrbios cariocas, passando pelas áreas rurais do estado de São Paulo. A primeira obra que negava o Brasil idealizado pelos autores românticos foi *Os sertões*, de Euclides da Cunha, publicada em 1902. A partir do relato da Revolta de Canudos, liderada pela figura mística de Antônio Conselheiro, Euclides da Cunha escancarou os contrastes entre o Brasil europeizado, que "vive parasitariamente à beira do Atlântico", e aquele outro Brasil, dos "extraordinários patrícios" do sertão nordestino.

Em 1911, Lima Barreto publicou *Triste fim de Policarpo Quaresma*; numa mistura saudável de crítica, análise e humor, o romance discute o nacionalismo – o nacionalismo absurdo, porém honesto – dessa figura quixotesca que é Policarpo Quaresma; um nacionalismo perigoso quando manipulado por mãos férreas, como as do marechal Floriano.

Ainda na década de 1910, despontou a figura de Monteiro Lobato, caso típico do intelectual que atua em várias frentes, que se expressa de diferentes maneiras, sempre com um único objetivo: entender o país, debater suas desigualdades e buscar caminhos para a construção do futuro. Assim, Monteiro Lobato foi pioneiro na área de exploração de minérios e na de edição de livros; produziu literatura adulta e infantil, criou personagens como Jeca Tatu e Emília (aliás, o que é o Sítio do Picapau Amarelo e seus moradores senão um retrato do Brasil?).

A partir da Semana de Arte Moderna, as discussões sobre a realidade brasileira se intensificaram e percorreram novos rumos, como veremos nos próximos capítulos.

Museu Paulista da USP, São Paulo.

O marechal Floriano Peixoto, vice-presidente, assumiu o governo após a renúncia do marechal Deodoro da Fonseca. Tal decisão foi considerada inconstitucional, já que o vice só poderia assumir se o presidente cumprisse dois anos de governo, o que não ocorreu; pela lei, novas eleições deveriam ser realizadas. No entanto, Floriano superou todos os obstáculos governando com mãos de ferro e colocando-se acima da Constituição. Floriano é personagem do romance Triste fim de Policarpo Quaresma; *assim o narrador comenta o primeiro encontro de Quaresma com Floriano: "Quaresma pôde então ver melhor a fisionomia do homem que ia enfeixar em suas mãos, durante quase um ano, tão fortes poderes, poderes de Imperador Romano, pairando sobre tudo, limitando tudo, sem encontrar obstáculo algum aos seus caprichos, às suas fraquezas e vontades, nem nas leis, nem nos costumes, nem na piedade universal e humana".*

A jovem República e seus conflitos

Enquanto a Europa se preparava para a Primeira Guerra Mundial, o Brasil começava a viver, a partir de 1894, um novo período de sua história republicana: com a posse do paulista Prudente de Morais, primeiro presidente civil do país, iniciou-se, em substituição à "República da Espada" (governos do marechal Deodoro e do marechal Floriano), a "República do Café com Leite" dos grandes proprietários rurais. Esse período foi marcado pelo auge da economia cafeeira no Sudeste, pela entrada no país de grandes levas de imigrantes (notadamente os italianos), pelo esplendor da Amazônia, com o ciclo da borracha, e pelo surto de urbanização de São Paulo.

Toda essa prosperidade, entretanto, acabou por acentuar os já existentes fortes contrastes da realidade brasileira. Por isso houve, nesse período, várias agitações sociais. Do abandonado Nordeste partiram os primeiros gritos de protesto: no final do século XIX, na Bahia, ocorreu a Revolta de Canudos, tema de *Os sertões*, de Euclides da Cunha; nos primeiros anos do século XX, o Ceará foi palco de conflitos que tiveram como figura central o padre Cícero, o famoso "Padim Ciço"; o sertão viveu o tempo do cangaço, com a figura lendária de Lampião.

Em 1904, o Rio de Janeiro assistiu a uma rápida mas intensa revolta popular: usando como pretexto a luta contra a vacinação obrigatória idealizada por Oswaldo Cruz, a população protestava contra o alto custo de vida, o desemprego e os rumos da República. Em 1910, houve outra importante rebelião, dessa vez dos marinheiros, liderados por João Cândido, o "Almirante Negro", contra o castigo corporal – a Revolta da Chibata. Ao mesmo tempo, em São Paulo, as classes trabalhadoras, sob orientação anarquista, iniciavam os movimentos grevistas por melhores condições de trabalho.

Essas agitações eram sintomas da crise na "República do Café com Leite", que se tornaria mais evidente na década de 1920, servindo de cenário ideal para os questionamentos da Semana de Arte Moderna.

A Revolta da Armada

Renata Mello/Pulsar Imagens.

Em 1893, parte da Marinha brasileira se rebelou contra o governo de Floriano Peixoto, questionando sua legalidade. A revolta também refletia uma disputa entre o Exército e a Marinha. Comandados pelo almirante Custódio de Melo, os revoltosos se organizaram no sul e dirigiram-se à baía da Guanabara, apontando seus canhões para a Capital Federal. Em terra, os governistas respondiam. Segundo testemunhos publicados no jornal O Estado de S. Paulo, *de 27/9/1893, "eram 5 horas e 10 minutos da tarde, pouco mais ou menos, quando ouvimos o estampido horrível da artilharia do [encouraçado] Aquidabã, que desde muito cedo se amarrara a uma boia atrás da Ilha das Cobras, dominando o canal entre essa ilha e o Arsenal da Marinha. O projétil desse disparo veio cair à Rua do Ouvidor, sobre a cúpula da torre da igreja da Lapa dos Mercadores, destruindo essa parte do templo". A Revolta da Armada terminou com a vitória do governo federal, em agosto de 1895.*

O governo de Floriano Peixoto e a Revolta da Armada são o pano de fundo do romance Triste fim de Policarpo Quaresma, *de Lima Barreto.*

Na foto de 2008, Fortaleza de Santa Cruz da Barra, antiga Fortaleza de Villegaignon, que foi seriamente danificada quando dos bombardeios da revolta da Armada.

A Guerra de Canudos

Em 1896, num arraial formado à beira do Rio Vaza-barris, norte da Bahia, onde viviam cerca de 25 mil pessoas lideradas por Antônio Conselheiro, ocorreu o mais trágico episódio da jovem República brasileira. O beato Conselheiro fazia uma pregação que concorria com a igreja tradicional, arregimentava a antiga mão de obra de fazendeiros e, por não entender a separação entre Igreja e Estado, aprovada na Constituição de 1891, atacava a República. A repressão, estimulada por fazendeiros e religiosos, partiu do governo baiano, que teve suas forças derrotadas. O ocorrido ganhou contorno federal (era entendido como um "foco monarquista") e tropas do Exército intervieram; lutando nas caatingas, foram igualmente derrotadas. Na expedição final, em outubro de 1897, tropas federais com mais de 10 mil homens fortemente armados destruíram o arraial e degolaram os prisioneiros. Até hoje não se sabe ao certo o número de mortos nos combates de Canudos.

sessão de **CINEMA**

Deus e o diabo na terra do sol. Direção de Glauber Rocha. Brasil: Versátil Home Vídeo, 1964.

Com: Geraldo del Rey, Yoná Magalhães, Othon Bastos, Maurício do Valle. Um dos filmes mais marcantes do Cinema Novo brasileiro, que despontou na década de 1960. Dialogando com os acontecimentos de Canudos, o filme faz o retrato de um Brasil místico, carente, em que as soluções passam ou pelo líder messiânico ou pelo líder guerreiro. Beatos e cangaceiros. Deus e o Diabo. E o Sol.

Divulgação.

Fotos: Flávio de Barros/Museu da República, Rio de Janeiro.

Habitantes de Canudos, em sua maioria mulheres e crianças, como prisioneiros das tropas federais.

Flávio de Barros/Museu da República, Rio de Janeiro.

O desenho de Alfredo Aquino que ilustra uma edição de Os sertões *mostra militares degolando um sertanejo, prisioneiro de Canudos.*

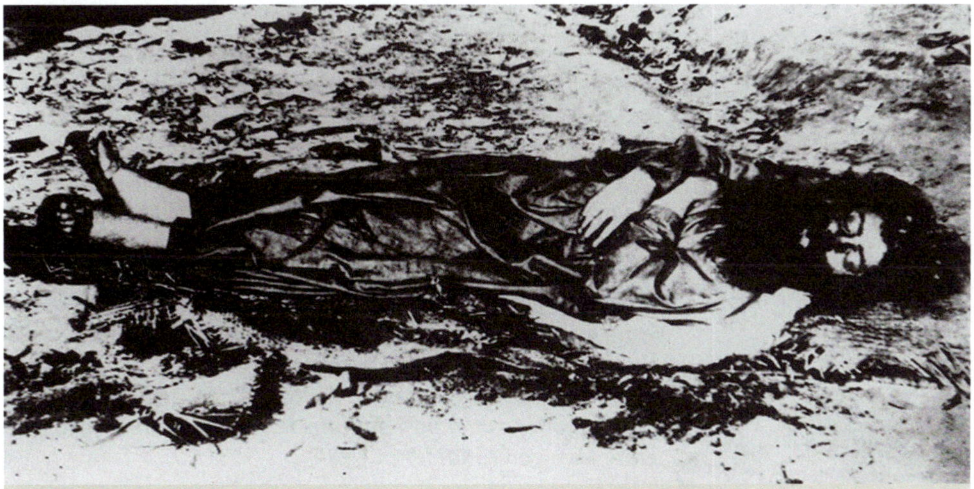

O corpo exumado de Antônio Conselheiro, líder místico da população de Canudos. Entre outras coisas, o beato dizia esperar pela volta de D. Sebastião, o rei português que desaparecera nos areais da África em 1578.

Caricatura alusiva à Revolta da Vacina (1904).

A Revolta da Vacina

Vista do Rio de Janeiro no princípio do século XX, após reurbanização/Arquivo da editora.

Em 1904, no governo do presidente Rodrigues Alves, o Rio de Janeiro vivia três situações distintas, mas complementares: o então prefeito resolveu reurbanizar a cidade, promovendo inúmeras desapropriações; o médico sanitarista Oswaldo Cruz iniciou uma campanha de vacinação obrigatória, na tentativa de combater a febre amarela e a varíola; os militares, seguidores de Floriano, queriam derrubar Rodrigues Alves. Nesse clima, a população, contrariada com as obras do prefeito e com a carestia e influenciada pelos opositores que diziam que a vacinação apenas propagava as doenças, transformou Oswaldo Cruz no grande vilão e iniciou uma revolta que durou quatro dias. A cidade transformou-se num grande campo de batalha.

Iconographia.

A Revolta da Chibata

O governo do marechal Hermes da Fonseca (1910-1914) foi abalado por vários movimentos sociais, tanto no sertão nordestino como no Rio de Janeiro. Na então Capital Federal, os marinheiros se rebelaram contra os castigos corporais, prática ainda em vigor na Marinha. Em 22 de novembro de 1910, um marinheiro que servia no encouraçado Minas Gerais foi condenado a receber 250 chibatadas; comandados por João Cândido, o "Almirante Negro", os marinheiros se rebelaram, tomaram vários navios e apontaram os canhões para o Rio de Janeiro. A revolta terminou com vários mortos entre os revoltosos, mas com o fim dos castigos corporais. Na foto, João Cândido lê o decreto que anistiava os participantes da Revolta da Chibata (1910), ordem que logo foi revogada, com a posterior prisão de vários marinheiros, entre eles João Cândido.

Rubras cascatas jorravam das costas dos
santos entre cantos e chibatas
inundando o coração do pessoal do porão
[...]
Glória a todas as lutas inglórias
que através da nossa história
não esquecemos jamais
salve o navegante negro
que tem por monumento
as pedras pisadas do cais

Trechos da música "Mestre-sala dos mares", de João Bosco e Aldir Blanc, em homenagem ao "Almirante Negro" – João Cândido – líder da Revolta da Chibata.

A letra da canção e mais informações sobre João Cândido estão disponíveis em: <http://www.sec.rj.gov.br/atabaquevirtual/memoria_text.html>. Acesso em: 24 mar. 2010.

sessão de **CINEMA**

Gaijin: os caminhos da liberdade. Direção: Tisuka Yamasaki. Brasil: Embrafilme, 1980.

Com: Antonio Fagundes, Gianfrancesco Guarnieri, Louise Cardoso. As dificuldades enfrentadas pelos imigrantes japoneses e os conflitos com que se defrontam os trabalhadores no início do século XX são retratados com extrema sensibilidade por Tisuka, que estreia como diretora e roteirista. Em 2005 lança *Gaijin: ama-me como sou.*

Divulgação.

As greves proletárias urbanas

A greve de 1917

O crescimento das cidades e a diversificação de suas atividades foram os requisitos mínimos de constituição de um movimento da classe trabalhadora. As cidades concentraram fábricas e serviços, reunindo centenas de trabalhadores que participavam de uma condição comum. Sob este último aspecto, não havia muita diferença com as grandes fazendas de café. Mas nos centros urbanos a liberdade de circulação era muito maior, assim como era maior a circulação de ideias. [...] entre 1917 e 1920, um ciclo de greves de grandes proporções surgiu nas principais cidades do país, especialmente Rio de Janeiro e São Paulo. [...]

Dentre as três greves gerais do período, a de junho/julho de 1917 em São Paulo permaneceu mais forte na memória histórica. Começando por duas fábricas têxteis, ela abrangeu praticamente toda a classe trabalhadora da cidade, em um total de 50 mil pessoas. Durante alguns dias, os bairros operários do Brás, da Mooca e do Ipiranga estiveram em mãos dos grevistas.

FAUSTO, Boris. *História do Brasil.* São Paulo: Edusp, 1996. p. 297-300.

Iconographia.

Manifestantes descem a Ladeira do Carmo em direção ao Brás, durante a greve de 1917.

Coleção particular.

Trabalhadores da indústria têxtil Crespi, no bairro paulistano da Mooca, ponto de partida da greve de 1917. Na indústria têxtil, a maior parte da mão de obra era formada de mulheres e crianças, que trabalhavam em condições desumanas.

Trabalhadores no interior de uma indústria têxtil, em 1917.

Acervo Editora Abril.

Características das obras pré-modernistas

Apesar de o Pré-Modernismo não constituir uma "escola literária", podemos perceber alguns pontos comuns às principais obras desse período:

- **Ruptura com o passado** – com o academicismo (embora algumas posturas sejam consideradas conservadoras, há esse caráter inovador em algumas obras); a linguagem de Augusto dos Anjos, por exemplo, ponteada de **palavras "não poéticas"** (como cuspe, vômito, escarro, vermes), era uma afronta à poesia parnasiana ainda em vigor. Lima Barreto ironiza tanto os escritores "importantes" que utilizavam uma linguagem pomposa quanto os leitores que se deixavam impressionar.
- **Denúncia da realidade brasileira** – nega-se o Brasil literário herdado do Romantismo e do Parnasianismo; o **Brasil não oficial** do sertão nordestino, dos caboclos interioranos, dos subúrbios é o grande tema do Pré-Modernismo.
- **Regionalismo** – monta-se um vasto painel brasileiro: o Norte e o Nordeste com Euclides da Cunha; o Vale do Paraíba e o interior paulista com Monteiro Lobato; o Espírito Santo com Graça Aranha; o subúrbio carioca com Lima Barreto.
- **Tipos humanos marginalizados** – o sertanejo nordestino, o caipira, os funcionários públicos, os mulatos tornam-se personagens.
- **Ligação com fatos políticos, econômicos e sociais contemporâneos** – a distância entre a realidade e a ficção fica menor. São exemplos: *Triste fim de Policarpo Quaresma*, de Lima Barreto (retrata o governo de Floriano e a Revolta da Armada), *Os sertões*, de Euclides da Cunha (um relato da Guerra de Canudos), *Cidades mortas*, de Monteiro Lobato (mostra a passagem do café pelo Vale do Paraíba paulista).

Como se observa, a **"descoberta do Brasil"** é o principal legado desses autores para o movimento modernista, iniciado em 1922.

A produção literária

Euclides da Cunha, a denúncia de um crime

Embora apresente uma visão de mundo profundamente determinista – no prefácio de *Os sertões* cita Hypolite Taine, o "pai do determinismo" –, cientificista e naturalista, Euclides da Cunha deve ser estudado como pré-modernista pela denúncia que faz da realidade brasileira, trazendo à luz, pela primeira vez em nossas letras, as verdadeiras condições de vida do Nordeste brasileiro. Daí o caráter revolucionário de *Os sertões*, como se pode ver na apresentação da obra, feita pelo autor:

> Intentamos esboçar, palidamente embora, ante o olhar de futuros historiadores, os traços atuais mais expressivos das sub-raças sertanejas do Brasil.

Sua obra, que trata da Campanha de Canudos, é um documento vivo dos contrastes entre o Brasil que "vive parasitariamente à beira do Atlântico" e aquele dos "extraordinários patrícios" do sertão nordestino; Canudos é símbolo dos erros cometidos pela República ao avaliar de forma equivocada os problemas nacionais – a revolta no sertão baiano foi considerada um foco monarquista que colocava em risco a vida republicana.

O próprio Euclides da Cunha, ao escrever seus primeiros artigos sobre Canudos, quando estava na redação do jornal *O Estado de S. Paulo* e recebia informações filtradas no Rio de Janeiro, tachava a revolta liderada por Antônio Conselheiro de "foco monarquista", embora já demonstrasse preocupação com as condições sub-humanas da região. Só quando pisou o solo baiano, como correspondente de guerra do jornal paulista, compreendeu o drama de Canudos em toda a sua extensão e o porquê daquela rebelião: percebeu que não se tratava de uma luta por um sistema de governo, mas sim contra uma estrutura que já se arrastava por três séculos. Afirma o autor:

> Aquela campanha lembra um refluxo para o passado. E foi, na significação integral da palavra, um crime. Denunciemo-lo.

Este é o outro aspecto do livro – a denúncia do extermínio de aproximadamente 25 mil pessoas no interior baiano. Se a princípio pretendia apenas fazer um relato da luta, Euclides da Cunha acabou realizando um verdadeiro painel do sertão nordestino. A obra é dividida em três partes:

- **A terra** – aproveitando sua marcante formação científica em Ciências Naturais, Euclides da Cunha faz uma detalhada descrição da região: geologia, clima (há um capítulo intitulado "Hipóteses sobre a gênese das secas"), relevo. Essa parte é ilustrada por mapas do relevo e da hidrografia feitos por ele mesmo.
- **O homem** – trata-se de um elaborado trabalho sobre a etnologia brasileira: a ação do meio na fase inicial da formação das raças, a gênese dos mestiços; uma brilhante análise de tipos distintos, como o gaúcho e o jagunço; nesse cenário Euclides introduz a figura mística de Antônio Conselheiro. Ao falar sobre o homem do sertão, cunhou o bordão: "O sertanejo é, antes de tudo, um forte".
- **A luta** – só nesta terceira parte da obra, Euclides relata o conflito; nas duas primeiras descreve o cenário e os personagens. Dessa forma, justifica a luta. Seu relato do dia a dia da guerra é a denúncia de um crime.

Rogério Soud/Arquivo da editora.

Divulgação/Casa de Cultura Euclides da Cunha.

Euclides da Cunha (1866-1909)

Euclides Rodrigues Pimenta da Cunha formou-se em Engenharia e fez carreira militar ainda nos anos finais da Monarquia. Positivista e republicano, foi expulso do Exército; mais tarde, com a proclamação da República, retornou para a Escola Superior de Guerra. Em 1896, discordando dos rumos dos governos republicanos, abandonou definitivamente a carreira militar. Em 1897 foi enviado a Canudos como correspondente do jornal *O Estado de S. Paulo*; na volta, escreveu *Os sertões*. Teve fim trágico: foi assassinado por motivos nunca devidamente esclarecidos, relacionados à sua vida pessoal e política.

Nas tramas dos textos

Antônio Conselheiro – representante natural do meio em que nasceu

A história de Antônio Conselheiro, ou melhor, de Antônio Vicente Mendes Maciel, começa no sertão cearense, numa luta entre a rica família dos Araújos e a família Maciel, de pequenos criadores de gado; esse conflito durou um século, como tantos pelo interior nordestino. Antônio Vicente nasceu em meio a essa disputa, e em 1855 vamos encontrá-lo em Quixeramobim, levando uma "vida corretíssima e calma".

"A partir de 1858 todos os seus atos denotam uma transformação de caráter. Perde os hábitos sedentários. Incompatibilidades de gênio com a esposa ou, o que é mais verossímil, a péssima índole desta, tornam instável a sua situação.

Em poucos anos vive em diversas vilas e povoados. Adota diversas profissões."

Algum tempo depois, "foge-lhe a mulher, raptada por um policial. Foi o desfecho. Fulminado de vergonha, o infeliz procura o recesso dos sertões, paragens desconhecidas, onde lhe não saibam o nome. Desce para o sul do Ceará. E desaparece".

Antônio Maciel só iria reaparecer dez anos depois, já como o místico Antônio Conselheiro:

"[...] E surgia na Bahia o anacoreta sombrio, cabelos crescidos até aos ombros, barba inculta e longa; face escaveirada; olhar fulgurante; monstruoso, dentro de um hábito azul de brim americano; abordoado ao clássico bastão em que se apoia o passo tardo dos peregrinos..."

(Os trechos entre aspas são de Euclides da Cunha.)

Texto 1

Nota preliminar

Intentamos esboçar, palidamente embora, ante o olhar de futuros historiadores, os traços atuais mais expressivos das sub-raças sertanejas do Brasil. E fazêmo-lo porque a sua instabilidade de complexos de fatores múltiplos e diversamente combinados, aliada às vicissitudes históricas e deplorável situação mental em que jazem, as tornam talvez efêmeras, destinadas a próximo desaparecimento ante as exigências crescentes da civilização e a concorrência material intensiva das correntes migratórias que começam a invadir profundamente a nossa terra.

A campanha de Canudos tem por isto a significação inegável de um primeiro assalto, em luta talvez longa. Nem enfraquece o asserto o termo-la realizado nós filhos do mesmo solo, porque, etnologicamente indefinidos, sem tradições nacionais uniformes, vivendo parasitariamente à beira do Atlântico, dos princípios civilizadores elaborados na Europa, e armados pela indústria alemã — tivemos na ação um papel singular de mercenários inconscientes. Além disto, mal unidos àqueles extraordinários patrícios pelo solo em parte desconhecido, deles de todo nos separa uma coordenada histórica — o tempo.

Aquela campanha lembra um refluxo para o passado.

E foi, na significação integral da palavra, um crime.

Denunciemo-lo.

E tanto quanto o permitir a firmeza do nosso espírito façamos jus ao admirável conceito de Taine sobre o narrador sincero que encara a História como ela o merece.

Euclides da Cunha. São Paulo, 1901. (Nota preliminar à edição da obra *Os sertões*.)

Texto 2

Por que não pregar contra a República?

Pregava contra a República; é certo.

O antagonismo era inevitável. Era um derivativo à exacerbação mística; uma variante forçada ao delírio religioso.

Mas não traduzia o mais pálido intuito político: o jagunço é tão inapto para apreender a forma republicana como a monárquico-constitucional.

Ambas lhe são abstrações inacessíveis. É espontaneamente adversário de ambas. Está na fase evolutiva em que só é conceptível o império de um chefe sacerdotal ou guerreiro.

Insistamos sobre esta verdade: a guerra de Canudos foi um refluxo em nossa história. Tivemos, inopinadamente[1], ressurreta[2] e em armas em nossa frente, uma sociedade velha, uma sociedade morta, galvanizada[3] por um doido.

[...]

Vivendo quatrocentos anos no litoral vastíssimo, em que palejam[4] reflexos da vida civilizada, tivemos de improviso, como herança inesperada, a República. Ascendemos, de chofre, arrebatados na caudal dos ideais modernos, deixando na penumbra secular em que jazem, no âmago do país, um terço da nossa gente. Iludidos por uma civilização de empréstimo; respigando, em faina[5] cega de copistas, tudo o que de melhor existe nos códigos orgânicos de outras nações, tornamos, revolucionariamente, fugindo ao transigir mais ligeiro com as exigências da nossa própria nacionalidade, mais fundo o contraste entre o nosso modo de viver e o daqueles rudes patrícios mais estrangeiros nesta terra do que os imigrantes da Europa. Porque não no-los separa um mar, separam-no-los três séculos...

CUNHA, Euclides da. *Os sertões*. Rio de Janeiro: Francisco Alves, 1946. p. 204-5; ou disponível em: <http://www.dominiopublico.gov.br>. Acesso em: 6 mar. 2011.

1. **inopinadamente:** de modo não esperado, de modo imprevisto.
2. **ressurreta:** que ressurgiu.
3. **galvanizada:** estimulada, reanimada.
4. **palejam:** mostram-se de modo pálido.
5. **faina:** trabalho muito ativo, feito com muita pressa.

atividades

1. Segundo Euclides da Cunha, qual a "consciência política" dos sertanejos?
2. Euclides da Cunha afirma que os sertanejos são "mais estrangeiros nesta terra do que os imigrantes da Europa". Explique essa afirmação.
3. Na música "Notícias do Brasil (Os pássaros trazem)", de Milton Nascimento e Fernando Brant, há os seguintes versos: "Uma notícia tá chegando lá do interior / não deu no rádio, no jornal ou na televisão / ficar de frente para o mar, de costas pro Brasil / não vai fazer desse lugar um bom país".

   Os compositores resgatam uma crítica feita por Euclides da Cunha sobre o que se convencionou chamar "os dois brasis". Comente-a.

Texto 3

Canudos não se rendeu

"Canudos não se rendeu" – é o penúltimo capítulo de *Os sertões*, em que é narrado o fim da luta entre as tropas do exército e os quatro últimos defensores de Canudos, no dia 5 de outubro de 1897. No dia 6, houve a derrubada das casas e a exumação do cadáver de Antônio Conselheiro.

Chamamos a atenção para o título do capítulo, antes de tudo uma homenagem aos sertanejos que lutaram até a morte.

Fechemos este livro.

Canudos não se rendeu. Exemplo único em toda a história, resistiu até ao esgotamento completo. Expugnado[1] palmo a palmo, na precisão integral do termo,

1. **expugnado:** conquistado à força de armas; que tomba vencido, mas lutando. Observe a preocupação do autor com o sentido exato da palavra ao reforçar a expressão "expugnado palmo a palmo" com "na precisão integral do termo".

caiu no dia 5, ao entardecer, quando caíram os seus últimos defensores, que todos morreram. Eram quatro apenas: um velho, dois homens feitos e uma criança, na frente dos quais rugiam raivosamente cinco mil soldados.

Forremo-nos[2] à tarefa de descrever os seus últimos momentos. Nem poderíamos fazê-lo. Esta página, imaginamo-la sempre profundamente emocionante e trágica; mas cerramo-la vacilante e sem brilhos.

Vimos como quem vinga[3] uma montanha altíssima. No alto, a par de uma perspectiva maior, a vertigem...

Ademais, não desafiaria a incredulidade do futuro a narrativa de pormenores em que se amostrassem mulheres precipitando-se nas fogueiras dos próprios lares, abraçadas aos filhos pequeninos?...

E de que modo comentaríamos, com a só fragilidade da palavra humana, o fato singular de não aparecerem mais, desde a manhã de 3, os prisioneiros válidos colhidos na véspera, e entre eles aquele Antônio Beatinho[4], que se nos entregara, confiante — e a quem devemos preciosos esclarecimentos sobre esta fase obscura da nossa história?

Caiu o arraial a 5. No dia 6 acabaram de o destruir desmanchando-lhe as casas, 5 200, cuidadosamente contadas.

CUNHA, Euclides da. *Os sertões*. Rio de Janeiro: Francisco Alves, 1946. p. 611-2. Disponível em: <www.dominiopublico.gov.br>. Acesso em: 6 mar. 2011.

2. **forremo-nos:** do verbo *forrar-se*; significa "livremo-nos", "esquivemo-nos", "evitemos".
3. **vinga:** no caso, "atinge", "alcança".
4. **Antônio Beatinho:** segundo Euclides da Cunha, era "uma figura ridícula, mulato espigado, magríssimo, adelgaçado pelos jejuns, muito da privança de Conselheiro".

atividades

1. No segundo parágrafo do texto "Canudos não se rendeu", percebe-se uma tomada de posição por parte do autor. Transcreva uma palavra ou frase que confirme o que foi dito.
2. Comente a linguagem de Euclides da Cunha.
3. Como você pode observar, a história do povo brasileiro registra alguns episódios sangrentos, com milhares de mortes. Além de Canudos, cite outro episódio de nossa história com essas características.

Rogério Soud/Arquivo da editora.

Cumpriu-se a profecia do beato que dizia que o sertão ia virar mar

Então o sertão virará praia e a praia virará sertão.

Profecia de Antônio Conselheiro, escrita num pequeno caderno encontrado em Canudos.

E o sertão vai virá mar e o mar virá sertão
o homem não pode ser escravo do homem
o homem tem que deixá as terra que não é dele
e buscá as terra verde do céu
quem é pobre vai ficá rico no lado de Deus
e quem é rico, vai ficá pobre nas profunda do inferno.

Profecia do beato Sebastião, personagem do filme *Deus e o diabo na terra do sol*, de Glauber Rocha, inspirado na figura de Antônio Conselheiro.

Curiosamente, hoje, passados mais de 100 anos do episódio de Canudos, o sertão virou mar: o arraial de Canudos, à beira do Rio Vaza-barris, em pleno sertão baiano, encontra-se submerso nas águas do açude de Cocorobó.

E mais: para reforçar a profecia do beato, outra imensa região do sertão baiano virou mar. No vale do Rio São Francisco foi construída a imensa barragem de Sobradinho, deixando submersas várias cidades. Esse fato inspirou a seguinte música da dupla Sá & Guarabyra:

Sobradinho

O Homem chega e já desfaz a Natureza
Tira a gente põe represa, diz que tudo vai mudar
O São Francisco lá pra cima da Bahia
Diz que dia menos dia vai subir bem devagar
E passo a passo vai cumprindo a profecia do beato que dizia
Que o sertão ia alagar
O sertão vai virar mar, dá no coração
O medo que algum dia o mar também vire sertão
Vai virar mar, dá no coração
O medo que algum dia o mar também vire sertão

CD *Sá & Guarabira: 10 anos juntos*. Sony & BMG, 1995.
Ouça a canção em: <www.mpbnet.com.br/musicos/sa.guarabyra/index.html>.
Acesso em: 6 mar. 2011.

sessão de **CINEMA**

Guerra de Canudos. Direção de Sérgio Rezende. Brasil: Columbia Pictures, 1997.

Com: José Wilker, Marieta Severo, Cláudia Abreu, Selton Melo.
Superprodução inspirada na Revolta de Canudos. No filme, os acontecimentos de Canudos servem de pano de fundo para a história de uma família de sertanejos seguidores do beato Conselheiro.

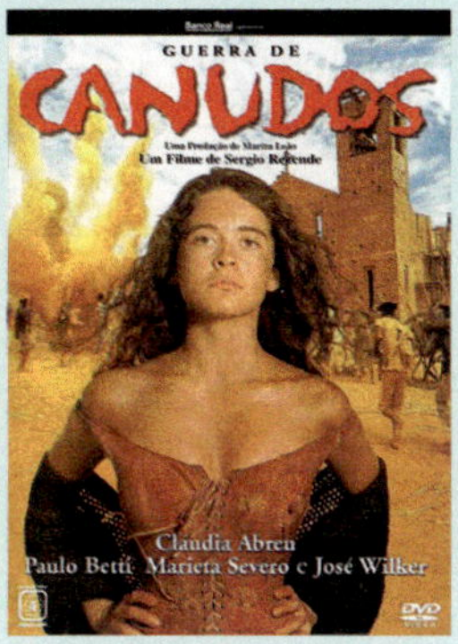

Divulgação.

Lima Barreto, uma crítica ao nacionalismo exagerado e aos preconceitos

Triste fim... é um livro profético

Lima Barreto deve ser estudado como um pré-modernista: é consciente de nossos verdadeiros problemas, ao mesmo tempo que critica o nacionalismo ufanista, exagerado, utópico, herdado do Romantismo. Seu estilo, tão duramente criticado pelos ainda parnasianos de sua época, é outro ponto de contato com o Modernismo: é leve, fluente, propositadamente frouxo para os padrões do final do século XIX, aproximando-se da linguagem jornalística, estilo que faria escola entre vários autores após 1922.

A leitura do romance *Triste fim de Policarpo Quaresma* já nos situa no universo de Lima Barreto: uma mistura saudável de crítica, análise e humor. O tema central do livro é o nacionalismo – absurdo, porém honesto – de Policarpo Quaresma e também aquele nacionalismo que se torna perigoso quando manipulado por mãos férreas, como as do marechal Floriano. Lançado em 1911, o livro é uma profecia sobre os regimes autoritários nazifascistas que ganhariam corpo a partir da década de 1930: para engrandecer a pátria, só um governo forte, ou mesmo a tirania.

Lima Barreto critica a educação recebida pelas mulheres, que eram preparadas apenas para o casamento (o romancista foi uma das primeiras vozes a defender o voto feminino); critica também a República, que nos levou à ditadura de Floriano, bem como o exagerado militarismo em nossa política.

Em todos os seus romances, percebe-se um traço autobiográfico: suas experiências aparecem projetadas em alguns personagens, principalmente negros e mestiços, que sofrem o preconceito racial. Além de seu valor como romancista, Lima Barreto, como um autêntico cronista, nos oferece um retrato perfeito dos subúrbios cariocas e de sua população.

Arquivo da editora.

Lima Barreto (1881-1922)

Afonso Henrique de Lima Barreto era filho de pai português e mãe escrava. Chegou a cursar Engenharia na Escola Politécnica, mas foi obrigado a abandonar para cuidar do pai, que tinha distúrbios mentais. Mulato, pobre e socialista, vítima de toda espécie de preconceitos, viveu intensamente todas as contradições do início do século XX e passou por profundas crises depressivas. Alcoólatra, teve passagens pelo Hospício Nacional. Escreveu artigos para jornal em que defendia a Revolução Russa e o voto feminino.

Nas tramas dos textos

Policarpo Quaresma

Como de hábito, Policarpo Quaresma, mais conhecido por Major Quaresma, bateu em casa às quatro e quinze da tarde. Havia mais de vinte anos que isso acontecia. Saindo do Arsenal da Guerra, onde era subsecretário, bongava pelas confeitarias algumas frutas, comprava um queijo, às vezes, e sempre o pão da padaria francesa.

Não gastava nesses passos nem mesmo uma hora, de forma que, às três e quarenta, por aí assim, tomava o bonde, sem erro de um minuto, ia pisar a soleira da porta de sua casa, numa rua afastada de São Januário, bem exatamente às quatro e quinze, como se fosse a aparição de um astro, um eclipse, enfim um fenômeno matematicamente determinado, previsto e predito.

A vizinhança já lhe conhecia os hábitos e tanto que, na casa do Capitão Cláudio, onde era costume jantar-se aí pelas quatro e meia, logo que o viam passar, a dona gritava à criada: "Alice, olha que são horas; o Major Quaresma já passou".

E era assim todos os dias, há quase trinta anos. Vivendo em casa própria e tendo outros rendimentos além do seu ordenado, o Major Quaresma podia levar um trem de vida superior ao seus recursos burocráticos, gozando, por parte da vizinhança, da consideração e respeito de homem abastado.

Não recebia ninguém, vivia num isolamento monacal, embora fosse cortês com os vizinhos que o julgavam esquisito e misantropo. Se não tinha amigos na redondeza, não tinha inimigos, e a única desafeição que merecera, fora a do doutor Segadas, um clínico afamado no lugar, que não podia admitir que Quaresma tivesse livros: "Se não era formado, para quê? Pedantismo!"

O subsecretário não mostrava os livros a ninguém, mas acontecia que, quando se abriam as janelas da sala de sua livraria, da rua poder-se-iam ver as estantes pejadas de cima a baixo.

Rogério Soud/Arquivo da editora.

Eram esses os seus hábitos; ultimamente, porém, mudara um pouco; e isso provocava comentários no bairro. Além do compadre e da filha, as únicas pessoas que o visitavam até então, nos últimos dias, era visto entrar em sua casa, três vezes por semana e em dias certos, um senhor baixo, magro, pálido, com um violão agasalhado numa bolsa de camurça. Logo pela primeira vez o caso intrigou a vizinhança. Um violão em casa tão respeitável! Que seria?

E, na mesma tarde, uma das mais lindas vizinhas do major convidou uma amiga, e ambas levaram um tempo perdido, de cá para lá, a palmilhar o passeio, esticando a cabeça, quando passavam diante da janela aberta do esquisito subsecretário.

Não foi inútil a espionagem. Sentado no sofá, tendo ao lado o tal sujeito, empunhando o "pinho" na posição de tocar, o major, atentamente, ouvia: "Olhe, major, assim". E as cordas vibravam vagarosamente a nota ferida; em seguida, o mestre aduzia: "É 'ré', aprendeu?"

Mas não foi preciso pôr na carta; a vizinhança concluiu logo que o major aprendia a tocar violão. Mas que coisa? Um homem tão sério metido nessas malandragens!

O nacionalismo de Quaresma

A razão tinha que ser encontrada numa disposição particular de seu espírito, no forte sentimento que guiava sua vida. Policarpo era patriota. Desde moço, aí pelos vinte anos, o amor da Pátria tomou-o todo inteiro. Não fora o amor comum, palrador e vazio; fora um sentimento sério, grave e absorvente. Nada de ambições políticas ou administrativas; o que Quaresma pensou, ou melhor: o que o patriotismo o fez pensar, foi num conhecimento inteiro do Brasil, levando-o a meditações sobre os seus recursos, para depois então apontar os remédios, as medidas progressivas, com pleno conhecimento de causa.

Não se sabia bem onde nascera, mas não fora decerto em São Paulo, nem no Rio Grande do Sul, nem no Pará. Errava quem quisesse encontrar nele qualquer regionalismo; Quaresma era antes de tudo brasileiro. [...]

Logo aos dezoito anos quis fazer-se militar; mas a junta de saúde julgou-o incapaz. Desgostou-se, sofreu, mas não maldisse a pátria. O ministério era liberal, ele se fez conservador e continuou mais do que nunca a amar a "terra que o viu nascer". Impossibilitado de evoluir-se sob os dourados do Exército, procurou a administração e dos seus ramos escolheu o militar.

Era onde estava bem. No meio de soldados, de canhões, de veteranos, de papelada inçada de quilos de pólvora, de nomes de fuzis e termos técnicos de artilharia, aspirava diariamente aquele hálito de guerra, de bravura, de vitória, de triunfo que é bem o hálito da Pátria.

Rogério Soud/Arquivo da editora.

A biblioteca de Policarpo Quaresma

Estava num aposento vasto, com janelas para uma rua lateral, e todo ele era forrado de estantes de ferro.

Havia perto de dez, com quatro prateleiras, fora as pequenas com os livros de maior tomo. Quem examinasse vagarosamente aquela grande coleção de livros havia de espantar-se ao perceber o espírito que presidia a sua reunião.

Na ficção, havia unicamente autores nacionais ou tidos como tais: o Bento Teixeira, da *Prosopopeia*; o Gregório de Matos, o Basílio da Gama, o Santa Rita Durão, o José de Alencar (todo), o Macedo, o Gonçalves Dias (todo), além de muitos outros. Podia-se afiançar que nem um dos autores nacionais ou nacionalizados de oitenta pra lá faltava nas estantes do Major.

O requerimento

Policarpo Quaresma, cidadão brasileiro, funcionário público, certo de que a língua portuguesa é emprestada ao Brasil; certo também de que, por esse fato, o falar e o escrever em geral, sobretudo no campo das letras, se veem na humilhante contingência de sofrer continuamente censuras ásperas dos proprietários da língua; sabendo, além, que, dentro do nosso país, os autores e os escritores, com especialidade os gramáticos, não se entendem no tocante à correção gramatical, vendo-se, diariamente, surgir azedas polêmicas entre os mais profundos estudiosos do nosso idioma — usando do direito que lhe confere a Constituição, vem pedir que o Congresso Nacional decrete o tupi-guarani, como língua oficial e nacional do povo brasileiro.

O suplicante, deixando de parte os argumentos históricos que militam em favor de sua ideia, pede vênia para lembrar que a língua é a mais alta manifestação da inteligência de um povo, é a sua criação mais viva e original; e, portanto, a emancipação política do país requer como complemento e consequência a sua emancipação idiomática.

Demais, Senhores Congressistas, o tupi-guarani, língua originalíssima, aglutinante, é verdade, mas a que o polissintetismo dá múltiplas feições de riqueza, é a única capaz de traduzir as nossas belezas, de pôr-nos em relação com a nossa natureza e adaptar-se perfeitamente aos nossos órgãos vocais e cerebrais, por ser criação de povos que aqui viveram e ainda vivem, portanto possuidores da organização fisiológica e psicológica para que tendemos, evitando-se dessa forma as estéreis controvérsias gramaticais, oriundas de uma difícil adaptação de uma língua de outra região à nossa organização cerebral e ao nosso aparelho vocal — controvérsias que tanto empecem o progresso da nossa cultura literária, científica e filosófica.

Seguro de que a sabedoria dos legisladores saberá encontrar meios para realizar semelhante medida e cônscio de que a Câmara e o Senado pesarão o seu alcance e utilidade.

P. e E. deferimento.

Os subúrbios do Rio de Janeiro

Os subúrbios do Rio de Janeiro são a mais curiosa coisa em matéria de edificação de cidade. A topografia do local, caprichosamente montuosa, influiu decerto para tal aspecto, mais influíram, porém, os azares das construções.

Nada mais irregular, mais caprichoso, mais sem plano qualquer, pode ser imaginado. As casas surgiram como se fossem semeadas ao vento e, conforme as casas, as ruas se fizeram. Há algumas delas que começam largas como bulevares e acabam estreitas que nem vielas; dão voltas, circuitos inúteis e parecem fugir ao alinhamento reto com um ódio tenaz e sagrado.

[...]

Há pelas ruas damas elegantes, com sedas e brocados, evitando a custo que a lama ou o pó lhes empanem o brilho do vestido; há operários de tamancos; há peralvilhos à última moda; há mulheres de chita; e assim pela tarde, quando essa gente volta do trabalho ou do passeio, a mescla se faz numa mesma rua, num quarteirão, e quase sempre o mais bem posto não é o que entra na melhor casa.

Além disto, os subúrbios têm mais aspectos interessantes, sem falar no namoro epidêmico e no espiritismo endêmico; as casas de cômodos (quem as suporia lá!) constituem um deles bem inédito. Casas que mal dariam para uma pequena família, são divididas, subdivididas, e os minúsculos aposentos assim obtidos, alugados à população miserável da cidade. Aí, nesses caixotins humanos, é que se encontra a fauna menos observada da nossa vida, sobre a qual a miséria paira com um rigor londrino.

Não se podem imaginar profissões mais tristes e mais inopinadas da gente que habita tais caixinhas. Além dos serventes de repartições, contínuos de escritórios, podemos deparar velhas fabricantes de rendas de bilros, compradores de garrafas vazias, castradores de gatos, cães e galos, mandingueiros, catadores de ervas medicinais, enfim uma variedade de profissões miseráveis que as nossas pequena e grande burguesia não podem adivinhar. Às vezes num cubículo desses se amontoa uma família, e há ocasiões em que os seus chefes vão a pé para a cidade por falta do níquel do trem.

Rogério Soud/Arquivo da editora.

BARRETO, Lima. *Triste fim de Policarpo Quaresma*. São Paulo: Scipione, 2004.

atividades

1. O major Policarpo Quaresma é constantemente comparado à figura de Dom Quixote, da imortal obra de Miguel de Cervantes. Temos, a seguir, alguns fragmentos de *Dom Quixote de la Mancha*. Leia-os atentamente e destaque alguns pontos em comum entre os dois personagens – Quaresma e Quixote.

> O importante é saber que nos momentos de ócio — que eram muitos — o referido fidalgo se punha a ler livros de cavalaria com tanto empenho e prazer, que quase se esquecia por completo da caça e da administração da fazenda; e tanta era sua paixão por essas histórias que chegou a vender parte de suas terras para comprar livros de cavalaria, levando para casa todos os que pôde comprar. Encantado com a clareza da prosa e os volteios do estilo, o pobre cavaleiro foi perdendo o juízo [...]
>
> Foi assim que, já fraco do juízo, acudiu-lhe a mais estranha ideia que jamais ocorrera a outro louco neste mundo: pareceu-lhe conveniente e necessário, tanto para o aumento de seu prestígio como para o serviço da pátria, fazer-se cavaleiro andante, sair pelo mundo com armas e cavalo, em busca de aventuras e viver tudo o que havia lido sobre cavaleiros andantes.

CERVANTES SAAVEDRA, Miguel de. *Dom Quixote de la Mancha*. Trad. Ferreira Gullar. Rio de Janeiro: Revan, 2005.

2. Refletindo as transformações por que passou o Rio de Janeiro após a proclamação da República, os subúrbios também se modificam, cortiços viram vilas (lembre-se de *O cortiço*), pelas ruas convivem pessoas da classe média emergente e miseráveis. Justamente à classe média, Lima Barreto dirige suas críticas mais ácidas. Como são caracterizados os vizinhos de Quaresma?

3. Na biblioteca de Quaresma só havia autores nacionais ou tidos como tais; obra completa, entretanto, só a de dois autores: José de Alencar e Gonçalves Dias. Justifique a preferência de Policarpo Quaresma por esses dois autores.

4. Nos fragmentos apresentados, Lima Barreto ironiza um comportamento muito difundido em dois períodos literários do século XIX.

a) Qual o tipo de comportamento ironizado?

b) Que períodos literários do século XIX cultivaram esse comportamento?

5. Transcreva uma passagem do fragmento sobre os subúrbios em que prevaleçam sequências descritivas.

6. A população do subúrbio é muito diversificada. Cite dois tipos humanos antagônicos presentes no texto, a partir do vestuário.

7. Entre as várias profissões dos moradores do subúrbio, há algumas "legalizadas" e outras, não. Cite um exemplo de cada caso.

sessão de CINEMA

Policarpo Quaresma, herói do Brasil. Direção: Paulo Thiago. Brasil: Paramount, 1997.

Com: Paulo José, Giulia Gam, Sérgio Mamberti. Adaptação cinematográfica do romance de Lima Barreto, o filme alterna momentos de grande lirismo com passagens extremamente divertidas.

Divulgação.

Confrontando ideias

1. Em grupos, conversem sobre a questão do nacionalismo e suas implicações. O que é "ser nacionalista" no Brasil de hoje? Como seriam vistas as ideias de Policarpo Quaresma em tempos de globalização?

   Apresentem suas conclusões aos demais grupos.

2. "Mandingueiro" aparece no texto como uma profissão. O dicionário explica que mandingueiro é aquele que faz mandingas, feitiçarias. Você concorda com o fato de essa atividade ser considerada uma profissão? Organize seus argumentos e defenda sua posição ante seus colegas.

Editora Monteiro Lobato & Cia.

Capa de Voltolino para A menina do narizinho arrebitado, *primeiro livro infantil publicado por Monteiro Lobato, em 1921.*

Editora Senac.

Jeca Tatu*: capa de 1919.*

Monteiro Lobato e suas metáforas de Brasil

Homem polêmico e versátil

Monteiro Lobato é estudado aqui como pré-modernista por duas características fundamentais de sua obra de ficção: o regionalismo e a denúncia da realidade brasileira. No entanto, no campo das artes plásticas, Lobato assumiu posições antimodernistas. É o que atesta seu artigo sobre a exposição de Anita Malfatti em 1917, intitulado "Paranoia ou mistificação?", por meio do qual critica a pintura da artista, chamando-a de "caricatural". Esse artigo desempenhou importante papel na história do Modernismo brasileiro, pois, revoltados com o conservadorismo de Lobato, reuniram-se em defesa de Anita alguns nomes novos, como Oswald de Andrade, Mário de Andrade e Di Cavalcanti.

Tais fatos explicam, em parte, a trajetória literária de Lobato: a partir de 1915, seus artigos na imprensa aumentam-lhe a popularidade e o prestígio, que se solidificam entre 1918 e 1921 com a publicação dos livros de contos *Urupês*, *Ideias de Jeca Tatu*, *Cidades mortas* e *Negrinha*. A partir de 1921, dedica-se à tarefa de editor, preocupado em lançar novos autores; de 1930 em diante volta-se para possíveis soluções econômicas para o Brasil, relacionadas à exploração de nossos recursos minerais.

Como regionalista, o autor nos dá a dimensão exata do Vale do Paraíba paulista do início do século XX, sua decadência após a passagem da economia cafeeira, seus costumes e sua gente, tão bem retratados nos contos de *Cidades mortas*. Nesse aspecto — a gente do Vale do Paraíba — está o traço mais importante da ficção lobatiana: a descrição e a análise do tipo humano característico da região, o caboclo Jeca Tatu, a princípio chamado de vagabundo e indolente (mais tarde, o autor denuncia a realidade daquela população subnutrida, socialmente marginalizada, sem acesso à cultura, acometida por toda sorte de doenças endêmicas).

Ao lado da chamada literatura adulta, Monteiro Lobato deixou extensa obra voltada para o público infantil, um campo até então pouco explorado em nossas letras. Seu primeiro livro para crianças foi publicado em 1921, com o título *A menina do narizinho arrebitado*, mais tarde rebatizado *As reinações de Narizinho*. A literatura infantil lobatiana, além do caráter moralista e pedagógico, não abandona a luta pelos interesses nacionais empreendida pelo autor, com personagens representativos das várias facetas de nosso povo e o Sítio do Picapau Amarelo, que é a imagem do próprio Brasil. Em *O poço do Visconde*, por exemplo, ficção e realidade se misturam em torno do problema do petróleo.

Nas tramas dos textos

Texto 1

Caboclismo

(fragmentos de dois artigos de Monteiro Lobato: "Velha Praga" e "Urupês")

Este funesto parasita da terra é o CABOCLO, espécie de homem baldio, seminômade, inadaptável à civilização, mas que vive à beira dela na penumbra das zonas fronteiriças. À medida que o progresso vem chegando com a via férrea, o italiano, o arado, a valorização da propriedade, vai ele refugindo em silêncio, com o seu cachorro, o seu pilão, a picapau[1] e o isqueiro, de modo a sempre conservar-se fronteiriço, mudo e sorna[2]. Encoscorado numa rotina de pedra, recua para não adaptar-se.

[...]

Esboroou-se o balsâmico indianismo de Alencar [...]. Morreu Peri, incomparável idealização dum homem natural como o sonhava Rousseau, protótipo de tantas perfeições humanas que no romance, ombro a ombro com altos tipos civilizados, a todos sobreleva em beleza d'alma e corpo.

Contrapôs-lhe a cruel etnologia[3] dos sertanistas modernos um selvagem real, feio e brutesco, anguloso e desinteressante, tão incapaz, muscularmente, de arrancar uma palmeira, como incapaz, moralmente, de amar Ceci. [...]

O indianismo está de novo a deitar copa[4], de nome mudado. Crismou-se de "caboclismo". O cocar de penas de arara passou a chapéu de palha rebatido à testa; a ocara virou rancho de sapé; o tacape afilou, criou gatilho e é hoje espingarda troxada[5]; a tanga ascendeu a camisa aberta ao peito.

LOBATO, Monteiro. *Urupês*. São Paulo: Brasiliense, [s.d]. p. 139-45.

Violeiro, de José Ferraz de Almeida Júnior, 1899. Óleo sobre tela, 141 cm x 172 cm. Pinacoteca do Estado, São Paulo.

1. **picapau:** espingarda de carregar pela boca, de pequeno alcance (essa palavra aparece dicionarizada como substantivo masculino e a grafia "pica-pau"). Monteiro Lobato não grafava as palavras segundo as normas vigentes em sua época e tinha regras próprias para a acentuação; no texto acima, adaptamos a sua grafia às normas ortográficas atuais.
2. **sorna:** preguiçoso, indolente.
3. **etnologia:** no contexto, o estudo antropológico das sociedades indígenas.
4. **deitar copa:** no sentido de "estar crescendo", "estar se ramificando, brotando", como a árvore que, após a poda, volta a ter uma copa frondosa.
5. **troxada:** diz-se do cano de espingarda feito de uma fita de aço espiralada (a forma dicionarizada é trochada).

Álbum de família.

Monteiro Lobato (1882-1948)

José Bento Monteiro Lobato, formado em Direito, herdou uma fazenda de seu avô, localizada em sua região natal: o Vale do Paraíba paulista. Após o inverno seco de 1914, cansado de enfrentar as diversas queimadas praticadas por seus empregados, escreve um artigo intitulado "Velha praga", que sai publicado no jornal *O Estado de S. Paulo*, logo seguido de outro, intitulado "Urupês". Nascia, assim, seu primeiro livro e a figura simbólica de Jeca Tatu.

Lobato foi uma figura empreendedora em todos os sentidos: fundou a primeira editora nacional; impressionado com a importância do petróleo, fundou o Sindicato do Ferro e a Companhia Petróleos do Brasil e se dedicou à exploração mineral; criticou violentamente a política de exploração mineral do governo Getúlio Vargas, o que lhe valeu seis meses de detenção e o exílio na Argentina; produziu abundante literatura tanto para o público adulto como para o infantil.

Em toda sua obra – Jeca Tatu, Emília, o Sítio, o poço de petróleo do Visconde de Sabugosa... – há geniais metáforas do Brasil.

Visite os *sites:* <http://lobato.globo.com/>. e <www.projetomemoria.art.br/MonteiroLobato/index2.html>. Acessos em: 6 mar. 2011.

atividades

1. Qual é o grave problema brasileiro apontado por Monteiro Lobato? Explique resumidamente a natureza desse problema.
2. Quem é Peri, citado no artigo?
3. "As qualidades do homem no estado de natureza (o 'bom selvagem'): possui temperamento robusto, reforçado pela seleção natural, que elimina os fracos. Ignora o uso das máquinas, seu corpo é seu único instrumento. É audacioso e não tímido, pois tem consciência de sua força." Em que passagem do texto Lobato faz referência ao "bom selvagem"? Em que século foi sistematizado esse conceito?
4. Qual a intenção de Lobato ao fazer menção ao trabalho dos sertanistas modernos?

Texto 2

As reinações de Narizinho

Reproduzimos, a seguir, passagens que contam alguns fatos relacionados às origens de Emília.

O grande cirurgião *[doutor Caramujo]* abriu com a faca a barriga do sapo e tirou com a pinça de caranguejo a primeira pedra. Ao vê-la à luz do sol sua cara abriu-se num sorriso caramujal.

— Não é pedra, não! — exclamou contentíssimo. É uma das minhas queridas pílulas! Mas como teria ela ido parar na barriga deste sapo?...

Companhia Editora Nacional.

Páginas iniciais de As reinações de Narizinho, *edição de 1931.*

[...] A alegria do doutor foi imensa. Como não soubesse curar sem aquelas pílulas, andava com medo de ser demitido de médico da corte.

— Podemos agora curar a senhora Emília — declarou ele depois de costurar a barriga do sapo.

Veio a boneca. O doutor escolheu uma pílula falante e pôs-lhe na boca.

— Engula de uma vez! — disse Narizinho, ensinando a Emília como se engole pílula. E não faça tanta careta que arrebenta o outro olho.

Emília engoliu a pílula, muito bem engolida, e começou a falar no mesmo instante. A primeira coisa que disse foi: "Estou com um horrível gosto de sapo na boca!" E falou, falou, falou mais de uma hora sem parar. Falou tanto que Narizinho, atordoada, disse ao doutor que era melhor fazê-la vomitar aquela pílula e engolir outra mais fraca.

[*Narizinho*] Viu que a fala de Emília ainda não estava bem ajustada, coisa que só o tempo poderia conseguir. Viu também que era de gênio teimoso e asneirenta por natureza, pensando a respeito de tudo de um modo especial todo seu. — Melhor que seja assim, filosofou Narizinho. As ideias de vovó e tia Nastácia a respeito de tudo são tão sabidas que a gente já as adivinha antes que elas abram a boca. As ideias de Emília há de ser sempre novidades.

[...]

Dona Benta voltou-se para tia Nastácia.

— Esta Emília diz tanta asneira que é quase impossível conversar com ela. Chega a atrapalhar a gente.

— É porque é de pano, sinhá — explicou a preta — e dum paninho muito ordinário. Se eu imaginasse que ela ia aprender a falar, eu tinha feito ela de seda, ou pelo menos dum retalho daquele seu vestido de ir à missa. [...] Pois onde é que se viu uma coisa assim, sinhá, uma boneca de pano, que eu mesma fiz com estas pobres mãos, e de um paninho tão ordinário, falando, sinhá, falando que nem gente!... Qual, ou nós estamos caducando ou o mundo está perdido...

E as duas velhas olhavam uma para a outra, sacudindo a cabeça.

LOBATO, Monteiro. *As reinações de Narizinho*. São Paulo: Brasiliense, [s.d.] p. 22-3, 25-6.

sessão de
CINEMA

O comprador de fazendas. Direção: Carlos Gerbase. Brasil: Som Livre, 2001.

Com: Marco Nanini e Bruno Garcia. Episódio da série "Brava Gente", da TV Globo, adaptação de conto homônimo de Monteiro Lobato.

Divulgação.

Os atores Bruno Garcia e Marco Nanini em cena de O comprador de fazendas.

atividades

1. A partir das informações sobre a origem e o comportamento de Emília, o que ela pode representar no conjunto de metáforas criadas por Lobato?

2. Como podemos entender a primeira fala de Emília?

Augusto dos Anjos: um singular poeta

Coleção Gráfica Albertina, Viena.

De boa vontade suportei com paciência o meu mal em nome da arte e daqueles que amo! *(1912), do austríaco Egon Schiele. Nesta aquarela de longo e sugestivo título, o expressionista Schiele faz de si próprio um retrato que em muito se aproxima da poesia de Augusto dos Anjos.*

Arquivo da editora.

Augusto dos Anjos (1884-1914)

Augusto Carvalho Rodrigues dos Anjos, filho de uma família de proprietários de engenho na Paraíba, assistiu à decadência da antiga estrutura latifundiária. Formado em Direito, dedicou-se ao magistério em Recife e, depois, no Rio de Janeiro. Aos 28 anos publicou *Eu*, seu único volume de poesias. Faleceu dois anos depois.

O famoso soneto "Psicologia de um vencido", revelador a partir do título, nos insere no universo poético de Augusto dos Anjos, em sua visão de mundo, suas imagens e palavras antipoéticas. É um sugestivo autorretrato, que se assemelha a uma caricatura, rompendo com os limites estéticos do belo e do feio, numa postura típica dos melhores expressionistas:

"Eu, filho do carbono e do amoníaco,
Monstro de escuridão e rutilância,
Sofro, desde a epigênese da infância,
A influência má dos signos do zodíaco.

Profundissimamente hipocondríaco,
Este ambiente me causa repugnância...
Sobe-me à boca uma ânsia análoga à ânsia
Que se escapa da boca de um cardíaco.

Já o verme — este operário das ruínas —
Que o sangue podre das carnificinas
Come, e à vida em geral declara guerra,

Anda a espreitar meus olhos para roê-los,
E há de deixar-me apenas os cabelos,
Na frialdade inorgânica da terra!"

Disponível em:
<www.dominiopublico.gov.br/download/texto/bv000054.pdf>.
Acesso em: 6 mar. 2011.

Nas tramas dos textos

Texto 1

Versos íntimos

Vês! Ninguém assistiu ao formidável
Enterro de tua última quimera.
Somente a Ingratidão — esta pantera —
Foi tua companheira inseparável!

Acostuma-te à lama que te espera!
O homem, que, nesta terra miserável,
Mora, entre feras, sente inevitável
Necessidade de também ser fera.

Toma um fósforo. Acende teu cigarro!
O beijo, amigo, é a véspera do escarro,
A mão que afaga é a mesma que apedreja.

Se a alguém causa inda pena a tua chaga,
Apedreja essa mão vil que te afaga,
Escarra nessa boca que te beija!

Disponível em:
<www.dominiopublico.gov.br/download/texto/bv000054.pdf>.
Acesso em: 6 mar. 2011.

Rogério Soud/Arquivo da editora.

atividades

1. Comente os aspectos formais do poema.

2. Comente a postura de Augusto dos Anjos em relação à vida e a seleção vocabular feita pelo poeta e relacione-a à temática do poema.

3. Em que sentido foi empregada a palavra **homem** no segundo quarteto?

4. O soneto foi construído com um falante se dirigindo a um interlocutor.

a) Há uma única palavra que nos passa mínima informação sobre a identidade do interlocutor. Qual é essa palavra? Que função sintática desempenha no texto?

b) Como você caracterizaria o falante em relação ao interlocutor? Justifique sua resposta apontando os elementos gramaticais de que se vale o falante nos enunciados.

Texto 2

O morcego

Meia-noite. Ao meu quarto me recolho.
Meu Deus! E este morcego! E, agora, vede:
Na bruta ardência orgânica da sede,
Morde-me a goela ígneo e escaldante molho.

"Vou mandar levantar outra parede..."
— Digo. Ergo-me a tremer. Fecho o ferrolho
E olho o teto. E vejo-o ainda, igual a um olho,
Circularmente sobre a minha rede!

Pego de um pau. Esforços faço. Chego
A tocá-lo. Minh'alma se concentra.
Que ventre produziu tão feio parto?!

A Consciência Humana é este morcego!
Por mais que a gente faça, à noite, ele entra
Imperceptivelmente em nosso quarto!

ANJOS, Augusto dos.
Toda a poesia; com um estudo crítico de Ferreira Gullar. 2. ed.
Rio de Janeiro: Paz e Terra, 1978.

O sono da razão produz monstros, gravura de Goya.

O sono da razão produz monstros, *sugestivo título da gravura de Goya, que retrata um mergulho profundo nas águas insólitas do inconsciente.*

atividades

1. Em que pessoa está escrito o soneto "O morcego"?
2. Como no poema anterior, é possível afirmar que esse texto é dirigido a uma segunda pessoa? Transcreva um verso que comprove a sua resposta.
3. Releia atentamente o primeiro verso de "O morcego". O que o poeta procura fixar logo nesse primeiro momento?
4. Comente a sequência explorada por Augusto dos Anjos ao longo das quatro estrofes desse segundo soneto.
5. Esse texto está todo centrado na utilização de uma figura de palavra. Qual é essa figura?
6. Explique o emprego da palavra **gente** no penúltimo verso.
7. Para o poeta, há alguma possibilidade de o ser humano fugir de sua própria consciência?

*Questões de exames sobre este capítulo encontram-se na página **684**.*

capítulo 26

O Brasil de 1922 a 1930

Objetivos gerais do capítulo

O aluno, ao final do capítulo, deverá ser capaz de:

- conhecer as principais características da primeira geração do Modernismo brasileiro e suas relações com o contexto histórico;
- conhecer os principais autores da primeira geração de modernistas, ler seus textos e refletir sobre eles.

Leitor:

Está fundado o desvairismo.

Mário de Andrade, no prefácio a *Pauliceia desvairada*.

Nenhuma fórmula para a contemporânea expressão do mundo. Ver com olhos livres.

Oswald de Andrade, no manifesto *Poesia Pau-Brasil*.

Só me interessa o que não é meu. Lei do homem. Lei do antropófago.

Oswald de Andrade, no *Manifesto Antropófago*.

Inauguração da linha de bondes elétricos do Bom Retiro, de autoria anônima, 1900. Fundação do Patrimônio Histórico da Energia de São Paulo.

A São Paulo do início do século XX é uma cidade multifacetada, fruto da industrialização, da eletricidade, da modernidade, enfim. Oswald de Andrade, em seu livro de memórias, comenta a chegada dos bondes elétricos: "A cidade tomou um aspecto de revolução. Todos se locomoviam, procuravam ver. E os mais afoitos queriam ir até a temeridade de entrar no bonde, andar de bonde elétrico!". Na foto, inauguração da linha do Bom Retiro, em São Paulo (1900).

Os artistas plásticos da Semana de 22

A pintura

Anita Malfatti (1896-1964) foi, no campo da pintura, a artista que suscitou as maiores discussões durante a Semana de 22. Entre as 20 telas expostas, O homem amarelo, *mais tarde adquirida por Mário de Andrade, foi a que provocou os mais acalorados debates, com suas cores fortes e traços expressionistas (na verdade, essa tela já havia horrorizado Monteiro Lobato durante a exposição que Anita Malfatti promovera em 1917). René Thiollier, um dos membros da comissão que patrocinava a Semana, assim comentou as reações do público às obras de Anita: "No saguão do teatro apinhado e rumorejante, onde fora instalada a exposição de quadros e escultura, não havia quem se não deixasse tomar de pavor e êxtase, ao defrontar com os horrores épicos da senhorinha Anita Malfatti. E não a poupavam!".*

O homem amarelo, de Anita Malfatti, 1915. Óleo sobre tela, 61 cm × 51 cm. Coleção Mário de Andrade/Instituto de Estudos Brasileiros da USP, São Paulo.

Samba, de Di Cavalcanti, 1925. Óleo sobre tela colada em cartão, 175 cm × 155 cm. Coleção particular.

Emiliano Augusto Cavalcanti de Albuquerque e Melo (1897-1976), idealizador da Semana de 22, expôs 12 trabalhos que revelavam um pintor ainda em formação, mas, como afirma Aracy Amaral, já demonstrando toda a inquietação característica daquele momento de ruptura. A tela ao lado, Samba, *de 1925, apresenta o pintor na plenitude de seu estilo inconfundível e trabalhando sua temática principal: o povo mulato do Rio de Janeiro, o que levaria Mário de Andrade a considerá-lo "o mulatista-mor do Brasil".*

Atirador de arco, de Vicente do Rego Monteiro, 1925. Óleo sobre tela, 108 cm × 137 cm. Museu da Cidade de Recife.

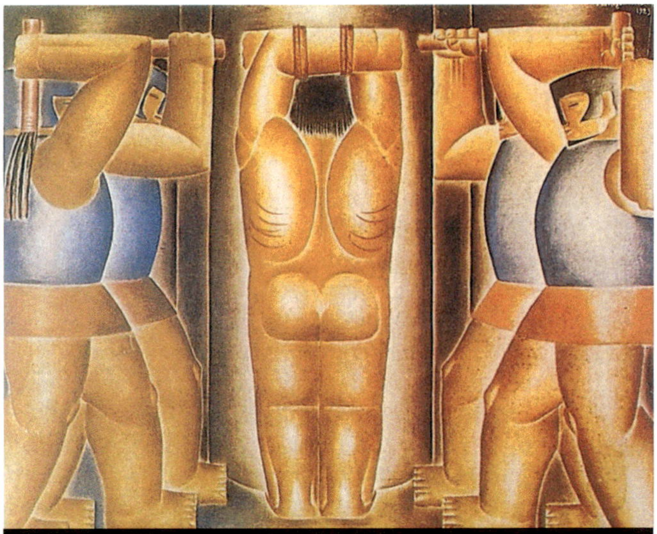

Flagelação, de Vicente do Rego Monteiro, 1923. Óleo sobre tela, 62 cm × 50 cm. Coleção particular.

Pintor, escultor, ilustrador e escritor, Vicente do Rego Monteiro (1899-1970) estava em Paris enquanto acontecia a Semana de 22, mas deixara 10 trabalhos para serem expostos. Nas telas de Rego Monteiro existe uma comunhão das vanguardas europeias (Futurismo e Cubismo) com a arte ameríndia da Ilha de Marajó. É isso que atesta o Atirador de arco, *tela de 1925. Trabalhando uma temática indígena ou religiosa (suas passagens bíblicas são famosas, como* Flagelação*), o artista explora os grandes volumes geométricos e as cores tropicais.*

A escultura

Cabeça de Cristo, de Victor Brecheret, 1920. Bronze, 32 cm × 14 cm × 24,2 cm. Coleção de Artes Visuais do Instituto de Estudos Brasileiros da USP, São Paulo.

Monumento às Bandeiras, de Victor Brecheret, 1954. Granito, 11 m × 8,40 m × 43,80 m. Praça Armando Salles de Oliveira, Ibirapuera, São Paulo.

Victor Brecheret (1894-1955) foi um dos artistas que mais influenciaram o grupo de modernistas de São Paulo. O bronze Cabeça de Cristo *foi uma das 12 peças expostas no Teatro Municipal, em 1922. O* Monumento às Bandeiras, *verdadeiro símbolo da cidade de São Paulo, teve sua primeira maquete apresentada em 1920.*

Sobre Brecheret e Cabeça de Cristo, *assim se refere Mário de Andrade em sua conferência "O movimento modernista": "Porque Brecheret era para nós no mínimo um gênio. Este era o mínimo com que podíamos nos contentar, tais os entusiasmos a que ele nos sacudia. E Brecheret ia ser em breve o gatilho que faria* Pauliceia Desvairada *estourar. [...] Foi quando Brecheret me concedeu passar em bronze um gesto dele que eu adorava, uma cabeça de Cristo. Mas 'com que roupa'? eu devia os olhos da cara! Não hesitei, fiz mais conchavos financeiros e afinal pude desembrulhar em casa a minha* Cabeça de Cristo. *A notícia correu num átimo, e a parentada, que morava pegado, invadiu a casa para ver. E pra brigar. Aquilo até era pecado mortal, onde se viu Cristo de trancinha! era feio, medonho!".*

A arquitetura

Antonio Garcia Moya (Granada, Espanha, 1891- São Paulo, 1948) apresentou 18 projetos arquitetônicos na Semana de Arte Moderna, com predomínio das linhas retas e de grandes volumes geométricos. Moya foi considerado pelos modernistas "o arquiteto da Semana".

Coleção particular.

A música

Arquivo *O Cruzeiro*/EM/D.A Press.

O maestro Heitor Villa-Lobos (1887-1959), quando se apresentou na Semana de 22, já era um nome respeitado como compositor, o que não o livrava de críticas conservadoras contra sua "modernidade". A obra de Villa-Lobos enquadra-se perfeitamente no espírito daqueles anos em busca de uma noção de brasilidade: "Sim, sou brasileiro e bem brasileiro. Na minha música eu deixo cantar os rios e os mares deste grande Brasil. Eu não ponho mordaça na exuberância tropical de nossas florestas e dos nossos céus, que eu transponho instintivamente para tudo que escrevo".

na linguagem DOS SONS

Bachianas brasileiras, de Heitor Villa-Lobos.
Não deixe de ouvir as *Bachianas* do maestro Villa-Lobos. Particularmente, duas composições clássicas: a ária das *Bachianas nº 5* e a tocata das *Bachianas nº 2* (conhecida como *Trenzinho do caipira*). Há inúmeras gravações com as mais diversas orquestras internacionais e com a participação de sopranos famosos.

sessão de CINEMA

Villa-Lobos, uma vida de paixão (2000). Direção: Zelito Viana. Com: Antonio Fagundes, Marcos Palmeira, Ana Beatriz Nogueira, Letícia Spiller.

Encaminhando-se para uma última homenagem no Teatro Municipal, o maestro Villa-Lobos começa a recordar momentos marcantes de sua vida, seus erros e acertos. Ótima trilha sonora, gravada pela Orquestra Sinfônica Brasileira.

Divulgação.

O ator Marcos Palmeira em cena do filme Villa-Lobos, uma vida de paixão.

A Semana de Arte Moderna

Manifestado especialmente pela arte, mas manchando também com violência os costumes sociais e políticos, o movimento modernista foi o prenunciador, o preparador e por muitas partes o criador de um estado de espírito nacional. A transformação do mundo, com o enfraquecimento gradativo dos grandes impérios, com a prática europeia de novos ideais políticos, a rapidez dos transportes e mil e uma outras causas internacionais, bem como o desenvolvimento da consciência americana e brasileira, os progressos internos da técnica e da educação, impunham a criação de um espírito novo e exigiam a reverificação e mesmo a remodelação da inteligência nacional. Isso foi o movimento modernista, de que a Semana de Arte Moderna ficou sendo o brado coletivo principal.

Assim, com o distanciamento de vinte anos, na conferência "O movimento modernista", pronunciada em 1942, Mário de Andrade sintetizava o ambiente e as condições em que se realizaram a Semana de Arte Moderna e as primeiras produções que dariam novo rumo às artes brasileiras.

São Paulo, Teatro Municipal, 1922

Para entendermos a Semana de Arte Moderna e o Modernismo dos anos 1920, um bom caminho é pensar em três fatos: o melhor palco para a Semana, indiscutivelmente, era a cidade de São Paulo; dentro da cidade, o melhor local era o Teatro Municipal, e o evento não poderia acontecer nem em 1921, nem em 1923 – necessariamente teria de ser em 1922.

O ano é fácil de entender: comemorava-se o primeiro centenário da Independência; uma independência política e não econômica e muito menos cultural. O Teatro Municipal, inaugurado em 1911, idealizado para as grandes apresentações de óperas, era orgulho da elite paulistana. E por que São Paulo?

Mário de Andrade, na conferência "O movimento modernista", pronunciada em 1942, explicava por que só São Paulo reunia as condições para sediar a Semana:

> E só mesmo uma figura como ele [Paulo Prado] e uma cidade grande mas provinciana como São Paulo poderiam fazer o movimento modernista e objetivá- lo na Semana.

E mais adiante:

> São Paulo era espiritualmente muito mais moderna, porém, fruto necessário da economia do café e do industrialismo consequente. São Paulo estava, ao mesmo tempo, pela sua atualidade comercial e sua industrialização, em contato mais espiritual e mais técnico com a atualidade do mundo.

ANDRADE, Mário de. O movimento modernista. In: *Aspectos da literatura brasileira*. 5. ed. São Paulo: Livraria Martins Editora, 1974.

De fato, a massa urbana de São Paulo era constituída de tipos muito diversos; nem mesmo o operariado formava um grupo completamente homogêneo. Assim, poderíamos encontrar pela cidade, andando na mesma calçada do bairro dos Campos Elíseos, um "barão do café", um operário anarquista, um padre, um burguês, um nordestino, um professor, um negro, um comerciante, um advogado, um militar... realmente, uma "pauliceia desvairada", palco ideal para a realização de um evento que mostrasse uma arte inovadora, rompendo com velhas estruturas.

Aristocratas, burgueses, trabalhadores rurais, operários urbanos

Após os governos militares do início da República, os senhores rurais retornaram ao poder, fortalecidos então pela vigorosa economia do café, que girava em torno do eixo São Paulo-Minas Gerais. A partir do governo de Campos Sales (1898-1902) foi instituída a "política dos governadores", ou seja, os governadores apoiavam o governo federal e este apoiava os governos estaduais. Essa situação beneficiou os grandes proprietários rurais de São Paulo e Minas Gerais, que se revezavam no poder, resultando na famosa Política do Café com Leite (ora um paulista ocupava a presidência, ora um mineiro), que perdurou até 1930.

Além disso, as principais cidades brasileiras, em particular a cidade de São Paulo, conheceram uma rápida transformação em decorrência do avanço da indústria. Foi a Primeira Guerra Mundial (1914-1918) a responsável por esse surto de industrialização e consequente urbanização: em 1907 contávamos 3 358 indústrias no Brasil; em 1920, esse número chegava a 13 336. Isso significou o surgimento de uma burguesia industrial que a cada dia ficava mais forte, mas se mantinha marginalizada pela política econômica do governo federal, voltada para a produção e a exportação do café.

Ao mesmo tempo, aumentava consideravelmente o número de imigrantes europeus (notadamente de italianos) que se dirigiam para as regiões economicamente prósperas, tanto na zona rural, onde havia o café, como na zona urbana, onde estavam as indústrias. No período de 1903 a 1914, o Brasil recebeu cerca de 1,5 milhão de imigrantes.

Nos centros urbanos existia ainda uma larga faixa da população pressionada, por cima, pelos "barões do café" e pela alta burguesia e, por baixo, pelo operariado: era a pequena burguesia, de caráter reivindicatório, formada, entre outros, por funcionários públicos, comerciantes, militares e profissionais liberais.

O lavrador de café, de Candido Portinari, 1939. Óleo sobre tela, 100 x 81 cm. Museu de Arte de São Paulo Assis Chateaubriand/ Reprodução autorizada por João Candido Portinari.

Candido Portinari foi um pintor sensível a temas sociais que retratou o trabalhador braçal, o lavrador, o retirante.

Coleção particular.

Charge publicada no periódico anarquista A Lanterna, *em 1916, combatendo o monarquismo e o clericalismo.*

Biblioteca Guita e José Mindlin, São Paulo.

Confirmando o fato de que, desde sua origem, a Semana apresentou um lado político de ataque à aristocracia e à burguesia, assim se pronuncia Di Cavalcanti – que parece ter sido o primeiro a sugerir a realização de uma mostra modernista – em seu livro de memórias:

> [...] Eu sugeri a Paulo Prado a nossa Semana, que seria uma semana de escândalos literários e artísticos, de meter os estribos na barriga da burguesiazinha paulistana.

Capa de Guilherme de Almeida para a primeira edição de Pauliceia desvairada, *livro de poemas de Mário de Andrade publicado em 1922. A capa, uma composição de losangos, explora uma metáfora recorrente na obra de Mário de Andrade: São Paulo é arlequinal, traje de losangos. Arlequim é o nome de um personagem de antigas comédias italianas (mais tarde assimilado pelo Carnaval brasileiro), caracterizado por seu traje de losangos feito de retalhos de diferentes panos, de diferentes cores. Para Mário de Andrade, a cidade de São Paulo era constituída de pessoas de diferentes extrações sociais, de diferentes origens, de diferentes cores: uma colcha de retalhos, arlequinal.*

Os antecedentes da Semana

Mário de Andrade afirmava que a Semana abriu a segunda fase do movimento modernista, que se estenderia de 1922 a 1930, fortemente marcado pelo seu caráter destruidor. O poeta dizia que "na verdade, o período... heroico fora aquele anterior, iniciado com a exposição de pintura de Anita Malfatti e terminado na 'festa' da Semana de Arte Moderna".

Portanto, para se ter uma ideia do período que antecedeu a Semana, fazemos uma rápida retrospectiva dos cinco anos anteriores.

- **1917** – Oswald de Andrade conhece Mário de Andrade; o episódio é assim relatado:

> Como repórter, vou a uma festa no Conservatório Dramático e Musical. O dr. Sorriso que é o Elói Chaves, Secretário da Justiça, faz ali uma conferência de propaganda dos Aliados. Quem o saúda é um aluno alto, mulato, de dentuça aberta e de óculos. Chama-se Mário de Andrade. Faz um discurso que me parece assombroso. Corro ao palco para arrancar-lhe das mãos o original que publicarei no *Jornal do Comércio*. Um outro repórter, creio que de *O Estado*, atraca-se comigo para obter as laudas. Bato-o e fico com o discurso. Mário, lisonjeado, torna-se meu amigo.

ANDRADE, Oswald de. *Um homem sem profissão: sob as ordens de uma mãe.* 2. ed. São Paulo: Globo/Secretaria de Estado da Cultura, 1990. p. 109.

Coleção Mário de Andrade/Instituto de Estudos Brasileiros da USP, São Paulo.

O japonês *(1939), de Anita Malfatti.*

- Mário de Andrade, com o pseudônimo de Mário Sobral, publica o livro *Há uma gota de sangue em cada poema.*
- Menotti del Picchia publica o poema regionalista "Juca Mulato".
- *O pirralho*, semanário humorístico paulista financiado e dirigido por Oswald de Andrade, publica, na edição de 12 de maio, a primeira versão de *Memórias sentimentais de João Miramar*, com ilustrações de Di Cavalcanti.
- Um dos mais importantes acontecimentos do ano de 1917 no setor cultural, a rumorosa exposição de Anita Malfatti é inaugurada em São Paulo, em 12 de dezembro, apresentando 53 trabalhos, dentre os quais as telas *A estudante russa*, *O japonês*, *Mulher de cabelos verdes*, *O homem amarelo*, *A boba.*

Tudo transcorria normalmente até que o jornal *O Estado de S. Paulo*, em sua edição de 20 de dezembro, publica um artigo intitulado "Paranoia ou mistificação?", com o subtítulo "A propósito da Exposição Malfatti" e assinado por Monteiro Lobato. Nesse artigo, mais tarde incluído no livro *Ideias de Jeca Tatu*, ele afirma, entre outras coisas:

> Estas considerações são provocadas pela exposição da Sra. Malfatti onde se notam acentuadíssimas tendências para uma atitude estética forçada no sentido das extravagâncias de Picasso e companhia. Essa artista possui um talento vigoroso, fora do comum. Poucas vezes, através de uma obra torcida para má direção, se notam tantas e tão preciosas qualidades latentes. [...] Entretanto, seduzida pelas teorias do que ela chama arte moderna, penetrou nos domínios dum impressionismo [Observe que Monteiro Lobato chama o Expressionismo de Impressionismo] discutibilíssimo, e põe todo o seu talento a serviço duma nova espécie de caricatura.
>
> Sejamos sinceros: futurismo, cubismo, impressionismo e "tutti quanti" não passam de outros tantos ramos da arte caricatural. É a extensão da caricatura a regiões onde não havia até agora penetrado. Caricatura da cor, caricatura da forma — caricatura que não visa, como a primitiva, ressaltar uma ideia cômica, mas sim desnortear, aparvalhar o espectador.

LOBATO, Monteiro. *Ideias de Jeca Tatu*. São Paulo: Brasiliense, [s.d.]. p. 59.

Foi um escândalo! Em defesa da jovem pintora forma-se um grupo que conta com Oswald de Andrade, Mário de Andrade, Di Cavalcanti, Guilherme de Almeida, Menotti del Picchia, entre outros. Os jovens artistas de São Paulo aglutinam-se em defesa de Anita e da arte moderna.

- **1921** – Mário de Andrade escreve os poemas de *Pauliceia desvairada*.
  - No mês de agosto de 1921, outro escândalo em nossas artes: Mário de Andrade publica uma série de sete artigos críticos sobre os poetas parnasianos, que ainda dominavam o ambiente literário oficial, intitulada *Mestres do passado*. Nesses artigos, entre outras ironias, afirma:

> Malditos para sempre os Mestres do Passado! Que a simples recordação de um de vós escravize os espíritos no amor incondicional pela Forma! Que o Brasil seja infeliz porque vos criou! Que o Universo se desmantele porque vos comportou!
>
> E que não fique nada! nada! nada!

  - Em novembro acontece a exposição de Di Cavalcanti, "Fantoches da meia-noite". Durante a mostra, o pintor conhece Graça Aranha, que retornava da Europa, e nessa mesma ocasião surge a ideia de realizar a Semana de Arte Moderna.

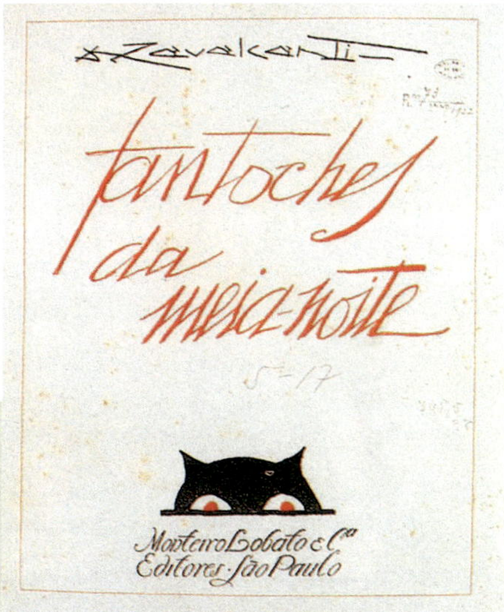

Biblioteca Nacional, Rio de Janeiro.

Capa do catálogo da exposição "Fantoches da Meia-noite" (1921), de Di Cavalcanti. Verdadeiro marco do modernismo gráfico no Brasil, uniu Di Cavalcanti a Monteiro Lobato, que o publicou por meio de sua editora.

Os três espetáculos da Semana

Capa do catálogo da exposição de artes plásticas da Semana; o desenho, assinado por Di Cavalcanti com as iniciais D.C. no pedestal da figura, é realmente inovador, com os traços da figura feminina se misturando ao painel que forma o fundo do desenho. Percebem-se nitidamente influências cubistas e expressionistas.

Instituto de Estudos Brasileiros da USP, São Paulo.

Coleção particular.

Caricatura de Graça Aranha (1922), por Di Cavalcanti.

As primeiras informações sobre a realização de uma semana de arte foram veiculadas pela imprensa paulista em 29 de janeiro de 1922; nessa data, o jornal *Correio paulistano* noticiou a organização da Semana e relacionou todos os prováveis participantes do evento; no mesmo dia, o jornal *O Estado de S. Paulo* publicou:

> Por iniciativa do festejado escritor, Sr. Graça Aranha, da Academia Brasileira de Letras, haverá em São Paulo uma "Semana de Arte Moderna", em que tomarão parte os artistas que, em nosso meio, representam as mais modernas correntes artísticas.

Durante os primeiros dias de fevereiro, várias outras notícias criaram um clima de expectativa em torno do acontecimento. Esse fato explica a enorme afluência de público ao primeiro espetáculo, na noite de 13 de fevereiro. Espalhadas pelo saguão do Teatro Municipal de São Paulo, várias pinturas e esculturas provocaram reações de espanto e repúdio; os trabalhos mais visados foram os de Victor Brecheret e Anita Malfatti.

Anderson Barbosa/Fotoarena/Folhapress.

O Teatro Municipal de São Paulo, palco da Semana de Arte Moderna, em foto de 2011.

O espetáculo de 13 de fevereiro foi aberto com a conferência de Graça Aranha, intitulada "A emoção estética na arte moderna", acompanhada da música de Ernani Braga e da poesia de Ronald de Carvalho e de Guilherme de Almeida. A conferência de Graça Aranha não chegou a causar espanto, ao contrário da música de Ernani Braga, que fazia uma sátira a Chopin – o que levaria a pianista Guiomar Novaes a protestar publicamente contra os organizadores da Semana. A noitada prosseguiu com a conferência "A pintura e a escultura moderna no Brasil", de Ronald de Carvalho, três solos de piano de Ernani Braga e três danças africanas de Villa-Lobos.

Arquivo da editora.

O segundo espetáculo, em 15 de fevereiro, anunciava como grande atração a pianista Guiomar Novaes, que, apesar do protesto, compareceu e se apresentou. Entretanto, a "atração" foi uma conferência de Menotti del Picchia sobre arte e estética, ilustrada com a leitura de textos de Oswald de Andrade, Mário de Andrade, Plínio Salgado, entre outros; a cada leitura, o público se manifestava com miados e latidos. Ronald de Carvalho lê "Os sapos", de Manuel Bandeira, numa crítica aberta ao modelo parnasiano; o público faz coro, ironizando o refrão "Foi! – Não foi!...".

Durante o intervalo, Mário de Andrade lê, das escadarias do teatro, trechos de *A escrava que não é Isaura*. Tímido, assim se manifestou mais tarde, sobre o episódio:

> Mas como tive coragem pra dizer versos diante duma vaia tão barulhenta que eu não escutava no palco o que Paulo Prado me gritava da primeira fila das poltronas?... Como pude fazer uma conferência sobre artes plásticas, na escadaria do Teatro, cercado de anônimos que me caçoavam e ofendiam a valer?...

Arquivo da editora.

Em 17 de fevereiro, realizou-se o "terceiro e último grande festival" da Semana de Arte Moderna, com a apresentação de músicas de Villa-Lobos. O público já não lotava o teatro e comportava-se mais respeitosamente. Exceto quando o maestro Villa-Lobos entrou em cena de casaca e... chinelos; o público interpretou a atitude como futurista, e vaiou. Mais tarde, o maestro explicaria que não se tratava de futurismo e sim de um calo arruinado...

Arquivo da editora.

A emoção estética na arte moderna

Para muitos de vós a curiosa e sugestiva exposição que gloriosamente inauguramos hoje é uma aglomeração de "horrores". Aquele Gênio supliciado, aquele homem amarelo, aquele carnaval alucinante, aquela paisagem invertida se não são jogos da fantasia de artistas zombeteiros, são seguramente desvairadas interpretações da natureza e da vida. Não está terminado o vosso espanto. Outros "horrores" vos esperam. Daqui a pouco, juntando-se a esta coleção de disparates, uma poesia liberta, uma música extravagante, mas transcendente, virão revoltar aqueles que reagem movidos pelas forças do Passado. [...]

Trecho da conferência de Graça Aranha, na abertura da Semana, em 13 de fevereiro de 1922.

O Futurismo no Brasil

Queremos luz, ar, ventiladores, aeroplanos, reivindicações obreiras, idealismos, motores, chaminé de fábricas, sangue, velocidade, sonho, na nossa Arte!

Trecho da conferência pronunciada por Menotti del Picchia no segundo espetáculo da Semana, em 15 de fevereiro de 1922.

Nas tramas do texto

"Ode ao burguês" é um dos poemas do livro *Pauliceia desvairada*, lançado em 1922. Reproduzimos o poema para que você o leia e o saboreie. Mas queremos lembrar que, no prefácio de *Pauliceia desvairada*, Mário diz que "versos não se escrevem para leitura de olhos mudos. Versos cantam-se, urram-se, choram-se. Quem não souber urrar não leia 'Ode ao burguês'".

Ode ao burguês

Eu insulto o burguês! o burguês-níquel,
o burguês-burguês!
A digestão bem-feita de São Paulo!
O homem-curva! o homem-nádegas!
O homem que sendo francês, brasileiro, italiano,
é sempre um cauteloso pouco-a-pouco!

Eu insulto as aristocracias cautelosas!
Os barões lampiões! os condes Joões! os duques zurros!
que vivem dentro de muros sem pulos,
e gemem sangue de alguns milréis[1] fracos
para dizerem que as filhas da senhora falam o francês
e tocam os "Printemps"[2] com as unhas!

Eu insulto o burguês-funesto!
O indigesto feijão com toucinho, dono das tradições!
Fora os que algarismam os amanhãs!
Olha a vida dos nossos setembros!
Fará Sol? Choverá? Arlequinal[3]!
Mas à chuva dos rosais
o êxtase fará sempre Sol!

Morte à gordura!
Morte às adiposidades cerebrais!
Morte ao burguês-mensal!
ao burguês-cinema! ao burguês-tílburi[4]!
Padaria Suíssa! Morte viva ao Adriano!
"— Ai, filha, que te darei pelos teus anos?
— Um colar... - Conto e quinhentos!!!
Mas nós morremos de fome!"

Come! Come-te a ti mesmo, oh! gelatina pasma!
Oh! *purée* de batatas morais!
Oh! cabelos nas ventas[5]! oh! carecas!
Ódio aos temperamentos regulares!
Ódio aos relógios musculares! Morte à infâmia!
Ódio à soma! Ódio aos secos e molhados!
Ódio aos sem desfalecimentos nem arrependimentos,
sempiternamente as mesmices convencionais!
De mãos nas costas! Marco eu o compasso! Eia!
Dois a dois! Primeira posição! Marcha!
Todos para a Central do meu rancor inebriante!

Ódio e insulto! Ódio e raiva! Ódio e mais ódio!
Morte ao burguês de giolhos[6],
cheirando religião e que não crê em Deus!
Ódio vermelho! Ódio fecundo! Ódio cíclico!
Ódio fundamento, sem perdão!

Fora! Fu! Fora o bom burguês!...

ANDRADE, Mário de. *Mário de Andrade: poesias completas*. Belo Horizonte: Villa Rica, 1993. p. 88.

1. **milréis:** na grafia oficial, mil-réis, unidade monetária brasileira até 1942.
2. **Printemps** (*"prentan"* = primavera): obra clássica do compositor francês Claude Le Jeune (1528-1601).
3. **arlequinal:** relativo a Arlequim, personagem de antigas comédias italianas, caracterizado por roupa multicolorida, geralmente feita de losangos.
4. **tílburi:** carro de passeio de duas rodas, puxado por um animal.
5. **ventas:** nariz.
6. **giolhos:** joelhos.

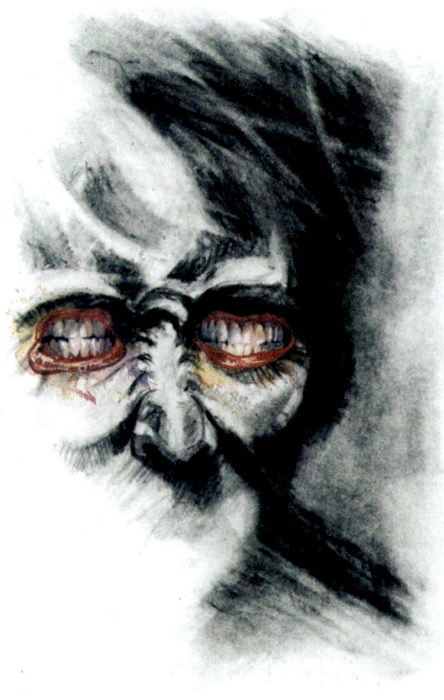

Rafael Fonseca/Arquivo da editora.

atividades

1. Aponte uma característica formal no poema de Mário de Andrade.
2. Aponte o aspecto temático predominante no poema.
3. Considerando que **ode** é uma poesia entusiástica, de exaltação, comente o título do poema de Mário de Andrade e a "brincadeira" sonora feita pelo autor.
4. Os futuristas valorizavam o substantivo e diziam que os adjetivos e os advérbios deviam ser abolidos, eliminados. Transcreva dois casos em que Mário de Andrade empregou substantivos como adjetivos, relacionados a substantivos simples, e dois casos em que empregou substantivos compostos em que o segundo elemento é um substantivo funcionando como adjetivo.
5. Em dois momentos o poeta caracteriza as "filhas"; primeiro, as filhas da aristocracia; depois, as da burguesia. Comente as duas situações.
6. Como o autor caracteriza o burguês?
7. Como você interpreta o verso "Fora os que algarismam os amanhãs!"?
8. Leia atentamente o trecho abaixo; é um diálogo entre um sapateiro e o diabo, da peça *Auto da barca do Inferno*, de Gil Vicente. A seguir, transcreva a passagem da poesia "Ode ao burguês" na qual Mário de Andrade faz uma crítica semelhante.

   SAPATEIRO — Quantas missas eu ouvi,
   não me hão elas de prestar?
   DIABO — Ouvir missa, então roubar,
   é caminho para aqui.

As revistas e os Manifestos

As duas fases do Modernismo

Creio que é preciso distinguir duas fases no Modernismo brasileiro. Uma primeira fase foi a da Semana de Arte Moderna e da revista *Klaxon*. Estávamos, de fato, nesta primeira fase, muito mais interessados na renovação literária e artística do que em outros assuntos. Foi, vamos dizer, a época polêmica. Mas, em 1923, nosso grupo cindiu-se, literariamente falando. Homens como Mário de Andrade, Oswald de Andrade, Guilherme de Almeida, Menotti del Picchia e outros continuaram no seu caminho de literatos. Continuaram a escrever e a produzir prosa e poesia. Enquanto outra parte do grupo, que não tinha tanto interesse pela literatura, que fez literatura mais pelo que representava de renovação e de polêmica, tomou outras atitudes. Tanto que, depois de *Klaxon*, houve uma parada no Movimento Modernista. Uma parada que vai até 26, quando se funda outra revista, *Terra Roxa e Outras Terras*, já com novos aderentes, como Antônio de Alcântara Machado e outros.

Rubens Borba de Moraes, em depoimento para a edição comemorativa dos 50 anos da Semana da revista *Cultura*, publicação do Ministério da Educação e Cultura, janeiro/março de 1972.

Klaxon

A revista *Klaxon – Mensário de arte moderna* foi o primeiro periódico modernista, fruto das agitações do ano de 1921 e da grande festa que foi a Semana de Arte Moderna. Seu primeiro número circulou com data de 15 de maio de 1922; a edição dupla, de números 8 e 9, a última da revista, saiu em janeiro de 1923.

Klaxon foi inovadora em todos os sentidos: desde o projeto gráfico, tanto da capa como das páginas internas, até a publicidade das contracapas e da quarta capa (propagandas sérias, como a dos chocolates Lacta, e propagandas satíricas, como a da "Panuosopho, Pateromnium & Cia." – uma grande fábrica internacional de... sonetos!). Na oposição entre o velho e o novo, na proposta de uma concepção estética diferente, enfim, em todos os aspectos, era uma revista que anunciava a modernidade, o século XX buzinando (*Klaxon* era o termo empregado para designar a buzina externa dos automóveis), pedindo passagem.

Eis alguns trechos do manifesto que abriu o primeiro número da revista:

> *Klaxon* sabe que a vida existe. E, aconselhado por Pascal, visa o presente. *Klaxon* não se preocupará de ser **novo**, mas de ser **atual**. Essa é a grande lei da novidade.
> [...]
> *Klaxon* sabe que o progresso existe. Por isso, sem renegar o passado, caminha para diante, sempre, sempre. [...]
> *Klaxon* não é exclusivista. Apesar disso jamais publicará inéditos maus de bons escritores já mortos.
> *Klaxon* não é futurista.
> *Klaxon* é klaxista.
> [...]
> *Klaxon* cogita principalmente de arte. Mas quer representar a época de 1920 em diante. Por isso é polimorfo, onipresente, inquieto, cômico, irritante, contraditório, invejado, insultado, feliz.

Revista *Klaxon*. Edição fac-similar, São Paulo: Livraria Martins Editora/ Secretaria da Cultura, Ciência e Tecnologia do xEstado de São Paulo, 1976.

Coleção particular.

A capa da revista Klaxon, *idealizada por Guilherme de Almeida, foi considerada um marco futurista, com o imenso A servindo a todos os "aa" da capa e o número "deitado".*

Biblioteca Guita e José Mindlin, São Paulo.

Manifesto da Poesia Pau-Brasil

O manifesto escrito por Oswald de Andrade foi inicialmente publicado no jornal *Correio da manhã*, edição de 18 de março de 1924; no ano seguinte, uma forma reduzida e alterada do texto abria o livro de poesias *Pau-Brasil*. No manifesto e no livro *Pau-Brasil* (ilustrado por Tarsila do Amaral), Oswald propunha uma literatura extremamente vinculada à realidade brasileira, a partir da redescoberta do Brasil. Ou, como afirmou Paulo Prado ao prefaciar o livro:

> Oswald de Andrade, numa viagem a Paris, do alto de um atelier da Place Clichy — umbigo do mundo —, descobriu, deslumbrado, a sua própria terra. A volta à pátria confirmou, no encantamento das descobertas manuelinas, a revelação surpreendente de que o Brasil existia. Esse fato, de que alguns já desconfiavam, abriu seus olhos à visão radiosa de um mundo novo, inexplorado e misterioso. Estava criada a poesia "pau-brasil".

A seguir, alguns trechos do Manifesto Pau-Brasil:

- A poesia existe nos fatos. Os casebres de açafrão e de ocre nos verdes da Favela, sob o azul cabralino, são fatos estéticos.
- A Poesia para os poetas. Alegria dos que não sabem e descobrem.
- A Poesia Pau-Brasil. Ágil e cândida. Como uma criança.
- A língua sem arcaísmos, sem erudição. Natural e neológica. A contribuição milionária de todos os erros. Como falamos. Como somos.
- Só não se inventou uma máquina de fazer versos — já havia o poeta parnasiano.
- A Poesia Pau-Brasil é uma sala de jantar domingueira, com passarinhos cantando na mata resumida das gaiolas, um sujeito magro compondo uma valsa para flauta e a Maricota lendo o jornal. No jornal anda todo o presente.
- Nenhuma fórmula para a contemporânea expressão do mundo. *Ver com olhos livres.*

ANDRADE, Oswald de. *A utopia antropofágica*. São Paulo: Globo/ Secretaria do Estado da Cultura, 1990. p. 41.

A Revista

A Revista foi a publicação responsável pela divulgação do movimento modernista em Minas Gerais. Circularam apenas três números, nos meses de julho e agosto de 1925 e janeiro de 1926; contava entre seus redatores com Carlos Drummond de Andrade. Em seu primeiro número, o editorial afirmava:

> ... Somos, finalmente, um órgão político. Esse qualificativo foi corrompido pela interpretação viciosa a que nos obrigou o exercício desenfreado da politicagem. Entretanto, não sabemos de palavra mais nobre que esta: política. Será preciso dizer que temos um ideal? Ele se apoia no mais franco e decidido nacionalismo. A confissão desse nacionalismo constitui o maior orgulho da nossa geração, que não pratica a xenofobia nem o chauvinismo, e que, longe de repudiar as correntes civilizadoras da Europa, intenta submeter o Brasil cada vez mais ao seu influxo, sem quebra de nossa originalidade nacional.

Verde-Amarelismo

Em 1926, como uma resposta ao nacionalismo do Pau-Brasil, surge o grupo do Verde-Amarelismo, formado por Plínio Salgado, Menotti del Picchia, Guilherme de Almeida e Cassiano Ricardo. O grupo criticava o "nacionalismo afrancesado" de Oswald de Andrade e apresentava como proposta um nacionalismo primitivista, ufanista e identificado com o fascismo, que evoluiria, no início da década de 1930, para o Integralismo de Plínio Salgado. Parte-se para a idolatria do tupi e elege-se a anta como símbolo nacional.

Oswald de Andrade contra-ataca em sua coluna Feira das Quintas, publicada no *Jornal do comércio*, com o artigo "Antologia", datado de 24 de fevereiro de 1927. Nele, faz uma série de brincadeiras, utilizando palavras iniciadas ou terminadas com *anta*. Em 1928, o mesmo Oswald escreve o Manifesto Antropófago, ainda como resposta aos seguidores da Escola da Anta.

O grupo verde-amarelista também faria publicar um manifesto no jornal *Correio paulistano*, edição de 17 de maio de 1929, intitulado "Nhengaçu Verde-Amarelo — Manifesto do Verde-Amarelismo ou da Escola da Anta", que, entre outras coisas, afirmava:

> O grupo "verdamarelo", cuja regra é a liberdade plena de cada um ser brasileiro como quiser e puder; cuja condição é cada um interpretar o seu país e o seu povo através de si mesmo, da própria determinação instintiva; — o grupo "verdamarelo", à tirania das sistematizações ideológicas, responde com a sua alforria e a amplitude sem obstáculo de sua ação brasileira [...]

sessão de CINEMA

Soldado de Deus (2005). Direção: Sérgio Sanz. Com narração de Nelson Xavier.

O documentário resgata a história do integralismo no Brasil e seu principal mentor, Plínio Salgado. Os depoimentos de importantes figuras da política brasileira apresentam diversos pontos de vista: dos que apoiaram o movimento, dos que o criticaram, dos que ajudaram a divulgá-lo, mas depois se afastaram.

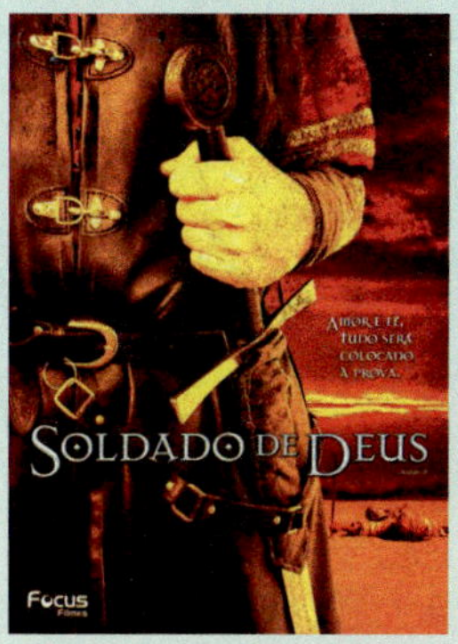

Divulgação.

Aceitamos todas as instituições conservadoras, pois é dentro delas mesmo que faremos a inevitável renovação do Brasil, como o fez, através de quatro séculos, a alma da nossa gente, através de todas as expressões históricas.

Nosso nacionalismo é "verdamarelo" e tupi. [...].

Revista de Antropofagia

A *Revista de Antropofagia* teve duas fases (ou "dentições", segundo os antropófagos). A primeira contou com 10 números, publicados entre os meses de maio de 1928 e fevereiro de 1929, sob a direção de Antônio de Alcântara Machado e a gerência de Raul Bopp. A segunda apareceu nas páginas do jornal *Diário de S. Paulo* – foram 16 números publicados semanalmente, de março a agosto de 1929, e seu "açougueiro" (secretário) era Geraldo Ferraz.

O movimento antropofágico surgiu como uma nova etapa do nacionalismo Pau-Brasil e como resposta ao grupo verde-amarelista, que criara a Escola da Anta.

Em sua primeira "dentição", iniciada com o polêmico Manifesto Antropófago, assinado por Oswald de Andrade, a revista foi realmente um espelho da miscelânea ideológica em que o movimento modernista se transformara: ao lado de artigos de Oswald, Alcântara Machado, Mário de Andrade e Drummond, encontram-se textos de Plínio Salgado (em defesa da língua tupi) e poemas de Guilherme de Almeida, ou seja, de típicos representantes da Escola da Anta.

Já a segunda "dentição" apresenta-se mais definida ideologicamente – houve, até mesmo, uma ruptura entre Oswald de Andrade e Mário de Andrade. Afinal, vivia-se uma época de definições. Continuam antropófagos Oswald, Raul Bopp, Geraldo Ferraz, Oswaldo Costa, Tarsila do Amaral e a jovem Patrícia Galvão, a Pagu. Os alvos das "mordidas" são Mário de Andrade, Alcântara Machado, Graça Aranha, Guilherme de Almeida, Menotti del Picchia e, naturalmente, Plínio Salgado.

Do Manifesto Antropófago, transcrevemos alguns trechos:

- Só a antropofagia nos une. Socialmente. Economicamente. Filosoficamente.
- Única lei do mundo. Expressão mascarada de todos os individualismos, de todos os coletivismos. De todas as religiões. De todos os tratados de paz.
- Tupi or not tupi, that is the question.
- Foi porque nunca tivemos gramáticas, nem coleções de velhos vegetais. E nunca soubemos o que era urbano, suburbano, fronteiriço e continental. Preguiçosos no mapa-múndi do Brasil.
- Antes dos portugueses descobrirem o Brasil, o Brasil tinha descoberto a felicidade.
- Contra o índio de tocheiro. O índio filho de Maria, afilhado de Catarina de Médicis e genro de D. Antônio de Mariz.
- A alegria é a prova dos nove.
- Contra a realidade social, vestida e opressora, cadastrada por Freud — a realidade sem complexos, sem loucura, sem prostituição e sem penitenciária do matriarcado de Pindorama.

Oswald de Andrade em Piratininga. Ano 374 da Deglutição do Bispo Sardinha.
ANDRADE, Oswald de. *A utopia antropofágica*. São Paulo: Globo/Secretaria da Cultura do Estado, 1990. p. 47.

Divulgação/Arquivo da editora.

Capa da edição fac-similar reunindo os 16 números da Revista de Antropofagia, *lançada em 1977, pela Metal Leve.*

Abaporu, de Tarsila do Amaral, 1928. Óleo sobre tela, 85 cm × 73 cm. Coleção Constantín/Museu de Arte Latinoamericano de Buenos Aires/Tarsila Empreendimentos.

Abaporu *(1928), de Tarsila do Amaral, obra que inspirou o movimento antropofágico e cujo título significa, em tupi, "aquele que come".*

Américo Vespúcio chegando à América, de Theodore de Bry, 1618. Gravura colorida. Coleção particular/akg-images/Album/Latinstock.

Theodore de Bry, gravurista e pintor flamengo do século XVI, tornou-se famoso por sua grande coleção de trabalhos de viagem. Em suas passagens pelas Américas, registrou, em gravuras, diversas cenas como as reproduzidas ao lado, retratando o encontro dos conquistadores com os índios nativos e seus rituais antropofágicos.

sessão de CINEMA

O encouraçado Potemkin (1925). Direção: Sergei Eisenstein. Com: Aleksandr Antonov, Vladimir Barsky, Grigori Aleksandrov.

Na Rússia de 1905, dominada pelo czar, marinheiros do navio Potemkin deflagram um motim e são apoiados pela população insatisfeita de Odessa. Uma reação sangrenta do regime opressor acaba com a rebelião. Eisenstein, o diretor, era um revolucionário e é seu libelo contra a repressão que faz o filme ser atual ainda hoje.

O país dos tenentes (1987). Direção: João Batista de Andrade. Com: Paulo Autran, Cássia Kiss e Giulia Gam.

Militar reformado recorda os momentos mais importantes de sua vida, como a participação no movimento tenentista e no golpe de 1964.

Divulgação.

O quatrilho (1994). Direção: Fábio Barreto. Com: Patrícia Pillar, Glória Pires, Bruno Campos, Alexandre Paternost.

Adaptação de romance do escritor gaúcho Clemente Pozenato sobre a imigração italiana no Rio Grande do Sul. Dois casais de amigos se desfazem quando um dos homens se apaixona pela mulher do outro. Embora ambientado no sul do país — longe, portanto, do cenário modernista de São Paulo —, o filme é interessante por mostrar aspectos do momento histórico abordado.

Nas tramas dos textos

Texto 1

Mãe-preta

— Mãe-preta, me conta uma história.
— Então fecha os olhos filhinho:

Longe muito longe
era uma vez o rio Congo...

Por toda parte o mato grande.
Muito sol batia o chão.

De noite
chegavam os elefantes.
Então o barulho do mato crescia.

Quando o rio ficava brabo
inchava.

Brigava com as árvores.
Carregava com tudo, águas abaixo,
até chegar na boca do mar.

Depois...

Olhos da preta pararam.
Acordaram-se as vozes do sangue,
glu-glus de água engasgada
naquele dia do nunca-mais.

Era uma praia vazia
com riscos brancos de areia
e batelões carregando escravos.

Começou então
uma noite muito comprida.
Era um mar que não acabava mais.

...depois...

— Ué mãezinha,
por que você não conta o resto da história?

Texto 2

Dona Chica

A negra serviu o café.

— A sua escrava tem uns dentes bonitos dona Chica.
— Ah o senhor acha?

Ao sair
a negra demorou-se com um sorriso na porta da varanda.

Foi entoando uma cantiga casa-a-dentro:

Ai do céu caiu um galho
Bateu no chão. Desfolhou.

Dona Chica não disse nada.
Acendeu ódios no olhar.

Foi lá dentro. Pegou a negra.
Mandou metê-la no tronco.
— Iaiá Chica não me mate!
— Ah! Desta vez tu me pagas.

Meteu um trapo na boca.
Depois
quebrou os dentes dela com um martelo.

— Agora
junte esses cacos numa salva de prata
e leve assim mesmo,
babando sangue,
pr'aquele moço que está na sala, peste!

BOPP, Raul. *Poesias completas de Raul Bopp*. Rio de Janeiro: José Olympio/ São Paulo: Edusp, 1998. p. 205-7.

atividades

1. Os poemas "Mãe-Preta" e "Dona Chica", de Raul Bopp, pertencem ao livro *Urucungo – poemas negros*, escrito na fase antropofágica e publicado em 1932 [**urucungo** é o nome de um instrumento musical trazido pelos escravos, semelhante ao berimbau]. Que tipo de relação podemos estabelecer entre esses dois textos?
2. Considerando as sequências textuais argumentativa, descritiva e narrativa, qual é predominante nos dois poemas?

O Modernismo dos anos 1920

O Brasil depois de 1922

Na década de 1920, a economia mundial caminhava para um colapso, que se concretizaria com a quebra da Bolsa de Valores de Nova Iorque, em 1929. O Brasil vivia os últimos anos da chamada República Velha, ou seja, o período de domínio político das oligarquias ligadas aos grandes proprietários rurais.

O período de 1922 a 1930 também se caracteriza por definições no quadro político partidário: em 1922, sob o impacto da Revolução Russa, foi criado o Partido Comunista, que contava, entre seus fundadores, com vários elementos egressos das lutas anarquistas; em 1926, surgiu o Partido Democrático, de larga penetração entre a pequena burguesia paulista e que teve, entre seus fundadores, Mário de Andrade.

Não por mera coincidência, a partir de 1922, com a revolta militar do Forte de Copacabana, o Brasil passou por um momento realmente revolucionário, com o movimento dos tenentes e a formação da Coluna Prestes. O país caminhava para o fim desse período de convulsões sociais com a ocorrência da Revolução de 1930 e a ascensão de Getúlio Vargas ao poder, iniciando-se uma nova era da história brasileira. Mário de Andrade deu seu depoimento:

> Mil novecentos e trinta... Tudo estourava, políticas, famílias, casais de artistas, estéticas, amizades profundas. O sentido destrutivo e festeiro do movimento modernista já não tinha mais razão de ser, cumprido o seu destino legítimo. Na rua, o povo amotinado gritava: — Getúlio! Getúlio!...

Coluna Prestes, de Candido Portinari, 1950. Óleo sobre tela, 46 cm x 55 cm. Coleção particular/Reprodução autorizada por João Candido Portinari/Imagem do Acervo do Projeto Portinari.

A Coluna Prestes *(1950), de Candido Portinari. Uma coluna com aproximadamente mil homens, sob o comando do capitão Luís Carlos Prestes, cruza o Brasil difundindo ideais revolucionários. Depois de percorrer 24 mil quilômetros e enfrentar tropas do exército, forças regionais, jagunços e cangaceiros de Lampião, a Coluna Prestes embrenha-se em território boliviano.*

Confrontando ideias

Dividam a sala em pequenos grupos. Leiam o poema de Mário de Andrade, busquem em dicionários o significado das palavras que desconhecerem e, depois, discutam as questões propostas.

Moça linda bem tratada

Moça linda bem tratada,
Três séculos de família,
Burra como uma porta:
Um amor.

Grã-fino do despudor,
Esporte, ignorância e sexo,
Burro como uma porta:
Um coió.

Mulher gordaça, filó
De ouro por todos os poros
Burra como uma porta:
Paciência...

Plutocrata sem consciência,
Nada porta, terremoto
Que a porta do pobre arromba
Uma bomba.

ANDRADE, Mário de, op. cit. p. 380.

1. Cada estrofe é dedicada a um membro da família. Como eles são caracterizados?
2. Por que o plutocrata é "nada porta"?

Características gerais do Primeiro Momento Modernista

O período de 1922 a 1930 é o mais radical do movimento modernista, justamente em consequência da necessidade de definições e do **rompimento com todas as estruturas do passado**. Daí o **caráter anárquico** dessa primeira fase e seu forte **sentido destruidor**, assim definido por Mário de Andrade:

> [...] se alastrou pelo Brasil o espírito destruidor do movimento modernista. Isto é, o seu sentido verdadeiramente específico. Porque, embora lançando inúmeros processos e ideias novas, o movimento modernista foi essencialmente destruidor. [...]

Ao mesmo tempo em que se buscava o moderno, o original e o polêmico, o nacionalismo se manifestava em suas múltiplas facetas: **volta às origens**, pesquisa de **fontes quinhentistas**, procura de uma "**língua brasileira**" (a língua falada pelo povo nas ruas), **paródias** – numa tentativa de repensar a história e a literatura brasileiras – e **valorização do índio verdadeiramente brasileiro**. É o tempo do Manifesto da Poesia Pau-Brasil e do Manifesto Antropófago, ambos nacionalistas, na linha comandada por Oswald de Andrade, e do Manifesto do Verde-Amarelismo, ou da Escola da Anta, que já traz as sementes do nacionalismo fascista comandado por Plínio Salgado.

Como se percebe já no final da década de 1920, a postura nacionalista apresenta duas vertentes distintas: de um lado, um **nacionalismo crítico**, consciente, de denúncia da realidade brasileira, politicamente identificado com as esquerdas; de outro, um **nacionalismo ufanista**, utópico, exagerado, identificado com as correntes políticas de extrema direita.

Principais características do Primeiro Momento Modernista

> **Rompimento com todas as estruturas do passado; caráter anárquico** e forte **sentido destruidor.**

> O nacionalismo se manifesta em suas múltiplas facetas: uma **volta às origens**, a pesquisa de **fontes quinhentistas**, a procura de uma **"língua brasileira"** (a língua falada pelo povo nas ruas), a **valorização do índio verdadeiramente brasileiro, críticas à escravidão.**

> **Paródias:** tentativa de repensar a história e a literatura brasileiras.

A produção literária

Mário de Andrade: "Minha obra badala assim: Brasileiros, chegou a hora de realizar o Brasil"

Os três princípios fundamentais do Modernismo, segundo Mário de Andrade

[...] o espírito modernista que avassalou o Brasil, que deu o sentido histórico da Inteligência nacional desse período, foi destruidor.

Mas esta destruição não apenas continha todos os germes da atualidade, como era uma convulsão profundíssima da realidade brasileira. O que caracteriza esta realidade que o movimento modernista impôs é, a meu ver, a fusão de três princípios fundamentais: **o direito permanente à pesquisa estética; a atualização da inteligência artística brasileira** e **a estabilização de uma consciência criadora nacional.**

ANDRADE, Mário de. *Aspectos da literatura brasileira*. 5. ed. São Paulo: Martins, 1974. p. 242.

Coleção Mário de Andrade/IEB-USP.

Mário de Andrade (1893-1945)

Mário Raul de Morais Andrade, o chamado "papa do Modernismo", estreou em 1917 com *Há uma gota de sangue em cada poema*, sob o impacto da Primeira Guerra Mundial; são poemas que refletem influência parnasiana. A adesão absoluta aos padrões modernos se manifestou em *Pauliceia desvairada*, com poemas inspirados na cidade de São Paulo (o primeiro poema, "Inspiração", brada: "São Paulo! comoção de minha vida... / Galicismo a berrar nos desertos da América!".

A poesia de Mário de Andrade manifesta-se modernista desde o livro *Pauliceia desvairada*, que rompe com todas as estruturas ligadas ao passado. O livro tem como musa inspiradora, ou melhor, como objeto de análise e constatação, a cidade de São Paulo e seu provincianismo, o Rio Tietê, o Largo do Arouche, o Anhangabaú, a Rua Aurora, a Rua Lopes Chaves, a burguesia, a aristocracia, o proletariado; uma cidade multifacetada, uma colcha de retalhos, uma roupa de arlequim – uma cidade arlequinal. Inicia-se com os seguintes versos, do poema "Inspiração":

São Paulo! comoção de minha vida...
Os meus amores são flores feitas de original...
Arlequinal!... Traje de losangos... Cinza e ouro...
Luz e bruma... Forno e inverno morno...
Elegâncias sutis sem escândalos, sem ciúmes...
Perfumes de Paris... Arys!
Bofetadas líricas no Trianon... Algodoal!...

São Paulo! comoção de minha vida...
Galicismo a berrar nos desertos da América!

Demonstrando não ter sofrido influência alguma, Mário de Andrade dedica *Pauliceia desvairada* a seu grande mestre, seu Guia, seu Senhor: ele mesmo, Mário de Andrade!

Nas tramas dos textos

Texto 1

Descobrimento

Abancado à escrivaninha em São Paulo
Na minha casa da Rua Lopes Chaves
De supetão senti um friúme por dentro.
Fiquei trêmulo, muito comovido
Com o livro palerma olhando pra mim.

Não vê que me lembrei que lá no norte, meu Deus! muito longe de mim
Na escuridão ativa da noite que caiu
Um homem pálido magro de cabelo escorrendo nos olhos,
Depois de fazer uma pele com a borracha do dia,
Faz pouco se deitou, está dormindo.

Esse homem é brasileiro que nem eu.

ANDRADE, Mário de. *Mário de Andrade: poesias completas*. Belo Horizonte: Villa Rica, 1993. p. 203.

Rafael Fonseca/Arquivo da editora

atividades

1. Sobre o eu poético.

a) Caracterize-o e justifique com palavras do texto.

b) Aponte uma passagem em que uma referência muito específica permite ao leitor identificar, no eu poético, o próprio autor.

2. Sobre a linguagem.

a) No *Prefácio interessantíssimo*, Mário de Andrade afirma: "A gramática apareceu depois de organizadas as línguas. Acontece que meu inconsciente não sabe da existência de gramáticas, nem de línguas organizadas. Escrevo brasileiro". Destaque um verso que comprova o "escrever brasileiro".

b) Aponte palavras ou expressões que fazem referência à Amazônia.

3. Identifique um exemplo de personificação. Explique o sentido que assume no contexto do poema.

4. Justifique o título do poema.

Texto 2

Garoa do meu São Paulo,
— Timbre triste de martírios —
Um negro vem vindo, é branco!
Só bem perto fica negro,
Passa e torna a ficar branco.

Meu São Paulo da garoa,
— Londres das neblinas finas —
Um pobre vem vindo, é rico!
Só bem perto fica pobre,
Passa e torna a ficar rico.

Garoa do meu São Paulo,
— Costureira de malditos —
Vem um rico, vem um branco,
São sempre brancos e ricos...

Garoa, sai dos meus olhos.

atividades

1. O poema ao lado foi publicado no livro póstumo *Lira paulistana*, de 1946; nele podemos perceber a cidade sob a influência não mais de Paris, mas de outra cidade. Comente essa influência.

2. Um pouco de gramática:

a) Comente a organização sintática do primeiro verso das três estrofes.

b) Qual a função sintática dos segundos versos?

c) O eu poético se revela em quais termos?

d) Como podemos interpretar esses recursos gramaticais?

3. Com base nos verbos que indicam movimento (vem vindo, passa), localize espacialmente o eu poético e explique a importância dessa localização para a interpretação do poema.

Macunaíma

Em *Macunaíma, o herói sem nenhum caráter*, está, talvez, a criação máxima de Mário de Andrade: com base nesse anti-herói, o autor enfoca o choque do índio amazônico (que nasceu preto e virou branco – síntese do povo brasileiro) com a tradição e a cultura europeias na cidade de São Paulo, valendo-se para tanto de profundos estudos de folclore. E Macunaíma, no seu "pensamento selvagem", faz as transformações que ele quer: um inglês vira o London Bank, a cidade de São Paulo vira uma preguiça (animal), e assim por diante, colocando todas as estruturas de pernas para o ar. Macunaíma é o próprio "herói de nossa gente", como faz questão de afirmar o autor logo na primeira linha do romance, para reiterar a ideia na última linha, procedimento contrário ao dos autores românticos, que jamais declaram a condição de herói de seus personagens, apesar de os criarem com essa finalidade.

Museu de Arqueologia e Etnologia da USP, São Paulo.

O amuleto "muiraquitã".

Texto 3

Capítulo V

[...]

Uma feita a Sol cobrira os três manos duma escaminha de suor e Macunaíma se lembrou de tomar banho. Porém no rio era impossível por causa das piranhas tão vorazes que de quando em quando na luta pra pegar um naco de irmã espedaçada, pulavam aos cachos pra fora d'água metro e mais. Então Macunaíma enxergou numa lapa bem no meio do rio uma cova cheia d'água. E a cova era que-nem a marca dum pé-gigante. Abicaram. O herói depois de muitos gritos por causa do frio da água entrou na cova e se lavou inteirinho. Mas a água era encantada porque aquele buraco na lapa era marca do pezão do Sumé, do tempo em que andava pregando o evangelho de Jesus pra indiada brasileira. Quando o herói saiu do banho estava branco louro e de olhos azuizinhos, água lavara o pretume dele. E ninguém não seria capaz mais de indicar nele um filho da tribo retinta dos Tapanhumas.

Nem bem Jiguê percebeu o milagre, se atirou na marca do pezão do Sumé. Porém a água já estava muito suja da negrura do herói e por mais que Jiguê esfregasse feito maluco atirando água pra todos os lados só conseguiu ficar da cor do bronze novo. Macunaíma teve dó e consolou:

— Olhe, mano Jiguê, branco você ficou não, porém pretume foi-se e antes fanhoso que sem nariz.

Maanape então é que foi se lavar, mas Jiguê esborrifara toda a água pra fora da cova. Tinha só um bocado lá no fundo e Maanape conseguiu molhar só a palma dos pés e das mãos. Por isso ficou negro bem filho da tribo dos Tapanhumas. Só que as palmas das mãos e dos pés dele são vermelhas por terem se limpado na água santa. Macunaíma teve dó e consolou:

— Não se avexe, mano Maanape, não se avexe não, mais sofreu nosso tio Judas!

E estava lindíssimo na Sol da lapa os três manos um louro um vermelho outro negro, de pé bem erguidos e nus. Todos os seres do mato espiavam assombrados. O jacareúna o jacaretinga o jacaré-açu o jacaré-ururau de papo amarelo, todos esses jacarés botaram os olhos de rochedo pra fora d'água. Nos ramos das ingazeiras das aningas das mamoranas das embaúbas dos catauaris de beira-rio o macaco-prego o macaco-de-cheiro o guariba o bugio o cuatá o barrigudo o coxiú o cairara, todos os quarenta macacos do Brasil, todos, espiavam babando de inveja. E os sabiás, o sabiacica o sabiapoca o sabiaúna o sabiapiranga o sabiagonga que quando come não me dá, o sabiá-barranco o sabiá-tropeiro o sabiá-laranjeira o sabiá-gute todos esses ficaram pasmos e esqueceram de acabar o trinado, vozeando vozeando com eloquência. Macunaíma teve ódio. Botou as mãos nas ancas e gritou pra natureza:

— Nunca viu não!

Então os seres naturais debandavam vivendo e os três manos seguiram caminho outra vez. [...]

Coleção Mário de Andrade/Instituto de Estudos Brasileiros da USP, São Paulo.

Ilustração de Cícero Dias para Macunaíma.

sessão de **CINEMA**

Macunaíma (1969).
Direção: Joaquim Pedro de Andrade. Com: Grande Otelo, Paulo José, Dina Sfat, Jardel Filho.

Adaptação livre do romance-rapsódia de Mário de Andrade. Conta as peripécias de Macunaíma, "o herói sem nenhum caráter", na selva e, depois, na cidade grande. O personagem é interpretado por Grande Otelo e, depois de "embranquecer", por Paulo José.

Lição de Amor (1975).
Direção: Eduardo Escorel. Com: Lílian Lemmertz e Rogério Fróes.

Adaptação de *Amar, verbo intransitivo*, romance do modernista Mário de Andrade. Na São Paulo dos anos 1920, governanta alemã é contratada para dar aulas particulares e iniciar sexualmente o filho adolescente de um empresário.

Epílogo

Acabou-se a história e morreu a vitória. [...]

A tribo se acabara, a família virara sombras, a maloca ruíra minada pelas saúvas e Macunaíma subira pro céu, porém ficara o aruaí do séquito daqueles tempos de dantes em que o herói fora o grande Macunaíma imperador. E só o papagaio no silêncio do Uraricoera preservava do esquecimento os casos e a fala desaparecida. Só o papagaio conservava no silêncio as frases e os feitos do herói.

Tudo ele contou pro homem e depois abriu asa rumo de Lisboa. E o homem sou eu, minha gente, e eu fiquei pra vos contar a história. Por isso que vim aqui. Me acocorei em riba destas folhas, catei meus carrapatos, ponteei na violinha e em toque rasgado botei a boca no mundo cantando na fala impura as frases e os casos de Macunaíma, herói de nossa gente.

Tem mais não.

ANDRADE, Mário de. *Macunaíma, o herói sem nenhum caráter*. 10. ed. São Paulo: Livraria Martins Editora, 1973. p. 9-10, 48-9, 221-22.

atividades

1. Mário de Andrade mistura os mais diferentes traços culturais que influenciaram o brasileiro. Na frase "numa pajelança Rei Nagô...", há um exemplo de qual tipo de "mistura"?

2. No trecho transcrito do capítulo V, pode-se interpretar os três irmãos como sendo uma "síntese" do povo brasileiro? Justifique.

3. O próprio herói, desde a sua origem até as mutações, poderia representar uma "síntese" do povo brasileiro? Justifique.

4. Sumé é um personagem lendário de nossos índios; segundo consta, foi quem ensinou os segredos da agricultura a eles. No trecho lido (capítulo V), com quem poderíamos identificar Sumé?

Coleção particular/Tarsila Empreendimentos.

Retrato de Oswald de Andrade *(1922), tela de Tarsila do Amaral.*

Oswald de Andrade: "Como poucos, eu amei a palavra liberdade e por ela briguei"

Análise crítica da sociedade burguesa capitalista

Mais do que a de outros escritores, a vida de Oswald de Andrade é irmã gêmea de sua obra, como afirma seu filho Rudá em carta ao crítico Antonio Candido: "Creio que a obra de Oswald não pode ser estudada desvinculada de sua vida". E aqui cabe chamar a atenção para dois fatos: primeiro, a vida de Oswald teve um verdadeiro divisor de águas – o ano de 1929 –, quando, fazendeiro de café, vai à falência; segundo, criou-se em torno dele a imagem de um "palhaço da burguesia", o que ofuscou em muito o brilho de sua obra e amargurou o escritor nos últimos anos de sua vida. A propósito, assim se manifestou o próprio Oswald:

> Quando, depois de uma fase brilhante em que realizei os salões do modernismo e mantive contato com a Paris de Cocteau e de Picasso, quando num só dia da *débâcle* do café, em 29, perdi tudo — os que se sentavam à minha mesa iniciaram uma tenaz campanha de desmoralização contra meus dias. Fecharam então num cochicho beiçudo o diz-que-diz que havia de isolar minha perseguida pobreza nas prisões e nas fugas. Criou-se então a fábula de que eu só fazia piada e irreverência, e uma cortina de silêncio tentou encobrir a ação pioneira que dera o Pau-Brasil e a prosa renovada de 22.

A esse respeito, o crítico Antonio Candido assim se manifesta:

> Mas esse Oswald lendário e anedótico tem razão de ser: a sua elaboração pelo público manifesta o que o mundo burguês de uma cidade provinciana enxergava de perigoso e negativo para os seus valores artísticos e sociais. Ele escandalizava pelo fato de existir, porque a sua personalidade excepcionalmente poderosa atulhava o meio com a simples presença. Conheci muito senhor bem posto que se irritava só de vê-lo — como se andando pela rua Barão de Itapetininga ele pusesse em risco a normalidade dos negócios ou o decoro do finado chá-das-cinco.

Arquivo da editora.

Oswald de Andrade (1890-1954)

José Oswald de Sousa Andrade foi figura fundamental dos principais acontecimentos da vida cultural brasileira da primeira metade do século XX. Homem polêmico, irônico, gozador, teve vida atribulada não só no que diz respeito às artes como também à política e aos sentimentos: foi o idealizador dos principais manifestos modernistas, militante político de esquerda, teve profundas amizades e inimizades, rumorosos casos de amor e vários casamentos (com destaque para dois: com Tarsila do Amaral e com Patrícia Galvão, a Pagu).

Nas tramas dos textos

Vício na fala

Para dizerem milho dizem mio
Para melhor dizem mió
Para pior pió
Para telha dizem teia
Para telhado dizem teiado
E vão fazendo telhados

ANDRADE, Oswald de. *Poesias reunidas*. 5. ed. Rio de Janeiro: Civilização Brasileira, 1971.

atividades

1. Destaque duas características modernistas presentes no texto ao lado.
2. Como pode ser interpretado o verso "E vão fazendo telhados"?

amor

humor

Coleção paricular/Tarsila Empreendimentos.

Desenho de Tarsila do Amaral para o poema "amor".

Oferta

Quem sabe
Se algum dia
Traria
O elevador
Até aqui
O teu amor

Relicário

No baile da Corte
Foi o conde d'Eu quem disse
Pra Dona Benvinda
Que farinha de Suruí
Pinga de Parati
Fumo de Baependi
É comê bebê pitá e caí

O capoeira

Qué apanhá sordado?
O quê?
Qué apanhá?
Pernas e cabeças na calçada.

ANDRADE, Oswald de. *Poesias reunidas*. 5. ed. Rio de Janeiro: Civilização Brasileira, 1971. p. 89, 94-5, 157, 166.

A prosa de Memórias sentimentais de João Miramar

Os romances de Oswald de Andrade, especialmente *Memórias sentimentais de João Miramar* e *Serafim Ponte Grande*, quebram toda a estrutura dos romances tradicionais, apresentando capítulos curtíssimos e semi-independentes, num misto de prosa e poesia, que, ao final da leitura, formam um grande painel. Segundo Antonio Candido e Aderaldo Castello, *Memórias sentimentais de João Miramar* "é a história dum paulista de 'boa família' que, como os outros, estuda mais ou menos, cresce, vai à Europa, volta, casa com a prima, torna-se fazendeiro pouco eficiente, é explorado, entra em aventuras, — em meio a um saboroso panorama da família e da classe em que vive". A seguir, reproduzimos alguns capítulos.

27. Férias

Dezembro deu à luz das salas enceradas de tia Gabriela as três moças primas de óculos bem falados.

Pantico norte-americava.

E minha mãe entre médicos num leito de crise, decidiu o meu apressado conhecimento viajeiro do mundo.

56. Órfão

O céu jogava tinas de água sobre o noturno que me devolvia a São Paulo.

O comboio brecou lento para as ruas molhadas, furou a gare suntuosa e me jogou nos óculos menineiros de um grupo negro.

Sentaram-me num automóvel de pêsames.

Longo soluço empurrou o corredor conhecido contra o peito magro de tia Gabriela no ritmo de luto que vestia a casa.

66. Botafogo etc.

Beiramarávamos em auto pelo espelho de aluguel arborizado das avenidas marinhas sem sol.

Losangos tênues de ouro bandeiranacionalizavam o verde dos montes interiores.

No outro lado azul da baía a Serra dos Órgãos serrava.

Barcos. E o passado voltava na brisa de baforadas gostosas. Rolah ia e vinha derrapava entrava em túneis.

Copacabana era um veludo arrepiado na luminosa noite varada pelas frestas da cidade.

131. Mais que perfeito

Eu tinha saído do laboratório da Itacolomi Film onde Rolah tinha dada uma hora preguiçosa de pose para observações contratuais.

Ela me tinha confessado pela manhã que seus amores anteriores com pastores não tinham passado de pequenos flertes de criança.

Agora quando tínhamos descido a escada longa eu me tinha baixado até os orquestrais cabelos louros.

E tínhamo-nos juntado no grande doce e carnoso grude dum grande beijo mudo como um surdo.

ANDRADE, Oswald de. *Memórias sentimentais de João Miramar*. 4. ed. São Paulo: Globo, 1993.

Confrontando ideias

Após a leitura dos textos, relacione o que você considera características revolucionárias na obra de Oswald de Andrade.

Manuel Bandeira: "Não quero mais saber do lirismo que não é libertação"

Viveu para as letras

As fatalidades que marcaram a vida de Manuel Bandeira deixaram cicatrizes profundas na obra do poeta, levando o crítico Alfredo Bosi a afirmar: "A biografia de Manuel Bandeira é a história de seus livros. Viveu para as letras...". E, nesse ponto, é oportuna a leitura de um trecho de seu "Autorretrato", onde ele se autodefine de forma pouco convencional: "[...] Poeta ruim na arte da prosa [...]".

Arquivo da editora.

Manuel Bandeira (1886-1968)

Manuel Carneiro de Souza Bandeira Filho teve sua vida determinada por uma ocorrência: estudante de arquitetura em São Paulo, foi acometido de tuberculose, o que o levaria a afirmar que era "um tísico profissional". Desde os 18 anos de idade desenganado pelos médicos, viveu para as letras e preparando-se para a morte.

***Consoada*[1]**

Quando a Indesejada das gentes chegar
(Não sei se dura ou caroável[2])
Talvez eu tenha medo.
Talvez sorria, ou diga:
Alô, iniludível!
O meu dia foi bom, pode a noite descer.
(A noite com seus sortilégios.)
Encontrará lavrado o campo, a casa limpa,
A mesa posta,
Com cada coisa em seu lugar.

1. **consoada:** pequena refeição noturna; a ceia de natal.
2. **caroável:** carinhosa, afetuosa.

Todos os textos de Manuel Bandeira reproduzidos neste capítulo foram retirados do livro BANDEIRA, Manuel. *Poesia completa e prosa*. Rio de Janeiro: Nova Aguilar, 1985.

Libertinagem (1930) é uma das obras mais importantes de toda a literatura brasileira, em que aparecem poemas como "Poética", "O cacto", "Pneumotórax", "Evocação do Recife", "Poema tirado de uma notícia de jornal", "Irene no céu", "Vou-me embora pra Pasárgada", entre tantos outros. E aqui aparece a palavra-chave de toda a sua obra modernista: liberdade, seja de conteúdo, seja de forma.

Manuel Bandeira buscou na própria vida inspiração para seus grandes temas: de um lado, a família, a morte, a infância no Recife, o Rio Capibaribe; de outro, a constante observação da rua por onde transitam os mendigos, as prostitutas, os pobres meninos carvoeiros, as Irenes pretas, os carregadores de feira livre, todos falando o português gostoso do Brasil. E, em tudo, o humor, certo ceticismo, uma ironia por vezes amarga, a tristeza e a alegria das pessoas, a idealização de um mundo melhor — enfim, um canto de solidariedade ao povo. Daí o poeta não entender o escândalo que sua poesia provocava, como ele comenta em seu livro *Itinerário de Pasárgada*:

Coleção particular, Rio de Janeiro.

Manuel Bandeira retratado por Portinari, em agosto de 1936.

> No entanto, quando chegava à janela, o que me detinha os olhos, e a meditação, não era nada disso: era o becozinho sujo embaixo, onde vivia tanta gente pobre — lavadeiras e costureiras, fotógrafos do Passeio Público, garçons de cafés. Esse sentimento de solidariedade com a miséria é que tentei pôr no "Poema do beco", com a mesma ingenuidade com que mais tarde escrevi um poema sobre o boi morto que vi passar numa cheia do Capibaribe. Fiquei, pois, surpreendido ao ver que faziam de um e de outro poema pedras de escândalo.

Nas tramas do texto

1. **evocação:** ato de chamar, de trazer à memória.
2. **Veneza americana:** denominação dada à cidade do Recife pelo fato de ter a área urbana cortada pelos canais dos rios Capibaribe e Beberibe.
3. **Mauritsstad:** denominação dada à cidade do Recife à época da colonização holandesa; Cidade de Maurício (de Nassau).
4. **Recife dos Mascates:** referência à Guerra dos Mascates (1710), que envolveu os comerciantes do Recife e a aristocracia de Olinda.
5. **Recife das revoluções libertárias:** alusão às várias revoluções liberais ocorridas em Pernambuco nos anos 1817, 1824 e 1848.
6. **chicote-queimado:** brincadeira infantil.
7. **Aninha Viegas, Totônio Rodrigues:** figuras que povoaram a infância do poeta.
8. **pincenê:** óculos sem haste.
9. **politonavam:** cantavam em vários tons.
10. **Capiberibe:** o mesmo que Capibaribe, rio que banha Recife.

Evocação[1] do Recife

Recife
Não a Veneza americana[2]
Não a Mauritsstad[3] dos armadores das Índias Ocidentais
Não o Recife dos Mascates[4]
Nem mesmo o Recife que aprendi a amar depois —
Recife das revoluções libertárias[5]
Mas o Recife sem história nem literatura
Recife sem mais nada
Recife da minha infância
A rua da União onde eu brincava de chicote-queimado[6] e partia as vidraças da casa de dona Aninha Viegas
Totônio Rodrigues[7] era muito velho e botava o pincenê[8] na ponta do nariz
Depois do jantar as famílias tomavam a calçada com cadeiras, mexericos, namoros, risadas
A gente brincava no meio da rua
Os meninos gritavam:
Coelho sai
Não sai!
A distância as vozes macias das meninas politonavam[9]:
Roseira dá-me uma rosa
Craveiro dá-me um botão
(Dessas rosas muita rosa
Terá morrido em botão...)
De repente
nos longes da noite
um sino
Uma pessoa grande dizia:
Fogo em Santo Antônio!
Outra contrariava: São José!
Totônio Rodrigues achava sempre que era São José.
Os homens punham o chapéu saíam fumando
E eu tinha raiva de ser menino porque não podia ir ver o fogo
Rua da União...
Como eram lindos os nomes das ruas da minha infância
Rua do Sol
(Tenho medo que hoje se chame do Dr. Fulano de Tal)
Atrás de casa ficava a Rua da Saudade...
... onde se ia fumar escondido
Do lado de lá era o cais da Rua da Aurora...
... onde se ia pescar escondido
Capiberibe[10]
Capibaribe
Lá longe o sertãozinho de Caxangá
Banheiros de palha
Um dia eu vi uma moça nuinha no banho
Fiquei parado o coração batendo

Ela se riu
Foi o meu primeiro alumbramento[11]
Cheia! As cheias! Barro boi morto árvores destroços redomoinho sumiu
E nos pegões[12] da ponte do trem de ferro os caboclos destemidos em jangadas de bananeiras
Novenas
Cavalhadas[13]
Eu me deitei no colo da menina e ela começou a passar a mão nos meus cabelos
Capiberibe
— Capibaribe
Rua da União onde todas as tardes passava a preta das bananas
Com o xale vistoso de pano da Costa
E o vendedor de roletes de cana
O de amendoim
que se chamava midubim e não era torrado era cozido
Me lembro de todos os pregões[14]
Ovos frescos e baratos
Dez ovos por uma pataca[15]
Foi há muito tempo...
A vida não me chegava pelos jornais nem pelos livros
Vinha da boca do povo na língua errada do povo
Língua certa do povo
Porque ele é que fala gostoso o português do Brasil
Ao passo que nós
O que fazemos
É macaquear
A sintaxe lusíada[16]
A vida com uma porção de coisas que eu não entendia bem
Terras que não sabia onde ficavam
Recife...
Rua da União...
A casa de meu avô...
Nunca pensei que ela acabasse!
Tudo lá parecia impregnado de eternidade
Recife...
Meu avô morto.
Recife morto, Recife bom, Recife brasileiro como a casa de meu avô

BANDEIRA, Manuel. *Poesia completa e prosa*. 4. ed. Rio de Janeiro: Nova Aguilar, 1985. p. 212.

11. **alumbramento:** deslumbramento, maravilhamento.
12. **pegões:** grandes pilares que sustentam a armação de uma ponte.
13. **cavalhadas:** brincadeira popular muito comum no Nordeste brasileiro; lembra os torneios medievais.
14. **pregões:** reclames, propagandas, divulgação pública; no Nordeste, são característicos os pregões cantados.
15. **pataca:** denominação genérica de várias moedas antigas.
16. **sintaxe lusíada:** no contexto, gramática portuguesa.

atividades

1. "Evocação do Recife" pode ser entendido como um poema-síntese da obra de Manuel Bandeira. Após a releitura do poema, cite quatro características marcantes de Manuel Bandeira. Justifique com palavras ou frases tiradas do texto.
2. Quanto ao aspecto formal, você diria que esse poema de Manuel Bandeira é um texto típico do Modernismo? Justifique sua resposta.
3. No início da poesia, por várias vezes Manuel Bandeira rejeita algumas qualificações atribuídas à cidade do Recife, rememorando-a em termos de sua vivência pessoal. Comente a posição do poeta em relação à cidade dele.

Coleção particular.

Painel Eu vi o mundo... ele começava no Recife, *1926, de Cícero Dias. Considerado um "anjo músico" por Mário de Andrade, o artista revela todo o seu lirismo nessa obra, um misto de sonho e realidade que nos remete ao Recife de Manuel Bandeira.*

na linguagem
DOS SONS

Olivia Hime – Estrela da vida inteira.

Delicado CD em que Olivia Hime interpreta poemas de Manuel Bandeira que foram musicados por famosos compositores (Tom Jobim, Milton Nascimento, Dorival Caymmi, entre outros). Acompanha encarte com textos sobre Manuel Bandeira e os poemas que foram musicados. O CD foi lançado em 1986 pela Gravadora Biscoito Fino para festejar o centenário de nascimento do poeta.

Divulgação.

Alcântara Machado: retratos da São Paulo macarrônica

O verdadeiro dialeto paulistano

Alcântara Machado teve seu nome definitivamente consagrado com a publicação dos livros de contos *Brás, Bexiga e Barra Funda* (1927) e *Laranja da China* (1928). A maior característica de sua obra está no retrato, ao mesmo tempo crítico, anedótico, apaixonado, mas sobretudo humano, que faz da cidade de São Paulo e de seu povo, com particular atenção para os imigrantes italianos, quer os moradores de bairros mais pobres, quer os que se vão aburguesando. Todo esse painel é narrado no verdadeiro dialeto paulistano resultante da mistura do linguajar do imigrante italiano com o falar do povo brasileiro, que se convencionou chamar de "português-macarrônico", já brilhantemente utilizado por Juó Bananére.

Arquivo da editora.

Alcântara Machado (1901-1935)

Antônio de Alcântara Machado, filho de ilustre família paulistana, participou ativamente da primeira "dentição" da *Revista de Antropofagia*. Após 1929, por divergências ideológicas, afastou-se de Oswald, ao mesmo tempo que estreitou relações com Mário de Andrade. Em sua prosa, retrata a vida dos imigrantes italianos numa São Paulo em transformação; um traço marcante de sua literatura é a incorporação do "português macarrônico", alternando palavras e expressões italianas e reproduzindo o ritmo característico da oralidade.

Nas tramas dos textos

Transcrevemos, a seguir, duas passagens de Brás, Bexiga e Barra Funda*: a primeira* é parte do Artigo de Fundo, *espécie de editorial, já que o autor considera o livro um "jornal" que publica "notícias", ou seja, retrata o cotidiano dos ítalo-brasileiros de São Paulo; a segunda passagem é o conto* Gaetaninho, *transcrito na íntegra.*

Artigo de Fundo

[...] Do consórcio da gente imigrante com o ambiente, do consórcio da gente imigrante com a indígena nasceram os novos mamalucos.

Nasceram os intalianinhos.

O Gaetaninho.

A Carmela.

Brás, Bexiga e Barra Funda, como membro da livre imprensa que é, tenta fixar tão-somente alguns aspectos da vida trabalhadeira, íntima e quotidiana desses novos mestiços nacionais e nacionalistas. É um jornal. Mais nada. Notícia. Só. Não tem partido nem ideal. Não comenta. Não discute. Não aprofunda.

Principalmente não aprofunda. Em suas colunas não se encontra uma única linha de doutrina. Tudo são fatos diversos. Acontecimentos de crônica urbana. Episódios de rua. O aspecto étnico-social dessa novíssima raça de gigantes encontrará amanhã o seu historiador. E será então analisado e pesado num livro.

Brás, Bexiga e Barra Funda não é um livro.

Brás, Bexiga e Barra Funda não é uma sátira.

A Redação

Gaetaninho

Rafael Fonseca/Arquivo da editora.

— Xi, Gaetaninho, como é bom!

Gaetaninho ficou banzando bem no meio da rua. O Ford quase o derrubou e ele não viu o Ford. O carroceiro disse um palavrão e ele não ouviu o palavrão.

— Eh! Gaetaninho! Vem pra dentro.

Grito materno sim: até filho surdo escuta. Virou o rosto tão feio de sardento, viu a mãe e viu o chinelo.

— *Súbito*!

Foi-se chegando devagarinho, devagarinho. Fazendo beicinho. Estudando o terreno. Diante da mãe e do chinelo parou. Balançou o corpo. Recurso de campeão de futebol. Fingiu tomar a direita. Mas deu meia-volta instantânea e varou pela esquerda porta adentro.

Eta salame de mestre!

Ali na Rua Oriente[1] a ralé quando muito andava de bonde. De automóvel ou carro só mesmo em dia de enterro. De enterro ou de casamento. Por isso mesmo o sonho de Gaetaninho era de realização muito difícil. Um sonho.

O Beppino por exemplo. O Beppino naquela tarde atravessara de carro a cidade. Mas como? Atrás da tia Peronetta que se mudava para o Araçá[2]. Assim também não era vantagem.

1. **Rua Oriente:** importante rua do bairro do Brás, em São Paulo.

2. **Araçá:** cemitério da cidade de São Paulo; tornou-se, na primeira metade do século XX, o cemitério dos imigrantes italianos.

3. **cocre:** o mesmo que croque, coque; pancada na cabeça desferida com o nó dos dedos.

Mas se era o único meio? Paciência.

Gaetaninho enfiou a cabeça embaixo do travesseiro.

Que beleza, rapaz! Na frente quatro cavalos pretos empenachados levavam a Tia Filomena para o cemitério. Depois o padre. Depois o Savério noivo dela de lenço nos olhos. Depois ele. Na boleia do carro. Ao lado do cocheiro. Com a roupa marinheira e o gorro branco onde se lia: ENCOURAÇADO SÃO PAULO. Não. Ficava mais bonito de roupa marinheira mas com a palhetinha nova que o irmão lhe trouxera da fábrica. E ligas pretas segurando as meias. Que beleza, rapaz! Dentro do carro o pai, os dois irmãos mais velhos (um de gravata vermelha, outro de gravata verde) e o padrinho Seu Salomone. Muita gente nas calçadas, nas portas e nas janelas dos palacetes, vendo o enterro. Sobretudo admirando o Gaetaninho.

Mas Gaetaninho ainda não estava satisfeito. Queria ir carregando o chicote. O desgraçado do cocheiro não queria deixar. Nem por um instantinho só.

Gaetaninho ia berrar mas a Tia Filomena com a mania de cantar o 'Ahi, Mari!' todas as manhãs o acordou.

Rafael Fonseca/Arquivo da editora.

Primeiro ficou desapontado. Depois quase chorou de ódio.

Tia Filomena teve um ataque de nervos quando soube do sonho de Gaetaninho. Tão forte que ele sentiu remorsos. E para sossego da família alarmada com o agouro tratou logo de substituir a tia por outra pessoa numa nova versão de seu sonho. Matutou, matutou e escolheu o acendedor da Companhia de Gás, Seu Rubino, que uma vez lhe deu um cocre[3] danado de doído.

Os irmãos (esses) quando souberam da história resolveram arriscar de sociedade quinhentão no elefante. Deu a vaca. E eles ficaram loucos de raiva por não haverem logo adivinhado que não podia deixar de dar a vaca mesmo.

O jogo na calçada parecia de vida ou morte. Muito embora Gaetaninho não estava ligando.

— Você conhecia o pai do Afonso, Beppino?

— Meu pai deu uma vez na cara dele.

— Então você não vai amanhã no enterro. Eu vou!

O Vicente protestou indignado:

— Assim não jogo mais! O Gaetaninho está atrapalhando!

Gaetaninho voltou para o seu posto de guardião. Tão cheio de responsabilidades.

O Nino veio correndo com a bolinha de meia. Chegou bem perto. Com o tronco arqueado, as pernas dobradas, os braços estendidos, as mãos abertas, Gaetaninho ficou pronto para a defesa.

— Passa pro Beppino!

Beppino deu dois passos e meteu o pé na bola. Com todo o muque. Ela cobriu o guardião sardento e foi parar no meio da rua.

— Vá dar tiro no inferno!

— Cala a boca, palestrino!

— Traga a bola!

Gaetaninho saiu correndo. Antes de alcançar a bola um bonde o pegou. Pegou e matou.

No bonde vinha o pai do Gaetaninho.

A gurizada assustada espalhou a notícia na noite.

— Sabe o Gaetaninho?

— Que é que tem?

— Amassou o bonde!

A vizinhança limpou com benzina suas roupas domingueiras.

Às dezesseis horas do dia seguinte saiu um enterro da Rua do Oriente e Gaetaninho não ia na boleia de nenhum dos carros do acompanhamento. Ia no da frente dentro de um caixão fechado com flores pobres por cima. Vestia a roupa marinheira, tinha as ligas, mas não levava a palhetinha.

Quem na boleia de um dos carros do cortejo mirim exibia soberbo terno vermelho que feria a vista da gente era o Beppino.

MACHADO, Antônio de Alcântara. *Novelas paulistanas*. 6. ed. Rio de Janeiro, J. Olympio, 1979. p. 11-3.

atividades

1. Transcreva uma frase em que fica bem caracterizada a condição social dos personagens.
2. Entre vários costumes retratados no conto, há uma referência, muito bem-humorada, ao jogo do bicho. Comente-a.
3. Podemos afirmar que o ocorrido com o menino Gaetaninho é uma metáfora da vida daqueles imigrantes pobres. Comente a metáfora.

sessão de CINEMA

Eternamente Pagu (1978). Direção: Norma Benguel. Com: Carla Camurati, Antonio Fagundes e Esther Góes.

Patrícia Galvão, a Pagu, musa dos intelectuais das décadas de 1920 e 1930, escandalizou a burguesia com sua maneira de ser e pensar, absolutamente não convencional. O filme trata de seu engajamento político, da amizade com a pintora Tarsila do Amaral e de seu romance com o escritor Oswald de Andrade.

Divulgação.

Eh Pagu, Eh! (1982). Direção: Ivo Branco. Com: Edith Siqueira e Aldo Bueno.

Documentário que reconstitui a vida de Patrícia Galvão, sua militância política, a prisão por cinco anos, a dissidência, a produção intelectual (foi autora do primeiro romance proletário brasileiro) e, finalmente, sua passagem pelo teatro. Raul Cortez, entre outros, encarrega-se da narração.

Divulgação.

*Questões de exames sobre este capítulo encontram-se na página **689**.*

capítulo 27

O Brasil de 1930 a 1945 – a lírica

Objetivos gerais do capítulo

O aluno, ao final do capítulo, deverá ser capaz de:

- conhecer as principais características da segunda geração do Modernismo brasileiro e suas relações com o contexto histórico;
- conhecer os principais poetas da segunda geração de modernistas, ler seus textos e refletir sobre eles.

Os camaradas não disseram
que havia uma guerra
e era necessário
trazer fogo e alimento

Carlos Drummond de Andrade, no poema "Sentimento do mundo".

O acirramento das questões políticas, a crise financeira de 1929, o Golpe de 1930 e a ascensão de Getúlio Vargas encerram a primeira fase do Modernismo. A partir de 1930, com as mudanças de orientação do novo governo, a Revolução Constitucionalista de 1932, o Estado Novo, no plano interno, a Grande Depressão econômica e o pensamento nazifascista marcam um novo período, um novo mundo, assustado com a eclosão da Primeira Guerra Mundial. Na foto de 1945, pracinhas brasileiros em Monte Castelo.

Soldados da Força Expedicionária Brasileira na cidade de Monte Castelo, fotógrafo anônimo, 1945/Iconographia.

As artes brasileiras nas décadas de 1930-1940

A pintura

A trajetória de Ismael Nery (1900-1934) é um retrato das tendências que dominaram o Modernismo brasileiro nas décadas de 1920 e 1930: de 1922 a 1923, vive uma fase expressionista; de 1924 a 1927, é predominantemente cubista; em 1927 viaja à Europa e toma contato com os surrealistas, notadamente Marc Chagall, tendência que marcaria sua produção artística até a prematura morte em 1934. Agonia é uma tela representativa dos anos 1930. Ismael Nery foi grande amigo de Murilo Mendes, com quem partilhava uma visão humanista e solidária do mundo.

Agonia, de Ismael Nery, 1931. Óleo sobre cartão, 71 cm × 48 cm. Coleção particular.

Operários, de Tarsila do Amaral, 1933. Óleo sobre tela, 150 cm × 205 cm. Acervo dos Palácios do Governo do Estado de São Paulo/Tarsila Empreendimentos.

As décadas de 1930 e 1940 foram marcadas por momentos de definição política e por um maior engajamento dos artistas nas lutas sociais. Em 1931, Tarsila do Amaral (1886-1973), após seu rompimento com Oswald de Andrade, viaja à antiga União Soviética, expondo em Moscou. Volta impressionada com o drama dos trabalhadores e das classes oprimidas; sob o impacto dessa experiência, produz algumas de suas obras mais engajadas: Os operários *e* Segunda classe.

Família do fuzileiro naval, de Alberto da Veiga Guignard, c. 1938. Óleo sobre tela, 58 cm × 48 cm. Coleção de Artes Visuais do Instituto de Estudos Brasileiros da USP, São Paulo.

Alberto da Veiga Guignard (1896-1962), após estudar na Europa e entrar em contato com as vanguardas, retorna em 1929, fixando-se no Rio de Janeiro até 1944, quando passa a trabalhar em Belo Horizonte a pedido do então prefeito Juscelino Kubitschek. Guignard é reconhecidamente um dos grandes paisagistas da pintura brasileira (o Jardim Botânico do Rio de Janeiro e as cidades históricas de Minas Gerais foram temas recorrentes). Mas, em sua fase carioca, registrou belíssimas cenas brasileiras, elementos do povo, como na tela Família do fuzileiro naval, *em que chama a atenção a elegância aristocrática de personagens populares.*

A arquitetura

Itamar Miranda/AE.

J. F. Diorio/AE.

André Valentim/Tyba.

A década de 1930 marcou o período áureo das construções art déco *no Brasil, coincidindo com um momento de forte urbanização. São dessa época e desse estilo, por exemplo, os projetos arquitetônicos dos primeiros prédios de Goiânia, a nova capital do estado de Goiás. Espalhados pela cidade de São Paulo, vários edifícios (como o do Instituto Biológico e o edifício Saldanha Marinho, no centro velho) seguiram o estilo, de muita simetria, com suas linhas retas e volumes geométricos. No Rio de Janeiro, a primeira construção* art déco *foi o edifício A Noite; esse estilo é tão marcante na paisagem carioca que dois ícones da cidade são* art déco*: o prédio da Estação Central do Brasil e o Cristo Redentor. Na última foto, prédio da Estação Central do Brasil.*

Os anos 1930

"O Modernismo, que nascera sob o signo da euforia, da festa — conceito e situação que podem explicar a *blague*, o poema-piada, o humor —, à medida que a crise mundial progride, que os problemas surgem criados pela máquina, vai mudando de atitude, compenetrando-se do drama que está sendo gerado", explica-nos o crítico Mário da Silva Brito.

De fato, passada a fase mais heroica, que se iniciou em 1917 e se prolongou por cerca de dez anos, as definições ideológicas e os posicionamentos políticos — no campo interno —, a crise mundial agravada pela quebra da Bolsa de Valores de Nova Iorque, em 1929, e a ascensão do nazifascismo apontam para uma nova postura dos artistas brasileiros ao longo dos anos 1930.

Superstock/Keystone.

A Grande Depressão, período iniciado ao final da década de 1920, foi marcada pelo desemprego em massa. Na foto ao lado, a multidão faminta se aglomera na fila do pão, na Rua Bowery, em Nova Iorque.

Gamma-Keystone/Getty Images.

2 de setembro de 1933: encontro nazista, na Alemanha, para comemorar os 50 anos de Hitler.

A eleição de 1º de março de 1930 para a sucessão de Washington Luís representava a disputa entre o candidato Getúlio Vargas, em nome da Aliança Liberal, que reunia Minas Gerais, Rio Grande do Sul e Paraíba, e o candidato oficial Júlio Prestes, paulista, que contava com o apoio das demais unidades da Federação. O resultado da eleição foi favorável a Júlio Prestes; entretanto, entre a eleição e a posse, que se daria em novembro, estourou a Revolução de 1930, em 3 de outubro, ao mesmo tempo que a economia cafeeira sentia os primeiros efeitos da crise econômica mundial. Terminava, assim, a Primeira República no Brasil.

A Revolução de 1930, que levou Getúlio Vargas a um governo provisório, contava com o apoio da burguesia industrial, dos setores médios e dos tenentes responsáveis pelas revoltas na década de 1920 (exceção feita a Luís Carlos Prestes, que, no exílio, havia optado claramente pelo comunismo). Começou a se desenvolver uma política de incentivo à industrialização e à entrada de capital norte-americano em substituição ao capital inglês.

Uma tentativa contrarrevolucionária partiu de São Paulo, em 1932, como resultado da frustração dos paulistas com a Revolução de 1930: a oligarquia cafeeira sentia-se prejudicada pela política econômica de Vargas; as classes médias e a burguesia temiam as agitações sociais; e, para coroar o descontentamento, Vargas havia nomeado um interventor pernambucano para São Paulo. A chamada Revolução Constitucionalista explodiu em 9 de julho, mas não logrou êxito. Se Guilherme de Almeida foi o poeta da Revolução paulista, tendo produzido vários textos ufanistas, Oswald de Andrade foi seu romancista crítico, como atesta seu livro *Marco zero – a revolução melancólica*.

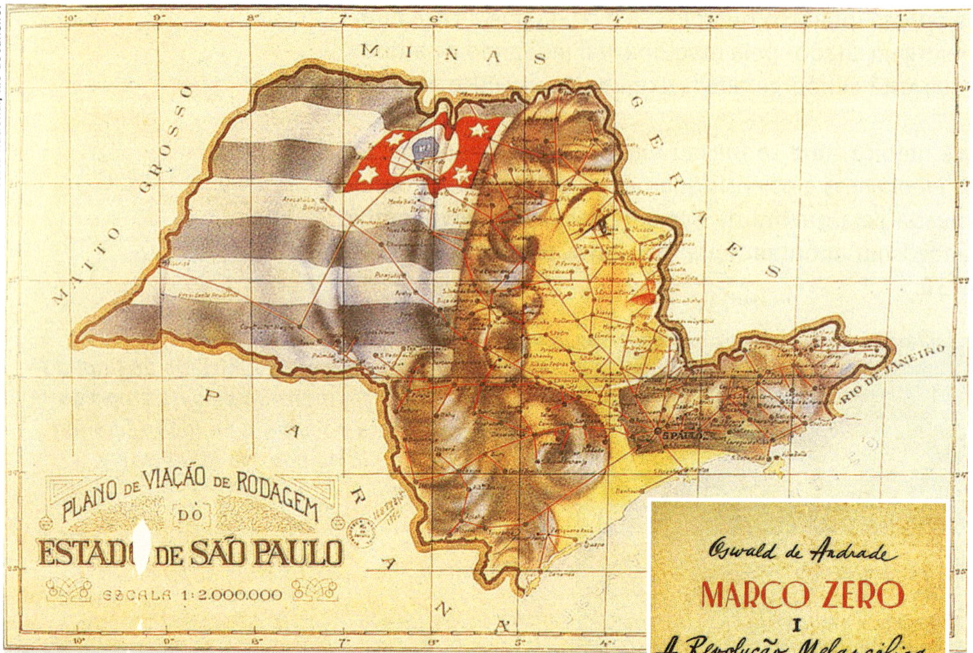

Biblioteca Nacional, Rio de Janeiro.

Arquivo da editora.

Mapa da época da Revolução Constitucionalista (1932): o rosto de mulher com a bandeira do estado de São Paulo tornou-se um motivo bastante popular, tendo sido reproduzido em inúmeros objetos e utensílios domésticos. Ao lado, capa de Marco Zero – a revolução melancólica, *em que Oswald de Andrade faz uma crítica desse período.*

Nos primeiros anos da década de 1930, a ideologia fascista encontra ressonância no nacionalismo exacerbado do Grupo Verde-Amarelo, liderado por Plínio Salgado, fundador da Ação Integralista Brasileira. Ao mesmo tempo, crescem no Brasil as forças de esquerda. Os choques tornavam-se inevitáveis, explodiam manifestações revolucionárias e o governo Vargas obteve um pretexto para endurecer o regime. Iniciou-se assim, em 1937, o Estado Novo getulista, um regime ditatorial que se estendeu até 1945.

Na Europa, o movimento nazifascista levou o mundo à Segunda Guerra (1939-1945).

Diante desses significativos acontecimentos, Carlos Drummond de Andrade publicou um poema intitulado "Nosso tempo", que revela o estado de ânimo da parcela mais consciente da sociedade:

> Este é tempo de partido,
> tempo de homens partidos.
>
> Em vão percorremos volumes,
> viajamos e nos colorimos.
> A hora pressentida esmigalha-se em pó na rua.
> Os homens pedem carne. Fogo. Sapatos.
> As leis não bastam. Os lírios não nascem
> da lei. Meu nome é tumulto, e escreve-se
> na pedra. [...]

ANDRADE, Carlos Drummond de. *Carlos Drummond de Andrade: poesia completa & prosa*. 3. ed. Rio de Janeiro: José Aguilar, 1973. p. 144.

O controle da opinião pública

O regime de 1937 não se dirigiu apenas aos trabalhadores na construção de sua imagem. Tratou de formar uma ampla opinião pública a seu favor, pela censura aos meios de comunicação e pela elaboração de sua própria versão da fase histórica que o país vivia. (...) Em 1939, o Estado Novo constituiu um verdadeiro ministério da propaganda (o famoso DIP – Departamento de Imprensa e Propaganda), diretamente subordinado ao presidente da República, que escolhia seus principais dirigentes. O DIP exerceu funções bastante extensas, incluindo cinema, rádio, teatro, imprensa, 'literatura social e política', proibiu a entrada no país de 'publicações nocivas aos interesses brasileiros'; agiu junto à imprensa estrangeira no sentido de se evitar que fossem divulgadas 'informações nocivas ao crédito e à cultura do país'; dirigiu a transmissão diária do programa radiofônico 'Hora do Brasil', que iria atravessar os anos como instrumento de propaganda e de divulgação das obras do governo.

O Estado Novo perseguiu, prendeu, torturou, forçou ao exílio intelectuais e políticos, sobretudo de esquerda e alguns liberais. Mas não adotou uma atitude de perseguições indiscriminadas. Seus dirigentes perceberam a importância de atrair setores letrados a seu serviço: católicos, integralistas, autoritários, esquerdistas disfarçados ocuparam cargos e aceitaram as vantagens que o regime oferecia.

FAUSTO, Boris. *História do Brasil*. 4. ed. São Paulo: Edusp/FDE, 1996. p. 375.

Nota: Entre os escritores que trabalharam no DIP ou colaboraram com o governo Vargas, citam-se Cassiano Ricardo, Menotti del Picchia, José Lins do Rego, Plínio Salgado e Vinicius de Moraes (como censor de cinema). O próprio Getúlio, em 1940, foi eleito membro da Academia Brasileira de Letras.

A rosa de Hiroxima

Pensem nas crianças
Mudas telepáticas
Pensem nas meninas
Cegas inexatas
Pensem nas mulheres
Rotas alteradas
Pensem nas feridas
Como rosas cálidas
Mas oh não se esqueçam
Da rosa da rosa
Da rosa de Hiroxima
A rosa hereditária
A rosa radioativa
Estúpida e inválida
A rosa com cirrose
A antirrosa atômica
Sem cor sem perfume
Sem rosa sem nada.

MORAES, Vinicius de. *Vinicius de Moraes: obra poética*. Rio de Janeiro: José Aguilar, 1968.

Popperfoto/Getty Images.

Ruínas de um cinema na cidade de Hiroshima, em foto de 7 de setembro de 1945.

na linguagem DOS SONS

Secos & Molhados. Secos e Molhados, Continental, 1973.

Ouça especialmente *Rosa de Hiroshima* – poema de Vinicius de Moraes musicado por Gerson Conrad e magnificamente interpretado.

Divulgação.

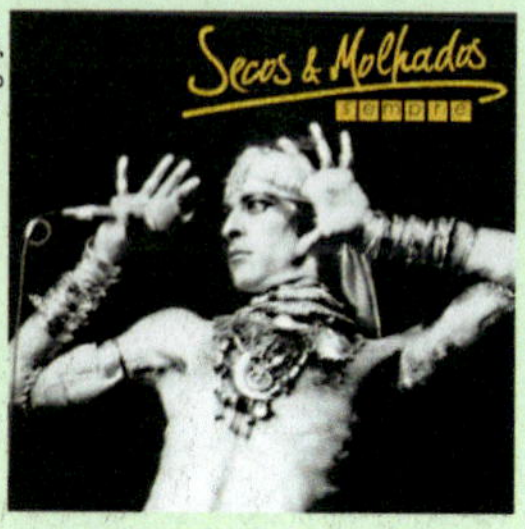

sessão de CINEMA

O velho – história de Luís Carlos Prestes (1997). Direção: Toni Venturi.

Documentário que resgata a história de um homem que virou mito. Líder do Partido Comunista Brasileiro por mais de 35 anos, Luis Carlos Prestes (1898-1990), o Cavaleiro da Esperança, defendeu por toda sua vida um sonho: o de um Brasil mais justo. Nos depoimentos de jornalistas, parentes e historiadores estão 70 anos de nossa história num painel completo e complexo da trajetória da esquerda brasileira.

Olga (2004). Direção Jayme Monjardim. Com: Camila Morgado e Caco Ciocler.

Baseado em livro de Fernando Morais, o filme narra a história dramática de uma militante comunista. Olga Benário, uma judia alemã, tem por missão acompanhar Luís Carlos Prestes na Intentona Comunista de 1935, mas acaba se envolvendo com ele. Com o fracasso da revolução, é presa (grávida), deportada para a Alemanha nazista (onde tem sua filha) e enviada a um campo de concentração.

Divulgação/Globo Filmes

A atriz Camila Morgado em cena do filme Olga.

Mephisto (1981). Direção: István Szabó. Com: Klaus Maria Brandauer.

Baseado no romance de Klaus Mann, filho do escritor modernista Thomas Mann. Conta a história de um ator que, com a ascensão do nazismo, abandona seus companheiros de resistência e passa a encenar peças aprovadas pelo regime.

Divulgação.

Tempos modernos (1936). Direção: Charles Chaplin. Com: Charles Chaplin e Paulette Goddard.

Excelente retrato da mecanização do trabalho e, por extensão, do ser humano, feito numa época – os anos 1930 – caracterizada por desemprego e recessão, principalmente nos Estados Unidos. Destaque para as sequências de Carlitos (o personagem de Chaplin) na esteira e com a "máquina de comer".

Revolução de 30 (1980). Direção: Sylvio Back.

Colagem de documentários e filmes de ficção, fotografias e gravações de época. Mostra desde os antecedentes até as consequências do movimento.

Arquitetura da destruição (1989). Direção: Peter Cohen.

Documentário com narração de Bruno Ganz. Uma das melhores produções sobre a escalada do nazismo e a tentativa de "embelezamento" e "limpeza" por parte de Hitler e de seus colaboradores (incluindo a eliminação de tudo o que não fosse perfeito), na Alemanha, o filme focaliza o aspecto ligado à arte. Hitler julgava-se pintor e queria ser arquiteto. Usou a estética para massificar a sociedade; quanto à arquitetura, a destruição foi seu legado.

O labirinto do fauno (2006). Direção: Guillermo del Toro.

Narrativa que mistura fábula e realidade para retratar o período final da Guerra Civil Espanhola. Com seis indicações para o Oscar, o filme recebeu três estatuetas.

Nas tramas do texto

O filho do século

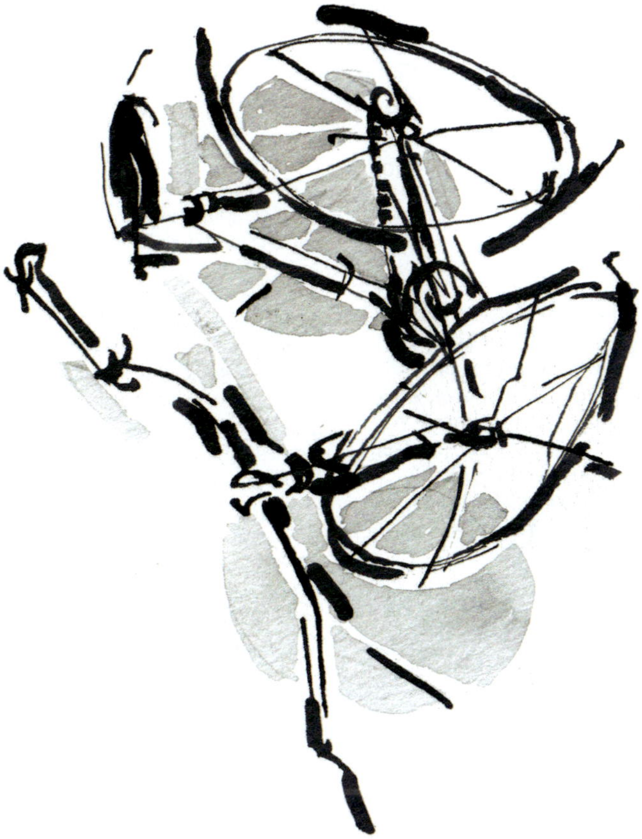

Joubert Lancha/Arquivo da editora.

Nunca mais andarei de bicicleta
Nem conversarei no portão
Com meninas de cabelos cacheados
Adeus valsa "Danúbio Azul"
Adeus tardes preguiçosas
Adeus cheiros do mundo sambas
Adeus puro amor
Atirei ao fogo a medalhinha da Virgem
Não tenho forças para gritar um grande grito
Cairei no chão do século vinte
Aguardam-me lá fora
As multidões famintas justiceiras
Sujeitos com gases venenosos
É a hora das barricadas
É a hora do fuzilamento, da raiva maior
Os vivos pedem vingança
Os mortos minerais vegetais pedem vingança
É a hora do protesto geral
É a hora dos voos destruidores
É a hora das barricadas, dos fuzilamentos
Fomes desejos ânsias sonhos perdidos
Misérias de todos os países uni-vos
Fogem a galope os anjos-aviões
Carregando o cálice da esperança
    Tempo espaço firmes porque me abandonastes

MENDES, Murilo. *Murilo Mendes: poesia completa e prosa*. Rio de Janeiro: Nova Aguilar, 1994.

atividades

1. O poema de Murilo Mendes pertence ao livro *O visionário*, publicado em 1941 e que contém, portanto, poemas escritos na década de 1930. Que fatos históricos caracterizaram essa década?

2. No poema de Murilo Mendes, os versos apresentam tempos verbais do passado, do presente e do futuro.

a) Destaque um verso que indique uma ruptura já concretizada. Explique seu significado.

b) Destaque um verso que contenha um verbo no futuro e explique seu uso.

c) Destaque um verso que represente uma síntese do momento presente.

3. O poema de Murilo Mendes é escrito em primeira pessoa. Você diria que sua temática é individualista ou de caráter universal? Justifique.

4. Em determinado momento, o poeta abre diálogo com o *Manifesto do Partido Comunista*, escrito por Marx e Engels. Qual é o verso?

5. Aponte outros intertextos que você tenha identificado no poema e o novo significado que adquirem.

6. Formalmente, o texto revela características modernistas ou se enquadra em padrões mais tradicionais? Justifique.

Economia, política e sociedade

Para resumir o contexto social, econômico e político do período, elaboramos o infográfico que você lerá a seguir. Na página ao lado, estão resumidos os principais acontecimentos artísticos, científicos e filosóficos do período.

1930

No Brasil, a **Revolução de 1930** coloca fim à Política do café com leite e **Getúlio Vargas assume o governo provisório** (Vargas ficaria no poder até 1945).

Iconographia.

Getúlio Vargas (ao centro).

1932

A oligarquia cafeeira de São Paulo rebela-se contra o governo Vargas e promove a **Revolução Constitucionalista**.

1933

> **Hitler cria o Terceiro Reich**, a SS e a Gestapo; prende e manda para campos de concentração opositores esquerdistas e judeus; no ano seguinte, Hitler adota o título de Führer.

> Nos Estados Unidos, o presidente **Franklin Roosevelt lança o *New Deal***, plano econômico marcado pela forte intervenção do Estado na economia, numa tentativa de superar a crise econômica.

1935

Levante comunista no Brasil, logo derrotado pelas forças governistas.

1936-1939

Guerra Civil Espanhola colocando de um lado os republicanos, de outro os fascistas liderados por Francisco Franco, que contava com o apoio de Hitler e Mussolini. A mando de Franco, em 1937, aviões **alemães bombardeiam a cidade basca de Guernica**. A guerra civil termina com a vitória dos fascistas.

akg-images/IPress.

Guernica bombardeada.

1937

> Os **japoneses**, em guerra com a China, **tomam Pequim, Xangai e Nanquim**.

> No Brasil, inicia-se a ditadura do **Estado Novo de Getúlio Vargas**, de inspiração fascista.

1939

> A aliança Hitler--Mussolini resulta na formação do **Eixo Berlim--Roma**; mais tarde, com a entrada do Japão, o Eixo amplia-se para **Roma--Berlim-Tóquio**.

> A Alemanha invade a Polônia; a França e a Inglaterra reagem e **tem início a Segunda Guerra Mundial**.

1940

Segunda Guerra Mundial: os alemães iniciam poderosos ataques aos países europeus; **Hitler ocupa Paris** e bombardeia Londres.

Roger Viollet Collection/ Getty Images.

Adolf Hitler.

1941

Segunda Guerra Mundial: os alemães iniciam ataques à União Soviética e ocupam Moscou; com forte reação, o exército soviético resiste, notadamente em Leningrado. **Aviões japoneses atacam a base norte-americana de Pearl Harbor**; os Estados Unidos declaram guerra ao Japão; Alemanha e Itália declaram guerra aos Estados Unidos.

1942

> **Segunda Guerra Mundial**: Alemanha, Itália e Japão, que até então conquistavam territórios, começam a enfrentar forte resistência; tem início nova fase da Guerra com as **derrotas do Eixo**.

> Pressionado, **Getúlio Vargas entra na Guerra ao lado dos Aliados**.

1943

Segunda Guerra Mundial: os Aliados conquistam o norte da África e dominam o Mediterrâneo; **Mussolini é destituído na Itália**; o marechal Tito e os seus guerrilheiros tomam o poder na Iugoslávia.

1944

Segunda Guerra Mundial: no denominado **Dia D**, os Aliados desembarcam na Normandia (foto) e retomam o norte da Europa; **Paris é libertada**; os alemães atacam a Inglaterra com as bombas V-2.

Hulton Archive/Getty Images.

1945

> **Segunda Guerra Mundial**: Conferência de Yalta com a participação de Churchill, Roosevelt e Stálin; o exército soviético entra em Berlim; Mussolini é fuzilado na Itália, Hitler suicida-se na Alemanha. A aviação norte--americana lança a **bomba atômica sobre Hiroxima e Nagasáqui. Fim da Guerra.**

> Criação da **ONU**.

> No Brasil, **deposição de Getúlio Vargas**.

akg-images/IPress.

Arte, ciência e filosofia

1930
> Descoberta do planeta Plutão.
> Em Nova Iorque, termina a construção do *Empire State Building*.
> Heitor Villa-Lobos inicia a composição de suas *Bachianas brasileiras*.

1931
Buñuel, que já havia realizado *Um cão andaluz*, filma *A idade de ouro*, clássico do cinema surrealista.

1932
Aldous Huxley publica *Admirável mundo novo*.

Reprodução autorizada por João Candido Portinari/Imagem do acervo do Projeto Portinari.

1935
Candido Portinari pinta a tela *O café* e inicia sua produção voltada para a realidade brasileira.

1936
> Ferdinand Porsche, por encomenda de Hitler, constrói o primeiro Volkswagen.
> Charles Chaplin filma *Tempos modernos*.

Centro de arte Rainha Sofia, Madri.

1937
> Picasso, na França, pinta a tela *Guernica*.
> Walt Disney filma *Branca de Neve e os sete anões*.

1938
> Invenção da caneta esferográfica.
> Jean-Paul Sartre publica *A náusea*.

1939
O norte-americano John Steinbeck publica *As vinhas da ira*, romance de temática proletária.

1940
Charles Chaplin filma *O grande ditador*.

Album/LatinStock.

1941
Orson Welles filma *Cidadão Kane*, (foto) considerado por muitos críticos o melhor filme da história do cinema.

Divulgação.

1942
O franco-argelino Albert Camus publica o romance existencialista *O estrangeiro*.

1943
> Sartre publica *O ser e o nada*.
> Antoine de Saint--Exupéry publica *O pequeno príncipe*.

Editora Agir.

1945
O cineasta italiano Roberto Rosselini filma *Roma, cidade aberta*, um dos marcos inaugurais do Neorrealismo italiano.

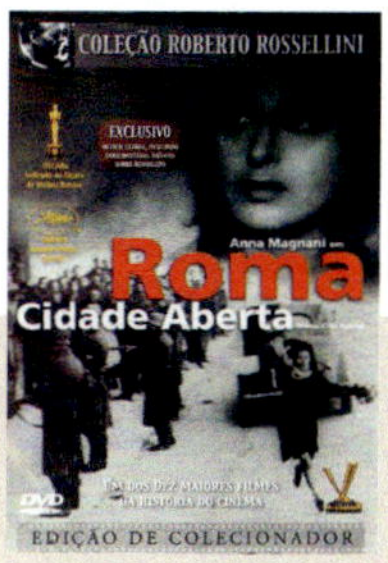

Divulgação.

Características da lírica da década de 1930

A poesia da segunda fase do Modernismo representa um **amadurecimento e um aprofundamento das conquistas da geração de 1922**: é possível perceber a influência exercida por Mário de Andrade e Oswald de Andrade sobre os jovens que iniciaram sua produção poética após a realização da Semana. Lembramos, a propósito, que Carlos Drummond de Andrade dedicou seu livro de estreia, *Alguma poesia* (1930), a Mário de Andrade. Murilo Mendes, com seu livro *História do Brasil*, seguiu a trilha aberta por Oswald, repensando nossa história com muito humor e ironia, como ilustra o poema "Festa familiar":

Em outubro de 1930
Nós fizemos — que animação! —
Um pic-nic com carabinas.

Formalmente, os novos poetas continuam a pesquisa estética iniciada na década anterior, cultivando o **verso livre** e a **poesia sintética**, de que é exemplo o poema "Cota zero", de Drummond:

Stop.
A vida parou
ou foi o automóvel?

Entretanto, é na temática que se percebe uma nova postura artística: passa-se a questionar a realidade com mais vigor e, fato extremamente importante, o artista passa a **se** questionar como indivíduo e como artista em sua **"tentativa de explorar e de interpretar o estar-no-mundo"**. O resultado é uma literatura mais **construtiva** e mais **politizada**, que não quer e não pode se afastar das profundas transformações ocorridas nesse período; daí também o surgimento de uma corrente mais voltada para o espiritualismo e o intimismo, caso de Cecília Meireles, de Jorge de Lima, de Vinicius de Moraes e de Murilo Mendes em determinada fase.

É um tempo de definições, de compromissos, do aprofundamento das relações entre o **"eu" e o mundo**, mesmo com a consciência da fragilidade do "eu". Observemos três momentos de Carlos Drummond de Andrade em seu livro *Sentimento do mundo* (o título é significativo), com poesias escritas entre 1935 e 1940:

Tenho apenas duas mãos
e o sentimento do mundo

("Sentimento do mundo")

Mais adiante, em verdadeira profissão de fé, declara:

Não, meu coração não é maior que o mundo.
É muito menor.
Nele não cabem nem as minhas dores.
Por isso gosto tanto de me contar.
Por isso me dispo,
por isso me grito,
por isso frequento os jornais, me exponho cruamente nas livrarias:
preciso de todos.

("Mundo grande")

Essa consciência de ter "apenas" duas mãos e de o mundo ser tão grande, longe de significar derrotismo, abre como perspectiva única para enfrentar esses tempos difíceis a união, as soluções coletivas:

O presente é tão grande, não nos afastemos. ("Mãos dadas")

Principais características do Segundo Momento Modernista

> A poesia da segunda fase do Modernismo representa um **amadurecimento e um aprofundamento das conquistas da geração de 1922**.

> Os poetas continuam a pesquisa estética iniciada na década anterior, cultivando o **verso livre** e a **poesia sintética**.

> A realidade passa a ser questionada com mais vigor e, fato extremamente importante, o artista passa a **se** questionar como indivíduo e como artista em sua **"tentativa de explorar e de interpretar o estar-no-mundo"**.

> Surgimento de uma corrente mais voltada para o **espiritualismo** e o **intimismo**, caso de Cecília Meireles, de Jorge de Lima, de Vinicius de Moraes e de Murilo Mendes em determinada fase.

Nas tramas dos textos

Antes de iniciar esta atividade, releia o primeiro terceto de *A divina comédia*, de Dante Alighieri, no capítulo 5.

Texto 1

Nel mezzo del cammin...

Cheguei. Chegaste. Vinhas fatigada
E triste, e triste e fatigado eu vinha.
Tinhas a alma de sonhos povoada,
E a alma de sonhos povoada eu tinha...

E paramos de súbito na estrada
Da vida: longos anos, presa à minha
A tua mão, a vista deslumbrada
Tive da luz que teu olhar continha.

Hoje, segues de novo... Na partida
Nem o pranto os teus olhos umedece,
Nem te comove a dor da despedida.

E eu, solitário, volto a face, e tremo,
Vendo o teu vulto que desaparece
Na extrema curva do caminho extremo.

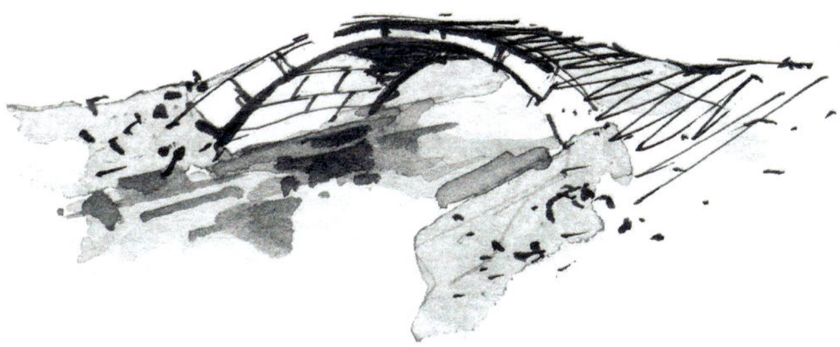
Joubert Lancha/Arquivo da editora.

BILAC, Olavo. *Olavo Bilac: obra reunida*. Rio de Janeiro: Nova Aguilar, 1996.

Texto 2

No meio do caminho

No meio do caminho tinha uma pedra
tinha uma pedra no meio do caminho
tinha uma pedra
no meio do caminho tinha uma pedra.

Nunca me esquecerei desse acontecimento
na vida de minhas retinas tão fatigadas.
Nunca me esquecerei que no meio do caminho
tinha uma pedra
tinha uma pedra no meio do caminho
no meio do caminho tinha uma pedra.

Joubert Lancha/Arquivo da editora.

ANDRADE, Carlos Drummond de. *Poesia completa & prosa*. 3. ed. Rio de Janeiro: José Aguilar, 1973.

atividades

1. Após a leitura atenta dos textos, responda em seu caderno:
   a) Os textos foram construídos da perspectiva de que pessoa do discurso?
   b) Quando um texto está fortemente marcado pela emoção, falamos que não há distanciamento entre o eu poético e aquilo que está sendo falado. Em qual dos textos isso é mais evidente?

Sobre *Nel mezzo del cammin...*:

2. Qual é o esquema de rima do poema de Bilac?
3. Faça a divisão das sílabas poéticas do primeiro verso.
4. Já vimos que ***enjambement*** ou **encadeamento** é um processo poético que consiste em pôr no verso seguinte uma ou mais palavras que completam o sentido do verso anterior. Aponte, na segunda estrofe do poema, uma ocorrência desse processo.
5. A primeira estrofe do poema foi construída como se fosse um jogo de espelhos. Cite uma frase da estrofe que exemplifique esse jogo e explique o significado desse jogo para o entendimento da estrofe.
6. Que tipo de oposição se estabelece entre as duas primeiras estrofes e as duas últimas?

Sobre *No meio do caminho*:

7. A primeira estrofe do poema apresenta uma construção muito curiosa, que nos permite, inclusive, dividi-la em dois subconjuntos: os versos 1 e 2 e os versos 3 e 4. Analise-os e comente-os.
8. Compare o início do poema ao seu fim. O que você percebe?
9. O crítico Antonio Candido, ao analisar esse poema, afirma que "a sociedade oferece obstáculos que impedem a plenitude dos atos e dos sentimentos". Como isso está representado no poema?

Sobre os dois textos:

10. A intertextualidade pode se manifestar de várias maneiras, ora de forma mais explícita, evidente, ora de forma mais implícita, sutil; ora apenas no aspecto formal, ora na retomada de uma frase, de uma ideia; ora como recriação, ora como reelaboração. Comente a intertextualidade que há entre os textos.
11. Os artistas do Modernismo brasileiro tiveram uma postura muito irônica em relação ao parnasianismo. Drummond recupera, além da palavra **caminho**, outra palavra do poema de Bilac, para empregá-la em outro contexto. Qual é essa palavra? Qual a principal distinção no seu emprego?

Fernando Seixas/Editora Abril.

Carlos Drummond de Andrade (1902-1987)

Formou-se em Farmácia, mas vivia, em Itabira (MG), das aulas de Português e Geografia. Na década de 1930, transferiu-se para o Rio de Janeiro e iniciou carreira no funcionalismo público federal. A partir dos anos 1950, passou a se dedicar integralmente à produção literária; além de novos livros de poesias, contos e algumas traduções, intensificou seu trabalho de cronista, tendo seus textos publicados nos maiores jornais do país.

A lírica dos anos 1930

Carlos Drummond de Andrade: "E agora, José?"

O poeta e suas várias faces

O poema que abre o primeiro livro de Drummond, publicado em 1930, tem o significativo título "Poema de sete faces" e se inicia assim:

> Quando nasci, um anjo torto
> desses que vivem na sombra
> disse: Vai, Carlos! ser *gauche* na vida.

e lá foi o poeta *gauche*, torto como o anjo, fora dos padrões, com suas várias faces pensar o conturbado século XX; assim, sua obra poética acompanha a evolução dos acontecimentos, registrando todas as "coisas" (síntese de um universo fechado, despersonificado) que o rodeiam e que existem na realidade do dia a dia. São poemas que refletem os problemas do mundo, do ser humano brasileiro e universal diante dos regimes totalitários (o nazifascismo europeu, o Estado Novo de Getúlio), da Segunda Guerra, da Guerra Fria.

Em determinados momentos, como em "Carta a Stalingrado", Drummond é invadido pela esperança para, logo adiante, como em "Segredo", tornar-se descrente, desesperançado com o rumo dos acontecimentos:

A poesia é incomunicável.
Fique torto no seu canto.
Não ame.

("Segredo")

Mas é acima de tudo um poeta que nega todas as formas de fuga da realidade; seus olhos atentos estão voltados para o momento presente e veem, como regra primeira para uma possível transformação da realidade, a união, o trabalho coletivo:

Não serei o poeta de um mundo caduco.
Também não cantarei o mundo futuro.
Estou preso à vida e olho meus companheiros.
Estão taciturnos mas nutrem grandes esperanças.
Entre eles, considero a enorme realidade.
O presente é tão grande, não nos afastemos.
Não nos afastemos muito, vamos de mãos dadas.

Não serei o cantor de uma mulher, de uma história,
não direi os suspiros ao anoitecer, a paisagem vista da janela,
não distribuirei entorpecentes ou cartas de suicida,
não fugirei para as ilhas nem serei raptado por serafins.
O tempo é a minha matéria, o tempo presente, os homens presentes,
a vida presente.

("Mãos dadas")

É interessante notar que, em várias passagens, Drummond insiste em mostrar a impossibilidade de o ser humano, **sozinho**, realizar alguma coisa (nesse aspecto, Drummond comunga com Murilo Mendes: a aurora – metáfora para o nascimento de um novo dia, um novo mundo – é coletiva):

"porque não podes, sozinho,
dinamitar a ilha de Manhattan"

("Elegia 1938")

"Sozinho no escuro
qual bicho do mato"

("José")

"Ó solidão do boi no campo,
ó solidão do homem na rua!"

("O boi")

A partir de *Lição de coisas* (1962) nota-se uma preocupação maior com os objetos, com as "coisas", resultando numa composição que valoriza os aspectos visuais e sonoros.

Em 1962, Carlos Drummond de Andrade selecionou poemas para a edição de sua *Antologia poética*. No prefácio, o próprio poeta explica o critério de seleção e divide os poemas escolhidos em nove grupos com "certas características, preocupações e tendências" que condicionam ou definem o conjunto de sua obra. Transcrevemos, a seguir, um trecho do prefácio:

O texto foi distribuído em nove seções, cada uma contendo material extraído de diferentes obras, e disposto segundo uma ordem interna. O leitor encontrará assim, como pontos de partida ou matéria de poesia: 1. O indivíduo ("um eu todo retorcido"); 2. A terra natal ("uma província: esta"); 3. A família ("a família que me dei"); 4. Amigos ("cantar de amigos"); 5. O choque social ("na praça de convites"); 6. O conhecimento amoroso ("amar-amaro"); 7. A própria poesia ("a poesia contemplada"); 8. Exercícios lúdicos ("uma, duas argolinhas"); 9. Uma visão, ou tentativa de, da existência ("tentativa de exploração e de interpretação do estar-no-mundo").

Algumas poesias caberiam talvez em outra seção que não a escolhida, ou em mais de uma. A razão da escolha está na tônica da composição, ou engano do autor. De qualquer modo, é uma arrumação, ou pretende ser.

NA WEB

A obra de Drummond é um convite à reflexão e ao prazer. Há várias publicações disponíveis, várias antologias, tanto de sua prosa, como da obra poética. Não deixe de visitar o *site* <www.carlosdrummond.com.br>. Acesso em: 7 mar. 2011.

Todos os poemas de Carlos Drummond de Andrade reproduzidos neste capítulo foram retirados de *Carlos Drummond de Andrade: poesia completa & prosa*. 3. ed. Rio de Janeiro: José Aguilar, 1973.

Carlos Drummond de Andrade/AE.

Autocaricatura de Carlos Drummond de Andrade. No canto inferior direito, as iniciais: CDA.

Nas tramas dos textos

Texto 1

A noite dissolve os homens

A Portinari

A noite desceu. Que noite!
Já não enxergo meus irmãos.
E nem tampouco os rumores
que outrora me perturbavam.
A noite desceu. Nas casas,
nas ruas onde se combate,
nos campos desfalecidos,
a noite espalhou o medo
e a total incompreensão.
A noite caiu. Tremenda,
sem esperança... Os suspiros
acusam a presença negra
que paralisa os guerreiros.
E o amor não abre caminho
na noite. A noite é mortal,
completa, sem reticências,
a noite dissolve os homens,
diz que é inútil sofrer,
a noite dissolve as pátrias,
apagou os almirantes
cintilantes! nas suas fardas.
A noite anoiteceu tudo...
O mundo não tem remédio...
Os suicidas tinham razão.

Aurora,
entretanto eu te diviso, ainda tímida,
inexperiente das luzes que vais acender
e dos bens que repartirás com todos os homens.
Sob o úmido véu de raivas, queixas e humilhações,
adivinho-te que sobes, vapor róseo, expulsando a treva noturna.
O triste mundo fascista se decompõe ao contato de teus dedos,
teus dedos frios, que ainda se não modelaram
mas que avançam na escuridão como um sinal verde e peremptório.
Minha fadiga encontrará em ti o seu termo,
minha carne estremece na certeza de tua vinda.
O suor é um óleo suave, as mãos dos sobreviventes se enlaçam,
os corpos hirtos adquirem uma fluidez,
uma inocência, um perdão simples e macio...
Havemos de amanhecer. O mundo
se tinge com as tintas da antemanhã
e o sangue que escorre é doce, de tão necessário
para colorir tuas pálidas faces, aurora.

atividades

1. O poema "A noite dissolve os homens" foi publicado no livro *Sentimento do mundo*, em 1940, portanto ainda na fase inicial da Segunda Grande Guerra, quando se lutava para derrotar os regimes totalitários de direita.

   Aponte, na seleção vocabular realizada pelo poeta, palavras do campo lexical que remetem o leitor a esse momento histórico.

2. No poema, qual o significado metafórico de **noite** e de **aurora**? Argumente com palavras ou frases do próprio texto.

3. Termos cognatos são vocábulos que têm a mesma raiz. Destaque um verso centrado em termos cognatos e explique sua expressividade.

4. Qual a principal diferença na postura do falante, quando se comparam os quatro primeiros versos com os quatro últimos?

Texto 2

Morte do leiteiro

A Cyro Novais

Há pouco leite no país,
é preciso entregá-lo cedo.
Há muita sede no país,
é preciso entregá-lo cedo.
Há no país uma legenda,
que ladrão se mata com tiro.

Então o moço que é leiteiro
de madrugada com sua lata
sai correndo e distribuindo
leite bom para gente ruim.
Sua lata, suas garrafas
e seus sapatos de borracha
vão dizendo aos homens no sono
que alguém acordou cedinho
e veio do último subúrbio
trazer o leite mais frio
e mais alvo da melhor vaca
para todos criarem força
na luta brava da cidade.

Na mão a garrafa branca
não tem tempo de dizer
as coisas que lhe atribuo
nem o moço leiteiro ignaro,
morador na Rua Namur,
empregado no entreposto,
com 21 anos de idade,
sabe lá o que seja impulso
de humana compreensão.
E já que tem pressa, o corpo
vai deixando à beira das casas
uma apenas mercadoria.

E como a porta dos fundos
também escondesse gente
que aspira ao pouco de leite
disponível em nosso tempo,
avancemos por esse beco,
peguemos o corredor,
depositemos o litro...
Sem fazer barulho, é claro,
que barulho nada resolve.

Meu leiteiro tão sutil
de passo maneiro e leve,
antes desliza que marcha.
É certo que algum rumor
sempre se faz: passo errado,
vaso de flor no caminho,
cão latindo por princípio,
ou um gato quizilento.
E há sempre um senhor que acorda,
resmunga e torna a dormir.

Mas este acordou em pânico
(ladrões infestam o bairro),
não quis saber de mais nada.
O revólver da gaveta
saltou para sua mão.
Ladrão? se pega com tiro.
Os tiros na madrugada
liquidaram meu leiteiro.
Se era noivo, se era virgem,
se era alegre, se era bom,
não sei,
é tarde para saber.

Mas o homem perdeu o sono
de todo, e foge pra rua.
Meu Deus, matei um inocente.
Bala que mata gatuno
também serve pra furtar
a vida de nosso irmão.
Quem quiser que chame médico,
polícia não bota a mão
neste filho de meu pai.
Está salva a propriedade.
A noite geral prossegue,
a manhã custa a chegar,
mas o leiteiro
estatelado, ao relento,
perdeu a pressa que tinha.

Da garrafa estilhaçada,
no ladrilho já sereno
escorre uma coisa espessa
que é leite, sangue... não sei.
Por entre objetos confusos,
mal redimidos da noite,
duas cores se procuram,
suavemente se tocam,
amorosamente se enlaçam,
formando um terceiro tom
a que chamamos aurora.

atividades

1. O poema "Morte do leiteiro" foi publicado no livro *Rosa do povo*, formado de poemas escritos entre 1943 e 1945.

a) Pode-se afirmar que o poema acima se aproxima da crônica? Justifique.

b) Caracterize os dois personagens com palavras ou frases do próprio texto.

c) Como o eu poético revela ao leitor sua identificação com o leiteiro?

d) Há um verso que "justifica" (do ponto de vista do assassino) a morte do leiteiro. Qual?

e) O poeta faz uma oposição entre a "noite" e a "aurora". O que significam esses dois termos no contexto da poesia?

2. Escreva um breve texto baseando-se nos seguintes versos:

"Bala que mata gatuno / também serve pra furtar / a vida de nosso irmão".

na linguagem **DOS SONS**

Carlos Drummond de Andrade – Amor poesia – Scarlet Moon

Scarlet Moon interpreta 45 poemas de Drummond. CD da gravadora Som Livre, lançado em 1997. Acompanha encarte com todos os textos.

Divulgação.

Maurício de Souza/AE.

Murilo Mendes

Murilo Monteiro Mendes (1901-1975) estreou em 1930 e seus primeiros poemas apontavam a influência dos modernistas de primeira hora, notadamente Oswald de Andrade. Sem perder contato com os fatos de sua época, Murilo Mendes caminhou pela poesia religiosa e, compartilhando com Ismael Nery rumos vanguardistas, produziu belíssimos poemas surrealistas. A partir de 1953, passou a viver na Europa, percorrendo vários países até fixar residência em Portugal.

Todos os textos de Murilo Mendes reproduzidos neste capítulo foram retirados de *Murilo Mendes: poesia completa e prosa*. Rio de Janeiro: Nova Aguilar, 1994.

Murilo Mendes: "Sou a luta entre o homem acabado / e o outro que está andando no ar"

O mundo (e a poesia) em pânico

A trajetória de Murilo Mendes no Modernismo brasileiro é curiosa: das sátiras e poemas-piadas ao estilo oswaldiano, caminha para uma poesia religiosa, sem perder contato com a realidade social; o próprio poeta afirma que o social não se opõe ao religioso. Essa convicção lhe permite acompanhar todas as transformações vividas pelo século XX, quer no campo econômico e político – a guerra foi tema de vários de seus poemas –, quer no campo artístico. Murilo Mendes foi o poeta modernista brasileiro que mais se identificou com o surrealismo europeu.

Poesia liberdade é um de seus livros mais importantes, reunindo poemas escritos entre 1943 e 1945. Transcrevemos fragmentos de dois poemas em que se percebem ora uma visão mais pessimista de um mundo em destruição, ora a visão mais otimista voltada para a reconstrução do mundo. Leia-os e surpreenda-se com as imagens inusitadas do poeta.

Janelas do caos

1.
Tudo se passa
Num Egito de corredores aéreos.
Numa galeria sem lâmpadas
À espera de que Alguém
Desfira o violoncelo
— Ou teu coração?
Azul de guerra.
2.
Telefonam embrulhos
Telefonam lamentos
Inúteis encontros
Bocejos e remorsos.

Ah! Quem telefonaria o consolo
O puro orvalho
E a carruagem de cristal.
3.
Tu não carregaste pianos
Nem carregaste pedras
Mas na tua alma subsiste

— Ninguém se recorda
E as praias antecedentes ouviram —
O canto dos carregadores de pianos
O canto dos carregadores de pedras.
4.
O céu cai das pombas.
Ecos de uma banda de música
Voam da Casa dos expostos.

Não serás antepassado
Porque não tiveste filhos:
Sempre serás futuro para os poetas.
Ao longe o mar reduzido
Balindo inocente.

Poema dialético

A terra terá que ser retalhada entre todos
E restituída em tempo à sua antiga harmonia.
Tudo marcha para a arquitetura perfeita:
A aurora é coletiva.

Coleção particular/Reprodução autorizada por João Candido Portinari.

Murilo Mendes, *por Portinari.*

Coleção particular.

Ősságios favoráveis *(1944), de René Magritte. A pomba da paz e as flores devem ser interpretadas como a antevisão que o pintor teve do fim da Segunda Guerra Mundial. Como escreveu Murilo Mendes no "Poema dialético", "a aurora é coletiva".*

Nas tramas dos textos

Modinha do empregado de banco

Eu sou triste como um prático de farmácia,
sou quase tão triste como um homem que usa costeletas.
Passo o dia inteiro pensando nuns carinhos de mulher
mas só ouço o tectec das máquinas de escrever.

Lá fora chove e a estátua de Floriano fica linda.
Quantas meninas pela vida afora!
E eu alinhando no papel as fortunas dos outros.
Se eu tivesse estes contos punha a andar
a roda da imaginação nos caminhos do mundo.
E os fregueses do Banco
que não fazem nada com estes contos!
Chocam outros contos para não fazerem nada com eles.

Também se o Diretor tivesse a minha imaginação
O Banco já não existiria mais
e eu estaria noutro lugar.

Fábula

Eu falei à fonte, ao pinheiro
E ao mesmo tempo à pastora dançarina:
"Acautelai-vos contra o lobo
tão sombrio quanto cruel.
Sabei, nem mesmo uma rosa
Na sua inocência virgem
Jamais conseguirá persuadi-lo
Ele revestiu-se de uma pele branca
E conspira contra os outros lobos.
Não ouçais também os aparentes cordeiros".
Então a fonte, o pinheiro e a pastora dançarina
Perguntaram-me ao mesmo tempo:
"Homem exigente e difícil,
A quem haveremos de ouvir?"
Sereno respondo: "Ouvi vossa própria música".

atividades

1. Destaque o verso de "Modinha do empregado de banco" em que há uma crítica à acumulação do capital.
2. Ainda em relação à "Modinha", como você interpreta a terceira estrofe?
3. O poema "Fábula" pertence ao livro *Poesia liberdade*, que reúne poemas escritos entre 1943-1945. Você concorda com a fala do eu poético no último verso (que funciona como uma "moralidade")?

Jorge de Lima: "Só tenho poesia para vos dar, Abancai-vos meus irmãos"

Denúncia das desigualdades sociais

A poesia social de Jorge de Lima apresenta belas composições de coloração regional, em que ele usa sua memória de menino branco, marcado pela infância repleta de imagens dos engenhos e de negros trabalhando em regime de escravidão.

Em certos momentos aborda uma temática mais ampla – a denúncia das desigualdades sociais –, atingindo maravilhosa expressão poética por meio de hábil jogo de palavras:

Mulher proletária — única fábrica
que o operário tem, (fabrica filhos)
tu
na tua superprodução de máquina humana
forneces anjos para o Senhor Jesus,
forneces braços para o senhor burguês.

Mulher proletária,
o operário, teu proprietário
há de ver, há de ver:
a tua produção,
a tua superprodução,
ao contrário das máquinas burguesas
salvar o teu proprietário.

("Mulher proletária")

Arquivo da editora.

Jorge de Lima

Jorge Mateus de Lima (1895-1953) estreou na literatura em 1914, ainda fortemente influenciado pelo Parnasianismo, com *XIV alexandrinos*, o que lhe valeu mais tarde o título de Príncipe dos Poetas Alagoanos. Em 1926, já formado em Medicina, ingressou na vida política, elegendo-se deputado estadual pelo Partido Republicano; em 1930, por motivos políticos, foi obrigado a abandonar Alagoas, indo viver no Rio de Janeiro. Em 1946, com a redemocratização do país, elegeu-se vereador do Rio de Janeiro pela UDN. Sua obra apresenta duas vertentes: os poemas que refletem o Nordeste e sua estrutura fundiária e escravocrata e os poemas voltados para a "poesia em Cristo", em parceria com Murilo Mendes.

Nas tramas do texto

Essa negra fulô

Ora, se deu que chegou
(isso já faz muito tempo)
no banguê dum meu avô
uma negra bonitinha
chamada negra Fulô.

Essa negra Fulô!
Essa negra Fulô!

Ó Fulô! Ó Fulô!
(Era a fala da Sinhá)
— Vai forrar a minha cama,
pentear os meus cabelos,
vem ajudar a tirar
a minha roupa, Fulô!

Essa negra Fulô!

Essa negrinha Fulô
ficou logo pra mucama,
para vigiar a Sinhá
pra engomar pro Sinhô!

Essa negra Fulô!
Essa negra Fulô!

Ó Fulô! Ó Fulô!
(Era a fala da Sinhá)
vem me ajudar, ó Fulô,
vem abanar o meu corpo
que eu estou suada, Fulô!

vem coçar minha coceira,
vem me catar cafuné,
vem balançar minha rede,
vem me contar uma história,
que eu estou com sono, Fulô!

Essa negra Fulô!

"Era um dia uma princesa
que vivia num castelo
que possuía um vestido
com os peixinhos do mar.

Entrou na perna dum pato
saiu na perna dum pinto
o Rei-Sinhô me mandou
que vos contasse mais cinco."

Essa negra Fulô!
Essa negra Fulô!

Ó Fulô? Ó Fulô?
Vai botar para dormir
esses meninos, Fulô!
"Minha mãe me penteou
minha madrasta me enterrou
pelos figos da figueira
que o Sabiá beliscou."

Essa negra Fulô!
Essa negra Fulô!

Fulô? Ó Fulô?
(Era a fala da Sinhá
chamando a Negra Fulô.)
Cadê meu frasco de cheiro
que teu Sinhô me mandou?

— Ah! foi você que roubou!
Ah! foi você que roubou!

O Sinhô foi ver a negra
levar couro do feitor.
A negra tirou a roupa.

O Sinhô disse: Fulô!
(A vista se escureceu
que nem a negra Fulô.)

Essa negra Fulô!
Essa negra Fulô!

Ó Fulô? Ó Fulô?
Cadê meu lenço de rendas
cadê meu cinto, meu broche,
cadê meu terço de ouro
que teu Sinhô me mandou?
Ah! foi você que roubou.
Ah! foi você que roubou.

Essa negra Fulô!
Essa negra Fulô!

O Sinhô foi açoitar
sozinho a negra Fulô.
A negra tirou a saia
e tirou o cabeção,
de dentro dele pulou
nuinha a negra Fulô.

Essa negra Fulô!
Essa negra Fulô!

Ó Fulô? Ó Fulô?
Cadê, cadê teu Sinhô
que nosso Senhor me mandou?
ah! foi você que roubou,
foi você, negra Fulô?

Essa negra Fulô!

LIMA, Jorge de. *Poesia completa*. 2. ed.
Rio de Janeiro: Nova Fronteira, 1980.

atividades

1. Assinale características do poema que permitam considerá-lo um texto narrativo.

2. Comente a sequência de "roubos" praticados pela negra Fulô.

3. O poema aborda uma das questões fundamentais na formação do povo brasileiro. Comente-a.

Cecília Meireles: "A vida só é possível reinventada"

Uma permanente viagem ao mundo interior

Um dos aspectos fundamentais da poética de Cecília Meireles é sua consciência da transitoriedade das coisas; por isso mesmo, o tempo é personagem central de sua obra: o tempo passa, é fugaz, fugidio. A vida é fugaz e a morte, uma presença no horizonte. Para compreender melhor esse ponto, transcreve-se um trecho de uma entrevista concedida pela autora:

> Essas e outras mortes ocorridas na família acarretaram muitos contratempos materiais mas, ao mesmo tempo, me deram, desde pequenina, uma tal intimidade com a Morte que docemente aprendi essas relações entre o Efêmero e o Eterno que, para outros, constituem aprendizagem dolorosa e, por vezes, cheia de violência. Em toda a vida, nunca me esforcei por ganhar nem me espantei por perder. A noção ou sentimento da transitoriedade de tudo é o fundamento mesmo da minha personalidade.

Arquivo da editora.

Cecília Meireles

Cecília Benevides de Carvalho Meireles (1901-1964) formou-se, em 1917, na Escola Normal do Rio, dedicando-se ao magistério primário. Estreou em livro com *Espectros* (1919), sob a influência dos poetas que formariam o grupo da revista *Festa*, de inspiração neossimbolista. Ao lado de uma linguagem que valoriza os símbolos e de imagens sugestivas com constantes apelos sensoriais, uma das marcas do lirismo de Cecília Meireles é a musicalidade de seus versos.

Todos os textos de Cecília Meireles reproduzidos neste capítulo foram retirados de *Cecília Meireles: obra poética*. 3. ed. Rio de Janeiro: Nova Aguilar, 1985.

A linguagem poética de Cecília Meireles

O crítico Darcy Damasceno assim analisa a forma pela qual a poeta percebe o mundo e o materializa em poesia:

> O conjunto de seres e coisas que latejam, crescem, brilham, gravitam, se multiplicam e morrem, num constante fluir, perecer ou renovar-se, e, impressionando-nos os sentidos, configuram a realidade física, é gozosamente apreendido por Cecília Meireles, que vê no espetáculo do mundo algo digno de contemplação — de amor, portanto. Inventariar as coisas, descrevê-las, nomeá-las, realçar-lhes as linhas, a cor, distingui-las em gamas olfativas, auditivas, tácteis, saber-lhes o gosto específico, eis a tarefa para a qual adestra e afina os sentidos, penhorando ao real sua fidelidade. Esta, por sua vez, solicita o testemunho amoroso, já que o mundo é aprazível aos sentidos; a melhor maneira de testemunhá-la é fazer do mundo matéria de puro canto, apreendendo-o em sua inexorável mutação e eternizando a beleza perecível que o ilumina e se consome.

Joubert Lancha/Arquivo da editora.

Nas tramas dos textos

Motivo

Eu canto porque o instante existe
e a minha vida está completa.
Não sou alegre nem sou triste:
sou poeta.

Irmão das coisas fugidias,
Não sinto gozo nem tormento.
Atravesso noites e dias
no vento.

Se desmorono ou se edifico,
se permaneço ou me desfaço,
— não sei, não sei. Não sei se fico
ou passo.

Sei que canto. E a canção é tudo.
Tem sangue eterno a asa ritmada.
E um dia sei que estarei mudo:
— mais nada.

Retrato

Eu não tinha este rosto de hoje,
assim calmo, assim triste, assim magro,
nem estes olhos tão vazios,
nem o lábio amargo.

Eu não tinha estas mãos sem força,
tão paradas e frias e mortas;
eu não tinha este coração
que nem se mostra.

Eu não dei por esta mudança,
tão simples, tão certa, tão fácil:
— Em que espelho ficou perdida
a minha face?
a vida só é possível

atividades

1. Destaque versos dos poemas que comprovem uma característica marcante da obra de Cecília Meireles: a fugacidade do tempo.
2. Cecília Meireles trabalha muito bem o ritmo de seus poemas. Destaque os versos que determinam o ritmo do poema "Retrato".
3. Ainda em relação ao poema "Retrato", como é trabalhada a adjetivação? Destaque adjetivos e comente-os.
4. Em "Motivo", Cecília Meireles aborda uma temática – de caráter metalinguístico – comum aos poetas do Modernismo. Que temática é essa?

Vinicius de Moraes: "A vida é a arte do encontro, embora haja tanto desencontro pela vida"

Depoimento

Parece que tudo já foi dito sobre Vinicius. Agora só vale a pena dizer da saudade que ele deixou. Então vamos aguardar o futuro.

Daqui a 20, 30 anos, uma nova geração julgará estética e não emocionalmente o poeta, com uma isenção que nós não somos capazes de ter. Eu acredito que a poesia dele sobreviverá, independente de modas e teorias, porque responde a apelos e necessidades de todo o ser humano.

Vinicius passou a vida preocupado, à sua maneira, usando meios próprios de expressão, com o problema do destino e da finalidade do homem. Para ele, a princípio, essa finalidade consistia na identificação com o Absoluto; depois, com o Tempo, e para sempre, com o Amor, que compreende uma vida social e individual fundada na justiça e na paz. A plena realização do amor era, a seu ver, a razão da vida, e a poesia era um meio de tomar conhecimento e de espalhar essa verdade. Sua vida foi a ilustração do seu ideal poético. Ele queria um mundo preparado para o amor, livre de limitações, pressões, humilhações, sociais e econômicas. Ora, um ideal desta ordem é, certamente, naturalmente eterno, e Vinicius o defendeu com muita eficácia, quer na poesia pura, quer na poesia em forma de música.

Carlos Drummond de Andrade. In: *Vinicius de Moraes*. Lp Som Livre, 1980.

Chico Nelson/Editora Abril

Tom Jobim e Vinicius de Moraes, num show de Vinicius e Toquinho, no Canecão (RJ), em 1977.

Releia os sonetos de Vinicius de Moraes que estão no capítulo 6.

Wagner Berber/Editora Abril.

Vinicius de Moraes

Marcus Vinicius da Cruz de Mello Moraes (1913-1980), "capitão-do-mato, poeta, diplomata, o branco mais preto do Brasil. Saravá!". Vinicius produziu tanto poemas com temática social, como "Operário em construção", quanto poemas de temática lírico-amorosa, alcançando em todos um elevado grau de popularidade. A partir do final dos anos 1950, teve importante participação na evolução da música popular brasileira com o movimento da Bossa Nova.

NA WEB

Em geral, Vinicius de Moraes destaca-se como compositor de MPB. Acesse o *site* <www.viniciusdemoraes.com.br> para conhecer outras das muitas facetas do poeta: as crônicas, a obra destinada ao público infantil, os poemas com os quais cantou o amor, atualizando o tema do *carpe diem*. Acesso em: 7 mar. 2011.

na linguagem DOS SONS

Além da obra poética, Vinicius tem uma extensa produção musical. Juntamente com parceiros como Tom Jobin, Baden Powell, Toquinho e outros, é responsável por muitas das mais belas canções de nossa música popular, inclusive *Garota de Ipanema*, mundialmente conhecida. Ouça algumas dessas canções e aprecie a sensibilidade do poeta.

Nas tramas do texto

Operário em construção

E o Diabo, levando-o a um alto monte, mostrou-lhe num momento de tempo todos os reinos do mundo. E disse-lhe o Diabo:
– Dar-te-ei todo este poder e a sua glória, porque a mim me foi entregue e dou-o a quem quero; portanto, se tu me adorares, tudo será teu.
E Jesus, respondendo, disse-lhe:
– Vai-te, Satanás; porque está escrito: adorarás o Senhor teu Deus e só a Ele servirás.

Lucas, cap. V, vs. 5-8.

Era ele que erguia casas
Onde antes só havia chão.
Como um pássaro sem asas
Ele subia com as casas
Que lhe brotavam da mão.
Mas tudo desconhecia
De sua grande missão:
Não sabia, por exemplo
Que a casa de um homem
é um templo
Um templo sem religião
Como tampouco sabia
Que a casa que ele fazia
Sendo a sua liberdade
Era a sua escravidão.

De fato, como podia
Um operário em construção
Compreender por que um tijolo
Valia mais do que um pão?
Tijolos ele empilhava
Com pá, cimento e esquadria
Quanto ao pão, ele o comia...
Mas fosse comer tijolo!
E assim o operário ia
Com suor e com cimento
Erguendo uma casa aqui
Adiante um apartamento
Além uma igreja, à frente
Um quartel e uma prisão:
Prisão de que sofreria
Não fosse, eventualmente
Um operário em construção.

Mas ele desconhecia
Esse fato extraordinário:
Que o operário faz a coisa
E a coisa faz o operário.
De forma que, certo dia
À mesa, ao cortar o pão
O operário foi tomado
De uma súbita emoção
Ao constatar assombrado
Que tudo naquela mesa
— Garrafa, prato, facão —
Era ele quem os fazia
Ele, um humilde operário,
Um operário em construção.
Olhou em torno: gamela
Banco, enxerga, caldeirão
Vidro, parede, janela
Casa, cidade, nação!
Tudo, tudo o que existia
Era ele quem o fazia
Ele, um humilde operário
Um operário que sabia
Exercer a profissão.

Ah, homens de pensamento
Não sabereis nunca o quanto
Aquele humilde operário
Soube naquele momento!
Naquela casa vazia
Que ele mesmo levantara
Um mundo novo nascia
De que sequer suspeitava.
O operário emocionado
Olhou sua própria mão
Sua rude mão de operário
De operário em construção
E olhando bem para ela
Teve um segundo a impressão
De que não havia no mundo
Coisa que fosse mais bela.

Foi dentro da compreensão
Desse instante solitário
Que, tal sua construção
Cresceu também o operário.
Cresceu em alto e profundo
Em largo e no coração
E como tudo que cresce
Ele não cresceu em vão
Pois além do que sabia
— Exercer a profissão —
O operário adquiriu
Uma nova dimensão:
A dimensão da poesia.

E um fato novo se viu
Que a todos admirava:
O que o operário dizia
Outro operário escutava.
E foi assim que o operário
Do edifício em construção
Que sempre dizia sim
Começou a dizer não.
E aprendeu a notar coisas
A que não dava atenção:

Notou que sua marmita
Era o prato do patrão
Que sua cerveja preta
Era o uísque do patrão
Que seu macacão de zuarte
Era o terno do patrão
Que o casebre onde morava
Era a mansão do patrão
Que seus dois pés andarilhos
Eram as rodas do patrão
Que a dureza do seu dia
Era a noite do patrão
Que sua imensa fadiga
Era amiga do patrão.

E o operário disse: Não!
E o operário fez-se forte
Na sua resolução.

Como era de se esperar
As bocas da delação
Começaram a dizer coisas
Aos ouvidos do patrão.
Mas o patrão não queria
Nenhuma preocupação
— "Convençam-no"
do contrário —
Disse ele sobre o operário
E ao dizer isso sorria.

Dia seguinte, o operário
Ao sair da construção
Viu-se súbito cercado
Dos homens da delação
E sofreu, por destinado
Sua primeira agressão.
Teve seu rosto cuspido
Teve seu braço quebrado

Mas quando foi perguntado
O operário disse: Não!

Em vão sofrera o operário
Sua primeira agressão
Muitas outras se seguiram
Muitas outras seguirão.
Porém, por imprescindível
Ao edifício em construção
Seu trabalho prosseguia
E todo o seu sofrimento
Misturava-se ao cimento
Da construção que crescia.

Sentindo que a violência
Não dobraria o operário
Um dia tentou o patrão
Dobrá-lo de modo vário.
De sorte que o foi levando
Ao alto da construção
E num momento de tempo
Mostrou-lhe toda a região
E apontando-a ao operário
Fez-lhe esta declaração:
— Dar-te-ei todo esse poder
E a sua satisfação
Porque a mim me foi entregue
E dou-o a quem bem quiser.
Dou-te tempo de lazer
Dou-te tempo de mulher.
Portanto, tudo o que vês
Será teu se me adorares
E, ainda mais, se abandonares
O que te faz dizer não.

Disse, e fitou o operário
Que olhava e que refletia
Mas o que via o operário
O patrão nunca veria.
O operário via as casas
E dentro das estruturas
Via coisas, objetos
Produtos, manufaturas.
Via tudo o que fazia
O lucro do seu patrão
E em cada coisa que via
Misteriosamente havia
A marca de sua mão.
E o operário disse: Não!

— Loucura! — gritou o patrão
Não vês o que te dou eu?
— Mentira! — disse o operário
Não podes dar-me o que é meu.

E um grande silêncio fez-se
Dentro do seu coração
Um silêncio de martírios
Um silêncio de prisão.
Um silêncio povoado
De pedidos de perdão
Um silêncio apavorado
Com o medo em solidão.

Um silêncio de torturas
E gritos de maldição
Um silêncio de fraturas
A se arrastarem no chão.
E o operário ouviu a voz
De todos os seus irmãos
Os seus irmãos que morreram
Por outros que viverão.
Uma esperança sincera
Cresceu no seu coração
E dentro da tarde mansa
Agigantou-se a razão
De um homem pobre e esquecido
Razão porém que fizera
Em operário construído
O operário em construção.

MORAES, Vinicius de.
Vinicius de Moraes: obra poética.
Rio de Janeiro: José Aguilar, 1968. p. 386.

Confrontando ideias

1. Após a leitura atenta do poema, em pequenos grupos, comentem:
   a) a intertextualidade explicitada pelo poeta na epígrafe.
   b) a forma como se dá a tomada de consciência do operário.
   c) em que consiste a esperança sincera que cresce no coração do operário.

   Apresentem para os colegas e professor(a) suas conclusões.

2. Combinem uma apresentação declamada do poema "Operário em construção", que poderá ser realizada por algum colega que demonstre talento para a declamação ou por um grupo que combine estratégias para uma leitura em voz alta do texto.

sessão de CINEMA

Vinicius (2005). Direção: Miguel Faria Jr. Com: Camila Morgado e Ricardo Blat.

Documentário sobre a vida e a carreira de Vinicius de Moraes. Conta com a participação de significativos nomes da MPB e da literatura que conviveram com o Poetinha (como Antonio Candido, Ferreira Gullar, Chico Buarque, Toquinho, Maria Bethânia, entre outros).

Para viver um grande amor (1984). Direção: Miguel Faria Jr. Com: Djavan, Patrícia Pillar.

Baseado em musical de Vinicius de Moraes e Carlos Lyra. Poeta-mendigo se apaixona por uma moça rica e enfrenta muitas dificuldades até chegar ao final feliz.

Orfeu (1999). Direção: Carlos Diegues. Com: Toni Garrido, Patrícia França, Murilo Benício.

Adaptação modernizada da peça de Vinicius de Moraes. Orfeu se apaixona por Eurídice e se dispõe a dar sua vida para tê-la de volta quando ela é vítima de uma briga entre traficantes.

Divulgação.

*Questões de exames sobre este capítulo encontram-se na página **692**.*

capítulo 28

O Brasil de 1930 a 1945 – a prosa

Objetivos gerais do capítulo

O aluno, ao final do capítulo, deverá ser capaz de:

- conhecer as principais características da segunda geração do Modernismo brasileiro e suas relações com o contexto histórico;
- conhecer os principais romancistas da segunda geração de modernistas, ler seus textos e refletir sobre eles.

O regionalismo é o pé de fogo da literatura... Mas, a dor é universal, porque é uma expressão de humanidade.

José Américo de Almeida, na abertura do romance *A bagaceira*.

A principal característica da prosa modernista dos anos de 1930 foi o regionalismo, com relevante destaque para o "romance do Nordeste": migrantes, trabalhadores de eito, beatos, coronéis, senhores de engenho, cangaceiros e tantos outros tipos humanos característicos da região saltam da zona da mata canavieira e do semiárido para as páginas da ficção, assumindo a condição de protagonistas. Na imagem ao lado, Cangaceiro Az de Ouro *(1973), de Aldemir Martins.*

Cangaceiro Az de Ouro, de Aldemir Martins, 1973. Acrílica sobre tela, 115 x 89 cm. Coleção particular.

O romance dos anos 1930 e 1940

Manifesto Regionalista de 1926

Os anos de 1925 a 1930 marcam a divulgação do Modernismo pelos vários estados brasileiros. Assim é que o Centro Regionalista do Nordeste, com sede em Recife, lança o Manifesto Regionalista de 1926, em que procura "desenvolver o sentimento de unidade do Nordeste" dentro dos novos valores modernistas. Apresenta como proposta "trabalhar em prol dos interesses da região nos seus aspectos diversos: sociais, econômicos e culturais". Além de promover conferências, exposições de arte, congressos, o Centro editaria uma revista.

Em 1943, quando o romance regionalista já estava consolidado, José Lins do Rego pronuncia uma conferência – "Tendências do Romance Brasileiro" –, em que destaca com muito vigor e emoção o encontro do escritor com seu povo, uma das características do moderno romance brasileiro:

> Nós, no Brasil, queremos, acima de tudo, nos encontrar com o povo, que andava perdido. E podemos dizer que encontramos este povo fabuloso, espalhado nos mais distantes recantos de nossa terra. O romance de nossos dias está todo batido nesta massa, está todo composto com a carne e o sangue de nossa gente. O mestre Manuel Antônio de Almeida, em 1850, nos dera o roteiro. O segredo era chegar até o povo. Ele tinha todo o oiro, toda a alma, todo o sangue para nos dar a verdadeira grandeza. Sem ele não haveria eternidade. Sem o povo não haveria eternidade. O nosso romance tem um século. Justamente em 1843 publicava-se no Brasil o primeiro romance. Levamos uns anos para chegar ao povo. Hoje, podemos dizer, já podemos afirmar: o povo é em nossos dias herói de nossos livros. Isto equivale a dizer que temos uma literatura.

In: *Temas Brasileiros*.
Rio de Janeiro: Casa do Estudante do Brasil, 1968. p. 104.

O período de 1930 a 1945 registrou a estreia de alguns dos nomes mais significativos do romance brasileiro. Assim é que, refletindo o mesmo momento histórico e apresentando as mesmas preocupações dos poetas da década de 1930, despontam autores como José Lins do Rego, Graciliano Ramos, Rachel de Queiroz, Jorge Amado e Érico Veríssimo.

As transformações vividas pelo país com a Revolução de 1930 e o consequente questionamento das tradicionais oligarquias, os efeitos da crise econômica mundial e os choques ideológicos que levaram a posições mais definidas e engajadas formavam um campo propício ao desenvolvimento de um romance caracterizado pela **denúncia social** – verdadeiro documento da realidade brasileira –, em que as relações **"eu" / mundo** atingiam elevado grau de tensão.

Numa incessante busca do brasileiro, o **regionalismo** ganha uma importância até então não alcançada em nossa literatura, levando ao extremo as relações do personagem com o meio natural e social. Destaque especial merecem os escritores nordestinos que vivenciaram a passagem de um Nordeste medieval para uma nova realidade capitalista e imperialista.

Poderíamos acrescentar ainda outros temas abordados por esses autores: nas regiões de cana, a decadência dos banguês e engenhos, devorados pelas modernas usinas – ponto fundamental dos romances de José Lins do Rego –, o poder político nas mãos de interventores, as constantes secas acirrando as desigualdades sociais e gerando mão de obra baratíssima, o intenso movimento migratório, a miséria, a fome.

Nas tramas dos textos

A bagaceira, *publicado em 1928, é considerado o primeiro romance do ciclo regionalista nordestino que marcaria os anos 1930. Segundo Antonio Candido e Aderaldo Castello, "há uma visível intenção crítica e panfletária no romance, subordinada à tentativa de análise e demonstração, embora sumária, da condição do nordestino e dos valores que regem sua vida. É o desejo de dar ênfase à dignidade e ao sentimento de honra do sertanejo e de retratar a desumanidade e os desmandos do senhor de engenho, acentuando contrastes de grandeza e miséria".*

1. **hidrópico:** que sofre de hidropisia, ou seja, de acúmulo anormal de líquido em partes do corpo.
2. **ascite:** acúmulo de líquido na cavidade abdominal; o mesmo que barriga-d'água.
3. **ex-voto:** imagem, foto, objetos de cera ou madeira etc., levados à igreja por conta de uma graça alcançada.

A bagaceira

Era o êxodo da seca de 1898. Uma ressurreição de cemitérios antigos — esqueletos redivivos, com o aspecto terroso e o fedor das covas podres.

Os fantasmas estropiados como que iam dançando, de tão trôpegos e trêmulos, num passo arrastado de quem leva as pernas, em vez de ser levado por elas.

Andavam devagar, olhando para trás, como quem quer voltar. Não tinham pressa em chegar, porque não sabiam aonde iam. Expulsos do seu paraíso por espadas de fogo, iam, ao acaso, em descaminhos, no arrastão dos maus fados.

Fugiam do sol e o sol guiava-os nesse forçado nomadismo.

Adelgaçados na magreira cômica, cresciam, como se o vento os levantasse. E os braços afinados desciam-lhes aos joelhos, de mãos abanando.

Vinham escoteiros. Menos os hidrópicos[1] — de ascite[2] consecutiva à alimentação tóxica — com os fardos das barrigas alarmantes.

Não tinham sexo, nem idade, nem condição nenhuma.

Eram os retirantes. Nada mais.

Meninotas, com as pregas da súbita velhice, careteavam, torcendo as carinhas decrépitas de ex-voto[3]. Os vaqueiros másculos, como titãs alquebrados, em petição de miséria. Pequenos fazendeiros, no arremesso igualitário, baralhavam-se nesse anônimo aniquilamento.

Mais mortos do que vivos. Vivos, vivíssimos só no olhar. Pupilas do sol da seca. Uns olhos espasmódicos de pânico, como se estivessem assombrados de si próprios. Agônica concentração de vitalidade faiscante.

Fariscavam o cheiro enjoativo do melado que lhes exacerbava os estômagos jejunos. E, em vez de comerem, eram comidos pela própria fome numa autofagia erosiva.

ALMEIDA, José Américo de. *A bagaceira*. 3. ed. Rio de Janeiro: A. J. de Castilho, 1928. p. 15.

Criança morta, de Candido Portinari, 1944. Museu de Arte de São Paulo Assis Chateaubriand, São Paulo/Reprodução autorizada por João Candido Portinari.

Esta tela de Portinari, da série Retirantes, *retrata a migração nordestina movida pela seca e pela desigual distribuição de terras.*

O último pau de arara

A vida aqui só é ruim
quando não chove no chão
mas se chover dá de tudo
fartura tem de montão
tomara que chova logo
tomara meu Deus tomara
só deixo meu Cariri
no último pau de arara.

Enquanto a minha vaquinha
tiver a pele e o osso
e puder com o chocalho
pendurado no pescoço
eu vou ficando por aqui
que Deus do céu me ajude
quem sai da terra natal
em outros cantos não para
só deixo meu Cariri
no último pau de arara.

VENÂNCIO, Corumba & GUIMARÃES, J. Disponível em: <http://www.fagner.com.br/Letras/O_ultimo_pau_de_arara.html>. Acesso em: 8 mar. 2011.

atividades

1. Destaque o trecho do texto que melhor caracteriza a condição dos retirantes.
2. Explique a aparente contradição da frase "Fugiam do sol e o sol guiava-os".
3. Transcreva uma passagem que aponte o problema da velhice precoce.
4. Comente a linguagem usada por José Américo de Almeida. Você diria que ela se enquadra perfeitamente nos padrões do Modernismo?
5. Compare a letra da canção "O último pau de arara" com o texto de *A bagaceira*, destacando os pontos em comum.

Rachel de Queiroz: o sertão do Ceará nas páginas dos livros

Análise social e psicológica

A obra de Rachel de Queiroz é fortemente marcada pelo regionalismo: o Ceará, sua gente, sua terra, as secas são referências constantes em seus romances, escritos em linguagem fluente e de diálogos fáceis, o que resulta em uma narrativa dinâmica. Em seus primeiros romances — *O Quinze* e *João Miguel* —, os aspectos social e psicológico coexistem, embora o primeiro superponha-se ao segundo. Em *Caminho de pedras* atinge o ponto máximo da literatura engajada e esquerdizante: é seu romance mais social, mais político; foi publicado em 1937, no início do Estado Novo de Getúlio Vargas.

A partir dessa época, em decorrência da situação adversa, a romancista abandona pouco a pouco o aspecto social, passando a valorizar a análise psicológica, diretriz que pode ser percebida no romance *As três Marias*.

Otávio Magalhães/AE.

Rachel de Queiroz (1910-2003)

Rachel de Queiroz iniciou sua carreira publicando crônicas em jornais cearenses em 1927. Em 1930, publicou seu primeiro romance, *O Quinze*; nos anos seguintes militou no PCB, tendo sido presa em 1937 pela polícia de Getúlio. De 1940 em diante dedicou-se à crônica jornalística, ao teatro e à produção de romances. Em 1964, apoiou o golpe militar e, nos últimos anos de sua vida, renegou seu passado esquerdista. Em 1977, quebrou uma tradição: tornou-se a primeira mulher a assumir uma cadeira na Academia Brasileira de Letras.

Nas tramas dos textos

Texto 1

O Quinze

O título desse romance refere-se à grande seca de 1915, vivida pela escritora em sua infância. Na narrativa, destacam-se duas situações: primeiro, a seca e as consequências acarretadas tanto para o vaqueiro Chico Bento e sua família como para Vicente, grande proprietário e criador de gado; em outro plano, a relação afetiva entre Vicente, moço puro mas rude, e Conceição, moça culta da capital. Embora o romance denuncie as condições adversas em que vive o nordestino, não apresenta a má distribuição das terras como o problema maior do Nordeste; grandes proprietários e pobres trabalhadores são pintados com as mesmas cores: são ambos heroicos e igualmente batidos pelo inimigo comum — a seca.

O fragmento abaixo, parte do capítulo 8, mostra Chico Bento e família no terceiro dia da retirada em direção à capital, Fortaleza.

Chegou a desolação da primeira fome. Vinha seca e trágica, surgindo no fundo sujo dos sacos vazios, na descarnada nudez das latas raspadas.

— Mãezinha, cadê a janta?

— Cala a boca, menino! Já vem!

— Vem lá o quê!...

Angustiado, Chico Bento apalpava os bolsos... nem um triste vintém azinhavrado...

Lembrou-se da rede nova, grande e de listas que comprara em Quixadá por conta do vale de Vicente.

Tinha sido para a viagem. Mas antes dormir no chão do que ver os meninos chorando, com a barriga roncando de fome.

Estavam já na estrada do Castro. E se arrancharam debaixo dum velho pau-branco seco, nu e retorcido, a bem dizer ao tempo, porque aqueles cepos apontados para o céu não tinham nada de abrigo.

O vaqueiro saiu com a rede, resoluto:

— Vou ali naquela bodega, ver se dou um jeito...

Voltou mais tarde, sem a rede, trazendo uma rapadura e um litro de farinha:

— Tá aqui. O homem disse que a rede estava velha, só deu isso, e ainda por cima se fazendo de compadecido.

Faminta, a meninada avançou: e até Mocinha, sempre mais ou menos calada e indiferente, estendeu a mão com avidez.

Contudo, que representava aquilo para tanta gente?

Horas depois, os meninos gemiam:

— Mãe, tou com fome de novo...

Retirantes, de Candido Portinari, 1944. Painel em óleo sobre tela, 190 x 180 cm. Museu de Arte de São Paulo Assis Chateaubriand/Reprodução autorizada por João Candido Portinari.

— Vai dormir, dianho! Parece que tá espritado! Soca um quarto de rapadura no bucho e ainda fala em fome! Vai dormir!

E Cordulina deu o exemplo, deitando-se com o Duquinha na tipoia muito velha e remendada.

A redinha estalou, gemendo.

Cordulina se ajeitou, macia, e ficou quieta, as pernas de fora, dando ao menino o peito rechupado.

Chico Bento estirou-se no chão. Logo, porém, uma pedra aguda lhe machucou as costelas.

Ele ergueu-se, limpou uma cama na terra, deitou-se de novo.

— Ah! minha rede! Ô chão duro dos diabos! E que fome!

Levantou-se, bebeu um gole na cabaça. A água fria, batendo no estômago limpo, deu-lhe uma pancada dolorosa. E novamente estendido de ilharga, inutilmente procurou dormir.

A rede de Cordulina que tentava um balanço, para enganar o menino — pobrezinho! o peito estava seco como uma sola velha! — gemia, estalando mais, nos rasgões.

E o intestino vazio se enroscava como uma cobra faminta, e em roncos surdos resfolegava furioso: *rum, rum, rum...*

De manhã cedo, Mocinha foi ao Castro, ver se arranjava algum serviço, uma lavagem de roupa, qualquer coisa que lhe desse para ganhar uns vinténs.

Chico Bento também já não estava no rancho. Vagueava à toa, diante das bodegas, à frente das casas, enganando a fome e enganando a lembrança que lhe vinha, constante e impertinente, da meninada chorando, do Duquinha gemendo:

"Tô tum fome! dá tumê!"

Parou. Num quintalejo, um homem tirava o leite a uma vaquinha magra.

Chico Bento estendeu o olhar faminto para a lata onde o leite subia, branco e fofo como um capucho...

E a mão servil, acostumada à sujeição do trabalho, estendeu-se maquinalmente num pedido... mas a língua ainda orgulhosa endureceu na boca e não articulou a palavra humilhante.

A vergonha da atitude nova o cobriu todo; o gesto esboçado se retraiu, passadas nervosas o afastaram.

Sentiu a cara ardendo e um engasgo angustioso na garganta.

Mas dentro da sua turbação lhe zunia ainda aos ouvidos:

"Mãe, dá tumê!..."

E o homenzinho ficou, espichando os peitos secos de sua vaca, sem ter a menor ideia daquela miséria que passara tão perto, e fugira, quase correndo...

QUEIROZ, Rachel de. *O Quinze*. 25. ed. Rio de Janeiro: José Olympio, 1979. p. 33-5.

atividades

1. Comente os diferentes níveis de linguagem presentes no fragmento. Que recurso a autora utilizou para dar maior realismo, vivacidade e dramaticidade ao texto?

2. Embora não seja usual no Brasil, o termo neorrealismo foi muito empregado na Europa, em meados do século XX, para definir romances que, inspirados em uma conceituação marxista, fundamentam-se nos conflitos sociais que põem em cena camponeses, operários, patrões e senhores da terra, como é o caso de boa parte da produção regionalista nordestina dos anos 1930 e 1940. Nesses romances percebe-se, inclusive, uma herança naturalista. Aponte duas passagens do fragmento em que temos relações homem/animal bem ao estilo naturalista.

3. Fala-se muito em "indústria da seca", ou seja, no fato de pessoas se beneficiarem com a seca, explorando de uma forma ou de outra os retirantes. No trecho apresentado, percebe-se essa situação? Em que trecho?

Texto 2

O trecho a seguir é parte do capítulo 12, em que a família de Chico Bento enfrenta as agruras da retirada.

Eles tinham saído na véspera, de manhã, da Canoa.

Eram duas horas da tarde.

Cordulina, que vinha quase cambaleando, sentou-se numa pedra e falou, numa voz quebrada e penosa.

— Chico, eu não posso mais... Acho até que vou morrer. Dá-me aquela zoeira na cabeça!

Chico Bento olhou dolorosamente a mulher. O cabelo, em falripas sujas, como que gasto, acabado, caía, por cima do rosto, envesgando os olhos, roçando na boca. A pele, empretecida como uma casca, pregueava nos braços e nos peitos, que o casaco e a camisa rasgada descobriam.

A saia roída se apertava na cintura em dobras sórdidas; e se enrolava nos ossos das pernas, como um pano posto a enxugar se enrola nas estacas da cerca.

Num súbito contraste, a memória do vaqueiro confusamente começou a recordar a Cordulina do tempo do casamento.

Viu-a de branco, gorda e alegre, com um ramo de cravos no cabelo oleado e argolas de ouro nas orelhas...

Depois sua pobre cabeça dolorida entrou a tresvariar; a vista turvou-se como as ideias; confundiu as duas imagens, a real e a evocada, e seus olhos visionaram uma Cordulina fantástica, magra como a morte, coberta de grandes panos brancos, pendendo-lhe das orelhas duas argolas de ouro, que cresciam, cresciam, até atingir o tamanho do sol.

No colo da mulher, o Duquinha, também só osso e pele, levava, com um gemido abafado, a mãozinha imunda, de dedos ressequidos, aos pobres olhos doentes.

E com a outra tateava o peito da mãe, mas num movimento tão fraco e tão triste que era mais uma tentativa do que um gesto.

Lentamente o vaqueiro voltou as costas; cabisbaixo, o Pedro o seguiu.

E foram andando à toa, devagarinho, costeando a margem da caatinga.

Às vezes, o menino parava, curvava-se, espiando debaixo dos paus, procurando ouvir a carreira de algum tejuaçu que parecia ter passado perto deles. Mas o silêncio fino do ar era o mesmo. E a morna correnteza que ventava, passava silenciosa como um sopro de morte; na terra desolada não havia sequer uma folha seca; e as árvores negras e agressivas eram como arestas de pedra, enristadas contra o céu.

Mais longe, numa volta da estrada, a telha encarnada de uma casa brilhava ao sol. Lentamente, Chico Bento moveu os passos trôpegos na sua direção.

De repente, um *bé*!, agudo e longo, estridulou na calma.

E uma cabra ruiva, nambi, de focinho quase preto, estendeu a cabeça por entre a orla de galhos secos do caminho, aguçando os rudimentos de orelha, evidentemente procurando ouvir, naquela distensão de sentidos, uma longínqua resposta a seu apelo.

Chico Bento, perto, olhava-a, com as mãos trêmulas, a garganta áspera, os olhos afogueados.

O animal soltou novamente o seu clamor aflito.

Cauteloso, o vaqueiro avançou um passo.

E de súbito em três pancadas secas, rápidas, o seu cacete de jucá zuniu; a cabra entonteceu, amunhecou, e caiu em cheio por terra.

Chico Bento tirou do cinto a faca, que de tão velha e tão gasta nunca achara quem lhe desse um tostão por ela.

Abriu no animal um corte que foi de debaixo da boca até separar ao meio o úbere branco de tetas secas, escorridas.

Rapidamente iniciou a esfolação. A faca afiada corria entre a carne e o couro, e na pressa, arrancava aqui pedaços de lombo, afinava aqui a pele, deixando-a quase transparente.

na linguagem **DOS SONS**

Não deixe de ouvir a versão atualizada do grupo O Rappa para a canção "Súplica cearense", de Gordurinha & Nelinho, um clássico do cancioneiro nordestino. Ouça também a interpretação de Luiz Gonzaga para a mesma canção. Vídeos de ambas as versões são facilmente encontrados na internet.

sessão de **CINEMA**

Baile perfumado (1997). Direção: Paulo Caldas e Lírio Ferreira. Com: Duda Mamberti, Luis Carlos Vasconcelos, Zuleica Ferreira e Giovanna Gold.

Participação especial de Jofre Soares como padre Cícero.

Cinebiografia do libanês Benjamin Abrahão, o único a filmar Lampião e seu bando. Além de mostrar as mortes de padre Cícero e Lampião, enfoca o aburguesamento do cangaço e a modernização do sertão. Filme muito elogiado pela crítica na época de seu lançamento.

Divulgação.

Mas Chico Bento cortava, cortava sempre, com um movimento febril de mãos, enquanto o Pedro, comovido e ansioso, ia segurando o couro descarnado.

Afinal, toda a pele destacada, estirou-se no chão.

E o vaqueiro, batendo com o cacete no cabo da faca, abriu ao meio a criação morta.

Mas Pedro, que fitava a estrada, o interrompeu:

— Olha, pai!

Um homem de mescla azul vinha para eles em grandes passadas.

Agitava os braços com fúria, aos berros:

— Cachorro! Ladrão! Matar a minha cabrita! Desgraçado!

Chico Bento, tonto, desnorteado, deixou a faca cair e, ainda de cócoras, tartamudeava explicações confusas.

O homem avançou, arrebatou-lhe a cabra e procurou enrolá-la no couro.

Dentro de sua perturbação, Chico Bento compreendeu apenas que lhe tomavam aquela carne em que seus olhos famintos já se regalavam, da qual suas mãos febris já tinham sentido o calor confortante.

E lhe veio agudamente à lembrança Cordulina exânime na pedra da estrada... o Duquinha tão morto que já nem chorava...

Caindo quase de joelhos, com os olhos vermelhos cheios de lágrimas que lhe corriam pela face áspera, suplicou de mãos juntas:

— Meu senhor, pelo amor de Deus! Me deixe um pedaço de carne, um taquinho ao menos, que dê um caldo para a mulher mais os meninos! Foi para eles que eu matei! Já caíram com a fome!...

— Não dou nada! Ladrão! Sem-vergonha! Cabra sem-vergonha!

A energia abatida do vaqueiro não se estimulou nem mesmo diante daquela palavra.

Antes se abateu mais, e ele ficou na mesma atitude de súplica.

E o homem disse afinal, num gesto brusco, arrancando as tripas da criação, e atirando-as para o vaqueiro:

— Tome! Só se for isso! A um diabo que faz uma desgraça como você fez, dar-se tripas é até demais.

A faca brilhava no chão, ainda ensanguentada, e atraiu os olhos de Chico Bento.

Veio-lhe um ímpeto de brandi-la e ir disputar a presa; mas foi ímpeto confuso e rápido. Ao gesto de estender a mão, faltou-lhe ânimo.

O homem, sem se importar com o sangue, pusera no ombro o animal sumariamente envolvido no couro e marchava para a casa cujo telhado vermelhava, lá além.

Pedro, sem perder tempo, apanhou o fato que ficara no chão e correu para a mãe.

Chico Bento ainda esteve uns momentos na mesma postura, ajoelhado.

E antes de se erguer, chupou os dedos sujos de sangue, que lhe deixaram na boca um gosto amargo de vida.

QUEIROZ, Rachel de. *O Quinze*.
25. ed. Rio de Janeiro: José Olympio, 1979. p. 46-9.

atividades

1. A aridez do clima aparece refletida na descrição física dos personagens, com uma seleção vocabular que muito bem poderia descrever a paisagem do sertão. Aponte alguns exemplos.
2. O romance situa-se em 1915, ano em que o sertão nordestino sofreu uma seca devastadora. Exposto ao clima semiárido do sertão, Chico Bento sofre os efeitos da fome e da insolação. Destaque o trecho em que isso ocorre. Comente o papel do sol no delírio do personagem.
3. A fome é tão grande que não é apenas pelo estômago que os personagens a sentem, nem pela boca que a saciam. Justifique essa afirmação com passagens do texto.
4. Você percebeu que, ao longo do trecho, há inúmeras palavras que podem ser associadas ao clima semiárido, em que o sol é protagonista absoluto? Releia o trecho e destaque algumas delas.
5. Releia a última frase do trecho: "E antes de se erguer, chupou os dedos sujos de sangue, que lhe deixaram na boca um gosto amargo de vida". Explique o que você entende por "gosto amargo de vida".
6. Trace um perfil de Chico Bento a partir dos elementos do texto, especialmente aqueles que fornecem suas características psicológicas.

Jorge Amado: as histórias do cacau e do cais da Bahia

A vez e a voz dos marginalizados

Jorge Amado representa o regionalismo baiano da zona rural do cacau e da zona urbana de Salvador. Sua grande preocupação foi fixar tipos marginalizados para, por meio deles, analisar toda a sociedade. Seus romances, vazados numa linguagem que retrata o falar do povo — o que lhe tem valido críticas dos mais puristas —, são marcados pelo lirismo e pela postura ideológica. Acerca deste último aspecto, Jorge Amado nunca fez segredo de suas posições políticas, seja como homem público, seja como escritor, e não só dedicou alguns livros a Luís Carlos Prestes, o Cavaleiro da Esperança, como escreveu uma biografia do líder comunista brasileiro.

Podemos notar, no entanto, posições mais amenas em seus romances posteriores à década de 1950. De *Seara vermelha*, por exemplo, para *Dona Flor e seus dois maridos*, há uma distância clara e evidente, embora negada pelo autor em suas entrevistas. O primeiro é mais político, revolucionário, ao passo que o último é mais lírico, caracterizado por um certo humor extraído do cotidiano.

Esse fato tem levado os críticos literários a compartimentar sua obra em:

- **romances proletários** — retratam a vida urbana em Salvador, com forte coloração social, como é o caso de *Suor*, *O país do carnaval* e *Capitães da areia*.
- **ciclo do cacau** — seus temas são as fazendas de cacau de Ilhéus e Itabuna, a exploração do trabalhador rural e os exportadores — a nova força econômica da região. *Cacau*, *Terras do sem fim* e *São Jorge dos Ilhéus* pertencem a esse ciclo. O próprio autor afirma: "A luta do cacau tornou-me um romancista".
- **depoimentos líricos e crônicas de costumes** — essa fase, iniciada com *Jubiabá* e *Mar morto*, se consolidaria com *Gabriela, cravo e canela* (que, apesar de apresentar a zona cacaueira como cenário, é uma crônica de costumes), estendendo-se às últimas produções do autor.

Evidentemente, essa divisão encerra apenas uma finalidade didática.

Raul Júnior/Editora Abril.

Jorge Amado (1912-2001)

Jorge Amado de Farias estreou em 1931 com *O país do carnaval*. De 1931 a 1946, publicou doze romances retratando ora a zona urbana de Salvador com seus marinheiros, meninos abandonados, malandros, ora a zona cacaueira do sul da Bahia (Itabuna, Ilhéus). Levado por Rachel de Queiroz, filiou-se ao Partido Comunista Brasileiro em 1932; por suas posições políticas, foi preso e exilado. Em 1946, com a redemocratização pós-Getúlio, elegeu-se deputado pelo PCB.
A partir de 1958 passou a se dedicar a uma produção metódica, o que lhe permitiu viver profissionalmente da literatura.

Biblioteca Guita e José Mindlin, São Paulo.

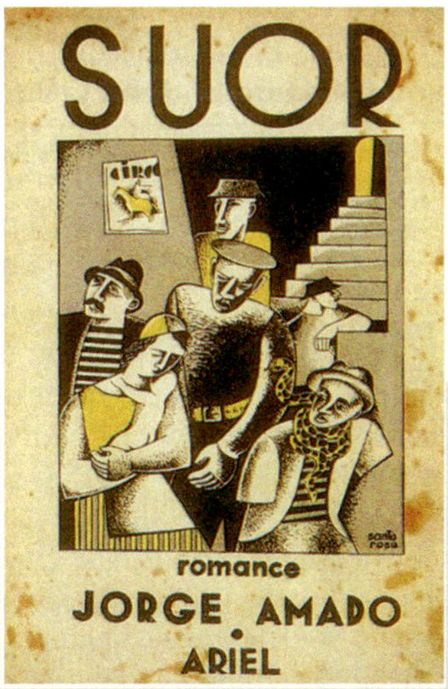

Biblioteca Guita e José Mindlin, São Paulo.

Capas de Santa Rosa para a primeira edição de Cacau *(1933) e* Suor *(1934), que formam, ao lado de* O país do carnaval *(1931), a trilogia de estreia do autor. O romance* Cacau *denuncia as condições em que viviam os trabalhadores nas fazendas do sul da Bahia — verdadeiro regime de escravidão branca —, iniciando o chamado "ciclo do cacau". A partir de 1935, em consequência de sua literatura engajada e de sua militância, Jorge Amado tornou-se vítima de implacável perseguição política do Governo Vargas.*

NA WEB

Visite o *site* <www.fundacaojorgeamado.com.br>. (Acesso em: 8 mar. 2011.) Você conhecerá a Fundação Casa de Jorge Amado, permanente centro de intercâmbio cultural que desenvolve cursos, palestras, oficinas, seminários e terá acesso a informações sobre Jorge Amado e Zélia Gattai, além de conhecer a Casa de Palavras.

Editora Círculo do Livro.

Nas tramas do texto

Texto 1

São Jorge dos Ilhéus

Prefácio

Em verdade, este romance e o anterior, *Terras do sem fim*, formam uma única história: a das terras do cacau no sul da Bahia. Nesses dois livros tentei fixar, com imparcialidade e paixão, o drama da economia cacaueira, a conquista da terra pelos coronéis feudais no princípio do século, a passagem das terras para as mãos ávidas dos exportadores nos dias de ontem. E se o drama da conquista feudal é épico e o da conquista imperialista é apenas mesquinho, não cabe a culpa ao romancista. Diz Joaquim que a etapa que está por vir será plena de heroísmo, beleza e poesia, e eu o creio.

Este livro, esboçado em Montevidéu, em agosto de 1942, quando escrevi o *Terras do sem fim*, foi terminado em janeiro de 1944, em Periperi, subúrbio da Bahia, cidade de Castro Alves e da arte política.

Horácio era uma das maiores fortunas da zona do cacau. Suas fazendas se estendiam de Ferradas até muito longe, incluíam a maior parte das terras do Sequeiro Grande, as divisas entre os municípios de Ilhéus e Itabuna passavam por roças suas. Colhia mais de quarenta mil arrobas de cacau, tinha inúmeras casas de aluguel em Itabuna, em Pirangi, em Ilhéus, tinha muito dinheiro depositado no banco. Levava, no entanto, a mesma vida frugal dos tempos de antes, nenhum luxo na casa-grande, fazia economias de tostão como se fosse pobre, reclamava contra o dinheirão que o filho gastava. Fiscalizava o trabalho nas roças, mandava surrar um capataz que o tentara roubar.

Naquele dia, após o almoço, ele se arrastou até a varanda. Ia tomar sol, esquentar o corpo gigantesco que agora se dobrava em dois, ouvir o que os negros conversavam. O terreiro estava vazio, alguns homens passavam para as roças. Estavam terminando uns restos de poda. Horácio sentiu o calor do sol sobre sua pele enrugada. O negro velho desejou boas tardes. Horácio virou os olhos para ele.

Rogério Soud/Arquivo da editora.

— É tu, Roque?

— Inhô, sim...

— Tá muito sol, hein?

— Tá bravo, inhô...

Horácio pensava na seca. Se viesse a seca a safra estava perdida, não haveria lucros este ano, ele não poderia comprar mais terras, não poderia adquirir roças novas:

— Talvez não chova...

O negro olhou para o céu, já antes tinha visto a nuvem de chuva que se aproximava:

— Chove, sim, patrão. Vosmecê não está vendo a nuvem?

Horácio se sobressaltou, olhou o céu, não distinguia nada:

— Tu pensa que eu sou cego?

— Inhô, não... — fez o negro com medo. — Só que vosmecê não houvera dito...

Horácio olhou de novo, não enxergava:

— É chuva mesmo...

— E tá crescendo, patrão... Chove inda hoje, pela noitinha...

Horácio se levantou, andou até o balaústre da varanda:

— Vá chamar Chico Branco... Depressa!

O negro saiu atrás do capataz. Encontrou-o ainda em casa, almoçando. Horácio, na varanda, sentiu que eles chegavam pelo ruído das pisadas. Conhecia os passos pesados de Chico Branco, um mulato gordo, violento com os "alugados", que sabia fazer um homem render no trabalho.

— Boa tarde, coronel.

— Tu já viu que vai chover?

— Já, coronel. Tava mesmo pra vir falar com o senhor...

— Tu não viu nada, ninguém vê nada se eu não vejo. Ninguém liga, é preciso eu tá em cima. Desde ontem eu tava sabendo que ia chover, hoje de manhã já tinha visto a nuvem...

— Mas, coronel...

— Não tem mais nem menos... É isso mesmo! Vi antes de todo mundo...

O capataz ficou calado, que adiantava discutir? Horácio pensou, deu ordens...

— Mande parar a poda, não precisa mais. Mande trabalhar nas barcaças. Limpar os cochos, aperte a gente do Ribeirão Seco. Contrate trabalhadores...

O capataz foi embora. Horácio ficou em silêncio uns minutos, depois não resistiu e perguntou ao negro:

— Roque...

— Inhô?

— A nuvem está crescendo, Roque?

— Tá, inhô, sim.

Horácio sorriu. Ia ver mais uma safra, os cacaueiros cheios de frutos. Devia ir a Ilhéus, fechar negócio com Schwartz. No fim da safra compraria mais roças. E um dia, pensou com certa tristeza, tudo aquilo seria do filho... Era uma pena ter que morrer... Gostava tanto de ver o cacau florir e carregar. Gostava tanto de comprar terras, de gritar com os homens, de fazer negócios... Felizmente só tinha um filho e isso lhe dava certeza de que suas fazendas não seriam divididas, como tantas outras, como as dos Badarós... As fazendas do coronel Horácio da Silveira nunca seriam divididas. Havia de ser sempre as suas fazendas...

— A nuvem tá crescendo, negro?

— Já tá grande, inhô.

— Chove hoje?

— Chove, inhô, sim. De noitinha...

O sol esquenta o corpo de coronel Horácio da Silveira. Mas o que ele sente sobre a pele ressequida é a carícia imaginada e desejada da chuva caindo, lavando a terra, penetrando até as raízes das árvores, dando força aos cacaueiros:

— Vai ser uma safra grande, negro.

— Vai ser, inhô.

A nuvem cobre o sol, cai uma sombra sobre o coronel.

AMADO, Jorge. *São Jorge dos Ilhéus*. 19. ed. São Paulo: Livraria Martins Editora, 1969. p. 96-8.

Nota: *São Jorge dos Ilhéus* teve uma adaptação para quadrinhos em 1958, no Rio de Janeiro, pela Ebal.

atividades

1. Uma das características de Jorge Amado é a tentativa de retratar a fala do povo. Comente os diferentes níveis de linguagem presentes no texto.
2. Trace um perfil do coronel Horácio, com base no trecho lido.
3. Transcreva uma passagem do trecho que comprove a herança medieval presente na estrutura nordestina.

Texto 2

Seara vermelha

Seara vermelha *é um romance que se destaca no conjunto da obra de Jorge Amado por pertencer ao que poderia ser chamado de grande ciclo das secas, ao lado de obras de Rachel de Queiroz, José Lins do Rego e Graciliano Ramos. Ao mesmo tempo, é um dos pontos altos da literatura social, perfeitamente engajada, de defesa da política partidária, sem, contudo, perder em lirismo e emoção. Descreve a trajetória de uma família expulsa pela seca e pelos latifúndios, em busca de uma vida melhor em São Paulo; são três irmãos: um soldado, um cangaceiro e um revolucionário.*

O trecho abaixo narra a chegada dos retirantes a Juazeiro, Bahia, porto do Rio São Francisco. De lá, embarcariam para Pirapora, Minas Gerais; depois, o trem de ferro os levaria até São Paulo.

Na balaustrada conversavam pouco. Demoravam olhando o rio, tomando o fresco da noite, espiando o profundo das águas escuras e barrentas. Tudo era novidade e quase mistério, daí o silêncio apenas cortado por uma ou outra frase, de admiração ou de assombro. Raros eram os diálogos e logo morriam superados pelo interesse das mínimas coisas sucedidas no rio. E quando, por acaso, um navio largava, a terceira classe atestada de imigrantes, eles se debruçavam todos no balaústre, uma inveja dos que, mais felizes, já partiam naquele navio, as mãos acenando tímidos adeuses, os olhos espichados na esteira do vapor, na espuma que as rodas faziam de cada lado do rio. Era uma coisa de ver-se, grandiosa para eles, que os enchia de respeito, de certo temor. Esse distante São Paulo devia de ser terra de muita riqueza realmente para exigir tanto sacrifício dos que para lá viajavam.

No acampamento — que era onde conversavam largamente — não havia melhor motivo para as prosas do que fazer projetos sobre São Paulo. Quando apareciam, rotos, e ainda mais pobres que eles, os que voltavam da terra que idealizavam de toda fartura, e contavam das dificuldades que havia por lá, eles se encolhiam, com pouca vontade de ouvir, e quase sempre davam razão ao comentário fatal de um mais otimista:

— Isso é homem que não guenta o trabaio... Quer é vagabundar, ganhar dinheiro fácil...

Nenhum esperava que o dinheiro de São Paulo fosse fácil, esperavam é que houvesse e que a terra não fosse tão árida e, principalmente, tão difícil de conseguir quanto aquela de onde chegavam.

— Dizque um chega, logo dão terra pra ele cultivar... É lavoura de café... Dão muda já crescida, dizque dão de um tudo... Ferramenta e animais...

Eis o que alimentava a esperança naqueles corações cansados. A promessa de terra para cada um, livre de dificuldades, de processos posteriores revelando donos antes desconhecidos, quando já a terra estava lavrada, as benfeitorias levantadas. No acampamento estabeleciam-se relações à base de troca de imprecisas informações sobre São Paulo.

Palê Zuppani/Pulsar Imagens.

Barcaça típica do Rio São Francisco, conhecida como "gaiola", em Juazeiro (BA), em foto de 2008.

Nos primeiros dias cada família que chegava apenas queria contar o que havia sofrido na viagem, a fome e a sede que havia passado, as doenças e os mortos. Mas logo depois era o interesse por saber do navio, do trem de ferro em Pirapora, de São Paulo finalmente. Mortos e sofrimentos todos tinham para lamentar. Mas era coisa que ficava para trás, ninguém pode levantar os mortos dos seus túmulos, muitos deles nem túmulos tinham, estavam no papo dos urubus, feito carniça. Como que o rio, com suas águas rumorosas, cor de barro, punha uma fronteira entre o passado e o futuro. Se tinham sofrido tanto, penado pelas picadas da caatinga, bem mereciam a fartura e o sossego que estavam a esperá-los em São Paulo.

Por vezes desconfiavam dessa fartura e dessa paz. Havia sorrisos irônicos nos lábios dos que regressavam de lá:

— Vão pra lá ver como é...

As mulheres eram de fácil desânimo. Em geral, porém, durava pouco esse pessimismo, e às provas apresentadas pelos que voltavam, eles contrapunham as conversas no acampamento. Sempre existia alguém que possuía um parente que enriquecera em São Paulo. Um até tinha um tio que emigrara há doze anos e estava tão rico que possuía casa na capital e ganhara o título de coronel.

— Só tratam ele de coronel... Foi ele que mandou dinheiro pra gente vim... Vamos trabaiá em terra dele... Dizque só pé de café tem tanto que nem se pode contar...

Então riam e afastavam para longe, como improcedentes e falsas, as afirmações dos que voltavam. Também nem todo mundo pode se dar bem e ser feliz, prosperar e enricar. Alguns hão de ser pobres a vida toda. Esse era o raciocínio das mulheres mas cada uma se colocava entre os prováveis ricos e felizes. Era assim que esperavam o navio em Juazeiro.

AMADO, Jorge. *Seara vermelha*. 32. ed.
Rio de Janeiro: Record, 1978.

atividades

1. Comente os diferentes níveis de linguagem presentes no texto.
2. O que representa o rio para os retirantes?
3. Compare os nordestinos que estão indo para São Paulo com os que voltam. Há semelhanças? Há diferenças?
4. O comportamento dos homens e das mulheres é o mesmo? Explique.
5. Patativa de Assaré, nos últimos versos de sua música "Triste partida" (há uma gravação famosa de Luiz Gonzaga), afirma: "faz pena o nortista tão forte e tão bravo / viver como escravo no norte e no sul".

   Destaque uma frase no texto de Jorge Amado que comprove essa afirmação.

sessão de CINEMA

Divulgação.

Gabriela (1983). Direção: Bruno Barreto. Com: Sonia Braga e Marcello Mastroianni.

Adaptação do romance de Jorge Amado, que já rendera uma novela na Rede Globo (1975). Nos anos 1920, na cidade baiana de Ilhéus, comerciante de origem árabe apaixona-se por sua cozinheira, mas permite que o moralismo da sociedade interfira no casamento.

Dona Flor e seus dois maridos (1976). Direção: Bruno Barreto. Com: Sonia Braga, José Wilker e Mauro Mendonça.

Adaptação do romance de Jorge Amado que se passa na Salvador dos anos 1940. Dona Flor perde o marido boêmio, Vadinho, e se casa com o farmacêutico Teodoro. Sentindo falta de Vadinho, Flor consegue trazer seu "fantasma" de volta.

Tieta do agreste (1996). Direção: Cacá Diegues. Com: Sonia Braga, Marília Pêra e Chico Anysio.

Adaptação mais recente do romance de Jorge Amado. Tieta, expulsa da cidade de Santana do Agreste, retorna ao lugar anos mais tarde, depois de enriquecer como prostituta. A Rede Globo já adaptara o romance em novela de horário nobre.

Além dos filmes citados, várias outras obras de Jorge Amado foram para as telas do cinema: *Terras do sem fim* (como *Terra violenta*, 1948); *Seara Vermelha* (1963); *Capitães da areia* (1972); *Os pastores da noite* (1975); *Tenda dos milagres* (1976); *Jubiabá* (1985) e *Mar morto* (esta para a tela da tevê em Porto dos Milagres).

Arquivo/Folha Imagem.

José Lins do Rego (1901-1957)

José Lins do Rego Cavalcanti passou a infância num engenho da Paraíba. Em 1918, mudou-se para o Recife, onde cursou Direito. Nesse tempo, travou amizade com José Américo de Almeida e, principalmente, com Gilberto Freire, que muito o influenciaria. Em 1935, transferiu-se definitivamente para o Rio de Janeiro, onde colaborou para alguns jornais e exerceu cargos diplomáticos; alinhou-se com o governo Vargas. Elegeu-se para a Academia Brasileira de Letras em 1955.

José Lins do Rego: a decadência dos engenhos, destruídos pelas usinas

Fazendeiros, trabalhadores, cangaceiros, figuras quixotescas perambulam pelos engenhos do Nordeste

José Lins do Rego apelou constantemente para as recordações da infância e da adolescência para compor seu ciclo da cana-de-açúcar – série de romances de caráter memorialista que retratam a Zona da Mata nordestina num período crítico de transição: a decadência dos engenhos, esmagados pelas poderosas usinas. Em todo o ciclo, o cenário é o engenho Santa Rosa, do velho coronel Zé Paulino, avô de Carlos de Melo (o narrador de *Menino de engenho*, que, em muitas passagens, é o próprio José Lins do Rego). Além deles, povoam o Santa Rosa o tio Juca, os moleques – filhos dos empregados – que vivem soltos pelos engenhos e brincam com os meninos – filhos dos proprietários – na ingênua igualdade da infância, apesar dos preconceitos dos adultos:

> — Você está um negro, me disse Tia Maria. Chegou tão alvo, e nem parece gente branca. Isto faz mal. Os meninos de Emília já estão acostumados, você não. De manhã à noite, de pés no chão, solto como um bicho. Seu avô ontem me falou nisto. Você é um menino bonzinho, não vá atrás destes moleques para toda parte. As febres estão dando por aí. O filho do Seu Fausto, no Pilar, há mais de um mês que está de cama. Para a semana vou começar a lhe ensinar as letras.

Em 1943, José Lins publicaria um romance que é considerado síntese de todo o ciclo: *Fogo morto*, ponto máximo de sua obra.

Nas tramas dos textos

Texto 1

Prefácio de *Usina*

Com *Usina* termina a série de romances que chamei um tanto enfaticamente de 'ciclo da cana-de-açúcar'.

A história desses livros é bem simples: — comecei querendo apenas escrever umas memórias que fossem as de todos os meninos criados nas casas-grandes dos engenhos nordestinos. Seria apenas um pedaço da vida o que eu queria contar.

Sucede, porém, que um romancista é muitas vezes o instrumento apenas de forças que se acham escondidas no seu interior.

Veio, após o *Menino de engenho*, *Doidinho*, e, em seguida, *Banguê*. Carlos de Melo havia crescido, sofrido e fracassado. Mas o mundo do Santa Rosa não era só Carlos de Melo. Ao lado dos meninos de engenho havia os que nem o nome de menino podiam usar, os chamados 'moleques de bagaceira', os Ricardos. Ricardo foi viver por fora do Santa Rosa a sua história que é tão triste quanto a do seu companheiro Carlinhos. Foi ele do Recife a Fernando de Noronha. Muita gente achou-o parecido com Carlos de Melo. Pode ser que se pareçam. Viveram tão juntos um do outro, foram tão íntimos na infância, tão pegados (muitos Carlos beberam do mesmo leite materno dos Ricardos) que não seria de espantar que Ricardo e Carlinhos se assemelhassem. Pelo contrário.

Depois de *Moleque Ricardo* veio *Usina*, a história do Santa Rosa arrancado de suas bases, espatifado, com máquinas de fábrica, com ferramentas enormes, com moendas gigantes devorando a cana madura que as suas terras fizeram acamar pelas várzeas. Carlos de Melo, Ricardo e Santa Rosa se acabam, têm o mesmo destino, estão tão intimamente ligados que a vida de um tem muito da vida do outro. Uma grande melancolia os envolve de sombras. Carlinhos foge, Ricardo morre pelos seus e o Santa Rosa perde até o nome, se escraviza."

Rio de Janeiro, 1936 — J. L. R.

REGO, José Lins do. *José Lins do Rego: ficção completa*. Rio de Janeiro: Nova Aguilar, 1987. v. 1, p. 675.

Menino de engenho

Menino de engenho *veio a público em 1932, inaugurando o chamado "ciclo da cana-de-açúcar". Nesse romance de estreia já deparamos com o cenário (o engenho Santa Rosa, do coronel José Paulino), os personagens (agregados à soberana figura do coronel) e as situações, que seriam retomados em outros romances do ciclo.*

O trecho a seguir estabelece uma comparação entre o produtivo engenho Santa Rosa e o decadente engenho Santa Fé, do coronel Lula Chacon de Holanda, que aparecerá mais tarde, no romance Fogo morto. *A expressão "fogo morto" é usada para caracterizar a total decadência de um engenho.*

O Santa Fé ficava encravado no engenho do meu avô. As terras do Santa Rosa andavam léguas e léguas de norte a sul. O velho José Paulino tinha este gosto: o de perder a vista nos seus domínios. Gostava de descansar os olhos em horizontes que fossem seus. Tudo o que tinha era para comprar terras e mais terras. Herdara o Santa Rosa pequeno, e fizera dele um reino, rompendo os seus limites pela compra de propriedades anexas. Acompanhava o Paraíba com as várzeas extensas e entrava de caatinga adentro. Ia encontrar as divisas de Pernambuco nos tabuleiros de Pedra de Fogo. Tinha mais de três léguas, de estrema a estrema. E não contente de seu engenho possuía mais oito, comprados com os lucros da cana e do algodão. Os grandes dias de sua vida, lhe davam as escrituras de compra, os *bilhetes de sisa* que pagava, os bens de raiz, que lhe caíam nas mãos. Tinha para mais de quatro mil almas debaixo de sua proteção. Senhor feudal ele foi, mas os seus párias não traziam a servidão como um ultraje. O Santa Fé, porém, resistira a essa sua fome de latifúndios. Sempre que via aqueles condados na geografia, espremidos entre grandes países, me lembrava do Santa Fé. O Santa Rosa crescera a seu lado, fora ganhar outras posses contornando as suas encostas. Ele não aumentara um palmo e nem um palmo diminuíra. Os seus marcos de pedra estavam ali nos mesmos lugares de que falavam os papéis. Não se sentiam, porém, rivais o Santa Fé e o Santa Rosa. Era como se fossem dois irmãos muito amigos, que tivessem recebido de Deus uma proteção de mais ou uma proteção de menos. Coitado do Santa Fé! Já o conheci de fogo morto. E nada é mais triste do que um engenho de fogo morto. Uma desolação de fim de vida, de ruína, que dá à paisagem rural uma melancolia de cemitério abandonado. Na bagaceira, crescendo, o mata-pasto de cobrir gente, o melão entrando pelas fornalhas, os moradores fugindo para outros engenhos, tudo deixado para um canto, e até os bois de carro vendidos para dar de comer aos seus donos. Ao lado da prosperidade e da riqueza do meu avô, eu vira ruir, até no prestígio de sua autoridade, aquele simpático velhinho que era o Coronel Lula de Holanda, com o seu Santa Fé caindo aos pedaços. Todo barbado, como aqueles velhos dos álbuns de retratos antigos, sempre que saía de casa era de cabriolé e de casimira preta. A sua vida parecia um mistério. Não plantava um pé de cana e não pedia um tostão emprestado a ninguém.

Rogério Soud/Arquivo da editora.

atividades

1. Transcreva duas passagens do trecho de *Menino de engenho* que comprovem a herança medieval presente na estrutura nordestina.
2. José Lins do Rego questiona as relações sociais? Justifique sua resposta.
3. Como o autor coloca o problema da autoridade?

Texto 2

Neste segundo trecho temos um quadro da senzala; observar que a ação transcorre no início do século XX, com a escravidão já abolida.

Restava ainda a senzala dos tempos do cativeiro. Uns vinte quartos com o mesmo alpendre na frente.

As negras do meu avô, mesmo depois da abolição, ficaram todas no engenho, não deixaram a *rua*, como elas chamavam a senzala. E ali foram morrendo velhas. Conheci umas quatro: Maria Gorda, Generosa, Galdina e Romana. O meu avô continuava a dar-lhes de comer e vestir. E elas a trabalharem de graça, com a mesma alegria da escravidão. As suas filhas e netas iam-lhes sucedendo na servidão, com o mesmo amor à casa-grande e a mesma passividade de bons animais domésticos. Na rua a meninada do engenho encontrava seus amigos: os moleques, que eram os companheiros, e as negras que lhes deram os peitos para mamar; as boas servas nos braços de quem se criaram. Ali vivíamos todos misturados com eles, levando carão das negras mais velhas, iguais aos seus filhos moleques, na partilha de seus carinhos e de suas zangas. Nós não éramos seus irmãos de leite? Mas a mãe de leite de Dona Clarisse, a Tia Generosa, como a chamávamos, fazia as vezes de minha avó. Toda cheia de cuidados comigo, brigava com os outros por minha causa. Quando se reclamava tanta parcialidade a meu favor, ela só tinha uma resposta:

— Coitadinho, não tem mãe.

Nós mexíamos pela senzala, nos baús velhos das negras, nas locas que elas faziam pelas paredes de taipa, para seus cofres, e onde elas guardavam os seus rosários, os seus ouros falsificados, os seus bentos milagrosos.

Nas paredes de barro havia sempre santos dependurados, e num canto a cama de tábuas duras, onde há mais de um século faziam o seu coito e pariam os seus filhos.

Não conheci marido de nenhuma, e no entanto viviam de barriga enorme, perpetuando a espécie sem previdência e sem medo. Os moleques dormiam nas redes fedorentas; o quarto todo cheirava horrivelmente a mictório. Via-se o chão úmido das urinas da noite. Mas era ali onde estávamos satisfeitos, como se ocupássemos aposentos de luxo.

O interessante era que nós, os da casa-grande, andávamos atrás dos moleques. Eles nos dirigiam, mandavam mesmo em todas as brincadeiras, porque sabiam nadar como peixes, andavam a cavalo de todo jeito, matavam pássaros de bodoque, tomavam banho a todas as horas e não pediam ordem para sair para onde quisessem. Tudo eles sabiam fazer melhor do que a gente; soltar papagaio, brincar de pião, jogar castanha. Só não sabiam ler. Mas isto, para nós, também não parecia grande coisa. Queríamos viver soltos, com o pé no chão e a cabeça no tempo, senhores da liberdade que os moleques gozavam a todas as horas. E eles às vezes abusavam deste poderio, da fascinação que exerciam. Pediam-nos para furtar coisas da casa-grande para eles: laranjas, sapotis, pedaços de queijo. Trocavam conosco os seus bodoques e seus piões pelos gêneros que roubávamos da despensa. E nos iniciavam nas conversas picantes sobre as coisas do sexo. Por eles comecei a entender o que os homens faziam com as mulheres, por onde nasciam os meninos. Eram uns ótimos repetidores de história natural. Andávamos juntos nas nossas libertinagens pelo cercado. Havia um quarto dos carros onde iam ficando os veículos velhos do engenho. Dali fazíamos uma espécie de lupanar para jardim de infância. A nossa doce inocência perdia-se assim nessas conversas bestas, no contato libidinoso com os moleques da bagaceira.

REGO, José Lins do. *José Lins do Rego: ficção completa.* Rio de Janeiro: Nova Aguilar, 1987.

Rogério Soud/Arquivo da editora.

atividades

1. José Lins do Rego questiona a escravidão? Justifique sua resposta.

2. Candido e Castello afirmam que "nela [a obra de Rego] se acentuam os contrastes de requinte e fartura das casas-grandes com a promiscuidade e a miséria das senzalas".

a) Tal contraste também é marcado pela seleção vocabular empregada para designar as crianças da casa-grande e as crianças da rua. Explicite-o.

b) Pensando nos dias de hoje, tal seleção vocabular ainda é contrastiva?

3. Leia a letra da canção "Morro velho", de Milton Nascimento.

Morro velho

No sertão da minha terra
Fazenda é o camarada que ao chão se deu
Fez a obrigação com força
Parece até que tudo aquilo ali é seu
Só poder sentar no morro
E ver tudo verdinho, lindo a crescer
Orgulhoso camarada de viola em vez de enxada
Filho de branco e do preto
Correndo pela estrada atrás de passarinho
Pela plantação adentro crescendo os dois meninos, sempre
Pequeninos
Peixe bom dá no riacho de água tão limpinha
Dá pro fundo ver
Orgulhoso camarada conta histórias pra moçada
Filho do Sinhô vai embora
Tempo de estudos na cidade grande
Parte, tem os olhos tristes
Deixando o companheiro na estação distante
"Não me esqueça, amigo, eu vou voltar"
Some longe o trenzinho ao deus-dará
Quando volta já é outro
Trouxe até Sinhá-Mocinha para apresentar
Linda como a luz da lua
Que em lugar nenhum rebrilha como lá
Já tem nome de doutor e agora na fazenda é quem vai mandar
E seu velho camarada já não brinca, mas trabalha.

Milton Nascimento. Disponível em: <http://milton-nascimento.letras.terra.com.br/letras/47435/>. Acesso em: 8 mar. 2011.

a) Compare a letra da canção com os textos apresentados de José Lins do Rego, especialmente a relação de liberdade e comando entre as crianças.

b) Essa relação entre as crianças da casa-grande e as crianças da rua se inverte na idade adulta. Justifique sua resposta baseando-se na letra da canção.

sessão de CINEMA

Menino de engenho (1965). Direção, adaptação, roteiro e letras das canções: Walter Lima Jr. Com: Geraldo Del Rey, Sávio Rolim, Anecy Rocha.

Bem-sucedida adaptação do romance de José Lins do Rego produzida por Glauber Rocha. No Nordeste, menino é enviado a engenho do avô para ser criado por parentes após a morte de sua mãe.

Divulgação.

Joanna Francesa (1973). Direção: Cacá Diegues. Com: Jeanne Moreau, Carlos Kroeber, Pierre Cardin.

Em Alagoas, nos anos 1930, um coronel, depois da morte da mulher, leva a amante francesa para viver em sua fazenda, enfrentando o preconceito da família. A atriz francesa Jeanne Moreau é dublada por Fernanda Montenegro nos diálogos.

Arquivo/AE.

Graciliano Ramos (1892-1953)

Graciliano Ramos, jornalista e político, chegou a exercer o cargo de prefeito da cidade de Palmeira dos Índios, interior de Alagoas. Estreou em livro em 1933, com o romance *Caetés*; nessa época, trabalhou em Maceió, dirigindo a Imprensa Oficial e a Instrução Pública, e travou conhecimento com José Lins do Rego, Rachel de Queiroz e Jorge Amado. Em março de 1936 foi preso por atividades consideradas subversivas, sem, contudo, ter sido acusado formalmente; após sofrer humilhações de toda sorte e percorrer vários presídios, foi libertado em janeiro do ano seguinte. Essas experiências pessoais são retratadas no livro *Memórias do cárcere*. Em 1945, com a queda da ditadura de Getúlio Vargas e a volta do país à normalidade democrática, Graciliano filiou-se ao Partido Comunista Brasileiro, o qual integrou até 1947, quando o partido foi novamente considerado ilegal. Em 1952, viajou para os países socialistas do Leste Europeu, experiência descrita em *Viagem*.

Graciliano Ramos: a ficção atinge o grau máximo de tensão

Tensão e concisão

Graciliano Ramos é tido como o autor que levou ao limite o clima de tensão das relações ser humano / meio natural, ser humano / meio social, tensão essa geradora de um conflito intenso, capaz de moldar personalidades e de transfigurar o que as pessoas têm de bom. Nesse contexto violento, a morte é uma constante; é o final trágico e irreversível decorrente de relacionamentos impraticáveis. Assim, encontramos suicídios em *Caetés* e *São Bernardo*, um assassinato em *Angústia* e as mortes do papagaio e da cadela Baleia em *Vidas secas*.

Em seus romances, as condições sub-humanas nivelam animais e pessoas. Portanto, a luta pela sobrevivência parece ser o grande ponto de contato entre todos os personagens. Em consequência, uma palavra se repete em toda a obra do escritor: bicho, aquele que só tem uma coisa a defender - a vida.

Do ponto de vista formal, Graciliano Ramos talvez seja o escritor brasileiro de linguagem mais sintética. Em seus textos enxutos, a concisão atinge o clímax: não há uma palavra a mais ou a menos. Trabalha a narração com a mesma mestria, tanto em primeira como em terceira pessoa.

Nas tramas do texto

Vidas secas – Último romance de Graciliano Ramos, publicado em 1938, constituído, na realidade, de um conjunto de episódios da vida precária de uma família típica de nordestinos, castigada pela seca (Fabiano, Sinhá Vitória, os dois meninos), da qual também faz parte a cachorrinha Baleia, aqui elevada à categoria de personagem.

A original estrutura da obra – série de quadros, praticamente autônomos, correspondentes aos capítulos (alguns foram publicados isoladamente, como verdadeiros contos) – não quebra sua unidade, como a crítica, sem discrepância, tem reconhecido.

Ao contrário de outros romancistas que versaram o tema das secas, Graciliano Ramos não focalizou aqui os defeitos do flagelo nas populações das extensas áreas críticas; preferiu narrar diversas situações vividas por essa família, vítima não só dos rigores do tempo, mas da desonestidade do patrão e das arbitrariedades de uma autoridade ignorante. Os raros momentos de satisfação não adormecem as perspectivas sombrias de novas provações e sofrimentos, e o seu destino fica sujeito à vontade do proprietário das terras e aos caprichos da natureza. A estória cronologicamente se desenvolve num período intermediário de duas estiagens, e a característica cíclica do fenômeno está muito bem simbolizada pelos capítulos extremos, que se denominam apropriadamente "Mudança" e "Fuga". Os do meio retratam momentos da existência simples, sem mistério, transcendência ou grandes esperanças desses pobres viventes.

MOISÉS, Massaud; PAES, José Paulo (Org.). *Pequeno dicionário de literatura brasileira*. São Paulo: Cultrix, 1969. p. 261.

Texto 1

Mudança

Ainda na véspera eram seis viventes, contando com o papagaio. Coitado, morrera na areia do rio, onde haviam descansado, à beira de uma poça: a fome apertara demais os retirantes e por ali não existia sinal de comida. Baleia jantara os pés, a cabeça, os ossos do amigo, e não guardava lembrança disto. Agora, enquanto parava, dirigia as pupilas brilhantes aos objetos familiares, estranhava não ver sobre o baú de folha a gaiola pequena onde a ave se equilibrava mal. Fabiano também às vezes sentia falta dela, mas logo a recordação chegava. Tinha andado a procurar raízes, à toa: o resto da farinha acabara, não se ouvia um berro de rês perdida na catinga. Sinhá Vitória, queimando o assento no chão, as mãos cruzadas segurando os joelhos ossudos, pensava em acontecimentos antigos que não se relacionavam: festas de casamento, vaquejadas, novenas, tudo numa confusão. Despertara-a um grito áspero, vira de perto a realidade e o papagaio, que andava furioso, com os pés apalhetados, numa atitude ridícula. Resolvera de supetão aproveitá-lo como alimento e justificara-se declarando a si mesma que ele era mudo e inútil. Não podia deixar de ser mudo. Ordinariamente a família falava pouco. E depois daquele desastre viviam todos calados, raramente soltavam palavras curtas. O louro aboiava, tangendo um gado inexistente, e latia arremedando a cachorra.

As manchas dos juazeiros tornaram a aparecer, Fabiano aligeirou o passo, esqueceu a fome, a canseira e os ferimentos. As alpercatas dele estavam gastas nos saltos, e a embira tinha-lhe aberto entre os dedos rachaduras muito dolorosas. Os calcanhares, duros como cascos, gretavam-se e sangravam.

Num cotovelo do caminho avistou um canto de cerca, encheu-o a esperança de achar comida, sentiu desejo de cantar. A voz saiu-lhe rouca, medonha. Calou-se para não estragar força.

Deixaram a margem do rio, acompanharam a cerca, subiram uma ladeira, chegaram aos juazeiros. Fazia tempo que não viam sombra.

Sinhá Vitória acomodou os filhos, que arriaram como trouxas, cobriu-os com molambos. O menino mais velho, passada a vertigem que o derrubara, encolhido sobre folhas secas, a cabeça encostada a uma raiz, adormecia, acordava. E quando abria os olhos, distinguia vagamente um monte próximo, algumas pedras, um carro de bois. A cachorra Baleia foi enroscar-se junto dele.

Fabiano e Baleia, personagens de Vidas secas, *de Graciliano Ramos, em ilustração de Aldemir Martins.*

Estavam no pátio de uma fazenda sem vida. O curral deserto, o chiqueiro das cabras arruinado e também deserto, a casa do vaqueiro fechada, tudo anunciava abandono. Certamente o gado se finara e os moradores tinham fugido.

Fabiano procurou em vão perceber um toque de chocalho. Avizinhou-se da casa, bateu, tentou forçar a porta. Encontrando resistência, penetrou num cercadinho cheio de plantas mortas, rodeou a tapera, alcançou o terreiro do fundo, viu um barreiro vazio, um bosque de catingueiras murchas, um pé de turco e o prolongamento da cerca do curral. Trepou-se no mourão do canto, examinou a catinga, onde avultavam as ossadas e o negrume dos urubus. Desceu, empurrou a porta da cozinha. Voltou desanimado, ficou um instante no copiar, fazendo tenção de hospedar ali a família.

Mas chegando aos juazeiros, encontrou os meninos adormecidos e não quis acordá-los. Foi apanhar gravetos, trouxe do chiqueiro das cabras uma braçada de madeira meio roída pelo cupim, arrancou touceiras de macambira, arrumou tudo para a fogueira.

Nesse ponto Baleia arrebitou as orelhas, arregaçou as ventas, sentiu cheiro de preás, farejou um minuto, localizou-os no morro próximo e saiu correndo.

Fabiano seguiu-a com a vista e espantou-se: uma sombra passava por cima do monte. Tocou o braço da mulher, apontou o céu, ficaram os dois algum tempo aguentando a claridade do sol. Enxugaram as lágrimas, foram agachar-se perto dos filhos, suspirando, conservaram-se encolhidos, temendo que a nuvem se tivesse desfeito, vencida pelo azul terrível, aquele azul que deslumbrava e endoidecia a gente.

Entrava dia e saía dia. As noites cobriam a terra de chofre. A tampa anilada baixava, escurecia, quebrada apenas pelas vermelhidões do poente.

Miudinhos, perdidos no deserto queimado, os fugitivos agarraram-se, somaram as suas desgraças e os seus pavores. O coração de Fabiano bateu junto do coração de Sinhá Vitória, um abraço cansado aproximou os farrapos que os cobriam. Resistiram à fraqueza, afastaram-se envergonhados, sem ânimo de afrontar de novo a luz dura, receosos de perder a esperança que os alentava.

Iam-se amodorrando e foram despertados por Baleia, que trazia nos dentes um preá. Levantaram-se todos gritando. O menino mais velho esfregou as pálpebras, afastando pedaços de sonho. Sinhá Vitória beijava o focinho de Baleia, e como o focinho estava ensanguentado, lambia o sangue e tirava proveito do beijo.

Aquilo era caça bem mesquinha, mas adiaria a morte do grupo. E Fabiano queria viver. Olhou o céu com resolução. A nuvem tinha crescido, agora cobria o morro inteiro. Fabiano pisou com segurança, esquecendo as rachaduras que lhe estragavam os dedos e os calcanhares.

[...]

RAMOS, Graciliano. *Vidas secas*. 6. ed. São Paulo: Martins, 1960. p. 9-12.

Divulgação/AE.

Átila Iório (Fabiano) e Maria Ribeiro (Sinhá Vitória), no filme Vidas secas*, de Nelson Pereira dos Santos, marco do Cinema Novo brasileiro.*

atividades

1. "Ainda na véspera eram seis viventes". Justifique o emprego da palavra "viventes" para definir os membros da família de retirantes.
2. Qual o argumento de Sinhá Vitória para justificar a morte do papagaio? Ela tem razão? Justifique.

Texto 2

Fabiano

Fabiano ia satisfeito. Sim senhor, arrumara-se. Chegara naquele estado, com a família morrendo de fome, comendo raízes. Caíra no fim do pátio, debaixo de um juazeiro, depois tomara conta da casa deserta. Ele, a mulher e os filhos tinham-se habituado à camarinha escura, pareciam ratos — e a lembrança dos sofrimentos passados esmorecera.

Pisou com firmeza no chão gretado, puxou a faca de ponta, esgaravatou as unhas sujas. Tirou do aió um pedaço de fumo, picou-o, fez um cigarro com palha de milho, acendeu-o ao binga, pôs-se a fumar regalado.

— Fabiano, você é um homem, exclamou em voz alta.

Conteve-se, notou que os meninos estavam perto, com certeza iam admirar-se ouvindo-o falar só. E, pensando bem, ele não era homem: era apenas um cabra ocupado em guardar coisas dos outros. Vermelho, queimado, tinha os olhos azuis, a barba e os cabelos ruivos, mas como vivia em terra alheia, cuidava de animais alheios, descobria-se, encolhia-se na presença dos brancos e julgava-se cabra.

Olhou em torno, com receio de que, fora os meninos, alguém tivesse percebido a frase imprudente. Corrigiu-a, murmurando:

— Você é um bicho, Fabiano.

Isto para ele era motivo de orgulho. Sim, senhor, um bicho, capaz de vencer dificuldades.

Chegara naquela situação medonha — e ali estava, forte, até gordo, fumando o seu cigarro de palha.

— Um bicho, Fabiano.

Era. Apossara-se da casa porque não tinha onde cair morto, passara uns dias mastigando raiz de imbu e sementes de mucunã. Viera a trovoada. E, com ela, o fazendeiro, que o expulsara. Fabiano fizera-se desentendido e oferecera os seus préstimos, resmungando, coçando os cotovelos, sorrindo aflito. O jeito que tinha era ficar. E o patrão aceitara-o, entregara-lhe as marcas de ferro.

Agora Fabiano era vaqueiro, e ninguém o tiraria dali. Aparecera como um bicho, entocara-se como um bicho, mas criara raízes, estava plantado. Olhou as quipás, os mandacarus e os xique-xiques. Era mais forte que tudo isso, era como as catingueiras e as baraúnas. Ele, Sinhá Vitória, os dois filhos e a cachorra Baleia estavam agarrados à terra.

Chape-chape. As alpercatas batiam no chão rachado. O corpo do vaqueiro derreava-se, as pernas faziam dois arcos, os braços moviam-se desengonçados. Parecia um macaco.

Entristeceu. Considerar-se plantado em terra alheia! Engano. A sina dele era correr mundo, andar para cima e para baixo, à toa, como judeu errante. Um vagabundo empurrado pela seca. Achava-se ali de passagem, era hóspede. Sim, senhor, hóspede que demorava demais, tomava amizade à casa, ao curral, ao chiqueiro das cabras, ao juazeiro que os tinha abrigado uma noite.

Deu estalos com os dedos. A cachorra Baleia, aos saltos, veio lamber-lhe as mãos grossas e cabeludas. Fabiano recebeu a carícia, enterneceu-se:

— Você é um bicho, Baleia.

Vivia longe dos homens, só se dava bem com animais. Os seus pés duros quebravam espinhos e não sentiam a quentura da terra. Montado, confundia-se com o cavalo, grudava-se a ele. E falava uma linguagem cantada, monossilábica e gutural, que o companheiro entendia. A pé, não se aguentava bem. Pendia para um lado, para o outro lado, cambaio, torto e feio. Às vezes utilizava nas relações com as pessoas a mesma língua com que se dirigia aos brutos — exclamações, onomatopeias. Na verdade falava pouco. Admirava as palavras compridas e difíceis da gente da cidade, tentava reproduzir algumas, em vão, mas sabia que elas eram inúteis e talvez perigosas.

Divulgação.

O ator Átila Iório interpretando o personagem Fabiano no filme Vida secas.

[...]

Fabiano curou no rasto a bicheira da novilha raposa. Levava no aió um frasco de creolina, e se houvesse achado o animal, teria feito o curativo ordinário. Não o encontrou, mas supôs distinguir as pisadas dele na areia, baixou-se, cruzou dois gravetos no chão e rezou. Se o bicho não estivesse morto, voltaria para o curral, que a oração era forte.

atividades

1. Trace um perfil de Fabiano.
2. Interprete as duas afirmações: "Fabiano, você é um homem" e "Você é um bicho, Fabiano".
3. Destaque e comente uma passagem em que se perceba a total integração do ser humano com o meio físico e com o mundo animal.
4. Observe que em duas passagens a palavra **inúteis** aparece associada ao fato de Fabiano reproduzir alguns gestos e atitudes. Comente-as.
5. Sobre os dois últimos parágrafos:
   a) Que características da sociedade medieval podemos perceber nesse fragmento?
   b) No final do romance *Vidas secas*, Graciliano Ramos, em 1938, afirma em tom quase profético: "E o sertão continuaria a mandar gente para lá. O sertão mandaria para a cidade homens fortes, brutos, como Fabiano, Sinhá Vitória e os dois meninos".

   Hoje, quase um século depois, a situação mudou? Justifique sua posição produzindo um pequeno texto argumentativo.

Cumprida a obrigação, Fabiano levantou-se com a consciência tranquila e marchou para casa. Chegou-se à beira do rio. A areia fofa cansava-o, mas ali, na lama seca, as alpercatas dele faziam chape-chape, os badalos dos chocalhos que lhe pesavam no ombro, pendurados em correias, batiam surdos. A cabeça inclinada, o espinhaço curvo, agitava os braços para a direita e para a esquerda. Esses movimentos eram inúteis, mas o vaqueiro, o pai do vaqueiro, o avô e outros antepassados mais antigos haviam-se acostumado a percorrer veredas, afastando o mato com as mãos. E os filhos já começavam a reproduzir o gesto hereditário.

RAMOS, Graciliano. *Vidas secas*. 45. ed. Rio de Janeiro: Record, 1980.

Confrontando ideias

Em pequenos grupos, comparem os trechos de *O Quinze* e *Vidas secas* e discutam as seguintes questões:

a) descrição física de Sinhá Vitória e Cordulina;
b) características de Fabiano e Chico Bento;
c) a supremacia da sobrevivência sobre a vivência.

sessão de CINEMA

Divulgação.

Cartaz do filme Vidas secas, *de Nelson Pereira dos Santos, adaptado da obra de Graciliano Ramos.*

Vidas Secas (1963). Direção: Nelson Pereira dos Santos. Com: Átila Iório e Maria Ribeiro.

Adaptação do romance de Graciliano Ramos sobre a história dos retirantes – Fabiano, sua mulher, Sinha Vitória, os filhos e a cachorra Baleia – que tentam sobreviver em meio à seca e à miséria do sertão nordestino.

São Bernardo (1973). Direção: Leon Hirszman. Com: Othon Bastos e Isabel Ribeiro.

Baseado no romance homônimo de Graciliano Ramos. Paulo Honório, homem obcecado pelo desejo de riqueza, deixa de lado todas as outras coisas, incluindo a mulher com quem se casou. Destaque para a interpretação de Isabel Ribeiro.

Memórias do cárcere (1984). Direção: Nelson Pereira dos Santos. Com: Carlos Vereza e Glória Pires.

Adaptação do romance autobiográfico de Graciliano Ramos, preso nos anos 1930, durante a ditadura de Getúlio Vargas. O diretor buscou fazer, além da crônica política, uma reflexão sobre a inutilidade da repressão.

Erico Verissimo: criador de heroicos personagens gaúchos

A história e as tradições gauchescas nas páginas dos livros

Erico Verissimo é o representante gaúcho do regionalismo modernista. Parte de seus romances — desde *Clarissa* até *Saga*, passando por *Música ao longe*, *Caminhos cruzados* e *Olhai os lírios do campo* — retrata a vida urbana da provinciana Porto Alegre, a crise da sociedade moderna, cuja nota marcante é a falta de solidariedade, o cotidiano caótico. Seus personagens, com destaque para Clarissa e Vasco, reaparecem em várias situações e em vários momentos, o que levou o crítico Wilson Martins a reconhecer um ciclo de Clarissa. Por essa repetição ao longo de vários romances, o autor tem sido acusado de ser redundante e, mais do que isso, de ser superficial, tanto na abordagem psicológica como na social. Apesar disso, esses primeiros romances são responsáveis pela popularidade de Erico Verissimo, muito semelhante, em termos de aceitação pública, à de Jorge Amado.

Entre suas obras inclui-se ainda a trilogia épica *O tempo e o vento*, que remonta ao passado histórico do Rio Grande do Sul dos séculos XVIII e XIX e trata das disputas de terra e poder das famílias Amaral, Terra e Cambará. Desse painel saltam alguns personagens heroicos, como Ana Terra e Capitão Rodrigo. *O tempo e o vento* é dividido em *O Continente*, que cobre o período histórico do século XVIII até 1895, com as lutas do início da República; *O retrato*, que enfoca as primeiras décadas do século XX; e *O arquipélago*, narrativa mais contemporânea, que chega até o governo Vargas.

Leonid Streliaev/Editora Abril.

Erico Verissimo (1905-1975)

Erico Verissimo, gaúcho de Cruz Alta (RS), filho de família abastada que se arruinou economicamente, exerceu diversas funções modestas. Em 1931, transferiu-se em definitivo para Porto Alegre, onde se tornou diretor da *Revista do Globo*. Mais tarde, escritor consagrado, lecionou literatura na Universidade de Berkeley, nos Estados Unidos. Sobre a própria atividade literária, declarou: "Sei que não sou, nunca fui um *writer's writer*, um escritor para escritores. Não sou inovador, não trouxe nenhuma contribuição original para a arte do romance. Tenho dito, escrito repetidamente, que me considero, antes de mais nada, um contador de histórias".

Nas tramas do texto

O tempo e o vento

Reproduzimos, a seguir, dois trechos extraídos de O Continente *– Parte I de* O tempo e o vento *– que abrange os séculos XVIII e XIX.*

Texto 1

Ana Terra

Maneco recordava sua última visita a Porto Alegre, onde fora comprar ferramentas, pouco antes de vir estabelecer-se ali na estância. Achara tudo uma porcaria. Lá só valia quem tinha um título, um posto militar ou então quem vestia batina. Esses viviam à tripa forra. O resto, o povinho, andava mal de barriga, de roupa e de tudo. Era verdade que havia alguns açorianos que estavam enriquecendo com o trigo. Esses prosperavam, compravam escravos, pediam e conseguiam mais sesmarias e de pequenos lavradores iam se transformando em grandes estancieiros. Mas o governador não entregava as cartas de sesmaria assim sem mais aquela... Se um homem sem eira nem beira fosse ao Paço pedir terras, botavam-no para fora com um pontapé no traseiro. Não senhor. Terra é pra quem tem dinheiro, pra quem pode plantar, colher, ter escravos, povoar os campos.

Maneco ouvira muitas histórias. Pelo que contavam, todo o Continente ia sendo aos poucos dividido em sesmarias. Isso seria muito bom se houvesse justiça e decência. Mas não havia. Em vez de muitos homens ganharem sesmarias pequenas, poucos homens ganhavam campos demais, tanta terra que a vista não alcançava. Tinham lhe explicado que o governo fazia tudo que os grandes estancieiros pediam porque precisava deles. Como não podia manter no Continente guarnições muito grandes de soldados profissionais, precisava contar com esses fazendeiros, aos quais apelava em caso de guerra. Assim, transformados em coronéis e generais, eles vinham com seus peões e escravos para engrossar o exército da Coroa, que até pouco tempo era ali no Continente constituído dum único regimento de dragões. E como recompensa de seus serviços, esses senhores de grandes sesmarias ganhavam às vezes títulos de nobreza, privilégios, terras, terras e mais terras. Era claro que quando havia uma questão entre esses graúdos e um pobre-diabo, era sempre o ricaço quem tinha razão. Maneco vira também em Porto Alegre as casas de negócio e as oficinas dos açorianos. Apesar de ser neto de português, não simpatizava muito com os ilhéus.

Era verdade que tinha certa admiração pela habilidade dos açorianos no trato da terra e no exercício de certas profissões como a de ferreiro, tanoeiro, carpinteiro, seleiro, calafate... Reconhecia também que eram gente trabalhadora e de boa paz. Achava, entretanto, detestável sua fala cantada e o jeito como pronunciavam certas palavras.

VERISSIMO, Erico. *Ana Terra*. 14. ed. Rio de Janeiro: Globo, 1981. p. 42-3.

atividades

1. O narrador, no meio do trecho, abre espaço para uma voz que não é a dele. Destoa por apresentar uma linguagem mais coloquial. Destaque-a e justifique sua ocorrência.
2. Segundo o dicionário de literatura, a obra de Verissimo, da qual faz parte o trecho destacado, trata "sobre a formação social do Rio Grande do Sul". Como é caracterizada a sociedade no texto anterior sob o olhar de Maneco?
3. A herança medieval é apenas uma questão nordestina? Justifique sua resposta com fragmentos do texto.
4. A reforma agrária é uma das grandes questões brasileiras a demandar soluções. Os textos que você leu neste capítulo, de alguma forma, contribuíram para um entendimento das origens dos problemas com a posse da terra?

Texto 2

Um certo capitão Rodrigo

Toda gente tinha achado estranha a maneira como o Cap. Rodrigo Cambará entrara na vida de Santa Fé. Um dia chegou o cavalo, vindo ninguém sabia de onde, com o chapéu de barbicacho puxado para a nuca, a bela cabeça de macho altivamente erguida, e aquele seu olhar de gavião que irritava e ao mesmo tempo fascinava as pessoas. Devia andar lá pelo meio da casa dos trinta, montava um alazão, vestia calças de riscado, botas com chilenas de prata e o busto musculoso apertado num dólmã militar azul, com gola vermelha e botões de metal. Tinha um violão a tiracolo; sua espada, apresilhada aos arreios, rebrilhava ao sol daquela tarde de outubro de 1828 e o lenço encarnado que trazia ao pescoço esvoaçava no ar como uma bandeira. Apeou na frente da venda do Nicolau, amarrou o alazão no tronco dum cinamomo, entrou arrastando as esporas, batendo na coxa direita com o rebenque, e foi logo gritando, assim com ar de velho conhecido:

— Buenas e me espalho! Nos pequenos dou de prancha e nos grandes dou de talho!

Havia por ali uns dois ou três homens, que o miraram de soslaio sem dizer palavra. Mas dum canto da sala ergueu-se um moço moreno, que puxou a faca, olhou para Rodrigo e exclamou:

— Pois dê!

Os outros homens afastaram-se como para deixar a arena livre, e Nicolau, atrás do balcão, começou a gritar:

— Aqui dentro não! Lá fora! Lá fora!

Rodrigo, porém, sorria, imóvel, de pernas abertas, rebenque pendente do pulso, mãos na cintura, olhando para o outro com um ar que era ao mesmo tempo de desafio e simpatia.

— Incomodou-se, amigo? — perguntou, jovial, examinando o rapaz de alto a baixo.

— Não sou de briga, mas não costumo aguentar desaforo.

— Oôi bicho bom!

Os olhos de Rodrigo tinham uma expressão cômica.

— Essa sai ou não sai? — perguntou alguém do lado de fora, vendo que Rodrigo não desembainhava a adaga. O recém-chegado voltou a cabeça e respondeu calmo:

— Não sai. Estou cansado de pelear. Não quero puxar arma pelo menos por um mês. — Voltou-se para o homem moreno e, num tom sério e conciliador, disse:

— Guarde a arma, amigo.

O outro, entretanto, continuou de cenho fechado e faca em punho. Era um tipo indiático, de grossas sobrancelhas negras e zigomas salientes.

— Vamos, companheiro — insistiu Rodrigo. — Um homem não briga debalde. Eu não quis ofender ninguém. Foi uma maneira de falar...

Depois de alguma relutância o outro guardou a arma, meio desajeitado, e Rodrigo estendeu-lhe a mão, dizendo:

— Aperte os ossos.

O caboclo teve uma breve hesitação, mas por fim, sempre sério, apertou a mão que Rodrigo lhe oferecia.

— Agora vamos tomar um trago — convidou este último.

— Mas eu pago — disse o outro.

Tinha lábios grossos, dum pardo avermelhado e ressequido.

— O convite é meu.

— Mas eu pago — repetiu o caboclo.

— Está bem. Não vamos brigar por isso.

Aproximaram-se do balcão.

— Duas caninhas! — pediu Rodrigo.

Nicolau olhava para os dois homens com um sorriso desdentado na cara de lua cheia, onde apontava uma barba grossa e falha.

— É da boa — disse ele, abrindo uma garrafa de cachaça e enchendo dois copinhos.

Houve um silêncio durante o qual ambos beberam: o moço em pequenos goles, e Rodrigo dum sorvo só, fazendo muito barulho e por fim estralando os lábios.

Tornou a pôr o copo sobre o balcão, voltou-se para o homem moreno e disse:

— Meu nome é Rodrigo Cambará. Como é a sua graça?

— Juvenal Terra.

— Mora aqui no povo?

— Moro.

— Criador?

O outro sacudiu a cabeça negativamente.

— Faço carreteadas daqui pro Rio Pardo e de lá pra cá.

— Mais um trago?

— Não. Sou de pouca bebida.

Rodrigo tornou a encher o copo, dizendo:

— Pois comigo, companheiro, a coisa é diferente. Não tenho meias medidas. Ou é oito ou oitenta.

— Hai gente de todo o jeito - limitou-se a dizer Juvenal.

Rodrigo olhou para o vendeiro.

— Como é a sua graça mesmo, amigo?

— Nicolau.

— Será que se arranja por aí alguma coisa de comer?

Nicolau coçou a cabeça.

— Posso mandar fritar uma linguiça.

— Pois que venha. Sou louco por linguiça!

O capitão tomou seu terceiro copo de cachaça. Juvenal, que o observava com olhos parados e inexpressivos, puxou dum pedaço de fumo em rama e duma pequena faca e ficou a fazer um cigarro.

— Pois le garanto que estou gostando deste lugar — disse Rodrigo. — Quando entrei em Santa Fé, pensei cá comigo: Capitão, pode ser que vosmecê só passe aqui uma noite, mas também pode ser que passe o resto da vida...

— E o resto da vida pode ser trinta anos, três meses ou três dias... — filosofou Juvenal, olhando os pedacinhos de fumo que se lhe acumulavam no côncavo da mão.

E quando ergueu a cabeça para encarar o capitão, deu com aqueles olhos de ave de rapina.

— Ou três horas... — completou Rodrigo. — Mas por que é que o amigo diz isso?

— Porque vosmecê tem um jeito atrevido.

Sem se zangar, mas com firmeza, Rodrigo retrucou:

— Tenho e sustento o jeito.

— Por aqui hai também muito homem macho.

VERISSIMO, Erico. *Um certo capitão Rodrigo*. 6. ed. Porto Alegre: Globo, 1981.

J. Ferreira da Silva/Editora Abril.

Os atores Carlos Zara e Tarcísio Meira em cena da novela Um certo capitão Rodrigo *(1967)*.

atividades

1. Relacione os diferentes níveis de linguagem presentes no texto.
2. Como o autor retrata o homem típico do Rio Grande do Sul?

sessão de CINEMA

Ana Terra (1972). Direção e adaptação: Durval Garcia. Com: Rossana Ghessa, Geraldo Del Rey, Pereira Dias, Vânia Elisabeth.

Rio Grande do Sul, século XVIII. Em meio ao árduo trabalho na terra visando à prosperidade da fazenda e aos constantes ataques de bandoleiros que as milícias não conseguem controlar, uma moça amadurece nos percalços da vida. Fica grávida de um "bugre", que é morto pela família desonrada, e depois consegue escapar, junto com o pequeno filho, de uma sangrenta chacina que vitima todos os seus parentes.

João Raposo/Editora Abril.

*Questões de exames sobre este capítulo encontram-se na página **698**.*

capítulo 29

O Brasil depois de 1945

Objetivos gerais do capítulo

O aluno, ao final do capítulo, deverá ser capaz de:

- conhecer as principais características do Pós--Modernismo brasileiro e suas relações com o contexto histórico;
- conhecer o conceito de poesia concreta;
- reconhecer as marcas características dos poemas concretos;
- conhecer os principais autores do Pós-Modernismo, ler seus textos e refletir sobre eles.

Embora o que se costuma chamar de "poesia moderna" seja uma coisa multiforme demais, não é excessivo querer descobrir nela um denominador comum: seu espírito de pesquisa formal.

João Cabral de Melo Neto,
poeta do Pós-Modernismo brasileiro.

Composição com vermelho, amarelo, azul e preto, **de Piet Mondrian, 1921. Óleo sobre tela, 59, 5 cm × 59, 5 cm. Museu Municipal de Haia, Holanda.**

As composições de Piet Mondrian, com suas linhas retas e cores primárias, tornaram-se referência para as artes plásticas do pós-guerra.

A valorização dos espaços: ângulos, retas e curvas

A arte concreta

Concreção 9770, de Luiz Sacilotto. Têmpera vinílica sobre tela, 90 cm × 90 cm. Coleção particular.

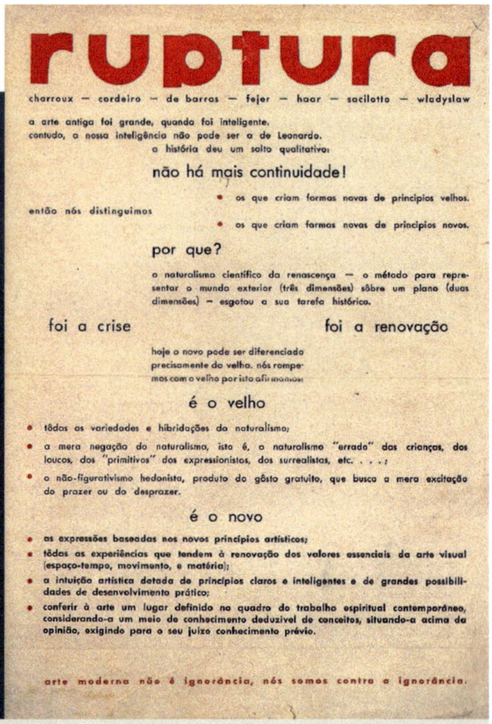

ruptura

charroux — cordeiro — de barros — fejer — haar — sacilotto — wladyslaw

a arte antiga foi grande, quando foi inteligente.
contudo, a nossa inteligência não pode ser a de Leonardo.
a história deu um salto qualitativo:

não há mais continuidade!

então nós distinguimos
- os que criam formas novas de principios velhos.
- os que criam formas novas de principios novos.

por que?

o naturalismo científico da renascença — o método para representar o mundo exterior (três dimensões) sôbre um plano (duas dimensões) — esgotou a sua tarefa histórica.

foi a crise foi a renovação

hoje o novo pode ser diferenciado precisamente do velho. nós rompemos com o velho por isto afirmamos:

é o velho

- tôdas as variedades e hibridações do naturalismo;
- a mera negação do naturalismo, isto é, o naturalismo "errado" das crianças, dos loucos, dos "primitivos" dos expressionistos, dos surrealistas, etc. . . . ;
- o não-figurativismo hedonista, produto do gôsto gratuito, que busca a mera excitação do prazer ou do desprazer.

é o novo

- as expressões baseadas nos novos princípios artísticos;
- tôdas as experiências que tendem à renovação dos valores essenciais da arte visual (espaço-tempo, movimento, e matéria);
- a intuição artística dotada de princípios claros e inteligentes e de grandes possibilidades de desenvolvimento prático;
- conferir à arte um lugar definido no quadro do trabalho espiritual contemporâneo, considerando-a um meio de conhecimento deduzível de conceitos, situando-a acima da opinião, exigindo para o seu juizo conhecimento prévio.

arte moderna não é ignorância, nós somos contra a ignorância.

Arquivo da editora.

Luiz Sacilotto (1924-2003) foi um dos pioneiros da arte concreta no Brasil. Participou da exposição "Ruptura", realizada no Museu de Arte Moderna de São Paulo em 1952, e foi um dos signatários do manifesto de mesmo nome, que marcou o início do movimento concretista brasileiro. O Concretismo ganhou corpo nas artes plásticas e logo se estendeu para a literatura.
Mais informações sobre Luiz Sacilotto estão disponíveis em: <www.sacilotto.com.br>. Acesso em: 8 mar. 2011.

As bienais

Os anos 1950 ficaram marcados pelas primeiras bienais de arte de São Paulo — exposições internacionais que ofereciam prêmios e muito prestígio —, promovidas pelo Museu de Arte Moderna. Da primeira Bienal participaram artistas de 19 países, com cerca de 1 800 obras expostas; artistas consagrados, como Picasso, Portinari, Di Cavalcanti e Bruno Giorgi, mereceram salas especiais. O cartaz reproduzido ao lado prenunciava a tendência dos anos 1950: arte concreta.

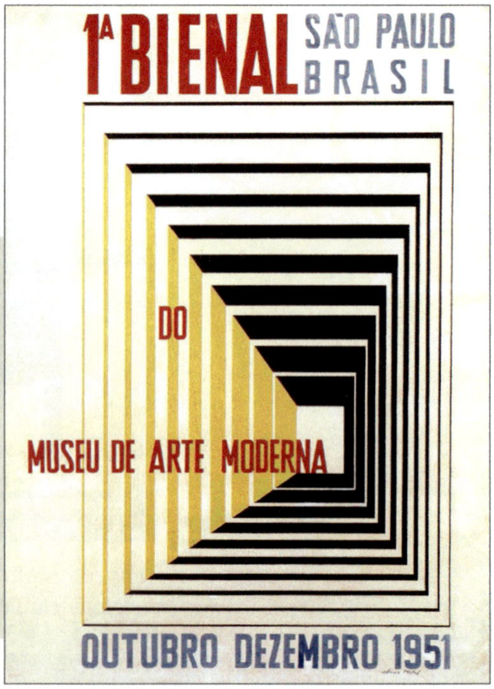

Acervo Galeria Seta, São Paulo/Arquivo da editora.

Uma nova concepção de cidade: Brasília

Palácio da Alvorada/Carlos Namba/Editora Abril.

No final da década de 1950, como parte da política desenvolvimentista do governo Juscelino Kubitschek, foi construída a cidade de Brasília, projetada pelo urbanista Lúcio Costa e pelo arquiteto Oscar Niemeyer. A cidade tem o formato de um imenso avião pousado no coração do cerrado do Planalto Central e seus prédios apresentam os inconfundíveis traços de Niemeyer: curvas, retas, formando imensos blocos suspensos sobre delicados espelhos-d'água.
Para obter mais informações sobre Oscar Niemeyer, consulte: <www.niemeyer.org.br>. Acesso em: 8 mar. 2011.

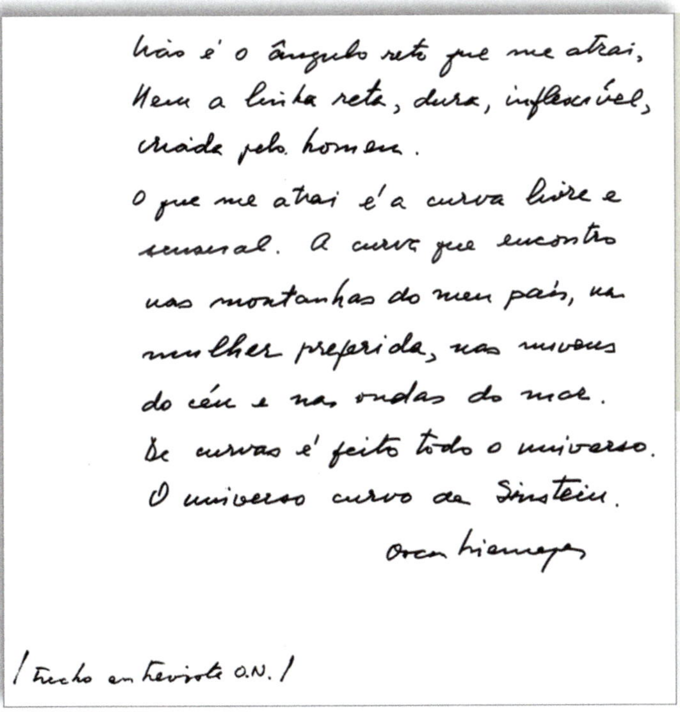

Manuscrito de Oscar Niemeyer. *Revista de Arquitetura, Urbanismo e Artes*, n. 41, dez. 1975-jan. 1976.

Não é o ângulo reto que me atrai.
Nem a linha reta, dura, inflexível,
criada pelo homem.
O que me atrai é a curva livre e
sensual. A curva que encontro
nas montanhas do meu país, na
mulher preferida, nas nuvens
do céu e nas ondas do mar.
De curvas é feito todo o universo.
O universo curvo de Einstein.

Oscar Niemeyer

Luiz Humberto/Editora Abril.

As esculturas de Bruno Giorgi (1905-1993) marcam a paisagem de Brasília. São dele, por exemplo, na praça dos Três Poderes, a escultura Os guerreiros, *popularmente conhecida como "Monumento aos candangos", e, no espelho-d'água do Palácio dos Arcos, sede do Itamarati,* Meteoro, *escultura reproduzida ao lado, feita em um único bloco de mármore de Carrara pesando 17 toneladas, que representa a união dos cinco continentes.*

Geometria e abstração

"A obra nasce de apenas um toque na matéria. Quero que a matéria de que é feita minha obra permaneça tal como é; o que a transforma em expressão é nada mais que um sopro: um sopro interior, de plenitude cósmica. Fora disso não há obra. Basta um toque, nada mais." É assim que o artista plástico brasileiro Hélio Oiticica (1937-1980) define sua produção. As obras de sua fase inicial são marcadas pela geometrização e pela abstração em deslumbrantes jogos de ângulos, retas, cores, luzes, ritmos. A pintura ao lado, intitulada Metaesquema II, *é um dos 27 trabalhos dessa primeira fase, em que o artista utilizou a técnica de pintura em guache sobre cartão.*

Museu de Arte Contemporânea da Universidade de São Paulo/ Cortesia Projeto Hélio Oiticica.

1945: uma nova ordem – no Brasil, no mundo

1945. No Brasil, os ventos da democratização derrubam Getúlio Vargas após 15 anos de governo (dos quais os últimos oito marcados pelo autoritarismo do Estado Novo). Promulgou-se uma nova Constituição, em 1946, os partidos políticos foram liberados e eleições gerais foram convocadas, mas em 1947 o governo brasileiro alinhou-se aos Estados Unidos na Guerra Fria e colocou o Partido Comunista Brasileiro e os movimentos populares na ilegalidade. Iniciou-se um novo tempo de perseguições políticas, prisões ilegais, exílios.

Guerra e paz *(1952-1956), painéis pintados por Portinari para a sede da ONU, em Nova York.*

Guerra e paz, de Candido Portinari, 1952-1956. Painel a óleo sobre madeira compensada, 1400 x 1058 cm. Sede da Organização das Nações Unidas, Nova York/Reprodução autorizada por João Candido Portinari.

1945. Fim da Segunda Guerra Mundial, início da era atômica com as bombas lançadas sobre Hiroxima e Nagasáqui. A crença numa paz duradoura manifesta-se na criação da Organização das Nações Unidas (ONU). Mais tarde, é publicada a *Declaração dos direitos do homem*. Com o fim da Segunda Guerra e a derrota do nazifascismo, mas com o mundo chocado pelo horror atômico, assistiu-se à composição de uma nova ordem mundial, com a divisão da Alemanha e a oposição entre capitalismo e socialismo e a consequente Guerra Fria, período marcado pela hostilidade e permanente tensão política entre as grandes potências mundiais (Estados Unidos e a então União Soviética).

Bettmann/Corbis/Latinstock.

Explosão da bomba atômica em Nagasáqui, em 9 de agosto de 1945. Três dias antes, Hiroxima já havia sido destruída.

Os rumos da poesia e da prosa

Como afirma o poeta João Cabral de Melo Neto na epígrafe que abre este capítulo, a principal marca da poesia pós-1945 foi a pesquisa formal, a pesquisa estética. De fato, os anos finais da década de 1940 e toda a década de 1950 foram marcados por uma incessante busca de rumos tanto para o verso discursivo, mais tradicional, quanto para uma poesia que promovesse uma ruptura radical, incorporando conceitos do poema-objeto, poema concreto, conforme pregação dos concretistas: "abolição da tirania do verso e proposta de uma nova sintaxe estrutural, na qual o branco da página, os caracteres tipográficos e sua disposição no papel assumam relevo, embora se mantenha ainda o discurso e mesmo o verso, apenas dispersado".

Assim, podem-se reconhecer alguns caminhos:

- a "Geração de 45": a partir de 1945 ganha corpo uma geração de poetas que se opõe às conquistas e inovações dos modernistas de 1922. A nova proposta é defendida inicialmente pela revista *Orfeu*, cujo primeiro número, lançado na primavera de 1947, afirma, entre outras coisas:

  > Uma geração só começa a existir no dia em que não acredita nos que a precederam, e só existe realmente no dia em que deixam de acreditar nela.

  Negando a liberdade formal, as ironias, as sátiras e outras "brincadeiras" modernistas, os poetas de 45 se dedicam a uma poesia mais "equilibrada e séria", distante do que eles chamam de "primarismo desabonador" de Mário de Andrade e Oswald de Andrade. A preocupação primordial é o "restabelecimento da forma artística e bela", os modelos voltando a ser parnasianos e simbolistas. Esse grupo era formado, entre outros poetas, por Lêdo Ivo, Péricles Eugênio da Silva Ramos, Geir Campos e Darcy Damasceno.

- o Concretismo: movimento lançado em meados dos anos 1950, liderado por Augusto e Haroldo de Campos e Décio Pignatari, pregava o aproveitamento do espaço tipográfico, a dissolução e o reagrupamento dos vocábulos, o jogo semântico, visual, acústico.

- tradição e ruptura: não chegando ao extremo de romper com as conquistas dos primeiros modernistas, mas não abrindo mão da pesquisa estética, estão poetas já consagrados, como Carlos Drummond de Andrade e Manuel Bandeira, e novos nomes, como João Cabral de Melo Neto, Ferreira Gullar e José Paulo Paes, produzindo uma literatura da mais alta qualidade.

A prosa, tanto nos romances como nos contos, segue o caminho já trilhado por alguns autores da década de 1930, em busca de uma literatura intimista, de sondagem psicológica, introspectiva, com destaque especial para Clarice Lispector. Ao mesmo tempo, o regionalismo adquire uma nova dimensão com a produção fantástica de João Guimarães Rosa e sua recriação dos costumes e da fala sertaneja, penetrando fundo na psicologia do jagunço do Brasil Central.

o momento
HISTÓRICO

Economia, política e sociedade

Para resumir o contexto social, econômico e político do período, elaboramos o infográfico que você lerá a seguir. Na página ao lado, estão resumidos os principais acontecimentos artísticos, científicos e filosóficos do período.

1946

> Os criminosos de guerra alemães são condenados pelo **Tribunal de Nuremberg**.
> Na **Argentina, Domingo Perón** é eleito presidente.

1947

> Na Espanha, **Franco declara a volta da monarquia**, mas não indica monarca e o trono segue vago.
> **Índia e Paquistão** tornam-se independentes.

1948

> É criado o **Estado de Israel**.
> **Gandhi** é assassinado na Índia.

1949

> **Mao Tse-Tung** funda a **República Popular da China**.
> Termina a **Guerra Civil na Grécia**, após quatro anos de sangrentos combates.

Mao Tse-Tung retratado por Andy Warhol em 1972, no estilo Pop Art.

Andy Warhol Foundation/ Corbis/Stock Photos.

1952

> **Elisabeth II** assume o trono da Inglaterra.
> Os Estados Unidos constroem o **primeiro submarino atômico.**

1954

> No Brasil, **Getúlio Vargas suicida-se.**
> Na União Soviética entra em funcionamento a **primeira central nuclear** do mundo.

1957

> É assinado o Tratado de Roma, que dá origem à **Comunidade Econômica Europeia.**
> **A União Soviética lança o Sputnik** I e II; o segundo foguete levava ao espaço a cadela Laika.

1959

Associated Press.

Fidel Castro e "Che" Guevara lideram a marcha da vitória em Havana. Foto de 5 de março de 1960.

> Vitória da **Revolução Cubana**, liderada por **Fidel Castro** e **Che Guevara**.
> O **Havaí** torna-se o quinquagésimo estado dos Estados Unidos.

1961

Hulton Archive/Getty Images.

> Episódio da **Baía dos Porcos**: a tentativa de invasão de Cuba pelos norte-americanos é malograda.
> É construído o **muro de Berlim**.
> O astronauta **Yuri Gagárin**, a bordo da nave soviética Vostok I, é o **primeiro homem a entrar em órbita.**

1962

> **União Soviética e Cuba** assinam tratado de cooperação.
> Os **Estados Unidos** iniciam bloqueio a **Cuba**.
> A **Argélia** torna-se independente.

1963

> O presidente norte-americano **John Kennedy é assassinado** em Dallas.
> Liderados por **Martin Luther King**, duzentos mil negros manifestam-se em Washington pela igualdade de direitos civis.

1964

> Inicia-se a guerrilha da Frelimo para a **libertação de Moçambique**.
> Intensifica-se a **guerrilha comunista no Vietnã.**
> **Golpe militar no Brasil**: inicia-se um regime militar ditatorial que duraria vinte anos.

1965

Os **Estados Unidos** entram na **Guerra do Vietnã.**

1966

Na **China**, sob a liderança de Mao Tse-Tung, tem início a **Revolução Cultural**.

1967

> No Oriente Médio, **"Guerra dos Seis Dias"**: Israel derrota os árabes e ocupa toda a Península do Sinai.
> Os Estados Unidos lançam **bombas de napalm sobre o Vietnã.**
> Na selva boliviana, **morre** em combate **Ernesto "Che" Guevara.**

1968

> No Brasil, edição do **AI-5**: iniciam-se os anos de chumbo.
> **Maio de 68**: em Paris, há intensa onda de contestação estudantil e operária.
> **Primavera de Praga**: reformas liberalizantes do regime socialista da Tcheco-Eslováquia resultam na invasão de tropas do Pacto de Varsóvia, lideradas pela União Soviética.
> **Martin Luther King é assassinado** em Memphis, Tenessee.

1969

O americano **Neil Armstrong é o primeiro homem a pisar o solo lunar.**

Time Life Pictures/Getty Images.

1973

> Nos Estados Unidos, com o **escândalo Watergate**, o presidente Nixon renuncia.
> No Chile, **Salvador Allende é morto** durante o golpe militar liderado por Pinochet.

1974

A **Revolução dos Cravos** põe fim à longa ditadura salazarista em Portugal.

1975

As forças do Vietnã do Norte ocupam Saigon: **fim da Guerra do Vietnã.**

1976

> **Morre Mao Tse-Tung.**
> Golpe de Estado afasta Isabel Perón; inicia-se a **ditadura militar na Argentina.**

Arte, ciência e filosofia

1947 — A Força Aérea norte-americana realiza o **primeiro voo supersônico**.

1948 — O matemático húngaro John von Neumann constrói o **primeiro computador do mundo**, o IBM SSEC.

1950 — O poeta chileno **Pablo Neruda publica** *Canto general*, conjunto de poemas que contam a epopeia do povo latino-americano.

1952 — > O médico Gregory Pincus realiza pesquisas para a **fabricação da pílula anticoncepcional**.
> **Ernest Hemingway** publica *O velho e o mar*.

Divulgação.

1960 — **Federico Fellini** filma *A doce vida*.

Divulgação.

1963 — > O conjunto inglês **The Beatles** torna-se mundialmente conhecido.
> **Luchino Visconti** filma *O leopardo*, belíssima adaptação do romance *Il Gatopardo*, de Tomaso de Lampedusa.

1966 — **Luis Buñuel** filma *A bela da tarde*, clássico do cinema surrealista.

1967 — > Na África do Sul, o doutor **Christian Barnard** realiza o **primeiro transplante de coração**.
> **Gabriel García Márquez** publica *Cem anos de solidão*, clássico da literatura latino-americana.

Divulgação.

1968 — **Stanley Kubrick** filma *2001: Uma odisseia no espaço*.

1969 — Acontece o **Festival de Música e Artes de Woodstock**: o mais importante festival de *rock and roll* e da contracultura contou com a participação, entre outros, de Jimi Hendrix e Janis Joplin; os três dias de espetáculos foram vistos por mais de 400 mil pessoas.

1971 — > **Stanley Kubrick** filma *Laranja mecânica*.
> **Luchino Visconti** filma *Morte em Veneza*, adaptação da narrativa homônima de Thomas Mann.

1973 — O engenheiro Martin Cooper, da Motorola, realiza a **primeira chamada de um telefone celular**. Dez anos mais tarde, a Motorola passa a comercializar o produto.

1978 — Na Inglaterra, nasce o **primeiro bebê de proveta**.

1979 — A Sony e a Phillips desenvolvem o ***compact disc*** (***CD***), disco digital de apenas 11,5 cm de diâmetro.

1980 — **John Lennon é assassinado** na porta da sua residência, em Nova York.

Associated Press.

A produção literária

Arquivo/Editora Abril.

João Cabral de Melo Neto (1920-1999)

João Cabral de Melo Neto estreou em livro em 1942 com o volume *Pedra do sono*, em que é nítida a influência de Carlos Drummond de Andrade e Murilo Mendes. Em 1945 publicou *O engenheiro*, em que se manifestam os rumos definitivos de sua obra. Nesse mesmo ano, prestou concurso para a carreira diplomática, servindo na Espanha, Inglaterra, França e no Senegal. Em 1969, foi eleito por unanimidade para a Academia Brasileira de Letras.

Todos os textos de João Cabral de Melo Neto reproduzidos neste capítulo foram retirados de: MELO NETO, João Cabral de. *João Cabral de Melo Neto: obra completa*. Rio de Janeiro: Nova Aguilar, 1994.

João Cabral de Melo Neto: a engenharia da palavra

A reflexão sobre o fazer poético

Em 1982, João Cabral de Melo Neto lançou, pela Editora José Olympio, um volume intitulado *Poesia crítica*, em que reuniu poemas cujo tema é a criação poética e a obra ou a personalidade de criadores, poetas ou não. É o artista refletindo sobre a Arte e sobre seu próprio trabalho, consciente de seu ofício. No prefácio, o poeta assim se manifesta:

> Talvez possa parecer estranho que passados tantos anos de seus primeiros poemas, o autor continue se interrogando e discutindo consigo mesmo sobre um ofício que já deveria ter aprendido e dominado. Mas o autor deve confessar que, infelizmente, não pertence a essa família espiritual para quem a criação é um dom, dom que por sua gratuidade elimina qualquer inquietação sobre sua validade, e qualquer curiosidade sobre suas origens e suas formas de dar-se.

Releia o poema "Ferrageiro de Carmona", reproduzido no capítulo 6.

A arquitetura da poesia

A poesia de João Cabral caracteriza-se pela objetividade na constatação da realidade e, em alguns casos, pela tendência ao surrealismo. No nível temático, distinguem-se em sua poética três grandes preocupações:

- o **Nordeste** com sua gente: os retirantes, suas tradições, seu folclore, a herança medieval e os engenhos; de modo muito particular, seu estado natal, Pernambuco, e sua cidade, o Recife. São objeto de verificação e análise os mocambos, os cemitérios e o Rio Capibaribe, que aparece, por mais de uma vez, personificado;
- a **Espanha** e suas paisagens, em que se destacam os pontos em comum com o Nordeste brasileiro. "Sou um regionalista também na Espanha, onde me considero um sevilhano. Não há que civilizar o mundo, há que 'sevilhizar' o mundo", afirma o poeta;
- a **Arte** e suas várias manifestações: a pintura de Miró, de Picasso e do pernambucano Vicente do Rego Monteiro; a literatura de Paul Valéry, Cesário Verde, Augusto dos Anjos, Graciliano Ramos e Drummond; o futebol de Ademir Meneses e Ademir da Guia; a própria arte poética.

Autocrítica

Só duas coisas conseguiram
(des)feri-lo até a poesia:
o Pernambuco de onde veio
e o aonde foi, a Andaluzia.
Um, o vacinou do falar rico
e deu-lhe a outra, fêmea e viva,
desafio demente: em verso
dar a ver Sertão e Sevilha.

João Cabral apresenta em toda a sua obra uma preocupação com a estética, com a arquitetura da poesia, construindo palavra sobre palavra, como o engenheiro coloca pedra sobre pedra. É o **"poeta-engenheiro"**, que constrói uma poesia calculada, racional, num evidente combate ao sentimentalismo choroso; para isso, utiliza-se de uma linguagem enxuta, concisa, elíptica, que constitui o próprio falar do sertanejo:

1

A fala a nível do sertanejo engana:
as palavras dele vêm, como rebuçadas
(palavras confeito, pílula), na glace
de uma entonação lisa, de adocicada.
Enquanto que sob ela, dura e endurece
o caroço de pedra, a amêndoa pétrea,
dessa árvore pedrenta (o sertanejo)
incapaz de não se expressar em pedra.

2

Daí por que o sertanejo fala pouco:
as palavras de pedra ulceram a boca
e no idioma pedra se fala doloroso:
o natural desse idioma fala à força.
Daí também porque ele fala devagar:
tem de pegar as palavras com cuidado,
confeitá-las na língua, rebuçá-las;
pois toma tempo todo esse trabalho.

("O sertanejo falando")

Para João Cabral, o ato de escrever consiste num trabalho de depuração; as palavras são degustadas e selecionadas pelo seu sabor e peso, não podem boiar à toa:

Catar feijão se limita com escrever:
joga-se os grãos na água do alguidar
e as palavras na da folha de papel;
e depois, joga-se fora o que boiar.

Certo, toda palavra boiará no papel,
água congelada, por chumbo seu verbo
pois para catar esse feijão, soprar nele,
e jogar fora o leve e oco, palha e eco.

("Catar feijão")

Vera Basile/Arquivo da editora.

A partir de 1950, o poeta pernambucano apresenta uma poesia cada vez mais engajada, aprofundando assim a temática social. É o caso de "O cão sem plumas", ou seja, o próprio Rio Capibaribe, que recolhe os detritos do Recife:

Aquele rio
era como um cão sem plumas.
Nada sabia da chuva azul,
da fonte cor-de-rosa,
da água do copo de água,
da água de cântaro,
dos peixes de água,
da brisa na água.

Sabia dos caranguejos
de lodo e ferrugem.
Sabia da lama
como de uma mucosa.
Devia saber dos polvos.
Sabia seguramente
da mulher febril que habita as ostras.

O Rio Capibaribe voltaria a ser tema — e personagem — de outro poema: "O rio ou relação da viagem que faz o Capibaribe de sua nascente à cidade do Recife". Entretanto, a poesia participante só traria o reconhecimento popular a João Cabral a partir do poema dramático *Morte e vida severina* (*Auto de Natal pernambucano*), musicado por Chico Buarque de Hollanda e encenado no TUCA (Teatro da Universidade Católica de São Paulo) na década de 1960. O espetáculo percorreu várias capitais europeias e brasileiras, ganhou inúmeros prêmios e aproximou, pela primeira vez, do grande público a obra de João Cabral de Melo Neto.

Nas tramas dos textos

Texto 1

Morte e vida severina

(Auto de Natal pernambucano)

Morte e vida severina *é um longo poema para "ser lido em voz alta", como o define o autor. Numa sequência de cenas – ora monólogos, ora diálogos – acompanhamos a caminhada de um retirante que sai do sertão de Pernambuco, nas proximidades da nascente do Rio Capibaribe, em direção a Recife.*

Primeira cena: a apresentação do retirante.

O retirante explica ao leitor quem é e a que vai

— O meu nome é Severino,
não tenho outro de pia[1].
Como há muitos Severinos,
que é santo de romaria,
deram então de me chamar
Severino de Maria;
como há muitos Severinos
com mães chamadas Maria,
fiquei sendo o da Maria
do finado Zacarias.
Mas isso ainda diz pouco:
há muitos na freguesia,
por causa de um coronel
que se chamou Zacarias
e que foi o mais antigo
senhor desta sesmaria.
Como então dizer quem fala
ora a Vossas Senhorias?
Vejamos: é o Severino
da Maria do Zacarias,
lá da serra da Costela,
limites da Paraíba.
Mas isso ainda diz pouco:
se ao menos mais cinco havia
com nome de Severino
filhos de tantas Marias
mulheres de outros tantos,
já finados, Zacarias,
vivendo na mesma serra
magra e ossuda em que eu vivia.
Somos muitos Severinos
iguais em tudo na vida:
na mesma cabeça grande
que a custo é que se equilibra,
no mesmo ventre crescido
sobre as mesmas pernas finas,
e iguais também porque o sangue
que usamos tem pouca tinta.
E se somos Severinos
iguais em tudo na vida,
morremos de morte igual,
mesma morte severina:
que é a morte de que se morre
de velhice antes dos trinta,
de emboscada antes dos vinte,
de fome um pouco por dia
(de fraqueza e de doença
é que a morte severina
ataca em qualquer idade,
e até gente não nascida).
Somos muitos Severinos
iguais em tudo e na sina:
a de abrandar estas pedras
suando-se muito em cima,
a de tentar despertar
terra sempre mais extinta,
a de querer arrancar
algum roçado da cinza.
Mas, para que me conheçam
melhor Vossas Senhorias
e melhor possam seguir
a história de minha vida,
passo a ser o Severino
que em vossa presença emigra.

1. **de pia:** referente à pia batismal; no texto, equivale a "de batismo".

Ao iniciar sua jornada, Severino já depara com a morte (e assim será, ao longo de toda a caminhada). Observe como a questão da concentração agrária é colocada, com destaque para os métodos utilizados pelos grandes proprietários.

Encontra dois homens carregando um defunto numa rede, aos gritos de: "Ó irmãos das almas! Irmãos das almas! Não fui eu que matei não!"

— A quem estais carregando,
irmãos das almas,
embrulhado nessa rede?
Dizei que eu saiba.
— A um defunto de nada,
irmão das almas,
que há muitas horas viaja
à sua morada.
— E sabeis quem era ele,
irmãos das almas,
sabeis como ele se chama
ou se chamava?
— Severino Lavrador,
irmão das almas,
Severino Lavrador,
mas já não lavra.
— E de onde que o estais trazendo,
irmãos das almas,
onde foi que começou
vossa jornada?
— Onde a Caatinga é mais seca,
irmão das almas,
onde uma terra que não dá
nem planta brava.
— E foi morrida essa morte,
irmãos das almas,
essa foi morte morrida
ou foi matada?
— Até que não foi morrida,
irmão das almas,
essa foi morte matada,
numa emboscada.
— E o que guardava a emboscada,
irmãos das almas,
e com que foi que o mataram,
com faca ou bala?
— Este foi morto de bala,
irmão das almas,
mais garantido é de bala,
mais longe vara.
— E quem foi que o emboscou,
irmãos das almas,
quem contra ele soltou
essa ave-bala?
— Ali é difícil dizer,
irmão das almas,
sempre há uma bala voando
desocupada.
— E o que havia ele feito,
irmãos das almas,
e o que havia ele feito
contra a tal pássara?
— Ter uns hectares de terra,
irmão das almas,
de pedra e areia lavada
que cultivava.
— Mas que roças que ele tinha,
irmãos das almas,
que podia ele plantar
na pedra avara?
— Nos magros lábios de areia,
irmão das almas,
dos intervalos das pedras,
plantava palha.
— E era grande sua lavoura,
irmãos das almas,
lavoura de muitas covas,
tão cobiçada?
— Tinha somente dez quadras,
irmão das almas,
todas nos ombros da serra,
nenhuma várzea.
— Mas então por que o mataram,
irmãos das almas,
mas então por que o mataram
com espingarda?
— Queria mais espalhar-se,
irmão das almas,
queria voar mais livre
essa ave-bala.
— E agora, o que passará,
irmãos das almas,
o que é que acontecerá
contra a espingarda?
— Mais campo tem para soltar,
irmão das almas,
tem mais onde fazer voar
as filhas-bala.
— E onde o levais a enterrar,
irmãos das almas,
com a semente de chumbo
que tem guardada?
— Ao cemitério de Torres,
irmão das almas,
que hoje se diz Toritama,
de madrugada.

Após atravessar o sertão, o retirante chega à zona da mata e, ao ver a terra mais branda e macia, com água que nunca seca, e a cana verdinha, pensa ter encontrado a vida. Porém:

Assiste ao enterro de um trabalhador de eito e ouve o que dizem do morto os amigos que o levaram ao cemitério

— Essa cova em que estás,
com palmos medida,
é a conta menor
que tiraste em vida.
— É de bom tamanho,
nem largo nem fundo,
é a parte que te cabe
deste latifúndio.
— Não é cova grande,
é cova medida,
é a terra que querias
ver dividida.
— É uma cova grande
para teu pouco defunto,
mas estarás mais ancho[2]
que estavas no mundo.
— É uma cova grande
para teu defunto parco,
porém mais que no mundo
te sentirás largo.
— É uma cova grande
para tua carne pouca,
mas a terra dada
não se abre a boca.
— Viverás, e para sempre,
na terra que aqui aforas:
e terás enfim tua roça.
— Aí ficarás para sempre,
livre do sol e da chuva,
criando tuas saúvas.
— Agora trabalharás
só para ti, não a meias,
como antes em terra alheia.
— Trabalharás uma terra
da qual, além de senhor,
serás homem de eito[3] e trator.
— Trabalhando nessa terra,
tu sozinho tudo empreitas:
serás semente, adubo, colheita.
— Trabalharás numa terra
que também te abriga e te veste:
embora com o brim do Nordeste.
— Será de terra
tua derradeira camisa:
te veste, como nunca em vida.
— Será de terra
e tua melhor camisa:
te veste e ninguém cobiça.
— Terás de terra
completo agora o teu fato:
e pela primeira vez, sapato.
— Como és homem,
a terra te dará chapéu:
fosses mulher, xale ou véu.
— Tua roupa melhor
será de terra e não de fazenda:
não se rasga nem se remenda.
— Tua roupa melhor
e te ficará bem cingida:
como roupa feita à medida.
— Esse chão te é bem conhecido
(bebeu teu suor vendido).
— Esse chão te é bem conhecido
(bebeu o moço antigo).
— Esse chão te é bem conhecido
(bebeu tua força de marido).
— Desse chão és bem conhecido
(através de parentes e amigos).
— Desse chão és bem conhecido
(vive com tua mulher, teus filhos).
— Desse chão, és bem conhecido
(te espera de recém-nascido).

2. **ancho:** largo, amplo. No texto, "estarás mais ancho" significa "terás mais espaço".

3. **eito:** limpeza de uma plantação efetuada com o uso de enxadas.

Cartaz de Morte e vida severina, *em montagem realizada pelo Tuca (Teatro da Universidade Católica de São Paulo), em 1968.*

Ao chegar ao Recife, o retirante percebe que sua caminhada foi inútil, pois só encontrou a morte ("E chegando, aprendo que, / nessa viagem que eu fazia, / sem saber desde o Sertão, / meu próprio enterro eu seguia."); numa ponte sobre o Rio Capibaribe, desesperançado, Severino pensa em "saltar fora da vida" (suicídio). Nesse momento, ao conversar com José, mestre carpina (carpinteiro, como o José bíblico), Severino assiste ao nascimento de um menino.

Falam os vizinhos, amigos, pessoas que vieram com presentes etc.

— De sua formosura
já venho dizer:
é um menino magro,
de muito peso não é,
mas tem o peso de homem,
de obra de ventre de mulher.
— De sua formosura
deixai-me que diga:
é uma criança pálida,
é uma criança franzina,
mas tem a marca de homem,
marca de humana oficina.
— Sua formosura
deixai-me que cante:
é um menino guenzo[4]
como todos os desses mangues,
mas a máquina de homem
já bate nele, incessante.
— Sua formosura
eis aqui descrita:
é uma criança pequena,
enclenque[5] e setemesinha[6],
mas as mãos que criam coisas
nas suas já se adivinha.
— De sua formosura
deixai-me que diga:
é belo como o coqueiro
que vence a areia marinha.
— De sua formosura
deixai-me que diga:
belo como o avelós[7]
contra o Agreste de cinza.
— De sua formosura
deixai-me que diga:
belo como a palmatória
na caatinga sem saliva.
— De sua formosura
deixai-me que diga:
é tão belo como um sim
numa sala negativa.
— É tão belo como a soca[8]
que o canavial multiplica.
— Belo porque é uma porta
abrindo-se em mais saídas.
— Belo como a última onda
que o fim do mar sempre adia.
— É tão belo como as ondas
em sua adição infinita.
— Belo porque tem do novo
a surpresa e a alegria.
— Belo como a coisa nova
na prateleira até então vazia.
— Como qualquer coisa nova
inaugurando o seu dia.
— Ou como o caderno novo
quando a gente o principia.
— E belo porque com o novo
todo o velho contagia.
— Belo porque corrompe
com sangue novo a anemia.
— Infecciona a miséria
com vida nova e sadia.
— Com oásis, o deserto,
com ventos, a calmaria.

4. **guenzo:** magro, franzino.
5. **enclenque:** adoentado, enfraquecido.
6. **setemesinha:** diz-se da criança nascida de sete meses.
7. **avelós:** planta florífera, de origem africana, cultivada no Nordeste brasileiro.
8. **soca:** a segunda produção de cana, depois de cortada a primeira.

O carpina fala com o retirante que esteve de fora, sem tomar parte em nada.

— Severino, retirante,
deixe agora que lhe diga:
eu não sei bem a resposta
da pergunta que fazia,
se não vale mais saltar
fora da ponte e da vida;
nem conheço essa resposta,
se quer mesmo que lhe diga.
É difícil defender,
só com palavras, a vida,
ainda mais quando ela é
esta que vê, severina;
mas se responder não pude
à pergunta que fazia,
ela, a vida, a respondeu
com sua presença viva.
E não há melhor resposta
que o espetáculo da vida:
vê-la desfiar seu fio,
que também se chama vida,
ver a fábrica que ela mesma,
teimosamente, se fabrica,
vê-la brotar como há pouco
em nova vida explodida;
mesmo quando é assim pequena
a explosão, como a ocorrida;
mesmo quando é uma explosão
como a de há pouco, franzina;
mesmo quando é a explosão
de uma vida severina.

MELO NETO, João Cabral de.
Morte e vida severina e outros poemas para vozes. Rio de Janeiro: Nova Fronteira, 2000.

atividades

1. Analise a combinação de palavras e a relação entre elas no título do poema e explique-o.
2. Há, em todo o poema, um jogo entre o substantivo **Severino** e o adjetivo **severina**. Explique-o.
3. Já na apresentação do retirante, João Cabral levanta alguns problemas sociais típicos do Nordeste. Comente ao menos dois desses problemas, retirando elementos do próprio texto.
4. Leia atentamente os seguintes versos:

   Mas não senti diferença
   entre o Agreste e a Caatinga,
   e entre a Caatinga e aqui a Mata
   a diferença é a mais mínima.

   Você diria que o problema fundamental do Nordeste é a seca? Justifique a resposta.
5. Essa cova em que estás,
   com palmos medida,
   é a conta menor
   que tiraste em vida.

   É de bom tamanho,
   nem largo nem fundo,
   é a parte que te cabe
   deste latifúndio.

   Não é cova grande,
   é cova medida,
   é a terra que querias
   ver dividida.

   a) Qual o conflito social abordado nesses versos?
   b) Transcreva passagens em que fica bem caracterizado esse conflito. Explique-as.
6. Qual o significado do nascimento da criança?

na linguagem DOS SONS

Em *Chico Buarque de Hollanda* – vol. 3 estão gravadas as canções que Chico compôs em meados de 1965 para a encenação de *Morte e vida severina*. O espetáculo foi um sucesso no Brasil e na França, onde foi premiado no Festival de Nancy.

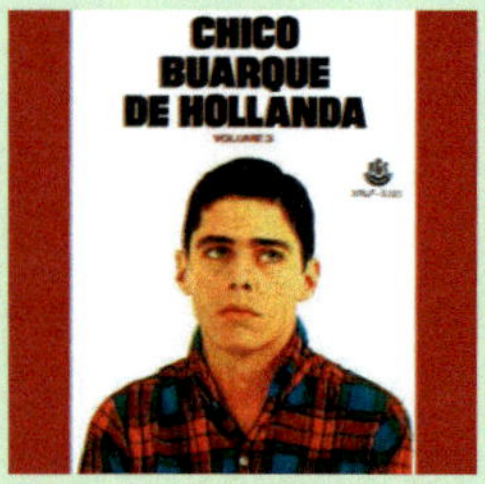

Divulgação.

Por ele mesmo (2005). Gravadora: Selo Festa, distribuidora: Tratore. Gravado por Irineu Garcia, em 1969, este CD reúne 18 poemas na voz de João Cabral de Melo Neto, entre eles: "Morte e vida severina", "O cão sem plumas", "O rio", "Educação pela pedra".

Confrontando ideias

Converse com seus colegas de grupo:

a) Os autos medievais costumavam ter, predominantemente, temática religiosa. No caso do "Auto de Natal pernambucano" existe uma analogia implícita entre o nascimento do menino e o nascimento de Jesus, sugerida, inclusive, pelo título. Ao dizer, porém, "E não há melhor resposta / que o espetáculo da vida", o autor está propondo uma saída religiosa para a situação descrita no decorrer do poema?

b) Vocês aceitariam o desafio de encenar ao menos um trecho desse auto? Ou, então, de promover uma leitura teatralizada do texto?

Texto 2

Auto do frade

Auto do frade *é um "poema para vozes", engrossando a antologia dos poemas para serem lidos em voz alta (como* Morte e vida severina, *também um auto).*

Nesse livro, João Cabral de Melo Neto retoma uma figura histórica não muito estudada pela nossa historiografia oficial: Joaquim do Amor Divino, o Frei Caneca, teórico da Confederação do Equador, movimento republicano ocorrido em Pernambuco, para o qual serviu de estopim a constituição outorgada de 1824, que dava plenos poderes ao imperador D. Pedro I. Derrotados os pernambucanos, Frei Caneca foi julgado e condenado à morte, sendo fuzilado em 1825.

O poema remonta ao último dia de vida de Frei Caneca. A melhor definição do líder revoltoso nos é dada pela fala do povo, nas ruas, ao vê-lo caminhar para a morte:

"– Ei-lo que vem descendo a escada,
degrau a degrau. Como vem calmo.
– Crê no mundo, e quis consertá-lo.
– E ainda crê, já condenado?
– Sabe que não o consertará.
– Mas que virão para imitá-lo".

(*Fala de Frei Caneca, na prisão*)

— Acordo fora de mim
como há tempos não fazia.
Acordo claro, de todo,
acordo com toda a vida,
com todos cinco sentidos
e sobretudo com a vista
que dentro dessa prisão
para mim não existia.
— Acordo fora de mim:
como fora nada eu via,
ficava dentro de mim
como vida apodrecida.
Acordar não é de dentro,
acordar é ter saída.
Acordar é reacordar-se
ao que em nosso redor gira.
Mesmo quando alguém acorda
para um fiapo de vida,
como o que, tanto aparato
que me cerca me anuncia:
esse bosque de espingardas
mudas, mas logo assassinas,
sempre à espera dessa voz
que autorize o que é sua sina,
esses padres que as invejam
por serem mais efetivas
que os sermões que passam largo
dos infernos que anunciam.
Essas coisas ao redor
sim me acordam para a vida,
embora somente um fio
me reste de vida e dia.
Essas coisas me situam
e também me dão saída;
ao vê-las me vejo nelas,
me completam, convividas.
Não é o inerte acordar
na cela negra e vazia:
lá não podia dizer
quando velava ou dormia.

MELO NETO, João Cabral de. *Auto do frade*. Rio de Janeiro: Nova Fronteira, 1999.

Execução de Frei Caneca, de Murillo la Greca, s/d. Óleo sobre tela. Coleção particular.

atividades

1. O texto apresentado gira em torno de um tema básico: o acordar. Explique o significado do verbo **acordar** no texto.
2. Destaque um verso em que a forma verbal **acordar** aparece substantivada.
3. Em "Eu acordo triste" há: sujeito – eu; predicado verbonominal – acordo triste; verbo intransitivo – acordo; predicativo do sujeito – triste (adjetivo).

   Em "Acordo claro" (terceiro verso), pode-se afirmar que o adjetivo **claro** está relacionado ao substantivo implícito no núcleo verbal (o acordar)? Justifique.
4. Explique o significado de **vista** em:

   com todos cinco sentidos
   e sobretudo com a vista
5. O poeta trabalha com os antônimos fora/dentro (versos 9 a 16). Explique o sentido dessas palavras no contexto.
6. Em mais de um poema, João Cabral de Melo Neto afirma trabalhar com poucas palavras, apenas com aquelas das quais é íntimo, sabendo, por isso, explorar todo o seu potencial. Por exemplo, em "A lição de poesia", afirma:

   E as vinte palavras recolhidas
   nas águas salgadas do poeta
   e de que se servirá o poeta
   em sua máquina útil.

   Vinte palavras sempre as mesmas
   de que conhece o funcionamento,
   a evaporação, a densidade
   menor que a do ar.

   No fragmento apresentado do *Auto do frade* manifesta-se essa característica? Comente a linguagem de João Cabral de Melo Neto.

sessão de CINEMA

Morte e vida severina/ Quincas Berro D'Água (1982). Direção: Walter Avancini. Com: José Dumont, Tânia Alves, Paulo Gracindo, Dina Sfat.

Num só DVD, dois especiais produzidos pela Rede Globo. O primeiro é uma adaptação do "Auto de Natal pernambucano", do poeta João Cabral de Melo Neto. O segundo, da novela de Jorge Amado *A morte e a morte de Quincas Berro D'Água*.

Divulgação.

Cecília Acioli/Folhapress.

Ferreira Gullar (1930-)

Em 1954, José Ribamar Ferreira, o poeta Ferreira Gullar, estreou em livro com *Luta corporal* (a particular distribuição gráfica de seus poemas resultou em desavenças com os tipógrafos) e tomou contato com o grupo concretista (do qual se afastaria em 1957). Em 1959, lançou o "Manifesto neoconcreto". Militante de esquerda, produziu literatura engajada e participou de movimentos de cultura popular durante os anos da ditadura militar. São suas palavras: "Pretendo que a poesia tenha a virtude de, em meio ao sofrimento e o desamparo, acender uma luz qualquer, uma luz que não nos é dada, que não desce dos céus, mas que nasce das mãos e do espírito dos homens. Uma poesia que fosse por isso – e em função da própria matéria com que trabalha – brasileira, latino-americana. Uma poesia que nos ajudasse a nos assumirmos a nós mesmos".

NA WEB

Consulte o *site* oficial e ouça alguns poemas na voz do poeta: <http://portalliteral.terra.com.br/ferreira_gullar>. Acesso em: 8 mar. 2011.

Ferreira Gullar: lirismo e poesia social

O poeta e sua trajetória

Em seu texto *Sobre poesia* (*Uma luz do chão*) (José Olympio, 2006), Ferreira Gullar faz um retrospecto da sua atuação como poeta desde o final dos anos 1940 até meados dos anos 1970; nesse percurso, comenta desde "a tendência ao subjetivismo e ao formalismo", que marcou a poesia do pós-guerra do final dos anos 1940 e início dos anos 1950, até os poemas de *Dentro da noite veloz* e do *Poema sujo*, passando pela experiência do Concretismo e pelos turbulentos anos iniciais da ditadura militar. Sobre os dois livros citados, Gullar assim se manifesta:

> Os poemas do livro *Dentro da noite veloz* (1975) refletem o esforço para construir uma linguagem poética em que o elemento político participa da alquimia verbal. Mas é no *Poema sujo* (1976) que essa junção do vulgar, do político e do poético, a meu juízo, atinge sua expressão mais plena. Contraditoriamente, esse poema, se consegue realizar o que está latente no livro anterior, quebra ao mesmo tempo com os limites que a exigência formal e a economia poética haviam imposto à minha poesia dessa fase. O *Poema sujo* é assim uma outra explosão, semelhante à dos anos 50, ainda que sem o radicalismo daquela e essencialmente diferente dela: em vez de tentar implodir a linguagem usual, procura incorporá-la à linguagem poética, com toda a sua suja carga de vida.

Corpo a corpo com a linguagem (1999). Disponível em: <http://literal.terra.com.br/ferreira_gullar/porelemesmo/corpo_a_corpo_com_a_linguagem.shtml?porelemesmo>. Acesso em: 8 mar. 2011.

Como se percebe, a produção poética de Ferreira Gullar passou por várias crises, sempre marcadas pela tentativa de compreender o fazer poético e o papel do escritor (ou, seria melhor dizer, a função social do escritor). Segundo Gullar, "tornou-se então um desafio para mim elaborar uma linguagem poética que expressasse a complexidade do real sem, no entanto, mergulhá-lo na atemporalidade, na a-historicidade, na velha visão metafísica".

Não deixe de reler os poemas de Gullar reproduzidos nos capítulos 2 e 3.

Nas tramas do texto

Traduzir-se

Uma parte de mim
é todo mundo:
outra parte é ninguém:
fundo sem fundo.

Uma parte de mim
é multidão:
outra parte estranheza
e solidão.

Uma parte de mim
pesa, pondera:
outra parte
delira.

Uma parte de mim
almoça e janta:
outra parte
se espanta.

Uma parte de mim
é permanente:
outra parte
se sabe de repente.

Uma parte de mim
é só vertigem:
outra parte,
linguagem.

Traduzir uma parte
na outra parte
— que é uma questão
de vida ou morte —
será arte?

GULLAR, Ferreira. *Toda poesia (1950-1999)*. 9. ed. Rio de Janeiro: José Olympio, 2000.

atividade

- O poeta coloca o artista como um ser dividido. Faça duas colunas, uma para cada "parte" do artista, relacionando suas principais características. Comente-as.

Confrontando ideias

Após a leitura do poema, dê uma resposta à interrogação final. Apresente-a à classe e ao(à) professor(a), ouça as respostas de seus colegas e, juntos, tentem chegar a alguns pontos comuns.

Concretismo: poesia e espaços

Acompanhando o progresso de uma civilização tecnológica e respondendo às exigências de uma sociedade impelida pela rapidez das transformações e pela necessidade de uma comunicação cada vez mais objetiva e veloz, as décadas de 1950 e 1960 assistiram ao lançamento de tendências poéticas caracterizadas por inovação formal, maior proximidade com outras manifestações artísticas e negação do verso tradicional. Procurava-se, assim, o "**poema-produto: objeto útil**".

Entre essas tendências, merece especial destaque a **poesia concreta**.

A poesia concreta foi lançada oficialmente em 1956, com a Exposição Nacional de Arte Concreta, realizada no Museu de Arte Moderna de São Paulo. Entretanto, os três poetas que iniciaram as experiências concretistas — Décio Pignatari, Haroldo de Campos e Augusto de Campos — já se encontravam agrupados desde 1952, quando do lançamento da revista-livro *Noigandres* (foram publicados cinco números de antologias sob essa denominação). Os irmãos Campos afirmam que:

> A poesia concreta é o primeiro movimento internacional que teve, na sua criação, a participação direta, original, de poetas brasileiros. Como no caso do anterior movimento de renovação que houve neste século na literatura brasileira — o Movimento Modernista de 22 —, também a POESIA CONCRETA se constitui em São Paulo.

Homero Sérgio/Folhapress.

Os irmãos Campos, iniciadores do Concretismo no Brasil, foram homenageados por Caetano Veloso na letra de "Sampa": "da dura poesia concreta de tuas esquinas [...] eu vejo surgir teus poetas de campos e espaços".

Entre os precursores brasileiros dessa tendência são citados Oswald de Andrade (que produziu poemas radicais, rompendo com "o vício retórico nacional", herdado, principalmente, do século XIX; segundo os concretistas, Oswald escrevia "em comprimidos, minutos de poesia") e João Cabral de Melo Neto ("linguagem direta, economia e arquitetura funcional do verso").

Partindo da assertiva de que o verso tradicional já havia encerrado seu ciclo histórico, a poesia concreta propõe o **poema-objeto**, em que se utilizam múltiplos recursos: o acústico, o visual, a carga semântica, o espaço tipográfico e a disposição geométrica dos vocábulos na página. Os concretistas perceberam uma "crise do verso", que correspondia a uma crise geral do artesanato diante da revolução industrial. Daí defenderem "a abolição da tirania do verso e a proposta de uma nova sintaxe estrutural, na qual o branco da página, os caracteres tipográficos e sua disposição no papel assumam relevo, embora se mantenha ainda o discurso e mesmo o verso, apenas dispersado".

Um dos traços mais importantes da modernidade da poesia concreta é aquele que procura mexer com o leitor, exigindo dele uma participação ativa, uma vez que o poema concreto permite uma leitura múltipla. Dessa forma, o poema constitui um desafio, e o leitor transforma-se em coautor.

Sobre isso, assim explicam os Irmãos Campos:

> [...] uma ordenação não linear do poema, com valorização integral do branco da página e uma possibilidade aberta de leitura múltipla, dando importância tanto aos elementos visuais como aos sonoros.

Além de Décio Pignatari e dos irmãos Campos, integram a corrente concretista José Lino Grunewald, Ronaldo Azeredo, Edgar Braga e Pedro Xisto. Alguns poetas que cultivam o tradicional verso discursivo produzem ocasionais experiências concretistas, como Manuel Bandeira, Ferreira Gullar, José Paulo Paes e Cassiano Ricardo.

Não deixe de reler o poema "Epitáfio para um banqueiro", de José Paulo Paes, reproduzido no capítulo 3.

Propostas da poesia concreta

- > Abolir a tirania do verso discursivo.
- > Valorizar a natureza não discursiva da poesia.
- > Propor uma nova sintaxe estrutural.
- > Os espaços são significativos, tanto os espaços em branco da página como os espaços pretos dos caracteres tipográficos.
- > A palavra em sua totalidade: som, forma, visual, carga semântica.
- > O leitor: possibilidade aberta de leitura múltipla.
- > Linguagem direta, economia e arquitetura funcional do verso.
- > Apelo à comunicação não verbal.
- > O poema-produto: objeto útil.
- > Poesia concreta: uma responsabilidade integral perante a linguagem.

Confrontando ideias

Leia em voz alta o poema abaixo:

b e b a   c o c a c o l a
b a b e   c o l a
b e b a   c o c a
b a b e   c o l a c a c o
c a c o
c o l a
c l o a c a

PIGNATARI, Décio. In: AZEVEDO FILHO, Leodegário Amarante de. (Org.). *Poetas do modernismo: antologia crítica*. Brasília: INL, 1972. p. 145.

Agora discuta com seus colegas e professor(a) as seguintes questões:

a) O poeta Décio Pignatari decompõe e reordena letras e sílabas das palavras: beba, coca, cola. Comente essas "brincadeiras".

b) É possível afirmar que o poema "Beba Coca-Cola" é uma "antipropaganda"? Justifique sua resposta.

c) A partir das propostas da poesia concreta, em grupos, criem poemas que promovam a "desconstrução" de algum produto já tradicionalmente firmado no mercado. Pode ser também a "desconstrução" de um dito popular ou de uma frase conhecida e aceita pela maioria.

Nas tramas dos textos

Texto 1

terra

r a   t e r r a   t e r
r a t   e r r a   t e r
r a t e   r r a   t e r
r a t e r   r a   t e r
r a t e r r   a   t e r
r a t e r r a   t e r r
a r a t e r r a   t e r
r a r a t e r r a   t e
r r a r a t e r r a   t
e r r a r a t e r r a
t e r r a r a t e r r a

PIGNATARI, Décio. In: AZEVEDO FILHO, Leodegário Amarante de (Org.). *Poetas do Modernismo: antologia crítica*. Brasília: INL, 1972. p. 144.

atividades

1. Com qual das correntes de vanguarda do início do século XX você identificaria o poema ao lado?
2. Isole as várias palavras que formam o texto.
3. Isole as possíveis frases que formam alguns versos.
4. Qual a relação entre a forma e o conteúdo do poema?

Texto 2

se
nasce
morre nasce
morre nasce morre
renasce remorre renasce
remorre renasce
remorre
re
re
desnasce
desmorre desnasce
desmorre desnasce
desmorre
nascemorrenasce
morrenasce
morre
se

Haroldo de Campos

Texto 3

vai e vem
e e
vem e vai

José Lino Grunewald

Texto 4

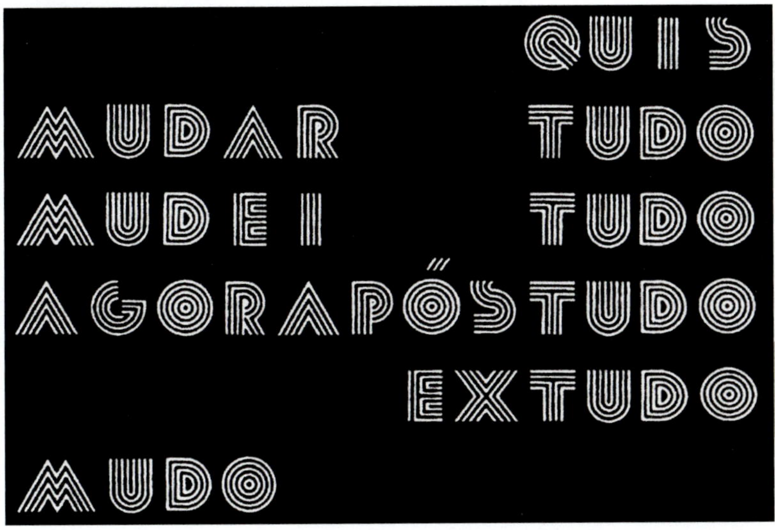

© Augusto de Campos.

Poema "Pós-tudo" (1984), de Augusto de Campos.

atividades

1. Comente a estrutura geométrica dos poemas "nasce-morre" (texto 2) e "vai e vem" (texto 3).
2. Comente a ambiguidade da palavra **mudo** no poema "Pós--tudo" (texto 4).

Todos os poemas foram extraídos de: AZEVEDO FILHO, Leodegário Amarante de (Org.). *Poetas do Modernismo: antologia crítica*. Brasília: INL, 1972.

Leia atentamente o poema abaixo, o fragmento de Gênesis e o verbete de dicionário.

Texto 5

Anatomia do monólogo

ser ou não ser?
er ou não er?
r ou não r?
ou não?
onã?

PAES, José Paulo. *Um por todos: poesia reunida*. São Paulo: Brasiliense, 1986. p. 88.

Texto 6

Gênesis

Judá se encontrava em Kezib, e ele tomou para Er, seu primogênito, uma mulher de nome Tamar. Er, primogênito de Judá, desagradou ao Senhor, que o fez morrer. Judá disse então a Onan: "Vai deitar-te com a mulher de teu irmão. Cumpre com ela o teu dever de parente próximo do falecido e suscita uma descendência a teu irmão".

Mas Onan sabia que a descendência não seria sua; quando se deitava com a mulher de seu irmão, deixava o sêmen perder-se na terra para não dar descendência a seu irmão. O que ele fazia desagradou ao Senhor, que o fez morrer também a ele.

Gênesis, 38, 6-10. In: *Bíblia* – Tradução Ecumênica – Edições Loyola.

Texto 7

onanismo

[Do antr. Onã, de um personagem bíblico que praticava coitos interrompidos, + -ismo.]

S.m. 1. Automasturbação manual masculina; quiromania. [Cf. masturbação.] **2.** No conceito bíblico, coito interrompido no instante da ejaculação para evitar a fecundação.

FERREIRA, Aurélio Buarque de Holanda. Dicionário eletrônico. Versão 5.0. Ed. rev. e atual. Parte integrante do *Novo dicionário Aurélio*. Curitiba: Positivo/Positivo Informática, 2004.

atividades

1. Podemos afirmar que o poema de José Paulo Paes filia-se ao movimento da Poesia Concreta? Justifique.
2. O poema "Anatomia do monólogo" abre diálogo explícito com dois outros textos muito conhecidos. Quais?
3. Comente o aspecto visual do poema de José Paulo Paes.
4. Como você percebeu, a cada verso temos perdas. Como você entende a sequência dos versos?
5. Além de Onã, que outro nome próprio temos no poema?

Guimarães Rosa: alquimista de palavras

O diabo na rua, no meio do redemoinho...

Publicando seu primeiro livro – *Sagarana* – em 1946, um ano após a queda de Getúlio Vargas e o início das produções da chamada Geração de 1945, Guimarães Rosa daria uma nova perspectiva ao regionalismo. A princípio, há a revalorização da linguagem; a seguir, a **universalização do regional**. O valor da linguagem de Guimarães Rosa não está no rebuscamento das palavras ou no uso de arcaísmos, mas nos **neologismos**, na **recriação**, na **invenção das palavras**, sempre tendo como ponto de partida a fala dos sertanejos, suas expressões, suas particularidades. Com isso, as palavras recriadas ganham força e significado novos, como podemos perceber no trecho seguinte:

> Joãozinho Bem-Bem se sentia preso a Nhô Augusto por uma simpatia poderosa, e ele nesse ponto era bem-assistido, sabendo prever a viragem dos climas e conhecendo por instinto as grandes coisas. Mas Teófilo Sussuarana era bronco excessivamente bronco, e caminhou para cima de Nhô Augusto. Na sua voz:
>
> — Êpa! Nomopadrofilhospritossantamêin! Avança, cambada de filhos-da--mãe, que chegou minha vez!...
>
> E a casa matraqueou que nem panela de assar pipocas, escurecida à fumaça dos tiros, com os cabras saltando e miando de maracajás, e Nhô Augusto gritando qual um demônio preso e pulando como dez demônios soltos.
>
> — Ô gostosura de fim-de-mundo!...

A hora e vez de Augusto Matraga. In: ROSA, João Guimarães. *Sagarana*. 15. ed. Rio de Janeiro: José Olympio, 1972.

Para salientar a poesia, o ritmo e a sonoridade de sua linguagem, transcrevemos um trecho do conto "O burrinho pedrês", em que o autor narra a caminhada da boiada, intercalando quadrinhas populares cantadas pelos vaqueiros. Observe como Guimarães Rosa reproduz a sonoridade da marcha da boiada por meio de aliterações:

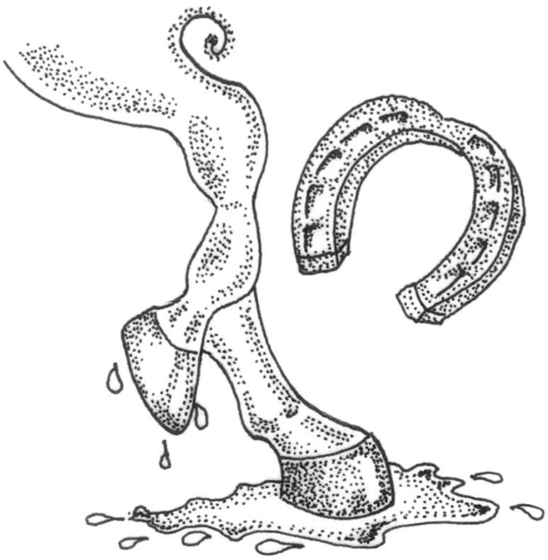

Vera Basile/Arquivo da editora.

> — Tchou!... Tchou!... Eh, booôi!...
>
> E, agora, pronta de todo está ela ficando, cá que cada vaqueiro pega o balanço de busto, sem-querer e imitativo, e que os cavalos gingam bovinamente. Devagar, mal percebido, vão sugados todos pelo rebanho trovejante — pata a pata, casco a casco, soca soca, fasta vento, rola e trota, cabisbaixos, mexe lama, pela estrada, chifres no ar...
>
> A boiada vai, como um navio.

ROSA, João Guimarães. *Sagarana*. 15. ed. Rio de Janeiro: José Olympio, 1972.

Outro aspecto relevante da obra de Guimarães Rosa é a luta entre Deus e o diabo, o Bem e o Mal. Nela transparece todo o misticismo do sertão, uma religiosidade quase medieval, baseada apenas nos dois extremos e marcada pelo medo, pelo pavor – há até mesmo a preocupação de não invocar o demo para que ele não "forme forma"; daí o diabo ser tratado por "o que não existe" ou "o que não é mas finge ser" e expressões semelhantes.

Arquivo/AE.

Guimarães Rosa (1908-1967)

João Guimarães Rosa, de uma família de pecuaristas, formou-se médico em Belo Horizonte e passou a trabalhar em várias cidades do interior mineiro, sempre demonstrando profundo interesse pela natureza, por bichos e plantas, pelos sertanejos e pelo estudo de línguas. Em 1934, iniciou carreira diplomática, prestando concurso para o Ministério do Exterior – serviu na Alemanha durante a Segunda Guerra e, posteriormente, na Colômbia e na França. Seu livro de contos *Sagarana* foi publicado em 1946; dez anos depois, saiu *Corpo de baile* e, em seguida, *Grande sertão: veredas*. A partir de então, tornou-se uma unanimidade.

João Guimarães Rosa, por ele mesmo: "Devo dizer-lhe que nasci em Cordisburgo, uma cidade não muito interessante, mas para mim, de muita importância. Além disso, em Minas Gerais: sou mineiro. E isto sim é o importante, pois quando escrevo, sempre me sinto transportado para esse mundo.

Às vezes, quase acredito que eu mesmo, João, seja um conto contado por mim.

Quando escrevo, repito o que já vivi antes. E para estas duas vidas, um léxico só não é suficiente".

Foi eleito, em 1963, membro da Academia Brasileira de Letras (ABL); no entanto, supersticioso (achava que, se tomasse posse, morreria), adiou a posse. Finalmente assumiu a cadeira na ABL em 19 de novembro de 1967. Morreu três dias depois.

João Guimarães Rosa, por Carlos Drummond de Andrade

Um chamado João

João era fabulista?
fabuloso?
fábula?
Sertão místico disparando
no exílio da linguagem comum?

Projetava na gravatinha
a quinta face das coisas,
inenarrável narrada?
Um estranho chamado João
para disfarçar, para farçar
o que não ousamos compreender?

Tinha pastos, buritis plantados
no apartamento?
no peito?

Vegetal ele era ou passarinho
sob a robusta ossatura com pinta
de boi risonho?

Era um teatro
e todos os artistas
no mesmo papel,
ciranda multívoca?

João era tudo?
tudo escondido, florindo
como flor é flor, mesmo não semeada?
Mapa com acidentes
deslizando para fora, falando?
Guardava rios no bolso,
cada qual com a cor de suas águas?
sem misturar, sem conflitar?
E de cada gota redigia
nome, curva, fim,
e no destinado geral
seu fado era saber
para contar sem desnudar
o que não deve ser desnudado
e por isso se veste de véus novos?

Mágico sem apetrechos,
civilmente mágico, apelador
e precípites prodígios acudindo
a chamado geral?
Embaixador do reino
que há por trás dos reinos,
dos poderes, das
supostas fórmulas
de abracadabra, sésamo?
Reino cercado
não de muros, chaves, códigos,
mas o reino-reino?

Por que João sorria
se lhe perguntavam
que mistério é esse?
E propondo desenhos figurava
menos a resposta que
outra questão ao perguntante?
Tinha parte com... (não sei
o nome) ou ele mesmo era
a parte de gente
servindo de ponte
entre o sub e o sobre
que se arcabuzeiam
de antes do princípio,
que se entrelaçam
para melhor guerra,
para maior festa?

Ficamos sem saber o que era João
e se João existiu
de se pegar.

Carlos Drummond de Andrade

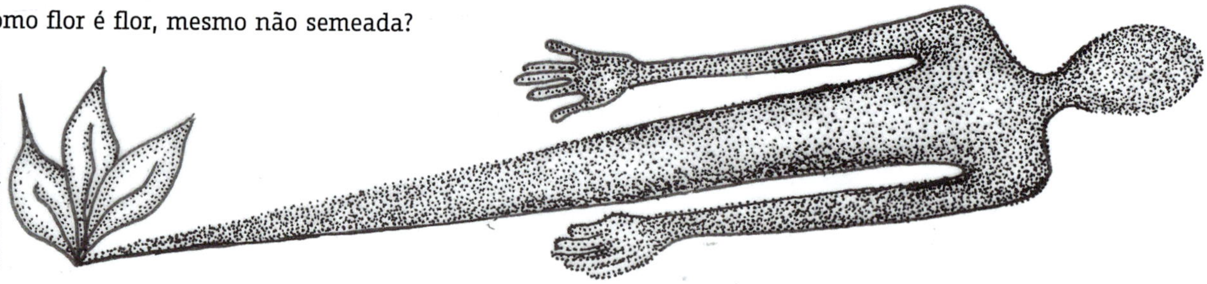

Vera Basile/Arquivo da editora.

(Este poema foi publicado no jornal *Correio da Manhã*, no Rio de Janeiro, em 22 de novembro de 1967, um dia após a morte do escritor; posteriormente foi reproduzido nas edições de *Sagarana*.)

Ninguém melhor do que o genial Carlos Drummond de Andrade para penetrar o mundo particular de outro escritor genial, João Guimarães Rosa. E, no final, restam apenas pontos de interrogação, a nos mostrar que esse mundo de fantasia e realidade do sertão mineiro ainda é um mistério a ser desvendado. O **sertão místico**, a **recriação da fala do sertanejo**, o poder de descobrir a quinta face, o narrar o inenarrável, o responder-perguntar levando à reflexão, o **pacto com o diabo**: esse o mistério de Guimarães Rosa.

O sertão, por João Guimarães Rosa

(*Fragmentos de* Grande sertão: veredas.)

O senhor tolere, isto é o sertão. Uns querem que não seja: que situado sertão é por os campos-gerais a fora a dentro, eles dizem, fim de rumo, terras altas, demais do Urucúia. Toleima. Para os de Corinto e do Curvelo, então, o aqui não é dito sertão? Ah, que tem maior! Lugar sertão se divulga: é onde os pastos carecem de fechos; onde um pode torar dez, quinze léguas, sem topar com casa de morador; e onde um criminoso vive seu cristo-jesus, arredado do arrocho de autoridade. O Urucúia vem dos montões oestes. O gerais corre em volta. Esses gerais são sem tamanho. Enfim, cada um o que quer aprova, o senhor sabe: pão ou pães, é questão de opiniães... O sertão está em toda parte.

Sertão. Sabe o senhor: sertão é onde o pensamento da gente se forma mais forte do que o poder do lugar. Viver é muito perigoso...

O sertão é o mundo.

O senhor sabe: sertão onde manda quem é forte, com as astúcias.

O senhor vê: existe cachoeira; e pois? Mas cachoeira é barranco de chão, e água se caindo por ele, retombando; o senhor consome essa água, ou desfaz o barranco, sobra cachoeira alguma? Viver é negócio muito perigoso...

É, e não é. O senhor ache e não ache. Tudo é e não é...

Sertão: esses seus vazios. O Senhor vá. Alguma coisa ainda encontra.

ROSA, João Guimarães. *João Guimarães Rosa: ficção completa.* Rio de Janeiro: Nova Aguilar, 1994.

Nas tramas dos textos

Ortografia de J.G.R.: Advertência necessária

Em todos os seus escritos, João Guimarães Rosa fez questão de usar grafia própria, divergente em muitos pontos da ortografia oficial. Respeitando a vontade do autor, continuamos a publicar sua obra conforme o texto originalmente fixado.

Nota da Livraria José Olympio Editora na abertura de todos os livros de João Guimarães Rosa.

Texto 1

Desenredo

Do narrador a seus ouvintes:

— Jó Joaquim, cliente, era quieto, respeitado, bom como o cheiro de cerveja. Tinha o para não ser célebre. Com elas quem pode, porém? Foi Adão dormir, e Eva nascer. Chamando-se Livíria, Rivília ou Irlívia, a que, nesta observação, a Jó Joaquim apareceu.

Antes bonita, olhos de viva mosca, morena mel e pão. Aliás, casada. Sorriram-se, viram-se. Era infinitamente maio e Jó Joaquim pegou o amor. Enfim, entenderam-se. Voando o mais em ímpeto de nau tangida a vela e vento. Mas muito tendo tudo de ser secreto, claro, coberto de sete capas.

Porque o marido se fazia notório, na valentia com ciúme; e as aldeias são a alheia vigilância. Então ao rigor geral os dois se sujeitaram, conforme o clandestino amor em sua forma local, conforme o mundo é mundo. Todo abismo é navegável a barquinhos de papel.

Não se via quando e como se viam. Jó Joaquim, além disso, existindo só retraído, minuciosamente. Esperar é reconhecer-se incompleto. Dependiam eles de enorme milagre. O inebriado engano.

Até que — deu-se o desmastreio. O trágico não vem a conta-gotas. Apanhara o marido a mulher: com outro, um terceiro... Sem mais cá nem mais lá, mediante revólver, assustou-a e matou-o. Diz-se, também, que de leve a ferira, leviano modo.

Jó Joaquim, derrubadamente surpreso, no absurdo desistia de crer, e foi para o decúbito dorsal, por dores, frios, calores, quiçá lágrimas, devolvido ao barro, entre o inefável e o infando. Imaginara-a jamais a ter o pé em três estribos: chegou a maldizer de seus próprios e gratos abusufrutos. Reteve-se de vê-la. Proibia-se de ser pseudopersonagem, em lance de tão vermelha e preta amplitude.

Ela — longe — sempre ou ao máximo mais formosa, já sarada e sã. Ele exercitava-se a aguentar-se, nas defeituosas emoções.

Enquanto, ora, as coisas amaduravam. Todo fim é impossível? Azarado fugitivo, e como à Providência praz, o marido faleceu, afogado ou de tifo. O tempo é engenhoso.

Soube-o logo Jó Joaquim, em seu franciscanato, dolorido mas já medicado. Vai, pois, com a amada se encontrou — ela sutil como uma colher de chá, grude de engodos, o firme fascínio. Nela acreditou, num abrir e não fechar de ouvidos. Daí, de repente, casaram-se. Alegres, sim, para feliz escândalo popular, por que forma fosse.

Mas.

Sempre vem imprevisível o abominoso? Ou: os tempos se seguem e parafraseiam-se. Deu-se a entrada dos demônios.

Da vez, Jó Joaquim foi quem a deparou, em péssima hora: traído e traidora. De amor não a matou, que não era para truz de tigre ou leão. Expulsou-a apenas, apostrofando-se, como inédito poeta e homem. E viajou fugida a mulher, a desconhecido destino.

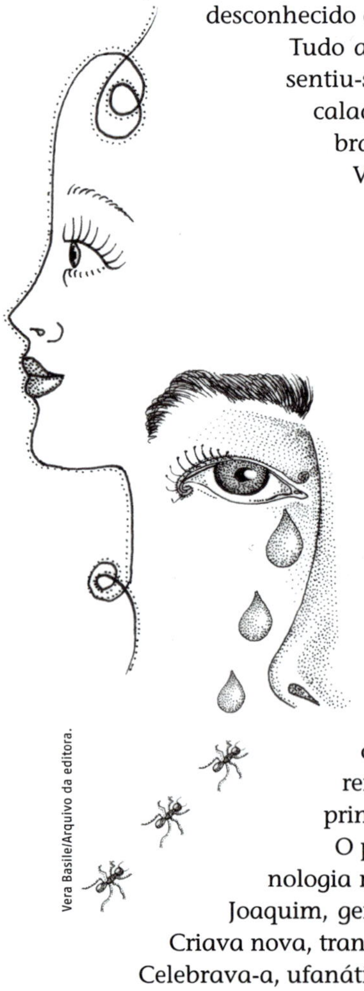

Vera Basile/Arquivo da editora.

Tudo aplaudiu e reprovou o povo, repartido. Pelo fato, Jó Joaquim sentiu-se histórico, quase criminoso, reincidente. Triste, pois que tão calado. Suas lágrimas corriam atrás dela, como formiguinhas brancas. Mas, no frágio da barca, de novo respeitado, quieto. Vá-se a camisa, que não o dela dentro. Era o seu um amor meditado, a prova de remorsos. Dedicou-se a endireitar-se.

Mais.

No decorrer e comenos, Jó Joaquim entrou sensível a aplicar-se, a progressivo, jeitoso afã. A bonança nada tem a ver com a tempestade. Crível? Sábio sempre foi Ulisses, que começou por se fazer de louco. Desejava ele, Jó Joaquim, a felicidade — ideia inata. Entregou-se a remir, redimir a mulher, à conta inteira. Incrível? É de notar que o ar vem do ar. De sofrer e amar, a gente não se desafaz. Ele queria apenas os arquétipos, platonizava. Ela era um aroma.

Nunca tivera ela amantes! Não um. Não dois. Disse-se e dizia isso Jó Joaquim. Reportava a lenda a embustes, falsas lérias escabrosas. Cumpria-lhe descaluniá-la, obrigava-se por tudo. Trouxe à boca-de-cena do mundo, de caso raso, o que fora tão claro como água suja. Demonstrando-o, amatemático, contrário ao público pensamento e à lógica, desde que Aristóteles a fundou. O que não era tão fácil como refritar almôndegas. Sem malícia, com paciência, sem insistência, principalmente.

O ponto está em que o soube, de tal arte: por antipesquisas, acronologia miúda, conversinhas escudadas, remendados testemunhos. Jó Joaquim, genial, operava o passado — plástico e contraditório rascunho. Criava nova, transformada realidade, mais alta. Mais certa?

Celebrava-a, ufanático, tendo-a por justa e averiguada, com convicção manifesta. Haja o absoluto amar — e qualquer causa se irrefuta.

Pois, produziu efeito. Surtiu bem. Sumiram-se os pontos das reticências, o tempo secou o assunto. Total o transato desmanchava-se, a anterior evidência e seu nevoeiro. O real e válido, na árvore, é a reta que vai para cima. Todos já acreditavam. Jó Joaquim primeiro que todos.

Mesmo a mulher, até, fim. Chegou-lhe lá a notícia, onde se achava, em ignota, defendida, perfeita distância. Soube-se nua e pura. Veio sem culpa. Voltou com dengos e fofos de bandeira ao vento.

Três vezes passa perto da gente a felicidade. Jó Joaquim e Vilíria retomaram-se, e conviveram, convolados, o verdadeiro e melhor de sua útil vida.

E pôs-se a fábula em ata.

ROSA, João Guimarães, op. cit., v. 2.

atividades

1. Como o autor trabalha o nome da mulher? Como relacioná-lo com o desenvolvimento do conto?
2. E o nome do homem, Jó Joaquim, tem alguma relação com o comportamento do personagem? Explique.
3. A boneca Emília, aquela que nasceu duma saia velha de tia Nastácia e da imaginação de Monteiro Lobato, um dia resolveu escrever suas memórias e contar só a verdade, para espanto de dona Benta. A velha senhora perguntou à boneca se ela sabia o que era a verdade. "— Pois eu sei! — gritou Emília. — Verdade é uma espécie de mentira bem pregada, das que ninguém desconfia. Só isso." Você acha que a definição de verdade da Emília pode aplicar-se ao conto de Guimarães Rosa? Justifique.
4. Explique a seguinte afirmação: "O real e válido, na árvore, é a reta que vai para cima".
5. "E pôs-se a fábula em ata." Comente a frase final do texto, considerando o percurso do personagem na narrativa e os vários estados pelos quais passa em função dos acontecimentos.

Texto 2

Fita verde no cabelo

(Nova velha estória)

Havia uma aldeia em algum lugar, nem maior nem menor, com velhos e velhas que velhavam, homens e mulheres que esperavam, e meninos e meninas que nasciam e cresciam. Todos com juízo, suficientemente, menos uma meninazinha, a que por enquanto. Aquela, um dia, saiu de lá, com uma fita verde inventada no cabelo.

Sua mãe mandara-a, com um cesto e um pote, à avó, que a amava, a uma outra e quase igualzinha aldeia. Fita-Verde partiu, sobre logo, ela a linda, tudo era uma vez. O pote continha um doce em calda, e o cesto estava vazio, que para buscar framboesas.

Daí, que, indo, no atravessar o bosque, viu só os lenhadores, que por lá lenhavam; mas o lobo nenhum, desconhecido nem peludo. Pois os lenhadores tinham exterminado o lobo. Então, ela, mesma, era quem se dizia:

— Vou à vovó, com cesto e pote, e a fita verde no cabelo, o tanto que a mamãe me mandou.

A aldeia e a casa esperando-a acolá, depois daquele moinho, que a gente pensa que vê, e das horas, que a gente não vê que não são.

E ela mesma resolveu escolher tomar este caminho de cá, louco e longo, e não o outro, encurtoso. Saiu, atrás de suas asas ligeiras, sua sombra também vindo-lhe correndo, em pós.

Divertia-se com ver as avelãs do chão não voarem, com inalcançar essas borboletas nunca em buquê nem em botão, e com ignorar se cada uma em seu lugar as plebeinhas flores, princesinhas e incomuns, quando a gente tanto por elas passa. Vinha sobejadamente.

Demorou, para dar com a avó em casa, que assim lhe respondeu, quando ela, toque, toque, bateu:

— Quem é?

— Sou eu... — e Fita-Verde descansou a voz. — Sou sua linda netinha, com cesto e pote, com a fita verde no cabelo, que a mamãe me mandou.

Vai, a avó difícil, disse: — Puxa o ferrolho de pau da porta, entra e abre. Deus te abençoe.

Fita-Verde assim fez, e entrou e olhou.

A avó estava na cama, rebuçada e só. Devia, para falar agagado e fraco e rouco, assim, de ter apanhado um ruim defluxo. Dizendo: — Depõe o pote e o cesto na arca, e vem para perto de mim, enquanto é tempo.

Mas agora Fita-Verde se espantava, além de entristecer-se de ver que perdera em caminho sua grande fita verde no cabelo atada; e estava suada, com enorme fome de almoço. Ela perguntou:

— Vovozinha, que braços tão magros, os seus, e que mãos tão trementes!

— É porque não vou poder nunca mais te abraçar, minha neta... — a avó murmurou.

— Vovozinha, mas que lábios, aí, tão arroxeados!

— É porque não vou nunca mais poder te beijar, minha neta... — a avó suspirou.

— Vovozinha, e que olhos tão fundos e parados, nesse rosto encovado, pálido?

— É porque já não estou te vendo, nunca mais, minha netinha... — a avó ainda gemeu.

Fita-Verde mais se assustou, como se fosse ter juízo pela primeira vez. Gritou: — Vovozinha, eu tenho medo do Lobo!...

Mas a avó não estava mais lá, sendo que demasiado ausente, a não ser pelo frio, triste e tão repentino corpo.

ROSA, João Guimarães. *Fita verde no cabelo*: nova velha estória. Rio de Janeiro: Nova Fronteira, 1992.

atividades

1. Guimarães Rosa, ao recriar um conto de fadas, não foge do início tradicional, mas o desloca. Transcreva a frase em que isso ocorre.
2. Uma das características dos textos de Guimarães Rosa é a criação de neologismos. Aponte duas ocorrências e comente seus significados na construção da narrativa.
3. Qual é a consequência de a menina ter escolhido o caminho mais longo?

Confrontando ideias

Em grupos, leiam (ou releiam) o tradicional conto de fadas "Chapeuzinho Vermelho", de Charles Perrault. Em seguida, comentem com os colegas e com o(a) professor(a) as intenções de Guimarães Rosa ao recriar o conto, destacando as diferenças entre os dois textos.

sessão de CINEMA

A hora e vez de Augusto Matraga (1966). Direção: Roberto Santos. Com: Leonardo Villar.

Boa adaptação do conto de Guimarães Rosa (do livro *Sagarana*). Matraga, homem do sertão das Gerais, escapa por pouco de morrer numa tocaia armada por seus inimigos. Recebe os cuidados de um casal e muda radicalmente de personalidade, buscando "ir para o céu nem que seja a porrete".

Noites do sertão (1984). Direção: Carlos Alberto Prates Correia. Com: Cristina Aché, Débora Bloch, Carlos Kroeber.

Adaptação de contos de Guimarães Rosa. Nos anos 1950, Lalinha é convidada por seu sogro, viúvo, para viver na fazenda do Buriti Bom. Torna-se grande amiga das cunhadas e vai conhecendo, aos poucos, as pessoas e as coisas do lugar.

Divulgação.

A atriz Cristina Aché em cena do filme Noites do sertão.

A terceira margem do rio (1994). Direção: Nelson Pereira dos Santos.

Cinco contos do livro *Primeiras estórias* são unidos e compõem uma única história em torno do homem que abandona sua vida e a terra firme para passar a viver numa canoa, no meio do rio.

Clarice Lispector: o mundo interior e o universo da linguagem

"Eu coso para dentro"

Clarice Lispector é o principal nome de uma certa tendência intimista da moderna literatura brasileira. O principal eixo de sua obra é o **questionamento do ser**, o **"estar-no-mundo"**, a **pesquisa do ser humano**, resultando daí o chamado **romance introspectivo**. "Não tem pessoas que cosem para fora? Eu coso para dentro", assim explicava a autora seu ato de escrever. Nesse eterno questionar, a obra da ficcionista apresenta uma certa ambiguidade, um jogo de antíteses entre o "eu" e o "não eu", entre o ser e o não ser, já notado, de outra forma, na obra de Guimarães Rosa. Significativa é a epígrafe do romance *A paixão segundo G.H.*:

> Uma vida completa pode acabar numa identificação tão absoluta com o não eu que não haverá mais um eu para morrer.

No plano da linguagem, também se percebe em Clarice Lispector uma certa preocupação com a revalorização das palavras: dá-lhes uma roupagem nova, explorando os limites do significado, trabalhando metáforas e aliterações.

Essa literatura introspectiva, intimista, busca fixar-se na crise do próprio indivíduo, em sua consciência e inconsciência. No entanto, em *A hora da estrela*, Clarice Lispector trilha outros caminhos ao produzir um texto que apresenta dois eixos: o drama de Macabéa, pobre moça alagoana engolida pela cidade grande, e o drama do narrador, duelando com as palavras e os fatos. Poderíamos afirmar que se trata de uma narrativa de caráter social e, ao mesmo tempo, uma profunda e angustiada reflexão sobre o ato de escrever.

Arquivo/AE.

Clarice Lispector (1925-1977)

Clarice Lispector nasceu na Ucrânia. Com dois meses de idade, veio com a família para o Brasil, fixando-se em Recife. Em 1937 transferiu-se para o Rio de Janeiro, onde terminou o secundário e cursou Direito. Estudante ainda, escreveu seu primeiro romance, *Perto do coração selvagem*, publicado em 1944. Daí em diante, consagrou-se como o nome mais importante da prosa brasileira da segunda metade do século XX, ao lado de Guimarães Rosa. São suas palavras:

"Sou brasileira naturalizada, quando, por uma questão de meses, poderia ser brasileira nata. Fiz da língua portuguesa a minha vida interior, o meu pensamento mais íntimo, usei-a para palavras de amor. Comecei a escrever pequenos contos logo que me alfabetizaram, e escrevi-os em português, é claro. Com sete anos eu mandava histórias e histórias para a seção infantil que saía às quintas-feiras num diário. Nunca foram aceitas.

Mas já que se há de escrever, que ao menos não se esmaguem com palavras as entrelinhas. O melhor ainda não foi escrito. O melhor está nas entrelinhas".

NA WEB

Saiba mais sobre a autora no *site*: <http://claricelispector.com.br>. Acesso em: 8 mar. 2011.

Nas tramas dos textos

Texto 1

A hora da estrela

O que se segue é apenas uma tentativa de reproduzir três páginas que escrevi e que a minha cozinheira, vendo-as soltas, jogou no lixo para o meu desespero — que os mortos me ajudem a suportar o quase insuportável, já que de nada me valem os vivos. Nem de longe consegui igualar a tentativa de repetição artificial do que originalmente eu escrevi sobre o encontro com o seu futuro namorado. É com humildade que contarei agora a história da história. Portanto se me perguntarem como foi direi: não sei, perdi o encontro.

Maio, mês das borboletas noivas flutuando em brancos véus. Sua exclamação talvez tivesse sido um prenúncio do que ia acontecer no final da tarde desse mesmo dia: no meio da chuva abundante encontrou (explosão) a primeira espécie de namorado de sua vida, o coração batendo como se ela tivesse englutido um passarinho esvoaçante e preso. O rapaz e ela se olharam por entre a chuva e se reconheceram como dois nordestinos, bichos da mesma espécie que se farejam. Ele a olhara enxugando o rosto molhado com as mãos. E a moça, bastou-lhe vê-lo pra torná-lo imediatamente sua goiabada-com-queijo.

Ele...

Ele se aproximou e com voz cantante de nordestino que a emocionou, perguntou-lhe:

— E se me desculpe, senhorinha, posso convidar a passear?

— Sim, respondeu atabalhoadamente com pressa antes que ele mudasse de ideia.

— E, se me permite, qual é mesmo a sua graça?

— Macabéa.

— Maca — o quê?

— Béa, foi ela obrigada a completar.

— Me desculpe mas até parece doença, doença de pele.

— Eu também acho esquisito mas minha mãe botou ele por promessa a Nossa Senhora da Boa Morte se eu vingasse, até um ano de idade eu não era chamada porque não tinha nome, eu preferia continuar a nunca ser chamada em vez de ter um nome que ninguém tem mas parece que deu certo — parou um instante retomando o fôlego perdido e acrescentou desanimada e com pudor — pois como o senhor vê eu vinguei... pois é...

— Também no sertão da Paraíba promessa é questão de grande dívida de honra.

Eles não sabiam como se passeia. Andaram sob a chuva grossa e pararam diante da vitrine de uma loja de ferragem onde estavam expostos atrás do vidro canos, latas, parafusos grandes e pregos. E Macabéa, com medo de que o silêncio já significasse uma ruptura, disse ao recém-namorado:

— Eu gosto tanto de parafuso e prego, e o senhor?

Da segunda vez em que se encontraram caía uma chuva fininha que ensopava os ossos. Sem nem ao menos se darem as mãos caminhavam na chuva que na cara de Macabéa parecia lágrimas escorrendo.

Da terceira vez em que se encontraram — pois não é que estava chovendo? — o rapaz, irritado e perdendo o leve verniz de finura que o padrasto a custo lhe ensinara, disse-lhe:

— Você também só sabe é mesmo chover!

— Desculpe.

Mas ela já o amava tanto que não sabia mais como se livrar dele, estava em desespero de amor.

Numa das vezes em que se encontraram ela afinal perguntou-lhe o nome.

— Olímpico de Jesus Moreira Chaves — mentiu ele porque tinha como sobrenome apenas o de Jesus, sobrenome dos que não têm pai. Fora criado por um padrasto que lhe ensinara o modo fino de tratar pessoas para se aproveitar delas e lhe ensinara como pegar mulher.

— Eu não entendo o seu nome — disse ela. — Olímpico?

Macabéa fingia enorme curiosidade escondendo dele que ela nunca entendia tudo muito bem e que isso era assim mesmo. Mas ele, galinho de briga que era, arrepiou-se todo com a pergunta tola e que ele não sabia responder. Disse aborrecido:

— Eu sei mas não quero dizer!

— Não faz mal, não faz mal, não faz mal... a gente não precisa entender o nome.

Ela sabia o que era o desejo — embora não soubesse que sabia. Era assim: ficava faminta mas não de comida, era um gosto meio doloroso que subia do baixo-ventre e arrepiava o bico dos seios e os braços vazios sem abraço. Tornava-se toda dramática e viver doía. Ficava então meio nervosa e Glória lhe dava água com açúcar.

Olímpico de Jesus trabalhava de operário numa metalúrgica e ela nem notou que ele não se chamava de "operário" e sim de "metalúrgico". Macabéa ficava contente com a posição social dele porque também tinha orgulho de ser datilógrafa, embora ganhasse menos que o salário mínimo. Mas ela e Olímpico eram alguém no mundo. "Metalúrgico e datilógrafa" formavam um casal de classe. A tarefa de Olímpico tinha o gosto que se sente quando se fuma um cigarro acendendo-o do lado errado, na ponta da cortiça. O trabalho consistia em pegar barras de metal que vinham deslizando de cima da máquina para colocá-las embaixo, sobre uma placa deslizante. Nunca se perguntara por que colocava a barra embaixo. A vida não lhe era má e ele até economizava um pouco de dinheiro: dormia de graça numa guarita em obras de demolição por camaradagem do vigia.

LISPECTOR, Clarice. *A hora da estrela*. Rio de Janeiro: Rocco, 1998. p. 42-5.

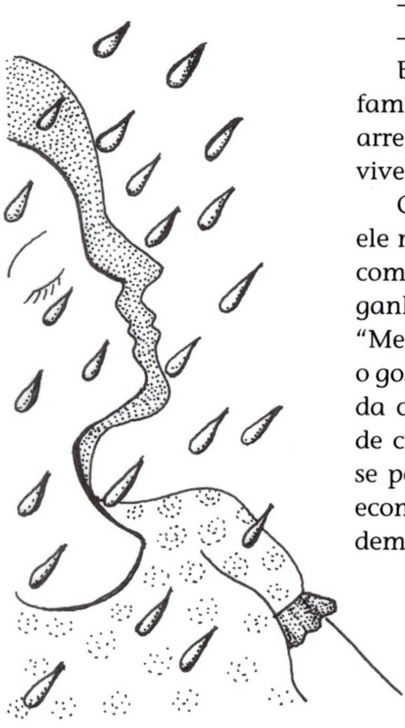
Vera Basile/Arquivo da editora.

atividades

1. O primeiro parágrafo é metalinguístico, ou seja, o narrador conversa com o leitor sobre o ato de narrar. A partir dessa observação, responda:
   a) Qual o estado emocional do narrador?
   b) Há, no caso, um narrador onisciente? Explique.
2. O narrador, no segundo parágrafo, ao relatar o primeiro encontro de Macabéa e Olímpico, introduz a palavra **explosão** entre parênteses. Justifique o emprego dos parênteses.
3. No segundo parágrafo, aparecem algumas referências ao mundo animal. Relacione essas referências à identificação entre Macabéa e Olímpico.
4. Explique a figura de linguagem presente em "Maio, mês das borboletas noivas flutuando em brancos véus".
5. Ao reproduzir as falas de Macabéa, o narrador faz pouco uso dos sinais de pontuação. Isso se justifica? Por quê?
6. Numa leitura subjetiva da realidade, Macabéa achava que "ela e Olímpico eram alguém no mundo. 'Metalúrgico e datilógrafa' formavam um casal de classe". No entanto, o narrador apresenta fatos que desmentem Macabéa. Que fatos são esses?
7. Macabéa "nunca entendia tudo muito bem", não sabia nada de nada, porém "ela sabia o que era o desejo". Explique essa aparente contradição.
8. O estar-no-mundo e o ser-do-mundo constituem a angústia dos dois personagens. Por quê? Que maneira eles encontram de passar da condição de estar-no-mundo para ser-do-mundo?
9. O relacionamento entre Olímpico e Macabéa pode ser considerado assimétrico. Uma das partes é submissa à outra. Qual delas? Identifique passagens no texto que justifiquem sua resposta.
10. Olímpico tenta valorizar seu trabalho. No entanto, o narrador desmonta seu artifício com uma comparação. Identifique o trecho em que isso ocorre.

Texto 2

Uma galinha

Era uma galinha de domingo. Ainda viva porque não passava de nove horas da manhã.

Parecia calma. Desde sábado encolhera-se num canto da cozinha. Não olhava para ninguém, ninguém olhava para ela. Mesmo quando a escolheram, apalpando sua intimidade com indiferença, não souberam dizer se era gorda ou magra. Nunca se adivinharia nela um anseio.

Foi pois uma surpresa quando a viram abrir as asas de curto voo, inchar o peito e, em dois ou três lances, alcançar a murada do terraço. Um instante ainda vacilou — o tempo da cozinheira dar um grito — e em breve estava no terraço do vizinho, de onde, em outro voo desajeitado, alcançou um telhado. Lá ficou em adorno deslocado, hesitando ora num, ora noutro pé. A família foi chamada com urgência e consternada viu o almoço junto de uma chaminé. O dono da casa, lembrando-se da dupla necessidade de fazer esporadicamente algum esporte e de almoçar, vestiu radiante um calção de banho e resolveu seguir o itinerário da galinha: em pulos cautelosos alcançou o telhado onde esta, hesitante e trêmula, escolhia com urgência outro rumo. A perseguição tornou-se mais intensa. De telhado a telhado foi percorrido mais de um quarteirão da rua. Pouco afeita a uma luta mais selvagem pela vida, a galinha tinha que decidir por si mesma os caminhos a tomar, sem nenhum auxílio de sua raça. O rapaz, porém, era um caçador adormecido. E por mais ínfima que fosse a presa o grito de conquista havia soado.

Sozinha no mundo, sem pai nem mãe, ela corria, arfava, muda, concentrada. Às vezes, na fuga, pairava ofegante num beiral de telhado e enquanto o rapaz galgava outros com dificuldade tinha tempo de se refazer por um momento. E então parecia tão livre.

sessão de CINEMA

A hora da estrela (1985). Direção: Suzana Amaral. Com: Marcélia Cartaxo e José Dumont.

Adaptação do romance da escritora Clarice Lispector. O filme conta a história de Macabéa, uma nordestina instalada em São Paulo que procura integrar-se à cidade grande e sobreviver a ela.

Arquivo/AE.

A atriz Marcélia Cartaxo em cena do filme A hora da estrela.

O corpo (1991). Direção: José Antonio Garcia. Com: Antônio Fagundes, Marieta Severo e Claudia Jimenez.

Baseado em conto de Clarice Lispector. Triângulo amoroso pacificamente constituído complica-se quando o homem arranja uma terceira amante.

Estúpida, tímida e livre. Não vitoriosa como seria um galo em fuga. Que é que havia nas suas vísceras que fazia dela um ser? A galinha é um ser. É verdade que não se poderia contar com ela para nada. Nem ela própria contava consigo, como o galo crê na sua crista. Sua única vantagem é que havia tantas galinhas que morrendo uma surgiria no mesmo instante outra tão igual como se fora a mesma.

Afinal, numa das vezes em que parou para gozar sua fuga, o rapaz alcançou-a. Entre gritos e penas, ela foi presa. Em seguida carregada em triunfo por uma asa através das telhas e pousada no chão da cozinha com certa violência. Ainda tonta, sacudiu-se um pouco, em cacarejos roucos e indecisos. Foi então que aconteceu. De pura afobação a galinha pôs um ovo. Surpreendida, exausta. Talvez fosse prematuro. Mas logo depois, nascida que fora para a maternidade, parecia uma velha mãe habituada. Sentou-se sobre o ovo e assim ficou, respirando, abotoando e desabotoando os olhos. Seu coração, tão pequeno num prato, solevava e abaixava as penas, enchendo de tepidez aquilo que nunca passaria de um ovo. Só a menina estava perto e assistiu a tudo estarrecida. Mal porém conseguiu desvencilhar-se do acontecimento, despregou-se do chão e saiu aos gritos:

— Mamãe, mamãe, não mate mais a galinha, ela pôs um ovo! ela quer o nosso bem!

Todos correram de novo à cozinha e rodearam mudos a jovem parturiente. Esquentando seu filho, esta não era nem suave nem arisca, nem alegre, nem triste, não era nada, era uma galinha. O que não sugeria nenhum sentimento especial. O pai, a mãe e a filha olhavam já há algum tempo, sem propriamente um pensamento qualquer. Nunca ninguém acariciou uma cabeça de galinha. O pai afinal decidiu-se com certa brusquidão:

— Se você mandar matar esta galinha nunca mais comerei galinha na minha vida!

— Eu também! jurou a menina com ardor.

A mãe, cansada, deu de ombros.

Inconsciente da vida que lhe fora entregue, a galinha passou a morar com a família. A menina, de volta do colégio, jogava a pasta longe sem interromper a corrida para a cozinha. O pai de vez em quando ainda se lembrava: "E dizer que a obriguei a correr naquele estado!" A galinha tornara-se a rainha da casa. Todos, menos ela, o sabiam. Continuou entre a cozinha e o terraço dos fundos, usando suas duas capacidades: a de apatia e a do sobressalto.

Mas quando todos estavam quietos na casa e pareciam tê-la esquecido, enchia-se de uma pequena coragem, resquícios da grande fuga — e circulava pelo ladrilho, o corpo avançando atrás da cabeça, pausado como num campo, embora a pequena cabeça a traísse: mexendo-se rápida e vibrátil, com o velho susto de sua espécie já mecanizado.

Uma vez ou outra, sempre mais raramente, lembrava de novo a galinha que se recortara contra o ar à beira do telhado, prestes a anunciar. Nesses momentos enchia os pulmões com o ar impuro da cozinha e, se fosse dado às fêmeas cantar, ela não cantaria mas ficaria muito mais contente. Embora nem nesses instantes a expressão de sua vazia cabeça se alterasse. Na fuga, no descanso, quando deu à luz ou bicando milho — era uma cabeça de galinha, a mesma que fora desenhada no começo dos séculos.

Até que um dia mataram-na, comeram-na e passaram-se anos.

LISPECTOR, Clarice. *Laços de família*. Rio de Janeiro: Nova Fronteira, 1983.

atividades

1. Em várias passagens, a galinha representa a condição feminina. Destaque algumas dessas passagens.
2. De quem é a seguinte fala: "Que é que havia nas suas vísceras que fazia dela um ser? A galinha é um ser"?
3. Podemos entender o voo da galinha e a postura do ovo como fatos extraordinários que romperam momentaneamente a ordem natural dos fatos. O que comprova tal tese?

*Questões de exames sobre este capítulo encontram-se na página **702**.*

capítulo 30

O teatro brasileiro no século XX

Objetivos gerais do capítulo

O aluno, ao final do capítulo, deverá ser capaz de:

- conhecer as principais características e os principais temas do teatro brasileiro ao longo do século XX;
- conhecer os principais autores do teatro brasileiro no século XX, ler seus textos e refletir sobre eles.

ABELARDO I — O senhor sabe que São Paulo só tem dez famílias?
ABELARDO II — E o resto da população?
ABELARDO I — O resto é prole. O que estou fazendo, o que o senhor quer fazer é deixar de ser prole para ser família, comprar os velhos brasões, isso até parece teatro do século XIX. Mas o Brasil ainda é novo.
ABELARDO II — Se é! A burguesia só produziu um teatro de classe. A apresentação da classe. Hoje evoluímos. Chegamos à espinafração!.

Abelardo I e Abelardo II, personagens da peça *O rei da vela*, de Oswald de Andrade, escrita em 1933.

O principal cenário de O rei da vela *é o escritório de usura de Abelardo I, por onde desfilam as mazelas de um país em formação, com estruturas feudais sobrevivendo com um capitalismo primitivo. Onde também se forjam casamentos que unem a tradição dos brasões ao capital. Como diz Abelardo: "Para nós, homens adiantados que só conhecemos uma coisa fria, o valor do dinheiro, comprar restos de brasão ainda é negócio, faz vista num país medieval como o nosso!".*

Cena da peça teatral *O rei da vela*, de Oswald de Andrade, encenada no Teatro Oficina, em 1967, com direção de José Celso Martinez Corrêa/Acervo Teatro Oficina.

O teatro brasileiro no século XX

Divulgação/Arquivo da editora.

A montagem do texto *Vestido de noiva*, de Nelson Rodrigues, em 1943, com a competente direção do polonês Ziembinski, é considerada um marco da encenação moderna em palcos brasileiros, quer pela temática, quer pelo fato de a protagonista migrar constantemente do plano da realidade para o plano da imaginação, do consciente para o inconsciente (como veremos adiante), quer pela revolucionária composição do cenário.

Poucos anos depois, em 1948, surgiu o Teatro Brasileiro de Comédia (TBC), responsável pela formação de um sem-número de artistas, quase sempre trabalhando com técnicas e textos importados. O teatro moderno só se voltou para o questionamento da realidade brasileira, no entanto, assumindo sua função social, em 1958, com a estreia da peça *Eles não usam black-tie*, de Gianfrancesco Guarnieri, encenada pelo grupo do Teatro de Arena.

A década de 1960 assistiu a uma proliferação de grupos teatrais, que, espalhados por todo o Brasil, intensificaram suas atividades após o movimento de 1964. Entre os mais importantes estão, além do Teatro de Arena, o grupo do Teatro Oficina, que teria seu grande momento com a encenação, revolucionária sob todos os aspectos, de *O rei da vela*, texto de Oswald de Andrade, sob a direção de José Celso Martinez Corrêa, e o Grupo Opinião, do Rio de Janeiro, que em 1965 apresentou *Liberdade, liberdade*, montagem baseada em textos de Flávio Rangel e Millôr Fernandes, entremeados com canções de protesto. Com o AI-5 (Ato Institucional n. 5, de 1968) e os ataques de grupos de extrema-direita, esse teatro de resistência se desmantelou. Embora nomes importantes tenham ido para o exílio, autores como Guarnieri, Dias Gomes, Chico Buarque de Hollanda, Ruy Guerra, Ferreira Gullar, Paulo Pontes e Plínio Marcos continuaram a produzir textos.

sessão de CINEMA

O pagador de promessas (1962). Direção: Anselmo Duarte. Com: Leonardo Villar, Glória Menezes, Dionísio Azevedo, Norma Bengell.

Zé do Burro precisa pagar a promessa que fizera, num terreiro de candomblé, para que seu burro se restabelecesse de uma doença. Divide seu sítio com lavradores pobres e parte para Salvador. O problema é que a cruz que carrega nas costas deverá ser entregue na igreja católica. A partir da intolerância do padre, deflagra-se um grande e empolgante conflito que expõe as mazelas sociais do país. Filme baseado na peça homônima de Dias Gomes.

Divulgação.

Eles não usam black-tie (1981). Direção: Leon Hirszman. Com: Gianfrancesco Guarnieri, Fernanda Montenegro, Carlos Alberto Riccelli.

Adaptação da peça de mesmo título de Guarnieri. Dirigente sindical entra em conflito com o filho, que se recusa a participar de uma greve. A questão social é apresentada do ponto de vista da desagregação de uma família.

Divulgação.

Três textos fundamentais

Uma panorâmica do teatro moderno brasileiro exigiria textos de Guilherme Figueiredo, Oduvaldo Viana, Jorge Andrade, Dias Gomes, Augusto Boal, Gianfrancesco Guarnieri, Paulo Pontes, Millôr Fernandes, Plínio Marcos, entre outros. Como não há espaço para tanto, tivemos de fazer escolhas: reproduzimos, a seguir, trechos de três obras marcantes, fundamentais para se entenderem os caminhos do teatro brasileiro ao longo do século XX: *O rei da vela*, de Oswald de Andrade, *Vestido de noiva*, de Nelson Rodrigues, e *Auto da Compadecida*, de Ariano Suassuna.

O rei da vela – o primeiro texto revolucionário

Oswald de Andrade escreveu o texto de *O rei da vela* em 1933, numa época em que sua militância política elevou o tom de suas críticas sociais. Mas não apareceu ninguém que o encenasse; assim, o texto foi publicado em livro em 1937. Exatos trinta anos depois, quando o governo militar caminhava para seu período mais negro, a peça ganhou o palco e assombrou o público: em 29 de setembro de 1967, o grupo do Teatro Oficina, sob a direção de José Celso Martinez Corrêa, finalmente dava vida a Abelardo, o "rei da vela", um capitalista que empresta dinheiro a juros exorbitantes, proprietário de uma fábrica de velas, o que faz com que lucre com a morte de cada brasileiro.

FOLHA DE S.PAULO

São Paulo, sábado, 30 de setembro de 1967

NOITE DO "REI DA VELA" FOI SUCESSO NA OFICINA

"O Rei da Vela", peça inédita de Oswald de Andrade, estreou oficialmente, ontem à noite, para um grande público que lotou o Teatro Oficina e que aplaudiu as interpretações de Renato Borghi, Francisco Martins, Fernando Peixoto, Liana Duval, Itala Nandi, Etty Fraser, Dirce Migliaccio e outros atores do elenco.

Um texto pioneiro

Eu só me dei conta, de fato, da total virulência antecipadora de *O rei da vela* quando Procópio Ferreira [um dos principais atores brasileiros do século XX], em 1967, por ocasião da montagem do Teatro Oficina de São Paulo, justificou não ter interpretado o texto, na década de 30: como poderia tê-lo feito, se naquele momento a Censura impedia que se pronunciasse no palco a palavra "amante"? Por isso não coube a Oswald de Andrade a primazia da criação do teatro brasileiro moderno, título ostentado por Nelson Rodrigues, ao estrear, em 1943, *Vestido de noiva*.

Sábato Magaldi, crítico de teatro. In: ANDRADE, Oswald de. *O rei da vela*. 4. ed. São Paulo: Globo, 1994. p. 7.

Abelardo I e Abelardo II

Abelardo, agiota que empresta a juros escorchantes, tem todos sob seu domínio. Desde o Intelectual Pinote, sabujo que lambe as botas dos poderosos, até a família do Coronel Belarmino, decadente barão do café. A noiva de Abelardo, filha do coronel, é Heloísa de Lesbos. Tem três irmãos: a masculinizada Joana (conhecida por João dos Divãs), o quase travesti Totó Fruta-do-Conde e Perdigoto, integralista de primeira hora. Nem a mãe e a avó da família, Cesarina e Poloca, escapam da corrupção. Abelardo tem um rival, seu empregado de confiança, Abelardo II. E todos estão a serviço de um venal e anônimo Americano. *O rei da vela*, embora trate mais aberta e diretamente de graves questões da cultura e da política brasileiras, emprega amplamente os recursos da farsa, da caricatura. Atraiçoado, Abelardo I pode ser levado ao suicídio, mas não importa. Sempre haverá um Abelardo II para tomar-lhe a noiva e as funções.

Alberto Guzik. In: ANDRADE, Oswald de. *O rei da vela*. 4. ed. São Paulo: Globo, 1994. (Orelha).

Nas tramas do texto

Apresentamos, a seguir, as primeiras cenas da peça *O rei da vela*, de Oswald de Andrade.

1º ato

Em São Paulo. Escritório de usura de Abelardo & Abelardo. Um retrato de Gioconda. Caixas amontoadas. Um divã futurista. Uma secretária Luís XV. Um castiçal de latão. Um telefone. Sinal de alarma. Um mostruário de velas de todos os tamanhos e de todas as cores. Porta enorme de ferro à direita correndo sobre rodas horizontalmente e deixando ver no interior as grades de uma janela. O Prontuário, peça de gavetas, com os seguintes rótulos: MALANDROS — IMPONTUAIS — PRONTOS — PROTESTADOS. Na outra divisão: PENHORAS — LIQUIDAÇÕES — SUICÍDIOS — TANGAS.

Pela ampla janela entra o barulho da manhã na cidade e sai o das máquinas de escrever da antessala.

Abelardo I, Abelardo II e Cliente

ABELARDO I (*Sentado em conversa com o Cliente. Aperta um botão, ouve-se um forte barulho de campainha.*) — Vamos ver...

ABELARDO II (*Veste botas e um traje completo de domador de feras. Usa pastinha e enormes bigodes retorcidos. Monóculo. Um revólver à cinta.*) — Pronto Seu Abelardo.

ABELARDO I — Traga o *dossier* desse homem.

ABELARDO II — Pois não! O seu nome?

CLIENTE (*Embaraçado, o chapéu na mão, uma gravata de corda no pescoço magro.*) — Manoel Pitanga de Moraes.

ABELARDO II — Profissão?

CLIENTE — Eu era proprietário quando vim aqui pela primeira vez. Depois fui dois anos funcionário da Estrada de Ferro Sorocabana. O empréstimo, o primeiro, creio que foi feito para o parto. Quando nasceu a menina...

ABELARDO II — Já sei. Está nos IMPONTUAIS. (Entrega o *dossier* reclamado e sai.)

ABELARDO I (*Examina.*) — Veja! Isto não é comercial! Seu Pitanga! O senhor fez o primeiro empréstimo em fins de 29. Liquidou em maio de 1931. Fez outro em junho de 31, estamos em 1933. Reformou sempre. Há dois meses suspendeu o serviço de juros... Não é comercial...

CLIENTE — Exatamente. Procurei o senhor a segunda vez por causa da demora de pagamento na Estrada, com a Revolução de 30. A primeira foi para o parto. A criança já tinha dois anos. E a Revolução em 30... Foi um mau sucesso que complicou tudo...

ABELARDO I — O senhor sabe, o sistema da casa é reformar. Mas não podemos trabalhar com quem não paga juros... Vivemos disso. O senhor cometeu a maior falta contra a segurança do nosso negócio e o sistema da casa...

CLIENTE — Há dois meses somente que não posso pagar juros.

ABELARDO I — Dois meses. O senhor acha que é pouco?

CLIENTE — Por isso mesmo é que eu quero liquidar. Entrar num acordo. A fim de não ser penhorado. Que diabo! O senhor tem auxiliado tanta gente. É o amigo de todo mundo... Por que comigo não há de fazer um acordo?

ABELARDO I — Aqui não há acordo, meu amigo. Há pagamento!

CLIENTE — Mas eu me acho numa situação triste. Não posso pagar tudo, Seu Abelardo. Talvez consiga um adiantamento para liquidar...

ABELARDO I — Apesar da sua impontualidade, examinaremos as suas propostas...

CLIENTE — Mas eu fui pontual dois anos e meio. Paguei enquanto pude! A minha dívida era de um conto de réis. Só de juros eu lhe trouxe aqui nesta sala mais de dois contos e quinhentos. E até agora não me utilizei da lei contra a usura...

ABELARDO I (*Interrompendo-o, brutal.*) — Ah! Meu amigo. Utilize-se dessa coisa imoral e iníqua. Se fala de lei de usura, estamos com as negociações rotas... Saia daqui!

CLIENTE — Ora, Seu Abelardo. O senhor me conhece. Eu sou incapaz!

ABELARDO I — Não me fale nessa monstruosidade porque eu o mando executar hoje mesmo. Tomo-lhe até a roupa ouviu? A camisa do corpo.

CLIENTE — Eu não vou me aproveitar, Seu Abelardo. Quero lhe pagar. Mas quero também lhe propor um acordo. A minha situação é triste... Não tenho culpa de ter sido dispensado. Empreguei-me outra vez. Despediram-me por economia. Não ponho minha filhinha na escola porque não posso comprar sapatos para ela. Não hei de morrer de fome também. Às vezes não temos o que comer em casa. Minha mulher agora caiu doente. No entanto, sou um homem habilitado. Tenho procurado inutilmente emprego por toda a parte. Só tenho recebido nãos enormes. Do tamanho do céu! Agora, aprendi escrituração, estou fazendo uma escritas. Uns biscates. Hei de arribar... Quero ver se adiantam para lhe pagar.

ABELARDO I — Mas, enfim, o que é que o senhor me propõe?

CLIENTE — Uma pequena redução no capital.

ABELARDO I — No capital! O senhor está maluco! Reduzir o capital? Nunca!

CLIENTE — Mas eu já paguei mais do dobro do que levei daqui...

ABELARDO I — Me diga uma coisa, Seu Pitanga. Fui eu que fui procurá-lo para assinar este papagaio? Foi o meu automóvel que parou diante de seu casebre para pedir que aceitasse o meu dinheiro? Com que direito o senhor me propõe uma redução no capital que lhe emprestei?

Cláudia Garcia/Editora Abril.

Os atores Marcelo Olinto e Drica Moraes em cena da peça O rei da vela, *de Oswald de Andrade, em montagem da Companhia de Atores Oswald de Andrade encenada em 2000.*

CLIENTE (*Desnorteado.*) — Eu já paguei duas vezes...

ABELARDO I — Suma-se daqui! (*Levanta-se.*) Saia ou chamo a polícia. É só dar o sinal de crime neste aparelho. A polícia ainda existe...

CLIENTE — Para defender os capitalistas! E os seus crimes!

ABELARDO I — Para defender o meu dinheiro. Será executado hoje mesmo. (*Toca a campainha.*) Abelardo! Dê ordens para executá-lo! Rua! Vamos. Fuzile-o. É o sistema da casa.

CLIENTE — Eu sou um covarde! (*Vai chorando.*) O senhor abusa de um fraco, de um covarde!

Menos o Cliente

ABELARDO I — Não faça entrar mais ninguém hoje, Abelardo.

ABELARDO II — A jaula está cheia... Seu Abelardo!

ABELARDO I — Mas esta cena basta para nos identificar perante o público. Não preciso mais falar com nenhum dos meus clientes. São todos iguais. Sobretudo não me traga mais pais que não podem comprar sapatos para os filhos...

ABELARDO II — Este está se queixando de barriga cheia. Não tem prole numerosa. Só uma filha... família pequena!

ABELARDO I — Não confunda, Seu Abelardo! Família é uma cousa distinta. Prole é de proletário. A família requer a propriedade e vice-versa. Quem não tem propriedades deve ter prole. Para trabalhar, os filhos são a fortuna do pobre...

ANDRADE, Oswald de. *O rei da vela*. 4. ed. São Paulo: Globo, 1994. p. 37-41.

atividades

1. Os tipos de letras utilizados para transcrever o texto são de três ordens: *itálico*, para as rubricas entre parênteses; VERSALETE, para os nomes dos personagens; e **redondo**, para as falas.

a) O que indicam os textos em VERSALETE?

b) O que indicam as rubricas?

2. *O rei da vela*, apesar de não ter sido encenada de imediato, é considerada a obra inaugural do moderno teatro brasileiro. Pelo seu tom caricatural, aproxima-se de qual das modalidades do gênero dramático?

3. No trecho transcrito, o autor rompe com a tradição do teatro clássico ao explicitar para o público o caráter da encenação e o que cada personagem representa. Transcreva a passagem em que isso ocorre.

4. Em outro momento da peça, Abelardo II diz: "Sou o primeiro socialista que aparece no Teatro Brasileiro". Ao se referir ao teatro no texto de uma peça teatral, Oswald de Andrade faz uso de qual função da linguagem?

5. O texto de Oswald de Andrade é datado, tanto que, em várias falas, aparecem referências a datas e acontecimentos. Você diria que o texto, hoje, tem apenas valor histórico? Justifique seu ponto de vista.

Vestido de noiva – texto e encenação revolucionários

Felix/Arquivo da editora.

A gênese do dramaturgo

Eu devia ter uns 7 anos. A professora sempre mandava a gente fazer composição sobre estampa de vaca, estampa de pintinho. Uma vez ela disse: "Hoje cada um vai fazer uma história da própria cabeça". Foi nesse momento que eu comecei a ser Nelson Rodrigues. Porque escrevi uma história tremenda, de adultério.

Entrevista concedida à *Revista Playboy* em novembro de 1979.

Nas tramas do texto

Vestido de noiva

A protagonista da trama da peça é Alaíde, moça da sociedade carioca, que sofre um atropelamento. A partir da tragédia que a deixa à beira da morte, em coma no hospital, ela transita por três planos, muitas vezes entrecruzados e mesclados:

– **o plano da realidade**: o atropelamento, o estado crítico de Alaíde, a mesa de cirurgia, as informações dos repórteres;

– **o plano da memória**: as lembranças da realidade anterior ao atropelamento;

– **o plano da alucinação**: o encontro entre Alaíde e Madame Clessi, cocote assassinada, vestida de noiva, pelo seu namorado.

Alaíde, que roubara o namorado de sua própria irmã e com ele se casara, é vítima da conspiração dos antigos namorados, Lúcia e Pedro, que tentam ficar juntos.

Tragédia em três atos representada pela primeira vez no Teatro Municipal do Rio de Janeiro, em 28 de dezembro de 1943. Direção de Z. Ziembinsky.

Iconographia.

Cenário da primeira encenação da peça Vestido de noiva, *em 1943.*

Personagens principais

Alaíde	Pedro	Dª Laura (mãe de Pedro)
Mme. Clessi (cocote de 1905)	Gastão (pai de Alaíde)	Namorado de Clessi
Lúcia	Dª Lígia (mãe de Alaíde)	Repórteres, médicos, mulheres

Primeiro Ato

(Cenário — dividido em três planos: 1º plano — alucinação; 2º plano — memória; 3º plano — realidade. Quatro arcos no plano da memória; duas escadas laterais. Trevas.)

Microfone — Buzina de automóvel. Rumor de derrapagem violenta. Som de vidraças partidas. Silêncio. Assistência. Silêncio.

Voz de Alaíde (*microfone*) — Clessi... Clessi...

(Luz em resistência no plano da alucinação. 3 mesas, 3 mulheres escandalosamente pintadas, com vestidos berrantes e compridos. Decotes. Duas delas dançam ao som de uma vitrola invisível, dando uma vaga sugestão lésbica. Alaíde, uma jovem senhora, vestida com sobriedade e bom gosto, aparece no centro da cena. Vestido cinzento e uma bolsa vermelha.)

Alaíde (*nervosa*) — Quero falar com Madame Clessi! Ela está?

(Fala à 1ª mulher que, numa das três mesas, faz "paciência". A mulher não responde.)

Alaíde (*com angústia*) — Madame Clessi está — pode-me dizer?

Alaíde (*com ar ingênuo*) — Não responde! (*com doçura*) Não quer responder?

(Silêncio da outra)

Alaíde (*hesitante*) — Então perguntarei (*pausa*) àquela ali.

(Corre para as mulheres que dançam)

Alaíde — Desculpe. Madame Clessi. Ela está?

(2ª mulher também não responde)

Alaíde (*sempre doce*) — Ah! também não responde?

(Hesita. Olha para cada uma das mulheres. Passa um homem, empregado da casa, camisa de malandro. Carrega uma vassoura de borracha e um pano de chão. O mesmo cavalheiro aparece em toda a peça, com roupas e personalidades diferentes. Alaíde corre para ele.)

Alaíde (*amável*) — Podia-me dizer se madame ...

(O homem apressa o passo e desaparece.)

Alaíde (*num desapontamento infantil*) — Fugiu de mim! (*no meio da cena, dirigindo-se a todas, meio agressiva*) Eu não quero nada de mais. Só saber se Madame Clessi está!

(A 3ª mulher deixa de dançar e vai mudar o disco da vitrola. Faz toda a mímica de quem escolhe um disco, que ninguém vê, coloca-o na vitrola também invisível. Um samba coincidindo com este último movimento. A 2ª mulher aproxima-se lenta, de Alaíde.)

1ª Mulher (*misteriosa*) — Madame Clessi?

Alaíde (*numa alegria evidente*) — Oh! Graças a Deus! Madame Clessi, sim.

2ª Mulher (*voz máscula*) — Uma que morreu?

Alaíde (*espantada, olhando para todas*) — Morreu?

2ª Mulher (*para as outras*) — Não morreu?

1ª Mulher (*a que joga "paciência"*) — Morreu. Assassinada.

3ª Mulher (*com voz lenta e velada*) — Madame Clessi morreu! (*brusca e violenta*) Agora, saia!

Alaíde (*recuando*) — É mentira. Madame Clessi não morreu. (*olhando para as mulheres*) Que é que estão me olhando? (*noutro tom*) Não adianta, porque eu não acredito!...

2ª Mulher — Morreu, sim. Foi enterrada de branco. Eu vi.

Alaíde — Mas ela não podia ser enterrada de branco! Não pode ser.

1ª Mulher — Estava bonita. Parecia uma noiva.

Alaíde (*excitada*) — Noiva? (*com exaltação*) Noiva — ela? (*tem um riso entrecortado, histérico*) Madame Clessi, noiva! (*o riso, em crescendo, transforma-se em soluço*) Parem com essa música! Que coisa!

(Música cortada. Ilumina-se o plano da realidade. Quatro telefones, em cena, falando ao mesmo tempo. Excitação)

Pimenta — É o Diário?

Redator — É.

Pimenta — Aqui é o Pimenta.

Carioca-Repórter — É A Noite?

Pimenta — Um automóvel acaba de pegar um mulher.

Redator d'A Noite — O que é que há?

Pimenta — Aqui na Glória, perto do relógio.

Carioca-Repórter — Uma senhora foi atropelada.

Redator do diário — Na Glória, perto do relógio?

Redator d'A Noite — Onde?

Carioca-Repórter — Na Glória.

Pimenta — A Assistência já levou.

Carioca-Repórter — Mais ou menos no relógio. Atravessou na frente do bonde.

Redator d'A Noite — Relógio.

Pimenta — O chofer fugiu.

Redator de Diário — O.K.

Carioca-Repórter — O chofer meteu o pé.

Pimenta — Bonita, bem vestida.

Redator d'A Noite — Morreu?

Carioca-Repórter — Ainda não. Mas vai.

(Trevas. Ilumina-se o plano da alucinação)

[...]

Montagem da peça Vestido de noiva realizada no ano de 1994, em São Paulo.

(2 mesas e 3 mulheres desaparecem. Duas mulheres levam 2 cadeiras. As duas mesas são puxadas para cima. Surge na escada uma mulher. Espartilhada, chapéu de plumas. Uma elegância antiquada de 1905. Bela figura. Luz sobre ela.)

Alaíde (*num sopro de admiração*) — Oh!

Madame Clessi — Quer falar comigo?

Alaíde (*aproximando-se, fascinada*) — Quero, sim. Queria...

Madame Clessi — Vou botar um disco. (*dirige-se para a invisível vitrola, com Alaíde atrás.*)

Alaíde — A senhora não morreu?

Madame Clessi — Vou botar um samba. Esse aqui não é muito bom. Mas vai assim mesmo.

(Samba surdinando.)

Está vendo como estou gorda, velha, cheia de varizes e de dinheiro?

Alaíde — Li o seu diário.

Madame Clessi (*céptica*) — Leu? Duvido! Onde?

ALAÍDE (*afirmativa*) — Li, sim. Quero morrer agora mesmo, se não é verdade!

MADAME CLESSI — Então diga como é que começa. (*Clessi fala de costas para Alaíde*)

ALAÍDE (*recordando*) — Quer ver? É assim... (*ligeira pausa*) "ontem, fui com Paulo a Paineiras"... (*feliz*) É assim que começa.

MADAME CLESSI (*evocativa*) — Assim mesmo. É.

ALAÍDE (*perturbada*) — Não sei como a senhora pôde escrever aquilo! Como teve coragem! Eu não tinha!

MADAME CLESSI (*à vontade*) — Mas não é só aquilo. Tem outras coisas.

ALAÍDE (*excitada*) — Eu sei. Tem muito mais. Fiquei!... (*inquieta*) Meu Deus! Não sei o que é que eu tenho. É uma coisa — não sei. Por que é que eu estou aqui?

MADAME CLESSI — É a mim que você pergunta?

ALAÍDE (*com volubilidade*) — Aconteceu uma coisa, na minha vida, que me fez vir aqui. Quando foi que ouvi seu nome pela primeira vez? (*pausa*) Estou-me lembrando!

(Entra o cliente anterior com guarda-chuva, chapéu e capa. Parece boiar.)

ALAÍDE — Aquele homem! Tem a mesma cara do meu noivo!

MADAME CLESSI — Deixa o homem! Como foi que você soube do meu nome?

ALAÍDE — Me lembrei agora! (*noutro tom*) Ele está-me olhando. (*noutro tom, ainda*) Foi uma conversa que eu ouvi quando a gente se mudou. No dia mesmo, entre papai e mamãe. Deixe eu me recordar como foi... Já sei! Papai estava dizendo: "O negócio acabava..."

(Escurece o plano da alucinação. Luz no plano da memória. Aparecem pai e mãe de Alaíde.)

PAI (*continuando a frase*) — ... numa orgia louca."

MÃE — E tudo isso aqui?

PAI — Aqui, então?!

MÃE — Alaíde e Lúcia morando em casa de Madame Clessi. Com certeza, é no quarto de Alaíde que ela dormia. O melhor da casa!

PAI — Deixa a mulher! Já morreu!

MÃE — Assassinada. O jornal não deu?

PAI — Deu. Eu ainda não sonhava conhecer você. Foi um crime muito falado. Saiu fotografia.

MÃE — No sótão tem retratos dela, uma mala cheia de roupas. Vou mandar botar fogo em tudo.

PAI — Manda.

(Apaga-se o plano da memória. Luz no plano da alucinação)

ALAÍDE (*preocupada*) — Mamãe falou em Lúcia. Mas quem é Lúcia? Não sei. Não me lembro.

MADAME CLESSI — Então vocês foram morar lá? (*nostálgica*) A casa deve estar muito velha.

ALAÍDE — Estava, mas Pedro... (*excitada*) Agora me lembrei: Pedro. É meu marido! Sou casada. (*noutro tom*) Mas essa Lúcia, meu Deus! (*noutro tom*) Eu acho que estou ameaçada de morte! (*assustada*) Ele vem para cá (*refere-se ao homem solitário que se aproxima*).

CLESSI — Deixa.

ALAÍDE (*animada*) — Pedro mandou reformar tudo, pintar. Ficou nova, a casa. (*noutro tom*) Ah! eu corri ao sótão, antes que mamãe mandasse queimar tudo!

CLESSI — Então?

Alaíde — Lá vi a mala — com as roupas, as ligas, o espartilho cor-de-rosa. E encontrei o diário. (*arrebatada*) Tão lindo, ele!

Clessi (*forte*) — Quer ser como eu, quer?

Alaíde (*veemente*) — Quero, sim. Quero.

Clessi (*exaltada, gritando*) — Ter a fama que eu tive. A vida. O dinheiro. E morrer assassinada?

Alaíde (*abstrata*) — Fui à Biblioteca ler todos os jornais do tempo. Li tudo!

Alaíde (*transportada*) — Botaram cada anúncio sobre o crime! Houve um repórter que escreveu uma coisa muito bonita!

Alaíde (*alheando-se bruscamente*) — Espera, estou-me lembrando de uma coisa. Espera. Deixa eu ver! Mamãe dizendo a papai.

(Apaga-se o plano da alucinação. Luz no plano da memória. Pai e mãe.)

Mãe — Cruz! Até pensei ter visto um vulto — ando tão nervosa. Também esses corredores! A alma de madame Clessi pode andar por aí... e...

Pai — Perca essa mania de alma! A mulher está morta, enterrada!

Mãe — Pois é...

(Apaga-se o plano da memória. Luz no plano da alucinação.)

Madame Clessi — Mas o que foi?

Alaíde — Nada. Coisa sem importância que eu me lembrei. (*forte*) Quero ser como a senhora. Usar espartilho. (*doce*) Acho espartilho elegante!

Clessi — Mas seu marido, seu pai, sua mãe e... Lúcia?

Homem (*para Alaíde*) — Assassina!

(Apaga-se o plano da alucinação. Luz no plano da realidade. Sala de operação.)

1º Médico — Pulso?

2º Médico — 160.

1º Médico — Rugina.

2º Médico — Como está isso!

1º Médico — Tenta-se uma osteossíntese!

3º Médico — Olha aqui.

1º Médico — Fios de bronze.

(Pausa.)

1º Médico — O osso!

3º Médico — Agora é ir até o fim.

1º Médico — Se não der certo, faz-se a amputação.

(Rumor de ferros cirúrgicos)

1º Médico — Depressa!

RODRIGUES, Nelson. *Vestido de noiva*. In: *Teatro Completo I: peças psicológicas*. Rio de Janeiro: Nova Fronteira, 1981. p. 109-11; 114-8.

Divulgação/Editora Abril.

A atriz Simone Spoladore em cena do filme Vestido de noiva, *dirigido por Joffre Rodrigues, baseado na peça de Nelson Rodrigues.*

sessão de
CINEMA

Vestido de noiva (2005). Direção: Joffre Bretanha Rodrigues. Brasil: Riofilme, 2005. Com: Marília Pêra, Simone Spoladore, Letícia Sabatella, Marcos Winter.

Dirigido pelo filho mais velho de Nelson Rodrigues (1912-1980), o filme foi realizado para homenagear os 25 anos da morte de seu pai, cujo sonho era ver sua obra adaptada para o cinema.

Divulgação.

atividades

1. Formalmente, o texto de uma peça de teatro tem uma estrutura particular: uma sequência de falas, com a devida indicação do dono da voz, e comentários. Não é diferente no caso das peças de Nelson Rodrigues. A partir da observação do fragmento de *Vestido de noiva*, responda:

a) Qual é a função dos comentários?

b) Que tipo de informação esses comentários trazem?

2. No fragmento anterior, uma caracterização de personagens lembra uma tela expressionista.

a) Aponte o trecho.

b) Qual é a relevância dessa característica na cena?

3. Após a leitura do fragmento anterior, como você caracterizaria a narrativa da peça: linear ou não linear?

4. Qual é o recurso que o escritor emprega para efetuar a passagem de um plano para outro?

5. *Vestido de noiva* se enquadra entre as peças psicológicas de Nelson Rodrigues, mas também poderia ser considerada uma peça surrealista. Por quê?

Auto da Compadecida – o teatro popular revigorado

Auto da Compadecida, de Ariano Suassuna (1927-), foi encenado pela primeira vez em 11 de setembro de 1956, no Teatro Santa Isabel, pelo grupo Teatro Adolescente do Recife, sob a direção de Clênio Wanderley.

Com a palavra, o autor

O *Auto da Compadecida* foi escrito com base em romances e histórias populares do Nordeste. Sua encenação deve, portanto, seguir a maior linha de simplicidade, dentro do espírito em que foi concebido e realizado. O cenário (usado na encenação como um picadeiro de circo, numa ideia excelente de Clênio Wanderley, que a peça sugeria) pode apresentar uma entrada de igreja à direita, com uma pequena balaustrada ao fundo, uma vez que o centro do palco representa um desses pátios comuns nas igrejas das vilas do interior. A saída para a cidade é à esquerda e pode ser feita através de um arco. Nesse caso, seria conveniente que a igreja, na cena do julgamento, passasse a ser a entrada do céu e do purgatório. O trono de Manuel, ou seja, Nosso Senhor Jesus Cristo, poderia ser colocado na balaustrada, erguida sobre um praticável servido por escadarias. Mas tudo isso fica a critério do ensaiador e do cenógrafo, que podem montar a peça com dois cenários, sendo um para o começo e outro para a cena do julgamento, ou somente com cortinas, caso em que se imaginará a igreja fora do palco, à direita, e a saída para a cidade à esquerda, organizando-se a cena para o julgamento através de simples cadeiras de espaldar alto, com saída para o inferno à esquerda e saída para o purgatório e para o céu à direita. Em todo o caso, o autor gostaria de deixar claro que seu teatro é mais aproximado dos espetáculos de circo e da tradição popular do que do teatro moderno.

SUASSUNA, Ariano. *Auto da Compadecida*. 17 ed. Rio de Janeiro: Agir, 1981. p. 21-2.

Nas tramas do texto

Auto da Compadecida

Personagens

Palhaço
João Grilo
Chicó
Padre João
Antônio Morais
Sacristão
Padeiro
Mulher do Padeiro
Bispo
Frade
Severino de Aracaju
Cangaceiro
Demônio
O Encourado (O Diabo)
Manuel (Nosso Senhor Jesus Cristo)
A Compadecida (Nossa Senhora)

Cena do julgamento

Palhaço: É preciso mudar o cenário, para a cena do julgamento de vocês. Tragam o trono de Nosso Senhor! Agora a igreja vai servir de entrada para o céu e para o purgatório. O distinto público não se espante ao ver, nas cenas seguintes, dois demônios vestidos de vaqueiro, pois isso decorre de uma crença comum no sertão do Nordeste.

É claro que essas falas serão cortadas ou adaptadas pelo encenador, de acordo com a montagem que se fizer.

Palhaço: Agora os mortos. Quem estava morto?

Bispo: Eu.

Palhaço: Deite-se ali.

Padre: Eu também.

Palhaço: Deite-se junto dele. Quem mais?

João Grilo: Eu, o padeiro, a mulher, o sacristão, Severino e o cabra.

Palhaço: Deitem-se todos e morram.

João Grilo: Um momento.

Palhaço: Homem, morra, que o espetáculo precisa continuar!

João Grilo: Espere, quer mandar no meu morredor?

Palhaço: O que é que você quer?

João Grilo: Já que tenho que ficar aqui morto, quero pelo menos ficar longe do sacristão.

Palhaço: Pois fique. Deite-se ali. E você, Chicó?

Chicó: Eu escapei. Estava na igreja, rezando pela alma de João Grilo.

Palhaço: Que bem precisada anda disso. Saia e vá rezar lá fora. Muito bem, com toda essa gente morta, o espetáculo continua e terão oportunidade de assistir seu julgamento. Espero que todos os presentes aproveitem os ensinamentos desta peça e reformem suas vidas, se bem que eu tenha certeza de que todos os que estão aqui são uns verdadeiros santos, praticantes da virtude, do amor a Deus e ao próximo, sem maldade, sem mesquinhez, incapazes de julgar e de falar mal dos outros, generosos, sem avareza, ótimos patrões, excelentes empregados, sóbrios, castos e pacientes. E basta, se bem que seja pouco. Música.

Música de circo. O Palhaço sai dançando. Se se montar a peça em três atos ou houver mudança de cenário, começará aqui a cena do julgamento, com o pano abrindo e os mortos despertando.

João Grilo *para o Cangaceiro*: Mas me diga uma coisa, havia necessidade de você me matar?

CANGACEIRO: E você não me matou?

JOÃO GRILO: Pois é por isso mesmo que eu reclamei. Você já estava desgraçado, podia ter-me deixado em paz.

SEVERINO: Eu, por mim, agora que já morri, estou achando até bom. Pelo menos estou descansando daquelas correrias. Quem deve estar achando ruim é o bispo.

BISPO: Eu? Por quê? Estou até me dando bem!

JOÃO GRILO: É, estão todos muito calmos porque ainda não repararam naquele freguês que está ali, na sombra, esperando que nós acordemos.

PADRE: Quem é?

JOÃO GRILO: Você ainda pergunta? Desde que cheguei que comecei a sentir um cheiro ruim danado. Essa peste deve ser um diabo.

DEMÔNIO, *saindo da sombra, severo*: Calem-se todos. Chegou a hora da verdade.

SEVERINO: Da verdade?

BISPO: Da verdade?

PADRE: Da verdade?

DEMÔNIO: Da verdade, sim.

JOÃO GRILO: Então já sei que estou desgraçado, porque comigo era na mentira.

DEMÔNIO: Vocês agora vão pagar tudo o que fizeram.

PADRE: Mais o que foi que eu...

DEMÔNIO: Silêncio! Chegou a hora do silêncio para vocês e do comando para mim. E calem-se todos. Vem chegando agora quem pode mais do que eu e do que vocês. Deitem-se! Deitem-se! Ouçam o que estou dizendo, senão será pior!

Desde que ele começou a falar, soam ritmadamente duas pancadas, fortes e secas, de tambor e uma de prato, com uma pausa mais ou menos longa entre elas, ruído que deve se repetir até a aparição do Encourado. Este é o diabo, que, segundo uma crença do sertão do Nordeste, é um homem muito moreno, que se veste como um vaqueiro. Esta cena deve se revestir de um caráter meio grotesco, pois a ordem que o Demônio dá, mandando que os personagens se deitem, já insinua o fato de que o maior desejo do diabo é imitar Deus, resultado de seu orgulho grotesco. E tanto é assim, que ele tenta conseguir aí pela intimidação o tributo que Jesus terá depois, espontaneamente, quando de sua entrada. O Bispo é o único a esboçar movimento de obediência, mas, antes que ele se deite, o Encourado entra, dando pancadas de rebenque na perna e ajustando suas luvas de couro. Os mortos começam a tremer exageradamente e o demônio acorre para junto dele, servil e pressuroso.

DEMÔNIO: Desculpe, fiz tudo para que eles se deitassem, mas não houve jeito.

ENCOURADO, *ríspido*: Cale-se. Você nunca passará de um imbecil. Como se eu vivesse fazendo questão de ser recebido dessa ou daquela maneira!

DEMÔNIO: Peço-lhe desculpas, não foi isso que eu quis dizer.

[...]

Marco Nanini, Denise Fraga, Diogo Vilela, Matheus Nachtergaele, Lima Duarte e Rogério Cardoso na minissérie O auto da Compadecida.

Nelson Di Rago/Divulgação/Rede Globo.

As pancadas do sino continuam e toca uma música de aleluia. De repente, João ajoelha--se, como que levado por uma força irresistível e fica com os olhos fixos fora. Todos vão-se ajoelhando vagarosamente. O Encourado volta rapidamente as costas, para não ver o Cristo que vem entrando. É um preto retinto, com uma bondade simples e digna nos gestos e nos modos. A cena ganha uma intensa suavidade de iluminura. Todos estão de joelhos, com o rosto entre as mãos.

ENCOURADO, *de costas, grande grito, com o braço ocultando os olhos*: Quem é? É Manuel?

MANUEL: Sim, é Manuel, o Leão de Judá, o Filho de Davi. Levantem-se todos, pois vão ser julgados.

JOÃO GRILO: Apesar de ser um sertanejo pobre e amarelo, sinto perfeitamente que estou diante de uma grande figura. Não quero faltar com o respeito a uma pessoa tão importante, mas se não me engano aquele sujeito acaba de chamar o senhor de Manuel.

MANUEL: Foi isso mesmo, João. Esse é um de meus nomes, mas você pode me chamar também de Jesus, de Senhor, de Deus... Ele gosta de me chamar de Manuel ou Emanuel, porque pensa que assim pode se persuadir de que sou somente homem. Mas você, se quiser, pode me chamar de Jesus.

JOÃO GRILO: Jesus?

MANUEL: Sim.

JOÃO GRILO: Mas, espere, o senhor é que é Jesus?

MANUEL: sou.

JOÃO GRILO: Aquele Jesus a quem chamavam Cristo?

MANUEL: A quem chamavam, não, que era Cristo. Sou, por quê?

JOÃO GRILO: Porque... não é lhe faltando com o respeito não, mas eu pensava que o senhor era muito menos queimado.

BISPO: Cale-se, atrevido.

MANUEL: Cale-se, você. Com que autoridade está repreendendo os outros? Você foi um bispo indigno de minha Igreja, mundano, autoritário, soberbo. Seu tempo já passou. Muita oportunidade teve de exercer sua autoridade, santificando-se através dela. Sua obrigação era ser humilde, porque quanto mais alta é a função, mais generosidade e virtude requer. Que direito tem você de repreender João porque falou comigo com certa intimidade? João foi um pobre em vida e provou sua sinceridade exibindo seu pensamento. Você estava mais espantado do que ele e escondeu essa admiração por prudência mundana. O tempo da mentira já passou.

JOÃO GRILO: Muito bem. Falou pouco mas falou bonito. A cor pode não ser das melhores, mas o senhor fala bem que faz gosto.

MANUEL: Muito obrigado, João, mas agora é a sua vez. Você é cheio de preconceitos de raça. Vim hoje assim de propósito, porque sabia que isso ia despertar comentários. Que vergonha! Eu, Jesus, nasci branco e quis nascer judeu, como podia ter nascido preto. Para mim, tanto faz um branco como um preto. Você pensa que eu sou americano para ter preconceito de raça?

PADRE: Eu, por mim, nunca soube o que era preconceito de raça.

ENCOURADO, *sempre de costas para Manuel*: É mentira. Só batizava os meninos pretos depois dos brancos.

PADRE: Mentira! Eu muitas vezes batizei os pretos na frente.

ENCOURADO: Muitas vezes, não, poucas vezes, e mesmo essas poucas quando os pretos eram ricos.

PADRE: Prova de que eu não me importava com a cor, de que o que me interessava...

Nelson Di Rago/Divulgação/Rede Globo.

A atriz Fernanda Montenegro como a Compadecida.

Manuel: Era a posição social e o dinheiro, não é, Padre João? Mas deixemos isso, sua vez há de chegar. Pela ordem, cabe a vez do bispo. (*Ao Encourado*) Deixe de preconceitos e fique de frente.

Encourado, *sombrio*: Aqui estou bem.

Manuel: Como queira. Faça seu relatório.

João Grilo: Foi gente que eu nunca suportei: promotor, sacristão, cachorro e soldado de polícia. Esse aí é uma mistura disso tudo.

Manuel: Silêncio, João, não perturbe. (*Ao Encourado*) Faça a acusação do bispo *(Aqui, por sugestão de Clênio Wanderley, o Demônio traz um grande livro que o Encourado vai lendo)*.

Encourado: Simonia: negociou com o cargo, aprovando o enterro de um cachorro em latim, porque o dono lhe deu seis contos.

Bispo: E é proibido?

Encourado: Homem, se é proibido eu não sei. O que eu sei é que você achava que era e depois, de repente, passou a achar que não era. E o trecho que foi cantado no enterro é uma oração da missa dos defuntos.

Bispo: Isso é aí com meu amigo sacristão. Quem escolheu o pedaço foi ele.

Encourado: Falso testemunho: citou levianamente o Código Canônico, primeiro para condenar o ato do padre e contentar o ricaço Antônio Morais, depois para justificar o enterro. Velhacaria: esse bispo tinha fama de grande administrador, mas não passava de um político, apodrecido de sabedoria mundana.

Bispo: Quem fala! Um desgraçado que se perdeu por causa disso...

Manuel: Não interrompa, não é esse o momento de discutir isso. Pode continuar.

Encourado: Arrogância e falta de humildade no desempenho de suas funções: esse bispo, falando com um pequeno, tinha uma soberba só comparável à subserviência que usava para tratar com os grandes. Isto sem se falar no fato de que vivia com um santo homem, tratando-o sempre com o maior desprezo.

Bispo: Com um santo homem, eu?

Encourado: Sim, o frade.

Bispo: Só aquele imbecil mesmo pode ser chamado de santo homem!

Encourado: O processo de santificação dele está encaminhado por aí. Ele acaba de pedir para ser missionário entre os índios e vai ser martirizado. Eu não, para mim isso não passa de uma tolice, mas aí para Manuel você está-se desgraçando.

Bispo: Mas é possível que aquele frade...

Manuel: É perfeitamente possível e não diga mais nada. Mais alguma coisa?

Encourado: Não, estou satisfeito.

Manuel: Então, acuse o padre.

SUASSUNA, Ariano. *Auto da Compadecida*. 17. ed. Rio de Janeiro: Agir, 1981. p. 135-141; 146-153.

Divulgação.

Nelson Di Rago/Divulgação/Rede Globo.

A obra de Ariano Suassuna ganhou uma versão para a TV, em forma de minissérie com quatro capítulos, posteriormente adaptada para o cinema com 100 minutos a menos.

atividades

1. No fragmento anterior, há uma passagem que caracteriza a peça como metalinguística.

   Aponte-a e comente em que consiste a metalinguagem.

2. "Espero que todos os presentes aproveitem os ensinamentos desta peça e reformem suas vidas, se bem que eu tenha certeza de que todos os que estão aqui são uns verdadeiros santos, praticantes da virtude, do amor a Deus e ao próximo, sem maldade, sem mesquinhez, incapazes de julgar e de falar mal dos outros, generosos, sem avareza, ótimos patrões, excelentes empregados, sóbrios, castos e pacientes."

   a) A quem o Palhaço se dirige?

   b) Essa fala do Palhaço está centrada em que figura de linguagem?

3. O *Auto da Compadecida* nos transporta ao teatro medieval, especialmente ao teatro de Gil Vicente.

   a) O que a obra de Suassuna e de Gil Vicente têm em comum?

   b) Releia o seguinte trecho de *Auto da barca do inferno* e escreva um parágrafo sobre uma possível relação de intertextualidade com o fragmento de *Auto da Compadecida*.

Diabo
Vamos logo, embarcai prestes.
Segundo lá escolhestes,
Por aqui vos contentai.
Pois que a morte já passastes,
Passareis agora o rio.

Fidalgo
Não há aqui outro navio?

Diabo
Não senhor, que este fretastes,
e eis que já quando expirastes
me tínheis dado sinal.

Fidalgo
E o que foi este sinal?

Diabo
Tudo o de que vos fartastes.

Fidalgo
(Dirigindo-se à barca do Céu)
A esta outra barca me vou.
Hou da barca! Aonde ides?
(silêncio do anjo)
Ah, barqueiros, não me ouvis?
Respondei-me, hou lá, hou!
Por Deus, preparado estou,
Pois já estive bem pior.
(revoltado por não ser ouvido)
Jericos! Com meus perdões.
Pensam que uma gralha eu sou?

Anjo
Que quereis?

Fidalgo
Que me digais,
Pois parti tão sem aviso,
Se a barca do paraíso
É esta em que navegais.

Anjo
É esta. Que desejais?

Fidalgo
Que me deixeis embarcar:
sou fidalgo do solar
e é bom que me recolhais.

Anjo
Não se embarca a tirania
neste batel divinal.
[...]

VICENTE, Gil. Disponível em: <www.dominiopublico.gov.br/download/texto/bv000107.pdf>. Acesso em: 8 mar. 2011.

Confrontando ideias

Comente com a sala as temáticas abordadas no fragmento do *Auto da Compadecida* apresentado. São atuais? Que personagens poderiam ser representativos de nossa sociedade? Se você fosse o autor e o julgamento ocorresse em sua comunidade, quais seriam os tipos satirizados e os temas abordados?

*Questões de exames sobre este capítulo encontram-se na página **707**.*

sessão de CINEMA

O auto da Compadecida (2000). Direção: Guel Arraes. Brasil: Globo Filmes, 2000. Com: Mateus Nachtergaele, Selton Mello, Diogo Vilela, Denise Fraga, Marco Nanini, Fernanda Montenegro.

Adaptação da peça de Ariano Suassuna, resgata a tradição dos autos vicentinos. Personagens típicos do sertão nordestino enfrentam o Juízo Final.

Divulgação/Columbia Tristar/Globo Filmes.

capítulo 31

Portugal depois da Geração de *Orpheu*

Objetivos gerais do capítulo

O aluno, ao final do capítulo, deverá ser capaz de:

- conhecer as gerações de artistas que sucederam à geração da revista *Orpheu*;
- conhecer as principais características dessas gerações de artistas e suas relações com o contexto histórico;
- conhecer os principais autores da literatura portuguesa que produziram obras após o Orfismo, ler seus textos e refletir sobre eles.

Tu é que sabias, Galileo Galilei.
Por isso estoicamente, mansamente,
resististe a todas as torturas,
a todas as angústias, a todos os contratempos,
enquanto eles, do alto inacessível das suas alturas,
foram caindo,
caindo,
caindo,
caindo,
caindo sempre,
e sempre,
ininterruptamente,
na razão direta dos quadrados dos tempos.

Antônio Gedeão, poeta português, em *Poema para Galileu*, 1964.

Galileu Galilei.

Retrato de Galileo Galilei, de Samuel Sertain, 1852. Gravura/The Granger Collection/Other Images.

A pintura portuguesa contemporânea

Salazar a vomitar a pátria, de Paula Rego, 1960. Centro de Arte Moderna, Lisboa.

Mulher cão, de Paula Rego, 1994. Tate Modern, Londres.

Paula Figueiroa Rego nasceu em Lisboa, em 1935 e representa um dos pontos altos da pintura portuguesa contemporânea. Reelaborando técnicas e formas das vanguardas do início do século e seguindo algumas trilhas abertas pelo Neorrealismo, sua obra obtém ampla repercussão internacional. Recentemente publicou um livro em parceria com Agustina Bessa-Luís.

A ditadura salazarista

Como já vimos, o período que vai de 1930 a 1945 talvez tenha testemunhado as maiores transformações ocorridas no século passado. A década de 1930 começa sob o forte impacto da crise iniciada com a quebra da Bolsa de Valores de Nova Iorque, seguida pelo colapso do sistema financeiro internacional: é a Grande Depressão, caracterizada por paralisações de fábricas, rupturas nas relações comerciais, falências bancárias, altíssimo índice de desemprego, fome e miséria generalizadas.

Assim, cada país procura solucionar internamente a crise, mediante a intervenção do Estado na organização econômica. Ao mesmo tempo, a depressão leva ao agravamento das questões sociais e ao avanço dos partidos socialistas e comunistas, provocando choques ideológicos, principalmente com as burguesias nacionais, que passam a defender um Estado autoritário, pautado por um nacionalismo conservador, por um militarismo crescente e por uma postura anticomunista e antiparlamentar – ou seja, um Estado fascista. É o que ocorre na Itália de Mussolini, na Alemanha de Hitler, na Espanha de Franco e no Portugal de Salazar.

Oliveira Salazar era professor de Economia na Universidade de Coimbra e lança-ra-se na vida pública organizando grupos católicos de extrema-direita. A partir de 1928, assumiu o total controle da economia portuguesa, promovendo alguns programas para estabilizar as finanças do país. Com relativo sucesso em sua empreitada e com um discurso abusivamente nacionalista, Salazar consolidou o **Estado Novo**, denominação dada ao governo de caráter fascista. Adotando o *slogan* "Nada contra a Nação, tudo pela Nação", cerceou as liberdades democráticas por meio de instituições autoritárias e criou um rigoroso mecanismo repressivo: a censura. No dizer do historiador Oliveira Marques:

> De todos os mecanismos repressivos a censura foi sem dúvida o mais eficiente, aquele que conseguiu manter o regime sem alterações estruturais durante quatro décadas. Visou assuntos, não apenas políticos e militares, mas também morais e religiosos, normas de conduta e toda e qualquer notícia susceptível de influenciar a população num sentido considerado perigoso. [...]
>
> As consequências últimas de um sistema de censura durando há tantas décadas foram disciplinar autores, jornalistas, empresários e todos aqueles relacionados com os meios de transmissão às massas, e obrigá-los a uma autocensura permanente, a fim de evitarem que a sua produção fosse constantemente dificultada e mutilada. Esta autocensura levou muitas vezes a extremos de cautela, de difícil justificação. Levou também ao surto de uma forma altamente original de cripto-transmissão por parte dos autores e de compreensão subentendida por parte dos públicos. Em estes desenvolveu-se um hipercriticismo e uma dúvida generalizada relativos a tudo o que se lia ou ouvia.

MARQUES, A. H. de Oliveira. *História de Portugal*. 5. ed. Lisboa: Palas, 1978. v. 2.

Salazar morreu em 1970, mas a ditadura salazarista, uma das mais longas que a História já conheceu, só cairia em 25 de abril de 1974, com a Revolução dos Cravos.

Evans/Three Lions/Hulton Archive/Getty Images.

Na década de 1930, nos mesmos moldes da Gestapo nazista, Salazar estruturou a Polícia de Vigilância e Defesa do Estado (PVDE), mais tarde rebatizada como Polícia Internacional e de Defesa do Estado (PIDE).
Na foto, Salazar revista tropas que embarcariam para as colônias africanas.

Arquivo da editora.

Folheto de propaganda da CGT portuguesa denunciando as torturas da PIDE, a polícia política de Salazar.

A geração presencista

A segunda geração modernista viveu a herança da Geração de *Orpheu*, aproveitando suas conquistas estéticas. Teve como órgão divulgador de suas propostas a revista *Presença*, que circulou de 1927 a 1940. Seus mentores e principais colaboradores foram José Régio, Branquinho da Fonseca, Miguel Torga, João Gaspar Simões e Adolfo Casais Monteiro.

Divulgação.

José Régio.

Divulgação.

Branquinho da Fonseca.

Divulgação.

Miguel Torga.

Divulgação.

João Gaspar Simões.

Divulgação.

Adolfo Casais Monteiro.

Esse grupo de poetas e críticos, estudantes em Coimbra, "pretendia retomar certos valores da Geração de *Orpheu*. Contra uma ideologia de 'exílio', os recém-vindos marcavam uma posição de 'presença' – que ia igualmente contra o academismo sentimental no qual o nacionalismo 'saudosista' tinha fatalmente soçobrado", como afirma José-Augusto França, na obra *O Romantismo em Portugal*.

Além da poesia, a segunda geração cultivou o romance, o conto e a crítica literária. Entre outras propostas, defendia uma "literatura viva", assim definida nas palavras de José Régio:

> Em Arte, é vivo tudo o que é original. É original tudo o que provém da parte mais virgem, mais verdadeira e mais íntima duma personalidade artística. A primeira condição de uma obra viva é pois ter uma personalidade e obedecer-lhe. [...]
>
> Pretendo aludir, nestas linhas, a dois vícios que inferiorizam grande parte da nossa literatura contemporânea, roubando-lhe esse caráter de invenção, criação e descoberta que faz grande a arte moderna. São eles: a falta de originalidade e a falta de sinceridade. [...]
>
> Eis como tudo isto se reduz a pouco: literatura viva é aquela em que o artista insuflou a sua própria vida, e que por isso mesmo passa a viver de vida própria. Sendo esse artista um homem superior pela sensibilidade, pela inteligência e pela imaginação, a literatura viva que se produz será superior [...]

RÉGIO, José. Literatura viva.
In: *Páginas de doutrina e crítica estética da Presença*.
Porto: Brasília Editora, 1977.

Arquivo da editora.

Indo mais além, o grupo presencista afirmava que a verdadeira obra de arte não poderia estar limitada por condições de tempo ou de espaço. Essas posturas acabaram gerando críticas ao grupo e dissidências entre seus participantes. As principais acusações apontavam para dois exageros: individualismo e esteticismo.

O grupo da revista *Presença* se esfacela no ano de 1940, em meio à Segunda Guerra Mundial. Era também o fim do período conhecido como Modernismo, em Portugal.

José Régio, um poeta entre Deus e o Diabo

Arquivo da editora.

José Régio (1901-1969)

José Régio – pseudônimo de José Maria dos Reis Pereira – formou-se em Letras pela Faculdade de Coimbra. Em 1925 publicou seu primeiro volume de poesias, *Poemas de Deus e do Diabo*. Afirmava que uma de suas marcas era "debruçar sobre o umbigo próprio, a remexer enlevadamente as entranhas próprias".

Nas tramas dos textos

Texto 1

Painel

Era uma noite de luar medonho
(Lembro-me disto como dum sonho)
Alevantou-se um Homem a meu lado,
Todo nu, e desfigurado.

Mal me atrevendo a olhá-lo, eu quase só adivinhava
Seu corpo devastado que sangrava...
E uma lembrança, longe, longe, havia em mim
De já o ter amado, ou outro assim.

Seu rosto, que, decerto, era sereno e puro,
Resplandecia, como um mármore, no escuro;
E as suas lágrimas, rolando devagar,
Deixavam rastros que faziam luar...

Eu prosseguia, todo trêmulo e confuso,
Cheio de amor e de terror por esse intruso.
À minha mão direita, ele avançava aereamente,
Com seu ar espectral e transcendente...

Os seus pés nem pousavam no caminho;
E então, eu desatei a soluçar baixinho,
Porque notara que em seu rosto exangue
As suas lágrimas corriam misturadas com seu sangue.

Oh, onde a vira eu, essa figura peregrina
Feita de terra humana e de ascensão divina?
Sim, onde a vira eu, que, só de o perguntar,
Me arrepiava, com vertigens de ajoelhar?

Mas, de repente, como um sobressalto,
E como a angústia de quem rola muito de alto,
Alguma coisa em mim passou, que pressentia,
E que se arrepelava, e que tremia...

É que em meu ombro esquerdo *alguém* se debruçava,
Alguém que ria um riso que espantava,
Um riso tenebroso, e cheio de atração,
Com fogo dentro como a boca dum vulcão!

E, sem o ver, eu vi-o, todo inteiro,
Essoutro novo e inseparável companheiro:
Um que também conheço, nem sei donde nem de quando,
Por mais que me torture procurando...

E tinha pés de cabra, e tinha chifres, tinha pelos,
E tinha olhos sulfúricos, esfíngicos e belos...
A baba do seu riso escorregava-lhe da boca,
E em todo ele ardia uma lascívia louca!

À minha mão direita, absorto, aéreo, hirto,
Coroado de abrolhos e de mirto,
O Outro continuava a chorar lágrimas caladas,
Com as mãos lassas como rosas desfloradas...

Entre os dois, eu sentia-me pequeno e miserando,
Vibrando todo, tumultuando, soluçando,
Com olhos meigos, lábios torpes — indeciso
Entre um inferno e um paraíso!

Um riso doido e cínico, sem regra,
Subia em mim como uma onda negra,
E, estrelados de lágrimas, meus olhos inocentes
Ajoelhavam como penitentes...

Entretanto, os dois vultos desmedidos
Iam crescendo entre os meus risos e gemidos,
Crescendo sempre, sempre e tanto, que, depois,
Eu ficava esmagado entre eles dois.

A noite em que isto foi, não sei..., sei lá?... (Seria
Essa em que minha Mãe, com tanta angústia, me paria...)
Sei que o luar era medonho, era amarelo,
E que tudo isto me parece um pesadelo!

RÉGIO, José. *Antologia de José Régio*. Rio de Janeiro: Nova Fronteira, 1985.

Arquivo da editora.

Ilustração de José Régio para o poema "Painel".

Texto 2

Cântico negro

"Vem por aqui" — dizem-me alguns com olhos doces,
Estendendo-me os braços, e seguros
De que seria bom que eu os ouvisse
Quando me dizem: "vem por aqui"!
Eu olho-os com olhos lassos,
(Há, nos meus olhos, ironias e cansaços)
E cruzo os braços,
E nunca vou por ali...

A minha glória é esta:
Criar desumanidade!
Não acompanhar ninguém.
— Que eu vivo com o mesmo sem-vontade
Com que rasguei o ventre a minha Mãe.

Não, não vou por aí! Só vou por onde
Me levam meus próprios passos...

Se ao que busco saber nenhum de vós responde,
Por que me repetis: "vem por aqui"?
Prefiro escorregar nos becos lamacentos,
Redemoinhar aos ventos,
Como farrapos, arrastar os pés sangrentos,
A ir por aí...

Se vim ao mundo, foi
Só para desflorar florestas virgens,
E desenhar meus próprios pés na areia inexplorada!
O mais que faço não vale nada.

Como, pois, sereis vós
Que me dareis impulsos, ferramentas, e coragem
Para eu derrubar os meus obstáculos?...
Corre, nas vossas veias, sangue velho dos avós,
E vós amais o que é fácil!
Eu amo o Longe e a Miragem,
Amo os abismos, as torrentes, os desertos...

Ide! tendes estradas,
Tendes jardins, tendes canteiros,
Tendes pátrias, tendes tectos,
E tendes regras, e tratados, e filósofos, e sábios.
Eu tenho a minha Loucura!
Levanto-a, como um facho, a arder na noite escura,
E sinto espuma, e sangue, e cânticos nos lábios...

Deus e o Diabo é que me guiam, mais ninguém.
Todos tiveram pai, todos tiveram mãe;
Mas eu, que nunca principio nem acabo,
Nasci do amor que há entre Deus e o Diabo.

Ah, que ninguém me dê piedosas intenções!
Ninguém me peça definições!
Ninguém me diga: "vem por aqui"!
A minha vida é um vendaval que se soltou.
É uma onda que se alevantou.
É um átomo a mais que se animou...
Não sei por onde vou,
Não sei para onde vou
— Sei que não vou por aí!

RÉGIO, José. *Antologia de José Régio*.
Rio de Janeiro: Nova Fronteira, 1985.

atividades

1. No poema "Painel", há três personagens.
   a) Quem são eles?
   b) Transcreva palavras ou frases que caracterizem cada um deles.

2. Que relação se estabelece entre esses três personagens?

3. Aponte duas figuras de linguagem presentes no verso: "E, sem o ver, eu vi-o, todo inteiro".

4. Em "Cântico negro", José Régio aborda, mais uma vez, a temática central de sua obra. Qual é ela? Destaque um verso que justifique sua resposta.

5. Em "Cântico negro" percebe-se, ao mesmo tempo, uma proposta de ruptura e a busca de um ideal. Aponte alguns elementos que justifiquem essa afirmação.

Três autores contemporâneos

José Saramago, a história reinventada

Vidal Cavalcanti/AE.

José Saramago (1922-2010)

José Saramago foi o primeiro escritor em língua portuguesa a ganhar o Prêmio Nobel de Literatura, em 1998. Durante muito tempo atuou como jornalista, editor e tradutor. A partir de 1976 passou a viver exclusivamente de seu trabalho literário. Homem de esquerda, marxista, repensava os fatos históricos de seu país e refletia sobre o mundo contemporâneo, em que prevalece o modo de produção capitalista, globalizado, homogêneo.

A reinterpretação do passado histórico

Alguns aspectos da obra de Saramago merecem especial atenção. Um dos mais significativos é, sem dúvida, a tentativa de reinterpretar o passado (*A história do cerco de Lisboa* e *Memorial do convento* exemplificam essa intenção). Referindo-se ao *Memorial do convento*, romance ambientado no século XVIII e que retoma a construção do gigantesco Convento de Mafra, Saramago afirma que a obra "é uma reconstrução histórica a partir da ficção literária, porque toda a narração está fundamentada no passado para compreender o presente". E, com certeza, na outra extremidade do projeto literário de Saramago está a tentativa de uma releitura do Portugal contemporâneo.

A ficção de Saramago é construída sob a ótica dos fracos, dos humilhados, dos marginalizados. Numa verdadeira profissão de fé, o escritor assim explica os motivos que o levaram a escrever *Memorial do convento*:

> A construção do convento de Mafra foi uma demonstração, entre outras, da megalomania de D. João V, graças à exploração do ouro e dos diamantes do Brasil. Ali foi enterrada uma fortuna incalculável. Mas é impossível apurar quanto, porque todos os documentos foram destruídos. Pois bem, sendo eu um homem de esquerda, com um pensamento marxista, não poderia deixar de me impressionar com o fato de 40 mil homens terem construído aquela obra.

NA WEB

Saiba mais sobre esse importante intelectual visitando os *sites* <www.caleida.pt/saramago/> e <www.instituto-camoes.pt/escritores/saramago.htm>, ambos acessados em: 8 mar. 2011.

Nas tramas dos textos

Texto 1

Memorial do convento

Há muitos modos de juntar um homem e uma mulher, mas, não sendo isto inventário nem vademeco de casamentar, fiquem registrados apenas dois deles, e o primeiro é estarem ele e ela perto um do outro, nem te sei nem te conheço, num auto-de-fé, da banda de fora, claro está, a ver passar os penitentes, e de repente volta-se a mulher para o homem e pergunta, Que nome é o seu, não foi inspiração divina, não perguntou por sua vontade própria, foi ordem mental que lhe veio da própria mãe, a que ia na procissão, a que tinha visões e revelações, e se, como diz o Santo Ofício, as fingia, não fingiu estas, não, que bem viu e se lhe revelou ser este soldado maneta o homem que haveria de ser de sua filha, e desta maneira os juntou. Outro modo é estarem ele e ela longe um do outro, nem te sei nem te conheço, cada qual em sua corte, ele Lisboa, ela Viena, ele dezanove anos, ela vinte e cinco, e casaram-nos por procuração uns tantos embaixadores, viram-se primeiro os noivos em retratos favorecidos, ele boa figura e pelescurita, ela roliça e brancaustríaca, e tanto lhes fazia gostarem-se como não, nasceram para casar assim e não doutra maneira, mas ele vai desforrar-se bem, não ela, coitada, que é honesta mulher, incapaz de levantar os olhos para outro homem, o que acontece nos sonhos não conta.

SARAMAGO, José. *Memorial do convento*. 12. ed. Rio de Janeiro: Bertrand Brasil, 1994.

atividades

1. Considerando que **vademeco** é a forma aportuguesada do latim *vade mecum* ("designação comum a livros de conteúdo prático e formato cômodo"), explique a justificativa do narrador para apresentar apenas dois modos de juntar um homem e uma mulher.
2. Quais são as diferenças entre os dois modos de se juntar um homem e uma mulher?
3. Mais do que duas formas de se juntar um homem e uma mulher, o texto revela uma série de antíteses. Quais são elas?
4. Explique a afirmação "o que acontece nos sonhos não conta".

Texto 2

O conto da ilha desconhecida

Ilustrações: Vera Basile/Arquivo da editora.

[...]

Mal sentado, porque a cadeira de palhinha era muito mais baixa que o trono, o rei estava a procurar a melhor maneira de acomodar as pernas, ora encolhendo-as ora estendendo-as para os lados, enquanto o homem que queria um barco esperava com paciência a pergunta que se seguiria, E tu para que queres um barco, pode-se saber, foi o que o rei de facto perguntou quando finalmente se deu por instalado, com sofrível comodidade, na cadeira da mulher da limpeza, Para ir à procura da ilha desconhecida, respondeu o homem, Que ilha desconhecida, perguntou o rei disfarçando o riso, como se tivesse na sua frente um louco varrido, dos que têm a mania das navegações, a quem não seria bom contrariar logo de entrada, A ilha desconhecida, repetiu o homem, Disparate, já não há ilhas desconhecidas, Quem foi que te disse, rei, que já não há ilhas desconhecidas, Estão todas nos mapas, Nos mapas só estão as ilhas conhecidas, E que ilha desconhecida é essa de que queres ir à procura, Se eu to pudesse dizer, então não seria desconhecida, A quem ouviste tu falar dela, perguntou o rei, agora mais sério, A ninguém, Nesse caso, por que teimas em dizer que ela existe, Simplesmente porque é impossível que não exista uma ilha desconhecida, E vieste aqui para me pedires um barco, Sim, vim aqui para pedir-te um barco, E tu quem és, para que eu to dê, E tu quem és, para que não mo dês, Sou o rei deste reino, e os barcos do reino pertencem-me todos, Mais lhes pertencerás tu a eles do que eles a ti, Que queres dizer, perguntou o rei, inquieto, Que tu, sem eles, és nada, e que eles, sem ti, poderão sempre navegar, Às minhas ordens, com os meus pilotos e os meus marinheiros, Não te peço marinheiros nem piloto, só te peço um barco, E essa ilha desconhecida, se a encontrares, será para mim, A ti, rei, só te interessam as ilhas conhecidas, Também me interessam as desconhecidas quando deixam de o ser, Talvez esta não se deixe conhecer [...]

O capitão veio, leu o cartão, mirou o homem de alto a baixo, e fez a pergunta que o rei se tinha esquecido de fazer, Sabes navegar, tens carta de navegação, ao que o homem respondeu, Aprenderei no mar. O capitão disse, Não to aconselharia, capitão sou eu, e não me atrevo com qualquer barco, Dá-me então um com que possa atrever-me eu, não, um desses não, dá-me antes um barco que eu respeite e que possa respeitar-me a mim, Essa linguagem é de marinheiro, mas tu não és marinheiro, Se tenho a linguagem, é como se o fosse. O capitão tornou a ler o cartão do rei, depois perguntou, Poderás dizer-me para que queres o barco, Para ir à procura da ilha desconhecida, Já não há ilhas desconhecidas, O mesmo me disse o rei, O que ele sabe de ilhas, aprendeu-o comigo, É estranho que tu, sendo homem do mar, me digas isso, que já não há ilhas desconhecidas, homem da terra sou eu, e não ignoro que todas as ilhas, mesmo as conhecidas, são desconhecidas enquanto não desembarcarmos nelas, Mas tu, se bem entendi, vais à procura de uma onde nunca ninguém tenha desembarcado, Sabê-lo-ei quando lá chegar, Se chegares, Sim, às vezes naufraga-se pelo caminho, mas, se tal me viesse a acontecer, deverias escrever nos anais do porto que o ponto a que cheguei foi esse, Queres dizer que chegar, sempre se chega, Não serias quem és se não o soubesses já. O capitão do porto disse, Vou dar-te a embarcação que te convém, Qual é ela, É um barco com muita experiência, ainda do tempo em que toda a gente andava à procura de ilhas desconhecidas, Qual é ele, Julgo até que encontrou algumas, Qual, Aquele. Assim que a mulher da limpeza percebeu para onde o capitão apontava, saiu a correr de detrás dos bidões e gritou, É o meu barco, é o meu barco, há que perdoar-lhe a insólita reivindicação de propriedade, a todos os títulos abusiva, o barco era aquele de que ela tinha gostado, simplesmente. Parece uma caravela, disse o homem, Mais ou menos, concordou o capitão, no princípio era uma caravela, depois passou por arranjos e adaptações que a modificaram um bocado, Mas continua a ser uma caravela, Sim, no conjunto conserva o antigo ar, E tem mastros e velas, Quando se vai procurar ilhas desconhecidas, é o mais

recomendável. A mulher da limpeza não se conteve, Para mim não quero outro, Quem és tu, perguntou o homem, Não te lembras de mim, Não tenho ideia, Sou a mulher da limpeza, Qual limpeza, A do palácio do rei, A que abria a porta das petições, Não havia outra, E por que não estás tu no palácio do rei a limpar e a abrir portas, Porque as portas que eu realmente queria já foram abertas e porque de hoje em diante só limparei barcos, Então estás decidida a ir comigo procurar a ilha desconhecida, Saí do palácio pela porta das decisões, Sendo assim, vai para a caravela, vê como está aquilo, depois do tempo que passou deve precisar de uma boa lavagem, e tem cuidado com as gaivotas, que não são de fiar, Não queres vir comigo conhecer o teu barco por dentro, Tu disseste que era teu, Desculpa, foi só porque gostei dele, Gostar é provavelmente a melhor maneira de ter, ter deve ser a pior maneira de gostar. O capitão do porto interrompeu a conversa, Tenho de entregar as chaves ao dono do barco, a um ou a outro, resolvam-se, a mim tanto se me dá, Os barcos têm chave, perguntou o homem, Para entrar, não, mas lá estão as arrecadações e os paióis, e a escrivaninha do comandante com o diário de bordo, Ela que se encarregue de tudo, eu vou recrutar a tripulação, disse o homem, e afastou-se.

[...]

E os marinheiros, perguntou ela, Não veio nenhum, como podes ver, Mas deixaste-os apalavrados, ao menos, tornou ela a perguntar, Disseram-me que já não há ilhas desconhecidas, e que, mesmo que as houvesse, não iriam eles tirar-se do sossego dos seus lares e da boa vida dos barcos de carreira para se meterem em aventuras oceânicas, à procura de um impossível, como se ainda estivéssemos no tempo do mar tenebroso, E tu, que lhes respondeste, Que o mar é sempre tenebroso, E não lhes falaste da ilha desconhecida, Como poderia falar-lhes eu duma ilha desconhecida, se não a conheço, Mas tens a certeza de que ela existe, Tanta como a de ser tenebroso o mar, Neste momento, visto daqui, com aquela água cor de jade e o céu como um incêndio, de tenebroso não lhe encontro nada, É uma ilusão tua, também as ilhas às vezes parece que flutuam sobre as águas, e não é verdade, Que pensas fazer, se te falta a tripulação, Ainda não sei, Podíamos ficar a viver aqui, eu oferecia-me para lavar os barcos que vêm à doca, e tu, E eu, Tens com certeza um mester, um ofício, uma profissão, como agora se diz, Tenho, tive, terei se for preciso, mas quero encontrar a ilha desconhecida, quero saber quem sou eu quando nela estiver, Não o sabes, Se não sais de ti, não chegas a saber quem és, O filósofo do rei, quando não tinha que fazer, ia sentar-se ao pé de mim, a ver-me passajar as peúgas dos pajens*, e às vezes dava-lhe para filosofar, dizia que todo o homem é uma ilha, eu, como aquilo não era comigo, visto que sou mulher, não lhe dava importância, tu que achas, Que é necessário sair da ilha para ver a ilha, que não nos vemos se não nos saímos de nós, Se não saímos de nós próprios, queres tu dizer, Não é a mesma coisa. O incêndio do céu ia esmorecendo, a água arroxeou-se de repente, agora nem a mulher da limpeza duvidaria de que o mar é mesmo tenebroso, pelo menos a certas horas.

*** passajar as peúgas dos pajens:** costurar as meias dos criados

SARAMAGO, José. *O conto da ilha desconhecida*. São Paulo: Companhia das Letras, 1998.

Vera Basile/Arquivo da editora.

atividades

1. Nos fragmentos do conto, observa-se uma personalíssima marca de Saramago em relação à pontuação dos textos.

a) Em que consiste essa marca característica?

b) Que efeito esse recurso provoca na leitura do texto?

c) Particularmente, como você sentiu essa forma de pontuar o texto em sua leitura?

2. A empreitada do protagonista do conto não é levada muito a sério. Aponte trechos que comprovem tal afirmação.

3. Que noções de ilha conhecida e ilha desconhecida são apresentadas nos fragmentos? Qual noção é mais importante para o protagonista? E para o rei?

4. Qual é a relação da história de Portugal com o seguinte trecho: "Sou o rei deste reino, e os barcos do reino pertencem-me todos, Mais lhes pertencerás tu a eles do que eles a ti, Que queres dizer, perguntou o rei, inquieto, Que tu, sem eles, és nada, e que eles, sem ti, poderão sempre navegar".

5. Na verdade, o que o protagonista do conto busca?

6. A relação "homem português/mar/ilha" é uma constante na literatura portuguesa, é um dado cultural, um caso de fascínio fadado e febril. Leia o poema de Fernando Pessoa, que faz parte do livro *Mensagem*:

As ilhas afortunadas

Que voz vem no som das ondas
Que não é a voz do mar?
É a voz de alguém que nos falla,
Mas que, se escutarmos, cala,
Por ter havido escutar.

E só se, meio dormindo,
Sem saber de ouvir ouvimos,
Que ella nos diz a esperança
A que, como uma criança
Dormente, a dormir sorrimos.

São ilhas afortunadas,
São terras sem ter logar,
Onde o Rei mora esperando.
Mas, se vamos dispertando,
Cala a voz, e há só mar.

PESSOA, Fernando. *Obra poética*. Rio de Janeiro: Nova Aguilar, 2001.

- Escreva um parágrafo relacionando as "ilhas afortunadas" com a "ilha desconhecida".

Confrontando ideias

Você notou algumas particularidades do português de Portugal? Destaque as que chamaram sua atenção e comente-as com os colegas e com o(a) professor(a).

Eric Robert/Corbis Sygma/LatinStock.

Lobo Antunes (1942-)

António Lobo Antunes formou-se em Medicina e especializou-se em psiquiatria. Aos 29 anos, foi enviado como tenente--médico para Angola, lá permanecendo de 1971 a 1973, no período mais cruento da guerra pela independência (Angola tornou-se independente em 1975). Sobre esse período, Lobo Antunes assim se manifesta:

"Quando fui para África, ainda que contasse com pouca experiência cirúrgica, tinha de fazer amputações, tinha que fazer essas coisas tramadas que há a fazer em tempo de guerra... Então, levava o tratado de cirurgia, o furriel enfermeiro, que não podia ver sangue, ia-me lendo aquilo tudo, os procedimentos, e eu ia operando. Felizmente nunca nos morreu ninguém assim. Portanto, a minha relação com a medicina era essa".

Essa experiência angolana foi retratada no romance *Os cus de Judas*, publicado em 1979. Autor de mais de uma dezena de romances, desenvolve estilo particularíssimo e rivaliza com Saramago em todos os sentidos.

Lobo Antunes, a ditadura desmascarada

Keystone/Getty Images.

A presença portuguesa em Angola foi particularmente marcada pelo tráfico de escravos, a principal atividade comercial até meados do século XIX. No total, cerca de 3 milhões de angolanos foram vendidos, a maioria para o Brasil. Em 1968, havia cem mil soldados portugueses lutando na África; no início da década de 1970, a guerra recrudesceu; calcula-se que cerca de um milhão e quinhentos mil soldados portugueses combateram em Angola. A conquista da independência angolana se deu em 15 de novembro de 1975, pelo Movimento Popular de Libertação de Angola (MPLA). Na foto, crianças sobre a estátua do fundador de Nova Lisboa, Norton Matos, depois de ela ter sido derrubada durante os conflitos da guerra civil em Angola.

Nas tramas do texto

cu de judas

Substantivo masculino Uso: informal ou tabuísmo. *lugar muito distante de onde se está, fim de mundo; cafundó.*

Dicionário Eletrônico Houaiss de Língua Portuguesa

Os cus de Judas

Selecionamos, a seguir, alguns fragmentos que procuram destacar certos aspectos da narrativa.

A narrativa

Compreenda-me: pertencemos a uma terra em que a vivacidade faz as vezes do talento e onde a destreza ocupa o lugar da capacidade criadora, e creio com frequência que não passamos de facto de débeis mentais habilidosos consertando os fusíveis da alma à custa de expediente de arame. Inclusive o estar aqui consigo talvez não passe de um expediente de arame que me salve da maré-baixa de desespero que me ameaça, desespero de que conheço a causa, percebe, e que à noite me enrola no visco de seu lodo, me afoga de aflição e de receio, me molha o beiço de cima de um bigode de suor, me faz tremer os joelhos um contra o outro.

***

Outro *vodka*? É verdade que não acabei o meu mas neste passo da minha narrativa perturbo-me invariavelmente, que quer, foi há seis anos e perturbo-me ainda: descíamos do Luso para as Terras do Fim do Mundo, em coluna, por picadas de areia, Lucusse, Luanguinga, as companhias independentes que protegiam a construção da estrada, o deserto uniforme e feio do Leste, quimbos cercados de arame farpado em torno de pré-fabricados dos quartéis, o silêncio de cemitério dos refeitórios, casernas de zinco a apodrecer devagar, descíamos para as Terras do Fim do Mundo, a dois mil quilómetros de Luanda, Janeiro acabava, chovia, e íamos morrer, íamos morrer e chovia, chovia, sentado na cabina da camioneta, ao lado do condutor, de boné nos olhos, o vibrar de um cigarro infinito na mão, iniciei a dolorosa aprendizagem da agonia.

O personagem-narrador

Talvez que a guerra tenha ajudado a fazer de mim o que sou hoje e que intimamente recuso: um solteirão melancólico a quem se não telefona e cujo telefonema ninguém espera, tossindo de tempos a tempos para se imaginar acompanhado, e que a mulher a dias acabará por encontrar sentado na cadeira de baloiço em camisola interior, de boca aberta, roçando os dedos roxos no pelo cor-de-novembro da alcatifa.

***

E saio deste aquário de azulejos como saí do quartel da PIDE, em que os prisioneiros sachavam a lavra dos agentes inclinando-se para a terra em curtos gestos moles de cadáveres, sem a coragem de um grito de indignação ou de revolta, a acabar de cumprir esta noite como outrora cumpri, sem protestar, vinte e sete meses de escravidão sangrenta, saio para o corredor, Sofia, apago a luz, e recomeço a sorrir a gargalhada fradesca, filha-da-puta, desprovida de júbilo, do chefe da brigada junto a *Land-Rover*, descerrando os dentes enormes numa satisfação de hiena. Porque foi nisso que me transformei, que me transformaram, Sofia: uma criatura envelhecida e cínica a rir de si própria e dos outros o riso invejoso, azedo, cruel dos defuntos, o riso sádico e mudo dos defuntos, o repulsivo riso gorduroso dos defuntos, e a apodrecer por dentro, à luz do uísque, como apodrecem os retratos nos álbuns, magoadamente, dissolvendo-se devagarinho numa confusão de bigodes.

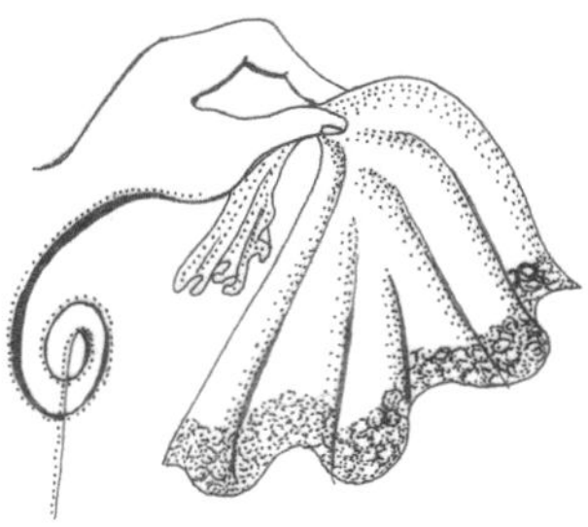

Vera Basile/Arquivo da editora.

A vida pessoal do narrador

Nasci e cresci num acanhado universo de croché, croché de tia-avó e croché manuelino, filigranaram-me a cabeça na infância, habituaram-me à pequenez do *bibelot*, proibiram-me o canto nono de *Os Lusíadas* e ensinaram-me desde sempre a acenar com o lenço em lugar de partir. Policiaram-me o espírito, em suma, e reduziram-me a geografia aos problemas dos fusos, a cálculos horários de amanuense cuja caravela de aportar às Índias se metamorfoseou numa mesa fórmica com esponja em cima para molhar os selos e a língua.

***

Eu tinha-me casado, sabe como é, quatro meses antes de embarcar, em Agosto, numa tarde de sol de que conservo uma recordação confusa e ardente, a que o som do órgão, as flores nos altares e as lágrimas da família emprestavam um não sei quê de filme de Buñuel enternecido e suave, depois de breves encontros de fim-de-semana em que fazíamos amor numa raiva de urgência, inventando uma desesperada ternura em que se adivinhava a angústia da separação próxima, e despedimo-nos sob a chuva, no cais, de olhos secos, presos um ao outro num abraço de órfãos. E agora, a dez mil quilómetros de mim, a minha filha, maçã do meu esperma, a cujo crescimento de toupeira sob a pele do ventre eu não assistira, irrompia de súbito no cubículo das transmissões, entre recortes de revistas e calendários de actrizes nuas, trazida pela cegonha da vozinha nítida do furriel de Gago Coutinho, explicando, alfa, bravo, rómio, alfa, charlie, ómega*, o abraço do batalhão.

* **alfa, bravo, rómio, alfa, charlie, ómega:** palavras do alfabeto fonético internacional que se usam na comunicação por rádio cuja primeira letra serve para soletrar a palavra transmitida: a – b – r – a – ç – o.

Os cus de judas

O Chiúme era o último dos cus de Judas do Leste, o mais distante da sede do batalhão e o mais isolado e miserável: os soldados dormiam em tendas cónicas na areia, partilhando com os ratos a penumbra nauseabunda que a lona segregava como um fruto podre, os sargentos apinhavam-se na casa em ruína de um antigo comércio, quando antes da guerra os caçadores de crocodilos por ali passavam a caminho do rio, e eu dividia com o capitão um quarto do edifício da chefia de posto, através de cujo tecto esburacado os morcegos vinham rodopiar por sobre as nossas camas espirais cambaleantes de guarda-chuvas rasgados.

Vera Basile/Arquivo da editora.

A guerra

Aí, durante um ano, morremos não a morte da guerra, que nos despovoa de repente a cabeça num estrondo fulminante, e deixa em torno de si um deserto desarticulado de gemidos e uma confusão de pânico e de tiros, mas a lenta, aflita, torturante agonia da espera, a espera dos meses, a espera das minas na picada, a espera do paludismo, a espera do cada vez mais improvável regresso, com a família e os amigos no aeroporto ou no cais, a espera do correio, a espera do *jeep* da PIDE que semanalmente passava a caminho dos informadores de fronteira, trazendo consigo três ou quatro prisioneiros que abriam a própria cova, se encolhiam lá dentro, fechavam os olhos com força, e amoleciam depois da bala como um *soufflé* se abate, de flor vermelha de sangue a crescer as pétalas na testa.

***

Médico e sangue médico e sangue médico e sangue pedia o rádio, dadores em bicha de braço arregaçado à entrada do posto, náufragos inertes nas macas de pálpebras descidas a respirarem de leve por um canto dos lábios, à noite os cães selvagens ladravam em torno do arame Está a ouvir os gajos sussurrava o tenente e o hálito espalhava-se-me quente na orelha, como não há fósforos acendem-se os cigarros uns nos outros, Mostrem resultados que se vejam discursava o coronel e nós só tínhamos que exibir pernas amputadas caixões hepatites paludismos defuntos viaturas transformadas em harmónios de destroços, o general perorou do Luso As *berliets* são ouro piquem o trajecto inteiro de modo que três homens de cada lado exploravam a areia adiante dos carros porque uma camioneta era mais necessária e mais cara do que um homem um filho faz-se em cinco minutos e de graça não é verdade uma viatura demora semanas ou meses a atarraxar parafusos, aliás havia ainda montes de gente no país para mandar de barco para Angola mesmo descontando os filhos das pessoas importantes e os protegidos pelas amantes das pessoas importantes que não viriam nunca o paneleiro do rebento de um ministro foi declarado psicologicamente incompatível com o Exército [...].

***

[...] Angolénossa senhor presidente e vivapátria claro que somos e com que apaixonado orgulho os legítimos descendentes dos Magalhães dos Cabrais e dos Gamas e a gloriosa missão que garbosamente desempenhamos é conforme o senhor presidente acaba de declarar no seu notabilíssimo discurso parecida só nos faltam as barbas grisalhas e o escorbuto mas pelo caminho que as coisas levam eu seja cego se não lá iremos, e já agora e se me permite porque é que os filhos dos seus ministros e dos seus eunucos, dos seus eunucos ministros e dos seus ministros eunucos, dos seus miniucos e dos seus eunistros não malham com os cornos aqui na areia como a gente, o capitão encostou a *kalachnikov* à parede e ficámos surpreendidos a olhá-la, Afinal é este o aspecto da nossa morte perguntou o alferes, senhor doutor tem de ir à mata porque pisaram uma antipessoal num trilho, seis quilómetros de *Mercedes* disparada e nisto o pelotão numa clareira o cabo Paulo estendido a gemer e do joelho para baixo depois de uma pasta torcida de sangue nada, nada senhor presidente e senhores eunucos nada, calcule senhor presidente o que será desaparecer de súbito um bocado de si, os legítimos descendentes dos Cabrais e dos Gamas a sumirem-se por fracções um tornozelo um braço um troço de tripa os tomatinhos os ricos tomatinhos evaporados, faleceu em combate explica o jornal mas é isto falecer seus filho da puta, eu ajudava-os a falecer com os meus remédios inúteis e os olhos deles protestavam protestavam não entendiam e protestavam, será falecer esta incompreensão esta surpresa a boca aberta os braços bambos, cobriram-se as bombas de *napalm* com oleado e o governo afirmou solenemente Em caso algum recorreríamos a tão cruel meio de extermínio, eu vi cobrir as bombas em Gago Coutinho [...]

***

E só compreendi isso quando vi os prisioneiros no quartel da PIDE, a resignada espera dos seus gestos, as barrigas gigantescas de fome das crianças, a ausência de lágrimas no pavor dos olhos. É preciso que entenda, percebe, que no meio em que nasci a definição de preto era "criatura amorosa em pequenino", como quem se refere a cães ou a cavalos, a animais esquisitos e perigosos parecidos com as pessoas, que no escuro da sanzala Santo António me gritavam

— Vai na tua terra, português

cagando-se nas minhas vacinas e nos meus remédios e desejando intensamente que eu quebrasse os cornos na picada porque não era a eles que eu tratava mas à mão-de-obra barata dos fazendeiros, dezassete escudos por um dia de trabalho, dez tostões por cada saco de algodão, quem eu tratava através deles era o branco de Malanje ou de Luanda, o branco ao sol na Ilha, o branco de Alvalade, o branco do Clube Ferroviário que recusava desdenhosamente conversar com a tropa.

O pós-guerra

O avião que nos traz a Lisboa transporta consigo uma carga de fantasmas que lentamente se materializam, oficiais e soldados amarelos de paludismo, atarraxados nos assentos, de pupilas ocas, observando pela janela o espaço sem cor, de útero, do céu. Reais são as camionetas cinzentas à espera no aeroporto, o frio de Lisboa, os sargentos que nos examinam os documentos no vagar lasso dos funcionários desinteressados, o trajecto até ao quartel onde as nossas malas se empilham numa confusão cónica de volumes, as despedidas rápidas na parada.

Passámos vinte e sete meses juntos nos cus de Judas, vinte e sete meses de angústia e de morte juntos nos cus de Judas, nas areias do Leste, nas picadas dos Quiocos e nos girassóis do Cassanje, comemos a mesma saudade, a mesma merda, o mesmo medo, e separámo-nos em cinco minutos, um aperto de mão, uma palmada nas costas, um vago abraço, e eis que as pessoas desaparecem, vergadas ao peso da bagagem, pela porta de armas, evaporadas no redemoinho civil da cidade.

ANTUNES, A. Lobo. *Os cus de Judas*. Rio de Janeiro: Objetiva, 2003.

atividades

1. Como está estruturada a narrativa em *Os cus de Judas*?
2. Caracterize a vida amorosa do narrador em três momentos: antes, durante e após a experiência em Angola.
3. A certa altura da narrativa, há uma referência a Magalhães, Cabral e Gama. Justifique as referências.
4. Lobo Antunes é considerado um grande desbravador da psique, da alma humana. Destaque duas passagens que justifiquem essa afirmação.

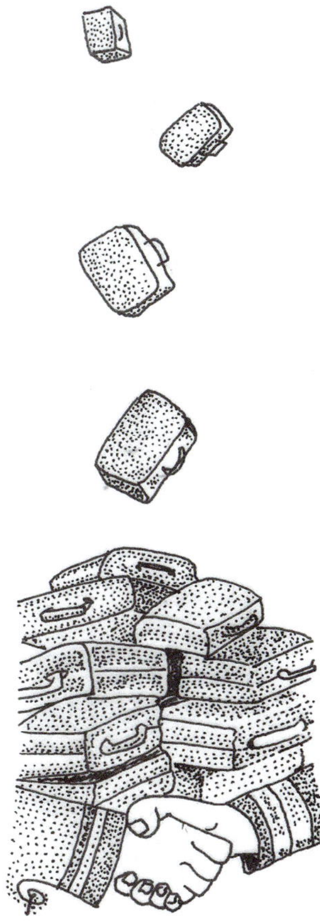

Vera Basile/Arquivo da editora.

Eugénio de Andrade, o sal da língua

AFP.

Eugénio de Andrade (1923-2005)

Eugénio de Andrade, cujo verdadeiro nome era José Fontinhas, nasceu de uma família de camponeses, "que trabalhavam a terra e a pedra". O poeta teve uma rápida passagem pelo movimento surrealista português, mas sua obra de maturidade apresenta traços muito particulares, em que predominam um profundo lirismo e uma contínua reflexão sobre o valor das palavras e o ofício de escrever.

Vera Basile/Arquivo da editora.

O sal da língua

Escuta, escuta: tenho ainda
uma coisa a dizer.
Não é importante, eu sei, não vai
salvar o mundo, não mudará
a vida de ninguém — mas quem
é hoje capaz de salvar o mundo
ou apenas mudar o sentido
da vida de alguém?
Escuta-me, não te demoro.
É coisa pouca, como a chuvinha
que vem vindo devagar.
São três, quatro palavras, pouco
mais. Palavras que te quero confiar,
para que não se extinga o seu lume,
o seu lume breve.
Palavras que muito amei,
que talvez ame ainda.
Elas são a casa, o sal da língua.

ANDRADE, Eugénio de. Disponível em: <http://www.releituras.com/eandrade_sal.asp>. Acesso em: 1º abr. 2010.

Urgentemente

É urgente o Amor,
É urgente um barco no mar.

É urgente destruir certas palavras
ódio, solidão e crueldade,
alguns lamentos,
muitas espadas.

É urgente inventar alegria,
multiplicar os beijos, as searas,
é urgente descobrir rosas e rios
e manhãs claras.

Cai o silêncio nos ombros,
e a luz impura até doer.
É urgente o amor,
É urgente permanecer.

ANDRADE, Eugénio de. Disponível em: <http://omni.isr.ist.utl.pt/~cfb/VdS/v296.txt>. Acesso em: 8 mar. 2011.

Música, levai-me:
Onde estão as barcas?
Onde são as ilhas?

ANDRADE, Eugénio de. Disponível em: <www.astormentas.com/andrade.htm>. Acesso em: 8 mar. 2011.

Confrontando ideias

Após a leitura atenta dos poemas de Eugénio de Andrade, comente com seus colegas e professor(a):

a) No primeiro poema, que importância é dada às palavras? Estabeleça um paralelo entre "sal da língua" e a expressão "sal da vida".

b) O lirismo minimalista do último poema remete-nos a uma ideia e a uma imagem recorrentes na literatura portuguesa. Com quais outros textos estudados por você esse poema dialoga?

Questões de exames sobre este capítulo encontram-se na página 710.

capítulo 32

O Brasil na virada do século XX-XXI

Objetivos gerais do capítulo

O aluno, ao final do capítulo, deverá ser capaz de:

- **conhecer as principais características da literatura brasileira na virada do século XX-XXI e suas relações com o contexto histórico;**
- **conhecer alguns autores contemporâneos, ler seus textos e refletir sobre eles.**

No descomeço era o verbo.
Só depois é que veio o delírio do verbo.
o delírio do verbo estava no começo, lá onde a
criança diz: Eu escuto a cor dos passarinhos.
A criança não sabe que o verbo escutar não funciona
para cor, mas para som.
Então se a criança muda a função de um verbo,
ele delira.
E pois.
Em poesia que é voz de poeta, que é a voz de fazer
nascimentos —
O verbo tem que pegar delírio.

Manoel de Barros, poeta contemporâneo, em *O livro das ignorãças*.

Castelo de Kelburn grafitado pelos artistas brasileiros Os Gêmeos, Nina e Nunca, finalizado em 2007/blickwinkel/Alamy/Other Images.

Nas últimas décadas do século XX, notadamente nos grandes centros urbanos, o grafite de qualidade artística deixou a marginalidade para ganhar instalações em museus e galerias de arte. Os irmãos Gustavo e Otávio Pandolfo, que assinam suas obras como Os Gêmeos, são exemplo de artistas brasileiros que alcançaram renome internacional, grafitando painéis pela Europa e Estados Unidos. Na foto, Castelo de Kelburn, na Escócia, em foto de 2009.

As artes plásticas no fim do milênio

Emidio Luisi/Arquivo da editora

Emidio Luisi/Arquivo da editora

Alex Vallauri (1949-1987) foi um dos pioneiros do grafite no Brasil, produzindo retratos irônicos do cotidiano, como a série Festa na casa da Rainha do Frango Assado, *de que fazem parte as obras acima. Sua predileção pelo grafite é assim justificada: "Enfeitar a cidade, transformar o urbano com uma arte viva, popular, da qual as pessoas participem, é a minha intenção". No dia 27 de março, data do aniversário de sua prematura morte, comemora-se o Dia Nacional do Grafite.*

Sem título, de Tomie Ohtake, 2008. Aço, 15 m. Parque do Emissário Submarino, Praia José Menino, Santos/Rubens Chaves/Arquivo da editora.

Tomie Ohtake nasceu em Kioto, Japão, em 1913. Aos 23 anos veio para ao Brasil e, a partir dos 40 anos, iniciou uma das mais ricas produções artísticas no Brasil contemporâneo. Seu trabalho, tanto na pintura como nas esculturas, evoluiu para um perfeito equilíbrio entre os espaços, as formas e as cores, como bem exemplifica a escultura acima, na cidade de Santos (SP). Inaugurada em 2008, a obra aponta para o Atlântico e celebra o centenário da imigração japonesa no Brasil.

Latas de sopa Campbell I, de Andy Warhol, 1968. Serigrafia. Coleção Ludwig, Aachen, Alemanha.

Andy Warhol (1928-1987) foi a figura mais controvertida da Pop Art, *movimento artístico iniciado nos anos 1960 cuja temática era a sociedade de consumo. As obras ao lado são exemplos de suas composições mais típicas, que repetem várias vezes o mesmo tema (o consumo da popularíssima sopa norte-americana Campbell's, ou de ícones como Marilyn Monroe ou Che Guevara), numa referência à reprodução na sociedade tecnológica e industrial.*

Che, de Andy Warhol, 1962. Serigrafia. Fundação Andy Warhol, Nova York.

Marilyn, de Andy Warhol, 1967. Serigrafia. Museu de Arte Moderna de Nova York.

Aranha, de Louise Bourgeois, 2007. Bronze. Tate Modern, Londres/David Pearson/Alamy/Other Images.

A artista francesa Louise Bourgeois (1911-2010) extrai dos embates da vida, da sexualidade e de sentimentos como a angústia e o medo a energia para criar suas obras de arte. Sua imensa aranha pode ser interpretada, a um só tempo, como um símbolo de erotismo, um ser cuja teia nos oferece proteção, ou ainda uma figura ameaçadora, da qual nos tornamos presa. Há uma réplica desta obra, assinada pela artista, no Parque do Ibirapuera, em São Paulo.

Pintura 7, de Rubem Valentim, 1965. Têmpera sobre tela, 70 x 50 cm. Coleção particular.

Emblema-Logotipo-Poético, de Rubem Valentim, 1974. Acrílica sobre tela, 70 x 50 cm. Coleção particular.

A obra de Rubem Valentim (1922-1991), artista plástico baiano, é marcada por referências às raízes africanas (a geometria, o colorido, a mitologia, os símbolos).

Caio Esteves/Folhapress.

Epitácio Pessoa/Agência Estado.

Inaugurado no final de 2002, o edifício do Hotel Unique, em São Paulo, projetado pelo arquiteto Ruy Ohtake, com design *arrojado, tornou-se um marco da moderna arquitetura brasileira. Localizada em uma região que não permite edifícios com mais de seis andares, a construção, com suas poderosas curvas e dois pilares externos de sustentação, apresenta uma estrutura em forma de arco invertido, com janelas redondas que lembram escotilhas de navio, combinando concreto aparente, muito vidro e estruturas metálicas. Nos apartamentos das pontas, uma das paredes é a própria curva do arco; essa parede é recoberta pelo mesmo material do piso, o que produz um inusitado fundo infinito.*

Produções contemporâneas

O que chamamos, neste capítulo, de produções contemporâneas são obras e movimentos surgidos nas quatro últimas décadas e que refletem um momento histórico caracterizado inicialmente pelo autoritarismo, por uma rígida censura e enraizada autocensura, só amenizados a partir de meados da década de 1980, quando se verificou uma progressiva normalização da vida democrática no país. As condições adversas desse período não mergulharam o país numa calmaria cultural; ao contrário, incitaram uma produção cultural bastante intensa em todos os setores.

Em relação aos anos que marcaram a virada de século, percebe-se a quase onipresença da sociedade tecnológica e do capitalismo globalizado, seja nos recursos utilizados, seja como matéria de reflexão.

A poesia

Na poesia, duas constantes: o aprofundamento da reflexão sobre a realidade e a busca de novas formas de expressão. Mantendo a tradição da poesia discursiva, permanecem nomes consagrados como Ferreira Gullar e Adélia Prado, ao lado de novos poetas que procuram aparar arestas em suas produções.

Verifica-se ainda a permanência da poesia concreta. O aproveitamento dos espaços em branco na folha de papel e dos recursos gráficos, a sonoridade das palavras, as relações entre significado e significante continuam a desafiar tanto poetas consagrados quanto jovens talentos.

Deve-se salientar ainda a importância da poesia marginal, que se desenvolve fora dos grandes esquemas industriais e comerciais de produção de livros.

Um caso exemplar: Manoel de Barros

Quando o nada é tudo

Inútil, nada, coisa, bichos. Essas são algumas das palavras-chaves de uma obra que tenta reconstruir o mundo. Alguns poetas passam, em suas obras, uma determinada visão de mundo; outros não se contentam com isso e vão além: tentam reconstruir o mundo. Manoel de Barros é um deles. Por isso mesmo, como afirma o editor Ênio Silveira, "guiados por ele, vamos abrindo horizontes de uma insuspeitada nova ordem natural, onde as verdades essenciais, escondidas sob a ostensiva banalidade do óbvio e do cotidiano", vão se revelando em imagens surrealistas descritas com absoluta concisão. No texto que abre o *Livro sobre nada*, o poeta afirma que

> "o nada de meu livro é nada mesmo. É coisa nenhuma por escrito: um alarme para o silêncio, um abridor de amanhecer, pessoa apropriada para pedras, o parafuso de veludo, etc. etc. O que eu queria era fazer brinquedos com as palavras. Fazer coisas desúteis. O nada mesmo. Tudo que use abandono por dentro e por fora".

Carlos Drummond de Andrade, em uma fase de sua produção, "coisificou" o mundo industrial em plena Guerra Fria; Manoel de Barros faz exercícios poéticos no sentido de "descoisificar" o mundo, buscando uma nova forma de organizá-lo, que respeite a leitura daqueles que só têm "entidade coisal". Transcrevemos, a seguir, os três primeiros poemas do *Livro sobre nada*. Observe a força expressiva dos prefixos que indicam ação contrária (tentativa de mudar a ordem das coisas?) e a grande antítese formada por aqueles que só têm "entidade coisal" × o "senhor doutor".

Arquivo/AE.

Manoel de Barros (1916-)

Manoel de Barros publicou seu primeiro livro em 1937, mas o reconhecimento e a consagração vieram apenas ao longo das décadas de 1980 e 1990. Dessa forma, ao completar oitenta anos (em dezembro de 1996), Manoel de Barros tornou-se o maior candidato a todos os prêmios literários com os seus mais recentes trabalhos *Livro sobre nada* (aliás, título muito adequado, como veremos mais adiante), *Retrato do artista quando coisa*, *O fazedor de amanhecer* e *Poeminhas pescados numa fala de João*.

Manoel de Barros é semente, flor e fruto do Pantanal mato-grossense, como já denota sua "autobiografia":

"Não sou biografável. Ou, talvez seja. Em três linhas.

1. Nasci na beira do Rio Cuiabá.
2. Passei a vida fazendo coisas inúteis.
3. Aguardo um recolhimento de conchas. (E que seja sem dor, em algum banco de praça, espantando da cara as moscas mais brilhantes)".

I

As coisas tinham para nós uma desutilidade poética.
Nos fundos do quintal era muito riquíssimo o nosso dessaber.
A gente inventou um truque pra fabricar brinquedos com palavras.
O truque era só virar bocó.
Como dizer: Eu pendurei um bentevi no sol...
O que disse Bugrinha: Por dentro de nossa casa passava um rio inventado.
O que nosso avô falou: O olho do gafanhoto é sem princípios.
Mano Preto perguntava: Será que fizeram o beija-flor diminuído só para ele voar parado?
As distâncias somavam a gente para menos.
O pai campeava campeava.
A mãe fazia velas.
Meu irmão cangava sapos.
Bugrinha batia com uma vara no corpo do sapo e ele virava uma pedra.
Fazia de conta?
Ela era acrescentada de garças concluídas.

II

O pai morava no fim de um lugar.
Aqui é lacuna de gente — ele falou:
Só quase que tem bicho andorinha e árvore.
Quem aperta o botão do amanhecer é o arãquã.
Um dia apareceu por lá um doutor formado: cheio de suspensórios e ademanes.
Na beira dos brejos gaviões-caranguejeiros comiam caranguejos.
E era mesma a distância entre as rãs e a relva.
A gente brincava com terra.
O doutor apareceu. Disse: Precisam de tomar anquilostomina.
Perto de nós sempre havia uma espera de rolinhas.
O doutor espantou as rolinhas.

III

À mesa o doutor perorou: Vocês é que são felizes porque moram neste Empíreo.
Meu pai cuspiu o *empíreo* de lado.
O doutor falava bobagens conspícuas.
Mano Preto aproveitou: Grilo é um ser imprestável para o silêncio.
Mano Preto não tinha entidade pessoal, só coisal.
(Seria um defeito de Deus?)
A gente falava bobagens de à brinca, mas o doutor falava de à vera.
O pai desbrincou de nós:
Só o obscuro nos cintila.
Bugrinha boquiabriu-se.

BARROS, Manoel de. *Livro sobre nada*. Rio de Janeiro: Record, 1996. p. 11-5.

A prosa

No **romance**, o regionalismo continua um filão muito rico e produtivo na pena consagrada de Mário Palmério, Bernardo Élis, Antônio Callado, Josué Montello, José Cândido de Carvalho, João Ubaldo Ribeiro, Márcio de Souza, Roberto Drummond, Ana Miranda e o excelente manauara Milton Hatoum, autor de *Dois irmãos* e *Cinzas do norte*.

Mas quem roubou a cena nos últimos anos, utilizando uma estrutura de romance policial e/ou histórico, foi Rubem Fonseca. Novos nomes têm se firmado na narrativa ficcional: Chico Buarque de Hollanda, com seus recentes sucessos de público, *Budapeste* e *Leite derramado*; o jornalista Bernardo Carvalho, com *Mongólia*, misto de relato de viagem e ficção.

Editora Dom Quixote.

Editora Companhia das Letras.

Ainda na prosa, as últimas décadas assistiram à consagração das narrativas curtas – a crônica e o conto. O desenvolvimento da **crônica** está intimamente ligado ao espaço aberto a esse gênero na imprensa; hoje, não há grande jornal ou revista de circulação nacional que não inclua em suas páginas crônicas de Carlos Heitor Cony, Lourenço Diaféria e Luis Fernando Verissimo, entre outros.

Perdas irreparáveis nos últimos anos: os cronistas Carlos Drummond de Andrade, Rubem Braga, Paulo Mendes Campos, Antônio Callado, Otto Lara Resende, Fernando Sabino e Rachel de Queiroz, linha de frente de primeiríssimo time, que deixou de habitar as páginas de nossos jornais.

Confrontando ideias

A crônica na atualidade

Combinem entre os grupos de, por um certo período de tempo, colecionarem crônicas publicadas em alguns jornais e revistas. Tragam o material para ser analisado em classe. Busquem observar os temas tratados, os variados estilos, as características comuns desse tipo de texto observadas nas crônicas de diferentes autores.

Liane Neves/Editora Abril.

Luis Fernando Verissimo foi, na virada de século, o autor de ficção que mais vendeu livros no Brasil. Em março de 2003, mereceu matéria de capa da revista Veja *com os seguintes comentários: "Depois de anos sozinho no pódio da literatura, Paulo Coelho tem agora a companhia marcante do autor gaúcho. Verissimo sempre esteve presente nas listas de* best-sellers. *Da lista publicada em VEJA, ele não arreda pé praticamente há oito anos. Mas foi nos últimos três que explodiu. Suas vendagens chegaram a 3 milhões de exemplares [...].* As mentiras que os homens contam *– uma coletânea de crônicas humorísticas dedicadas ao tema da falsidade no amor, nos negócios e na vida pública – já chega às 310 000 cópias. No mesmo período, Paulo Coelho lançou o romance* O Demônio e a Srta. Prym, *que teria vendido cerca de 230 000 exemplares em livraria". Consulte: <http://veja.abril.com.br/120303/p_074.html>. Acesso em: 8 mar. 2011.*

O **conto**, analisado no conjunto das produções contemporâneas, situa-se em posição privilegiada tanto em quantidade como em qualidade. Entre os contistas mais significativos, citam-se Dalton Trevisan, Moacyr Scliar, Samuel Rawet, Luis Fernando Verissimo, Domingos Pellegrini Jr., João Antônio, Lígia Fagundes Telles, Luís Vilela, Nélida Piñon e Rubem Fonseca.

Nas tramas dos textos

Neste livro sempre houve a preocupação de relacionar o passado com o presente, textos de autores da atualidade dialogando com textos de escritores dos séculos passados, uma prova de que a literatura é mesmo atemporal. Dessa forma, já apresentamos inúmeros textos de autores contemporâneos, como Mário Quintana, Millôr Fernandes, Paulo Leminski, Eduardo Alves da Costa, Thiago de Mello, José Paulo Paes, Ferreira Gullar, Ignácio de Loyola Brandão, Chico Buarque, Adélia Prado e Luis Fernando Verissimo, entre tantos outros.

Transcrevemos, a seguir, mais alguns poucos textos; nossa vontade seria apresentar uma variada antologia, mas somos derrotados, mais uma vez, pelo imperioso critério da... limitação de espaço!

Texto 1

Apelo

Amanhã faz um mês que a Senhora está longe de casa. Primeiros dias, para dizer a verdade, não senti falta, bom chegar tarde, esquecido na conversa de esquina. Não foi ausência por uma semana: o batom ainda no lenço, o prato na mesa por engano, a imagem de relance no espelho.

Com os dias, Senhora, o leite primeira vez coalhou. A notícia de sua perda veio aos poucos: a pilha de jornais ali no chão, ninguém os guardou debaixo da escada. Toda a casa era um corredor deserto, e até o canário ficou mudo. Para não dar parte de fraco, ah, Senhora, fui beber com os amigos. Uma hora da noite eles se iam e eu ficava só, sem o perdão de sua presença a todas as aflições do dia, como a última luz na varanda.

E comecei a sentir falta das pequenas brigas por causa do tempero na salada — o meu jeito de querer bem. Acaso é saudade, Senhora? Às suas violetas, na janela, não lhes poupei água e elas murcham. Não tenho botão na camisa, calço a meia furada. Que fim levou o saca-rolhas? Nenhum de nós sabe, sem a Senhora, conversar com os outros: bocas raivosas mastigando. Venha para casa, Senhora, por favor.

TREVISAN, Dalton. In: BOSI, Alfredo. *O conto brasileiro contemporâneo.* São Paulo: Cultrix/Edusp, 1975. p. 190.

Vera Basile/Arquivo da editora.

atividades

1. No primeiro parágrafo do conto, o narrador afirma que não sentiu falta da pessoa ausente, "não foi ausência". Explique, com suas palavras, essa situação.
2. Comente como o narrador vai percebendo a ausência da "Senhora".
3. Você diria que o narrador só tem preocupações materiais? Justifique sua resposta.

Texto 2

Descobri aos 13 anos que o que me dava prazer nas
leituras não era a beleza das frases, mas a doença
delas.
Comuniquei ao Padre Ezequiel, um meu Preceptor,
esse gosto esquisito.
Eu pensava que fosse um sujeito escaleno.
— Gostar de fazer defeitos na frase é muito
saudável, o Padre me disse.
Ele fez um limpamento em meus receios.
O Padre falou ainda: Manoel, isso não é doença,
pode muito que você carregue para o resto da
vida um certo gosto por nadas...
E se riu.
Você não é de bugre? — ele continuou.
Que sim, eu respondi.
Veja que bugre só pega por desvios, não anda em
estradas —
Pois é nos desvios que encontra as melhores
surpresas e os ariticuns* maduros.
Há que apenas saber errar bem o seu idioma.
Esse Padre Ezequiel foi o meu primeiro professor de
agramática.

BARROS, Manoel de. *O livro das ignorãças*. 9. ed. Rio de Janeiro: Record, 2000. p. 87.

***ariticum** (a forma dicionarizada é *araticum*) é denominação genérica de uma árvore do cerrado, cujos frutos, perfumados, doces e saborosos, se assemelham a pinhas.

atividades

1. Que tipo de sequência textual predomina no poema?

2. O texto apresenta, predominantemente, duas vozes. Quais são? Caracterize os falantes.

3. A partir da identificação do narrador, que caráter assume o texto?

4. Há também uma terceira "voz" no texto, subentendida, responsável pelos conceitos de beleza e feiura/doença das frases. Quem (ou o quê) seria o dono dessa voz?

5. O narrador afirma que "o que me dava prazer nas leituras não era a beleza das frases, mas a doença delas". Em que sentido está empregado o substantivo **doença**?

6. "Comuniquei ao Padre Ezequiel, um meu Preceptor, / esse gosto esquisito."

a) A que gosto esquisito o narrador se refere?

b) Por que esse gosto é considerado esquisito?

7. O adjetivo **escaleno** normalmente é utilizado para caracterizar o triângulo.

a) Que é um triângulo escaleno?

b) Por que o narrador se considera "um sujeito escaleno"?

8. Manoel afirma que o Padre "fez um limpamento em meus receios". O que deu causa a esse "limpamento"?

9. Em que frase(s) do Padre podemos perceber que os "defeitos" / "desvios"/ "doenças" não ocorrem por desconhecimento da língua, mas pela intenção de obter efeito?

10. O eu poético afirma seu gosto por "frases doentes". Aponte e comente algumas "frases doentes" utilizadas por ele no poema.

11. Segundo o texto, o Padre incentivava o poeta a cometer "erros" de linguagem? Qual é o último ensinamento do Padre?

12. Dê a sua definição de um "professor de agramática".

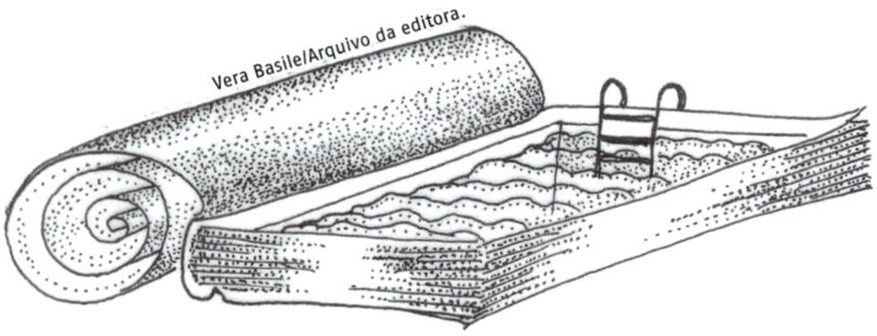

atividades

1. No poema "Nadando", há, no final de alguns versos, uma curiosa (ou pouco convencional) divisão de palavras. E o próprio poeta se encarrega de explicá-la ao longo do poema. Qual a razão dessa divisão de palavras?
2. Já que o poeta fala em metáfora, o ato e o estilo de nadar seriam metáforas? Em caso afirmativo, de quê?
3. Explique o que seria um poema "com andamento de prosa".
4. Como você entende o verso "um poema que tivesse / uma piscina por tema"?
5. Além da função poética da linguagem, que outra função é predominante no poema?

Texto 3

Nadando

Por incrível que pareça,
talvez o melhor estilo
para um poeta moderno
seja o estilo clássico, ou
nado de peito. Ele exige
certa contenção. Você
desliza n'água mansa-
mente, como se hesitasse.
Ao atingir a borda, é
impossível virar cam-
balhota, daí talvez ele
ser chamado clássico, ou
quem sabe é porque é o que serve
melhor para se observar
o que se passa ao redor,
isto é, fotografá-lo, ou
— evitando o anacronismo,
e já que falamos de água —
espelhá-lo, visto que o
espelho é por excelência
a metáfora do clássico.
Nadar é como uma cobra:
um constante enrodilhar-se
em pensamento por vezes
nada sublimes (que belo
traseiro ali adiante, etc.);
daí, em vez de estilo clássico,
talvez fosse mais correto
falar-se em mescla de estilos.
Nadar: um poema longo
em redondilha maior
com andamento de prosa
em que é difícil manter
o mesmo ritmo sempre
(Poe não dizia que um poema
deve necessariamente
ser breve?). Começa-se a
arfar, os músculos pesam,
respira-se irregular-
mente, o nado, apesar de
clássico, agora assemelha-se
a um poema moderno
(ou a um aprendizado),
um poema que tivesse
uma piscina por tema,
e um nadador que insistisse,
já que escrever poesia
(principalmente hoje em dia)
é uma espécie de nada.
Nada. Nada. Nada. Nada.

MOURA JR., João. In: *Folha de S.Paulo*, São Paulo, 14 abr. 1990.

Texto 4

O que a musa eterna canta

Cesse de uma vez meu vão desejo
de que o poema sirva a todas as fomes.
Um jogador de futebol chegou mesmo a declarar:
"Tenho birra de que me chamem de intelectual,
sou um homem como todos os outros".
Ah, que sabedoria, como todos os outros,
a quem bastou descobrir:
letras eu quero é para pedir emprego,
agradecer favores,
escrever meu nome completo.
O mais são as mal-traçadas linhas.

PRADO, Adélia. *Poesia reunida*. 2. ed. São Paulo: Siciliano, 1991. p. 41.

atividade

- O título do poema de Adélia Prado retoma versos clássicos da literatura em língua portuguesa. Quais são esses versos e quem é seu autor?

Texto 5

Amor, então
também acaba?
Não, que eu saiba.
O que eu sei
é que se transforma
numa matéria-prima
que a vida se encarrega
de transformar em raiva.
Ou em rima.

LEMINSKI, Paulo. *Caprichos & relaxos*. São Paulo: Brasiliense, 1983. p. 89.

atividades

1. Explique a seguinte ideia: "O amor, quando acaba, se transforma em rima".
2. O que os textos 3, 4 e 5 têm em comum?

Texto 6

O poema

Um poema como um gole d'água bebido no escuro.
Como um pobre animal palpitando ferido.
Como uma pequenina moeda de prata perdida para sempre na floresta noturna.
Um poema sem outra angústia que a sua misteriosa condição de poema.
Triste.
Solitário.
Único.
Ferido de mortal beleza.

QUINTANA, Mário. *80 anos de poesia*. 5. ed. São Paulo: Globo, 1995. p. 84.

atividade

- Como último exercício desta longa jornada, escreva um pequeno texto que procure responder à seguinte questão essencial: **Afinal, para que serve a literatura**?

*Questões de exames sobre este capítulo encontram-se na página **711**.*

capítulo 33

Literatura africana de língua portuguesa

Objetivos gerais do capítulo

O aluno, ao final do capítulo, deverá ser capaz de:

- **discutir as causas e as consequências das conquistas portuguesas em território africano;**
- **refletir sobre a luta das colônias portuguesas em busca da independência;**
- **conhecer a atual situação das ex-colônias portuguesas na África;**
- **conhecer os principais temas abordados pelos poetas africanos que se expressam em língua portuguesa;**
- **conhecer os principais prosadores africanos que se expressam em língua portuguesa, ler seus textos e refletir sobre eles.**

Ciclo do fogo

Há coisas que se choram muito anteriormente.
Sabe-se então que a história vai mudar.

Ruy Duarte de Carvalho, poeta radicado em Angola.

Países que falam língua portuguesa no continente africano.

Renato Granieri/Alamy/Other Images

Liu Dalong/Xinhua Press/Corbis/Latinstock

AFP/Seyllou/Getty Images

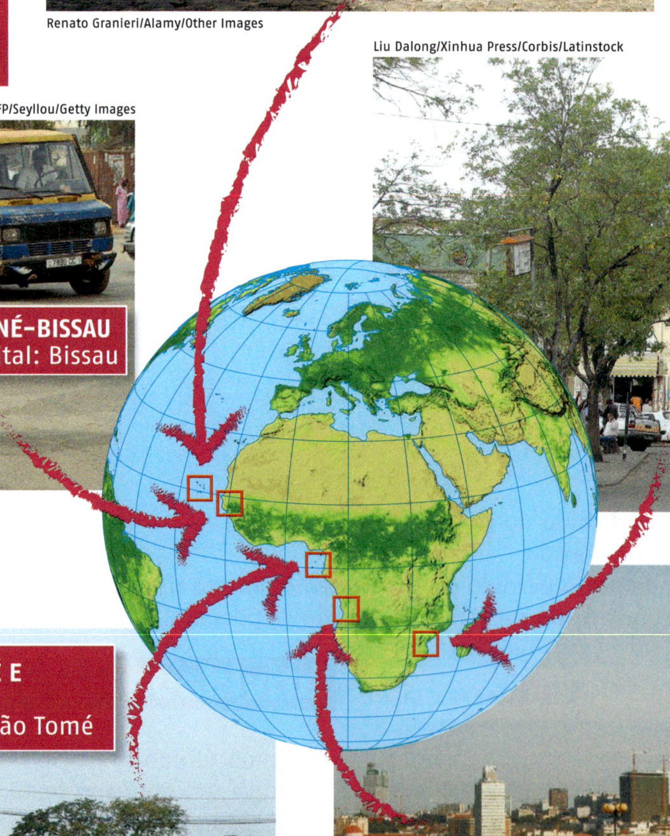

Marion Kaplan/Alamy/Other Images

Zute Lightfoot/Alamy/Other Images

Um novo olhar sobre o continente africano

Ao pensar na África, a imagem equivocada que, por vezes, se concebe desse continente traz muito de uma concepção eurocêntrica de história e cultura, pautada em ideais de progresso e de razão. O colonialismo que grassou nessa região, imposto a ferro e a fogo pelos conquistadores europeus durante mais de cinco séculos, ainda enviesa o modo de olhar o continente. Corremos o risco de entender esse território como um todo compacto, indistinto e indomável, selvagem e perigoso. Muitas vezes, não se dá atenção às particularidades de cada região e de cada população que lá habita; por outro lado, a natureza é vista como fator fundamental para compreender e dividir o continente, gerando juízos de valor que priorizam as ideias de primitivo e de exótico. Isso, no entanto, não significa que os conhecimentos geográficos não sejam importantes para entender a África, mas eles têm de estar atrelados aos conhecimentos históricos. É preciso compreender, então, que a história desse continente não começa com a chegada dos navegantes portugueses que para lá rumaram com suas caravelas no século XV em busca do caminho das Índias. Nessa época, já havia ali povos com culturas, tradições e organizações sociais e políticas complexas e antigas, diferentes das existentes na Europa.

Portugal e a conquista da África

Ao falarmos em literatura africana de língua portuguesa, estamos tratando da lírica e da narrativa que foram e são feitas por autores nascidos ou radicados nos países que foram colônias portuguesas no continente africano – Angola, Moçambique, Guiné-Bissau, Cabo Verde e São Tomé e Príncipe.

Como já comentamos ao estudarmos o Humanismo, a Revolução de Avis (1383-1385) foi o acontecimento que impulsionou as navegações. Durante todo o século seguinte, navegadores portugueses, em busca do caminho para as Índias, margearam a costa ocidental da África e foram estabelecendo padrões nas praias e nas ilhas atlânticas; o Oceano Índico só foi alcançado quando uma expedição comandada por Bartolomeu Dias cruzou o Cabo da Boa Esperança. Dez anos mais tarde, em 1498, Vasco da Gama atingiria as Índias. Tal aventura marítima não foi obra fácil: houve mortes, guerras, tragédias, tanto para portugueses quanto, principalmente, para os povos que habitavam as regiões que iam sendo conquistadas.

Num primeiro e superficial levantamento, as motivações que levaram Portugal a navegar em direção à costa africana e à Ásia resumem-se a questões religiosas e expansionistas; essa era a visão da época, registrada em várias crônicas e cantada em versos por Camões em *Os lusíadas*: "[cantarei] as memórias gloriosas / Daqueles reis que foram dilatando / A fé, o Império, e as terras viciosas / De África e de Ásia andaram devastando", lembrando que "viciosas" eram as terras ainda não cristianizadas.

Hoje sabe-se que houve motivos de várias ordens: **religiosa** (a Guerra Santa, o ideal das Cruzadas de salvar o infiel, consolidar a Reconquista) e **cavalheiresca** (o rei D. João I, o Mestre de Avis, precisava dotar seus filhos de territórios e títulos), mas também **política** (era preciso pôr fim à crise econômica por que passava a nova dinastia) e **econômica** (a busca de especiarias, ouro – acreditava-se que, ao sul do Saara, haveria abundância do metal –, riquezas várias, pois se imaginava que o Marrocos era uma terra de farturas; a necessidade de mão de obra escrava, uma vez que Portugal já passara por uma experiência com a cana-de-açúcar na região do Algarves; a necessidade de ter uma base firme para lutar contra a pirataria, sempre uma grande ameaça ao comércio que se fazia por via marítima).

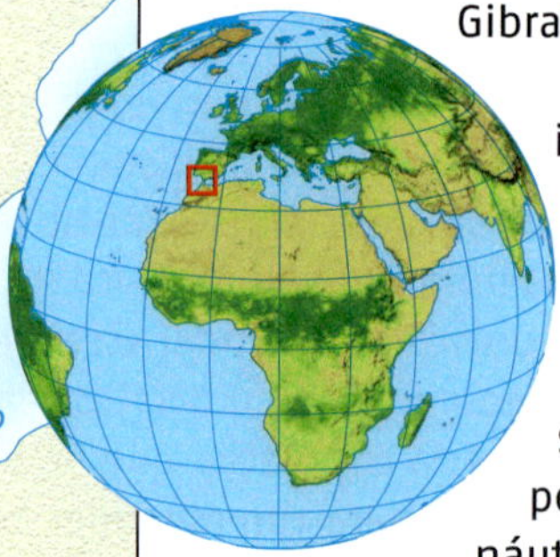

Mario Yoshida/Arquivo da editora

A presença dos lusitanos começou a ser sentida em território africano com a conquista de Ceuta, em 1415, na parte marroquina do atual Estreito de Gibraltar.

Logo após a conquista de Ceuta, o infante D. Henrique foi nomeado seu governador-geral e, em 1420, governador da Ordem de Cristo; com poder político, militar e religioso, foi responsável pela política expansionista no norte da África. Foi nesse período que se desenvolveram técnicas náuticas e se aperfeiçoaram antigas embarcações até se chegar à criação das caravelas.

Gravura do século XVI mostra naus portuguesas chegando a Ceuta para a tomada da cidade.

Cidade de Ceuta tomada pelos portugueses, de Cintates Orbis Terrarum, de Georg Braum e Franz Hogenberg, 1582. Growra. Biblioteca Britânica, Londres.

A expansão portuguesa

Na expansão portuguesa houve de tudo um pouco: descobrimentos, em absoluto, e não apenas para os europeus, de novas terras, novos mares, novas estrelas; evangelização com mão armada e também com martírio e novos métodos linguísticos; troca de riquezas, de ideias, de técnicas, de animais e de plantas; guerra e paz armada com violência extrema de todas as partes; fome de honra; coragem para além do que pode a força humana; altruísmo, sacrifício; antropofagia no limite e recusa dela; confronto de culturas.

Enquanto a Europa mergulhava em intermináveis guerras de poder, sob bandeiras religiosas, o que fazia correr então os portugueses? A fome do ouro e das riquezas, o cheiro da canela, a fama, o medo com suas correias de obediência, a ânsia de poder, a fé em Deus, essencial para esconjurar os demônios e a morte e para o perdão dos horrorosos pecados, o espírito de aventura, o desejo de ir mais além, o apelo do desconhecido.

COELHO, Antônio Borges. Os argonautas portugueses e o seu velo de ouro (séculos XV-XVI). In: *História de Portugal*. Bauru: Edusc/São Paulo/Unesp/Portugal: Instituto Camões, 2000. p. 58-9.

A cronologia das conquistas

Durante um século Portugal desbravou mares e terras, alterando de forma significativa os mapas até então conhecidos. O mapa-múndi abaixo, de 1502, pós viagem de Vasco da Gama, já apresenta um contorno do continente africano muito próximo do real, e o contorno da parte mais setentrional do Brasil.

Na página seguinte, apresentamos um infográfico detalhado com a cronologia das principais conquistas portuguesas em território africano, desde a tomada da cidade de Ceuta, em 1415, marco inicial da expansão marítima portuguesa, até a famosa viagem de Vasco da Gama às Índias, famoso paraíso das especiarias.

Museu de Marinha, Lisboa.

Monumenta Cartographia (Mapa de Cantino), de Alberto Cantino, 1502. Litografia. Sociedade Geográfica Real, Londres.

Mapa português de 1502, época dos descobrimentos. No detalhe, uma caravela portuguesa.

Coleção Particular.

Diogo Cão estabelece o padrão português às margens do Rio Congo, em território angolano.

o momento
HISTÓRICO

Principais conquistas com a expansão marítima

1415

Uma gigantesca expedição (200 embarcações, 19 mil combatentes), comandada pelo rei D. João I, toma a cidade de **Ceuta** (Marrocos); esta data – agosto de 1415 – marca o início da expansão portuguesa.

1434

Gil Eanes dobra o Cabo Bojador, na costa ocidental da África (26° lat N); na cultura medieval, segundo as lendas do Mar Tenebroso, ninguém sobreviveria ao sul do Bojador (daí Fernando Pessoa, no poema "Mar português", escrever: "Quem quer passar além do Bojador / Tem que passar além da dor").

Arquivo da editora.

Gil Eanes.

1435-1436

Afonso Gonçalves Baldaia ultrapassa o Trópico de Câncer e descobre o **Rio do Ouro** (22° lat N).

1440-1441

> Desenvolvendo técnicas náuticas, sob o comando do infante D. Henrique, Portugal constrói a **primeira caravela**.
> Expedição portuguesa chega ao **Cabo Branco**, norte da Mauritânia (20° lat N), e aprisiona os primeiros negros que servirão como escravos.

1444-1446

Expedições de Nuno Tristão e Álvaro Fernandes chegam a **Guiné-Bissau** (12° lat N).

1455

Bula do Papa Nicolau V concede aos reis de Portugal a propriedade exclusiva das terras e mares já conquistados ou por conquistar, possuídos ou a possuir.

The Bridgeman/Keystone.

Papa Nicolau V na tumba de São Francisco de Assis. (cf. 1630-34), de Jacques Blanchard.

1456

Luís de Cadamosto, navegador veneziano a serviço do infante D. Henrique, descobre algumas das **ilhas do Arquipélago de Cabo Verde**, distante cerca de 600 km da costa africana, na altura de Dakar (Senegal).

1460

> Diogo Gomes descobre as demais **ilhas do Arquipélago de Cabo Verde**.
> **Morre o infante D. Henrique.**

1470

No dia 21 de dezembro, dia do apóstolo Tomé, João de Santarém e Pero Escobar descobrem o **Arquipélago de São Tomé e Príncipe**, próximo à linha do Equador.

1474

O infante **D. João** – futuro rei D. João II – assume a expansão ultramarina e elabora um projeto consistente para alcançar as Índias; a ele se devem as conquistas das décadas de 1480 e 1490.

1483

Diogo Cão chega à foz do **Rio Congo** (6° lat S), estabelece o padrão português em **terras angolanas** e inicia intenso tráfico de escravos.

1487

Expedição comandada por **Bartolomeu Dias** ultrapassa o **Cabo da Boa Esperança** (34° lat S), entrando em águas do Oceano Índico.

The Bridgeman/Keystone.

Bartolomeu Dias.

1498

Vasco da Gama atinge a costa leste da África e navega ao longo do litoral de **Moçambique**, em direção às Índias.

De colônias a países independentes

A expansão portuguesa por territórios africanos foi uma página marcada por feitos épicos, heroicos e por tragédias, desilusões e derrotas não menos grandiosas. Desde a conquista de Ceuta, que se mostrava uma terra promissora, mas que, cercada e atacada pelos mouros, tornou-se um sorvedouro de homens e recursos, até o final do governo de D. Manuel I (1521), os portugueses enfrentaram sérios problemas para manter seu Império, como atesta o historiador Oliveira Marques:

> Para um país pequeno, habitado por menos de dois milhões de pessoas, a imensa tarefa de construir um Império não era certamente fácil.

História de Portugal. Lisboa: Palas Editores, 1978. v. 1, p. 359.

Após o governo de D. Manuel, com a decadência do comércio dos produtos asiáticos, as dificuldades aumentaram e atingiram seu ponto máximo com o desaparecimento de D. Sebastião em Alcácer-Quibir e a consequente passagem de Portugal para o domínio espanhol.

Ao longo dos séculos XVI, XVII e XVIII, a política colonialista portuguesa na África foi muito distinta daquela aplicada ao Brasil: embora todas as colônias fossem de "exploração" e não de "povoamento", o Brasil teve estruturas administrativas mais próximas do modelo da Corte e algumas características de "colônia de povoamento".

Na costa atlântica do continente africano, os domínios portugueses se estenderam muito além dos atuais territórios de Guiné-Bissau e Angola, com uma política de exploração voltada para alguns produtos: ouro, marfim, especiarias (pimenta vermelha, por exemplo), gado e, principalmente, escravos. O tráfico de escravos negros mais rendoso foi realizado por portugueses, que utilizavam Cabo Verde como entreposto, e tinha como destino as zonas agrícolas em território brasileiro (calcula-se que, em 300 anos de escravidão, entraram no Brasil cerca de 3,6 milhões de africanos; entre as várias etnias, duas se destacaram: os sudaneses, originários dos territórios portugueses na África mais setentrional, e os bantos, dos territórios mais ao sul, como Angola).

Desembarque, de Johann Moritz Rugendas, c. 1835. Litografia colorida à mão, 51,3 x 35,5 cm. Coleção particular.

Desembarque, no Brasil, de escravos negros vindos da África. Tela de Rugendas.

No século XIX, com a independência do Brasil, o fim do tráfico negreiro, o avanço do capitalismo industrial e o neocolonialismo, alteraram-se as estratégias portuguesas em relação aos territórios africanos. O governo português tentou promover uma ocupação mais efetiva das terras desse continente, voltada para a exploração de ouro, cobre, ferro, pedras preciosas, além de algumas atividades agrícolas. Com isso, buscava bloquear a investida de ingleses, franceses, holandeses e alemães sobre seus territórios.

A disputa pelo domínio da foz do Rio Congo (antigo Zaire) entre portugueses e ingleses resultou na Conferência de Berlim (1885), da qual participaram 14 países europeus, além de Estados Unidos e Rússia. Foi assinado um Ato Geral, que definia um "novo direito público colonial", o que resultou, na prática, na partilha da África; por esse Ato, foi definido que os territórios africanos ficariam sob o domínio daqueles que efetivamente promovessem sua ocupação, desprezando-se os direitos históricos. Em consequência disso, Portugal tentou ocupar uma larga faixa que ia da costa atlântica (Angola) à costa índica (Moçambique), dividindo o continente; imediatamente a Inglaterra respondeu enviando um ultimato ao governo português, que retrocedeu. O "Ultimato Inglês" mergulhou Portugal em grave crise, cuja consequência foi, entre outras, a queda da monarquia (1910).

Em pleno século XX, com o governo fascista de Salazar, Portugal endureceu suas relações com as colônias africanas, impondo-lhes forte censura (de 1961 a 1974 Portugal manteve ativo o Campo de Concentração do Tarrafal, em Cabo Verde, exclusivamente para manter prisioneiros oriundos das colônias africanas). Com o fim da Segunda Guerra Mundial e a derrota do nazifascismo, intensificaram-se as lutas de guerrilha pela independência e as colônias africanas tornaram-se, mais do que nunca, um fardo insustentável para o governo português, a ponto de a política colonialista ser apontada como um dos principais fatores que levaram à derrubada do regime salazarista com a Revolução dos Cravos, em 25 de abril de 1974.

Ainda em 1974, os novos governantes portugueses assinaram um comunicado em conjunto com a ONU em que reconheceram o direito à autodeterminação e à independência de todos os territórios ultramarinos sob sua administração.

Os países independentes

Angola

Almanaque Abril 2010.

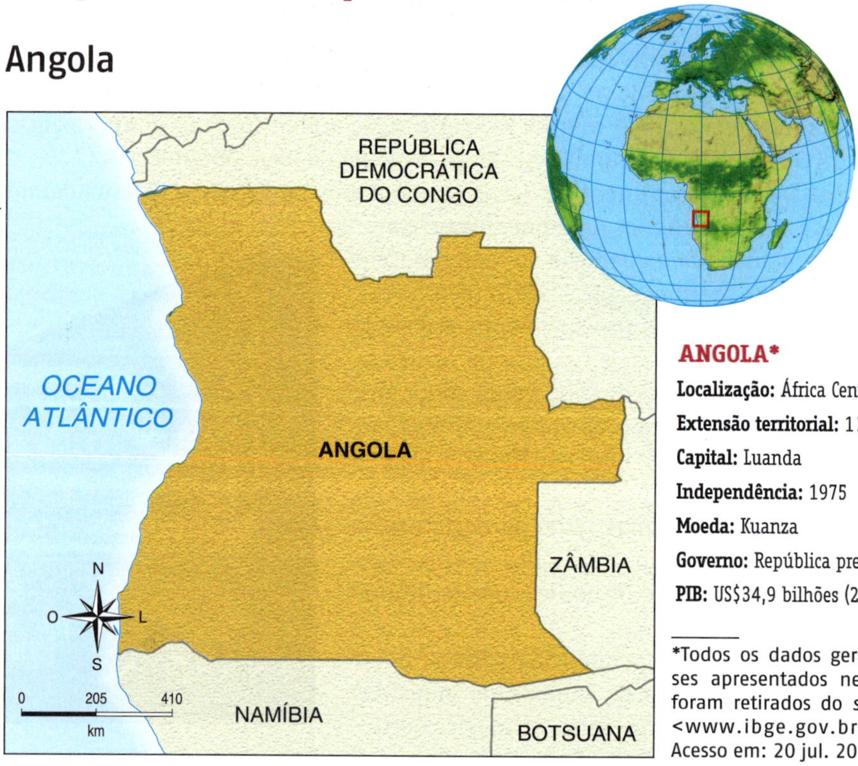

Mario Yoshida/Arquivo da editora.

ANGOLA*

Localização: África Central

Extensão territorial: 1 246 700 km²

Capital: Luanda

Independência: 1975

Moeda: Kuanza

Governo: República presidencialista

PIB: US$34,9 bilhões (2009)

*Todos os dados gerais dos países apresentados neste capítulo foram retirados do *site* do IBGE: <www.ibge.gov.br/paisesat>. Acesso em: 20 jul. 2011.

Françoise Demulder/Corbis/Latinstock.

O poeta Agostinho Neto, em foto de 11 de novembro de 1975, foi o primeiro presidente de Angola após a Independência do país.

A independência de Angola foi alavancada pelo movimento nacionalista dos anos 1950 e repercutiu posições da Guerra Fria, o que internacionalizou o processo. Em 1956 foi criado o Movimento Popular de Libertação de Angola (MPLA), de orientação marxista, apoiado pela extinta União Soviética e por Cuba; numa vertente oposta, financiada principalmente pela África do Sul e pelos Estados Unidos, com tropas sob orientação de mercenários, foi criada a União Nacional para a Independência Total de Angola (Unita), em 1966. Já a Frente Nacional de Libertação de Angola (FNLA), criada em 1961, recebia apoio dos Estados Unidos — com participação direta da CIA —, da China e de mercenários portugueses e ingleses.

A República de Angola alcançou sua independência em 11 de novembro de 1975. Assumiu a presidência do país Agostinho Neto, dirigente do MPLA, partido que se mantém no governo. No entanto, a independência não eliminou a disputa entre os grupos: a Unita permanece como principal partido de oposição, o que tem mergulhado Angola em sucessivas guerras civis.

Fred Bridgland/Keystone/Getty Images.

Angolanos comemoram a independência do país, em 1975.

Atualmente a economia angolana tem como base a produção agrícola (café, cana-de-açúcar, milho, amendoim, algodão, fumo, borracha, cacau) e a exploração de riquezas minerais (petróleo, diamante, minério de ferro).

AFP/Joe Klamar/Getty Images.

Pedestres caminham em rua de Luanda, capital de Angola, em janeiro de 2010. No fundo, à esquerda, é possível visualizar uma propaganda eleitoral.

Compromisso da União dos Escritores Angolanos

Após a independência do país, a União dos Escritores Angolanos lança um documento em que os escritores manifestam seu compromisso de produzir obras engajadas com a busca da identidade, com a construção de uma nação independente:

"A história de nossa literatura é testemunho de geração de escritores que souberam, na sua época, dinamizar o processo de nossa libertação exprimindo os anseios profundos de nosso povo, particularmente o das camadas mais exploradas. A literatura angolana surge assim não como simples necessidade estética, mas como arma de combate pela afirmação do homem angolano."

CHAVES, Rita. *Angola e Moçambique: experiência colonial e territórios literários*. Cotia: Ateliê Editorial, 2005. p. 70.

Cabo Verde

Almanaque Abril 2010.

Mario Yoshida/Arquivo da editora.

CABO VERDE

Localização: África Ocidental

Extensão territorial: 4033 km²

Capital: Cidade de Praia

Independência: 1975

Moeda: Escudo cabo-verdiano

Governo: República parlamentarista

PIB: US$ 1,5 bilhão (2009)

A República de Cabo Verde declarou sua independência em 5 de julho de 1975 e teve como primeiro presidente Aristides Maria Pereira, Secretário-Geral do Partido Africano pela Independência da Guiné e Cabo Verde (PAIGC). O arquipélago compõe-se de dez ilhas de origem vulcânica; o solo e o clima, com constantes secas, não favorecem as atividades agrícolas. A economia de Cabo Verde centra-se na prestação de serviços e no turismo.

Ilha de Sal Rei, em Boa Vista, Cabo Verde, em foto de 2010.

Renato Granieri/Alamy/Other Images.

Guiné-Bissau

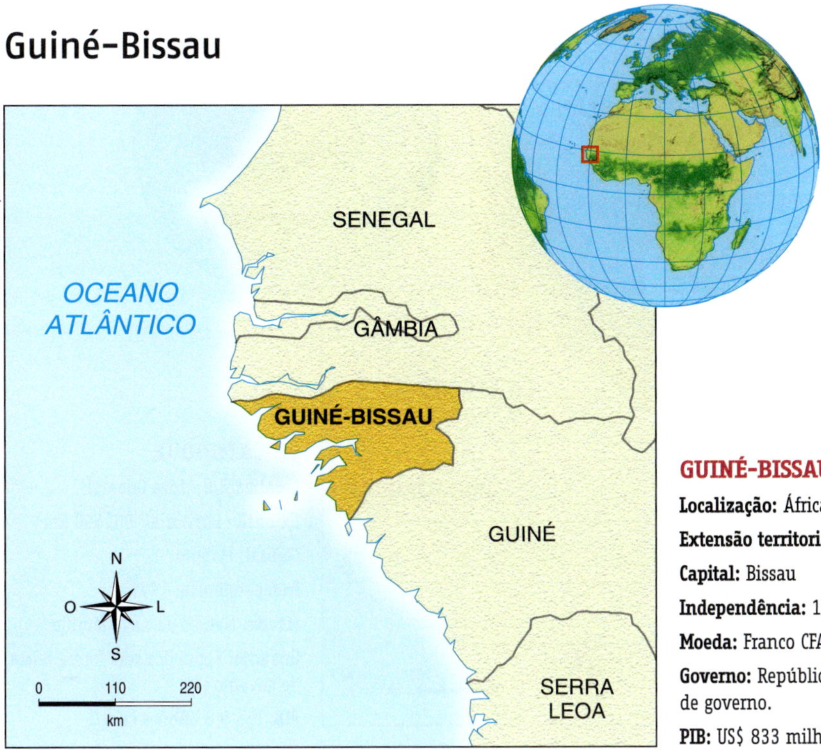

Mario Yoshida/Arquivo da editora.

Almanaque Abril 2010.

GUINÉ-BISSAU

Localização: África Ocidental

Extensão territorial: 36 125 km²

Capital: Bissau

Independência: 1973

Moeda: Franco CFA

Governo: República com forma mista de governo.

PIB: US$ 833 milhões (2009)

A República da Guiné-Bissau teve seu processo de independência liderado pelo Partido Africano pela Independência da Guiné e Cabo Verde (PAIGC), que iniciou suas lutas em 1956. A independência foi declarada em 24 de setembro de 1973 e reconhecida por Portugal em 26 de agosto de 1974. Durante os primeiros anos, o governo foi representado por um conselho revolucionário; as primeiras eleições ocorreram em 1994 e, depois disso, o país foi palco de golpes políticos e guerra civil.

O território da Guiné-Bissau é formado por uma porção continental e pelo Arquipélago de Bijagós, com suas 40 ilhas. Sua economia concentra-se em atividades agrícolas e pesqueiras; a castanha-de-caju é o principal produto de exportação.

Fachada da Assembleia Nacional Popular em foto de 2009.

AFP/Seyllou/Getty Images.

Moçambique

Almanaque Abril 2010.

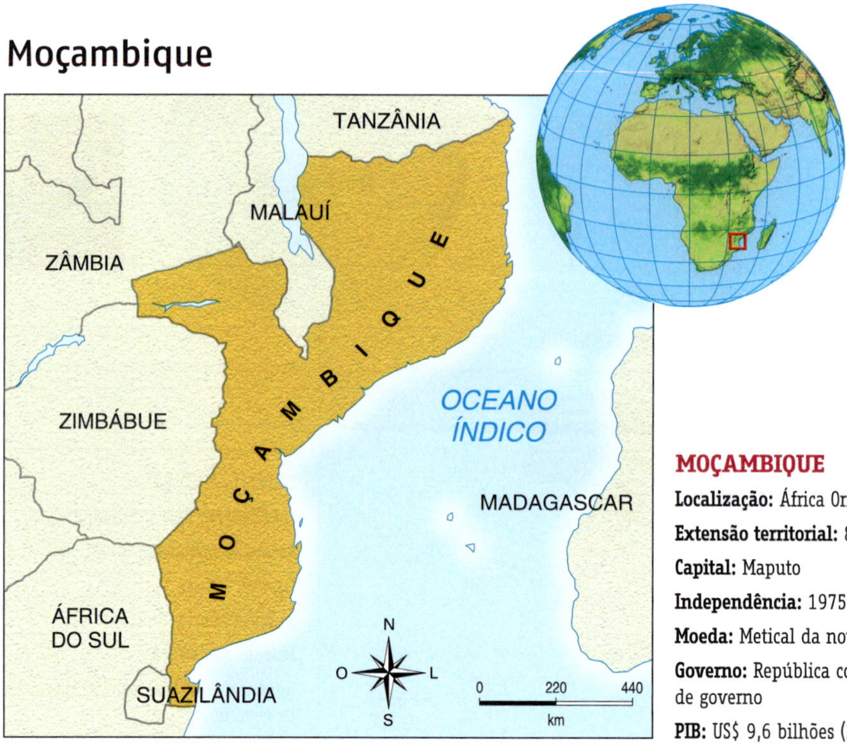

Mario Yoshida/Arquivo da editora.

MOÇAMBIQUE

Localização: África Oriental

Extensão territorial: 801 590 km²

Capital: Maputo

Independência: 1975

Moeda: Metical da nova família

Governo: República com forma mista de governo

PIB: US$ 9,6 bilhões (2007)

A luta pela independência de Moçambique foi liderada pela Frente de Libertação de Moçambique (Frelimo), fundada em 1962, e contou com o apoio da extinta União Soviética, de Cuba e da China. A independência foi proclamada em 25 de junho de 1975, e Samora Machel, dirigente da Frelimo, ocupou a presidência. O principal partido de oposição é a Resistência Nacional Moçambicana (Renamo), de direita, apoiada pelos países segregacionistas que fazem fronteira com Moçambique.

A República de Moçambique tem sua economia voltada para a produção agrícola (algodão, cana-de-açúcar, castanha-de-caju), a pecuária e o extrativismo mineral (carvão, sal, ouro, pedras preciosas).

Mercado de rua em que são vendidos frutas e vegetais em Moçambique, em foto de 2009.

Christine Johnson/Alamy/Other Images.

São Tomé e Príncipe

Mario Yoshida/Arquivo da editora.

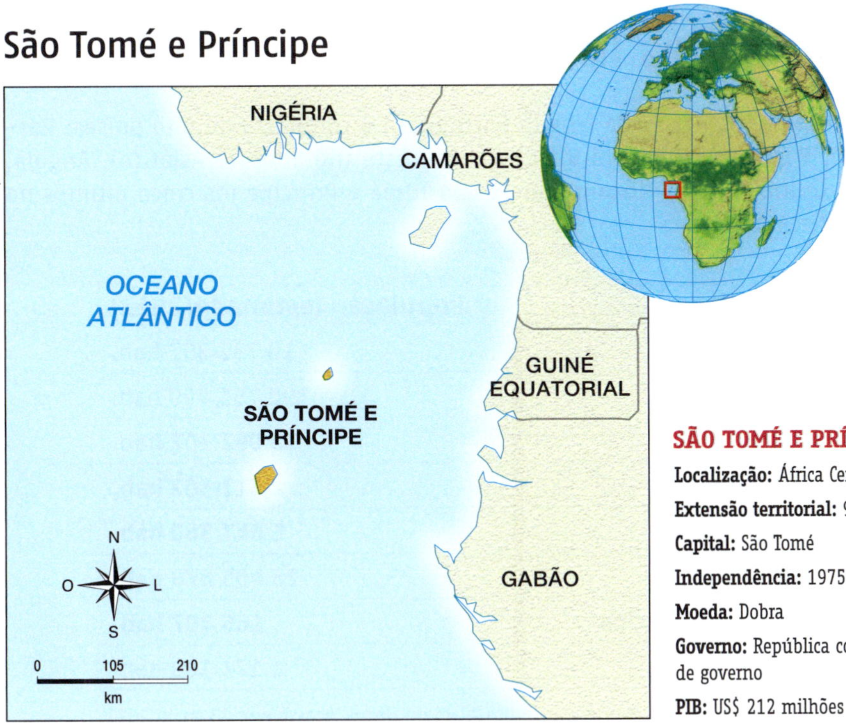

Almanaque Abril 2010.

SÃO TOMÉ E PRÍNCIPE

Localização: África Central

Extensão territorial: 964 km²

Capital: São Tomé

Independência: 1975

Moeda: Dobra

Governo: República com forma mista de governo

PIB: US$ 212 milhões

Os últimos anos de dominação portuguesa no Arquipélago de São Tomé e Príncipe foram marcados por violenta repressão (em 1953, mais de mil trabalhadores foram massacrados por se recusarem a trabalhar nas roças de cacau). O Movimento de Libertação de São Tomé e Príncipe (MLSTP) foi o responsável pelo encaminhamento das negociações para a independência, proclamada em 12 de julho de 1975. Nos primeiros anos, prevaleceu um sistema socialista de partido único, e, em 1990, foi adotado o pluripartidarismo.

A economia da República Democrática de São Tomé e Príncipe tem no turismo sua principal fonte de receita, mas a recente descoberta de petróleo em sua plataforma marítima deve alterar esse quadro.

Na foto, ao fundo, hotel de luxo situado no Ilhéu das Rolas, em São Tomé e Príncipe, em foto de 2009.

Rachel Torres/Alamy/Other Images.

As populações lusófonas da África

A Comunidade dos Países de Língua Portuguesa é composta de oito países: Portugal, Brasil, República Democrática de Timor-Leste (no Sudeste Asiático), Angola, Cabo Verde, Guiné-Bissau, Moçambique e São Tomé e Príncipe (os cinco últimos no continente africano).

País	População (estimada/2011)
> Portugal	10 732 357 hab.
> Brasil	190 755 799 hab.
> Angola	**18 992 707 hab.**
> Cabo Verde	**512 582 hab.**
> Guiné-Bissau	**1 647 380 hab.**
> Moçambique	**23 405 670 hab.**
> São Tomé e Príncipe	**165 397 hab.**
> Timor-Leste	1 171 163 hab.

Fonte: <http://www.ibge.gov.br/paisesat/main.php>. Acesso em: 23 maio 2011.

O papel da língua portuguesa

O dominado se apropriando da língua do dominador

Foram muitas as rupturas agenciadas pelo colonizador. Entre as mais drásticas, está o afastamento entre o colonizado e sua língua de origem. E, nesse campo, a situação atinge um patamar dramático. Porque aqui se impõe um corte de caráter irreversível. Impedido de falar a sua língua, o dominado também não tem total acesso à língua do colonizador. Seu universo fica assim comprometido pelo risco da incomunicabilidade, que levaria à morte de toda e qualquer forma cultural. Para fugir à situação de emparedamento, a saída deve se guiar pelo pragmatismo, ou seja, para expressar a luta contra o mal que se abateu sobre o seu mundo, é necessário valer-se de um dos instrumentos de dominação: a língua do outro.

CHAVES, Rita. *Angola e Moçambique: experiência colonial e territórios literários.* Cotia: Ateliê Editorial, 2005. p. 52.

Hoje, passados mais de trinta anos dos movimentos de independência, a língua portuguesa tem desempenhado diferentes papéis nas ex-colônias de Portugal. O fato é que houve uma apropriação da língua do dominador por parte dos dominados, o que se percebe tanto no léxico como na sintaxe; ou como diria o poeta moçambicano Albino Magaia: "descolonizámos o português". É a língua portuguesa que garante a unidade ante tantos e distintos falares; é, principalmente, pela língua portuguesa que todos têm acesso ao conhecimento; é pela língua portuguesa que se expressam para o mundo, como provam, por exemplo, os textos de Mia Couto.

Dessa forma, podemos dizer que o português é:

- **a língua da unidade**;
- **a língua do conhecimento**;
- **a língua da expressão**.

Percebe-se, no entanto, um certo sabor amargo nessa apropriação, não provocado pela língua, mas pelas atitudes do dominador em relação aos lusofalantes das ex-colônias. Sobre isso, é emblemático o início do romance *A geração da utopia*, do angolano Pepetela:

> Portanto, só os ciclos eram eternos.
>
> (Na prova oral de Aptidão à Faculdade de Letras, em Lisboa, o examinador fez uma pergunta ao futuro escritor. Este respondeu hesitantemente, iniciando com um portanto. De onde é o senhor?, perguntou o Professor, ao que o escritor respondeu de Angola. Logo vi que não sabia falar português; então desconhece que a palavra *portanto* só se utiliza como conclusão dum raciocínio? Assim mesmo, para pôr o examinando à vontade. Daí a raiva do autor que jurou um dia havia de escrever um livro iniciando por essa palavra. Promessa cumprida. E depois deste parêntesis, revelador de saudável rancor de trinta anos, esconde-se definitiva e prudentemente o autor.)
>
> PEPETELA. *A geração da utopia*. Rio de Janeiro: Nova Fronteira, 2000. p. 9.

Apenas três observações sobre o trecho acima citado:

1. apesar de **portanto** ser uma conjunção conclusiva, é muito comum, em Portugal, seu emprego no início de uma fala (na prova oral, Pepetela fez uso desse emprego; daí o comentário preconceituoso do examinador);
2. as ironias de Pepetela são ótimas;
3. no parágrafo entre parênteses, fala o autor e não o narrador, entidade ficcional criada pelo autor.

O escritor Luís Bernardo Honwana, autor do conto *Nós Matamos o Cão-Tinhoso* (reconhecido como uma das principais obras da literatura africana) e ex-ministro da cultura de Moçambique, tem clara consciência dos problemas que envolvem a língua portuguesa em seu país e da necessidade de valorizar as línguas locais, mas não deixa de ressaltar a importância do idioma português para a formação da nação, a estruturação do Estado independente e de sua literatura:

"A língua portuguesa é a língua em que se expressa a nossa soberania. É ela que nos permite dominar os instrumentos do progresso. É através dela que discutimos as grandes questões que o planejamento nacional nos coloca e formulamos as soluções. Construímos o essencial da nossa literatura no interior da única língua com vocação nacional – mas, tragicamente, uma língua minoritária.

Contudo, não ocorrerá a ninguém, tenho a certeza, pôr em causa a legitimidade do uso da língua portuguesa pelos nossos escritores ou a africanidade da literatura que, em língua portuguesa, é produzida nos nossos países. Podemos com orgulho dizer que temos sabido realizar, na nossa prática, a dimensão nacional que permite que os nossos concidadãos se reconheçam nas nossas criações.

Mas temos a aguda consciência de que não se abriu ainda espaço necessário para que outros possíveis escritores, de outros universos linguísticos, possam vir a se acrescentar às nossas vozes, na representatividade também linguística que a nossa literatura não pode deixar de ter como objetivo."

HONWANA, Luís B. Literatura e o conceito de africanidade. In: CHAVES, Rita; MACÊDO, Tânia. *Marcas da diferença*. São Paulo: Alameda, 2006. p. 22-3.

Observação: Pelo que foi exposto acima, preservaremos ao longo do capítulo a grafia original dos textos dos autores africanos.

A influência dos modernistas brasileiros

Do romance *A geração da utopia*, de Pepetela

Horácio não gostava de ser contestado, mas compreendeu não era bom tema de conversa. Voltou à literatura, aconselhando os outros a lerem Drummond de Andrade, na sua opinião o melhor poeta de língua portuguesa de sempre. Qual Camões, qual Pessoa, Drummond é que era, tudo estava nele, até a situação de Angola se podia inferir na sua poesia. Por isso vos digo, os portugueses passam a vida a querer-nos impingir a sua poesia, temos de a estudar na escola, e escondem-nos os brasileiros, nossos irmãos, poetas e prosadores sublimes, relatando os nossos problemas e numa linguagem bem mais próxima da que falamos nas cidades. Quem não leu Drummond é um analfabeto.

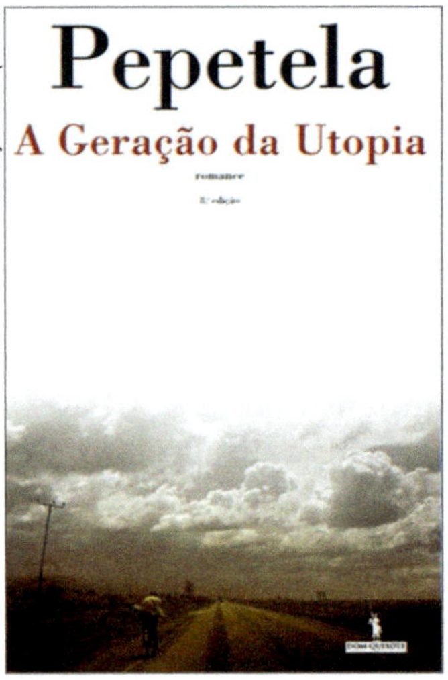

Publicações Dom Quixote.

PEPETELA. *A geração da utopia*. Rio de Janeiro: Nova Fronteira, 2000. p. 31.

Depoimento de Mia Couto

Eu acho que, quando tomei consciência dessa contaminação pela literatura brasileira, eu já estava "doente", no sentido bom. Acho que a minha geração e a geração anterior foram muito marcadas pela literatura brasileira. Havia uma certa redescoberta com Graciliano, com Jorge Amado, de que, afinal, a língua pode ser outra coisa. [...] Também as temáticas políticas, no caso particularmente de Jorge Amado, eram coisas que coincidiam com uma época histórica aqui que era preciso pôr em causa. Certo tipo de valores. [...]

Primeiro tenho que falar de Luandino Vieira, o escritor angolano, que é o primeiro contato que eu tenho com alguém que escreve um português que é arrevesado, que está misturado com a terra. E Luandino marcou-me muito. Foi o primeiro sinal da autorização de como eu queria fazer.

Eu sabia que eu queria fazer isso, mas eu precisava de uma credencial do mais velho que disse "esse caminho é abençoado". E ele [Luandino] confessa que foi autorizado, também ele, por um outro, um tal de João Guimarães Rosa que não conhecia, porque não chegavam aqui esses livros. Depois da Independência deixaram chegar livros do Brasil. [...]

O ambiente literário de Moçambique estava muito mais fortemente ligado ao do Brasil do que ao de Portugal.

In: FELINTO, Marilene. Mia Couto e o exercício da humildade. Disponível em: <www.macua.org/miacouto/MiaCoutoexerciciodahumildade.htm>. Acesso em: 20 mar. 2011.

A poesia africana de língua portuguesa: os temas recorrentes

A poesia das ex-colônias portuguesas, nos tempos das lutas pela libertação e logo após a conquista da autonomia política, é marcada pela denúncia dos horrores da guerra, pela utopia da construção de nações livres, pela busca de uma identidade que foi apagada pela opressão colonialista e também pelo sentimento de orgulho e de amor pela África. Entretanto, não deixa de lado temas recorrentes da lírica universal. Entre esses temas, o fazer poético, a poesia contemplada, as reflexões metalinguísticas ganham espaço na poética dos anos de 1990, notadamente por autores das novas gerações, que se formaram após as lutas pela independência.

Neste ponto, reiteramos que alguns poemas poderiam se encaixar em mais de um tema, assim como poderíamos ampliar essa nossa relação. De qualquer forma, é apenas "um toque", uma tentativa de organizar caminhos de leitura.

Essa organização de caminhos de leitura resultou na seguinte ordem: nesta e nas próximas páginas apresentaremos inicialmente poemas que falam da **luta contra o Império**. Em seguida, mostraremos a poesia africana da **reconstrução**. Logo depois, os poemas exaltam a **africanidade**. Mais adiante, é exibida a poesia que trata de tema bem conhecido e recorrente na lírica universal: **o amor**. Por último, apresentamos a **poesia contemplada**.

A luta contra o Império

Retrato

mais do que poetas
hoje
somos sim guerrilheiros
com poemas emboscados
por entre a selva de sentimentos
em que nos vamos libertando
em cada palavra percutida

hoje
nós
em Moçambique

Rui Nogar. In: SAÚTE, Nelson. *Nunca mais é sábado: antologia de poesia moçambicana*. Lisboa: Dom Quixote, 2004. p. 243.

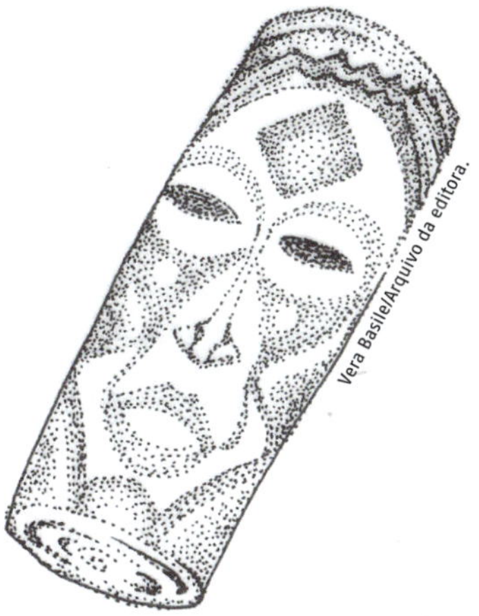
Vera Basile/Arquivo da editora.

Rui Nogar (1932-1993), poeta moçambicano.

Rui Nogar, pseudônimo de Francisco Barreto, aliou seu talento literário à militância política, tendo se engajado na Frelimo (Frente de Libertação de Moçambique) em 1969 e participado ativamente da luta pela independência. Em sua obra percebe-se a preocupação com a condição política e social de seu país.

Segundo flash

São mortais
quando marcham
as botas
dos que trazem
arrogâncias
escoltadas
de armas.

In: *Poesia sempre: Angola e Moçambique*, op. cit., p. 103.

Divulgação.

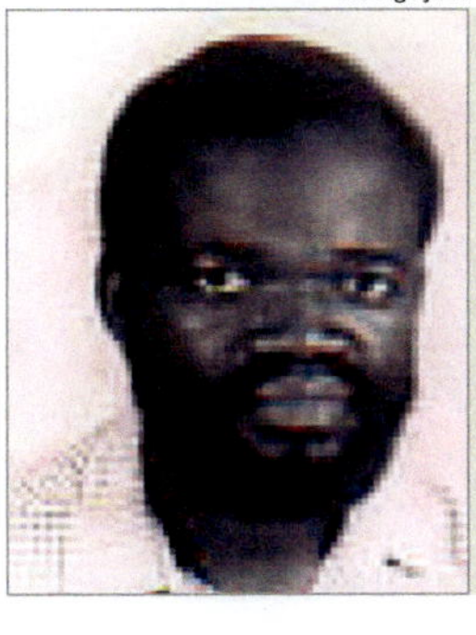

Rui Augusto (1958-), poeta angolano.

Poeta e crítico literário, Rui Augusto foi editor da importante revista literária Mensagem, *que reuniu uma geração nova de autores que buscavam "angolanizar Angola", na tentativa de valorizar a africanidade, com forte comprometimento político e social.*

Coleção particular.

Julgamento de Militantes da Frente de Libertação de Moçambique, de Malangatana Valente, 1966.

Borboletas de luz

esvoaçando
de cadáver em cadáver
colhem
o fedor dos mortos em
vão

e
pelos buracos da renda
dos dias
passam álacres
do mundo do esquecimento
ao país da indiferença
levando consigo
o pólen fatal
das flores da guerra

borboletas de luz

In: *Poesia sempre: Angola e Moçambique*. Rio de Janeiro: Fundação Biblioteca Nacional, 2006. p. 66.

Coleção particular.

Arlindo do Carmo Pires Barbeitos (1940-), poeta angolano.

Em 1961, Arlindo Barbeitos inicia longo período de exílio, passando por vários países europeus; na Alemanha cursa Antropologia e Sociologia, chegando a lecionar na Universidade Livre de Berlim Ocidental. Após a independência, retorna a seu país e passa a lecionar na Universidade de Angola.

Divulgação.

Nelson Saúte (1967-), poeta moçambicano.

Nelson Saúte é mais um exemplo de escritor africano envolvido com as questões políticas e sociais de seu país. Formado em Ciências da Comunicação, trabalhou como comentarista político em televisão e rádio, além de lecionar na Universidade. A poesia de Nelson Saúte denuncia as precárias condições sociais de seu povo, alerta para a violência que marca as lutas políticas em Moçambique e enaltece a liberdade.

Elegia

A mãe beijou a pólvora
no sorriso morto do filho.
Despiu a capulana e cobriu-o.

E depois vestiu as lágrimas.

In: SAÚTE, op. cit., p. 596.

Nas tramas dos textos

Texto 1

O único impossível

para Baltazar Lopes

Mordaças
A um Poeta?

Loucura!

E por que não
Fechar na mão uma estrela
O Universo num dedal?
Era mais fácil
Engolir o mar
Extinguir o brilho aos astros

In: DÁSKALOS, Maria Alexandre; APA, Lívia; BARBEITOS, Arlindo. *Poesia africana de língua portuguesa*. Rio de Janeiro: Lacerda Editores, 2003. p. 153.

Arquivo pessoal.

Ovídio Martins (1928-1999), poeta cabo-verdiano.
Ovídio Martins nasceu na ilha de São Vicente. Poeta e contista, seus textos são marcados pelo amor às ilhas e pela consciência da necessidade de reconstrução do país, como provam os versos finais de seu poema Ilha a Ilha*: "Devagar, a reconstrução nacional avança. Ilha a ilha. Dor a dor. Amor a amor".*

atividade

- Considerando que o poema foi escrito durante o domínio português, quem pode ser entendido como o interlocutor do eu poético?

Texto 2

Aforismo

Havia uma formiga
compartilhando comigo o isolamento
e comendo juntos

Estávamos iguais
com duas diferenças:
Não era interrogada
e por descuido podiam pisá-la.

Mas aos dois intencionalmente
podiam pôr-nos de rasto
mas não podiam
ajoelhar-nos.

In: DÁSKALOS, Maria Alexandre; APA, Lívia; BARBEITOS, Arlindo, op. cit., p. 206.

Gonçalo Rosa da Silva.

José Craveirinha (1922-2003), poeta moçambicano.
José Craveirinha nasceu em Maputo, capital de Moçambique. Seu primeiro livro de poesias — Chigubo *(1964) — foi apreendido pela PIDE (Polícia Internacional e de Defesa do Estado, órgão do governo português salazarista) e usado pela acusação como prova de suas atitudes contra o domínio português; Craveirinha ficou preso de 1965 a 1969, período que serve de tema a vários poemas. Reconhecido internacionalmente, vencedor do prêmio Camões de 1991, é considerado a maior expressão da poesia de Moçambique.*

atividade

- O poema "Aforismo" foi publicado por Craveirinha no livro *Cela 1*, cujo título faz referência à cela em que ficou preso. Considerando que a expressão "pôr de rasto" significa "colocar alguém arrastando-se no chão", há uma aparente contradição na última estrofe do poema. Explique-a.

Divulgação.

Reinaldo Ferreira (1922-1959), poeta moçambicano.

Texto 3

O futuro

Aos domingos, iremos ao jardim.
Entediados, em grupos familiares,
Aos pares,
Dando-nos ares
De pessoas invulgares,
Aos domingos iremos ao jardim.
Diremos, nos encontros casuais
Com outros clãs iguais,
Banalidades rituais,
Fundamentais.
Autómatos afins,
Misto de serafins
Sociais
E de standardizados mandarins,
Teremos preconceitos e pruridos,
Produtos recebidos
Na herança
De certos caracteres adquiridos.
Falaremos do tempo,
Do que foi, do que já houve...
E sendo já então
Por tradição
E formação
Antiburgueses
— Solidamente antiburgueses —,
Inquietos falaremos
Da tormenta que passa
E seus desvarios.

Seremos aos domingos, no jardim,
Reacionários.

In: SAÚTE, op. cit., p. 120-121.

atividade

- Comente o que o poeta quer dizer com "seremos aos domingos, no jardim,/ Reacionários".

A reconstrução

Descolonizámos o Land-Rover

Já não é carro cobrador de impostos
Nós descolonizámo-lo.
Já não é terror quando entra na povoação
Já não é Land-Rover do induna[1] e do sipaio[2].
É velho e conhece todas as picadas que pisa.
É experiente este carro britânico
Seguro aliado do chicote explorador.
Mas nós descolonizámo-lo.
No mapote e no areal
Sua tracção às quatro rodas
Garante chegada às machambas[3] mais distantes
Às cooperativas dos camponeses.
Entra na aldeia e no centro piloto
Ruge militante nas mãos seguras do condutor
Obedece fiel a todas as manobras
Mesmo incompleto por falta de peças.
— Descolonizámos o Land-Rover
Com nossos produtos
Comprámos o combustível que consome
Com nossa inteligência
Consertámos avarias que surgem
Com nossa luta
Transformámos em amigo este inimigo.

1. **induna:** chefe inimigo.
2. **sipaio:** soldado a serviço dos colonizadores.
3. **machambas:** campos cultivados.

Nós, descolonizadores,
Libertámos o Land-Rover
Porque também ficou independente, afinal.
Transformaram-se os objectivos que servia
E hoje é militante mecânico
Um desviado reeducado
Uma prostituta reconvertida em nossa companheira.
Descolonizámo-la e com ela casámos
E não haverá divórcio.
De Tete a Cabo Delgado
Do Niassa a Gaza
Da sede provincial ao círculo
Este *jeep* saúda quando passa
O *caterpillar*, seu irmão,
Outro descolonizado fazedor de estradas
E cruza-se com o Berliet[4] atarefado
Ex-pisador de minas
Eles aprenderam com a G3[5]

Menina vanguardista na mudança de rumo
A primeira a saber e a gostar
A diferença antagónica
Entre a carícia libertadora das nossas mãos
E o aperto sufocante e opressor do inimigo que servia.
As mãos dos operários que o fabricam
São iguais às mãos dos operários da nossa terra.
Essas mãos inglesas que o criam
Um dia saberão que ajudaram a fazer revolução
E vão levantar o punho fechado da solidariedade.
Ruge este militante nas picadas da Zambézia
Galga as difíceis estradas de Sofala
Passa pelos pomares de Manica
Pelo milho de Gaza
Pelas palmeiras de Inhambane
Na cidade do Maputo descansa.
Transporta pelo país os olhos dos estrangeiros amigos
Que querem conhecer de perto a nossa Revolução
— Descolonizámos uma arma do inimigo
Descolonizámos o Land-Rover!
Aquelas quatro rodas de um motor potente
Aquela cabine dos mecanismos de comando
Aquelas linhas de carroçaria irmanadas ao medo
Já não afugentam o povo:
Homens, Mulheres e Crianças do campo
Fazendo sinal ao condutor, pedem boleia[6].
Nós descolonizámos o Land-Rover
Por isso o povo já não foge.

In: *Poesia sempre: Angola e Moçambique*, op. cit., p. 172-3.

4. **Berliet:** veículos pesados (ônibus e caminhões) utilizados pelo exército português na guerra colonial.
5. **G3:** tipo de arma (fuzil, submetralhadora) utilizada pelo exército português na guerra colonial.
6. **pedir boleia:** pedir carona.

Divulgação.

Albino Magaia (1947-2010), poeta moçambicano. Albino Fragoso Francisco Magaia nasceu em Maputo. Foi preso político e também sofreu nas mãos da PIDE. Jornalista, poeta, foi secretário-geral da Associação dos Escritores de Moçambique.

António Aly Silva.

Hélder Proença (1956-), poeta guineense. Hélder Proença nasceu na ilha de Bolama, Arquipélago de Bijagós, na região sul da Guiné. Participou dos últimos episódios da guerrilha contra a dominação portuguesa. Após a independência, tem participado ativamente da vida política do país.

Não posso adiar a palavra

Quando te propus
um amanhecer diferente
a terra ainda fervia em lavas
e os homens ainda eram bestas ferozes

Quando te propus
a conquista do futuro
vazias eram as mãos

negras como breu o silêncio da resposta

Quando te propus
o acumular de forças
o sangue nómada e igual
coagulava em todos os cárceres
em toda a terra
e em todos os homens

Quando te propus
um amanhecer diferente, amor
a eternidade voraz das nossas dores
era igual a "Deus Pai todo poderoso criador dos céus e da terra"

Quando te propus
olhos secos, pés na terra, e convicção firme
surdos eram os céus e a terra
receptivos as balas e punhais
as amaldiçoavam cada existência nossa

Quando te propus
abraçar a história, amor
tantas foram as esperanças comidas
insondável a fé forjada
no extenso breu de canto e morte

Foi assim que te propus
no circuito de lágrimas e fogo, Povo meu
o hastear eterno do nosso sangue
para um amanhecer diferente!

Disponível em: <http://lusofonia.com.sapo.pt/guine.htm>. Acesso em: 17 fev. 2011.

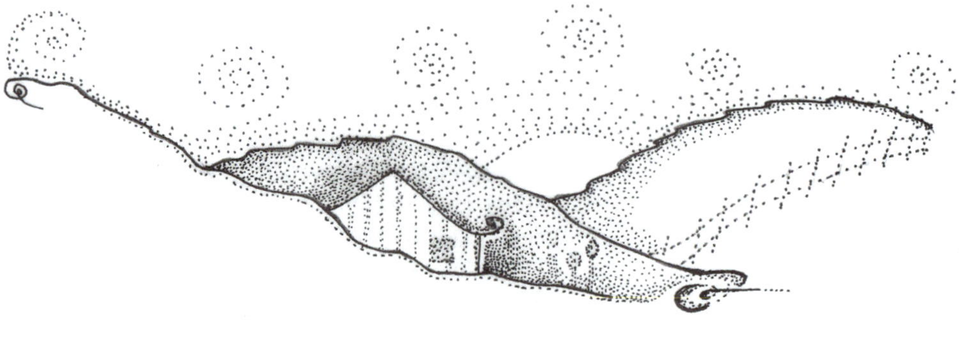

Vera Basile/Arquivo da editora.

Descoberta

Após o ardor da reconquista
não caíram manás sobre os nossos campos

E na dura travessia do deserto
aprendemos que a terra prometida era aqui

Ainda aqui e sempre aqui.
Duas ilhas indómitas a desbravar.
O padrão a ser erguido
pela nudez insepulta dos nossos punhos.

Emergiremos do canto
como do chão emerge o milho jovem
e nus, inteiros recuperaremos
a transparência do tempo inicial
Puros reabitaremos o poema e a claridade
para que a palavra amanheça e o sonho não se perca.

In: DÁSKALOS, Maria Alexandre; APA, Lívia; BARBEITOS, Arlindo, op. cit., p. 281.

Daniel Mordzinski/Divulgação.

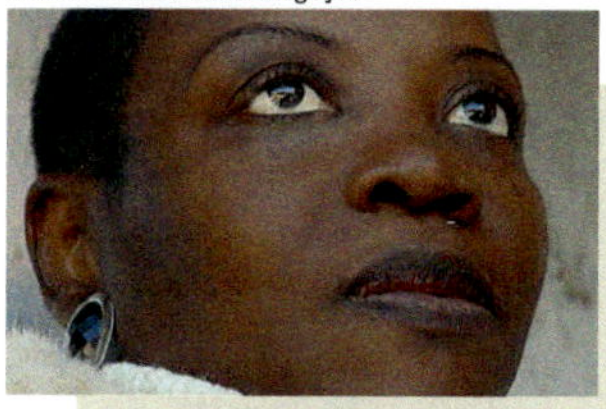

Conceição Lima (1961-), poeta são-tomense. Maria da Conceição Costa de Deus Lima nasceu na ilha de São Tomé. Jornalista formada em Portugal, desempenhou importante papel na imprensa de São Tomé e Príncipe após a independência. É licenciada em Estudos Afro-portugueses e Brasileiros pelo King's College de Londres e mestre em Estudos Africanos; atualmente reside em Londres, onde trabalha como jornalista e produtora dos serviços de Língua Portuguesa da BBC. O Útero da Casa *é o seu primeiro livro.*

Nas tramas do texto

Meu canto Europa

Agora,
agora que todos os contactos estão feitos,
as linhas dos telefones sintonizadas,
as linhas dos morses ensurdecidas,
os mares dos barcos violados,
os lábios dos risos esfrangalhados,
os filhos incógnitos germinados,
os frutos do solo encarcerados,
os músculos definhados
e o símbolo da escravidão determinado.

Agora,
agora que todos os contactos estão feitos,
com a coreografia do meu sangue coagulada,
o ritmo do meu tambor silenciado,
os fios do meu cabelo embranquecidos,
meu coito denunciado e o esperma esterilizado,
meus filhos de fome engravidados,
minha ânsia e meu querer amordaçados,
minhas estátuas de heróis dinamitadas,
meu grito de paz com chicotes abafado,
meus passos guiados como passos de besta,
e o raciocínio embotado e manietado,

Agora,
agora que me estampaste no rosto
os primores da tua civilização,
eu te pergunto, Europa,
eu te pergunto:
AGORA?

Disponível em: <http://portuguesaafrica.com/poemas_de_sao_tome_e_principe.htm>. Acesso em: 17 fev. 2011.

Tomás Medeiros (1931-) nasceu na ilha de São Tomé. Tem inúmeros poemas publicados em antologias, revistas e jornais culturais, mas, curiosamente, ainda não teve sua obra reunida em livro.

atividades

1. Exceção feita à última estrofe, que recurso dá extrema expressividade ao poema "Meu canto Europa"?
2. Os versos nos quais aparecem os efeitos maléficos da intervenção europeia ("primores da tua civilização") encaminham uma pergunta para o interlocutor (a Europa). Qual o significado da palavra "Agora" nesse contexto?

A africanidade

É de todos esta terra nua
terra perfumada
onde repousam
areia capim pedras
árvores água
uma savana à solta
libertada pelo infinito

SANTOS, Carlos Monteiro dos.
In: SAÚTE, op. cit., p. 301.

Divulgação.

Carlos Monteiro dos Santos, (1934-), poeta moçambicano.

Divulgação.

Jorge Barbosa (1902-1971), poeta cabo-verdiano). Jorge Barbosa nasceu na Cidade de Praia, capital e maior cidade de Cabo Verde. Colaborou em revistas e jornais de Cabo Verde e de Portugal e, durante a dominação lusitana, teve alguns livros proibidos. É considerado um dos fundadores da poesia cabo-verdiana com a publicação, em 1935, do livro Arquipélago.

Prelúdio

Quando o descobridor chegou à primeira ilha
nem homens nus
nem mulheres nuas
espreitando
inocentes e medrosos
detrás da vegetação.

Nem setas venenosas vindas no ar
nem gritos de alarme e de guerra
ecoando pelos montes.

Havia somente
as aves de rapina
de garras afiadas
as aves marítimas
de voo largo
as aves canoras
assobiando inéditas melodias.

E a vegetação
cujas sementes vieram presas
nas asas dos pássaros
ao serem arrastadas para cá
pela fúria dos temporais.

Quando o descobridor chegou
e saltou da proa do escaler varado na praia
enterrando
o pé direito na areia molhada

e se persignou
receoso ainda e surpreso
pensando n'El-Rei
nessa hora então
nessa hora inicial
começou a cumprir-se
este destino ainda de todos nós.

In: DÁSKALOS, Maria Alexandre; APA, Lívia;
BARBEITOS, Arlindo, op. cit., p. 128.

Nas tramas dos textos

Texto 1

Naturalidade

Europeu, me dizem.
Eivam-me de literatura e doutrina
europeias
e europeu me chamam.

Não sei se o que escrevo tem a raiz de algum
pensamento europeu.
É provável... Não. É certo,
mas africano sou.
Pulsa-me o coração ao ritmo dolente
desta luz e deste quebranto.
Trago no sangue uma amplidão
de coordenadas geográficas e mar Índico.
Rosas não me dizem nada,
caso-me mais à agrura das micaias*
e ao silêncio longo e roxo das tardes
com gritos de aves estranhas.

Chamais-me europeu? Pronto, calo-me.
Mas dentro de mim há savanas de aridez
e planuras sem fim
com longos rios langues e sinuosos,
uma fita de fumo vertical,
um negro e uma viola estalando.

KNOPFLI, Rui. *Antologia poética*. Belo Horizonte: Ed. da UFMG, 2010. p. 17.

Divulgação.

Rui Knopfli (1932-1998), poeta moçambicano, filho de portugueses. Rui Knopfli nasceu em Inhambane, Moçambique. Estreou em 1959 com O país dos outros. *Participou de importantes publicações culturais (jornais, revistas, cadernos de poesia) e, após a independência, se expatriou, indo viver em Londres.*

* **micaia:** flor semelhante à acácia, comum em solos pobres e arenosos.

Confrontando ideias

Após a leitura do poema de Rui Knopfli, conversem em grupos e com o(a) professor(a) sobre a questão do exílio. É muito comum que intelectuais de uma determinada nação, com ideias libertárias, por contrariarem regimes políticos autoritários, sejam obrigados a deixar a terra natal e viver em outros países. Afastado de seus conterrâneos, longe de sua cultura e sem pertencimento social, como vocês avaliam a situação de um exilado? Ele deve preservar sua identidade inicial ou adotar a nova pátria como sua?

Transmitam aos demais colegas as suas conclusões.

Arquivo pessoal.

Aguinaldo Fonseca (1922-), poeta cabo-verdiano) Aguinaldo Fonseca nasceu na segunda maior cidade de Cabo Verde, Mindelo, na ilha de São Vicente. Sua poesia reflete, ao mesmo tempo, profunda ligação com as ilhas do arquipélago e um desejo de partir. Em emblemático poema — Canção dos rapazes da ilha — , *escreve: "Eu sei que fico / Mas o meu sonho irá / Nos veleiros que desenho na parede".*

Texto 2

Herança

O meu avô escravo
legou-me estas ilhas incompletas
este mar e este céu.

As ilhas
por quererem ser navios
ficaram naufragadas
entre mar e céu.

Agora
aqui vivo eu
e aqui hei-me de morrer.

Meus sonhos
de asas desfeitas pelo sol da vida
deslocam-se como répteis sobre a areia quente
e enroscam-se raivosos
no cordame petrificado da fragata
das mil partidas frustradas.

Ah meu avô escravo
como tu
eu também estou encarcerado
neste navio fantasma
eternamente encalhado
entre mar e céu.

Como tu
também tenho a esmola do luar
e por amante
essa mulher de bruma, universal, fugaz,
que vai e vem
passeando à beira-mar
ou cavalgando sobre o dorso das borrascas
chamando, chamando sempre,
na voz do vento e das ondas.

In: DÁSKALOS, Maria Alexandre; APA, Lívia; BARBEITOS, Arlindo, op. cit., p. 138.

atividade

- No poema acima há metáforas e comparações. Que efeito plástico provocam?

Texto 3

Aspiração

Ainda o meu canto dolente
e a minha tristeza
no Congo, na Geórgia, no Amazonas

Ainda
o meu sonho de batuque em noite de luar

Ainda os meus braços
ainda os meus olhos
ainda os meus gritos

Ainda o dorso vergastado
o coração abandonado
a alma entregue à fé
ainda a dúvida

E sobre os meus cantos
os meus sonhos
os meus olhos
os meus gritos
sobre o meu mundo isolado
o tempo parado

Ainda o meu espírito
ainda o quissange
a marimba
a viola
o saxofone
ainda os meus ritmos de ritual orgíaco

O poeta Agostinho Neto (1922-1979).
António Agostinho Neto nasceu na aldeia de Kaxicane, cerca de 60 km de Luanda. Formado em Medicina, foi um dos líderes do MPLA durante os longos anos da guerra pela emancipação. Em 1948, participa de um movimento cultural que lançou o lema "Vamos descobrir Angola" e inicia uma nova etapa na produção poética do país. Em 1960, em consequência de uma de suas detenções pela PIDE (a polícia portuguesa do Estado-Novo salazarista), mais de trinta angolanos foram assassinados. Em 1975, Agostinho Neto torna-se o primeiro presidente da República Popular de Angola.

Hulton Archive/Getty Images.

Ainda a minha vida
oferecida à Vida
ainda o meu desejo

Ainda o meu sonho
o meu grito
o meu braço
a sustentar o meu Querer

E nas senzalas
nas casas
nos subúrbios das cidades
para lá das linhas
nos recantos escuros das casas ricas
onde os negros murmuram: ainda

O meu Desejo
transformado em força
inspirando as consciências desesperadas.

In: DÁSKALOS, Maria Alexandre; APA, Lívia; BARBEITOS, Arlindo, op. cit., p. 74-5.

Divulgação.

Glória de Sant'Ana (1925-2009), poeta moçambicana.

Texto 4

Poema para um negro

O que me prende é o que te prende:
largo horizonte de outros passados,
raízes fundas presas no chão
e um mar tão largo.

Palavras soltas num vento agreste,
caminhos rudes determinados,
sombras e sonhos sem condição
e um céu tão vasto.

Meus passos breves não deixam rasto.
Teus passos fundos, fundos estão.
Mas entre o mar e o céu e os nossos passos,
a nossa humanidade é o mesmo laço
irmão

In: SAÚTE, op. cit., p. 133.

atividade

- Como Agostinho Neto, em *Aspiração*, e Glória de Sant'Ana, em *Poema para um negro*, abordam a questão dos negros em seus poemas?

Texto 5

Negra

Gentes estranhas com seus olhos cheios doutros mundos
quiseram cantar teus encantos
para elas só de mistérios profundos,
de delírios e feitiçarias...
Teus encantos profundos de África.

Mas não puderam.
Em seus formais e rendilhados cantos,
ausentes de emoção e sinceridade,
quedaste-te longínqua, inatingível,
virgem de contactos mais fundos,
E te mascararam de esfinge de ébano, amante sensual,
jarra etrusca, exotismo tropical,
demência, atracção, crueldade,
animalidade, magia...
e não sabemos quantas outras palavras vistosas e vazias.

Em seus formais cantos rendilhados
foste tudo, negra...
menos tu.

E ainda bem.
Ainda bem que nos deixaram a nós,
do mesmo sangue, mesmos nervos, carne, alma
sofrimento,
a glória única e sentida de te cantar
com emoção verdadeira e radical,
a glória comovida de te cantar, toda amassada,
moldada, vazada nesta sílaba imensa e luminosa: MÃE.

In: SAÚTE, op. cit., p.166-7.

Divulgação.

Noémia de Sousa (1926-2002), poeta moçambicana.

atividades

1. Noémia de Sousa aponta duas representações da mulher negra. Quais são elas?
2. Levando em conta o último verso, que interpretações podemos dar ao poema "Negra"?

Divulgação.

Alda do Espírito Santo (1926-2010), poeta são-tomense.

Alda do Espírito Santo nasceu na ilha de São Tomé. Estudou em Portugal até sofrer perseguições por suas posições anticolonialistas. Participou da vida política de São Tomé e Príncipe no legislativo, como deputada, e no executivo, chegando a ocupar o cargo de Ministra da Educação e Cultura.

atividade

- No poema de Alda do Espírito Santo vemos dois comportamentos distintos das "negritas". Quais são eles? Por que ocorre essa mudança de comportamento?

Texto 6

Lá no Água Grande

Lá no "Água Grande" a caminho da roça
negritas batem que batem co'a roupa na pedra.
Batem e cantam modinhas da terra.

Cantam e riem em riso de mofa
histórias contadas, arrastadas pelo vento.

Riem alto de rijo, com a roupa na pedra
e põem de branco a roupa lavada.

As crianças brincam na água felizes...
Velam no capim um negrito pequenino.

E os gemidos cantados das negritas lá do rio
ficam mudos lá na hora do regresso...
jazem quedos no regresso para a roça.

In: DÁSKALOS, Maria Alexandre; APA, Lívia; BARBEITOS, Arlindo, op. cit., p. 280.

na linguagem DOS SONS

Best of Cesaria Evora. CD Sony/BMG. / Anthology – Cesaria Evora, CD Sony/BMG.

Não deixe de ouvir as interpretações de Cesaria Evora, vigorosa cantora de Cabo Verde, cuja voz grave se tornou mundialmente conhecida.
Algumas canções estão disponíveis no *site* <www.caboverde.com/evora/evr-0001.htm>. Acesso em: 20 mar. 2011.

Divulgação.

Galeria Nacional da África do Sul, Cidade do Cabo.

África, de Malangatana Valente, 1981.

O amor

Lacônico da Rua da Maianga

Passei na Rua
da Maianga
a ver se
a via:
havia não.

In: *Poesia sempre: Angola e Moçambique*, op. cit., p. 75.

Divulgação.

David Mestre (1948-1998), poeta radicado em Angola.
David Mestre era pseudônimo de Luís Filipe Guimarães da Mota Veiga, nascido em Loures, Portugal. Viveu em Angola desde os oito meses de idade; participou da luta armada, notadamente contra as forças da UNITA. Após a independência, passa a fazer críticas ao governo angolano e vive seus últimos anos em Portugal.

Nuno Bermudes (1921-1997), poeta moçambicano.

O muro

Entre nós, o muro
de gente e de cansaço
a impedir-me que adormeça,
feliz, no teu regaço.

BERMUDES, Nuno. In: SAÚTE, op. cit., p. 65.

Adiado o tempo para amar

Desculpa meu amor
não há tempo para o amor

Quando melhor arfar o mar
o céu for mais azul
a lua menos leviana

Desculpa meu amor
'inda é cedo para o amor

Quando fenderem os ares
os pássaros da liberdade

Desculpa meu amor
temos em breve o nosso amor

Quando soluçarem os tambores
na Mãe-Terra distante
Quando endoidecerem tinindo
os sinos todos de Cabo Verde

MARTINS, Ovídio. In: DÁSKALOS, Maria Alexandre; APA, Lívia; BARBEITOS, Arlindo, op. cit., p. 156.

Poema de Ovídio Martins.
As informações sobre o poeta estão na página 597.

Divulgação.

Manuela Margarido (1925-2007), poeta são-tomense. Maria Manuela Margarido nasceu na Ilha do Príncipe. No exílio em Paris, formou--se em Sociologia e Cinema na Sorbonne. Foi embaixadora e assessorou o presidente de Portugal, Mário Soares.

No dia em que foste embora,
longos navios de silêncio
encheram a casa,
tão grande, tão vasta!
Todos os gatos da vizinhança
comiam cogumelos
e varriam as cascatas
dos cemitérios
com agudas lâminas de tédio.
No cais das horas
fiquei a esperar-te:
grande pedra de saudade
de olhos hirtos.
Paira sobre mim a presença
de uma mão pálida
e sempre uma ave parte:
nunca sei para onde.

In: DÁSKALOS, Maria Alexandre; APA, Lívia; BARBEITOS, Arlindo, op. cit., p. 270-1.

Divulgação.

Maria Alexandre Dáskalos (1957-), poeta angolana. Maria Alexandre Dáskalos nasceu em Huambo, Angola. Formada em Letras, tem seu círculo familiar dominado pela poesia: é filha do poeta Alexandre Dáskalos e é casada com Arlindo Barbeitos.

Não fujas ao desejo
não procures na contenção
a filigrana
colhe agora as flores de jasmim
ainda que seja perene
a fragância.

In: *Poesia sempre: Angola e Moçambique*, op. cit., p. 99.

Divulgação.

António Jacinto (1924-1991), poeta angolano.

Carta de um contratado

Eu queria escrever-te uma carta
amor
uma carta que dissesse
deste anseio
de te ver
deste receio de te perder
deste mais que bem querer que sinto
deste mal indefinido que me persegue
desta saudade a que vivo todo entregue...
Eu queria escrever-te uma carta
amor
uma carta de confidências íntimas
uma carta de lembranças de ti
de ti
dos teus lábios vermelhos como tacula[1]
dos teus cabelos negros como dilôa[2]
dos teus olhos doces como macongue[3]
dos teus seios duros como maboque[4]
do teu andar de onça
e dos teus carinhos
que maiores não encontrei por aí...

Eu queria escrever-te uma carta
amor
que recordasse nossos dias na capopa[5]
nossas noites perdidas no capim
que recordasse a sombra que nos caía dos jambos
o luar que se coava das palmeiras sem fim
que recordasse a loucura
da nossa paixão
e a amargura da nossa separação...

Eu queria escrever-te uma carta
amor
que a não lesses sem suspirar
que a escondesses de papai Bombo
que a sonegasses a mamãe Kieza
que a relesses sem a frieza
do esquecimento
uma carta que em todo Kilombo[6]
outra a ela não tivesse merecimento...

1. **tacula:** árvore de cuja casca se retira uma tinta vermelha.
2. **dilôa:** lodo.
3. **macongue:** fruto tropical com polpa comestível, de sabor agradável.
4. **maboque:** fruto do arbusto de mesmo nome, comestível, de casca dura, verde.
5. **capopa:** fonte, curso de água.
6. **kilombo:** lugar de reunião de trabalhadores, acampamento.

Eu queria escrever-te uma carta
amor
uma carta que t'a levasse o vento que passa
uma carta que os cajus e cafeeiros
que as hienas e palancas
que os jacarés e bagres
pudessem entender
para que se o vento a perdesse no caminho
os bichos e plantas
compadecidos de nosso pungente sofrer
de canto em canto
de lamento em lamento
de farfalhar em farfalhar
te levasse puras e quentes
as palavras ardentes
as palavras magoadas da minha carta
que eu queria escrever-te amor...

Eu queria escrever-te uma carta...
Mas ah meu amor, eu não sei compreender
por que é, por que é, por que é, meu bem
que tu não sabes ler
e eu — Oh! Desespero — não sei escrever também.

Disponível em:
<www.jornaldepoesia.jor.br/aj02.html>.
Acesso em: 16 fev. 2011.

Nas tramas do texto

Acerca do amor

Do amor só digo isto:

o sol adormece ao crepúsculo
no oferecido colo do poente
e nada é tão belo e íntimo.

O resto é *business* dos amantes.
Dizê-lo seria fragmentar a lua inteira.

In: DÁSKALOS, Maria Alexandre; APA, Lívia;
BARBEITOS, Arlindo, op. cit., p. 171.

Divulgação.

Filinto Elísio (1961-), poeta cabo-verdiano.

atividade

- Como o poeta aborda a questão do amor e o que a sua postura nos indica acerca do tema do amor em poesia?

Não deixe de reler o poema *A palavra*, de Eduardo White, reproduzido no capítulo 3.

A poesia contemplada

O que vocês não sabem nem imaginam

Vocês não sabem
mas todas as manhãs me preparo
para ser, de novo, aquele homem.
Arrumo as aflições, as carências,
as poucas alegrias do que ainda sou capaz de rir,
o vinagre para as mágoas
e o cansaço que usarei
mais para o fim da tarde.

À hora do costume,
estou no meu respeitoso emprego:
o de Secretário de Informação e de Relações Públicas.
Aturo pacientemente os colegas,
felizes em seus ostentosos cargos,
em suas mesas repletas de ofícios,
os ares importantes dos chefes
meticulosamente empacotados em seus fatos[1],
a lenta e indiferente preguiça do tempo.

Todas as manhãs tudo se repete.
O poeta Eduardo White se despede de mim
à porta de casa,
agradece-me o esforço que é mantê-lo
alimentado, vestido e bebido
(ele sem mover palha) me lembra o pão que devo trazer,

os rebuçados[2] para prendar[3] o Sandro,
o sorriso luzidio e feliz para a Olga,
e alguma disposição da que me reste
para os amigos que, mais logo,
possam eventualmente aparecer.

Depois, ao fim da tarde,
já com as obrigações cumpridas,
rumo a casa.
À porta me esperam
a mulher, o filho e o poeta.
A todos cumprimento de igual modo.

Um largo sorriso no rosto,
um expresso cansaço nos olhos,
para que de mim se apiedem
e se esmerem no respeito,
e aquele costumeiro morro de fome.

Então à mesa, religiosamente comemos
os quatro
o jantar de três
(que o poeta inconsta[4]
na ficha do agregado).

Fingidamente satisfeito ensaio
um largo bocejo
e do homem me dispo.
Chamo pela Olga para que o pendure,
junto ao resto da roupa,
com aquele jeito que só ela tem
de o encabidar sem o amarrotar.

O poeta, visto-o depois
e é com ele que amo,
escrevo versos
e faço filhos.

In: SAÚTE, op. cit., p. 561.

1. **fatos:** ternos, roupas formais.
2. **rebuçados:** balas, guloseimas de frutas.
3. **para prendar:** para presentear.
4. **inconsta:** neologismo que significa "não consta".

Divulgação/http://rmmv.org.

Eduardo White (1963-), poeta moçambicano.

Confrontando ideias

No poema "O que vocês não sabem nem imaginam" existe uma nítida divisão entre o homem-comum (funcionário de uma repartição) e o homem-poeta (que permanece em casa, quando o outro sai para o trabalho).

Converse com seu grupo e com o(a) professor(a): existe essa "divisão" no ser humano? O homem-poeta deve ficar alheio à vida do homem—comum? Se assim o fizer, sobre o que escreverá? Qual é, afinal, a função do artista em nossa sociedade?

A prosa africana de língua portuguesa

Angola

Reproduzimos, a seguir, o início da primeira das três "estórias" que compõem o livro Luuanda*: "Vavó Xíxi e seu neto Zeca Santos". Chamamos a atenção para o estilo de Luandino e para o léxico – com vários termos angolanos – e para a sintaxe, distinta da sintaxe lusa e da brasileira.*

Tinha mais de dois meses a chuva não caía. Por todos os lados do musseque[1], os pequenos filhos do capim de novembro estavam vestidos com pele de poeira vermelha espalhada pelos ventos dos jipes das patrulhas zunindo no meio de ruas e becos, de cubatas[2] arrumadas à toa. Assim, quando Vavó adiantou sentir esses calores muito quentes e os ventos a não querer mais soprar como antigamente, os vizinhos ouviram-lhe resmungar talvez nem dois dias iam passar sem a chuva sair. Ora a manhã desse dia nasceu com as nuvens brancas — mangonheiras[3] no princípio; negras e malucas depois — a trepar em cima do musseque. E toda a gente deu razão em Vavó Xíxi: ela tinha avisado, antes de sair embora na Baixa, a água ia vir mesmo.

A chuva saiu duas vezes, nessa manhã.

Primeiro, um vento raivoso deu berrida[4] nas nuvens todas fazendo-lhes correr do mar para cima do Kuanza. Depois, ao contrário, soprou-lhes do Kuanza para cima da cidade e do Mbengu. Nos quintais e nas portas, as pessoas perguntavam saber se saía chuva mesmo ou se era ainda brincadeira como noutros dias atrasados, as nuvens reuniam para chover mas vinha o vento e enxotava. Vavó Xíxi tinha avisado, é verdade, e na sua sabedoria de mais-velha custava falar mentira. Mas se ouvia só ar quente às cambalhotas com os papéis e folhas e lixo, pondo rolos de poeira pelas ruas. Na confusão, as mulheres adiantavam fechar janelas e portas, meter os monas[5] para dentro da cubata, pois esse vento assim traz azar e doença, são os feiticeiros que lhe põem.

Divulgação/FlipA.

Luandino Vieira (1935-)

José Luandino Vieira, pseudônimo literário de José Vieira Mateus da Graça, nasceu em Portugal e, ainda criança, foi viver em Luanda. Participou da luta pela independência de Angola, o que lhe valeu cerca de dez anos de cadeia (a maior parte no Campo de Concentração de Tarrafal). Após a independência, em 1975, participou ativamente da vida política do país, exercendo cargos importantes em órgãos ligados à cultura. Em 1992, desiludido com as primeiras eleições livres e com o recrudescimento da guerra civil em Angola, resolveu voltar a Portugal, isolando-se numa quinta do Minho. Vencedor do Prêmio Camões, em 2006, recusou a honraria alegando "motivos íntimos e pessoais".

Obras em edições brasileiras: *Luuanda* e *A cidade e a infância.*

Vera Basile/Arquivo da editora.

1. **musseque:** originalmente, a palavra designa "areia vermelha"; depois passou a designar o aglomerado de casebres que caracterizam bairros de Luanda.
2. **cubata:** choupana; casebre.
3. **mangonheira:** preguiçosa (de mangonha: preguiça).
4. **berrida:** correr com; expulsar.
5. **mona:** criança; filho.

Mas, cansado do jogo, o vento calou, ficou quieto. Durante algum tempo se sentiram só as folhas das mulembas[6] e mandioqueiras a tremer ainda com o balanço e um pírulas[7], triste, cantando a chuva que ia vir. Depois, pouco-pouco, os pingos da chuva começaram cair e nem cinco minutos que passaram todo o musseque cantava a cantiga d'água nos zincos, esse barulho que adiantou tapar os falares das pessoas, das mães gritando nos monandengues[8] para sair embora da rua, carros cuspindo lama na cara das cubatas, e só mesmo o falar grosso da trovoada é que lhe derrotava. E quando saiu o grande trovão em cima do musseque, tremendo as fracas paredes de pau a pique e despregando madeiras, papelões, luandos[9], toda a gente fechou os olhos, assustada com o brilho azul do raio que nasceu no céu, grande teia d'aranha de fogo, as pessoas juraram depois as torres dos reflectores tinham desaparecido no meio dela.

Com esse jeito choveu muito tempo.

Era meio-dia já quase quando começou ficar mais manso, mesmo com o céu arreganhador e feio, todo preto de nuvens. O musseque, nessa hora, parecia era uma sanzala[10] no meio da lagoa, as ruas de chuva, as cubatas invadidas por essa água vermelha e suja correndo caminho do alcatrão que leva na Baixa ou ficando, teimosa, em cacimbas de nascer mosquitos e barulhos de rãs. Tinha mesmo cubatas caídas e as pessoas, para escapar morrer, estavam na rua com as imbambas[11] que salvaram. Só que os capins, aqueles que conseguiam espreitar no meio das lagoas, mostravam já as cabeças das folhas lavadas e brilhavam uma cor mais bonita para o céu ainda sem azul nem sol.

VIEIRA, José Luandino. *Luuanda: estórias*. São Paulo: Companhia das Letras, 2006. p. 11-3.

6. **mulemba:** árvore de grande porte.
7. **pírula:** pássaro canoro, acinzentado, que anuncia chuva.
8. **monandengue:** criança; jovem.
9. **luando:** esteira de papiro.
10. **sanzala:** o mesmo que senzala; alojamento de escravos.
11. **imbambas:** coisas; pertences; trastes; bagagem.

Gustavo Scatena/Imagem Paulista/Divulgação.

Pepetela (1941-)

Pepetela, pseudônimo literário de Artur Carlos Maurício Pestana dos Santos, nasceu em Benguela, Luanda. Estudante em Portugal, frequentou a Casa dos Estudantes do Império, em Lisboa, berço dos ideais da independência de Angola. Militou no MPLA; enquanto esteve exilado na França e na Argélia, graduou-se em Sociologia.

Foi vice-ministro da Educação no governo de Agostinho Neto. Em 1997, ganhou o Prêmio Camões pelo conjunto da obra. Atualmente é professor de Sociologia na Faculdade de Arquitetura de Luanda.

Obras em edições brasileiras: *A geração da utopia*; *Parábola do cágado velho* e *Jaime Bunda, agente secreto.*

A geração da utopia *narra a história da independência de Angola, desde a vida estudantil dos angolanos em Lisboa, frequentando a Casa dos Estudantes do Império e a formação do MPLA, até a luta de guerrilha, a conquista da independência e o início do país livre, quando muito da utopia daquela geração se perde.*

Reproduzimos, a seguir, o início do mais recente romance de Pepetela (2009), O planalto e a estepe *(*Angola, dos anos 60 aos nossos dias. A história real de um amor impossível*).*

O planalto e a estepe

Os olhos dele continham o céu do Planalto.
Na Huíla, Serra da Chela, Dezembro, quando o azul mais fere.
Nos olhos dela estavam gravadas suaves ondulações da estepe mongol. Tons sobre o castanho.
Entremos primeiro no azul.

A minha vida se resume a uma larga e sinuosa curva para o amor.

Começando por um caminho longo até Moscovo[1].

Não vos contarei todos os detalhes dessa viagem. Houve outras, também importantes, houve mesmo muitas viagens. Mas essa primeira viagem em arco amplo e súbitos desvios demorou mais, começou na Huíla, Sul de Angola, quando fui parido.

Nasci no meio de rochedos. A casa, porém, era de adobe[2].

Casa de adobe com rochedos à volta. Título de quadro?

Era muito duro fazer uma casa de pedra, como na aldeia de Trás-os-Montes onde o meu pai tinha nascido. A minha mãe era já de algumas gerações huilanas[3] e nascera numa mais pequena que a nossa. Por isso se construiu a de adobe, quando casaram. Os dois, com a ajuda de um serviçal muíla[4], chamado Kanina, nome de soba[5] grande, ergueram a moradia, usando o barro de uma baixa sempre húmida para fazerem blocos secos ao sol. Primeiro teve capim como cobertura. Depois chapas de zinco. Finalmente telhas.

1. **Moscovo:** Moscou.
2. **adobe:** tijolo grande de argila.
3. **huilana:** natural da região de Huíla, sul de Angola, onde está localizada a Serra da Chela, ponto mais alto do território angolano.
4. **muíla:** etnia do grupo banto.
5. **soba:** chefe de um povo.

Houve progresso.

Nasci na fase intermédia, das chapas de zinco. Na do capim tinha nascido a Olga, minha irmã mais velha. Depois, já na de telhas, nasceram o Zeca e o Rui, meus mais novos. Só eu tive direito, ao ser atirado para o mundo, a ouvir chuva batendo em chapas de zinco. Foi mesmo a primeira música que aprendi a ouvir. Os rítimos variam, conforme a nuvem de chuva é mais grossa ou menos espessa, ou conforme a força e direcção do vento. Até conforme a temperatura da água. Músicas diferentes de gotas batendo no zinco, quem pode esquecer? Bebé eu era e estendia as mãos para o tecto, talvez para agarrar a música da chuva. Contaram mais tarde os meus pais, sorrindo. No entanto, essas lições da primeira infância não tiveram importância nenhuma para o resto da estória, pois sempre fui péssimo em música, duro de ouvido. Acabei mesmo meio surdo, mas isso foi mais tarde, por causa dos tiros e rebentamentos.

As guerras não perdoam.

[...]

Dois do meu bando eram filhos do Kanina, João e Job, mas ele tinha outros, ou muito grandes ou pequenos de mais. Nunca reparei na cor da pele deles, quente como a minha.

O valor da pele é o seu calor.

No entanto a Olga, sempre atenta aos meus passos, um dia me chamou a atenção para as diferenças:

— Devias brincar com os teus colegas de escola e não com esses.

— Por quê?

— Porque eles são pretos e nós brancos.

— E então?

— Os pais não acham bem.

Os meus pais nunca tinham dito nada, nem mesmo com os olhos. Mandaram a Olga dizer? Ou foi só uma boca dela? A Olga tinha a mania de irmã mais velha, sabem como é.

Metia-se na vida dos mais novos.

Continuei porém a brincar com os meus amigos. À volta de casa não tinha outros. Mas não gostava deles por isso. Gostava por serem meus amigos verdadeiros, me lembro deles quando era muito pequeno e crescemos juntos. Tinha outros amigos, alguns companheiros de escola. Brancos, quase todos. Um ou outro mestiço. Não me lembro de nenhum negro na escola. Mas devia haver, pois se dizia Salazar construiu uma Angola multirracial. Bem, nessa altura nem percebia ideias nem palavras tão complicadas. O certo é ter os amigos das redondezas, com eles jogava futebol e caçava sardões ou pássaros e apanhava fruta. Só hoje sou capaz de reparar terem cores diferentes dos outros da escola. Na época éramos todos iguais, julgava eu.

Não éramos afinal, havia racismo.

Olga era racista, desde pequena dizia, não gosto nada de negros. Devia ter ouvido os colonos vezes sem conta com afirmações desse género e aprendeu a frase. Acho, começou a repetir como um papagaio antes de a perceber. Eu só mais tarde percebi. Não gostei. Mal sabia eu! O racismo havia de me perseguir a vida inteira, como vos explicarei.

Se tiver tempo.

Vera Basile/Arquivo da editora.

6. **batoteiro:** trapaceiro.

7. **kimbo:** aldeia.

8. **mutiati:** arbusto leguminoso.

O tempo é um atleta batoteiro[6], toma drogas proibidas, corre mais que todos. E quanto mais o quisermos agarrar, porque resta pouco, mais ele corre. Por isso são sábios os velhos dos kimbos[7], nunca querem agarrar o tempo, deixam-no passar por eles, as peles devem ser rugosas e o tempo entranha-se nelas, deslizando com mais dificuldade. Entranha-se mesmo nas peles das mulheres velhas tratadas diariamente com leite coalhado e óleos tirados de sementes especiais para ficarem macias. Se elas usam a sabedoria dos anciãos, as peles lisas pelo leite e óleo têm no entanto entalhes, escarificações, travando a corrida do tempo. Nós achamos ser superiores, modernos, vivemos em cidades, porém não sabemos nada disto. O tempo goza com a nossa estúpida vaidade, passa por nós como um foguete, nos torna seus escravos. Os velhos dos kimbos não correm atrás, antes ficam parados contemplando as diferentes manchas de uma vaca, distinguindo uma de outra, assim conhecendo toda a manada, a sua e as dos vizinhos. Ficam a ver as formigas fazendo carreiros no solo seco ou os pássaros sulcando riscos no espaço. Tantos riscos desenham os pássaros no espaço! Só é preciso saber ver.

Então, o tempo passa devagarinhovagarinho, como uma solitária gota de chuva se desprendendo com dificuldade de uma folha da árvore mutiati[8].

Disponível em: <www.pepetela.com.pt/pdf/planalto_estepe.pdf>. Acesso em: 20 mar. 2011.

Divulgação.

Mia Couto (1955-)

António Emílio Leite Couto nasceu na cidade de Beira, em Moçambique. Biólogo de profissão, é o escritor da nova geração que alcançou maior sucesso no exterior. Filho de portugueses, militou na Frelimo durante a luta pela independência. É um dos autores do hino nacional de Moçambique e sócio-correspondente da Academia Brasileira de Letras. Em 1999, recebeu o Prêmio Virgílio Ferreira, da Universidade de Évora, Portugal, pelo conjunto de sua obra.

Obras em edições brasileiras: *Terra sonâmbula*; *A varanda do frangipani*; *O último voo do flamingo*; *Um rio chamado tempo, uma casa chamada terra*; *O fio das missangas*; *O outro pé da sereia*.

Moçambique

A literatura de Mia Couto alia o realismo mágico com a história, as tradições e as angústias pós-independência de Moçambique. Assim como Guimarães Rosa, é um criador de palavras; questionado sobre isso, em recente depoimento à revista IstoÉ, *afirmou: "É uma coisa que me acontece, meus pais sempre lembram disso, desde menino – uma certa desobediência em relação àquilo que era norma. Começa pelo meu próprio nome. Nasci António e, quando tinha dois anos e meio, decidi que queria me chamar Mia, pela relação de afeto que tinha com os gatos. Eu pensava que era um deles. Mais tarde, a poesia foi uma escola de desobediência, de transgressão. E havia uma outra condição: o português de Moçambique, sendo o mesmo do de Portugal, não fala àquela cultura. Senti desde sempre a necessidade de desarranjar aquela norma gramatical, para deixar passar aquilo que era a luz de Moçambique, uma cultura de raiz africana. A descoberta dos escritores brasileiros foi uma felicidade imensa para mim, pois eles já estavam fazendo isso: usando a língua portuguesa, mas com uma outra marca cultural".*

Reproduzimos, a seguir, trechos do romance O último voo do flamingo *e, na íntegra, um conto.*

O último voo do flamingo

A primeira vez que escutei os rebentamentos acreditei que a guerra regressava em suas tropas e tropéis. Meu pensamento tinha uma só ideia: fugir. Passei pelas últimas casas de Tizingara, minha pequena vila natal. Ainda vi, se silhuetando longe, a minha casa natal. A vila parecia em despedida do mundo, tristonha como tartaruga atravessando o deserto.

Escapei nos matos onde ninguém nunca se apessoara. Sim, era certo: aquela floresta nunca havia recebido nenhuma humanidade. Fiz um abrigo, de galhos e folhas. Pouca coisa, com discrição de bicho: não seria bom ser visto ali alguém em estado de pessoa. Eu tinha abrigo, não tinha morada. Fiquei nesse recôndito, conselhado pelo medo. Regressaria à vila quando me garantisse que a guerra não tinha regressado. Logo na primeira noite, porém, me amedrontaram os sons dos bichos e mais ainda as sombras do escuro. Estremeci de medo: não saltara eu da boca da quizumba para entrar na garganta do leão?

Sentei-me a esclarecer. Minha alma parecia ter-me saído e flutuava como nuvem por cima de mim. A guerra tinha terminado, fazia quase um ano. Não tínhamos entendido a guerra, não entendíamos agora a paz. Mas tudo parecia correr bem, depois que as armas se tinham calado. Do resto não tinha pronunciamento. Mas, na minha vila, havia agora tanta injustiça quanto no tempo colonial. Parecia de outro modo que esse tempo não terminara. Estava era sendo gerido por pessoas de outra raça.

COUTO, Mia. *O último voo do flamingo*. São Paulo: Companhia das Letras, 2005.

A velha e a aranha

Deu-se em época onde o tempo nunca chegou. Está-se escrevendo, ainda por mostrar a redigida verdade. O tudo que foi, será que aconteceu? Começo na velha, sua enrugada caligrafia. Oculta de face, ela entretinha seus silêncios numa casinha tão pequena, tão mínima que se ouviam as paredes roçarem, umas de encontro às outras. O antigamente ali se arrumava. A poeira, madrugadora, competia com o cacimbo[1]. A mulher só morava em seu assento, sem desperdiçar nem um gesto. Em ocasiões poucas, ela sacudia as moscas que lhe cobiçavam as feridas das pernas. Sentada, imovente, a mulher presenciava-se sonhar. Naquela inteira solidão, ela via seu filho regressando. Ele se dera às tropas, serviço de tiros.

— Esta noite chega Antoninho. Vem todo de farda, sacudu[2].

Para receber António ela aprontava o vestido mais a jeito de ser roupa. Azul--azulinho. O vestido saía da caixa para compor sua fantasia. Depois, em triste suspiro, a roupa da ilusão voltava aos guardos.

— Depressa-te Antoninho, a minha vida está-te à espera.

Mas era mais as esperas do que as horas. E o cansaço era sua única carícia. Ela adormecia-se, um leve sorriso meninando-lhe o rosto. E assim por nenhum diante. Desconhece-se a data, talvez nem tenha havido, mas num dos seus olhares demorados, a velha encontrou um brilho cintilando num canto do tecto. Era uma teia de aranha. Ali onde apenas o escuro fazia esquina, havia agora a alma de uma luz, flor em fundo de cinza. A velha levantou-se para mais olhar o achado. Não era a curiosidade que lhe puxava o movimento. Assustava-lhe a sua transparência demasiada. E, de logo, lhe surgiu a pergunta que luz tecera aquele bordado? Não podia ser obra de bicho. Não. Aquilo era trabalho para ser feito por espírito, criaturamente. A teia podia só ser um sinal, uma prova de promessa. Decidiu-se então a velha surpreender o autor da maravilha. A partir dessa tarde, seus olhos emboscaram o tempo, no degrau de cada minuto. Esquecida do sono e do sustento, não houve nunca sentinela mais atenta. Até que, certa vez, se escutou um rumor quase arrependido, desses feitos para ser ouvido apenas pelos bichos caçadores. Por uma breve fresta se injanelava uma aranha. Era de um verde pequenino, quase singelo. Com vagaroso gesto a velha foi tirando o vestido do caixote. Usava os mais lentos gestos, fosse para o bicho não levar susto.

— Qualquer uma coisa vai acontecer!

1. **cacimbo:** nevoeiro.

2. **sacudu:** mochila (do francês *sac-au-dos*).

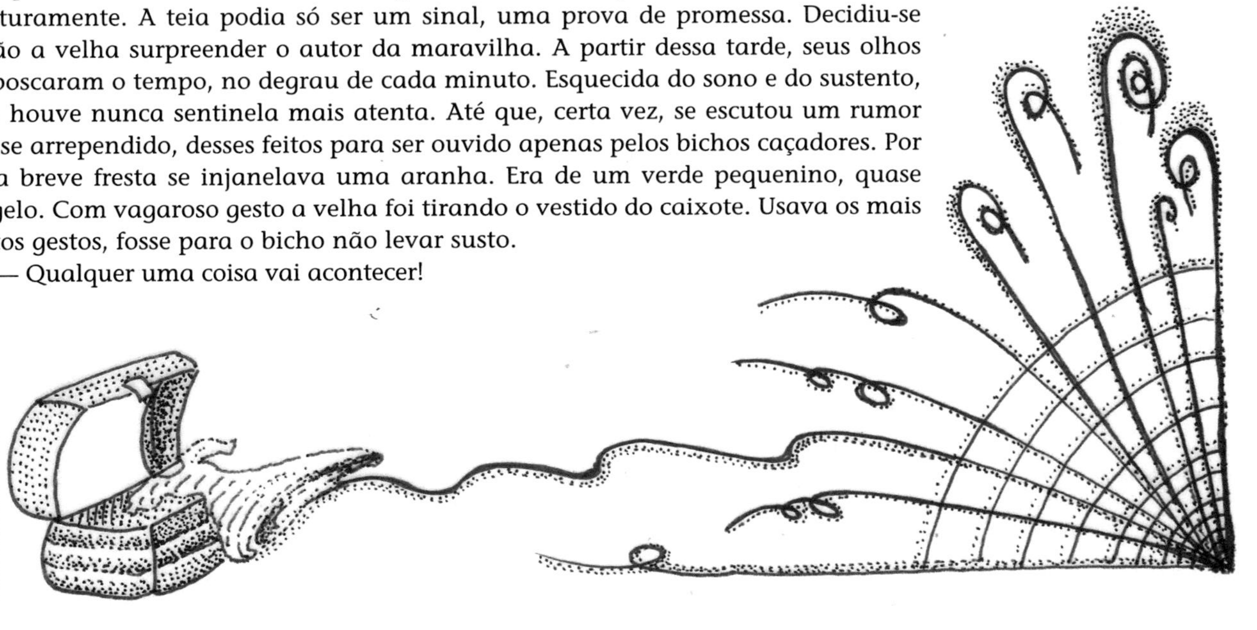

Vera Basile/Arquivo da editora.

Era suspeita que ela bem sabia. Confirmou-se quando as duas, mulher e aranha, se olharam de frente. E se entregaram em fundo entendimento, trocando muda conversa de mães. A velha sentiu o bicho pedia-lhe que ficasse quieta, tão quieta que talvez qualquer coisa pudesse acontecer. Então ela se fez exacta, intranseunte. As moscas, no sobrevoo das feridas, estranharam nem serem sacudidas. Foi quando passos de bota lhe entraram na escuta. Antoninho! A velha esmerava-se na sua imobilidade para que o regresso se completasse, fosse o avesso de um nascer. E lhe vieram as dores, iguais, as mesmas com que ele se havia arrancado da sua carne. Encontraram a velha em estado de retrato, ao dispor da poeira. Em todo o seu redor, envolvente, uma espessa teia. Era como um cacimbo, a memória de uma fumaragem. E a seu lado, sem que ninguém vislumbrasse entendimento, estava um par de botas negras, lustradas, sem gota de poeira.

Disponível em: <www.lumiarte.com/luardeoutono/miacouto1.html>.
Acesso em: 20 mar. 2011.

Divulgação.

Luís Bernardo Honwana (1942-)

Luís Bernardo Honwana nasceu em Lourenço Marques, atual Maputo, capital de Moçambique. Militou na Frelimo, o que lhe valeu três anos de cárcere por parte das autoridades portuguesas. Após a independência, atuou em importantes cargos do governo moçambicano.

Em 1964, em plena luta pela independência, publicou o livro de contos *Nós Matamos o Cão-Tinhoso*, o que lhe valeu reconhecimento internacional. Os contos, sempre narrados da perspectiva de meninos, estabeleceram um novo caminho para a narrativa moçambicana. Reproduzimos, ao lado, o conto *As mãos dos pretos*.

As mãos dos pretos

Já nem sei a que propósito é que isso vinha, mas o Senhor Professor disse um dia que as palmas das mãos dos pretos são mais claras do que o resto do corpo porque ainda há poucos séculos os avós deles andavam com elas apoiadas ao chão, como os bichos do mato, sem as exporem ao sol, que lhes ia escurecendo o resto do corpo.

Lembrei-me disso quando o Senhor Padre, depois de dizer na catequese que nós não prestávamos mesmo para nada e que até os pretos eram melhores do que nós, voltou a falar nisso de as mãos deles serem mais claras, dizendo que isso era assim porque eles, às escondidas, andavam sempre de mãos postas, a rezar.

Eu achei um piadão tal a essa coisa de as mãos dos pretos serem mais claras que agora é ver-me a não largar seja quem for enquanto não me disser porque é que eles têm as palmas das mãos assim claras. A Dona Dores, por exemplo, disse-me que Deus fez-lhes as mãos assim mais claras para não sujarem a comida que fazem para os seus patrões ou qualquer outra coisa que lhes mandem fazer e que não deva ficar senão limpa.

O Senhor Antunes da Coca-Cola, que só aparece na vila de vez em quando, quando as coca-colas das cantinas já tenham sido todas vendidas, disse-me que tudo o que me tinham contado era aldrabice[1]. Claro que não sei se realmente era, mas ele garantiu-me que era. Depois de eu lhe dizer que sim, que era aldrabice, ele contou então o que sabia desta coisa das mãos dos pretos. Assim:

"Antigamente, há muitos anos, Deus Nosso Senhor, Jesus Cristo, Virgem Maria, São Pedro, muitos outros Santos, todos os anjos que nessa altura estavam no céu e algumas pessoas que tinham morrido e ido para o céu, fizeram uma reunião e decidiram fazer pretos. Sabes como? Pegaram em barro, enfiaram-no em moldes usados e para cozer o barro das criaturas levaram-nas para os fornos celestes; como tinham pressa e não houvesse lugar nenhum, ao pé do brasido, penduraram-nas nas chaminés. Fumo, fumo, fumo e aí os tens escurinhos como carvões. E tu agora queres saber por que é que as mãos deles ficaram brancas? Pois então se eles tiveram de se agarrar enquanto o barro deles cozia?!..."

Depois de contar isto, o Senhor Antunes e os outros Senhores que estavam à minha volta desataram a rir, todos satisfeitos.

Nesse mesmo dia, o Senhor Frias chamou-me, depois de o Senhor Antunes ter ido embora, e disse-me que tudo o que eu tinha estado para ali a ouvir de boca aberta era uma grandessíssima peta[2]. Coisa certa e certinha sobre isso das mãos dos pretos era o que ele sabia: que Deus acabava de fazer os homens e mandava-os tomar banho num lago do céu. Depois do banho as pessoas estavam branquinhas. Os pretos, como foram feitos de madrugada e a essa hora a água do lago estivesse muito fria, só tinham molhado as palmas das mãos e as plantas dos pés, antes de se vestirem e virem para o mundo.

1. **aldrabice:** mentira, trapaça (deriva de aldrabão, indivíduo trapaceiro, mentiroso, vigarista).
2. **peta:** mentira, fraude.

Mas eu li num livro que por acaso falava nisso, que os pretos têm as mãos assim mais claras por viverem encurvados, sempre a apanhar o algodão branco de Vírginia e de mais não sei onde. Já se vê que a Dona Estefânia não concordou quando eu lhe disse isso. Para ela é só por as mãos deles desbotarem à força de tão lavadas.

Bem, eu não sei o que vá pensar disso tudo, mas a verdade é que ainda que calosas e gretadas, as mãos dum preto são sempre mais claras que todo o resto dele. Essa é que é essa!

A minha mãe é a única que deve ter razão sobre essa questão de as mãos de um preto serem mais claras do que o resto do corpo. No dia em que falamos nisso, eu e ela, estava-lhe eu ainda a contar o que já sabia dessa questão e ela já estava farta de se rir. O que achei esquisito foi que ela não me dissesse logo o que pensava disso tudo, quando eu quis saber, e só tivesse respondido depois de se fartar de ver que eu não me cansava de insistir sobre a coisa, e mesmo assim a chorar, agarrada à barriga como quem não pode mais de tanto rir. O que ela disse foi mais ou menos isto:

"Deus fez os pretos porque tinha de os haver. Tinha de os haver, meu filho, Ele pensou que realmente tinha de os haver... Depois arrependeu-se de os ter feito porque os outros homens se riam deles e levavam-nos para as casas deles para os pôr a servir como escravos ou pouco mais. Mas como Ele já não os pudesse fazer ficar todos brancos porque os que já se tinham habituado a vê-los pretos reclamariam, fez com que as palmas das mãos deles ficassem exatamente como as palmas das mãos dos outros homens. E sabes porque é que foi? Claro que não sabes e não admira, porque muitos e muitos não sabem. Pois olha: foi para mostrar que o que os homens fazem, é apenas obra dos homens... Que o que os homens fazem, é feito por mãos iguais, mãos de pessoas que se tiverem juízo, sabem que antes de serem qualquer outra coisa são homens. Deve ter sido a pensar assim que Ele fez com que as mãos dos pretos fossem iguais às mãos dos homens que dão graças a Deus por não serem pretos."

Depois de dizer isso tudo, a minha mãe beijou-me as mãos.

Quando fugi para o quintal, para jogar à bola, ia a pensar que nunca tinha visto uma pessoa a chorar tanto sem que ninguém lhe tivesse batido.

HONWANA, Luís Bernardo. *Nós Matamos o Cão-Tinhoso*. São Paulo: Ática, 1980. p. 75-7.

sessão de CINEMA

Um filme falado (2003). Direção: Manoel de Oliveira. Com: Leonor Silveira, Filipa de Almeida, Catherine Deneuve, Irene Papas, Stefania Sandrelli, John Malkovich.

Jovem professora de História embarca com sua filha num cruzeiro pelo Mediterrâneo e vai conhecer os lugares sobre os quais falava em suas aulas. Uma ponte entre culturas diversas se estabelece com passageiros de várias nacionalidades, até que o imprevisto vem mostrar as barreiras ainda existentes para a formação de uma comunidade global.

Divulgação.

Não deixe de reler, no capítulo 26 deste volume, o fragmento do capítulo V de *Macunaíma*, em que os três irmãos se banham numa água encantada.

Questões de exames sobre este capítulo encontram-se na página 718.

SIGLAS DAS INSTITUIÇÕES PROMOTORAS DOS EXAMES

Enem – Exame Nacional do Ensino Médio

ESPM-SP – Escola Superior de Propaganda e Marketing de São Paulo

Fatec-SP – Faculdade de Tecnologia de São Paulo

FCC – Fundação Carlos Chagas

FGV-SP – Fundação Getúlio Vargas

Fuvest-SP – Fundação Universitária para o Vestibular

Ibmec-SP – Faculdades do Instituto Brasileiro de Mercado de Capitais

IFSP – Instituto Federal de Educação, Ciência e Tecnologia de São Paulo

ITA-SP – Instituto Tecnológico de Aeronáutica

PUC-MG – Pontifícia Universidade Católica de Minas Gerais

PUC-PR – Pontifícia Universidade Católica do Paraná

PUC-RJ – Pontifícia Universidade Católica do Rio de Janeiro

PUC-RS – Pontifícia Universidade Católica do Rio Grande do Sul

PUC-SP – Pontifícia Universidade Católica de São Paulo

UCS-RS – Universidade de Caxias do Sul

Uece – Universidade Estadual do Ceará

UEL-PR – Universidade Estadual de Londrina

UEM-PR – Universidade Estadual de Maringá

Uepa – Universidade do Estado do Pará

UEPB – Universidade Estadual da Paraíba

UEPG-PR – Universidade Estadual de Ponta Grossa

Uerj – Universidade do Estado do Rio de Janeiro

UFABC-SP – Universidade Federal do ABC

Ufam – Universidade Federal do Amazonas

UFBA – Universidade Federal da Bahia

UFF-RJ – Universidade Federal Fluminense

UFG – Universidade Federal de Goiás

UFJF-MG – Universidade Federal de Juiz de Fora

UFMA – Universidade Federal do Maranhão

UFMG – Universidade Federal de Minas Gerais

UFMS – Universidade Federal do Mato Grosso do Sul

UFMT – Universidade Federal do Mato Grosso

UFPA – Universidade Federal do Pará

UFPE – Universidade Federal de Pernambuco

UFPel-RS – Universidade Federal de Pelotas

UFPR – Universidade Federal do Paraná

UFRGS – Universidade Federal do Rio Grande do Sul

UFRJ – Universidade Federal do Rio de Janeiro

UFSC – Universidade Federal de Santa Catarina

UFSCar-SP – Universidade Federal de São Carlos

UFT-TO – Universidade Federal do Tocantins

UFU-MG – Universidade Federal de Uberlândia

UFV-MG – Universidade Federal de Viçosa

UM-SP – Universidade Metodista de São Paulo

UnB-DF – Universidade de Brasília

Unesp – Universidade Estadual Paulista

Unicamp-SP – Universidade Estadual de Campinas

Unifesp – Universidade Federal de São Paulo

UPM-SP – Universidade Presbiteriana Mackenzie

Vunesp – Fundação para o Vestibular da Universidade Estadual Paulista

Questões de exames

PARTE 1

Capítulo 1

Intertextualidade: o diálogo entre os textos

1. (Fuvest-SP)

Mais do que a mais garrida a minha pátria tem
Uma quentura, um querer bem, um bem
Um "libertas quae sera tamen"*
Que um dia traduzi num exame escrito:
"Liberta que serás também"
E repito!

MORAES, Vinicius de. Pátria minha. *Antologia poética.*

* A frase em latim traduz-se, comumente, por "liberdade ainda que tardia".

Considere as seguintes afirmações:

I. O diálogo com outros textos (intertextualidade) é procedimento central na composição da estrofe.

II. O espírito de contradição manifesto nos versos indica que o amor da pátria que eles expressam não é oficial nem conformista.

III. O apego do eu lírico à tradição da poesia clássica patenteia-se na escolha de um verso latino como núcleo da estrofe.

Está correto o que se afirma em:

a) I, apenas.
b) II, apenas.
c) I e II, apenas.
d) II e III, apenas.
e) I, II e III.

2. (Uerj)

Ideologia

Meu partido
É um coração partido
E as ilusões estão todas perdidas
Os meus sonhos foram todos vendidos
Tão barato que eu nem acredito

Cazuza e Roberto Frejat – 1988. In: <www.cazuza.com.br>.

"E as ilusões estão todas perdidas." Esse verso pode ser lido como uma alusão a um livro intitulado *Ilusões perdidas*, de Honoré de Balzac. Tal procedimento constitui o que se chama de:

a) metáfora
b) pertinência
c) pressuposição
d) intertextualidade

3. (UFT)

Quando nasci, um anjo torto
Desses que vivem na sombra
Disse: Vai Carlos, ser gauche na vida.

ANDRADE, Carlos Drummond de. *Alguma poesia.* Rio de Janeiro: Aguilar, 1964.

Quando nasci um anjo esbelto
Desses que tocam trombeta, anunciou:
Vai carregar bandeira.
Carga muito pesada pra mulher
Esta espécie ainda envergonhada.

PRADO, Adélia. *Bagagem.* Rio de Janeiro: Guanabara, 1986.

Quando nasci veio um anjo safado
O chato dum querubim
E decretou que eu tava predestinado
A ser errado assim
Já de saída a minha estrada entortou
Mas vou até o fim.

BUARQUE, Chico. *Letra e música.* São Paulo: Cia. das Letras, 1989.

Sobre os trechos acima, aponte a alternativa **correta.**

a) Pela leitura das estrofes, podemos perceber que Adélia Prado e Chico Buarque dialogam com o texto drummondiano, reafirmando os mesmos sentidos: o "anjo safado" e o "anjo esbelto" são configurações do mesmo "anjo torto" que anunciou o "gauchismo" de Drummond.

b) A intertextualidade presente nas três estrofes é um recurso muito utilizado pela literatura atual e simboliza a falta de criatividade do escritor contemporâneo.

c) Ao retomarem o texto de Drummond, Adélia Prado e Chico Buarque lançaram mão da paródia, pois esses dois últimos autores deformam alguns dos sentidos do poema drummondiano e por isso polemizam com ele.

d) A relação intertextual que Adélia Prado e Chico Buarque estabelecem com Carlos Drummond é um recurso que valoriza a competência e o repertório cultural do leitor que, por meio da percepção das referências, citações e alusões que um texto faz com o outro, apreende o diálogo com as grandes fontes da literatura.

e) O diálogo que um texto estabelece com outro recebe o nome de paráfrase, pois quando um texto retoma outro é sempre com o objetivo de reafirmar os sentidos daquele que foi citado.

4. (Fuvest-SP)

Escrevo-lhe esta carta...

Um ano depois, programa de alfabetização no Acre apresenta resultados acima da média e, como prova final, bilhetes comoventes.

Repleto de adultos recém-alfabetizados, o Teatro Plácido de Castro, na capital do Acre, Rio Branco, quase veio abaixo com a leitura do bilhete escrito pela dona de casa Sebastiana Costa para o marido: "Manoel, eu fui para aula. Se quiser comida esquente. Foi eu que escrevi". Atordoada com os aplausos, a franzina Sebastiana desceu do palco com a cabeça baixa e os ombros encurvados.

Casada há trinta anos e mãe de oito filhos, ela só descontraiu um pouco quando a ministra do Meio Ambiente, Marina Silva, comentou que o bilhete não precisava ser interpretado como um desaforo, embora passasse um sentimento de libertação. Alfabetizada apenas aos dezessete anos, a ministra Marina conhece como poucos o drama daqueles que não são capazes de decifrar o letreiro de um ônibus ou de rabiscar uma simples mensagem.

Revista *IstoÉ.*

O título "Escrevo-lhe esta carta...":

a) contém ironia, uma vez que o bilhete citado no texto não é propriamente uma carta.

b) resulta de um procedimento intertextual, pois retoma uma expressão frequente na linguagem das cartas.

c) refere-se também ao texto do autor da reportagem, redigido por ele como se fosse uma carta.
d) termina com reticências para deixar subentendido o sarcasmo do autor da reportagem.
e) imita a variedade linguística que caracteriza o bilhete reproduzido na reportagem.

TEXTO PARA AS QUESTÕES 5 E 6.

Modinha do exílio

Os moinhos têm palmeiras
Onde canta o sabiá.
Não são artes feiticeiras!
Por toda parte onde eu vá,
Mar e terras estrangeiras,
Posso ver mesmo as palmeiras
Em que ele cantando está.
Meu sabiá das palmeiras
Canta aqui melhor que lá.
Mas, em terras estrangeiras,
E por tristezas de cá,
Só à noite e às sextas-feiras.
Nada mais simples não há!
Canta modas brasileiras.
Canta — e que pena me dá!

Ribeiro Couto.

5. (UFF-RJ) Os versos dos poetas modernistas e românticos apresentam relação de intertextualidade com o poema de Ribeiro Couto, **exceto** em uma alternativa. Assinale-a.

a) "Vou-me embora pra Pasárgada / Lá sou amigo do rei / Lá tenho a mulher que eu quero / Na cama que escolherei" (Manuel Bandeira)
b) "Dá-me os sítios gentis onde eu brincava / Lá na quadra infantil; / Dá que eu veja uma vez o céu da pátria, / O céu do meu Brasil!" (Casimiro de Abreu)
c) "Minha terra tem macieiras da Califórnia / onde cantam gaturamos de Veneza. / Os poetas da minha terra / são pretos que vivem em torres de ametista" (Murilo Mendes)
d) "Ouro terra amor e rosas / Eu quero tudo de lá / Não permita Deus que eu morra / Sem que volte para lá" (Oswald de Andrade)
e) "Em cismar, sozinho, à noite, / Mais prazer encontro eu lá; / Minha terra tem palmeiras, / Onde canta o Sabiá." (Gonçalves Dias)

6. (UFF-RJ) Pode-se afirmar sobre o poema de Ribeiro Couto que:

a) canta modas brasileiras só à noite e às sextas-feiras, porque as artes feiticeiras são praticadas pelo eu lírico em seu exílio.
b) tem como objetivo expressar a depressão do eu lírico em terra estrangeira, mas também capta os sentimentos do poeta durante o seu exílio.
c) tem como referência original o tema e a métrica da "Canção do exílio", mas reelabora as referências românticas com a linguagem modernista.
d) tem a finalidade de descrever detalhadamente os moinhos com palmeiras onde canta o sabiá, conforme pregava o Realismo.
e) expressa a simplicidade da linguagem do eu lírico, que prefere cantar modinhas brasileiras no exílio a retornar ao Brasil.

7. (Fuvest-SP)

Chega!
Meus olhos brasileiros se fecham saudosos.
Minha boca procura a "Canção do exílio".
Como era mesmo a "Canção do exílio"?
Eu tão esquecido de minha terra...
Ai terra que tem palmeiras
onde canta o sabiá!

ANDRADE, Carlos Drummond de. Europa, França e Bahia. *Alguma poesia.*

Nesse excerto, a citação e a presença de trechos ... constituem um caso de ... .

Os espaços pontilhados da frase acima deverão ser preenchidos, respectivamente, com o que está em:

a) do famoso poema de Álvares de Azevedo / discurso indireto.
b) da conhecida canção de Noel Rosa / paródia.
c) do célebre poema de Gonçalves Dias / intertextualidade.
d) da célebre composição de Villa-Lobos / ironia.
e) do famoso poema de Mário de Andrade / metalinguagem.

8. (UFPE)

Minha terra tem palmeiras
onde canta o sabiá
As aves que aqui gorjeiam
não gorjeiam como lá.

Do poema "Canção do exílio", do romântico Gonçalves Dias, resultou uma série de paráfrases e paródias de poemas que cantam as saudades da terra. Uma delas foi a de Chico Buarque, da qual se apresenta um fragmento a seguir:

Sabiá

Vou voltar
Sei que ainda vou voltar
Para meu lugar
Foi lá e é ainda lá
Que eu hei de ouvir cantar
Uma sabiá...

Vou deitar à sombra
De uma palmeira
Que já não há
Colher a flor
Que já não dá...

Considerando as semelhanças e diferenças entre os dois poemas, assinale a alternativa **incorreta**.

a) A musicalidade dos versos, a rima, a métrica o sentimento de perda que compõem a poesia saudosista do Romantismo são retomados nos versos de Chico Buarque.
b) Assim como o texto atual, os versos do poeta maranhense fazem apologia da infância, dos amores vividos e das belezas naturais de seu país, preservadas pela ação dos nativos.
c) O primeiro poema, representando o Romantismo, apresenta uma visão otimista da pujança da natureza brasileira, enquanto o segundo, representando o Modernismo, atualiza criticamente o dito e expressa a consciência pessimista das carências e da destruição da natureza na terra natal.
d) Gonçalves Dias descreve a sua terra com formas verbais no tempo presente; Chico Buarque o faz numa tensão entre o futuro e o presente, que se mostra negativo.
e) Em ambos os poemas, o advérbio lá refere-se a um lugar de que estão distantes as vozes do eu poético.

9. (Unicamp-SP) Leia atentamente o poema abaixo, de autoria de Cacaso:

Há uma gota de sangue no cartão postal
eu sou manhoso eu sou brasileiro
finjo que vou mas não vou minha janela é
a moldura do luar do sertão
a verde mata nos olhos verdes da mulata

sou brasileiro e manhoso por isso dentro
da noite e de meu quarto fico cismando
na beira de um rio
na imensa solidão de latidos e araras
lívido
de medo e de amor

BRITO, Antonio Carlos de (Cacaso). *Beijo na boca*. Rio de Janeiro: 7 Letras, 2000. p. 12.

a) Este poema de Cacaso (1944-1987) dialoga com várias vozes que falaram sobre a paisagem e o homem brasileiros. Justifique a referência ao "cartão postal" do título, através de expressões usadas na primeira estrofe.
b) O poema se constrói sobre uma imagem suposta de brasileiro. Qual é essa imagem?
c) Quais as expressões poéticas que desmentem a felicidade obrigatória do eu do poema?

10. (UEPB)

Foi na verdade e de lá trouxe / Três moedas de cruzado / Sem dizer nada a ninguém, / Para não ser censurado: /no fiofó do cavalo / Fez o dinheiro guardado [...]/

Disse o pobre: Ele está magro,/ Só tem o osso e o couro,/ Porém, tratando-se dele,/ Meu cavalo é um tesouro./ Basta dizer que defeca/ Níquel, prata, cobre e ouro.

História do cavalo que defecava dinheiro – obra popular recolhida por Leonardo Mota.

[...] É mesmo, João, do jeito que as coisas vão eu não admiro mais nada!

Pra uma pessoa cuja fraqueza é dinheiro e bicho, não vejo nada melhor do que um bicho que descome dinheiro.

Auto da Compadecida. Editora Agir, 2005. p. 72.

Os trechos citados tornam óbvia a interferência de uma obra sobre outra. Esse recurso pode ser interpretado, no âmbito dos estudos literários:

I. como **apropriação**, ou seja, uma determinada obra, tema, imagem é rearticulada por outro escritor artista em outra época (ou até na mesma época), em outro espaço, como muito fizeram os modernistas no Brasil.
II. como **plágio**, ou seja, em momento posterior à exibição/conhecimento de uma obra, alguém inadvertidamente se apropria da obra ou parte dela sem atribuir os valores de crédito a seu respectivo autor, como muito fizeram os modernistas no Brasil.
III. como inteira falta **de criatividade** de um indivíduo, ou seja, alguém se apropria da obra (ou parte dela) de outrem e a reproduz "estetizando" uma simples paráfrase sem valor artístico.

Marque a alternativa correta.

a) Apenas a proposição III está correta.
b) Apenas a proposição II está correta.
c) Apenas a proposição I está correta.
d) Apenas as proposições I e III estão corretas.
e) Apenas as proposições II e III estão corretas.

Capítulo 2

A Arte e suas linguagens

1. (Enem)

Na busca constante pela sua evolução, o ser humano vem alternando a sua maneira de pensar, de sentir e de criar. Nas últimas décadas do século XVIII e no início do século XIX, os artistas criaram obras em que predominam o equilíbrio e a simetria de formas e cores, imprimindo um estilo caracterizado pela imagem da respeitabilidade, da sobriedade, do concreto e do civismo. Esses artistas misturaram o passado ao presente, retratando os personagens da nobreza e da burguesia, além de cenas míticas e histórias cheias de vigor.

RAZOUK, J. J. (Org.). *Histórias reais e belas nas telas*. Posigraf, 2003.

Atualmente, os artistas apropriam-se de desenhos, charges, grafismo e até de ilustrações de livros para compor obras em que se misturam personagens de diferentes épocas, como na seguinte imagem:

a) 
Coleção particular.
Romero Brito. Gisele e Tom.

b) 
Fundação Andy Warhol, Nova York.
Andy Warhol. Michael Jackson.

c) 
Coleção particular.
Funny Filez. Monabean.

d) 
Museu de Arte Moderna de Nova York.
Andy Warhol. Marilyn Monroe.

e) 
Museu Picasso, Paris.
Pablo Picasso. Retrato de Jaqueline Roque com as mãos cruzadas.

2. **(UFG)** Observe o quadro *Abaporu* (1928), de Tarsila do Amaral, reproduzido na contracapa do livro *Tarsila*, de Maria Adelaide Amaral.

Museo de Arte Latinoamericano de Buenos Aires, Argentina.

Na peça *Tarsila*, de Maria Adelaide Amaral, a protagonista presenteia Oswald por seu aniversário com o quadro *Abaporu*. Nessa ocasião, Mário de Andrade, diante da obra, refere-se a sua plasticidade, caracterizada por:

a) elementos nacionais que marcam uma perspectiva artística.
b) figuras naturalistas que estabelecem um efeito de realidade.
c) desenhos infantis que resgatam elementos da cultura popular.
d) linhas simétricas que rompem com a tradição do Modernismo.
e) formas proporcionais que marcam o equilíbrio da paisagem.

3. **(Enem)** Candido Portinari (1903-1962), um dos mais importantes artistas brasileiros do século XX, tratou de diferentes aspectos da nossa realidade em seus quadros.

Sobre a temática dos "Retirantes", Portinari também escreveu o seguinte poema:

Os retirantes vêm vindo com trouxas e embrulhos
Vêm das terras secas e escuras; pedregulhos
Doloridos como fagulhas de carvão aceso
Corpos disformes, uns panos sujos,
Rasgados e sem cor, dependurados
Homens de enorme ventre bojudo
Mulheres com trouxas caídas para o lado
Pançudas, carregando ao colo um garoto
Choramingando, remelento
[...]

PORTINARI, Candido. *Poemas*. Rio de Janeiro: J. Olympio, 1964.

Das quatro obras reproduzidas, assinale aquelas que abordam a problemática que é tema do poema.

a) 1 e 2 b) 1 e 3 c) 2 e 3 d) 3 e 4 e) 2 e 4

AS QUESTÕES 4 E 5 REFEREM-SE AO POEMA.

A dança e a alma

A dança? Não é movimento,
súbito gesto musical.
É concentração, num momento,
da humana graça natural.
No solo não, no éter pairamos,
nele amaríamos ficar.
A dança — não vento nos ramos:
seiva, força, perene estar.
Um estar entre céu e chão,
novo domínio conquistado,
onde busque nossa paixão
libertar-se por todo lado...
Onde a alma possa descrever
suas mais divinas parábolas
sem fugir à forma do ser,
por sobre o mistério das fábulas.

ANDRADE, Carlos Drummond de. *Obra completa*. Rio de Janeiro: Aguilar, 1964. p. 366.

4. (Enem) A definição de dança, em linguagem de dicionário, que mais se aproxima do que está expresso no poema é:

a) a mais antiga das artes, servindo como elemento de comunicação e afirmação do homem em todos os momentos de sua existência.
b) a forma de expressão corporal que ultrapassa os limites físicos, possibilitando ao homem a liberação de seu espírito.
c) a manifestação do ser humano, formada por uma sequência de gestos, passos e movimentos desconcertados.
d) o conjunto organizado de movimentos do corpo, com ritmo determinado por instrumentos musicais, ruídos, cantos, emoções etc.
e) o movimento diretamente ligado ao psiquismo do indivíduo e, por consequência, ao seu desenvolvimento intelectual e à sua cultura.

5. (Enem) O poema "A dança e a alma" é construído com base em contrastes, como "movimento" e "concentração". Em uma das estrofes, o termo que estabelece contraste com solo é:

a) éter.
b) seiva.
c) chão.
d) paixão.
e) ser.

6. (Enem) Os transgênicos vêm ocupando parte da imprensa com opiniões ora favoráveis ora desfavoráveis. Um organismo ao receber material genético de outra espécie, ou modificado da mesma espécie, passa a apresentar novas características. Assim, por exemplo, já temos bactérias fabricando hormônios humanos, algodão colorido e cabras que produzem fatores de coagulação sanguínea humana.

O belga René Magritte (1896-1967), um dos mais importantes pintores surrealistas, deixou obras enigmáticas.

Caso você fosse escolher uma ilustração para um artigo sobre os transgênicos, qual das obras de Magritte, a seguir, estaria mais de acordo com esse tema tão polêmico?

a)

b)

c)

d)

e)

7. (Enem) Candido Portinari (1903-1962), em seu livro *Retalhos de minha vida de infância*, descreve os pés dos trabalhadores.

Pés disformes. Pés que podem contar uma história. Confundiam-se com as pedras e os espinhos. Pés semelhantes aos mapas: com montes e vales, vincos como rios. [...] Pés sofridos com muitos e muitos quilômetros de marcha. Pés que só os santos têm. Sobre a terra, difícil era distingui-los. Agarrados ao solo, eram como alicerces, muitas vezes suportavam apenas um corpo franzino e doente.

PORTINARI, Candido. *Retrospectiva*. Catálogo Masp.

As fantasias sobre o Novo Mundo, a diversidade da natureza e do homem americano e a crítica social foram temas que inspiraram muitos artistas ao longo de nossa História. Dentre estas imagens, a que melhor caracteriza a crítica social contida no texto de Portinari é:

a)

b)

c) 

d) 

e) 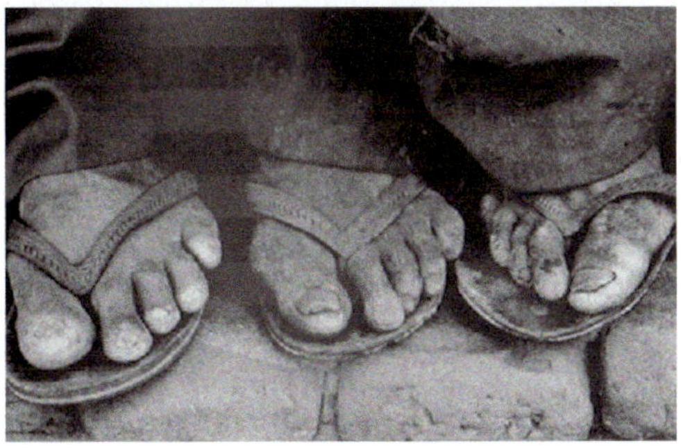

8. (Enem)

O movimento *hip-hop* é tão urbano quanto as grandes construções de concreto e as estações de metrô, e cada dia se torna mais presente nas grandes metrópoles mundiais. Nasceu na periferia dos bairros pobres de Nova Iorque. É formado por três elementos: a música (o *rap*), as artes plásticas (o grafite) e a dança (o *break*). No *hip-hop* os jovens usam as expressões artísticas como uma forma de resistência política.

Enraizado nas camadas populares urbanas, o *hip-hop* afirmou-se no Brasil e no mundo com um discurso político a favor dos excluídos, sobretudo dos negros. Apesar de ser um movimento originário das periferias norte-americanas, não encontrou barreiras no Brasil, onde se instalou com certa naturalidade — o que, no entanto, não significa que o *hip-hop* brasileiro não tenha sofrido influências locais. O movimento no Brasil é híbrido: *rap* com um pouco de samba, *break* parecido com capoeira e grafite de cores muito vivas.

Adaptado de *Ciência e Cultura*, 2004.

De acordo com o texto, o *hip-hop* é uma manifestação artística tipicamente urbana, que tem como principais características:

a) a ênfase nas artes visuais e a defesa do caráter nacionalista.
b) a alienação política e a preocupação com o conflito de gerações.
c) a afirmação dos socialmente excluídos e a combinação de linguagens.
d) a integração de diferentes classes sociais e a exaltação do progresso.
e) a valorização da natureza e o compromisso com os ideais norte-americanos.

9. (Enem) A leitura do poema "Descrição da guerra em Guernica" traz à lembrança o famoso quadro de Picasso.

Entra pela janela
o anjo camponês;
com a terceira luz na mão;
minucioso, habituado
aos interiores de cereal,
aos utensílios que dormem na fuligem;
os seus olhos rurais
não compreendem bem os símbolos
desta colheita: hélices,
motores furiosos;
e estende mais o braço; planta
no ar, como uma árvore
a chama do candeeiro.
[...]

OLIVEIRA, Carlos de. In: ANDRADE, Eugénio. *Antologia pessoal da poesia portuguesa*. Porto: Campo das Letras, 1999.

Uma análise cuidadosa do quadro permite que se identifiquem as cenas referidas nos trechos do poema.

Pablo Picasso, *Guernica*. 1937. Museu Nacional Centro de Arte Reina Sofia, Madri.

Podem ser relacionadas ao texto lido as partes:

a) a1, a2, a3.
b) f1, e1, d1.
c) e1, d1, c1.
d) c1, c2, c3.
e) e1, e2, e3.

Capítulo 3

Literatura: a arte da palavra

1. (UFBA)

Emergência

Mário Quintana

Quem faz um poema abre uma janela.
Respira, tu que estás numa cela
abafada,
esse ar que entra por ela.
Por isso é que os poemas têm ritmo
— para que possas profundamente respirar.
Quem faz um poema salva um afogado.

Agosto 1964

Ferreira Gullar

Entre lojas de flores e de sapatos, bares,
    mercados, butiques,
viajo
    num ônibus Estrada de Ferro — Leblon.
    Volto do trabalho, a noite em meio,
    fatigado de mentiras.
O ônibus sacoleja. Adeus, Rimbaud,
relógio de lilases, concretismo,
neoconcretismo, ficções da juventude, adeus,
    que a vida
    eu a compro à vista aos donos do mundo.
    Ao peso dos impostos, o verso sufoca,
a poesia agora responde a inquérito policial-militar.
    Digo adeus à ilusão
mas não ao mundo. Mas não à vida,
    meu reduto e meu reino.
Do salário injusto,
da punição injusta,
da humilhação, da tortura,
do terror,
retiramos algo e com ele construímos um artefato
    um poema
    uma bandeira

In: MORICONI, Italo (Org.). *Os cem melhores poemas brasileiros do século.* Rio de Janeiro: Objetiva, 2001. p. 117 e 267.

Com base na leitura dos poemas "Emergência", de Mário Quintana, e "Agosto 1964", de Ferreira Gullar, explique **a concepção de poesia de cada sujeito poético** e destaque, pelo menos, **dois recursos linguísticos** que constituem imagens poéticas de cada texto.

Justifique sua escolha.

(Fuvest-SP) Texto para a questão 2.

A rosa de Hiroxima

Pensem nas crianças
Mudas telepáticas
Pensem nas meninas
Cegas inexatas
Pensem nas mulheres
Rotas alteradas
Pensem nas feridas
Como rosas cálidas
Mas oh não se esqueçam
Da rosa da rosa
Da rosa de Hiroxima
A rosa hereditária
A rosa radioativa
Estúpida e inválida
A rosa com cirrose
A antirrosa atômica
Sem cor sem perfume
Sem rosa sem nada.

MORAES, Vinicius de. *Antologia poética.*

2. Neste poema:

a) a referência a um acontecimento histórico, ao privilegiar a objetividade, suprime o teor lírico do texto.
b) parte da força poética do texto provém da associação da imagem tradicionalmente positiva da rosa a atributos negativos, ligados à ideia de destruição.
c) o caráter politicamente engajado do texto é responsável pela sua despreocupação com a elaboração formal.
d) o paralelismo da construção sintática revela que o texto foi escrito originalmente como letra de canção popular.
e) o predomínio das metonímias sobre as metáforas responde, em boa medida, pelo caráter concreto do texto e pelo vigor de sua mensagem.

3. (Unicamp-SP)

Poética I

De manhã, escureço
De dia, tardo
De tarde anoiteço
De noite ardo

A oeste a morte
Contra quem vivo
Do sul cativo
O este é meu norte.

Outros que contem
Passo por passo
Eu morro ontem

Nasço amanhã
Ando onde há espaço.
— Meu tempo é quando.

Nova York, 1950

MORAES, Vinicius de. *Antologia poética*. São Paulo: Companhia das Letras, 2009. p. 272.

a) A poesia é um lugar privilegiado para constatarmos que a língua é muito mais produtiva do que preveem as normas gramaticais. Isso é particularmente visível no modo como o poema explora os marcadores temporais e espaciais. Comente dois exemplos presentes no poema que confirmem essa afirmação.
b) As duas últimas estrofes apresentam uma **oposição** entre o **eu lírico** e os **outros**. Explique o sentido dessa oposição.

4. (Fuvest-SP) Leia este trecho do poema de Vinicius de Moraes.

Mensagem à poesia

Não posso
Não é possível
Digam-lhe que é totalmente impossível
Agora não pode ser
É impossível
Não posso.

Digam-lhe que estou tristíssimo, mas não posso ir esta
    [noite ao seu encontro.
Contem-lhe que há milhões de corpos a enterrar
Muitas cidades a reerguer, muita pobreza pelo mundo
Contem-lhe que há uma criança chorando em
    [alguma parte do mundo

E as mulheres estão ficando loucas, e há legiões delas [carpindo
A saudade de seus homens: contem-lhe que há um [vácuo
Nos olhos dos párias, e sua magreza é extrema; [contem-lhe
Que a vergonha, a desonra, o suicídio rondam os [lares, e é preciso reconquistar a vida.
Façam-lhe ver que é preciso eu estar alerta, voltado [para todos os caminhos
Pronto a socorrer, a amar, a mentir, a morrer se for [preciso.

MORAES, Vinicius de. *Antologia poética.*

No trecho, o poeta expõe alguns dos motivos que o impedem de ir ao encontro da poesia. A partir da observação desses motivos, procure deduzir a concepção dessa poesia ao encontro da qual o poeta não poderá ir: como se define essa poesia? Quais suas características principais? Explique sucintamente.

5. **(IFSP)** Considere um trecho do poema "O apanhador de desperdícios", de Manoel de Barros.

Uso a palavra para compor meus silêncios.
Não gosto das palavras
fatigadas de informar.
Dou mais respeito
às que vivem de barriga no chão
tipo água pedra sapo.
Entendo bem o sotaque das águas
dou respeito às coisas desimportantes
e aos seres desimportantes.
Prezo insetos mais que aviões.
Prezo a velocidade
Das tartarugas mais que a dos mísseis.

PINTO, Manuel da Costa. *Antologia comentada da poesia brasileira do século 21*. São Paulo: Publifolha, 2006.

Pela leitura dos versos, pode-se concluir que o poeta:

a) exalta a velocidade e a rapidez associadas aos avanços tecnológicos próprios do século XXI.
b) usa a linguagem para expressar as angústias e frustrações que sente diante da vida.
c) prefere o ambiente urbano, embora afirme precisar de momentos de silêncio e de contemplação.
d) reflete sobre o papel que as palavras desempenham como veículo para a expressão do eu lírico.
e) sente necessidade de educar e de informar os leitores, usando termos arcaicos e incomuns.

6. **(Enem)** Érico Veríssimo relata, em suas memórias, um episódio da adolescência que teve influência significativa em sua carreira de escritor.

Lembro-me de que certa noite — eu teria uns quatorze anos, quando muito — encarregaram-me de segurar uma lâmpada elétrica à cabeceira da mesa de operações, enquanto um médico fazia os primeiros curativos num pobre-diabo que soldados da Polícia Municipal haviam "carneado". [...] Apesar do horror e da náusea, continuei firme onde estava, talvez pensando assim: se esse caboclo pode aguentar tudo isso sem gemer, por que não hei de poder ficar segurando esta lâmpada para ajudar o doutor a costurar esses talhos e salvar essa vida? [...]

Desde que, adulto, comecei a escrever romances, tem-me animado até hoje a ideia de que o menos que o escritor pode fazer, numa época de atrocidades e injustiças como a nossa, é acender a sua lâmpada, fazer luz sobre a realidade de seu mundo, evitando que sobre ele caia a escuridão, propícia aos ladrões, aos assassinos e aos tiranos. Sim, segurar a lâmpada, a despeito da náusea e do horror. Se não tivermos uma lâmpada elétrica, acendamos o nosso toco de vela ou, em último caso, risquemos fósforos repetidamente, como um sinal de que não desertamos nosso posto.

VERÍSSIMO, Érico. *Solo de clarineta.* Porto Alegre: Globo, 1978. t. I.

Neste texto, por meio da metáfora da lâmpada que ilumina a escuridão, Érico Veríssimo define como uma das funções do escritor e, por extensão, da literatura:

a) criar a fantasia.
b) permitir o sonho.
c) denunciar o real.
d) criar o belo.
e) fugir da náusea.

7. **(Enem)** Leia o que disse João Cabral de Melo Neto, poeta pernambucano, sobre a função de seus textos:

Falo somente com o que falo: a linguagem enxuta, contato denso; falo somente do que falo: a vida seca, áspera e clara do sertão; falo somente por quem falo: o homem sertanejo sobrevivendo na adversidade e na míngua. Falo somente para quem falo: para os que precisam ser alertados para a situação da miséria no Nordeste.

Para João Cabral de Melo Neto, no texto literário:

a) a linguagem do texto deve refletir o tema, e a fala do autor deve denunciar o fato social para determinados leitores.
b) a linguagem do texto não deve ter relação com o tema, e o autor deve ser imparcial para que seu texto seja lido.
c) o escritor deve saber separar a linguagem do tema e a perspectiva pessoal da perspectiva do leitor.
d) a linguagem pode ser separada do tema, e o escritor deve ser o delator do fato social para todos os leitores.
e) a linguagem está além do tema, e o fato social deve ser a proposta do escritor para convencer o leitor.

8. **(UFBA)**

Quando se atribui ao poeta a missão [...] de nomear as coisas não se está dizendo, na verdade, senão que ele, ao falar delas, revela-lhes a atualidade, a condição histórica: tira-as da sombra, do limbo, para mostrá-las, reais, concretas, aos homens.

Assinale a proposição ou proposições que equivalem ao conceito de poeta/poesia expresso no fragmento acima e, depois, some os valores.

(01) "O poeta / com a sua lanterna / mágica está sempre / no começo das coisas. / É como a água, eterna- / mente matutina."
(02) "Não faças versos sobre acontecimentos. / Não há criação nem morte perante a poesia. / Diante dela, a vida é um Sol estático, / não aquece nem ilumina."
(04) "Dos braços do poeta / Pende a ópera do mundo / (Tempo, cirurgião do mundo)."

(08) "Poesia – deter a vida com palavras? / Não – libertá-la, / fazê-la voz e fogo em nossa voz. Po- / esia – falar / o dia."

(16) "Quero fazer uma grande poesia. / Quando meu pai chegar tragam-me logo os jornais da tarde / Se eu dormir, pelo amor de Deus, me acordem / Não quero perder nada na vida."

(32) "Andei pelo mundo no meio dos homens! / Uns compravam joias, uns compravam pão / Não houve mercado nem mercadoria / que seduzisse a minha vaga mão."

Capítulo 4

A linguagem figurada: metáforas e metonímias

1. (Unifesp) Leia o poema de Manuel Bandeira para responder à questão.

Versos de Natal

Espelho, amigo verdadeiro,
Tu refletes as minhas rugas,
Os meus cabelos brancos,
Os meus olhos míopes e cansados.
Espelho, amigo verdadeiro,
Mestre do realismo exato e minucioso,
Obrigado, obrigado!

Mas se fosses mágico,
Penetrarias até ao fundo desse homem triste,
Descobririas o menino que sustenta esse homem,
O menino que não quer morrer,
Que não morrerá senão comigo,
O menino que todos os anos na véspera do Natal
Pensa ainda em pôr os seus chinelinhos atrás da porta.

No poema, a metáfora do espelho é um caminho para a reflexão sobre:

a) a velhice do poeta, revelada por seu mundo interior, triste e apático.
b) a magia do Natal e as expectativas do presente, maiores ainda na velhice.
c) o encanto do Natal, vivido pelo homem-menino que a tudo assiste sem emoção.
d) a alegria que ronda o poeta, fruto dos sonhos e da esperança contidos no homem e ausentes no menino.
e) as limitações impostas pelo mundo externo ao homem e os anseios e sonhos vivos no menino.

2. (Fuvest-SP) Graciliano Ramos, em seu livro *Infância*, reflete sobre uma de suas marcantes impressões de menino.

Bem e Mal ainda não existiam, faltava razão para que nos afligissem com pancadas e gritos. Contudo as pancadas e os gritos figuravam na ordem dos acontecimentos, partiam sempre de seres determinados, como a chuva e o sol vinham do céu. E o céu era terrível, e os donos da casa eram fortes. Ora, sucedia que a minha mãe abrandava de repente e meu pai, silencioso, explosivo, resolvia contar-me histórias. Admirava-me, aceitava a lei nova, ingênuo, admitia que a natureza se houvesse modificado. Fechava-se o doce parêntese — e isso me desorientava.

a) Ao se referir às violências sofridas quando menino, o autor compara-as a elementos da natureza (chuva, sol, céu). O que mostra ele, ao estabelecer tal comparação?
b) Esclareça o preciso significado, no contexto, da expressão "fechava-se o doce parêntese".

3. (Enem)

e-mail: bobthaves@aol.com
©2003 Thaves/Dist. by NEA, Inc. <www.comisc.com>

Nessa tirinha, a personagem faz referência a uma das mais conhecidas figuras de linguagem para:

a) condenar a prática de exercícios físicos.
b) valorizar aspectos da vida moderna.
c) desestimular o uso das bicicletas.
d) caracterizar o diálogo entre gerações.
e) criticar a falta de perspectiva do pai.

4. (Fuvest-SP)

O filme **Cazuza — O tempo não para** me deixou numa espécie de felicidade pensativa. Tento explicar por quê.

Cazuza mordeu a vida com todos os dentes. A doença e a morte parecem ter-se vingado de sua paixão exagerada de viver. É impossível sair da sala de cinema sem se perguntar mais uma vez: o que vale mais, a preservação de nossas forças, que garantiria uma vida mais longa, ou a livre procura da máxima intensidade e variedade de experiências?

Digo que a pergunta se apresenta "mais uma vez" porque a questão é hoje trivial e, ao mesmo tempo, persecutória.

[...] Obedecemos a uma proliferação de regras que são ditadas pelos progressos da prevenção. Ninguém imagina que comer banha, fumar, tomar pinga, transar sem camisinha e combinar, sei lá, nitratos com Viagra seja uma boa ideia. De fato não é. À primeira vista, parece lógico que concordemos sem hesitação sobre o seguinte: não há ou não deveria haver prazeres que valham um risco de vida ou, simplesmente, que valham o risco de encurtar a vida. De que adiantaria um prazer que, por assim dizer, cortasse o galho sobre o qual estou sentado?

Os jovens têm uma razão básica para desconfiar de uma moral prudente e um pouco avara que sugere que escolhamos sempre os tempos suplementares. É que a morte lhes parece distante, uma coisa com a qual a gente se preocupará mais tarde, muito mais tarde. Mas sua vontade de caminhar na corda bamba e sem rede não é apenas a inconsciência de quem pode esquecer que "o tempo não para". É também (e talvez sobretudo) um questionamento que nos desafia: para disciplinar a experiência, será que temos outras razões que não sejam só a decisão de durar um pouco mais?

CALLIGARIS, Contardo. *Folha de S.Paulo*.

As opções de vida que se caracterizam pela "preservação de nossas forças" e pela "procura da máxima intensidade e variedade de experiências" estão metaforizadas no texto, respectivamente, pelas expressões:

a) "regras" e "moral prudente".
b) "galho" e "corda bamba".
c) "dentes" e "rede".
d) "prazeres" e "progressos da prevenção".
e) "risco de vida" e "tempos suplementares".

5. (FGV-SP)

Ora, ela, que até os quinze anos era inocente como a flor, e por isso alegre e folgazona como uma cabritinha nova, começou a fazer-se tímida e depois triste, como o gemido da rola; a causa disto estava no agradável parecer de um mancebo da sua tribo, que diariamente vinha caçar ou pescar à ilha, e vinte vezes já o havia feito sem que de uma só desse fé dos olhares ardentes que lhe dardejava a moça.

MACEDO, Joaquim Manuel de. *A Moreninha*. São Paulo: Ática, 1997. p. 62-3.

a) O que significa, literalmente, **dardejava**?
b) E no texto, o que significa esse verbo?
c) Que figura de linguagem ocorre nesse caso?

6. (FGV-SP)

Os tiranos e os autocratas sempre compreenderam que a capacidade de ler, o conhecimento, os livros e os jornais são potencialmente perigosos. Podem insuflar ideias independentes e até rebeldes nas cabeças de seus súditos. O governador real britânico da colônia de Virgínia escreveu em 1671: Graças a Deus não há escolas, nem imprensa livre; e espero que não [as] tenhamos nestes [próximos] cem anos; pois o conhecimento introduziu no mundo a desobediência, a heresia e as seitas, e a imprensa divulgou-as e publicou os libelos contra os melhores governos. Que Deus nos guarde de ambos! Mas os colonizadores norte-americanos, compreendendo em que consiste a liberdade, não pensavam assim. Em seus primeiros anos, os Estados Unidos se vangloriavam de ter um dos índices mais elevados — talvez o mais elevado — de cidadãos alfabetizados no mundo.

Atualmente, os Estados Unidos não são o líder mundial em alfabetização. Muitos dos que são alfabetizados não conseguem ler, nem compreender material muito simples — muito menos um livro da sexta série, um manual de instruções, um horário de ônibus, o documento de uma hipoteca ou um programa eleitoral.

As rodas dentadas da pobreza, ignorância, falta de esperança e baixa autoestima se engrenam para criar um tipo de máquina do fracasso perpétuo que esmigalha os sonhos de geração a geração. Nós todos pagamos o preço de mantê-la funcionando. O analfabetismo é a sua cavilha.

Ainda que endureçamos os nossos corações diante da vergonha e da desgraça experimentadas pelas vítimas, o ônus do analfabetismo é muito alto para todos os demais — o custo de despesas médicas e hospitalização, o custo de crimes e prisões, o custo de programas de educação especial, o custo da produtividade perdida e de inteligências potencialmente brilhantes que poderiam ajudar a solucionar os dilemas que nos perseguem.

Frederick Douglass ensinou que a alfabetização é o caminho da escravidão para a liberdade. Há muitos tipos de escravidão e muitos tipos de liberdade. Mas saber ler ainda é o caminho.

SAGAN, Carl. O caminho para a liberdade. In: *O mundo assombrado pelos demônios*: a ciência vista como uma vela no escuro. Adaptado.

Assinale a alternativa em que se identifica a figura de linguagem predominante no trecho:

As rodas dentadas da pobreza, ignorância, falta de esperança e baixa autoestima se engrenam para criar um tipo de máquina do fracasso perpétuo que esmigalha os sonhos de geração a geração. Nós todos pagamos o preço de mantê-la funcionando. O analfabetismo é a sua cavilha.

a) Eufemismo.
b) Antítese.
c) Metáfora.
d) Elipse.
e) Inversão.

7. (Unesp-SP)

Soneto

Os teus olhos gentis, encantadores,
Tua loira madeixa delicada,
Tua boca por Vênus invejada,
Onde habitam mil cândidos amores:

Os teus braços, prisão dos amadores,
Os teus globos de neve congelada,
Serão tornados breve a cinza!... a nada!...
Aos teus amantes causarão horrores!...

Céus! e hei-de eu amar uma beleza,
Que à cinza reduzida brevemente
Há-de servir de horror à Natureza!...

Ah! mandai-me uma luz resplandecente,
Que minha alma ilumine, e com pureza
Só ame um Deus, que vive eternamente.

SALDANHA, José da Natividade. *Poemas oferecidos aos amantes do Brasil*, 1822.

Soneto

Podre meu Pai! A Morte o olhar lhe vidra.
Em seus lábios que os meus lábios osculam
Micro-organismos fúnebres pululam
Numa fermentação gorda de cidra.

Duras leis as que os homens e a hórrida hidra
A uma só lei biológica vinculam,
E a marcha das moléculas regulam,
Com a invariabilidade da clepsidra!...

Podre meu Pai! E a mão que enchi de beijos
Roída toda de bichos, como os queijos
Sobre a mesa de orgíacos festins!...

Amo meu Pai na atômica desordem
Entre as bocas necrófagas que o mordem
E a terra infecta que lhe cobre os rins!

ANJOS, Augusto dos. *Eu*, 1935.

O emprego pelos escritores de comparações, metáforas, metonímias, sinédoques e outros recursos expressivos pode levar algumas vezes os leitores a ter alguma dificuldade na decifração dos sentidos de versos e frases.

Com base nesse comentário, releia os dois sonetos e, em seguida:

a) considerando que a metáfora consiste no emprego de uma palavra por outra com base numa relação de similaridade de sentido, aponte na segunda estrofe do poema de Natividade Saldanha uma palavra empregada metaforicamente;

b) levando em conta a relação lógica "todo vs. parte" ou "parte vs. todo", defina o sentido da expressão "bocas necrófagas" no décimo terceiro verso do soneto de Augusto dos Anjos.

PARTE 2

Capítulo 5

Os gêneros literários

1. (Enem)

Gênero dramático é aquele em que o artista usa como intermediário entre si e o público a representação. A palavra vem do grego *drao* (fazer) e quer dizer ação. A peça teatral é, pois, uma composição literária destinada à apresentação por atores em um palco, atuando e dialogando entre si. O texto dramático é complementado pela atuação dos atores no espetáculo teatral e possui uma estrutura específica, caracterizada: 1) pela presença de personagens que devem estar ligados com lógica uns aos outros e à ação; 2) pela ação dramática (trama, enredo), que é o conjunto de atos dramáticos, maneiras de ser e de agir das personagens encadeadas à unidade do efeito e segundo uma ordem composta de exposição, conflito, complicação, clímax e desfecho; 3) pela situação ou ambiente, que é o conjunto de circunstâncias físicas, sociais, espirituais em que se situa a ação; 4) pelo tema, ou seja, a ideia que o autor (dramaturgo) deseja expor, ou sua interpretação real por meio da representação.

COUTINHO, A. *Notas de teoria literária*. Rio de Janeiro: Civilização Brasileira, 1973 (adaptado).

Considerando o texto e analisando os elementos que constituem um espetáculo teatral, conclui-se que:

a) a criação do espetáculo teatral apresenta-se como um fenômeno de ordem individual, pois não é possível sua concepção de forma coletiva.

b) o cenário onde se desenrola a ação cênica é concebido e construído pelo cenógrafo de modo autônomo e independente do tema da peça e do trabalho interpretativo dos atores.

c) o texto cênico pode originar-se dos mais variados gêneros textuais, como contos, lendas, romances, poesias, crônicas, notícias, imagens e fragmentos textuais, entre outros.

d) o corpo do ator na cena tem pouca importância na comunicação teatral, visto que o mais importante é a expressão verbal, base da comunicação cênica em toda a trajetória do teatro até os dias atuais.

e) a iluminação e o som de um espetáculo cênico independem do processo de produção/recepção do espetáculo teatral, já que se trata de linguagens artísticas diferentes, agregadas posteriormente à cena teatral.

2. (UnB-DF)

Texto I

Vivendo provavelmente no século VIII a.C., costumava peregrinar pelas cortes e pelas ágoras, mercados públicos das cidades daquela época, a repetir, em estrofes candentes, entusiastas, cosendo os cantos uns nos outros, os memoráveis feitos dos aqueus, antepassados dos gregos.

Segundo o costume, apresentava-se em pé, apoiado em um bastão, narrando de memória e em voz alta, para que todos ouvissem, e, assim, preservava a memória dos combates e dos másculos heróis do passado. Teria sido ele o principal responsável por conferir unidade cultural a todo o povo de fala grega, o do continente da Ática, o da península do Peloponeso e o das ilhas do Mar Egeu. Para Hesíodo, foi Homero quem constituiu a teologia nacional da Grécia. É consenso, hoje, que nenhum poeta, nenhuma personalidade literária, ocupou na vida do seu povo lugar semelhante.

Homero narrou a epopeia da guerra de Troia em duas obras distintas: ***Ilíada*** (dedicada ao último ano da guerra) e ***Odisseia*** (narrativa das peripécias de Ulisses depois da guerra). Nelas, encontram-se não só a relação estreita dos homens com inúmeros deuses, mas também a exposição da cosmogonia grega, o que solidificou a posição dessas duas obras como expressão dos ideais de formação dos gregos (Paideia).

Disponível em: <http://educaterra.terra.com.br> (com adaptações).

Texto II

Efetivamente, são esses [Hesíodo e Homero] que fizeram para os homens essas fábulas falsas — que contaram e continuam a contar —, nas quais os deuses lutam contra os deuses, que conspiram e combatem, pois nada disso é verdade. Nem se deve contar essas fábulas na nossa cidade se queremos que os futuros guardiões considerem uma grande vileza o odiarem-se uns aos outros por pouca coisa.

PLATÃO. *A República*. Lisboa: Calouste Gulbenkian, 1993. p. 88-9 (com adaptações).

Considerando os textos acima, julgue certo ou errado o item abaixo:

A partir da leitura dos textos I e II, conclui-se que, embora as narrativas épicas, históricas ou epopeicas garantissem a preservação da memória cultural dos gregos, para Platão, as fábulas contadas por Hesíodo e Homero, por não serem exemplares, não possuíam conteúdo pedagógico.

3. (UFSC) Leia os textos a seguir, assinale as alternativas corretas e, depois, some os valores atribuídos.

a) Eu faço versos como quem chora
De desalento... de desencanto...
Fecha o meu livro, se por agora
Não tens motivo nenhum de pranto.

Manuel Bandeira.

b) Recebi os trocados a que tinha direito e fiquei procurando um novo emprego, noutro ramo.

Bento Silvério.

c) Um primeiro sobressalto de pânico apertou-lhe a garganta...
— Padre Estevão! — falou, alto, pensando que talvez houvesse alguém ali, em alguma parte.
Antônio Callado.

(01) Os versos do fragmento **a** apresentam características líricas.
(02) O fragmento **b** está escrito em prosa, que tem, como unidade de composição básica, o parágrafo.
(04) O fragmento **c** está impregnado de características dramáticas.
(08) A estrofe é a unidade de composição básica da prosa.
(16) A prosa presta-se para a confissão amorosa, pessoal; e a poesia, para a criação de personagens e a estruturação de longas narrativas.

AS QUESTÕES DE NÚMEROS 4 E 5 TOMAM POR BASE *A TRAGÉDIA EM UM ATO*, ASSINADA PELO ESCRITOR, TRADUTOR E DESENHISTA MILLÔR FERNANDES (1924-) E PUBLICADA PELA PRIMEIRA VEZ EM "O PIF-PAF" (*O CRUZEIRO*, 1945).

O capitalismo mais reacionário
Tragédia em um ato
Personagens: o patrão e o empregado
Época: atual
Ato Único
Empregado: — Patrão, eu queria lhe falar seriamente. Há quarenta anos que trabalho na empresa e até hoje só cometi um erro.
Patrão: — Está bem, meu filho, está bem. Mas de agora em diante tome mais cuidado.
(Pano rápido)

In: FERNANDES, Millôr. *Trinta anos de mim mesmo.* Rio de Janeiro: Nórdica, 1974. p. 15.

4. **(Vunesp-SP)** Essa tragédia-relâmpago de Millôr Fernandes, denominada *O capitalismo mais reacionário*, mobiliza o campo da sugestividade e, num clima de aparente humorismo, libera todo um universo de conceitos, situações e costumes subentendidos. Releia o texto apresentado e, na sua interpretação, responda:

a) O que está subentendido no discurso direto do patrão?
b) Por que este texto pode ser entendido como crítica de costumes?

5. **(Vunesp-SP)** A tragédia, no sentido clássico, é uma obra fortemente dramática, inspirada na lenda ou na história, e que põe em cena personagens envolvidos em situações que desencadeiam desgraças. Em sua função poética, destina-se também a infundir o terror e a piedade. Considerando essa definição, releia o texto de Millôr Fernandes e, a seguir:

a) interprete por que apenas esse diálogo entre os dois personagens poderia caracterizar uma tragédia, segundo o autor;
b) interprete um sentido conotativo da expressão "meu filho", nas palavras do personagem patrão.

6. **(Uerj)**

o bicho alfabeto
tem vinte e três patas
ou quase
por onde ele passa
nascem palavras
e frases
com frases
se fazem asas
palavras
o vento leve
o bicho alfabeto
passa
fica o que não se escreve.

LEMINSKI, Paulo. *Os melhores poemas de Paulo Leminski.* São Paulo: Global, 2001.

a) O tema do texto de Paulo Leminski é o processo e o sentido da escrita associados aos atos de semear e de soltar a imaginação.
Transcreva do texto os versos que comprovam cada uma dessas associações.
b) Comprove que, no texto de Paulo Leminski, as palavras **leve** e **passa** são ambíguas.

Capítulo 6

O gênero lírico: métricas, formas e temas recorrentes

LEIA O TEXTO SEGUINTE E RESPONDA ÀS QUESTÕES DE NÚMEROS 1 E 2.

Poema de finados

Amanhã que é dia dos mortos
Vai ao cemitério. Vai
E procura entre as sepulturas
A sepultura de meu pai.

Leva três rosas bem bonitas.
Ajoelha e reza uma oração.
Não pelo pai, mas pelo filho:
O filho tem mais precisão.

O que resta de mim na vida
É a amargura do que sofri.
Pois nada quero, nada espero.
E em verdade estou morto ali.

BANDEIRA, Manuel. *Libertinagem.*

1. **(Unesp-SP)** Observe a configuração rítmica do poema. Indique a organização da rima e das sílabas métricas.

2. **(Unesp-SP)** De acordo com o poema, responda:

a) Considerando as marcas linguísticas de pessoalidade, quem é o sujeito que enuncia no texto? A quem ele se dirige?
b) No poema de Manuel Bandeira, o eu lírico sugere ao interlocutor que faça algo num determinado tempo. Indique a palavra que identifica esse tempo em que o interlocutor deve fazer o que pede o eu do poema e uma frase que mostre o que está sendo pedido.

3. **(Fatec-SP)**

A educação pela pedra

Uma educação pela pedra: por lições;
para aprender da pedra, frequentá-la;
captar sua voz inenfática, impessoal
(pela de dicção ela começa as aulas).
A lição de moral, sua resistência fria
ao que flui e a fluir, a ser maleada;
a de poética, sua carnadura concreta;
a de economia, seu adensar-se compacta:
lições da pedra (de fora para dentro,
cartilha muda), para quem soletrá-la.

Outra educação pela pedra: no Sertão
(de dentro para fora, e pré-didática).
No Sertão, a pedra não sabe lecionar,
e se lecionasse, não ensinaria nada;
lá não se aprende a pedra: lá a pedra,
uma pedra de nascença, entranha a alma.

João Cabral de Melo Neto.

De acordo com o texto, é correto afirmar que:

a) a linguagem da poesia deve ser maleável e aderir com emoção à realidade de que trata.
b) na primeira parte do poema, a pedra ensina ao poeta uma lição de impessoalidade e concisão.
c) a poesia é diferente da realidade, pois a pedra no Sertão nada ensina aos homens.
d) a poesia considera que o sertanejo é ignorante, pois não há quem lhe dê lições.
e) a pedra e as palavras são semelhantes, porque se deixam moldar com facilidade.

4. **(Uerj)**

Romance II ou do ouro incansável

Mil bateias[1] vão rodando
sobre córregos escuros;
a terra vai sendo aberta
por intermináveis sulcos;
infinitas galerias
penetram morros profundos.

De seu calmo esconderijo,
o ouro vem, dócil e ingênuo;
torna-se pó, folha, barra,
prestígio, poder, engenho...
É tão claro! — e turva tudo:
honra, amor e pensamento.

Borda flores nos vestidos,
sobe a opulentos altares,
traça palácios e pontes,
eleva os homens audazes,
e acende paixões que alastram
sinistras rivalidades.

Pelos córregos, definham
negros, a rodar bateias.
Morre-se de febre e fome
sobre a riqueza da terra:
uns querem metais luzentes,
outros, as redradas[2] pedras.

Ladrões e contrabandistas
estão cercando os caminhos;
cada família disputa
privilégios mais antigos;
os impostos vão crescendo
e as cadeias vão subindo.

Por ódio, cobiça, inveja,
vai sendo o inferno traçado.
Os reis querem seus tributos,
— mas não se encontram vassalos.
Mil bateias vão rodando,
mil bateias sem cansaço.

Mil galerias desabam;
mil homens ficam sepultos;
mil intrigas, mil enredos
prendem culpados e justos;
já ninguém dorme tranquilo,
que a noite é um mundo de sustos.

Descem fantasmas dos morros,
vêm almas dos cemitérios:
todos pedem ouro e prata,
e estendem punhos severos,
mas vão sendo fabricadas
muitas algemas de ferro.

MEIRELES, Cecília. *Poesias completas.* Rio de Janeiro: Civilização Brasileira, 1974.

1. **bateias:** peneiras de madeira.
2. **redradas:** depuradas, selecionadas.

Há no poema de Cecília Meireles construções a que se atribui duplo sentido em virtude da natureza poética do discurso.

a) A expressão "Por ódio, cobiça, inveja" (v. 31) desempenha dupla função sintática.
Aponte a palavra responsável por essa ambiguidade e identifique as funções sintáticas dessa expressão.
b) Na última estrofe, narra-se uma sequência de ações que giram em torno da busca de riqueza. O verso "e estendem punhos severos" (v. 46) expressa, entretanto, um duplo sentido.
Explique sua duplicidade dentro da estrofe.

LEIA COM ATENÇÃO O POEMA DE JOÃO CABRAL DE MELO NETO E RESPONDA ÀS QUESTÕES 5 E 6.

Sobre o sentar-/estar-no-mundo

A Fanor Cumplido Jr.

Ondequer que certos homens se sentem
sentam poltrona, qualquer o assento.
Sentam poltrona: ou tábua-de-latrina,
assento além de anatômico, ecumênico,
exemplo único de concepção universal,
onde cabe qualquer homem e a contento.

*

Ondequer que certos homens se sentem
sentam bancos ferrenhos de colégio;
por afetuoso e diplomata o estofado,
os ferem nós debaixo, senão pregos,
e mesmo a tábua-de-latrina lhes nega
o abaulado amigo, as curvas de afeto.

A vida toda, se sentam mal sentados,
e mesmo de pé algum assento os fere:
eles levam em si os nós-senão-pregos,
nas nádegas da alma, em efes e erres.

MELO NETO, J. C. de. A educação pela pedra. In: *Poesias completas*. Rio de Janeiro: Sabiá, 1968.

5. (FGV-SP) Nota-se no poema, um intenso trabalho com várias figuras de som: assonância, aliteração, coliteração, rima interna, onomatopeia, paronomásia etc. que conferem expressividade significativa ao texto. Dentre elas, assinala-se a que se forma da relação entre sentem (última palavra do primeiro verso) e sentam (primeira palavra do segundo verso) para que seja respondido o seguinte:

a) Qual o nome da figura que determina a relação sentem/ sentam no poema?

b) Explique os efeitos de sentido que essas figuras provocam na significação geral do poema.

6. (FGV-SP) Nos versos 2 e 3 da primeira estrofe "sentam poltrona, qualquer o assento / Sentam poltrona: ou tábua-de-latrina," e no verso 2 da segunda estrofe "sentam bancos ferrenhos de colégio"; a regência do verbo sentar é alterada bem como a natureza de seus complementos. Explique essa ocorrência sintática e os efeitos de sentido que geram no conjunto do poema.

7. (Unesp-SP) A questão seguinte toma por base uma cantiga do trovador galego Airas Nunes, de Santiago (século XIII), e o poema "Confessor medieval", de Cecília Meireles (1901-1964).

Cantiga

Bailemos nós já todas três, ai amigas,
So aquestas avelaneiras frolidas[1],
E quem for velida, como nós, velidas[2],
Se amigo amar,
So aquestas[3] avelaneiras frolidas
Verrá[4] bailar.
Bailemos nós já todas três, ai irmanas[5],
So aqueste[6] ramo destas avelanas,
E quem for louçana[7], como nós, louçanas,
Se amigo amar,
So aqueste ramo destas avelanas[8]
Verrá bailar.
Por Deus, ai amigas, mentr'al[9] non fazemos
So aqueste ramo frolido bailemos,
E quem bem parecer[10], como nós parecemos
Se amigo amar,
So aqueste ramo so lo que bailemos
Verrá bailar.

NUNES, Airas, de Santiago. In: SPINA, Segismundo. *Presença da literatura portuguesa* – I. Era Medieval. 2. ed. São Paulo: Difusão Europeia do Livro, 1966.

1. **frolidas:** floridas.
2. **velida:** formosa.
3. **aquestas:** estas.
4. **verrá:** virá.
5. **irmanas:** irmãs.
6. **aqueste:** este.
7. **louçana:** formosa.
8. **avelanas:** avelaneiras.
9. **mentr'al:** enquanto outras coisas.
10. **bem parecer:** tiver belo aspecto.

Confessor medieval

Irias à bailia com teu amigo,
Se ele não te dera saia de sirgo*?
Se te dera apenas um anel de vidro
Irias com ele por sombra e perigo?
Irias à bailia sem teu amigo,
Se ele não pudesse ir bailar contigo?
Irias com ele se te houvessem dito
Que o amigo que amavas é teu inimigo?
Sem a flor no peito, sem saia de sirgo,
Irias sem ele, e sem anel de vidro?
Irias à bailia, já sem teu amigo,
E sem nenhum suspiro?

MEIRELES, Cecília. *Poesias completas de Cecília Meireles*. Rio de Janeiro: Civilização Brasileira, 1974. v. 8.

* **sirgo:** seda.

Tanto na cantiga como no poema de Cecília Meireles verificam-se diferentes personagens: um eu poemático, que assume a palavra, e um interlocutor ou interlocutores a quem se dirige. Com base nessa informação, releia os dois poemas e, a seguir:

a) indique o interlocutor ou interlocutores do eu poemático em cada um dos textos;

b) identifique, em cada poema, com base na flexão dos verbos, a pessoa gramatical utilizada pelo eu poemático para dirigir-se ao interlocutor ou interlocutores.

8. (UPM-SP)

Estou farto do lirismo comedido
Do lirismo bem-comportado
Do lirismo funcionário público com livro de ponto
[expediente protocolo e manifestações
[de apreço ao sr. diretor.
[...]
Estou farto do lirismo namorador
Político
Raquítico
Sifilítico

Manuel Bandeira.

Assinale a afirmativa correta.

a) O lirismo caracterizado no terceiro verso é o oposto do lirismo comedido (primeiro verso).

b) No quarto verso, o eu lírico repudia o envolvimento amoroso.

c) **Raquítico** e **sifilítico**, nesse contexto, são palavras antônimas.

d) No terceiro verso, as expressões que caracterizam o lirismo pertencem a campos semânticos diferentes.

e) A palavra **lirismo**, no poema, é índice de função metalinguística, isto é, revela que o assunto do poema é o próprio fazer poético.

PARA RESPONDER ÀS QUESTÕES DE NÚMEROS 9 A 12, LEIA O POEMA DE MÁRIO QUINTANA.

De gramática e de linguagem

E havia uma gramática que dizia assim:
"Substantivo (concreto) é tudo quanto indica
Pessoa, animal ou cousa: João, sabiá, caneta".
Eu gosto é das cousas. As cousas, sim!...

As pessoas atrapalham. Estão em toda parte.
[Multiplicam-se em excesso.
As cousas são quietas. Bastam-se. Não se metem com
[ninguém.
Uma pedra. Um armário. Um ovo. (Ovo, nem sempre,
Ovo pode estar choco: é inquietante...)
As cousas vivem metidas com as suas cousas.
E não exigem nada.
Apenas que não as tirem do lugar onde estão.
E João pode neste mesmo instante vir bater à nossa
[porta.
Para quê? não importa: João vem!
E há de estar triste ou alegre, reticente ou falastrão.
Amigo ou adverso... João só será definitivo
Quando esticar a canela. Morre, João...
Mas o bom, mesmo, são os adjetivos,
Os puros adjetivos isentos de qualquer objeto.
Verde. Macio. Áspero. Rente. Escuro. Luminoso.
Sonoro. Lento. Eu sonho
Com uma linguagem composta unicamente de
[adjetivos
Como decerto é a linguagem das plantas e dos
[animais.
Ainda mais:
Eu sonho com um poema
Cujas palavras sumarentas escorram
Como a polpa de um fruto maduro em tua boca,
Um poema que te mate de amor
Antes mesmo que tu saibas o misterioso sentido:
Basta provares o seu gosto...

9. **(Unifesp)** Para o poeta, a linguagem deve:

a) ser inquietante e misteriosa como um ovo que, quando choco, guarda sentidos desconhecidos.
b) ser composta pelos substantivos concretos e pelos adjetivos para assemelhar-se à linguagem das plantas e dos animais.
c) conseguir matar as pessoas que, como diz o poeta, atrapalham. Por isso ele afirma: "Morre, João..."
d) excluir o amor, uma vez que esse sentimento a destitui do verdadeiro e misterioso sentido abrigado nas palavras.
e) bastar-se a si mesma, pois há de conter a essência do sentido na sua constituição.

10. **(Unifesp)** No poema, a relação entre as pessoas e as cousas é de:

a) contiguidade.
b) oposição.
c) semelhança.
d) compatibilidade.
e) complementaridade.

11. **(Unifesp)**

Com uma linguagem composta unicamente de adjetivos
Como decerto é a linguagem das plantas e dos animais.

Referindo-se à linguagem das plantas e dos animais, o poeta:

a) ironiza a ideia de que ela seja composta apenas por adjetivos.
b) nega que ela seja composta apenas por adjetivos.
c) mostra que, em muitas situações, ela deve ser composta de adjetivos.
d) põe em dúvida o fato de que ela seja composta apenas por adjetivos.
e) indica a possibilidade de que ela seja composta apenas por adjetivos.

12. **(Unifesp)** Para o poeta, o poema:

a) não é suficiente para exprimir seus sentimentos.
b) fica limitado em razão do sonho e da linguagem.
c) realiza-se independentemente da linguagem e do sonho.
d) tem sentidos ocultos a serem vivenciados.
e) é uma forma de sonhar e fugir da realidade.

13. **(Fuvest-SP)**

Às seis da tarde

Às seis da tarde
as mulheres choravam
no banheiro.
Não choravam por isso
ou por aquilo
choravam porque o pranto subia
garganta acima
mesmo se os filhos cresciam
com boa saúde
se havia comida no fogo
e se o marido lhes dava
do bom e do melhor
choravam porque no céu
além do basculante[1]
o dia se punha
porque uma ânsia
uma dor
uma gastura[2]
era só o que sobrava
dos seus sonhos.
Agora
às seis da tarde
as mulheres regressam do trabalho
o dia se põe
os filhos crescem
o fogo espera
e elas não podem
não querem
chorar na condução.

COLASANTI, Marina. *Gargantas abertas.*

1. **basculante:** um tipo de janela.
2. **gastura:** inquietação nervosa, aflição, mal-estar.

O texto faz ver que mudanças históricas ocorridas na situação de vida das mulheres não alteraram substancialmente sua condição subjetiva. Concorda com essa afirmação? Justifique sucintamente.

Capítulo 7

A narrativa ficcional

1. **(Unesp-SP)** A questão toma por base um trecho do romance *Mad Maria*, do ficcionista contemporâneo Márcio Souza (1946).

Mad Maria

Collier estava enfrentando os piores momentos de um trabalho tecnicamente simples. Mas são trinta milhas de pântanos e terrenos alagadiços. Os homens estão passando por condições de trabalho jamais imaginadas. Muitos morrerão, porque o trabalho é duro, porque nunca estão suficientemente adaptados para enfrentar terreno tão adverso. Collier gostaria de estar longe de tudo aquilo, não precisava mais se expor daquela maneira. Ele sabia que poderia adoecer, e quem caísse doente no Abunã estaria condenado. As condições de trabalho não eram o forte daquele projeto maluco.

Collier pode ver um grupo de nove barbadianos carregando um trilho. O dia começa agora a clarear e logo o sol estará forte e o céu sem nuvens.

[...]

Collier está com sede e tem uma ponta de dor de cabeça, seu maior temor é de ficar doente no Abunã, mas ninguém sabe que ele tem medo, é um homem seco, fechado, quase sempre ríspido. Dentre as suas atribuições, ele chefia os cento e cinquenta trabalhadores, quarenta alemães turbulentos, vinte espanhóis cretinos, quarenta barbadianos idiotas, trinta chineses imbecis, além de portugueses, italianos e outras nacionalidades exóticas, mais alguns poucos brasileiros, todos estúpidos. Os mais graduados, embora minoritários, são norte-americanos. Os mandachuvas são norte-americanos e aquele é um projeto norte-americano. Mas Collier é cidadão inglês, um velho e obstinado engenheiro inglês.

SOUZA, Márcio. *Mad Maria*, 1980.

Em *Mad Maria*, os verbos estão flexionados em boa parte no presente do indicativo, como forma de significar que os fatos estão ocorrendo no momento em que o enunciador os apresenta, simulando maior proximidade e envolvimento. Tendo em vista essa ideia:

a) identifique, no segundo parágrafo do texto, um advérbio que confirme linguisticamente essa tentativa de simulação de tempo presente;

b) justifique o emprego de verbos no pretérito perfeito, no quarto parágrafo, como parte das estratégias narrativas escolhidas para a construção do texto.

LEIA ABAIXO UM FRAGMENTO DE *MÚSICA AO LONGE*, DE ÉRICO VERÍSSIMO. DEPOIS, RESPONDA ÀS PERGUNTAS DE 2 A 4.

Hora da sesta. Um grande silêncio no casarão.

Faz sol, depois de uma semana de dias sombrios e úmidos. Clarissa abre um livro para ler. Mas o silêncio é tão grande que, inquieta, ela torna a pôr o volume na prateleira, ergue-se e vai até a janela, para ver um pouco de vida.

Na frente da farmácia está um homem metido num grosso sobretudo cor de chumbo. Um cachorro magro atravessa a rua. A mulher do coletor aparece à janela. Um rapaz de pés descalços entra na Panificadora.

Clarissa olha para o céu, que é dum azul tímido e desbotado, olha para as sombras fracas sobre a rua e depois se volta para dentro do quarto. Aqui faz frio. Lá no fundo do espelho está uma Clarissa indecisa, parada, braços caídos, esperando. Mas esperando o quê? Clarissa recorda. Foi no verão. Todos no casarão dormiam. As moscas dançavam no ar, zumbindo. Fazia um solão terrível, amarelo e quente. No seu quarto, Clarissa não sabia que fazer. De repente pensou numa travessura. Mamãe guardava no sótão as suas latas de doce, os seus bolinhos e os seus pães que deviam durar toda a semana. Era proibido entrar lá. Quem entrava, dos pequenos, corria o risco de levar palmadas no lugar de costume.

Mas o silêncio da sesta estava cheio de convites traiçoeiros. Clarissa ficou pensando. Lembrou-se de que a chave da porta da cozinha servia no quartinho do sótão. Foi buscá-la na ponta dos pés. Encontrou-a no lugar. Subiu as escadas devagarinho. Os degraus rangiam e a cada rangido ela levava um sustinho que a fazia estremecer. Clarissa subia, com a grande chave na mão. Ninguém... Silêncio...

Diante da porta do sótão, parou, com o coração aos pulos. Experimentou a chave. A princípio não entrava bem na fechadura. Depois entrou. Com muita cautela, abriu a porta e se viu no meio duma escuridão perfumada, duma escuridão fresca que cheirava a doces, bolinhos e pão.

Comeu muito. Desceu cheia de medo. No outro dia D. Clemência descobriu a violação, e Clarissa levou meia dúzia de palmadas.

Agora ela recorda... E de repente se faz uma grande claridade, ela tem a grande ideia. "A chave da cozinha serve na porta do quarto do sótão." O quarto de Vasco fica no sótão... Vasco está no escritório... Todos dormem... Oh! E se ela fosse buscar a chave da cozinha e subisse, entrasse no quarto de Vasco e descobrisse o grande mistério?

Não. Não sou mais criança. Não. Não fica direito uma moça entrar no quarto dum rapaz. Mas ele não está lá... que mal faz? Mesmo que estivesse, é teu primo. Sim, não sejas medrosa. Vamos. Não. Não vou. Podem ver. Que é que vão pensar? Subo a escada, alguém me vê, pergunta: "Aonde vais, Clarissa?" Ora, vou até o quartinho das malas. Pronto. Ninguém pode desconfiar. Vou. Não, não vou. Vou, sim!

Porto Alegre: Globo, 1981. p. 132-3.

2. **(FGV-SP)** Que efeito provoca na narrativa o emprego das duas frases iniciais sem verbo?

3. **(FGV-SP)** No penúltimo parágrafo, quem diz que o quarto de Vasco fica no sótão? Explique.

4. **(FGV-SP)** No final do texto, parece ocorrer um diálogo. Qual é ou quais são as personagens desse diálogo? Explique.

5. **(Uerj)**

Olhos de ressaca

Enfim, chegou a hora da encomendação e da partida. Sancha quis despedir-se do marido, e o desespero daquele lance consternou a todos. Muitos homens choravam também, as mulheres todas. Só Capitu, amparando a viúva, parecia vencer-se a si mesma. Consolava a outra, queria arrancá-la dali. A confusão era geral. No meio dela, Capitu olhou alguns instantes para o cadáver tão fixa, tão apaixonadamente fixa, que não admira lhe saltassem algumas lágrimas poucas e caladas.

As minhas cessaram logo. Fiquei a ver as dela; Capitu enxugou-as depressa, olhando a furto para a gente que estava na sala. Redobrou de carícias para a amiga, e quis levá-la; mas o cadáver parece que a retinha também. Momento houve em que os olhos de Capitu fitaram o defunto, quais os da viúva, sem o pranto nem palavras desta, mas grandes e abertos, como a vaga do mar lá fora, como se quisesse tragar também o nadador da manhã.

ASSIS, Machado de. *Dom Casmurro*. São Paulo: Martin Claret, 2004.

No texto, a descrição dos fatos não é objetiva, pois temos acesso aos traços e às ações dos demais personagens apenas por meio do olhar comprometido do personagem-narrador.

A alternativa que indica uma estratégia utilizada pelo personagem-narrador para expressar um ponto de vista individual dos fatos e a passagem que a exemplifica é:

a) enumeração de ações – "Consolava a outra, queria arrancá-la dali".
b) seleção de adjetivos e advérbios – "tão fixa, tão apaixonadamente fixa".
c) narração em primeira pessoa – "As minhas cessaram logo".
d) imprecisão cronológica – "Momento houve em que os olhos de Capitu fitaram o defunto".

6. **(UFSCar-SP)**

Em casa, brincava de missa — um tanto às escondidas, porque minha mãe dizia que missa não era cousa de brincadeira. Arranjávamos um altar, Capitu e eu. Ela servia de sacristão, e alterávamos o ritual, no sentido de dividirmos a hóstia entre nós; a hóstia era sempre um doce. No tempo em que brincávamos assim, era muito comum ouvir à minha vizinha: "Hoje há missa?" Eu já sabia o que isto queria dizer, respondia afirmativamente, e ia pedir hóstia por outro nome. Voltava com ela, arranjávamos o altar, engrolávamos o latim e precipitávamos as cerimônias. *Dominus non sum dignus*...* Isto, que eu devia dizer três vezes, penso que só dizia uma, tal era a gulodice do padre e do sacristão. Não bebíamos vinho nem água; não tínhamos o primeiro, e a segunda viria tirar-nos o gosto do sacrifício.

ASSIS, Machado de. Dom Casmurro, *Obra completa*.

*Trecho da fala do sacerdote, no momento da comunhão, que era proferida em latim, antes do Concílio Vaticano II. A fala inteira, que deve ser repetida três vezes, é: *Dominus non sum dignus ut intres sub tectum meum, sed tantum dic verbum* e *sanabitur anima mea*, cuja tradução é: Senhor, não sou digno de que entreis em minha morada, mas dizei uma só palavra e minha alma será salva.

Sobre esse trecho de *Dom Casmurro*, pode-se dizer que:

a) apresenta diálogos indiretos entre as personagens.
b) revela a intromissão de vizinhos na vida das crianças.
c) o ambiente da ação é uma igreja católica.
d) quatro pessoas brincavam de missa: Capitu, o narrador, um sacristão e um padre.
e) é um exemplo do uso criativo e não meramente ornamental da metáfora.

COM BASE NO TEXTO ABAIXO, RESPONDA ÀS QUESTÕES DE NÚMEROS 7 E 8.

No romance *A caverna*, narra-se a história de um artesão que passa a ter sua produção rejeitada pelo megacentro econômico que monopoliza o comércio da cidade. A anulação do trabalho manual pela tecnologia, bem como a exploração destrutiva do homem e da natureza pelo capitalismo, são temas que permeiam a narrativa. Neste fragmento, você vai acompanhar a cena em que o protagonista volta para casa, no campo, depois de viver na cidade, em busca de trabalho.

A caverna

Enfim, a cidade ficou para trás, os bairros da periferia já lá vão, daqui a pouco aparecerão as barracas, em três semanas terão chegado à estrada, não, ainda lhes faltam uns trinta metros, e logo está a Cintura Industrial, quase tudo parado, só umas poucas fábricas que parecem fazer da laboração contínua a sua religião, e agora a triste Cintura Verde, as estufas pardas, cinzentas, lívidas, por isso é que os morangos devem ter perdido a cor, não falta muito para que sejam brancos por fora como já o vão sendo por dentro e tenham o sabor de qualquer coisa que não saiba a nada. Viremos agora à esquerda, lá ao longe, onde se veem aquelas árvores, sim, aquelas que estão juntas como se fossem um ramalhete, há uma importante estação arqueológica ainda por explorar, sei-o de fonte limpa, não é todos os dias que se tem a sorte de receber directamente[1] uma informação destas da boca do próprio fabricante. Cipriano Algor já perguntou a si mesmo como foi possível que se tivesse deixado encerrar durante três semanas sem ver o Sol e as estrelas, a não ser, torcendo o pescoço, de um trigésimo quarto andar com janelas que não se podiam abrir, quando tinha aqui este rio, é certo que malcheiroso e minguado, esta ponte, é certo que velha e mal amanhada[2], e estas ruínas que foram casas de gente, e a aldeia onde tinha nascido, crescido e trabalhado, com a sua estrada ao meio e a praça à desbanda[3] [...] A praça ficou para trás, de repente, sem avisar, apertou-se-lhe o coração a Cipriano Algor, ele sabe da vida, ambos o sabem, que nenhuma doçura de hoje será capaz de minorar o amargor de amanhã, que a água desta fonte não poderá matar-te a sede naquele deserto. Não tenho trabalho, não tenho trabalho, murmurou, e essa era a resposta que deveria ter dado, sem mais adornos nem subterfúgios, quando Marta lhe perguntou de que iria viver. Não tenho trabalho. Nesta mesma estrada, neste mesmo lugar, como no dia em que vinha do Centro com a notícia de que não lhe comprariam mais louça [...]. O motor da furgoneta[4] cantou a canção do regresso ao lar, o condutor já via as frondes[5] mais altas da amoreira, e de repente, como um relâmpago negro, o Achado veio lá de cima, a ladrar, a correr pela ladeira abaixo como se estivesse enlouquecido [...]. Abriu a porta da furgoneta, de um salto o cão subia-lhe aos braços, sempre era certo que seria ele o primeiro, e lambia-lhe a cara e não o deixava ver o caminho [...].

SARAMAGO, J. *A caverna*. São Paulo: Companhia das Letras, 2003.

1. **directamente:** grafia portuguesa para "diretamente".
2. **amanhada:** arranjada, adornada.
3. **à desbanda:** ao lado.
4. **furgoneta:** veículo de passageiros de pequena carga.
5. **frondes:** copas das árvores.

7. (Uerj) No texto, o modo de organização discursiva se altera para expressar diferentes intenções comunicativas do narrador: informar, descrever ou narrar; expressar emoções, julgamentos ou opiniões pessoais; aconselhar, ordenar ou interrogar etc.

Transcreva duas passagens nas quais se faça referência à degradação do meio ambiente: uma que apresente a função referencial – própria das descrições – e outra que apresente a função expressiva – por meio da qual se emitem opiniões pessoais.

8. (Uerj) Além de possuir conhecimento total da narrativa, das ações, dos sentimentos e dos pensamentos dos personagens, o narrador do texto influencia os leitores, na medida em que os convida a participar dessa onisciência, tratando-os como reais interlocutores.

Transcreva os dois trechos da narrativa em que se verifica essa interlocução.

9. (Uerj)

E foi descobrir, por si, que, umedecendo as ventas com um tico de cuspe, aquela aflição um pouco aliviava. Daí, pedia ao tio Terêz que molhasse para ele o lenço; e tio Terêz, quando davam com um riacho, um minadouro ou um poço de grota, sem se apear do cavalo abaixava o copo de chifre, na ponta de uma correntinha, e subia um punhado de água. Mas quase sempre eram secos os caminhos, nas chapadas, então tio Terêz tinha uma cabacinha que vinha cheia, essa dava para quatro sedes; uma cabacinha entrelaçada com cipós, que era tão formosa.

GUIMARÃES ROSA. *Manuelzão e Miguilim*. Rio de Janeiro: Nova Fronteira, 1984.

Identifique o foco narrativo do texto de Guimarães Rosa. Em seguida, indique três recursos linguísticos empregados pelo narrador, nos fragmentos acima, para aproximar-se do universo infantil.

10. (Enem)

Miguilim

De repente lá vinha um homem a cavalo. Eram dois. Um senhor de fora, o claro de roupa. Miguilim saudou, pedindo a bênção. O homem trouxe o cavalo cá bem junto. Ele era de óculos, corado, alto, com um chapéu diferente, mesmo.

— Deus te abençoe, pequenino. Como é teu nome?

— Miguilim. Eu sou irmão do Dito.

— E o seu irmão Dito é o dono daqui?

— Não, meu senhor. O Ditinho está em glória.

O homem esbarrava o avanço do cavalo, que era zelado, manteúdo, formoso como nenhum outro. Redizia:

— Ah, não sabia, não. Deus o tenha em sua guarda... Mas que é que há, Miguilim?

Miguilim queria ver se o homem estava mesmo sorrindo para ele, por isso é que o encarava.

— Por que você aperta os olhos assim? Você não é limpo de vista? Vamos até lá. Quem é que está em tua casa?

— É Mãe, e os meninos...

Estava Mãe, estava tio Terêz, estavam todos. O senhor alto e claro se apeou. O outro, que vinha com ele, era um camarada.

O senhor perguntava à Mãe muitas coisas do Miguilim. Depois perguntava a ele mesmo: — Miguilim, espia daí: quantos dedos da minha mão você está enxergando? E agora?

ROSA, João Guimarães. *Manuelzão e Miguilim*. 9. ed. Rio de Janeiro: Nova Fronteira, 1984.

Esta história, com narrador observador em terceira pessoa, apresenta os acontecimentos da perspectiva de Miguilim. O fato de o ponto de vista do narrador ter Miguilim como referência, inclusive espacial, fica explicitado em:

a) "O homem trouxe o cavalo cá bem junto".
b) "Ele era de óculos, corado, alto [...]".
c) "O homem esbarrava o avanço do cavalo, [...]".
d) "Miguilim queria ver se o homem estava mesmo sorrindo para ele, [...]".
e) "Estava Mãe, estava tio Terêz, estavam todos".

COM BASE NO TEXTO ABAIXO, RESPONDA ÀS QUESTÕES DE 11 A 15.

— Toma! Toma!

A primeira braçadeira largada pelo coronel fez o maior desatino na pessoa do demandista. Desarmou o bocal do lobisomem, de espirrar dente e gengiva. Na força do repuxão, o penitente foi varejado longe, em distância de vinte braças, no barato. Bateu de costal numa cerca de angico e voltou sortido de deliberações. Liberei de novo a mão de pilão no fofo da barriga lá dele — a munheca de Ponciano, não encontrando resistência de osso, só parou na raiz das costelas. Foi nesse entrementes que o lobisomem soltou aquele berro agoniado e no fim do berro já meus dedos de torniquete seguravam o cativo onde gosto de segurar: na gargantilha. Aí até achei graça da discórdia, uma vez que a comandância da rixa estava comigo. Vendo a demanda finada, gritei:

— Estais em poder do Coronel Ponciano de Azeredo Furtado e dele não saireis, a não ser pela graça de Nosso Senhor Jesus Cristo, que é pai de todos os viventes deste mundo.

Como no caso da sereia, tratei a encantação em termos de cerimônia, sois-isso, sois-aquilo, dentro dos conformes por mim aprendidos em colégio de frade a dez tostões por mês. Desse modo, ficava logo estipulado que o cativo não andava em mão de um coronelão do mato, despido de letras e aprendizados, uma vez que vadiagem das trevas leva muito em conta a instrução dos demandistas. No presente caso do lobisomem, nem careci de empregar outras sabedorias. Mal dei a conhecer a sentença ("Do meu poder não saireis"), escutei, vinda de longe, saída das profundas, uma vozinha implorar mais ou menos assim:

— Tenha pena de mim, Coronel Ponciano de Azeredo Furtado. Sou um lobisomem amedrontado, corrido de cachorro, mordido de cobra. Na lua que vem, tiro meu tempo de penitência e já estou de emprego apalavrado com o povo do governo.

Em presença de petição tão dorida, de penitente cansado, fiquei sem saber que partido tomar: do torniquete ou do lobisomem. Mas, de pronto, meu coração molenga resolveu derrogar a sentença firmada. Concedi passaporte ao condenado:

— Estais livre!

Afrouxei o torniquete e aquela goela peluda sem tardança deixou o aro dos meus dedos. Cabeça derreada, olhar já sem brasa de lamparina, mergulhou o penitente na noite dos pastos. A Lua, de novo descompromissada de nuvem, voltou ao clareado de antes. E de toda essa labuta ficou um resto de enxofre no recinto da desavença. Sei lá se de minha garrucha, sei lá se do lobisomem.

CARVALHO, José Cândido de. *O coronel e o lobisomem*. 10. ed. Livraria José Olympio. p. 181-2.

11. (Uece) Ao comentar a luta, no quarto parágrafo, o coronel teve a intenção de mostrar:

a) o equilíbrio de força dos demandistas.
b) a força da encantação.
c) sua própria força.
d) seu conhecimento sobre encantação.

12. (Uece) A narrativa ora se dá em primeira pessoa, ora em terceira. Esse recurso é utilizado para indicar que o narrador:

a) é apenas onisciente.
b) é somente onipresente.
c) confunde-se com o protagonista da história.
d) não tem o controle dos fatos narrados.

13. (Uece) Marque a passagem da narração que confirma ter sido a briga em plena escuridão.

a) "...vadiagem das trevas leva muito em conta a instrução dos demandistas".
b) "...escutei, vinda de longe, saída das profundas, uma vozinha implorar...".
c) "Na lua que vem, tiro meu tempo de penitência..."
d) "A Lua, de novo descompromissada de nuvem, voltou ao clareado de antes...".

14. (Uece) Marque a alternativa em que a sequência de sentenças **não** obedece à **ordem causa / consequência**.

a) "Desarmou o bocal do lobisomem, / de espirrar dente e gengiva."
b) " Na força do puxão, / o penitente foi varejado longe."
c) "Aí até achei graça da discórdia / uma vez que a comandância da rixa estava comigo."
d) "Em presença de petição tão dorida, de penitente cansado, / fiquei sem saber que partido tomar."

15. (Uece) Assinale a alternativa cujos adjetivos caracterizam o coronel Ponciano.

a) Supersticioso e ardiloso.
b) Incrédulo e sensível.
c) Modesto e gabola.
d) Fanfarrão e vingativo.

Capítulo 8

A narrativa moderna

TEXTO PARA AS QUESTÕES DE 1 A 5.

Uma indignação, uma raiva cheia de desprezo crescia dentro do peito de Vicente Lemes à proporção que ia lendo os autos. Um homem rico como Clemente Chapadense e sua viúva apresentando a inventário tão somente a casinha do povoado! Veja se tinha cabimento! E as duzentas e tantas cabeças de gado, gente? E os dois sítios no município onde ficaram, onde ficaram? Ora bolas! Todo mundo sabia da existência desses trens que estavam sendo ocultados.

Ainda se fossem bens de pequeno valor, vá lá, que inventário nunca arrola tudo. Tem muita coisa que fica por fora. Mas naquele caso, não. Eram dois sítios, duzentas e tantas reses, cuja existência andava no conhecimento dos habitantes da região. A vila inteira, embora ninguém nada dissesse claramente, estava de olhos abertos assuntando se tais bens estariam ou não estariam no inventário.

Lugar pequeno, ah, lugar pequeno, em que cada um vive vigiando o outro!

Pela segunda vez Vicente Lemes lavrou o seu despacho, exigindo que o inventariante completasse o rol de bens, sob pena de a Coletoria Estadual o fazer.

Aí, como quem tira um peso da consciência, levantou-se do tamborete e chegou à janela que dava para o Largo, lançando uma olhadela para a casa onde funcionava o Cartório. Calma, a vila constituída pelo conjunto de casas do Largo.

Fragmento de *O tronco*, romance de Bernardo Élis, publicado em 1956.

1. (Fuvest-SP) Do trecho acima, transcreva:

a) dois termos que exemplifiquem o falar coloquial e popular.
b) duas expressões típicas da linguagem de cartório.

2. (Fuvest-SP)

a) Em que ambiente sociocultural ocorre a situação apresentada no trecho acima?
b) Justifique a resposta com elementos do texto.

3. (Fuvest-SP) Transcreva do texto:

a) uma passagem que contenha ideia de gradação;
b) uma passagem que contenha ideia de oposição.

4. (Fuvest-SP) No texto acima, a expressão "Veja se tinha cabimento!" tem sentido afirmativo ou negativo? Por quê?

5. (Fuvest-SP) Do texto acima, de Bernardo Élis, transcreva duas passagens que estejam em oposição frontal ao seguinte fragmento de "Divagações sobre as ilhas", de Carlos Drummond de Andrade.

Minha ilha (e só de a imaginar já me considero seu habitante) ficará no justo ponto de latitude e longitude que, pondo-me a coberto de ventos, sereias e pestes, nem me afaste demasiado dos homens nem me obrigue a praticá-los diuturnamente. Porque esta é a ciência e, direi, a arte do bem viver; uma fuga relativa, e uma não muito estouvada confraternização.

6. (UFF-RJ) Leia o conceito de pontuação e os fragmentos de texto abaixo.

Pontuar é sinalizar gramatical e expressivamente um texto.

CUNHA, Celso. *Gramática do português contemporâneo*. p. 618.

Texto I

— Que bom vento o trouxe a Catumbi a semelhante hora? perguntou Duarte, dando à voz uma expressão de prazer, aconselhada não menos pelo interesse que pelo bom-tom.

— Não sei se o vento que me trouxe é bom ou mau, respondeu o major sorrindo por baixo do espesso bigode grisalho; sei que foi um vento rijo. Vai sair?

— Vou ao Rio Comprido.

— Já sei; vai à casa da viúva Meneses. Minha mulher e as pequenas já devem estar: eu irei mais tarde, se puder. Creio que é cedo, não?

Lopo Alves tirou o chapéu e viu que eram nove horas e meia. Passou a mão pelo bigode, levantou-se, deu alguns passos na sala, tornou a sentar-se e disse:

— Dou-lhe uma notícia, que certamente não espera. Saiba que fiz... fiz um drama.

— Um drama! Exclamou o bacharel.

ASSIS, Machado de. *Contos.*

Texto II

A chegada

E quando cheguei à tarde na minha casa lá no 27, ela já me aguardava andando pelo gramado, veio me abrir o portão pra que eu entrasse com o carro, e logo que saí da garagem subimos juntos a escada pro terraço, e assim que entramos nele abri as cortinas do centro e nos sentamos nas cadeiras de vime, ficando com nossos olhos voltados pro alto do lado oposto, lá onde o sol ia se pondo, e estávamos os dois em silêncio quando ela me perguntou "que que você tem?", mas eu, muito disperso, continuei distante e quieto, o pensamento solto na vermelhidão lá do poente, e só foi mesmo pela insistência da pergunta que respondi "você já jantou?" e como ela dissesse "mais tarde" eu então me levantei e fui sem pressa pra cozinha (ela veio atrás), tirei um tomate da geladeira, fui até a pia e passei uma água nele, [...]

NASSAR, Raduan. *Um copo de cólera.*

Compare duas diferentes possibilidades de pontuação – uma feita por Machado de Assis e outra por Raduan Nassar – em estruturas com funções semelhantes, apontando o efeito de sentido que produzem.

TEXTO PARA AS QUESTÕES 7 E 8.

História estranha

Um homem vem caminhando por um parque quando de repente se vê com sete anos de idade. Está com quarenta, quarenta e poucos. De repente dá com ele mesmo chutando uma bola perto de um banco onde está a sua babá fazendo tricô. Não tem a menor dúvida de que é ele mesmo. Reconhece a sua própria cara, reconhece o banco e a babá. Tem uma vaga lembrança daquela cena. Um dia ele estava jogando bola no parque quando de repente aproximou-se um homem e... O homem aproxima-se dele mesmo. Ajoelha-se, põe as mãos nos seus ombros e olha nos seus olhos. Seus olhos se enchem de lágrimas. Sente uma coisa no peito. Que coisa é a vida. Que coisa pior ainda é o tempo. Como eu era inocente. Como os meus olhos eram limpos. O homem tenta dizer alguma coisa, mas não encontra o que dizer. Apenas abraça a si mesmo, longamente. Depois sai caminhando, chorando, sem olhar para trás.

O garoto fica olhando para a sua figura que se afasta. Também se reconheceu. E fica pensando, aborrecido: quando eu tiver quarenta, quarenta e poucos anos, como eu vou ser sentimental!

VERISSIMO, Luis Fernando. *Comédias para se ler na escola.*

7. (Fuvest-SP) A estranheza dessa história deve-se, basicamente, ao fato de que nela:

a) há superposição de espaço sem que haja superposição de tempo.
b) a memória afetiva faz um quarentão se lembrar de uma cena da infância.
c) a narrativa é conduzida por vários narradores.
d) o tempo é representado como irreversível.
e) tempos distintos convergem e tornam-se simultâneos.

8. (Fuvest-SP) O discurso indireto livre é empregado na seguinte passagem:

a) "Que coisa é a vida. Que coisa pior ainda é o tempo".
b) "Reconhece a sua própria cara, reconhece o banco e a babá. Tem uma vaga lembrança daquela cena".
c) "Um homem vem caminhando por um parque quando de repente se vê com sete anos de idade".
d) "O homem tenta dizer alguma coisa, mas não encontra o que dizer. Apenas abraça a si mesmo, longamente".
e) "O garoto fica olhando para a sua figura que se afasta".

TEXTO PARA A QUESTÃO 9.

Escrevo neste instante com algum prévio pudor por vos estar invadindo com tal narrativa tão exterior e explícita. De onde no entanto até sangue arfante de tão vivo de vida poderá quem sabe escorrer e logo se coagular em cubos de geleia trêmula. Será essa história um dia o meu coágulo? Que sei eu. Se há veracidade nela — e é claro que a história é verdadeira embora inventada — que cada um a reconheça em si mesmo porque todos nós somos um e quem não tem pobreza de dinheiro tem pobreza de espírito ou saudade por lhe faltar coisa mais preciosa que ouro — existe a quem falte o delicado essencial.

Como é que sei tudo o que vai se seguir e que ainda o desconheço, já que nunca o vivi? É que numa rua do Rio de Janeiro peguei no ar de relance o sentimento de perdição no rosto de uma moça nordestina. Sem falar que eu em menino me criei no Nordeste. Também sei das coisas por estar vivendo. Quem vive sabe, mesmo sem saber que sabe. Assim é que os senhores sabem mais do que imaginam e estão fingindo de sonsos.

Proponho-me a que não seja complexo o que escreverei, embora obrigado a usar as palavras que vos sustentam. A história — determino com falso livre arbítrio — vai ter uns sete personagens e eu sou um dos mais importantes deles, é claro. Eu, Rodrigo S. M. Relato antigo, este, pois não quero ser modernoso e inventar modismos à guisa de originalidade. Assim é que experimentarei contra os meus hábitos uma história com começo, meio e "gran finale" seguido de silêncio e de chuva caindo.

....

Voltando a mim: o que escreverei não pode ser absorvido por mentes que muito exijam e ávidas de requintes. Pois o que estarei dizendo será apenas nu. Embora tenha como pano de fundo — e agora mesmo — a penumbra atormentada que sempre há nos meus sonhos quando de noite atormentado durmo. Que não se esperem, então, estrelas no que se segue: nada cintilará, trata-se de matéria opaca e por sua própria natureza desprezível por todos. É que a esta história falta melodia *cantabile*. O seu ritmo é às vezes descompassado. E tem fatos. Apaixonei-me subitamente por fatos sem literatura — fatos são pedras duras e agir está me interessando mais do que pensar, de fatos não há como fugir.

LISPECTOR, Clarice. *A hora da estrela.* Rio de Janeiro: Rocco, 1998. p. 12-3 e 16.

9. **(UFBA)** O texto em destaque evidencia um narrador:

01. desejoso de manter-se distanciado emocionalmente do drama da personagem.
02. crítico, que vê a literatura como uma arte desgastada e inconsequente.
04. ciente de sua identidade nordestina, evocando uma imagem de sofrimento solidário.
08. que vê equivalência entre a imagem do mundo construída pela narrativa de ficção e o seu referente – o mundo real.
16. com uma certa pobreza na sua vida diária, contrastando com a riqueza de seu mundo interior.
32. isento de crítica social, embora cheio de compaixão pelos menos favorecidos.
64. determinado a buscar a objetividade na narrativa literária e a desvincular-se de imperativos estilísticos.

TEXTO PARA A QUESTÃO 10.

Dois passos no reino das bonecas: ar adocicado de incenso, pó de arroz, esmalte de unha.

— É parenta da Maria?

— Não adivinha? — E sorria, faceira, lábio muito pintado. — É minha filha.

— Tão jovem... — Bem a avozinha do Chapeuzinho Vermelho. — Parece irmã!

No canto do espelho alinhavam-se os galãs de cinema.

— Muito gentil. Você quem é?

— Amiguinho dela.

A gorda afastou o abajur, aninhada na sombra misteriosa.

Esqueceu no joelho a revista, em gesto pudico fechou o quimono encarnado.

— Aceita um bombom? — e retirou do lençol uma caixa dourada. — Como escondida...

Lambeu o dedinho curto, a tinir o bracelete:

— Segredo de nós dois!

— De mim ela não vai saber — e beliscava o cacho loiro da boneca.

— O moço não quer sentar?

Ao vê-lo correr o olho, encolheu-se no canto:

— Lugar para mais um.

Respeitoso na beira da cama, apanhou a revista de fotonovela.

— Os dois brigaram?

— Sabe como ela é.

Aborrecido virava as páginas: dedo peganhento de chocolate o olhinho gorducho.

— É recheado de licor! — e oferecia na ponta da língua um bocado meio derretido.

Era a avozinha ou, no quimono fulgurante de seda, o próprio lobo?

Largou a revista ao pé da cama — voltar à Maria e pedir mil perdões? Na mesinha o retrato em moldura prateada.

— Sou eu.

A menina com a cesta de amora.

— Já fui bonita.

— Ainda é — retrucou alegre —, ainda é.

Muito sério ao dar na sombra com o olho arregalado de sapo debaixo da pedra.

— Seu diabinho! — agarrou-lhe o polegar na mão lambuzada e, antes de soltá-lo, um apertão e mais outro.

Nada de avozinha, é mesmo o lobo. Ao mexer a cabeça, girava a parede e, enxugando o suor da testa, voltou-se para ela:

— Tem alguma bebida?

Exibiu os dentes alvares de pouco uso:

— Sou melhor que bebida.

Entre divertido e assustado, descansou o cotovelo na cama: propunha-se o lobo devorá-lo? Vislumbrou a cara na sombra: balofa, sem sobrancelha, o cabelo ralo. Por cima do quimono apalpou-lhe o peito: apesar de velha, o seio durinho.

— Quer minha perdição? — Meu Deus, a voz dengosa de menina. — Ai, diabinho peralta!

Brincalhona, correu a unha pela nuca. De repente o gemido rouco:

— Feche a porta.

TREVISAN, Dalton. Chapeuzinho Vermelho. In: *O vampiro de Curitiba*. Rio de Janeiro: Record, 2003.

10. **(UEL-PR)** Leia as correlações estabelecidas entre as frases do conto e suas interpretações.

I. "Bem a avozinha do Chapeuzinho Vermelho". Esta frase corresponde à impressão inicial do rapaz sobre a mãe da namorada quando ainda desconhece as suas artimanhas.

II. "Era a avozinha ou, no quimono fulgurante de seda, o próprio lobo?". Esta frase corresponde a um momento em que o rapaz ratifica suas suspeitas anteriores quanto à senhora e se sente emocionalmente fragilizado diante dela.

III. "Nada de avozinha, é mesmo o lobo". Esta frase corresponde a uma etapa em que o rapaz sai de seu torpor, ressaltando que, a partir dali, ele estaria recuperando o controle da situação.

IV. "Entre divertido e assustado, descansou o cotovelo na cama: propunha-se o lobo devorá-lo?". Esta frase corresponde à convicção de que a senhora não era uma vítima e ao espírito de análise demonstrado pelo personagem do rapaz.

Estão corretas apenas as afirmativas:

a) I e II.
b) I e IV.
c) III e IV.
d) I, II e III.
e) II, III e IV.

TEXTO PARA AS QUESTÕES DE 11 A 13.

Contos de fadas

Muitos adultos ficam chocados com a violência dos contos de fadas e se surpreendem com o fato de que não a percebiam quando eram crianças, comprazendo-se nela. É que a maioria das crianças, além de aceitar naturalmente o maravilhoso, espera com inabalável certeza aquilo que o conto promete e sempre cumpre: "e foram felizes para sempre". A gente se engana, portanto, quando tenta "açucarar" os contos ou omitir as passagens "violentas".

Muitos se surpreendem com o fato de as crianças não só desejarem ouvir inúmeras vezes os mesmos contos (numa repetição que deixa os adultos extenuados), mas também não admitirem qualquer mudança no enredo, por menor que seja (cobram do adulto que "encurta" a história, omite ou esquece algum detalhe, altera alguma ação). Essa relação quase maníaca e obsessiva da criança com a narrativa é essencial.

A montagem do enredo, a configuração das personagens, os detalhes constituem um mundo cuja estabilidade repousa no fato de poder ser repetido sem alteração, contrariamente ao cotidiano da criança que, por mais rotineiro, é feito de mudanças. Além disso, os contos, operando com metamorfoses, desaparecimentos e reaparecimentos, morte incompleta dos bons e morte definitiva dos maus, funcionam em consonância com as fantasias da criança, particularmente o modo como estrutura o desaparecimento e o reaparecimento das pessoas mais próximas, que ama e de quem depende; inúmeras crianças inventam jogos de esconder e achar objetos, pois sabem onde estão. A vantagem do conto sobre a realidade, neste aspecto, consiste no fato de que enquanto, nesta última, a criança jamais terá certeza do retorno dos desaparecidos ou do sumiço definitivo daqueles que teme ou odeia, no conto tudo isto lhe é assegurado, a presença e a ausência, ficando apenas na dependência dela própria e, para tanto, exige a narração e a repetição.

CHAUI, Marilena. Contos de fadas. In: *Repressão sexual.* São Paulo: Brasiliense, 1984.

11. (ESPM-SP) Segundo o texto de Marilena Chaui:

a) só na fase adulta é que um indivíduo desfruta das narrativas de contos de fada que contenham violência.
b) o maravilhoso é naturalmente encontrado no "final feliz" das histórias infantis.
c) há um equívoco por parte do adulto ao procurar distorcer determinada realidade apresentada pela ficção dos contos de fadas.
d) os adultos temem a aceitação natural manifestada pelas crianças diante da violência das narrativas.
e) o "final feliz" dos contos de fadas é "açucarado", opondo-se ao próprio conteúdo violento do enredo.

12. (ESPM-SP) Segundo o texto:

a) os pedidos insistentes de leitura de obras infantis por parte das crianças são fatos que deixam os pais extenuados.
b) a instabilidade de relacionamento entre pais e filhos faz com que haja uma busca quase obsessiva pela leitura dos contos de fadas.
c) mudança de enredo, omissão ou esquecimento de algumas passagens da história instigam o lado fantasioso da criança.
d) dadas as inconstâncias de sua vida real, a criança se identifica com o aspecto oposto no enredo dos contos de fadas.
e) a imutabilidade do enredo da história infantil é fundamental para a criança que se mostra, algumas vezes, maníaca e obsessiva.

13. (ESPM-SP) Ainda segundo o texto:

a) o que "o conto promete e sempre cumpre" fica comprometido quando se mascaram ou se omitem passagens violentas.
b) o conto jamais apresentará certeza sobre retorno ou desaparecimento de determinadas personagens.
c) a realidade proporciona a presença, mas também a ausência de pessoas afetivamente mais próximas.
d) o conto é uma recriação maravilhosa e, portanto, atraente diante de uma realidade rotineira e sem mudanças.
e) A realidade opera certas metamorfoses que despertam, na criança, o interesse pela narração repetitiva.

PARTE 3

Capítulo 9

Periodização das literaturas portuguesa e brasileira

1. (Fuvest-SP) Com relação às estéticas literárias do Barroco, Arcadismo, Trovadorismo, Simbolismo e Romantismo:

a) coloque-as em ordem cronológica;
b) indique uma que ocorreu em Portugal e não no Brasil.

2. (UPM-SP) José de Anchieta faz parte de um período da história cultural brasileira (século XVI) em que se destacaram manifestações específicas: a chamada "literatura informativa" e a "literatura jesuítica". Assinale a alternativa que apresenta um excerto característico desse período.

a) Fazer pouco fruto a palavra de Deus no mundo pode proceder de um de três princípios: ou da parte do pregador, ou da parte do ouvinte, ou da parte de Deus. (Pe. Antônio Vieira)
b) Triste Bahia! ó quão dessemelhante / Estás e estou do nosso antigo estado, / Pobre te vejo a ti, tu a mim empenhado, / Rica te vi eu já, tu a mim abundante. (Gregório de Matos)
c) Uma planta se dá também nesta Província, que foi da ilha de São Tomé, com a fruita da qual se ajudam muitas pessoas a sustentar a terra. [...] A fruita dela se chama banana. (Pêro de Magalhães Gândavo)
d) Vós haveis de fugir ao som de padre-nossos, / Frutos da carne infiel, seios, pernas e braços, / E vós, múmias de cal, dança macabra de ossos! (Alphonsus de Guimaraens)
e) Os ritos semibárbaros dos Piagas, / Cultores de Tupã e a terra virgem / Donde como dum trono enfim se abriram / Da Cruz de Cristo os piedosos braços. (Gonçalves Dias)

3. (UFSCar-SP)

Partimo-nos assim do santo templo
Que nas praias do mar está assentado,
Que o nome tem da terra, para exemplo,
Donde Deus foi em carne ao mundo dado.
Certifico-te, ó Rei, que se contemplo
Como fui destas praias apartado,
Cheio dentro de dúvida e receio,
Que a penas nos meus olhos ponho o freio.

Camões, *Os lusíadas*, Canto 4.°, estrofe 87.

O trecho faz parte do poema épico *Os lusíadas*, escrito por Luís Vaz de Camões e narra a partida de Vasco da Gama, para a viagem às Índias.

a) Em que estilo de época ou época histórica se situa a obra de Camões?

b) Para dizer que o nome do templo é Belém, Camões faz uso de uma perífrase: Que o nome tem da terra, para exemplo, / Donde Deus foi em carne ao mundo dado. Em que outro trecho dessa estrofe Camões usa outra perífrase?

TEXTO PARA AS QUESTÕES 4 E 5.

Versos a um coveiro

Numerar sepulturas e carneiros,
Reduzir carnes podres a algarismos,
Tal é, sem complicados silogismos,
A aritmética hedionda dos coveiros!

Um, dois, três, quatro, cinco... Esoterismos
Da Morte! E eu vejo, em fúlgidos letreiros,
Na progressão dos números inteiros
A gênese de todos os abismos!

Oh! Pitágoras da última aritmética,
Continua a contar na paz ascética
Dos tábidos carneiros sepulcrais

Tíbias, cérebros, crânios, rádios e úmeros,
Porque, infinita como os próprios números,
A tua conta não acaba mais!

ANJOS, Augusto dos. *Toda a poesia*. Rio de Janeiro: Paz e Terra, 1978.

4. **(PUC-RJ)** Os versos de Augusto dos Anjos (1884-1914) já foram considerados "exatos como fórmulas matemáticas".

ROSENFELD, Anatol. *A costeleta de prata de A. dos Anjos*. Texto/contexto, São Paulo: Perspectiva, 1969. p. 268.

Justifique essa afirmativa, destacando aspectos formais do poema.

5. **(PUC-RJ)** Transcreva de "Versos a um coveiro" palavras e expressões científicas, estabelecendo um contraste entre o poema de Augusto dos Anjos e a tradição romântica, no que se refere à abordagem da temática da morte.

Capítulo 10

Os estilos de época na Era Medieval: Trovadorismo

1. **(Uepa)** Assinale a frase que se refere a um momento do desenvolvimento tecnológico associável à época do Trovadorismo.

a) Antes da invenção da imprensa, os livros reproduziam-se pelo processo de cópia manuscrita em folhas de pergaminho.

b) Outras invenções e aperfeiçoamentos técnicos [...] surgem abrindo caminhos para a ciência conexamente matemática e experimental, que será um fato no final do século XVI com os trabalhos de Galileu.

c) Coimbra fica ligada, em 1864, à rede europeia do caminho-de-ferro (rede ferroviária).

d) A síntese dos compostos orgânicos, as primeiras descobertas da bioquímica, tudo isso sugeria com efeito a unidade material de todos os fenômenos.

e) A descoberta da tipografia em meados do século XV é estimulada pela existência de um público em crescimento.

TEXTOS PARA AS QUESTÕES DE 2 A 5.

Texto I

Ondas do Mar de Vigo,
se vistes meu amigo!
E ai Deus, se verrá[1] cedo!
Ondas do mar levado[2],
se vistes meu amado!
E ai Deus, se verrá cedo!

Martim Codax.

1. **verrá:** virá.
2. **levado:** agitado.

Texto II

1 Me sinto com a cara no chão, mas a verdade precisa ser dita ao
2 menos uma vez: aos 52 anos eu ignorava a admirável forma lírica da
3 canção paralelística [...].
4 O "Cantar de amor" foi fruto de meses de leitura dos cancioneiros.
5 Li tanto e tão seguidamente aquelas deliciosas cantigas, que fiquei
6 com a cabeça cheia de "velidas" e "mha senhor" e "nula ren";
7 sonhava com as ondas do Mar de Vigo e com romarias a San Servando.
8 O único jeito de me livrar da obsessão era fazer uma cantiga.

Manuel Bandeira.

2. **(UPM-SP)** Assinale a afirmativa correta sobre o texto I.

a) Nessa cantiga de amigo, o eu lírico masculino manifesta a Deus seu sofrimento amoroso.

b) Nessa cantiga de amor, o eu lírico feminino dirige-se a Deus para lamentar a morte do ser amado.

c) Nessa cantiga de amigo, o eu lírico masculino manifesta às ondas do mar sua angústia pela perda do amigo em trágico naufrágio.

d) Nessa cantiga de amor, o eu lírico masculino dirige-se às ondas do mar para expressar sua solidão.

e) Nessa cantiga de amigo, o eu lírico feminino dirige-se às ondas do mar para expressar sua ansiedade com relação à volta do amado.

3. **(UPM-SP)** Assinale a alternativa correta sobre o texto I.

a) A estrutura paralelística é, neste poema, particularmente expressiva, pois reflete, no plano formal, o movimento de vai e vem das ondas.

b) Nesse texto, os versos livres e brancos são indispensáveis para assegurar o efeito musical da canção.

c) As repetições que marcam o desenvolvimento do texto opõem-se ao tom emotivo do poema.

d) No refrão, a voz das ondas do mar faz-se presente como contraponto irônico ao desejo do eu lírico.

e) É um típico vilancete de tradição popular, com versos em redondilha maior e estrofação irregular.

4. **(UPM-SP)** No texto II, o autor:

a) manifesta sua resistência à obrigatoriedade de ler textos medievais durante o período de formação acadêmica.
b) utiliza a expressão "cabeça cheia" (linha 6) para depreciar as formas linguísticas do galaico-português, como "mha senhor" e "nula ren" (linha 6).
c) relata circunstâncias que o levaram a compor um poema que recupera a tradição medieval.
d) emprega a palavra **cancioneiros** (linha 4) em substituição a **poetas**, uma vez que os textos medievais eram cantados.
e) usa a expressão "deliciosas cantigas" (linha 5) em sentido irônico, já que os modernistas consideraram medíocres os estilos do passado.

5. **(UPM-SP)** Assinale a afirmativa correta com relação ao Trovadorismo.

a) Um dos temas mais explorados por esse estilo de época é a exaltação do amor sensual entre nobres e mulheres camponesas.
b) Desenvolveu-se especialmente no século XV e refletiu a transição da cultura teocêntrica para a cultura antropocêntrica.
c) Devido ao grande prestígio que teve durante toda a Idade Média, foi recuperado pelos poetas da Renascença, época em que alcançou níveis estéticos insuperáveis.
d) Valorizou recursos formais que tiveram não apenas a função de produzir efeito musical, como também a função de facilitar a memorização, já que as composições eram transmitidas oralmente.
e) Tanto no plano temático como no plano expressivo, esse estilo de época absorveu a influência dos padrões estéticos greco-romanos.

6. **(Unifap)**

Abandonada por você
Apaixonada por você
Eu vejo o vento te levar
Mas tenho estrelas pra sonhar
E ainda te espero todo o dia

In: FAFÁ. *Pássaro sonhador.*

Ao analisar o texto, é possível dizer que ele revela traços em comum com os cantares trovadorescos. Nesse caso, faça o que se pede:

a) A que tipo de composição medieval se pode relacionar tal comparação?
b) Justifique sua resposta.

AS QUESTÕES DE NÚMEROS 7 E 8 BASEIAM-SE NUMA CANTIGA TROVADORESCA E SUA PARÁFRASE.

Sedia la fremosa seu sirgo torcendo

Estêvão Coelho.

Sedia la fremosa seu sirgo torcendo,
Sa voz manselinha fremoso dizendo
Cantigas d'amigo.

Sedia la fremosa seu sirgo lavrando,
Sa voz manselinha fremoso cantando
Cantigas d'amigo.

— Par Deus de Cruz, dona, sey que avedes
Amor muy coytado que tan ben dizedes
Cantigas d'amigo.

Par Deus de Cruz, dona, sey que andades
D'amor muy coytada que tan ben cantades
Cantigas d'amigo.

— Avuytor comestes, que adevinhades.

Cantiga nº 321 – Cancioneiro da Vaticana.

Estava a formosa seu fio torcendo

(paráfrase de Cleonice Berardinelli)

Estava a formosa seu fio torcendo,
Sua voz harmoniosa, suave dizendo
Cantigas de amigo.

Estava a formosa, sentada, bordando,
Sua voz harmoniosa, suave cantando
Cantigas de amigo.

— Por Jesus, senhora, vejo que sofreis
De amor infeliz, pois tão bem dizeis
Cantigas de amigo.

Por Jesus, senhora, eu vejo que andais
De pena de amor, pois tão bem cantais
Cantigas de amigo.

— Abutres comestes, pois que adivinhais.

BERARDINELLI, Cleonice. *Cantigas de trovadores medievais em português moderno.* Rio de Janeiro: Simões, 1953. p. 58-9.

7. **(Vunesp)** O paralelismo é um dos recursos estilísticos mais comuns na poesia lírico-amorosa trovadoresca. Consiste na ênfase de uma ideia central, às vezes repetindo expressões idênticas, palavra por palavra, em séries de estrofes paralelas. A partir dessas observações, releia o texto de Estêvão Coelho e responda:

a) O poema se estrutura em quantas séries de estrofes paralelas? Identifique-as.
b) Que ideias centrais são enfatizadas em cada série paralelística?

8. **(Vunesp)** Considerando que o último verso da cantiga caracteriza um diálogo entre personagens; considerando que a palavra **abutre** grafava-se **avuytor**, em português arcaico; e considerando que, de acordo com a tradição popular da época, era possível fazer previsões e descobrir o que está oculto, comendo carne de abutre, mediante estas três considerações:

a) identifique o personagem que se expressa em discurso direto, no último verso do poema;
b) interprete o significado do último verso, no contexto do poema.

Capítulo 11

Os estilos de época na Era Medieval: Humanismo

1. **(Fuvest-SP)**

E chegando à barca da glória, diz ao Anjo:

BRÍSIDA Barqueiro, mano, meus olhos,
prancha a Brísida Vaz!
ANJO Eu não sei quem te cá traz...

BRÍSIDA Peço-vo-lo de giolhos!
Cuidais que trago piolhos,
anjo de Deus, minha rosa?
Eu sou Brísida, a preciosa,
que dava as moças aos molhos.
A que criava as meninas
para os cônegos da Sé...
Passai-me, por vossa fé,
meu amor, minhas boninas,
olhos de perlinhas finas!
[...]

VICENTE, Gil. *Auto da barca do inferno.* (Texto fixado por S. Spina)

a) No excerto, a maneira de tratar o Anjo, empregada por Brísida Vaz, relaciona-se à atividade que ela exercera em vida? Explique resumidamente.
b) No excerto, o tratamento que Brísida Vaz dispensa ao Anjo é adequado à obtenção do que ela deseja, isto é, levar o Anjo a permitir que ela embarque? Por quê?

2. (Unifesp) Leia o texto de Gil Vicente.

DIABO Essa dama, é ela vossa?
FRADE Por minha a tenho eu
e sempre a tive de meu.
DIABO Fizeste bem, que é fermosa!
E não vos punham lá grosa
nesse convento santo?
FRADE E eles fazem outro tanto!
DIABO Que cousa tão preciosa!

No trecho da peça de Gil Vicente, fica evidente uma:
a) visão bastante crítica dos hábitos da sociedade da época. Está clara a censura à hipocrisia do religioso, que se aparta daquilo que prega.
b) concepção de sociedade decadente, mas que ainda guarda alguns valores essenciais, como é o caso da relação entre o frade e o catolicismo.
c) postura de repúdio à imoralidade da mulher que se põe a tentar o frade, que a ridiculariza em função de sua fé católica inabalável.
d) visão moralista da sociedade. Para ele, os valores deveriam ser resgatados e a presença do frade é um indicativo de apego à fé cristã.
e) crítica ao frade religioso que optou em vida por ter uma mulher, contrariando a fé cristã, o que, como ele afirma, não acontecia com os outros frades do convento.

3. (Uepa) Leia com atenção a seguinte fala do personagem central de *O velho da horta*, de Gil Vicente. Ele se dirige à Branca Gil.

O caso é: Sobre meus dias,
em tempo contra razão,
veio amor sobre tenção,
e fez de mim outro Mancias*
tão penado
que de muito namorado
creio que me culpareis
porque tomei tal cuidado;
e do velho destampado
zombareis.

* **Mancias:** trovador ibérico extremamente apaixonado.

Pelo que se depreende da leitura, o receio do velho, relativamente à opinião de Branca Gil sobre si próprio, demonstra que tanto na Idade Média, como hoje, não é comum se aceitar em nossa cultura:
a) o namoro entre pessoas de idades muito diferentes.
b) a prática do adultério.
c) o relacionamento entre judeus e não judeus.
d) o empréstimo de dinheiro a juros.
e) a paixão descontrolada.

4. (UFPA)

VELHA E o lavrar [o trabalho], Isabel?
ISABEL Faz a moça mui malfeita,
Corcovada e contrafeita,
De feição de meio anel;
E faz muito mao [mau] carão [semblante],
E mao costume dolhar.
VELHA Hui! pois jeita-te [dedica-te] ao fiar
Estopa, linho ou algodão,
Ou tecer, se vem à mão.
ISABEL Isso he [é] peor que lavrar.
VELHA Engeitas tu o fiar?
ISABEL Que não hei de fiar não.
Eu sou filha de moleira?
Em roca me falais vós?
Ora assi salve Deos,
Que tendes forte cenreira [teimosia].
VELHA Aprende logo a tecer.
ISABEL Então bolir co fiado [tecer]:
Achais outro mais honrado
Ofício pera eu saber?

VICENTE, Gil. Farsa de "Quem tem farelos". In: *Obras de Gil Vicente.* Porto: Lello & Irmão, 1965. p. 583-4.

Sobre o fragmento transcrito, é correto afirmar:
a) Isabel, embora aceite a submissão dos filhos aos pais, não admite alguns tipos de trabalhos manuais que possam comprometer a sua aparência física.
b) trata-se de um fragmento da discussão final entre a Velha e a Isabel (vv. 451-538), por meio da qual o leitor contrapõe conceitos opostos sobre o trabalho feminino da época.
c) a Velha repudia as atividades relacionadas ao fiar e ao tecer, defendendo que apenas as moças pobres devem dedicar-se a trabalhos domésticos.
d) a discussão final entre a Velha e a filha marca duas posições opostas e irreconciliáveis, o que as torna personagens individualizadas em oposição ao tipo do fidalgo pobre, representado por Aires Rosado.
e) a sátira à sociedade portuguesa vincula-se a uma crítica de personagens, representando Isabel uma geração superada historicamente.

5. (Fuvest-SP) Na *Farsa de Inês Pereira*, Gil Vicente:
a) retoma a análise do amor do velho apaixonado, desenvolvida em *O velho da horta*.
b) mostra a humilhação da jovem que não pode escolher seu marido, tema de várias peças desse autor.

c) denuncia a revolta da jovem confinada aos serviços domésticos, o que confere atualidade à obra.

d) conta a história de uma jovem que assassina o marido para se livrar dos maus-tratos.

e) aponta, quando Lianor narra as ações do clérigo, uma solução religiosa para a decadência moral de seu tempo.

Capítulo 12

Os estilos de época na Era Clássica: Classicismo português

TEXTOS PARA AS QUESTÕES DE 1 A 3.

Jacó encontra-se com Raquel

Depois disse Labão a Jacó: Acaso, por seres meu parente, irás servir-me de graça? Dize-me, qual será o teu salário? Ora, Labão tinha duas filhas: Lia, a mais velha, e Raquel, a mais moça. Lia tinha olhos baços, porém Raquel era formosa de porte e de semblante. Jacó amava a Raquel, e disse: Sete anos te servirei por tua filha mais moça, Raquel. Respondeu Labão: Melhor é que eu ta dê, em vez de dá-la a outro homem; fica, pois, comigo.

Assim, por amor a Raquel, serviu Jacó sete anos; e estes lhes pareceram como poucos dias, pelo muito que a amava. Disse Jacó a Labão: Dá-me minha mulher, pois já venceu o prazo, para que me case com ela.

Reuniu, pois, Labão todos os homens do lugar, e deu um banquete. À noite, conduziu a Lia, sua filha, e a entregou a Jacó. E coabitaram. [...] Ao amanhecer, viu que era Lia, por isso disse Jacó a Labão: Que é isso que me fizeste? Não te servi por amor a Raquel? Por que, pois, me enganaste? Respondeu Labão: Não se faz assim em nossa terra, dar-se a mais nova antes da primogênita. Decorrida a semana desta, dar-te-emos também a outra, pelo trabalho de mais sete anos que ainda me servirás.

Concordou Jacó, e se passou a semana desta; então Labão lhe deu por mulher Raquel, sua filha. [...] E coabitaram. Mas Jacó amava mais a Raquel do que a Lia; e continuou servindo a Labão por outros sete anos.

Bíblia Sagrada. Gênesis, 29,15-30.

Sete anos de pastor Jacó servia
Labão, pai de Raquel, serrana bela;
Mas não servia ao pai, servia a ela,
Que a ela só por prêmio pretendia.

Os dias, na esperança de um só dia,
Passava, contentando-se com vê-la;
Porém o pai, usando de cautela,
Em lugar de Raquel lhe dava Lia.

Vendo o triste pastor que com enganos
Lhe fora assi[m] negada a sua pastora,
Como se a não tivera merecida,

Começa de servir outros sete anos,
Dizendo: — Mais servira, se não fora
Pera tão longo amor tão curta a vida!

CAMÕES, Luís Vaz de. *Camões: obras completas*. 4. ed. Lisboa: Sá da Costa, 1971. 5 v.

1. **(Vunesp-SP)** O racionalismo é uma das características mais frequentes da literatura clássica portuguesa. A logicidade do pensamento quinhentista repercutiu no rigor formal de seus escritores, e no culto à expressão das "verdades eternas", sem que isso implicasse tolhimento da liberdade imaginativa e poética. Com base nessas observações, releia os dois textos apresentados e:

a) aponte um procedimento literário de Camões que comprove o rigor formal do classicismo;

b) indique o dado da passagem bíblica que, por ter sido omitido por Camões, revela a prática da liberdade poética e confere maior carga sentimental ao seu modo de focalizar o mesmo episódio.

2. **(Vunesp-SP)** Em certos contextos, a anteposição do adjetivo ao substantivo costuma revelar traços de afetividade do emissor em relação aos objetos e seres referidos.

a) Localize no poema de Camões um procedimento que se relacione ao mencionado fato estilístico.

b) Interprete o efeito semântico dado pela antecipação do adjetivo, no exemplo que você localizou no item **a**.

3. **(Vunesp-SP)** Nos seis últimos versos do poema, Camões, atendendo a necessidades de ritmo e rima, utiliza-se de variantes alternativas de emprego dos tempos e modos verbais. Com o refinamento de um poeta maior, alcança plena eficácia poética. Levando em consideração esses comentários:

a) aponte duas passagens, nos tercetos referidos, nas quais o poeta empregou o pretérito mais-que-perfeito do indicativo, quando poderia ter-se utilizado de forma verbal em outro tempo ou modo;

b) reescreva essas passagens, empregando os verbos de acordo com o uso cotidiano da língua portuguesa.

4. **(FGV-SP)** Assinale a alternativa que completa corretamente a afirmação seguinte:

O movimento desenvolveu-se no apogeu político de Portugal; consiste numa concepção artística baseada na imitação dos modelos clássicos gregos e latinos. Nele, o pensamento lógico predomina sobre a emoção, e a estrutura da composição poética obedece a formas fixas, com a introdução da medida nova, que convive com a medida velha das formas tradicionais.

Trata-se do:

a) Modernismo.
b) Barroco.
c) Romantismo.
d) Classicismo.
e) Realismo.

5. **(Uepa)** A noção de inferioridade feminina é um aspecto cultural que tem resistido ao tempo. Expressa, às vezes, de um modo sutil, ela pode ser localizada nos seguintes versos de *Os lusíadas*:

a) "Traziam-na os horríficos algozes
Ante o rei já movido à piedade";

b) "Que furor consentiu que a espada fina
Que pôde sustentar o grande peso
Do furor mouro, fosse alevantada
Contra uma fraca dama delicada?"

c) "Aos montes ensinando e às ervinhas
O nome que no peito escrito tinhas".

d) "Ó tu, que tens de humano o gesto e o peito
[...]
A estas criancinhas tem respeito".

e) "Mas o povo, com falsas e ferozes
Razões, à morte crua o persuade".

6. (UFSCar-SP) Leia os textos I e II.

Texto I

Mudam-se os tempos, mudam-se as vontades,
Muda-se o ser, muda-se a confiança;
Todo o mundo é composto de mudança,
Tomando sempre novas qualidades.

Continuamente vemos novidades,
Diferentes em tudo da esperança;
Do mal ficam as mágoas na lembrança,
E do bem, se algum houve, as saudades.
[...]

Camões.

Texto II

O senhor... Mire veja: o mais importante e bonito, do mundo, é isto: que as pessoas não estão sempre iguais, ainda não foram terminadas — mas que elas vão sempre mudando. Afinam ou desafinam. Verdade maior. É o que a vida me ensinou. Isso que me alegra, montão. E, outra coisa: o diabo, é às brutas; mas Deus é traiçoeiro! Ah, uma beleza de traiçoeiro — dá gosto! A força dele, quando quer — moço! — me dá o medo pavor! Deus vem vindo: ninguém não vê. Ele faz é na lei do mansinho — assim é o milagre. E Deus ataca bonito, se divertindo, se economiza.

ROSA, João Guimarães. *Grande sertão: veredas.*

Comparando os textos I e II, identifique a ideia comum a ambos e transcreva uma informação de cada um deles para justificar a sua resposta.

7. (PUC-SP) Dos episódios "Inês de Castro" e "O velho do Restelo", da obra *Os lusíadas*, de Luís de Camões, **não** é possível afirmar que:

a) "O velho do Restelo", numa antevisão profética, previu os desastres futuros que se abateriam sobre a Pátria e que arrastariam a nação portuguesa a um destino de enfraquecimento e marasmo.
b) "Inês de Castro" caracteriza, dentro da epopeia camoniana, o gênero lírico porque é um episódio que narra os amores impossíveis entre Inês e seu amado Pedro.
c) Restelo era o nome da praia em frente ao templo de Belém, de onde partiam as naus portuguesas nas aventuras marítimas.
d) Tanto "Inês de Castro" quanto "O velho do Restelo" são episódios que ilustram poeticamente diferentes circunstâncias da vida portuguesa.
e) O velho, um dos muitos espectadores na praia, engrandecia com sua fala as façanhas dos navegadores, a nobreza guerreira e a máquina mercantil lusitana.

8. (Fuvest-SP)

Oh! Maldito o primeiro que, no mundo,
Nas ondas vela pôs em seco lenho!
Digno da eterna pena do Profundo,
Se é justa a justa Lei que sigo e tenho!
Nunca juízo algum, alto e profundo,
Nem cítara sonora ou vivo engenho,
Te dê por isso fama nem memória,
Mas contigo se acabe o nome e a glória.

CAMÕES. *Os lusíadas.*

a) Considerando este trecho da fala do velho do Restelo no contexto da obra a que pertence, explique os dois primeiros versos, esclarecendo o motivo da maldição que, neles, é lançada.
b) Nos quatro últimos versos, está implicada uma determinada concepção da função da arte. Identifique essa concepção, explicando-a brevemente.

9. (Unicamp-SP)

Mas um velho, de aspecto venerando
[...]
A voz pesada um pouco alevantando,
[...]
Tais palavras tirou do experto[1] peito:
— Ó glória de mandar, ó vã cobiça
Desta vaidade a quem chamamos Fama
Ó fraudulento gosto, que se atiça
C'uma aura popular, que honra se chama

CAMÕES. *Os lusíadas*, Canto IV.

... e então uma grande voz se levanta, é um labrego[2] de tanta idade já que não quiseram, e grita subido a um valado[3], que é púlpito dos rústicos. Ó glória de mandar, ó vã cobiça, ó rei infame, ó pátria sem justiça, e tendo assim clamado, veio dar-lhe o quadrilheiro uma cacetada na cabeça, que ali mesmo o deixou por morto.

SARAMAGO, José. *Memorial do convento.* p. 293.

1. **experto:** que tem experiência.
2. **labrego:** indivíduo grosseiro, rude, tosco.
3. **valado:** elevação de terra que limita propriedade rústica.

Novo dicionário Aurélio da língua portuguesa

Confrontando os fragmentos acima percebe-se que o *Memorial do convento* dialoga com os clássicos. O episódio do velho do Restelo, do Canto IV de *Os lusíadas*, refere-se ao engajamento voluntário dos portugueses na grande empresa que foi a descoberta de novos mundos. Já no *Memorial do convento*, entretanto, o recrutamento para Mafra deu-se, em geral, à força.

Aponte, no trecho, ao menos uma passagem que indique a irreverência de Saramago em relação ao texto de Luís de Camões.

10. (UFPA) Pode-se afirmar que o velho do Restelo é:

a) personagem central de *Os lusíadas*.
b) o mais fervoroso defensor da viagem do Gama.
c) símbolo dos que valorizam a cobiça e a ambição.
d) símbolo das forças contrárias às investidas marítimas lusas.
e) a figura que incentiva a ideologia expansionista.

Capítulo 13

Quinhentismo brasileiro

1. **(UEL-PR)** A exuberância da natureza brasileira impressionou artistas e viajantes europeus nos séculos XVI e XVII. Leia o texto e observe a imagem a seguir:

Coleção particular.

DEBRET, J. B. *Tribo Guaicuru em busca de novas pastagens.* 1834-1839.

[...] A América foi para os viajantes, evangelizadores e filósofos uma construção imaginária e simbólica.

Diante da absoluta novidade, como explicá-la? Como compreendê-la? Como ter acesso ao seu sentido? Colombo, Vespúcio, Pero Vaz de Caminha, Las Casas, dispunham de um único instrumento para aproximar-se do Mundo Novo: os livros. [...] O Novo Mundo já existia, não como realidade geográfica e cultural, mas como texto, e os que para aqui vieram ou os que sobre aqui escreveram não cessam de conferir a exatidão dos antigos textos e o que aqui se encontra.

CHAUI, M. Apud FRANZ, T. S. *Educação para uma compreensão crítica da arte.* Florianópolis: Letras Contemporâneas Oficina Editorial, 2003. p. 95.

Com base no texto e na imagem, é correto afirmar:

I. O olhar do viajante europeu é contaminado pelo imaginário construído a partir de textos da Antiguidade e por relatos produzidos no contexto cultural europeu.

II. Os artistas viajantes produziram imagens precisas e detalhadas que apresentam com exatidão a realidade geográfica do Brasil.

III. Nas representações feitas por artistas estrangeiros coexistem elementos simbólicos e mitológicos oriundos do imaginário europeu e elementos advindos da observação da natureza e das coisas que o artista tinha diante de seus olhos.

IV. A imagem de Debret registra uma cena cotidiana e revela a capacidade do artista em documentar os costumes e a realidade do indígena brasileiro.

Assinale a alternativa que contém todas as afirmativas corretas.

a) I e II.
b) I e III.
c) II e IV.
d) I, III e IV.
e) II, III e IV.

2. **(UFPE)** A relação do Homem com a Natureza sempre foi um tema presente na literatura universal, desde os seus primórdios. Leia os textos e considere as questões a seguir.

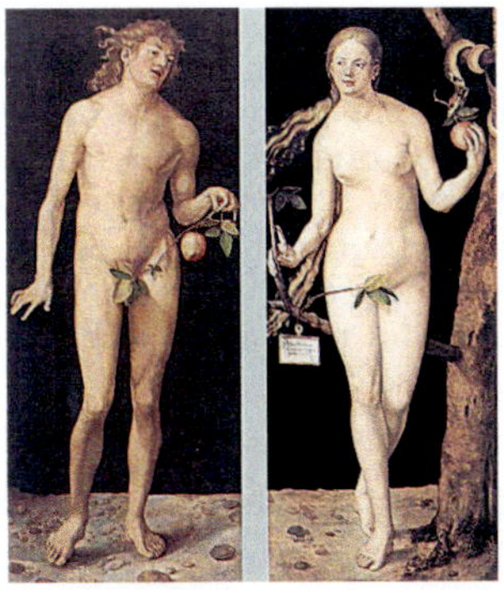

Museu do Prado, Madri.

Albrecht Dürer, *Adão e Eva*.

Museu Nacional da Dinamarca, Copenhague.

Albert Eckhout, *Índios*.

Criou, pois, Deus o homem à sua imagem; homem e mulher os criou. E ambos estavam nus, o homem e sua mulher; e não se envergonhavam. Então Deus os abençoou e lhes disse: Frutificai e multiplicai-vos; enchei a terra e sujeitai-a; dominai sobre todos os animais. Disse-lhes mais: eis que vos tenho dado todas as ervas que produzem semente, bem como todas as árvores em que há fruto que dê semente; ser-vos-ão para mantimento. E assim foi. ... Mas chamou o Senhor Deus ao homem, e perguntou-lhe: Onde estás? Respondeu-lhe o homem: Ouvi a tua voz no jardim e tive medo, porque estava nu; e escondi-me. Deus perguntou-lhe mais: Quem te mostrou que estavas nu? Comeste da árvore de que te ordenei que não comesses? Ao que respondeu o homem: A mulher que me deste por companheira deu-me da árvore, e eu comi. E ao homem disse: Porquanto deste ouvidos à voz de tua mulher, e comeste da árvore de que te ordenei dizendo: Não comerás dela; maldita é a terra por tua causa; em fadiga comerás dela todos os dias da tua vida. Ela te produzirá espinhos e abrolhos; e comerás das ervas do campo. Do suor do teu rosto comerás o teu pão, até que tornes à terra, porque dela foste tomado; porquanto és pó, e ao pó tornarás. O Senhor Deus, pois, o lançou fora do jardim do Éden para lavrar a terra, de que fora tomado.

Livro do Gênesis.

A feição deles é serem pardos, maneira de avermelhados, de bons rostos e bons narizes, bem-feitos. Andam nus, sem cobertura alguma. Não fazem o menor caso de encobrir ou de mostrar suas vergonhas; e nisso têm tanta inocência como em mostrar o rosto. Os homens trazem os beiços de baixo furados e metidos neles ossos brancos e verdadeiros. Os cabelos seus são corredios. Parece-me gente de tal inocência que, se homem os entendesse e eles a nós, seriam logo cristãos, porque eles, segundo parece, não têm nem entendem nenhuma crença. ... Eles não lavram, nem criam. Não há aqui boi, nem vaca, nem cabra, nem ovelha, nem galinha. Não comem senão desse inhame, que aqui há muito, e dessa semente e frutos, que a terra e as árvores de si lançam. E com isto andam tais e tão rijos que o não somos nós tanto, com quanto trigo e legumes e carne comemos. ... Esta terra, Senhor, é de muitos bons ares. Águas são muitas; infindas. E em tal maneira é graciosa que, querendo-a aproveitar, dar-se-á nela tudo.

Carta de Pero Vaz de Caminha

Em cada alternativa, assinale V para verdadeiro, F para falso.

a) ( ) A descrição que os portugueses fazem do Novo Mundo aproxima-se da descrição do paraíso na Bíblia, quando Adão e Eva, como os índios na floresta tropical, viviam em inocência, paz e harmonia no jardim do Éden.

b) ( ) O trecho bíblico revela por que a ideia do domínio antropocêntrico da natureza, profundamente ligada à cultura judaico-cristã, parece tão familiar ao imaginário ocidental.

c) ( ) A *Carta de Caminha* mostra a sua preocupação em informar ao Rei as condições de cultivo e criação na terra descoberta, bem como a natureza dos nativos aqui encontrados, que ele considerava tão passíveis de serem doutrinados quanto a floresta circundante de ser explorada.

d) ( ) De acordo com o relato bíblico, a expulsão do casal do paraíso assinala o início de uma nova etapa de bem-aventurança para os seres humanos, que assumiriam o controle de suas próprias vidas e poriam a seu serviço, com grande facilidade, os recursos selvagens da natureza.

e) ( ) A escassez de recursos naturais como minérios e especiarias em alguns países da Europa renascentista, como Portugal, contribuiu para incentivar as grandes navegações, que incluíram a descoberta do continente americano.

3. (UFBA)

Ali, por essa ocasião, não houve mais fala nem entendimento com eles, pois a algazarra era tamanhamente bárbara que ninguém mais se podia entender. Acenamos-lhes que fossem embora. Assim o fizeram e se encaminharam para o outro lado do rio. E saíram três ou quatro homens nossos dos batéis, encheram não sei quantos barris de água que nós levávamos. Então, retornamos às naus. E quando dessa maneira vínhamos, nos fizeram sinal de voltar atrás.

Retornamos e então eles mandaram o degredado que não queriam que ficasse lá com eles, o qual levava uma bacia pequena e duas ou três carapuças vermelhas para dar de presente ao chefe, se um chefe ali existisse. Não se preocuparam de tomar-lhe coisa alguma, pelo contrário, mandaram-no de volta com todas as suas coisas. Mas então Bartolomeu Dias o fez retornar, ordenando que lhes desse tudo aquilo. Ele retornou à praia e deu todos os presentes, diante de nossos olhos, àquele que o agasalhara no primeiro encontro. Logo voltou e nós o trouxemos para bordo.

Esse que o agasalhara era já de idade e andava por galanteria cheio de penas pegadas pelo corpo, de tal maneira que parecia um São Sebastião cheio de flechas. Outros traziam carapuças de penas amarelas; outros ainda, de vermelhas; e outros mais, de verdes. E uma daquelas moças era toda tingida, de baixo a cima, daquela tintura; e certamente era tão bem feita e tão redonda, e sua vergonha — que ela não tinha! — tão graciosa, que a muitas mulheres de nossa terra, vendo-lhe tais feições, provocaria vergonha, por não terem as suas como a dela. Nenhum deles era circunciso, mas, ao contrário, todos eram assim como nós.

E com isto nos tornamos e eles se foram.

CASTRO, Sílvio. *A carta de Pero Vaz de Caminha*. Porto Alegre: L&PM, 1996. p. 82-3.

No fragmento e no contexto da obra, evidencia-se:

(01) a relação de poder, desde o primeiro contato, do elemento europeu sobre o nativo brasileiro.

(02) a hostilidade do indígena em face da tentativa de o português desrespeitar os seus valores.

(04) um conjunto de aspectos socioculturais do cotidiano indígena, contrapondo-se, de forma amistosa, à cultura lusitana.

(08) a espontaneidade ingênua dos nativos como um diferencial ante as atitudes pensadas e calculadas dos futuros colonizadores.

(16) uma visão sobre os nativos centrada em valores europeus, desconsiderando diferenças culturais.

(32) a avaliação crítica e irônica do narrador, revelando-se um cronista sincero, até mesmo malicioso e com senso de humor.

(64) a existência de uma hierarquia rígida entre os nativos, o que os aproxima do padrão europeu de organização social.

4. (UFPB)

Tratado Descritivo do Brasil em 1587

Capítulo XI

Em que se declara a costa da baía da Traição até Paraíba.

Do **Rio Camaratibe**[1] até a baía da Traição são duas léguas, a qual está em seis graus e 1/3, onde ancoram naus francesas e entram dos arrecifes para dentro. Chama-se esta baía pelo gentio potiguar Acajutibiró, e os portugueses, da Traição, por com ela matarem uns poucos de castelhanos e portugueses que nesta costa se perderam. Nesta baía fazem cada ano os franceses muito pau de tinta e carregam dele muitas naus. Desta baía da Traição ao **Rio Maguape**[2] são três léguas, o qual está em seis graus e meio. Do rio de Maguape ao da Paraíba são cinco léguas [...]; a este rio chamam — na **carta de marear**[3] — de São Domingos, onde entram naus de 200 tonéis, e no rio de Maguape entram caravelas da costa; mas o rio de São Domingos se navega muito pela terra adentro, de onde ele vem de bem longe. Tem este rio um ilhéu da boca para dentro que lhe faz duas barras, e pela que está da banda do norte entram caravelões que navegam por entre a terra e os arrecifes até Itamaracá [...]; e porque entravam cada ano neste rio naus francesas a carregar o pau de tinta com que **abatia**[4] o que ia para o Reino das mais capitanias por conta dos portugueses e porque o gentio potiguar andava **mui levantado**[5] contra os moradores da capitania de Itamaracá e Pernambuco, com o favor dos franceses, com os quais fizeram nessas capitanias grandes danos, queimando engenhos e outras muitas fazendas, em que mataram muitos homens e escravos; [...]

SOUSA, Gabriel Soares de. *Tratado descritivo do Brasil em 1587*. 4. ed. São Paulo: Companhia Ed. Nacional / Edusp, 1971. p. 52.

1. **Rio Camaratibe:** Rio Camaratuba.
2. **Rio Maguape:** Rio Mamanguape.
3. **carta de marear:** carta de navegação.
4. **abatia:** diminuía.
5. **mui levantado:** muito rebelde.

Pertencente à produção cultural do Quinhentismo brasileiro, o texto de Gabriel Soares de Souza:

I. faz parte da chamada literatura de informação, por ter como objetivo primeiro transmitir aos governantes portugueses notícias acerca das terras descobertas.
II. já reflete um modelo literário luso-brasileiro, apesar de escrito alguns anos após o descobrimento (1587).
III. constitui uma fonte importante para os escritores, em diversos momentos da nossa história literária.

Está(ão) correta(s) apenas a(s) afirmativa(s):

a) I e II. b) II. c) I. d) II e III. e) I e III.

Capítulo 14

Os estilos de época na Era Clássica: Barroco

1. (UEL-PR) Observe a imagem a seguir, de Manoel da Costa Ataíde (1762-1830):

Coleção particular.

Com base na imagem e nos conhecimentos sobre a arte colonial brasileira, é correto afirmar:

a) Ataíde foi um dos maiores representantes da Missão Artística Francesa no Brasil e foi o retratista mais conhecido do período imperial.
b) *A Ceia*, de Ataíde, é um quadro histórico, aborda um tema laico, e apresenta forte cromatismo e falta de nitidez dos gestos dos personagens.
c) Com a produção de Ataíde, a pintura colonial mineira chega ao século XIX em plena vitalidade e o pintor se mantém fiel à tradição barroca.
d) A autoria desta obra, durante muito tempo, foi atribuída ao grande inimigo de Ataíde, Antônio Francisco Lisboa, mais conhecido como "Aleijadinho".
e) Ataíde é considerado um artista pouco representativo da pintura colonial mineira, pois sua obra *A Ceia* retrata o cotidiano da sociedade colonial mineira.

2. (UCS-RS) Leia o poema "Buscando a Cristo", de Gregório de Matos.

A vós correndo vou, braços sagrados,
Nessa cruz sacrossanta descobertos,
Que, para receber-me, estais abertos,
E, por não castigar-me, estais cravados.

A vós, divinos olhos, eclipsados
De tanto sangue e lágrimas abertos,
Pois, para perdoar-me, estais despertos,
E, por não condenar-me, estais fechados.

A vós, pregados pés, por não deixar-me,
A vós, sangue vertido, para ungir-me,
A vós, cabeça baixa, p'ra chamar-me.

A vós, lado patente, quero unir-me,
A vós, cravos preciosos, quero atar-me,
Para ficar unido, atado e firme.

MATOS, Gregório de. *Poemas escolhidos.* São Paulo: Cultrix, 1997. p. 300.

Assinale a alternativa correta em relação ao poema.

a) Apresenta uma forma regular, o soneto, característica exclusiva da poesia barroca.
b) A imagem dos braços "abertos" e "cravados" reforça o temor a Deus, manifestado pelo sujeito poético.
c) O uso de imagens opostas ilustra uma das características típicas do estilo árcade.
d) O eu lírico expressa um sentimento de repulsa em relação à divindade.
e) Pelo uso de metonímias, o poema remete à imagem do Cristo crucificado.

3. (Uepa) Desde o Período Colonial, as diferenças culturais entre europeus e africanos têm produzido comentários hostis. Assinale os versos de Gregório de Matos Guerra em que se verifica essa postura agressiva do branco em relação ao negro, ou ao mestiço.

a) "Os brancos aqui não podem
mais que sofrer e calar."
b) "Querem-me aqui todos mal,
e eu quero mal a todos;
eles e eu, por nossos modos,
nos pagamos tal por tal."
c) "Anjo no nome, Angélica na cara,
Isso é ser flor e Anjo juntamente [...]"
d) "Terra tão grosseira e crassa,
que a ninguém se tem respeito,
salvo quem mostra algum jeito
de ser mulato."
e) "Que homem pode haver tão paciente,
que vendo o triste estado da Bahia,
não chore, não suspire e não lamente."

TEXTOS PARA AS QUESTÕES 4, 5 E 6.

Discreta e formosíssima Maria,
Enquanto estamos vendo a qualquer hora
Em tuas faces a rosada Aurora,
Em teus olhos, e boca o Sol, e o dia:

Enquanto com gentil descortesia
O ar, que fresco Adônis te namora,
Te espalha a rica trança voadora,
Quando vem passear-te pela fria:

Goza, goza da flor da mocidade,
Que o tempo trota a toda ligeireza,
E imprime em toda a flor a sua pisada.

Oh, não aguardes, que a madura idade
Te converta em flor, essa beleza
Em terra, em cinza, em pó, em sombra, em nada.

MATOS, Gregório de. *Obra poética.*

Qualquer tempo

Qualquer tempo é tempo.
A hora mesma da morte
é hora de nascer.

Nenhum tempo é tempo
bastante para a ciência
de ver, rever.

Tempo, contratempo
anulam-se, mas o sonho
resta, de viver.

ANDRADE, Carlos Drummond de. *Boitempo & A falta que ama.*

4. **(UFF-RJ)** Comparando o poema de Gregório de Matos com o de Carlos Drummond de Andrade, pode-se afirmar que:

a) no primeiro prevalece o tema do *carpe diem* ("aproveite o momento"), característico do Barroco, enquanto no segundo se trata dos vários tempos da vida.

b) no primeiro, há um estímulo a gozar a vida, característica do Romantismo, enquanto no segundo se propõe a anulação do tempo e sua substituição pelo sonho.

c) no primeiro há um elogio à beleza de Maria, musa do Modernismo, enquanto no segundo existe um desejo de que a ciência reveja o sonho que resta de viver e o contratempo.

d) no primeiro há um estímulo a que se goze a beleza enquanto o tempo não a elimina, como no Simbolismo, enquanto no segundo se anula a beleza do tempo.

e) no primeiro existe um estímulo a gozar a mocidade, conforme o Realismo, enquanto no segundo se ressalta a diferença entre a hora de nascer e a hora de morrer.

5. **(UFF-RJ)** No verso "Em terra, em cinza, em pó, em sombra, em nada", pode-se perceber:

a) o emprego da **citação**, pela apropriação da expressão bíblica "do pó viemos e ao pó voltaremos", com o fim de ressaltar a permanência da beleza de Maria em oposição ao pó passageiro.

b) o uso da **metáfora**, através do emprego dos substantivos "terra", "cinza", "pó", que simbolizam elementos do cemitério, culminando com o pronome "nada", que se refere à ausência de sentimentos do poeta.

c) o uso da **gradação**, pela disposição de vocábulos em sequência, na qual se nota uma direção de sentido, enfatizando a transformação que o tempo opera na beleza.

d) o emprego da **enumeração**, pela revisão de todas as maneiras, circunstâncias e partes da beleza de Maria, reforçando os aspectos positivos e permanentes desta beleza.

e) o emprego do **contraste** entre a beleza de Maria e a feiura do cemitério, cheio de cinza, pó e sombra, que não servem para nada.

6. **(UFRJ)** O poema se constrói por meio da oposição entre dois campos semânticos, especialmente no contraste entre a primeira e a última estrofes.

Explicite essa oposição e **retire**, dessas estrofes, dois vocábulos com valor substantivo — um de cada campo semântico —, identificando a que campo cada vocábulo pertence.

7. **(UFRJ)**

Segue neste soneto a máxima de bem viver que é envolver-se na confusão dos néscios para passar melhor a vida

Carregado de mim ando no mundo,
E o grande peso embarga-me as passadas,
Que como ando por vias desusadas,
Faço o peso crescer, e vou-me ao fundo.

O remédio será seguir o imundo
Caminho, onde dos mais vejo as pisadas,
Que as bestas andam juntas mais ousadas,
Do que anda só o engenho mais profundo.

Não é fácil viver entre os insanos,
Erra, quem presumir que sabe tudo,
Se o atalho não soube dos seus danos.

O prudente varão há de ser mudo,
Que é melhor neste mundo, mar de enganos,
Ser louco c'os demais, que só, sisudo.

MATOS, Gregório de. *Poemas escolhidos.*
São Paulo: Cultrix, 1989. p. 253.

a) O soneto de Gregório de Matos apresenta, em sua construção, um conflito entre o eu lírico e o mundo. Em que consiste esse conflito?

b) Qual foi a solução proposta?

c) O Barroco faz um uso particular de metáforas para concretizar abstrações. No texto, encontram-se vocábulos cujos significados constroem imagens vinculadas à travessia do eu lírico no mundo. Retire do texto quatro vocábulos desse campo semântico, sendo dois verbos e dois substantivos.

TEXTO PARA AS QUESTÕES 8 E 9.

Neste mundo é mais rico, o que mais rapa:
Quem mais limpo se faz, tem mais carepa:
Com sua língua ao nobre o vil decepa:
O Velhaco maior sempre tem capa.

8. **(Unifesp)** Nos versos, o eu lírico deixa evidente que:

a) uma pessoa se torna desprezível pela ação do nobre.

b) o honesto é quem mais aparenta ser desonesto.

c) geralmente a riqueza decorre de ações ilícitas.

d) as injúrias, em geral, eliminam as injustiças.

e) o vil e o rico são vítimas de severas injustiças.

9. **(Unifesp)** Levando em consideração que, em sua produção literária, Gregório de Matos dedicou-se também à sátira irreverente, pode-se afirmar que os versos se marcam:

a) pelo sentimentalismo, fruto da sintonia do eu lírico com a sociedade.

b) pela indiferença, decorrente da omissão do eu lírico com a sociedade.

c) pelo negativismo, pois o eu lírico condena a sociedade pelo viés da religião.
d) pela indignação, advinda de um ideal moralizante expresso pelo eu lírico.
e) pela ironia, já que o eu lírico supõe que todas as pessoas são desonestas.

LEIA O TEXTO A SEGUIR E RESPONDA ÀS QUESTÕES DE 10 A 12.

Triste Bahia! Oh quão dessemelhante
Estás, e estou do nosso antigo estado!
Pobre te vejo a ti, tu a mi empenhado,
Rica te vejo eu já, tu a mi abundante.

A ti trocou-te a máquina mercante,
Que em tua larga barra tem entrado,
A mim foi-me trocando, e tem trocado
Tanto negócio, e tanto negociante.

Deste em dar tanto açúcar excelente
Pelas drogas inúteis, que abelhuda
Simples aceitas do sagaz Brichote.

Oh se quisera Deus, que de repente
Um dia amanheceras tão sisuda
Que fora de algodão o teu capote!

MATOS, Gregório de. *Poesias selecionadas*. 3. ed. São Paulo: FTD, 1998. p. 141.

10. (UEL-PR) No que diz respeito à relação entre o eu lírico e a Bahia, considere as afirmativas a seguir.

I. Na primeira estrofe, o eu lírico identifica-se com a Bahia, pois ambos sofrem a perda de um antigo estado.
II. Na primeira estrofe, a Bahia aparece personificada, fato confirmado no momento em que ela e o eu lírico se olham.
III. Na terceira estrofe, constata-se que a Bahia não está isenta da culpa pela perda de seu antigo estado.
IV. Na quarta estrofe, o eu lírico conclui que a lamentável situação da Bahia está em conformidade com a vontade divina.

Assinale a alternativa correta.

a) Somente as afirmativas I e II são corretas.
b) Somente as afirmativas II e IV são corretas.
c) Somente as afirmativas III e IV são corretas.
d) Somente as afirmativas I, II e III são corretas.
e) Somente as afirmativas I, III e IV são corretas.

11. (UEL-PR) Sobre figuras de linguagem no poema, considere as afirmativas a seguir.

I. A descrição do eu lírico e da Bahia configura uma antítese entre o estado antigo e o atual de ambos.
II. A antítese é verificada na oposição entre as expressões "máquina mercante" e "drogas inúteis", embora ambas se refiram à Bahia.
III. Os versos 3 e 4 são exemplos do papel relevante da gradação no conjunto do poema, pois enumeram estados de espírito do eu lírico.
IV. Os versos "Um dia amanheceras tão sisuda / Que fora de algodão o teu capote!" configuram exemplos de personificação e metáfora, respectivamente.

Assinale a alternativa correta.

a) Somente as afirmativas I e IV são corretas.
b) Somente as afirmativas II e III são corretas.
c) Somente as afirmativas III e IV são corretas.
d) Somente as afirmativas I, II e III são corretas.
e) Somente as afirmativas I, II e IV são corretas.

12. (UEL-PR) A partir da leitura do texto, considere as afirmativas a seguir.

I. O poema faz parte da produção de Gregório de Matos caracterizada pelo cunho satírico, visto que ridiculariza vícios e imperfeições e assume um tom de censura.
II. As figuras do desconsolado poeta, da triste Bahia e do sagaz Brichote são imagens poéticas utilizadas para expressar a existência de um triângulo amoroso.
III. O poema apresenta a degradação da Bahia e do eu lírico, em virtude do sistema de trocas imposto à Colônia, o qual privilegiava os comerciantes estrangeiros.
IV. Os versos "Que em tua larga barra tem entrado" e "Deste em dar tanto açúcar excelente" conferem ao poema um tom erótico, pois, simbolicamente, sugerem a ideia de solicitação ao prazer.

Assinale a alternativa correta.

a) Somente as afirmativas I e II são corretas.
b) Somente as afirmativas I e III são corretas.
c) Somente as afirmativas III e IV são corretas.
d) Somente as afirmativas I, II e IV são corretas.
e) Somente as afirmativas II, III e IV são corretas.

Capítulo 15

Os estilos de época na Era Clássica: Arcadismo

TEXTO PARA AS QUESTÕES 1 E 2.

Torno a ver-vos, ó montes; o destino
Aqui me torna a pôr nestes outeiros,
Onde um tempo os gabões deixei grosseiros
Pelo traje da Corte, rico e fino.

Aqui estou entre Almendro, entre Corino,
Os meus fiéis, meus doces companheiros,
Vendo correr os míseros vaqueiros
Atrás de seu cansado desatino.

Se o bem desta choupana pode tanto,
Que chega a ter mais preço, e mais valia
Que, da Cidade, o lisonjeiro encanto,

Aqui descanse a louca fantasia,
E o que até agora se tornava em pranto
Se converta em afetos de alegria.

COSTA, Cláudio Manoel da. In: Domício Proença Filho. *A poesia dos inconfidentes*. Rio de Janeiro: Nova Aguilar, 2002. p. 78-9.

1. (Enem) Considerando o soneto de Cláudio Manoel da Costa e os elementos constitutivos do Arcadismo brasileiro, assinale a opção correta acerca da relação entre o poema e o momento histórico de sua produção.

a) Os "montes" e "outeiros", mencionados na primeira estrofe, são imagens relacionadas à Metrópole, ou seja, ao lugar onde o poeta se vestiu com traje "rico e fino".

b) A oposição entre a Colônia e a Metrópole, como núcleo do poema, revela uma contradição vivenciada pelo poeta, dividido entre a civilidade do mundo urbano da Metrópole e a rusticidade da terra da Colônia.
c) O bucolismo presente nas imagens do poema é elemento estético do Arcadismo que evidencia a preocupação do poeta árcade em realizar uma representação literária realista da vida nacional.
d) A relação de vantagem da "choupana" sobre a "Cidade", na terceira estrofe, é formulação literária que reproduz a condição histórica paradoxalmente vantajosa da Colônia sobre a Metrópole.
e) A realidade de atraso social, político e econômico do Brasil Colônia está representada esteticamente no poema pela referência, na última estrofe, à transformação do pranto em alegria.

2. **(Enem)** Assinale a opção que apresenta um verso do soneto de Cláudio Manoel da Costa em que o poeta se dirige ao seu interlocutor.
a) "Torno a ver-vos, ó montes; o destino" (v. 1)
b) "Aqui estou entre Almendro, entre Corino," (v .5)
c) "Os meus fiéis, meus doces companheiros," (v. 6)
d) "Vendo correr os míseros vaqueiros" (v. 7)
e) "Que, da Cidade, o lisonjeiro encanto," (v. 11)

3. **(UCS-RS)** Em relação ao Arcadismo, é correto afirmar que:
a) se caracteriza pela predominância da subjetividade e pelas formas pouco regulares.
b) busca representar as semelhanças da vida do campo com a dos centros urbanos.
c) se caracteriza pela negação dos padrões clássicos da Antiguidade e do Renascimento.
d) adota como filosofia de vida a valorização do passado em detrimento do presente.
e) se volta para a natureza em defesa de uma vida simples e contemplativa.

4. **(UEM-PR)** Sobre o fragmento abaixo e sobre a escola a que ele pertence, assinale a alternativa **incorreta**.

Minha bela Marília, tudo passa;
a sorte deste mundo é mal segura;
se vem depois dos males a ventura,
vem depois dos prazeres a desgraça.
Estão os mesmos deuses
sujeitos ao poder do ímpio fado:
Apolo já fugiu do céu brilhante,
já foi pastor de gado.

Marília de Dirceu – Tomás Antônio Gonzaga.

a) O trecho acima alterna versos decassílabos com versos hexassílabos. Curiosamente, o tema da estrofe é a inconstância da sorte. É como se o encurtamento do verso, alternado com o verso mais longo, imitasse os altos e baixos do destino.
b) A referência ao deus grego Apolo é típica do Arcadismo, escola que pretendia uma espécie de retorno ao tempo mitológico da Grécia clássica. Além disso, segue-se a referência ao período em que o deus foi pastor, reforçando o elo com a escola árcade, na qual os poetas frequentemente adotavam um pseudônimo pastoril, como Glauceste ou Elmano.
c) Para o Arcadismo, a vida do pastor, singela e próxima da natureza, é bela e pura. No entanto os versos "Apolo já fugiu do céu brilhante / já foi pastor de gado" criam uma imagem dentro da qual estar no céu é o polo positivo (felicidade) e ser pastor é o polo negativo (degradação). Portanto, a imagem contida nos versos é surpreendente quando percebemos que ela subverte o tema árcade da vida pastoril como ideal a ser buscado.
d) A imagem do deus Apolo fugindo do céu possui forte valor simbólico, explicável pelas características do Arcadismo: ela remete a um conceito de mundo como espaço democrático, aberto às mudanças. Fica implícito que, se um Deus pode fugir do seu destino traçado (estar no céu), seja por vontade, seja por necessidade, um homem comum também pode mudar a própria condição de vida, tornando-se até mesmo rico e poderoso.
e) Os principais autores do Arcadismo, homens cultos e educados, escreviam poemas nos quais se exaltavam a simplicidade e a vida em contato com a natureza. Gonzaga é, até certo ponto, coerente com isso, embora o eu lírico das *Liras* alterne poemas (ou estrofes) nos quais ele é "um triste pastor" com outros (ou outras) nos quais surge a figura do magistrado, diante de "altos volumes" sobre a mesa, decidindo processos jurídicos.

5. **(UFV-MG)** Considere as afirmativas abaixo, referentes ao Arcadismo brasileiro:
I. A natureza adquire um sentido de simplicidade, verdade e harmonia, impondo-se como modelo para a realização do ser humano.
II. A vinculação ao mundo natural se dá através de uma poesia de caráter pastoril.
III. Defende-se a imitação da simplicidade dos autores clássicos, que produziram suas obras na Antiguidade greco-romana e no Barroco.
IV. Há uma forte ligação com a Inconfidência Mineira, pelo fato de poetas como Cláudio Manuel da Costa e Tomás Antônio Gonzaga terem se envolvido na rebelião contra a metrópole.
V. Os poetas enfatizam a subjetividade, pois estavam convencidos de que deviam expressar em seus textos sentimentos intensos, passionais e impulsivos.

Está **correto** o que se afirma em:
a) I e III, apenas.
b) I, III, IV e V, apenas.
c) II e V, apenas.
d) I, II e IV, apenas.
e) I, II, III, IV e V.

LEIA O TEXTO A SEGUIR PARA RESPONDER ÀS QUESTÕES DE NÚMEROS 6 A 9.

Lira III

Tu não verás, Marília, cem cativos
Tirarem o cascalho e a rica terra,
Ou dos cercos dos rios caudalosos,
Ou da minada serra.

Não verás separar ao hábil negro
Do pesado esmeril a grossa areia,
E já brilharem os granetes de ouro
No fundo da bateia.

Não verás derrubar os virgens matos,
Queimar as capoeiras inda novas;

Servir de adubo à terra a fértil cinza,
    Lançar os grãos nas covas.

Não verás enrolar negros pacotes
Das secas folhas do cheiroso fumo;
Nem espremer entre as dentadas rodas
    Da doce cana o sumo.

Verás em cima da espaçosa mesa
Altos volumes de enredados feitos;
Ver-me-ás folhear os grandes livros,
    E decidir os pleitos.

Enquanto revolver os meus Consultos,
Tu me farás gostosa companhia,
Lendo os fastos da sábia, mestra História,
    E os cantos da poesia.

Lerás em alta voz a imagem bela;
Eu, vendo que lhe dás o justo apreço,
Gostoso tornarei a ler de novo
    O cansado processo.

Se encontrares louvada uma beleza,
Marília, não lhes invejes a ventura,
Que tens quem leve à mais remota idade
    A tua formosura.

GONZAGA, Tomás Antônio. *Marília de Dirceu.*

6. **(UFSCar-SP)** Dentre os temas presentes na poesia de Gonzaga, destaca-se, nesse texto, a:

a) idealização da natureza pastoril grega.
b) antecipação da felicidade conjugal.
c) influência do poema *Camões*, de Garret.
d) presença do medievalismo europeu.
e) dominação de Portugal sobre o Brasil-Colônia.

7. **(UFSCar-SP)** Dentre as atividades econômicas de Vila Rica, na época do poeta, o poema menciona:

a) a mineração e o cultivo de milho.
b) o cultivo de fumo e a produção de livros.
c) a cana-de-açúcar e a mineração.
d) a mineração e a criação de gado.
e) a criação de gado e o cultivo do fumo.

8. **(UFSCar-SP)** "Minada serra", no contexto do poema, significa montanhas

a) escavadas pela busca do ouro.
b) cheias de fontes de água mineral.
c) repletas de artefatos explosivos.
d) habitadas por negros-minas da África.
e) atingidas pela erosão pluvial.

9. **(UFSCar-SP)** Entre as características de estilo presentes no poema, destaca-se:

a) o emprego de rimas paralelas.
b) o uso excessivo de metáforas.
c) a predominância de versos de sete sílabas.
d) a omissão dos artigos definidos.
e) a anteposição dos adjetivos.

AS QUESTÕES DE NÚMEROS 10 E 11 BASEIAM-SE NO TEXTO A SEGUIR, EXTRAÍDO DE *FORMAÇÃO DA LITERATURA BRASILEIRA*, DE ANTONIO CANDIDO.

No Brasil, o homem de estudo, de ambição e de sala, que provavelmente era, encontrou condições inteiramente novas. Ficou talvez mais disponível, e o amor por Doroteia de Seixas o iniciou em ordem nova de sentimentos: o clássico florescimento da primavera no outono.

Foi um acaso feliz para a nossa literatura esta conjunção de um poeta de meia-idade com a menina de dezessete anos. O quarentão é o amoroso refinado, capaz de sentir poesia onde o adolescente só vê o embaraçoso cotidiano; e a proximidade da velhice intensifica, em relação à moça em flor, um encantamento que mais se apura pela fuga do tempo e a previsão da morte:

Ah! enquanto os destinos impiedosos
não voltam contra nós a face irada,
façamos, sim, façamos, doce amada,
os nossos breves dias mais ditosos.

10. **(Unifesp)** Em seu texto, Antonio Candido refere-se ao poeta .... , que tomou .... como tema de sua lírica. Os espaços da frase devem ser preenchidos com:

a) renascentista Luís Vaz de Camões — Inês de Castro.
b) árcade Tomás Antônio Gonzaga — Marília.
c) romântico Gonçalves Dias — a natureza.
d) romântico Álvares de Azevedo — a morte.
e) árcade Bocage — Marília.

11. **(Unifesp)** Nos versos apresentados por Antonio Candido, fica evidente que o eu lírico:

a) reconhece a amada como única forma de não sofrer pela morte.
b) mostra-se frustrado e angustiado pela possibilidade de morrer.
c) considera o presente desagradável, tanto quanto a morte iminente.
d) entrega-se ao amor da amada para burlar o tempo e atrasar a morte.
e) convida a amada a aproveitar o presente, já que a morte é inevitável.

12. **(UFT-TO)**

Texto I

À instabilidade das coisas no mundo

Nasce o Sol, e não dura mais que um dia,
Depois da luz se segue a noite escura,
Em tristes sombras morre a formosura,
Em contínuas tristezas a alegria.

Porém se acaba o Sol, por que nascia?
Se formosa a luz é, por que não dura?
Como a beleza assim se transfigura?
Como o gosto da pena assim se fia?

Mas no Sol, e na luz, falte a firmeza,
Na formosura não se dê Constância,
E na alegria sinta-se tristeza.

Começa o mundo enfim pela ignorância,
E tem qualquer dos bens por natureza
A firmeza somente na inconstância.

MATOS, Gregório de. *Poesias selecionadas.* São Paulo: FTD, 1993. p. 60.

Texto II

Lira XIV

Com os anos, Marília, o gosto falta,
E se entorpece o corpo já cansado;
Triste o velho cordeiro está deitado,
E o leve filho sempre alegre salta.
A mesma formosura
É dote, que só goza a mocidade:
Rugam-se as faces, o cabelo alveja,
Mal chega a longa idade.
Que havemos de esperar, Marília bela?
Que vão passando os florescentes dias?
As glórias, que vêm tarde, já vêm frias;
E pode enfim mudar-se a nossa estrela.
Ah! Não, minha Marília,
Aproveite-se o tempo, antes que faça
O estrago de roubar ao corpo as forças
E ao semblante a graça.

GONZAGA, Tomás Antônio. *Marília de Dirceu*. São Paulo: Martin Claret, 2007.

Confrontando os textos, podemos inferir que:

I. Contra o virtuosismo e o jogo sutil de palavras, o Arcadismo propõe uma poética caracterizada pela simplicidade, com versos cuja cadência se aproxima do ritmo da prosa.

II. O *locus amoenus* dos poemas é o ambiente bucólico que, tanto em Gregório de Matos quanto em Tomás Antônio Gonzaga, reflete um desejo do eu lírico de se aclimatar a suaves idílios campestres.

III. A temática da fugacidade das coisas encontra-se presente em ambos os textos; entretanto, em Tomás Antônio Gonzaga, ela se reveste de uma proposta de fruição dos prazeres que caracteriza o *carpe diem*.

IV. Em oposição ao Texto I, de Gregório de Matos, o poema de Tomás Antônio Gonzaga faz uso da convenção arcádica onde o poeta identifica-se com uma musa que, na "Lira XIV", corresponde à Marília.

V. Em consonância com a proposta de Gregório de Matos, o texto de Tomás Antônio Gonzaga apresenta um dilaceramento interior, marcado pela presença da subjetividade e provocado por uma consciência pessimista da vida.

Considerando as assertivas acima, é **correto** afirmar que:

a) I, III e V estão corretas.
b) II, III e V estão corretas.
c) I, III e IV estão corretas.
d) II, IV e V estão corretas.
e) I, IV e V estão corretas.

13. (Unifesp) Leia os versos do poeta português Bocage.

Vem, oh Marília, vem lograr comigo
Destes alegres campos a beleza,
Destas copadas árvores o abrigo.
Deixa louvar da corte a vã grandeza;
Quanto me agrada mais estar contigo,
Notando as perfeições da Natureza!

Nestes versos:

a) o poeta encara o amor de forma negativa por causa da fugacidade do tempo.
b) a linguagem, altamente subjetiva, denuncia características pré-românticas do autor.
c) a emoção predomina sobre a razão, numa ânsia de se aproveitar o tempo presente.
d) o amor e a mulher são idealizados pelo poeta, portanto, inacessíveis a ele.
e) o poeta propõe, em linguagem clara, que se aproveite o presente de forma simples junto à natureza.

AS QUESTÕES 14 A 16 BASEIAM-SE NO TEXTO SEGUINTE.

Recreios campestres na companhia de Marília

Olha, Marília, as flautas dos pastores
Que bem que soam, como estão cadentes!
Olha o Tejo, a sorrir-se! Olha, não sentes
Os Zéfiros brincar por entre as flores?

Vê como ali beijando-se os Amores
Incitam nossos ósculos ardentes!
Ei-las de planta em planta as inocentes,
As vagas borboletas de mil cores!

Naquele arbusto o rouxinol suspira,
Ora nas folhas a abelhinha para,
Ora nos ares sussurrando gira:

Que alegre campo! Que manhã tão clara!
Mas ah! Tudo o que vês, se eu te não vira,
Mais tristeza que a morte me causara.

BOCAGE. *Obras de Bocage*. Porto: Lello & Irmão, 1968. p. 152.

14. (Vunesp) No soneto acima citado, de Manuel Maria Barbosa du Bocage (1765-1805), verificam-se características do estilo neoclássico, de que Bocage é o máximo representante em Portugal. Indique duas dessas características, exemplificando cada uma delas com palavras, expressões ou passagens do poema.

15. (Vunesp) Dois versos seguidos deste poema, contrastados com outros doze, revelam que o poeta pode ter duas reações diferentes e opostas ante a paisagem que descreve, de acordo com a ocorrência ou não de um determinado fato. Partindo deste dado, responda:

a) quais os dois versos a que nos referimos?
b) o que nos revela o poeta neles?

16. (Vunesp) Podemos afirmar, sem exagero, que esse soneto de Bocage, pelas características formais e pelo conteúdo, poderia ser assinado por poetas do neoclassicismo brasileiro. Encontra-se no poema, aliás, uma palavra que remete ao título de um livro de poemas de um dos mais destacados neoclássicos do Brasil. Depois de avaliar no soneto de Bocage o dado que mencionamos, aponte o nome do poeta e da obra do neoclassicismo brasileiro a que nos referimos.

17. (Fuvest-SP)

Razão feroz, o coração me indagas,
De meus erros a sombra esclarecendo,
E vás nele (ai de mim!) palpando, e vendo
De agudas ânsias venenosas chagas:
[...]

O Pré-romantismo é uma fase de transição do Arcadismo para o Romantismo. Aponte no fragmento deste soneto de Bocage uma característica árcade e outra romântica.

Capítulo 16

Os estilos de época da Revolução Industrial à Primeira Guerra: Romantismo

1. **(Uepa)** Nas expressões artísticas brasileiras, há marcas evidentes da estética do período romântico, quando, mesmo influenciados ainda pela Europa, buscava-se uma identidade nacional, como podemos ver na tela de Johann Moritz Rugendas e nos fragmentos de poemas de Gonçalves Dias, transcritos abaixo:

Coleção particular.

Da tribo pujante,
Que agora anda errante
Por fado inconstante,
Guerreiros, nasci;
Sou bravo, sou forte,
Sou filho do Norte;
Meu canto de morte,
Guerreiros, ouvi.

Pelas ondas do mar sem limites
Basta selva, sem folhas, aí vem;
Hartos troncos, robustos, gigantes;
Vossas matas tais monstros contêm.
Traz embira dos cimos pendente
— Brenha espessa de vário cipó —
Dessas brenhas contêm vossas matas,
Tais e quais, mas com folhas; e só!

As marcas românticas, evidentes tanto na pintura de Johann Moritz Rugendas como nos fragmentos da poesia de Gonçalves Dias, são as seguintes:

a) a idealização da figura do índio, o nacionalismo na valorização da paisagem tropical.
b) a valorização de cenas típicas da vida rural, o registro da vida simples do povo, a busca do modelo clássico greco-romano.
c) o indianismo como influência neoclássica, a valorização da paisagem exuberante, a presença da religiosidade.
d) os costumes urbanos da corte, a sensualidade, o sentimentalismo associado à busca da nacionalidade.
e) a presença de valores clássicos do Renascimento, a busca do equilíbrio e da simplicidade na valorização do tema social.

2. **(UFMT)** Assinale a alternativa cujo enunciado caracteriza o Romantismo enquanto desenvolvimento temático e tratamento estilístico.

a) Observação da realidade marcada pelo senso quase fatalista das forças naturais e sociais pesando sobre o homem; estilo nervoso, capaz de reproduzir o relevo das coisas e sublinhar com firmeza a ação dos homens.
b) Criação de uma realidade abstrata e intangível, presa aos temas da morte e das paisagens vagas, impregnadas de misticismo e espiritualidade; ritmos musicais, aliterativos e sinestésicos.
c) Gosto pela expressão dos sentimentos, sonhos e emoções que agitam o mundo interior do poeta; abandono gradual da linguagem lusitana em favor da brasileira, tanto no vocabulário quanto nas construções sintáticas.
d) Representação objetiva da sociedade como meio de crítica às instituições sociais decadentes (igreja, casamento); linguagem narrativa minuciosa, acúmulo de detalhes para criar impressão de realidade.
e) Necessidade de romper com velhas formas na primeira fase do movimento, chocar o público com novas ideias; liberdade de criação como princípio fundamental, privilégio dado à inspiração.

3. **(UEPG-PR)** Leia os textos 1, 2 e 3, retirados do livro Gonçalves Dias – poesia lírica e indianista, organizado por Márcia Lígia Guidin. Estabeleça as relações com as afirmações apresentadas e assinale o que for correto.

Texto 1

Se muito sofri já, se ainda sofro
Por teu amor?!
Não mo perguntes! que do inferno a vida
Não é pior!...

"Se muito sofri já, não mo perguntes", p. 192.

Texto 2

Em vão meu coração por ti se fina,
Em vão minha alma te compr'ende e busca,
Em vão meus lábios sôfregos cobiçam
Libar a taça que aos mortais of'reces!
Dizem-na funda, inesgotável, meiga;
Enquanto a vejo rasa, amarga e dura!
Dizem-na bálsamo, eu veneno a sorvo:
Prazer, doçura — eu dor e fel encontro!

"O amor", p. 181.

Texto 3

Quanto és bela, ó Caxias! — no deserto,
Entre montanhas, derramada em vale
De flores perenais,
És qual tênue vapor que a brisa espalha
No frescor da manhã meiga soprando
À flor de manso lago.

"Caxias", p. 48.

(01) O subjetivismo é um dos traços fundamentais do Romantismo. A realidade é revelada através da atitude pessoal do escritor, o artista traz à tona o seu mundo interior. Isso pode ser observado nos textos 1 e 2 numa demonstração do sofrimento por amar.

(02) No texto 2, o motivo do sofrimento é um amor que parece não ser correspondido. Isso pode ser comprovado pelos quatro primeiros versos.

(04) Quanto ao aspecto formal, o verso livre, sem métrica e sem estrofação, e o verso branco, sem rima, caracterizam a poesia romântica. Essa característica pode ser observada nos três textos.

(08) A derrota é um dos motivos que conduz a um tipo de evasão ou escapismo em que o eu lírico procura, na morte, a solução para o impasse em que se encontra. Dos fragmentos apresentados, somente o texto 1 apresenta tal característica.

(16) No texto 3, a descrição da natureza tem por objetivo celebrar Caxias, terra natal de Gonçalves Dias.

4. (UFF-RJ)

Pra ti, formosa, o meu sonhar de louco
E o dom fatal, que desde o berço é meu;
Mas se os cantos da lira achares pouco,
Pede-me a vida, porque tudo é teu.

Se queres culto — como um crente adoro,
Se preito queres — eu te caio aos pés,
Se rires — rio, se chorares — choro,
E bebo o pranto que banhar-te a tez.

Vem reclinar-te, como a flor pendida,
Sobre este peito cuja voz calei;
Pede-me um beijo... e tu terás, querida,
Toda a paixão que para ti guardei.

Do morto peito vem turbar a calma,
Virgem, terás o que ninguém te dá;
Em delírios d'amor dou-te a minha alma,
Na terra, a vida, a eternidade — lá!

ABREU, Casimiro de.
Obras de Casimiro de Abreu.

Justifique, em pelo menos uma frase completa, por que o texto pertence ao Romantismo.

5. (UFV-MG) Assinale a alternativa falsa.

a) O Romantismo, como estilo, não é modelado pela individualidade do autor; a forma predomina sempre sobre o conteúdo.

b) O Romantismo é um movimento de expressão universal, inspirado nos modelos medievais e unificado pela prevalência de características comuns a todos os escritores da época.

c) O Romantismo, como Estilo de Época, consistiu, basicamente, num fenômeno estético-literário, desenvolvido em oposição ao intelectualismo e à tradição racionalista e clássica do século XVIII.

d) O Romantismo, ou melhor, o espírito romântico, pode ser sintetizado numa única qualidade: a imaginação. Pode-se creditar à imaginação a capacidade extraordinária dos românticos de criarem mundos imaginários.

e) O Romantismo caracterizou-se por um complexo de características como o subjetivismo, o ilogismo, o senso de mistério, o exagero, o culto da natureza e o escapismo.

6. (UEL-PR) O Romantismo, graças à ideologia dominante e a um complexo conteúdo artístico, social e político, caracteriza-se como uma época propícia ao aparecimento de naturezas humanas marcadas por:

a) teocentrismo, hipersensibilidade, alegria, otimismo e crença na sociedade.

b) etnocentrismo, insensibilidade, descontração, otimismo e crença na sociedade.

c) egocentrismo, hipersensibilidade, melancolia, pessimismo, angústia e desespero.

d) teocentrismo, insensibilidade, descontração, angústia e desesperança.

e) egocentrismo, hipersensibilidade, alegria, descontração e crença no futuro.

7. (UFRS) Leia:

A revolução romântica altera e subverte quase tudo o que era tido como consagrado no Classicismo. Assim, na proposta do Classicismo, o valor básico é situado na própria obra. O artista apaga-se por trás de sua realização [...]. O Romantismo não aceita essa concepção. Para ele, o peso não está mais no produto; o que lhe importa é o artista e sua autoexpressão. A objetividade da obra como valor por si deixa de ser um elemento vital do fazer artístico. A criação [...] serve apenas de recurso, de via de comunicação para a mensagem interior do criador.

A. Rosenfeld e J. Guinsburg.

Em relação ao texto acima, é correto afirmar:

a) O Romantismo altera os padrões clássicos de Verdade e Beleza, mas o artista mantém sua posição de objetividade diante da obra.

b) Na concepção romântica de arte, o mais importante é a subjetividade do criador e o seu modo de expressá-la na obra.

c) Por não aceitar a concepção clássica, o Romantismo acaba enfatizando a obra em si mesma e isentando o artista de uma participação efetiva nela.

d) Embora Classicismo e Romantismo discordem quanto à presença do artista na obra, a concepção de valor artístico, em ambos, permanece inalterada.

8. (Enem)

Soneto

Já da morte o palor me cobre o rosto,
Nos lábios meus o alento desfalece,
Surda agonia o coração fenece,
E devora meu ser mortal desgosto!

Do leito embalde no macio encosto
Tento o sono reter!... já esmorece
O corpo exausto que o repouso esquece...
Eis o estado em que a mágoa me tem posto!

O adeus, o teu adeus, minha saudade,
Fazem que insano do viver me prive
E tenha os olhos meus na escuridade.

Dá-me a esperança com que o ser mantive!
Volve ao amante os olhos por piedade,
Olhos por quem viveu quem já não vive!

AZEVEDO, A. *Obra completa*. Rio de Janeiro: Nova Aguilar, 2000.

O núcleo temático do soneto citado é típico da segunda geração romântica, porém configura um lirismo que o projeta para além desse momento especifico. O fundamento desse lirismo é:

a) a angústia alimentada pela constatação da irreversibilidade da morte.
b) a melancolia que frustra a possibilidade de reação diante da perda.
c) o descontrole das emoções provocado pela autopiedade.
d) o desejo de morrer como alívio para a desilusão amorosa.
e) o gosto pela escuridão como solução para o sofrimento.

9. (UFJF-MG) Leia o poema de Álvares de Azevedo, abaixo, para responder à questão.

Pálida, à luz da lâmpada sombria.
Sobre o leito de flores reclinada,
Como a lua por noite embalsamada,
Entre as nuvens do amor ela dormia!

Era a virgem do mar! Na escuma fria
Pela maré das águas embalada!
Era um anjo entre nuvens d'alvorada
Que em sonhos se banhava e se esquecia!

Era mais bela! O seio palpitando...
Negros olhos as pálpebras abrindo...
Formas nuas no leito resvalando...

Não te rias de mim, meu anjo lindo!
Por ti — as noites eu velei chorando,
Por ti — nos sonhos morrerei sorrindo.

AZEVEDO, Álvares de. *Poesias completas de Álvares de Azevedo*. Rio de Janeiro: Tecnoprint, 1985. p. 22.

A imagem feminina, conforme está predominantemente representada na primeira parte da obra *Lira dos vinte anos*, de Álvares de Azevedo, está bem exemplificada no soneto citado.

Considerando essa imagem, é **correto** afirmar que a possibilidade de o poeta e a mulher amada constituírem família é:

a) nenhuma, pois a mulher está morta.
b) parcial, pois depende da submissão do poeta ao desejo da amada.
c) total, pois, segundo as convenções românticas, o amor sempre prevalece.
d) parcial, desde que o amor platônico seja realizado.
e) nenhuma, pois o poeta apenas representa seu desejo.

10. (PUC-RJ)

Despedidas à...

Se entrares, ó meu anjo, alguma vez
Na solidão onde eu sonhava em ti,
Ah! vota uma saudade aos belos dias
Que a teus joelhos pálido vivi!

Adeus, minh'alma, adeus! eu vou chorando...
Sinto o peito doer na despedida...
Sem ti o mundo é um deserto escuro
E tu és minha vida...

Só por teus olhos eu viver podia
E por teu coração amar e crer,
Em teus braços minh'alma unir à tua
E em teu seio morrer!

Mas se o fado me afasta da ventura,
Levo no coração a tua imagem...
De noite mandarei-te os meus suspiros
No murmúrio da aragem!

Quando a noite vier saudosa e pura,
Contempla a estrela do pastor nos céus,
Quando a ela eu volver o olhar em prantos
Verei os olhos teus!

Mas antes de partir, antes que a vida
Se afogue numa lágrima de dor,
Consente que em teus lábios num só beijo
Eu suspire de amor!

Sonhei muito! sonhei noites ardentes
Tua boca beijar eu o primeiro!
A ventura negou-me... até mesmo
O beijo derradeiro!

Só contigo eu podia ser ditoso,
Em teus olhos sentir os lábios meus!
Eu morro de ciúme e de saudade;
Adeus, meu anjo, adeus!

AZEVEDO, Álvares de. Lira dos vinte anos. In: *Grandes poetas românticos do Brasil*. São Paulo: LEP, MCMLIX. t. 1, p. 273.

A poética de Álvares de Azevedo filia-se a uma das fases mais representativas da literatura romântica no Brasil, o "mal do século" ou ultrarromantismo. Destaque duas características dessa fase presentes no poema, exemplificando a sua resposta com versos retirados do texto.

11. (UFJF-MG) Leia os trechos de dois poemas de Álvares de Azevedo e faça o que se pede.

Trecho 1

Quando em meu peito rebentar-se a fibra,
Que o espírito enlaça à dor vivente,
Não derramem por mim nem uma lágrima
Em pálpebra demente.

AZEVEDO, Álvares de. *Obra completa*. Rio de Janeiro: Nova Aguilar, 2000. p. 188.

Trecho 2

Poetas! Amanhã ao meu cadáver
Minha tripa cortai mais sonorosa!...
Façam dela uma corda e cantem nela
Os amores da vida esperançosa!

AZEVEDO, Álvares de. *Obra completa*. Rio de Janeiro: Nova Aguilar, 2000. p. 236.

Contraste os dois poemas, mostrando as duas perspectivas do livro *Lira dos vinte anos*.

LEIA O EXCERTO PARA RESPONDER ÀS QUESTÕES DE NÚMEROS 12 E 13.

Ontem a Serra Leoa,
A guerra, a caça ao leão,
O sono dormido à toa
Sob as tendas d'amplidão!
Hoje... o porão negro, fundo,
Infecto, apertado, imundo,
Tendo a peste por jaguar...
E o sono sempre cortado
Pelo arranco de um finado,
E o baque de um corpo ao mar...
Ontem plena liberdade,
A vontade por poder...
Hoje... cúm'lo de maldade,
Nem são livres p'ra morrer...
Prende-os a mesma corrente
— Férrea, lúgubre serpente —
Nas roscas da escravidão.
E assim roubados à morte,
Dança a lúgubre coorte
Ao som do açoite... Irrisão!...

ALVES, Castro. Fragmento de *O navio negreiro – tragédia no mar.*

12. (Unifesp) Considere as seguintes afirmações.

I. O texto é um exemplo de poesia carregada de dramaticidade, própria de um poeta-condor, que mostra conhecer bem as lições do "mestre" Victor Hugo.

II. Trata-se de um poema típico da terceira fase romântica, voltado para auditórios numerosos, em que se destacam a preocupação social e o tom hiperbólico.

III. É possível reconhecer nesse fragmento de um longo poema de teor abolicionista o gosto romântico por uma poesia de recursos sonoros.

Está correto o que se afirma em:

a) I, apenas.
b) II, apenas.
c) III, apenas.
d) I e II, apenas.
e) I, II e III.

13. (Unifesp) Nesse fragmento do poema:

a) o poeta se vale do recurso ao paralelismo de construção apenas na primeira estrofe.
b) o eu poemático aborda o problema da escravidão segundo um jogo de intensas oposições.
c) os animais evocados – leão, jaguar e serpente – têm, respectivamente, sentidos denotativo, denotativo e metafórico.
d) o tom geral assumido pelo poeta revela um misto de emoção, vigor e resignação diante da escravidão.
e) os versos são constituídos alternadamente por sete e oito sílabas poéticas.

14. (PUC-RJ)

Navio negreiro
(fragmento)

Senhor Deus dos desgraçados!
Dizei-me vós, Senhor Deus!
Se é loucura... se é verdade
Tanto horror perante os céus...
Ó mar! por que não apagas
Co'a esponja de tuas vagas
De teu manto este borrão?...
Astros! noite! tempestades!
Rolai das imensidades!
Varrei os mares, tufão!...

Quem são estes desgraçados,
Que não encontram em vós,
Mais que o rir calmo da turba
Que excita a fúria do algoz?
Quem são?...Se a estrela se cala,
Se a vaga à pressa resvala
Como um cúmplice fugaz,
Perante a noite confusa...
Dize-o tu, severa musa,
Musa, libérrima, audaz!

São os filhos do deserto
Onde a terra esposa a luz.
Onde voa em campo aberto
A tribo dos homens nus...
São os guerreiros ousados,
Que com os tigres mosqueados
Combatem na solidão...
Homens simples, fortes, bravos...
Hoje míseros escravos
Sem ar, sem luz, sem razão...

ALVES, Castro. In: CANDIDO, Antonio; CASTELLO, J. Aderaldo. *Presença da literatura brasileira. Do Romantismo ao Simbolismo.* São Paulo: Difel, 1976. p. 70.

O fragmento acima foi retirado do canto V de Navio negreiro, um dos poemas mais significativos do romantismo brasileiro.

a) Estabeleça uma comparação entre a temática abordada por Castro Alves e os tópicos recorrentes na segunda fase da poesia romântica, o chamado "mal do século".
b) Especifique a que se refere a expressão "este borrão" no verso 7 da primeira estrofe do poema de Castro Alves.

TEXTO PARA AS QUESTÕES 15 E 16.

Adeus, meus sonhos!

Álvares de Azevedo

Adeus meus sonhos, eu pranteio e morro!
Não levo da existência uma saudade!
E tanta vida que meu peito enchia
Morreu na minha triste mocidade!
Misérrimo! Votei meus pobres dias
À sina doida de um amor sem fruto,
E minh'alma na treva agora dorme
Como um olhar que a morte envolve em luto.
Que me resta, meu Deus? Morra comigo
A estrela de meus cândidos amores,
Já que não levo no meu peito morto
Um punhado sequer de murchas flores!

PARA RESPONDER À QUESTÃO 15, ANALISAR AS AFIRMATIVAS QUE SEGUEM, SOBRE O TEXTO.

15. (PUC-RS) O poeta:

I. relativiza sua amargura estando na iminência da morte.
II. lamenta ter-se dedicado a um amor não correspondido.
III. leva da vida apenas doces lembranças.
IV. suplica a Deus por um consolo antes de morrer.

Pela análise das afirmativas, conclui-se que estão **corretas**:

a) a I e a II, apenas.
b) a I e a III, apenas.
c) a II e a IV, apenas.
d) a III e a IV, apenas.
e) a I, a II, a III e a IV.

16. (PUC-RS) O poema em questão associa-se à vertente ***, pelo *** e *** exacerbados.

a) romântica – subjetivismo – sentimentalismo
b) realista – individualismo – irracionalismo
c) simbolista – espiritualismo – sentimentalismo
d) romântica – misticismo – subjetivismo
e) simbolista – subjetivismo – espiritualismo

17. (UFPA)

Maria

Onde vais à tardezinha,
Mucama tão bonitinha,
Morena flor do sertão?
A grama um beijo te furta
Por baixo da saia curta,
Que a perna te esconde em vão...

Mimosa flor das escravas!
O bando das rolas bravas
Voou com medo de ti!...
Levas hoje algum segredo...
Pois te voltaste com medo
Ao grito do bem-te-vi!

Serão amores deveras?
Ah! quem dessas primaveras
Pudesse a flor apanhar!
E contigo, ao tom d'aragem,
Sonhar na rede selvagem...
À sombra do azul palmar!

Bem feliz quem na viola
Te ouvisse a moda espanhola
Da lua ao frouxo clarão...
Com a luz dos astros — por círios,
Por leito — um leito de lírios...
E por tenda — a solidão!"

ALVES, Castro. *Obra completa*. Rio de Janeiro: Nova Aguilar, 1986. p. 315.

Sobre o poema e seu autor, é correto afirmar:

a) O tom grandiloquente, quase retórico, do poema ilustra o estilo condoreiro de Castro Alves. O condoreirismo, influência de Victor Hugo, foi tendência da última geração do Romantismo brasileiro, mais voltado para o aspecto social, em superação ao egocentrismo angustiado da geração anterior.
b) O poema registra o tratamento da temática amorosa em Castro Alves, marcado pelo tom do prazer erótico, da presença da morte e da dor, tal como seus antecessores da segunda geração.
c) O poema ilustra que Castro Alves se tornou conhecido como o poeta dos escravos não somente pela denúncia da escravatura, mas, também, por ter acolhido, em sua lírica, os sentimentos do homem negro em equivalência aos do homem branco, retratando o negro como herói, como amante, como ser integralmente humano.
d) No poema, o diminutivo "bonitinha" demonstra o desprezo do eu lírico à mulher negra, revelando o preconceito do homem branco com relação à escrava, um simples objeto para ele, na época.
e) O poema ilustra que Castro Alves escreveu poemas que ficaram circunscritos ao século XIX, uma vez que a qualidade de sua obra repousa apenas na preocupação social, apontada na denúncia do sistema escravagista brasileiro.

OS TEXTOS A SEGUIR SERVIRÃO DE BASE PARA A QUESTÃO 18.

I. Abaixo aparecem as duas primeiras estrofes de "Canção do exílio" (1843), de Gonçalves Dias:

Minha terra tem palmeiras,
Onde canta o Sabiá;
As aves que aqui gorjeiam,
Não gorjeiam como lá.

Nosso céu tem mais estrelas,
Nossas várzeas têm mais flores,
Nossas flores têm mais vida,
Nossa vida mais amores.

II. Observe atentamente os quadrinhos a seguir:

Caulos. Vida de passarinho.

18. (UFPel-RS) Comparando o fragmento da "Canção do exílio" com os quadrinhos, e utilizando também seus conhecimentos, assinale a alternativa correta.

a) A idealização da terra natal é a mesma nos dois textos, ocorrendo neles a exaltação da paisagem da região, que se refere especificamente às várzeas altas, sempre inundadas de igapós, formadas por árvores de grande porte.
b) Tanto o texto de Gonçalves Dias quanto os quadrinhos ilustram a importante característica romântica de preocupação ecológica com a preservação das matas e das aves nativas, fazendo alusão a uma área de transição entre o Sertão e a Amazônia onde se destacam o extrativismo vegetal da carnaúba e do babaçu.

c) Os textos estabelecem, respectivamente, as seguintes correspondências: poeta / sabiá, terra natal / palmeira – vegetal que remete ao Sertão nordestino, com seus pés de oiticica e ceridó –; eu lírico / sabiá, palmeira / desmatamento predatório – apesar dos avanços na política ambiental.

d) Enquanto, na poesia, a vertente ufanista do nacionalismo romântico se expressa através da exaltação da paisagem brasileira, nos quadrinhos, essa vertente se intensifica ao revelar a realidade cruel do desmatamento e da exploração desmedida da natureza do país, com os loteamentos ilegais ou com as instalações de garimpos.

e) No texto de Gonçalves Dias, a saudade do eu lírico também se prende ao distanciamento espacial, enquanto nos quadrinhos – que mostram a paisagem modificada pela ação humana – a saudade remete principalmente a um distanciamento temporal.

Capítulo 17

Os estilos de época da Revolução Industrial à Primeira Guerra: a narrativa romântica

1. **(Unicamp-SP)** Leia, abaixo, a letra de uma canção de Chico Buarque inspirada no romance de José de Alencar, *Iracema – uma lenda do Ceará*:

Iracema voou

Iracema voou
Para a América
Leva roupa de lã
E anda lépida
Vê um filme de quando em vez
Não domina o idioma inglês
Lava chão numa casa de chá

Tem saído ao luar
Com um mímico
Ambiciona estudar
Canto lírico
Não dá mole pra polícia
Se puder, vai ficando por lá
Tem saudade do Ceará
Mas não muita
Uns dias, afoita
Me liga a cobrar:
— É Iracema da América

BUARQUE, Chico. *As cidades*. Rio de Janeiro: Marola Edições Musicais Ltda.,1998.

a) Que papel desempenha Iracema no romance de José de Alencar? E na canção de Chico Buarque?

b) Uma das interpretações para o nome da heroína do romance de José de Alencar é de que seja um anagrama de **América**. Isto é, o nome da heroína possui as mesmas letras de **América** dispostas em outra ordem.

Partindo dessa interpretação, explique o que distingue a referência à América no romance daquela que é feita na canção.

PARA RESPONDER ÀS QUESTÕES DE NÚMEROS 2 A 4, LEIA OS DOIS TEXTOS A SEGUIR.

Texto 1

Memórias de um sargento de milícias

Escala Educacional.

Releitura de uma passagem do início do romance *Memórias de um sargento de milícias*. Em <www.fotolog.terra.com.br.biradantas>. Adaptado.

Texto 2

Quando saltaram em terra começou a Maria a sentir certos enojos: foram os dois morar juntos: e daí a um mês manifestaram-se claramente os efeitos da pisadela e do beliscão; sete meses depois teve a Maria um filho [...] E este nascimento é certamente de tudo o que temos dito o que mais nos interessa, porque o menino de quem falamos é o herói desta história.

ALMEIDA, Manuel Antônio de. *Memórias de um sargento de milícias*.

2. **(Unifesp)** Com base nas informações do texto 1, é correto afirmar que Leonardo:

a) acreditava que a vida no Brasil poderia ser tão interessante quanto a de Portugal.

b) saiu de Portugal em companhia de sua namorada, Maria da Hortaliça.

c) buscava um ofício lucrativo e agradável no Brasil, como o que tinha em Portugal.

d) veio ao Brasil em razão de seu enfado com a vida que levava em Portugal.

e) via o Brasil como um lugar de raras chances de êxito pessoal.

3. (Unifesp) Com base nas informações verbais e visuais, é correto afirmar que o beliscão de Maria representa:

a) a cumplicidade na situação de aproximação desencadeada pela pisadela.
b) o desdém da quitandeira frente à intenção de aproximação de Leonardo.
c) a condenação à atitude de Leonardo, por supor uma intimidade indesejada.
d) o repúdio da quitandeira à situação, vendo Leonardo como homem desprezível.
e) a aceitação de uma amizade, mas não de uma aproximação íntima entre ambos.

4. (Unifesp) Analise as afirmações sobre *Memórias de um sargento de milícias*.

I. Esse romance incorpora, dentre outros valores do Romantismo, a idealização da mulher e do amor.
II. O protagonista da história, Leonardinho, filho de Leonardo e Maria da Hortaliça, afasta-se do perfil de herói romântico, e sua história desenvolve-se numa narrativa em que se denunciam as mazelas e pobrezas sociais.
III. A obra retrata a alta sociedade carioca do século XIX, criticando o jogo de interesses sociais.

Está correto apenas o que se afirma em:

a) I. c) III. e) II e III.
b) II. d) I e III.

5. (UCS-RS) *Noite na taverna*, de Álvares de Azevedo, reúne histórias fantásticas que envolvem acontecimentos trágicos, amor, mortes, vícios e crimes, narradas por homens que conversam e bebem em uma taverna. Do conto *Solfieri*, transcreve-se o seguinte trecho:

> Quando dei acordo de mim estava num lugar escuro: as estrelas passavam seus raios brancos entre as vidraças de um templo. As luzes de quatro círios batiam num caixão entreaberto. Abri-o: era o de uma moça. Aquele branco da mortalha, as grinaldas da morte na fronte dela, naquela tez lívida e embaçada, o vidrento dos olhos mal-apertados... Era uma defunta!... E aqueles traços todos me lembraram uma ideia perdida... — Era o anjo do cemitério? Cerrei as portas da igreja, que, ignoro por quê, eu achara abertas. Tomei o cadáver nos meus braços para fora do caixão. Pesava como chumbo. [...] Preguei-lhe mil beijos nos lábios. Ela era bela assim: rasguei-lhe o sudário, despi-lhe o véu e a capela como o noivo as despe à noiva. Era uma forma puríssima. Meus sonhos nunca me tinham evocado uma estátua tão perfeita. Era mesmo uma estátua: tão branca era ela.

AZEVEDO, Manuel Antônio Álvares de. *Noite na taverna*. Porto Alegre: L&PM, 1998. p. 20.

Em relação ao fragmento, analise a veracidade (V) ou falsidade (F) das proposições.

( ) O ambiente descrito reforça a atmosfera de suspense e terror presente na narrativa.
( ) A relação com uma mulher morta sugere a impossibilidade da realização amorosa, característica marcante do Romantismo.
( ) A expressão "Era uma forma puríssima" revela uma forte idealização da figura feminina.
( ) A intimidade com um cadáver dá um tom irônico ao conto.

Assinale a alternativa que preenche corretamente os parênteses, de cima para baixo.

a) V – V – V – F c) V – V – F – F e) F – F – V – V
b) V – F – V – F d) F – F – F – V

6. (UFBA)

> — Então nunca amou a outra?
>
> — Eu lhe juro, Aurélia. Estes lábios nunca tocaram a face de outra mulher, que não fosse minha mãe. O meu primeiro beijo de amor, guardei-o para minha esposa, para ti...
>
> Soerguendo-se para alcançar-lhe a face, não viu Seixas a súbita mutação que se havia operado na fisionomia de sua noiva.
>
> Aurélia estava lívida, e a sua beleza, radiante há pouco, se marmorizara.
>
> — Ou para outra mais rica!... disse ela retraindo-se para fugir ao beijo do marido, e afastando-o com a ponta dos dedos.
>
> A voz da moça tomara o timbre cristalino, eco da rispidez e aspereza do sentimento que lhe sublevava o seio, e que parecia ringir-lhe nos lábios como aço.
>
> — Aurélia! Que significa isto?
>
> — Representamos uma comédia, na qual ambos desempenhamos o nosso papel com perícia consumada. Podemos ter este orgulho, que os melhores atores não nos excederiam. Mas é tempo de pôr termo a esta cruel mistificação, com que nos estamos escarnecendo mutuamente, senhor. Entremos na realidade por mais triste que ela seja; e resigne-se cada um ao que é, eu, uma mulher traída; o senhor, um homem vendido.
>
> — Vendido! Exclamou Seixas ferido dentro d'alma.

ALENCAR, J. de. Senhora. In: *José de Alencar: ficção completa e outros escritos*. 3. ed. Rio de Janeiro: Aguilar, 1965. v. 1, p. 714.

Constitui uma afirmativa verdadeira sobre esse fragmento destacado do romance:

(01) Aurélia e Seixas são caracterizados como seres movidos pela razão.
(02) Os termos **ti** e **esposa**, em "O meu primeiro beijo de amor, guardei-o para minha esposa, para ti..." (l. 3-5), equivalem-se semanticamente.
(04) A expressão "com a ponta dos dedos" (l. 12-13) acentua a delicadeza de Aurélia em relação ao marido.
(08) Aurélia, ao referir-se à sua relação matrimonial como "comédia" (l. 18), nega o drama por ela vivenciado.
(16) Constata-se, no fragmento, que Aurélia considera Seixas um marido interesseiro, um objeto de comércio.
(32) O fragmento reproduzido põe em cena as duas personagens como se vivessem numa representação, segundo avaliação da protagonista.

7. (UPM-SP) Assinale a alternativa onde se encontra um traço **não** pertinente a *Amor de perdição*, de Camilo Castelo Branco.

a) Diálogos geralmente marcados por retórica sentimental.
b) Narração densa e rápida das ações decisivas.
c) Comprometimento com propostas realistas de Eça de Queirós.
d) Grandeza trágica de paixões e situações.
e) Apresentação de alguns personagens extraídos do meio popular.

8. (Fuvest-SP)

O pacto feito por ele com os árabes não tardou a ser por mil modos violado, e o ilustre guerreiro teve de se arrepender, mas já debalde, por haver deposto a espada aos pés dos infiéis, em vez de pelejar até à morte pela liberdade. Fora isto o que Pelágio preferira, e a vitória coroou o seu confiar no esforço dos verdadeiros godos e na piedade de Deus.

Qual das características seguintes está presente no texto?

a) Retomada dos valores medievais.
b) Denúncia de males sociais.
c) Despreocupação formal.
d) Análise psicopatológica.
e) Aproveitamento da mitologia clássica.

9. (UPM-SP) Assinale a alternativa **incorreta** sobre a obra de Camilo Castelo Branco.

a) A pequena burguesia do Porto é enfoque comum em sua novelística.
b) Apega-se exclusivamente ao real, sem se transportar para o domínio imaginário.
c) Em *Amor de perdição*, os sentimentos não se submetem aos preconceitos e se põem em luta com as convenções sociais.
d) *A queda dum anjo* é uma narrativa de caráter satírico e humorístico.
e) É uma das obras mais férteis da literatura portuguesa, pois nela encontramos poesia, teatro, crítica literária, ensaios, memórias, novelas e romances.

10. (Fuvest-SP) Sobre o romance indianista de José de Alencar, pode-se afirmar que:

a) analisa as reações psicológicas da personagem como um efeito das influências sociais.
b) é um composto resultante de formas originais do conto.
c) dá forma ao herói amalgamando-o à vida da natureza.
d) representa contestação política ao domínio português.
e) mantém-se preso aos modelos legados pelos clássicos.

11. (UFBA)

Dom Antônio tinha ajuntado fortuna durante os primeiros anos de sua vida aventureira; e não só por capricho de fidalguia, mas em atenção à sua família, procurava dar a essa habitação construída no meio de um sertão todo o luxo e comodidade possíveis.

....

Assim, a casa era um verdadeiro solar de fidalgo português, menos as ameias e a barbacã, as quais haviam sido substituídas por essa muralha de rochedos inacessíveis, que ofereciam uma defesa natural e uma resistência inexpugnável. Na posição em que se achava, isto era necessário por causa das tribos selvagens, que, embora se retirassem sempre das vizinhanças dos lugares habitados pelos colonos, e se entranhassem pelas florestas, costumavam contudo fazer correrias e atacar os brancos à traição.

....

Assim vivia, quase no meio do sertão, desconhecida e ignorada essa pequena comunhão de homens, governando-se com as suas leis, os seus usos e costumes; unidos entre si pela ambição da riqueza, e ligados ao seu chefe pelo respeito, pelo hábito da obediência e por essa superioridade moral que a inteligência e a coragem exercem sobre as massas.

....

D. Antônio aproximou-se de Peri e apertou-lhe a mão:
— O que eu te devo, Peri, não se paga; mas sei o que devo a mim mesmo. Tu voltas à tua tribo: apesar da tua coragem e esforço, pode a sorte da guerra não te ser favorável, e caíres em poder de algum dos nossos. Este papel te salvará a vida e a liberdade; aceita-o em nome de tua senhora e no meu.

....

O fidalgo abriu os braços e deu em Peri o abraço fraternal, consagrado pelo estilo da antiga cavalaria, da qual já naquele tempo apenas restavam vagas tradições.

ALENCAR, José de. *O Guarani*.
São Paulo: Ática, 1978. p. 14-6, 102 e 104.

Sobre os personagens em evidência, nesse texto, e considerando-se o contexto da obra, é correto afirmar:

(01) São exemplo de relacionamento cordial, pois, como mediadores entre dois grupos étnicos antagônicos, conseguem manter a estabilidade política e social da colônia.
(02) O mundo do selvagem e o mundo aristocrático de Dom Antônio aproximam-se quando o fidalgo estabelece uma identidade de nobreza entre eles.
(04) A liderança de Dom Antônio sobre os seus vassalos é exercida sem violência ou arbitrariedade, de forma autêntica e espontânea.
(08) O relacionamento de Peri com Dom Antônio é inicialmente hostil pelo fato de haver competição na liderança dos nativos.
(16) Dom Antônio de Mariz representa o fidalgo patriota que, durante o período da dominação espanhola, luta para consolidar a soberania de Portugal na colônia.
(32) O fidalgo Dom Antônio consegue manter, no Brasil colonial, uma sociedade estruturada nos moldes da Corte, mas preservando a identidade do nativo.
(64) Peri e Dom Antônio possuem dimensão heroica, já que são enfocados como seres que estão acima das fragilidades humanas.

Capítulo 18

Os estilos de época da Revolução Industrial à Primeira Guerra: Realismo / Naturalismo

1. (UFBA)

Fechava a fila das primeiras lavadeiras, o Albino, um sujeito afeminado, fraco, cor de espargo cozido e com um **cabelinho** castanho, deslavado e pobre, que lhe caía, numa só linha, até ao **pescocinho** mole e fino. Era lavadeiro e vivia sempre entre as mulheres, com quem já estava tão familiarizado que elas o tratavam como a uma pessoa do mesmo sexo; em presença dele falavam de coisas que não exporiam em presença de outro homem; faziam-no até confidente dos seus amores e das suas infidelidades, com uma franqueza que o não revoltava, nem comovia. Quando um casal brigava ou duas amigas se disputavam, era sempre Albino quem tratava de reconciliá-los, exortando as mulheres à concórdia. Dantes encarregava-se de cobrar o rol das colegas, por amabilidade; mas uma vez, indo a uma república de estudantes, deram-lhe lá, ninguém sabia por quê, uma dúzia de bolos, e o pobre-diabo jurou então, entre lágrimas e soluços, que nunca mais se incumbiria de receber os róis.

E daí em diante, com efeito, não arredava os **pezinhos** do cortiço, a não ser nos dias de carnaval, em que ia, vestido de dançarina, passear à tarde pelas ruas e à noite dançar nos bailes dos teatros. [...]

Naquela manhã levantara-se ainda um pouco mais lânguido que do costume, porque passara mal a noite. A velha Isabel, que lhe ficava ao lado esquerdo, ouvindo-o suspirar com insistência, perguntou-lhe o que tinha.

Ah! muita moleza de corpo e uma pontada do vazio que o não deixava!

A velha receitou diversos remédios, e ficaram os dois, no meio de toda aquela vida, a falar tristemente sobre moléstias.

E, enquanto, no resto da fileira, a Machona, a Augusta, a Leocádia, a Bruxa, a Marciana e sua filha conversavam de tina a tina, berrando e quase sem se ouvirem, a voz um tanto cansada já pelo serviço, defronte delas, separado pelos jiraus, formava-se um novo renque de lavadeiras, que acudiam de fora, carregadas de trouxas, e iam ruidosamente tomando lugar ao lado umas das outras, entre uma agitação sem tréguas, onde se não distinguia o que era galhofa e o que era briga. Uma a uma ocupavam-se todas as tinas. E de todos os **casulos** do cortiço saíam homens para as suas obrigações. [...]

AZEVEDO, A. *O cortiço*. São Paulo: Ática, 1999. p. 40-41. Edição Especial.

Considerando o fragmento transcrito e a obra de onde foi retirado:

a) identifique os efeitos de sentido que a repetição do sufixo **inho** – cabel**inho**; pescoc**inho**; pez**inho**s – produz no entendimento da caracterização de Albino;

b) justifique, do ponto de vista da escolha do vocabulário, a utilização do substantivo **casulos** no texto.

2. (Unifesp) Considere o trecho de *O cortiço*, de Aluísio Azevedo.

Uma aluvião de cenas, que ela [Pombinha] jamais tentara explicar e que até ali jaziam esquecidas nos meandros do seu passado, apresentavam-se agora nítidas e transparentes. Compreendeu como era que certos velhos respeitáveis, cuja fotografia *Léonie* lhe mostrou no dia que passaram juntas, deixavam-se vilmente cavalgar pela loureira, cativos e submissos, pagando a escravidão com a honra, os bens, e até com a própria vida, se a prostituta, depois de os ter esgotado, fechava-lhes o corpo. E continuou a sorrir, desvanecida na sua superioridade sobre esse outro sexo, vaidoso e fanfarrão, que se julgava senhor e que, no entanto, fora posto no mundo simplesmente para servir ao feminino; escravo ridículo que, para gozar um pouco, precisava tirar da sua mesma ilusão a substância do seu gozo; ao passo que a mulher, a senhora, a dona dele, ia tranquilamente desfrutando o seu império, endeusada e querida, prodigalizando martírios, que os miseráveis aceitavam contritos, a beijar os pés que os deprimiam e as implacáveis mãos que os estrangulavam.

— Ah! homens! homens! ... sussurrou ela de envolta com um suspiro.

No texto, os pensamentos da personagem:

a) recuperam o princípio da prosa naturalista, que condena os assuntos repulsivos e bestiais, sem amparo nas teorias científicas, ligados ao homem que põe em primeiro plano seus instintos animalescos.

b) elucidam o princípio do determinismo presente na prosa naturalista, revelando os homens e as mulheres conscientes dos seus instintos em função do meio em que vivem e, sobretudo, capazes de controlá-los.

c) trazem uma crítica aos aspectos animalescos próprios do homem, mas, por outro lado, revelam uma forma de Pombinha submeter-se a muitos deles para obter vantagens: eis aí um princípio do Realismo rechaçado no Naturalismo.

d) constroem uma visão de mundo e do homem idealizada, o que, em certa medida, afronta o referencial em que se baseia a prosa naturalista, que define o homem como fruto do meio, marcado pelo apelo dos seus sentidos.

e) consubstanciam a concepção naturalista de que o homem é um animal, preso aos instintos e, no que diz respeito à sexualidade, vê-se que Pombinha considera a mulher superior ao homem, e esse conhecimento é uma forma de se obter vantagens.

3. (Uepa) Cesário Verde cultivou um realismo permeado por impressões acerca da vida urbana. A dinâmica da cidade e seus avanços tecnológicos não fascinam o poeta. Seus versos mostram, sutilmente, que a prática antiética capitalista, fundamentada na exploração econômica, é mascarada pelo suposto progresso das cidades.

Assinale os versos que confirmam essa ideia.

a) não desejemos, – nós, os sem defeitos –,
que os tísicos pereçam! má teoria,
se pelos meus o apuro principia,
se a morte nos procura em nossos leitos!

b) hoje entristeço. Lembro-me dos coxos,
dos surdos, dos manhosos, dos manetas.
Sulcavam as calçadas, as muletas;
cantavam, no pomar, os pintarroxos!

c) contudo, nós não temos na fazenda,
nem uma planta só de mero ornato!
cada pé mostra-se útil, é sensato,
por mais aromas que recenda!

d) e sinto, se me ponho a recordar
tanto utensílio, tantas perspectivas,
as tradições antigas, primitivas,
e a formidável alma popular!

e) semelham-se a gaiolas, com viveiros,
as edificações somente emadeiradas:
como morcegos, ao cair das badaladas,
saltam de viga em viga os mestres carpinteiros.

4. (PUC-PR) Uma das características do Naturalismo é o determinismo. Assinale a alternativa que contém o exemplo correto para essa característica.

a) Determinismo é apresentar a vida como ela é.

b) Determinismo é a tendência de imitar a realidade.

c) O destino das personagens está subordinado às condições de raça, meio e momento histórico.

d) O narrador determina qual é o conflito que viverão as personagens.

e) A paisagem e as personagens obedecem a uma ordem científica.

5. **(UEL-PR)** Leia os trechos abaixo, que apresentam comentários sobre três pintores europeus do século XIX.

Em 1848, o ano do Manifesto Comunista e das grandes lutas operárias, François Millet expõe um quadro que representa um camponês no trabalho: a ética e a religiosidade do trabalho rural continuarão sendo os temas dominantes de sua obra. Porém ainda que sincera, a escolha política de Millet é ambígua: por que os camponeses e não os operários das fábricas [...]? A burguesia se entusiasma com Millet por pintar os camponeses, que são trabalhadores bons, ignorantes, sem reivindicações salariais nem veleidades progressistas. [...] [O pintor] escolhe conteúdos poéticos, ama as penumbras envolventes que unem figuras e paisagem, os efeitos sugestivos de luz, os motivos patéticos.

Daumier escolhe (em seus quadros) a ação política. O povo, para ele, é a classe operária em luta contra governos liberal-burgueses, que falam de liberdade, mas são submissos ao capital.

Van Gogh se interroga, cheio de angústia, sobre o significado da existência, do estar-no-mundo. [...] Num primeiro momento, na Holanda, aborda frontalmente o problema social. São quadros quase monocromáticos; escuros; uma polêmica vontade de fealdade deforma as figuras. A industrialização que prospera nas cidades trouxe a miséria aos campos, acabando por privá-los não só da alegria de viver, como também das luzes e das cores.

ARGAN, G. C. *Arte Moderna*: do Iluminismo aos movimentos contemporâneos. São Paulo: Companhia das Letras, 1992. p. 71, 123-124.

Com base nos textos e nos conhecimentos sobre o século XIX, assinale a alternativa correta.

a) O autor demonstra que a produção e recepção artísticas devem ser analisadas com certo distanciamento em relação ao contexto histórico e sugere que o processo de criação do artista e a repercussão de sua obra dissociam-se da realidade vivida.

b) A década de 1840 pode ser caracterizada pela exclusividade britânica durante a industrialização na Europa e pelo conformismo do proletariado, dos intelectuais e dos artistas.

c) O camponês representa o sujeito histórico que, no Manifesto Comunista, foi apontado como protagonista na superação do capitalismo.

d) Para o autor, Millet define sua posição política ao tematizar em seus quadros a figura do camponês, retratando assim os movimentos sociais que agitavam a França em 1848.

e) Pintores como Van Gogh e Daumier revelam grande sensibilidade social em suas obras, no momento em que assistiam às consequências da industrialização para o campo e a exploração da classe operária nas cidades.

6. **(FCC-BA)** Assinale a alternativa onde estão indicados os textos que analisam corretamente alguns aspectos do romance realista.

I. As personagens independem do julgamento do narrador, reagindo cada uma de acordo com sua própria vontade e temperamento.

II. A linguagem é poeticamente elaborada nos diálogos, mas procura alcançar um tom coloquial, com traços de oralidade, nas partes narrativas e descritivas.

III. Observa-se o predomínio da razão e da observação sobre o sentimento e a imaginação.

a) I, II e III. b) I e II. c) II e III. d) II.

Capítulo 19

Os estilos de época da Revolução Industrial à Primeira Guerra: a narrativa realista / naturalista

1. **(Enem)**

Capítulo III

Um criado trouxe o café. Rubião pegou na xícara e, enquanto lhe deitava açúcar, ia disfarçadamente mirando a bandeja, que era de prata lavrada. Prata, ouro, eram os metais que amava de coração; não gostava de bronze, mas o amigo Palha disse-lhe que era matéria de preço, e assim se explica este par de figuras que aqui está na sala: um *Mefistófeles* e um *Fausto*. Tivesse, porém, de escolher, escolheria a bandeja, — primor de argentaria, execução fina e acabada. O criado esperava teso e sério. Era espanhol; e não foi sem resistência que Rubião o aceitou das mãos de Cristiano; por mais que lhe dissesse que estava acostumado aos seus crioulos de Minas, e não queria línguas estrangeiras em casa, o amigo Palha insistiu, demonstrando-lhe a necessidade de ter criados brancos. Rubião cedeu com pena. O seu bom pajem, que ele queria pôr na sala, como um pedaço da província, nem o pôde deixar na cozinha, onde reinava um francês, Jean; foi degradado a outros serviços.

ASSIS, M. Quincas Borba. In: *Obra completa*. Rio de Janeiro: Nova Aguilar, 1993. v. 1. (fragmento).

Quincas Borba situa-se entre as obras-primas do autor e da literatura brasileira. No fragmento apresentado, a peculiaridade do texto que garante a universalização de sua abordagem reside

a) no conflito entre o passado pobre e o presente rico, que simboliza o triunfo da aparência sobre a essência.

b) no sentimento de nostalgia do passado devido à substituição da mão de obra escrava pela dos imigrantes.

c) na referência a Fausto e Mefistófeles, que representam o desejo de eternização de Rubião.

d) na admiração dos metais por parte de Rubião, que metaforicamente representam a durabilidade dos bens produzidos pelo trabalho.

e) na resistência de Rubião aos criados estrangeiros, que reproduz o sentimento de xenofobia.

2. **(UPM-SP)**

Desde que a febre de possuir se apoderou dele totalmente, todos os seus atos, todos, fosse o mais simples, visavam um interesse pecuniário. [...] Aquilo já não era ambição, era uma moléstia nervosa, uma loucura, um desespero de acumular, de reduzir tudo a moeda.

AZEVEDO, Aluísio. *O cortiço*.

No excerto anterior, a percepção do narrador traz marcas do estilo naturalista, pelo fato de:

a) caracterizar o modo de ser da personagem como uma patologia.
b) trazer ao leitor, com objetividade e parcimônia, o lado cômico do comportamento humano.
c) criar analogia entre homem e animal, imagem resultante da projeção subjetiva do observador sobre o observado.
d) criticar explicitamente a ambição desmesurada da alta burguesia.
e) apresentar sintaxe e léxico inovadores e temática cientificista.

AS QUESTÕES 3 E 4 TOMAM POR BASE O FRAGMENTO.

[...] Um poeta dizia que o menino é o pai do homem. Se isto é verdade, vejamos alguns lineamentos do menino.

Desde os cinco anos merecera eu a alcunha de "menino diabo"; e verdadeiramente não era outra coisa; fui dos mais malignos do meu tempo, arguto, indiscreto, traquinas e voluntarioso. Por exemplo, um dia quebrei a cabeça de uma escrava, porque me negara uma colher do doce de coco que estava fazendo, e, não contente com o malefício, deitei um punhado de cinza ao tacho, e, não satisfeito da travessura, fui dizer à minha mãe que a escrava é que estragara o doce "por pirraça"; e eu tinha apenas seis anos. Prudêncio, um moleque de casa, era o meu cavalo de todos os dias; punha as mãos no chão, recebia um cordel nos queixos, à guisa de freio, eu trepava-lhe ao dorso, com uma varinha na mão, fustigava-o, dava mil voltas a um e outro lado, e ele obedecia, — algumas vezes gemendo — mas obedecia sem dizer palavra, ou, quando muito, um — "ai, nhonhô!" — ao que eu retorquia: "Cala a boca, besta!" — Esconder os chapéus das visitas, deitar rabos de papel a pessoas graves, puxar pelo rabicho das cabeleiras, dar beliscões nos braços das matronas, e outras muitas façanhas deste *jaez*, eram mostras de um gênio indócil, mas devo crer que eram também expressões de um espírito robusto, porque meu pai tinha-me em grande admiração; e se às vezes me repreendia, à vista de gente, fazia-o por simples formalidade: em particular dava-me beijos.

Não se conclua daqui que eu levasse todo o resto da minha vida a quebrar a cabeça dos outros nem a esconder-lhes os chapéus; mas opiniático, egoísta e algo contemptor dos homens, isso fui; se não passei o tempo a esconder-lhes os chapéus, alguma vez lhes puxei pelo rabicho das cabeleiras.

ASSIS, Machado de.
Memórias póstumas de Brás Cubas.

3. Indique a frase que, no contexto do fragmento, ratifica o sentido de *o menino é o pai do homem*, citação inicial do narrador.

a) [...] fui dos mais malignos do meu tempo [...]
b) [...] um dia quebrei a cabeça de uma escrava [...]
c) [...] deitei um punhado de cinza ao tacho [...]
d) [...] fustigava-o, dava mil voltas a um e outro lado [...]
e) [...] alguma vez lhes puxei pelo rabicho das cabeleiras.

4. É correto afirmar que:

a) se trata basicamente de um texto naturalista, fundado no Determinismo.
b) o texto revela um juízo crítico do contexto escravista da época.
c) o narrador se apresenta bastante sisudo e amargo, bem ao gosto machadiano.
d) o texto apresenta papéis sociais ambíguos das personagens em foco.
e) os comportamentos desumanos do narrador são sutilmente desnudados.

5. **(Unicamp-SP)**

Entre luz e fusco

Entre luz e fusco, tudo há de ser breve como esse instante. Nem durou muito a nossa despedida, foi o mais que pôde, em casa dela, na sala de visitas, antes do acender das velas; aí é que nos despedimos de uma vez. Juramos novamente que havíamos de casar um com o outro, e não foi só o aperto de mão que selou o contrato, como no quintal, foi a conjunção das nossas bocas amorosas... talvez risque isso na impressão, se até lá não pensar de outra maneira; se pensar, fica. E desde já fica, porque, em verdade, é a nossa defesa. O que o mandamento divino quer é que não juremos em vão pelo santo nome de Deus. Eu não ia mentir ao seminário, uma vez que levava um contrato feito no próprio cartório do céu. Quanto ao selo, Deus, como fez as mãos limpas, assim fez os lábios limpos, e a malícia está antes na tua cabeça perversa que na daquele casal de adolescentes... oh! minha doce companheira da meninice, eu era puro, e puro fiquei, e puro entrei na aula de S. José, a buscar de aparência a investidura sacerdotal, e antes dela a vocação. Mas a vocação eras tu, a investidura eras tu.

ASSIS, Machado de. *Dom Casmurro.* Cotia: Ateliê Editorial, 2008. p. 195-6.

a) Em que medida a imagem presente no título desse capítulo de *Dom Casmurro* define a natureza da narrativa do romance?
b) No emprego da segunda pessoa, não há coincidência do interlocutor. Indique duas marcas linguísticas que evidenciam essa não coincidência, explicitando qual é o interlocutor em cada caso.

6. **(Unicamp-SP)** Pensando nos pares amorosos, já se afirmou que "há n'*O cortiço* um pouco de Iracema coada pelo Naturalismo."

CANDIDO, Antonio. De cortiço em cortiço. In: *O discurso e a cidade.* São Paulo: Duas Cidades, 1993. p. 142.

Partindo desse comentário, leia o trecho abaixo e responda às questões.

O chorado arrastava-os a todos, despoticamente, desesperando aos que não sabiam dançar. Mas, ninguém como a Rita; só ela, só aquele demônio, tinha o mágico segredo daqueles movimentos de cobra amaldiçoada; aqueles requebros que não podiam ser sem o cheiro que a mulata soltava de si e sem aquela voz doce, quebrada, harmoniosa, arrogante, meiga e suplicante. [...] Naquela mulata estava o grande mistério, a síntese das impressões que ele recebeu chegando aqui: ela era a luz ardente do meio-dia; ela era o calor vermelho das sestas da fazenda; era o aroma quente dos trevos e das baunilhas, que o atordoara nas matas brasileiras; era a palmeira virginal e esquiva que se não torce a nenhuma outra planta; era o veneno e era o açúcar gostoso; era o sapoti mais doce que o mel e era a castanha do caju, que abre feridas com o seu azeite de fogo; ela era a cobra verde e traiçoeira, a lagarta viscosa, a muriçoca doida, que esvoaçava havia muito tempo em torno do corpo dele, assanhando-lhe os desejos, acordando-lhe as fibras embambecidas pela saudade da terra, picando-lhe as artérias, para lhe cuspir dentro do sangue uma centelha daquele amor setentrional, uma nota daquela música feita de gemidos de prazer, uma larva daquela nuvem de cantáridas que zumbiam em torno da Rita Baiana e espalhavam-se pelo ar numa fosforescência afrodisíaca. Isto era o que Jerônimo sentia, mas o que o tonto não podia conceber. De todas as impressões daquele resto de domingo só lhe ficou no espírito o entorpecimento de uma desconhecida embriaguez, não de vinho, mas de mel chuchurreado no cálice de flores americanas, dessas muito alvas, cheirosas e úmidas, que ele na fazenda via debruçadas confidencialmente sobre os limosos pântanos sombrios, onde as oiticicas trescalam um aroma que entristece de saudade. [...] E ela só foi ter com ele, levando-lhe a chávena fumegante da perfumosa bebida que tinha sido a mensageira dos seus amores; assentou-se ao rebordo da cama e, segurando com uma das mãos o pires, e com a outra a xícara, ajudava-o a beber, gole por gole, enquanto seus olhos o acarinhavam, cintilantes de impaciência no antegozo daquele primeiro enlace. Depois, atirou fora a saia e, só de camisa, lançou-se contra o seu amado, num frenesi de desejo doido.

AZEVEDO, Aluísio. *O cortiço*. Ficção Completa. Rio de Janeiro: Nova Aguilar, 2005. p. 498 e 581.

a) Na descrição acima, identifique dois aspectos que permitem aproximar Rita Baiana de Iracema, mostrando os limites dessa semelhança.

b) Identifique uma semelhança e uma diferença entre Jerônimo e Martim.

7. (PUC-RJ)

Firmo, o atual amante de Rita Baiana, era um mulato pachola, delgado de corpo e ágil como um cabrito; capadócio de marca, pernóstico, só de maçadas e todo ele se quebrando nos seus movimentos de capoeira. Teria seus trinta e tantos anos, mas não parecia ter mais de vinte e poucos. [...]

Era oficial de torneiro; oficial perito e vadio; ganhava uma semana para gastar num dia; às vezes, porém, os dados ou a roleta multiplicavam-lhe o dinheiro, e então, ele fazia como naqueles últimos três meses: afogava-se numa boa pândega com a Rita Baiana. A Rita ou outra. "O que não faltava por aí eram saias para ajudar um homem a cuspir o cobre na boca do diabo!"

Nascera no Rio de Janeiro, na Corte; militara dos doze aos vinte anos em diversas maltas de capoeiras; chegara a decidir eleições nos tempos do voto indireto. Deixou nome em várias freguesias e mereceu abraços, presentes e palavras de gratidão de alguns importantes chefes de partido. Chamava a isso a sua época de paixão política; mas depois desgostou-se com o sistema de governo e renunciou às lutas eleitorais, pois não conseguira nunca o lugar de contínuo numa repartição pública — o seu ideal! — Setenta mil-réis mensais: trabalho das nove às três.

AZEVEDO, Aluísio de. *O cortiço*. São Paulo: Martins, 1972. p. 76.

No texto, as ações e ambições de Firmo representam um padrão de comportamento reconhecível em nossa cultura.

Explique a crítica social implícita na descrição de seu interesse pela política.

8. (UEM-PR) Assinale o que for **correto**.

(01) Posturas realistas podem ser encontradas em qualquer estilo de época, sempre que o artista se propõe a retratar a realidade objetivamente. No entanto, na segunda metade do século XIX, registrou-se um movimento literário denominado Realismo, que privilegiou a razão como a melhor forma de percepção da realidade, em detrimento da emoção. A sociedade passa a ser focalizada como o centro dos interesses dos escritores realistas, assumindo o lugar das perspectivas individualistas tão caras aos românticos.

(02) O realismo machadiano apresenta-se de forma diferente do Realismo tradicional, na medida em que foge da crítica direta e lança mão de estratégias narrativas diferentes das convencionais. Machado de Assis prefere denunciar as mazelas sociais e individuais por meio de sugestões analógicas, como comparações e alegorias, frequentemente matizadas de ironia; além de fazer uso da intrusão metalinguística, dirigindo-se aos seus leitores para tecer comentários acerca da confecção do livro, quebrando, consequentemente, a ilusão de verdade cultivada pela escola realista.

(04) As características fundamentais do Realismo / Naturalismo aparecem intimamente associadas ao momento histórico em que a tendência se desenvolve. Desse modo, a estética realista / naturalista aproveita os ensinamentos do Positivismo, do Socialismo e do Evolucionismo. Assim, os adeptos da estética passam a subestimar o subjetivismo romântico, o personalismo e o nacionalismo para fundamentarem suas escolhas no objetivismo e no materialismo.

(08) Na obra de Machado de Assis, sobretudo após a publicação de *Memórias póstumas de Brás Cubas* (1881), são bastante recorrentes os seguintes temas: a relatividade dos valores morais, a loucura, a ambição, a vaidade, o adultério e a contradição entre a aparência e a essência.

(16) O Realismo no Brasil não é considerado pela crítica uma escola literária coesa. Além de Machado de Assis, vários outros escritores considerados realistas trilham caminhos próprios, ora voltando-se para os ideais da escola de Flaubert, ora afastando-se deles, como se vê no caso de afastamento em *O cortiço*, de Aluisio Azevedo, obra que contraria os ideais realistas da objetividade e da impessoalidade.

9. (Unicamp-SP) Leia o seguinte capítulo do romance *Dom Casmurro*, de Machado de Assis:

Capítulo XL — Uma égua

Ficando só, refleti algum tempo, e tive uma fantasia. Já conheceis as minhas fantasias. Contei-vos a da visita imperial; disse-vos a desta casa do Engenho Novo, reproduzindo a de Matacavalos... A imaginação foi a companheira de toda a minha existência, viva, rápida, inquieta, alguma vez tímida e amiga de empacar, as mais delas capaz de engolir campanhas e campanhas, correndo. Creio haver lido em Tácito que as éguas iberas concebiam pelo vento; se não foi nele, foi noutro autor antigo, que entendeu guardar essa crendice nos seus livros. Neste particular, a minha imaginação era uma grande égua ibera; a menor brisa lhe dava um potro, que saía logo cavalo de Alexandre; mas deixemos de metáforas atrevidas e impróprias dos meus quinze anos.

Digamos o caso simplesmente. A fantasia daquela hora foi confessar a minha mãe os meus amores para lhe dizer que não tinha vocação eclesiástica. A conversa sobre vocação tornava-me agora toda inteira, e, ao passo que me assustava, abria-me uma porta de saída. "Sim, é isto, pensei; vou dizer a mamãe que não tenho vocação, e confesso o nosso namoro; se ela duvidar, conto-lhe o que se passou outro dia, o penteado e o resto..."

Dom Casmurro. In: ASSIS, Machado de. *Obra completa em quatro volumes.* Rio de Janeiro: Nova Aguilar, 2008. p. 975.

a) Explique a metáfora empregada pelo narrador, neste capítulo, para caracterizar sua imaginação.
b) De que maneira a imaginação de Bentinho, assim caracterizada, se relaciona com a temática amorosa neste capítulo? E no romance?

10. **(UEPB)** Leia as assertivas abaixo a respeito de *O Ateneu*:

I. *O Ateneu* é uma crítica ao romantismo, na medida em que estabelece uma crítica à ingenuidade da infância enquanto espaço idílico e importante para a construção imaginária dos românticos, o que o transforma num precursor do romance psicológico.

II. *O Ateneu* é ao mesmo tempo uma crítica ao modelo de educação posto em prática no internato e uma crítica ao autoritarismo das elites brasileiras sustentadas pelo modelo político monárquico. Em certo sentido, o internato é uma metonímia da monarquia brasileira.

III. Raul Pompeia utiliza-se das avaliações apaixonadas de Sérgio na infância para fazer um romance com fortes traços impressionistas e simbolistas, romance que também antecipa certos aspectos da vanguarda expressionista, sobretudo nas descrições de Aristarco e dos personagens alinhados com ele.

a) Apenas III é correta.
b) Apenas I é correta.
c) Apenas II é correta.
d) Todas são corretas.
e) Nenhuma é correta.

TEXTO PARA AS QUESTÕES 11 E 12.

Óbito do autor

Algum tempo hesitei se devia abrir estas memórias pelo princípio ou pelo fim, isto é, se poria em primeiro lugar o meu nascimento ou a minha morte. Suposto o uso vulgar seja começar pelo nascimento, duas considerações me levaram a adotar diferente método: a primeira é que eu não sou propriamente um autor defunto, mas um defunto autor, para quem a campa foi outro berço; a segunda é que o escrito ficaria assim mais galante e mais novo. Moisés, que também contou a sua morte, não a pôs no introito, mas no cabo: diferença radical entre este livro e o Pentateuco.

ASSIS, Machado de. *Memórias póstumas de Brás Cubas.*

11. **(UFF-RJ)** Assinale a afirmativa que **não** corresponde ao texto de Machado de Assis.

a) Este narrador em primeira pessoa é uma alternativa ao narrador intimista tradicional, que tem seu ponto de vista absolutamente limitado pelas circunstâncias e pelo que o narrador-personagem pode conhecer a partir delas.
b) Este narrador em primeira pessoa é uma alternativa ao narrador onisciente, tradicional do Realismo.
c) *Memórias póstumas de Brás Cubas* foi publicado depois que Machado de Assis morreu, razão pela qual Machado declara que não é propriamente um autor defunto, mas um defunto autor, para quem a campa foi outro berço.
d) A hesitação expressa pelo narrador (pôr em primeiro lugar seu nascimento ou sua morte) não faz parte do repertório tradicional de autores realistas ou naturalistas.
e) O narrador declara que é um defunto autor, para quem o túmulo foi um outro berço porque somente depois de morto ele resolveu produzir a narrativa que o vai transformar em autor.

12. **(UFF-RJ)** O Pentateuco é composto pelos cinco primeiros livros da Bíblia. A comparação do Pentateuco com o livro de que o narrador do texto se declara autor é:

a) simbolista, porque compara um texto relevante com um irrelevante.
b) trágica, porque o autor do romance já está definitivamente morto e enterrado.
c) modernista, porque menciona a Bíblia, texto importantíssimo no Ocidente.
d) realista, porque menciona o texto de um morto que em vida nada publicou.
e) humorística, porque os dois termos da comparação são muito desproporcionais.

13. **(Fuvest-SP)** Costuma-se reconhecer que tanto *O primo Basílio* quanto as *Memórias póstumas de Brás Cubas* possuem notável conteúdo de crítica social. Apesar das muitas diferenças que separam os dois romances, em ambos essa crítica:

a) fundamenta-se em minuciosa análise das relações sociais e tem como finalidade propor soluções construtivas para os problemas detectados.
b) dá a ver um conjunto de personagens que, com raras exceções, têm como traços mais marcantes a inconsistência, a pretensão, a veleidade e outras características semelhantes, figurando assim uma sociedade globalmente medíocre.
c) assume a forma do romance de tese, próprio da estética realista, no qual se procura validar um conjunto de hipóteses científicas, verificando-se sua pertinência na vida social das personagens.
d) visa a demonstrar o prejuízo que o excesso de leituras romanescas pode trazer à formação moral dos indivíduos, em particular quando interfere na educação das mulheres, matrizes da família.
e) incide principalmente sobre as mazelas sociais derivadas da persistência da escravidão em um contexto já moderno, no qual ela não mais se justifica.

14. **(Unicamp-SP)** No final de *O crime do Padre Amaro*, o Cônego Dias e Amaro reencontram-se em Lisboa, juntando-se a eles o Conde de Ribamar. Ao referir-se ao ambiente daquela cidade (e, consequentemente, de Portugal) naquele momento, o conde diz: "— Que paz, que animação, que prosperidade!". A essa observação, o narrador acrescenta uma descrição das ruas modorrentas de Lisboa, que pode ser resumida no seguinte trecho: "... pelos bancos de praça gente estirava-se num torpor de vadiagem; um carro de bois, aos solavancos sobre as suas altas rodas, era como o símbolo de agriculturas atrasadas de séculos". A contraposição das duas passagens citadas produz um efeito irônico. Explique-o.

15. **(Unicamp-SP)** No capítulo VII de *O Ateneu*, ao descrever a exposição de quadros dos alunos do colégio, o narrador assim se refere aos sentimentos de Aristarco: "Não obstante, Aristarco sentia-se lisonjeado pela intenção. Parecia-lhe ter na face a cocegazinha sutil do creiom passando, brincando na ruga mole da pálpebra, dos pés de galinha, contornando a concha da orelha, calcando a comissura dos lábios, entrevista na franja pelas dobras oblíquas da pele do nariz, varejando a pituitária, extorquindo um espírito agradável e desopilante".

a) Quais características de Aristarco estão sugeridas neste comentário do narrador?
b) Lendo essa descrição, você considera que o narrador compartilha dos mesmos sentimentos de Aristarco? Justifique.

16. **(USF-SP)** Machado de Assis, na sua obra de ficção narrativa:

a) começou romântico e como tal se manteve na idealização com que descreve as personagens de suas obras.
b) condenou o romantismo e introduziu no Brasil o Realismo, que só trocou pelo Naturalismo.
c) investigou com profundidade o homem universal, nas personagens cotidianas, indo além da crítica à sociedade.
d) centrou suas críticas na sociedade de sua época; por isso está hoje ultrapassado: o homem moderno não pode ver-se em suas personagens.
e) norteou-se pelos princípios do naturalismo, ressaltando sempre os fatores biológicos do comportamento humano.

17. **(UFSCar-SP)** O que sobressai na atividade criadora de Machado de Assis é:

a) a minuciosa busca de soluções aperfeiçoadoras, o que só se conseguiu após inúmeros e continuados exercícios.
b) a grande capacidade de inspiração, uma vez que a quantidade de romances que escreveu foi facilitada pela improvisação.
c) o equilíbrio entre o improvisador, o inspirado e o artista, que é demonstrado pelas obras de valor desigual, que ocorrem no decorrer de sua produção literária.
d) a sinceridade com que manifesta, por linguagem desprovida de metáforas em cada romance que escreveu, as várias fases de sua biografia.
e) ter iniciado a carreira escrevendo romances realistas, convertendo-se, mais tarde, ao Naturalismo.

18. **(UPM-SP)** Assinale a alternativa correta sobre o romance *O Ateneu*, de Raul Pompeia.

a) O romance se realiza pelo processo memorialista do narrador, permeado por uma profunda visão crítica.
b) Trata-se de uma crônica de saudades, em que o narrador revela, a cada instante, vontade de voltar.
c) *O Ateneu* representa uma apologia aos colégios internos como forma ideal para a formação do adolescente.
d) Apesar da tentativa de atingir um estilo realista, a obra mantém uma estrutura romântica aos moldes de José de Alencar.
e) Todas as personagens do romance buscam identificar-se com o diretor do Ateneu.

19. **(UFRGS)** No romance *O cortiço*, de Aluísio Azevedo, a sintonia com os ideais naturalistas é acentuada pela seguinte característica básica da história:

a) o personagem sobrepõe-se ao ambiente.
b) o coletivo sobrepõe-se ao individual.
c) o psicológico sobrepõe-se ao social.
d) o trabalho sobrepõe-se ao capital.
e) a força sobrepõe-se à razão.

20. **(UFMG)** "A concretização do abstrato é uma técnica da ironia machadiana." Todas as alternativas exemplificam essa afirmação, exceto:

a) "A alma de Rubião bracejava debaixo desse aguaceiro de palavras; mas, estava num beco sem saída por um lado nem por outro. Tudo muralhas. Nenhuma porta aberta, nenhum corredor, e a chuva a cair".
b) "Vá desapontamento. Misturem-lhe o pesar da separação, não esqueçam a cólera que o primeiro trovejou surdamente, e nem faltará quem ache que a alma deste homem é uma colcha de retalhos. Pode ser; moralmente as colchas inteiriças são tão raras!"
c) "Não esqueça dizer que Rubião tomou a si dizer uma missa por alma do finado, embora soubesse ou pressentisse que ele não era católico. Quincas Borba não dizia pulhices a respeito de padres, nem desconceituava doutrinas católicas; mas não falava nem da Igreja, nem dos padres".
d) "A outra que ri é a alma de Rubião, escutai a cantiga alegre, brilhante, com que ela desce o morro, dizendo as cousas mais íntimas às estrelas, espécie de rapsódia feita por uma linguagem que ninguém nunca alfabetou, por ser impossível achar um sinal que lhe exprima os vocábulos".
e) "Tédio por dentro e por fora. Nada em que espairasse a vista e descansasse a alma. Sofia meteu a alma em um caixão de cedro, encerrou o cedro no caixão de chumbo do dia, e deixou-se estar sinceramente defunta".

TEXTO PARA AS QUESTÕES 21 A 23.

Fechou-se um entra-e-sai de marimbondos defronte daquelas cem casinhas ameaçadas pelo fogo. Homens e mulheres corriam de cá para lá com os tarecos ao ombro, numa balbúrdia de doidos. O pátio e a rua enchiam-se agora de camas velhas e colchões espocados. Ninguém se conhecia naquela zumba de gritos sem nexo, e choro de crianças esmagadas, e pragas arrancadas pela dor e pelo desespero. Da casa do Barão saíam clamores apopléticos; ouviam-se os guinchos de Zulmira que se espolinhava com um ataque. E começou a aparecer água. Quem a trouxe? Ninguém sabia dizê-lo; mas viam-se baldes e baldes que se despejavam sobre as chamas.

Os sinos da vizinhança começaram a badalar.

E tudo era um clamor.

A Bruxa surgiu à janela da sua casa, como à boca de uma fornalha acesa. Estava horrível; nunca fora tão bruxa. O seu moreno trigueiro, de cabocla velha, reluzia que nem metal em brasa; a sua crina preta, desgrenhada, escorrida e abundante como as das éguas selvagens, dava-lhe um caráter fantástico de fúria saída do inferno. E ela ria-se, ébria de satisfação, sem sentir as queimaduras e as feridas, vitoriosa no meio daquela orgia de fogo, com que ultimamente vivia a sonhar em segredo a sua alma extravagante de maluca.

Ia atirar-se cá para fora, quando se ouviu estalar o madeiramento da casa incendiada, que abateu rapidamente, sepultando a louca num montão de brasas.

AZEVEDO, Aluísio. *O cortiço*.

21. (Unifesp) Em *O cortiço*, o caráter naturalista da obra faz com que o narrador se posicione em terceira pessoa, onisciente e onipresente, preocupado em oferecer uma visão crítico-analítica dos fatos. A sugestão de que o narrador é testemunha pessoal e muito próxima dos acontecimentos narrados aparece de modo mais direto e explícito em:

a) Fechou-se um entra-e-sai de marimbondos defronte daquelas cem casinhas ameaçadas pelo fogo.
b) Ninguém sabia dizê-lo; mas viam-se baldes e baldes que se despejavam sobre as chamas.
c) Da casa do Barão saíam clamores apopléticos...
d) A Bruxa surgiu à janela da sua casa, como à boca de uma fornalha acesa.
e) Ia atirar-se cá para fora, quando se ouviu estalar o madeiramento da casa incendiada...

22. (Unifesp) O caráter naturalista nessa obra de Aluísio Azevedo oferece, de maneira figurada, um retrato de nosso país, no final do século XIX. Põe em evidência a competição dos mais fortes, entre si, e estes, esmagando as camadas de baixo, compostas de brancos pobres, mestiços e escravos africanos. No ambiente de degradação de um cortiço, o autor expõe um quadro tenso de misérias materiais e humanas. No fragmento, há várias outras características do Naturalismo. Aponte a alternativa em que as **duas características** apresentadas são corretas.

a) Exploração do comportamento anormal e dos instintos baixos; enfoque da vida e dos fatos sociais contemporâneos ao escritor.
b) Visão subjetiva dada pelo foco narrativo; tensão conflitiva entre o ser humano e o meio ambiente.
c) Preferência pelos temas do passado, propiciando uma visão objetiva dos fatos; crítica aos valores burgueses e predileção pelos mais pobres.
d) A onisciência do narrador imprime-lhe o papel de criador, e se confunde com a ideia de Deus; utilização de preciosismos vocabulares, para enfatizar o distanciamento entre a enunciação e os fatos enunciados.
e) Exploração de um tema em que o ser humano é aviltado pelo mais forte; predominância de elementos anticientíficos, para ajustar a narração ao ambiente degradante dos personagens.

23. (Unifesp) Releia o fragmento de *O cortiço*, com especial atenção aos dois trechos a seguir.

"Ninguém se conhecia naquela zumba de gritos sem nexo, e choro de crianças esmagadas, e pragas arrancadas pela dor e pelo desespero. [...]"

"E começou a aparecer água. Quem a trouxe? Ninguém sabia dizê-lo; mas viam-se baldes e baldes que se despejavam sobre as chamas."

Rico em efeitos descritivos e soluções literárias que configuram imagens plásticas no espírito do leitor, Aluísio Azevedo apresenta características psicológicas de comportamento comunitário. Aponte a alternativa que explicita o que os dois trechos têm em comum.

a) Preocupação de um em relação à tragédia do outro, no primeiro trecho, e preocupação de poucos em relação à tragédia comum, no segundo trecho.
b) Desprezo de uns pelos outros, no primeiro trecho, e desprezo de todos por si próprios, no segundo trecho.
c) Angústia de um não poder ajudar o outro, no primeiro trecho, e angústia de não se conhecer o outro, por quem se é ajudado, no segundo trecho.
d) Desespero que se expressa por murmúrios, no primeiro trecho, e desespero que se expressa por apatia, no segundo trecho.
e) Anonimato da confusão e do "salve-se quem puder", no primeiro trecho, e anonimato da cooperação e do "todos por todos", no segundo trecho.

LEIA UM TRECHO DO ROMANCE DE MACHADO DE ASSIS *MEMÓRIAS PÓSTUMAS DE BRÁS CUBAS*, EM QUE O DEFUNTO-NARRADOR TECE COMENTÁRIOS. CONSIDERANDO ESTE ENUNCIADO INTRODUTÓRIO E O TEXTO A SEGUIR, RESOLVA AS QUESTÕES 24, 25 E 26.

O senão do livro

Começo a arrepender-me deste livro. Não que ele me canse; eu não tenho que fazer; e, realmente, expedir alguns magros capítulos para esse mundo sempre é tarefa que distrai um pouco da eternidade. Mas o livro é enfadonho, cheira a sepulcro, traz certa contração cadavérica; vício grave, e aliás ínfimo, porque o maior defeito deste livro és tu, leitor. Tu tens pressa de envelhecer, e o livro anda devagar; tu amas a narração direita e nutrida, o estilo regular e fluente, e este livro e o meu estilo são como os ébrios, guinam à direita e à esquerda, andam e param, resmungam, urram, gargalham, ameaçam o céu, escorregam e caem...

E caem! — Folhas misérrimas do meu cipreste, heis de cair, como quaisquer outras belas e vistosas; e, se eu tivesse olhos, dar-vos-ia uma lágrima de saudade. Esta é a grande vantagem da morte, que, se não deixa boca para rir, também não deixa olhos para chorar... Heis de cair.

24. (UFMS) Assinale aquilo que constitui o "senão" do livro, apontado já no título.

(01) O cansaço do narrador em escrever uma obra póstuma, contando suas memórias.
(02) A pressa do leitor quanto à passagem do tempo, em oposição à lentidão da narrativa.
(04) O estilo irregular, desordenado, que foge ao da narrativa mais tradicional.
(08) O fato de o narrador começar a arrepender-se da decisão de escrever o livro.
(16) A relação do livro com coisas que lembram a morte (sepulcro, cadáver).

25. (UFMS) Assinale a(s) alternativa(s) correta(s).

(01) O tema do tempo é recorrente na obra machadiana. A frase do texto que melhor exprime esse tema é: *Heis de cair* (linha 18).
(02) O pronome **vos** em *dar-vos-ia uma lágrima...* (linha 15) refere-se claramente à morte.
(04) Em *arrepender-**me**, **me** cause e dar-**vos**-ia* tem-se o pronome oblíquo enclítico, proclítico e mesoclítico, respectivamente.

(08) O narrador se dirige ao narratário (leitor) somente em 2ª pessoa, observando o correto emprego dos tempos e modos verbais.

(16) Em ***heis*** *de cair* (linha 18), o termo em destaque é advérbio de lugar.

26. (UFMS) O texto é marcado pela antítese. Assinale, entre os trechos abaixo, aquele(s) em que aparece essa figura de linguagem.

(01) Não que ele me canse; eu não tenho que fazer.... (l. 1-2)

(02) Tu tens pressa de envelhecer, e o livro anda devagar... (l. 7-8)

(04) ... se não deixa boca para rir, também não deixa olhos para chorar... (l. 16-17)

(08) ... guinam à direita e à esquerda, andam e param... (l. 10-11)

(16) ... folhas misérrimas do meu cipreste, heis de cair... (l. 13-14)

AS QUESTÕES DE NÚMEROS 27 E 28 TOMAM POR BASE O TEXTO.

Amaro lia até tarde, um pouco perturbado por aqueles períodos sonoros, túmidos de desejo; e no silêncio, por vezes, sentia em cima ranger o leito de Amélia; o livro escorregava-lhe das mãos, encostava a cabeça às costas da poltrona, cerrava os olhos, e parecia-lhe vê-la em colete diante do toucador desfazendo as tranças; ou, curvada, desapertando as ligas, e o decote da sua camisa entreaberta descobria os dois seios muito brancos.

Erguia-se, cerrando os dentes, com uma decisão brutal de a possuir.

Começara então a recomendar-lhe a leitura dos Cânticos a Jesus.

— Verá, é muito bonito, de muita devoção! Disse ele, deixando-lhe o livrinho uma noite no cesto da costura.

Ao outro dia, ao almoço, Amélia estava pálida, com as olheiras até o meio da face. Queixou-se de insônia, de palpitações.

— E então, gostou dos Cânticos?

— Muito. Orações lindas! respondeu.

Durante todo esse dia não ergueu os olhos para Amaro. Parecia triste — e sem razão, às vezes, o rosto abrasava-se-lhe de sangue.

Eça de Queirós. *O crime do padre Amaro.*

27. (Unifesp) O trecho em que a ação de uma personagem se demonstra impregnada de determinismo biológico e permite associar o romance de Eça de Queirós ao movimento estético denominado Naturalismo é:

a) Erguia-se, cerrando os dentes, com uma decisão brutal de a possuir.
b) Começara então a recomendar-lhe a leitura dos Cânticos a Jesus.
c) [...] deixando-lhe o livrinho uma noite no cesto da costura.
d) Queixou-se de insônia, de palpitações.
e) Durante todo esse dia não ergueu os olhos para Amaro.

28. (Unifesp) O texto permite afirmar que:

a) o livro de orações que Amaro costumava ler desperta seu amor por Amélia.
b) a observação diária de certas ações de Amélia desperta o desejo de Amaro.
c) embora Amélia ache lindas as orações do livro, a obra a deixa perturbada.
d) o livro que Amaro empresta a Amélia aumenta, aos poucos, sua religiosidade.
e) com a leitura do livro, Amélia passa a corresponder aos sentimentos de Amaro.

Capítulo 20

O teatro no século XIX

1. (Fuvest-SP)

I. Autor que levava no palco a sociedade portuguesa da primeira metade do século XVI, vivenciando, na expressão de António José Saraiva, o reflexo da crise.

II. Atuou na linha do teatro de costumes, associou o burlesco e o cômico em dramas e comédias ao retratar flagrantes da vida brasileira.

Os enunciados referem-se, respectivamente, aos teatrólogos:

a) Camilo Castelo Branco e José de Alencar
b) Machado de Assis e Miguel Torga
c) Gil Vicente e Nélson Rodrigues
d) Gil Vicente e Martins Pena
e) Camilo Castelo Branco e Nélson Rodrigues

2. (UCPR) Coube a *** atingir o ponto mais alto do teatro romântico brasileiro. Numa linguagem simples e correta, retratou os variados tipos da sociedade do século XIX.

a) Martins Pena
b) Procópio Ferreira
c) Joaquim Manuel de Macedo
d) Machado de Assis
e) Cornélio Pena

3. (UFPA) Marque a única alternativa certa a respeito de Martins Pena.

a) Escreveu peças de teatro rigorosamente de acordo com as leis do teatro clássico.
b) Deixou-nos excelentes poemas líricos.
c) Escreveu peças teatrais em que se constata influência do Romantismo.
d) Teve seus dramas históricos representados, na época, com grande sucesso.
e) Evitou em suas peças de teatro o uso de linguagem simples e direta.

TEXTO PARA AS QUESTÕES 4 E 5.

Coplas[1]

I

O GERENTE — Este hotel está na berra[2]!
Coisa é muito natural!
Jamais houve nesta terra
Um hotel assim mais tal!
Toda a gente, meus senhores,
Toda a gente ao vê-lo diz:
Que os não há superiores
Na cidade de Paris!
Que belo hotel excepcional

O Grande Hotel da Capital
Federal!
CORO — Que belo hotel excepcional, etc....

II

O GERENTE — Nesta casa não é raro
Protestar algum freguês:
Acha bom, mas acha caro
Quando chega o fim do mês.
Por ser bom precisamente,
Se o freguês é do bom-tom
Vai dizendo a toda a gente
Que isto é caro mas é bom.
Que belo hotel excepcional!
O Grande Hotel da Capital
Federal!
CORO — Que belo hotel excepcional, etc....

O GERENTE (Aos criados) — Vamos! Vamos! Aviem-se! Tomem as malas e encaminhem estes senhores!

Mexam-se! Mexam-se!... (Vozerio. Os hóspedes pedem quarto, banhos, etc. Os criados respondem. Tomam as malas, saem todos, uns pela escadaria, outros pela direita.)

CENA II

O GERENTE, depois, FIGUEIREDO

O GERENTE (Só.) — Não há mãos a medir! Pudera! Se nunca houve no Rio de Janeiro um hotel assim!
Serviço elétrico de primeira ordem! Cozinha esplêndida, música de câmara durante as refeições da mesa redonda! Um relógio pneumático em cada aposento! Banhos frios e quentes, duchas, sala de natação, ginástica e massagem! Grande salão com um *plafond*[3] pintado pelos nossos primeiros artistas! Enfim, uma verdadeira novidade! — Antes de nos estabelecermos aqui, era uma vergonha! Havia hotéis em S. Paulo superiores aos melhores do Rio de Janeiro! Mas em boa hora foi organizada a Companhia do Grande Hotel da Capital Federal, que dotou esta cidade com um melhoramento tão reclamado! E o caso é que a empresa está dando ótimos dividendos e as ações andam por empenhos! (Figueiredo aparece no topo da escada e começa a descer.) Ali vem o Figueiredo. Aquele é o verdadeiro tipo do carioca: nunca está satisfeito.
Aposto que vem fazer alguma reclamação.

AZEVEDO, Arthur. *A capital federal*. Rio de Janeiro: Serviço Nacional de Teatro, 1972.

1. **coplas:** espécie de estrofe.
2. **berra:** estar na moda.
3. ***plafond*:** teto.

4. (UERJ) *A capital federal*, peça escrita por Arthur Azevedo e encenada com sucesso até hoje, retrata o Rio de Janeiro no fim do século XIX.

a) O texto demonstra como já circulavam amplamente no Rio de Janeiro comparações com modelos estrangeiros de modernidade. Transcreva dois versos que confirmem esta afirmativa.

b) Transcreva do texto duas frases completas em que o progresso técnico e o conforto são apresentados como qualidades simultâneas do Grande Hotel.

5. (UERJ) O texto I faz parte de uma peça de teatro, forma de expressão que se destacou na captação das imagens de um Rio de Janeiro que se modernizava no início do século XX.

a) Aponte o gênero de composição em que se enquadra esse texto e um aspecto característico desse gênero.

b) A fala do gerente revela atitudes distintas, quando se dirige aos criados e quando está só. Identifique o modo verbal e a função da linguagem predominantes na fala dirigida aos criados.

6. (UFPA)

ROSA — Quando lhe dei a minha mão, poderia prever que ele seria um traidor? E a senhora, quando lhe deu a sua, que se unia a um infame?

FLORÊNCIA — Oh, não!

ROSA — E nós, suas desgraçadas vítimas, nos odiaremos mutuamente, em vez de nos ligarmos, para de comum acordo perseguirmos ao traidor?

FLORÊNCIA — Nem eu, nem a senhora temos culpa do que se tem passado; quisera viver longe da senhora... a sua presença aviva os meus desgostos, porém farei um esforço; aceito o seu oferecimento; unamo-nos e mostraremos ao monstro o que podem duas fracas mulheres quando se querem vingar...

PENA, Martins. O noviço. In: *Martins Pena. Teatro Cômico*. São Paulo: Ed. Cultura, 1943. p. 311.

Sobre o fragmento e o texto a que pertence, é correto afirmar que:

a) reforça a visão da mulher, incapaz de cuidar de si, vítima dos abusos masculinos. O texto é uma espécie de denúncia de Martins Pena, que criou, em nosso Romantismo, um teatro voltado para as causas sociais.

b) o acordo feito entre Rosa e Florência terá como sequência uma das cenas engraçadas da peça *O noviço*, a surra que ambas dão em Ambrósio, por quem foram enganadas, no momento em que ele põe a cabeça fora do armário onde se encontra preso.

c) o acordo feito entre Rosa e Florência aponta para o final da peça: Ambrósio é mandado para o convento no lugar de Carlos, o noviço. Dessa forma todos se sentem vingados.

d) as duas mulheres tramam a vingança contra Ambrósio, por quem foram enganadas, revelando que são elas as personagens centrais da peça, que, embora se intitule *O noviço*, não dá relevância a Carlos, o noviço da trama.

e) revela a linguagem de Martins Pena, desartificiosa, simples, natural, o que não foi aceito pelo público burguês da época, acostumado a rebuscamentos, a tiradas filosóficas e a arrebatamentos estilísticos.

Capítulo 21

Os estilos de época da Revolução Industrial à Primeira Guerra: Parnasianismo

1. (Unicamp-SP) O soneto a seguir, de Machado de Assis, intitula-se *Suave* mari magno, expressão usada pelo poeta latino Lucrécio, que passou a ser empregada para definir o prazer experimentado por alguém quando se percebe livre dos perigos a que outros estão expostos:

Suave *mari magno*

Lembra-me que, em certo dia,
Na rua, ao sol de verão,
Envenenado morria
Um pobre cão.

Arfava, espumava e ria,
De um riso espúrio* e bufão,
Ventre e pernas sacudia
Na convulsão.

Nenhum, nenhum curioso
Passava, sem se deter,
Silencioso,

Junto ao cão que ia morrer,
Como se lhe desse gozo
Ver padecer.

* **espúrio:** não genuíno; ilegítimo, ilegal, falsificado. Em medicina, diz respeito a uma enfermidade falsa, não genuína, a que faltam os sintomas característicos.

a) Que paradoxo o poema aponta nas reações do cão envenenado?
b) Por que se pode afirmar que os passantes, diante dele, também agem de forma paradoxal?
c) Em vista dessas reações paradoxais, justifique o título do poema.

AS QUESTÕES 2, 3 E 4 TOMAM POR BASE UM POEMA DO PARNASIANO BRASILEIRO JÚLIO CÉSAR DA SILVA (1872-1936):

Arte suprema

Tal como Pigmalião, a minha ideia
Visto na pedra: talho-a, domo-a, bato-a;
E ante os meus olhos e a vaidade fátua
Surge, formosa e nua, Galateia.

Mais um retoque, uns golpes... e remato-a;
Digo-lhe: "Fala!", ao ver em cada veia
Sangue rubro, que a cora e aformoseia...
E a estátua não falou, porque era estátua.

Bem haja o verso, em cuja enorme escala
Falam todas as vozes do universo,
E ao qual também arte nenhuma iguala:

Quer mesquinho e sem cor, quer amplo e terso,
Em vão não é que eu digo ao verso: "Fala!"
E ele fala-me sempre, porque é verso.

SILVA, Júlio César da. *Arte de amar*. São Paulo: Companhia Editora Nacional. 1961.

2. **(Unesp-SP)** O soneto "Arte suprema" apresenta as características comuns da poesia parnasiana. Assinale a alternativa em que as características descritas se referem ao Parnasianismo.

a) Busca da objetividade, preocupação acentuada com o apuro formal, com a rima, o ritmo, a escolha dos vocábulos, a composição e a técnica do poema.
b) Tendência para a humanização do sobrenatural, com a oposição entre o homem voltado para Deus e o homem voltado para a terra.
c) Poesia caracterizada pelo escapismo, ou seja, pela fuga do mundo real para um mundo ideal caracterizado pelo sonho, pela solidão, pelas emoções pessoais.
d) Predomínio dos sentimentos sobre a razão, gosto pelas ruínas e pela atmosfera de mistério.
e) Poesia impregnada de religiosidade e que faz uso recorrente de sinestesias.

3. **(Unesp-SP)** O poema de Júlio César da Silva faz referência ao mito grego de Pigmalião, um escultor da ilha de Chipre que obteve da deusa Vênus a graça de transformar em uma mulher de verdade a belíssima estátua que havia esculpido. Esse aproveitamento do mito, todavia, tem um encaminhamento diferente no soneto.

Aponte a alternativa que melhor descreve como o mito foi aproveitado no poema.

a) O poema se serve do mito para apresentar uma defesa da poesia como arte superior em capacidade de comunicação e expressão à escultura e às demais artes.
b) O eu poemático aproveita o mito para demonstrar que a escultura, como arte visual, apresenta possibilidades expressivas que a poesia jamais poderá atingir.
c) O desenvolvimento do poema conduz a uma exaltação da correspondência entre as artes, demonstrando que todas apresentam grande força expressiva.
d) O mito de Pigmalião é usado para realçar o grande poder da arte da escultura, como também da poesia, que pode imitar a escultura.
e) A lenda de Pigmalião e Galateia é utilizada para dividir o poema em duas partes, com a primeira associando Pigmalião à escultura e a segunda associando Galateia à poesia.

4. **(Unesp-SP)** O encerramento enfático do último verso se reforça estruturalmente no poema pelo fato de criar uma relação de paralelismo sintático e de oposição de sentido com outro verso do poema. Aponte esse verso:

a) Verso 2.
b) Verso 4.
c) Verso 6.
d) Verso 8.
e) Verso 11.

LEIA OS VERSOS DE OLAVO BILAC E RESPONDA ÀS QUESTÕES 5 E 6.

Não se mostre na fábrica o suplício
Do mestre. E, natural, o efeito agrade,
Sem lembrar os andaimes do edifício:

Porque a Beleza, gêmea da Verdade,
Arte pura, inimiga do artifício,
É a força e a graça na simplicidade.

5. **(Unifesp)** Nos versos, apresenta-se uma concepção de arte baseada __________, própria dos poetas __________.

Na frase, os espaços devem ser preenchidos por

a) na expressão dos sentimentos ... românticos.
b) na sugestão de sons e imagens ... parnasianos.
c) na contestação dos valores sociais ... simbolistas.
d) no extremo rigor formal ... parnasianos.
e) na expressão dos conflitos humanos ... simbolistas.

6. (Unifesp) Os versos denunciam:

a) vocabulário simples e pouca preocupação com as qualidades técnicas do poema, já que as sugestões sonoras não estão neles presentes.

b) emoção expressa racionalmente, embora seja bastante evidente o caráter subjetivo na construção das imagens.

c) a busca da perfeição na expressão, visando ao universalismo, como exemplificam os termos Beleza e Verdade, grafados com maiúsculas.

d) o afastamento da realidade social, decorrente de uma visão idealizada do mundo, descrito por metáforas pouco objetivas.

e) a forma de expressão pouco idealizada, resultante de uma concepção de mundo marcada pela complexidade que, nos versos, se manifesta em vocabulário seleto.

7. (UFPE)

Profissão de fé

[...]
Invejo o ourives
Quando escrevo:
Imito o amor
Com que ele, em ouro, o alto-relevo
Faz de uma flor.
Imito-o. E, pois, nem de Carrara
A pedra firo:
O alvo cristal, a pedra rara,
O ônix prefiro.
Por isso, corre, por servir-me,
Sobre o papel
A pena, como em prata firme
Corre o cinzel.
[...]
Torce, aprimora, alteia, lima
A frase; e, enfim,
No verso de ouro engasta a rima
Como um rubim.
Quero que a estrofe cristalina,
Dobrada ao jeito
Do ourives, saia da oficina
Sem um defeito.
[...]
Porque o escrever — tanta perícia,
Tanta requer,
Que ofício tal... nem há notícia
De outro qualquer.

BILAC, Olavo. *Poesia*. Rio de Janeiro: Agir, s/d. Fragmento.

No texto, alguns elementos são colocados em equivalência, uma estratégia do autor para reiterar a analogia sobre a qual se assenta sua criação poética. Analise o que se afirma abaixo sobre essas equivalências.

1. O "ourives" e o "poeta" estão no mesmo plano da figuração criada no poema.
2. A "pena" e o "cinzel" representam, cada um em seu espaço, o instrumento de trabalho.
3. Se um dos artistas trabalha sobre a "prata firme", o outro faz suas criações sobre o "papel".
4. O poeta deseja ter o esmero que ele supõe ter o ourives quando aprimora sua obra.
5. Só os peritos conseguem atingir a perfeição, no ofício de, ao jeito do ourives, produzir notícias.

Estão corretas:

a) 3, 4 e 5 apenas.
b) 1, 2, 3, 4 e 5.
c) 1, 2, 3 e 4 apenas.
d) 2, 4 e 5 apenas.
e) 1 e 3 apenas.

8. (UFPE) O Parnasianismo teve como principais características o princípio da arte pela arte, o rigor formal, a objetividade (eliminação do eu), o descritivismo e o retorno à temática greco-romana.

Entre os versos abaixo, do poeta parnasiano mais conhecido – Olavo Bilac –, assinale a única alternativa que reafirma a regra de eliminação da subjetividade do Parnasianismo.

a) Não quero o Zeus Capitolino hercúleo e belo,
Talhar no mármore divino com o camartelo
Que outro — não eu — a pedra corte
Para brutal, erguer de Atene o altivo porte,
descomunal

b) Nunca morrer assim! Nunca morrer num dia /
Assim! De um sol assim! Tu, desgrenhada e fria.
/ Fria, postos nos meus os teus olhos molhados /
E apertando nos teus os meus dedos gelados!

c) Invejo o ourives quando escrevo / Imito o amor /
Com que ele, em ouro, o alto-relevo/ Faz de uma flor

d) E eu vos direi: Amai para entendê-las / pois só
quem ama pode ter ouvido
Capaz de ouvir e entender estrelas

e) Fernão Dias Paes Leme agoniza / Um lamento
chora longo a rolar na longa voz do vento.
Mugem soturnamente as águas, o céu fulge.

O POEMA A SEGUIR, DE RAIMUNDO CORREIA, É A BASE PARA AS QUESTÕES DE NÚMEROS 9 A 11.

As pombas

Vai-se a primeira pomba despertada...
Vai-se outra mais... mais outra... enfim dezenas
De pombas vão-se dos pombais, apenas
Raia sanguínea e fresca a madrugada...

E à tarde, quando a rígida noitada
Sopra, aos pombais de novo elas, serenas,
Ruflando as asas, sacudindo as penas,
Voltam todas em bando e em revoada...

Também dos corações onde abotoam,
Os sonhos, um por um céleres voam,
Como voam as pombas dos pombais;

No azul da adolescência as asas soltam
Fogem... Mas aos pombais as pombas voltam,
E eles aos corações não voltam mais...

9. (Unifesp) O poema de Raimundo Correia ilustra o Parnasianismo brasileiro. Dele, podem-se depreender as seguintes características desse movimento literário:

a) soneto em versos decassílabos, com predominância de descrição e vocabulário seleto.

b) versos livres, com predominância de narração e ênfase nos aspectos sonoros.

c) versos sem rima, liberdade na expressão dos sentimentos e recorrência às imagens.

d) soneto com versos livres, exploração do plano imagético e sonoro.
e) soneto com rimas raras, com descrição e presença da mitologia.

10. **(Unifesp)** Há uma equivalência entre os dois quartetos e os dois tercetos do poema. Assim, é correto afirmar que *pombas*, metaforicamente, representa:

a) a adolescência.
b) os sonhos.
c) os corações.
d) o envelhecimento.
e) a desilusão.

11. **(Unifesp)** Os dois últimos versos do poema revelam:

a) um enobrecimento da velhice após a realização dos sonhos de juventude.
b) uma mentalidade conformista em relação ao amor e às desilusões vividas na juventude.
c) uma irritação com a dificuldade de se realizarem os sonhos.
d) um relativo menosprezo para com os sentimentos humanos vividos na juventude.
e) uma visão pessimista da condição humana em relação à vida e ao tempo.

Capítulo 22

Os estilos de época da Revolução Industrial à Primeira Guerra: Simbolismo

1. **(Enem)**

MONET, C. Mulher com sombrinha. 1875, 100 x 81 cm. In: BECKETT, W. *História da Pintura*. São Paulo: Ática, 1997. Galeria Nacional de Arte, Washington.

Em busca de maior naturalismo em suas obras e fundamentando-se em novo conceito estético, Monet, Degas, Renoir e outros artistas passaram a explorar novas formas de composição artística, que resultaram no estilo denominado Impressionismo. Observadores atentos da natureza, esses artistas passaram a

a) retratar, em suas obras, as cores que idealizavam de acordo com o reflexo da luz solar nos objetos.
b) usar mais a cor preta, fazendo contornos nítidos, que melhor definiam as imagens e as cores do objeto representado.
c) retratar paisagens em diferentes horas do dia, recriando, em suas telas, as imagens por eles idealizadas.
d) usar pinceladas rápidas de cores puras e dissociadas diretamente na tela, sem misturá-las antes na paleta.
e) usar as sombras em tons de cinza e preto e com efeitos esfumaçados, tal como eram realizadas no Renascimento.

2. **(Enem)**

Cárcere das almas

Ah! Toda a alma num cárcere anda presa,
Soluçando nas trevas, entre as grades
Do calabouço olhando imensidades,
Mares, estrelas, tardes, natureza.

Tudo se veste de uma igual grandeza
Quando a alma entre grilhões as liberdades
Sonha e, sonhando, as imortalidades
Rasga no etéreo o Espaço da Pureza.

Ó almas presas, mudas e fechadas
Nas prisões colossais e abandonadas,
Da Dor no calabouço, atroz, funéreo!

Nesses silêncios solitários, graves,
que chaveiro do Céu possui as chaves
para abrir-vos as portas do Mistério?!

CRUZ E SOUSA, J. *Poesia completa*. Florianópolis: Fundação Catarinense de Cultura / Fundação Banco do Brasil, 1993.

Os elementos formais e temáticos relacionados ao contexto cultural do Simbolismo encontrados no poema "Cárcere das almas", de Cruz e Sousa, são:

a) a opção pela abordagem, em linguagem simples e direta, de temas filosóficos.
b) a prevalência do lirismo amoroso e intimista em relação à temática nacionalista.
c) o refinamento estético da forma poética e o tratamento metafísico de temas universais.
d) a evidente preocupação do eu lírico com a realidade social expressa em imagens poéticas inovadoras.
e) a liberdade formal da estrutura poética que dispensa a rima e a métrica tradicionais em favor de temas do cotidiano.

TEXTO PARA AS QUESTÕES 3 A 6.

Ser mulher...

Ser mulher, vir à luz trazendo a alma talhada
para os gozos da vida; a liberdade e o amor;
tentar da glória a etérea e altívola escalada,
na eterna aspiração de um sonho superior...

Ser mulher, desejar outra alma pura e alada
para poder, com ela, o infinito transpor;
sentir a vida triste, insípida, isolada,
buscar um companheiro e encontrar um senhor...

Ser mulher, calcular todo o infinito curto
para a larga expansão do desejado surto,
no ascenso espiritual aos perfeitos ideais...

Ser mulher, e, oh! atroz, tantálica tristeza!
ficar na vida qual uma águia inerte, presa
nos pesados grilhões dos preceitos sociais!

MACHADO, Gilka. *Poesias completas*. Rio de Janeiro: Léo Christiano Editorial: Funarj, 1991. p.106.

3. **(UFRJ)** A arte simbolista foi fortemente marcada pela crença de que a linguagem era limitada para traduzir a complexidade humana.

Apresente a relação entre a estruturação sintática do poema de Gilka Machado e a limitação da linguagem de que trata a afirmativa acima. Para fundamentar sua resposta, apresente uma característica sintática do texto.

4. **(UFRJ)** A arte simbolista foi fortemente marcada pela crença de que a linguagem era limitada para traduzir a complexidade humana.

Apresente a relação entre a estruturação sintática do poema de Gilka Machado e a limitação da linguagem de que trata a afirmativa acima. Para fundamentar sua resposta, apresente uma característica sintática do texto.

5. **(UFRJ)** Compare a imagem da mulher idealizada e sublime, cristalizada na tradição literária romântica, com a imagem da mulher construída no soneto.

6. **(UFRJ)** No *Novo dicionário Aurélio da Língua Portuguesa* (1986: 1647), encontramos a seguinte informação sobre "tantálico": "Relativo a, ou próprio de tântalo, figura lendária, cujo suplício, por haver roubado os manjares dos deuses para dá-los a conhecer aos homens, era estar perto de água, que se afastava quando tentava bebê-la e sob árvores que encolhiam os ramos quando lhes tentava colher os frutos".

Considerando a informação acima somada ao conhecimento sobre a tradição simbolista da qual essa poesia faz parte, demonstre, a partir de elementos textuais, que ser mulher no soneto se relaciona à ideia de "tantálica tristeza".

7. **(UFPE)** Como escola literária, o Simbolismo (assinale V para verdadeira e F para falsa):

( ) apresenta-se como uma estética oposta à poesia objetiva, plástica e descritiva, praticada pelo Parnasianismo, e como uma recusa aos valores burgueses.
( ) define-se pelo antiintelectualismo e mergulha no irracional, descobrindo um mundo estranho de associações, de ideias e sensações.
( ) propõe uma poesia pura, hermética e misteriosa, que usa imagens, e não conceitos.
( ) foi um movimento de grande receptividade e repercussão junto ao público brasileiro.
( ) revolucionou a poesia da época, com o uso de versos livres e de uma temática materialista.

8. **(PUC-PR)** Assinale o que for **incorreto** a respeito da estética simbolista e da poesia de Cruz e Sousa.

a) Os poetas simbolistas se opunham ao objetivismo cientificista dos realistas / naturalistas.
b) Cruz e Sousa é o maior representante da estética simbolista no país. Porém, nas primeiras décadas do século XX, observa-se uma grande expansão do Simbolismo no Sul do Brasil, sendo o Paraná um dos estados com maior número de manifestações poéticas dessa escola, seja pelas revistas que foram criadas, seja pelos poetas que foram revelados.
c) Verifica-se na estética simbolista o culto à musicalidade do poema, em sintonia com a busca pela espiritualidade, um dos temas predominantes na poesia de Cruz e Sousa.
d) O Simbolismo brasileiro recupera de modo inequívoco os procedimentos e os temas do Romantismo, valorizando o sentimento nacionalista e as ideias abolicionistas.
e) Para os simbolistas, a poesia, experiência transcendente, é uma forma pela qual se alcança o sentido oculto das coisas e das vivências.

9. **(UEM-PR)** No estudo de um poema, o reconhecimento dos recursos utilizados pelo poeta constituem um importante fator para a compreensão das ideias. Leia os versos abaixo e, a seguir, assinale a alternativa **correta**, quanto ao uso da linguagem.

Grinaldas e véus brancos, véus de neve,
Véus e grinaldas purificadores,
Vão as Flores carnais, as alvas Flores
Do Sentimento delicado e leve.

SOUSA, Cruz e. *Obra poética*. Rio de Janeiro: Aguilar, 1961.

a) A estrofe acima, quanto ao aspecto formal, apresenta os recursos utilizados pelo poeta para obter ritmo e musicalidade: os versos são redondilhas maiores, a sonoridade é expressiva e o ritmo é musical, elementos indicadores da pureza de sentimentos nobres.
b) A estrofe acima apresenta em seus versos o emprego de substantivos (**brancos**, **purificadores**, **carnais**, **alvas**, **delicado**) que revelam subjetivismo, angústia e paixão pelo ser amado.
c) A estrofe é marcada, desde o início, por uma descrição metonímica (a parte pelo todo) por meio das palavras **grinaldas**, **véus**, **flores**, **Sentimento**, que conduzem à metáfora **Flores carnais** (a mulher), referindo-se à beleza da natureza concreta, física, como o único refúgio do eu lírico.
d) Os versos são marcados pelo uso de maiúsculas (**Flores**; **Sentimento**), cujo efeito poético pretendido é materializar essa flor e situá-la em um jardim esplendoroso e, com isso, enfatizar a obsessão do eu lírico pela beleza e pelo amor.
e) Os versos são marcados pelo uso de substantivos e adjetivos expressivos: **grinaldas e véus brancos, véus de neve**; **purificadores**; **alvas Flores**; **delicado e leve**, além do uso de maiúsculas (**Flores**; **Sentimento**) e aliterações (uso constante do "v" e do "s") como recursos poéticos cujo efeito é sugerir a brancura, a leveza e a delicadeza do sentimento amoroso.

10. **(UFMT)** Entre o final do século XIX e o alvorecer do século XX, conviveram no Brasil três estilos de época: Realismo (1881-1902), Parnasianismo (1882-1902) e Simbolismo (1893-1902). Em relação ao assunto, assinale V para as afirmativas verdadeiras e F para as falsas.

( ) A prosa realista representou uma reação contra a literatura sentimental e extremamente subjetiva dos românticos.
( ) A poesia do final do século XIX significou a reafirmação da linguagem declamatória e coloquial do Romantismo.
( ) Em poemas parnasianos, o empobrecimento do conteúdo quando somado à supervalorização da linguagem preciosa constituiu imperfeição.
( ) O poeta simbolista, confiante no poder da linguagem, procura descrever objetivamente a realidade.

Assinale a sequência correta.

a) V, V, F, F
b) F, V, V, F
c) F, F, V, V
d) V, F, F, V
e) V, F, V, F

11. (Unesp)

Alma fatigada

Nem dormir nem morrer na fria Eternidade!
mas repousar um pouco e repousar um tanto,
os olhos enxugar das convulsões do pranto,
enxugar e sentir a ideal serenidade.

A graça do consolo e da tranquilidade
de um céu de carinhoso e perfumado encanto,
mas sem nenhum carnal e mórbido quebranto,
sem o tédio senil da vã perpetuidade.

Um sonho lirial d'estrelas desoladas,
onde as almas febris, exaustas, fatigadas
possam se recordar e repousar tranquilas!

Um descanso de Amor, de celestes miragens,
onde eu goze outra luz de místicas paisagens
e nunca mais pressinta o remexer de argilas!

CRUZ E SOUSA. *Obra completa*. Rio de Janeiro: José Aguilar, 1961. p. 191-2.

Tomando por base o soneto como um todo e considerando que Cruz e Sousa foi um poeta simbolista, aponte a relação de sentido que há entre os termos **carnal** (sétimo verso) e **argilas** (décimo quarto verso).

12. (UFMA) Sobre o Parnasianismo e o Simbolismo, na Literatura Brasileira, é correto afirmar que:

a) os estilos são absolutamente distintos quanto à técnica da versificação.
b) os dois estilos se aproximam pelas preferências temáticas.
c) à metafísica do primeiro, juntou-se o realismo do segundo.
d) os dois estilos se aproximam quanto à técnica da versificação.
e) não há proximidade entre os dois.

13. (UEL-PR) Leia o texto abaixo.

Sol, rei astral, deus dos Sidérios Azuis, que fazes cantar de luz os prados verdes, cantar as águas! Sol imortal, pagão, que simbolizas a Vida, a Fecundidade! Luminoso sangue original que alimentas o pulmão da Terra, o seio virgem da Natureza! Lá do alto Zimbório catedralesco de onde refulges e triunfas, ouve esta oração que te consagro neste branco Missal da excelsa religião da Arte, esmaltado no marfim ebúrneo das iluminuras do pensamento!

Sobre o texto acima, é correto afirmar:

a) apresenta uma louvação idealizada do sol, metáfora da exuberância e da beleza da natureza tropical brasileira.
b) expressa, de forma poética, a religiosidade dos índios, que veem a natureza como entidade divina, à qual devem louvor e adoração.
c) constitui-se a partir de uma linguagem metafórica e alusiva, que tende para a abstração, marca da estética simbolista.
d) evidencia o ideal primitivista de Oswald de Andrade, que busca na natureza pagã a verdadeira expressão das raízes nacionais.
e) constrói-se enquanto alegoria, pois o sol é uma imagem positiva que representa a força e a vida da nação brasileira recém-independente de Portugal.

Capítulo 23

As vanguardas: a revolução artística do início do século XX

1. (Enem) "Todas as manhãs quando acordo, experimento um prazer supremo: o de ser Salvador Dalí."

NÉRET, G. *Salvador Dalí*. Taschen, 1996.

Assim escreveu o pintor dos "relógios moles" e das "girafas em chamas" em 1931. Esse artista excêntrico deu apoio ao general Franco durante a Guerra Civil Espanhola e, por esse motivo, foi afastado do movimento surrealista por seu líder, André Breton. Dessa forma, Dalí criou seu próprio estilo, baseado na interpretação dos sonhos e nos estudos de Sigmund Freud, denominado "método de interpretação paranoico". Esse método era constituído por textos visuais que demonstram imagens:

a) do fantástico, impregnado de civismo pelo governo espanhol, em que a busca pela emoção e pela dramaticidade desenvolveram um estilo incomparável.
b) do onírico, que misturava sonho com realidade e interagia refletindo a unidade entre o consciente e o inconsciente como um universo único ou pessoal.
c) da linha inflexível da razão, dando vazão a uma forma de produção despojada no traço, na temática e nas formas vinculadas ao real.
d) do reflexo que, apesar do termo "paranoico", possui sobriedade e elegância advindas de uma técnica de cores discretas e desenhos precisos.
e) da expressão e intensidade entre o consciente e a liberdade, declarando o amor pela forma de conduzir o enredo histórico dos personagens retratados.

2. (Enem) No programa do balé *Parade*, apresentado em 18 de maio de 1917, foi empregada publicamente, pela primeira vez, a palavra ***sur-realisme***. Pablo Picasso desenhou o cenário e a indumentária, cujo efeito foi tão surpreendente que se sobrepôs à coreografia. A música de Erik Satie era uma mistura de *jazz*, música popular e sons reais tais como tiros de pistola, combinados com as imagens do balé de Charlie Chaplin, caubóis e vilões, mágica chinesa e *Ragtime*. Os tempos não eram propícios para receber a nova mensagem cênica demasiado provocativa devido ao repicar da máquina de escrever, aos zumbidos de sirene e dínamo e aos rumores de aeroplano previstos por Cocteau para a partitura de Satie. Já a ação coreográfica confirmava a tendência marcadamente teatral da gestualidade cênica, dada pela justaposição, colagem de ações isoladas seguindo um estímulo musical.

SILVA, S. M. O surrealismo e a dança. In: GUINSBURG, J.; LEIRNER (Org.). *O surrealismo*. São Paulo: Perspectiva, 2008 (adaptado).

As manifestações corporais na história das artes da cena muitas vezes demonstram as condições cotidianas de um determinado grupo social, como se pode observar na descrição acima do balé *Parade*, o qual reflete:

a) a falta de diversidade cultural na sua proposta estética.
b) a alienação dos artistas em relação às tensões da Segunda Guerra Mundial.
c) uma disputa cênica entre as linguagens das artes visuais, do figurino e da música.
d) as inovações tecnológicas nas partes cênicas, musicais, coreográficas e de figurino.
e) uma narrativa com encadeamentos claramente lógicos e lineares.

3. (UnB-DF) Na Europa, Oswald de Andrade conviveu com intelectuais, artistas e boêmios e, por intermédio deles, entrou em contato com o Manifesto Futurista, do escritor ítalo-francês Filippo Marinetti. Esse texto havia sido divulgado, três anos antes da chegada de Oswald à Europa, pelo jornal parisiense *Le Figaro* e ainda exercia enorme influência sobre a vanguarda europeia. O Futurismo defendia uma arte que captasse o impacto das novas tecnologias no cotidiano. A velocidade do automóvel, o movimento da máquina, o ruído das engrenagens — tudo isso constituía a matéria que a poesia e a pintura deveriam celebrar, de maneira inovadora, original. As imagens na tela deveriam não mais tentar imitar a natureza, mas distorcê-la. As palavras estavam livres das regras de versificação.

No Manifesto, constavam proposições como as apresentadas a seguir. "Já não há beleza senão na luta. Nenhuma obra que não tenha um caráter agressivo pode ser uma obra-prima. A poesia deve ser concebida como um violento assalto contra as forças ignotas para obrigá-las a prostrar-se ante o homem".

<www.historiadaarte.com.br/futurismo.html> (com adaptações).

IL VESTITO ANTINEUTRALE

Manifesto futurista

Glorifichiamo la guerra, sola igiene del mondo.
MARINETTI.
(1° Manifesto del Futurismo - 20 Febbraio 1909)

Viva Asinari di Bernezzo!
MARINETTI.
(1° Serata futurista - Teatro Lirico, Milano, Febbraio 1910)

L'umanità si vestì sempre di **quiete,** di **paura,** di **cautela** o d'**indecisione,** portò sempre il lutto, o il piviale, o il mantello. Il corpo dell'uomo fu sempre diminuito da sfumature e da tinte **neutre,** avvilito dal nero, soffocato da cinture, imprigionato da panneggiamenti.

Fino ad oggi gli uomini usarono abiti di colori e forme statiche, cioè drappeggiati, solenni, gravi, incomodi e sacerdotali. Erano espressioni di timidezza, di malinconia e di **schiavitù,** negazione della vita muscolare, che soffocava in un passatismo anti-igienico di stoffe troppo pesanti e di mezze tinte tediose, effeminate o decadenti. Tonalità e ritmi di **pace desolante,** funeraria e deprimente.

OGGI vogliamo abolire:

1. — Tutte le tinte **neutre,** « carine », sbiadite, *fantasia*, semioscure e umilianti.

2. — Tutte le tinte e le foggie pedanti, professorali e teutoniche. I disegni a righe, a quadretti, a **puntini diplomatici.**

3. — I vestiti da lutto, nemmeno adatti per i becchini. Le morti eroiche non devono essere compiante, ma ricordate con vestiti rossi.

4. — L'equilibrio **mediocrista,** il cosidetto buon gusto e la cosidetta armonia di tinte e di forme, che frenano gli entusiasmi e rallentano il passo.

5. — La simmetria nel taglio, le linee **statiche,** che stancano, deprimono, contristano, legano i muscoli; l'uniformità di goffi risvolti e tutte le cincischiature. I bottoni inutili. I colletti e i polsini inamidati.

Noi futuristi vogliamo liberare la nostra razza da ogni **neutralità,** dall'indecisione paurosa e quietista, dal pessimismo negatore e dall'inerzia

Vestito bianco - rosso - verde
portato dal parolibero futurista Cangiullo, nelle dimostrazioni dei Futuristi contro i professori tedescofili e neutralisti dell'Università di Roma (11-12 Dicembre 1914).

Coleção particular.

Considerando a imagem e o texto acima, julgue os itens seguintes, colocando **C** para as afirmações corretas e **E** para as erradas.

( ) Depreende-se do texto que, na perspectiva do Futurismo, o impacto das tecnologias, no início do século XX, no cotidiano da sociedade deveria ser representado, nas produções artísticas, não como imitação, mas de modo inusitado e distanciado dos modelos convencionais.

( ) O desenho impresso no manifesto é exemplo de imagem modernista, na qual fica evidenciada a negação de valores tradicionais da arte acadêmica.

( ) O movimento futurista mostrou-se revolucionário ao romper com a percepção humana do tempo: o futuro, antes condicionado pelo passado, pela tradição, passou a representar uma aventura completamente desconhecida. No âmbito da filosofia, esse novo valor atribuído ao tempo futuro serviu de fundamento para se rediscutir o conceito de liberdade.

( ) Opõe-se à ideia de beleza defendida no Manifesto Futurista, conforme se depreende do segundo parágrafo do texto a perspectiva filosófica de Nietzsche de que os seres, em geral, e o homem, em particular, são, de fato, movidos por uma vontade de potência, uma vontade originária que impulsiona os seres, vivos ou não, a continuarem seus movimentos de expansão em todos os sentidos possíveis, como as águas de um rio que inundam as margens que as oprimem e que a beleza consiste em assumir plenamente essa vontade de potência.

4. (Enem) O autor da tira utilizou os princípios de composição de um conhecido movimento artístico para representar a necessidade de um mesmo observador aprender a considerar, simultaneamente, diferentes pontos de vista.

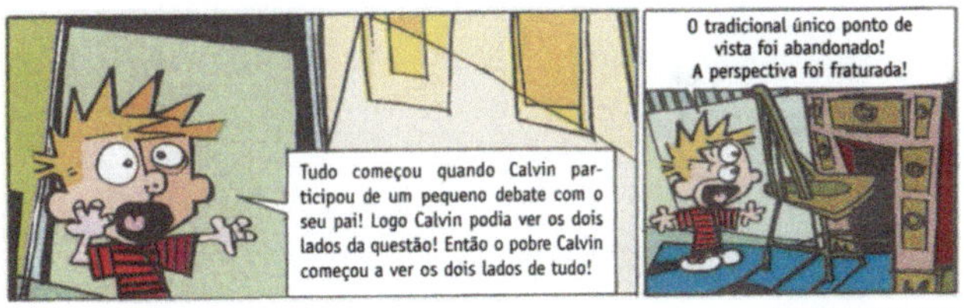

Atlantic Syndication.

Das obras reproduzidas, todas de autoria do pintor espanhol Pablo Picasso, aquela em cuja composição foi adotado um procedimento semelhante é:

a) *Os amantes*

Óleo sobre tela. Galeria Nacional de Arte, Washington, EUA.

b) *Retrato de Françoise*

Desenho, Museu Picasso, Paris, França.

c) *Os dois saltimbancos*

Alexander Burkatowiski/Corbis/LatinStock.

d) *Marie-Thérèse no cotovelo*

Óleo sobre tela, 65× 46 cm. Coleção particular.

e) *Os pobres na praia*

Óleo sobre tela, 95 × 62 cm. Museu Picasso, Paris, França.

5. (FGV-SP)

a) *Roda de bicicleta* (1913) faz parte da série de *ready-mades* construídos por Marcel Duchamp e introduz, na história da arte, uma nova maneira de produção artística. Indique, a partir da reprodução da obra acima, quais são os elementos inovadores utilizados por Duchamp e explique por que essa obra é considerada uma obra de arte.

Andy Warhol, *Marilyn Monroe dourada* (1962). Serigrafia e óleo sobre tela. Andy Warhol Foundation for the Visual Arts.

b) *Marilyn Monroe dourada*, realizado por Andy Warhol, em 1962, a partir de um retrato da atriz de cinema de Hollywood publicado nos meios de comunicação, se aproxima do trabalho de Duchamp. Discorra sobre a semelhança no método de criação dos dois artistas.

6. (ESPM) Leia:

Quando sinto a impulsão lírica escrevo sem pensar tudo o que meu inconsciente me grita. Penso depois: não só para corrigir, como para justificar o que escrevi. Daí a razão deste Prefácio Interessantíssimo.

Nesse texto de Mário de Andrade publicado junto com os poemas de *Pauliceia desvairada*, seu ideário se aproxima do:

a) Impressionismo, pois propõe expressar de maneira vaga, imprecisa e fluida sensações subjetivas e/ou sensoriais.
b) Futurismo, pois propõe a "arte-velocidade", com uma escrita rápida e dinâmica sobre a vida moderna.
c) Surrealismo, pois propõe a "escrita automática" como forma de liberação de zonas do psiquismo humano.
d) Dadaísmo, pois se baseia no acaso, na espontaneidade mais desvairada da escrita.
e) Cubismo, pois revela uma visão multifacetada e de formas geométricas da realidade.

7. (UEL-PR)

Assistimos então a um afastamento de Tarsila da estrutura cubista. A direção que a seduz agora é o Surrealismo, mas não necessariamente a escola. [...] Ocorre na obra de Tarsila uma libertação quase anarquista do inconsciente. É a fase em que a artista alcança uma expressão solta e livre, onde o político fica menos explícito.

JUSTINO, Maria José. *O banquete canibal*. Curitiba: Editora da UFPR, 2002. p. 84.

I – *Sono*.

II – *Urutu.*

III – *Estrada de Ferro Central do Brasil.*

IV – *Sol poente.*

Com base no texto e nos conhecimentos sobre o tema, é correto afirmar que pertencem à fase descrita no texto apenas as imagens:

a) I e III.
b) I e IV.
c) II e III.
d) I, II e IV.
e) II, III e IV.

8. (UEL-PR) A pintura de Ismael Nery (1900-1934) trata de ambiguidade e de androginia, temas comuns ao Surrealismo e à pintura metafísica, com um tratamento plástico que ordena as imagens em planos deslocados, desdobrados ou rebatidos. Analise as imagens a seguir.

I – *Césio, rua 57*

II – *O luar (dois irmãos)*

III – *Eternidade*

IV – *Lea e Maura*

Com base no texto e nos conhecimentos sobre o artista, é correto afirmar que são reproduções de obras de Ismael Nery apenas as imagens:

a) I e III.
b) I e IV.
c) II e III.
d) I, II e IV.
e) II, III e IV.

TEXTO PARA AS QUESTÕES 9 E 10.

Philadelpho Menezes.

Obs.: clichetes: neologismo criado a partir da palavra "clichê" (chavão, frase feita)

9. (UPM-SP) É correto dizer que o texto:

a) ao associar o uso de clichês ao ato de mascar chicletes, denuncia as atitudes automáticas, desprovidas de espírito crítico.
b) ao associar *Clichetes* a chicletes, valoriza o uso de clichês como forma de expressão original e popular.
c) ao utilizar a expressão *sabor mental*, explicita o efeito de descontração e relaxamento, benefícios provenientes do ato de mascar chicletes.
d) ao associar a expressão *goma de mascarar* à marca "Chicletes", valoriza o suposto efeito refrescante e inibidor do mau hálito proporcionado pelo produto comercial.
e) ao reunir a palavra *Clichetes* às expressões *goma de mascarar* e *sabor mental*, repete automaticamente os clichês que, efetivamente, denuncia.

10. (UPM-SP) A composição do texto apoia-se num expediente estético difundido por dadaístas, no início do século XX, devido ao fato de:

a) exaltar valores do mundo moderno, como progresso tecnológico, dinamismo urbano e consumo.
b) valorizar o aspecto visual do texto e desprezar a linguagem verbal.

c) criticar a percepção caótica e fragmentária de aspectos da realidade urbana.
d) incorporar à manifestação artística objeto do cotidiano, técnica conhecida como *ready-made*.
e) reproduzir a manifestação crítica presente no desenho e nos dizeres originais de uma simples embalagem de produto comercial.

Capítulo 24

O Modernismo em Portugal: a Geração de *Orpheu*

1. (Unicamp-SP) No poema abaixo, Alberto Caeiro compara o trabalho do poeta com o do carpinteiro:

E há poetas que são artistas
E trabalham nos seus versos
Como um carpinteiro nas tábuas! ...

Que triste não saber florir!
Ter que pôr verso sobre verso, como quem constrói um [muro
E ver se está bem, e tirar se não está! ...
Quando a única casa artística é a Terra toda
Que varia e está sempre bem e é sempre a mesma.

Penso nisto, não como quem pensa, mas como quem [respira,
E olho para as flores e sorrio...
Não sei se elas me compreendem
Nem se eu as compreendo a elas,
Mas sei que a verdade está nelas e em mim
E na nossa comum divindade
De nos deixarmos ir e viver pela Terra
E levar ao colo pelas Estações contentes
E deixar que o vento cante para adormecermos
E não termos sonhos no nosso sono.

Poemas completos de Alberto Caeiro.
In: PESSOA, Fernando. *Obra poética*.
Rio de Janeiro: Nova Aguilar, 1983. p. 156.

a) Por que tal comparação é feita? Por que ela é rejeitada pelo eu lírico na segunda estrofe do poema?
b) Identifique duas características próprias da visão de mundo de Alberto Caeiro presentes na terceira estrofe. Justifique sua resposta.

2. (Fuvest-SP)

Sou o Descobridor da Natureza.
Sou o Argonauta* das sensações verdadeiras.
Trago ao Universo um novo Universo
Porque trago ao Universo ele próprio.

CAEIRO, Alberto. *Poesia*.

* **Argonauta:** tripulante lendário da nau mitológica Argo; por extensão, navegador ousado.

Nos versos acima, Alberto Caeiro define-se a si mesmo de um modo que tanto indica sua semelhança como sua diferença em relação a um tipo de personagem de grande importância na História de Portugal.

a) Em sua definição de si mesmo, a que tipo de personagem da História portuguesa assemelha-se o poeta? Explique brevemente.
b) Considerados no contexto geral da poesia de Alberto Caeiro, que diferença esses versos assinalam entre o poeta e o referido tipo de personagem histórica de Portugal? Explique sucintamente.

3. (PUC-SP) Leia o poema a seguir, de Alberto Caeiro, e indique a alternativa que **estabelece conexão entre o poeta e o texto.**

Eu não tenho filosofia: tenho sentidos...
Se falo na Natureza não é porque saiba o que ela é,

Mas porque a amo, e amo-a por isso,
Porque quem ama nunca sabe o que ama
Nem sabe por que ama, nem o que é amar...

Amar é a eterna inocência,
E a única inocência não pensar...

a) Médico e estudioso da cultura clássica, desenvolve em seus poemas temas mitológicos, em composições denominadas odes.
b) Poeta bucólico, vive em contato direto com a natureza; daí sua lógica ser a mesma da ordem natural.
c) Como engenheiro do século XX e poeta futurista, os temas de sua obra estão voltados para as fábricas, a energia elétrica, as máquinas e a velocidade.
d) Apresenta um conceito direto das coisas, um objetivismo absoluto, apesar de a sensação não se manifestar em seus poemas.
e) Cultor do paganismo, foi mestre apenas de Fernando Pessoa e manteve-se distanciado dos demais heterônimos.

4. (Unesp-SP)

Crônica da vida que passa

Às vezes, quando penso nos homens célebres, sinto por eles toda a tristeza da celebridade.

A celebridade é um plebeísmo. Por isso deve ferir uma alma delicada. É um plebeísmo porque estar em evidência, ser olhado por todos inflige a uma criatura delicada uma sensação de parentesco exterior com as criaturas que armam escândalo nas ruas, que gesticulam e falam alto nas praças. O homem que se torna célebre fica sem vida íntima: tornam-se de vidro as paredes de sua vida doméstica; é sempre como se fosse excessivo o seu traje; e aquelas suas mínimas ações — ridiculamente humanas às vezes — que ele quereria invisíveis, côa-as a lente da celebridade para espetaculosas pequenezes, com cuja evidência a sua alma se estraga ou se enfastia. É preciso ser muito grosseiro para se poder ser célebre à vontade.

Depois, além dum plebeísmo, a celebridade é uma contradição. Parecendo que dá valor e força às criaturas, apenas as desvaloriza e as enfraquece. Um homem de gênio desconhecido pode gozar a volúpia suave do contraste entre a sua obscuridade e o seu gênio; e pode, pensando que seria célebre se quisesse, medir o seu valor com a sua melhor medida, que é ele próprio. Mas, uma vez conhecido, não está mais na sua mão reverter à obscuridade. A celebridade é irreparável. Dela como do tempo, ninguém torna atrás ou se desdiz.

E é por isto que a celebridade é uma fraqueza também. Todo o homem que merece ser célebre sabe que não vale a pena sê-lo. Deixar-se ser célebre é uma fraqueza, uma concessão ao baixo instinto, feminino ou selvagem, de querer dar nas vistas e nos ouvidos.

Penso às vezes nisto coloridamente. E aquela frase de que "homem de gênio desconhecido" é o mais belo de todos os destinos, torna-se-me inegável; parece-me que esse é não só o mais belo, mas o maior dos destinos.

PESSOA, Fernando. *Páginas íntimas e de autointerpretação.* Lisboa: Edições Ática, [s.d.]. p. 66-7.

a) Na crônica apresentada, Fernando Pessoa atribui três características negativas à **celebridade**, descrevendo-as no segundo, terceiro e quarto parágrafos. Releia esses parágrafos e aponte os três substantivos empregados pelo poeta que sintetizam essas características negativas da *celebridade*.

b) Considerando que os dicionários apontam diversas acepções para **obscuridade**, nem todas limitadas ao plano sensorial, verifique atentamente os empregos dessa palavra que Fernando Pessoa faz no terceiro parágrafo de sua crônica e, em seguida, identifique a acepção mobilizada pelo autor.

c) Explique, com base no texto como um todo, a imagem empregada por Pessoa no segundo parágrafo: "tornam-se de vidro as paredes de sua vida doméstica".

5. (Unifesp)

A criança que pensa em fadas

A criança que pensa em fadas e acredita nas fadas
Age como um deus doente, mas como um deus.
Porque embora afirme que existe o que não existe
Sabe como é que as cousas existem, que é existindo,
Sabe que existir existe e não se explica,
Sabe que não há razão nenhuma para nada existir,
Sabe que ser é estar em algum ponto
Só não sabe que o pensamento não é um ponto
[qualquer.

Alberto Caeiro.

O teólogo Leonardo Boff, em entrevista à revista *Filosofia*, diz:

Eu me lembro agora, sábado, de um menino de oito anos, que veio e me disse: "Vô, por que as coisas existem?" A filosofia começa com isso. Respondi que elas existem porque existem. E aí até citei um poeta, Angelus Silesius: "A flor floresce por florescer / Não pergunta se a olham / E sorri pro universo. A rosa é sem porquê". E ele disse: "E eu? O que eu faço aqui nesse mundo?" Oito anos de idade e já colocou as questões da metafísica fundamentais.

Filosofia – ciência & vida. Ano 1, n. 5.

No poema de Caeiro, o ponto de vista de Silesius, com o qual concorda Boff, é:

a) confirmado, pois o eu lírico entende que a existência está ligada a um deus.

b) negado, pois o eu lírico entende que se deve evitar o questionamento da metafísica.

c) negado, pois o eu lírico entende que a existência é uma grande falta de razão.

d) confirmado, pois o eu lírico entende que o existir por si só já basta.

e) negado, pois o eu lírico entende que não se apreende a realidade senão por intermédio de um deus.

6. (Unicamp-SP) O poema abaixo pertence a *O guardador de rebanhos*, de Alberto Caeiro:

Da minha aldeia vejo quanto da terra se pode ver no
[Universo...
Por isso a minha aldeia é tão grande como outra terra
[qualquer
Porque eu sou do tamanho do que vejo
E não do tamanho da minha altura...

Nas cidades a vida é mais pequena
Que aqui na minha casa no cimo deste outeiro.
Na cidade as grandes casas fecham a vista à chave,
Escondem o horizonte, empurram o nosso olhar
[para longe de todo céu,
Tornam-nos pequenos porque nos tiram o que os
[nossos olhos podem dar,
E tornam-nos pobres porque a nossa única riqueza é
[ver.

PESSOA, Fernando. *Obra poética.* Rio de Janeiro: Nova Aguilar, 1983. p. 142.

a) Explique a oposição estabelecida entre a aldeia e a cidade.

b) De que maneira o uso do verso livre reforça essa oposição?

PARA RESPONDER ÀS QUESTÕES 7 E 8, LEIA O TEXTO ABAIXO, EXTRAÍDO DE *POEMAS DE ÁLVARO DE CAMPOS*, DE FERNANDO PESSOA.

Trapo

O dia deu em chuvoso.
A manhã, contudo, estava bastante azul.
O dia deu em chuvoso.
Desde manhã eu estava um pouco triste.
Antecipação? Tristeza? Coisa nenhuma?
Não sei: já ao acordar estava triste.
O dia deu em chuvoso.

Bem sei: a penumbra da chuva é elegante.
Bem sei: o sol oprime, por ser tão ordinário, um
[elegante.
Bem sei: ser susceptível às mudanças de luz não é
[elegante.
Mas quem disse ao sol ou aos outros que eu quero
[ser elegante?

[...]
Boca bonita da filha do caseiro,
Polpa de fruta de um coração por comer...
Quando foi isso? Não sei...
No azul da manhã...

O dia deu em chuvoso.

7. (PUC-MG) A característica típica da poesia do heterônimo Álvaro de Campos presente em "Trapo" é:

a) ritmo de prosa.

b) influência do Futurismo.

c) euforia exacerbada.

d) influência do Simbolismo.

8. **(PUC-MG)** Sobre os versos anteriores, é **correto** afirmar que eles:

a) fazem uso de paradoxo na primeira estrofe.

b) traduzem a melancolia e o saudosismo do eu lírico ao se lembrar da infância.

c) retratam o título do poema, claramente abordado na última estrofe.

d) utilizam o recurso pergunta / resposta para explicar a ideia de tristeza.

(Vunesp-SP) TEXTO PARA AS QUESTÕES 9 A 11.

Mar portuguez

Ó mar salgado, quanto do teu sal
São lagrimas de Portugal!
Por te cruzarmos, quantas mães choraram,
Quantos filhos em vão resaram!
Quantas noivas ficaram por casar
Para que fosses nosso, ó mar!

Valeu a pena? Tudo vale a pena
Se a alma não é pequena.
Quem quere passar além do Bojador
Tem que passar além da dor.
Deus ao mar o perigo e o abysmo deu,
Mas nelle é que espelhou o céu.

Fernando Pessoa.

9. Em relação ao poema "Mar portuguez":

a) Qual o período da história de Portugal que está sendo recuperado pelo poeta Fernando Pessoa?

b) Por que as aventuras marítimas, nesse período, eram empreendimentos tão arriscados?

10. A vocação náutica dos portugueses e os grandes descobrimentos do passado tornaram o tema do mar bastante frequente na literatura portuguesa de todos os tempos. Fernando Pessoa, em "Mar portuguez", focaliza o custo que a aventura marítima representou em termos de vidas humanas e sofrimentos ao povo de seu país. Releia com atenção o poema pautado e, a seguir:

a) identifique o recurso estilístico por meio do qual, ao operar escolhas nos planos gráfico e morfológico do discurso, o escritor sugere que a aventura náutica portuguesa refere-se ao passado longínquo;

b) justifique sua resposta, apresentando dois exemplos dessa mudança empreendida na forma escrita.

11. Examinando cuidadosamente o poema, verifica-se que, em tom épico, grandiloquente e afetivo, a voz enunciadora inclui o próprio povo português em sua fala. Tendo em vista esta observação:

a) aponte o verso em que, claramente, o eu poemático se manifesta como coletivo e indique a forma pronominal que identifica o destinatário dessa voz coletiva;

b) a quem especificamente se dirige essa voz coletiva, e por meio de que recurso sintático o faz?

12. **(PUC-SP)**

O que nós vemos das coisas são as coisas.
Por que veríamos nós uma coisa se houvesse outra?
Por que é que ver e ouvir seria iludirmo-nos
Se ver e ouvir são ver e ouvir?
O essencial é saber ver,
Saber ver sem estar a pensar,
Saber ver quando se vê
E nem pensar quando se vê,
Nem ver quando se pensa.
Mas isso (tristes de nós que trazemos a alma vestida!),
Isso exige um estudo profundo,
Uma aprendizagem de desaprender
E uma sequestração na liberdade daquele convento
De que os poetas dizem que as estrelas são as freiras [eternas
E as flores as penitentes convictas de um só dia,
Mas onde afinal as estrelas não são senão estrelas
Nem as flores senão flores,
Sendo por isso que lhes chamamos estrelas e flores.

O poema acima, de Alberto Caeiro, propõe:

a) desvalorizar o ver e o ouvir.

b) minimizar o valor do ver e do ouvir.

c) conciliar o pensar e o ver.

d) abolir o pensar para apenas ver e ouvir.

e) fugir da linguagem real/denotativa dos poetas.

13. **(Unifesp-SP)** Considere as seguintes informações sobre o heterônimo Alberto Caeiro, do poeta Fernando Pessoa, extraídas de *Literatura portuguesa – da Idade Média a Fernando Pessoa*, de José De Nicola.

Para [ele], as coisas são como são. [...] Por isso mesmo, seu mundo é o mundo do real-sensível (ou real-objetivo), é tudo aquilo que existe e que percebemos através dos sentidos. [...] ele "pensa" com os sentidos.

Os versos que ilustram o heterônimo apresentado são:

a) Sou um guardador de rebanhos. / O rebanho é os meus pensamentos / E os meus pensamentos são todos sensações. / Penso com os olhos e com os ouvidos / E com as mãos e os pés / E com o nariz e a boca.

b) Amemo-nos tranquilamente, pensando que podíamos, / Se quiséssemos, trocar beijos e braços e carícias, / Mas que mais vale estarmos sentados ao pé um do outro / Ouvindo correr o rio e vendo-o.

c) Não matou outros deuses / O triste deus cristão. / Cristo é um deus a mais, / Talvez um que faltava.

d) Dizem que finjo ou minto. / Tudo que escrevo. Não. / Eu simplesmente sinto / Com a imaginação. / Não uso o coração.

e) Já disse: sou lúcido. / Nada de estéticas com coração: sou lúcido. / Merda! Sou lúcido...

14. **(Unicamp-SP)** Leia com atenção os fragmentos de poemas transcritos abaixo.

Fragmento 1

Trova à maneira antiga

Comigo me desavim,
sou posto em todo perigo;
não posso viver comigo
nem posso fugir de mim.
[...]

Que meio espero ou que fim
do vão trabalho que sigo,
pois que trago a mim comigo,
tamanho imigo* de mim?

Francisco Sá de Miranda, 1595.

* **imigo:** inimigo.

Fragmento 2

Dispersão

Perdi-me dentro de mim
Porque eu era labirinto
E hoje, quando me sinto,
É com saudades de mim.
[...] .
E sinto que a minha morte —
Minha dispersão total —
Existe lá longe, ao norte,
Numa grande capital.

Mário de Sá-Carneiro, 1913.

Ambos os poemas tratam do tema das relações do **eu** consigo mesmo, mas desenvolvem-no de maneira diferente. Exponha em que consiste esse desenvolvimento diferenciado do tema, em cada poema.

15. **(Fuvest-SP)** Do programa estético da Geração de *Orpheu* constava a:

a) restauração dos temas clássicos.
b) vinculação da obra de arte ao quadro social.
c) instalação das vanguardas futuristas.
d) originalidade em Arte.
e) implantação do movimento surrealista.

16. **(Fuvest-SP)**

Noite de S. João para além do muro do meu quintal.
Do lado de cá, eu sem noite de S. João.
Porque há S. João onde o festejam.
Para mim há uma sombra de luz de fogueiras na noite,
Um ruído de gargalhadas, os baques dos saltos.
E um grito casual de quem não sabe que eu existo.

Alberto Caeiro, *Poesia*.

Considerando-se este poema no contexto das tendências dominantes da poesia de Caeiro, pode-se afirmar que, neste texto, o afastamento da festa de São João é vivido pelo eu lírico como:

a) oportunidade de manifestar seu desapreço pelas festividades que mesclam indevidamente o sagrado e o profano.
b) ânsia de integração em uma sociedade que o rejeita por causa de sua excentricidade e estranheza.
c) uma ocasião de criticar a persistência de costumes tradicionais, remanescentes no Portugal do Modernismo.
d) frustração, uma vez que não experimenta as emoções profundas nem as reflexões filosóficas que tanto aprecia.
e) reconhecimento de que só tem realidade efetiva o que corresponde à experiência dos próprios sentidos.

LEIA, COM ATENÇÃO, O SONETO, DE ÁLVARO DE CAMPOS, PUBLICADO EM *FERNANDO PESSOA – OBRA POÉTICA*, VOLUME ÚNICO (RJ: NOVA AGUILAR, 1995, P. 301), PARA RESPONDER ÀS QUESTÕES 17 E 18.

Quando olho para mim não me percebo.
Tenho tanto a mania de sentir
Que me extravio às vezes ao sair
Das próprias sensações que eu recebo.

O ar que respiro, este licor que eu bebo,
Pertencem ao meu modo de existir,
E eu nunca sei como hei de concluir
As sensações que a meu pesar concebo.

Nem nunca, propriamente reparei,
Se na verdade sinto o que sinto. Eu
Serei tal qual pareço em mim? Serei

Tal qual me julgo verdadeiramente?
Mesmo ante as sensações sou um pouco ateu,
Nem sei bem se sou eu quem em mim sente.

17. **(UFJF-MG)** O soneto trata:

a) da tensão entre sentir e pensar.
b) da falta de inteligência do poeta.
c) do descompasso entre a vida e a morte.
d) do desejo de escapar da essência da vida.
e) da união entre poesia e vida.

18. **(UFJF-MG)** Pode-se afirmar do eu lírico que ele:

a) sente a satisfação de estar vivo.
b) afirma a certeza sobre seus sentimentos.
c) está à procura de si mesmo.
d) revela a falta de sentido do cotidiano.
e) elogia sua própria solidez moral.

19. **(UEL-PR)**

Ambiciosa

Para aqueles fantasmas que passaram,
Vagabundos a quem jurei amar,
Nunca os meus braços lânguidos traçaram
O voo dum gesto para os alcançar...

Se as minhas mãos em garra se cravaram
Sobre um amor em sangue a palpitar...
— Quantas panteras bárbaras mataram
Só pelo raro gosto de matar!

Minha alma é como a pedra funerária
Erguida na montanha solitária
Interrogando a vibração dos céus!

O amor dum homem? — Terra tão pisada,
Gota de chuva ao vento baloiçada...
Um homem? — Quando eu sonho o amor de um Deus! ...

Adaptado de: ESPANCA, F. *Sonetos*.
São Paulo: Martin Claret, 2007. p. 78.

Com base no poema, considere as afirmativas a seguir:

I. A elevação do eu lírico acima da mediocridade das pessoas comuns revela a harmonia com a natureza e com a sociedade.

II. O erotismo do eu lírico feminino se materializa em um interlocutor com quem pode sentir-se plenamente realizada.

III. O desejo por um "outro", sublimado e inatingível, revela a insatisfação do eu lírico diante da ausência de um amor pleno.

IV. A intensidade do conflito íntimo do eu lírico é percebida quando ele expõe seu desejo amoroso.

Assinale a alternativa correta.

a) Somente as afirmativas I e II são corretas.
b) Somente as afirmativas I e III são corretas.
c) Somente as afirmativas III e IV são corretas.
d) Somente as afirmativas I, II e IV são corretas.
e) Somente as afirmativas II, III e IV são corretas.

Capítulo 25

O Brasil antes da Semana de Arte Moderna

LEIA O TEXTO I, ANALISE AS FIGURAS 1 E 2 E RESPONDA ÀS QUESTÕES 1 E 2.

Texto I

No Brasil, o futebol começou oficialmente em 1894, quando as primeiras bolas aqui chegaram pelas mãos de Charles Miller, um brasileiro que, naquele ano, retornava da Inglaterra, onde fora estudar.

Era necessário ter recursos para adquirir as chuteiras e dividir as despesas com a compra das bolas e dos uniformes. Por isso, inicialmente o jogo só era praticado por rapazes ricos. Se, por um lado, o futebol crescia nos clubes organizados, por outro também aumentava o número de seus praticantes em campos improvisados. Em São Paulo, nas margens dos rios Pinheiros e Tietê, na atual baixada do Glicério, ou no vale do riacho Pacaembu, havia incontáveis campos de futebol, que, por aproveitarem as várzeas dos rios, acabaram sendo qualificados como "futebol varzeano". Hoje, essa é a denominação daquele futebol jogado por times de bairros ou pequenos clubes, não necessariamente em várzeas.

Adaptado de: WITTER, J. S. *Breve História do Futebol.* São Paulo: FTD, 1996, p. 10-18.

Coleção particular.

Figura 1: PENNACCHI, F. *Futebol na praia.* Óleo s/ tela. 66 x 81 cm. 1987.

Coleção particular.

Figura 2: Disponível em: <http://jcbcomunicacao.blogspot.com/2010/04/charles-miller-o-pai-do-futebol-no.html> Acesso em: 22 set. 2010.

1. **(UEL-PR)** De acordo com as figuras e os conhecimentos sobre o Modernismo, considere as afirmativas a seguir.

I. A pintura (Fig. 1) foi concebida com a gestualidade empregada no expressionismo.

II. A fotografia (Fig. 2) apresenta-se como registro de um momento histórico.

III. A pintura (Fig. 1) apresenta aspectos da arte *naïf*, identificados desde o assunto abordado até a sua configuração.

IV. A disposição dos jogadores na fotografia (Fig. 2) atesta o seu caráter de manifestação artística.

Assinale a alternativa correta.

a) Somente as afirmativas I e IV são corretas.
b) Somente as afirmativas II e III são corretas.
c) Somente as afirmativas III e IV são corretas.
d) Somente as afirmativas I, II e III são corretas.
e) Somente as afirmativas I, II e IV são corretas.

2. **(UEL-PR)** De acordo com as figuras, o texto e o contexto socio-histórico do Brasil na contemporaneidade, considere as afirmativas a seguir.

I. A figura 1 expressa a origem popular do futebol, associado ao mito da natureza paradisíaca brasileira, enquanto a figura 2 indica que a classe alta passou a imitar os setores populares.

II. A figura 1 aponta a presença do futebol entre os setores populares, e a figura 2 denota sua origem elitista, branca e urbana.

III. A figura 1 mostra a difusão espacial do futebol, inicialmente praticado em algumas capitais em fins do século XIX, e a figura 2 expressa as características étnicas predominantes nos primeiros praticantes desse esporte.

IV. A figura 1 indica a popularização do futebol implantada pelo governo Café Filho, e a figura 2 expressa a participação de camponeses imigrantes trabalhadores da cafeicultura paulista.

Assinale a alternativa correta.

a) Somente as afirmativas I e IV são corretas.
b) Somente as afirmativas II e III são corretas.
c) Somente as afirmativas III e IV são corretas.
d) Somente as afirmativas I, II e III são corretas.
e) Somente as afirmativas I, II e IV são corretas.

3. **(Enem)**

Negrinha

Negrinha era uma pobre órfã de sete anos. Preta? Não; fusca, mulatinha escura, de cabelos ruços e olhos assustados.

Nascera na senzala, de mãe escrava, e seus primeiros anos vivera-os pelos cantos escuros da cozinha, sobre velha esteira e trapos imundos. Sempre escondida, que a patroa não gostava de crianças.

Excelente senhora, a patroa. Gorda, rica, dona do mundo, amimada dos padres, com lugar certo na igreja e camarote de luxo reservado no céu. Entaladas as banhas no trono (uma cadeira de balanço na sala de jantar), ali bordava, recebia as amigas e o vigário, dando audiências, discutindo o tempo. Uma virtuosa senhora em suma — "dama de grandes virtudes apostólicas, esteio da religião e da moral", dizia o reverendo.

Ótima, a dona Inácia.

Mas não admitia choro de criança. Ai! Punha-lhe os nervos em carne viva.

[...]

A excelente dona Inácia era mestra na arte de judiar de crianças. Vinha da escravidão, fora senhora de escravos — e daquelas ferozes, amigas de ouvir cantar o bolo e estalar o bacalhau. Nunca se afizera ao regime novo — essa indecência de negro igual.

LOBATO, M. Negrinha. In: MORICONE, I. *Os cem melhores contos brasileiros do século.* Rio de Janeiro: Objetiva, 2000 (fragmento).

A narrativa focaliza um momento histórico-social de valores contraditórios. Essa contradição infere-se, no contexto, pela:

a) falta de aproximação entre a menina e a senhora, preocupada com as amigas.
b) receptividade da senhora para com os padres, mas deselegante para com as beatas.
c) ironia do padre a respeito da senhora, que era perversa com as crianças.
d) resistência da senhora em aceitar a liberdade dos negros, evidenciada no final do texto.
e) rejeição aos criados por parte da senhora, que preferia tratá-los com castigos.

4. **(Enem)**

Texto I

Eu amo a rua. Esse sentimento de natureza toda íntima não vos seria revelado por mim se não julgasse, e razões não tivesse para julgar, que este amor assim absoluto e assim exagerado é partilhado por todos vós. Nós somos irmãos, nós nos sentimos parecidos e iguais; nas cidades, nas aldeias, nos povoados, não porque soframos, com a dor e os desprazeres, a lei e a polícia, mas porque nos une, nivela e agremia o amor da rua. É este mesmo o sentimento imperturbável e indissolúvel, o único que, como a própria vida, resiste às idades e às épocas.

RIO. J. A rua. In: *A alma encantadora das ruas.* São Paulo: Companhia das Letras, 2008 (fragmento).

Texto II

A rua dava-lhe uma forca de fisionomia, mais consciência dela. Como se sentia estar no seu reino, na região em que era rainha e imperatriz. O olhar cobiçoso dos homens e o de inveja das mulheres acabavam o sentimento de sua personalidade, exaltavam-no até. Dirigiu-se para a rua do Catete com o seu passo miúdo e sólido. [...] No caminho trocou cumprimento com as raparigas pobres de uma casa de cômodos da vizinhança. [...] E debaixo dos olhares maravilhados das pobres raparigas, ela continuou o seu caminho, arrepanhando a saia, satisfeita que nem uma duquesa atravessando os seus domínios.

BARRETO, L. Um e outro. In: *Clara dos Anjos.* Rio de Janeiro: Mérito (fragmento).

A experiência urbana é um tema recorrente em crônicas, contos e romances do final do século XIX e início do XX, muitos dos quais elegem a rua para explorar essa experiência. Nos fragmentos I e II, a rua é vista, respectivamente, como lugar que:

a) desperta sensações contraditórias e desejo de reconhecimento.
b) favorece o cultivo da intimidade e a exposição dos dotes físicos.
c) possibilita vínculos pessoais duradouros e encontros casuais.
d) propicia o sentido de comunidade e a exibição pessoal.
e) promove o anonimato e a segregação social.

5. **(UFPE)** Com relação às artes literárias brasileiras dos primeiros 20 anos do século passado, o conceito pouco esclarecedor de Pré-Modernismo engloba a produção de vários autores de tendências estéticas diferentes. Entre eles, situa-se Monteiro Lobato, cujo livro *Caçadas de Pedrinho* (1933) está sendo hoje o pivô de um amplo debate sobre o racismo nas letras nacionais. Considerando aspectos relativos à literatura lobatiana, bem como as relações entre texto literário e realidade, analise as proposições a seguir e assinale, para cada uma, V para verdadeiro, F para falso.

a) A obra literária participa de um processo que se relaciona com os demais fatos culturais da comunidade e com a época em que foi escrita, expressando, assim, a visão de mundo de determinado momento histórico.
b) O texto literário de ficção cria uma realidade possível a partir de mecanismos estéticos particulares. Dessa forma, ao contrário dos textos estritamente referenciais, o texto literário oferece ao leitor um mundo que está mais aberto ao jogo de interpretações, sendo, assim, avesso ao estabelecimento de um sentido único.
c) Lobato foi divulgador de ideias progressistas; sua luta pelo petróleo no Brasil, por exemplo, lhe valeu prisão e exílio. Autor de livros infantis, lidos até hoje, e de personagens imortais, como Narizinho, Pedrinho, Emília e tantos outros, ele escreveu também obras de literatura geral e de ficção adulta.
d) Em *Caçadas de Pedrinho*, a boneca Emília, "torneirinha de asneiras", nas palavras do próprio autor, fala num determinado instante: "Não vai escapar ninguém — nem Tia Nastácia, que tem carne negra". A frase da personagem sinaliza uma visão racista, particular de um momento histórico lamentável da sociedade brasileira.
e) Quanto à forma literária, os textos do autor seguem uma linha tradicional. Lobato não foi um renovador na forma e não aceitou as tendências vanguardistas que estavam surgindo em sua época. Por isso, publicou "Paranoia ou Mistificação", a famosa crítica desfavorável à exposição da pintura de Anita Malfatti.

6. (UFMT) A literatura praticada no Brasil no início do século XX, de modo geral, apresentava-se de olhos fechados para os mais sérios problemas da sociedade brasileira. No entanto, com obras que representam outra postura intelectual em face da nossa realidade sociocultural, alguns escritores expressaram uma visão crítica dos problemas brasileiros. A respeito dos principais escritores do Pré-Modernismo, assinale a afirmativa correta.

a) Euclides da Cunha, mesmo trabalhando magistralmente o assunto e a linguagem em *Os Sertões*, não logrou construir uma obra literária, visto seu conteúdo não ser ficcional.
b) Lima Barreto, acusado de desleixo por seus contemporâneos, teve sua prosa simples e comunicativa valorizada pelos modernistas.
c) Monteiro Lobato, por sua formação clássica, foi importante mentor intelectual do movimento renovador de 22.
d) Euclides da Cunha, em *Os Sertões*, revelou o sofrimento de uma família de retirantes fugindo da seca nordestina.
e) Lima Barreto, influenciado pela leitura de clássicos da língua portuguesa, marcou com um certo purismo linguístico a sua produção literária.

7. (Unesp-SP)

Não temos contraste maior na nossa história. Está nele a sua feição verdadeiramente nacional. Fora disto mal a vislumbramos nas cortes espetaculosas dos governadores, na Bahia, onde imperava a Companhia de Jesus com o privilégio da conquista das almas, eufemismo casuístico disfarçando o monopólio do braço indígena.

EUCLIDES DA CUNHA. *Os sertões*. Edição crítica de Walnice Nogueira Galvão. 2 ed. São Paulo: Editora Ática, 2001. p. 81-2.

Dentro das linhas de força do Pré-Modernismo, que levavam os escritores a uma nova e mais objetiva interpretação do país e de seus problemas, Euclides da Cunha, no último parágrafo do texto, levanta crítica à Companhia de Jesus, atribuindo-lhe, por exemplo, com ironia brotada do conhecimento histórico, a "conquista das almas", isto é, a catequese dos indígenas brasileiros. Releia esse parágrafo e, a seguir, explique o que quer significar o autor na sequência com a expressão "monopólio do braço indígena".

8. (UnB-DF)

Decadência

Iguais às linhas perpendiculares
Caíram, como cruéis e hórridas hastas,
Nas suas 33 vértebras gastas
Quase todas as pedras tumulares!

A frialdade dos círculos polares,
Em sucessivas atuações nefastas,
Penetrara-lhe os próprios neuroplastas,
Estragara-lhe os centros medulares!

Como quem quebra o objeto mais querido
E começa a apanhar piedosamente
Todas as microscópicas partículas,

Ele hoje vê que, após tudo perdido,
Só lhe restam agora o último dente
E a armação funerária das clavículas!

ANJOS, Augusto dos. *Eu e outras poesias*. São Paulo: Martin Claret, 2002. p. 84.

A partir da leitura do soneto *Decadência*, de Augusto dos Anjos, julgue os itens seguintes, colocando **C** para as afirmações corretas e **E** para as erradas.

( ) Ressaltando o efeito sonoro e semântico, o poeta insere palavras do campo semântico da ciência em contexto poético.
( ) Mais que à decadência física, o poeta alude ao medo da morte, que aterroriza a humanidade.
( ) Na segunda estrofe, o emprego do mais-que-perfeito do indicativo indica que os fatos ali mencionados são anteriores aos referidos na 1.ª estrofe.
( ) O desenvolvimento do tema do poema foi realizado em dois quartetos e dois tercetos, o que é característico do soneto. Esse desenvolvimento pode ser dividido em duas partes: nos dois quartetos, o poeta fala do passado e, nos dois tercetos, do presente.
( ) Na última estrofe do poema, a contradição semântica entre os trechos "após tudo perdido" e "Só lhe restam agora" conduz ao entendimento de que o primeiro desses trechos constitui uma hipérbole.

TEXTOS PARA AS QUESTÕES 9 A 11.

Jeca Tatu

Jeca Tatu era um pobre caboclo que morava no mato, numa casinha de sapé. Vivia na maior pobreza, em companhia da mulher, muito magra e feia, e de vários filhinhos pálidos e tristes.

Jeca Tatu passava os dias de cócoras, pitando enormes cigarrões de palha, sem ânimo de fazer coisa nenhuma. Ia ao mato caçar, tirar palmitos, cortar cachos de brejaúva, mas não tinha a ideia de plantar um pé de couve atrás da casa. Perto corria um ribeirão, onde ele pescava de vez em quando uns lambaris e um ou outro bagre. E assim ia vivendo.

Dava pena ver a miséria do casebre. Nem móveis, nem roupas, nem nada que significasse comodidade. Um banquinho de três pernas, umas peneiras furadas, a espingardinha de carregar pela boca, muito ordinária, e só. Todos que passavam por ali murmuravam:

— Que grandissíssimo preguiçoso!

[...]

Jeca só queria beber pinga e espichar-se ao sol no terreiro. Ali ficava horas, com o cachorrinho rente; cochilando. A vida que rodasse, o mato que crescesse na roça, a casa que caísse. Jeca não queria saber de nada. Trabalhar não era com ele.

Perto morava um italiano já bastante arranjado, mas que ainda assim trabalhava o dia inteiro. Por que Jeca não fazia o mesmo? Quando lhe perguntavam isso, ele dizia:

— Não paga a pena plantar. A formiga come tudo.

— Mas como é que o seu vizinho italiano não tem formiga no sítio?

— É que ele mata.

— E por que você não faz o mesmo?

Jeca coçava a cabeça, cuspia por entre os dentes e vinha sempre com a mesma história:

— *Quá!* Não paga a pena...

— Além de preguiçoso, bêbado; e além de bêbado, idiota, era o que todos diziam.

LOBATO, Monteiro. Jeca Tatu. In: *Obras completas de Monteiro Lobato*. São Paulo: Brasiliense, 1951. v. 8.

Juca Mulato

Juca Mulato pensa: a vida era-lhe um nada...
Uns alqueires de chão; o cabo de uma enxada;
um cavalo pigarço; uma pinga da boa;
o cafezal verdoengo; o sol quente e inclemente...
Nessa noite, porém, parece-lhe mais quente,
o olhar indiferente,
da filha da patroa...
"Vamos, Juca Mulato, estás doido?" Entretanto,
tem a noite lunar arrepios de susto;
parece respirar a fronde de um arbusto,
o ar é como um bafo, a água corrente, um pranto.
Tudo cria uma vida espiritual, violenta.
O ar morno lhe fala; o aroma suave o tenta...
"Que diabo!" Volve aos céus as pupilas, à toa,
e vê, na lua, o olhar da filha da patroa...
Olha a mata; lá está! o horizonte lho esboça;
pressente-o em cada moita; enxerga-o em cada poça;
e ele vibra, e ele sonha, e ele anseia, impotente,
esse olhar que passou, longínquo e indiferente!
Juca Mulato cisma. Olha a lua e estremece.
Dentro dele um desejo abre-se em flor e cresce
e ele pensa, ao sentir esses sonhos ignotos,
que a alma é como uma planta, os sonhos, como brotos,
vão rebentando nela e se abrindo em floradas...
Franjam de ouro, o ocidente, as chamas das queimadas.

DEL PICCHIA, Paulo Menotti. *Poemas*. 6. ed. São Paulo: Nacional, 1954.

9. **(Vunesp-SP)** Os trechos transcritos de *Jeca Tatu* e *Juca Mulato* exploram gêneros e temas distintos, mas não deixam de apresentar algumas identidades. Depois de relê-los, buscando observar bem suas diferenças e semelhanças:

a) mencione um ponto de contato entre os dois trechos, no que diz respeito ao ambiente descrito;

b) estabeleça, baseado no fato de que numa narrativa podem ser apresentados aspectos externos e aspectos internos do comportamento das personagens, a diferença essencial que há entre os dois textos no modo de focalizar as personagens Jeca Tatu e Juca Mulato pelos respectivos narradores.

10. **(Vunesp-SP)** Com um discurso narrativo simples e objetivo, o narrador de *Jeca Tatu* nos fornece, no trecho citado, um retrato bem definido da situação vivida pela personagem em seu meio. Releia atentamente o trecho e, a seguir:

a) levando em consideração as informações do narrador, avalie a atuação de Jeca Tatu como proprietário rural;

b) indique dois adjetivos empregados no texto que sintetizam a opinião que as outras pessoas tinham sobre Jeca Tatu.

11. **(Vunesp-SP)** Os escritores se valem, com frequência, do recurso de atribuir características de seres animados a elementos do meio ambiente. Após verificar a ocorrência desse recurso no trecho de *Juca Mulato*:

a) cite uma sequência de versos do poema em que elementos do ambiente parecem assumir características de seres animados;

b) estabeleça a relação existente entre as características do ambiente assim descrito e o estado de espírito da personagem Juca Mulato.

12. **(UEM-SP)** Leia o poema abaixo e, a seguir, assinale o que for correto.

Solitário

Como um fantasma que se refugia
Na solidão da natureza morta,
Por trás dos ermos[1] túmulos, um dia,
Eu fui refugiar-me à tua porta!
Fazia frio e o frio que fazia
Não era esse que a carne nos conforta...
Cortava assim como em carniçaria
O aço das facas incisivas[2] corta!
Mas tu não vieste ver a minha Desgraça!
E eu saí, como quem tudo repele,
— Velho caixão a carregar destroços —
Levando apenas na tumbal[3] carcaça
O pergaminho singular da pele
E o chocalho fatídico dos ossos!

Augusto dos Anjos.
In: *Eu e outras poesias*.

1. **ermos:** vazios.
2. **incisivas:** afiadas; pontiagudas.
3. **tumbal:** de tumba, de túmulo.

01. O poema é um soneto endecassílabo, com rimas emparelhadas, ricas, fechando com chave de ouro. A linguagem é preciosista e elaborada, fazendo pensar nos sonetos "cinzelados" da geração parnasiana, mais ou menos contemporânea do autor.

02. O poema faz lembrar outro famoso poema do mesmo autor, "Versos íntimos", cuja temática trata da falta de solidariedade entre os humanos. Ambos são pessimistas e trabalham com imagens de morte e de indiferença dos outros ante o sofrimento do eu lírico.

04. O poema faz lembrar outro famoso poema do mesmo autor, "Violões que choram", que, através da sonoridade, evoca impressões vagas, harmônicas e melancólicas. Compare o verso "fazia frio e o frio que fazia", por exemplo, com "vozes veladas, veludosas vozes".

08. O poema é um soneto, decassílabo, sem preocupação em fechar com chave de ouro e marcado pelo uso criativo da sonoridade, como a sequência de /f/ em "fazia frio e o frio que fazia", que sugere a presença de vento, sem que o vento esteja mencionado explicitamente no texto.

16. Embora o poema seja suficientemente sugestivo para aceitar mais de uma interpretação, podemos afirmar que um dos temas presentes no texto é a mágoa causada pela rejeição. O eu lírico ocupa a posição de quem é rejeitado, pois o "tu" do poema recusa-lhe abrigo no dia frio. Se pudéssemos supor que o eu lírico representado é um poeta (o texto não nos diz se é ou não), poderíamos arriscar uma certa analogia com a fábula da cigarra e da formiga: o poeta, ao produzir arte, seria semelhante à cigarra cantora, abandonada para morrer de frio pela formiga indiferente.

32. O poema pode ser lido, entre outras formas, como uma espécie de analogia do mito do vampiro; ao ser-lhe recusado o abrigo, ele se "esvazia" na luz do dia, tornando-se apenas pele muito enrugada (pergaminho) e ossos. As facas de aço remetem aos dentes pontiagudos. O título do poema ("Solitário") aponta para a natureza solitária do vampiro, e a insistente referência ao frio é metáfora da frieza que o monstro sente em relação aos humanos.

64. O poema conta com várias palavras que remetem diretamente à ideia de morte. Além disso, vocábulos como "solidão", "ermos", "frio", "Desgraça", "carcaça" e "ossos" reforçam em muito essa ideia. Podemos concluir que o poema deseja passar uma impressão de extrema morbidez para o leitor.

13. (UPM-SP) Havia bem dez dias que o Major Quaresma não saía de casa. Estudava os índios. Não fica bem dizer "estudava", porque já o fizera há tempos [...]. Recordava (é melhor dizer assim), afirmava certas noções dos seus estudos anteriores, visto estar organizando um sistema de cerimônias e festas que se baseasse nos costumes dos nossos silvícolas e abrangesse todas as relações sociais. [...] A convicção que sempre tivera de ser o Brasil o primeiro país do mundo e o seu grande amor à pátria eram agora ativos e impeliram-no a grandes cometimentos.

Lima Barreto.

No fragmento anterior:

a) o protagonista, tecendo comentários livremente, apresenta ao leitor ações e intenções da personagem quixotesca.
b) o narrador revela-se preocupado com a precisão ao relatar as ações do protagonista idealizador.
c) o narrador manifesta suas dúvidas quanto aos fatos ocorridos, em virtude de seu desconhecimento do universo focalizado.
d) o narrador-personagem, ao estabelecer paralelo entre o passado e o presente do Major, manifesta sua decepção pela ingenuidade do sonhador.
e) o narrador-personagem anuncia o fim trágico do protagonista e ironiza seu perfil fantasioso e idealista.

14. (UPM-SP) No texto, está subentendida a seguinte ideia:

a) fazia dez dias que o Major permanecia em casa.
b) os índios eram o objeto de estudo do Major.
c) o Major tinha estudado os índios antes do citado período de reclusão.
d) o sistema de cerimônias e festas abarcaria todas as relações sociais.
e) a opinião e o sentimento do Major sobre a pátria não tinham antes provocado efeito.

TEXTOS PARA AS QUESTÕES 15 E 16.

Iria morrer, quem sabe se naquela noite mesmo? E que tinha ele feito de sua vida? Nada. Levara toda ela atrás da miragem de estudar a pátria, por amá-la e querê-la muito, no intuito de contribuir para a sua felicidade e prosperidade. Gastara a sua mocidade nisso, a sua virilidade também; e, agora que estava na velhice, como ela o recompensava, como ela o premiava, como ela o condecorava? Matando-o.

E o que não deixara de ver, de gozar, de fruir, na sua vida? Tudo. Não brincara, não pandegara, não amara — todo esse lado da existência que parece fugir um pouco à sua tristeza necessária, ele não vira, ele não provara, ele não experimentara.

Desde dezoito anos que o tal patriotismo lhe absorvia e por ele fizera a tolice de estudar inutilidades.

Que lhe importavam os rios? Eram grandes? Pois que fossem... Em que lhe contribuiria para a felicidade saber o nome dos heróis do Brasil? Em nada... O importante é que ele tivesse sido feliz. Foi? Não. Lembrou-se das suas coisas de tupi, do *folklore*, das suas tentativas agrícolas... Restava disso tudo em sua alma uma satisfação? Nenhuma! Nenhuma!

15. (PUC-RS) Analisar as afirmativas que seguem, sobre a personagem do texto em questão.

I. Está irremediavelmente à beira da morte.
II. Atribui ao seu fanatismo patriótico a sua sina.
III. Possui um conhecimento inócuo da geografia brasileira.
IV. Sente-se um derrotado diante do desenlace da vida.

Pela análise das afirmativas, conclui-se que estão corretas:

a) a I e a II, apenas.
b) a I e a III, apenas.
c) a II e a IV, apenas.
d) a III e a IV, apenas.
e) a I, a II, a III e a IV.

16. (PUC-RS) Trata-se da personagem central do romance de _________, _________, obra que se caracteriza, principalmente, pela inovação da _________.

a) Lima Barreto – Triste fim de Policarpo Quaresma – linguagem
b) Euclides da Cunha – Os sertões – temática
c) Graça Aranha – Canaã – forma
d) Guimarães Rosa – Grande sertão: veredas – estrutura
e) Euclides da Cunha – Triste fim de Policarpo Quaresma – temática

17. (UFRGS-RS) Lima Barreto é um autor que se caracteriza por criar tipos:

a) rústicos, ligados ao campo.
b) aristocratas, ligados ao campo.
c) aristocratas, ligados à cidade.
d) burgueses, ligados à cidade.
e) populares, ligados ao subúrbio.

18. (UFRGS-RS) Uma atitude comum caracteriza a postura literária de autores pré-modernistas, a exemplo de Lima Barreto, Graça Aranha, Monteiro Lobato e Euclides da Cunha. Pode ela ser definida como:

a) a necessidade de superar, em termos de um programa definido, as estéticas românticas e realistas.
b) a pretensão de dar um caráter definitivamente brasileiro à nossa literatura, que julgavam por demais europeizada.
c) uma preocupação com o estudo e com a observação da realidade brasileira.
d) a necessidade de fazer crítica social, já que o Realismo havia sido ineficaz nessa matéria.
e) o aproveitamento estético do que havia de melhor na herança literária brasileira, desde suas primeiras manifestações.

Capítulo 26

O Brasil de 1922 a 1930

1. **(Enem)** Sobre a exposição de Anita Malfatti, em 1917, que muito influenciaria a Semana de Arte Moderna, Monteiro Lobato escreveu, em artigo intitulado *Paranoia ou mistificação*:

> Há duas espécies de artistas. Uma composta dos que veem as coisas e em consequência fazem arte pura, guardados os eternos ritmos da vida, e adotados, para a concretização das emoções estéticas, os processos clássicos dos grandes mestres. [...] A outra espécie é formada dos que veem anormalmente a natureza e a interpretam à luz das teorias efêmeras, sob a sugestão estrábica das escolas rebeldes, surgidas cá e lá como furúnculos da cultura excessiva. [...]. Estas considerações são provocadas pela exposição da sra. Malfatti, onde se notam acentuadíssimas tendências para uma atitude estética forçada no sentido das extravagâncias de Picasso & cia.
>
> *O Diário de São Paulo*, dez. 1917.

Em qual das obras abaixo identifica-se o estilo de Anita Malfatti criticado por Monteiro Lobato no artigo?

a) *A Santa Ceia*

Coleção particular.

b) *A boba*

Museu de Arte Contemporânea da Universidade de São Paulo.

c) *Acesso a Monte Serrat* – Santos

Coleção particular.

d) *Vaso de flores*

Coleção particular.

e) *Nossa Senhora Auxiliadora e Dom Bosco*

Coleção particular.

2. **(Enem)** Após estudar na Europa, Anita Malfatti retornou ao Brasil com uma mostra que abalou a cultura nacional do início do século XX. Elogiada por seus mestres na Europa, Anita se considerava pronta para mostrar seu trabalho no Brasil, mas enfrentou as duras críticas de Monteiro Lobato. Com a intenção de criar uma arte que valorizasse a cultura brasileira, Anita Malfatti e outros artistas modernistas

a) buscaram libertar a arte brasileira das normas acadêmicas europeias, valorizando as cores, a originalidade e os temas nacionais.
b) defenderam a liberdade limitada de uso da cor, até então utilizada de forma irrestrita, afetando a criação artística nacional.
c) representaram a ideia de que a arte deveria copiar fielmente a natureza, tendo como finalidade a prática educativa.
d) mantiveram de forma fiel a realidade nas figuras retratadas, defendendo uma liberdade artística ligada à tradição acadêmica.
e) buscaram a liberdade na composição de suas figuras, respeitando limites de temas abordados.

3. **(Enem)**

O canto do guerreiro

Aqui na floresta
Dos ventos batida,
Façanhas de bravos
Não geram escravos,
Que estimem a vida
Sem guerra e lidar.
— Ouvi-me, Guerreiros,
— Ouvi meu cantar.
Valente na guerra,
Quem há, como eu sou?
Quem vibra o tacape
Com mais valentia?
Quem golpes daria
Fatais, como eu dou?
— Guerreiros, ouvi-me;
— Quem há, como eu sou?

Gonçalves Dias.

Macunaíma

(Epílogo)

Acabou-se a história e morreu a vitória.

Não havia mais ninguém lá. Dera tangolomângolo na tribo Tapanhumas e os filhos dela se acabaram de um em um. Não havia mais ninguém lá. Aqueles lugares, aqueles campos, furos puxadouros arrastadouros meios-barrancos, aqueles matos misteriosos, tudo era solidão do deserto... Um silêncio imenso dormia à beira do rio Uraricoera. Nenhum conhecido sobre a terra não sabia nem falar da tribo nem contar aqueles casos tão pançudos. Quem podia saber do herói?

Mário de Andrade.

A leitura comparativa dos dois textos acima indica que:
a) ambos têm como tema a figura do indígena brasileiro apresentada de forma realista e heroica, como símbolo máximo do nacionalismo romântico.
b) a abordagem da temática adotada no texto escrito em versos é discriminatória em relação aos povos indígenas do Brasil.
c) as perguntas "— Quem há, como eu sou?" (1.º texto) e "Quem podia saber do Herói?" (2.º texto) expressam diferentes visões da realidade indígena brasileira.
d) o texto romântico, assim como o modernista, aborda o extermínio dos povos indígenas como resultado do processo de colonização no Brasil.
e) os versos em primeira pessoa revelam que os indígenas podiam expressar-se poeticamente, mas foram silenciados pela colonização, como demonstra a presença do narrador, no segundo texto.

4. **(Unifesp-SP)** Sobre Mário de Andrade e a **Semana de 22**, afirma-se:

I. A **Semana** desencadeou na cultura brasileira um período que Mário denominou **orgia intelectual**, favorecida pelas mãos da burguesia culta do Rio de Janeiro e de São Paulo, da qual ele era um representante.

II. Apesar de estar em contato com as novas tendências das artes, Mário manteve-se fiel àqueles que os modernistas chamaram de **conservadores**, em geral os parnasianos, dos quais sua obra recebe influência decisiva.

III. Ao contrário de Oswald, que era irreverente em relação à dominação cultural europeia, Mário não tinha um projeto literário em que houvesse preocupação significativa com a cultura nacional.

Está correto apenas o que se afirma em:
a) I. b) II. c) III. d) I e II. e) II e III.

5. **(UCS-RS)** Leia o poema "Erro de português", de Oswald de Andrade.

Quando o português chegou
Debaixo duma bruta chuva
Vestiu o índio
Que pena!
Fosse uma manhã de sol
O índio tinha despido
O português

ANDRADE, Oswald de. *Poesias reunidas*. Rio de Janeiro: Civilização Brasileira, s.d. p. 177.

Em relação ao poema, assinale a alternativa correta.
a) Apresenta-se em verso livre e em linguagem rebuscada, características inovadoras da literatura modernista.
b) Tematiza a inadaptação e rebeldia do índio em relação à exploração portuguesa nos tempos do descobrimento do Brasil.
c) A expressão "Vestiu o índio" remete ao processo de aculturação observado no período da colonização portuguesa.
d) O título faz uma crítica à forma de linguagem utilizada pelos índios, após contato com a língua portuguesa.
e) O clima determinou os acontecimentos históricos referidos no poema.

6. **(UFBA)**

Poética

Estou farto do lirismo comedido
Do lirismo bem-comportado
Do lirismo funcionário público com livro de ponto
[expediente protocolo e manifestações de
[apreço ao Sr. diretor
Estou farto do lirismo que para e vai averiguar no
[dicionário o cunho vernáculo de um
[vocábulo

Abaixo os puristas

Todas as palavras sobretudo os barbarismos universais
Todas as construções sobretudo as sintaxes de exceção
Todos os ritmos sobretudo os inumeráveis

Estou farto do lirismo namorador
Político
Raquítico
Sifilítico
De todo lirismo que capitula ao que quer que seja fora
[de si mesmo.

De resto não é lirismo
Será contabilidade tabela de cossenos secretário do
[amante exemplar com cem modelos
[de cartas e as diferentes maneiras de
[agradar às mulheres, etc.

Quero antes o lirismo dos loucos
O lirismo dos bêbedos
O lirismo difícil e pungente dos bêbedos
O lirismo dos *clowns* de Shakespeare
— Não quero mais saber do lirismo que não é
[libertação.

BANDEIRA, M. In: MORICONI, I. (Org.). *Os cem melhores poemas brasileiros do século*. Rio de Janeiro: Objetiva, 2001. p. 31-2.

O poema é representativo da estética modernista brasileira, produzido numa época em que os poetas procuravam libertar-se das influências de estéticas anteriores.

a) Faça uma análise interpretativa daquilo que o sujeito poético rejeita em sua poesia.
b) Faça uma análise interpretativa daquilo que o sujeito poético considera como "lirismo de libertação".

7. (Fuvest-SP)

Museu de Arte Contemporânea da USP.

Sobre este quadro, *A negra*, pintado por Tarsila do Amaral em 1923, é possível afirmar que:

a) constituiu-se numa manifestação isolada, não podendo ser associada a outras mudanças da cultura brasileira do período.
b) representou a subordinação, sem criatividade, dos padrões da pintura brasileira às imposições das correntes internacionais.
c) estava relacionado a uma visão mais ampla de nacionalização das formas de expressão cultural, inclusive da pintura.
d) foi vaiado, na sua primeira exposição, porque a artista pintou uma mulher negra nua, em desacordo com os padrões morais da época.
e) demonstrou o isolamento do Brasil em relação à produção artística da América Latina, que não passara por inovações.

8. (Fuvest-SP) Leia o seguinte poema de Manuel Bandeira:

Porquinho-da-índia

Quando eu tinha seis anos
Ganhei um porquinho-da-índia.
Que dor de coração me dava
Porque o bichinho só queria estar debaixo do fogão!
Levava ele pra sala
Pra os lugares mais bonitos mais limpinhos
Ele não gostava:
Queria era estar debaixo do fogão.
Não fazia caso nenhum das minhas ternurinhas ...
— O meu porquinho-da-índia foi a minha primeira
[namorada.

a) Aponte, no poema, dois aspectos de estilo que estejam relacionados ao tema da infância. Explique sucintamente.
b) Qual é o elemento comum entre a experiência infantil e a experiência mais adulta presentes no poema? Explique sucintamente.

9. (Enem) O uso do pronome átono no início das frases é destacado por um poeta e por um gramático nos textos a seguir.

Pronominais

Dê-me um cigarro
Diz a gramática
Do professor e do aluno
E do mulato sabido

Mas o bom negro e o bom branco
da Nação Brasileira
Dizem todos os dias
Deixa disso camarada
Me dá um cigarro

ANDRADE, Oswald de. *Seleção de textos*. São Paulo: Nova Cultural, 1988.

Iniciar a frase com pronome átono só é lícito na conversação familiar, despreocupada, ou na língua escrita quando se deseja reproduzir a fala dos personagens [...].

CEGALLA, Domingos Paschoal. *Novíssima gramática da língua portuguesa*. São Paulo: Nacional, 1980.

Comparando a explicação dada pelos autores sobre essa regra, pode-se afirmar que ambos:

a) condenam essa regra gramatical.
b) acreditam que apenas os esclarecidos sabem essa regra.
c) criticam a presença de regras na gramática.
d) afirmam que não há regras para uso de pronomes.
e) relativizam essa regra gramatical.

10. (PUC-RS)

Irene no céu

Irene preta
Irene boa
Irene sempre de bom humor.
Imagino Irene entrando no céu:
— Licença, meu branco!
E São Pedro, bonachão:
— Entra, Irene. Você não precisa pedir licença.

Manuel Bandeira, poeta modernista, revela no texto em questão uma das suas fortes características, qual seja, a tendência a:

a) tematizar o cotidiano em linguagem cifrada e metafórica.
b) excluir personagens associadas às minorias marginalizadas.
c) recorrer ao mundo real para abordar questões metafísicas.
d) associar subjetividade e objetividade.
e) sublimar seus problemas de saúde.

11. (Unifesp-SP)

Senhor feudal

Se Pedro Segundo
Vier aqui
Com história
Eu boto ele na cadeia.

Considere as seguintes características do Modernismo brasileiro:

I. Busca de uma língua brasileira.
II. Versos livres.
III. Ironia e humor.

Nos versos de Oswald de Andrade:

a) apenas I está presente.
b) apenas III está presente.
c) apenas I e II estão presentes.
d) apenas I e III estão presentes.
e) I, II e III estão presentes.

12. (Unifesp-SP) No contexto, a expressão "com história", significa:

a) um colóquio de intelectuais.
b) uma conversa fiada.
c) um comunicado urgente.
d) uma prosa de amigos.
e) um diálogo sério.

13. (Unifesp-SP) O título do poema de Oswald remete o leitor à Idade Média. Nele, assim como nas cantigas de amor, a ideia de poder retoma o conceito de:

a) fé religiosa.
b) relação de vassalagem.
c) idealização do amor.
d) saudade de um ente distante.
e) igualdade entre as pessoas.

14. (Fuvest-SP)

Profundamente

Quando ontem adormeci
Na noite de São João
Havia alegria e rumor
Estrondos de bombas luzes de Bengala
Vozes cantigas e risos
Ao pé das fogueiras acesas.
No meio da noite despertei
Não ouvi mais vozes nem risos
[...]
Onde estavam os que há pouco
Dançavam
Cantavam
E riam
Ao pé das fogueiras acesas?
— Estavam todos dormindo
Estavam todos deitados
Dormindo
Profundamente
*
Quando eu tinha seis anos
Não pude ver o fim da festa de São João
Porque adormeci
Hoje não ouço mais as vozes daquele tempo
Minha avó
Meu avô
Totônio Rodrigues
Tomásia
Rosa
Onde estão todos eles?
— Estão todos dormindo
Estão todos deitados
Dormindo
Profundamente.

Manuel Bandeira, *Libertinagem*.

No conhecido poema de Bandeira, aqui parcialmente reproduzido, a experiência do afastamento da festa de São João:

a) é de ordem subjetiva e ocorre, primordialmente, no plano do sonho e da imaginação.
b) reflete, em chave saudosista, o tradicionalismo que caracterizou a geração modernista de 1922.
c) dá-se predominantemente no plano do tempo e encaminha uma reflexão sobre a transitoriedade das coisas humanas.
d) assume feição abstrata, na medida em que evita assimilar os dados da percepção sensível, registrados pela visão e pela audição.
e) é figurada poeticamente segundo o princípio estético que prevê a separação nítida de prosa e poesia.

Capítulo 27

O Brasil de 1930 a 1945 — a lírica

1. (Enem)

Confidência do Itabirano

Alguns anos vivi em Itabira.
Principalmente nasci em Itabira.
Por isso sou triste, orgulhoso: de ferro.
Noventa por cento de ferro nas calçadas.

Oitenta por cento de ferro nas almas.
E esse alheamento do que na vida é porosidade e
[comunicação.

A vontade de amar, que me paralisa o trabalho,
vem de Itabira, de suas noites brancas, sem mulheres
[e sem horizontes.
E o hábito de sofrer, que tanto me diverte,
é doce herança itabirana.

De Itabira trouxe prendas diversas que ora te ofereço:
esta pedra de ferro, futuro aço do Brasil,
este São Benedito do velho santeiro Alfredo Duval;
este couro de anta, estendido no sofá da sala de visitas;
este orgulho, esta cabeça baixa...

Tive ouro, tive gado, tive fazendas.
Hoje sou funcionário público.
Itabira é apenas uma fotografia na parede.
Mas como dói!

ANDRADE, C. D. *Poesia completa*. Rio de Janeiro: Nova Aguilar, 2003.

Carlos Drummond de Andrade é um dos expoentes do movimento modernista brasileiro. Com seus poemas, penetrou fundo na alma do Brasil e trabalhou poeticamente as inquietudes e os dilemas humanos. Sua poesia é feita de uma relação tensa entre o universal e o particular, como se percebe claramente na construção do poema "Confidência do itabirano". Tendo em vista os procedimentos de construção do texto literário e as concepções artísticas modernistas, conclui-se que o poema acima

a) representa a fase heroica do Modernismo, devido ao tom contestatório e à utilização de expressões e usos linguísticos típicos da oralidade.
b) apresenta uma característica importante do gênero lírico, que é a apresentação objetiva de fatos e dados históricos.
c) evidencia uma tensão histórica entre o "eu" e a sua comunidade, por intermédio de imagens que representam a forma como a sociedade e o mundo colaboram para a constituição do indivíduo.
d) critica, por meio de um discurso irônico, a posição de inutilidade do poeta e da poesia em comparação com as prendas resgatadas de Itabira.
e) apresenta influências românticas, uma vez que trata da individualidade, da saudade da infância e do amor pela terra natal, por meio de recursos retóricos pomposos.

2. **(Unicamp-SP)** O poeta Vinicius de Moraes, apesar de modernista, explorou formas clássicas como o soneto abaixo, em versos alexandrinos (12 sílabas) rimados:

Soneto da intimidade

Nas tardes de fazenda há muito azul demais.
Eu saio às vezes, sigo pelo pasto, agora
Mastigando um capim, o peito nu de fora
No pijama irreal de há três anos atrás.

Desço o rio no vau dos pequenos canais
Para ir beber na fonte a água fria e sonora
E se encontro no mato o rubro de uma amora
Vou cuspindo-lhe o sangue em torno dos currais.

Fico ali respirando o cheiro bom do estrume
Entre as vacas e os bois que me olham sem ciúme
E quando por acaso uma mijada ferve

Seguida de um olhar não sem malícia e verve
Nós todos, animais, sem comoção nenhuma
Mijamos em comum numa festa de espuma.

MORAES, Vinicius de. *Antologia poética*. São Paulo: Companhia das Letras, 2001. p. 86.

a) Essa forma clássica tradicionalmente exigiu tema e linguagem elevados. O "Soneto da intimidade" atende a essa exigência? Justifique.
b) Como os quartetos anunciam a identificação do eu lírico com os animais? Como os tercetos a confirmam?

3. **(ITA-SP)** O poema abaixo, "Gioconda (Da Vinci)", de Carlos Drummond de Andrade, refere-se a uma célebre tela renascentista:

O ardiloso sorriso
alonga-se em silêncio
para contemporâneos e pósteros
ansiosos, em vão, por decifrá-lo.
Não há decifração. Há o sorriso.

In: *Farewell*. Rio de Janeiro: Record, 1996.

Não se pode afirmar que o poema:

a) faz uso de metalinguagem num sentido amplo, pois é uma obra de arte que fala de outra.
b) procura se inserir no debate que a tela *Gioconda* provoca desde a Renascença.
c) mostra que são inúmeros os significados do sorriso da *Gioconda*.
d) garante não haver razão alguma para a polêmica, como diz o último verso.
e) ilustra a polissemia de obras de arte, inclusive do próprio poema.

4. **(PUC-RJ)**

Recordação

Agora, o cheiro áspero das flores
leva-me os olhos por dentro de suas pétalas.

Eram assim teus cabelos;
tuas pestanas eram assim, finas e curvas.

As pedras limosas, por onde a tarde ia aderindo,
tinham a mesma exalação de água secreta,
de talos molhados, de pólen,
de sepulcro e de ressurreição.

E as borboletas sem voz
dançavam assim veludosamente.

Restitui-te na minha memória, por dentro das flores!
Deixa virem teus olhos, como besouros de ônix,
tua boca de malmequer orvalhado,
e aquelas tuas mãos dos inconsoláveis mistérios,
com suas estrelas e cruzes,
e muitas coisas tão estranhamente escritas
nas suas nervuras nítidas de folha,
— e incompreensíveis, incompreensíveis.

MEIRELES, Cecília. *Obra poética*. Rio de Janeiro: José Aguilar Editora, 1972. p. 154.

a) O poema de Cecília Meireles caracteriza-se pela visão intimista do mundo, a presença de associações sensoriais e a aproximação do humano com a natureza. A memória é a fonte de inspiração do eu poético. A partir dessas afirmações, determine o gênero literário predominante no poema, justificando sua resposta com suas próprias palavras.

b) Observa-se no poema a utilização de inúmeras figuras de linguagem como recurso expressivo. Destaque do texto um exemplo de prosopopeia e outro de sinestesia.

5. **(Uepa)** Leia os excertos a seguir, de "Carta a Stalingrado", poema de Carlos Drummond de Andrade.

Depois de Madri e de Londres, ainda há grandes [cidades!
O mundo não acabou, pois que entre as ruínas
outros homens surgem, a face negra de pó e de pólvora,
e o hálito selvagem da liberdade
dilata os seus peitos, Stalingrado,
seus peitos que estalam e caem,
enquanto outros, vingadores, se elevam.
[...]
Stalingrado, quantas esperanças!
Que flores, que cristais e músicas o teu nome nos derrama!
Que felicidade brota de tuas casas!
De umas apenas resta a escada cheia de corpos;
de outras o cano de gás, a torneira, uma bacia de [criança.
Não há mais livros para ler nem teatros funcionando nem trabalho nas fábricas,
todos morreram, estropiaram-se, os últimos defendem pedaços negros de parede,
mas a vida em ti é prodigiosa e pulula como insetos [ao sol,
ó minha louca Stalingrado!

Nesses excertos do poema "Carta a Stalingrado", Drummond denuncia a barbárie que foi o cerco de Stalingrado pelas tropas de Hittler.

Avalie as seguintes assertivas sobre eles.

I. A cada habitante de Stalingrado que tomba, outro se levanta, vingador, e se eleva.

II. Como se sabe, o próprio Drummond, ao organizar sua Antologia Poética, dividiu sua obra em seções. Pela temática desenvolvida, esses excertos da "Carta" ficaram na seção "A própria poesia".

III. "Carta a Stalingrado" é, sobretudo, um canto de louvor à resistência diante da barbárie bélica e à vida que emerge dos escombros da cidade destruída.

IV. Em "Carta a Stalingrado", à função poética associam-se as funções expressiva e conativa.

São corretas as assertivas da seguinte alternativa:

a) I, II, III e IV.
b) I, III e IV.
c) II, III e IV.
d) I e II.
e) III e IV.

6. **(UFABC-SP)**

Rosa de Hiroxima

Pensem nas crianças
Mudas telepáticas
Pensem nas meninas
Cegas inexatas
Pensem nas mulheres
Rotas alteradas
Pensem nas feridas
Como rosas cálidas
Mas, oh, não se esqueçam
Da rosa da rosa
Da rosa de Hiroxima
A rosa hereditária
A rosa radioativa
Estúpida e inválida
A rosa com cirrose
A antirrosa atômica
Sem cor sem perfume
Sem rosa sem nada

Vinicius de Moraes.

Assinale a alternativa correta.

a) O emprego de formas de imperativo (pensem, não se esqueçam) é próprio da função apelativa da linguagem, e seu efeito de sentido é buscar a adesão do leitor.

b) O texto é predominantemente informativo, principalmente porque a linguagem do autor é coloquial.

c) Pela temática, o poema representa a poesia sensual neossimbolista do autor, marcada pela quebra de convenções sociais.

d) São características do estilo modernista, a que o autor adere: repetição de palavras e ritmo regular, de rimas perfeitas.

e) A metáfora da rosa para referir-se à bomba de Hiroxima é própria para identificar a matriz denotativa do texto, cujo sentido é literal.

LEIA O TEXTO DE CECÍLIA MEIRELES PARA RESPONDER ÀS QUESTÕES 7 E 8.

Abandonando o espírito destrutivo e irreverente dos primeiros momentos do Modernismo, a poesia, a partir de 1930, apresenta um gradual amadurecimento. Livres da preocupação de chocar o público conservador, os poetas dessa fase tendem para uma revalorização das formas poéticas tradicionais.

Canção

Pus o meu sonho num navio
e o navio em cima do mar;
– depois, abri o mar com as mãos,
Para o meu sonho naufragar.

Minhas mãos ainda estão molhadas
Do azul das ondas entreabertas,
E a cor que escorre dos meus dedos
Colore as areias desertas.

O vento vem vindo de longe,
A noite se curva de frio;
Debaixo da água vai morrendo
Meu sonho, dentro de um navio...

Chorarei quanto for preciso,
Para fazer com que o mar cresça,
E o meu navio chegue ao fundo
E o meu sonho desapareça.

Depois, tudo estará perfeito:
Praia lisa, águas ordenadas,
Meus olhos secos como pedras
E as minhas duas mãos quebradas.

7. **(UFMT)** Em relação à construção dos sentidos do poema, assinale **V** para as afirmativas verdadeiras e **F** para as falsas.

( ) O emprego de verbos na primeira pessoa do singular, **pus**, **abri** e **chorarei**, explica-se pela atitude egocentricamente lírica da poetisa.

( ) A recorrência aos possessivos: **meu sonho**, **minhas mãos**, **meu navio**, **meus olhos**, **minhas duas mãos**, reforça uma característica centralizadora do eu poético.

( ) O substantivo **sonho** deve ser entendido como uma manifestação psicofisiológica ocorrente durante o sono.

( ) A dimensão emocional, no poema, dá suporte a atitudes que seriam inverossímeis fora do contexto lírico (**abrir o mar com as mãos, por exemplo**).

Assinale a sequência correta.

a) V, V, F, V
b) V, V, V, F
c) V, F, F, F
d) F, V, F, V
e) F, V, F, V

8. **(UFMT)** Da leitura do poema, pode-se afirmar:

a) As lágrimas do eu lírico guardam uma relação inversamente proporcional às águas de um mar abstrato.
b) O emprego da palavra navio, essencialmente concreta, não se presta de maneira adequada às especificidades de contextos poéticos.
c) A estrofe final denuncia uma secura pétrea do olhar, coerente com a frieza marcante do eu lírico.
d) Os olhos secos como pedras são o resultado de um chorar hiperbólico, de um mar de lágrimas.
e) A aliteração em "v" ("vento vem vindo") sugere que a angústia que domina o eu lírico é momentânea e que, como o vento, vai passar.

9. **(UFRJ)**

Desde sempre

Vinicius de Moraes

Na minha frente, no cinema escuro e silencioso
Eu vejo as imagens musicalmente rítmicas
Narrando a beleza suave de um drama de amor.
Atrás de mim, no cinema escuro e silencioso
Ouço vozes surdas, viciadas
Vivendo a miséria de uma comédia de carne.
Cada beijo longo e casto do drama
Corresponde a cada beijo ruidoso e sensual da comédia
Minha alma recolhe a carícia de um
E a minha carne a brutalidade do outro.
Eu me angustio.
Desespera-me não me perder da comédia ridícula e falsa
Para me integrar definitivamente no drama.
Sinto a minha carne curiosa prendendo-me às
[palavras implorantes
Que ambos se trocam na agitação do sexo
Tento fugir para a imagem pura e melodiosa
Mas ouço terrivelmente tudo
Sem poder tapar os ouvidos.
Num impulso fujo, vou para longe do casal impudico
Para somente poder ver a imagem.
Mas é tarde. Olho o drama sem mais penetrar-lhe a
[beleza
Minha imaginação cria o fim da comédia que é
[sempre o mesmo fim
E me penetra a alma uma tristeza infinita
Como se para mim tudo tivesse morrido.

Autores e obras de um determinado período podem apresentar — nos níveis da forma ou do conteúdo — padrões estéticos e ideológicos caracterizadores de um outro momento histórico. Partindo de tal afirmação, pode-se dizer que o poema, embora escrito por um poeta do século XX, apresenta um conflito tipicamente barroco. Descreva esse conflito com base em elementos extraídos do texto.

10. **(Unicamp-SP)** O poema abaixo, de Carlos Drummond de Andrade, pertence ao livro *A rosa do povo* (1945), que reúne composições escritas na época da Segunda Guerra Mundial e da ditadura do Estado Novo no Brasil:

Passagem da noite

É noite. Sinto que é noite
não porque a sombra descesse
(bem me importa a face negra)
mas porque dentro de mim,
no fundo de mim, o grito
se calou, fez-se desânimo.
Sinto que nós somos noite,
que palpitamos no escuro
e em noite nos dissolvemos.
Sinto que é noite no vento,
noite nas águas, na pedra.
E que adianta uma lâmpada?
E que adianta uma voz?
É noite no meu amigo.
É noite no submarino.
É noite na roça grande.
É noite, não é morte, é noite
de sono espesso e sem praia.
Não é dor, nem paz, é noite,
é perfeitamente a noite.

Mas salve, olhar de alegria!
E salve, dia que surge!
Os corpos saltam do sono,
o mundo se recompõe.
Que gozo na bicicleta!
Existir: seja como for.
A fraterna entrega do pão.
Amar: mesmo nas canções.
De novo andar: as distâncias,
as cores, posse das ruas.
Tudo que à noite perdemos
se nos confia outra vez.
Obrigado, coisas fiéis!
Saber que ainda há florestas,
sinos, palavras; que a terra
prossegue seu giro, e o tempo
não murchou; não nos diluímos!

Chupar o gosto do dia!
Clara manhã, obrigado,
o essencial é viver!

a) Explique o sentido metafórico da **noite** e o uso do verbo **sentir**, na 1.ª estrofe.
b) Explique o sentido metafórico do **dia** e o sentimento a ele associado, na 2.ª estrofe.

11. (ITA-SP) O poema abaixo, de autoria de Cecília Meireles, faz parte do livro *Viagem*, de 1939.

Epigrama 11

A ventania misteriosa
passou na árvore cor-de-rosa,
e sacudiu-a como um véu,
um largo véu, na sua mão.
Foram-se os pássaros para o céu.
Mas as flores ficaram no chão.

MEIRELES, Cecília. *Viagem/Vaga música*. Rio de Janeiro: Nova Fronteira, 1982.

Esse poema:

I. mostra uma certa herança romântica, tanto pelo teor sentimental do texto como pela referência à natureza.
II. mostra uma certa herança simbolista, pois não é um poema centrado no "eu", nem apresenta excesso emocional.
III. expõe de forma metafórica uma reflexão sobre algumas experiências difíceis da vida humana.
IV. é um poema bastante melancólico por registrar de forma triste o sofrimento decorrente da perda de um ente querido.

Estão corretas as afirmações:

a) I e III.
b) I, III e IV.
c) II e III.
d) II, III e IV.
e) II e IV.

12. (UEPG-PR)

Família

Três meninos e duas meninas,
sendo uma ainda de colo.
a cozinheira preta, a copeira mulata,
o papagaio, o gato, o cachorro,
as galinhas gordas no palmo de horta
e a mulher que trata de tudo.
A espreguiçadeira, a cama, a gangorra,
o cigarro, o trabalho, a reza,
a goiabada na sobremesa de domingo,
o palito nos dentes contentes,
o gramofone rouco toda noite
e a mulher que trata de tudo.
O agiota, o leiteiro, o turco,
O médico uma vez por mês,
O bilhete todas as semanas
branco! Mas a esperança sempre verde.
A mulher que trata de tudo
e a felicidade.

ANDRADE, Carlos Drummond de. *Alguma poesia*, p. 81.

Sobre o poema anterior, é correto afirmar:

01. Os versos que compõem esse poema são livres, uma vez que não seguem uma mesma métrica.
02. Nesse poema, Carlos Drummond de Andrade não teve intenção de demonstrar seu interesse em retratar coisas do cotidiano, mas tentou quebrar as regras da época sugerindo um novo modelo de família em que "a mulher trata de tudo".
04. Nos versos "o palito nos dentes contentes, / o gramofone rouco toda noite" observa-se a figura de pensamento denominada prosopopeia, que consiste na atribuição de alguma característica própria dos seres humanos a um ser animado ou inanimado.
08. Pela descrição da família e do que acontece no ambiente em que vive, pode-se afirmar que o texto apresenta uma demonstração da uniformidade e monotonia dos acontecimentos que envolvem a vida familiar.
16. No poema anteiror, por não haver rima, pode-se afirmar que os versos são brancos.

13. (Uerj)

Romance II ou Do ouro incansável

Mil bateias[1] vão rodando
sobre córregos escuros;
a terra vai sendo aberta
por intermináveis sulcos;
infinitas galerias
penetram morros profundos.

De seu calmo esconderijo,
o ouro vem, dócil e ingênuo;
torna-se pó, folha, barra,
prestígio, poder, engenho...
É tão claro! — e turva tudo:
honra, amor e pensamento.

Borda flores nos vestidos,
sobe a opulentos altares,
traça palácios e pontes,
eleva os homens audazes,
e acende paixões que alastram
sinistras rivalidades.

Pelos córregos, definham
negros, a rodar bateias.
Morre-se de febre e fome
sobre a riqueza da terra:
uns querem metais luzentes,
outros, as redradas[2] pedras.

Ladrões e contrabandistas
estão cercando os caminhos;
cada família disputa
privilégios mais antigos;
os impostos vão crescendo
e as cadeias vão subindo.

Por ódio, cobiça, inveja,
vai sendo o inferno traçado.
Os reis querem seus tributos,
— mas não se encontram vassalos.
Mil bateias vão rodando,
mil bateias sem cansaço.

Mil galerias desabam;
mil homens ficam sepultos;
mil intrigas, mil enredos
prendem culpados e justos;
já ninguém dorme tranquilo,
que a noite é um mundo de sustos.

Descem fantasmas dos morros,
vêm almas dos cemitérios:
todos pedem ouro e prata,
e estendem punhos severos,
mas vão sendo fabricadas
muitas algemas de ferro.

MEIRELES, Cecília. *Poesias completas*. Rio de Janeiro: Civilização Brasileira, 1974.

1. **bateias:** peneiras de madeira.
2. **redradas:** depuradas, selecionadas.

O poema de Cecília Meireles apresenta um tom épico e revela afinidades com as propostas que distinguiram a chamada geração de 30 da primeira geração modernista.

a) Indique duas características do poema relacionadas ao gênero épico.
b) Aponte um aspecto em comum entre a perspectiva da autora sobre o país, revelada nesse texto, e a que predominou na obra de romancistas da geração de 30.

14. (UFF-RJ)

Quinze de novembro

Deodoro todo nos trinques
Bate na porta de Dão Pedro Segundo.
"— Seu imperadô, dê o fora
que nós queremos tomar conta desta bugiganga.
Mande vir os músicos."
O imperador bocejando responde
"Pois não meus filhos não se vexem
me deixem calçar as chinelas
podem entrar à vontade:
só peço que não me bulam nas obras completas
[de Victor Hugo."

MENDES, Murilo. *Poesia completa e prosa*.

O poeta Murilo Mendes apresenta um fato histórico construído também por discursos diretos que refletem uma visão crítica e irônica da Proclamação da República.

Justifique como os diferentes registros de língua, na caracterização da fala dos personagens, constroem a visão crítica e irônica da Proclamação da República.

15. (UFJF-MG) Leia, com atenção, o poema de Cecília Meireles, transcrito abaixo, para responder ao que se pede.

Ritmo

O ritmo em que gemo
doçuras e mágoas
é um dourado remo
por douradas águas.
Tudo, quando passo,
olha-me e suspira.
— Será meu compasso
que tanto os admira?

MEIRELES, Cecília. *Viagem / Vaga música*. Rio de Janeiro: Nova Fronteira, 1982. p. 143.

Explique a concepção de poesia, desenvolvida no poema, com relação à **musicalidade** e ao **objeto** do poema. Para reforçar sua resposta, selecione exemplos do texto.

16. (Enem)

O mundo é grande

O mundo é grande e cabe
Nesta janela sobre o mar.
O mar é grande e cabe
Na cama e no colchão de amar.
O amor é grande e cabe
No breve espaço de beijar.

ANDRADE, Carlos Drummond de. *Poesia e prosa*. Rio de Janeiro: Nova Aguilar, 1983.

Nesse poema, o poeta realizou uma opção estilística: a reiteração de determinadas construções e expressões linguísticas, como o uso da mesma conjunção para estabelecer a relação entre as frases. Essa conjunção estabelece, entre as ideias relacionadas, um sentido de

a) oposição.
b) comparação.
c) conclusão.
d) alternância.
e) finalidade.

17. (Enem) Murilo Mendes, em um de seus poemas, dialoga com a carta de Pero Vaz de Caminha:

A terra é mui graciosa,
Tão fértil eu nunca vi.
A gente vai passear,
No chão espeta um caniço,
No dia seguinte nasce
Bengala de castão de oiro.
Tem goiabas, melancias,
Banana que nem chuchu.
Quanto aos bichos, tem-nos muito,
De plumagens mui vistosas.
Tem macaco até demais
Diamantes tem à vontade
Esmeralda é para os trouxas.
Reforçai, Senhor, a arca,
Cruzados não faltarão,
Vossa perna encanareis,
Salvo o devido respeito.
Ficarei muito saudoso
Se for embora daqui.

MENDES, Murilo. *Murilo Mendes - poesia completa e prosa*. Rio de Janeiro: Nova Aguilar, 1994.

Arcaísmos e termos coloquiais misturam-se nesse poema, criando um efeito de contraste, como ocorre em:

a) A terra é mui graciosa / Tem macaco até demais
b) Salvo o devido respeito / Reforçai, Senhor, a arca
c) A gente vai passear / Ficarei muito saudoso
d) De plumagens mui vistosas / Bengala de castão de oiro
e) No chão espeta um caniço / Diamantes tem à vontade

18. (Unicamp-SP) Leia com atenção os dois fragmentos a seguir, extraídos do poema de Carlos Drummond de Andrade cujo título, "Procura da poesia", também indica seu tema. Compare-os e explique como o tema é desenvolvido em cada um deles.

Fragmento 1

Não faças versos sobre acontecimentos.
Não há criação nem morte perante a poesia.
Diante dela, a vida é um sol estático
não aquece nem ilumina.
As finalidades, os aniversários, os incidentes pessoais
não contam.
Não faças poesia com o corpo,
esse excelente, completo e confortável corpo, tão
infenso à efusão lírica.

Fragmento 2

Penetra surdamente no reino das palavras.
Lá estão os poemas que esperam ser escritos.
Estão paralisados, mas não há desespero,
há calma e frescura na superfície intata.
Ei-los, sós e mudos, em estado de dicionário.

19. **(PUC-RS)**

Texto A

Se eu fosse apenas...

Cecília Meireles

Se eu fosse apenas uma rosa
com que prazer me desfolhava,
já que a vida é tão dolorosa
e não te sei dizer mais nada!

Se eu fosse apenas água e vento,
com que prazer me desfaria,
como em teu próprio pensamento
vais desfazendo a minha vida!

Perdoa-me causar-te a mágoa
desta humana, amarga demora!
— de ser menos breve do que a água,
mais durável que o vento e a rosa...

Texto B

O Bicho

Manuel Bandeira

Vi ontem um bicho
Na imundície do pátio
Catando comida entre os detritos

Quando achava alguma coisa,
Não examinava nem cheirava:
Engolia com voracidade.

O bicho não era um cão,
Não era um gato,
Não era um rato.
O bicho, meu Deus, era um homem.

I. No texto A, a poeta associa as imagens da rosa, da água e do vento à ideia de efemeridade.
II. No texto A, a poeta, ao final, pede perdão por se opor à ideia inicialmente prevista.
III. No texto B, a expressão "meu Deus", dá conta do espanto do poeta ao reconhecer um homem naquela figura grotesca.
IV. O texto B caracteriza-se pela linguagem prosaica.

Pela análise das afirmativas, conclui-se que está correta a alternativa

a) I e II.
b) I e III.
c) I, II, III e IV.
d) II e IV.
e) III e IV.

20. **(UFJF-MG)** Leia, com atenção, o poema "Quadrilha", de Carlos Drummond de Andrade, publicado no livro *Alguma poesia* (Rio de Janeiro: Nova Aguilar, 1992, p. 24).

Quadrilha

João amava Teresa que amava Raimundo
que amava Maria que amava Joaquim que amava Lili
que não amava ninguém.
João foi para os Estados Unidos, Teresa para o convento
Raimundo morreu de desastre, Maria ficou para tia,
Joaquim suicidou-se e Lili casou com J. Pinto Fernandes
que não tinha entrado na história.

Com base na leitura do poema, discuta a concepção de amor em Drummond.

Capítulo 28

O Brasil de 1930 a 1945 – a prosa

1. **(Enem)**

Texto I

Logo depois transferiram para o trapiche o depósito dos objetos que o trabalho do dia lhes proporcionava. Estranhas coisas entraram então para o trapiche. Não mais estranhas, porém, que aqueles meninos, moleques de todas as cores e de idades as mais variadas, desde os nove aos dezesseis anos, que à noite se estendiam pelo assoalho e por debaixo da ponte e dormiam, indiferentes ao vento que circundava o casarão uivando, indiferentes à chuva que muitas vezes os lavava, mas com os olhos puxados para as luzes dos navios, com os ouvidos presos às canções que vinham das embarcações...

AMADO, J. *Capitães da Areia*. São Paulo: Companhia das Letras, 2008 (fragmento).

Texto II

À margem esquerda do rio Belém, nos fundos do mercado de peixe, ergue-se o velho ingazeiro — ali os bêbados são felizes. Curitiba os considera animais sagrados, provê as suas necessidades de cachaça e pirão. No trivial contentavam-se com as sobras do mercado.

TREVISAN, D. *35 noites de paixão: contos escolhidos*. Rio de Janeiro: BestBolso, 2009 (fragmento).

Sob diferentes perspectivas, os fragmentos citados são exemplos de uma abordagem literária recorrente na literatura brasileira do século XX. Em ambos os textos,

a) a linguagem afetiva aproxima os narradores dos personagens marginalizados.
b) a ironia marca o distanciamento dos narradores em relação aos personagens.
c) o detalhamento do cotidiano dos personagens revela a sua origem social.

d) o espaço onde vivem os personagens é uma das marcas de sua exclusão.

e) a crítica à indiferença da sociedade pelos marginalizados é direta.

TEXTOS PARA AS QUESTÕES 2 E 3.

Texto I

Agora Fabiano conseguia arranjar as ideias. O que o segurava era a família. Vivia preso como um novilho amarrado ao mourão, suportando ferro quente. Se não fosse isso, um soldado amarelo não lhe pisava o pé não.

[...] Tinha aqueles cambões pendurados ao pescoço. Deveria continuar a arrastá-los? Sinha Vitória dormia mal na cama de varas. Os meninos eram uns brutos, como o pai. Quando crescessem, guardariam as reses de um patrão invisível, seriam pisados, maltratados, machucados por um soldado amarelo.

Graciliano Ramos. *Vidas secas*.
São Paulo: Martins, 23. ed., 1969, p. 75.

Texto II

Para Graciliano, o roceiro pobre é um outro, enigmático, impermeável. Não há solução fácil para uma tentativa de incorporação dessa figura no campo da ficção. É lidando com o impasse, ao invés de fáceis soluções, que Graciliano vai criar **Vidas Secas**, elaborando uma linguagem, uma estrutura romanesca, uma constituição de narrador em que narrador e criaturas se tocam, mas não se identificam. Em grande medida, o debate acontece porque, para a intelectualidade brasileira naquele momento, o pobre, a despeito de aparecer idealizado em certos aspectos, ainda é visto como um ser humano de segunda categoria, simples demais, incapaz de ter pensamentos demasiadamente complexos. O que **Vidas Secas** faz é, com pretenso não envolvimento da voz que controla a narrativa, dar conta de uma riqueza humana de que essas pessoas seriam plenamente capazes.

Luís Bueno. *Guimarães, Clarice e antes*. In: *Teresa*.
São Paulo: USP, n. 2, 2001, p. 254.

2. **(Enem)** A partir do trecho de *Vidas secas* (texto I) e das informações do texto II, relativas às concepções artísticas do romance social de 1930, avalie as seguintes afirmativas.

I. O pobre, antes tratado de forma exótica e folclórica pelo regionalismo pitoresco, transforma-se em protagonista privilegiado do romance social de 30.

II. A incorporação do pobre e de outros marginalizados indica a tendência da ficção brasileira da década de 30 de tentar superar a grande distância entre o intelectual e as camadas populares.

III. Graciliano Ramos e os demais autores da década de 30 conseguiram, com suas obras, modificar a posição social do sertanejo na realidade nacional.

É correto apenas o que se afirma em

a) I. b) II. c) III. d) I e II. e) II e III.

3. **(Enem)** No texto II, verifica-se que o autor utiliza

a) linguagem predominantemente formal, para problematizar, na composição de *Vidas secas*, a relação entre o escritor e o personagem popular.

b) linguagem inovadora, visto que, sem abandonar a linguagem formal, dirige-se diretamente ao leitor.

c) linguagem coloquial, para narrar coerentemente uma história que apresenta o roceiro pobre de forma pitoresca.

d) linguagem formal com recursos retóricos próprios do texto literário em prosa, para analisar determinado momento da literatura brasileira.

e) linguagem regionalista, para transmitir informações sobre literatura, valendo-se de coloquialismo, para facilitar o entendimento do texto.

4. **(Unicamp-SP)** Leia os seguintes trechos de *O cortiço* e *Vidas secas*:

O rumor crescia, condensando-se; o zum-zum de todos os dias acentuava-se; já se não destacavam vozes dispersas, mas um só ruído compacto que enchia todo o cortiço. [...]. Sentia-se naquela fermentação sanguínea, naquela gula viçosa de plantas rasteiras que mergulhavam os pés vigorosos na lama preta e nutriente da vida, o prazer animal de existir, a triunfante satisfação de respirar sobre a terra.

AZEVEDO, Aluísio. *O cortiço. Ficção completa*.
Rio de Janeiro: Nova Aguillar, 2005. p. 462.

Fabiano ia satisfeito. Sim senhor, arrumara-se. Chegara naquele estado, com a família morrendo de fome, comendo raízes. Caíra no fim do pátio, debaixo de um juazeiro, depois tomara conta da casa deserta. Ele, a mulher e os filhos tinham-se habituado à camarinha escura, pareciam ratos — e a lembrança dos sofrimentos passados esmorecera. [...]

— Fabiano, você é um homem, exclamou em voz alta.

Conteve-se, notou que os meninos estavam perto, com certeza iam admirar-se ouvindo-o falar só. E, pensando bem, ele não era homem: era apenas um cabra ocupado em guardar coisas dos outros. Vermelho, queimado, tinha os olhos azuis, a barba e os cabelos ruivos; mas como vivia em terra alheia, cuidava de animais alheios, descobria-se, encolhia-se na presença dos brancos e julgava-se cabra.

Olhou em torno, com receio de que, fora os meninos, alguém tivesse percebido a frase imprudente. Corrigiu-a, murmurando:

— Você é um bicho, Fabiano.

Isto para ele era motivo de orgulho. Sim senhor, um bicho, capaz de vencer dificuldades.

Chegara naquela situação medonha — e ali estava, forte, até gordo, fumando seu cigarro de palha.

— Um bicho, Fabiano. [...]

Agora Fabiano era vaqueiro, e ninguém o tiraria dali. Aparecera como um bicho, entocara-se como um bicho, mas criara raízes, estava plantado.

RAMOS, Graciliano. *Vidas secas*.
Rio de Janeiro: Record, 2007. p.18-9.

a) Ambos os trechos são narrados em terceira pessoa. Apesar disso, há uma diferença de pontos de vista na aproximação das personagens com o mundo animal e vegetal. Que diferença é essa?

b) Explique como essa diferença se associa à visão de mundo expressa em cada romance.

5. (Unicamp-SP) Leia o seguinte trecho do capítulo "Contas", de *Vidas secas*.

Tinha a obrigação de trabalhar para os outros, naturalmente, conhecia do seu lugar. Bem. Nascera com esse destino, ninguém tinha culpa de ele haver nascido com um destino ruim. Que fazer? Podia mudar a sorte? Se lhe dissessem que era possível melhorar de situação, espantar-se-ia. [...] Era a sina. O pai vivera assim, o avô também. E para trás não existia família, Cortar mandacaru, ensebar látegos — aquilo estava no sangue. Conformava-se, não pretendia mais nada. Se lhe dessem o que era dele, estava certo. Não davam. Era um desgraçado, era como um cachorro, só recebia ossos. Por que seria que os homens ricos ainda lhe tomavam uma parte dos ossos? Fazia até nojo pessoas importantes se ocuparem com semelhantes porcarias.

(Graciliano Ramos, *Vidas secas*. 103ª. ed., Rio de Janeiro: Editora Record, 2007, p. 97.)

a) Que visão Fabiano tem de sua própria condição? Justifique.
b) Explique a referência que ele faz aos "homens ricos" com base no enredo do livro.

6. (Enem)

A velha Totonha de quando em vez batia no engenho. E era um acontecimento para a meninada... Que talento ela possuía para contar as suas histórias, com um jeito admirável de falar em nome de todos os personagens, sem nenhum dente na boca, e com uma voz que dava todos os tons às palavras!

Havia sempre rei e rainha, nos seus contos, e forca e adivinhações. E muito da vida, com as suas maldades e as suas grandezas, a gente encontrava naqueles heróis e naqueles intrigantes, que eram sempre castigados com mortes horríveis!

O que fazia a velha Totonha mais curiosa era a cor local que ela punha nos seus descritivos. Quando ela queria pintar um reino era como se estivesse falando dum engenho fabuloso. Os rios e florestas por onde andavam os seus personagens se pareciam muito com a Paraíba e a Mata do Rolo. O seu Barba-Azul era um senhor de engenho de Pernambuco.

José Lins do Rego. *Menino de engenho*. Rio de Janeiro: José Olympio, 1980, p. 49-51 (com adaptações).

Na construção da personagem "velha Totonha", é possível identificar traços que revelam marcas do processo de colonização e de civilização do país.

Considerando o texto acima, infere-se que a velha Totonha

a) tira o seu sustento da produção da literatura, apesar de suas condições de vida e de trabalho, que denotam que ela enfrenta situação econômica muito adversa.
b) compõe, em suas histórias, narrativas épicas e realistas da história do país colonizado, livres da influência de temas e modelos não representativos da realidade nacional.
c) retrata, na constituição do espaço dos contos, a civilização urbana europeia em concomitância com a representação literária de engenhos, rios e florestas do Brasil.
d) aproxima-se, ao incluir elementos fabulosos nos contos, do próprio romancista, o qual pretende retratar a realidade brasileira de forma tão grandiosa quanto a europeia.
e) imprime marcas da realidade local a suas narrativas, que têm como modelo e origem as fontes da literatura e da cultura europeia universalizada.

7. (Fuvest-SP)

Vestindo água, só saído o cimo do pescoço, o burrinho tinha de se enqueixar para o alto, a salvar também de fora o focinho. Uma peitada. Outro tacar de patas. Chu-áa! Chu-áa... — ruge o rio, como chuva deitada no chão.

Nenhuma pressa! Outra remada, vagarosa. No fim de tudo, tem o pátio, com os cochos, muito milho, na Fazenda; e depois o pasto: sombra, capim e sossego...

Nenhuma pressa. Aqui, por ora, este poço doido, que barulha como um fogo, e faz medo, não é novo: tudo é ruim e uma só coisa, no caminho: como os homens e os seus modos, costumeira confusão. É só fechar os olhos.

Como sempre. Outra passada, na massa fria. E ir sem afã, à voga surda, amigo da água, bem com o escuro, filho do fundo, poupando forças para o fim. Nada mais, nada de graça; nem um arranco, fora de hora. Assim.

João Guimarães Rosa. O burrinho pedrês, *Sagarana*.

Quando nos apresentam os homens vistos pelos olhos dos animais, as narrativas em que aparecem o burrinho pedrês, do conto homônimo (*Sagarana*), os bois de "Conversa de bois" (*Sagarana*) e a cachorra Baleia (*Vidas secas*) produzem um efeito de

a) indignação, uma vez que cada um desses animais é morto por algozes humanos.
b) infantilização, uma vez que esses animais pensantes são exclusivos da literatura infantil.
c) maravilhamento, na medida em que os respectivos narradores servem-se de sortilégios e de magia para penetrar na mente desses animais.
d) estranhamento, pois nos fazem enxergar de um ponto de vista inusitado o que antes parecia natural e familiar.
e) inverossimilhança, pois não conseguem dar credibilidade a esses animais dotados de interioridade.

Ilustração de Aldemir Martins, para a 27. edição de *Vidas Secas*, São Paulo, Martins Fontes, 1970.

8. (UFABC-SP) A temática da fome está presente em um dos mais expressivos romances de Graciliano Ramos, *Vidas secas*. Leia um trecho dessa obra.

Entrava dia e saía dia. As noites cobriam a terra de chofre. A tampa anilada baixava, escurecia, quebrada apenas pelas vermelhidões do poente.

Miudinhos, perdidos no deserto queimado, os fugitivos agarraram-se, somaram as suas desgraças e os seus pavores. O coração de Fabiano bateu junto do coração de Sinhá Vitória, um abraço cansado aproximou os farrapos que os cobriam. Resistiram à fraqueza, afastaram-se envergonhados, sem ânimo de afrontar de novo a luz dura, receosos de perder a esperança que os alentava.

Iam-se amodorrando e foram despertados por Baleia, que trazia nos dentes um preá. Levantaram-se todos gritando. O menino mais velho esfregou as pálpebras, afastando pedaços de sonho. Sinhá Vitória beijava o focinho de Baleia, e como o focinho estava ensanguentado, lambia o sangue e tirava proveito do beijo.

Aquilo era caça bem mesquinha, mas adiaria a morte do grupo. E Fabiano queria viver. Olhou o céu com resolução. A nuvem tinha crescido, agora cobria o morro inteiro. Fabiano pisou com segurança, esquecendo as rachaduras que lhe estragavam os dedos e os calcanhares.

Assinale a alternativa correta.

a) A escolha dessa temática, no quadro do romance regionalista de 1930, destaca a tensão das relações do homem com o ambiente em que vive.
b) A linguagem do romance é marcada por referências simbólicas, adotando sintaxe de períodos longos, com predomínio de subordinação.
c) Esse romance rompe com a tradição do Regionalismo de 30, ao optar pela ambientação do romance no espaço urbano.
d) No trecho transcrito mostra-se a predileção do autor pela expressão de juízos de valor acerca dos fatos narrados.
e) A técnica de narração em primeira pessoa, adotada no romance, com um narrador personagem, produz, para o leitor, o efeito de sentido de objetividade.

9. (ESPM-SP)

A revolução chama Pedro Bala como Deus chamava Pirulito nas noites de **trapiche***. É uma voz poderosa dentro dele, poderosa como a voz do mar, como a voz do vento, tão poderosa como uma voz sem comparação. Como a voz de um negro que canta num saveiro o samba que Boa-Vida fez:

"Companheiros, chegou a hora..."

[...] Uma voz que vem do cais, do peito dos estivadores, de João de Adão, de seu pai morrendo num comício, dos marinheiros dos navios, dos saveiristas e dos canoeiros. Uma voz que vem do grupo que joga a luta da capoeira, que vem dos golpes que o Querido-de-Deus aplica. Uma voz que vem mesmo do padre José Pedro, padre pobre de olhos espantados diante do destino terrível dos Capitães de Areia. Uma voz que vem das filhas-de-santo do candomblé de Don'Aninha, na noite que a polícia levou Ogum. Voz que vem do trapiche dos Capitães de Areia. Que vem do reformatório e do orfanato. Que vem do ódio do Sem-Perna se atirando do elevador para não se entregar. Que vem no trem da Leste Brasileira, através do sertão, do grupo de Lampião pedindo justiça para os sertanejos. Que vem de Alberto, o estudante pedindo escolas e liberdade para a cultura.

Capitães de Areia, Jorge Amado, 50. ed., Record.

* **trapiche:** armazém onde se guardam mercadorias importadas ou para se exportar.

Nos segmentos abaixo, é possível detectar certo cunho socialista do autor, **exceto em um.** Assinale-o:

a) "A revolução chama Pedro Bala"
b) "padre pobre de olhos espantados diante do destino terrível dos Capitães de Areia".
c) "ódio do Sem-Perna se atirando do elevador para não se entregar"
d) "grupo de Lampião pedindo justiça para os sertanejos".
e) "estudante pedindo escolas e liberdade para a cultura".

10. (Unicamp-SP) O excerto abaixo, de *Vidas Secas*, trata da personagem Sinhá Vitória:

Calçada naquilo, trôpega, mexia-se como um papagaio, era ridícula. Sinhá Vitória ofendera-se gravemente com a comparação, e se não fosse o respeito que Fabiano lhe inspirava, teria despropositado. Efetivamente os sapatos apertavam-lhe os dedos, faziam-lhe calos. Equilibrava-se mal, tropeçava, manquejava, trepada nos saltos de meio palmo. Devia ser ridícula, mas a opinião de Fabiano entristecera-a muito. Desfeitas essas nuvens, curtidos os dissabores, a cama de novo lhe aparecera no horizonte acanhado. Agora pensava nela de mau humor. Julgava-a inatingível e misturava-a às obrigações da casa. [...] Um mormaço levantava-se da terra queimada. Estremeceu lembrando-se da seca [...]. Diligenciou afastar a recordação, temendo que ela virasse realidade. [...] Agachou-se, atiçou o fogo, apanhou uma brasa com a colher, acendeu o cachimbo, pôs-se a chupar o canudo de taquari cheio de sarro. Jogou longe uma cusparada, que passou por cima da janela e foi cair no terreiro. Preparou-se para cuspir novamente. Por uma extravagante associação, relacionou esse ato com a lembrança da cama. Se o cuspo alcançasse o terreiro, a cama seria comprada antes do fim do ano. Encheu a boca de saliva, inclinou-se — e não conseguiu o que esperava. Fez várias tentativas, inutilmente. [...] Olhou de novo os pés espalmados. Efetivamente não se acostumava a calçar sapatos, mas o remoque de Fabiano molestara-a. Pés de papagaio. Isso mesmo, sem dúvida, matuto anda assim. Para que fazer vergonha à gente? Arreliava-se com a comparação. Pobre do papagaio. Viajara com ela, na gaiola que balançava em cima do baú de folha. Gaguejava: — "Meu louro." Era o que sabia dizer. Fora isso, aboiava arremedando Fabiano e latia como Baleia. Coitado. Sinhá Vitória nem queria lembrar-se daquilo.

Graciliano Ramos, *Vidas secas*. Rio de Janeiro/São Paulo: Record, 2007. p. 41-3.

a) Por que a comparação feita por Fabiano incomoda tanto Sinhá Vitória? Que lembrança evoca?
b) Tendo em vista a condição e a trajetória de Sinhá Vitória, justifique a ironia contida no nome da personagem. Que outra personagem referida no excerto acima também revela uma ironia no nome?

11. (Fuvest-SP) "Só em torno de 30, e depois, o Brasil histórico e concreto, isto é, contraditório e já não mais mítico, seria o objeto preferencial de um romance neorrealista e de uma literatura abertamente política. Mas ao longo dos anos propriamente modernistas, o Brasil é uma lenda sempre se fazendo."

Alfredo Bosi, *Céu, Inferno*.

Aceitando o que afirma o texto, poder-se-ia coerentemente completá-lo com o seguinte período:

a) "Legendário é o coronel do cacau de Jorge Amado, tanto ou mais que o senhor de engenho de José Lins do Rego".

b) "É assim que se deve reconhecer o modo pelo qual se opõem as narrativas de Graciliano Ramos e as de Clarice Lispector".
c) "Em sua obra-prima ficcional, *Macunaíma*, Mário de Andrade veio a recusar esse país mítico-lendário, abrindo aquela vertente neorrealista".
d) "Se na fase modernista mais impetuosa a personagem Macunaíma deu o tom, na subsequente deu-o o nordestino de Graciliano Ramos e de José Lins do Rego".
e) "Veja-se, como ilustração dessa passagem, que a saga regionalista de um Érico Veríssimo deu lugar ao universalismo da ficção de Clarice Lispector".

12. **(Vunesp-SP)** "E estas três partes correspondem ainda ao movimento rítmico da sonata: um alegro inicial que é a zanga destabocada de mestre José Amaro, um andante central que é o mais repousado Lula de Holanda na sua pasmaceira cheia de interioridade não dita, e finalmente o presto brilhante e genial do Capitão Vitorino Carneiro da Cunha."

O trecho faz parte de uma apreciação crítica feita por Mário de Andrade a respeito de um romance de autor nordestino. O romance e o autor analisados são:
a) *Fogo morto* e José Lins do Rego.
b) *São Bernardo* e Graciliano Ramos.
c) *A bagaceira* e José Américo de Almeida.
d) *Vidas secas* e Graciliano Ramos.
e) *Usina* e José Lins do Rego.

13. **(UnB-DF)** Assinale a afirmativa incorreta.
a) O movimento modernista brasileiro tem a Semana de Arte Moderna como marco cronológico.
b) A literatura regionalista surgiu com o Modernismo.
c) A primeira fase do nosso Modernismo caracterizou-se por um aspecto demolidor e combativo.
d) Um dos objetivos do Modernismo brasileiro foi a formação da consciência criadora nacional.

Capítulo 29

O Brasil depois de 1945

1. **(Fuvest-SP)** Leia o trecho do conto "Minha gente", de Guimarães Rosa, e responda ao que se pede.

Oh, tristeza! Da gameleira ou do ingazeiro, desce um canto, de repente, triste, triste, que faz dó. É um sabiá. Tem quatro notas, sempre no mesmo, porque só ao fim da página é que ele dobra o pio. Quatro notas, em menor, a segunda e a última molhadas. Romântico.

Bento Porfírio se inquieta:

— Eu não gosto desse passarinho!... não gosto de violão... De nada que põe saudades na gente.

GUIMARÃES ROSA, J. Minha gente. In: *Sagarana*.

No trecho, a menção ao sabiá e a seu canto, enfaticamente associados a "Romântico" e a "saudades", indica que o texto de Guimarães Rosa pode remeter a um poema, dos mais conhecidos da literatura brasileira, escrito em um período em que se afirmava o nacionalismo literário. Identifique o poema a que remete o texto de Rosa e aponte o nome de seu autor.

2. **(UEM-PR)** Assinale o que for **correto** sobre o poema que segue e sobre a poética de seu autor.

O engenheiro
A luz, o sol, o ar livre
envolvem o sonho do engenheiro.
O engenheiro sonha coisas claras:
superfícies, tênis, um copo de água.
O lápis, o esquadro, o papel;
o desenho, o projeto, o número:
o engenheiro pensa o mundo justo,
mundo que nenhum véu encobre.
(Em certas tardes nós subíamos
ao edifício. A cidade diária,
como um jornal que todos liam,
ganhava um pulmão de cimento e vidro).
A água, o vento, a claridade,
de um lado o rio, no alto as nuvens,
situavam na natureza o edifício
crescendo de suas forças simples.

MELO NETO, João Cabral de. *Melhores poemas*. 6. ed. São Paulo: Global, 1985. p. 19.

(01) No poema, predominam substantivos concretos que expressam existência física. Nesse sentido, a escolha das palavras reforça a materialidade da profissão do engenheiro.
(02) O sonho está no plano da abstração e da idealização, como indicam os elementos que o caracterizam: "luz", "sol", "ar livre". Em seu sonho, o engenheiro expressa o desejo de projetar uma cidade inteira e usufruir da sua criação junto com a mulher amada.
(04) O poema apresenta a valorização do mundo natural. De fato, a produção poética de João Cabral de Melo Neto tem como característica o retorno à cultura primitiva, anterior ao advento da civilização. A observação do mundo natural possibilita o equilíbrio espiritual perdido nas grandes cidades. A ênfase na natureza revela a forte influência dos escritores árcades na produção literária do poeta.
(08) O poema mostra o confronto entre o mundo natural, representado pelo rio, e o mundo tecnológico, representado pelo edifício. O fato de o edifício ter um "pulmão de aço e vidro" significa o sufocamento da natureza pelas construções humanas.
(16) O poema sugere uma prática profissional compromissada com as formas visíveis, materiais, de compreensão imediata, como indicam as sequências "mundo que nenhum véu encobre", "A cidade diária, / como um jornal que todos liam". A postura do engenheiro, avessa à imaginação obscura e à subjetividade emotiva, é pleiteada na poética de João Cabral de Melo Neto.

3. **(ITA-SP)** Na obra *Quaderna* (1960), João Cabral de Melo Neto incluiu um conjunto de textos, intitulado "Poemas da cabra", cujo tema é o papel desse animal no universo social e cultural nordestino. Um desses poemas é reproduzido abaixo:

Um núcleo de cabra é visível
por debaixo de muitas coisas.
Com a natureza da cabra
Outras aprendem sua crosta.

Um núcleo de cabra é visível
em certos atributos roucos
que têm as coisas obrigadas
a fazer de seu corpo couro.

A fazer de seu couro sola.
a armar-se em couraças, escamas:
como se dá com certas coisas
e muitas condições humanas.

Os jumentos são animais
que muito aprenderam da cabra.
O nordestino, convivendo-a,
fez-se de sua *mesma casta*.

Acerca desse poema, **não** se pode afirmar que:

a) o poeta vê a cabra como um animal forte e que influencia outros seres que vivem em condições adversas.
b) aquilo que a cabra parece ensinar aos demais seres é a resignação e a paciência diante da adversidade.
c) a cabra oferece uma espécie de modelo comportamental para aqueles que precisam ser fortes para enfrentar uma vida dura.
d) a cabra é um animal resistente ao meio hostil em que vive, assim como outros animais também o são, como o jumento.
e) há no poema uma aproximação entre a cabra e o homem nordestino, pois ambos são fortes e resistentes.

4. (Fuvest-SP)

Sim, que, à parte o sentido prisco[1], valia o ileso gume do vocábulo pouco visto e menos ainda ouvido, raramente usado, melhor fora se jamais usado. Porque, diante de um gravatá[2], selva moldada em jarro jônico, dizer-se apenas drimirim ou amormeuzinho é justo; e, ao descobrir, no meio da mata, um angelim que atira para cima cinquenta metros de tronco e fronde, quem não terá ímpeto de criar um vocativo absurdo e bradá-lo — Ó colossalidade! — na direção da altura?

GUIMARÃES ROSA, João. São Marcos. In: *Sagarana*.

1. **prisco:** antigo, relativo a tempos remotos.
2. **gravatá:** planta da família das bromeliáceas.

Neste excerto, o narrador do conto "São Marcos" expõe alguns traços de estilo que correspondem a características mais gerais dos textos do próprio autor, Guimarães Rosa. Entre tais características só **não** se encontra:

a) o gosto pela palavra rara.
b) o emprego de neologismos.
c) a conjugação de referências eruditas e populares.
d) a liberdade na exploração das potencialidades da língua portuguesa.
e) a busca da concisão e da previsibilidade da linguagem.

5. (UPM-SP)

— A quem estais carregando,
irmão das almas,
embrulhado nessa rede?
Dizei que eu saiba.
— A um defunto de nada,
irmão das almas,
que há muitas horas viaja
à sua morada.

O fragmento pertence a *Morte e vida severina*, de João Cabral de Melo Neto, poema que se tornou popular também pela sua encenação e musicalização, feita por Chico Buarque. Nos versos transcritos,

a) a finalidade da pergunta presente na primeira fala está enunciada no quarto verso: que eu saiba.
b) a expressão irmão das almas (segundo e sexto versos) remete, nos dois casos, à mesma personagem.
c) o pronome relativo que (sétimo verso) refere-se a irmão das almas.
d) o diálogo se dá entre personagens de um mesmo ritual, envolvidos com a tarefa de sepultamento do falecido.
e) o processo de caracterização do defunto resume-se à informação acerca de seu longo trajeto até a sepultura.

6. (PUC-RJ)

O açúcar

O branco açúcar que adoçará meu café
nesta manhã de Ipanema
não foi produzido por mim
nem surgiu dentro do açucareiro por milagre.

Vejo-o puro
e afável ao paladar
como beijo de moça, água
na pele, flor
que se dissolve na boca. Mas este açúcar
não foi feito por mim.

Este açúcar veio
da mercearia da esquina e tampouco o fez o Oliveira,
dono da mercearia.
Este açúcar veio
de uma usina de açúcar em Pernambuco
ou no Estado do Rio
e tampouco o fez o dono da usina.
Este açúcar era cana
e veio dos canaviais extensos
que não nascem por acaso
no regaço do vale.

Em lugares distantes, onde não há hospital
nem escola,
homens que não sabem ler e morrem de fome
aos 27 anos
plantaram e colheram a cana
que viraria açúcar.

Em usinas escuras,
homens de vida amarga
e dura
produziram este açúcar
branco e puro
com que adoço meu café esta manhã em Ipanema.

GULLAR, Ferreira. *Dentro da noite veloz & Poema sujo*.
São Paulo: Círculo do Livro, s/d. p.51-2.

Observa-se no poema a presença de uma relação de aproximação e/ou distanciamento entre o lugar de enunciação do eu poético e o da temática enunciada. Caracterize, com suas próprias palavras, tal procedimento, retirando passagens dos textos que justifiquem a sua resposta.

TEXTO PARA AS QUESTÕES 7 A 9.

Ainda estava sob a impressão da cena meio cômica entre sua mãe e seu marido, na hora da despedida. Durante as duas semanas da visita da velha, os dois mal se haviam suportado; os bons dias e as boas tardes soavam a cada momento com uma delicadeza cautelosa que a fazia querer rir. Mas eis que na hora da despedida, antes de entrarem no táxi, a mãe se transformara em sogra exemplar e o marido se tornara o bom genro... 'Perdoe alguma palavra mal dita', dissera a velha senhora, e Catarina, com alguma alegria, vira Antônio não saber o que fazer das malas nas mãos, gaguejar — perturbado em ser o bom genro... 'Se eu rio, eles pensam que estou louca', pensara Catarina franzindo as sobrancelhas... 'Quem casa um filho perde um filho, quem casa uma filha ganha mais um', acrescentara a mãe [...].

LISPECTOR, Clarice. *Laços de família*. 12. ed. Rio de Janeiro: José Olympio, 1982. p. 109-11.

7. **(UEL-PR)** Com base no texto, é correto afirmar que Catarina:

a) sente um certo tédio por ser obrigada a participar do episódio de despedida de sua mãe.
b) diverte-se observando o constrangimento do marido e da mãe no episódio da despedida.
c) embora ansiasse pela partida da visitante, sente muita tristeza ao final da visita da mãe.
d) certifica-se de que a mãe e o marido, para sua tristeza, jamais poderiam manter um bom relacionamento.
e) compartilha do sofrimento vivenciado pela mãe e pelo marido na hora em que se despedem.

8. **(UEL-PR)** Na frase "Perdoe alguma palavra mal dita":

a) a ideia de incerteza vem expressa pelo pronome indefinido "alguma".
b) a indicação de ordem é representada pela forma verbal no imperativo.
c) a rudeza do falante é expressa pela forma verbal imperativa.
d) a referência a um momento anterior da narrativa está representada pela expressão de tempo "mal".
e) a palavra "mal" representa o precário nível de instrução do personagem.

9. **(UEL-PR)** A causa da repressão do riso, nesse texto, está:

a) no respeito ao marido, às vezes descontrolado em suas reações.
b) na obediência à mãe, muito repressiva, mesmo na idade adulta da filha.
c) na intenção de evitar o estranhamento do marido e da mãe.
d) no medo de desencadear ainda mais discussões entre o marido e a mãe.
e) no temor de uma nova internação no hospício.

10. **(Uerj)**

A cidade sitiada (1949)

O subúrbio de S. Geraldo, no ano de 192..., já misturava ao cheiro de estrebaria algum progresso. Quanto mais fábricas se abriam nos arredores, mais o subúrbio se erguia em vida própria sem que os habitantes pudessem dizer que transformação os atingia. Os movimentos já se haviam congestionado e não se poderia atravessar uma rua sem desviar-se de uma carroça que os cavalos vagarosos puxavam, enquanto um automóvel impaciente buzinava atrás lançando fumaça. Mesmo os crepúsculos eram agora enfumaçados e sanguinolentos. De manhã, entre os caminhões que pediam passagem para a nova usina, transportando madeira e ferro, as cestas de peixe se espalhavam pela calçada, vindas através da noite de centros maiores. Dos sobrados desciam mulheres despenteadas com panelas, os peixes eram pesados quase na mão, enquanto vendedores em manga de camisa gritavam os preços. E quando sobre o alegre movimento da manhã soprava o vento fresco e perturbador, dir-se-ia que a população inteira se preparava para um embarque.

Ao pôr-do-sol galos invisíveis ainda cocoricavam. E misturando-se ainda à poeira metálica das fábricas o cheiro das vacas nutria o entardecer. Mas de noite, com as ruas subitamente desertas, já se respirava o silêncio com desassossego, como numa cidade; e nos andares piscando de luz todos pareciam estar sentados. As noites cheiravam a estrume e eram frescas. Às vezes chovia.

LISPECTOR, Clarice. *A cidade sitiada*. Rio de Janeiro: Nova Fronteira, 1982.

No texto, o crescimento de um subúrbio é representado como uma força que se impõe aos habitantes.

a) Transcreva duas orações que, apresentando como núcleo do sujeito um substantivo referente a um ser humano, confirmam essa perspectiva.
b) Explique a afinidade que há entre esse modo de representar o ambiente e um movimento literário surgido no Brasil no final do século XIX.

11. **(UFJF-MG)** João Cabral de Melo Neto caracteriza seu poema dramático, *Morte e vida severina*, como um "auto de Natal pernambucano". Explique essa caracterização, associando-a ao personagem e a aspectos do enredo.

12. **(Enem)** O poema abaixo pertence à poesia concreta brasileira. O termo latino de seu título significa "epitalâmio", poema ou canto em homenagem aos que se casam.

Epithalamium — II

he = ele	S = serpens
& = e	h = homo
She = ela	e = eva

Pedro Xisto.

Considerando que símbolos e sinais são utilizados geralmente para demonstrações objetivas, ao serem incorporados no poema "Epithalamium – II":

a) adquirem novo potencial de significação.
b) eliminam a subjetividade do poema.
c) opõem-se ao tema principal do poema.
d) invertem seu sentido original.
e) tornam-se confusos e equivocados.

UTILIZE O TEXTO ABAIXO, DE CARLINHOS VERGUEIRO, PARA RESPONDER AOS TESTES 13 E 14.

Valsa

Eu não vim de longe
Eu não sou um monge
Eu não faço ioga
Eu não sei de tudo
Não estou em voga
Eu não fico mudo
Não sufoco o riso
Eu não apregoo
Não aperfeiçoo
Eu nunca medito
Eu estou na rua
Eu não sou maldito

E quem bebe
Bebe a dor
E quem joga
Joga a dor
Quem se agita
Agita a dor
Quem trabalha
Engana a dor

13. **(Ibmec-SP)** Fazendo combinações com verbos e o substantivo dor, Carlinhos Vergueiro cria um jogo fonético que nos remete, subjetivamente, a uma outra interpretação do que se ouve, atribuindo duplo sentido a alguns versos da segunda estrofe. Deste jogo, infere-se que:

a) o trabalho é uma forma de mascarar a dor que se sente.
b) para passar a dor é necessário que o doente se movimente bastante.
c) a dor está sendo representada pelas lágrimas e pelo remédio que a alivia.
d) todos conclamem a dor porque, tendo plena consciência de sua existência, a cura é inevitável.
e) todo jogador tem a dor como instrumento de sua atividade e para ela deve estar preparado.

14. **(Ibmec-SP)** Em relação à primeira estrofe do texto, **não** é correto afirmar que:

a) os versos são redondilha maior e apresentam rimas ricas e emparelhadas.
b) não obedece a um esquema de rima fixo.
c) é composta por 12 versos pentassílabos.
d) apresenta verbos na primeira pessoa do singular dos quais apenas um não está no Presente do Indicativo.
e) todos os versos são redondilha menor já que cinco sílabas métricas os compõem.

15. **(ITA-SP)** Considere o poema a seguir, de Ronaldo Azeredo.

V V V V V V V V V V
V V V V V V V V V E
V V V V V V V V E L
V V V V V V V E L O
V V V V V V E L O C
V V V V V E L O C I
V V V V E L O C I D
V V V E L O C I D A
V V E L O C I D A D
V E L O C I D A D E

Ronaldo Azeredo. 1957.

Esse texto

I. explora a organização visual das palavras sobre a página.
II. põe ênfase apenas na forma e não no conteúdo da mensagem.
III. pode ser lido não apenas na sequência horizontal das linhas.
IV. não apresenta preocupação social.

Estão corretas:

a) I e II.
b) I, II e III.
c) I e III.
d) II e IV.
e) todas.

16. **(PUC-PR)** Identifique as alternativas verdadeiras a respeito do poema transcrito, de autoria de Paulo Leminski.

Rimas da moda

1930	1960	1980
amor	homem	ama
dor	come	cama
	fome	

I. O título do poema, metalinguístico, indica a importância das semelhanças sonoras na sua composição.
II. O poema traça um breve histórico da sucessão de temas privilegiados pela poesia brasileira ao longo do século XX.
III. Segundo o texto, em 1960 a poesia voltou-se mais para a problemática social do que para os relacionamentos amorosos.
IV. A distribuição espacial das palavras e a presença de números exemplificam a aproximação de Paulo Leminski à Geração de 45.

Estão corretas apenas:

a) II, III e IV.
b) I e II.
c) II e III.
d) II e IV.
e) I, II e III.

17. **(Unesp)** Esta questão põe em pauta o poema "Epitáfio para um banqueiro", do poeta contemporâneo José Paulo Paes.

Epitáfio para um banqueiro

n e g ó c i o
e g o
ó c i o
c i o
0

In: PAES, José Paulo. *Anatomias.* São Paulo: Cultrix, 1976. p. 17.

Este "Epitáfio para um banqueiro" enfoca um tema literário bastante atual: o egoísmo, a solidão do indivíduo, a falta de comunicação que o leva a fechar-se nos limites de sua própria existência e, consequentemente, ver o mundo sempre deformado por uma visão individualista. Tomando por base estas observações:

a) faça uma descrição do plano semântico-visual do texto, de modo a revelar sua compreensão do poema como um "epitáfio";
b) aponte o signo que, numa das linhas do poema, demarca a característica do indivíduo como um ser em si, exclusivista e isolado.

18. **(Unesp)** A questão toma por base um trecho do poema satírico *Cartas Chilenas*, do poeta neoclássico Tomás Antônio Gonzaga (1744-1810), e um fragmento do poema *João Boa-Morte, cabra marcado para morrer*, do poeta neoconcretista Ferreira Gullar (1930).

Cartas Chilenas

Os grandes, Doroteu, da nossa Espanha
têm diversas herdades: umas delas
dão trigo, dão centeio e dão cevada;
as outras têm cascatas e pomares,
com outras muitas peças, que só servem,
nos calmosos verões, de algum recreio.
Assim os generais da nossa Chile
têm diversas fazendas: numas passam
as horas de descanso, as outras geram
os milhos, os feijões e os úteis frutos,
que podem sustentar as grandes casas.
[...]
Amigo Doroteu, és pouco esperto;
as fazendas que pinto não são dessas
que têm para as culturas largos campos
e virgens matarias, cujos troncos
levantam, sobre as nuvens, grossos ramos.
Não são, não são fazendas onde paste
o lanudo carneiro e a gorda vaca,
a vaca, que salpica as brandas ervas
com o leite encorpado, que lhe escorre
das lisas tetas, que no chão lhe arrastam.
Não são, enfim, herdades, onde as loiras,
zunidoras abelhas de mil castas,
nos côncavos das árvores já velhas,
que bálsamos destilam, escondidas,
fabriquem rumas de gostosos favos.
Estas quintas são quintas só no nome,
pois são os dois contratos que utilizam
aos chefes, ainda mais que o próprio Estado.

Cada triênio, pois, os nossos chefes
levantam duas quintas ou herdades,
e, quando o lavrador da terra inculta
despende o seu dinheiro, no princípio,
fazendo levantar, de paus robustos,
as casas de vivenda e, junto delas,
em volta de um terreiro, as vis senzalas,
os nossos generais, pelo contrário,
quando estas quintas fazem, logo embolsam
uma grande porção de loiras barras.

Tomás Antônio Gonzaga, *Cartas Chilenas*, 1788-1789.

João Boa-Morte

Vou contar para vocês
um caso que sucedeu
na Paraíba do Norte
com um homem que se chamava
Pedro João Boa-Morte,
lavrador de Chapadinha:
talvez tenha morte boa
porque vida ele não tinha.

Sucedeu na Paraíba
mas é uma história banal
em todo aquele Nordeste.
Podia ser em Sergipe,
Pernambuco ou Maranhão,
que todo cabra da peste
ali se chama João
Boa-Morte, vida não.

Morava João nas terras
de um coronel muito rico.
Tinha mulher e seis filhos,
um cão que chamava "Chico",
um facão de cortar mato,
um chapéu e um tico-tico.

Trabalhava noite e dia
nas terras do fazendeiro.
Mal dormia, mal comia,
mal recebia dinheiro;
se recebia não dava
pra acender o candeeiro.
João não sabia como
fugir desse cativeiro.

Ferreira Gullar, *João Boa-Morte, cabra marcado para morrer*, 1962.

Aspectos da métrica e da rima costumam ser diferenciais de certos períodos literários. Esses recursos podem ligar os poemas de Gonzaga e de Ferreira Gullar com o Neoclassicismo, de um lado, e com a transposição de temas para a literatura de cordel, de outro. Tendo em vista essas possibilidades,

a) aponte as diferenças entre os dois poemas, quanto ao número de sílabas métricas e quanto ao emprego de rimas;
b) identifique um par de expressões rimadas, na segunda estrofe do poema de Ferreira Gullar, que remete à região onde é típica a literatura de cordel.

19. **(UFPR)** O poema que se segue integra o volume intitulado *Muitas vozes*, publicado por Ferreira Gullar no ano de 1999.

Ouvindo apenas

e gato e passarinho
e gato
e passarinho (na manhã
veloz
e azul
de ventania e ar
vores
voando)
e cão
latindo e gato e passarinho (só
rumores
de cão
e gato
e passarinho
ouço
deitado
no quarto
às dez da manhã
de um novembro
no Brasil)

Acerca do poema acima reproduzido, considere as seguintes afirmativas:

I. No plano da linguagem poética, pelo menos um dos procedimentos empregados pelo autor em *Muitas vozes* encontra-se exemplificado em "Ouvindo apenas": o texto espacializado (a linguagem de base visual).

II. O sujeito lírico de "Ouvindo apenas" mantém-se desligado do mundo objetivo, mostrando-se insensível a estímulos físicos.
III. O emprego de quadras e tercetos isométricos associa "Ouvindo apenas" ao modelo estrutural do soneto.
IV. O poema justapõe dois registros da realidade: fora dos parênteses, os elementos da realidade são relacionados de forma objetiva; dentro dos parênteses, fica evidenciada a atuação do componente subjetivo.
V. Embora use recursos do fazer poético concretista, Ferreira Gullar harmoniza a ousadia formal com a representação da emoção.

Assinale a alternativa correta.

a) Somente as afirmativas I, IV e V são verdadeiras.
b) Somente as afirmativas I e III são verdadeiras.
c) Somente as afirmativas II, III e IV são verdadeiras.
d) Somente as afirmativas II, III e V são verdadeiras.
e) Somente as afirmativas II, IV e V são verdadeiras.

Capítulo 30

O teatro brasileiro no século XX

1. (Enem)

Teatro do Oprimido é um método teatral que sistematiza exercícios, jogos e técnicas teatrais elaboradas pelo teatrólogo brasileiro Augusto Boal, recentemente falecido, que visa à desmecanização física e intelectual de seus praticantes. Partindo do princípio de que a linguagem teatral não deve ser diferenciada da que é usada cotidianamente pelo cidadão comum (oprimido), ele propõe condições práticas para que o oprimido se aproprie dos meios do fazer teatral e, assim, amplie suas possibilidades de expressão. Nesse sentido, todos podem desenvolver essa linguagem e, consequentemente, fazer teatro. Trata-se de um teatro em que o espectador é convidado a substituir o protagonista e mudar a condução ou mesmo o fim da história, conforme o olhar interpretativo e contextualizado do receptor.

Companhia Teatro do Oprimido. Disponível em: <www.ctorio.org.br>. Acesso em: 1 jul. 2009 (adaptado).

Considerando-se as características do Teatro do Oprimido apresentadas, conclui-se que:

a) esse modelo teatral é um método tradicional de fazer teatro que usa, nas suas ações cênicas, a linguagem rebuscada e hermética falada normalmente pelo cidadão comum.
b) a forma de recepção desse modelo teatral se destaca pela separação entre atores e público, na qual os atores representam seus personagens e a plateia assiste passivamente ao espetáculo.
c) sua linguagem teatral pode ser democratizada e apropriada pelo cidadão comum, no sentido de proporcionar-lhe autonomia crítica para compreensão e interpretação do mundo em que vive.
d) o convite ao espectador para substituir o protagonista e mudar o fim da história evidencia que a proposta de Boal se aproxima das regras do teatro tradicional para a preparação de atores.
e) a metodologia teatral do Teatro do Oprimido segue a concepção do teatro clássico aristotélico, que visa à desautomação física e intelectual de seus praticantes.

2. (UPM-SP)

CHICÓ — Por que essa raiva dela?
JOÃO GRILO — Ó homem sem vergonha! Você inda pergunta? Está esquecido de que ela o deixou? Está esquecido da exploração que eles fazem conosco naquela padaria do inferno? Pensam que são o cão só porque enriqueceram, mas um dia hão de pagar. E a raiva que eu tenho é porque quando estava doente, me acabando em cima de uma cama, via passar o prato de comida que ela mandava para o cachorro. Até carne passada na manteiga tinha. Para mim nada, João Grilo que se danasse. Um dia eu me vingo.
CHICÓ — João, deixe de ser vingativo que você se desgraça. Qualquer dia você inda se mete numa embrulhada séria.

SUASSUNA, Ariano. *Auto da Compadecida*.

Considere as seguintes afirmações.

I. O texto de Ariano Suassuna recupera aspectos da tradição dramática medieval, afastando-se, portanto, da estética clássica de origem greco-romana.
II. A palavra **Auto**, no título do texto, por si só sugere que se trata de peça teatral de tradição popular, aspecto confirmado pela caracterização das personagens.
III. O teor crítico da fala da personagem, entre outros aspectos, remete ao teatro humanista de Gil Vicente, autor de vários autos, como, por exemplo, o ***Auto da barca do inferno***.

Assinale:

a) se todas estiverem corretas.
b) se apenas I e II estiverem corretas.
c) se apenas II estiver correta.
d) se apenas II e III estiverem corretas.
e) se todas estiverem incorretas.

3. (UFU-MG)

NASSAU — Mas diga que a cada dia nasce uma nova obra de arte, decifra-se o mistério de uma ciência, descobre-se algo...
MÉDICO (*Entrando, às pressas*). — Alteza! Alteza!
NASSAU — O que foi que descobriste hoje, doutor?
MÉDICO — A cura da gonorreia.
CONSULTOR — Ah, isso é magnífico.
NASSAU — Gostou, hein? Não lhe disse?
(*Para o Médico*) — Qual é a fórmula?
MÉDICO — Simples, meu Príncipe. Mastigando-se frequentemente a cana e engolindo-se o suco, sem nenhum outro medicamento, fica-se curado em oito dias.
Consultor toma um maço de cana das mãos do Médico, Nassau toma outro, põem na boca e começam a mastigar. O Médico oferece ao Frei que, discreta e maliciosamente, recusa.
NASSAU (*Mastigando*) — Notável... Que seria de nós sem a cana-de-açúcar?

BUARQUE, Chico; GUERRA, Ruy. *Calabar*.

Tendo em vista o trecho acima e a obra *Calabar*, assinale a alternativa correta.

a) Este trecho revela, de maneira irônica e metafórica, o ideal nacionalista de seus autores, mostrando um país que conseguia manter um desenvolvimento científico espetacular, mesmo em face das dificuldades políticas da época.
b) A descoberta da cura da gonorreia, mal que os europeus transmitiram aos nativos brasileiros, evidencia os avanços tecnológicos e científicos trazidos pelos holandeses ao Brasil, quando governaram em Pernambuco.
c) O fato de o Frei se recusar a mastigar a cana-de-açúcar demonstra sua descrença na cura científica, comprovando sua inabalável fé nos desígnios superiores e místicos. Isso prova que ele - o Frei - era um homem moralmente superior aos demais.
d) Por trás do humor e da ironia, principalmente na última fala de Nassau, esta passagem apresenta o motivo real das desavenças da época: o controle da produção da cana-de-açúcar e o monopólio de sua distribuição na Europa.

4. (Fuvest-SP) Leia a seguinte fala, extraída de uma peça teatral, e responda ao que se pede.

ODORICO — Povo sucupirano! Agoramente já investido no cargo de Prefeito, aqui estou para receber a confirmação, ratificação, a autenticação e, por que não dizer, a sagração do povo que me elegeu.

GOMES, Dias. *O bem-amado: farsa sócio-político-patológica em 9 quadros.*

a) A linguagem utilizada por Odorico produz efeitos humorísticos. Aponte um exemplo que comprove essa afirmação. Justifique sua escolha.
b) O que leva Odorico a empregar a expressão "por que não dizer", para introduzir o substantivo "sagração"?

5. (UFV-MG) Sobre a cena do julgamento na obra *O auto da compadecida*, é **incorreto** afirmar que o personagem João Grilo:
a) dirige-se a Jesus com certa intimidade.
b) é sincero ao expor seu pensamento.
c) invoca a Compadecida para interceder a favor dos pecadores.
d) convence Jesus com mentiras a dar-lhe outra oportunidade.

6. (Uepa) As opções abaixo relacionam *Vestido de noiva*, de Nélson Rodrigues, com a realidade histórico-social cultural e estilística dos tempos modernos.

Assinale a alternativa correta.
a) A literatura sempre mantém fortes relações com a realidade, como aconteceu durante o Futurismo, cujas obras apresentam forte apologia dos avanços tecnológicos da passagem do século XIX para o XX. Isso pode ser claramente percebido em *Vestido de noiva*.
b) A morte de Alaíde só pôde parecer acidental por causa dos recursos tecnológicos sofisticados que os mecânicos usaram na sabotagem do automóvel, a pedido de Pedro.
c) A existência de construções mentais que escapam ao controle da razão, mas são fundamentais no direcionamento do comportamento humano, descobertas por Freud, podem ser detectadas na composição expressionista da peça *Vestido de noiva*.
d) A crise ética da sociedade burguesa, decorrente do desemprego em massa provocado pelo avanço tecnológico, que fez a máquina substituir o homem, é o tema central de *Vestido de noiva*.
e) O choque entre a realidade tecnológica desumana e os desejos de estabilidade da classe operária podem ser percebidos no jogo que Nélson Rodrigues faz entre os planos da alucinação, memória e realidade, em *Vestido de noiva*.

7. (UEPG-PR) Leia o fragmento e assinale o que for correto.

A COMPADECIDA — É máscara dele, João. Como todo fariseu, o diabo é muito apegado às formas exteriores. É um fariseu consumado.

ENCOURADO — Protesto.

MANUEL — Eu já sei que você protesta, mas não tenho o que fazer, meu velho. Discordar de minha mãe é que não vou.

ENCOURADO — Grande coisa esse chamego que ela faz para salvar todo mundo! Termina desmoralizando tudo.

SEVERINO — Você só fala assim porque nunca teve mãe.

João Grilo — É mesmo, um sujeito ruim desse, só sendo filho de chocadeira!

A COMPADECIDA — E para que foi que você me chamou, João?

JOÃO GRILO — É que esse filho de chocadeira quer levar a gente para o inferno. Eu só podia me pegar com a senhora mesmo.

ENCOURADO — As acusações são graves. Seu filho mesmo disse que há tempo não via tanta coisa ruim junta.

A COMPADECIDA — Ouvi as acusações.

ENCOURADO — E então?

JOÃO GRILO — E então? Você ainda pergunta? Maria vai-nos defender. Padre João, puxe aí uma Ave-Maria!

PADRE, *ajoelhando-se* — Ave-Maria, cheia de graça, o Senhor é convosco, bendita sois vós entre as mulheres, bendito é o fruto de vosso ventre, Jesus.

JOÃO GRILO — Um momento, um momento. Antes de respondermos, lembrem-se de dizer, em vez de "agora e na hora de nossa morte", "agora na hora de nossa morte", porque do jeito que nós estamos, está tudo misturado.

TODOS — Santa Maria, mãe de Deus, rogai por nós, pecadores, agora na hora de nossa morte. Amém.

SUASSUNA, Ariano. *Auto da Compadecida.* Rio de Janeiro: Ed. Agir, 2004, p. 171.

(01) Jesus, Nossa Senhora e o diabo são referidos respectivamente, nesse texto, como Manuel, A Compadecida e Encourado.
(02) "E para que foi que você me chamou, João?" A passagem destacada mostra que A Compadecida vem em socorro dos que estão em julgamento por pedido de JOÃO GRILO.
(04) "PADRE, *ajoelhando-se*". A palavra que está em itálico indica como quem fará a representação da peça deve comportar-se no decorrer da cena. Esta indicação chama-se rubrica e não é verbalizada (dita) na encenação.
(08) "lembrem-se de dizer, em vez de 'agora e na hora de nossa morte', 'agora na hora de nossa morte' ...". A conjunção **e** foi suprimida para realçar a ideia de que já estavam na situação da morte.
(16) O motivo do pedido da intercessão de A Compadecida está presente em: "É que esse filho de chocadeira quer levar a gente para o inferno. Eu só podia me pegar com a senhora mesmo."

8. **(UFPE)** Ariano Suassuna é um dos teatrólogos mais cultos e divulgados no país. Escreveu, sobretudo, farsas e comédias, cujas fontes remontam:

a) a lendas africanas, transmitidas pelos escravos bantos.
b) aos romances bretões de cavalaria, como os contos do ciclo da Távola Redonda.
c) aos autos medievais ibéricos, que chegaram ao Brasil por meio de manifestações populares.
d) à *Comedia della Arte* italiana, cujos personagens foram transplantados para o cenário do carnaval brasileiro.
e) aos mitos indígenas, como os do Saci, do Boto, da Iara.

9. **(UFPE)** Ariano Suassuna é intelectual e escritor pernambucano de renome nacional. Sua ideia de uma Arte Armorial, apesar de controversa, congrega muitos adeptos. Leia os fragmentos abaixo, extraídos do texto escrito pelo próprio Suassuna a respeito do Movimento Armorial. Em seguida, analise as colocações sobre sua obra *Auto da Compadecida*, assinalando o que é verdadeiro e o que é falso.

A Arte Armorial Brasileira é aquela que tem como traço comum principal a ligação com o espírito mágico dos "folhetos" do Romanceiro Popular do Nordeste (Literatura de Cordel), com a Música de viola, rabeca ou pífano que acompanha seus "cantares", e com a Xilogravura que ilustra suas capas, assim como com o espírito e a forma das Artes e espetáculos populares com esse mesmo Romanceiro relacionados.

[...]o Teatro armorial parte dos **romances**, das histórias trágicas ou picarescas da Literatura de Cordel, assim como dos espetáculos populares do Nordeste, e tem, no campo da Arte erudita, um espírito muito semelhante ao deles.

SUASSUNA, Ariano. O Movimento Armorial.

a) O *Auto da Compadecida* é o exemplo de que velhas fórmulas do auto medieval e da literatura de cordel podem ganhar na modernidade nova força e dimensão.
b) Conforme a citação lida, o *Auto da Compadecida* é uma obra literária armorial porque adota a estrutura de gênero dos "romances, das histórias trágicas ou picarescas da Literatura de Cordel".
c) No *Auto da Compadecida*, o "espírito mágico" a que se refere Suassuna encontra-se na presença da personagem do gato que "descome" dinheiro, realidade só possível na estrutura fabular da obra.
d) A intertextualidade em *Auto da Compadecida* consiste, sobretudo, no diálogo que o escritor estabelece com as histórias anônimas, muitas delas veiculadas pela oralidade, junto com outras de autores eruditos.
e) No *Auto da Compadecida*, verifica-se a presença de uma representação dentro da representação, na medida em que o autor localiza a trama dentro de um espetáculo circense.

10. **(ESPM-SP)** Leia o fragmento abaixo de *O bem-amado* de Dias Gomes e depois responda:

Uma sala da prefeitura. O ambiente é modesto. Durante a mutação, ouve-se um dobrado e vivas a Odorico, "viva o prefeito" etc. Estão em cena Dorotéa, Juju, Dulcineia, Vigário e Odorico. Este último, à janela, discursa.

ODORICO: Povo sucupirano! Agoramente já investido no cargo de Prefeito, aqui estou para receber a confirmação, a ratificação, a autenticação e por que não dizer a sagração do povo que me elegeu.

Aplausos vêm de fora.

ODORICO: Eu prometi que o meu primeiro ato como prefeito seria ordenar a construção do cemitério.

Aplausos, aos quais se incorporam as personagens em cena.

ODORICO: (*Continuando o discurso.*) Botando de lado os entretantos e partindo pros finalmentes, é uma alegria poder anunciar que prafrentemente vocês já poderão morrer descansados, tranquilos e desconstrangidos, na certeza de que vão ser sepultados aqui mesmo, nesta terra morna e cheirosa de Sucupira. E quem votou em mim, basta dizer isso ao padre na hora da extrema-unção, que tem enterro e cova de graça, conforme o prometido.

Aplausos. Vivas. Foguetes. A banda volta a tocar. Odorico acena para o povo sorridente, depois deixa a janela e é imediatamente cercado pelos presentes, que o cumprimentam.

DOROTÉA: Parabéns. Foi ótimo o seu discurso.

JUJU: Disse o que precisava dizer.

ODORICO: Obrigado, obrigado.

GOMES, Dias. *O bem-amado*.

Só **não** se pode afirmar sobre o fragmento acima o seguinte:

a) Ao se fazer intérprete da vontade popular na primeira fala, Odorico utiliza um recurso, comum nos discursos de políticos demagogos quando tomam posse.
b) Há uma gradação de ideias na sequência "a confirmação, a ratificação, a autenticação e ... a sagração".
c) O termo "sagração" reveste o prefeito com uma conotação místico-religiosa.
d) Visando impressionar a plateia, o discurso de Odorico contém uma grande quantidade de neologismos sobretudo representados por adjuntos adverbiais de modo.
e) O grande respaldo popular do agora prefeito Odorico provém de sua variada e consistente plataforma política.

11. **(PUC-SP)**

"LÚCIA (*estendendo o braço*) — O *bouquet*.

(Crescendo da música funeral e festiva. Quando Lúcia pede o bouquet, *Alaíde, como um fantasma, avança em direção da irmã, por uma das escadas laterais, numa atitude de quem vai entregar o* bouquet. *Clessi sobe a outra escada. Uma luz vertical acompanha Alaíde e Clessi. Todos imóveis em pleno gesto. Apaga-se, então, toda a cena, só ficando iluminado, sob uma luz lunar, o túmulo de Alaíde. Crescendo da Marcha Fúnebre. Trevas.)*

Essa marcação da cena final da peça destaca o caráter extremamente sugestivo de *Vestido de noiva*, qual seja, o da relação entre o:

a) amor e a morte.
b) crime e o castigo.
c) trágico e o cômico.
d) sexo e o desejo.
e) ciúme e a vingança.

12. **(PUC-SP)** De *Vestido de noiva*, peça de teatro de Nelson Rodrigues, considerando o tema desenvolvido, **não** se pode dizer que aborda:

a) o passado e o destino de Alaíde por meio de suas lembranças desregradas.
b) o delírio de Alaíde caracterizado pela desordem da memória e confusão entre a realidade e o sonho.

c) o mistério da imaginação e da crise subconsciente identificada na superposição das figuras de Alaíde e de Madame Clessi.
d) o embate entre Alaíde, com suas obsessões e Lúcia, a mulher de véu, antagonista e um dos móveis da ação.
e) a vida passada de Alaíde revelada no casual achado de um velho diário e de um maço de fotografias.

Capítulo 31

Portugal depois da Geração de Orpheu

1. (Unicamp-SP) Leia o poema abaixo de António Osório [poeta português contemporâneo]:

Ignição

Meus versos, desejo-vos na rua,
nas padiolas, pelo chão, encardidos
como quem ganha com eles a vida,
e o papel vá escurecendo ao sol,
a chuva o manche, a capa
ganhe dedadas, a companhia
aderente de um insecto,
as palavras se humildem mais
e chegue a sua vez de comoverem alguém
que compre, um faminto ajudando.

Meus versos, desejo-vos nas bibliotecas
itinerantes, gostaríeis de viajar
por aldeias, praias, escolas primárias,
despertar o rápido olhar das crianças,
estar nas suas mãos
completamente indefeso
e, sobretudo, que não vos compreendam.
Oxalá escrevam, risquem, atirem no recreio
umas às outras como pélas* os livros
e sonhem, se possível, com algum verso
que súbito se esgueire pela sua alma.

* **pélas:** bolas, especialmente as de borracha.

a) A quem o eu lírico se dirige no início de cada estrofe?
b) No início da segunda estrofe, que reações contraditórias ele espera das crianças?
c) Ao final da segunda estrofe, que desejo ele manifesta a respeito do futuro da poesia?

2. (Unicamp-SP) Leia com atenção o poema que se segue:

Sida*

aqueles que têm nome e nos telefonam
um dia emagrecem — partem
deixam-nos dobrados ao abandono
no interior duma dor inútil muda
e voraz

arquivamos o amor no abismo do tempo
e para lá da pele negra do desgosto
pressentimos vivo
o passageiro ardente das areias — o viajante
que irradia um cheiro a violetas noturnas

acendemos então uma labareda nos dedos
acordamos trêmulos confusos — a mão queimada
junto ao coração

e mais nada se move na centrifugação
dos segundos — tudo nos falta
nem a vida nem o que dela resta nos consola
a ausência fulgura na aurora das manhãs
e com o rosto ainda sujo de sono ouvimos
o rumor do corpo a encher-se de mágoa

assim guardamos as nuvens breves os gestos
os invernos o repouso a sonolência
o vento
arrastando para longe as imagens difusas
daqueles que amamos e não voltaram
a telefonar.

ALBERTO**. *Horto de incêndio*. Lisboa: Assírio e Alvim, 1997.

* **Sida:** síndrome de imunodeficiência adquirida, é a denominação que em Portugal deu-se à doença conhecida no Brasil como "aids".

**O autor do poema é atualmente um dos mais reconhecidos poetas em Portugal.

a) Considerando o tema deste poema, como se pode entender a frase "aqueles que têm nome"?
b) Na segunda estrofe, o poema fala em arquivar o amor e em pressentir vivo o passageiro ardente. Analise essa aparente contradição.
c) Na quarta estrofe, quando o poema sugere a transformação da intensidade amorosa em carência (tudo nos falta), um verso traduz com perfeição a conjugação entre a intensidade amorosa e seu esvaziamento. Qual é esse verso?

3. (Unicamp-SP) Leia o poema abaixo, de Manuel António Pina, importante nome da lírica portuguesa contemporânea.

Agora é

Agora é diferente
Tenho o teu nome o teu cheiro
A minha roupa de repente
ficou com o teu cheiro
Agora estamos misturados
No meio de nós já não cabe o amor
Já não arranjamos
lugar para o amor
Já não arranjamos vagar
para o amor agora
isto vai devagar
Isto agora demora

PINA, Manuel António. *Poesia reunida* (1974-2001). Lisboa: Assírio & Alvim, 2001. p. 49.

a) O poema trata de uma transformação. Explique-a.
b) Que palavra marca essa transformação?
c) Qual a diferença introduzida por essa transformação no tratamento convencional dado ao tema?

4. (FGV-SP) Leia as seguintes afirmações sobre o romance *Memorial do convento*, de José Saramago:

1. A perspectiva do romance é, ao mesmo tempo, histórica, social e individual.
2. Por conter visão regional, interessa apenas aos povos de língua portuguesa.
3. O texto revela riqueza de imaginação e ironia sutil.
4. O foco narrativo é múltiplo, com predominância da terceira pessoa.
5. Na narrativa, contracenam personagens históricas, reais, do século XVIII e personagens de ficção.

6. Os protagonistas são um músico famoso e um frade.

As afirmações acima estão corretas, **exceto duas**. Assinale a alternativa que contém as afirmações **incorretas**.

a) 1 e 2.
b) 2 e 6.
c) 3 e 4.
d) 4 e 5.
e) 1 e 5.

5. (Fuvest-SP) Já vai andando a récua dos homens de Arganil, acompanham-nos até fora da vila as infelizes, que vão clamando, qual em cabelo, Ó doce e amado esposo, e outra protestando, Ó filho, a quem eu tinha só para refrigério e doce amparo desta cansada já velhice minha, não se acabavam as lamentações, tanto que os montes de mais perto respondiam, quase movidos de alta piedade [...]

SARAMAGO, José. *Memorial do convento.*

Em muitas passagens do trecho transcrito, o narrador cita textualmente palavras de um episódio de *Os Lusíadas*, visando criticar o mesmo aspecto da vida de Portugal que Camões, nesse episódio, já criticava. O episódio camoniano e o aspecto criticado são, respectivamente:

a) O Velho do Restelo; a posição subalterna da mulher na sociedade tradicional portuguesa.
b) Aljubarrota; a sangria populacional provocada pelos empreendimentos coloniais portugueses.
c) Aljubarrota; o abandono dos idosos decorrente dos empreendimentos bélicos, marítimos e suntuários.
d) O Velho do Restelo; o sofrimento popular decorrente dos empreendimentos dos nobres.
e) Inês de Castro; o sofrimento feminino causado pelas perseguições da Inquisição.

6. (Fuvest-SP) Sentaram-se todos ao redor da merenda, metendo a mão no cesto, à vez, sem outro resguardar de conveniências que não atropelar os dedos dos outros, agora o cepo que é a mão de Baltazar, cascosa como um tronco de oliveira, depois a mão eclesiástica e macia do padre Bartolomeu Lourenço, a mão exata de Scarlatti, enfim Blimunda, mão discreta e maltratada, com as unhas sujas de quem veio da horta e andou a sachar antes de apanhar as cerejas.

SARAMAGO, José. *Memorial do convento.*

Qual é a figura de linguagem que o narrador utiliza para marcar as diferenças de nível e grupo social das personagens?

7. (Unicamp-SP) Leia a seguinte passagem de *Os Cus de Judas*, de António Lobo Antunes:

Deito um centímetro mentolado de guerra na escova de dentes matinal, e cuspo no lavatório a espuma verde-escura dos eucaliptos de Ninda, a minha barba é a floresta do Chalala a resistir ao *napalm* da gillete, um grande rumor de trópicos ensanguentados cresce-me nas vísceras, que protestam.

LOBO ANTUNES, António. *Os cus de Judas.* Rio de Janeiro: Objetiva, 2003. p. 213.

a) A que guerra se refere o narrador?
b) Por que o narrador utiliza o presente do indicativo ao falar sobre a guerra?
c) Que recurso estilístico ele utiliza para aproximar a guerra de seu cotidiano? Cite dois exemplos.

Capítulo 32

O Brasil na virada do século XX-XXI

1. (Enem)

Nestes últimos anos, a situação mudou bastante e o Brasil, normalizado, já não nos parece tão mítico, no bem e no mal. Houve um mútuo reconhecimento entre os dois países de expressão portuguesa de um lado e do outro do Atlântico: o Brasil descobriu Portugal e Portugal, em um retorno das caravelas, voltou a descobrir o Brasil e a ser, por seu lado, colonizado por expressões linguísticas, as telenovelas, os romances, a poesia, a comida e as formas de tratamento brasileiros. O mesmo, embora em nível superficial, dele excluído o plano da língua, aconteceu com a Europa, que, depois da diáspora dos anos 70, depois da inserção na cultura da bossa nova e da música popular brasileira, da problemática ecológica centrada na Amazônia, ou da problemática social emergente do fenômeno dos meninos de rua, e até do álibi ocultista dos romances de Paulo Coelho, continua todos os dias a descobrir, no bem e no mal, o novo Brasil. Se, no fim do século XIX, Sílvio Romero definia a literatura brasileira como manifestação de um país mestiço, será fácil para nós defini-la como expressão de um país polifônico: em que já não é determinante o eixo Rio-São Paulo, mas que, em cada região, desenvolve originalmente a sua unitária e particular tradição cultural. É esse, para nós, no início do século XXI, o novo estilo brasileiro.

STEGAGNO-PICCHIO, L. *História da literatura brasileira.* Rio de Janeiro: Nova Aguilar, 2004 (adaptado).

No texto, a autora mostra como o Brasil, ao longo de sua história, foi, aos poucos, construindo uma identidade cultural e literária relativamente autônoma frente à identidade europeia, em geral, e à portuguesa em particular. Sua análise pressupõe, de modo especial, o papel do patrimônio literário e linguístico, que favoreceu o surgimento daquilo que ela chama de "estilo brasileiro".

Diante desse pressuposto, e levando em consideração o texto e as diferentes etapas de consolidação da cultura brasileira, constata-se que:

a) o Brasil redescobriu a cultura portuguesa no século XIX, o que o fez assimilar novos gêneros artísticos e culturais, assim como usos originais do idioma, conforme ilustra o caso do escritor Machado de Assis.
b) a Europa reconheceu a importância da língua portuguesa no mundo, a partir da projeção que poetas brasileiros ganharam naqueles países, a partir do século XX.
c) ocorre, no início do século XXI, promovido pela solidificação da cultura nacional, maior reconhecimento do Brasil por ele mesmo, tanto nos aspectos positivos quanto nos negativos.
d) o Brasil continua sendo, como no século XIX, uma nação culturalmente mestiça, embora a expressão dominante seja aquela produzida no eixo Rio-São Paulo, em especial aquela ligada às telenovelas.
e) o novo estilo cultural brasileiro se caracteriza por uma união bastante significativa entre as diversas matrizes culturais advindas das várias regiões do país, como se pode comprovar na obra de Paulo Coelho.

2. **(ITA-SP)** Considere o poema abaixo, "A cantiga", de Adélia Prado:

"Ai cigana ciganinha,
ciganinha, meu amor".
Quando escutei essa cantiga
era hora do almoço, há muitos anos.
A voz da mulher cantando vinha de uma cozinha,
ai ciganinha, a voz de bambu rachado
continua tinindo, esganiçada, linda,
viaja pra dentro de mim, o meu ouvido cada vez melhor.
Canta, canta, mulher, vai polindo o cristal,
canta mais, canta que eu acho minha mãe,
meu vestido estampado, meu pai tirando boia da panela,
canta que eu acho minha vida.

In: *Bagagem*. Rio de Janeiro: Guanabara, 1986.

Acerca desse poema, é **incorreto** afirmar que:

a) a poeta tem consciência de que seu passado é irremediavelmente perdido.
b) existe um tom nostálgico, e um saudosismo de raiz romântica.
c) a cantiga faz com que a poeta reviva uma série de lembranças afetivas.
d) predomina o tom confessional e o caráter autobiográfico.
e) valoriza os elementos da cultura popular, também uma herança romântica.

TEXTOS PARA AS QUESTÕES 3 E 4.

Texto I

[...] já foi o tempo em que via a convivência como viável, só exigindo deste bem comum, piedosamente, o meu quinhão, já foi o tempo em que consentia num contrato, deixando muitas coisas de fora sem ceder contudo no que me era vital, já foi o tempo em que reconhecia a existência escandalosa de imaginados valores, coluna vertebral de toda "ordem"; mas não tive sequer o sopro necessário, e, negado o respiro, me foi imposto o sufoco; é esta consciência que me libera, é ela hoje que me empurra, são outras agora minhas preocupações, é hoje outro o meu universo de problemas; num mundo estapafúrdio — definitivamente fora de foco — cedo ou tarde tudo acaba se reduzindo a um ponto de vista, e você que vive paparicando as ciências humanas, nem suspeita que paparica uma piada: impossível ordenar o mundo dos valores, ninguém arruma a casa do capeta; me recuso pois a pensar naquilo em que não mais acredito, seja o amor, a amizade, a família, a igreja, a humanidade; me lixo com tudo isso! me apavora ainda a existência, mas não tenho medo de ficar sozinho, foi conscientemente que escolhi o exílio, me bastando hoje o cinismo dos grandes indiferentes [...].

NASSAR, R. *Um copo de cólera*. São Paulo: Companhia das Letras, 1992.

Texto II

Raduan Nassar lançou a novela *Um copo de cólera* em 1978, fervilhante narrativa de um confronto verbal entre amantes, em que a fúria das palavras cortantes se estilhaçava no ar. O embate conjugal ecoava o autoritário discurso do poder e da submissão de um Brasil que vivia sob o jugo da ditadura militar.

COMODO, R. Um silêncio inquietante. *IstoÉ*. Disponível em: <http://www.terra.com.br>. Acesso em: 15 jul. 2009.

3. **(Enem)** Na novela *Um copo de cólera*, o autor lança mão de recursos estilísticos e expressivos típicos da literatura produzida na década de 70 do século passado no Brasil, que, nas palavras do crítico Antonio Candido, aliam "vanguarda estética e amargura política". Com relação à temática abordada e à concepção narrativa da novela, o texto I:

a) é escrito em terceira pessoa, com narrador onisciente, apresentando a disputa entre um homem e uma mulher em linguagem sóbria, condizente com a seriedade da temática político-social do período da ditadura militar.
b) articula o discurso dos interlocutores em torno de uma luta verbal, veiculada por meio de linguagem simples e objetiva, que busca traduzir a situação de exclusão social do narrador.
c) representa a literatura dos anos 70 do século XX e aborda, por meio de expressão clara e objetiva e de ponto de vista distanciado, os problemas da urbanização das grandes metrópoles brasileiras.
d) evidencia uma crítica à sociedade em que vivem os personagens, por meio de fluxo verbal contínuo de tom agressivo.
e) traduz, em linguagem subjetiva e intimista, a partir do ponto de vista interno, os dramas psicológicos da mulher moderna, às voltas com a questão da priorização do trabalho em detrimento da vida familiar e amorosa.

4. **(Enem)** Considerando-se os textos apresentados e o contexto político e social no qual foi produzida a obra *Um copo de cólera*, verifica-se que o narrador, ao dirigir-se à sua parceira, nessa novela, tece um discurso:

a) conformista, que procura defender as instituições nas quais repousava a autoridade do regime militar no Brasil, a saber: a Igreja, a família e o Estado.
b) pacifista, que procura defender os ideais libertários representativos da intelectualidade brasileira opositora à ditadura militar na década de 70 do século passado.
c) desmistificador, escrito em um discurso ágil e contundente, que critica os grandes princípios humanitários supostamente defendidos por sua interlocutora.
d) politizado, pois apela para o engajamento nas causas sociais e para a defesa dos direitos humanos como uma única forma de salvamento para a humanidade.
e) contraditório, ao acusar a sua interlocutora de compactuar com o regime repressor da ditadura militar, por meio da defesa de instituições como a família e a Igreja.

5. **(UFMG)** Com base na leitura do poema, **redija** um texto, explicando como, no poema, se faz uma crítica à sociedade de consumo.

Ao *shopping center*
Pelos teus círculos
vagamos sem rumo
nós almas penadas
do mundo do consumo.
De elevador ao céu
pela escada ao inferno:
os extremos se tocam
no castigo eterno.

Cada loja é um novo
prego em nossa cruz.
Por mais que compremos
estamos sempre nus
nós que por teus círculos
vagamos sem perdão
à espera (até quando?)
da Grande Liquidação.

PAES, José Paulo. *Prosas seguidas de odes mínimas*. São Paulo: Companhia das Letras, 2001. p. 73.

6. **(Fuvest-SP)**

A borboleta

Cada vez que o poeta cria uma borboleta, o leitor exclama: "Olha uma borboleta!" O crítico ajusta os nasóculos* e, ante aquele pedaço esvoaçante de vida, murmura: Ah!, sim, um lepidóptero...

QUINTANA, Mário. *Caderno H*.

* **nasóculos:** óculos sem hastes, ajustáveis ao nariz.

Depreende-se desse fragmento que, para Mário Quintana:

a) a crítica de poesia é meticulosa e exata quando acolhe e valoriza uma imagem poética.
b) uma imagem poética logo se converte, na visão de um crítico, em um referente prosaico.
c) o leitor e o poeta relacionam-se de maneira antagônica com o fenômeno poético.
d) o poeta e o crítico sabem reconhecer a poesia de uma expressão como "pedaço esvoaçante de vida".
e) palavras como "borboleta" ou "lepidóptero" mostram que há convergência entre as linguagens da ciência e da poesia.

O TEXTO ABAIXO É REFERÊNCIA PARA AS QUESTÕES 7 E 8.

Casamento

Há mulheres que dizem:
Meu marido, se quiser pescar, pesque,
mas que limpe os peixes.
Eu não. A qualquer hora da noite me levanto,
ajudo a escamar, abrir, retalhar e salgar.
É tão bom, só a gente sozinhos na cozinha,
de vez em quando os cotovelos se esbarram
ele fala coisas como "este foi difícil",
"prateou no ar dando rabanadas"
e faz o gesto com a mão.
O silêncio de quando nos vimos a primeira vez
atravessa a cozinha como um rio profundo.
Por fim, os peixes na travessa,
vamos dormir.
Coisas prateadas espocam:
somos noivo e noiva.

Adélia Prado.

7. **(UEPB)** A poesia de Adélia Prado é estudada sob vários aspectos interpretativos, fato que direciona sua escrita para um "lugar cativo" no rol dos escritores e textos comprometidos com o uso da linguagem literária para provocar determinados efeitos em seus leitores. Uma das características que marcam a escrita dela é a religiosidade, mas no poema "Casamento" há a construção de uma ideia em torno do "falido modelo" de casamento, conforme muitos pensam nos dias de hoje. Em relação a esta discussão, analise as proposições abaixo, de acordo com o que se lê no poema.

Como se vê no poema:

I. A ideia da vida a dois, pelo casamento, longe de significar apenas amarras ou prisão, pode também significar liberdade, quando a mulher opta por viver presa a um modelo de relação que, embora interpretado como negativo, toma-o como suporte para a sua felicidade.
II. A ideia da vida a dois, pelo casamento, longe de significar liberdade, situa a mulher apenas numa relação de sujeitamento, de subordinação ao marido, fato que pode ser visto no poema transcrito, em que o discurso masculinista situa a mulher relacionada aos afazeres domésticos ou à vida de continuação dos valores patriarcais.
III. A ideia de que a vida a dois só é possível numa igualdade entre o homem e a mulher é o tema central do poema transcrito, que discute essa questão, apontando homem e mulher como detentores de direitos iguais, como revela o último verso: "somos noivo e noiva", demonstrando a não diferenciação de atividades entre os envolvidos na relação.

a) Apenas III é correta.
b) Apenas II é correta.
c) Apenas I é correta.
d) Todas são corretas.
e) Nenhuma é correta.

8. **(UEPB)** Uma característica que marca a poesia contemporânea é a constante recorrência ao uso coloquial da língua, através da qual são estruturados vários textos. Essa literatura incorporou, em muitos de seus representantes, como Adélia Prado, o "gosto" por aspectos "triviais" do cotidiano, juntando, assim, fatos e linguagem que reestruturam, do ponto de vista literário, a realidade em que nos inserimos. Dessa forma, é possível afirmar que ao texto "Casamento" é incorporada essa visão, uma vez que a linguagem em que foi construído, por estar próxima daquilo que se convencionou chamar

I. coloquial, denota também aspectos triviais do dia a dia de pessoas comuns, como a relação conjugal e os aspectos que orbitam nessa relação, conforme podemos perceber através da fala da mulher, no texto, que nos apresenta uma pequena porção de sua vida diária.
II. coloquial, denota também aspectos triviais do dia a dia de pessoas comuns, como a profunda reflexão em torno do relacionamento conjugal, apontado nos versos "O silêncio de quando nos vimos a primeira vez / atravessa a cozinha como um rio profundo", como costumeiramente fazem os casais.
III. formal, denota também aspectos triviais do dia a dia de pessoas comuns, como uma incomum elaboração do texto em seus dezesseis versos, que lembram a poética clássica em sua forma mais comum: a rígida construção textual a partir de parâmetros preestabelecidos, como tipos de rimas, metros, estrofes.

É possível afirmar, a partir da leitura das proposições anteriores:

a) Todas são corretas.
b) Apenas I é correta.
c) Apenas III é correta.
d) Apenas II é correta.
e) Nenhuma é correta.

9. **(PUC-RJ)**

Texto 1

Epitáfio para um banqueiro

n e g ó c i o
e g o
ó c i o
c i o
0

PAES, José Paulo. In ARRIGUCCI JR., Davi. (org.) *Melhores poemas de José Paulo Paes*. São Paulo: Global, 1998. p. 115.

Texto 2

Levei vários anos até conquistar o ócio, isso é importante para o poeta, ele não pode ter a cabeça virada só para coisas a resolver. Fiquei muitos anos arrumando minha vida, saldando dívidas, atendendo papagaio. Há oito anos, cheguei aqui pra Mato Grosso, tomei pé aqui. Agora estou vagabundo, tenho direito a isso. Herdei uma fazenda, em campo aberto, terra nua, sou fazendeiro de gado, vaca, não sou "o rei do boi, do gado" mas vivo bem. Este é o meu caso: enquanto estava tomando pé da fazenda não escrevi uma linha. Mas sabemos de outros casos, como o Dostoiévski, que escreveu perseguido por dívidas, ou o Graciliano Ramos, que além das dívidas ainda tinha família pra criar.

BARROS, Manuel de. Entrevista a André Luís Barros. *Jornal do Brasil* – Caderno Ideias, 24 ago. 1996, p. 8.

a) O texto 1, *Epitáfio para um banqueiro*, faz parte de um movimento literário de vanguarda iniciado na década de 1950 e conhecido como concretismo ou poesia concreta. Liderado pelos irmãos Augusto e Haroldo de Campos e por Décio Pignatari, o concretismo representou uma reação à literatura feita no Brasil naquele momento histórico. Indique uma característica que comprova a filiação do poema de José Paulo Paes a esse movimento.
b) A partir de uma leitura comparativa dos textos 1 e 2, determine o sentido empregado para o termo **ócio** em ambos os textos.

10. **(UFG)** Leia os textos "Inania verba", de Olavo Bilac, e "Soneto do essencial", de Afonso Felix de Sousa.

Inania verba*

Ah! quem há de exprimir, alma impotente e escrava,
O que a boca não diz, o que a mão não escreve?
— Ardes, sangras, pregada à tua cruz, e, em breve,
Olhas, desfeito em lodo, o que te deslumbrava...

O Pensamento ferve, e é um turbilhão de lava:
A Forma, fria e espessa, é um sepulcro de neve...
E a Palavra pesada abafa a Ideia leve,
Que, perfume e clarão, refulgia e voava.

Quem o molde achará para a expressão de tudo?
Ai! quem há de dizer as ânsias infinitas
Do sonho? e o céu que foge à mão que se levanta?

E a ira muda? e o asco mudo? e o desespero mudo?
E as palavras de fé que nunca foram ditas?
E as confissões de amor que morrem na garganta?!

BILAC, Olavo. *Melhores poemas*. Seleção de Marisa Lajolo. São Paulo: Global, 2003. p. 81.

* ***inania verba***: palavras vazias.

Soneto do essencial

A vida, a que não tens e tanto buscas,
terás, se te entregares à poesia;
se andares entre as pedras, as mais bruscas,
da escarpa a que te leva a rebeldia;

se deres mais ao sonho, com que ofuscas
as luzes da razão e o próprio dia,
o coração que pulsa, se o rebuscas,
no eterno... Ou pulsa um deus que em ti havia?

Que pobre o teu sentir, se não te salvas
perdendo-te de vez nas terras alvas
que chamam da mais alta das estrelas.

Se a tanto te ajudar o engenho e arte,
ao impossível possas elevar-te
subindo em emoções, mas por vivê-las.

SOUSA, Afonso Felix de. *Nova antologia poética*. Goiânia: Cegraf / UFG, 1991. p. 25.

Esses sonetos têm como tema a própria poesia, entretanto abordam aspectos diferentes do fazer poético. Respectivamente, o soneto de Bilac e o de Afonso Felix propõem:

a) o servilismo do poeta em relação à métrica; o abandono do poeta à inspiração.
b) a existência de uma forma perfeita; a pobreza do sentimento expresso em poesia.
c) o limite da palavra como meio de expressão; a poesia como possibilidade de uma vida autêntica.
d) a indignação do poeta com a frieza formal; a dificuldade de uma existência consagrada à arte.
e) a superioridade do sentimento em relação à palavra; a valorização da vida em detrimento da poesia.

11. **(UFMT)** Manuel de Barros, uma das mais sólidas referências literárias mato-grossenses, é autor de *O homem de lata*, da obra *Gramática expositiva do chão*, de 1968.

O homem de lata
Está na boca de espera
De enferrujar.

O homem de lata
Se relva nos cantos
E morre de não ter um pássaro
Em seus joelhos.

A partir da leitura do poema, assinale a afirmativa **incorreta**.

a) *O homem de lata* representa um repúdio de Manuel de Barros ao mundo do progresso tecnológico.
b) Manuel de Barros, ao se referir a um homem criado pela tecnologia, enaltece o progresso materialista.

c) *O homem de lata* sofre a falta de um contato mais direto com o elemento natural, representado pelo pássaro.

d) Na poética de Manuel de Barros, é recorrente a valorização de coisas impróprias à geração de lucro.

e) A ausência de uma comunhão com a natureza desvitaliza *O homem de lata*, prestes a enferrujar.

12. (Unifesp-SP) Leia os textos e analise as afirmações.

Texto 1

http://www.custodio.net/tiras/index.htm/

Texto 2

r a   t e r r a   t e r
r a t   e r r a   t e r
r a t e   r r a   t e r
r a t e r   r a   t e r
r a t e r r   a   t e r
r a t e r r a   t e r
a r a t e r r a   t e r
r a r a t e r r a   t e
r r a r a t e r r a   t
e r r a r a t e r r a
t e r r a r a t e r r a

Décio Pignatari.

I. A graça do texto 1 decorre da ambiguidade que assume o termo **concreta** na situação apresentada.

II. O texto 2 é exemplo de poesia concreta, relacionada ao experimentalismo poético, no qual o poema rompe com o verso tradicional e transforma-se em objeto visual.

III. Para a interpretação do texto 2, pode-se prescindir dos signos verbais.

Está correto o que se afirma em:

a) I, apenas.
b) III, apenas.
c) I e II, apenas.
d) I e III, apenas.
e) I, II e III.

13. (ITA-SP) O poema ao lado faz parte da obra *Livro sobre nada* (1996), de Manoel de Barros:

A ciência pode classificar e nomear os órgãos de um sabiá
mas não pode medir seus encantos.
A ciência não pode calcular quantos cavalos de força existem
nos encantos de um sabiá.

Quem acumula muita informação perde o condão de adivinhar: *divinare*.

Os sabiás divinam.

É certo dizer que estamos diante de um poema

a) que mostra que o estudo dos sabiás tem mais a ver com adivinhação do que com informação.

b) no qual o autor mostra que a ciência é muito limitada para entender a anatomia do sabiá.

c) segundo o qual a ciência consegue entender a anatomia do sabiá, mas não explicar por que ele nos encanta.

d) que mostra que há mistérios na natureza que a ciência tenta desvendar, como o encanto de um sabiá.

e) que afirma ser impossível um saber acerca do sabiá.

14. (UCS-RS) Observe o poema.

CAMPOS, Augusto de. Luxo. In: MORICONI, Ítalo. *Os cem melhores poemas do século*. Rio de Janeiro: Objetiva, 2001. p. 261.

As afirmações seguintes referem-se ao poema transcrito.

I. É um exemplo da poesia concretista, que tem como propósito aliar a exploração de aspectos formais à crítica da realidade.

II. A crítica à sociedade de consumo é sugerida pela oposição entre os termos "lixo" e "luxo".

III. A disposição gráfica das palavras é fundamental para sua interpretação, uma vez que possibilita estabelecer relações entre a forma e o conteúdo.

Das afirmativas acima, pode-se dizer que

a) apenas II está correta.
b) apenas III está correta.
c) I e II estão corretas.
d) II e III estão corretas.
e) I, II e III estão corretas.

TEXTO PARA AS QUESTÕES 15 E 16.

O dia abriu seu para-sol bordado

O dia abriu seu para-sol bordado
De nuvens e de verde ramaria.
E estava até um fumo, que subia,
Mi-nu-ci-o-sa-men-te desenhado.

Depois surgiu, no céu azul arqueado,
A Lua — a Lua! — em pleno meio-dia.
Na rua, um menininho que seguia
Parou, ficou a olhá-la admirado...
Pus meus sapatos na janela alta,
Sobre o rebordo... Céu é que lhes falta
Pra suportarem a existência rude!

E eles sonham, imóveis, deslumbrados,
Que são dois velhos barcos, encalhados
Sobre a margem tranquila de um açude...

QUINTANA, Mario. *Prosa e verso*. Porto Alegre: Globo, 1978.

15. (Uerj) Há no poema de Mario Quintana um mesmo sinal de pontuação – o ponto de exclamação – que aparece em versos diferentes e com sentidos distintos.

Explicite o valor semântico atribuído a esse sinal em cada um dos versos.

16. **(Uerj)** O autor utilizou nesse poema recursos formais da poesia tradicional e a eles incorporou traços característicos da linguagem modernista.

Considerando a estrutura do poema, identifique dois aspectos formais da poesia tradicional e aponte uma característica da linguagem modernista e seu respectivo exemplo.

17. **(UFBA)**

Outra nega Fulô

O sinhô foi açoitar
a outra nega Fulô
— ou será que era a mesma?
A nega tirou a saia,
a blusa e se pelou.
O sinhô ficou tarado,
largou o relho e se engraçou.
A nega em vez de deitar
pegou um pau e sampou
nas guampas do sinhô.
— Essa nega Fulô!
Esta nossa Fulô!,
dizia intimamente satisfeito
o velho pai João
pra escândalo do bom Jorge de Lima,
seminegro e cristão.
E a mãe-preta chegou bem cretina
fingindo uma dor no coração.
— Fulô! Fulô! Ó Fulô!
A sinhá burra e besta perguntou
onde é que tava o sinhô
que o diabo lhe mandou.
— Ah, foi você que matou!
— É sim, fui eu que matou —
disse bem longe a Fulô
pro seu nego, que levou
ela pro mato, e com ele
aí sim ela deitou.
Essa nega Fulô!
Esta nossa Fulô!

SILVEIRA, O. Outra nega fulô. *Cadernos negros: os melhores poemas.* São Paulo: Quilombhoje, 1998. p. 109-10.

Com base no poema, é verdadeiro o que se afirma nas seguintes proposições:

(01) O título do poema contextualizado – *Outra nega Fulô* – conduz a uma leitura de que a relação senhor/escrava persiste nos mesmos moldes escravistas dos séculos passados.

(02) O verso 12 – "Esta nossa Fulô!" –, reiterado no final do poema, evidencia um sujeito-poético afro-brasileiro, com suas ideias e sentimentos.

(04) Os versos 13-14 e 17-18 apresentam, sob outra perspectiva, uma reconfiguração do caráter bondoso do "pai João" e da "mãe-preta", figuras presentes no imaginário brasileiro.

(08) O poema dialoga explicitamente com a conhecida obra "Essa negra Fulô", escrita pelo poeta Jorge de Lima.

(16) O uso de uma linguagem simples, informal, e a rejeição à gramática normativa constituem características da poética moderna presentes no texto.

(32) O poema reitera o estereótipo depreciativo da "Nega Fulô", que se deita com o "sinhô".

(64) A mulher negra, no poema, aparece como um objeto sexual do seu "sinhô".

TEXTOS PARA AS QUESTÕES 18 E 19.

Texto I

Ser mulher...

Ser mulher, vir à luz trazendo a alma talhada
para os gozos da vida; a liberdade e o amor;
tentar da glória a etérea e altívola escalada,
na eterna aspiração de um sonho superior...

Ser mulher, desejar outra alma pura e alada
para poder, com ela, o infinito transpor;
sentir a vida triste, insípida, isolada,
buscar um companheiro e encontrar um senhor...

Ser mulher, calcular todo o infinito curto
para a larga expansão do desejado surto,
no ascenso espiritual aos perfeitos ideais...

Ser mulher, e, oh! atroz, tantálica tristeza!
ficar na vida qual uma águia inerte, presa
nos pesados grilhões dos preceitos sociais!

MACHADO, Gilka. *Poesias completas.* Rio de Janeiro: Léo Christiano Editorial: Funarj, 1991. p. 106.

Texto II

Casamento

Há mulheres que dizem:
Meu marido, se quiser pescar, pesque,
mas que limpe os peixes.
Eu não. A qualquer hora da noite me levanto,
ajudo a escamar, abrir, retalhar e salgar.
É tão bom, só a gente sozinhos na cozinha,
de vez em quando os cotovelos se esbarram,
ele fala coisas como "este foi difícil"
"prateou no ar dando rabanadas"
e faz o gesto com a mão.
O silêncio de quando nos vimos a primeira vez
atravessa a cozinha como um rio profundo.
Por fim, os peixes na travessa,
vamos dormir.
Coisas prateadas espocam:
somos noivo e noiva.

PRADO, Adélia. *Terra de Santa Cruz.* Rio de Janeiro: Guanabara Dois, 1986. p. 29.

18. **(UFRJ)** Nos poemas "Ser mulher" (texto I) e "Casamento" (texto II), verificam-se vozes líricas femininas que, em alguma medida, tratam do papel masculino em relação ao feminino.

Apresente a diferença na caracterização do papel masculino nos dois textos.

19. **(UFRJ)** Em relação ao texto I, pode-se afirmar que o eu lírico apresenta concepção de casamento diferente da cultivada pelas outras mulheres (verso 1).

Quais seriam essas concepções em oposição?

20. **(UFT-TO)**

Cadenciadas
Vão morrendo as palavras
Na minha boca.
Um sudário de asas
Há de ser agasalhado
E pátria para o corpo.
Anônimo, calado
O poeta contempla
Espelho e mágoa

Fragmentos de um veio
Berçário de palavras.

Umas lendas volteiam
O poeta vazio de seus meios:
Escombro, escadas
Amou de amor escuro
E fugiu de si mesmo
De sua própria cilada.

O poeta. Mudo.
Aceitável agora para o mundo
No seu sudário de asas.

HILST, Hilda. In: *Cantares*.

Baseando-se na leitura do texto acima, marque a alternativa que apresenta a interpretação que está de acordo com o poema:

a) O eu lírico expressa a sua revolta contra os aspectos fatais que os deuses imprimem a seu destino e à vida na terra.
b) O eu lírico expressa a sua imensa angústia diante da vida e sua desilusão diante da falência dos valores terrenos e divinos.
c) O eu lírico deseja caracterizar a poesia como fuga da realidade aliada ao protesto às circunstâncias históricas.
d) Utilizando-se do verso livre e de uma linguagem carregada de subjetividade, a autora enfatiza que o espetáculo da poesia se concretiza em lugares de partida.
e) Fazendo uso de um vocabulário vago e ambíguo, a autora apresenta um Manifesto dos pressupostos poéticos que nortearam a poesia feminista no Brasil a partir de 1960.

21. **(UFPR)** Leia o poema abaixo, de José Paulo Paes, e assinale a(s) alternativa(s) correta(s).

Autoescola Vênus

contato

para trás
(devagar)
para frente
(devagar)
para trás
(acelere)
para frente
(acelere)

pode desligar

a) O poeta José Paulo Paes, num reaproveitamento das conquistas modernistas na poesia, apresenta nesse poema um bom exemplo das formas fixas de construção poética e uso precioso da língua.
b) O poema parece descrever um momento do início do aprendizado de direção, representando-o de maneira a, com o nome da autoescola, criar um paralelo com o ato sexual.
c) As citações estão muito presentes na obra de José Paulo Paes; nesse poema, Vênus, a deusa da inteligência e da poesia, é utilizada para presentificar o convívio da máquina com a arte.
d) A concisão dos versos não implica uma dificuldade de compreensão do poema; ao contrário, é capaz de criar efeitos de ritmo e resultados irônicos significativos para a paródia sexual que se descreve.
e) O verbo "acelerar" no imperativo e a permissão final "pode desligar" geram um tom autoritário que prevalece em todo o poema; no texto enumera-se uma série de ordens para o funcionamento de uma máquina.
f) O poema é representativo de uma forte tendência na poesia do autor, que busca na coloquialidade e na extrema informalidade uma maneira de fazer poesia.

22. **(UFPel-RS)** O trecho a seguir faz parte de um conto de Dalton Trevisan – escritor brasileiro que inúmeras vezes retratou em seus textos as tensas relações entre o ser humano e a sociedade.

[...]

— Vá-se embora — respondeu docemente a velha. — Desapareça da minha vista. Você mais o dente de ouro. De dia o rádio ligado a todo o volume. À noite, a gritaria furiosa das lunáticas. Sentadinha na cama, distrai-se a velha a espiar uma nesga de céu. Com paciência, amansa uma mosca das grandes, que vem comer na sua mão arrepiada de cócegas. Há três dias afeiçoada à velhinha, não foge a mosca por entre as grades da janela.

TREVISAN, Dalton. Clínica de repouso. In: LADEIRA, Julieta de Godoy (Org.). *Contos brasileiros contemporâneos*. São Paulo: Ática, 1994.

A partir do **todo** do conto e de seus conhecimentos, é correto afirmar que a afeição entre dona Candinha e a mosca caracteriza-se como

a) uma comparação com as relações da velhinha para com seus familiares, uma vez que o genro discordava do tratamento que sua mulher dava à mãe.
b) uma metáfora da relação estabelecida entre a velha e uma enfermeira, a qual, durante o dia, a cobria de atenções que minimizavam a solidão sentida pelo abandono da filha.
c) uma ironia, pois, ainda que nutrisse sentimentos de piedade e amor pela mãe, Maria decidiu interná-la, em razão do estranho comportamento apresentado.
d) um contraste sarcástico com as relações pessoais existentes no texto, principalmente quanto ao descaso da filha para com a velhinha.
e) uma imagem construída da solidão humana, feita através do contraste entre o desespero tanto da filha quanto do genro e o descaso da velha em relação a eles.

Capítulo 33

Literatura africana de língua portuguesa

1. (Enem)

A identidade negra não surge da tomada de consciência de uma diferença de pigmentação ou de uma diferença biológica entre populações negras e brancas e (ou) negras e amarelas. Ela resulta de um longo processo histórico que começa com o descobrimento, no século XV, do continente africano e de seus habitantes pelos navegadores portugueses, descobrimento esse que abriu o caminho às relações mercantilistas com a África, ao tráfico negreiro, à escravidão e, enfim, à colonização do continente africano e de seus povos.

MUNANGA, K. Algumas considerações sobre a diversidade e a identidade negra no Brasil. In: *Diversidade na educação: reflexões e experiências*. Brasília: SEMTEC / MEC, 2003. p. 37.

Com relação ao assunto tratado no texto acima, é correto afirmar que:

a) a colonização da África pelos europeus foi simultânea ao descobrimento desse continente.
b) a existência de lucrativo comércio na África levou os portugueses a desenvolverem esse continente.
c) o surgimento do tráfico negreiro foi posterior ao início da escravidão no Brasil.
d) a exploração da África decorreu do movimento de expansão europeia do início da Idade Moderna.
e) a colonização da África antecedeu as relações comerciais entre esse continente e a Europa.

2. (UFF-RJ)

Texto

Latas pregadas em paus
fixados na terra
fazem a casa
Os farrapos completam
a paisagem íntima
O sol atravessando as frestas
acorda o seu habitante
Depois as doze horas de trabalho

Escravo
britar pedra
acarretar pedra
britar pedra
acarretar pedra

ao sol
à chuva
britar pedra
acarretar pedra
A velhice vem cedo

Uma esteira nas noites escuras
basta para ele morrer
grato
e de fome

Agostinho Neto.

Agostinho Neto, poeta angolano, combatente da luta anticolonial e primeiro Presidente da República, apresenta uma obra que se confunde com a história de seu país. Um dos seus temas é a relação penosa do homem com o seu trabalho no cotidiano, tornando assim sua arte popular e engajada. Em todas as alternativas, as obras de arte expressam uma das temáticas presentes no poema de Agostinho Neto (Texto), **exceto** em:

a) 

Coleção particular.

Antonio Gomide.

b) 

Ministério Público da Educação, Cidade do México.

Diego Rivera.

c) 

Acervo Museu Nacional Centro de Arte Rainha Sofia, Madri.

Tarsila do Amaral.

d) 

Coleção particular.

Di Cavalcanti.

e) 

Museu Nacional de Belas Artes – IPHAN/Minc, Rio de Janeiro.

Portinari.

3. (PUC-MG) "No princípio, / a casa foi sagrada / isto é, habitada / não só por homens e vivos / como também por mortos e deuses" (Sophia de Mello Breyner).

A epígrafe inicial de *Um rio chamado tempo, uma casa chamada terra*, de Mia Couto, revela uma característica marcante no livro: a memória ligada à ancestralidade.

Assinale o fragmento do romance em que essa característica se faz presente.

a) "Abstinêncio Mariano despendera a vida inteira na sombra da repartição. A penumbra adentrou-se nele como um bolor e acabou ficando saudoso de um tempo nunca havido, viúvo mesmo sem nunca ter casado."

b) "Por fim, avisto a nossa casa grande, a maior de toda a Ilha. Chamamo-lhe *Nyumba-Kaya*, para satisfazer familiares do Norte e do Sul. 'Nyumba' é a palavra para nomear 'casa' nas línguas nortenhas. Nos idiomas do Sul, casa se diz 'kaya'."

c) "Ainda bem que chegou, Mariano. Você vai enfrentar desafios maiores que as suas forças. Aprenderá como se diz aqui: cada homem é todos os outros. Esses outros não são apenas os viventes."

d) "A cozinha me transporta para distantes doçuras. Como se, no embaciado dos seus vapores, se fabricasse não o alimento, mas o próprio tempo. Foi naquele chão que inventei brinquedo e rabisquei os meus primeiros desenhos."

4. (UFBA)

O meu dono começou a andar para casa e eu lá fui atrás, era para isso que existia. Não falou ao major da mijada que dera nos calções, devia ter vergonha. Mas era evidente. Eu não vi, quem sou eu para entrar na casa onde despacham os nobres directores da majestática Companhia das Índias Ocidentais? Tinha uma certa curiosidade em conhecer o director Nieulant. Diziam ser o melhor dos dois representantes da toda poderosa Companhia, fundada para colonizar os territórios à volta do Atlântico. Mas tive de ficar na rua, à espera de Baltazar Van Dum. Tudo o que possa vir a saber do ocorrido dentro do gabinete será graças à imaginação. Sobre este caso e sobre muitos outros. Um escravo não tem direitos, não tem nenhuma liberdade. Apenas uma coisa lhe não podem amarrar: a imaginação. Sirvo-me sempre dela para completar relatos que me são sonegados, tapando os vazios.

PEPETELA. *A gloriosa família*; o tempo dos flamengos. Rio de Janeiro: Nova Fronteira, 1999. p. 14.

Comente o foco narrativo, explicitando as relações do narrador com as personagens da trama.

5. (UFBA)

Espreitámos, em vão. As mãos estavam vazias. Mas ele, com frio gesto, arregaçou as mangas e tornou visíveis duas cicatrizes, sulcando paralelas cada um dos pulsos. Seus dedos haviam pago caro — durante anos se moveram lentos, em arco de tartaruga.

— Me amarraram nessa árvore. Me prenderam com cordas, deitaram sal nas feridas.

— Quem?

— Esses que vocês querem ajudar agora.

Os argumentos de Sulplício eram por mim conhecidos. Quando chegaram os da Revolução eles disseram que íamos ficar donos e mandantes. Todos se contentaram. Minha mãe, muito ela se contentou. Sulplício, porém, se encheu de medo. Matar o patrão? Mais difícil é matar o escravo que vive dentro de nós. Agora, nem patrão nem escravo.

— Só mudámos de patrão.

COUTO, M. *O último voo do flamingo*. São Paulo: Companhia das Letras. 2005. p. 137.

O fragmento transcrito retrata uma situação de poder. Faça um breve comentário sobre tal situação.

6. (UFBA)

Há aqueles que nascem com defeito. Eu nasci por defeito. Explico: no meu parto não me extraíram todo, por inteiro. Parte de mim ficou lá, grudada nas entranhas de minha mãe.

Tanto isso aconteceu que ela não me alcançava ver: olhava e não me enxergava. Essa parte de mim que estava nela me roubava de sua visão. Ela não se conformava:

— Sou cega de si, mas hei-de encontrar modos de lhe ver!

A vida é assim: peixe vivo, mas que só vive no correr da água. Quem quer prender esse peixe tem que o matar. Só assim o possui em mão. Falo do tempo, falo da água. Os filhos se parecem com água andante, o irrecuperável curso do tempo. Um rio tem data de nascimento? Em que dia exato nos nascem os filhos?

Conselhos de minha mãe foram apenas silêncios. Suas falas tinham o sotaque de nuvem.

— A vida é que é a mais contagiosa — dizia.

Eu lhe pedia explicação do nosso destino, ancorados em pobreza.

— Veja você, meu filho, já apanhou mania dos brancos! — Inclinava a cabeça como se a cabeça fugisse do pensamento e me avisava: — Você quer entender o mundo que é coisa que nunca se entende.

COUTO, M. *O último voo do flamingo*. São Paulo: Companhia das Letras, 2005. p. 45-6.

Considerando o fragmento transcrito e a obra de onde foi retirado, explique a diferença expressa pelo narrador ao afirmar "Há aqueles que nascem com defeito. Eu nasci por defeito".

Bibliografia

Apresentamos, a seguir, uma bibliografia básica para que você possa realizar algumas pesquisas, aprofundar seus conhecimentos (lembrando que se somam a esta lista todos os textos apresentados no volume, que trazem a referência bibliográfica).

Dicionários

CHARAUDEAU, Patrick; MAINGUENEAU, Dominique. *Dicionário de análise do discurso*. São Paulo: Contexto, 2004.

CHILVERS, Ian. *Dicionário Oxford de arte*. São Paulo: Martins Fontes, 2001.

MOISÉS, Massaud. *Dicionário de termos literários*. São Paulo: Cultrix, 1974.

PAES, José Paulo; MOISÉS, Massaud (Org.). *Pequeno dicionário de literatura brasileira*. São Paulo: Cultrix, 1998.

REIS, Carlos; LOPES, Ana Cristina M. *Dicionário de teoria da narrativa*. São Paulo: Ática, 1988.

Linguagem, linguagens

BRANDÃO, Helena H. Nagamine. *Introdução à análise do discurso*. Campinas: Editora da Unicamp, 2004.

CHALHUB, Samira. *A metatalinguagem*. 4. ed. São Paulo: Ática, 2001.

______. *Funções da linguagem*. 4. ed. São Paulo: Ática, 1990.

ILARI, Rodolfo; GERALDI, João Wanderley. *Semântica*. 11. ed. São Paulo: Ática, 2006.

KOCH, Ingedore Grunfeld Villaça. *A inter-ação pela linguagem*. São Paulo: Contexto, 1995.

______. *Desvendando os segredos do texto*. São Paulo: Cortez, 2002.

______. *O texto e a construção dos sentidos*. São Paulo: Contexto, 2007.

LAPA, Manoel Rodrigues. *Estilística da língua portuguesa*. São Paulo: Martins, 1998.

Arte, história da arte

ABRIL CULTURAL. *Arte no Brasil*. São Paulo: Abril, 1986. 2 v.

______. *Arte nos séculos*. São Paulo: Abril, 1969.

CAROL, Strickland. *Arte comentada*: da pré-história ao pós--moderno. Rio de Janeiro: Ediouro, 1999.

CHILVERS, Ian. *Dicionário Oxford de arte*. São Paulo: Martins Fontes, 2001.

CUMMING, Robert. *Para entender a arte*. Ática: São Paulo, 1995.

GOMBRICH, E. H. História da arte. Rio de Janeiro: LTC, 1999.

Literatura, história da literatura, teoria da literatura

AMORA, Antônio Soares. *Presença da literatura portuguesa*. Rio de Janeiro: Bertrand Brasil, [s.d.].

______. *Introdução à teoria da literatura*. São Paulo: Cultrix, 1994.

ANDRADE, Mário de. *Aspectos da literatura brasileira*. Belo Horizonte: Itatiaia, 2002.

BOSI, Alfredo. *História concisa da literatura brasileira*. São Paulo: Cultrix, 1997.

______. *O conto brasileiro contemporâneo*. São Paulo: Cultrix, 2002.

BRAIT, Beth. *A personagem*. 7. ed. São Paulo: Ática, 1999.

CASTELLO, José Aderaldo. *A literatura brasileira*. São Paulo: Edusp, 1999. 2 v.

COUTINHO, Afrânio. *Introdução à literatura no Brasil*. Rio de Janeiro: Bertrand Brasil, 1995.

CULLER, Jonathan. *Teoria literária*: uma introdução. São Paulo: Beca Produções Culturais, 1999.

GOTLIB, Nádia Battela. *Teoria do conto*. São Paulo: Ática, 1998.

LEITE, Lígia Chiappini Moraes. *O foco narrativo*. São Paulo: Ática, 1997.

MELLO E SOUZA, Antonio Candido. *Formação da literatura brasileira*. Belo Horizonte: Itatiaia, 2000.

______. *Na sala de aula*: caderno de análise literária. São Paulo: Ática, 1998.

______. *Romantismo no Brasil*. São Paulo: Humanitas FFLCH/USP, 2004.

______; CASTELLO, José Aderaldo. *Presença da literatura brasileira*. Rio de Janeiro: Bertrand Brasil, 1997. 2 v.

MESQUITA, Samira Nahid de. *O enredo*. São Paulo: Ática, 1994.

MOISÉS, Massaud. *História da literatura brasileira*. São Paulo: Cultrix, 2001.

NICOLA, José De; INFANTE, Ulisses. *Análise e interpretação de poesia*. São Paulo: Scipione, 1995.

______. *Fernando Pessoa*. São Paulo: Scipione, 1995.

NUNES, Benedito. *O tempo na narrativa*. 2. ed. São Paulo: Ática, 1995.

RONCARI, Luiz. *Literatura brasileira*: dos primeiros cronistas aos últimos românticos. São Paulo: Edusp/FDE, 1995.

SARAIVA, António José. *Iniciação à literatura portuguesa*. São Paulo: Companhia das Letras, [s.d.].

SOARES, Angélica. *Gêneros literários*. São Paulo: Ática, 1994.

SODRÉ, Nelson Werneck. *História da literatura brasileira*: seus fundamentos econômicos. Rio de Janeiro: Graphia, 2002.

SOUZA, Roberto Acízelo de. *Teoria da literatura*. São Paulo: Ática, 2005.

STALLONI, Yves. *Os gêneros literários*. Rio de Janeiro: Difel, 2001.

TELES, Gilberto Mendonça. *Vanguarda europeia e modernismo brasileiro*. Petrópolis: Vozes, 2006.